U0627655

中华传世藏书

【图文珍藏版】

中国历代通俗演义

通俗演义

[清]蔡东藩⊙原著

马博⊙主编

线装书局

线装书局

目　录

清宫十三朝演义

中国历代通俗演义

附录

清宫十三朝演义

[清]蔡东藩⊙原著

马博⊙主编

自　　序

许啸天

我著成了这部《清宫十三朝演义》以后,不由我回忆起幼年时候的情形来。我在十二三岁的时候,依着阿兄,住在杭州地方。那杭州在前清的时候,不是有一个旗营的吗!这旗营,便是满洲八旗兵卒驻防的地方;他驻扎在那里,防些什有吗?老实说,他原是防我们汉人造反。这一类八旗驻兵,不独杭州有,那武昌、扬州、广州,全中国凡是重要的都市,都有他们的子弟兵看守着,好似"看守所"的看守罪犯一般。日子久了,子子孙孙在这驻防的地方传宗接代下去,兵也不像个兵了。一走进旗营去,只见平坦宽阔的道路,整齐清洁的房屋,高髻长袍的旗婆,穿红着绿的旗人的小孩子嬉嬉笑笑,触目都是。那名叫旗兵的,都穿着漂亮的袍褂,他们只讲究托雀笼、捏铁弹子、坐茶馆、看娘儿们。说起看娘儿们,我还记得古老传说下来有一件故事:他们满洲人仗着战胜的余威(是不是战胜,还是我们不争气的汉奸去迎接他进关来做一个现成的中原之主,这里面还有个疑问),在二百多年以后,还是气焰万丈的杭州那座旗营,靠近西湖,占据了天然美丽的风景;凡是我们汉人住在城中要去领略西湖湖光山色的,总要穿过旗营,出钱塘门,从白堤一带走去。但是做汉人的,不论男女,你若在他们满洲人的地盘上经过,多少总要受他们的侮辱,尤其是汉人的妇女。杭州的妇女,多喜烧香;那大小庙宇,几乎全占满了西湖的山巅水涯。每到春天香汛时候,一肩软轿,轿中端坐着一个娘儿们;那肩舆接接连连穿过旗营,飞也似的抬向湖边去。江南女子,性喜佞佛;但大半也是借此游春,与湖光山色求一度的良晤起见的。可怜这班脂粉娇娃,每坐着轿,经过旗营的时候,便遭那班所谓旗兵的和狼虎一般喝令停住,把一肩翠舆团团围住,把轿帘攀下来,对着娘儿们评头品足,任意调笑,直把这妇女弄得娇啼婉转,脂粉淋漓,他还不肯放手。唉!这便是我们汉人战败的报应!后来有一位汉人,做了浙江抚台,打听这个消息,便勃然大怒。亲自坐着小轿,遮起轿帘,在轿后面故意挂些妇女烧香用的物品,打从旗营里抬过。那班旗兵见了,又放出老脾气来,上去把轿子拦住,轿帘卸下。一看,里面坐着一个老头子,正在诧异的时候,那老头喝一声:"抓!"亲兵上前来,把几个最轻薄下流的旗兵揪住。老头子下轿,亲自送他去见将军。将军虽说是他们自己人,但看看事体闹得面子上太下不过去了,只是传军令,把这几个轻薄的旗兵一齐砍下脑袋来。在二百年以后的满洲人尚且如此骄横,那初进关时的满洲人的气焰也便可想而知了。在杭州一处地方,八旗驻防兵的举动如此野蛮,那全国凡是有旗营地方的汉人,所受他的蹂躏情形自更不待说了。休说别人,便是我住在杭州的当儿,年轻胆小,每次经过旗营时,莫说受那旗兵的欺侮,便是那长不满三尺的旗娃子,他见了汉人,至少也要向你掷几块石子,骂几句污辱祖宗的话。这是何等的可厌而又可愤的事!不想我因为这一厌恨,到十七岁上,便割去了发辫,跟着徐锡麟、秋瑾这班人闹起种族革命来,——当时我奔走革命的事实详载在二十年前出版的《越恨》一书中。在这种族革命成功以后,著了这一部长篇的《清宫十三朝演义》。我写清宫的昏乱情状,也好似那杭州旗兵的昏乱情状一般。他们满洲人对于我们汉人的一类行动,果然可恨;我们汉人受了满洲人那种蹂躏,果然可怜。但这也是弱肉强食、自暴自弃应有的结果,况且又都是过去的事体,我也不忍去深论了。只是他们满洲人受了汉人三百年的供养,平日一事不做,一业不就,一声革命,生机四绝。到如今上自皇室,下至八旗残族,一般的陷落在窘迫的旋涡里。他们的老家东三省早已没有他们插足之地了,便是散处在中国各处的也是气息奄奄，竟有灭种之忧。我说到这里，便再把我《王阳明集序文》里一段话记录在下面：

我们这班东方人，也不是自己愿意做福气人的，尤其是不是自己愿意做万劫不复底奴隶牛马的，这大半是老天害我们的。老天害得我们真好苦！这老天的耽误我们，正好似从前满清进关的时候，把他的八旗子弟驻扎全中国几个繁华热闹的地方，受汉人的供养。正经事业也不做，正经技术也不学。终日提鸟笼，坐茶馆，斗口打架，讲究吃着，调笑妇女，养得他脑满肠肥，自忘记了自己的时辰八字。到了民国手里，一声革命，八旗子弟和他的皇帝都成了废人，他的生计也要民国替他筹划，他的皇室也要民国优待他。他们平日既无一技之长，民国政府自顾不暇，他们只得活活冻死的冻死、饿死的饿死。连那溥仪，也天天押卖着古董过日子。这不是那八旗子弟和溥仪先生自己的错，这明明是满清时候，满清皇帝因宠爱自己种族和宠爱自己子孙耽误他的。我们东方人，也因老天宠爱我们，给我们生长在这气候温和、物产丰富的地方，养得我们昏天黑地的，自己忘记了时辰八字，耽误我们，成了这个只图安息的惰性。

因此，你们读了这部《清宫十三朝演义》，且慢笑他们，慢恨他们，你们要记得“安乐死人，艰苦生人”这八个字。

中华民国十五年五月三日于上海

题许啸天新著《清宫十三朝演义》

天虚我生

鹊巢朱果太离奇，神话相传半信疑。
却被聪明人说破，姜嫄简狄尽如斯。

成败兴亡转瞬中，帝王家国总归空。
十三陵上孤臣泪，定与樱桃一样红。

禾黍秋风半草莱，十年史馆未曾开。
拼将一部《东华录》，说向茶余酒后来。

百战河山一局残，独留文字供汍澜。
中原此后无君主，应作龙门绝笔看。

序

自满清入主中夏以来，其中有两大遗憾。一则汉族遭其蹂躏，一则宫廷自为逸乐，收天下汗血之资，供一己声色之用，天下不平事，孰有甚于此者哉！考其二百六十余年中，自关外以至于入关，定鼎燕京，共计十三朝。我汉人忘亡国之痛，北面称臣，为虎作爪牙，所得甚少。而彼家天下者，横征暴敛，竭尽膏血，所失实多。慨乎逊清当国之中，对内战争有三次为最巨：一为入关之初，奄有中夏，征服南方，杀戮甚惨。扬州十日，嘉定三屠，其显著者也。二为洪、杨之役，自金田结党以至于南京开科，太平天国据有十余省之多，十余年之久，就中争城夺地，两军相接，鸡犬不留。故曾、左、彭、李诸人，在满清则为功臣，在汉族则为屠手。三为武昌起义，光复汉族。清将自忘汉人，一意顽抗，烧杀汉口，事亦至惨。对外战争，以中英、中法、中日、联军四役为最烈。赔偿军费，悉出民间，此国人所以日愁穷蹙也。至于宫廷之事，昔日无人敢道，实则趣闻秘史，较民间为多。综十三朝内外始终之事观之，正如舞台演剧，忽而锣鼓喧天，忽而笙歌匝地，此许子啸天所以有《清宫十三朝演义》之作也。书成问序于余，余即摭拾其大略付之，藉以为序云。

中华民国十四年十一月

上浣鄞县爱倭童仰慈序于瀣上

序

吾国四万万人民，去妇女外，仅得其半。此半数之中，求其识字者，百不得一。求其能读普通文字者，千不得一。求其读高尚书籍而能阐发者，万不得已。于是先觉之流，大声疾呼，兴起通俗教育，灌输浅近文字于普通人民之脑海，苦心孤诣，其法綦良。惜乎困于经济，收效恒鲜。予尝谓当另辟途径，循诱社会心理，用急进法，其惟小说乎？迩来书肆，发行小说，多数注重风月文章，谓其陶写性情则可，谓其增长知识则不可。许子啸天，文学界之健将也。所作文字，散见各报纸杂志甚夥。今春与予三月不见，偶询同人，佥谓方闭户著书。予逆料必有惊人之作贡献社会，果不阅月而以煌煌大作示予，书曰《清宫十三朝演义》，凡百回。翻阅一过，较《东华录》尤详。吾知是书一出，已读《东华录》者必读，未读《东华录》者必更读，盖小说往往较正史引人入胜也。古代历史甚众，然岁月迢远，情势变迁，后之人虽欲改革维新，已无所施其心力。清代去今仅仅十有五年耳，读此即知君主威权与现世潮流不合，读此即知民国基础非错节盘根不可。故是编演义，诚普通人民具世界眼光之终南捷径也。至辞藻香艳，叙事精详，脉络分明，布置密致，作者磬磬久经驰誉，雅不欲再赘芜辞，自蹈标榜。所堪代信者，付梓而后，洛阳纸贵，是意中事耳。是为序。

民国十五年五月上浣徐哲身

里头阿监已无存，处处原陵夜色昏。谁是宣阳斗鸡叟？向人雪涕说开元。
怊怅官娃有废斜，缭垣荒径入田家。春风麦饭无人洒，吹落棠梨满地花。

第一回 杏花天里莺鸣燕唱 布尔湖边月证山盟

翠峦列枕，绿野展茵；春风含笑，杏花醉人。在这山环水绕、春花如绣的一片原野里，黄金似的日光，斜照在一丛梨树林子里。那梨花正开得一片雪白，迎风招动。那绿顶紫领的小鸟，和穿梭似的在林子里飞来飞去。从高枝儿飞到低枝儿，震得那花瓣儿一片一片地落下地来，平铺在翠绿的草地上，好似一幅绸子上绣着花朵儿一般；夹着一声声细碎的鸟语，在这寂静的林子里，真好似世外桃源一般。正静悄悄的时候，忽然远远地听得一阵铃铛响，接着一片娇脆说笑的声音。当头一匹白马，马背上驮着一个穿紫红袍的女孩儿。看他擎着白玉也似的手臂，一边打着马，斜刺里从梨树林子里跑了出来。后面接二连三的有两个姑娘，一般也骑着马，从林子里赶出来。看去一个穿翠绿旗袍的，年纪大些，约莫也有二十岁前后了；一个穿玄色旗袍的，年纪大约十七八岁。他两个一边赶着，一边嘴里笑骂道："小蹄子！看你跑到天上去？"看看赶上，那女孩儿笑得伏在鞍鞯上，坐不住身；后面一个姑娘，拍着手笑嚷道："倒也！倒也！"这穿红袍的女孩儿，一个倒栽葱，真的摔下马来。一片绿油油的草地，这女孩儿躺在上面，真好似睡在软褥子上一般。这娃子正要挣扎着爬起身来，后面两个姑娘已经赶到面前。他们急急跳下马来，抢上前去，一个按住肩儿，一个骑在他胸脯子上，按得个结实。一齐掳起了袖子，数他的肋骨。那地下的女孩子，笑得他只是双脚乱踭。他擎起了两条腿儿，袍幅下面露出葱绿色的裤脚来，一双瘦凌凌的鞋底儿向着天。他们玩够多时，才放手让他坐起来。这小女孩子，望去年纪也有十五六岁了，长着长笼式的面庞儿，两面粉腮儿上擦着浓浓的胭脂，一双水盈盈的眼珠子，斜溜过去，向那姑娘狠狠地瞪了一眼，接着"嗤"的一声，笑了出来。这一笑，真是千娇百媚，任你铁石人看了也要动心。那年纪大的姑娘，指着他对那穿玄色旗袍的姑娘说道："二妹子，你看三妹子，又装出这浪人的样儿来了。"那三妹子笑说道："我浪人不浪人，与你们什么相干？"说话的当儿，那大姑娘蹲下身去，擎着臂儿，替他三妹子拢一拢鬓儿，说道："你看梳得光光的后鬓儿，出门来便弄毛了。回家去给妈见了，又要听他叽咕呢！"那三妹子一边低着脖子，让他姊姊给他拢头，一边嘴里叽咕着说道："还说呢？回家去妈问我时，我便说两个姊姊欺侮一个妹妹。"原来他姊妹三人，梳着一式的大圆头，油光漆黑，矗在头顶上，越显得袅袅婷婷。那两片后鬓，直披在脑脖后面，衬着白粉也似的颈子，便出落得分外精神。前鬓儿边，各各插着一朵红花，越显得眉清目秀，唇红齿白。

一会儿，那二姑娘拔着一手把小草儿来，三人团团围坐着斗草玩儿。正玩得出神，忽听得一声吹角响，大姑娘嚷道："爹爹回来了，咱们看去！"三姑娘回头看时，果然见他父亲跨着一匹大马，领头儿跑在前面。后面跟着一大群骡马，有七八条大汉，手里擎着马鞭子，个个骑着马赶着。望去黑黡黡的一串，慢慢地在山坡下走过去。三姑娘看见了，便丢下他两个姊姊，急急爬上马背，飞也似的赶了过去。这里大姑娘和二姑娘，也个个骑上马背，跟在后面。他父亲幹木儿，远远地见他女儿赶来，便停住了马候着。他是最欢喜三姑娘的，看看三姑娘一匹马跑到面前，便在马背上搂了过来，和自己叠着坐在一个鞍子上，一面说笑着走去。走了一程，远望山坳里，露出一堆屋子来。那屋子也有五六十间，外面围着一圈矮矮的石墙。幹木儿回过头来，对他的同伴说道："我们快到家了！……"一句话不曾说完，忽听得半空中“呜呜呜”一阵响，三枝没羽箭落在他马前。幹木儿看了，脸上陡地变了颜色。只说得一声：“嗯！”便气得他胡须根根倒竖，眼睛睁得和铜铃一般大，说道：“他们又来了吗？”便回过头去高声嚷道：“伙计，留神呵！我们又有好架打了！”那班大汉听了，齐喝一声：“拿家伙去！”便着地卷起一缕尘土，飞也似的向山坳里跑去。他姊妹三人，也跟着快跑。三姑娘一边跑着，一边回过头去看看布库里山尖儿上，早见有一个长大汉子，骑着马站着，好似在那里狞笑呢。

静悄悄的一座山乡，一霎时罩满了惨雾愁云。幹木儿家里，人声闹成一片。幹木儿的大儿子诺因阿拉，爬在屋脊子上，不住地吹那角儿，呜呜地响着。这一村里的人听了这声音，知道又要械斗了，便个个跳起身来，手里拿着家伙，往屋外长跑。也有骑牲口的，也有走着的。幹木儿领着头儿，一簇人约有三五百个，一齐拥出山坳来。山坳口原筑着一座大木栅门，他们走出了栅门，幹木儿便吩咐把棚门闭上，娘儿们都站在棚门里面张望。那布库里山北面梨皮峪的村民，和这山南面布尔胡里的村民，原是多年积下的仇恨。两村的人，常常寻仇雪恨，一言不合，便以性命相搏。到如今已有三年不打架了。这一天，梨皮峪的人打听得幹木儿从岭外赶得一群骡马回来。梨皮峪有一个村主，名唤猛哥，已是一个六十多岁的老头儿。他膝下有一个儿子，名唤乌拉特，出落得一表人才，膂力过人，他常常带领村众过山去报仇，总是得胜回来，这布尔胡里村上的人，吃他的亏已是不少，人人把这乌拉特恨入骨髓。如今他又带领一大群村民过山来，意欲劫夺那一群骡马。他一个人立马山顶，先发三枝没羽箭，算是一个警报。后来见幹木儿领了大队人马出来，他便把枪杆儿一招，那梨皮峪的村民，跟着他和潮水似的冲下山来。到得一片平原上，两边站成阵势，发一声喊，刀枪并举，弓箭相迎，早已打得断臂折腿，头破血流。幹木儿骑在高头大马上，指挥着大众，见有受伤的，忙叫人去抢夺回来，抬到棚门里面去。那班娘儿们忙着包腿的包腿，扎头的扎头。便是那幹木儿的三个女儿，也挤在人堆里帮着搀扶包扎。

他姊妹三人，大姑娘名叫恩库伦，二姑娘名叫正库伦，三姑娘名叫佛库伦。恩库伦已嫁了丈夫，正库伦已经说定了婆家，只有佛库伦，还不曾说得人家。他三姊妹都长得美人儿似的，只有佛库伦长得格外标致。平日村坊上的男子们，见了佛库伦，谁不爱他。便是没有话说，也要上去和他兜搭几句，借此亲近亲近美人的香泽。无奈这布尔胡里村坊上男子虽多，却没有一个看得上他的眼的。见了这班男子，连正眼也不肯瞧他一瞧。如今见自己村坊里的人和别人打架，不觉激发了他义愤的心肠，便帮着他母亲姊姊在棚门里看管那班受伤的。一会儿搀扶这个男人，一会儿安慰那个男人，一会儿替他们包扎伤口，一会儿拿水浆牛奶喂他们吃。说也奇怪，那班受伤的人，凡是经过三姑娘服侍的，便个个精神抖擞，包好了伤口，重复跳出栅门去厮打。这一场恶斗，布尔胡里的村民，和前三年大不相同，人人奋勇，个个拼命。看看那边梨皮峪的村民，渐渐打败下来。

那乌拉特站在马背上，看看自己的村民渐渐有点支不住了，他便大喊一声，跳下马来，舞动长枪，向人丛里杀进去。那支枪舞得四面乱转，大家近不得他的身，让出一条路来，他直奔幹木儿马前。幹木儿眼明手快，看看他到来，便在马上挽弓搭箭，飕的一声，那乌拉特肩窝上早中个着。只听得他大喊一声，转身便走。这里幹木儿拍马追去，三五百村民跟着大喊：“快捉乌拉特！快捉乌拉特！”这时梨皮峪的村民，见头儿受了伤，人人心惊，个个胆寒。大家转身把乌拉特一裹，裹在人丛里，向山顶上逃去。这里面独恼动了一个诺因阿拉，他在三年前和梨皮峪人械斗，曾吃乌拉特一箭，如今他见乌拉特也中了一箭，他如何肯舍？便紧紧地在后面追着，一心要把乌拉特生擒活捉过来，要报他一箭之仇。他逢人便杀，见马便刺，把这梨皮峪的人杀得落花流水，东奔西逃。他们到这时恨爹娘不给他多生两条腿跑得快些。看看杀到布库里山顶上，离自己人也远了；那梨皮峪村民，也七零八落，逃的逃，死的死，剩下不多几个了，但是那仇人乌拉特兀是找寻不到。诺因阿拉到底胆小，不敢追过岭去，便停枪勒马，跑下山来。

这一遭,布尔胡里人得了大胜,便人人兴高采烈,狂呼大笑。立刻斩了三头牛,六腔猪,十二腔羊,一百只鸡,召集了许多村民,男女老少,在幹木儿院子里大吃大喝起来。恩库伦姊妹三人,也跟着他爷娘吃酒。这一夜是四月十五,天上圆圆的挂上一个月儿,照在院子里,分外精神。那佛库伦姑娘,重匀脂粉,再整云鬟,在月光下面走来走去,那脸上出落得分外光彩。引得那班吃酒的人,未饮先醉,只听得满院子嚷着三姑娘的名字。有几个仗着酒盖住脸,上去和他胡缠,恼得三姑娘一溜烟避出院子去玩月儿。

天上明月,人间良夜。这布尔胡里地方,位置在长白山东面。胡天八月,冰雪载途,又在这万山丛沓之中。虽说是偏僻荒凉,绝少生趣,但是一到了这春夏之交,一般也是清风入户,好花遍野。如今这佛库伦,是人间绝艳,天上青娥;长在这山水穷僻之乡,毳幕腥毡之地,他孤芳独赏,对此良辰美景,便不觉有美人迟暮之叹。回想到布尔胡里的村民,都是一班勇男蠢妇,绝少一个英姿飘爽的男儿,可以和我佛库伦配得良匹的。他想到这里,又回想到日间那个乌拉特,他立马山头那种英雄气概,后来他指挥村民,直冲栅门,他那面庞儿越发看得亲切,真可以称得"唇红齿白,眉清目秀"八个字。像我佛库伦,倘能嫁得这样一个夫婿,才可称得才子佳人,一双两好呢。如今我和他是世代仇家,眼见得这段姻缘,只得付之幻影空花了。这是佛库伦女孩儿的心事。他站在院子外面,抬着脖子,一边望着月儿,一边钩起了他一腔情思。这个心事,除现在我做《清宫十三朝演义》的人外,在那时,只怕只有那天空中的一轮明月知道罢!佛库伦想到心烦意乱的时候,便忙撇下。忽然想起那布尔胡里湖边的夜景,一定不弱。这湖边是他和两个姊姊常常去游玩的,离家门又不远,他便悄悄地一个人分花拂柳地走去。

绕过山坡,便露出一片湖水来。这时四山沉寂,临流倒影。湖面上映着月光,照得和镜子一般明静。他拣一块临水的山石上坐下,一股清泉,从山脚上流下来,流过石根,发出潺潺的响声来。佛库伦到了这时,觉得心旷神怡,胸中尘俗都销。他仰着脸,只是怔怔地看着天上的月儿。忽然听得山脚下微微有人喘息的声音,接着窸窸窣窣一阵响,从长草堆里爬出一个人来。佛库伦见了,不觉吓了一大跳。正要声张起来,只见那人抬起头来,他面庞映着月光,佛库伦认得便是那乌拉特。这时他一寸芳心,不觉一阵跳动,忙把手绢儿按住了朱唇,静悄悄地站在一旁看他。只见乌拉特在地下爬着,可怜他浑身血迹模糊,脸色青白,嘴里不住的哼着。他挣扎着挨到那泉水边,低下头去,伸着两手,掬起泉水来往嘴里送。一连吃了几口,才觉得精神清爽些。谁知他一回头,见一个美人儿站在他面前,不觉吓了一跳,便喘着气问道:"姑娘,可是布尔胡里村中的人吗?"佛库伦听了,不好意思和他答话,便微微地点了一点头。乌拉特见了,便颤巍巍地站了起来,一步一步地向佛库伦身边走来。佛库伦看了,认作他要来报仇,忙转过身要逃去。那乌拉特在后面气喘吁吁地说道:"我乌拉特受了重伤,如今吃姑娘看见了,料想要逃也逃不脱身;姑娘你也不用回去惊动大众,我有一柄刀在这里,请姑娘把我的头割下来,拿回村去。一则,也显了姑娘的功劳;二则,我死在美人儿似的姑娘手里,也是甘心的。"他说着,从怀里拔出一柄刀来,"啷啷啷"一声,丢在地下,他自己的身子也跟着倒了下来。佛库伦听他话说得可怜,又见他扑倒在地面上,身子动也不动,一时倒也弄得他进退两难。候了半晌,佛库伦便忍不住上前去扶他起来。谁知那乌拉特伤口痛得早已晕厥过去,他那衣襟上血迹沾了一大块,那血水还是潺潺地流个不住,不觉打动了佛库伦的慈悲心肠,便伸手插在他肋下,慢慢地把他的身子拖到水边。屈着一条腿,把乌拉特的头枕在自己膝盖上,轻轻地把他衣襟解开,把自己的一方手绢蘸着水,替他洗去血迹。又扯下他一幅衣襟来,扎住伤口。这时乌拉特的脸,迎着月光,越发觉得英秀动人。他的鼻息,直冲在佛库伦的粉腮儿上。佛库伦正在细细地打量他的面貌,忽听他嘴里喊出一声"啊唷"来。乌拉特醒过来,睁开眼,见自己倒在美人儿怀里,不觉微微一笑。佛库伦羞得忙推开他的身子,一甩手要走去,谁知那只左手被他攥得死紧,任你如何挣扎,他总死捏住不放。不觉恼了这位美人,就地上拾起那柄刀来,向乌拉特的手臂上砍去。乌拉特却毫不畏惧，只是抬着脖子，不住嘴地说道："几时再得和姑娘相见，说说我感谢姑娘的心意？"佛库伦说道："你要和我相见么，除非到真真庙里去！"他一句话说完，嗤地笑了一声，一甩手，转身去得无影无踪了。

蓝关雪拥，巫峡云封。布库里山东面，有一座孤峰；壁立千仞，高插云霄。从布尔胡里村望去，好似骆驼颈子，昂头天外，村里人便唤他做骆驼嘴。那驼嘴峰上，隐约望去，红墙佛阁，好似有一座庙宇。村里的人每每要爬上峰去探望探望，苦得羊肠石壁，无可攀援。况又是终年积雪，无路可寻。一到春夏之交，有一股瀑布，从骆驼嘴上直泻下来，长空匹练，直注湖底。山下面便是布尔胡里湖，到这时水势澎湃，早把入山的路径，没入水底里去了。一到秋天，四山云气，又迷住了桃源洞口。所以村里人虽想尽千方百计，终不得见庐山真面。因此这一座孤庙，总如海上三山，可望而不可接，村里人便把这座庙宇称做真真庙。村里人有一句话："你要相见么，除非到真真庙里去。"这是说不容易见面，和不容易到真真庙里去一般。佛伦库姑娘对乌拉特说这句话，只因和他是世代仇家，不容见面的意思。

闲话少说，这时候又过了六个月，布尔胡里村上，早又是四望一白，好似银世界一般。村坊里人农事早罢，便个个背着弓骑着马，向山之巅水之涯，做那打猎的营生。斡木儿也带着五七个大汉，天天到西山射雕去。有一天，他射得好大一头獐，掮在肩膀上，嘻嘻哈哈地笑着回来。恩库伦和佛库伦接着进去。一个眼错，他姊妹三人，在后院子里商量生烤獐肉下酒吃。斡木儿一脚跨进院子去，那獐肉气味正熏得触鼻，便嚷道："好香的肉味啊！"一眼见他姊妹三人，正烤着火吃得热闹，斡木儿便嚷道："来！来！来！咱们大家来吃，莫给他姊妹们吃完了我们的！"一招呼，便来了十二三个，都是一家人，男女老少，便团团围住大嚼起来。吃到一半，斡木儿指看他三姑娘，笑说道："小妮子！人小心肠乖！便瞒着人悄悄地吃这个，也不知道我和你大哥去打得这只獐来，多么的累赘呢？你们女孩子们，只知道图现成！"一句话，说得佛库伦不服气了，他把粉脖子一歪，哼了一声，说道："女孩子便怎么样？爹爹莫看不起我们女儿，明天我和我姊姊上山去，照样捉一只来给爹爹看。"斡木儿听了，也把颈子一侧，说道："真的吗？"佛库伦说道："有什么不真！"斡木儿说道："拿手掌来！"佛库伦真的伸过手去，和他父亲打了手掌。顿时引得屋子里的人哄堂大笑，都说："明天看三姑娘捉一头大獐呢！"

俊犬快马，秃袖蛮靴。第二天一早，佛库伦悄悄地拉着他两位姊姊，出门打猎去。三匹桃花马，驮着他三个美人儿，一溜烟上了东山。到得山坡上 个个跳下马来，每人牵着一头狗，东寻西觅。见那雪地上都是狼脚印子，恩库伦说道："二位妹妹，我们须要小心些，这地方有大群的狼来过了，还留着爪印儿呢。我们要在一起，不要走散才好。"佛库伦一边答应着，一边只是低着头找寻。一会儿只见那头黑狗儿，仰着脖子叫了一声，飞也似的跑到那山冈子下面去，在壁脚上一个洞口，用他的前爪乱爬乱抓。佛库伦跟在他后面，知道洞里面有野兽躲着，忙向他两个姊姊招手儿。正库伦和恩库伦见了，便悄悄地走上去。见壁子下面有三个洞，西面一个洞大些，忙把腰上挂着的网子拿下来，罩住了洞口，对着那小洞里放了一鸟枪。突然有六七头灰色野兔，跳出洞外来，一霎时被网子网住了，左冲右突，总是逃不脱身。把个佛库伦欢喜得什么似的，两手按住那网子，只是嘻嘻地笑。正库伦上去，把网子收起，把六只兔子分装在他三姊妹的口袋里。正库伦说道："我们虽捉得几头兔子，三妹子在爹爹跟前，曾夸下海口，说去捉一只獐来，我想那獐儿是胆小的，必得要到荒山僻静的地方去找才有呢。"恩库伦听了说道："二妹子说得有理。"佛库伦说道："既这样，我们何妨到骆驼嘴下面找去？"三姊妹齐说一声："不错！"重复走下山坡来，跨上马，绕过山峡去，便见那骆驼嘴高矗在面前。

那布尔胡里湖紧靠着山脚，这时湖面上只看见层冰断木，冻水不波。他三人骑着马，绕着湖边走去。在那尽头，便露出一条上山的路径。这山势十分峻险，又是满山铺着冰雪，不容易上得去。大家下得马来，攀藤附葛地上去。走了一程，这三个姊妹走得娇喘吁吁，香汗涔涔。正库伦一抬头,见那山壁子上飞出一群野鹰来,便嚷道:"大姊姊快射!"那恩库伦这时也看见了,忙抽箭挽弓,"飕"的一声,一支箭上去,一只鹰跟着翻身落下地来。他的狗名叫卢儿的见了,呜的一声,飞也似的上去,含在嘴里。他三妹妹这当儿,便在路旁一块山石上坐下,说些闲话,把身边带着的干粮,掏出来大家吃一个饱。那卢儿嘴里含着死鹰,送到恩库伦跟前。佛库伦又夸张大姊姊眼力手法如何高强。又说:"怪不道大姊夫见了姊姊害怕!"正说时,正库伦一眼瞥见一只山狸,远远的沿着山壁子走来。他急忙从他大姊手里抢过弓箭来,也是飕的一箭,射中在山狸的脊梁上。那山狸正在雪地下翻腾,那头黑儿也跑去拦颈子一口咬住,拖到正库伦跟前。佛库伦看了,便嚷道:"好哇!你两个上得山来,都得彩头,独我没有吗?"他话不曾说完,只听得山冈子上有獐儿的叫声,佛库伦听了,一拍手说道:"好哇!我的也有了!"说着,便站起身来,挟了弓箭,也不等他姊姊,急急绕过山冈子去。恩库伦在后面唤他,他也不睬。

正库伦看看佛库伦去得远了,忙在后面赶上去。恩库伦看看,只剩下他一个在山腰里,便也只得跟着上去。山陡路滑,一步一步地挨着。挨了半天,看看前面,不见他两人的影子。谁知才转过山腰,只听得正库伦在前面哭喊。恩库伦心下一急,脚下一紧,忙追上去。一看,只见正库伦连爬带跳的向山壁子上走去。他往前一看,不觉吓得他身子软瘫了半边。原来那佛库伦在半山上,正被一只斑斓猛虎拦腰咬住,往林子里死拽。那头黑儿,也吓得倒拖着尾巴,跟在正库伦身后狂吠。一转眼,那大虫拖着佛库伦,向林子里一攒,便不见了。吓得恩库伦号啕大哭。他和正库伦两人死力挣扎着赶上前去,到得林子里,四面一找,静悄悄的不见踪迹,也听不到佛库伦的哭喊声。再看看雪地上的脚印,见一阵子乱踏,到了林子西面,便找不出脚印儿来了。他姊妹两人,心里十分慌张,一边哭着,一边唤着,四处乱寻。看看天色昏黑,也找不出一丝形迹来。正库伦心下急了,只见他大喊一声,一耸身向山下跳去。亏得恩库伦眼快,忙上前去抱住了。两人没有法想,只得凄凄惨惨的寻路下山。

回得家去,把这情形一层一节对他父亲说了。他两人话没有说完,满屋子的人便号啕大哭起来。他母亲格外哭得伤心,逼着她丈夫,要连夜上山去找寻。幹木儿也懊悔昨天不该和他赌手掌,说这句玩儿话,逼得他今天闹出这个乱子来。当下便招呼了许多伙计,擎枪提刀,灯笼火把,一大簇人上山找寻去。不知佛库伦性命如何,再听下回分解。

一部一百回大书,使俗手为之,不知闹若干空排场,扭扭捏捏,令人作呕!今此书从三女游春写起,桃红柳绿,莺鸣燕唱。斫轮老手,自是不凡。真所谓"信手拈来,都成妙谛"也

近代文学,最重写实,历史小说,尤非富有学识实地采访不为功。著者游满三载,于彼土之人情风俗,洞烛靡遗;名胜古迹,尤多考核。开卷一番描写,塞外风光,恍然置身在白山黑水间也。

一朝开创,必多假托:譽妃吞卵,圣母履迹;虚伪相承,明知故犯。满清始祖,人人知其为爱新觉罗布库里雍顺矣。然纵览《东华录》官私记载及近时稗乘,必托之于神鹊朱果之奇。今读此第一回,独排众议,风情旖旎,曲折写来,不独不落案臼,且亦破除迷信不少。

第二回 洞房天半神仙眷 毡幕地中龙虎儿

却说佛库伦离了他两个姊姊，抢上山冈子去，四下里看时，静悄悄的也不见獐儿的踪迹。正出神的时候，忽觉得颈子后面鼻息咻咻，急回过脖子去看时，不觉"啊哟"一声，惊出一身冷汗来。急拔脚走时，可怜他两条腿儿软得和棉花做成的一般，休想抬得动身体。原来他身后紧靠一簇松树林子，林子里奔出一只斑斓猛虎来。那虎爪儿踏在雪上，静悄悄的听不到声息。待到佛库伦回头看时，那只虎已是在他背后拱爪儿了。佛库伦到底是一个女孩儿，有多大胆量，有多大气力？那只虎把他屁股一摆，尾巴一剪，呼的一声吼，和人一般站了起来。擎着他两只蒲扇似大的爪儿，在佛库伦肩头一按，可怜他一缕小魂灵儿出了窍，倒在地下，一任那大虫如何摆布去，他总是昏昏沉沉的醒不回来。隔了多时，他只觉得耳根子边有人低低的叫唤声音。佛库伦微微睁眼看时，他一肚子的惊慌，变了一肚子的诧异。原来那老虎说起人话来了，只听他低低地说道："姑娘莫怕，我便是乌拉特。"看他把头上的老虎脑袋向脑脖子后面一掀，露出一张俊秀的脸儿来。站起来把身体一抖，那包在他身上的一层老虎皮，全个儿脱下来。浑身紧软皮衣，越显得猿臂熊腰，精神抖擞。他身后站着五七个雄赳赳的大汉，乌拉特吩咐把绳椅搬过来，自己去扶着佛库伦坐在上面，低低地说道："姑娘莫害怕，这绳子是结实的。"他一擎手，只见那山壁子上绳子一动，把个佛库伦挂在空中，吓得他只把眼睛紧紧闭住，那身体好似腾云驾雾的直向山峰上飞去。忽然绳子顿住了，睁眼看时，原来这地方已在驼嘴峰顶，真真庙前。

什么是真真庙？原来是山峰上一大块红色岩石，好似屋檐一般，露出一个黑黝黝的山洞来。从山下望上去，好似一座红墙的小庙。这时乌拉特也上了山顶，洞里面走出两个女娃子来，上前扶住了佛库伦，向洞门走去。洞口遮着一幅大红毡帘。揭起帘子，里面灯光点得通明。只见四壁挂着皮幔，地下也铺着厚毯子，炕上锦衾绣枕，铺陈得十分华丽。佛库伦在炕上坐下，只是低着头，说不出话来。那乌拉特上前来作了三个揖，又爬下地去碰头。羞得佛库伦站起身来，转过脖子去，再也回不过脸儿来。只听乌拉特爬在地下说道："我乌拉特生平是一个铁铮铮的汉子，淹们梨皮峪地方，美貌的娘儿们，也不知道有多少，俺从不曾向他们低过头。自从那天月下见了姑娘，又蒙姑娘许俺在真真庙里相见，俺的魂灵儿便交给姑娘了。行也不是，坐也不是，吃也没味，睡也不安。俺便费尽心计，上这山尖儿来，铺设这间洞房。又怕明火执仗的来打劫，恼了姑娘，又害姑娘得了不好的名儿，便天天在暗地里打听。如今打所得姑娘要上山来打猎，便假装一只猛虎，在山冈子下守候。天可见怜，姑娘果然来了。姑娘现在既到了此地，可也没得说了，是姑娘自己答应在真真庙里见面儿的，俺拼了一辈子的前程，在这山洞子里陪伴姑娘。”一个何等要强的佛库伦，给他一席话，说得心肠软下来。从此跟着乌拉特，在山洞子里，暮暮朝朝的度那甜蜜光阴。眼看着一个英雄气概的男子，低头在石榴裙下，便说不出的千恩万爱。他俩在洞子里，促膝围炉浅斟低酌，倒也消磨了一冬的岁月。

到得春天，佛库伦偶尔在洞门口一望，只见千里积雪，四望皎然。又看看自己住的地方，真好似琼楼玉宇，高出天外。又向西一望，见山坳里一簇矮屋，认得是自己的家里。他想起自己父母，这时不知怎的悲伤，便不由得两行泪珠儿落下粉腮来，急忙回进洞去，坐在炕沿上，只是吊眼泪。乌拉特见了，忙上前来抱住，低低的慰问。这时佛库伦心中，又是纪念父母，又是舍不得眼前的人儿。经不得乌拉特再三追问，他便把自己的心事说出来。乌拉特听了，低着头想了一会儿，说道：“拼着俺一条性命，送姑娘回家去吧！”佛库伦听了，连连摇头，说道：“这是万万使不得的！我家恨你深入骨髓，如今你又抢劫了我，我爹爹如何肯和你干休？你此去，一定性命难保。你不如放我一个人回去，我见了父母，自有话说。”乌拉特听说要离开他，忍不住落下几点英雄泪来，说道：“姑娘去了，怎的发付我呢？”这句话，说得佛库伦柔肠百折。他心想：“俺们布尔胡里地方男子，都是负心的，难得有这样一个多情人儿，可惜俺和他是世代冤仇，眼见这段姻缘是不能成功的了。罢罢罢！拼了我一世孤单，我总想法子和他做一对白头偕老的夫妻。”当时他便对乌拉特说明了：“此番回家去探望一回父母，算是永远诀别；早则半载，迟则一年，总要想法子来找你，和你做一对偕老的夫妻。——只是怕到那时你变了心呢。”乌拉特听了，便向腰里拔出一柄刀来，在臂膀上搠一个透明的窟窿，那血便和潮水般涌出来，忙拿酒杯接住，送到佛库伦嘴边去。佛库伦喝了半杯，剩下半杯，乌拉特自己吃了。这是他们长白山地方上人最重的立誓法，意思是说谁背了誓盟，便吃谁杀死了喝他的血。

当时乌拉特臂上吃了一刀，佛库伦一时不忍离开他，忙替他掩好了伤口，服侍他睡下。两人又厮守了十多天。一天晚上，天上一轮皓月，照着山上山下，和水洗的一般。佛库伦和乌拉特肩并肩儿站在洞口望月，忽然又勾起了佛库伦纪念父母的心事。乌拉特便吩咐挂下绳椅，两人握着手，说了一句“前途珍重”，那绳椅沿着山壁飞也似的下去。乌拉特站在山顶上，怔怔地望着，直到望不见了，才叹了一口气，回进洞去。

这里斡木儿自从丢了女儿佛库伦以后，天天带人到山前山后去找寻，一连寻了一个月，兀自影踪全无，把个斡木儿急得抓耳摸腮，长吁短叹。他母亲也因想念女儿，啼啼哭哭，病倒在床。他两个姊姊，亲眼看他妹子被老虎拖去，越发觉得凄惨。想起他妹子来，便哭一回说一回。一家人都被惨雾愁云罩住了，再加门外冰雪连天，越发弄得门庭冷落，毫无兴趣。看看过了冬天，又到春天。恩库伦到丈夫家里了，丢下正库伦一个人，凄凄惨惨的，每天晚上他爬在炕上，陪伴母亲，手里拈着一片鞋帮儿，就着灯光做活计，心里想起妹妹死得苦，一汪眼泪，包住眼珠子。忽见门帘子一动，踅进一个人来。抬头看时，哪来的不是别人，正是合家人想念着的三姑娘佛库伦。正库伦见了，一耸身向前扑去，喊了一声：“我的好妹子！”他母亲从梦中惊醒过来，欢喜得搂在怀里唤心肝宝贝。一时惊动了合家老小，都抢进屋子来看望，动员会斡木儿拉住了他女儿，问长问短。佛库伦扯着谎说道：“我当时昏昏沉沉的被老虎咬住了，奔过几个山头，恰巧遇到一群猎户，捉住老虎，把我从老虎嘴里夺下来。看看腰上已是受了伤，便送到他家去养伤。他家有一个老妈妈，照看我十分周到。过了两个月，我的伤才好，接着又害了寒热病。他家住的是帐篷，我病得昏昏沉沉的时候，跟着他搬来搬去，谁知越搬越远。到我病好时，一打听，原来吃他们搬到叆阳堡去了。”斡木儿听了，说道：“哎哟！叆阳堡，离这里有八百里地呢？我的孩儿，你怎么得回来呢？”佛库伦接下去说道：“幸亏在路上遇到他们的同伙，说到东北长白山射雕去，孩儿便求着他们，把孩儿带回家来了。”一席话说得两位老人家千信万信。这一夜佛库伦依旧跟着正库伦一被窝睡。到了第二天，恩库伦也知道了，忙赶回来。姊妹三人唧唧哝哝说了许多分别以后的话。佛库伦拉住了他大姊,不放他回家去。从此以后,他姊妹三人,依旧在一处吃喝说笑。布尔胡里全村的人也不觉人人脸上有了喜色。

寒食过了,春来迟暮。看看四月天气,在江南地方,正“开到荼蘼花事了”的时候,在长白山下,兀自桃李争妍,杏花醉眼,花事正盛呢。布库里山前后村坊上,一班居民久蛰思动,春风入户,轻衫不冷,个个要到山边水涯去游玩游玩。这时骆驼嘴上一股瀑布,便挟冰雪直泻而下。自夏而秋,奔腾澎湃,没日没夜地工作着。在山下的居民,便是睡在枕上,也听得他一片水声。这水声听在别人耳朵里,却没有什么难受,独有听在佛库伦耳朵里,便觉得柔肠寸断,情泪为珠。因此村中红男绿女,人人出外去游玩,独有佛库伦闷坐在家里,不轻出房门一步。他想起了在骆驼峰顶上,和乌拉特这一番恩爱,早已痴痴迷迷的魂灵儿飞上山顶去了。他母亲认作他是害病,急得四处求神拜佛。独有恩库伦暗暗的留神,早有几分瞧料。这一天,斡木儿因他女儿害病,便去请了一个跳神的来在院子里做法事,合家男女和邻舍,都挤在一块看热闹。恩库伦趁这空儿,溜进房去,见他妹妹独自一人盘腿坐在炕上发怔。他上去搂住他颈子,悄悄地说道:“小鬼头!在外面干的好事!打量你姊姊看不出来吗?”佛库伦吃他顶头一句罩住了,答不出话来;只是两眼怔怔地向他大姊脸上瞧着。恩库伦看了,越发瞧料了七八分,便说道:“你且慢和我分辩,听你姊姊细细说来:你说给老虎拖去,咬伤了腰,后来虽说把伤养好了,怎么现在腰眼上没有一点伤疤?又说接着害寒热病,我们关外人,凡是害寒热病的,一二十天不得便好;便是好了,那脸上的气声,一时也不能复原。况且据你说,跟着他们住在帐篷里,搬来搬去,这游牧的生涯,何等辛苦,你又是受伤大病之后,如何没有一点病容?如何没有一点风尘气色?你才回家的时候,我细细看你,不但没有一点憔悴气色,反觉得你的面庞儿比从前圆润了些。你告诉我在外面受苦,我看你说话的时候,不但没有愁容,却反有喜色;这是你故意嘴里说得苦恼,肚子里自然有你快活的事体。再说到你跟着那班猎户,东里走到西里,你和一班陌生男人住在一处,万万保不住你的身子的。你想俺们关外地方的男子,谁不是见了娘儿们和饿鬼一般似的?何况妹妹又在落难的时候,他们又是一 班粗蛮猎户,妹妹又长得这样 一副标致的面庞儿,又跟着他们住在帐篷许多日子;妹妹你有什么本领,保得住你的身子?那时妹妹倘然保不住身子,回家来不知要怎样的苦恼伤心;如今妹妹回来,却一点没有悲苦的样子。这猎户一节,便是妹妹扯的谎。可是做姊姊的有一句放肆话,妹妹不要生气,我如今看定妹妹绝不是女孩儿了!不但不是女孩儿,且肚子里已有孩儿了!”

佛库伦听到这里,不由他粉脸涨得通红,“啊”地叫了一声,却接不下话去。恩库伦不容他分说,便接下去说道:“妹妹这几天病了,爷妈为了妹妹的病,急得六神无主。其实妹妹那里是病,简直是小孽障在肚子里作怪!妹妹不用抵赖,妹妹虽不肯告诉我,妹妹那种懒洋洋的神气,早已告诉我了。妹妹不是常常呕吐吗?不是嚷着腰酸吗?不是爱吃那酸味儿吗?这样的都是小孩儿作怪的凭据。爷妈只因一心可怜你,被你一时瞒住了。俄做大姊的,是过来人,你怎么瞒得?再者,你自己拿镜子照照看,你的眉心儿也散了,还和我混充什么小姑娘呢?好妹妹,你还是和我老实说罢!你在外面怎么闹的?”这一席话,说得迅雷不及掩耳。佛库伦这几天正因离开他那心上人儿,很不自在;又因肚子里种下祸根,抱着一肚子的羞愧悲愁,找不到一个可以商量的人。听了他姊姊一番又尖刻又亲热的话,不由得他心头一挤,眉头一锁,小嘴儿一撅,卖起瓢儿来了。一扭头,倒在他姊姊怀里,抽抽咽咽哭得柔肠婉转,云鬓蓬松。恩库伦上去搂着他,劝着他,佛库伦这才把自己的委屈情形,一五一十地说了出来。

恩库伦听了,怔怔地半晌,说道:“这才是饥荒呢!你想俺爷爷也算是这布尔胡里村上一位村长,这村坊上的人,又多么看重妹妹?去年窝家集牛录的儿子,打发人来说媒,俺爷爷也不肯给。如今给他知道他宝贝的女儿,给俺村里的仇人糟蹋,叫他老人家这一副老脸嘴搁到什么地方去?这个风声传出去,不但是俺爷爷村长的位置站不住,便是妹妹也要给合村的人瞧不起。妹妹肚子里的孩子,俺村里人决不容他活在世上的。”恩库伦说到这里,佛库伦从炕上跳下地来,直挺挺地跪在地下,嘴里不住地说:“姊姊救我!”恩库伦一面把佛库伦扶起,拿手帕替他拭去了眼泪。正无法可想的时候,忽见正库伦一脚踏进房来。见他三妹子哭得和带雨梨花似的,忙上前来问时,佛库伦暗暗地对他大姊递眼色,叫他莫说出来。恩库伦说:“俺们自己姊妹,不用瞒得;况且二妹子原比俺聪明,告诉他也须有一个商量处。”接着把佛库伦如何与乌拉特结识,如何肚子里受了孕,从头到尾,说个明白。正库伦听了,吓了一大跳,尽是睁着眼,目不转睛地怔怔地向佛库伦脸上看着。佛库伦吃他看得不好意思,忽见正库伦一拍手说道:“有了!”恩库伦忙拉着他,连连追问:“二妹妹有了什么好计策呢?”正库伦坐上炕来,三姊妹脸贴脸,听他悄悄地说道:“俺们不是常常听人说,高句丽的始祖朱蒙,是柳花姑娘生的吗?他姊妹三人,大姊姊柳花姑娘,二姊姊苇花姑娘,三妹妹萱花姑娘。那柳花姑娘,也是女孩儿,有一天他独自一人站在后院里,天上吊下颗星来,攒进柳花姑娘嘴里,便养下这个朱蒙。高句丽人说是天上降下来的星主,便大家奉他做了国王。如今三妹妹也可以找一样东西吞下肚去,推说是这东西落在肚子里变成了孩儿。过几天养下孩儿来,倘是男孩儿,村坊上人也许奉他做村长呢。”恩库伦听了这一番话,顿时恍然大悟。佛库伦还不十分相信,说道:“怕使不得吗?”恩库伦说道:“怎么使不得?你不听得爷爷也曾和俺们说起,中国古时商朝的皇帝,他母亲简狄和妃子三个人,在池塘里洗澡,天上飞过一只黑雀儿,吊下一个蛋来,简狄吞在肚子里,便养下商朝契皇帝来?如今俺们候天气和暖时候,也到布尔胡里湖洗澡去,那湖边上不是长的红果树吗?三妹子吞下一个红果去……”三人正说得出神,外面跳神也跳完了,走进一群人来,都是邻舍的姊妹们,围住了炕,拉着佛库伦的手,问长问短。佛库伦这时肚子里有了主意,那脸上的气色也滋润了,精神也旺了。大家说:“到底菩萨保佑,跳神的法术高,所以三姑娘好得这样快!”斡木儿老夫妻两个看了,也放心了许多。

匹练孤悬,银瓶倒泻。布尔胡里湖上,这时又换了一番景色:一泓绿水,翠嶂顾影,沿山万花齐放,好似披了一件绣衣。一股瀑布,直泻入湖心,水花四溅,岩石参差。两旁树木蓊茂,临风摇曳;两行花草,直到山脚。那山脚下的石块,被水冲得圆润洁滑。湖底澄清,游鱼可数。布尔胡里村里的女娘们,因为这地方幽静,常常背着人到湖里来洗澡。两岸森林,原是天然的屏障。这一天,恩库伦姊妹三人,偷偷地到这瀑布下面来洗澡。他三人露着洁白的身体,在水面上游泳自在。一群一群蜂儿蝶儿,也在他们云鬓边飞来飞去。佛库伦在水里戏耍多时,觉得四肢软绵绵的没有气力,便游近岸边,拣 一块光洁的山石坐下。猛回头,见那驼嘴峰上,青山依旧,人面全非,不觉迎着脖子,怔怔地痴想。正出神的时候,忽听得一阵鹊儿咶噪的声音,从北飞向南去;飞过佛库伦头顶时,半空中落下一颗红果来,不偏不邪,恰恰落在佛库伦的怀里。佛库伦拾在手里看时,见他鲜红得可爱。忽听恩库伦在一旁说道:“三妹子,快把这红果吞下肚去,这是天赏给你的呢。”佛库伦听了,心下会意,便一张嘴,把这红果吞下肚去了。接着正库伦和恩库伦也爬上岸来,揩干了身上的水,各各穿上衣服,走回家去。他三人在路上把话商量妥了,一走进屋,恩库伦便把“鹊儿衔着红果落在三妹妹的嘴里,三妹吃下肚去,觉得肚子里酸痛……”一派鬼话,哄过了他爷妈。

过了一个多月,佛库伦肚子果然慢慢地大起来。他母亲看了诧异,再三盘问,佛库伦死咬定说是吃红果起的病。他母亲急了,找了村里有名的大夫来瞧病,也看不出他什么病症来。她和丈夫斡木儿商量,斡木儿说:“我也看三姑娘的肚子有些蹊跷,俺们不如去请萨满来问问罢。”这句话一说出,吓得佛库伦胸头小鹿儿乱撞。原来他们长白山一带的人民,都十分信仰萨满。萨满是住在佛堂里的女人,传说这女人法力无边,人民倘有疑惑不决的事去求萨满,萨满便能把菩萨请来,告诉你吉凶祸福。如今佛库伦听他爷爷说要去请萨满,深恐萨满把他的私情统统说出来,心中如何不急。当下他也不敢拦阻,一转背求他二姊把大姊姊去唤了来。姊妹三人在屋子里唧唧哝哝的商量了半天,恩库伦想出一条主意来,说:“索性弄鬼弄到底,如此如此,……那时三妹子生下孩儿来,管教你合村的人人人敬重,个个羡慕。”说着,佛库伦从衣包底里拿出一粒圆眼似大的东珠来,交给他大姊。恩库伦怀里藏了东珠,悄悄地踅到后街去找萨满说话。

隔了一天,斡木儿果然把萨满请来,只见四个庙祝抬着 一张神桌,那神桌四脚向天,萨满便盘腿儿坐在桌底板上。四个庙祝,各抱着一条桌腿,把他送进斡木儿的院子里去。这时斡木儿院子里挤满了人,大家听说斡木儿家里请萨满,便一齐赶来看热闹。看那萨满时,原来是一个干瘪老婆婆,手里捏着一枝长旱烟杆儿。恩库伦见了,忙抢上前来扶进屋子去。这时屋子里烧着香烛,供着三牲,屋子中间挂着 一幅黑布,从屋梁上直垂下地来。萨满上去向地下蹲了一蹲,行过礼儿。斡木儿带领他妻子儿女也向神坛行了礼。萨满抽了一筒烟,踅到黑布后面去。这时满屋子人静悄悄的,恩库伦捏着一把冷汗,佛库伦胸头乱跳,脸色急得雪也似白。停了半晌,只听得布帘里面重滞的嗓音说道:“菩萨叫布尔胡里村长斡木儿听话。”那斡木儿听了,忙上去爬在当地,他儿子诺因阿拉也跟着跪下。听那萨满接着说道:“你女儿佛库伦,前生原是天女,只因此地要出一位英雄,特叫神鹊含胎,寄在你女儿肚子里。生下来这孩子,将来是了不得的人物,你们须好好看待他。他是天上的贵种,不能姓你们的姓,如今我预先赏他一个姓、一个名。将来这孩子生下地来,不论他是男是女,总给他生爱新觉罗;他的名叫布库里雍顺。”那萨满说到这里,便再也不作声了。斡木儿知道他话说完了,忙磕了三个头,站起来。那萨满也从布帘里转了出来,大家送他出门。这一回,把个诺因阿拉快活得在院子里乱嚷乱跳,说:“俺爷爷做了村长,俺妹妹索性生出天神来了!”这句话,一传十,十传百,一霎时传遍了全村。那班村民,从这一天起,不断地送礼物。有送鸡鹅的,有送枣栗的,也有送一腔羊一腔猪的,也有几户人家合送一头牛的。斡木儿的仓库里都堆满了。佛库伦的肚子,一天大似一天,他母亲每天杀鸡宰猪的调理他。到了第六个月上,果然生下一个又白又胖的男孩儿来。眉眼又清秀,哭声又洪亮,合家人欢喜得和得了宝贝似的。远近村坊上人,都来看看这个小英雄。佛库伦想起乌拉特那种英雄气概,又看看怀中的乳儿,便说不出的又是欢喜,又是伤感。

一年容易又春风。这爱新觉罗布库里雍顺出世已是一周岁了。斡木儿拣了一个好日子,祭堂子谢天。前三天,便在院子里下一对石桩,桩上树一枝旗杆,旗杆上装着一个圆斗,斗里面装满了猪牛羊肉,高升在杆顶上,算是祭天的意思。过了三天,便是正日。一早起来,便有许多村民进来道喜,院子里一字儿排列着三头牛,三头猪,三头羊,还有鸡鸭鹅鸽许多小牲口。中央神坛上,供着释迦牟尼、观世音、关公二位神道。烧上大炉子的香,神坛四面又烧着蜡油堆儿。那火光烟气,直冲到半天。布尔胡里村上的家长,都盘腿儿坐在神坛两旁,两面围墙脚下,都挤满了人头,个个伸长了脖子,候那跳神的。停了一回,四个跳神的女人,连串儿走进院子来,看他个个打扮得妖妖娆娆,头上插着花朵,脸上擦着脂粉,小蛮腰儿,粉底鞋儿,腰带上又挂着一串铃儿,一扭一捏地走着。走一步,那铃儿叮叮响着。他一手握着一柄銮刀,一手擎着一根桦木杆儿,杆上也挂着七个金铃儿。四个人走到神座前,一齐蹲下地去。行过礼,站起来,各占一方,啷啷啷摇动桦木杆儿,嘴里唱着,脚下跳着。身后有八个老婆婆,个个手里拿着乐器。也有弹月琴的,也有拉弦索的,也有吹筝的,抑扬宛转,跟着跳神的脚步,来来去去,看得大家眼花缭乱,神魂飘荡。跳够多时,便有四个大汉,抬着一只活猪,一人提一条腿儿,飞也似的走到神坛跟前放下。那位萨满,便慢慢地走过来,捧着酒瓶,向猪耳朵里直倒,那猪连扇着耳朵。大家看了,拍手欢呼,说:“菩萨来享受了。”两个大汉,拿起快刀,割下两个猪耳来,供在神坛上。那班跳神的女人,又围着猪,跳了一阵,唱了一阵,把猪抬去洗剥。这里把神坛撤去,许多客人围着斡木儿,向他道喜。诺因阿拉便招呼人在院子里安设座位。只见院子里满地铺着芦席,席上面铺着褥子,中间安设炕桌,每十个人围着一个炕桌坐下。诺因阿拉和他妹妹恩库伦招呼客人,看看客已坐齐,大约得六七十席。斡木儿便吩咐上肉,便见屋子里连串儿走出六七十人来,个个头上顶着大铜盘,盘里盛着一块正方一尺来阔的白煮猪肉；接着又去捧出六七十只大铜碗来，里面满满的盛着肉汤，汤里浸着一个大铜勺。每一个客面前搁着一个小铜盘，每一席上搁着一个小瓷缸，满满的盛着一缸酒。斡木儿站在上面，说一声："请！"大家动手，把酒缸捧来呷一口酒，一个一个递过去，都喝过了；便个个向怀里拿出解手刀来，割着肉片儿吃着。这肉和汤都是淡的，客人都从衣袋里拿出一沓酱纸来，这纸是拿高丽纸浸透了酱油晒干的，看他们都拿纸泡在肉汤里吃着。满院子只听得喊添肉添汤的声音，把这许多伺候的人忙得穿梭似的跑来跑去。斡木儿站在当地，四面看着，他快活得掀着胡子，笑得闭不拢嘴来。这一场吃，直到夕照衔山，才个个罢手。大家满嘴涂着油腻，笑嘻嘻地上来向主人道谢。正热闹的时候，忽见一个孩儿，斜刺里从人堆里挤进来，哺着斡木儿耳边，低低地说了几句话。把个斡木儿气得两眼和铜铃似的，胡须和刺猬似的，大喝一声，箭也似的直向大门外跑去。不知斡木儿听得了什么消息，且听下回分解。

芝草无根，醴泉无源；古来英雄，都是情种。盖非聪明美丽恩情充满之父母，不能产龙腾虎骧出人头地之俊物。吾于布库里雍顺之出世也益信。

野蛮民族，非假神权，无术驾驭！吾读泰西说部，如鬼山狼侠等，往往而有。恩库伦能见及此，亦可谓女中豪杰。

第三回 三尺粉墙重温旧梦 六十处女老做新娘

却说斡木儿屋子后面，粉墙如带，繁花如锦。一树马樱花，折着腰儿，从墙缺里探出头来，那花瓣儿一片一片地落下地去。墙根边这时有一对男女，静悄悄地坐着。那女的便是佛库伦，男的正是乌拉特。佛库伦软靠在乌拉特怀里，一边哭着，一边诉说他别后的相思和养孩儿的痛苦。乌拉特一边劝慰着，一边伸手替他抹眼泪。正是千恩万爱，婉转缠绵。那一抹斜阳，红上树梢，也好似替他两人含羞抱恨。这时斡木儿的外孙儿印阿，是恩库伦的儿子，年纪也有十二岁了，他正爬在树上采花儿，一眼见墙根下一对男女对泣着，再定睛看时，认得那男人是乌拉特，女人便是他阿姨佛库伦。这乌拉特，是布尔胡里村上男女老少人人认识他的，也是人人切齿痛恨不忘记他的。印阿一时兴头，也忘记了忌讳，便悄悄地去告诉了他公公斡木儿。

斡木儿是一村之长，又是一个好胜的老头儿，叫他如何忍得？便立刻跳起身来，赶出大门去，要和乌拉特去厮拼。这时村坊里有一个霍集英，长得高大身材，气力又大，全村的人，除了斡木儿以外，要算他最得人心。当时他见了，忙抢上前去一把拉住斡木儿，问起情由，斡木儿又不好说得。这时客人未散，大家便围着印阿。印阿被他们逼得没有躲闪处，只得一五一十地说了出来。他母亲恩库伦在一旁听了，捏着一把冷汗。大家听完印阿的话，便面面相觑，一时里说不出话来。霍集英一转身，把斡木儿两手捉住，反绑起来，同时大家翻过脸来，把斡木儿合家老小一齐捉住，绑在院子里大树上。一面霍集英带了四五十个大汉，赶到后院子，悄悄地埋伏在墙头上。霍集英自己爬在树梢头，侧着耳朵听时，他两人唧唧哝哝，正谈到情浓时候。忽听得一声大吼，和半天里起了霹雳似的，墙头上跳下许多人来。有一个大汉，从乌拉特头顶儿上跳下来，骑在他颈脖儿上，被乌拉特一耸肩，那人直摔在五七丈以外，脑袋碰在石块儿上死了。这时佛库伦吓得只向乌拉特怀里倒躲。霍集英见了，怒不可当，赶上前去抢夺。乌拉特一手搂着佛库伦，倒退在墙角里，腾出一只手来，揪住人便摔，也有被他摔死的，也有被他脚踢着受了伤倒在地下哼的。乌拉特地位又站得好，气力又大，一时被他弄翻了一二十人，看看奈何他不得。可是村里的人越来越多，有许多人拿着刀枪，蜂拥上去。正在乱哄哄的时候，忽然半空中飞来一条套马绳子，乌拉特一时措手不及，连臂儿腰儿都被他套住了。随手一拽，揪翻在地。八九十人一齐拥上去动起手来，拿他上下十几道绳子捆绑起来，绑得和粽子相似。佛库伦也吃他们绑住了，一齐推进院子来。

霍集英坐在当地审问，乌拉特一句也不躲赖，把上一回如何受伤，如何躲在湖边林子里，如何在月下与佛库伦相见，如何佛库伦答应他在真真庙里相见，如何上骆驼嘴去打扫山洞，如何假装猛虎劫佛库伦上山峰，如何在山洞里结下恩情，如何送他下山，如何打听得佛库伦生下孩儿，如何暗地里通消息与佛库伦第三次相见，商量带了孩儿逃回梨皮峪去做长久夫妻……从头至尾，说得一字不漏。两旁的人，听得个个咬牙切齿。许多女人，都拿手指着佛库伦，骂他不识恩仇，不爱廉耻，顿时院子里闹盈盈的嚷成一片。霍集英站起来，喝住众人，便招呼了十二个在村中管事的家长上去，商量了一回。大家都说这私通仇家的罪名，俺村里祖宗一向传下来是该烧死的，如今俺们也把乌拉特佛库伦和爱新觉罗布库里雍顺三人拿去烧死。至于斡木儿，身为村长，他女儿做下这丢脸的事体，也该把他全家人赶出村去。这番话，大家听了，都说快意。当夜便把乌拉特佛库伦和他们孩儿三个人，关在 一间屋子里；又把斡木儿两老夫妻，和正库伦、诺因阿拉四个人关在一间房子里。恩库伦原也有罪，只因他儿子印阿有报信的功，将功赎罪；又因为他是已经出嫁的人，便依旧放他回丈夫家去。

第二天，在村口山坳里，搭了一个台，台上铺了许多麻秸柴草引火之物。远近村坊里的人，从早起便围在台下看热闹。直到正午时分，只见一簇人，拿板门抬着乌拉特和佛库伦二人，那小孩子也绑在佛库伦怀里，一会儿推上了台，台上竖着两根木柱，他两人紧紧地绑在木柱上。看乌拉特时，依旧是笑吟吟的脸不改色；只有佛库伦低垂粉颈，那眼泪和断线似的珍珠滴个不住。布库里雍顺在他母亲怀里，也哭得声嘶力竭。台下许多人都围着、看着、笑着、骂着、跳着，闹成一片。停了一回，佛库伦睁眼看时，见他爷爷、妈妈和哥哥、姊姊垂头丧气的在前面走着，后面一大群村民，个个肩上掮着刀枪，押着走出村去。只有恩库伦一个人，哭哭啼啼，跟在后面送着。走过台下的时候，他母亲抬起头来，唤了一声我的孩儿！早被台下一班闲看的人，连声喊打，推出山坳去了。佛库伦眼前一阵昏黑，便晕厥过去。

隔了多时，一阵一阵浓烟冲进鼻管，惊醒来看时，那台下早已轰轰烈烈地烧着，一条一条火焰，和毒蛇舌头似的，直向他身上扑来，可怜吓得他浑身乱颤。乌拉特回过头来，只说得一句："我害了姑娘！"忽听得台下一声呐喊，接着山峡上和潮水似拥下一大群人来，个个执着刀枪，见人便砍，猛不可当。乌拉特认识是自己村里的人，便大声喊道："快来救我！"便跳上五七个大汉来，在火焰堆里，斩断绳索，抢出人来。这时佛库伦两条腿已是软了，一步也动不得；乌拉特挟着他，从台后面耸下地去。一个人擎着大劈刀砍来，乌拉特一抬腿，踢在那人脉息上，一松手，"嗯唧唧"一柄刀落在地上。乌拉特抢过刀来，舞动得飕飕地响，十多个人跟着他近不得他的身。乌拉特且战且退，直退到布尔胡里湖边，赶进松树林子；看看追兵远了，便扶起佛库伦来，拣一块山石坐下息力。看怀中孩子时，早已呼呼入睡。佛库伦只说得一声："惭愧！"乌拉特急向他摇手。原来林子外面又有十多个追兵，在四下里搜寻。正紧急的时候，忽然怀里的孩儿哇的一声哭起来，给林子外面的追兵听得了，急抢进林子来。乌拉特拉着佛库伦沿湖逃去，那地方左是峭壁，右是深渊。佛库伦一颠一蹶，在林子里走时，那怀中的孩儿越是哭得响亮。看看后面的追兵越近了，乌拉特便站住脚，手里横着刀，等待厮打；他一边挥手，叫佛库伦快逃。佛库伦无可奈何，离了乌拉特，抱着孩儿，向前走去；转过山峡，那孩子越哭得厉害。佛库伦生怕追兵从背面抄过来，这时一个女人，一个孩儿，性命难保。这地方正是骆驼嘴下面，一股瀑布，疾如奔马。那浅滩上却搁着一只独木舟，佛库伦见景生情，立刻有了主意。忙把孩儿抱在独木舟上，把船推下湖去。这地方正当急湍，船被一股急流冲着，便和射箭似的，瞬息千里。佛库伦看看船去远了，听不见哭声了，便在湖边上跪下来祷告："佛爷爷，保佑我的儿子。"正伤心的时候，忽然后面伸过两只手来，拦腰抱住。佛库伦吓了一跳，急回头看时，原来是乌拉特。看他浑身血迹，气喘吁吁，不住的微笑。问时，原来那班追兵，被他杀得半个不留。问起孩儿，佛库伦便说放在独木船里，沿湖水氽下去了。乌拉特到了这时，也不禁伤心起来，对着湖面出了一回神，两人手挽手地向山脚下树木深处走去，慢慢的不见他两人的影儿了。

山环水绕，柳暗花明；一股桃花春水，依着绿草堤岸，曲折流去。流到一个幽静所在，鸟鸣东西，树影婆娑，这水势便迟缓下来了。一个垂髫女郎，一手提着一个水桶，低着头，慢慢地走到堤边。见了这烂漫春光，不觉钩起了他的一腔心事。他且不汲水，一蹲身坐在一株梨花树下，那树身倒挂在河边，一片一片花瓣儿落在水面上，和天上明星似的，动也不动。那一湾春水，越觉得十分明净。这女郎看了，便向天叹了一口气，说道："好花易谢，春光易逝！我百里长在这穷荒偏僻的地方，眼前都是一班勇男蠢汉，那里有一个是俊秀男儿？我如今年纪已是三十六岁了，女孩儿家最好的光阴，都已过去；眼见得把我这如花美眷，埋没在这似水年华里罢了！我便是愿嫁，那里有一个是配做我丈夫的？"这百里姑娘，在三姓地方，也算得是一个出类拔萃的女子。模样儿长得又好，心眼儿又聪明，三姓地方谁不愿意娶她去做媳妇？但是他却不把这班蠢男子放在眼里。他母亲早已故世，只有一个父亲，名叫博多里，自小和掌上明珠一般宝贝他；每次劝他嫁丈夫，总吃他女儿抢白一顿，哭闹一场便罢了。看看他女儿年纪直蹉跎到三十六岁上，做父亲的更急了。这一天，博多里又对他女儿提起婚姻的事体，说西山上穆俄尔家里，他大儿子顾顺，长得身体魁伟，牲口又多，田地也不少，意思要劝百里嫁给他。百里姑娘说穆俄尔顾顺是一个粗鲁汉子，每打架的时候，只知道强奸娘儿们，谁愿嫁这凶恶光棍！当时不免和他父亲顶撞了几句，又说愿一生一世守着身子做女孩儿，不嫁丈夫了。他说完话，提着水桶，到河边来汲水；见了这一副春景，不觉勾起了方才的心事，怔怔地看着水发怔，这一颗心跟着水不知道流到什么地方去了。

正寂静的时候，忽听得耳边"飕"的一声，一支箭破空飞来，不偏不邪，正正射在那株梨花树上。接着远远的起了一片呐喊声音，只慌得百里姑娘玉容失色，忙低着头走到堤下面去躲着。耳中只得人声嘈杂，也有喝打的，也有哭喊的。原来这三姓地方，自从老村长明德死了，三姓的人，大家抢村长做；每抢一回，便打一回。个个拿着刀枪，逢人便杀，见人便刺；每打一回，也不知送了多少性命？看看过了三五个年头，打也打过八九回了，这村长的交椅，还没有人敢坐。如今春光明媚，正是田地忙的时候，三姓的人在田里碰到了，一言不合，便拔刀相见。这一场打，直打得血流遍野，尸积成堆。吓得百里姑娘，躲在堤下，不敢探头儿。正惊惶的时候，忽见一个女人哭喊着，带滚带跌地向堤岸上逃来；后面一个大汉，飞也似的追来。看看追近，和饿虎扑羊似的，抱住那女人，按在地上便干；一任那女人在下面哀求悲啼，他总不肯放手。一会儿那大汉站起身来，百里姑娘留神看时，原来不是别人，正是那西山上的穆俄尔顾顺。百里姑娘正探头时，那大汉一眼瞥见了，便翻身过来捉他。急得百里姑娘忙向水心里跳时，接着又听得"飕"的一声，一支箭飞来，不偏不倚地射在那大汉的耳门里，从左边耳朵攒进，又从右边耳朵攒出。大汉"啊哟"喊了一声，倒在地下死了。看那支箭时，儿自鼓着余勇，向河心里飞去。说也奇怪，这时河心里有一只独木船，正从上流头氽下来，那支箭恰恰的飞进船去了。这里原是河身的弯曲地方，水势流到堤，便要停住；那时独木舟也轻轻地靠了岸。忽然听得小孩儿的哭声，从船里出来；百里姑娘忙抢上去看时，见一个孩子，仰天倒在船底里，手脚不住的动着，张着嘴哭着；一支箭，离他头顶二三分，恭恭正正在船板上插着。再看这孩儿时，长得肥胖白净，十分可爱。百里姑娘忙上去抱在怀里，那孩子立刻停了哭。

这当儿堤岸上已经挤了许多人，见这孩子，大家抢着上来抱他。那孩子在水面上氽了一夜，又是惊慌，又是饥饿，如今见有人抱他，他立刻止住了哭，见了人只是嘻嘻地笑。这时博多里也在人堆里，见了这孩儿十分可爱，便上去抱在怀里，打开他的衣襟来一看，见颈子上挂着一个黄布袋子，袋子外面有萨满的符咒。打开袋子，掏出一张纸来，上面写道："他母亲前生原是天女，只因此地要出一位英雄，特叫神鹊含胎，寄在天女肚子里。他是天上的贵种，不能姓你们的姓，他姓爱新觉罗，名叫布库里雍顺。"这一片话，是当时斡木儿听了萨满的话，找人记下，特特做一个袋子，挂在他胸前，算是辟邪的意思，不想如今给三姓地方人看见了。到底博多里年老有主意，当时他立刻站起来对大众说道："我们三姓地方，年年为了抢夺村长的位置，死的人多多少，如今天上送下这位英雄来，是我三姓地方的福气。我劝诸位看在这位英雄面上，从此大家便罢了手，我们便拜这位小英雄做了村长。他是天人下凡，总能够保佑我们人人平安。"这时有三五百人围着听着，他们个个打得头破血出，心里正万分懊悔的时候，听了博多里的一番话，不觉感动起来，大家你看着我，我看着你，忽然个个淌下泪来，伸着臂膊，你抱住我，我抱住你，呜呜咽咽痛哭起来。哭过一阵，大家爬在地下，一齐向这小孩子碰头。这时百里姑娘怀里抱着小孩儿受大家的跪拜，不由他不娇羞腼腆，露出盈盈一笑来。众人拜过了站起来，忙忙打扫道路，把倒在地面上的死人，抬去掩埋了。

在这河边暂时搭起一座芦草棚子来，外面用布帐子罩住。百里姑娘抱着小村长，住在里面。棚子外面，三姓的人，公举了二十位年老的家长陪伴着；一面派人打扫一座屋子出来，预备给小村长久住。到了第二天，屋子收拾停当，有四个大汉，交叉着手臂，小村长骑在他们臂膀上，抬着进屋子去，后面男女老少村人二三千跟随着。说也奇怪，这位小村长，合该与百里姑娘有缘，他离开百里姑娘，便哭个不住，必得百里姑娘上去拍着安慰着，他便嘻嘻地笑起来。因此大家商议，便请百里姑娘陪伴小村长，住在一间屋子里，从此他的吃喝衣穿，统统由百里姑娘小心照料。说也奇怪，这三姓地方，自从小村长来了以后，便也风调雨顺，人心快乐。

光阴如箭，不觉又是十六年工夫。布库里雍顺出落得一表人才，相貌十分清秀。三姓地方的女孩儿见了，谁不愿嫁他？但是在布库里雍顺心里，只有这位百里姑娘。他睡也跟着百里姑娘，吃也跟着百里姑娘。这位百里姑娘，这时已有五十二岁了，只因他长得十分标致，望去还好似三十多岁的人。绝世风姿，可怜迟暮！在旁人看这百里姑娘，孤芳空老，觉得十分可惜；但在百里姑娘，自从有了这小村长以后，和他朝夕厮缠，倒也很能解得寂寞。这小村长是天生成一位英雄，他在八九岁上，便懂得骑马射箭；村里许多年长的，天天跟着他爬山过岭，探胜寻幽。不消几时，这三姓地方的地势远近，都被他察看得明明白白。到了十二岁上，他便想把三姓地方整理起来。这位百里姑娘，又是女中豪杰，空闲的时候，常和这位小村长讲究些人情世故。又说如何可以收服三姓地方的人心，如何可以整理三姓地方。小村长一一听在耳内，一面便召集了十四个村里年长有力的，派他们做管事人。把三姓地方分做十四段，每一段一个管事人，照料地方上的公事。又挑选四百个身材高大，气力强壮的，编成军队，天天在村外空场上，教练骑马、射箭，掮枪舞棍，熬炼得十分勇猛。又在自己村坊左右前后，竖起一圈木栅来，开着高大的栅门，每到天晚，把栅门关上，放出牲口来吃草。自从有了栅门以后，三姓地方从来没有走失牲口偷盗牛马的事。又派了夜不收，在四面栅门查夜。因此村民人人高枕无忧，人人感激这位小村长的功德无量。这虽然是小村长的功德，却也全是百里姑娘的计谋，因此这小村长越发觉得这百里姑娘可敬可爱。

说也奇怪，这布库里雍顺一出门去，骑在马上，雄赳赳气昂昂，很有英雄的气概。村民见了他这副威仪，便人人害怕。待得一踏进门，见了百里姑娘，这身子便和软股糖儿似的软了下来。十七岁的男孩儿，还跟着百里姑娘寸步不离，常常坐在百里姑娘身旁微笑着。有时便倚靠在姑娘膝前，好似小孩儿跟着他母亲。百里姑娘从小管养着这位小村长，却也成了习惯，常常和他说笑着解解闷儿，有时伸手摸摸他的脖项头面。布库里雍顺到亲热的时候，便拿两手捧着百里姑娘的手儿，唤几声姊姊。到了晚上，他便跟着姊姊一床儿睡，一切冷暖起卧的事体，都是百里姑娘照看着。他两人虽说耳鬓厮磨，肌肤相亲，一个是处女，一个是童身，却是干干净净，各不相扰的。

直到了布库里雍顺二十岁上，看看三姓地方人口一天多似一天，兵力一天强似一天，地上出产的米麦，也一天丰富似一天；空下来的时候，村长便带了一班兵士们到树林深处打猎寻乐。正打得热闹的时候，布库里雍顺一眼见林子外面一片广场上，有七八十头牛马，四散在场上吃草。他心中忽然起了一个贪念，便发一个号令，叫兵士们出去抢掠。兵士们得了号令，便赶出林去，四面包围起来，把许多牛马，围住在中央。那养牛马的原是俄漠惠野地里的一种游牧人种，他们都住在帐篷里。听说有人来抢他的牛马，便个个带了兵器，赶出去拦阻。你想三姓的人何等强悍？既上了手，如何肯罢休？霎时两面的人一齐动起手来，刀来箭迎，兵去将当，好好一片草地，杀得鬼哭狼嚎，天愁地惨。打够多时，那俄漠惠人慢慢地有点支持不住了，便丢了牛马，向北逃去。布库里雍顺率领兵士赶过山头，又杀死了几个人，才回转马头，把他们的帐篷牛马，一裹脑儿掳回村去。村里人见村长小小年纪，便有这等胆量，越法敬重他，当时许多人爬在地下迎接他。布库里雍顺直走到自己屋子前下马，早有百里姑娘迎接。村长把掳来的马匹帐篷，给百里姑娘看过。百里姑娘见有一对黑马，长得十分俊美，便对村长说了，把这一对马留下，其余的都赏给管事人和那兵士们。

从此布库里雍顺做出味儿来了，常常带兵士们四处去抢劫。他仗着自己人多力壮，他每次出马，没有不得胜回来的。这俄漠惠地方，在长白山的东面，望去好大一块平原，中间茂林丰草,原是放牲口的好地方。因此在这平原常常有人来游牧。不想这三姓地方的村长,万分强项。自从有了布库里雍顺以后,便不许人到这地方来游牧,倘然来时,连人带牲口都掳去。这威风一天大似一天,便有左近的村坊前来投降。布库里和他们约定,鸣角为号,谁家有事,便吹起角来,大家来救应。

不到三年工夫,便收服了十二三个村坊。因此那村坊上的管事人,便商量公举布库里雍顺做一个贝勒。有一天,三姓地方十四个管事人为头,率领左近村坊里的管事人,在村中空地上开了一个大会,上面搭了一座高台,把布库里雍顺请出来,坐在台上,大家在台下拜他。后面几千个村民,也跟着顶礼膜拜,拜布库里雍顺做了十四村的贝勒。拜过以后,大家便在空地上吃酒吃肉。这位新贝勒,便去请了百里姑娘出来,两人在台上对面坐着吃着。从辰时吃到午时,吃得大家酒醉肉饱,便手拉手儿跳舞起来。一边跳着,一边唱着。贝勒看了也欢喜,在台上也拉着百里姑娘的臂儿跳舞。跳了一阵,贝勒忽然想起那对黑马,便吩咐左右卫兵,瞒着众人,偷偷地下了台,和百里姑娘走出了栅门,跳上马背,一对黑马,马磨马耳,人擦人肩,并着向俄漠惠旷野地方跑去。一面跑着,一面说笑着,不知不觉跑出了一座大树林子。回过头来看看后面许多村落,早在云树缥缈之中。百里姑娘许久不骑马了,今天一口气跑了许多路,早跑得娇喘细细,香汗涔涔。贝勒在一旁看了这情形,忙扶他下马,两人手挽手儿去到前面一带墙根上坐下。这时贝勒坐倒在百里姑娘旁边,两人静悄悄的一句话也不说,仰着脖子只是看那天上的飞云。那百里姑娘樱唇微动,一阵一阵鼻息吹在贝勒面上,觉得一阵甜香。贝勒心头一动,忙翻过身来,扑上前去,捧住百里姑娘的手儿,不住的接吻。说也可怜,这百里姑娘年纪快六十岁了,还是一个女孩儿的身子。这接吻的勾当,今天和贝勒算是破题儿第一遭。这位六十年的老处女,心上不免感动起来,便也回过头来看看贝勒只一笑。两人正谈话的时候,飞鸟儿都飘飘的飞在半空,他们也没有留神,耳中也听不到什么。待到他们回过去,抬起头来看时,早见一队兵士们,静悄悄地站在他们面前,后面又跟着许多村里的百姓,个个对他两人笑眯眯的。把个百里姑娘,羞得粉脸通红,恨不得有地洞攒下去。耳中只得几百人齐声嚷道:“贝勒大喜啊！百格格大喜啊！三姓的百姓大喜啊!”嚷过了,一齐上来,男的簇拥着布库里雍顺,女的簇拥着百里姑娘上了马,大家围在他俩的马前马后走着喝着,直送到屋子里。一面有十四个管事人上来,劝贝勒便在当夜娶百里姑娘做福晋。贝勒答应了。

管事人出去,便召集了村坊上许多百姓,把这件事对他们说了。合村的人,便个个高兴,人人踊跃。顿时角声到处吹动,贝勒府前空地上人山人海挤满了。场中立着大旗杆,有四个萨满,全副打扮,上前来祭堂子。贝勒和福晋,也跟着拜过。四下里百姓一片欢呼声。接着有十六个跳神的女孩儿,打扮得千伶百俐,在中间跳着。又有十四村的管事人,齐来送礼贺喜,贝勒便留他们在空地上吃肉吃酒。这一吃,直吃到黄昏时候,院子里烧着天灯,他们几是嚷着添肉添酒,闹得不肯罢休。贝勒这时也喝得酩酊大醉,百里福晋扶着他进屋子去,双双睡倒,做了百年的好梦。到了第二天,百里福晋醒来,想想自己父母在时,为了婚姻之事,也不知操了多少心,总是自己看不中男人,直蹉跎过去。如今不想六十岁的老处女,却嫁了这二十岁的少年贝勒;看来这位贝勒,又是个有儿女恩情英雄肝胆的。我如今嫁了他,却不可埋没了他男儿的志气,须得要拿出我平生的智谋来,帮助他做一番事业,才不冤枉和他做一场夫妻。福晋想定了主意,贝勒正从梦里醒来,见了这位新娘娘,和他并头睡着,虽说是一个老美人了,但在枕上望去,还很有风韵。贝勒伸手过去,把福晋拉住了手,十分亲热。福晋便在被窝里,和他商量国家大事。第一件事情,要把全村的人,搬去一个山水险要的所在,筑起城堡来,自成一国;一面多练兵士,出去并吞邻近的部落,慢慢地成一个大国。那时莫说一个贝勒,便是做一个可汗,也是分内的事。

贝勒听了福晋一番话,顿时雄心勃勃,从被窝里直跳起来,立刻召集了十四村的管事人,商量迁地筑城的事体,大家十分赞成。贝勒又问起:这里左近有什么山水险要的地方?

一句话不曾说完，只见门帘一动，一个花枝招展似的福晋走了出来。大家忙抢上去行过礼。不知福晋出来有什么话说，且听下回分解。

情之为力大矣哉！以乌拉特之雄伟英俊，纵横天下，何事不可为？而乃以美人寸心缚之，卒之携手泉石，终老温柔。文中于一对痴儿女之结局，亦缥缈可喜。

三姓之争，若非博多里老人善假神权，实无以善其后；今以一话定乱，实造福苍生不少。

百里姑娘，卅年不字，是深得婚姻之正者；雍顺以少年英雄娶六十老处女，非深于情者，无以解此。

第四回　灯前偷眼识英杰　林下逐麑遇美人

却说百里福晋，虽是做新娘娘，但他是十分关心国家大事的。他站在屏门后面，听贝勒和众人商量筑城的事体，他便一掀门帘，娉娉婷婷地走了出来。大家见他脂光粉气，仪态万方，不由得心中十分敬爱，一字儿站了起来，请下安去。贝勒也站起来，让他并肩儿坐下。福晋便开言道："贝勒不是要找一个山水险要的所在，筑我们的城池吗？俺自幼儿便听得俺父亲常说，离此地西面三里路，穿过俄漠惠的大树林子，原有一座鄂多里城；这座城池，原是俺祖宗造着的。只因俺祖宗自吃明太祖打出关来以后，便退守着这座鄂多里城；后来又吃蒙古人打进城来，杀的杀，烧的烧，可怜好好一座锦绣城池，到如今弄得败井颓垣。那时俺们元朝的子孙，东流西散；后来蒙古人去了，才慢慢地又回到旧时地方来，成了这十四座村落。如今贝勒不要做大事便罢，倘要建功立业，依俺的愚见，不如把俺全村的人搬到鄂多里城去。那地方三面靠山，一面临水，地势十分险要；原有旧时建筑的城墙，如今我们修理起来，比到重新建筑一座城池总要省事得多。"福晋说到这里，贝勒便接着说道："百闻莫如一见，福晋既然这样说，俺们何妨亲自去察看一遭？"大家听了，都说不错。立刻走出屋子，个个跳上马背；三四十匹马，着地卷起一缕尘土，穿过树林，渡过俄漠惠平原，眼前便露出一带墙垣来。那墙根高高低低依着山脚，绕一个大圈子。贝勒定睛看时，不觉微微一笑，过去在福晋耳朵边低低地说了几句。福晋听了，不觉脸上起了一朵红云。原来这地方，便是前日他两人并肩儿坐在石上接吻的地方。前日他们坐的一方大石，便是鄂多里城脚。这也是他夫妻二人，合该重兴满族，所以在这三生石上，结下良缘。当时他夫妻两人，骑在马上，四面一望，只见一带山冈，从东北角上直走下来，三面环绕着，好似一把交椅一般，把鄂多里城紧紧抱在怀里。一股牡丹江水，势如腾马，从西北流来。原是一个进可以战，退可以守的所在。贝勒看了，不觉大喜。一面出榜，召集人工，一面和管事人天天在贝勒府里筹划迁居的事体。

好个贝勒，真是公而忘私，国而忘家。他整整地忙了三年工夫，居然把这座旧时的鄂多里城，重新建造起来。望去蜿蜒曲折，好一座雄壮的城池。城里街道房屋，也粗粗齐备，十四座村坊的百姓，一齐搬了进去，顿时人马喧腾，鸡鸣犬吠，成了一所热闹市场。城中央造了一座贝勒府，贝勒夫妻两人住在里面。到了第二年上，福晋居然生了一个儿子。这时福晋已是六十四岁了，生下来的男孩儿却是聪明结实。合城的人，谁不欢喜。顿时家家供神，替他祝福。这时贝勒天天带了兵马出城，四处征伐。那时忽剌温野人，沿着黑龙江岸，向西南面下来，十分凶恶。见人便杀，见牲口便抢，连明朝的奴儿干政厅，也被他烧毁了。海西一带的居民，逃得十室九空。看看忽剌温野人，直到长白山脚下。布库里雍顺贝勒听了不觉大怒，便亲自带了兵队，埋伏在长白山脚下，见野人来了，便迎头痛击，打得他弃甲抛盔，不敢正眼看鄂多里城。从此鄂多里的名气一天大似一天，四处来投降的部落，一天多似一天；贝勒便一一收抚他们，教导他如何练兵，如何守地。

这里十多年工夫，吃的一口安耽茶饭。百里福晋，直到八十八岁上死了。鄂多里地方，死了这个老美人，不但全城的人痛哭流涕，便是那雍顺贝勒，也朝思暮想，神思昏昏。想一回，哭一回，好似小孩子离了奶妈子一般，弄得他茶饭无心，啼笑无常，慢慢地成了一个病症，跟着他千恩万爱的妻子死去了。这里合城的管事人，公举他儿子做了鄂多里贝勒。这鄂多里贝勒，倒也勤俭爱民，太平过去。这样子子又传孙，孙又传子，那国势一天兴旺似一天。历代的贝勒，都遵着雍顺贝勒的遗训，教练着许多勇猛强悍的兵士，贝勒带着，到处攻城略地。看看那邻近的城池，都被他收服下来了。东北一带地方，是海西女真忽刺温野人的地界。讲到忽刺温野人，尤其凶悍，他自从在雍顺贝勒手里吃了一个败仗以后，虽不敢再来侵犯鄂多里城，但鄂多里人也不敢来侵犯他。鄂多里西南面，有一座古埒城，又有一座图伦城。这两座城池，地方又肥美，天气也温暖，鄂多里人早已看得眼热，刻刻想去并吞他。后来到了春天时候，马肥草长，鄂多里贝勒带了大队兵士，到古埒城去威逼他投降。这时古埒城外，满望都是营帐，刀戟如林，兵士如蚁。占埒一个小小的城池，平日全靠明朝保护，如今突然被鄂多里兵围住了，便是要唤救兵，也是来不及。他西面的图伦城，紧接辽西。辽西城里，有一个明朝的总兵镇守着。图伦城主，看看事机危急，便悄悄地派人到辽西去告急。辽西总兵，立刻派了大队人马，前去救应；只差得一步，那古埒城早已被鄂多里人收服去了。那总兵官十分生气，派了差官，去见鄂多里贝勒，埋怨他不该并吞天朝的属地。鄂多里贝勒见明朝的总兵出来说话，十分害怕。他只推说是一时手下的游牧百姓不好，误入古埒城，如今既蒙天朝责问，情愿连自己也做了明朝的属国，年年进贡，岁岁来朝。那时辽西总兵听了他一派花言巧语，当即转奏朝廷。鄂多里贝勒便派了十二个管事人，带着许多野鸟、异兽、人参、貂皮，跟着到北京城去进贡。明朝皇帝，见鄂多里人来进贡，便用十分好意看待他，传旨在西偏殿赐宴；管事人出京的时候，又赏他许多金银绸缎。鄂多里贝勒，得了明朝的赏赐，觉得万分荣耀，拿着赏赐的物件，四处去夸耀着。

这时海西人和忽刺温野人，见鄂多里如此荣耀，心中便万分妒忌，两个贝勒商量着，也派人到明朝进贡去。进贡的是马、貂鼠皮、舍利孙皮、青海、兔鹘、黄鹰、阿胶、海牙这许多东西。这个风声传到鄂多里贝勒耳朵里，怕海西人和忽刺温得了好处，便又派人到中国去第二回进贡。明朝皇帝看了这情形，知道这三处地方人，各存嫉妒之念，便给他一个公平交易，把鄂多里改称建州卫，忽刺温改称女真卫，海西改称海西卫，贝勒都加封做指挥使。鄂多里贝勒，从此改称建州卫指挥使。那建州卫自从有了指挥使以后，越发兵强马壮，到处掳掠。他又怨恨明朝，是他第一个进贡，不该和女真卫、海西卫一样看待。他第三回派人到明朝去进贡，要求皇帝加封。这时宣德皇帝，看看建州卫人一天强似一天，便想了一个以毒攻毒的计策，要借重建州的兵力，去压服海西、女真人，便又加封他做建州卫的都督。给他一印一信，叫他世世代代守着。另外又赏彩缎四表里，折纱绢二匹。封管事人做都指挥，赏他彩缎二表里，绢四匹，折纱绢一匹。做都督满了三年的，又赏他大帽金带。从此以后，建州卫都督便目中无人，他在鄂多里城里，便大兴土木，仿北京的样子，造了许多宫殿。又在百姓家里，挑选了十多个美貌的女孩儿，送进宫去，做他的妃子。都督天天搂着妃子吃酒，夜夜捧着妃子睡觉，兵也不练，事也不管，派了都指挥到四处百姓家里搜括银钱，供他一人的使用，弄得天怒人怨，民穷财尽。再加田地连年荒旱，那历任的都督，只知道享福行乐，百姓天天在野地里冻死饿死，他也毫不过问。

这时女真卫指挥使，见建州卫都督官级在他以上，心中很不甘服，趁他都督在昏迷的时候，便悄悄地派了兵队到建州卫城外四处村落地方来，强抢土地，奸淫妇女。那都指挥官赶到都督府里去告急。可笑那都督左手抱着美人，右手擎着酒杯，听了都指挥的话，迷迷糊糊地说道："我们寻快活要紧，百姓的事，由他们去！"那都指挥官求发兵去保护百姓，都督笑笑说道："明天我要带兵士们出城打猎去，谁有空工夫去保护百姓呢！"那都指挥听都督说的不像话，便气愤愤的走出府来。这时府外面聚集了许多百姓，打听府里的消息。都指挥一长两短的对大众说了，气的人人咬牙切齿，只听得轰天雷似的发一声喊，说道："我们去杀了这昏都督再说话！"一窝蜂似的拥进府去。这时府里的卫兵，要拦也拦不住。外面人越来越多，挤着七八百人，在刀架上夺了刀枪，打进后院。都督正抱着两个妃子，在那里说笑，才一回头，头便落地。可怜一班脂粉娇娃，都被他们一个个拖出院来，奸死的奸死，杀死的杀死；剥得赤条条的，七横八竖，抛在院子里。都督的母亲妻子，也被乱民杀死。最可怜的，一个十六岁的女孩儿，只因他是都督的女儿，被许多人绑在柱子上，拿火烧死。这一阵乱，从午牌时分乱起，直乱到申牌时分。都督府里杀得尸积如山，血流成河，真是杀得半个不留。事过以后，查点人数，独独少了都督的儿子范察。

这范察是都督最小的儿子，年纪才得十二岁。这一天正跟着一班兵士们在城外打猎，一头兔子，从他马前走过，他便把马肚子一拍，独自一人向山坳里追去。看看越追越远，那头兔子也便去得影迹无踪。范察无精打采，放宽了缰绳，慢慢地踱着回来。才走出山坳，忽听得一株大树背后，有人唧唧哝哝说话的声音。范察虽说年小，却是机警过人，当时他便停了马蹄，侧耳静听。只听得一个人说道："如今我们把都督一家人杀得干干净净，只漏了这小贼范察；从来说的斩草须除根，如今新都督派我来把范察哄进城去，那时连你也有重赏。"范察听到这里，也不候他说完，拨转马头便跑。后面兵士，见走了范察，便也拍马赶来。二三十匹快马，一阵风似的向前赶去。范察一人一马，在前面舍命奔逃。看看追上，他急扯住辔头，向树林子里一绕，绕到岔道上去。范察心生一计，看看天色渐晚，树林中白茫茫地起了一片暮色，他便跳下马来，把马赶到小道儿上去，自己忙脱下衣服来，罩住头脸，又折下一枝树枝来，顶在自己头上，下身埋在长草堆里。直挺挺地站着，动也不敢动。这时夕照衔山，鸦鹊噪树；说也奇巧，便有一群鹊儿，从远处飞来，聚集在范察头上的树枝上聒噪着。那一队追兵，一阵狂风似的在他面前跑过，吓得范察连气也不敢喘一喘，直到那追兵去远了，才低低地说了一声："惭愧！"正要丢下树枝走时，谁知那追兵又回来了！到树林外面一齐跳下马，到林子里面来找寻。这时直把个范察急得魂灵儿出了泥丸宫，痴痴呆呆的半晌。清醒过来一看，林子里早已静悄悄的，不知什么时候，那追兵已经去了。

范察急急丢下树枝，向长草堆里奔去。一会儿眼前已是漆黑，伸手不见五指。他在黑漫漫的荒地里跑着，正是慌不择路，不分东西南北的乱跑了一阵。眼前忽然露出微微的灯光来，他便努力向灯光跑去。跑到一个所在，一带矮墙，里面纸窗上射出灯光来。范察忙上去打门，里面走出一个老头儿来，问："什么地方的小孩儿，深夜里打人门户？"范察上去，只说得一句："俺爷爷妈妈……"便号啕大哭起来。原来这时范察想起他父母被人杀死，不由得痛入心肝。回心一想，我如今逃难出来，不能给人知道我的真实情形，忙打着谎语，对老头儿说道："俺跟着父母出来打猎，走到浅山里，遇到狼群，父母双双都被狼子拖了去，所有行李马匹，都丢得干干净净，只逃出了一个光身人儿。可怜我人生路不熟，在山里转了一天一夜，才转到这个地方，求你老人家搭救我吧！"老头儿看他面貌清秀，说话可怜，便收留了他。拉他走进屋子去，见炕上一个老婆婆和一个姑娘盘腿儿坐着，凑着灯光，在那里做活计。那个姑娘，年纪和范察不相上下。他一边听他父亲说话，一边溜过眼来看着范察，从头到脚打量着，脸上露出微微的笑容来。

原来这人家姓孟格，老头儿名图洛，是世代务农。传到图洛手里，老夫妻一对，膝下只有一个女儿。他们正盼望来一个男孩儿，也可以帮着照看田里的事体，如今果然来了一个男孩儿，相貌又是十分清秀，他两老如何不乐。当时便把范察收留下了，每天叫他帮着看牛看羊。范察是一个富贵娇儿，如何懂得这些营生？亏得图洛的女儿乔芳，和他说得上，在一旁细细的教导他。

光阴如箭，一转眼又是六年工夫，范察十八岁了。他和乔芳姑娘情投意合，你怜我惜，从早到晚，真是寸步不离。图洛夫妻俩，也看出他们的心事来了，便拣个好日，给他两人交拜天地，成了夫妇。范察到这时，才把自己的真实情形说了出来。乔芳姑娘听说她丈夫是都督的儿子，不禁吓了一跳。但是那建州卫这时正在强盛的时候，也奈何他不得。

一转眼，图洛老夫妻俩一齐死了。再过几年，范察夫妻俩也跟着死了。这一所田庄，传给范察的儿子，儿子传给孙子。一代一代的传下去，传到他孙子孟特穆手里，便成了一座大庄院。一望八百亩田地，都是他家的，还有十二座山地，种着棉花果树。院子里养着二三百个壮健大汉，空下来的时候，也讲究些耍刀舞棍，练得一身好武艺。原来孟特穆也是一位天生的英雄，他知道自己是富贵种子，不甘心老死在荒山野地里，做一个庄稼人，因此他天天教练着这班大汉，刻刻不忘记报他祖宗的仇恨。

直到孟特穆四十二岁上，他报仇的机会到了。建州卫都督，带了一班军士们，在苏克兰浒河，呼兰哈达山下，赫图阿哈地方打猎。那呼兰哈达山和围屏一般，三面环抱，两峡对峙，中间露出一线走路，只容一人一骑进出。孟特穆打听得这个消息，先带了三百名庄丁去埋伏在山坳里。这时建州卫都督，正在赫图阿哈平原上往来驰骤，忽听得一阵狼嗥的声音，从山峡里发出来，都督忙一挥手，向山峡口跑来。后面跟着四十个亲兵，直跑进山峡里面，四面静悄悄的，只见一片丛莽，并没有狼的影迹。都督正怀疑时，只听得一声呐喊，四下里伏兵齐起，齐向都督马前奔来。都督正拨转马头走时，那山峡口早被乱石抵住。两面混战一场，这四十名亲兵和都督，一齐被他们捆住。孟特穆吩咐一声杀，庄丁们一齐动手，和切菜头似的，手起刀落，满地滚的都是人头。看看杀了二十多个人，那都督吓得在地上碰头求饶，情愿把建州城池和都督印信一齐献还。孟特穆看他说得可怜，便点头答应。一面派一百名庄丁，押着都督在后面走着，自己带着二百名庄丁，先走出峡口去。把如何祖宗被害，如何今天报仇，对兵士们说了。那兵士们见都督被擒，大家便爬在地下碰头，愿意投降新都督。孟特穆便带了这班兵士，耀武扬威地走到建州城里，取了都督的印信。一面派人到明朝去请封，一面把旧时的仇人一齐捉住，拣那有名地杀了，其余的统统赶出城去。

这时明朝依旧把孟特穆封作建州卫都督，孟特穆为不忘报仇起见，把都城搬到赫图阿哈住着。娶了一房妻子，生下两个儿子来。大儿子名叫充善，第二个儿子名叫褚宴。充善又生了三个儿子：大儿子名叫妥罗，第二个儿子名叫妥义谟，第三个儿子名叫锡宝齐篇古。锡宝齐篇古又生了一个儿子，名叫福满。福满却生了六个儿子：第一个德世库，第二个刘阐，第三个索长阿，第四个觉昌安，第五个包朗阿，第六个宝实。福满做了都督，把位置传给觉昌安，又造着五座城池：德世库住在觉尔察地方，刘阐住在阿哈河洛地方，索长阿住在河洛噶善地方，包朗阿住在尼麻喇地方，宝实住在章甲地方。这五座城池，离赫图阿喇地方，近的五里，远的二十里，统称宁古塔贝勒。这六位贝勒，出落得个个英雄，孔武有力。远近的部落，都见了他害怕。只有西面硕色纳部落，生了九个儿子，自小欢喜搬弄武器。闲着无事，四处打家劫舍，邻近部落，吃了他的亏，也是无可如何。东面又有一个加虎部落，生了七个儿子，也和狼虎一般，到处杀人放火。有一天，硕色纳部落九个儿子，赶到加虎部落里去比武。两家说定，谁打败了便投降谁。他两家弟兄，从上午打起，直打到下午，只得一个平手。后来加虎部落里有一个人，能够连跳过九头牛身。硕色纳九个弟兄看了，十分佩服，两家便结做兄弟，说定有福同享，有祸同当。

正说话时，忽见人堆里挤出一个少年来；生得面如扑粉，唇若涂脂。他也不招呼人，大脚阔步，走到那九头牛身旁，两手攀住牛角，使劲一扭，那牛啊的一声叫喊，早已扭断颈子，倒在地下死了。那第二头牛，第三头牛，如法炮制。一霎时，那九头牛，都给他结果了性命。他一挥手，后面来了二十多个大汉，一齐动手，扛着牛便走。这时硕色纳部落的人和加虎部落的人，再也耐不住了，便一齐上前去拦住了，和他讲理。那少年也不多说话，拔出拳头便打人，不知他那里来的一副神力，凡是近他身的，都被他摔三五丈外，倒在地下，爬不起身来。这两个部落的人，看了十分恼怒，齐声说道："这不是反了吗！"一声喊，一齐扑上前去，把那个少年和二十多个大汉团团围住，困在垓心。那少年不慌不忙，指挥那二十多个大汉，各人背靠背，四面抵敌着。从下午打起，直打到黄昏人静，那少年却不曾伤动一丝一发，倒是这两部的人，吃他们打倒了许多。正不得脱身的时候，忽听得正南角上发一声喊，接着卷地狂风似的，来了一队兵马。这两部的人，看看不是路，忙丢下这少年，转身逃去。一个前面跑，一个后面追。看看追到一个大村落里，村落前面，拦着一带木栅。这两部人逃进了村落，把栅门紧紧闭住。那少年领着这队人马，在栅前讨战，兵士们百般辱骂。停了一回，栅门开处，里面也出来一队人马。两队人马接住，便在村前大战起来。那少年的兵马，是久经战阵的，也不把这班村人放在眼里。不多时，早已和风扫落叶似的，把村里的人马打得落花流水。少年一拍马，抢先进了栅门，后面兵士们也跟进去，见人便杀，见物便掳。可怜硕色纳部九个弟兄，却死了四个；加虎部七个弟兄，却死了三个。其余的一齐捆绑起来，押在马后，被这少年带进城去。

这少年不是别人，正是那福满的孙子，宝实的儿子，名叫阿哈纳渥济格。他跟着父亲，住在章甲城里，长得好一副俊秀的面貌，又是一副铜筋铁骨。他也听得人传说，硕色纳和加虎两部落的人，如何难惹，他却偏要去惹一惹。这一天，果然大获全胜回来，把掳得的牲口、妇女，献与父亲。他父亲宝实，不敢自私，便去转献给都督觉昌安。觉昌安一面赏了渥济格的功，一面检点人马，重复到硕色纳、加虎两部落去，查看一回，把左近二三十个村坊都收服了。从此凡五岭以东、苏克苏浒河以西，二百里地方，都归入建州卫部下。

这渥济格立了这次大功以后，觉昌安便留他住在自己城里，和他一同起坐，十分亲爱。渥济格面貌又长得得人意儿，里面福晋、格格，没有一个不和他好。觉昌安的福晋，很想给他做一头媒，劝渥济格娶一房妻室。渥济格说，倘没有天下第一等美人，他愿终身不娶。这一天，他跟着叔父出东城去打猎，那座山离城很远，便带了篷帐，住在山下。第二天，渥济格清早起来，独自一人，跨着马向树林深处跑去。见一群花鹿在林子外面跑着，他便摸了一摸弓箭，一拍马向前跑去。谁知那群花鹿，听得马蹄声响，早已去得无影无踪。看看对面也有一座林子，渥济格便又赶进林子去，睁眼看时，却见一个花枝招展的美人儿，低鬟含羞，骑在马上，把个目空一切的英雄，早看得眼花缭乱口难言，魂灵儿飞去半天了。欲知这美人是谁家的女儿，且听下回分解。

所谓首领酋长帝皇者，人民之公仆也；宜如何忠勤乃职。今乃当狗众生，土芥财帛；为一国之主人翁者，人人得而诛之。虽在蛮貊，不失斯义。吾于建州卫都督之被杀也，乃叹天地不灭，公理长存！

从来佳人，都能于风尘中识英雄；其结果所谓英雄者，大都能为闺中人吐气。乔芳姑娘之于范察也亦然。

《东华录》谓鹊栖人顶，认为枯树；天下必无是事理。今读此回，曲折写来，入情入理，斯诚高手。英雄必多情，渥济格亦英种、亦情种，看他又在情海中闹下许多因果。何塞外俊物之多也！

第五回 割发要盟英雄气短 裂袍劝驾儿女情长

桃花马上，红粉娇娃。看他一双小蛮靴，轻轻地踏住金镫，一双玉纤手，紧紧地扣住紫缰。回眸一笑，百媚横生。渥济格跨在马上，怔怔地看着，魂灵儿虚飘飘的，几乎撞下马来。那美人儿看他呆得可笑，又回过头来，低鬟一笑，勒转马头跑去。这渥济格如何肯舍，便催动马蹄，在后面紧紧跟着。八个马蹄，和串了线似的，一前一后走去。看看穿过几座林子，抹过几个山峡，那美人儿忽地不见了。这地方是个山谷，四面高山夹住，好似落在井圈子里。脚下满地荆棘，马蹄被他缠住了，一步也不能行动。渥济格痴痴迷迷的，如在梦中，那颗头如拨浪鼓似的，左右摇摆着，找寻那美人。一眼见那个妙人儿，立马在高冈上，对他微微含笑。渥济格见了，好似小孩子见了乳母似的，扑向前去。无奈满眼丛莽，那马蹄儿休想动得一步。渥济格急了，忙跳下马来，拨开荆棘，向丛莽中走去。那树枝儿刺破了他的头面，刺藤儿拉破了他的衣袖，他也顾不得了。脚下山石高高低低，跌跌扑扑的走着。可怜他跌得头破血流，他也不肯罢休。卖尽气力，走到那山冈下面。看看那峭壁十分光滑，上去不得。渥济格四面找路时，也找不出一条可以上山的路，只有那高冈西面，在半壁上，略略长些藤萝，渥济格鼓一鼓勇气，攀藤附葛地上去。幸得有几处石缝，还可以插下脚去，爬到半壁上，已经气喘吁吁，满头是汗。渥济格也顾不得这许多，便鼓勇直前，看看快到山顶，那山势愈陡了。谁知渥济格脚下的石头一松动，噗落落滚下山去；这时渥济格脚下一滑，身体向后一仰，跟着正要跌下山去，那山冈上的美人看了，到底不忍，便急忙伸出玉臂来，上去把渥济格的衣领紧紧拉住。渥济格趁势一跃，上了山冈，一阵头晕，倒在那美人的脚下。

这美人看渥济格的脸儿，倒也长得十分俊美，心中不觉一动，又看他遍身衣服扯得粉碎，和蝴蝶一般，那头脸手臂，都淌出血来。那美人从怀里掏出汗巾来，轻轻地替他拭着，汗巾子上一阵香气，直刺入渥济格的鼻管里。他清醒过去，睁眼看时，正和美人儿脸贴脸地看个仔细。一张鹅蛋似的脸儿，搽着红红的胭脂，一双弯弯的眉儿，下面盖着两点漆黑似的眼珠，发出亮晶晶的光来，射在他脸上，觉得异样动人。再看他额上，罩着一排短发，一绺青丝，衬着雪也似的脖子，越发觉得黑白耀眼。最可爱的，那一点血也似的珠唇，嘴角上微含笑意。渥济格趁他不留意的时候，便凑近脸去，在他朱唇上亲了一个嘴。那美人"霍"的变了脸，紧蹙着眉峰，满含着薄怒，一甩手，转身走去。渥济格急了，忙上去拉住他的衣角儿。那美人回过脸来正颜厉色地问道："你是什么地方的野男人？"一句话不曾完，便"飕"地拔出刀来便砍。渥济格伸手去攀住他的臂膀，一面把自己的来踪去迹说明白了，又接着说了许多求他可怜的话。那美人听他说是贝勒的儿子，都督的侄儿，知道他不是个平常人。又看看他脸上十分英秀，听他说话又是十分温柔，便把心软了下来，微微一笑，把那口刀收了回去。渥济格又向他屈着膝跪了下来，说愿和他做一对夫妻。那美人听了，脸上罩着一朵红云，低着头说不出话来。禁不住渥济格千姑娘、万姑娘地唤着，他便说了一句："你割下你的头发来。……"一甩手，跨上马，飞也似的下冈去了。

这"割下头发来"一句话，是他们满洲人男女讲私情最重要的一句话，意思是说男人把头发割去了，不能再长；爱上了这个女人，不能够再爱别的女人了。女人拿了男人的头发，这一颗心从此被男人绊住了。那美人说这句话，原是心里十分爱上了渥济格，只因怕羞，便逃下山去了。这里渥济格听了这美人娇滴滴、甜蜜蜜的一句话，早已把他的魂灵从腔子里提出来，直跟着那美人去了。他怔怔地站着，细细的咀嚼那一句话的味儿，不由得他哈哈大笑起来。笑过了，才想起我不曾问那美人的名姓，家住在什么地方。他想到这里，便拔脚飞奔，直追下山冈去。你想一个步行，一个骑马，如何追得上？渥济格一边脚下追着，一边嘴里“姑娘”“姑娘”地喊着，追到山下，满头淌着汗，看不见那美人儿的踪迹。渥济格心中万分懊恨，一转眼见他自己的那匹马却在那里吃草，他便跨上马，垂头丧气地回去。

到得都督府里，他伯母见他脸上血迹斑斓，身上衣服破碎，不觉吓了一大跳。忙问时，渥济格便一五一十地说了出来。他伯母和他姊姊听了，不觉笑得前仰后合。他姊姊还拍着手说道：“阿弥陀佛！这才是天有眼睛呢！我妈好好地替你说媒，你却不要，今天说什么美人，明天说什么美人，如今却真正说出报应来了！”渥济格这时正一肚子肮脏气没有出处，又听他姊妹们冷嘲热骂，把他一张玉也似白的脸儿，急得通红，双脚顿地，说道：“我今生今世若不得那美人儿做妻房，我便铰了头发做和尚去！”正说着，他伯父觉昌安一脚跨进房来，见了他侄儿问道：“你怎么悄悄地回来了？我打发人东山上找你去呢。”他福晋笑着说道：“你知道吗？这位小贝勒在东山上会过美人来呢！”觉安昌忙问：“什么美人？”他大格格又抢着把这番情形告诉他父亲，接着渥济格“噗”地地跪在地下，求他伯父替他想法子去找寻那美人，务必要伯父做主，把那美人娶回家来。他伯父原是很爱他侄儿的，便满口答应说：“既是在俺们左近地方的女孩儿，想来不难找到的。我的好孩子，你不要急坏了身子。”从此以后，觉昌安便传出命令去找寻那美人。不消三五天工夫，便把那美人查出一个下落来。

原来那美人并不是宁古塔人，是那巴斯翰巴图鲁的妹妹，原长得有沉鱼落雁之容，闭月羞花之貌。今年二十岁了，他哥哥十分宠爱，远近各部落里的牛录、贝勒都向巴斯翰来说媒，巴斯翰总一概拒绝。他心里早有了一个主意，他想我妹妹这样一个美人胚子，非嫁一个富贵才貌样样完全的丈夫不可。因此他凡是有人来说媒的，他看不上眼的，便也不和妹子商量，一概回绝。过了几天，觉昌安忽然派人来向巴斯翰求亲。巴斯翰见堂堂都督，居然来向他求婚，当初认作都督自己要娶去做福晋，心中万分愿意。只是觉昌安年纪大些，怕对不起妹子。不然，都督的儿子要娶她妹子去做妻房，年纪又轻，将来又是一位都督，却也可以算得富贵双全。待那人开出口来，却是替都督的侄儿来说媒，心里已是有几分不愿；又听说在东山上和他妹妹见过面，难保里面没有调戏的事体，心里越发不愿意。只是碍于都督的面子，不好十分决绝的回复，只说：“请渥济格小贝勒自己来当面谈谈，俺们先结一个交情，慢慢地提亲事罢。”在巴斯翰的意思，也要看看这渥济格品貌如何。

过了几天，那渥济格居然来了。一走进门，便大模大样的。他自以为是都督的侄儿，你这区区一个巴图鲁，真不在我眼里。当下他便对巴斯翰说道：“令妹在什么地方？请出来俺们见见。”巴斯翰听了，不由得勃然大怒，便冷冷地说道：“舍妹生长深闺，颇守礼教，不轻易和男子见面的。”渥济格说道：“我和他将来有夫妻之分，见见也不妨事。”巴斯翰不待他说完，接着说道：“这婚姻的事体，小贝勒却来得不巧了，昨天俺已经把舍妹的终身许给别人了。”渥济格忙追问：“许给了什么人？”巴斯翰说道：“是俺妹子自己做主，许给董鄂部酋长克辙巴颜的儿子额尔机瓦额了。”渥济格不听此话时犹可，听了此话，不由得他三尸神暴跳，七窍内生烟，两只眼珠睁大了，说不出话来。半晌，才说得一句：“果然是令妹自己做主的吗？”那巴斯翰冷笑一声，不去睬他。渥济格急了，“飕”地拔出一柄腰刀来。巴斯翰认作他要厮杀，忙也拔下腰刀拿在手里。谁知渥济格并不是杀人，只见他一举刀，把那枝辫发齐根割了下来，向桌上一丢，说道：“请你拿这个去给令妹看，我渥济格今生今世若不得令妹为妻，也算不得一个顶天立地的奇男子！”说着，他便头也不回，大脚步走出门去了。

这里额尔机瓦额原也曾向巴斯翰求过亲，他的人品才貌，巴斯翰也深知道，勉强也配得上他妹子。如今见事体急了，巴斯翰便给他个迅雷不及掩耳，在三天以内，真的把他妹子嫁到董鄂部去。这个风声传到渥济格耳朵里，愈加恨入骨髓。不多几天，那额尔机瓦额一个人骑着马，在八达山下闲逛，忽然从山坳里跳出九个大汉来，七手八脚，把额尔机瓦额拖下马来，九柄钢刀，一齐下去，早斩成肉泥。隔着两天，克辙巴颜才在山中找出他儿子的尸首来。巴颜膝下只有这个儿子,叫他如何不伤心痛恨?他一面收拾儿子的尸首,一面查拿凶手。到处贴下告示,说倘然有人知道凶手的名姓,便赏一百头牛,一百匹马,金子十斤。这个消息一传出去,便有人沸沸扬扬说:九个凶手里面也有一个名叫渥济格的,只因渥济格是建州卫都督的侄儿,没有人敢来出首。可怜瓦喀,好好一个英俊男子,只因娶了一个美貌妻子,送去了自己的性命!尸首抬进城去,他父亲巴颜,看见亲生儿子遭人毒手,弄得血肉模糊,心中好不凄惨,抱住尸身,一场大哭。他媳妇儿也跟着娇啼宛转,一声"郎君"、一声"儿夫",哭得一屋子的人,个个酸心,人人下泪。

正在伤心时候,外面报说:"巴斯翰巴图鲁来了!"巴颜正要出去迎接,巴斯翰已经走进内院来,见了他妹子,一把拖住。他妹子跪在哥哥面前,口口声声说:"要求哥哥替丈夫报仇!"巴斯翰劝住妹子的哭,一面对他亲家巴颜说道:"我在外面打听得谋死你儿子的,不是别人,正是那建州卫都督的侄儿渥济格。"巴颜听了,便十分诧异,忙问:"渥济格和我儿子,前世无仇,今世无怨,为什么要下这般毒手?"巴斯翰吃他一句话问住了,一时回答不出话来。回过头去,向他妹子看了一眼。他妹子起初见丈夫遭人毒手,满肚子怀着怨恨,如今听说那凶手是渥济格,不觉脸上一红,心肠一软。回想到从前和他在山冈上相见那种痴情的样儿,后来亲自上门来求亲,割下头发来,那种热烈的爱情,我原不该辜负他的。只因我哥哥一时固执,打破了我两人的姻缘。如今闹出这一场祸来,真是前世的冤孽!他想到这里,见他哥哥正回过头来看他,由不得他低低的叹了一口气,拿罗帕掩着粉脸,踅进内房去了。这里巴斯翰见妹子进去了,才把那渥济格和他妹子的前因后果,原原本本地说了出来。巴颜不听犹可,一听了这个话,不禁义愤填膺,开口便骂:"老糊涂!你妹子在家里结识了情人,不该害我的儿子。"巴斯翰也不肯让他,两亲家在屋子里竟对骂起来。他们关外人性情十分暴躁,一言不合,便拔刀相见。当时他两亲家竟个个拔下佩刀来。两廊下的侍卫,听屋子里闹得不成样子,忙进去劝开了,一面把巴斯翰送出去,这里巴颜的福晋也出来把丈夫劝了进去。他两老夫妻看看膝下空虚,终日愁眉泪眼,十分凄惨。巴颜终究耐不住,到了第七日上,他浑身换了戎装,上了大校场,唤齐部下各城章京,个个带了本城的军队,齐集听令。巴颜站在将台上,把渥济格如何谋杀瓦喀,建州卫人如何欺侮董鄂部人,说得慷慨淋漓。部下的兵士听了,个个摩拳擦掌,发指目裂。巴颜教训过一番,接着步马兵士操演阵图,到晚,各自搭帐休息。巴颜这夜也不回家,露宿在营帐里。帐外火把烧得通明,一声声吹角,传在耳朵里。巴颜独坐帐中,想起儿子死得可怜,不由他满腹悲愤,好似万箭穿胸。正寂寞的时候,忽见侍卫进来报说:"外面有奉哈达汗和索长阿部主来见!"巴颜听了,不觉吓了一跳。

这奉哈达汗,是关外数一数二的国王。他手下有雄兵一万,名城数十座,都听他的号令,轻易不出来找人的。如今连夜到董鄂部来,一定有什么重大事件。巴颜忙迎接出去一看,奉哈达汗的兵队也有二三千人,远远的扎住。奉哈达汗骑在马上,见了巴颜,忙跳下马来,笑容满面;两人手拉手儿地走进帐来,索长阿部主也跟在后面。三人坐下,巴颜吩咐预备酒席。一会儿酒席摆齐,巴颜让奉哈达汗坐在首位,索长阿部主坐了客位。酒遇三巡,奉哈达汗便开口说道:"我连夜到此,不为别事,听得你和建州卫都督的侄儿渥济格,结下了深仇,两家各自调动兵马,预备厮杀。我如今来给你两家做一个和事佬,可好吗?"奉哈达汗说到这里,停住了暂时不说。巴颜一肚子的怨气,叫他一时如何答应得下?只是低着脖子不说话。奉哈达汗接着又说道:"你儿子是吃九个强盗杀死的,九个强盗里面,也有一个名叫渥济格的。你须明白,这个渥济格,不是那个渥济格。那个渥济格,是堂堂都督的侄儿,他岂肯做这样盗贼狗窃的行为?如今都督觉昌安,为两家和气要紧,特意浼我出来,给你两家讲和。现在他侄儿渥济格,亲自带了牛羊金帛,在营门外听令。你若肯时,便吩咐传他进来,当面谢过罪,还叫他拜在你膝下,做一个干儿,解了你多少寂寞。你若不肯,我也带着三五千精兵在此,看谁先动手,我便打谁。"奉哈达汗说到这里,立刻把脸沉了下来。巴颜害怕他的势力,不容他不答应;回想到杀子之仇,又万无讲和之理。他尽自沉吟着,讲不出话来。

忽然耳边一片锣鼓喇叭的声响，外面接二连三的报进来说："渥济格公子亲自来犒师，现在营门外，听候部主的命令。"巴颜看看奉哈达汗，兀自沉着脸，索长阿部主，眼睁睁看住他，脸上露出一种凶恶的神气来，不由他不点头答应。侍卫出去，一片声嚷说："请渥济格公子！"一会儿，公子大脚阔步地走进来，见了巴颜，急抢上几步，行了全礼，又退下去，恭恭敬敬地站在一旁。巴颜起初见了渥济格，原是一腔愤怒；一转眼看看渥济格那种英俊秀美的风度，站在眼前，好似玉树临风。他原是很喜欢男孩儿的，见了不由他心肠不软下来。怎么又禁得渥济格满嘴的干爹长干爹短，早把他一肚子的冤仇，丢向爪哇国里去了。营门外摆列着大担的牛肉羊肉，大萝的金银绸帛，犒赏军士。那军士得了赏赐，便齐声嚷道："多谢公子！"营帐里面重复摆上酒席，渥济格亲自把盏劝酒。巴颜年老贪杯，又是这样一个英俊少年站在他跟前，耳朵里听着亲密的说话，不觉开怀畅饮，早把他灌得酩酊大醉。

当夜三个人都留在帐中，寄宿一宵。到了第二天一清早起来，巴颜带领着进城，直到部主府中。又带领渥济格到内院去，拜见福晋，把收渥济格做干儿，和凶手又是一个名叫渥济格的原因说明。那福晋见了渥济格这样一个漂亮人物，早欢喜得无可无不可。他膝下正苦寂寞，见了这干儿，便留他住在府里，每天给他好吃好玩。这时他媳妇见了渥济格，一个是新寡文君，一个是前度刘郎，两人背着人，说不尽的旧恨新欢，山盟海誓。

快乐光阴，容易过去，渥济格在府中，一住十天。渥济格自己也带着一千兵士来，驻扎在城外。看看渥济格进城去，不见他出来，认作被巴颜杀死了，大家鼓噪起来，把一座城池团团围住，口口声声说："还我主将！"外面报进府去，渥济格正和他的心上人在花园中说笑游玩，难舍难分。后来还是那媳妇想出一条计策来，怂恿他去对巴颜说："董鄂部和建州卫，本是一胞所生，现在分做十二处，形势涣散，倘有别处兵马来到，怕一时照顾不到，还不如两家合在一起。如今建州卫兵强将广，你老人家搬进建州城去住，有我叔叔保护着，也可以过几天安闲岁月，享几年福，免得提心吊胆。"这一番话果然打动了巴颜的心，他带着妻子、媳妇，跟着渥济格搬到建州城去住。

建州都督觉昌安，不费一兵一卒之力，得了董鄂部许多城池。渥济格又因和巴颜一处住着，颇多不便，便又在董鄂部中取得两处部落，和他的心上人搬去一块儿住着。他叔侄两人，从此威名一天大似一天，占据的城池，也一天多似一天。索长阿部主，在一旁看了，心中不安，生怕建州人慢慢地侵犯到他的地界上来，便打发自己儿子吴泰，去求他亲家哈达万汗王台借兵。这时王台手下，称女真部族，有城池二十余座，精兵数万，人人见了害怕。当时王台便答应借他雄兵五千，保守各处城池。说定建州卫人倘然不犯我们的地界，我们也各守疆土，不去侵犯别人。但是听听建州都督觉昌安，五个儿子，好似五个大虫，个个带了兵马，到处侵城略地，打劫村坊。大儿子名礼敦巴图鲁，第二个儿子名额尔衮，第三个儿子名界堪，第四个儿子名塔克世，第五个儿子名塔克篇古。这五个儿子里面，要算礼敦格外英雄出众。他在千军万马之中，往来驰骤，匹马当先，如入无人之境。这时他们直打到苏克苏浒河部，把全部的城池都收服下来。部中有一座图伦城，只因不肯投降建州人，吃他杀得尸骨如山，血流成河。满洲地方各部落，听了这个消息，人人吓得魂飞魄散。

王台看看事体紧急，便派人到明朝去进贡，又密奏建州人强横不法的话。明万历皇帝，便想借重他，以毒攻毒的意思。又查王台的祖父速黑忒，也曾受过明朝的封号，便封王台做哈达部的右都督官，又吩咐辽东经略使，派兵送他回部。王台得了明朝的荣宠，便十分强横起来，各处部落投降他的，也一天多似一天。他在中间暗暗的出死力抵抗建州人和蒙古人，不让他侵犯明朝的疆土。觉昌安亲自带兵和他打仗，也吃了一个败仗，建州人便把王台恨入骨髓。

这时建州地方有一个健将，名叫王杲。他手下有一大队狼虎兵，爬山如虎，渡河如狼。他兵队所到的地方，不用交战，便吓得敌人下马归降。五岭以东一带地方，都是他一个人收服下来的。觉昌安也便另眼看待他，常常备下酒席，两人在府中相对吃酒。有一天，是他们满洲人的娘娘节,各处娘娘庙里打唱跳神,十分热闹。家家也备下酒菜,接待宾客。那时都督府中,自然也不用说宾客如云,酒肉如林。王杲便要算里边一个上客,他带了儿子阿太入席。这时阿太年纪只十八岁,长得好似玉树临风,英秀又不在渥济格以下。酒吃到一半,里面觉昌安的妃子打发人拿出许多荷包烟袋来,赏给亲族子侄辈的。那时阿太也得了一个荷包,席散以后,照例要到内室去谢赏;阿太也随着众人进去。这天家中大开筵宴,那五位贝勒的福晋,个个带了子女,都在府中赴席。内中要算塔克世的大福晋喜塔喇氏,长得最标致,能说能笑,满屋子只听他说笑的声音。他一见了阿太,便一把拉住了,说道:"啊唷!长得好俊的小子!"说着把他推到觉昌安妃子身旁去。他婆婆已是老眼昏花,把阿太拉近身去,对他脸上身上仔仔细细地看着,把个阿太看得不好意思,嫩脸通红起来。喜塔喇氏和塔克世的次妻纳喇氏,在一旁拍手大笑。还有礼敦的福晋和妯娌们,都团团围定了看他。妃子笑说道:"人家娇生惯养的,那里见过你们这班泼辣女人的阵仗儿?还不快放尊重些。你们不看见他小脸儿涨得通红了,怪可怜儿的。"接着纳喇氏说道:"婆婆天天抱怨找不到一个好女婿,如今这位奇儿,大概可以上得婆婆的眼了,我们快不要错过了,留住他在府里,配我们的女孩儿呢!"一句话提醒了妃子,说道:"好啊!我们把大孙女儿配给他罢。"大孙女儿,便是礼敦的大女儿,也长得面庞圆润,体格苗条。当时礼敦的福晋听了,便接着说道:"婆婆说好,总是好的。你老人家的眼光,决不有错。"正说着,都督从外面进来。他本来有联络王杲的意思,一听了这个话,便竭力怂恿说好。礼敦夫妻两人,原不愿把女儿嫁到远地去,只因父母做主,他也不敢反抗。

不多几天,都督府里办起喜事来,当然十分热闹。建州部下各处章京,不消说都来送礼贺喜,便是苏克苏浒部、浑河部、王甲部、哲陈部、纳殷部、鸭绿江部、兀集部、瓦尔喀部、库尔哈部、吴喇部、叶赫部……满洲地方有名的部主,都来道贺,都督派人一一招待。这一场热闹,算是建州地方数一数二的大事。那阿太娶了大孙女做妻子,那大孙女面貌又长得十分标致,性情又十分和顺,夫妻两人又十分恩爱,那岳父、岳母和妃子又看待得他十分好。他落在温柔乡中,真有乐不思蜀的样子。到底大孙女关心丈夫的前程,悄悄地去替阿太求他的祖父。都督看在自己孙女儿面上,便封他到古埒城去做一个章京。大孙女得了这个功名,心中十分快乐,忙催着她丈夫动身,到古埒城去到任。谁知阿太儿女情长,英雄气短,只是迷恋着妻子不肯去;一任他妻子再三劝说,他总是不去。不觉恼了这位夫人,他把脸上的胭粉一齐洗去,又把身上穿着的一件锦绣旗袍,扯得一片一片和蝴蝶一般,扑又翻身跪在她丈夫跟前,呜呜咽咽地哭个不住。阿太也搂住他妻子,扑簌簌的滴下眼泪来。欲知后事如何,再听下回分解。

野蛮时代,妇女及货币,同为有权者酬赠之品;落茵堕溷,各听天命。而为美人者,尤伤失其自主之权观于巴斯翰巴图鲁之妹而益信。然为占有美人者,亦因之伤其生;此所以千古称美人为祸水也!

渥济格用情深炽,得最后之胜利;挟美人远去,如范蠡之载西子,虽南面王不易也!

描写阿太入内院一段,酷似《红楼》笔法。纳喇氏之词锋,颇似王熙凤口吻;老王妃则似贾母。骤读之,几疑是宁国府事,非许君之笔,曷克臻此?

第六回　腰间短刀斩伏莽　枕边长舌走英雄

说到这位大孙女，原是他祖母十分疼爱的。他又长得乖巧，讨人欢喜，合府上下的人，没有一个不称赞他。远近部落的贝勒，打听他长得标致，都来求婚，都是他祖母做主，要把孙女婿一齐招赘在家里，因此耽搁下来。直到嫁了阿太章京，大孙女为丈夫的前程起见，再三催着丈夫到古埒城去；阿太意思要带了妻子一块儿到任去，无奈他祖母不肯。大孙女心中也是舍不得她丈夫，因此两人在房中哭得十分凄惨。侍女见了，慌忙去报与喜塔喇氏，喜塔喇氏报与婆婆知道。妃子听得了，说道："这可不得了！可不要哭坏我那宝贝吗！"说着，忙站起身来，要自己看去。纳喇氏和喜塔喇氏在两旁扶着，后面四个媳妇，还有许多侍女，尾随着走到大孙女房里去。那大孙女听说祖母来了，忙抹干了眼泪，迎接出去。妃子一见他孙女云鬓蓬松，衣襟破碎，便嚷道："这可了不得！你们小两口子才得几个月的新夫妻，便打起架来了吗？"说着，擎起旱烟竿儿，没头没脸的向他孙女婿打去，说道："我这样娇滴滴的孙女儿，怎禁得你这莽汉子磋折？"大孙女见了，忙抢过去抱住了烟杆，把自己毁妆劝驾的话说出来。妃子听了，才点点头说道："这才像俺们做都督人家的女孩儿！"说着，又回过头去对阿太说道："你祖岳父好意给你一个官做做，你怎么这样没志气，迷恋着老婆不肯去？我的好孩子！你快快前去！我替你养着老婆，你放心，他是我最疼爱的孙女儿，你去了，我格外疼爱他些。包在我身上，把他养得白白胖胖的。"一句话，引得一屋子的人大笑起来，独有阿太一个人，还哭丧着脸。妃子再三追问他："你怎么了？"阿太撑不住，"哇"的一声哭了，跪下地来，把愿带着妻子一块儿上任去的话说了出来。大孙女趁这个机会，也并着肩跪下地去。妃子一看，叹了一口气，说道："好好！女心外向，你也要丢了我去吗？"说着，禁不住两行眼泪，挂下腮帮来。众人忙上前劝住，喜塔喇氏忙把他婆婆扶回房去。

这里礼敦巴图鲁的福晋和他女儿在房里商量了半天。他小夫妻两人口口声声求着要一块儿到古埒城去，礼敦的福晋也无可如何，只得替女儿求着公公。到底他公公明白道理，说："女孩儿嫁鸡随鸡，嫁犬随犬，如何禁得他住？"便拣了一个日子，打发他夫妻两人上路。到了那日，内堂上摆下酒席，替阿太夫妻两人饯行。大孙女的亲生父母却不敢哭，倒是觉昌安的妃子和塔克世的福晋喜塔喇氏，哭得眼眶肿得和胡桃一般。便是觉昌安到了这时，也不觉黯然魂销。礼敦和塔克世、界堪弟兄们，怕父母伤心过分，坏了身体，便催促着阿太夫妻二人赶速起程。福晋们一齐送到内宅门分别，贝勒们送到城外分别；独有觉昌安和塔克世父子二人，直送到古埒城分别。

觉昌安回到建州城，那王杲又新得了明朝的封号，封他做建州右卫都督指挥使。那建州地方各贝勒、章京，又都来向王杲道贺，摆下酒席，热闹了三天。觉昌安这时年老多病，又常常纪念孙女儿，身体十分亏损，便把都督的位置传给他第四个儿子塔克世，自己告老在家，不问公事。好在王杲做了指挥使，很能镇压地方，便也十分放心。说到王杲这人，性格原是十分暴躁，到处欢喜拿兵力去压服人。自从得了明朝的封号以后，越发飞扬跋扈，便是建州都督，也有些驾驭他不住了。这时他收服的地方很大，明朝的总兵也见了他害怕。他年年进贡的时候，不把明朝的长官放在眼里。明朝进贡的规矩，每年在抚顺地方开马市，各处部落都拿土产去进贡，长官坐在抚夷厅上验收。上上马一匹，赏米五石，绢五匹，布五匹；中马，赏米三石，绢三匹，布三匹；下马，赏米二石，绢二匹，布二匹；驹，赏米一石，布二匹。每遇王杲进贡，偏要拿下马去充上上马，硬要讨赏。那长官为怀柔远人起见，便也将错就错的收下了。谁知道这王杲越发得了意。照进贡的规矩，那各部落贝勒一律站在抚夷厅阶下等候长官验贡分赏完了，便赏各贝勒饮酒食肉。独有这王杲不服法令，他等不得长官分赏，便抢上厅去，爬在椅子上，抢着酒菜便吃。左右的人见他来得凶恶，便也不敢和他为难。他单是抢夺酒肉，倒也罢了；谁知他酒醉饭饱，便撒酒疯，对着长官拍桌大骂。明朝的官吏，看看他闹得不成样子，便吩咐左右，把他扶下阶去，一面通告建州都督，下次不可再差王杲进贡。

那塔克世知道王杲大胆，敢当厅辱骂明朝长官，却以为十分得意，第二年仍旧打发王杲去进贡，那王杲越发闹得不成样子。别的贝勒看看王杲可以无礼，我们为什么这样呆？便也个个跋扈起来。到隆庆年间，有一位长官，却十分有胆量。他预先派了许多兵士驻扎在抚夷厅两厢，自己当厅坐着。看看王杲大摇大摆地走来，他是走惯了的，一脚便跨上厅来。只听得两旁兵士一声吆喝，那厅上的侍卫早擎起长枪，把王杲赶下厅去。后来验到王杲的马匹，又是十分瘦弱。长官把他传上厅去，呵斥了一阵，退回他的马匹，也不赏米绢，也不赏酒肉。王杲觉得脸上没有光彩，怏怏而回，一肚子怨气，无可发泄，便沿路杀人放火，关外的百姓被他杀得叫苦连天。明朝的总兵知道了，反说长官不好。奏明皇帝，把长官革了职。

王杲知道了，越发长了威风。他每到进贡的时候，便带了许多兵马，在抚顺左近地方胡闹。到马市散了，他也不退兵；常常引诱明朝的百姓，到他营里去，捆绑起来，要他家里人拿十头牛马去赎回。倘然迟了一步，他便把那人杀了。这时有一个抚顺的客商，趁着马市的时候，到清河叆阳宽甸一带去做些买卖，经过王杲的营盘，被王杲拖进营去捆绑起来。他外甥裴承祖，是做抚顺的游击官，得了这个消息，便亲自到王杲营里去求情。王杲便冒他舅舅的笔迹，把他哄进营去，一齐捆绑起来，破他的肚子，挖他的心肝。裴承祖带来几个兵士，也一齐被他杀死。

这个消息报到总兵衙门里，总兵大怒，一面奏报皇帝，一面点起兵马，准备厮杀。王杲还不知进退，依旧是奸淫掳掠，无所不为。到十月里的时候，在半夜里，忽然被明朝兵将四面围住。一支铁甲军，直冲进营来。这许多鞑子兵，都人不及甲，马不及鞍，被他杀得尸横遍野，血流满地。王杲赤着一双脚，逃出后营，爬过山头，息住脚一看，足足丢了一千四百多兵士。王杲知道敌不住了，回家的路也被明兵拦住，打算投到蒙古去，走到抚顺关外，见关楼上挂着榜文，又画着自己相貌。榜文上写着："捉得王杲，赏银一千两。"王杲看了，不由得倒躲，只得退回旧路，在深山里面躲着。

过了几天，看看躲不住，便想起那哈达万汗王台，一向是认识的，我如今何不找他去？当下带了他残余兵马，到哈达地方，见了王台，把以上情形细说一遍。王台听了，便摆上酒席，替他压惊。王杲见王台如此看待他，心中说不出的感激。当夜安睡在客帐里，正好睡的时候，忽然惊醒过来，见屋子里灯火照得雪亮，自己身上被十七八道麻绳绑住了，动也不能动。王杲大声叫喊起来，只见王台踱进账来，手里捧着令旗，口中大声说道："奉明总兵李成梁将令，捉拿王杲反贼。"说着，也不容王杲分辩，上来八个大汉，把王杲打入囚笼，连夜送到抚顺关去。那总兵李成梁，坐堂审问。王杲也不抵赖，一一招认了。李成梁吩咐摆酒，一面和王台在厅上吃酒，一面叫刽子手动手，在院子里把王杲杀了。第二天，李成梁申报朝廷，明朝皇上圣旨下来，封王台为龙虎将军。李成梁趁此把凤凰城东面宽甸一带地方，收服下来。这王台得了明朝封号，便一路耀武扬威地回去，自有许多部将前来贺喜。王台在将军府里，大排筵宴三天，各部将吃得酒醉饭饱。王台在席面上吩咐部将，回去整顿兵马，预备去争城夺地。

这个消息传到建州都督耳朵里，那塔克世正因明朝杀死了他右卫都督指挥使，心中老大个不快活，又听王台带着兵马，到处攻城略地，那许多小部落，又因王台得了明朝的封号，便纷纷的投降他。看看他兵队侵犯疆界，快到宁古塔一带地方；那宁古塔许多贝勒，便一齐赶到建州地方，在都督府中议起事来。这六位贝勒，年纪已老，觉昌安又是多病，一切公事都由他儿子塔克世料理。会议的时候，听说王台如何强盛，大家面面相觑，一筹莫展。塔克世看了这样子，不觉叹了一口气说道：“我们堂堂爱新觉罗氏的子孙，空拥有这许多城池，难道去抵敌一个区区的王台都抵敌不住吗？”正在议论的时候，只听得身后有一个人大声喊道：“王台是我们世代的仇人，我祖我父，不可忘了！”大家回头看时，只见一个大汉，面目黧黑，衣服破碎，站在屋角里，圆睁两眼，嘴里不住的哼着。原来这时候是十月天气，在关外地方，雪已经下得很大。这大汉身上只穿了一件破碎的薄棉衣，怎么不要冷得发哼。说也奇怪，这塔克世一见了这大汉，便拔下刀来抢上前去要杀他。他大哥礼敦巴图鲁看见了，忙上去拦住。那塔克世嘴里，还是“贼人”“畜生”的骂不绝口。

你道这大汉是谁？便是塔克世的大儿子努尔哈齐。塔克世一共有五个儿子：第二个儿子舒尔哈齐，第三个儿子雅尔哈齐，和这个努尔哈齐，都是大福晋喜塔喇氏生的；第四个儿子巴雅齐，是次妻纳喇氏生的；第五个儿子穆尔哈齐，是他小老婆生的。讲到纳喇氏的姿色，又胜过喜塔喇氏；喜塔喇氏在日，因为他是大福晋，自然不敢轻慢他。谁知到了努尔哈齐十岁上，喜塔喇氏一病死了，那纳喇氏便把大福晋生的三个儿子看作眼中钉一般，常常在她丈夫跟前挑眼，说他弟兄三人有灭他母子的心思。塔克世听了纳喇氏的话，便勃然大怒，擎着大刀赶着努尔哈齐要杀他。努尔哈齐忙去躲在他祖父觉昌安怀里。他祖父原是很爱这个大孙子的，如今塔克世发怒，自己又年老，无力去阻止他，只得含着一眶眼泪，对努尔哈齐说道：“我的好孩子！父亲今天要取你的性命，你快离了此地罢！”说着，祖孙两人，搂抱着大哭一场。哭够多时，觉昌安悄悄地给他些银钱，陪着他去辞别父亲。谁知他父亲听了纳喇氏的话，心中早已厌恶他弟兄三人，说道：“你既要去，便带了你二弟三弟去，走得越远越好，从此以后不要见我的面！”努尔哈齐无法可想，只得带了舒尔哈齐、雅尔哈齐二人，啼啼哭哭，走出建州城去。走到半路上，弟兄三人坐下地来，努尔哈齐把祖父给他的银钱拿出来三人平均分了，说道：“我们三人各奔前程罢！倘然有一天出山之日，总不要忘记我们弟兄今天的苦处。”说着，三人挥泪而别。

努尔哈齐寄住在一家獭户家里，每天上山去采些松子，掘些人参，来在就近村市中叫卖。后来他采的松子，掘的人参，一天多似一天，堆积起来。打听得抚顺市上这两样东西能卖得好价钱，便向猎户问明白了路径，就向抚顺市奔去。这时是初夏天气，在满洲地方，正是大雨之期。倾盆似的雨点，向努尔哈齐身上打来，四处山水大发，平地顿成泽国。可怜他一个富贵子弟，只因父亲有了偏心，弄得他有家难奔，有国难投，他在狂风大雨中走着，早淋得似落汤鸡一般，衣服湿透。好不容易，千山万水，到了抚顺市上。打开布包来一看，那人参松子，早已腐烂得不成模样。他钱也花完了，身体也走乏了，真是山穷水尽，英雄落魄之时。努尔哈齐想到伤心之处，不禁号咣大哭起来。他嗓子十分洪亮，只听得四处山鸣谷应。这时早惊动了一个老猎户，姓关，原是山东地方人，十二岁上跟他父亲渡海来到此处，以打猎为生。他也学得一手好本领，又懂得几下拳脚，年今六十四岁了，追飞逐走，还是十分轻健。因天雨日久，他便在家休息。忽听得旷野之中有人哭声，声音又十分洪亮，他知道不是一个平常人。忙过去一看，果然好一条大汉，燕领虎颔，螂腰猿臂，却是位英雄。他忙劝住了哭，意欲邀他到自己家里去。不知努尔哈齐肯去不肯去，且听下回分解。

从来祖爱孙，亦天伦之至情。观大孙女辞别乃祖，一步一回头；一方面不忍离家，一方面不忍抛却丈夫，活画出女儿心事。

王杲傲慢，及扰乱边地情形，见于《明季实录》。怀柔远人，原非易事；而边庭疆吏，则又狎侮之，玩弄之，有以启其渐也。

妇有长舌，为家庭祸水；而在宫闱之间，尤烈。此由于女子素无职业，惟男子是依，不得不出于谄媚眩惑之一途；而家人骨肉之间暗潮起矣！

第七回 依佟氏东床妙选 救阿太西辽鏖兵

却说努尔哈齐正哭到悲伤之处，忽见有人来问他。他英雄末路，正望人来挽救，既有人问他，他岂有不回答之理？回心一想，自己是堂堂一位都督的儿子，倘然老老实实说出去，岂不叫父亲丢脸？当下他便胡诌了几句，只说自己死了父母，流落他乡。那关老头子见他可怜，便拉他回家去，好茶好饭看待他。关老头子家里既没有老小，有时他上山打猎去，便嘱咐努尔哈齐在家里好好看守门户。空下来时候，就门前空地上指导他几下拳脚。努尔哈齐又生得聪明，不到一年工夫，所有武艺，他都学会了。空下来便一个人在空地上练习一回解解闷。这关老头子每天打得的獐、鹿、狼、兔也是不少，他把兽肉吃了，把兽皮用藤干支绷起来，赶到抚顺市上去招买。努尔哈齐有时也跟着他到市上去，因此也认识了许多买卖中人，大家见他脾气爽直，都和他好。那班买卖人，大概汉人居多，他们有时邀努尔哈齐到家里去，因此他也知道汉人的风俗。有一天，有一个姓佟的老头子上市来，他坐着大车，在街心里走，一个不小心，车轮子脱了轴，车篷子翻过来，把这佟老头儿罩住在车板下面，他竭力挣扎着，也不得脱身。给努尔哈齐看见了，忙抢上前去，拿他的阔肩膀，用力向上一抬，车板居然扳了过来，佟老头子也从车子底下爬了出来，两旁闲看的人，齐声说好。这佟老头子忙上前去拉住他的手，问他的名姓，关老头子忙上去替他答了。佟老头子再三要拉他到家里去，努尔哈齐起初不好意思，只拿两只眼睛望住关老头子。关老头子笑笑说道："这是抚顺市上有名的佟太爷，他老人家家里有的是钱，你如今跟了他老人家去，落了好地方了。"说话时候，佟老头儿已经把他拉上车去，鞭子一扬，那车轮子滴溜溜地转着去了。

原来佟姓是关外的大族，便是这位佟太爷家里，也盖着很大的庄院，四面围着高粱田，屋子后面一带高山，都是他的产业。讲到牲口，单说牛马，也有四五百头。家里雇着五七十个长工，一天到晚也忙不过来。努尔哈齐到了他家里，佟太爷专派他看管长工。那班长工都是粗蠢如牛的，一言不合，便打起架来。他们起初见了努尔哈齐，也不把他搁在眼里，还编着歌儿嘲笑他。说什么："努尔哈齐，只见他来，不见他去！"有一天，有一个绰号叫牛魔王的，他坐在田旁山石子上，擎着他又黑又粗的臂膀，唱着这歌儿，唱完了，拍手大笑，在田里做活的人，也和着他笑。恰巧努尔哈齐从那边走过来，听得了，悄悄地走上前去，举手向牛魔王的脖子上一叉，又把他的粗臂膀反折过来。牛魔王痛得直着嗓子，只是嚷："我的爹爹！饶了我吧！"这牛魔王是他们长工里面算气力最大的了，如今也被努尔哈齐收服了；这五七十个人，一齐拜倒在他跟前，情愿拜他做师父，要他指教拳脚。庄门外面原有一大片围场，努尔哈齐便天天带着他们在田工完毕的时候，在围场上指导他们练习各种武艺：打拳、舞棍、耍枪、弄刀。这工夫足足练了一个年头，大家都已领会得了。努尔哈齐也常常和他们放对，总没有一个敌得他过的。

有一天，是盛夏的时候，关外风景，树木十分茂盛。许多长工在树影下面纳凉，努尔哈齐远远的走过来。有十七八个人，个个手里拿了木棍，跳起来，抢上前去，把努尔哈齐团团围在垓心，动起手来。努尔哈齐不慌不忙，擎着两个空拳，左右支架。说也奇怪，这班人想尽法子打他，足足打了半个时辰，也休想近得他身。正打到热闹时候，忽听得娇滴滴的声音喝一声："好！"直攒进努尔哈齐的耳朵里去。努尔哈齐急回头看时，只见那佟太爷笑眯眯的站在庄门外看着，他身后又站着一个十七八岁的大姑娘，梳着高高的髻儿，擦着红红的粉儿，从佟太爷肩头露出半张脸儿来，喝了一声"好"。见努尔哈齐看他，他也对努尔哈齐盈盈一笑。这一笑，把个铁铮铮的汉子酥了半边，他拳头也握不紧了，臂膀也擎不起来了。大家见了他这个样子，都哈哈大笑，上去拉着他的手，到树荫子下面乘凉去。这时努尔哈齐好似落了魂灵似的，任你和他说什么话，他总是怔怔地不回答你。大家见他不高兴，便也不去和他胡缠，个个散去了。

说也好笑，这努尔哈齐在树荫子下面坐着发怔，直坐到日落西山，也不移动他的地位。后来佟太爷出来，把他拉进屋子去。吃晚饭的时候，一任你和他如何说笑，他总是所答非所问。后来佟太爷也慢慢地有些觉得了。讲到这努尔哈齐的人才，他心里是千中万中。但是他却有他的一番隐衷。原来这抚顺地方佟家虽说是大族，只有这佟太爷门下，人丁却极是单薄。他生了五个女儿，一个儿子。五个女儿，早已出嫁。大女儿年纪已有五十多岁，最小的女儿，年纪也在三十以外。一个儿子，活到三十六岁上死了。他媳妇只养下一个女儿，今年十八岁了。虽说北地胭脂，却也长得珠圆玉润。这位佟太爷，却十分宠爱这个孙女儿。他在家里，性情十分暴躁，便是他老夫妻的话，也是要驳回的。独有这孙女儿的话，却是千依百顺，怎么说怎么好。这老太爷也懂得些汉字，闲空的时候，也教给孙女儿读书写字。

这孙女儿名叫春秀，等闲合家上下的人，都称呼他秀姑娘。这秀姑娘不但相貌齐整，文墨精通，而且事理又十分明白。到十六岁上，佟太爷便把全家的家计都交给他，他外面料理田地上的出入，里面料理衣穿酒饭。等闲一个汉子，也是赶他不上，佟太爷也竟拿他当一个孙男看待。这秀姑娘脾气生得爽直，该说的地方他便不客气，当面排揎。因此那五七十个长工，都见了他害怕。讲到他的终身大事，这样一个大姑娘，岂有自己不留意的？他是打定主意，要嫁一个英雄。因为他认识了许多汉字，常常读那《三国志》《水浒传》这几部小说书，这些书是他祖父替他从抚顺市上买来的。他看看书上的人物，何等英雄，他便决意要嫁一个像孙权，或是像林冲的这般的英雄。无奈他住在这穷乡僻壤，眼睛所看见的，都是些蠢男笨汉，那里去找英雄呢？

却巧这努尔哈齐远远地从建州城走来，流落在抚顺关外。那一天他两人的见面，绝不是平常的。自从一见以后，你心中有我，我心中有你。便是佟太爷心中，也是有了他们两个。只是佟太爷心中有一个主意，他虽说没有儿孙，却不愿意承继别房的子弟来顶他的香火，他早打算给秀姑娘招赘一个女婿在家里，顶他老人家的香火。但是别家男孩儿，都好好有父母的，谁肯丢开自己家里到这里来呢？如今看看这努尔哈齐人才出众，恰巧又是一个无家可归的，何不把他招做女婿，岂不是一双两好？如今看看这孩子痴得厉害，这件事当然是千肯万肯的了。但不知我那孙女的意思怎么样呢？我还不如趁此给他两人见见面儿，听他们自己打交道去。他主意已定，便把努尔哈齐领到内院里，和他老妻、寡媳、孙女儿一个个相见。从此以后，佟太爷留心看着：秀姑娘常常找着努尔哈齐说笑去，他老人家心头一块石子，才算落地了。说也奇怪，努尔哈齐未曾认识秀姑娘以前，原和那班长工要好，大家在一块儿有说有笑；自从他认识了秀姑娘以后，常常找不到他的影儿，一有空闲，便找秀姑娘说话去，大家也不敢去惊吵他。

光阴如箭的过去，又是一个年头。这时春末夏初，关外春色，到得很迟，四月里正是千红万紫，繁花如锦的时候。佟家屋子后面有一座桃树林子，桃花开得正盛。有一天，那牛魔王正从林子外面经过，忽听得林子里有娇细吃吃的笑声；定睛看时，原来不是别人，正是努尔哈齐在桃花树下指导秀姑娘耍枪呢。秀姑娘挺着杨柳似的腰肢，擎着一枝丈八长枪，休想转动得分毫。他丢下枪，笑得喘不过气来。努尔哈齐忙上去扶住他的柳腰儿，两人对拉着手，对望着脸儿呆笑。牛魔王看在眼里，低低地说了一声："不好！"飞也似的跑到前面院子里去，把佟太爷拉了出来。佟太爷不知怎么大事来了，忙跟着他匆匆跑去，直跑到桃树林子外面，才站住脚。牛魔王拿手指给他看，佟太爷跟着他手指望去，不禁哈哈大笑。原来这时努尔哈齐正和秀姑娘肩并肩儿坐在桃花树下面，携着手儿说话呢。在牛魔王心想，这佟太爷脾气是不好惹的，如今给他看见这个样儿，不知要怎么发怒呢。谁知佟太爷非但不生气，看他嘴唇一张，胡髭一跷，哈哈一声，笑得眼睛成了一条缝。真出于他意料之外，忙一转身，一溜烟逃去了。

这里佟太爷慢慢地踱进林子去，他两人见了，不由得一齐低下头去，脸上羞得通红，好似脖子上压着一副千斤担，再也抬不起头来。佟太爷走上前去，一手挽着一个，笑着问道："你两人已经说定终身了吗？"秀姑娘和努尔哈齐一齐摇摇头，佟太爷伸着簸箕一般的手，在两人肩膀上使劲拍了一下，哈哈一阵子大笑，说道："好糊涂的孩子！你们还不赶快说定了，呆守着什有吗？"一句话说得他们两人一齐笑起来。佟太爷说道："你们害羞吗？快跟我来！"说着，也不由分说，拉着他们两人便走。拉进内院，也不问他两人怕羞不怕羞，把这情形一长二短的对母亲和祖母说了，又逼着他母亲把这女儿的一头亲事答应下来。他媳妇原不肯把这一颗掌上明珠，嫁给一个天涯浪子，后来他公公拍着胸脯说："倘然你答应下来，我便把全份家活传这孙女婿，把这孙女婿入赘在家里，奉养我们病老归天。这大概你也可以放心了吗？"他媳妇听公公说得这样恳切，便也答应下来。佟太爷便到市上去找到萨满，选了一个吉日，给他两人办起婚事来。这一天，院子里立着堂子祭天，屋子里跳着神；那远近来贺喜的，不下五七百人，前厅后院，挤得满满的。大家盘腿儿坐在席上，吃酒割肉，整整热闹了一天。努尔哈齐和秀姑娘便在这热闹的时候，拜了天地，结了夫妻。

他夫妻两人尽心竭力帮着佟太爷料理家务，空下来的时候，努尔哈齐教授秀姑娘几下拳棒，秀姑娘也教他认得几个汉字，又天天讲《三国志》《水浒传》给他听。努尔哈齐听得有味，便依着书上大弄起来。那时佟太爷已经过世了，一切家里事体，由他做主。他便散了家财，结识许多好汉。又有许多少年，听说努尔哈齐懂得拳脚的，便大家从远路赶来，拜他做师父。后来他在抚顺市上名气愈闹愈大，那四方来的人愈多。这时他入赘在佟家，便改姓了佟，人人唤他佟奴儿哈赤。他家里竟好似一个小梁山，聚集了许多英雄好汉。抚顺市上人人称他佟大爷，谁知道他是堂堂建州都督的儿子呢？但是努尔哈齐，却时时纪念他的家乡和他的父亲。他结识了许多朋友，原打算有一天自己承袭了父亲的官爵，靠这班朋友在关外地方做一番大大的事业。因此他常常到抚顺市上去打听官中消息。

这抚顺关上，是有明朝总兵游击各衙门驻扎着，努尔哈齐也和各衙门的兵士要好，凡是衙门里的情形，他都打听得仔仔细细。这时候抚顺关东三十里，每两个月开马市一次——马市，分官市、私市两种。官市是由各部落都督贝勒等，派人到抚顺来进贡；又带了许多马匹来卖给明朝官厅。私市，是满洲百姓和明朝百姓私自做的买卖，满人卖给汉人的，大半是牛马兽皮和人参松子等货物；汉人卖给满人的，大半是绸缎、布匹、锅子、行灶和种田人用的东西。两面百姓公平交易，都十分和气。努尔哈齐也扮作商人，带些杂粮去卖给汉人，因此便结识了许多汉人。这时建州都督派来进贡的人，便是王杲。努尔哈齐早打听得王杲那种跋扈情形，后来果然闹出乱子来，后来王杲果然给王台捉住，送去给明朝杀了头。从此王台得大明朝的帮助，便十分强盛起来，宁古塔地方常常吃他的亏。努尔哈齐虽说被父亲赶出家园，但是他家里的事体，仍是刻刻关心的。他在抚顺市上打听得一个紧要消息，他便想连夜跑回建州去通报他父亲知道；又怕他妻子不放他去，到了夜里，他夫妻两人睡在坑上，努尔哈齐便把自己家里的情形和听得的消息，仔仔细细地对他妻子说了。春秀听说她丈夫原是建州卫都督的儿子，不由得快活起来；又听说要离了他到建州去，又不由得伤心起来。努尔哈齐再三劝慰，又说自己到了建州，大事一定，立刻来迎接他，到建州去同享荣华，共受富贵。春秀心想这原是丈夫的前程大事，也无可奈何。夫妻两人一早起来，啼啼哭哭的分别了。

努尔哈齐又怕在路上有人盘诘，露了破绽，便穿了一身破衣服，拿煤灰擦着脸，扮作乞丐模样，沿路晓行夜宿，千辛万苦，到了建州城里。一时又不敢去见他父亲，只得悄悄地在府部外伺候，亏得那班侍卫和他好，便暗暗的藏他在府里。这时各处贝勒都带了他们到府里来，一来是请觉昌安的安，二来为王台的事，大家商量一个对付法了。努尔哈齐十岁死了母亲,受纳喇氏的虐待,只那大伯母礼敦的福晋和他好,不周不备的时候,常在暗地里照看他些。自从努尔哈齐十九岁上被他父亲赶出了以后,心里常常记挂着。这时候他进府来,努尔哈齐便悄悄地看他去,他伯母一见侄儿回来了,快活得什么似的;又见他衣服褴褛,面目黧黑,便诧异起来。努尔哈齐说:“不曾见过父亲,不敢改换衣服。”说话时候,他大伯父礼敦巴图鲁,也走进房来。努尔哈齐便把打听得的消息告诉出来,礼敦听了,不觉吓了一大跳。原来那王台用明修栈道、暗度陈仓的计策。他这里虚张声势,要来攻取宁古塔一带城池;那边却暗暗的指使图伦城主尼堪外兰,联合明朝的宁远伯李成梁,协力攻打古埒城。那古埒城主阿太章京,原是觉昌安的孙女婿,礼敦巴图鲁的女婿,只因阿太章京是王杲的儿子,王台既绑送了王杲,宁远伯又杀死了王杲,生怕他儿子报仇雪恨,所以为斩草除根之计,非灭了这古埒城不可。

谁知那边才动兵马,这边努尔哈齐早已得了消息。他想姊姊嫁了阿太章京,住在古埒城里,岂不要吓坏了!他那大伯母又和他好,再者这事又关碍着爱新觉罗的前途不浅,是万不能隐瞒的了。他便昼夜兼程跑回家来。礼敦得了这个消息,第一个忍耐不住,他便一面叫他福晋去告诉婆婆,一面带了他侄儿出去到大厅上,正是许多贝勒纷纷议论的时候。塔克世一回头见了他儿子,不由得怒从心起,抢上前去,恨不得一刀杀死。礼敦一边拦住了,一边把这消息一五一十地说了出来。大家听了目瞪口呆,没有一个计较处。正无可奈何的时候,忽听得一片妇女的哭声,从屏后转出来,当先一个便是觉昌安的正妃,嘴里嚷道:“我的心肝的大孙女儿,要是你们不肯去救他时,待我拼着老性命救他去。”后面塔克世的福晋纳喇氏和他的庶妃,还有礼敦的福晋,都满眼抹泪,悲悲切切地哭着。还有德世库福晋、刘阐福晋、索长阿福晋、色朗阿福晋、宝实福晋;下一辈的额尔滚福晋、界堪福晋、塔察篇古福晋;还有许多姑娘、侍女伺候着,一间屋子红红绿绿的挤满了女人。大家想起大孙女的好处来,都是长吁短叹,婉转悲啼。

正不可分解的时候,忽然府门外一匹快马报到,说:“龙虎将军王台,指使苏克苏浒河部图伦城主尼堪外兰,为报从前建州人杀图伦人的仇,暗暗的去勾结明朝将军宁远伯李成梁,联合在一块儿,起了一万兵马,去攻打古埒城和沙济城。那李成梁给尼堪外兰令旗一面,调动辽阳、广宁两路的兵,四面包围辽阳,副将打破了沙济城,杀死了沙济城主阿亥章京,如今便和李成梁的兵合在 一块儿,攻打古埒城。那古埒城危在旦夕,因此阿太章京打发小的到此求救。”说着,又从身边掏出一封大孙女求救的信来。大家看了这封信,急得抓耳摸腮。这时可急坏这位老都督觉昌安,他一迭连声的嚷:“备马!待我出去点齐兵马,亲自和那厮大战一场。他们道我年老不中用,便这样欺侮我的孙女,我如今带兵前去,不砍下那厮的脑袋来,便誓不回城。”说着,他也不听子弟们的劝说,便大脚阔步地走出院子去了。这里他儿子塔克世,见父亲年老还决意要出兵打仗,他知道父亲的脾气,劝是万劝不过来的,没奈何他只得陪了父亲,也亲自去走一遭。当下他把这意思说了,家里的事暂交给大哥哥礼敦巴图鲁照看,自己对他母亲、妻子说一声去了,便追出门去找到他父亲,一块儿出了城,到校场点齐兵马,浩浩荡荡杀奔古埒城来。

这时古埒城外大兵云集,正北上是李成梁的兵队,正西上是辽阳副将的兵队,正南上是龙虎将军王台的兵队,正东上是尼堪外兰的兵队,四面围得铁桶相似。觉昌安的兵队一时里也插不进脚去,但是觉昌安救孙女儿的性命要紧,不住地催督兵马前进,看看敌人已在眼前,一声号令,两面齐动起手来。一面以多敌少,以逸待劳,战不到一个时辰,觉昌安早已大败下去,退回三十里地,才得扎住营盘。觉昌安独坐在中军帐中,心中闷闷不乐,忽见那塔克世走进帐来,坐下说道:“论起今天的一仗,原是我父亲太冒失了些。”觉昌安问道:“怎么见得是我冒失呢?”塔克世说道:“我们带了四千多人马,从远路跑来,脚也不曾停一停,便和他们开仗。他们四路兵马,共有一万多人;又是得胜之军,养息了多时,兵强马壮,我们怎的不要吃亏。如今依孩儿的愚见,倒有一条计策在此。”觉昌安忙问什么计策?塔克世说道:

"讲到那尼堪外兰,原是我们这边的人,只因从前我们杀图伦地方的人,杀得太厉害,如今他们要报这个仇。想来尼堪外兰也无非贪图多得几座城池,如今我们打发人到图伦营里去下一封书,把尼堪外兰请来,和他讲一个交情,说把古埒城让给他,只求他们饶了阿太章京夫妻两人的性命。一面暗地里买通阿太手下的兵士,俟尼堪外兰进城来,便捉住了杀死他。那时明朝的兵,见没了引路的人,自然也不敢进兵。那时我们再里应外合,打退王台的兵队;再请明朝加我们的封号,岂不大妙?"觉昌安听了,也连声说妙。正议论时候,忽然外面报说:"图伦城主尼堪外兰亲自到来求见,现在营门外守候着。"不知觉昌安肯不肯见他,再听下回分解。

从艰苦卓绝出来者,必有大成就;天下原无不劳而获之事,矧为一部之主者,非深明民隐不可。

努尔哈齐之能成大事,亦以其崛起间阎,而能得人民之同情故也,民权顾不可重耶?

明末治辽,专用秦并六国,令六国自相残杀之策;然诚不足以信之,威不足以镇之,卒至伎俩尽露,而众叛亲离矣。李成梁之计杀二祖,亦自堕信用之一道也。

第八回　古埒城觉昌死难　抚顺关尼堪断头

却说觉昌安父子两人，正议论尼堪外兰，那尼堪外兰忽然亲自走上门来请见。当下他进得帐来，见了觉昌安，口称奴才，行了一个全礼。觉昌安劈头一句便问道："你们苏克苏浒河部，久已投降在我属下，如今反叛了本都督，却帮着明朝来打自己人，还有什么话说？"尼堪外兰听了，连声地嚷着冤枉，接着说道："奴才承蒙都督提拔，给我做了一个图伦城主，这颗心岂有不想着都督之理？无奈此番王杲得罪了明朝，明朝为斩草除根之计，要捉拿王杲的儿子阿太章京，逼着奴才替他引路；奴才要不答应时，一则怕他兵多将广，他一翻了脸，奴才为何抵挡得住，都督又远在建州，一时也没有地方喊救兵；二则又怕他叫别人引路，这座古埒城越法破得快些。因此，我一面假意投降明朝，帮着他攻打城池，一面却专候都督到来，商量一个退兵的妙策。"觉昌安听了便说道："你可知道那古埒城主阿太章京是我的什么人？"尼堪外兰摇着头说道："这却不知道。"塔克世接着说道："那阿太章京，便是我的侄女婿，也是我父亲的孙女婿；这大孙女是我父亲最钟爱的。"尼堪外兰听了，忙爬在地下，碰头说道："奴才该死，奴才却不曾知道；如今既然是都督的孙女婿，奴才便对宁远伯说去，只说都督愿意亲自去说阿太章京，看亲戚面上让了这座古埒城。那时叫各处兵马，退扎五里地方，让都督进城去见了阿太章京，那时里应外合，都督和古埒城兵从城里杀将出来，奴才带领兵马从城外杀将过去，出其不意，怕不把明朝的兵马杀得七零八落。那时再和明朝讲和，要他加我们的封号，岂不是好？"这时觉昌安要见孙女儿的心十分急迫，听尼堪外兰说到这里，连声说好。

当时尼堪外兰退去，临走的时候，说定觉昌安带了兵马从正东上杀进城去。看看到了日落西山，满眼苍茫，觉昌安便下令拔寨起行，走到古埒城边，看看那四面围城的兵士，果然一齐退去。正东上是尼堪外兰的兵队，见建州兵到来，便让出一条路来。尼堪外兰骑在马上，看看觉昌安和塔克世走近身来，悄悄地上去说道："都督留心，明天一清早城外炮响，便杀出城来接应。"觉昌安点点头过去，看看到得城壕边，城上认识是建州的旗号，忙开出城来迎接进去。到了章京府中，大孙女见了他祖父，一耸身倒在怀里，便呜呜咽咽的哭泣起来。觉昌安一面抚慰着，一面把尼堪外兰的计策，详详细细地对他孙女婿说了，阿太章京听了也不由得十分欢喜。当夜在章京府中大开筵宴，又拿了许多酒肉去犒赏兵士。传令下去，今夜早早安息，五更造饭，准备厮杀，合府中人个个吃得酒醉饭饱，各自安眠。独有阿太夫妻两人，觉昌安父子两人，骨肉之亲，久别重逢，自然有许多话说，直谈到半夜鸡鸣，才告过安止，各归卧室。觉昌安年老体衰，一路鞍马劳顿，巴望得到好好的睡眠；如今十分疲倦，又得到舒适的炕榻，头一落枕，早已昏昏沉沉，不知所云。正好睡的时候，忽听得后面发一声喊，塔克世先从梦中惊觉过来，只见眼前一片雪亮，院子里火把薰天，一大队强人，正打破了门，蜂拥进来。塔克世心知不妙，忙从炕上背着父亲，拔脚向后院子逃去，转身便把后院门塞住。觉昌安这时心里只纪念他的孙女儿，一面吩咐塔克世在前面抵敌强人，自己忙抢进后屋去，只见他孙女儿和三五个侍女，慌得缩在一堆打战，个个从睡梦中惊醒过来，云鬓蓬松，衣襟缭乱。他大孙女见了觉昌安，忙抢上去搂住脖子，嘴里一面呜咽着嚷道："爹爹救我！"觉昌安问他丈夫时，说已带了几个卫兵，到前面院子里和强人厮打。正说话时，耳中只听得震天价一声响亮，接着外面发了一声大喊，冲天起了一阵火焰；一个小侍卫气喘喘嘘嘘的进来，说："外面大门倒了，许多强人四下里正放着火，都督快逃罢！再迟一步，怕保不住性命了。”觉昌安听了，叫了一声“我的天”，忙拉起一幅锦被来，给他孙女儿裹着身子，夺门出去。只见他儿子塔克世，独自一人抵敌着强徒，且战且退，那强徒被他杀死倒在地下的也不少；便是塔克世也浑身受了伤，嘴里淌出血来。他一面骂人，一面还是拼死命地抵敌着。一回头见他父亲抱着他侄女出来，他便精神陡振，大声喊道：“父亲快走！”他奋力向前杀开一条血路，那边露出一扇侧门来。觉昌安这时也顾不得他儿子了，一手拖着他孙女儿，抢出侧门去。回过头来见一个强徒手里拿着一柄快刀，向塔克世腰眼里直搠进去，塔克世冷不防有人暗算，大喊一声，倒在血泊里死了。觉昌安说一声“可怜”，忙拿袖子遮住脸，一兀头向前逃去，谁知才走出大门，只见他孙女婿的尸首，倒在当地，身上已经被刀枪搠得七洞八穿，那血还不住地往外淌。他孙女儿一眼看见了，忙摔脱手，大叫一声，一耸身过去扑在她丈夫的尸身上，昏厥过去了。接着便有五七个强徒上前来，和群狼捕羊一般，把孙女儿的身体捧起来。觉昌安见了，急拔下佩刀来，抢上去夺时，冷不防脑脖子后面，飞过一刀来，一阵冷风过领似的，把这位老都督的脑袋搬了下来。这一场好杀，直杀到天色大明，才慢慢地平静下来。尼堪外兰一匹马先到章京府门前下马，吩咐手下兵士们，把尸首搬开，打扫厅院，一面出示安民，一面准备接驾。原来这完全是尼堪外兰的妙计，可怜觉昌安父子两人，只为救大孙女的心切，一时失算，中了毒计，枉送了父子、夫妻四条性命。到了午后，宁远伯摆队进城，左有尼堪外兰，右有王台，坐在大堂上犒赏军民，好不威风。事毕以后，便在府中大摆筵宴。这一场庆功酒，直吃到夜静更深，方才个个归寝。第二天起来，尼堪外兰和王台两人进去见了李成梁，李成梁早已把报捷的奏章写好，当下给二人看过，便立刻打发专差，送往北京城去不提。

这里李成梁和王台计较：“如今觉昌安父子虽死，那建州地方，还有许多贝勒和塔克世的儿子在着；便是建州部下有许多城池，都还不曾归附，须得劳动你们两位，各带本部人马，前去招安。”当下尼堪外兰自告奋勇，愿率领本部人马直驱建州；王台也答应去收服各处城池。当时也不耽搁，两位雄主个个告别，离古埒城向东而去。不多几天，尼堪外兰早已到了建州城下，那建州城里，这时早闹得人心惶惶，草木皆兵。古埒城打破，觉昌安父子、阿太章京夫妻的死耗，传到建州城里，第一个便哭死了老妃子，第二个便急坏了礼敦贝勒。他听说父亲、弟弟、女儿、女婿一齐被杀，便“哇”的一声，口中鲜血直喷，倒在地下，不省人事。那位大福晋在一旁哭着喊着，也没有一个人去帮助他。说也好笑，这时那许多贝勒，听说大兵快到，便个个带了妻儿，溜之大吉。到底还是努尔哈齐的心热，忙上去帮着他伯母把伯父扶起来，躺在炕上。停了一回，礼敦清醒过来问时，那叔伯弟兄辈，逃得一个不留，只有他二弟额尔衮，还在府中，便去唤来，礼敦便把府中的公事托付二弟，说道：“这是父亲和四弟托付给我的，我如今托付给你，你须要拼着性命，保全我们爱新觉罗氏一家的事业。”回过头来对努尔哈齐说道：“好孩子，你也要争气，跟着你二伯父做事体，须不要忘了你杀祖杀父之仇。”他说着，接着又吐了一阵狂血，又昏厥过去了。这里额尔衮拉着努尔哈齐，到外面悄悄地说道：“你伯祖、叔祖和伯父、叔父都逃去了，你大伯父看看也不济事了，偌大一座城池，靠我一个人，怕不能抵敌得住天朝大兵，依我的意思，还不如早早投降了罢！”

努尔哈齐听他二伯父的话，不由得勃然大怒，正要说话，忽听得远远的一阵吹角声，外面侍卫飞也似的跑进来报说：“尼堪外兰带了大兵，离城不远了。”额尔衮接着说道：“快投降去。”这时院子里挤着许多部下的兵将，努尔哈齐听了他二伯父的话，忙“噗”的在当地跪下，对着兵将们连连碰头，一边淌着眼泪，一边说道：“诸位将军，也须看在我祖父和父亲面上，不要忘了不共戴天之仇，帮着我些罢！”一句话不曾说完，忽见侍女出来说道：“大贝勒不好了，快看去罢！”努尔哈齐和额尔衮听了，忙跟着进去，只见礼敦贝勒睁大了眼眶，一手指着外面院子里，咽过气去了。那大福晋哭得死去活来，努尔哈齐也凄凉万分。大家哭了一阵，额尔衮吩咐努尔哈齐在里面照料丧事，自己到外边照料军国大事去了。努尔哈齐身虽在里面，心却在外面，耳中只听得一声声吹角的声音，止不住他心头乱跳。看看到了第三天里面，丧事粗粗就绪，他便悄悄地溜出府外去，只见街上人民东奔西跑，那兵士们三个一簇，五个一堆，在那里捣鬼。努尔哈齐上去问他们，为什么不去打仗？那兵士们回说，如今尼堪外兰的兵队，已经把建州城围得铁桶相似，二贝勒吩咐不叫打仗，大家正商量着开城纳降呢！努尔哈齐不听这话还可，听了时，不由得怒气上冲，他也不多问，转过身去找了兵器，跳上马背，飞也似的出西门去，直赶到敌人营门下，大声嚷着："尼堪外兰出来讲话！"把门兵士传话进去，尼堪外兰果然踱出营门来。努尔哈齐见了，咬牙切齿，也不说话，一兀头举着枪向前直刺过去，被左右卫士举刀拦住了。那尼堪外兰却不恼怒，笑盈盈地说道："你祖父、你父亲都已死了，你部下的城池都已投降了，你还不早早投降，等待什么？"努尔哈齐咬着牙骂道："你这忘恩负义、卖主求荣的畜生，建州都督并不亏待了你，你如何私通明兵，害我祖父。你是我父亲部下的人，恨不能死挖你心，生啖汝肉，替我祖父报仇，还说什么投降的话。"说着又是一枪过去，那边闪一员战将出来，两人便在营门前，左盘右旋，厮杀起来。看看他们兵士越来越多，努尔哈齐一个人如何抵敌得住，他便勒转马头，跑进城去，后面也没有人追赶。

努尔哈齐一人进得府来，胸中气愤不过，也不去见他二伯父，直跑到他大伯父的灵座前，大哭一场，回房去昏昏沉沉地睡倒。正蒙眬的时候，忽觉得有人伸手过来，轻轻攀他的肩头，他睁眼一看，不是别人，正是他大伯母礼敦福晋。那礼敦福晋，慌慌张张的神色，在他耳边悄悄地说道："好孩子，快走吧！他们要谋你的命呢！"说着，捧过一大包银钱，揣在他怀里，也不容他多说话，开着后院的窗子，推他出去。窗外有一个侍卫候着，见努尔哈齐出来，忙领着他从后门出去，门外有两匹马，他主仆两人悄悄地上了马，连打几鞭，和风驰电掣似的在街上跑着。这时候在半夜里，沿城根荒野地方走着，一路也无人查问。看看到了城门口，那侍卫上前去说了几句话，便开着城放他二人出去。

一路上过了几重关山，都是建州卫的地界；看看离抚顺关近了，努尔哈齐便想起他妻子佟氏，便改换路程，向抚顺关东面奔去。正走过一个山冈，忽见前面一簇人马，鬼鬼祟祟地躲在大树林中探头儿。努尔哈齐认是响马来了，但也不害怕，拍马当前。看看到了跟前，林中闪出一个人来，拦路跪倒，口中高声喊道："来者可是小主人努尔哈齐？"努尔哈齐听了，十分诧异，忙问道："你是什么人？"那人忽然大哭起来，接着林中二三十人一齐赶出来，跪在马前说道："我们都是跟着老都督到古埒城去的败残军士。"努尔哈齐听了他们的话，不由得吊下泪来，忙翻身下马，扶他们起来，问起当时的情形，说得伤心惨目，声泪俱下。里面有一个是侍卫长，名叫依尔古，他从林子里去捧出十三副盔甲来，说这是两位都督的遗物。努尔哈齐看了，不由得捧着那盔甲大哭一场。看看这班兵士，个个面容枯瘦，衣服破碎，问起来，都是三天不曾吃饭了。努尔哈齐忙带他们到左近饭馆里去，饱吃一顿，一块儿赶到佟氏家里。那佟氏看见丈夫回家来了，欢喜得什么似的，问起情由，努尔哈齐一五 十地说了出来。佟氏便道："官人，如今回来，不想报仇了吗？"努尔哈齐听了，不由得握着拳头，咬着牙说："这仇恨刻刻在我心中，只求娘子帮我一臂之力，到那时成功了，不忘娘子的大德。"佟氏接着说道："官人说哪里话来，如今我家便是官人家里，我家所有的，都是官人的；官人要怎么行，便怎么行。”努尔哈齐听了,便向佟氏兜头一揖,说道:“多谢娘子。”

从此以后,他住在乡村里,便变卖田产,招军买马,平日和他交往的朋友,都暗暗的帮助他。还有许多平日跟着他练习武艺的朋友,都来投军效力,不多几天,他手下兵士,已有五六百人。努尔哈齐拣了一个好日子,祭堂子;又把父亲遗留下来的十三副盔甲,陈列在大家面前,哭奠一番。一声号炮,拔营齐起。沿路打所得建州城池,都已降了尼堪外兰。尼堪外兰这时驻扎在抚顺关外的图伦城中。明朝以为杀死了觉昌安父子两人,建州地方便没有人作梗了,便也收拾兵马回去。那尼堪外兰得了许多城池,也便高枕无忧。努尔哈齐打听得图伦城东面,有一座山峡,名叫九口峪,是通建州的要道,真有一夫当关,万夫莫开之势。他便悄悄地派二百名兵士,去把守九口峪,断他救兵之路。自己带了三百多名兵士,含枚疾走,到了图伦城下,已是三更时分,这夜天气,月黑风高,对面不相见。努尔哈齐吩咐去南门放一把火,城中兵士从睡梦里惊醒过来,去救南门的火,那东门早被努尔哈齐手下的兵打开,发一声喊,一拥进去,在黑地里互相厮杀起来。那城中的兵士,不知道城外来了多少兵,人人害怕,早开着西门逃去。尼堪外兰也站脚不住,带了一小队人马,在人丛中逃去,逃到甲板地方。

这里努尔哈齐一口气便收复了图伦、古埒、沙济三座城池,从此兵雄马壮,将广兵多。到八月时候,又带兵去打甲板,尼堪又逃出了甲板。忽然有兆佳城主李岱,联合着哈达兵来攻努尔哈齐,努尔哈齐和他对垒,直到第二年春天,捉住李岱,在营前斩首。六月时候,又打破马儿墩。九月时候,带了五百名兵士去打董鄂部。十三年上又带了五百名骑兵,去打哲陈部。到十四年七月里,打听得尼堪外兰逃在鹅尔浑城里,便带兵去打鹅尔浑城。尼堪走投无路,只得向抚顺关逃去。谁知逃到关下,那明朝把关的将军不肯开关。尼堪待回身走去,早被努尔哈齐带着兵马团团围住。仇人相见,分外眼明,努尔哈齐也不和他搭话,挺枪直取尼堪,尼堪盘马逃避,向荒僻小路而走;努尔哈齐赶上前去,随手抛过套马索去,拦腰套住,把尼堪拖离雕鞍,兵士上前去绑捆起来,送回营去。努尔哈齐早坐在账上,见了尼堪,便不问话,拔下佩刀来,一下割去脑袋,便在营中设了觉昌安和塔克世的灵位,供上人头,哭拜祭奠,兵士们一齐挂孝。那左近城池,听说努尔哈齐杀了尼堪外兰,都纷纷归降,旧时建州属下的部落,都上表称臣。努尔哈齐班师回去,走到呼兰哈达地方,看他地势雄险,便打定主意,不回建州去了,在嘉哈河和硕里口两界中的平冈,造着城池,把建州和抚顺两处地方的家室,都搬来一块儿住着。

努尔哈齐这时虽杀了尼堪外兰,却时时切齿痛恨李成梁,恨不得打进抚顺关去杀了李成梁,才泄胸头之恨。但是看看自己兵力有限,一时也不敢动。在这年夏天,又有苏完部主索尔果,带领他的儿子蜚英,前来归顺;努尔哈齐在自己府中,摆酒款待。饮酒中间,努尔哈齐禁不住时时叹气,索尔果问他有何不乐,他便把李成梁杀死他祖父二人,至今尸首未得,大仇未报,因此痛恨的话说了。索尔果听了这话,低头思索了半天,说道:“贝勒若要报此仇,非得此人帮助不可。”努尔哈齐忙问:“什么人?”索尔果便说出董鄂部部长何和里的名氏来,接着又说了许多计策。努尔哈齐听了,不觉拍掌称善。到了第二天,努尔哈齐便备下牛羊礼物,亲自到董鄂部去拜见何和里。

这时何和里封董鄂温顺公,驻扎在珲春地方,兵强马壮,称霸一方。当下见努尔哈齐前来拜他,他也佩服努尔哈齐是少年英雄,为今又是新立事业,便另眼相看。两人相见,十分投机。努尔哈齐看何和里年纪并不老大,只在三十岁左右,便心生一计,当夜在他府中住宿一宵。到了第二天,努尔哈齐再三邀请何和里到兴京去,何和里见他十分诚意,便也答应。只带了随身侍卫,跟着努尔哈齐走进兴京城,两人并马而行。到了府前下马进去,里面大吹大擂起来,早有哲陈部主、苏完部主、浑河部主以及各贝勒下阶相迎,走上厅去,分宾主坐下;一面传杯递盏,看着许多妖艳妇女,在阶下跳神吹唱。何和里到这时,不觉开怀畅饮。饮到中间,忽听得一阵细乐,从屏后转出来;后面一群侍女,捧着一个千娇百媚的姑娘,走近何和里身前,一蹲身行下礼去,忙得他还礼不迭,接着旁边一个赞礼的大声唱拜,索尔果上来扶着何和里,竟和那姑娘拜着天地,行起夫妇礼来。一阵阵脂香粉腻送进鼻管去,箫管嗷嘈,送进耳管去,把个何和里撮弄得好似丈二和尚,摸不着自己的头脑。他正要回过头去找努尔哈齐问话去,那许多人早已不由分说,推推挤挤,推他进洞房去了。不知何和里肯也不肯,再听下回分解。

美人自古如名将,不许人间见白头。惟美人之嫁名将者,尤为造物所忌。如大孙女之适阿太,郎才女貌,一双两好,岂不成人间之美事;而今竟于戎马仓皇中,了其锦绣年华。令后之读者,同抱怜惜于无穷也。

努尔哈齐只有祖父遗甲十三副,不几令生平事业,一败涂地耶?然佟氏助之,草泽英雄咸助之;假使当初乃父不逐之出国,则何有今日之助?隐隐之中,似有天助。然亦艰难玉汝之明证也。

第九回 脂香粉阵靡雄主 睡眼蒙眬退敌兵

却说董鄂部主何和里,模模糊糊给他们推进洞房以后,定睛一看,见屋子里打扮得金碧辉煌,那一股异香直攒进鼻子,早把他弄得神魂飘荡。一位美人儿,玉立亭亭地站在他跟前,他便说道:"姑娘请坐。"那女孩儿也说了一句:"部主请坐。"这一声娇滴滴的嗓音,直叫人听了心旌摇荡。何和里到这时,便忍不住上去携着他的手,并肩坐下。觉得他的手又滑又软,一边捏弄着他的手,一边问道:"姑娘是大贝勒的什么人?怎么和我做起夫妇来?你可知道我家里原娶有福晋在这?"那女孩儿听了,回身一笑,说道:"我便是大贝勒的大公主,今年十六岁了。俺父亲只因爱部主一表人才,便打发我来伺候部主。部主家里娶有福晋,这是我父亲知道的。只求部主念今宵一夜的恩爱,将来不要丢我在脑背后,便是我的万幸了。"公主说到这里,不觉低垂粉颈,拿大红手帕抹着眼泪,哭得呜呜咽咽抬不起头来。到这时任你一等英雄,也免不了软化在美人的眼泪中;他便上前去拉着公主的玉手,一边替他抹眼泪,一边打叠起许多温柔话儿劝慰他,到最后,他两人双双对着窗口,跪下来说了终身不离的誓语,又拉着手双双上炕并头睡下了。到了第二天起来,何和里见了努尔哈齐,行了翁婿之礼,又说了许多感激的话。从此把何和里留在府中,三日一小宴,五日一大宴,把个赫赫董鄂部主调理得服服帖帖。后来日久了,努尔哈齐把自己如何有大志,如何要报仇,如何兵马稀少的话,对他说了。何和里毫不迟疑,便拍着自己胸脯说道:"我帮助岳父五万兵马,怎么样?"努尔哈齐听了,忙站起来兜头一揖,连声道谢。何和里说道:"这调动兵马的大事,非我亲自回去一趟不可。"索尔果在一旁说道:"既然如此,事不宜迟,便请驸马今天便行如何?"当下何和里散了席,便出门上马,带了自己原来的侍卫,回董鄂部去。

这时何和里的原配哲陈妃,在母家住;所以她丈夫入赘在兴京和回来调动兵马的事,他都没有知道。直待到何和里兵马调齐,各处部落沸沸扬扬的传说:"努尔哈齐招何和里做了驸马。"这句话听在哲陈妃耳朵里,最是伤心。他不由得胸中愤恨,立刻向他父亲调了二千人马,星夜赶回董鄂部去。正走到摩天岭下面,当头来了一队人马,正打着董鄂部的旗号。这时何和里新得了公主,离开不多几天,心中便万分挂念,匆匆忙忙把兵马调齐,吩咐在后慢慢行来,自己便带了一小队侍卫,不到得六百人,便趱路先行,急急要回兴京去见他那位新夫人。谁知走到摩天岭下,恰恰遇到他这正妻哲陈氏,何和里心下十分抱愧,当即拍马上去迎接,打着谎说道:"你怎么去了这许多日子?我一个人在家里冷清清的,正想得你苦,打算自己带了兵来迎接你回家,谁知今天我夫妻二人在此地相遇,你快快跟我一块儿回去罢!"他一边说着,一边看他妻子身后,人马攒动,旌旗蔽日,刀戟如林,他心知有些不妙,还强装着笑容问道:"妃子回家来,怎么带着许多兵士?敢是和谁厮杀去?"那哲陈妃坐在马上,手提长枪,桃花脸上罩着一层严霜,蛾眉梢头还带几分杀气。这位哲陈妃原也长着绝世容颜,他又从父亲传得一身武艺,平日何和里见了他,恩爱里边还带几分恐怕;如今自己做了亏心事体,又看看这位夫人,桃腮带赤,樱唇含嗔,早已有些不得劲了。正觍觍的时候,忽听他夫人劈空说了一句:"特找你厮杀来。"这一句话,说得好似莺嗔燕咤,又娇脆,又严厉;听在何和里耳朵里,早不禁打了一个寒噤。他夫人把话说过,便放马过来厮杀,好好一对夫妻,只因打破了醋罐,在摩天岭下一来一往,一纵一合的大战起来。起初何和里看在夫妻面上,便不忍动手,一味地招架;后来看看他夫人实在逼得利害,那枪尖儿和雨点似的落下来,他便也动了气,举起大刀向前砍去,他夫人勒转马头便走,何和里拍马赶上去,一前一后和赶流星似的在岭下跑着。看看追到一座山峡口，两面老树参天，浓荫密布，何和里说一声“不好，这里面一定有埋伏”，急急勒转马头，已是来不及了，只听得“疙瘩”一声响，绊马索把何和里的坐骑绊倒了，马上的人也跟着倒在地下。哲陈妃亲自赶来，拿一捆绳子，把她的丈夫，左一道右一道捆绑起来。何和里的侍卫兵见了，忙上前来搭救，早被哲陈部的大队人马四面冲出来赶散了。这里何和里被他夫人活捉回营，也不解放，也不斩首，自己睡在榻上，把她丈夫绑在榻下，一任她丈夫如何求饶，他总只说一句话道：“你求那个公主去。”何和里知道他夫人闹醋劲闹得很厉害，求也无益，只得不求了。这样昏昏沉沉过了一天一晚，哲陈妃子便和他部下将领商量，攻打兴京去，他意思要把那公主亲自捉来，和她丈夫双双斩首，才出了他心头之恨。

谁知正商量时，忽听得营门外连珠炮响，接着四面都响起来，一片鼓声、喇叭声震动山谷，哲陈妃忙忙披挂上马，出去一看，原来建州人马，四面包围着。努尔哈齐一匹马直赶到营前，口口声声：“还我女婿来！”哲陈氏见了努尔哈齐，骂一声：“老乌龟！”咬一咬牙，拍马上前和他拼命。你想一个脂粉娇娃，任你有如何本领，怎敌得过努尔哈齐的神力。战了十多个围合，早已败进营去。哲陈妃子吩咐紧闭营门，不肯交战。过了一天，那何和里调动的五万人马也一齐赶到，帮着努尔哈齐攻打哲陈营盘。哲陈妃子看看把守不住，便悄悄地挟着她丈夫，偷出了后营，上马逃去。谁知才出营门，便被努尔哈齐捉住。照努尔哈齐的意思，要拿哲陈妃子正法，后来还是何和里看夫妻份上，求下性命来。努尔哈齐把妃子唤上账来，狠狠地申斥了几句，放他回董鄂本部去。从此建州人都唤哲陈妃子做厄赫妈妈——厄赫，是恶的意思。

这一下，努尔哈齐凭空里又得了五万人马，又得了董鄂、哲陈两部，靠着他们的力量，在十月里的时候，行军直到松花江上流，收服了珠舍里、讷殷两部。第二年六月里，又打破了多壁城，后来又取得安褚拉库，一路收服了爱呼部。努尔哈齐知道建州部人口太少，不能成事，因此他大兵所到之处，便掳掠百姓，送到建州地方去住下。不到几年，建州地方居然人烟稠密，村落相望。这时那佟氏年纪也大了，努尔哈齐便又娶了一位妃子富察氏，又在他掳掠来的女子中，挑选 了几个美貌的，充当自己的小老婆。这时他新造的都城里，已是十分热闹了。努尔哈齐从爱呼部回来，在兴京地方休息了几年。又把从前失散的二弟舒尔哈齐、三弟雅尔哈齐找回来，一块来住着，又替他娶了妻房。弟兄常常在一块儿说笑着，慢慢地谈起哈达汗王台来，弟兄三人不由得切齿痛恨。努尔哈齐便起了讨伐哈达的念头，当时便点齐兵马，亲自统带出城，把兴京的事体，托付给他二弟舒尔哈齐。

富察妃见丈夫要打仗去，他便愿随营服侍。拔寨齐起，到了前面连山关口，忽见探马报到，说：“哈达汗王台早已死了，他儿子虎儿罕也短命死去，只留下一个孙子，名叫歹商。叶赫酋长卜寨，把女儿许配给他，叫歹商到叶赫去亲迎，谁知走到半路上，却来了一群叶赫的强徒，把歹商杀了。只因当初哈达王忠，受了明朝的命令，因为叶赫都督祝巩革，倔强不奉命，便起兵把祝巩革杀了。祝巩革两个儿子逞家奴、仰家奴怀恨在心，常常想替父报仇。到了王台手里，便想法子要和叶赫部讲和，情愿自己女儿许配给仰家奴做妻子。谁知仰家奴却不愿意，便向蒙古酋长去求婚，娶了一位蒙古夫人。王台便大怒起来，仗着自己兵强力壮，便要去攻打叶赫部，后来明朝总兵官出来讲和，叫两家永息干戈。不料叶赫酋长卜寨却居心不善，如今借嫁女为名，哄着歹商出来亲迎，在半路上暗暗的埋伏着刺客，用毒箭射死他，报了世代的冤仇。”努尔哈齐听了这个消息，接着问道：“歹商被卜寨杀死，难道哈达部人就此罢手不成？”那探子回说道：“歹商前妻，原生下一个儿子，名叫骚台住，因为他年纪太小，不能报仇，现在逃在外婆家里。”努尔哈齐又问：“骚台住既躲在外婆家里，那哈达部的事体，究竟什么人在那里料理？”探子又说道：“有一个是王台远房的孙子，名叫蒙格布禄，他是一位少年英雄，哈达人便把他请来当部主。那蒙格布禄便日夜练着兵，打算替歹商报仇。卜寨知道了，也不敢去侵犯他，便带了兵向苏子河、浑河一带去了。”努尔哈齐听了，不觉惊慌起来，说道："这浑河一带，不是向我们地界上来了吗？"正说话时，接着第二路探子报到，说道："叶赫酋长，为今联合乌拉辉发、科尔沁、锡伯卦勒察等九路兵马，由三路攻打兴京，请大贝勒作速准备抵敌。"努尔哈齐听了，却毫不慌张，低着头半晌，忽然唤人去把三贝勒雅尔哈齐传来。弟兄两人在帐中唧唧哝哝，商量了半天，雅尔哈齐出得帐来，便拍马向东北方去了。

这里努尔哈齐依旧催动兵马向北关进发，看看路上走了五天，前面一条大河拦住去路，先锋队报说："前面已是苏子河口。"努尔哈齐吩咐扎住营头，元帅的大营扎在树林深处，一面吩咐随营厨役，预备酒菜。到靠晚时候，酒席都已摆齐，摆在林木深处。努尔哈齐踱出帐来，亲自替诸位将士筛酒，慌得那班将士，个个爬在地下，碰头谢赏。努尔哈齐说道："诸位将军，满饮此杯，今夜早早休息，准备明天厮杀。"一时众兵将便大嚼起来。努尔哈齐又打发人，频频劝酒。那酒都用大缸盛着，大家喝了一碗，又是一碗，喝个不休，直喝到日落西山，鸦雀噪林。努尔哈齐坐在帐中和富察氏傅杯递盏。又有五七个美貌的侍妾，在帐下弹着琵琶，唱着小曲儿；十二个侍女，两旁一字儿站着，筛酒的筛酒，上菜的上菜。夫妻两人猜拳行令，吃得杯盘狼良藉。看看点上灯来，努尔哈齐便发下将令去，叫营口一律熄火安眠，不许再有说笑喝酒的声音，果然令出如山，全营立刻黑黝黝地，不闻一些声息。

努尔哈齐自己也撤去酒席，上炕安眠，头一落枕，鼻息便齁齁地响。富察氏却不敢睡，他斜靠着蒸笼，和侍妾们闲谈着，听听外面打过三更，努尔哈齐兀自瞌睡不醒。那地面忽然觉得微微震动，侧耳一听，又觉得有兵马奔腾的声音。富察氏觉得有些害怕起来，他上去轻轻地推着努尔哈齐，低低地唤道："快醒来！九国的兵要打来了，怎么反这样瞌睡起来呢？"努尔哈齐听了，略略转动身体，又打起鼾来了。外面兵马的声音，越听越近，富察氏又去唤着努尔哈齐醒来，还说道："你难道是心里害怕吗？"努尔哈齐睁开眼来，笑笑说道："我倘然真的害怕，便是要睡也睡不熟了。前几天听说叶赫部带着九国的兵打来，我不知道他们什么时候来，所以心里挂着；如今既然来了，我也放心了。"说着他依旧闭上眼，翻过身睡去。富察氏听了他的话，不知他葫芦里卖的什么药？又怕呕起他的气来，只得静悄悄地在一旁坐着。但是那兵马的声音，越听越近，似乎已到了营门外，却又寂静起来。富察氏不觉心头小鹿儿乱跳，正疑惑的时候，忽听得营门外一声呐喊，接着火光烛天，厮杀起来。富察氏急了，忙去推醒努尔哈齐，努尔哈齐摆着手，叫他不要声张。但是听听那喊杀的声音，越发厉害。富察氏坐在营帐里，好似山摇地动一般，这样子经过一个时辰，那喊杀的声音才慢慢地远了。努尔哈齐从炕上直跳起来，拍手大笑，一手拉过富察氏来坐在炕边，说道："你看我的计策怎么样？那九国的兵，叶赫部的兵，跑在前面，我早已知道他们快到了，所以假装酒吃醉了，叫兵士们早睡，原是要他们知道了来偷营。其实我们喝的完全是茶，并不是酒，兵士们也没有睡，个个全副披挂，在暗地里拿着兵器悄悄地候着。谁知他们果然不出我所料，连夜来偷营了。我却四处有埋伏，他们到一处中一处计，想来他们的兵，被我们捉住的很多了，他们在暗地里中了我们的埋伏，不知道我们有多少人马，早已吓得退过河去。我又打听得他们主力的军队在浑河一带，我却早已打发三弟悄悄地到哈达部去，对蒙格布禄说，叫他速速出兵跟在那叶赫兵后面，待他渡过浑河，我和他前后夹攻。此番那卜寨难逃我手掌的了。”

正说话时候，外面接二连三的传报进来说：“先锋队已经打过苏子河去了。”又报说：“杀死了叶赫兵三百，生擒的又是五百。”接着又报说：“掳得粮草、兵器、篷帐，都堆在营门外，请大贝勒出去查点。”努尔哈齐才从炕上下来，踱出帐去，把掳来叶赫兵的将官，都一一审问过了，又看过粮草、兵器，便传令拔寨都起，直向浑河西岸奔去。

那叶赫兵正在前面慢慢地渡河，努尔哈齐追杀一阵，叶赫兵纷纷落水，溺死的不计其数。那卜寨正渡过对岸，忽然迎头一支兵马打着哈达部的旗号，直冲过来。卜寨阵脚还没有站住，早被他杀得东西飘散。卜寨看看前面被合达兵马拦住，便带着一小队兵士，从上流头又逃过河去，才上得岸，那河边有大队人马赶来，真是冤家路狭，哪来的不是别人，正是努尔哈齐。看看赶到，那卜寨便匹马落荒而走，努尔哈齐哪里肯舍，忙也匹马单枪赶去。这地方是一座大林子，卜寨在前面绕着树东奔西走，努尔哈齐又紧紧地跟着，两人一前一后。走到树林深处，卜寨回过头来看看努尔哈齐快赶上了，马头接着马尾，只听努尔哈齐大喝一声，一枪刺来。卜寨心下一慌，忙拍着马向一株大树下趱去，谁知一个错眼，那大树低低的伸出一条横枝，卜寨的马跑得快，来势很猛，卜寨的脑袋扫在横枝上，只听他“啊哟”一声，眼前一阵黑，落下马来。努尔哈齐手下的兵士，一齐抢上前去，举枪便刺，好好一条大汉，身上搠了十七八个窟窿死了。努尔哈齐趁势渡过河去，和蒙格布禄合兵在一处，收服了叶赫部下的许多城池。那八国的兵马，打所得卜寨已死，早吓得躲在家里，不敢出头。

这一场大战，蒙格布禄的功劳也是不小，努尔哈齐邀他到自己的营盘里去，大陈筵宴；又唤富察氏陪着他 一块儿吃酒，又唤许多侍妾在一旁伺候他。蒙格布禄虽说是一个英雄，却也是一个少年好色的人，见了许多美貌佳人，不由得他魂灵儿飘荡，举动慢慢地轻狂起来。努尔哈齐也不恼他，便给他许多牛马粮草，送他回国去。这时建州的兵力，越发强盛，人人见了他害怕。但是努尔哈齐心里还不满足，常常想邻近诸部，只有乌拉部最强，不灭去乌拉，不能够打通东海，因此他常常有并吞乌拉的心。

在明朝万历三十五年正月的时候，恰巧有东海瓦尔喀部主，名策穆特黑的，打发人来对努尔哈齐说道：“我们因为地方隔得远，一向归附乌拉的；如今乌拉贝勒名布占泰的，常虐待我们，我们没有法想，只好投降你们建州了。求你们快快打发兵马来帮我们，赶去那乌拉人。”努尔哈齐听了，深中下怀。当时点齐兵马，叫二弟舒尔哈齐做先锋队，带领三千人马，从松花河上流，过黑江，渡图们江，穿过朝鲜城寨，到庆源府江岸，再渡图们江，到了瓦尔喀部的蜚悠城。这消息给乌拉部主布占泰知道了，便出兵到图们江，打算截断舒尔哈齐的后路。有舒尔哈齐的先锋兵，名扈尔汉虾的，押着掳来的百姓牛马几千，到舒城江边去，在山上走过，远远地望见敌人兵马来到，便飞马报与主帅知道，那舒尔哈齐立刻出兵和他开战。那布占泰正用全副精神对付敌兵，忽后面努尔哈齐三路兵马齐到，一路兵直冲后阵，一路兵渡过下滩，拦住他的去路，自己却带着他儿子代善贝勒，向中军打来。那代善贝勒虽说年轻，却十分勇敢，布占泰亲自出马和他对敌，战了四五十回合，还不分上下。布占泰退去，换了一员猛将上来，名叫卓斗，一口气又战了三十余合。代善贝勒卖个破绽，卓斗两手捧定大刀拦腰横劈过来，代善一侧身，让过刀去，那刀劈了一个空，代善拍马抢上几步，一手拖住他的刀柄，一手擎着刀，猛力一砍，砍去卓斗半个脑袋，倒撞在马下死了。那手下的兵丁，看看伤了这一员大将，个个胆寒，一转身和一阵狂风似的逃去，后面的阵脚也冲散了。努尔哈齐在马上把手中的小黄旗一挥，大队人马和山崩海啸似的追上去。这时天上忽然刮下几阵大风，吹得天昏地暗，飞沙走石。布占泰带着人马且战且退，无奈山路崎岖，天又黑暗，慌慌张张踏死的踏死，跌死的跌死。建州兵兵追到了，代善贝勒匹马当先，擎着大刀，纵横驰骤，杀得十分畅快；大小将官被他杀死的有二三十个，兵士不计其数。有一个押粮官，是布占泰的叔父,名昌主的,只因带着粮草走得慢了一步,被代善贝勒追过去,把他拖下鞍来,活捉过去。追了四十多里路,布占泰在前面逃着,逃得人疲马乏;代善在后面看看追上,忙从肩上取下弓来,弯弓搭箭,觑得亲切,正要射过去,忽然布占泰身后一员战将大声唤道:“来将不得暗箭伤人!”说着,拍马过来,和代善厮杀。被代善从马上伸过手去,一把揪住辫子,割下头来。

这一场战,布占泰一共丧失七千多兵丁。布占泰落荒逃去,直退到吉林地方。努尔哈齐大获全胜,班师回去,暂过残冬。到了第二年初夏时候,努尔哈齐又带了第二个儿子名代善的,第八个儿子名皇太极的,出师吉林,去伐那乌拉国。那国主布占泰听了这个消息,早吓得魂胆飘摇,忙亲自带着几个臣子,坐着船,渡过伏尔哈河来求和。努尔哈齐不许,一面催动大兵,直捣乌拉,打破了城池,在城里杀了五天,全城人口差不多都杀完了。布占泰早逃到叶赫部去了。要知叶赫部收留不收留,再听下回分解。

英雄自古爱倾城,况于酒醉迷离之际而深入脂粉阵中,未有不中我彀也。努尔哈齐之败九国,深得擒贼擒王之旨。

第十回 奸外母蒙格枉死 避内讧努尔求尸

却说布占泰投降了叶赫部，这时部主名叫纳林布禄，想起从前酋长卜寨被努尔哈齐杀死，不由得切齿痛恨，如今见布占泰也吃了建州人的亏，从来说的同病相怜，他便收留下了。两人天天商量如何报仇的法子。因想起建州人，便又想起哈达部主蒙格布禄，他不该帮着努尔哈齐来欺侮叶赫部。如今我们要报仇，第一要去讨伐蒙格布禄。到明朝万历二十七年五月的时候，纳林布禄调齐大队人马去攻打哈达城。哈达部主十分惊惶，心想：我从前帮建州人有功，如今不妨求努尔哈齐去。他当时便带着三个儿子，亲自到建州去，愿意把三个儿子作抵，求努尔哈齐快快发兵。努尔哈齐连蒙格布禄一齐留下，一面打发费英东带领三千精兵，去救哈达。

这里努尔哈齐天天陪蒙格布禄在府中吃酒谈笑，富察氏又把他三个儿子养在内宅里。这三个儿子，面貌长得十分清秀，脑子又聪明，见了富察氏赶着喊妈妈，富察氏又是十分欢喜孩子的，便常常搂着他们坐在膝盖上问话，问到他们的母亲，说是早已死了。富察氏看着他们可怜，不觉落下眼泪来。第二天富察氏陪着努尔哈齐用膳，夫妻两人，谈起蒙格布禄死了妻子的话，富察氏的意思，要把自己大公主许配给他。一来公主嫁给一个部主，也是十分荣耀的；二来蒙格布禄做了女婿，便能忠心向着岳家了。努尔哈齐听了富察氏的话，心中大不为然，只是默默地不说一句话。富察氏再三追问，努尔哈齐便冷冷地说了一句："听凭你去做主。"只因努尔哈齐平日是宠爱富察氏，富察氏又一眼看中了蒙格布禄的人才，天天催着她丈夫去对蒙格布禄说这个话。努尔哈齐拗他不过，只得说了。蒙格布禄听说努尔哈齐肯把公主配给他，真是喜出望外，当时进内宅去谢过富察氏。富察氏又催着萨满，拣一个吉日，府中挂灯结彩，准备做喜事呢！

看看到了喜期的前一天，努尔哈齐在府中摆酒，请蒙格布禄入席，席中努尔哈齐竭力夸奖他，又唤一个绝色的侍妾出来，站在他身旁，唱着曲子，频频劝酒。蒙格布禄眼睛中看了美色，耳中听了娇声，那酒便一杯又是一杯地吃下肚去。看看吃到酩酊大醉，努尔哈齐对那侍妾丢了一个眼色。一个侍女在前面照着灯，那侍妾却亲自把蒙格布禄扶到另一个小院落里睡去。到得天明，那蒙格布禄睁着眼来，一看见自己和那侍妾，个个脱去了外衣，双双绑在一块儿，倒在炕上，炕前围着一大群兵士。努尔哈齐怒气冲冲地站在当地，指天画地的大骂，口口声声说蒙格布禄奸污了岳母。也不由他分说，一挥手上来七八个兵士拖着蒙格布禄便走。蒙格布禄竭口喊冤，也没有人去理他。看看拉到一所荒园里，把他绑在一株大树上，一瞥眼见蒙格布禄的大儿子，名叫吴尔古岱的，从外面踉踉跄跄的抢进来，嘴里喊："刀下留人！"赶到努尔哈齐跟前，爬在地下，不住的碰头，替他父亲求饶。努尔哈齐一面推开了吴尔古岱，一面喝一声："动手！"只听得疙瘩一声，蒙格布禄的头早已落下地来。吴尔古岱见了，纵身上去捧着他父亲的头，哭倒在地，晕厥过去。待到醒来，只有空落落的一座荒园，也不见一个人。吴尔古岱心想：我如今不能再住在府中了，他们不久便也要害我的性命。便跳起身来，往外便走。可喜这时黄昏人静，这园又在荒僻地方。他出得园来，也没有人去查问他，急急逃出了兴京城，意欲赶回哈达去起兵报仇。走到界凡山下，遇到一个明朝总兵手下的一位巡查官，是他一向认识的。见吴尔古岱慌慌张张的样子，忙拉住他问时，吴尔古岱便把父亲遭难，如今打算回哈达去起兵报仇的话说了。那巡查官听了，笑说道："呆孩子！你这一回家去，不用说大仇报不成，便是你的性命也难保。"吴尔古岱听了，十分诧异，忙问他："什么道理？"那巡查官说道："你忘了费英东带了三千人马在你家里候着吗？"吴尔古岱听了，便恍然大悟，"噗"的跪下地来，求他帮忙。巡查官一面扶他起来，带着他回抚顺关去。那吴尔古岱见了李成梁，便不住的哭着求着。李成梁看他可怜，便替他上奏章。皇帝圣旨下来，派李成梁带兵到兴京查问。那努尔哈齐见走了吴尔古岱，正在四处找寻，忽然探子报到，说明朝总兵亲自带兵前来问罪。努尔哈齐虽说凶狠，但他一听说明朝兵到，也有些害怕。一面打发舒尔哈齐前去挡驾，一面把蒙格布禄的尸身送还给他儿子。李成梁见他服了输，也便罢了。

谁知那富察氏见她丈夫谋害了他得意的女婿，心中老大的不愿意，他最欢喜吴尔古岱的，如今也不在他身旁，便和她丈夫常常吵嘴。便是那公主，也因父亲误了他的终身，便常常在暗地里哭泣。努尔哈齐被他母女两人吵得头昏，没奈何仍把吴尔古岱接进府来。富察氏做主，把公主嫁给吴尔古岱。吴尔古岱也老实不客气，把父亲的聘妻娶来，做了自己的妻房。李成梁又把吴尔古岱的弟弟带进关去。这里他新婚夫妻两人，十分恩爱，富察氏看了，也喜欢。过了四十天，便双双回哈达部去了。从此努尔哈齐和富察氏，心中各有了意见，夫妻两人，不十分和睦了。这时佟氏已死，生下两个儿子：大儿子名褚英，第二个儿子便是代善。褚英性情倔强，努尔哈齐便叫他带兵去驻扎在外面。富察氏也生下两个儿子：大儿子名莽古尔泰，第二个儿子名德格类。他父亲原不十分欢喜他们，如今和他母亲有意见，父子之间，越觉得淡淡的。这时还有大妃叶赫纳喇氏生的一个儿子，便是皇太极，也深得努尔哈齐的欢心，和代善一样看待。此外侧妃伊尔根觉罗氏生的儿子，名叫阿巴泰，和庶妃生的儿子阿拜、汤古岱、塔拜、巴布泰、巴布海五人，都不能常和他父亲见面。吴尔古岱成亲的时候，便是那大妃叶赫纳喇氏去世的时候。努尔哈齐因和他多年的夫妻，心中不免悲伤，因此越发宠爱皇太极了。

在努尔哈齐本意，叶赫氏死了，原想把富察氏升做大福晋，如今既和他有了意见，便想另外娶一个大福晋。打听得叶赫部主布杨古的妹妹，是一个绝世佳人，在关外地方，谁人不知道有这个天仙美女？努尔哈齐也很想娶她来做妃子。恰巧这时他二弟舒尔哈齐娶乌喇贝勒布占泰的妹妹做妻子，布占泰亲自送妹妹到兴京来，见了努尔哈齐，十分惭愧。努尔哈齐因为大家都是亲戚，便忘了从前的仇怨，和他吃酒谈笑。议论之间，知道努尔哈齐死了大福晋，布占泰便说起布扬古的妹妹长得如何美貌，努尔哈齐又托他向叶赫部去求婚。到了第二年，叶赫、哈达、乌拉、辉发四部部主，都打发人来向努尔哈齐认罪。布扬古又亲自答应把妹妹许给努尔哈齐做大福晋。努尔哈齐便送布扬古上等的鞍马、盔甲，算是聘礼。当时杀死一头白马，祭天立誓。读着誓语道："既盟以后，若弃婚姻，背盟好，其如此土，如此骨，如此血，永坠厥命！若始终不渝，饮此酒，食此肉，福禄永昌！"誓毕，邀着四国的贝勒，大开筵宴，热闹一场。

这努尔哈齐一天得意似一天，权力一天大似一天。他同族的弟兄叔伯，都压在他势力之下。便是那失宠的儿女和妃子侍妾们，也十分怨恨他。努尔哈齐也有几分觉得，便把同族的叔伯，都搬到城外去住，这一搬动，那弟兄们心中越发慌张起来。德世库、刘阐、索长阿、宝实的一班子孙，便秘密商量，个个召集了自己的家将，在半夜时分，爬城进去，杀死努尔哈齐。这一夜，月黑风紧。努尔哈齐一个人睡在炕上，忽然觉得心头跳动。他说一声："不好！"跳起身来，手里拿着宝剑，悄悄地开着门出去，他儿子代善和皇太极也跟在后面。一路狂风，街上静悄悄的。慢慢地走到西城脚下，这西城地方是一个最冷静的所在。努尔哈齐第一个赶上城去，攀着城垛，向下一望，果然见十几个人，爬着绳梯上来。努尔哈齐擎着剑在城上大喝一声，那城外的人，吓了一大跳，都从绳梯上直滚下地去。这一声喝不打紧，早把那把守城池的兵丁和将官，一齐惊起。见努尔哈齐直立在城楼上，大家便十分惊惶，一齐跪倒在地，请大贝勒回府。照皇太极的意思，要开城出去追捉贼人，努尔哈齐不许。谁知到了第二天夜里，努尔哈齐和他的大公主及代善、皇太极两人睡在内院，正好睡的时候,努尔哈齐有一头狗,名叫扬古哈的,忽然大叫起来。努尔哈齐在黑地里跳起身来一看,见那头狗和人一般的站了起来,对着窗外狂叫;再看窗外时,只有人影子移动。努尔哈齐知道又有人来谋害他了,忙悄悄地把他大公主推醒。代善和皇太极也跳起身来,每人给他一柄刀,叫他把守窗户。他自己一手擎着刀,对门外喝道:“外面什么人?既然来了,为什么不进来?你们再不进来,我却要出来了,你们敢和我对敌吗?”说着,拿刀柄打着窗槛,脚踢着窗板,装着要打窗子里跳出去的样子,一转身却从门里箭也似的冲出去。门外面的刺客吃了一大惊,转身逃去。努尔哈齐正要追上去,脚下倒着一个死人,几乎吃他绊倒。急看时,却是一个侍卫,名帕海的,被刺客杀死在窗外。努尔哈齐十分恼恨,一面传集府中侍卫,打算关着城门大捉刺客。

第二天,有一个族叔名棱敦的,从尼麻喇城来,对努尔哈齐说道:“合族的人,都是你的仇敌,你捉谁好呢?”努尔哈齐听了,不觉害怕起来,不敢搜捉凶手。便搬到他侧妃伊尔根觉罗氏房里去睡。睡到人静的时候,忽听得房门外有悉索的响声,努尔哈齐急急披衣起来,觉罗氏的儿子阿巴泰,这时跟着他母亲睡在一块儿,也拿着刀跟在他父亲后面,悄悄地走出门去。努尔哈齐躲在烟囱旁边候着。这时天色昏沉,满院漆黑的看不出人影。那刺客站在院子里摸索着走进来,慢慢地走到烟突跟前。忽然天上隐隐有雷声,一个闪电下来,照得满院子通明。努尔哈齐趁着电光,举起刀背,猛力一打,打在那刺客的背上,倒下地去。努尔哈齐赶上来,一脚踏住,一迭连声喊着洛汉。那洛汉是努尔哈齐贴身的侍卫,听得大贝勒叫唤,忙提着刀赶进来。努尔哈齐吩咐把凶手捆绑起来,洛汉说道:“这恶人既犯大贝勒的驾,不为杀了罢休。”努尔哈齐怕得罪族人,便假问着那凶手道:“你不是来偷牛的吗?”那凶手听了点点头。努尔哈齐便一笑,叫放了绑。这凶手给努尔哈齐磕过头,转身去了。

在努尔哈齐的意思,我这样宽大待人,他们总也该悔悟了。谁知隔不多几天,又闹出舌子来了:有一天夜里,努尔哈齐正要脱衣睡下,一瞥眼见一个侍女在隔房探头探脑,已经睡下,忽然又起来点着灯。一霎时又吹熄了,一霎时又点起来。努尔哈齐看在眼里,知道今夜必要出事,便悄悄地起来,换上软甲,挂着弓箭,假装出恭去。走在院子里,一片昏黑,见那边篱旁一团黑影,一晃一晃的逼近身来。努尔哈齐抽箭挽弓,“飕”的一箭,那刺客十分灵敏,纵身一跳,避去了箭锋。努尔哈齐追上前去,连发三箭,射在那凶手的脚骨上,倒下地去。这时侍卫一齐赶进院子来,绑住了拷打着问他,那凶手自己说名叫义苏。努尔哈齐也放他走去。

从此以后,合府的人,刻刻提防。皇太极这时年纪虽小,却很有见识。他暗暗对父亲说道:“如今仇家众多,父亲防不胜防,依孩儿的意见,不如暂时出去一趟,避避风色。”努尔哈齐听了皇太极的话,忽然想起那李成梁串通那尼堪外兰杀死我父亲和祖父,直到如今,仇也不曾报得,便是祖父的尸骨也不曾收寻回来。我如今带兵出去,向明朝问罪,那时得胜回来,一来也可以压服同族的弟兄,二来也可以对得起已死的祖和父。当下主意已定,便树起一面白旗,上面写着“报仇雪恨”四个大字,挑选五千名精兵,一律挂孝。国里的事体,交给他二弟舒尔哈齐代管。合族的人,听说他此去替祖、父报仇,却也人人心服,一齐送出兴京城。

努尔哈齐辞别了众人,浩浩荡荡,杀奔抚顺关来。那守关将士报与宁远伯李成梁知道。却说李成梁自从杀死觉昌安、塔克世父子两人以后,心中原时时提防努尔哈齐来报仇,如今听说努尔哈齐果然带领大队人马前来问罪,早心中没了主意。幸亏他手下一个游击官,是十分有智谋的,当下替他想定了一条计策。且待兵临城下再说。不多几日,那探马接二连三的报来,说建州兵马,离城十里;又说建州兵马,离城五里了;又说建州人马,已靠城扎营了。李成梁听了,一概不去理他,只吩咐紧守四门,不得和他开战。那努尔哈齐到了抚顺城外,连日挑战,却不见城中兵马出来,心中也弄得没有主意。到了第四日,努尔哈齐又到城下去挑战,忽然城上射下一封书信来。努尔哈齐拆开书信看时,不但一天怒气化为乌有,反把个李成梁感激到十分。当下努尔哈齐依了信上的话，把兵马约退十里。第二日全身软装，只带着三五十名亲兵，走进城去。才到城下，只见城门大开，那李成梁亲自到城外来迎接。进城直到总兵衙门前下马，摆上筵席来，两人浅斟低酌。李成梁慢慢地把误杀二祖的话说出来；如今为顾全两家交情起见，情愿归还二祖的尸首，另给敕书三十道，马三十匹。说着，吩咐侍卫官把敕书捧出来，供在案上；又把马拉出来，摆列在院子里。努尔哈齐看时，那马却都是俊物，由不得心中一喜。又回头看堂上灯烛辉煌，香烟缭绕，供着三十道黄缎色的敕书。他不由得两条腿儿软了下来，要拜下地去。李成梁上前来拦住了，说道："慢着谢恩，我三日前已替大贝勒请得圣旨在此，皇恩浩大，仍旧封贝勒做建州都督。"说着，高声喝一句："请出来！"只听得里面一阵吹打，两个公公，抬着圣旨，一步一步地踱了出来。努尔哈齐这几年来眠思梦想的，便是恢复都督原官，如今见了，不由得他爬在地下碰着头高呼："万岁，万岁，万万岁！"谢恩已毕，李成梁和他手下大小官员，一齐上来向努尔哈齐道贺。到夜里接着又是吃贺酒，堂下吹打，堂上喧哗，直闹了一夜，努尔哈齐便在总兵府中息了。

到了第二天，起来一看，一座总兵府中，又四处挂着素彩，从大门起一直盖着白幔，好似一座玉楼。努尔哈齐看了十分诧异，问时，原来李成梁做主，替被害的建州都督觉昌安和塔克世二人开吊。到了午膳时候，早见外面抬进两口棺木来。努尔哈齐见了，不由得抢上前去，爬在地下，号啕大哭。李成梁忙上去扶他起来。把棺木停在当厅，合城文武官员，都来吊奠。行礼已毕，努尔哈齐便问："祖、父二人的尸首，一向是何人保存？"李成梁便拿手指着旁边一人，说："他也是一位部主，名叫约掉的；你祖、父两人的尸首，一向是他收管着。"努尔哈齐上去，向那人道了谢。第二天，努尔哈齐带着两口棺木出城去，李成梁送他出城。临走的时候，努尔哈齐送一匹马给李成梁。那马名叫三非，原是关外的一匹宝马，上高山如履平地。李成梁心中也很感激他，又替他上奏章给皇帝，说努尔哈齐怎么感激圣恩。隔几天北京圣旨下来，说每年赏建州都督银子八百两，蟒缎十五匹。这道圣旨到了兴京城里，努尔哈齐脸上觉得越发添了光彩，果然那同族中人，没有人敢欺侮他了。

努尔哈齐越发要立些功业，借此夸耀亲族。他儿子代善，替他出主意，叫他亲自到北京去进贡一次，那时得些好处回来，一来也可以夸耀亲族，二来也可以压服部落。努尔哈齐听他儿子的话说得不错，便立刻发下号令，去各处部落里去搜集了许多土货，还有东珠、绍皮、人参，许多贵重的东西。又选了一百匹好马，带着一千名卫兵，拣了好日子起身。这里各部落贝勒，和同族弟兄，自然有一番热闹，轮着给都督饯行。都督在路上，不多几日，便到了抚顺关。那位宁远伯，听说建州都督进京朝贡去，便十分欢喜，立刻收拾房屋，给他住下。拣定吉日，亲自陪他一块儿进京去。努尔哈齐意见要带三百卫兵进京去，李成梁说："进贡规矩，不能多带人马。"只许他带亲兵四十名去。他二弟舒尔哈齐也跟着一块进京去。要知后事如何，再听下回分解。

外交家恒以婚姻为维系邦交之能事，殊不知一成夫妇，便生烦恼，恒人犹如此，况两国傀儡式之婚姻耶？至努尔哈齐不避以奸岳母之丑名而致蒙格布禄于死，真奸雄能独见其大者！

一国帝后，转不如民间夫妻之自由恩爱；即平常起居，亦有侍从监察，礼仪东缚。愈疏愈淡，而群小得以结党构衅。朝廷之间，恒成帝后两党，即欧西亦所不免。所可惜者，两党所事，均注意于私利，转忘记国家大计。努尔哈齐与富察氏之渐形水火，亦彼此疏远所致也。

创业之主，恒排万难、历危险而成。观于努尔哈齐之叠次遇刺，与夫东西转战，无非为子孙帝皇万世之业耳。固一世之雄也，而今安在哉？

第十一回 羡繁华观光上国 赖婚姻得罪邻邦

却说努尔哈齐弟兄两人，带了许多贡物，跟着李成梁进京，朝见明朝皇帝去。他两人从不曾进过北京，见了那地方的繁华，人物的清秀，心里说不出的羡慕。一霎时，那高大的宫殿，已露在他眼前，不由他心里害怕起来。进了内城，到了一座客馆前住下。当夜便有几个公公，来教导上朝的礼节。努尔哈齐又送公公许多礼物，另外又送各衙门的。在馆里住了三天。到了上朝的一天，半夜时分，坐着驴车，慢慢地到了朝门外，下了车；跟着引导的，走进内街去。这时夜气深沉，御街寂静；只见两旁高高的围墙，站在黑地里，墙里面露出高高低低的殿角来。弯弯曲曲地走了许多时候，才到朝房。有许多官员们，上来和他招呼，有翻译官替他们传话。停了一回，忽听景阳宫的钟声响了，大家便整一整衣帽，挨着班一串儿走上殿去，在玉墀下面，两旁分班站着。这时天上放下微微的光明来，照在各人脸上，还不十分明白。满院子静悄悄的，只听得衣裳摩擦着窸窸窣窣地响。站了许久许久，忽听得殿上奏起乐来。

这时天光已是大明，殿廊上发出五色的光彩来，照在人眼睛里，不能看得十分清楚。只见那一班御前侍卫，在殿门里面，左右交换着跑来跑去。接着又有两个太监，手里拿着一盏红纱宫灯，在御座前跳来跳去。舞了好半天，便大家分着两班向两旁直挺挺的站住，那音乐的声音也立刻停住了。再看时，这位神宗皇帝，已是端端正正地坐在上面。这时殿下越发寂静了，只听得静鞭打着阶石三下，便有赞礼官高声赞礼。那文武官员，分班儿一起一起地上去碰头跪拜。接着那位宁远伯李成梁也上去爬在地下，说了几句话，上面又传下话来。李成梁退下来，便有引导的领着努尔哈齐弟兄两人上去。见当地横铺着一条棕毯，好似一个“一”字。他弟兄两人爬下地去，行着三跪九叩首的礼儿。赞礼官喝一声退，便退下殿来。这时他弟兄两人，吓得昏昏沉沉，皇帝的脸儿也不曾看见。停了一回，散朝下来，便有许多官员和翻译官陪着他到保和殿里吃御赐的酒席。吃完了，向殿上谢过恩，退出朝门，上车回客馆去。

到了第二天，圣旨下来，叫内务大臣和理藩大臣陪着他游瀛台去。这时正是夏天，第二天一早起来，跟着两衙门的官员们，进了西苑门。只见高大的柳树，一丝一丝的垂着柳枝，那槐树的荫儿，罩住了地面，人在下面走着，心地十分清凉。一带宫墙，沿着水堤。开眼一望，只见沿岸长着一丛一丛的蒲草。那紫色的燕子和绿色的翠鸟，在水草里面飞来飞去，一啼一声地叫着。风景十分幽静。慢慢地渡过一座板桥去，一阵一阵的荷花香，吹进鼻子来。桥面上盖着水阁，四面玲珑，风吹着窗帘。那流苏打到人的脸上来，努尔哈齐心中不觉一动，想这样神仙也似的地方，那神宗皇帝真好大福气呢！想着，走进一座小红门去，忽然眼界一宽，迎面一汪大水。有一条红板长桥，曲曲折折的横在水面，两边朱栏围绕。舒尔哈齐走在桥上面，不住口的赞好；努尔哈齐回过脸去，对他瞪了一眼，吓得他按住嘴再也不敢说话了。半晌，走完了长桥，迎面一座高大的朱漆牌楼，上面写着“瀛台门”三个大字。走进碑楼去，两旁古木参天，中间露出一条宽大的白石甬道，甬道尽头，是一座大敞厅。里面走出几个太监来，招呼进去吃茶点；吃完茶点，从厅后绕出去，穿过一座松树林子，林子外面一带白石船埠，停着一只大官船。官员们招呼努尔哈齐弟兄两人上了船，荡到湖中。回头看那岸边，真是琼楼玉宇，一片金碧，隐约在树林深处。努尔哈齐靠在船舷上，心中又不觉一动，他想到：“这样神仙也似的地方，怎么得给我住一年？便是死也甘心！”他两眼望着水，正想得出神时，那船已到了岸边。大家离船出门，上车回到客馆里。接着李成梁也到了，便在客馆里大开筵宴。吃酒中间，又来了几个粉头，弹唱歌舞。那玉雪也似的皮肤，黄莺也似的喉音，早把他弟兄两人看怔听怔了。半晌，他才回过气来，一转念想道："他们明朝的美人，真美啊！不知怎么长成这模样的呢？"第二天，圣旨下来，封努尔哈齐做龙虎将军，他弟弟舒尔哈齐，也得了许多赏赐。他弟兄两人谢过恩，收拾行李，动身回家去。出得关来，一路耀武扬威，各处部落打听得努尔哈齐果然得了好处，便个个道贺，人人敬服。他兄弟两人，见了人便赞叹明朝京城的繁华，又是妇女如何美丽。那听的人，也说不出的心中羡慕。努尔哈齐便在兴京地方，造起高大宫殿来；又定召见弟兄贝勒的礼节，慢慢地他自己看自己尊贵起来。

第二年，他带着兵，推说出去围猎，常常几个月不回来。却暗暗的占了别人城池，夺了别人田地。他又分遣自己手下的将官，和弟兄、子侄们，各处去攻城略地。他在万历二十六年，打发大儿子褚英、弟弟巴雅齐和噶盖、费英东带兵一千，去打安褚拉库路，取屯寨二十多座，掳百姓一万多人；第二年，打发额亦都、费英东、扈尔汉带一千精兵，去打东海渥集部里的赫席黑路、俄漠和苏喀路和佛讷赫托克索路，活擒着二千人回来；三十七年，打发侍卫扈尔汉，带兵一千人去攻打滹野路，掳着二千家人口回来。三十八年，打发额亦都，带一千名兵士去打那木都鲁、绥芬、宁古塔、尼马察四路，押着四个路长，带着他们的家眷回来；路过雅兰地方，又打破他的城池，掳着一万多人回来；三十九年，打发第七个儿子阿巴泰和费英东、安费扬古，带着一千个兵去攻乌尔古辰、木伦两路，活捉着一千多人回来；这一年，又打发何和里、额亦都、扈尔汉，带兵二千人去攻打虎尔哈路，围扎库塔城三天，打破了，杀死一千多人，活捉二千多人；他左近各路的路长见了害怕，都来投降。

连年用兵，那建州地方，比从前要大得几倍。努尔哈齐心中还不满意，他切齿痛恨的，便是他的女婿哈达部主吾尔古岱；当时外面被明朝的威力逼着，里面又被富察氏挟制住了，不得已把女儿嫁给吴尔古岱。他夫妻两人，从此闹了意见。直到他进贡回来，神宗皇帝许他统治女真人种，旁人无可奈何，他便自己称哈达部的保护人，亲自带兵到哈达去，向吴尔古岱要哈达部主世代相传明朝给的玺书。当时在哈达部下的，有七百道地方。努尔哈齐把吴尔古岱的城池围得铁桶相似，要他缴出玺书来。吴尔古岱执意不肯，便开城出来，亲自带着兵士，和他丈人对敌。努尔哈齐看了，十分恼恨，便叫他手下大将扈尔汉、费英东，两人轮流攻城。一面又打发人到兴京去调二千生力军来助战。吴尔古岱困守孤城二十日之多，粮尽援绝；在半夜时分，建州兵打进城来，把吴尔古岱全家人捉住。努尔哈齐进城去，一面把吴尔古岱夫妻两人先押回兴京去，一面派遣战将到四处去收服属地。吴尔古岱手下有一个部将名察台什的，听说哈达部给建州灭去了，他便带了二百道地方，去投降叶赫部，求布扬古保护他。布扬古贪他的地方，便亲自带了大队人马，严阵以待。努尔哈齐得了这个消息，不觉大怒，说道："我和叶赫新订婚姻，布扬古的妹妹，我聘而未娶，他胆敢和我作对吗？"他一面吩咐儿子代善，带兵驻扎在哈达；一面亲自也调动大兵到叶赫部。

那布扬古见了努尔哈齐，便责备他不该背弃盟好，灭了哈达。努尔哈齐笑说："这是我家里的事体，与你什么相干？如今你收了哈达二百道地方，难道说不是背弃盟好吗？再者，你妹妹现许我做我的妻子，如今我还不曾娶得你妹妹，你便和我兵戎相见，这不是明明有悔婚之意吗？"布扬古听了，气得在马上发跳，咬着牙说道："你说话竟好似放屁！难道只许你横行不法，不许我仗义执言？我如今决计悔了婚姻，不愿把妹妹嫁给你了！"努尔哈齐听说不把妹妹嫁给他了，这是他第一件犯忌的。当下他把手中枪一招，那手下的兵将一齐杀上前去，两下里战鼓齐鸣，喊声动地，大战一场，直杀到日落西山，不分胜负，便个个鸣金收军。

到了第二天，又杀了一天。这样子杀到第六天上，看看叶赫部的兵支持不住了，便退进城去，紧紧关上城门，一面星夜打发人送救急文书到抚顺关去。这时明朝广宁总兵张承荫，巡边到抚顺地方，得了这个消息，便立刻调动三千人马，前去帮着叶赫。这时努尔哈齐正督着人马竭力攻城,忽然后面金鼓大震,当头一面大旗,写着"大明"字样。努尔哈齐心想:"自己新得了明朝的官爵,这明朝人马,大概是帮我来的。"便把自己人马分在两边,亲自上前迎接去。谁知那来将到了跟前,也不答话,把令旗招动,那人马和潮水似的攻打上来。努尔哈齐一个措手不及,忙转身退去,阵脚便大乱起来。努尔哈齐忙压住阵脚,督着兵士,上去对敌。正鏖战的时候,忽然后面战鼓一响,一支人马,从城里杀出来,建州兵腹背受敌,杀一阵,败一阵,直败下四十多里路。看看人马死了二千多人,再也不能支持,只得逃回兴京去了。

从此以后,努尔哈齐把布扬古恨入骨髓。在家里天天操练兵马,要报这个大仇。独有乌拉贝勒布占泰,常常来赠送礼物,努尔哈达也另眼看待他。布占泰见叶赫悔了婚姻,便又替努尔哈齐做媒,把他哥哥贝勒满泰的女儿许给他。第二年,努尔哈齐亲自到乌拉去迎娶回来,便是乌拉纳喇氏。努尔哈齐见这位新夫人十分美貌,便也十分宠爱他,封他做继大妃。这位继大妃性情十分和顺,家里这几位妃子都和他好。这时舒尔哈齐有一个女儿,长得十分标致,乌拉纳拉氏和他十分亲密。到第二年上,布占泰到兴京去看望他侄女,努尔哈齐留他住在府中。他叔侄两人,常常见面谈话。谈话的时候,舒尔哈齐的女儿总在一旁陪伴着。布占泰这时正因蒙古科尔沁贝勒明安,受了他的聘礼,不拿女儿嫁给他,心中十分懊丧。如今见了这样一位美人,心中不觉大动。见没人在跟前的时候,悄悄地把这意思对他侄女说了。乌拉氏觑空又把这意思对努尔哈齐说了。努尔哈齐这时正和布占泰好,便做主把侄女嫁给布占泰去了。第二年,乌拉氏生了一个儿子,名阿济格。接着又生了两个儿子,一个名叫多尔衮,一个名叫多铎。这是后话。

却说布扬古的妹妹,满洲各部落的人都知道他长得美貌,满洲人家堂子里供着三位神像:一位是释迦牟尼,一位是观世音,一位是关公。他们传说观世音是一位相貌最美的女菩萨,因此大家便把布扬古的妹妹唤作活观音。这位活观音,仗着自己美貌,父母又十分宠爱,便打扮得异样动人。他哥哥出去打猎,或是到各部落去游玩,他却跟着一块儿去。因此那哈达部、辉发部、乌拉部、哲陈部各贝勒,他都认识,常常和各贝勒在一块儿打围,追飞逐走,玲珑活泼。那班贝勒见了这位美人,个个被他引诱得馋涎欲滴,恨不得一口水吞下肚去。这许多贝勒中,他和蒙古喀尔喀部贝勒巴哈达尔汉的儿子莽古勒岱最好。那莽古勒岱也长得少年英俊,他因为爱上了布扬古的妹妹,便常常到叶赫部来游玩。他两人每到回猎的时候,常常并着马头,找一个树林深密的所在,密密谈心去了。后来他哥哥因为要联络建州卫起见,把他许给了努尔哈齐,他知道了,和哥哥拼命,狠狠地吵闹过几回。每一回建州打发人来亲迎,他总是死挨着不肯去,每回总得布扬古对那来亲迎的人打一个谎,推说妹妹有病。这样子挨过了几年,恰巧叶赫部和建州人扫起仗来了。布扬古仗着有明朝帮助,便趁此退了妹妹的婚姻。那莽古勒岱知道了,忙打发人拿了许多聘礼来求婚。布扬古顺了他妹妹的心意,也便答应了他。这个消息,一传到各部主耳朵里,都顿足太息说:"好好一朵鲜花,如今插在牛粪里了!"第二年,巴哈尔达汉带了他儿子莽古勒岱,到叶赫部来亲迎。那喀尔喀部离叶赫部十分路远,他带着新娘在路上走着,常常有别部的兵队出来拦劫。亏得莽古勒岱十分英雄,巴哈达尔汉带的兵马又多,沿途保护过去,千辛万苦得到了喀尔喀城里,莽古勒岱又特意为他妻子盖一座大院子起来。

谁知不到一年,那院子不曾盖成,这位美人却已一病死了,把个莽古勒岱哭得死去活来,他从此立誓不再娶妻子了,算是替他妻子守义。这个消息传到满洲各部落去,人人太息。那乌拉贝勒听了,连连太息说道:"好一个美人,可惜死了! 像我那个觉罗氏,面貌长得十分丑陋,性情又十分凶恶,怎么不肯死去啊?"谁知这时候觉罗氏正在屏门后偷听,他仗着是努尔哈齐的侄女,看待丈夫,原十分泼辣,如今听丈夫咒他快死,他如何不气,便抢出去拿手指在布占泰脸上责问他。那布占泰一向是怕老婆的,如今见他来势汹汹,吓得他瞪着眼开不得口。那位公主跳骂了一阵,转身走去,嘴里说道:"我回娘家告诉叔叔去!"布占泰听了这个话，心里害怕起来，忙上前去碰头求他，嘴里连连的讨饶。谁知那觉罗氏却睬也不睬，掉头走去。布占泰心中不觉大怒，觑他走远了，便在壶里拔下一支箭来，搭上弓，觑得亲切，"飕"的一箭，直透酥胸。只听得"啊哟"一声，觉罗氏倒在地下死了。

那觉世罗氏原有几个侍卫带来的，当下他们见公主死了，便悄悄地溜回兴京去，见了努尔哈齐，把上项情形说了。努尔哈齐和雅尔哈齐弟兄两人听了，又伤心，又愤怒，便立刻调动人马，赶到乌拉去。那布占泰原是吃过建州兵亏的，如今听说建州兵又来了，便丢下城池，一溜烟逃到叶赫部了。这里努尔哈齐现现成成得了乌拉部的许多城池，声势越发浩大起来了。他当时把二弟留在乌拉，自己带着大兵，又赶到叶赫部去。修下一道书信，送进城去。那书信上写道：

昔我阵擒布占泰，宥其死而豢养之，又妻以三女；布占泰负恩悖乱，吾是以问罪往征，削平其国。今投汝，汝其执之以献。

一共送三回信去，那叶赫贝勒布扬古置之不理，努尔哈齐十分生气，又到本部去调动四万人马来，准备和他大大的厮杀一场。努尔哈齐和儿子代善商量定了破城的计策，谁知给帐下两个兵士听得了，这两个兵士原是乌拉国人，当下他们悄悄地跑去告诉了布扬古。布扬古立刻传下令去，把张吉、当阿两路的百姓收进城去，把村坊上的屋子放一把火，一齐烧了。努尔哈齐大兵一到，吃也没得吃，住也没处住，只有一座兀苏城，离得不远。努尔哈齐便催动兵士，打进城去。城长山谈扈石木，便投降了努尔哈齐，把军队安插在城里。谁知城中痘疫大发，建州兵住在城里的，死了大半。努尔哈齐看看不好，忙丢下兀苏城，一肚子怨气，没有发泄的地方，便放一把火，把雅哈城、黑儿苏城、何敦城、喀布齐赉城、俄吉岱城，还有十九处屯塞，一齐烧了。布扬古见建州兵如此猖獗，忙到明朝去告急。明朝打发游击马时枏、周大岐，带着炮兵一千人来，帮着把守叶赫城。建州兵见炮火来得利害，便退兵回去。

努尔哈齐自从得了哈达部，那哈达部的南面，有柴河堡、抚安堡、三岔堡、白家冲堡、松山堡六处地方，土地十分肥厚。建州百姓都到那地方去耕种。那地方又接连明朝铁岭、开原的疆界，常常发生越界耕种的事。明朝总兵张承荫，打发一个通事官名董国荫的，来对努尔哈齐说道："你们建州百姓，在柴河、三岔开原耕种的田，都是我的，你须把那六堡住着的百姓搬回去，在那地方立下界石，从此不许越界耕种。"努尔哈齐回答他说道："这是你明朝故意来和我寻事，所以说出这个无礼的话来。"便把董国荫送出城去。张承荫见建州如此蛮横，心想：我如今初来做总兵官，不给他点下马威，却不能叫人怕我了。当下他便下令，自己兵士一齐动手，把六堡的百姓，赶回建州去。又在那地方竖着石碑，派兵看守，从此不许建州人越界耕种。努尔哈齐知道了，十分恼恨，说道："明朝常常帮助叶赫，拿兵力欺我；我因他是天朝大国，便也忍着气恼。如今他们竟有意寻事，欺我太甚；我此番定要出兵去和他决一个雌雄。"他说着，一面吩咐大将扈尔古出城去，点齐兵马，自己回进内院去，一迭连声喊："拿我军装出来！"乌拉氏忙上前来服侍她丈夫，全身披挂，一边问他："如今出兵打谁去？可要妾身陪着一块儿去？"那努尔哈齐气愤愤地说道："我如今打明朝去，他们欺我太厉害，我此去要和他见一个高低！打仗十分厉害，怕你去不得。"乌拉氏是努尔哈齐最得宠的妃子，当下听说又要离开他出兵去了，便一纳头倒在努尔哈齐怀里，嘴里说："我跟都督一块儿去不好吗？"努尔哈齐一手摸着他的粉腮儿，说道："我的好人！你好好的在家里……"正说话的时候，忽见他第七个儿子阿巴泰，急匆匆地跑进房来，凑着他父亲耳边，悄悄地不知说了些什么。努尔哈齐听了，顿时脸上变了色。不知他们得了什么消息，再听下回分解。

纵观古史，北人恒征服南人，南人恒为被征服者。如亚之印度，欧之埃及与非洲，美之南美。此何故欤？窃以为实天驱之也。北地荒寒，艰难玉汝；南方繁富，安乐杀人。努尔哈齐崛起东北，目睹明廷之繁华富丽，是速其寇也。

两国婚姻，等于儿戏。布扬古因努尔哈齐之一战，便悔却婚姻；努尔哈齐却不知趣，以力战而保全其婚姻。此真莽汉也！卒至丧师辱国，而婚姻亦不得保全，得无使美人匿笑耶？所幸失之于布扬古者，而收之于布占泰，英雄固不患无妻也。努尔哈齐因自己之得妻，而亦以侄女赠人为妻；蛮荒女子为男子之酬赠品，是诚儿戏之婚姻也。

布扬古之妹，以艳丽驰名于各部。然美者，女子之祸水也；美人而生于蛮荒，尤足招祸。今彼美几失身于鲁莽阴刻之努尔哈齐，幸仗乃兄之一战而能与意中人莽古勒岱一双两好，成为夫妇。虽短命而死，终胜于被莽男蹂躏万万也。

第十二回　杀亲子祸起骨肉　投明主初试经纶

却说舒尔哈齐,自从跟努尔哈齐到明朝去进贡回来,眼看见明朝那种繁华情形,心中说不出的十分羡慕。那时他得了神宗皇帝的赏赐,自己觉得十分荣耀,回家来,便不把努尔哈齐放在他眼里。又见努尔哈齐大营宫室,他便想起做皇帝的快乐;又想自己和他哥哥一般是塔克世的儿子,他怎么可以享福?我怎么替他做着牛马?努尔哈齐几次带着他出兵去,他又立了许多战功,越发胆大起来。见了努尔哈齐,渐渐的没有规矩。努尔哈齐看在从小患难弟兄面上,便不和他计较。谁知舒尔哈齐竟暗暗地在那里调兵遣将。他有两个儿子,大儿子名阿敏,第二个儿子名济尔哈朗,他们手下,都有一二千兵士养着。还有那努尔哈齐的大儿子褚英,只因父亲宠爱代善和皇太极,心中十分怨恨,也暗暗地养着兵士,和舒尔哈齐父子三人打成一气。他们原都住在兴京城里的,只因闹起事来,十分不便,便悄悄地打发人到黑扯木地方去大兴土木,盖造起宫殿来,和努尔哈齐的屋子一模一样。他们和褚英约定,俟他父子三人搬到黑扯木去,便带同人马打到兴京来。这里褚英也在城中埋伏兵士,但听一声炮响,便里应外合的大闹起来。

这个消息传到阿巴泰耳朵里,忙去告诉他母亲。伊尔根觉罗氏正因努尔哈齐新娶了乌拉氏,自己失了宠,如今得了这个消息,他要讨好丈夫,便叫儿子悄悄地去告诉他父亲。当下努尔哈齐听了阿巴泰的话,立刻发作起来。这时扈尔古已把兵马点齐,进来复命。努尔哈齐吩咐他:"快调四千兵进城来,把城门关了;再把二贝勒父子三人,和那大公子褚英,一齐捉来见我。"努尔哈齐说话的时候,满脸杀气。扈尔古见了,十分害怕,当下也不敢多说话,只"是,是"地答应着。扈尔古正要转身出去,努尔哈齐又把他唤回来说道:"要是他们抗不奉命,你便砍下他们的脑袋来见我。"扈尔古应着,走出大门去,跳上马,赶出城去,点齐了四千人马,飞也似的跑进城来,立刻把城门闭上。分二千兵士看守四门,一千兵士看守都督府,自己却带着一千兵士,赶到舒尔哈齐府中,把前后门围得和铁桶相似。带着三百亲兵,闯进门去,把全府的人吓得个个两只脚好似钉住在地面上一般,动也不敢动。扈尔古喝一声:"绑起来!"那兵士们一拥上前,把合家老少,者推在院子里,一片号哭的声音,好不悲惨。只有那舒尔哈齐,他仗着自己有功,便不肯奉命。他手里擎着大刀,见人便砍,那兵士们被他砍倒的不少。扈尔古十分恼怒,忙从腰间扯出一张令旗来,喝一声:"杀!"便有三五十兵士,一拥上前去,把他按倒在地,一阵乱刀斩死了。这里扈尔古上去,割下舒尔哈齐的脑袋来,一面赶着老小出门去。走过褚英的家门口,扈尔古进去,把褚英传了出来,绑上了,一块儿送进府去。到了努尔哈齐跟前,褚英仗着自己是一个大儿子,想来总有父子之情,便抢上前去,"噗"的跪在地下,大声哭嚷道:"父亲饶了孩儿罢!"谁知努尔哈齐一见了褚英,不觉无名火冒起了十丈,他想:"别人计算我,倒也罢了;你是我亲生的儿子,也打着伙儿计算我起来?"便不由分说,拔出马刀来,只一刀,可怜褚英立刻杀死在他父亲脚下了。那边阿敏、济尔哈朗见了,吓得魂不附体,忙也上前去跪倒。努尔哈齐见了,气得两眼冒火,擎起那口刀,正要砍下去,忽然想起舒尔哈齐来,忙问时,那扈尔古忙送上首级来。看时,只见他双眼紧闭,血肉模糊。努尔哈齐不觉心中一动,想起从前他们弟兄三人,被父亲赶出家门,在路上吃苦的情形,如今落得这样下场。又想起自己一时之愤,杀死了亲身的儿子。因想起褚英,便又想起他母亲那时和他恩爱的情形,不觉吊下眼泪来。忙上去扶起了两个侄儿,劝他们好好的改过为善,从此饶了他以前的罪恶。当下阿敏兄弟两人,给他伯父磕过头谢了恩,哭着回去了。

努尔哈齐因连杀了子弟两人,心中郁郁不乐,便也无心和明朝去打仗了。他住在府中,天天和几位大臣武将,商量改变兵制。商量了许多日子,便定出一个八旗的制度来。他的兵队,是拿旗色来分别的。满洲兵制,原有黄色、白色、蓝色、红色四旗;如今又拿别的颜色镶在旗边上,称作镶黄旗、镶白旗、镶蓝旗、镶红旗,共是八旗。那武官,分牛录额真、甲喇额真、固山额真、梅勒额真四等。每一牛录手下,领三百名兵丁;每一甲喇,又领着五个牛录;每一固山,又领五个甲喇;每个固山手下,又管着两个梅勒。出兵的时候,地面宽阔,便把八旗的兵排成一条横线;地面狭窄,便排成一条直线,不能乱走的。到打仗的时候,便把穿坚甲、拿长枪快刀的兵充前锋,穿轻甲、拿弓箭的兵走在后面;另外又有一队骑兵,在步兵前后照看着。坚甲便是铁甲,拿缎子或是木棉做成衣服,里面缝着二寸或是一寸四分厚的铁板。轻甲,便是棉甲,是拿缎子或是木棉做成,却没有铁板的。努尔哈齐编定了兵制,分给各大将,日日操演着。又叫额尔德尼巴克什和噶盖札尔克齐两人,仿着蒙古字音,造出满洲文字来。这时建州占据的地方,除去开原附近以南,辽河西边,由连山关附近通凤凰城一带外,凡是广阔的南北满洲平原肥地,都在努尔哈齐一人掌握之中。便是那朝鲜的北部,也被建州占据了去。讲他的兵力,单是苏子河谷一带,已有精兵八万。那时明朝人有一句俗话说道:“女真不满万,满万不可敌。”看看努尔哈齐的行为,却是一个有大志的人。

这个消息传到明朝宰相叶向高耳朵里,不觉吓了一跳,说道:“我们得赶快防备着!”当下提起笔来,写上一本说道:

窃念今日边疆之事,唯以建州夷最为可患,其事势必至叛乱。而今日九边空虚,惟辽左为最甚。李化龙为臣曰:“此酋一动,势必不支;辽阳一镇,将拱手而授之虏。即发兵救援,亦非所及。且该镇粮食罄竭,救援之兵,何所仰给;若非反戈内向,必相率而投于虏。天下之事,将大坏而不可收拾!”臣闻其言,寝不安席,食不下咽。伏希讲备御之方为要。

神宗皇帝见了奏章,也不禁吓了一跳,忙把兵部尚书宣进宫去,吩咐他赶速多添兵马,把守关隘。那兵部尚书领旨出来,便打发颇廷相去充辽阳副将,蒲世芳去当海州参将;带兵一万,驻扎在抚顺、辽阳两处。这时广宁总兵张承荫和广宁巡抚李维翰,也接到兵部的加急文书,叫他们随时察看建州情形,报告消息。

谁知明朝那班官员正忙乱的时候,那努尔哈齐,自己称金国,登了汗位了。这时候是明朝万历四十四年,兴京大殿造成,由大贝勒代善、二贝勒阿敏、三贝勒莽古尔泰、四贝勒皇太极和八旗许多贝勒,带领各大臣,站在殿前,按着八旗的前后,立在两旁。努尔哈齐全身披挂,坐上殿来;礼官喝声行礼,那班贝勒大臣,带着文武官员,一齐跪倒。黑压压地跪满在殿下,静悄悄的一起一起跪倒,行着三跪九叩首的礼。满院子只听得袍褂靴脚悉索的响声,带着那朝珠微微磕碰的声音。大家磕下头去的时候,努尔哈齐在宝座上望下去,只见满地的翎毛,根根倒竖着,好似一座菜园,他心中便说不出的一阵快乐。行礼已毕,那领着八旗的八个大臣,出班来跪在当地,两手高捧着表章。当有侍卫阿敦巴克什额尔德尼,下来接过表去,抢上几步,在宝座前跪倒,高声朗读表文,称努尔哈齐为覆育列国英明皇帝。英明皇帝听罢了表文,便走下宝座来,当天烧着三枝香,告过天;又带着合殿官员,行过三跪九叩首的礼。礼毕,皇帝又升宝座,许多贝勒和大臣,都分着班儿上去行礼道贺。当殿传下圣旨来,改年号称天命元年。退朝下来,便在东西两偏殿赏文武官员吃酒;英明皇帝也退入后殿去,自有那继大妃、继妃、侧妃和庶妃等,带领各公主、各福晋上来道贺。行过家礼,在内殿上摆着酒席,大家陪着皇帝吃酒。努尔哈齐到了此时,便开怀畅饮,不觉酩酊大醉。那宫女上来扶着皇帝,到乌拉纳喇氏宫里去睡。这一夜,他和纳喇氏不用说得,自然是颠鸾倒凤,百事都有了。

第二天,五更时分,英明皇帝便起来坐朝。从此他在宫殿各处,都仿着明朝的格式。又时时召各贝勒、大臣进宫来游玩,又和文武官员商量国家大事。英明皇帝这时深恨明朝欺他,常常和大臣提起,便切齿痛恨。这时有把守边关的来报说,明朝沿边的百姓,每年越界来偷采人参东木。英明皇帝便立刻下圣旨,着达尔汉、侍卫扈尔汉,带领兵队,到边界地方去巡查。见了明朝人,抓住便杀。那侍卫奉了圣旨,赶到边地上去,杀死明朝五十个人。英明皇帝又打发纲古里、方吉纳两人,去见广宁巡抚李维翰,责问明朝人越界采参的事体。那李维翰听说杀死了自己的百姓,便大怒,喝叫把金国来的两个使臣和九个侍卫,一齐捆绑起来,一面修书信给努尔哈齐,要他偿命。努尔哈齐心下虽然愤恨,但自己的使臣被明朝捉住了,也无法可想。只得把自己从前从叶赫捉来的十个犯人,送到抚顺关去,一齐杀死,算是抵了明朝人的命。那纲古里、方吉纳两人,才得逃着性命回来。

英明皇帝虽说一时忍辱含垢,但他报仇的念头越是深一层了。到了天命三年正月,有一天,努尔哈齐黎明的时候从床上起来,准备坐朝。推窗一望,只见那天边挂着一个淡淡的明月,有一道黄气,横遮着月光,有二尺多阔,四丈多长。英明皇帝看了,不禁哈哈大笑,说道:"这是明朝的气数完了,我金国气数旺盛的预兆呢。"那继大妃也站在他身后,一同看着,听英明皇帝说了这句话,便接着说道:"陛下这个话,可有什么凭据?"英明皇帝说道:"你不看见吗?那一轮明月,不是明朝吗?这月光淡淡的,不是衰亡的预兆吗?你再看看那道黄光,不是我们金国吗?那金子不是黄色的吗?这黄光如此发旺,不是我国应该兴盛的预兆吗?再者,这黄光罩住在明月上面,不是金国灭去明国的预兆吗?"继大妃听了这番话,心下恍然大悟,忙爬在地下,连呼万岁。英明皇帝笑着,把妃子扶起。一面催宫女,快快披挂舒齐踱出殿去。那文武百官朝贺已毕,英明皇帝便慢慢地把天象说出来。又说道:"天意已定,诸卿勿疑;朕计已决,今岁必伐明矣。"当时殿下有许多武将,听说皇帝要去伐明,快活得他们个个摩拳擦掌。便有三位固山额真出班奏请皇帝调遣。皇帝谕:"诸卿且退,待朕与法师计议妥善,自有调遣诸卿之处。"

到了第二日,果然宫里传出旨意来,宣老法师斡禄打儿罕囊素进宫去,商议军国大事。这位法师,自从西藏步行到满洲地方,道行高深,说法玄妙。英明皇帝十分敬重他,特为他建造一座极大的喇嘛寺,遇有疑惑难决的事,都去请教老法师。当时英明皇帝和老法师谈了许多时候,便越发有了主意。老法师拣定二月十四日这一天,英明皇帝亲自摆驾出城,调齐八旗人马,在大教场听点。英明皇帝周身戎装,骑着一匹高大的黑马,拣了二万精兵,带着到祖庙里去行礼。那班随征贝勒和文武大臣都行过礼,转身出去,整顿队伍。顿时旌旗蔽日,枪戟如林,浩浩荡荡杀奔抚顺关来。大军过界凡山,忽然先锋军士捉住一个汉人,押解到大营里来。英明皇帝亲自审问,那军士把汉人推进帐来。英明皇帝向他上下一打量,见那人长着一部短须,面貌十分清秀,望去便知道是一个读书种子。英明皇帝是最爱读书的人,当下便吩咐解去他的束缚,又赏他坐下,细细地盘问着。汉人说道:"下臣姓范,名文程,字宪斗,原是宋朝范文正公仲淹之后。自幼博览群书,上解天文,下知地理,深明韬略;只因屡此上书明皇,明皇不用。落拓一生,漂流到此。又见黄光贯月,知道满洲出了真主。因此不避斧钺,来见陛下。陛下倘有知人之明,下臣便当竭毕生之能,上辅明主。"英明皇帝听了他这一番话,心中大乐,忙吩咐侍卫赏他酒肉。又对范文程说道:"朕与明朝有七大恨事,其余小怨且不用说。先生既有意来此,总该明白朕的心事。"范文程听了,便请过纸笔,便在当筵写成七恨道:

我之祖父,未尝损明边一草寸土:明无端起衅边陲,害我祖父,恨一也。明虽起衅,我尚修好,设碑勒誓,凡满汉人等,毋越疆圉,敢有越者,见即诛之,见而故纵,殃其纵者;讵明复渝誓言,逞兵越界,卫助叶赫,恨二也。明人于明河以南,江岸以北,每岁窃逾疆埸,肆其攘夺;我遵誓行诛,明负前盟,责我擅杀,拘我广宁使臣纲古里、方吉纳,胁取十人,杀之边境,恨三也。明越境以兵助叶赫,俾我已聘之女,改适蒙古,恨四也。柴河、三岔、抚安三路,我累世分守,疆土之众,耕田艺谷,明不容刈获,遣兵驱逐,恨五也。边外叶赫获罪于天,明乃偏信其言,特遣使臣遗书垢詈,肆行凌侮,恨六也。昔哈达助叶赫二次来侵,我自报之,天既授我哈达之人矣，明又党之，胁我还其国，已而哈达之人，数被叶赫侵略。夫列国之相征伐也，顺天心者胜而存，逆天意者败而亡，岂能使死于兵者更生，得其人者更还乎？天建大国之君，即为天下共主，何独构怨于我国也？初扈伦诸国，合兵侵我，天厌扈伦起衅，唯我是眷，今明助天谴之叶赫，抗天意，倒置是非，妄为剖断，恨七也。欺凌实甚，情所难堪，因此七大恨之故，是以征之。

范文程写成，由阿敦巴克什额尔德尼译成满文。朗声诵读一遍，英明皇帝连连赞叹道："范先生真是朕心腹之臣。"从此拜范文程做军师，随营参赞。英明皇帝称他范先生，各贝勒、大臣都称他先生。满朝文武，都十分敬重他。

这时大队人马，已到古勒，英明皇帝吩咐扎营。当晚在旷场上，摆下香案马步，八旗兵丁，四面密密层层的围定。英明皇帝带着贝勒、大臣、文武百官，踱出帐来，向空中一齐跪倒，行过三跪九叩首的礼儿。范文程捧着七恨告文，高声朗诵一遍。便在当地竖起一杆龙旗，四面乐声齐起，皇帝退进营去。第二天，皇帝坐上将台，发下号令。大军分做两路，左翼四旗，兵取东州、马根单二地。皇帝和诸贝勒带着右翼四旗兵、八旗护军，取抚顺关。一声号炮，拔寨都起。右翼四旗到了斡浑鄂谟一片旷野地方，驻下军队。范文程进账去见了皇帝，奏道："臣仰察天象，不久便有大雨。大军驻在平原，怕有困水之虑。此去西南有一座高山，名叫福金岭，颇可以安插人马。望陛下立刻下令，移军山上去。"英明皇帝听他的话，便下令，立刻拔营前进。那兵队走至半路，雨点已连珠似的下来了。待到得上山扎住营盘，外面雨势和移山倒海一般。皇帝在帐中叹道："范先生真神人也！"谁知这一阵雨，一连下了十多天，兀自不肯驻点。从山上望去，那平原上顿成了一片大湖，把这一座山四面围住，好似大海中的一座孤岛。英明皇帝闷住在中军帐里，心中十分焦急。有一天夜里，许多贝勒、大臣陪着皇帝，皇帝说道："天下大雨，怕不能进兵。朕意欲回军，好吗？"当时大贝勒代善奏道："不可。我们这一回去，还是再和明朝讲和呢？还是结怨呢？况且大军已到明朝疆界，不战而退，何以服众？"范文程也说："臣察天象，三日以内，便当晴朗，请陛下再忍耐几时。"皇帝便问道："范先生，你看我们大军几时可以行动？"范文程说："后天亥刻进兵。"诸将听了他的话，十分诧异。听听外面狂风大雨，正来得猛烈。皇帝却信范文程的话，传下令去后天亥时进兵，向抚顺关进发。

到了这一天，傍晚时候，还是倾盆似的大雨。到了亥时，果然风停雨止，湿云四散，天上推出一轮皓月来，照在人脸上，好似白昼一般。皇帝在马上打着鞍子说道："范先生真神人也！"大军迤逦行去，到第三天微明时候，前面隐隐露出一带城池来，便是抚顺城了。皇帝下令把人马散开，在抚顺关前横着，有一百里长。这时抚顺城里，有一个农人出城来砍柴，被巡逻兵捉住，送来见皇帝。皇帝好言抚慰他，问他城内有多少人马？那农人说："只有游击李永芳，带着一千人马。"皇帝便命范先生写一封招降书，交给这个农人叫他送进城去。不知李永芳降与不降，且听下回分解。

古语云："宁为鸡口，毋为牛后。"英雄成事，全仗自立。若舒尔哈齐者，既已久伏于乃兄势力之下，则亦安于从龙之列而已。至努尔哈齐，羽翼已成，始思脱离樊笼，亦已晚矣！祸起萧墙，一家赴难，亦惨矣哉！

努尔哈齐手刃亲子，英雄原无骨肉情；然所争者，身外之利禄耳，局外人视之，亦觉可怜。

描写努尔哈齐初次受朝，雍容静穆，宛在目前；而身坐宝位者，其乐可知。无怪孙叔敖初定朝仪，汉高叹为今日始知天子之可贵。然天下几多罪恶，几多头颅，都为此朝仪所迷惑所牺牲所造成。可不叹哉！

第十三回 被底红颜迷降将 腔中热血赠知人

却说英明皇帝，待招降书送去以后，便要准备攻城。范文程悄悄地奏道："这抚顺城池高深，一时不易攻克。况且招降李游击的书信送去，一时不得他的回信，我们也不能便下攻击之令。依下臣的愚见，暂退兵至十里以外，在深山树林中藏着。城中百姓，见我兵马退去，自然照常开门做买卖。那时我们派五十名细作，混进城去。于中取事，岂不轻便？"英明皇帝听了他的话，便下令兵退十里，悄悄地去深山树林中藏躲着。那抚顺游击官，见敌兵去远了，便吩咐开城，依旧开市做买卖。那时有一位千总名王命印的，见开了城门，怕建州兵马再来，便去对李游击说："还是关上城门罢！"那李永芳说："我们抚顺百姓，全靠开市渡活。倘然闭城停市，那人心越发慌乱了。"王命印又说："开了市场，怕奸细容易混入。"李永芳不听他的话，依旧天天开着市场。那满汉人民，在城门口进进出出，也没有查问。过了七八天，大家也忘了建州兵马。忽然一声呐喊，建州的兵马，着地和狂风似的卷来。那把守城门的，慌慌张张把城门关锁起来。便有许多满人，锁在城里。一霎时，外面架起云梯，箭如飞蝗的射进城来。李永芳在城楼上督看兵士放箭，又把许多木块石块打下城去。正忙乱的时候，忽见西面火起。他急跳上马向西门跑去，才到西城，那东城又火起了。急转过马头向东城跑去，看看快到东城，那南城北城又同时火起了。他知道城中有了奸细，悔不听王命印之言，至有此失。他急向自己衙门跑去，到了衙门口，只见里面人声杂乱，火光烛天。他仗着一柄大朴刀，抢进门去；才一跨步，脚下一根绳子一绊，一个倒栽葱倒在地下。门角里跳出十多个大汉来，上去按住拿绳子绑上了，抬去关在一间暗室里。耳中只听得人声鼎沸，喊杀连天。直到半夜里，才安静下来，李永芳也便昏昏沉沉地睡去。

到天明时候，外面走进四个满洲兵来，把他拖出屋子去。抬头一看，那英明皇帝坐在上面，两旁站着文武官员。皇帝传旨下来，叫李永芳投降。李永芳开口大骂，不肯投降。停了一回，外面把许多尸首抬了进来。李永芳看时，认得是千总王命印和一班将弁的尸首，内中还有李永芳妻子陈氏的尸身。李永芳看了，不禁号啕大哭。皇帝又传谕下来，劝他不必悲伤，你妻子是遭城中乱兵杀死的，并不是满洲兵杀死的，如今皇帝看你妻子死得可怜，便着人预备上等棺木收殓。一面吩咐把陈氏尸身停放大堂。不一时果然有许多人，拿了上等的衣服棺木来收殓他妻子。收殓停当，皇帝又吩咐文武官员，上去祭奠。这一来，把个李永芳的心软化了一半，两个兵士上来替李永芳松了绑，又设下酒肉，请他吃。李永芳这时肚子十分饥饿，见了酒肉，不由不吃。他一边吃着，一边想道我吃便吃，投降却不投降，看他们拿我如何处治？他放量吃一个饱，谁知吃完了，便两眼蒙眬昏昏沉沉地睡熟去了。直到睡醒过来一看，见自己睡在炕上。眼前灯烛辉煌，床头锦衾香软。一转眼，一个美人儿和他并头睡下，都是满洲打扮，髻儿高高的，鬓儿低低的，压在那粉脖子上面，越显得黑白分明。两道弯弯的蛾眉，眉梢儿斜浸在云鬓里。两腮胭脂，红得可怜；一点朱唇，鲜艳动人。那美人看他呆呆地向自己打量着，便嗤地一笑，把被角儿遮住自己粉脸儿，看他身上穿着一件银红小袄，越显得腰肢袅娜。李永芳心中一动，正要用手前去推开他。忽然"啊哟"一声，伸手向自己头上一摸。那头皮四圈，剃得光光的，头顶上挂着一条大辫子。李永芳不由得叹了一口大气，淌下眼泪来。只见那美人又从被窝里坐起身来，低声软语的劝慰他。李永芳问他："你是什么人？怎么和我一被窝儿睡着？"那美人"噗嗤"一笑说道："你看这大呆子！俺俩既做了夫妻，怎么不睡在一个被窝里？你问我是谁，我说出来时，怕不要吓破你的胆。我不是别人，便是那当今皇上第七个太子呵巴泰的大公主呢？”李永芳听了，果然一跳，从被窝里跳起来，直挺挺地跪在炕下。公主笑着，忙拉他起来，一面唤着侍女来服侍驸马，穿戴起来。看他居然穿着袍褂靴帽红顶花翎。一会儿那公主也打扮齐整，双双出去谢过皇上。皇上圣旨下来，拜他做抚顺总兵官，专管抚顺一带的汉人。

这时左翼也在抚顺会合，一连打破了抚安、花豹、三岔各处。又率兵进鸦鹘关，围清河城，五日五夜打破了。大军回来，又过抚顺城，把城墙拆毁了。出关来人马齐集甲板地方。大小将士，齐来献功，这时掳掠了许多金银人畜，皇帝一齐赏了兵士们。又捉得在关上做买卖的山东、山西、江南苏州、杭州各地的，皇帝吩咐多多的给他们盘缠，放他们回家去。又把那七恨的文告，抄写几十份，给他们各人带回中国，去给中国百姓们看看。诸事停妥，皇帝便传令班师，一队队马步三军过去。英明皇帝亲自押阵。各贝勒、大臣随驾扈从，看看走到谢里甸地方，传令驻营。忽然探马报到说：“后面明广宁总兵张承荫、辽阳副将颇廷相、海州参将蒲世芳，领兵一万，追赶前来。”英明皇帝听了，微微一笑，说道：“这班贪生怕死的奴才，俺大军到时，他们躲在那里去了？如今候俺出了关，却又来追赶。这明明是装幌子，哄他主子的。我量他来，也没有勇气的。孩子们，快快去杀他一阵。”一个号令传下去，大贝勒和四贝勒各带本部人马，直杀上去。那巴克什额尔德尼令两贝勒也带了兵马，前去策应。张承荫见满洲兵来势汹涌，便靠山分扎中左右三营，开掘壕沟，排列火炮。那八旗兵个个奋勇攻上山来，火炮下去，山下兵马死了不少。正相持的时候，忽然西南角起一阵狂风，飞沙走石，直向明朝兵营里扫去。大贝勒呐一声喊，抢上前去，见人便砍，见马便射。四贝勒也向山南奋力地攻打上去。正在血战时候，忽然山后金鼓大震，巴克什额尔德尼令两贝勒的人马又从明兵的后营杀来。把张承荫的兵队，挤在半山里，进退两难。四百满兵，把他包围在垓心。可怜张承荫、颇廷相、蒲世芳和游击梁汝贵等五十员战将，都死在乱箭之下。那残败兵士，向四面山下逃去。满兵追杀四十多里，才住这一场杀。四位贝勒获得战马九千匹，盔甲七十副，兵仗器械不可胜数。他们一路唱着凯歌，回到大营。英明皇帝给他们在营里大开庆功筵宴。这且不去说他。

再说明朝神宗皇帝，看看国弱民贫，百官偷惰，心下十分忧虑。忽然接到建州入寇、抚顺失守、李永芳投降、邹储贤死节的消息，接着又得到张承荫全军覆没的消息，不由得惊惶起来，立刻传谕升勤政殿召见六部臣工。那兵部侍郎杨镐出班奏称：“建州夷人，努尔哈齐久有反意。臣前任辽东巡抚时，一再奏陈。无奈那时李成梁一味敷衍，我朝又因军饷缺乏，遇事因循，直到如今，闹成这不可收拾的局面。依臣愚见，现在建夷自称可汗，屡次寇边。他目中久无天朝，可想而知。为今之道，我朝非大发兵马，痛痛的剿伐他一下不可。但出军关外，非寻常战事可比。必定要选熟悉关外人情地理的，才可以去得。据臣所知，有老将李如柏，罢职多年。求皇上下旨征召他起来，授他辽东统兵之职。又有杜松、刘綎、刘遇节、马林、麻岩、贺世贤等，都是深明关外情形的。请陛下调进京来，一一委任他大小各职。跟着李如柏带兵二十万出关，去实力征剿。至于出军之路，愚臣也早有计划。约分大军为四路，可令杜松及刘遇节等统兵三万从沈阳出抚顺关，沿浑河左岸入苏子河之河谷。可令马林和麻岩等会合叶赫部的援军一万五千人，从开原铁岭方面出三岔儿入苏子河一带。可令李如柏和贺世贤等统兵二万五千，沿太子河出清河城，从鸦鹘关入兴京老城。可令刘继带兵一万，会合朝鲜援军一万，从宽甸出佟家江一带入兴京老城的南面。另委统兵大员，带领大军驻扎沈阳，遥为策应。这是进退两利，一网打尽之策。望陛下采纳。”杨镐奏罢，退回原班。两旁官员见他洋洋洒洒地说了一大篇，他们也没得别的说了。皇上便传旨退朝。

杨镐回到家里，自有一班同僚前来探望。到了第二天，果然宫里传下圣旨来，拜杨镐以兵部侍郎兼辽东经略使；驻扎沈阳，为四路总指挥官。其余李如柏等，都依了杨镐的原奏，个个加上官衔，跟随大军出关，去征伐建州夷人。那兵士和粮饷，都从福建、浙江、四川、甘肃各省四处搜括来的。可怜自从万历四十六年四月下了这道征奴的上谕，直到第二年二月

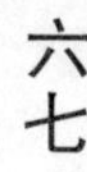

才得杂凑成军。大军开拔的这一天，杨镐传集人马在大校场听点。刘綎是先锋官，早在将台伺候。杨镐骑马到了校场一看，那四处八方来的人马，号令不一，服式也不一样，零乱散杂，他心里老大不高兴。回想到国家府库艰难，也是没有法子的事体。当下他略略检点一过，便传令祭旗。刘綎走到帅旗脚下，一头牛捆绑在地。他手下兵士见先锋官到来，便拔刀砍牛。连砍三刀，那牛头才落下来。刘綎心想：如此笨拙的军器，如何出关去与建州夷人厮杀。当下勉强把旗祭起，杨镐便把大军分作四路。分派停当，暂回府中住宿。

杨镐的夫人，听说丈夫要带兵远征，心下说不出的凄惶。当日便备了一桌酒席，在内堂替丈夫饯行。说起建州夷人，万分强悍，此去不知胜败如何。那夫人和如夫人、公子、小姐，都淌下泪来。杨镐忙喝住了，说些闲话。正忧闷的时候，忽然二门上的家人跪来回说："外有刘将军请见。"杨镐问明是刘綎，心想我们才在校场上见过面，如今他又有什么紧要公事呢？一面想着，一面走出去。那刘綎见了杨镐，劈头第一句便问道："大帅看我们今天的军队可用得吗？"杨镐听了，不觉叹了一口气说道："这也是没法的事体？"刘綎说道："大帅要知道，此番出师，不是儿戏的事体。像这样杂凑的军队，末将怕是靠不住？依末将的意思，求大帅奏明皇上，另练新军二三万人，归末将统带。教练一年，便成劲卒。那时不用劳师动众，便是末将一人，也可以抵得住那建夷十万人马。"杨镐听了，又叹了一口气，举起一只手来，在刘将军肩上一拍说道："老弟！你还怕不知道吗？如今国库如此空虚，满朝站的又大半是奸臣。便是这杂凑的军队，也是经过八九个月才得召集成功，那里又经得起将军又是另练新军？不用说国库里拿不出这一宗军饷，便是这一年的耽搁，那建州人怕不要打进关来吗？事到如今，也是没得说的了。老弟！你看在下官面上，出去辛苦一趟罢！"刘綎原是一个血性男子，听了杨镐这一番话，便站起来拍着胸脯说道："元帅既这样说，末将拼着一条性命，结交皇上和元帅罢了！但是……"刘綎说到这里，觉得又是碍嘴，不好意思说下去。杨镐听了，便追着他问道："但是什么？"一看那刘綎已是吊下眼泪来了。杨镐心里明白，便拍着胸脯说道："老弟！放心！怕此番出军不利，老弟身后的事，有上官替你料理。"刘綎亡上前跪下来说道："这样请元帅受末将一拜！"杨镐也跪下去答拜说道："俺二人拜做兄弟罢！"站起来两人拉着手，淌眼泪。刘綎说道："末将益发连家小的事也托付大哥了。"杨镐心下万分难受，回心一想，大军未发，先为此痛哭起来，这不是不祥之兆吗？忙止住了哭，索性拉他到内堂去拜见夫人，留他坐下喝酒。第二天，杨镐先把刘綎的家小取进府来，一块儿住着。一面催促大军浩浩荡荡杀奔关外去了。

看看到了沈阳，杨镐传集大小将领，商议军事。探马报来说："金国皇帝，亲带八旗兵丁。每旗七千五百人，约有六万大军，已离我军不远。"杨镐听了，便拔下一枝令箭，令马林等："带领本部人马，会合叶赫，援军约一万五千人，从开原铁岭方面出三岔儿入苏子河一带，扰他南面。只许混战，不许对垒。引他深入南方，便是你的第一功。"马林得令去了。第二枝令箭，传刘綎上账说道："你带领一万人马，会合朝鲜一万援军，从宽甸出佟家江一带入兴京老城南面。你打听得西路兵打战，便从东路猛攻，断其归路。"刘綎得令去了。第三枝令箭，传李如柏上账说："你带领二万五千人马，沿太子河出清河城，从鸦鹘关直捣兴京巢穴。三路兵，你这一路，道途崎岖，最不易走。你却须昼夜趱城，路上不得停留。早到兴京，便是你的第一功。"第四枝令箭，唤杜松和刘遇节上账说道："你二人带领三万人马，从沈阳出抚顺，沿浑河左岸入苏子河河谷，抵挡敌军正面，须稳扎稳打，打听得南面军队开战，才许你动身，猛力攻打，不得有误。"杜松诺诺，连听领了将令去了。这里杨镐修下战书，打发人送到兴京去。一面派游击史安仁，沿路催督粮草，侦探敌情。

却说四路兵马，马林一路行得最快。英明皇帝大军，正向界凡山进发。忽然探马报到说："南面苏子河一带，隐约见明军旗帜。此外西、北、东三面，却不有敌军。"诸贝勒大臣听了，齐对皇帝说道："我军向西直进，如今敌军却从南面横冲过来。以我中军当敌人的前锋，怕为兵家所忌。请陛下下令大军，速速改向南方进行为是。"英明皇帝听了众人的话，迟疑了一回说:“请军师上账。”那范文程听皇帝传唤,忙走进中军营去。皇帝见了军师,便把上项情形说了一遍。范文程略略思索了一回,说道:“依臣愚见,我军且莫向西,也莫向南,暂时扎营在此,再听后报。”皇帝听了,点点头,传令下去。大军立刻扎住营头,休得行动。一面多派探马,四处去侦察敌情,速速回报。

六万大军,正走得急迫。忽然下令停住,把个先锋官扈尔汉急得搔耳摸腮说:“敌人已在前面,俺们快赶上去迎头痛痛的打他一仗,岂不是好?俺们既不断了腿,又不害什么病,好好的怎么忽然在这里,前不把村,后不把店的站住了,养起力来了?”几句话诸贝勒听了哈哈大笑起来。看看大军驻扎着,今天不走,明天也不走,后天又不走。急得那大小将弁,背地里都骂乌军师。到了第四天上,四处探马都报到说道:“北路上有一枝明朝人马,沿太子河正向清河城进发。东路上也有一支人马,从宽甸进发。西路上有一支明朝人马,从浑河一带荒僻小径而来。独有南路上一支人马,从开原铁巅方面昼夜兼程摇旗呐喊而来。”英明皇帝听了,便问军师:“这四路人马,来得何意?”范文程微微笑着说道:“清河城一路兵马,直攻兴京。虽是十分紧要,但是那路途崎岖,行军十分迟缓。目前兴京决不有碍。那东路上的兵马,原是打算攻我军的背后。但是我们前锋倘然能够得胜,那东路的兵也不战自退了。至于西南两路的兵马,骤然听去,觉得南路的敌兵来得急迫。但是臣料定他南路的兵马;绝不是主要军队。这是他们伏下的疑兵,引诱我们向南走去。越走越深,他却用全力从西路直扑我的后阵。那时我们腹背受敌,那东北两路兵马,便直捣兴京,叫我们顾此失彼。如今我们偏不中他的计,请陛下传令,只用五百名军士,在南路上险要所在,拦住敌人的疑兵。在树林深处,多插旗帜,他自然不敢前进了。陛下自统八旗大军,直攻抚顺;这一路是明朝主力军队。西路一破,那三路人马,不战自降矣。”范文程说话时候,许多贝勒、大臣围着他,静静地听。听到这里,那扈尔汉跳出班来,举手伸着一个大拇指说道:“先生好妙计!”回头一看,见英明皇帝坐在上面,他忙爬下地去碰头谢罪。不知范文程的计算错也不错,再看下回分解。

“英雄难过美人关。”如李永芳者,固足以称忠臣烈士矣;然而一床锦被,三更软语,一位铁铮铮之英雄,居然亦拜倒石榴裙下。世人多重男轻女,然百万雄师,固不敌大公主之婴宁一笑。男子重乎?女子重乎。吾于此奉劝谋人国者,宜多生几个女儿,使之网罗英雄,其奏效之轻而速,胜于男子万万也。

一国兴亡,其来也渐。建州之兴,由于明廷之积弱。今神宗欲以一战胜之,其如兵用命何?故养兵之道,先在养气;先声夺人,虽一可以当百。不然,临阵唯有溃逃而已,虽多奚用?刘綎明知不可战而死战,是其气已先馁也。与杨镐一番哭别,写来令人凄然。

范文程辈,卖国求荣;其丧失人格,与今之政客何异?文人无行,古今同叹。

第十四回 苏子河边淹战将 萨浒山下困雄师

却说英明皇帝听了军师一番谈论,恍然大悟。忙传令留下五百人马,对付南来敌军。拨一个人马,当宽甸一方面的敌军。自己却领着八旗六万大军,昼夜兼程向西进发。不多几日,看看到了界凡山,吩咐扎定营头,筑起堡垒来。这时明将杜松和刘遇节带领三万人马,驻扎在萨尔浒山的山冈上。两军隔着一条苏子河,遥遥相对。讲到这位杜将军,原是一位勇将。他在边疆,身经大小百十回恶战,从不退却。长得一身好气力,等闲一二百人,不在他眼中。他有一种古怪脾气,每到交战的时候,便把衣服脱去,露出一身黑肉来。那刀枪着在他身上,淌下血来,他也不在意。因此,他身上处处都是刀枪伤疤。他也爱吃酒,到酒醉的时候,便脱下衣服来,数着刀疤谈论那战功。虽说如此,但他每次战争,总是在左右翼跟着主帅,却从不曾独当一面,做过主帅。如今他挂着正先锋的印,出兵到浑河地方。相过地势,便下令把三万人马,都驻扎在山冈上。刘遇节看了,便劝他说道:"从来扎营,部是靠山傍水的。如今主帅把全队人马,都搬上山去,倘然敌兵渡河过来,我军从山上下来,又是累赘,又是费时。依末将的主意,分五千人马,沿河扎定;再分五千人马,沿苏子河上下游侦探敌军,可有偷渡的情事。一万五千人马,分做中、左、右三营靠山脚扎住。主帅统带五千人马,在萨尔浒山冈上,远可以瞭望,近可以督战。"杜将军听了刘将军一番话,且冷笑几声,不去睬他,却依然在山冈上吃酒谈兵。看看过了十多天,那对河的敌兵,却毫无动静。杜将军等得不耐烦起来,便亲自带了一万人马,赤膊大呼,渡过河去讨战。待得刘遇节知道,赶上前去劝阻说:"兵分则力单,渡河而战,又是十分危险的事体。敌人不肯渡河过来,他一来是防我军在半河里攻击他,二来是诱我军过河,以逸待劳。将军千万不可渡河。"这时明兵已大半渡过河去,一任刘将军千言万语,杜将军如何肯听他,只嘱咐刘将军紧守山营,大喝一声渡过河去了。

那英明皇帝坐在帐中,打听得明兵已渡过河来,便留下两旗兵士,在界凡山等待敌军。自己却统着五万五千大军,从苏子河上流头悄悄地渡过去。这时刘将军依着将令,在萨尔浒山上紧守着,老营河岸旁并无兵丁看守。谁知那建州兵马,已是渡过大河漫山遍野而来。这时正是半夜时分,明朝将士正在山上做他的好梦,只听得四下里一声呐喊,那建州兵已抢上山冈来。刘遇节从梦中惊醒过来,跳上马冲下山去。这时夜色昏黑,那敌兵擎着火把分八路进攻,好似八条火龙。刘遇节看看抵敌不住,他带了一万多人马,拣那没有火光的地方冲下山去。这刘将军是不曾到过关外的,他手下又都是江南兵,不熟地理。那建州兵却十分熟悉,只拣那大路杀上山去。可怜许多明兵,只因不识道路,撞在敌军里,被他们打得片甲不留。便是刘将军带着的一万兵士,也都因不识道路,撞在丛莽中不得脱身的也有,翻在陷坑里遭人马踏死的也有。刘将军左冲右突,四下里找路,竟找不出一条下山的道路来。他奔波了半夜,跑得人马疲乏。一个眼错被绊马索绊翻了,活捉到建州大营去。他见了建州皇帝,不住口的大骂。恼了大贝勒,便在他父亲跟前,一刀挥作两段。

这一场恶战,萨尔浒山上的明兵,死了五千多人,逃去了五千多人,被建州兵活捉住一万人马。夺得的旗帜马匹,不计其数。这个消息传到杜将军耳朵里,不觉吓了一大跳。他渡过河,足足费了一天光阴。待到傍晚时候,那天上忽然下起倾盆似的大雨来,把个杜将军打得和落汤鸡似的。好不容易,渡到对岸。那兵士们拖泥带水地走着,人人怨恨,个个疲乏。看看到了那界凡山下,远远见那敌人营中全无灯火。杜将军心中疑惑,忙传令兵马站住,派探马的前去打探。谁知前面的探子,不曾回来,后面的探马却已报到说:“萨尔浒山的大营如此全军覆灭。”杜将军听了,慌得手足无措,则传令人马悄悄地退回浑河右岸去。他知道苏子河右岸有敌兵拦住,便想从浑河退回去。这时是四更天气,天上乌云满布,漆黑无光,只有前面一条浑河发出白茫茫的光来。杜将军一边走着,一边肚子里暗想:“幸而界凡山的敌兵不曾觉得,倘然给敌兵知道了,追赶上来,这时前有大河,后有追兵,不死在刀下,也要死在水里。”看看全军已到了浑河岸边,便传令渡过河去。到天色微明,人马才渡得一半。杜将军自己也下了船,在河中照料。这时所有木筏船只都装满了人马,在河中行驶。还有一半人马,一齐站在河岸边守候船筏。忽然见身后尘头大起,喊杀连天。那建州一万五千人马,和一阵风似的赶到,见人便杀,见马便砍。那班明兵,在泥水中跋涉了一夜,受尽风寒;肚子又饥饿,身体又疲乏。这时逼得他前无去路,后有追兵。杜将军在河中望见建州兵马,十分骁勇。纵横驰骤,杀得明兵大喊大哭。一半落在水里,一半死在刃下。五千人马,杀得半个不留。岸上堆着 一墩一墩的尸首,浑河的水也红了。杜将军看了,也无可奈何,只催着船只快渡。一会儿渡到右岸,看看岸上一片平砂,静悄悄的不见人影,杜将军才放了心。那五千兵马,零零落落也整不起队伍来。杜将军带着他们向西面走去,走了十五六里路程,见前面一座大树林。那山脚斜插在树林里,杜将军传令到山下林中去造饭息力。

那兵士们巴不得到了树林中,便七歪八邪地倒在地下,将弁们上去喝起了这个,那个也睡倒了。杜将军看着也可怜,装作不看见,一任他们游散去。正休息时候,忽听得树林后一声炮响,左面大贝勒代善杀到,右面四贝勒皇太极杀出。杜将军也不及招呼兵士,只带了游击王宣、赵梦麟和三五百亲兵跳上马,一溜烟逃去。这里两个贝勒在林中只是搜杀明兵,杀得他们呼爷唤娘,到底一个也不曾逃得性命。那杜将军骑在马上,连连地打着马,也不分东西南北,见路便走。走到一座山谷下,只见前面闪出一枝人马来,黄伞宝盖,马上端端正正坐着一个建州可汗。左有大将扈尔汉,右有军师范文程。那扈尔汉拍马上前说道:“俺们等候你多时了,你快快献下头来。”杜将军看看不是路,忙拨转马头逃走。后面建州兵风驰电掣一般追来。杜将军慌不择路,只向那荒僻小路走去。流星赶马似的,足足追了二十多里路。看看前面一座高山拦住去路,那山壁直竖,无路可寻。杜将军知道此番性命难保,便掉转马头,大喝一声向建州兵冲来。两将对阵,交战了半个时辰。那建州兵士,也被他杀死不少。一瞥眼那王宣、赵梦麟俱被扈尔汉杀死在马下。杜将军大怒,丢下了来将,上去和扈尔汉对敌。山上站着一个小将,放过一枝令箭来。“噗”的一声,直穿杜将军的咽喉,只听得“啊呀”一声,撞下马来死了。

原来这座山,名叫勺琴山。那山上的小将军,是英明皇帝第十三个儿子,名叫赖慕布。他奉了父皇之命,领二千人马在勺琴山上守候着。当下他二人回到大营,献上杜松首级。英明皇帝论功行赏,要算大贝勒的功劳最大。把掳来的器械马匹,都赏了将士们。这夜总兵马林,得了杜将军全军覆没的消息,他行军到尚间崖,深掘壕沟,严阵自守。大贝勒吃过庆功酒,便向他父皇要三百名骑兵,速夜赶到尚间崖去。马林见建州兵到,便把炮兵列在营外,骑兵列在营内。另派潘宗颜自领一军,在西面三里外斐芬山驻扎,互为犄角。这时英明皇帝大军,也陆续到来,和大贝勒的兵合在一处。探马报称,乞开萼漠地方,有明左翼中路后营游击龚念遂、李希泌统步骑军一万人,用大车外面遮着藤牌列阵。英明皇帝嘱咐大贝勒看守大营,他和四贝勒亲自带了一千人马去察看龚念遂的军队。四贝勒一见那大车环列,好似城墙,便喝令放火箭,顿时好似几千条火龙向敌营射去。那大车转动,十分笨重,一霎时都着了火,烈焰飞腾。四贝勒发一声喊,抢上前去;那后面的兵士,也跟着猛力进攻。人人奋勇,个个当先,早把那大车攻破。明兵被自己的车子拦住,一时逃不脱身,大半死在建州兵的刀枪之下。那李希泌、龚念遂都力战而死。英明皇帝正站在高处,见他儿子左冲右突,如入无人之境,心下好不欢喜。忽然一骑探马报到说:“大贝勒已与马林开仗了。”英明皇帝便丢下四贝勒,跑回大营去。只见马林军队在尚间崖下扎营,便传令军士从山阴面爬上山去。皇帝亲自在山上摇着红旗,建州兵士奋勇冲杀山下。明兵看看挡不住了,正要转身抵敌,那大贝勒带着一万铁骑,从前面直冲杀进来。马林兵士,腹背受敌,不战而逃。建州兵士,追一阵,杀一阵。明朝副将麻岩及大小将士,一齐阵亡。只有马林逃得性命,落荒而走。这里大贝勒追杀了一阵,看看明朝人马被他杀尽。这时四贝勒也得胜回来,两军合在一处,转向斐芬山攻打潘宗颜去。

那斐芬山势,十分险恶。英明皇帝下令骑兵一齐下马,上山仰攻。明兵在山上,打下火炮来,建州兵死亡甚多。大贝勒和四贝勒在山下奋勇督战,只苦得建州兵,是没有火炮的。四贝勒向御营里去调来一大队弓箭手,那箭和飞蝗一般的飞向山顶上去。看看明兵阵脚,还是兀立不动。后来扈尔汉看看力攻难以取胜,便带了一千名校刀手,向山后小路,绕过敌营背后去,发一声喊,杀进营去,明兵便大乱起来。山下的兵,见山上敌军乱了阵脚,便又冒死上前。潘宗颜却是一位勇将,他一任山后如何扰乱,只顾前面抵住敌兵。看看建州兵已到半山,他便指挥兵士,用炮火猛打。因此建州兵士,又死亡了二三千人。直到建州兵士占住山顶,他还亲自开炮轰打。后来炮架子翻倒,把他的身体直摔下山去。可怜一位猛士,跌得脑浆迸裂,血肉模糊。到这时马林一支人马,可以算得全军覆没。那叶赫贝勒金台石布扬古原带有三千人马,与明兵约定共打建州的。他走到开原中古城,听得明朝兵败,吓得他偃旗息鼓,悄悄地逃回本部去。这时英明皇帝已破了明朝二路兵马。范文程便说:“请陛下快快回军防护兴京要紧。”英明皇帝便收集八旗军队,回军到固勒班暂驻。

那时明朝总兵官刘綎、李如柏两支兵马由董鄂、虎拦两路进兵,看看已离兴京不远。一个消息报到建州大营里,英明皇帝便拜扈尔汉做先锋,先带一千人马昼夜兼程回去,保护兴京。第二天又打发二贝勒,带本部人马二千名接应。英明皇帝自己带了贝勒、大臣和文武官员,回到界凡山下行凯旋礼,斩倒八头牛,祭旗告天。大贝勒见二贝勒已去,怕他夺了头功,忙去对他父皇说愿带二十个骑兵前去打探消息,大军随后来,皇帝答应了他。三贝勒听得了,也要跟着去。四贝勒这时在山后围猎,听说他哥哥先去,他便匹马赶到父皇跟前,求着父皇也要和两位哥哥一块儿去。英明皇帝是喜欢四贝勒的,当时把他搂在怀里说道:“好儿子,你两个哥哥已去了,留下你一个在营里陪伴着父亲,岂不是好?”四贝勒心中原是想家,便再三求着父亲,先放他回兴京去。

四个贝勒回至兴京,宫中几位妃子,听得了便唤进宫去围着他们,打听营中消息。四个贝勒,便手舞足蹈的,把战场上情形细细说了。那妃子们听得,又是欢喜,又是害怕。这四位贝勒里面,只有三贝勒莽古尔泰是有母亲的。当下他母亲富察氏听到出神的时候,便一把巴搂过他儿子来,“我的心肝乖乖”乱叫。讲到四贝勒皇太极,他母亲叶赫氏虽早去世了,只因他面貌长得俊美,说话又讨人欢喜,宫中的妃子,没有一个不欢喜他。那乌拉氏又是格外欢喜,当下也 一把搂过皇太极去“心肝宝贝”地乱叫。那十四皇子多尔衮,见他母亲欢喜哥哥,也抢上前去倒在他母亲怀里。乌拉氏一手搂着多尔衮,一手搂着皇太极,大家看时,他弟兄两人,一般的长得得人意儿。多尔衮年纪小,望去似乎比他哥哥还要俊些。大贝勒和二贝勒,看了这个情形,想起自己的母亲,不觉心中一酸,一掉头走出宫门去了。

到天色微明,忽听得城外连珠炮响,鼓角齐鸣。知是皇帝驾到,城中大小臣工忙出城去迎接进宫。英明皇帝到得宫里,乌拉氏忙备办筵席替皇帝接风。这时营中捉得几个明朝的美女,送进宫去。那妃子、公主们见他裙下尖尖的一双小脚,都十分诧异,齐围定了他,脱下弓鞋来,捏着看着。把那美女,羞得只是低垂粉颈,再也抬不起头来。停了一回,宫女上来领去梳洗。这一夜送去陪侍皇帝,皇帝见他长得温柔美貌,倒也十分宠爱。那阿敏也是十分好色的,这一夜他也弄得两个明女去侍寝。第二天,带进宫去,求皇帝赏他封号,皇帝便封他做侍妾,把自己的封作庶妃。阿敏看看皇帝的比自己的长得格外俊,便怔怔地看着,只是憨孜孜的笑。皇帝见了,不觉大怒,命宫女推出宫去。从此皇帝心中有几分厌恶二贝勒,不常召他进宫。

到了第二天，皇帝坐朝，便有扈尔汉出班奏称："现有明朝西路兵马，已从宽甸进董鄂路，居民逃匿深山茂林中。那总兵刘綎纵兵焚略村落，杀死百姓很多。当有牛录额真托保、额尔纳、额黑乙三人率驻防兵五百人迎敌，被刘綎军队重重围住。额尔纳、额黑乙被乱兵杀死，又杀死我兵士三百人。托保带了残余军马，逃来兴京求救，请皇上下令，快发大兵前去迎敌。"英明皇帝听了，忙下令大贝勒、三贝勒、四贝勒统原有人马，先往董鄂路迎敌。又令扈尔汉带领一支人马，在深山茂林中策应。留四千精兵保守兴京，预备抵敌李如柏、贺世贤兵马。此番出兵，大贝勒当大元帅，三贝勒当副元帅，四贝勒当先锋元帅。四贝勒带领二千人马，拔寨先起。看看走到富察地方，探马报说："前面明兵，沿佟家江来，相距只有十六里。"四贝勒听了，吩咐在山谷中扎下营盘。一面在后营挑选二百名明朝浙江兵士，传进账来，给他酒肉，又用好言抚慰一番，教他依旧穿着明朝军装，打着明朝旗号迎上去，到佟家江刘綎营里谎报说"杜松将军已得了兴京城池，特打发来迎接将军进城去"的说话。又说："你们好好的前去，倘能谎得刘綎到来，便算是你们的头功，立刻放你们回浙江去，见你们的妻儿老小。"那班兵士听说放他回家见妻儿老小去，便个个感激，人人奋勇。当下他们便打扮停当，打着杜元帅的旗号，向佟家江一路迎上去了。这里扈尔汉也带着他的马队赶到，和四贝勒合兵一处。托保带着败残军马来投见四贝勒，四贝勒吩咐他到深山茂林中去侦探敌踪。

却说那刘綎从沈阳出发，由宽甸东向迤里沿佟家江一带过来。沿途山路崎岖，丛莽深密。心中又怕杜松先得了兴京，夺了自己的大功。因此催促兵士，昼夜趱程，真是逢山开路，遇水填桥。兵士们走得疲倦万分，叫苦连天。看看到了董鄂路上，实指望借着民房休息一回。谁知到了董鄂，那百姓走得十室九空。莫说牛羊鸡犬不见一只，便是那屋子也拆毁了。大军到此，吃既没东西可吃，住也没地方可住。刘綎十分愤恨，兵士们便放一把火把民房烧了，依旧拔队前进。看看前面一带大江，渡过江，已是富察地方。刘綎原与朝鲜兵约会在此，十日前早已派海盖道康应乾带五百名步兵前去迎接。到如今既不见朝鲜兵到，也不见康应乾回来。刘綎无可如何，便传令大将暂行沿江扎定。一俟朝鲜兵到，便即合兵进攻。谁知守候了几天，那朝鲜兵队，却杳无信息。刘綎等得不耐烦起来，便下令兵士们明日四鼓造饭，五鼓渡江。那兵士们正忙着收拾营装，忽然江对面渡过一小队人马来。夕阳照着那旗上，显出一个杜字来。兵士忙去通报元帅，刘綎叫传进账来一看，果是自家的兵士。问起杜元帅时，原来早于三日前夺得兴京城池，建州都督，已被乱军杀死。杜元帅住在都督府里，专候刘元帅过江去，商量收服北路部落。这班兵士说得活灵活现，不由刘綎不信。刘綎听了心中不觉一喜一恨。喜的是建州夷人已灭，中国从此可以高枕无忧；恨的是朝鲜军队，延误时日；这攻破兴京的一番大功，被杜元帅夺去。自己枉做了一个先锋元帅，此番出军来，不曾立得尺寸功劳，回去难见经略的面。当下便把兴京来的兵士，安顿下食宿的地方。又传令兵士明天缓缓起行，把所有战器都收藏起来。兵士们也个个卸下甲胄，准备渡江入城去休养几天。不知刘綎究竟如何结局，再听下回分解。

杜松和刘遇节论扎营一段，及水淹明军一段，写来须眉毕现，天愁地惨。骤视之，如《三国志》之马谡失街亭，而精细生动则过之。作者之才，巨细皆胜。世但知作者为写情能手，今观此，于战阵之事，大开大阖写来，绝非寻常堆砌几句香艳文字而自号为文学大家者所能望其项背。

孤军深入，兵家之忌。英明帝亲统六师，乘胜直入，惟范文程能见及，进言班师。刘、李二军果已直捣兴京。读者于以叹范之识，吾于以恨范之奸。天下有不爱国如此伧者，其肉真不足食矣！

坚壁清野，兵家妙计。昔拿破仑滑铁卢之败，亦中此计。刘綎统率大军，跋涉关山，途中不得食宿，其劳苦可知；一见诈兵，知杜军已得兴京，宜其收拾兵器，早求安息。刘綎即因劳惫中满人之计。

第十五回　兄逼弟当筵结恨　甥杀舅登台焚身

却说刘綎带有一万兵士,却个个都是强壮精悍。只因山河跋涉,饱受风尘,十停中倒有五停人闹起病来。如今听说杜将军得了兴京,派兵来迎接进城去休息几天。兵士们听了,便个个喜笑颜开,把兵器收藏起来。身上穿着软甲,谈笑歌唱着渡过江去。先前来报信的二百名浙江兵士,走在前面领路。看看走了二十多里路,后面忽然金鼓大震,一支人马杀来。正是三贝勒统带的人马,刘綎十分慌张。再看那领道的浙江兵,已是去得无影无踪。幸而刘綎有五百名亲兵,还不曾卸甲,便掉转身来,列成阵势。自己拍马当先,和三贝勒厮杀。无奈那建州兵马越来越多,他后面的兵士又来不及穿甲。刘綎知道前去有一座阿布达里冈,可以驻得兵马,便传令兵士速速后退,到阿布达里冈上守住山顶,再与敌人厮杀。刘綎亲自押后,且战且退。看看到了阿布达里冈,明兵便抢着上山去。才走到山腰里,忽听得山顶上一声号炮响,四贝勒领着一支人马,大喊冲杀下来。明朝兵士,手无寸铁,又是身披软甲,只见山顶上箭如骤雨,打得明军马仰人翻,那尸身填满了山谷。刘綎手下人马,折去大半。这时前无去路,后有追兵,他便带着人马向西逃去。前面有一座山峡,双峰对峙,中间只露出一条羊肠鸟道。刘綎把兵马排成一营直线,亲自押后,慢慢地行去。才有小半人马走出山峡,忽然西面两支人马杀出。左有大贝勒代善,右有扈尔汉。把明朝人马,截做两段。大贝勒亲自来战刘綎。刘綎见了,眼中冒火,擎着大刀奋力杀去。两人在山峡下一来一往,杀了五六十回合,不分胜负。大贝勒撇下刘綎,向山峡外走去。刘綎拍马追去,却被建州兵四下里围住。刘綎东冲西突,往来驰骤,总逃不出这个圈子。看看自己手下兵士,被建州兵杀得只剩五六十人。那箭锋又四下里和飞蝗一般的射来,刘綎拿刀背拨开,只是四下里找路走。忽然一支箭飞来,射中马眼。那马受痛,和人一般直立起来,一翻身把刘綎掀下地来,建州兵一拥上前来捉他。刘綎手快,急拔下佩刀自刎死了。大贝勒上去割下他的首级来,转过马头来,带着本部兵马,向富察赶去。

那时他已扫所得明海盖道康应乾带领朝鲜一万兵士,从富察南路走来。那朝鲜兵都是身被纸甲,头戴柳条盔。大贝勒知道了,心生一计。待到半夜时,他亲自带一千骑兵,个个带着火种,冲进朝鲜营去。前门厮杀,后门放起火来。这时东南风大作,那火头扑入前营,顿时烧得满天通红。朝鲜兵身上纸甲、藤盔着了火,一时脱不得身,立刻烧死了一大半。那烧得焦头烂额的,逃出营来,都被大贝勒四下的伏兵捉住。这时三贝勒、四贝勒、扈尔汉的兵马,都已赶到。四面围定,一齐放箭。从半夜杀起,直杀到第二天午时。那一万兵马,不死于火,便死于箭。只有康应干却被他逃脱了。

这一场战,建州兵又掳得马匹战器无算。扈尔汉领了得胜兵士先走,在路上又遇到明朝游击乔一琦一小队兵马。扈尔汉和他战,一琦败走,扈尔汉追上去。看看追到固拉库岩下,忽见岩上扎着一个营盘,风吹着露出朝鲜的旗帜来。扈尔汉心下狐疑,认作乔一琦是诱敌之计。便把马头勒住,不敢前进。一面遣报马去报与大贝勒、三贝勒知道。不多时候,那大贝勒和三贝勒、四贝勒,带着全部人马赶到。那朝鲜都元帅姜宏立,打所得明兵大败,便偃旗息鼓,打发通事官到建州营里来投诚。说道:"帮助明朝,原不是我国王的本意,只因从前日本兵打进我国里来,霸占住我们的城池,那时多亏明朝派兵来帮我们打退日本兵。如今明朝又送文书来叫我出军到宽甸,我们义不容辞,分派一万人马,在富察地方驻扎。我们原不知道和什么人开仗,如今既是你们建州兵马,我们也不敢冒犯上国。况且那一万兵士,已蒙上国杀死;如今我们元帅,愿修两国之好,立刻定战。"大贝勒听了这番话,便和扈尔汉商议,四贝勒便立刻有了主意,打发通事官,跟着来人到固拉库岩朝鲜营里去回话。说:"你们既有意投诚,便当把所有明朝人马杀死,都元帅姜宏立,亲自到我们营中来投降,我们看天地好生之德,才肯赦他的罪孽。"那姜宏立听了这番话,无法可想,便把明朝游击官捉住,连他的兵士,都从山顶上抛下去。可怜这五百多明兵,个个跌得断腰折腿,头破血流,死在山下。建州兵就山下割了乔一琦的首级,带着朝鲜国的都元帅和副元帅两人,回到兴京去。

那姜宏立见了英明皇帝,吓得他只是爬在地下碰头。英明皇帝叫人扶起,在偏殿里赏赐酒肉,一面又备办庆功酒席,请大小从征官员,在御花园吃酒。英明皇帝又在宫里召集各妃子、太子、公主、福晋们,开一个家庭筵宴。当时妃子们有:富察氏、乌拉氏、觉罗氏和庶妃等;太子们有:次子代善、三子阿拜、四子汤古岱、五子莽古尔泰、六子塔拜、七子阿巴泰、八子皇太极、九子巴布泰、十子德格类、十一子巴布海、十二子阿济格、十三子赖慕布、十四子多尔衮、十五子多铎、十六子费扬古,都团团圆圆陪着父皇坐在一桌。这时英明皇帝,一起吃着酒,一壁听大贝勒、三贝勒、四贝勒三人铺叙战功,心中好不快乐。皇帝心中最欢喜的是十四子多尔衮,看他面貌又长得清秀,脑子又聪明,性情又和顺;宫中各妃子福晋们,没有一个不欢喜他的。多尔衮在酒席上,也和穿花蛱蝶似的,跑来跑去;不是在这位妃子怀中坐一回,便是在那位福晋膝前靠一回。皇帝吃到高兴的时候,也把多尔衮拉过来,搂在怀里;一手摸着他的脖子问道:"这几天可拉弓吗?"多尔衮忙回说:"这几天天天五更起来拉弓。师傅说孩儿有劲,明日打算添上一个力呢。"皇帝微笑说道:"不添也好,没得过拉狠了,乏了力。"他父子两人正说着话,乌拉氏见他儿子得了光彩,心中也说不出的欢喜,忙离席出来,摆着腰儿,走到皇帝跟前,笑说道:"陛下莫看他一个十岁的小孩子,他已跟着师傅学上中国的诗了。"皇帝听了,伸着一个大拇指,说一声:"好儿子!"当下多尔衮要卖弄自己的才学,便讨过笔砚来,上面先写着"西郊试箭"四个字,接着写下一首七言绝句道:

绣旗队队出西林,鞑箭腰弓在柳荫。众里一枝飞电过,谁能巧射比穿针?

他略不思索的写成了诗,忙捧着去献给父皇,英明皇帝接纸在手,哈哈大笑,说道:"你父亲枉做了一朝天子,这中国字我却一个也不认识他。好孩子,你快译给我听听。"多尔衮便把诗里的意思,仔仔细细的译了出来,满殿的人听了说好。这时独有富察氏见乌拉氏太得了意,心中酸溜溜的,说不出的一种难受,便悄悄地向他自己两个儿子丢了一个眼色。那莽古尔泰,因父亲封他做了三贝勒,心中感激父亲,却不敢十分放肆。独有德格类,因父皇不肯封他贝勒,心下久怀怨恨。如今见有母亲壮他的胆,便想借此出出气。但是一个人也不敢说话,他一向知道四贝勒皇太极是不满意多尔衮的,便暗暗去拉着四贝勒的袖子,向他挤挤眼。皇太极心下明白。讲到皇太极,是太妃的儿子,又是一身好武艺,面貌也长得英俊,但是总比不上多尔衮长得秀美,因此宫里的妃子,总是欢喜多尔衮的多。皇太极这一点醋气也捺在肚子里长久了,如今见他太要过面子去,便不觉心中勃然大怒,明仗着自己新有战功,父皇决不奈何他的。当下他便在鼻管中冷笑一声,说道:"这些都是书呆子闹着玩儿的事体!我大金国以马上得天下,我们现在用不到这个。"这几句话,虽然说得正大光明,但是听在英明皇帝耳朵里,明明知道他弟兄两人在那里吃醋。心想,这弟兄嫉妒,不是好事体,很想说几句话责备他,无奈这皇太极也是自己十分宠爱的,文武百官又都和他好,他新近又立了战功,便不好意思去说他。谁知这里皇太极才说完话,那边德格类又发话了。他冷笑说道:"这些句子,听在耳朵里怪熟的,我师傅也曾教我过,莫不是在什么书上直抄下来,哄着父皇的吗?"这多尔衮到底是小孩子,听两个哥哥这样奚落,他便把小嘴儿一扁,"哇"的一声哭了。乌拉氏忙上来拉了过去。英明皇帝气得双眉倒竖,喝着德格类说道:"你弟兄两人欺负他年纪小,这一点点小过节儿便气他不过,将来怎么呢?"一句话骂得满殿的太子哑口无言。英明皇帝便传旨,把德格类逐出宫去,从此不奉宣召,不得进宫,旁的太子也都觉得脸上没有光彩,快快地退出宫来。独有皇太极心中不服,却暗暗地在外面买服文武百官,植党营私。这且不在话下。

却说明经略使杨镐，在沈阳城中，一次一次得到三路兵队全军覆没的报告，吓得他神魂颠倒，手足失措。他一面写奏章报与神宗皇帝，一面立刻传出军令去，令清河城一路总兵李如柏的军队赶速退回沈阳，保护城池。这次萨尔浒山之役，明朝共阵亡兵士八万八千五百九十余名，将领阵亡三百十余名，烧死朝鲜兵士一万余名。杨镐这时心中最挂念的，便是他盟弟刘綎的尸首，便派了五十名兵士，悄悄地到阿布达里冈下去，觅得刘将军的尸首来，用香木雕刻一个人头，装在死人的颈子上，又买一具上等棺木，把他装下了，亲自送回北京去。刘綎的妻子见了丈夫的棺木，哭得死去活来，亏得杨夫人和他好，打叠起千言万语安慰他。从此刘綎的儿子，便在杨府中养大，杨夫人便把女儿许配给刘公子，两家便成了眷属，刘夫人也得一个靠傍。

明朝自从吃了这个大亏，便牢守关隘，不敢问关外的事。那建州皇帝，便趁此机会，取了开原城，又打破铁岭城，打败蒙古喀尔喀的兵队，活捉酋长宰赛。扈尔汉又对英明皇帝说道："那叶赫部主，从前赖我婚姻，如今又帮助明朝前来攻我，这个仇恨，不可不报，愿陛下下令征之。"英明皇帝说道："朕并非忘叶赫之仇，只因那叶赫部主和我四贝勒，有甥舅的名分，如今出兵打他，怕于亲戚面上不好看。"这时四贝勒站在一旁，跳起来说道："从来说的，大义灭亲，俺们要成大事的人，顾虑不得这许多。"英明皇帝听了，点点头说道："这个话却也不错。"四贝勒便向父皇求得先锋元帅，带一万人马先行，英明皇帝亲自带了二万人马，随后行去。诸贝勒、大臣，也随营听用。

却说那叶赫部主弟兄两人：一名金台石，住在东城；一名布扬古，住在西城。他弟兄二人，自从明兵大败以后，便带着兵马逃回本部，刻刻防备建州兵来攻打他。到这时建州兵果然来了，英明皇帝亲自攻打东城，却令贝勒们攻打西城。英明皇帝攻到第三天上，打破了东城的外郭，心中还念郎舅之情，便令兵士大呼道："金台石快快出降，饶尔一死！"那金台石站在城楼上说道："努尔哈齐，你莫说这个话，我不是明朝人可比，我和你在满洲地方，一般是雄主，岂肯束手归乎？与其降汝，毋宁战死也！"说罢，城上飞石滚木，一齐下来，打得建州兵头破血流，倒在地下死去的却也不少。英明皇帝看看大怒，自己摇着令箭，拍马跳上去，后面军士，张着藤牌，冒死猛攻，大喊一声，城墙坍了。建州兵一齐抢进城来，叶赫兵在城里还是拼死抵敌。金台石一手拉着他的福晋，一手抱着他的小儿子，在高台上躲避，建州兵四下里把高台围住，口中连喊道："金台石快快投降！"金石台在上面说道："你家四贝勒，是我的外甥；若要我降，请你四贝勒上台来一见，我便下台投降。"当下英明皇帝听了，便约退兵马一箭之地，又差人到西城去把四贝勒皇太极唤来。那四贝勒到了台下，口称舅父，金台石招手，唤四贝勒上台去。四贝勒正要上去，一个侍卫站在一旁，冷眼看出金台石的脸上，露出凶恶的神气，忙去向四贝勒耳旁悄悄地说道："贝勒莫上去，可看见他脸上的神气吗？他心中一定不怀好意呢。"四贝勒给他一句话点醒了，忙站住了，一面对他舅父说道："我已在此，舅父快快下台来！"金台石冷笑说道："你既不肯上来，我也不曾和你见过面，你是不是我那真的外甥，叫我也难信，我如何肯轻易下台来呢？"这时大臣费英东、额驸达尔哈在一旁大声喝道："你看平常人里面可有像我四贝勒这样英俊魁梧的人吗？你下来便下来，不下来时，我们便放火烧台了！"金台石又说道："我儿子德尔格勒，听说他受伤在家；你们去唤他来，俺父子见一见面，再商量下台的事。"停了一回，德尔格勒上台来，见了他父亲说道："事到如今，守住在台上，也无用了；俺父子两人，快下台去，见了英明皇帝，或者他看在亲戚面上，饶恕我们，也未可知。"金台石听儿子劝他投降，不觉大怒，拔下佩刀来，向他儿子砍去。他福晋见了，忙上去抱住了。德尔格勒看他父亲不肯投降，只得抹着眼泪，走下台来，他福晋见丈夫固执不肯下台，便也抱着幼子，走下台去。他母子三人，走到英明皇帝跟前，磕着头，大哭起来，英明皇帝用好话劝慰着，又赏他母子酒饭，叫四贝勒陪着一块儿吃。说道："他是你的哥哥、弟弟和舅母，从此以后，你须好眼相看。"那边费英东看看金台石到底不肯下台，便喝声:“杀上去!”建州兵便一齐拿起斧子,砍那台柱子。金台石在台上,放起一把火来,顿时轰轰烈烈,烧得满台通红。建州兵在四下围着看看,那台烧到一半,便震天价的一声响亮,台脚坍了,金台石还不曾烧死,从台上直翻下来。建州兵上去捉住了,拿绳子把他活活勒死。报到英明皇帝那里,圣旨下来,好好的棺殓埋葬。

那时西城正被建州兵围得紧急,布扬古听说东城已破,心中十分害怕,和他兄弟布尔杭古商量投降,又怕建州皇帝不准。他母亲听得了,便说:“待我先出城去和大贝勒说妥了,你弟兄再投降未迟。”当下他母亲出城来见大贝勒,大贝勒见他外祖母来了,便迎接进账,十分恭敬。他外祖母说:“他两个舅舅极愿投降,又怕你父皇不许,特求俺来问你。”大贝勒听了,立刻拿起桌上一杯酒来,喝了半杯,剩下的半杯,叫人送去给布扬古吃下,拍着胸脯说道:“我外甥保舅舅的性命如何?”布扬古吃下半杯酒,吩咐开城,把大贝勒迎进城来,摆上酒席,他两人对酌起来,说起亲戚的情分,布扬古禁不住吊下眼泪来。大贝勒一面催促他快投降去,布扬古便站起身来,走到后院去,和他妻子告别。那福晋拉着布扬古的手,哭着说道:“听说金台石已被建州兵逼死,丈夫此去,须得处处小心,那努尔哈齐十分阴险,怕他不怀好意。”布扬古便挥泪而别,走到前院,和他弟弟布尔杭古一同跟着大贝勒到大营里去见英明皇帝。布扬古肚子里记着他妻子嘱咐的两句话,刻刻提防。他骑着马,走到营门口,不见有人出来迎接,心下便怀疑起来,勒定了马,不敢下来。大贝勒见了忙抢上前来,拉住他的马缰说道:“你不是一个好汉!说既说定,还有什么疑心呢?”布扬古勉强下得马来,走进帐去,见英明皇帝铁板着脸儿,坐在上面,两旁站着许多侍卫,各挂上腰刀,眼睁睁地看定他,静悄悄的,真是威风凛凛,杀气腾腾。布扬古心下越发害怕,便屈着一条腿跪下去,心想他们倘要杀我,我一条腿不曾跪下,也可以逃得快些。半晌,只听得上面吩咐:“赏酒。”便有侍卫捧着金酒杯,满满的盛着一杯酒,送在布扬古面前,布扬古看了这一杯酒,心头止不住乱跳起来。他心想:“这一定是一杯毒酒,我可不能吃的。”他便接过酒来,送到唇边去,一手擎起袖子来遮着,悄悄地把一杯酒倒在地下,也不拜谢,也不碰头,便站了起来。只听得英明皇帝冷笑一声,吩咐大贝勒说道:“领你舅舅回西城去。”布扬古、布尔杭古两人急急退了出来,回到西城去。那布扬古的福晋,正盼望着,见她丈夫平安回来,便笑逐颜开。夫妻两人在内院,重整筵席,浅斟低酌起来。吃到更深时候,便双双携手入帏上炕,做他的好梦去。正甜蜜的时候,忽然窗户外面跳进两个大汉来,手拿一条粗绳,上来套住布扬古的颈子。只听得布扬古大喊一声,可怜活活地勒死了!他福晋从睡梦惊醒过来,见了这情形,哭得死去活来。这时布扬古手下的侍卫,已走得干干净净,还有谁来理会他?那两个大汉,看看人已死了,便一纵身跳出窗槛去了。原这两个大汉,是英明皇帝差遣来的,他见布扬古那种桀骜不驯的样子,怕他还有反意,因此打发这两个刺客来勒死了他,为斩草除根之计。那布尔杭古却因和大贝勒有郎舅之亲,便饶恕了他。

这时叶赫全部,都投 降了建州。英明皇帝在东城住了三天,便班师回国去。人马走到半路,忽然探马来报说:“前面有一小队兵马,打着蒙古旗号,拦住去路,有一位将军口口声声说:‘奉了林丹汗之命,捧有国书在此,要见你建州皇帝。’”英明皇帝听了,心想:“蒙古是西北大国,林丹汗又是蒙古五部的盟主,今既有使臣到来,不可怠慢了他。”忙吩咐扎住人马,传来使进账。当下见营门外走进一个大将来,手捧国书,口称:“林丹汗使臣康喀尔拜虎请英明皇帝安。”说着,行下礼去。这时大贝勒、四贝勒都站在一旁,四贝勒过去,接过国书来,送与他父皇英明皇帝,打开国书看时,见上面写道:

统四十万众蒙古国主巴图鲁成吉思汗,问水滨三万人满洲国主英明皇帝,安宁无恙耶?明与吾二国,仇仇也。闻自午年来,汝数苦明国。今年夏,我已亲往明之广宁,招抚其城,收其贡赋,倘汝兵往广宁,吾将牵制汝。吾二人非有衅端也,但以吾已服之城为汝所得,吾名安在?若不从吾言,则我二人是非,天必鉴之。先是,二国使者,常相往来,因汝使臣谓不以礼相遇,构吾两人,遂不复聘问。如以吾言为是,汝其令前使来,复至我国。

英明皇帝看了国书，一言不发，便把国书递给大贝勒。许多贝勒和大臣，一齐围上来，一边看着，一边连说："岂有此理？"就中四贝勒忍耐不住，抢上前去，一把揪住了那拜虎，拔下佩刀来，要割去他的鼻子。英明皇帝见了，忙摇着手止住他，一面唤人把拜虎领出去，拿酒肉好好看待。一面在帐中召集了一班贝勒、大臣，商量回答国书的事体。有的说："把拜虎杀了，莫去理他。"有的说："把蒙古营里的兵都捉来，割去耳朵，放他回去，也叫他们知道我们的利害。"英明皇帝听了，连连摇着头说："不妥！不妥！"这时十四皇子多尔衮，年纪虽小，也跟着他父亲在营帐里，当下他却站起来说道："蒙古有兵四十万，我们如今正要夺明朝的天下，何妨暂时利用蒙古的兵力和他结盟，合力攻打明朝？待得了明朝的天下，那时我们路近，他们路远，不怕明朝的天下不归我们的掌握。"多尔衮说到这里，英明皇帝拍着他的颈子，说道："小孩子，主意倒不差！"到了第二天，把拜虎宣进账来，便拿两国结盟合力攻打明朝的话对他说了。拜虎连声说："好！好！"当下便斩倒一头白马，一头乌牛，对天立誓道：

今满洲八旗执政贝勒，与蒙古国五部落执政贝勒，蒙天地眷佑，俾合谋并力，与明修怨。如其与明释旧憾，结和好，亦必合谋，然后许之。若满洲渝盟，不偕喀尔喀贝勒合谋，先与明和好，皇天后土，其降之罚；若明欲与喀尔喀贝勒和好，密遣离间，贝勒等不以其言告我满洲英明皇帝者，皇天后土，亦降之罚。吾二国同践盟言，天地佑之。其饮是酒，食是肉。二国执政贝勒，尚克永命，子孙百世，及于万年。二国如一，共享太平。

要知蒙古和满洲两国如何合力攻打明朝，且听下回分解。

写实小说，莫难于写战事。既易枯窘，复易凌乱。此篇写来，声势逼人；而又头头是道，如纲在网，一人有一人之结局，一路有一路之情形。细细读来，真是巨细靡遗，真是才大心细！

多尔衮一出场，便倜傥风流，宜其日后闹出许多艳史。英明帝一生戎马匆忙，能偷得半日闲与家人宴乐，领略人生真趣；回首出入锋镝，其劳逸为何如？然创业之主，每以戎马终其身，是亦何苦乃尔！

满洲之兴，一由于萨尔浒山之战胜明兵，二由于灭叶赫部，三由于与林丹汗结盟。然结合林丹汗，计实出于多尔衮；少年英俊，即此可见。满蒙结合，而明室从此多事矣！

第十六回　翠华园神宗醉玉肤　慈庆宫妃子进红丸

却说满洲英明皇帝，一面与蒙古五部落贝勒订定攻守同盟的誓约，一面打发人进关去，探听明朝的消息，自己班师回兴京去，教练八旗兵士，预备早晚厮杀。有一天，正在西偏殿上和许多贝勒、大臣讲究如何并吞明朝天下的法子，忽承宣官上殿来，奏称："今有探马探得明朝的消息，在殿门外守候陛下的旨意。"英明皇帝听了，忙传圣旨，宣探马上殿。那探子走上殿来，跪倒在地，口称："臣奉旨进关，探得明朝的消息，意欲一一奏明皇上知道。"英明皇帝便吩咐："快快奏来！"那探子便说道："如今明朝神宗皇帝，拜张居正做宰相，整理朝纲，大非昔比。"英明皇帝便问："如何整理法？"探子奏道："张宰相把在朝奸臣，一齐革退；用了许多正人君子，在朝辅政。又派人到江南江北调查户口，测量田地；查出许多田税上的弊端，每年朝廷多收钱粮一百多万银子。又裁去关口粮船上没用的官员一千多名。今年正月，又下令免天下欠租二百多万两银子。百姓人人感激他皇上，忠心待他的皇上。张宰相又吩咐兵部尚书，多招兵马，用心教练，准备和我们满洲厮杀。他一面派戚继光带领大兵，驻扎在蒙古边境，刻刻提防；一面多派得力兵士，在山海关用心把守。那神宗皇帝见张宰相忠心爱国，便也十分敬重他，却也十分害怕他。"英明皇帝听了，十分的诧异，说道："敬重他也罢了，怎么又害怕起来呢？"那探子又说道："陛下却不知道，那张宰相对待神宗皇帝，真是十分严厉呢！听说张宰相推荐了许多有才学的江南人，做皇帝的日讲官；每日把皇帝的行住起坐和说笑，都要记在册子上，给张宰相看过。倘然有不在道理的地方，张宰相便要当面埋怨。因此，神宗皇帝便不敢偷懒胡为。又叫许多大臣，天天陪着皇帝读书，张宰相自己也陪着皇帝，每天在讲筵上坐一个时辰。那张宰相坐在一块儿的时候，把个神宗直急得背脊上淌下汗珠来。有一天，神宗皇帝读《论语》，读到'色勃如也'一句，把个勃字错读作背字一样的声音，张宰相便扳起面孔，站起来，大声大气地对皇帝说道：'这不是背字的声音，是勃然大怒的勃字声音！'这几句话，把个神宗皇帝吓了一大跳。当时许多日讲官听了，也个个脸上变了颜色。"英明皇帝听到这里，便不禁叹了一口气说道："好宰相！明朝有这个张居正，看来我们一时还惹他不得。"一面忙把这个消息去报与林丹汗知道，一面吩咐探子，再进关打听去。

谁知明朝神宗皇帝，自从张宰相死去以后，却十分不济事，满朝都站满了奸臣，神宗皇帝又懒管朝政，终日在深宫里和妃子游玩。朝廷大事，听凭几个太监在那里作威作福。接着，甘肃宁夏地方的哱拜，反乱起来；那日本大将丰城秀吉，又带领十三万陆军，九千二百名水师，来攻打朝鲜。打破了王城，朝鲜王李昭，逃到义州；一面到明朝来求救。那英明皇帝趁此机会，便把李昭两个王子去捉来，攻打朝鲜北面。这个消息传到神宗皇帝耳朵里，忙打发将军祖承训，带领大队人马，前去救援。在路上遇到日本的先锋队小西行长，打了一仗，大败逃回。那时李如松的兵队，正驻扎在关外；自己仗着兵强力壮，带着兵队，和日本的小早川将军在碧蹄驿恶战一场，如松逃回平壤。明朝宰相石星，得了这个消息，十分害怕，便立刻打发沈惟敬前去讲和。但是明朝此番在宁夏用兵，用去兵费一百八十七万八千多两银子。在朝鲜用兵七年，又用去兵费七百八十二万二千多两银子。弄得国库空虚，人心大乱。神宗皇帝急得搔耳摸腮，无法可想。便有那亲近的太监，趁此机会，劝说把全国的矿产开放了，许百姓开采，朝廷便从中收取矿税，那时国库里岂不是又多了一大宗收入。神宗皇帝答应了，圣旨下去，凡是有矿脉的地方，许百姓随时报告开采。那班太监，便借着这个名目，和地方官串通一气，到处骚扰。凡是矿苗旺盛的地方，都是他们霸占了去。又借着朝廷的势力，硬逼着百姓替他开采。倘然采不得矿苗，还要硬逼着百姓赔偿他的损失。百姓若稍不依顺，他便硬说他田地房屋下面有矿脉，把你的田地也没收了，房屋也拉坍了。弄得百姓个个怨恨，人人切齿。那班太监还不知足，又哄着神宗皇帝下上谕：在天津地方收店铺税，广州地方收采珠税，两淮地方收盐税，浙江福建广东地方收市舶税，成都地方收茶盐税，重庆地方收名木税，长江一带收船税，荆州地方收店税，宝坻地方收鱼草税。那班贪官污吏，便趁火打劫，百般敲诈。在平常人家，养一头鸡，一头猪，都要抽税。闹得民穷财尽，十室九空。

可笑那神宗皇帝，天天在深宫里和那班妃子美人，玩得昏天黑地，他好似睡在鼓里，怎么知道百姓的痛苦和百姓的愤恨？那班太监，还怕皇帝一旦临朝，查出他们的底细来，便又买通宫里总管魏太监，求他在皇帝跟前欺哄着。说："国家大事，自有百官料理；天子玉食万方，理应享受人间的极乐。从来说的'人寿几何？'陛下倘不趁这年富力强的时候及时行乐，百年以后，和草木同腐，岂不可叹？"一句话触动了皇帝的歪性，便越发连日连夜的寻起快活来了。从此金銮殿上，永不设朝，冷冷清清的景阳钟鼓，伴着荒荒凉凉的殿头野草。只有那成群结伴的狐鼠蝙蝠，在里面封王拜相便了！

这里魏太监看看皇帝高兴，便大兴土木。仿着元朝的旧制，在大内建造德寿宫、翠华宫、连天楼、红銮殿、入霄殿、五花殿。这时正是盛夏天气，魏太监便在树木茂盛的地方，造一座"清林阁"，四面围着长松翠竹，南风吹着树叶，萧萧地响着，好似吹弹丝竹。东面又有"松声亭"，西面又有"竹风亭"。在清林阁的南面，万寿山脚下，又造一座"春熙堂"，拿花椒满涂着墙壁，四面满挂着锦绣帘帏，拿香桂做柱子，乌骨做屏风，孔雀毛做帐子，满地铺着又软又厚的绣毯。一走进屋子，真是温柔香艳，闹得神宗皇帝神魂颠倒，眼花缭乱。魏太监又在江南地方，选了五七百个绝色的秀女，安顿在各处房栊宫闱里，听凭皇帝随时游幸。他又仿着元朝的名称，在碧桃花盛开的时候，宫中便排下筵宴，称作爱娇之宴；红梅初开的时候，称作浇红之宴；海棠花开的时候，称作暖妆宴；瑞香花开的时候，称作拨寒宴；牡丹花开的时候，称作惜香宴；花落的时候，称作銮春宴；花未开的时候，称作夺秀宴。此外还有落帽宴、踏青宴、清暑宴、清寒宴、迎春宴、佩兰宴、采莲宴。没有一事不宴，没有一地不宴。天天闹着筵宴，处处听得笙歌，脂香粉腻，把个风流天子闹得昏昏沉沉。

这里面最得皇帝宠爱的，便是郑贵妃。说起那郑贵妃的美貌，真可抵得上"回头一笑百媚生，六宫粉黛无颜色"两句词儿。神宗皇帝行动坐卧，没有郑贵妃陪在一旁，他是不欢喜的。那郑贵妃又和魏太监打成一片，想出各种新奇的玩意儿来，哄着皇帝。魏太监又替郑贵妃制一套雾帔云裳，又轻又薄，暑天穿着，好以雾里看花，一肌一肤，都隐隐约约露在外面。皇帝看了，越发是神思颠倒起来。一霎时宫里的妇女，全都穿起这种轻薄衣裳来，走来走去，在日光下面映着，好似精赤的一般。这时正是炎天盛暑，到了夜间，还是熏蒸得叫人耐不住。幸而一轮皓月，挂在空中，神宗皇帝正带着许多妃嫔，在清林阁中赏月纳凉，忽然郑贵妃出了一个主意，请皇帝到太液池中泛月去。魏太监得了这个号令，忙忙过去预备。这里皇帝和郑贵妃，拉着手走到太液池边，上了画舫，慢慢地荡到水中央。只见月色射波，水光映月，绿荷含香，芳藻吐秀。回头看画舫四围，都有采莲小艇夹持着，艇子上都载着女军。左面领队的一个宫女，倒也长得花容月貌，异常清秀，头上戴着赤羽冠，披着斑纹甲，手里拿着泥金画戟，船头上插着凤尾旗，风吹着，旗上露出"凤队"两字来。右面领队的一个宫女，也出落得长眉秀眼，十分妩媚；头上戴着漆朱帽，穿着雪氅甲，手里擎着沥粉雕戈，船头上插着鹤翼旗，月光照着，旗上露出"鹤团"两字来。此外又有采菱、采莲的小船，船上结着彩，满载着宫女，轻快便捷，在水面上往来如飞。这时候看看月丽中天，彩云四合。郑贵妃便吩咐下去，开宴张乐。皇帝和贵妃并肩儿坐在中舱，四面窗槅子打开，月光射进船舱来，照在筵席上，分外有光彩。那细乐吹打到中间，便有一队披罗曳縠的宫女，在筵前作群仙之舞，月光射进罗裳里去，照出他们雪也似的肢体来，婉转轻盈。又娇声滴滴唱着《贺新凉》的曲子。神宗皇帝看了,十分欢喜,笑着对郑贵妃说道:“昔西王母宴穆天子在瑶池地方,后人称羡他,古今来没有再比他快活的了。但是朕今天和卿等赏此月圆,共此良夜,液池之乐,却不减于瑶池。可惜没有上元夫人在座,不得听他一曲步玄之声。”贵妃听了,便吩咐乐队,奏《月照临》之曲,自己出席来,在当筵舞着唱着道:

五华兮如织!照临兮一色!丽正兮中域!同乐兮万国!

郑贵妃唱罢,皇帝亲自上去扶他入席;又赏贵妃八宝盘、玳瑁盏,贵妃又起来拜谢。船中宫女,又都替贵妃道贺。

这时神宗皇帝酒已吃得半醉,便靠着贵妃的肩头,离席而起。船窗外面,采菱船送进青菱来,采莲船送进莲子来。贵妃坐在皇帝的脚下,亲自剥着菱肉莲心给皇帝吃。皇帝一面吃着,一面望着船舱外,只见月到中天,分外明净,水面上照出万道金光来。一只一只小艇子,在金光中荡漾着,一阵阵笙歌从水面吹来,悠幽悦耳。皇帝凭着船舷,传旨下去:教两军水戏。只听得一声鼓响,那“凤队”和“鹤团”排成阵势,来往旋转,愈转愈快,水面上起了一层波澜。两队宫女,有的拿戟打,有的打抢挑,弄得满船是水。身上穿着的纱衫,被水湿透了,黏住在身上,衬出雪也似的肌肤来,分外娇艳。皇帝看了,不禁大笑,那宫女们也一齐笑起来。时里莺嗔燕叱,水面上起了一阵繁噪。游戏多时,皇帝下旨停战。那两队水军,便一字儿排在皇帝坐船跟前。皇帝吩咐赏下纱罗脂粉去,几百个宫女便一齐娇声唤道:“皇帝万岁!”神宗皇帝又把那两个领队的宫女宣上船来,带回翠华宫临幸去了。

过了几天,魏太监又请皇帝临漾碧池去游玩。那漾碧池,都用绿石砌成,四面围着绿色的罗帏,又种着绿叶的花草,池中满储清水,望去好似碧玉盘一 般。池上横跨着三个桥洞,桥上结着三座锦亭,排着三方匾额,左面是“凝霞”两字,右面是“承霄”两字,中央是“进銮”两字。皇帝和各院妃嫔,在亭中饮酒作乐。酒罢,一队细乐,领着三十六院妃嫔,到香泉潭中洗澡去。皇帝便张着紫云九龙华盖,坐在潭边观看:只见那潭水热气喷腾,芳香触鼻,那班妃嫔,一个个跳下水去戏弄着。水中间立着一头一头玉狻猊、水晶鹿、红石马。那班妃嫔戏弄了一阵, 个个骑上牲口背去。有的斜依着的,有的横陈的,有抱着的,有扑着的,有的骑着的,有的坐着的;有的手里拿着各种花枝的,有的弹着各种乐器的;有的在水面上打着彩球的,有的在水里对舞着的。郑贵妃看了高兴,便也卸下衣裙跳进潭水里去,游戏了一回;爬在一头玉马背上骑着。皇帝看去,见贵妃长着一身雪也似的肌肤,和那白分不出深浅来,心中十分欢喜。那许多妃嫔,见贵妃来了,便大家围着他,在水里跳着唱着。那水花飞舞起来,溅得皇帝也是一头一脸。皇帝却不恼怒,哈哈大笑着,自己拿汗巾揩去了水珠。又从水里把贵妃扶了出来回宫,寻他的欢乐去了。

神宗皇帝这样的荒淫无度,精神渐渐地有点不济起来。郑贵妃暗暗地和魏太监商量,魏太监又去弄了鸦片烟来,劝皇帝吃。皇帝见他果然能够振作精神,便又终日吞云吐雾大吃起来。他这样子在深宫里昏天黑地的闹了二十年工夫,那朝廷的大事,越发糟得不堪设想。魏太监里面打通了郑贵妃,外面结识了一班奸臣,大弄威权。

神宗皇帝原有两个儿子,大儿子名叫常洛,是王恭妃生的;次子名叫常洵,是郑贵妃生的。这常洵子以母贵,神宗也十分宠爱他,二岁的时候,便封他作福王。那长子常洛,却落得无名无位,便有许多正直的大臣出来帮助他,常常上奏章,请皇帝立常洛为太子。无奈神宗听了郑贵妃的枕边状,便不许臣子议论立太子的事体。那班大臣还不肯罢休,早上一本,晚上一本,都是说请皇上早立太子。那许多奏章,都被魏太监捺住了,神宗皇帝一眼也不曾瞧见。好在皇帝在二十六年里面,不曾设过一次朝,那班臣子,也无从面奏。这里面恼动了一位吏部郎中,名叫顾宪成的,特别的又上了一本奏章,设法买通小太监,送进宫去。神宗看了,大发雷霆,立刻下一道圣旨,把顾宪成革职。那时还有考功郎赵南星,左都御史邹元标,和王家屏一班官员,一齐丢了功名,回到家乡地方,召集了一班自命为清流的读书人,在无锡地方,立了一个东林书院。他借着讲学的名头,天天聚在一块儿,谈论朝政,辱骂太监。

内中有一个高攀龙最是利害,他朋友又多,势力又大,不多几时,便到处有他们的同党,人人称他们是东林党。他们又结识了一班在朝做御史官的,常常上奏章,弹劾那班私通太监的大官。又有一个祭酒官汤宾尹,立了一个宣昆党,那直隶、山东、湖南、湖北、江苏、浙江几省地方,都有他的同党。日子久了,那班大臣见了这两党的人,也有些害怕。这两党的人,口口声声要立常洛做太子。后来越闹越凶了,那班太监和大臣,都有性命之忧,他们没有法想,把二十六年不坐朝的神宗皇帝请出来,上了一本奏章,说东林党和宣昆党的人如何凶横。皇帝勃然大怒,连下了几道上谕,把两党的人革职的革职,捉拿的捉拿,一齐关在牢监里。一面便把常洛册立为太子,又把福王调到河南去,造着高大的王府,化了三千多万两银子。

这郑贵妃心中还是十分不愿意,暗暗地和魏太监商量。在万历四十三年上,忽然有一个大汉,名叫张节的,手里拿着木棍,慌慌张张地闯进皇太子住的慈庆宫里去。那看守宫门的侍卫,上去拦阻,也被他打伤了。一时里宫里太监声张起来,跑来许多护兵,把那张节捉住了,送到刑部衙门里去审问。那刺客直认是郑贵妃宫里的太监名叫马三道的,指使他来行刺太子的。这句话一传出去,外面便沸沸扬扬,说是贵妃谋死太子。那郑贵妃听得了,便在神宗皇帝面前撒痴撒娇的哭诉。神宗皇帝便把太子宣进宫去,一手拉着贵妃,一手拉着太子,替贵妃辩白说:“这事贵妃是完全不知情的。”太子看在父子交情面上,也推说那张节是个疯癫的。刑部郎中胡士相,便把张节定了一个杀头的罪;又把马三道充军到三千里外去。

自从出了这梃击案件以后,这郑贵妃忽然拿好心看待太子起来,常常亲自做些针线送给太子,又弄些食物给太子吃。太子看他并无恶意,便也常常进宫去朝见贵妃。因此太子和神宗父子的恩爱,又十分浓厚起来。郑贵妃又怕太子不相信他,便和神宗说了,下一道圣旨给福王;以后不奉宣召,不得擅自进宫。这一来,又讨好了太子,又杜绝了他母子间的嫌疑。

谁知这神宗皇帝在万历四十八年上死了,太子常洛即位,便是光宗皇帝。这光宗皇帝,因为郑贵妃和他好,便把他留在宫里,和母亲一般看待。又谁知光宗皇帝即位不多几天,便害起病来。光宗皇后却没有急坏,倒急坏了一个郑贵妃。便传命出去,叫大臣到处求医问药。这时有一个太监,名叫崔文升,献了一味丹方,给皇帝吃下去,那病势越发沉重了。这时又有 一位大臣,名叫方从哲的,打发鸿胪寺丞李可灼,送进一粒红丸来。郑贵妃劝光宗吞服,那时有一个郑贵妃做媒给光宗做妃子的李选侍,也力劝皇帝服这一粒红丸。光宗听了两位妃子的话,便把红丸吞下肚去。谁知到了第二天,那药性发作起来,这位做不上一年的光宗皇帝,便有些性命难保了。要知光宗皇帝的性命如何,且听下回分解。

国之将亡,必有转危为安之一时期。骤视之,转觉国家可以不亡;实则如垂死人之回光返照。亡国之机,由来已渐,一人之力,难支大难。如张居正、戚继光辈,昙花一现,徒增后人之凭吊而已,于大局何补欤?

“冷冷清清的景阳钟鼓,伴着荒荒凉凉的殿头野草;只有那成群结伴的狐鼠蝙蝠,在里面拜相封王便了!”寥寥数语,写尽故宫凄凉况味。而言中有物,又极尽手挥目送之妙。请可今之拜相封王者,能自免于狐鼠蝙蝠否乎?

结党讲学,不问国事,固是读书人借以免祸之一道;然造成风气,反召时忌。不如学求实用,出而任事,或足以改造时局。况所谓讲学者,一字纷呶,徒事标榜;吾未见其于身于国有何裨益?而杀身之祸,则不旋踵至矣!

第十七回　依翠偎红将军短气　娇妻雏儿天子托孤

却说光宗皇帝自从服了李可灼的红丸，到第二天便一命归天，宫里便顿时扰乱起来。那李可灼进了红丸，药死了皇帝，非但没有罪名，那方从哲反推说是皇帝的遗旨，赏李可灼银两。外面便有人疑心是郑贵妃的指使，便有礼部尚书孙慎行、御史王安舜、给事中惠世扬，上奏章说方从哲有弑逆的罪名。这时熹宗皇帝即了位，知道国事已糟到十分，不愿追究家事。但是明朝自从杨镐兵败，张宰相去世以后，神宗皇帝二十多年不问朝政，光宗皇帝即位，不到一年，便即逝世，这里边再加太监弄权，大臣贪赃，开矿加税的事体，闹得天怒人怨；又是什么东林党、宣昆党，闹得昏天黑地；宫里又闹什么梃击红丸的案件，全国的君臣人民，终日在惨雾愁云里，还有什么工夫去管那关外的满洲人？

那满洲的英明皇帝，却趁此机会，得步进步；他一方面勤修内政，一方面结好蒙古，一方面却悄悄地买马招兵，先锋队已进到沈阳一带，先攻取了沈阳东西的懿路、蒲河两座城池。这军情报到明朝京里，那神宗皇帝正在宫里游玩，得了这个消息，便忙得手足无措；立刻升殿，召集了大小臣工，商议御敌之策。当时便有人保举江夏人熊廷弼，熟悉边情，才堪大用；神宗皇帝听了，便接二连三的圣旨下去，把熊廷弼召进京来，给他挂上辽东经略使的印绶。又赐尚方剑一口，准他先斩后奏。神宗皇帝打发熊廷弼去了以后，便又躲在深宫里，不问外事了。他在二十六年里面，只有这一回接见大臣。那熊经略奉了皇上的旨意，便带领十八万大兵，杀奔关外来。谁知他才出得山海关，探子报来，那铁岭城又失守了。熊经略便催促兵士，昼夜兼程而进。到了辽阳地方，看看那沿路逃难的军民，实在狼狈得可怜；又看那驻扎的兵队，实在腐败得不成个样子。他便赫然大怒，捉住刘遇节、王捷、王文鼎三个逃将，绑在院子里，审问明白，斫下脑袋来，送到各营去示众。那班军士们看了，个个害怕，人人听令。熊经略一面教练兵士，一面督造战车火炮，掘濠修城；把十八万精兵，分扎在叆阳、清河、抚顺、柴河、三岔儿、镇江几个要紧隘口上。这时打听得满洲兵队，已到了奉集堡，只离沈阳四十五里路；熊经略忙带领大兵，乘雪夜赶到沈阳。一面安抚百姓，一面又进守抚顺，和满洲兵对垒。那英明皇帝打听得熊廷弼是中原第一条好汉，也便不敢进兵，传令退守兴京去了。这里熊经略正要整队进兵，忽然北京接连来了几道上谕，把熊廷弼革了职，又派袁应泰接任辽东经略使。熊经略接了圣旨，不得不交卸了兵权，垂头丧气地回去；到得京里，才知道朝廷大捉东林党人，因为熊廷弼也和东林党人通声气，所以也把他革了职。这时神宗皇帝已死，朝廷里正乱得不可开交；熊经略也只得叹了一口气，回老家种地去了。

这里袁应泰接了经略的任，消息传到英明皇帝耳朵里，便拍手大笑道："我独怕那个熊蛮子，如今他去了，这个袁蛮子却是一个文官，懂得什么兵法？"便又点起大兵，进驻奉集堡。明朝的守将李秉诚，出城应敌；英明皇帝分左翼四旗兵去和他厮杀，却分右翼四旗兵去攻打黄山。四贝勒独领一枝精兵，杀向武靖营去。英明皇帝亲统八旗大军，进围沈阳；一面约蒙古兵在西北角上夹攻，打了十三天，便把沈阳城打破，急进兵至辽阳。那时经略使袁应泰，统领大兵，在辽阳驻扎；一听得沈阳失守的消息，便吓得魂不附体，忙召集大小将领，商量守城之策。有一位巡按御史名叫张铨的，便献计快快决太子河的水，灌入城壕，沿壕排列枪炮，小心把守，另派分守道何廷魁，带领五千人马，在城外东北角上驻扎，成个犄角之势。那东北角上，有一座马鞍山，是进辽阳城的咽喉。何廷魁却是一员有名的武将，袁应泰所以派他去当这个要隘。说起这位何将军，虽十分有英雄气，却又很有儿女情；他有两位如夫人，是他心上的人儿。那两位如夫人,原也长得标致;一个能操琴,一个能作画,日夜伴着何将军,寸步不离的。这两位如夫人,又各生有一女;那面庞儿和他母亲长得一模一样,何将军看了,又是十分宠爱。如今听说要调他去把守马鞍山,叫他如何丢得下这四个宝贝?嘴里虽答应着,脸上早露出不快活的神色来。袁应泰深知道他的心病,便许他把家眷随带在营里;这一来,把个何廷魁感激到五体投地,便说了一句:"末将以死报国!"立刻出城去了。

那边英明皇帝打听得明白,便带着炮车,渡过太子河,在东山上结一个大营,和东门的明兵,炮火交攻,明兵渐渐地有些不支。英明皇帝亲统八千步兵去攻打小西门,一面又约蒙古兵去当东门;又打发大贝勒带领左翼四旗,直取马鞍山的明兵。那何将军带兵在马鞍山驻扎,原要在山下扎营,又怕两位如夫人受了惊慌,便搬到山顶上一座娘娘庙中去住下。却派一二百名兵士在山下做探子。谁知那大贝勒在深夜时候,踏雪进兵;这三百名探子兵,在睡梦中,被他们打得一个也不留。待到山顶上何将军知道,要冲杀下去,早已被满洲兵围得铁桶相似,休想下得山来。眼看着满洲大队人马,在山下走过,却不曾拦得住一个。到第三天上,忽见辽阳城中火光烛天,何将军知道大势已去,这时也顾不得他的家眷,催逼人马,冲杀下山去。却被大贝勒的兵,杀死的杀死,活捉的活捉,休想逃得一个。何将军也被他们捉住了,便破口大骂,又被满洲兵斩成肉泥。山上的两位如夫人,听说丈夫已死,便个个抱着他的女儿,向庙后井中一跳。后人感动他的烈性,便把这座庙改称双烈妇庙,供着两位如夫人的神主。此是后话。

却说当时满洲兵,打进辽阳城的小西门,放起一把火,城内大乱。袁应泰知势不可救,便跑上城楼去,意欲跳下城去尽忠。后面巡按御史张铨,却上来扯住了。袁应泰淌着眼泪,对张铨说道:"我受了皇上的恩典,不能保守城池,原当以身殉国;但将军有阃外之寄,我死后还望将军收合残兵,为退守河西之计。"袁经略说罢,急拔下佩刀来,自刎而死。张铨捧着尸首,哭了一阵,正要走下楼去,那满洲兵已蜂拥似的上来,吃他们捉住。推到大营里去,见了英明皇帝,顿足大骂;四贝勒听了大怒,一刀砍下头来。这时辽河以东七十多城池,都投降了满洲。英明皇帝便把京师搬到辽阳城中来。

这辽阳城失守的消息,报到北京城里,把个熹宗皇帝急得捶胸顿足;第二天临朝,便商议抵敌满兵的计策。当时大臣刘一燝出班,奏请皇上,仍旧起用熊廷弼,又荐王化贞巡抚辽东。皇帝一一依他奏章,立刻派人到乡间去,把熊廷弼拉进京来;熹宗皇帝在偏殿赐宴,拜他做辽东经略使。给他统带二十万大兵,又向山东登州、莱州地方调动海军,归他节制。大军出发的时候,皇帝亲送出城,赏一件麒麟战袍,彩币四箱;又在城外设宴,命满朝文武大臣,陪他饯行。

熊经略打发王化臣,带领大兵,先出关去,自己却带了四千名亲兵,慢慢地向辽东进发。沿路察看地势,抚问民情;到了广宁,便住在经略衙门里。第二天,王化臣来见,熊经略问起兵队的事,王化臣回称:"已把大军分做六营,沿辽河西岸把守着。"熊经略听了,大不高兴,说:"辽河狭窄难守,堡小难容大兵;今日的情形,只需牢守广宁。如今驻兵河上,兵分便无力;倘然敌兵以轻骑偷渡,专打一营,力必不敌。一营败,那六营都败;便是广宁,也守不住了。"熊经略再三开导,无奈王化臣生性倔强,依旧把守辽河去。这里只留经略使的亲兵四千人,把守广宁城。熊经略看看王化臣不听号令,他是一位巡抚官,又不好轻易得罪他;只得写了一本奏章,送回北京去。谁知满洲英明皇帝,用兵神速;这时他统领八旗大军,渡过辽河来,攻打镇武西平闾阳镇宁一路的明兵,却十分勇猛。打一处,得一处;攻一城,破一城,王化臣在闾阳地方大败。这战报传到广宁,熊经略十分惊慌,急急带了兵队,从锦州赶到大凌河去;在山僻小路上,遇到王化臣,赤脚蓬头,只跟着两个差役。他见了熊经略,不禁号啕大哭起来。熊经略叹了一口气,说道:"早不听我的话,致有今日之败!如今大势已去,我两人只有拼命而已!"正说话时,忽听得前面金鼓大震,一彪军杀出,正是大贝勒代善;带领他一万铁骑兵,直冲过来,一阵混杀,早把四千个明兵,杀得和落花流水一般。熊经略和王巡抚夹在难民里面，逃进关来。这时英明皇帝，早已攻破了广宁城。

北京城里，接连接着败阵失城的战报，吓得合朝文武，个个都面无人色。熹宗皇帝赫然大怒，下旨捉住熊、王二人，押到西城去斩首；把他的脑袋，送到边地上去号令。那边英明皇帝，既得了广宁各地，便又把京城搬到沈阳来驻扎。把东路兵马，聚集在沈阳地方，兵有十万人。一面和诸贝勒、大臣，商量进攻山海关之计；一面再派精明的探子，前去探听明朝的消息。

这时明朝已改任王在晋为辽东经略使，在山海关外八里铺地方，造一座新城，设下关隘，小心把守；这时忽然有一个大汉，独自骑着一匹马，闯出城来，嘴里大声说道："只求皇上给我军马钱谷，我一人便足以对付十万满兵。"那把城兵士，听得了，立刻送他去见王在晋；问起辽东的事体，他便滔滔不绝地说了个透彻。王经略大喜，一面把他留在城中，一面上奏皇帝。原来这大汉名叫袁崇焕，在熊经略任上，也曾做过武官。后来明兵大败，他便流落在关外，到处察看地势，访问风俗，因此结识了许多关外的屯民和关内的散兵。后来北京圣旨下来，任袁崇焕为关外监军，发国库二十万，着他招募散兵。这时兵部尚书孙承宗，也十分信任袁崇焕，常常在熹宗皇帝跟前替他说话。后来王在晋告退，袁崇焕便做了辽东经略使。袁经略主张水陆并重，陆路守宁远城，水路守觉华岛。袁崇焕在宁远地方，造高大的城池，激励将士，誓与城共存亡。到天启六年正月，英明皇帝亲统大兵十三万，去攻宁远。袁经略听说满洲兵到，便把葡萄牙国的大炮，排列在城上。又调善放火箭的福建兵，把守城头，亲自登城督战。吃、喝、睡、息，都在城楼上，和兵士们一样；那兵士们个个感激，都肯为袁崇焕拼命。袁崇焕在敌楼上，和他的翻译官谈诗论文。忽然城外金鼓大震，袁经略笑说道："敌兵来了！"忙把大炮架起，又从城堞上推出一只一只木柜，柜里面躲着火箭兵；看看满洲兵已到外城，——这是袁经略的计策，把敌兵诱进外城，——一声炮响，那外城门紧紧关住，满洲兵好似围在铁桶里。城头上炮火齐发，只听得一片哭声，打死了满洲兵无数；停了一 回，轰的一声地雷大发，只见空中抛起许多满兵，都是焦头烂额，断手折腿的。这时那英明皇帝，也被困在内城，被地雷打倒在地；亏得他身旁有一个小兵，抢得快，把英明皇帝抱起。接着又是第二个地雷起来，正在英明皇帝倒下的地方；那小兵跑得快，已经被城墙上一块砖头落下来，打在英明皇帝的脑壳上，昏晕过去了。这时满洲兵马大乱，各人自投生路；大贝勒在尘土中爬起来，找到了他父亲，忙扶在马上。幸而这时东面城根，被地雷阵坍了一个缺口；大贝勒保着他父亲，从缺口里逃出去。在路上遇到四贝勒，带兵来接应。

这时英明皇帝已清醒过来，觉得浑身疼痛，知道自己内伤甚重，便吩咐大贝勒："从速退兵，守住广宁要紧。"自己却坐着船，沿太子河下去，到清河地方，在温泉里洗了一个澡。看看伤势一天重似一天，英明皇帝睡在床上，几回晕厥过去。他昏昏沉沉的时候，心中便纪念着他最心爱的继大妃乌拉纳喇氏和纳喇氏生的九王子多尔衮。便打发人星夜到沈阳去，召他母子到来；一面又到营中去，把大贝勒代善唤来。那大贝勒听说父皇传唤，忙把兵权交给四贝勒，匆匆赶到离沈阳城四十里叆鸡堡地方来。纳喇氏先到，见皇帝病势危在旦夕，不由得坐在榻前悲悲切切的哭泣起来；第二天，大贝勒也到了。英明皇帝偶然清醒过来，一手拉着纳喇氏，一手拉着代善，嘱咐了许多身后的话；又说道："纳喇氏是我最爱的妃子，我死以后，你须如母亲一般看待他。"当时大贝勒听了父亲的话，便对纳喇氏跪下去，磕了三个头，嘴里唤着母亲，说道："母亲放心，孩子一辈子孝顺便了。"英明皇帝在枕上看了，便点着头说道："这才是我的好孩子！"停了一回，又说道："讲到立太子的事体，我心里很欢喜九王子多尔衮；可惜他年纪还小，懂不得什么。你是大哥哥，又是我的孝顺儿子；我死以后，你做个摄政王，守候你弟弟年纪大了，便保护他登了皇位。这是我肚子里第一件心事，如今趁没人在跟前的时候，俺爷儿两个说定了，免得日后争执。"说着，便拉过多尔衮的手来，放在大贝勒手心里。大贝勒一时感动了骨肉的情分，便把他弟弟揽在怀里，紧紧地搂住。英明皇帝看了，微微一笑，便把双脚一顿，两眼一翻，死过去了。纳喇氏倒在她丈夫身上，号啕大哭。那代善和多尔衮弟兄两人，也拉着手对哭。

正凄惶的时候，急见四贝勒慌慌张张的进来，见他父皇死了，他也不哭泣，便连连追问："父皇可曾吩咐立谁为太子？"大贝勒见他气色不善，知道一时不能直说，便含糊说道："父皇才死，我们诸事再从长计议。"四贝勒听了，冷冷地说道："有什么从长计议？父皇身后，立太子是第一件紧要事体。大哥请在里面料理父皇的丧事，俺如今手中有的是兵权，可以做得主；便是那阿敏、莽古尔泰两位哥哥，俺也和他们商量过了，他们也很肯听俺的说话。外面的事体，大哥哥不用管，由俺安排去。"四贝勒说完了话，便扬扬得意出去了。这里纳喇氏和大贝勒看了这情形，知道四贝勒外面已有预备，这件事，倘然争闹起来，定然十分凶险。便是纳喇氏，也不愿把自己宠爱的儿子送性命去。当下便悄悄地求着大贝勒，千万不要把父皇要立多尔衮做太子的话说出来；情愿丢了这个皇位，保全母子的性命。大贝勒看看纳喇氏求得可怜，便也耐了这口气。

到了第二天，诸位贝勒、大臣，把英明皇帝的尸首迎进沈阳城去，在正殿上供着。自有达海法师，带领众刺麻僧，在殿上嗪经超度。看看到了大殓时候，那许多文武百官和贝勒亲王，都齐集在殿上，预备送殓。忽然四贝勒、二贝勒、三贝勒，个个带着佩刀，闯进殿来；后面跟定了二三百武士，一字儿站在阶下。四贝勒走上殿去，口中大声嚷道："还有大事未定，父皇的遗体且慢收殓！"说着，过去一把拿大贝勒拉了过来。吓得满殿的大臣，都面无神色。只听得四贝勒大声对大贝勒说道："国不可一日无君，民不可一日无主；如今父皇宾天，已有三日，还不曾立定国主，弄得外面军心摇乱。我虽掌着兵权，却一天一天的压不住起来；你若不信，你看。"四贝勒说着，举手向殿门外一 指，只听得啯喇喇一声响亮，那殿门一重一重的一齐打开；殿门外站着无数的兵士，个个全身披挂，擎着雪亮的刀枪。他们见了四贝勒，便齐声嚷着："四贝勒万岁！"把手里的刀枪高高举起。不知大贝勒见了这情形如何回答，且听下回分解。

士人积习，独成风气；清流自赏，每以空言贾实祸。如明之东林党、宣昆党，招忌积怨，至身败名裂；于国于家，如无几微裨益。而在上者，每喜罗致以博声誉，卒之小人之忌之也益甚，而身位亦随之以去。如熊廷弼者，自坏长城，贻误戎机，国亡家破；彼所谓名士者，其罪实与卖国奸臣均等也！求忠臣于孝子之门，此訾言也。盖孝为天性，忠乃人事；至欲于情爱天中求疆埸效命之死士，尤属不合人情。盖长于儿女情者，无不短英雄之气。如何将军者，以恋内之人而欲其折冲沙场，徒中于一时之虚荣。不有马鞍山之役，吾已卜其必败矣。

袁经略毕竟不凡。宁远之战，顿使奸雄堕胆；地雷一发，惜乎不中！然赫赫英明帝，于以丧其生。吾于此益痛明时之自命为高人义士者，何不于此群策群力，奠定国基？毋使养痈贻关内之患也。

第十八回 逼宫廷纳喇氏殉节 立文后皇太极钟情

却说殿外兵士，喊过万岁以后，四贝勒又接着对大贝勒说道："父皇临死的时候，只有俺和哥哥两人送终；俺父皇对哥哥说些什么来？"大贝勒听了四贝勒的话，才明白他的意思；心想自己原不想做什么太子，乐得顺水推船，解了这个仇恨。当下便说道："父皇临死的时候，曾对俺说来：四贝勒年少有识，应立为太子。"这句话一出口，接着殿下又齐声喊着："万岁！"便有二贝勒阿敏、三贝勒莽古尔泰，抢上殿来，扶着四贝勒，在宝位上坐定。回过头来，对大众说道："如今大行皇帝龙驭上宾，也无所谓立太子不立太子；国不可以一日无君，如今俺们便奉四贝勒为君，有不依的，看我宝刀！"说着，自己先爬下地去，对四贝勒行了大礼。那满殿的文武百官，也不由得一齐上去碰头朝贺，口称："皇帝万岁，万万岁！"这四贝勒到了这时候，倒又不好意思起来，忙拉着大贝勒、二贝勒、三贝勒，并肩儿坐下，同受百官的朝贺。

一时朝贺已毕，剌麻僧前来请皇上送殓。皇太极坐在上面，动也不动。大贝勒认作他没有听得，便重说了一遍。皇太极忽然说道："大行皇帝还有心愿未了，且慢收殓。"接着便传承宣官，请继大妃出殿。大贝勒听了，知道皇帝不怀好意，忙上去奏道："不可！一来是如今继大妃已是太后的地位，皇上倘有谕旨，只宜屈尊到太后宫中去传谕；二来，如今大行皇帝新丧，继大妃正万分伤感的时候，皇上不宜有所宣召。"皇太极听了，笑笑说道："大贝勒的话虽是不错，但是如今的事，不是朕敢宣召继大妃，仍是大行皇帝的遗旨宣召大妃；朕如何敢违抗父皇遗旨？"大贝勒听他名正言顺，也不好再去拦阻。不一刻，那纳喇氏满面泪痕，走出殿来。文武百官上去请安，皇太极也请过安，喝一声："听遗旨！"皇太极自己先朝上跪倒，文武百官也跟着跪倒；只听得皇太极趴在地上说道："大行皇帝有口诏付朕道：'我死后，必以纳喇氏殉葬。'"这句话说罢，便站了起来。纳喇氏听了这句话，"嗡"的一声，一缕柔魂，飞出了泥丸宫；身躯一歪，倒在宫女怀里。停了一回，悠悠醒来；他亲生子多尔衮、多铎两人，上去拉住他母亲的衣袖，大哭起来。纳喇氏也哭着说道："我自十二岁得侍奉先帝，至今二十六年，海样深情，原不忍相离；只是我两儿多尔衮、多铎，年纪都小，我死以后，总求皇上看先帝面上，好好看待他。"说着，便对皇太极拜下地去；皇太极也慌忙回拜。纳喇氏站起身来，回宫去了。停了一回，宫女出来，报说："大妃已殉节了！"接着，又报说："庶妃阿济根氏、德因泽氏，也自缢死了。"这里正殿上，才大吹大擂地把英明皇帝的尸首收殓起来。

从此改年号称天聪元年，皇帝称作太宗。这太宗皇帝，又因大贝勒、二贝勒、三贝勒有功于他，便也另眼相看；每日设朝，便和三位哥哥并肩坐在上面，受百官的拜跪。后来太宗又和大贝勒商量立皇后的事体，大贝勒便问："意欲册立何人？"太宗说道："父皇在日，虽已给朕娶了元妃，此外后宫得宠的妃嫔，却也很多；但是朕心目中，只有那博尔济吉特氏。朕意欲立他为后，又怕人知道他是再醮之妇，给人耻笑，因此迟疑不决。"大贝勒便回奏道："陛下也忒煞过虑了，从来夫妇以爱情为重，吉特氏既合陛下的心意，便也不妨册立为后；若然怕人耻笑，臣今有一策，陛下可与吉特氏重行婚礼，告过宗庙，还有谁敢耻笑陛下？"太宗听了，连说："不错。"又说："这礼节却须十分隆重，如今却叫谁去筹备这个大典呢？"大贝勒思索了一回，说道："有了！有了！陛下宫里不是有一个范先生吗？他肚子里有的是礼数，不妨叫他去拟来。"太宗听了，也点头称是。这日退朝回宫，便把那范文程传了进去，一夜工夫，拟定了一张大婚的礼节单儿，太宗下旨，发交礼部筹备。一霎时满城传遍，都嚷道："皇帝要娶皇后了。"到了大婚的那日，皇宫里灯彩辉煌，果然热闹非常。皇后坐着凤辇，一队一队细乐，迎进宫去；见了太宗，先行君臣之礼，后行夫妇之礼。皇帝和皇后并肩坐在宝座上，受过百官的朝贺；然后起驾往太庙行庙见礼。回进宫来，受过妃嫔的朝贺，又行家候礼；那弟兄叔伯妯娌姊妹，都一一见过礼，接着又受命妇的朝贺。行礼已毕，夫妻双双回寝宫去行合卺礼。太宗放眼看时，见吉特氏穿着皇后的服饰，便觉得仪态万方，容颜绝代；后面随的一群妃嫔，虽也华服鲜衣，却都被吉特后的颜色压下去了。好似鸦鹊随着凤凰，野花傍着牡丹，都是黯然无色。太宗这时心中止不住痒痒的，忙命众妃嫔退去，自己拉着吉特后的纤手，并肩坐下，浅斟低酌起来。

原来这位吉特后与太宗的一段姻缘，真是说来话长；如今趁他们吃酒的空当儿，待我约略的补叙几句。讲起这段姻缘，还是在英明皇帝出兵抚顺这一年结成的。皇太极的生母，便是叶赫纳喇氏；这时英明皇帝和叶赫氏十分恩爱，皇太极也长得俊秀聪明，越发能够得他父亲的宠爱。皇太极年纪虽轻，办事情却极有决断；因此英明皇帝把他留在城里，代理部务。又叫阿拜、汤古岱、塔拜、阿巴泰几个哥哥，帮着他照料照料。皇太极奉了父亲之命，不敢怠慢，日日夜夜办着公事，连吃饭睡觉也没有工夫。叶赫氏见他儿子这样辛苦，不由他不肉痛起来。又知道他欢喜打猎的，父亲在家的时候，他终日在外面追飞逐走，快乐逍遥；如今拿他拘束得寸步不移，岂不要把他闷坏了。叶赫氏想到这里，便和皇太极的几位哥哥商量，弟兄五人，轮流着管理部务；皇太极空下来，也给他出外去舒散舒散。几位哥哥都答应了，便放他三天假，听他游玩去。

皇太极得了空，依旧带了他一班侍卫，到西山打猎去。他们打得高兴，愈走愈远，足足走了四五十里路；便在深山里支起棚帐，胡乱宿了一宵。到了第二天，又向前进，打得的野兽越发多了。看看走到一座松林里面，远望林外空地上有一群梅花大鹿正在那里吃草，皇太极见了，开心得了不得，忙发下号令去；一百多名骑马的侍卫，向西面赶去。这里只留下皇太极一个人，站在林子里；忽然一头母鹿，被人追赶得慌慌张张，钻进林子里来。皇太极见了，急急跳上马，抢上前去；那母鹿见林子里有人，便向东一绕，绕出林子外，箭也似的逃去。皇太极哪里肯舍，在后面紧紧跟住，在一片平阳上，流星似的赶着；皇太极的一匹马，是有名的大宛马，骑在马背上，又稳又快，真是瞬息千里。看看赶上，皇太极便左手弯弓，右手抽箭，"吱吱吱"的连飞三箭；有一箭射中在母鹿的背脊上，那母鹿忍着痛，便发了疯似的，带跑带跳，窜过山头去。这匹大宛马也有几分左性，见这头鹿逃得快，他便追得快；看看追过山头，前面漆黑一座林子，高高的两座山冈对峙着，倒挂在林子上面。皇太极这时觉得有些疲倦，意欲到林子里去休息休息；那头鹿也不知跑到什么地方去了。他便放宽了手中的缰绳，慢慢地踱到林子里面；正要下马，忽然脑脖子后面"呼"的一声，一支箭从头顶上飞过。接着"呼呼"两支箭，一支从皇太极的臂下攒过，一支直插在肩头的软甲上。皇太极知道有人谋害他，忙一低头，把手中缰绳紧一紧，那头马泼剌剌直向林子里跑去。只听得后面一声呐喊，一阵马蹄声，紧紧跟住；那飞蝗似的箭，在他马尾肩头落下来。一支箭射中了马的后腿，一支箭射在皇太极的大腿上。幸而路隔得远，箭力不强，皇太极急把箭头拔去。那马中了箭，发起怒来，大叫一声，四脚腾空，穿冈越岭的过去；皇太极骑在马上，紧紧抱住马颈子，耳中只听得风声"呜呜"地响着，昏昏沉沉的跑了许多时候，那马才慢慢地放缓来。皇太极在马上，喘过一口气来；抬头看时，四围一带山冈，草长莺飞，另是一种风景。远远听得山泉潺潺地响，皇太极嘴里觉得万分枯竭；又想这头马也乏了，须得给他吃一口水，养息养息精神，再想法觅路回去。回过头去看看，后面并没有人追赶，他便跳下马来，一手拉着缰绳，在长草堆里，慢慢走着。那腿上的箭疮，原不十分疼痛，走着路也没妨碍。听听泉声，近在耳边；左找右找，却是找不着。慢慢地走过一座山峡，只见那一股瀑布，从山峡里直冲下来；曲曲折折，向平地上流去，流成一道小溪。皇太极蹲身下去，拿手掬着泉水，吃了几口，顿觉神清气爽；又拉着马走下溪去吃水，他自己坐在溪边养一回神。

正静悄悄的时候，忽听得一声呐喊，接着马蹄声和风驰电掣一般的过来。皇太极此时已成了惊弓之鸟，听了这个声音，不由得心头一阵乱跳。心想，莫非那仇人又追上来了吗？幸而他坐在溪边，身子却被溪岸遮住，来的人还看他不到。皇太极这时悄悄地把马拉近身来，伸长了脖子，向岸上一望；只见一片平阳，有三四十个骑马的，正在那里追一头大狼。那头狼被他们赶到平地上来，东奔西窜，四面都有骑马的围定，再看马上的人，不由皇太极怔了一怔，原来那骑在马上的，并不是男子，却个个都是粉妆玉琢的女孩儿。他们一面追着野兽，一面呐喊着，这头狼给他们逼得无路可走，便向溪边奔走。五六个女孩儿，拍马追来；看看快到溪边，皇太极却忍不住了，便弯弓搭箭，觑定那野兽的脑门，"飕"的一箭，中个正着。同时有一个姑娘，马跑得快，赶上前来，一箭也射中在那野兽的脑壳上，和皇太极那支箭，恰恰对面。这头狼，长嚎一声，倒在地下死了。那姑娘赶上前来一看，见有两支箭，却十分诧异；正出神的时候，后面一大群女孩儿，都跑到溪边来，围定那只死狼。就中有一个女孩儿眼尖，一瞥眼，见溪中有一个男子站着；忙声张起来，大家都跑到溪边来，皇太极这时也躲不过了，只好拉着马走上岸来。许多女孩儿领他到一位姑娘跟前去。皇太极抬头一看，不觉眼花缭乱起来。这姑娘真长得俊呢！你看他，苗条的身材，袅娜的腰肢，短袖蛮靴，扎缚得俊俏动人。再看他脸上时，一张鹅蛋样的脸儿，不施脂粉，又白净，又滋润，好似一块羊脂白玉。弯弯的眉儿，剪水似的瞳儿，琼瑶似的鼻子，血点也似的珠唇，两边粉腮上，露出两点笑窝来。这时他见了陌生男子，不觉有点含羞；便回过头去对身旁的侍女说道："你问他，是什么人？怎么这样没规矩，闯进俺们的围场来？"那侍女听了，便过来对皇太极说道："俺姑娘的话，你听得了吗？"连问了几句，皇太极总是开不得口。原来这时皇太极眼中见了这绝色的女孩儿，早把他的魂灵儿吸去了，只是眼睁睁地望着，任你再三追问，他好似不曾听得一般。这时他前后围着许多女孩儿，见了他这种失魂落魄的样子，大家笑说道："这人怕是聋子吗？"又说道："怕是哑子吗？"又说道："怕是傻子吗？"内中有一个女孩子，冷笑一声，说道："什么傻子，他正是一个坏蛋呢！"一句话，引得他们姑娘也"嗤"的一声笑了。皇太极听得有人骂他坏蛋，才明白过来，禁不住哈哈大笑，说道："我做了一辈子贝勒，谁也不敢骂我坏蛋，今天吃你这黄毛丫头骂得好凶。"他们听他说是贝勒，便又"吃吃"地笑起来，说道："再没看见这样的穷贝勒！出来连侍卫也没有一个，却自拉着马。我家塞桑贝勒出门来，前呼后拥地带着一百多人，那才正是威风呢！"皇太极到此时，才把自己的名姓家世，和出门打猎，独自射一只母鹿，不觉走远了路，又在半路上遇见仇人，一阵子乱跑，不觉跑到这个地方来，前前后后，一五一十地说了出来。那位姑娘听皇太极吐露真情，他也听得父亲常常说起如今建州部落如何强盛，那四贝勒又是如何英雄。如今看他果然是一表人才，说话流亮。从来佳人爱才子，他不觉心头有一种说不出的情意，便开口说道："既是建州四贝勒，俺们都是邻部，这地方离贵部已有二百里路，想来贝勒一时也不得回去，俺棚帐便在前面，请贝勒过去坐着，喝一口水再谈罢。"说着，自己攀鞍上马，在前面走着领路。这时皇太极早已被他这呖呖莺声迷住了，也不由得上马跟去。后面一群女孩子，说说笑笑跟着。

转过树林，便露出一座大棚帐来，皇太极跟着走进帐去，分宾主坐下。侍女拿上酥酪馍馍来，他肚子里正饥饿了，便也老实不客气，一边吃着，一边动问姑娘的家世。那姑娘笑笑说道："这地方已是科尔沁部边界，俺父亲便是部主博尔济吉特塞桑贝勒。"皇太极听他说是塞桑贝勒的女儿，早不禁心中一喜，忙上前去请了一个安，说道："原来是一位格格，真是冒犯冒犯！"他说着，偷眼看他肌肤，白净细腻，心想这玉人儿，果然名不虚传。原来这满洲一带地方，人人知道塞桑贝勒两位格格是两个尤物，因他皮肤洁白如玉，那大格格便名大玉儿，二格格便名小玉儿。这时皇太极故意弄个狡狯，接着问道："请问格格的芳名是什么？"那大玉儿听了，便把脖子一低，拿手帕掩着珠唇，微微一笑，不肯答他。谁知旁边站着的侍女，却接着答道："俺格格名叫大玉儿。"这大玉儿听了，霎时把脸儿放了下来，慌得那班侍女倒退不迭。大玉儿把手一挥，说道："快出去！莫在此地多嘴；不奉呼唤，便不许进账。"那班侍女见格格发怒，忙一齐退出，找女伴们说话去了。这账里只留下大玉儿和皇太极二人，唧唧唻唻的直到天晚，也不唤张灯，也不传晚饭。侍女们又不敢进账去问，只在帐外伺候着。只听得里面说一阵，笑一阵，直到天明，才唤侍女预备酒饭。大玉儿和皇太极并肩儿坐着，浅斟低酌起来，这一席酒直吃了两个时辰。皇太极因纪念家里，再三告辞，大玉儿没奈何，只得打发人到自己部落里去调一队兵士来，护送皇太极回家去。侍女们留心看时，只见他格格两个眼皮哭得红肿，骑在马上直送到边界上还不肯回去。皇太极再三劝慰，两人并着马头，说了许多话，才依依不舍地分别。大玉儿也无心打猎了，便偃旗息鼓，回自己部落里去。

却说叶赫纳喇氏自从皇太极出去打猎，他心中常常挂念着。第一天夜里不见他儿子回来，原不十分盼望，因为皇太极打猎，常常在外面过夜的。到了第二天，看看天晚还不见他回来，心下便着急起来；直到上灯时候，只见跟去的一班侍卫，慌慌张张地跑来说："四贝勒走失了。"叶赫氏便诧异起来，仔仔细细的盘问那班侍卫；他们也说不出个原因，也只说："大家赶一群鹿去，只有四贝勒留在林子里，待到回来，林子里找时，已是影迹全无。后来又在山前山后各处找去，直找到天黑，也不见四贝勒的影踪。奴才们没有法想，只得先回来禀告大福晋，请大福晋想个主意。"叶赫氏只生有这个儿子，如今听说走失了，不由他不吊下泪来；便立刻传集一千兵士，同着侍卫再到西山上找去。对他们说道："倘然不把四贝勒找回来，休想活命！"可怜那班兵士们，翻山过岭的找寻；直找到第四天上，只见四贝勒洋洋得意地回去。叶赫氏见了，一把搂住，心肝肉儿唤着问着。四贝勒不说别的，只嚷着："快打发人到科尔沁说媒去！"那班福晋、格格听了他的话，认作他是疯了。叶赫氏再三追问，四贝勒才把遇见仇人和见了大玉儿的情形说了出来。又说："我这一遭才看见真正的美人呢！"又立逼着他母亲打发人说亲去。叶赫氏听了，皱一皱眉头，说道："父亲不是早已给你说下亲事了吗？怎么又到别家说媒去？"四贝勒再三缠扰不休，他母亲便推说："你父亲早晚要回来了，这事体也得待你父亲回来做主。"四贝勒无可奈何，只得天天望着父亲回来。不多几天，那英明皇帝果然回来了。此番出兵，又打了胜仗，正是十分高兴；四贝勒把说媒的事体说了，英明皇帝一口答应。吃过了庆功筵宴以后，便打发大臣带了许多聘礼，到科尔沁说亲去。

四贝勒自从大臣去了以后，天天伸长了脖子盼望着。望了许多日子，好不容易盼望到这大臣回来，只见他拿去的聘礼，又原封不动的带了回来。英明皇帝问时，那大臣说道："可惜去迟了！臣到科尔沁部见塞桑贝勒，把来意说了；塞桑贝勒一口回绝说：'小女却巧已于昨天说定了，配给叶赫国贝勒金台石的世子德尔格勒了。'臣当时不信，那塞桑贝勒说：'媒人现在。'便唤出一个人来，原来是叶赫国的臣子，名叫阿尔塔石的。当时臣也无话可说，只得告辞回来。"英明皇帝听了这话，便也没得说；只是皇太极听说这样一个美人，被舅舅家的表哥抢了去，他如何肯依？便逼着他母亲去对他舅舅说，要把那美人让给他。叶赫氏关碍着自己娘家人的面子，如何肯去说？皇太极恼恨起来，便打算带了人马打他舅舅去。英明皇帝拦住了，一面给他成亲。四贝勒在新婚的时候，倒也忘了那大玉儿了。谁知后来因为叶赫部暗助明国，英明皇帝在萨尔浒山打败了明兵，便移师去征伐叶赫。皇太极第一个告奋勇，充着先锋队去打东城；这东城正是金台石父子两人住着。皇太极心中记挂着大玉儿，便督率士卒，不分昼夜地攻打；那座东城，居然被他打开了。金台石带了他的福晋和小儿子，逃在高台上。四贝勒认是那大玉儿也在高台上，便带了兵士，把高台紧紧围定，大叫："舅舅快降！免得舅母表嫂受惊！"后来听说大玉儿还在宫里，却巧大贝勒代善也带兵到来，他便把人马交与哥哥，自己带了一二百亲兵，飞也似的赶向宫里去。

那大玉儿自从嫁了德尔格勒，倒也一双两好，夫妻两人，常常并马出猎，放鹰逐犬，十分快活。有时想起未嫁时候和皇太极在棚帐里一夜的情爱，便又忍不住芳心摇动起来。只因德尔格勒待他万分恩爱，便也慢慢地把想皇太极的心淡了下去。到了这时，国破家亡，她丈夫又被满洲兵捉了去，生死未卜；独自一人，躲在宫里，心中不由得害怕起来。转心一想，我家和爱新觉罗氏是甥舅之亲，想来他们也决不难为我丈夫的。正想时，只见那班宫女仓皇失色地跑进来，说道："不好了！满洲兵已闯进宫里来了！"接着又听得外面许多脚步声。大玉儿到了此时，也只得大着胆，带着宫女出去，正颜厉色地对那班兵士说道："你们带着兵器，向宫里乱闯，是何道理？你家皇帝和我家是郎舅至亲，便一时失和，也不该来骚扰宫禁。你家皇帝知道了，怕不砍下你的脑袋来！"看他的容貌，真是艳如桃李；听他的说话，又是冷如冰霜。把那班兵士倒弄得进退两难，手足无措起来。正尴尬的时候，忽见一个少年将军，骑着马，飞也似的赶来，到宫门口下马。那班兵士见了，忙上去打了一个签，嘴里叫着四贝勒，垂手站在一旁。大玉儿认得是皇太极，偷眼看时，见他面庞儿越长得俊秀了；止不住粉腮儿上飞起一朵红云来。那四贝勒抢上前去，请了一个安，问一声表嫂好；偷看他粉庞儿，又比前丰满得多了。一时想起从前的情爱，忍不住挨近身去要拉他的手；回心一想，给兵士们看见不好意思。便回过头来，把手里的马鞭子一挥，说一声："退去！"那班兵士，便和潮水一般的退出宫去了。皇太极这才挨身上去，向大玉儿兜头一揖，说道："俺来迟一步，惊动了嫂嫂，请嫂嫂恕罪！俺在这里赔礼了。"大玉儿娇羞满面，低头敛袖，含笑说道："贵部兵士，闯进宫来，不由俺不害怕；幸得贝勒到来，免受惊恐。但是俺如今变了亡国的宫嫔，便受些惊吓，也是分内！又怎么敢怨恨贝勒呢？"他说着，由不得眼圈儿一红，向皇太极脸上看了一眼，露出无限怨恨来。皇太极看了，恨不得上去抚慰他一番；又碍着宫女的眼，一时不敢放肆。便挨近身去，低低地说道："我站了半天，腿也酸了，可否求嫂嫂带我进宫去略坐一回？我还有紧要的说话奉告。"大玉儿却坦然说道："彼此原是至亲，坐坐何妨？"说着，自己扶着宫女在前面领路，皇太极在后面跟着他曲曲折折走过许多院子，到了一所锦绣的所在；皇太极知是大玉儿的卧房了，却站住了不好意思进去。大玉儿回过头来，嫣然一笑，说道："这地方可还坐得吗？"皇太极接着说道："坐得！坐得！"忙走进房去，拣一个座儿坐下。大玉儿打发宫女出去，皇太极看看左右没人，便站起来，上去拉住大玉儿的手，说道："嫂嫂，想得我好苦呀！"大玉儿一甩手，转过背去，拿一方大红手帕抹着眼泪，抽抽咽咽地说道："好一个薄幸郎！"只说得一句，便悲悲切切地痛哭起来。皇太极这时打叠起千百温存，把从前一番经过和自己的苦心，委委宛宛地说了出来。接着又说了不计其数的劝慰话，又自己再三赔着罪，好不容易把这位美人的眼泪止住了。皇太极伸手过去，轻轻地把他拉近身来，一面替他揩着眼泪说道："你不用过于伤心，我若不真心爱你，便也不拼着性命来打仗了；如今既见了你，俺们从前的交情还在，你还愁什么国亡家破呢？"他两人坠欢再拾，破镜重圆，便说不出的有许多悲欢啼笑。要知这大玉儿后来到底怎样做了皇后，且听下回分解。

创业者，为子孙而私天下。然子孙亦因天下而自残骨肉。大业未成，横尸殿陛；努尔哈齐死而有知，当亦自伤徒为其子孙作傀儡也。

凡事有因必有果。惟情爱天中，尤为历历不爽。大玉儿与皇太极围猎相遇，因此；日后纳为文皇后，果也。然使彼一对美男女，只留此帐中一宿缘，从此海角天涯，相思不相见，保此纯洁之爱情，留为千古佳话，岂不甚佳？然天地龃龉，必欲皇太极残花再拾；卒酿成清室开国时一段秽史，是尤为因中之因，果中之果。于以见男女之事，初合为情，再合为淫也。

从大玉儿围猎说来，直至宫中叙旧；又堂皇，又缠绵，凡手不能任此。

第十九回 朱唇接处嫂为叔媒 黄旗展来臣尊帝号

却说大玉儿原是天生尤物，他在七岁的时候，跟着奴仆到牧场上去游玩，有一个喇嘛，见了他便说道："这位格格，却有大贵之相。"奴仆在一旁笑说道："俺科尔沁贝勒的格格，不贵也是贵了，何用你多说？"那喇嘛摇着头说道："我说的贵，是贵为天子的贵。"那班奴仆又笑说道："你这和尚说话，越说越离经了。俺这满洲地方，和内外蒙古，那里找个天子去？难道叫我们格格嫁那明朝皇帝去？"这几句话，大玉儿的母亲常常拿他说笑，大玉儿也听在耳朵里。如今见了皇太极，又想起他父亲现在已做了皇帝，保不定他将来也是一个太子。再加他两人原有一番旧日的恩情，如今他又在患难之中，心中早有了一段私意。他两人在宫中唧唧哝哝地谈着心，宫女们在房门外站着，又不敢闯进房去；隔了半晌，里面传出话来，给福晋备马。只见皇太极和大玉儿两人手拉手儿，走出宫来；大玉儿又招呼他贴身服侍的四个宫女一齐上马。皇太极带领着到自己营里去藏起来。从此大玉儿做了皇太极的妃子，宫中都称他吉特妃子。皇太极又看在吉特氏面下，求着父亲，饶了德尔格勒的一条命。这都是过去的事实。

如今皇太极趁自己即位的时候，便把他心爱的吉特氏册立了皇后，称为孝庄文皇后；他的原配，只封为关雎宫宸妃。文后住的宫，称作永福宫。太宗皇帝天天在永福宫里住宿，别的妃嫔，休想得到一夜的临幸。皇太极虽做了皇帝，只因常常要陪伴文后，所有国家大事，都由大贝勒、二贝勒、三贝勒分管。这时十四亲王多尔衮，年纪只有十五岁；十五亲王多铎，年纪只有十三岁。因为文皇后欢喜他弟兄两人，便留在宫中，常常和皇后做伴；太宗也因他母亲死得惨，这时良心发现，便格外好意看待他。多尔衮格外生得乖巧，面貌也漂亮，文皇后格外多欢喜他些。文皇后有一个妹妹，名叫小玉儿，这时也跟着他姊姊住在宫里，却和多尔衮同年伴岁。他两人朝朝见面，自然容易亲热；再加那小玉儿的面貌，和他姊姊真是长得一模一样。他姊妹两人的皮肤，都长得洁白无瑕；因此他父母便拿个玉字做他的名字。

这时正是长夏无事，文皇后午睡醒来，不见了小玉儿和多尔衮两人；知道他们又往园子里玩耍去了，便也带着几个宫女向园里走来。走到一带高槐下面，树荫罩地；远远地只见小玉儿坐在树根下一方湖石上。不知什么事恼了小玉儿，慌得多尔衮左一个揖右一个揖向他拜着；小玉儿只是转过脸去不理他。文皇后看了，不觉好笑起来，说道："小丫头！总是这副执拗脾气，老不肯改的。"说着，自己在一方湖石上坐下，吩咐宫女过去把他两人唤来。多尔衮走到皇后跟前，皇后伸手过去，把他揽在怀里；多尔衮跪在地下，仰着脸，皇后两手按在他肩上，低着脖子看他。真是长得眉清目秀，唇红齿白；忍不住低下头去，在他唇上亲了一个嘴，说："好叔叔！你爱上了他吗？我便拿他给你，好吗？"多尔衮倒也乖巧，听了，忙碰头谢恩。这时小玉儿站在一边，心里虽也爱多尔衮，但是见他姊姊和他亲嘴，心里不觉起了一阵醋意。后来听他姊姊又把自己的终身许给了多尔衮，他脸上一阵臊，便一转身飞也似的逃去了。到了晚上，皇后把这个意思对皇帝说了，皇帝也十分欢喜，立刻传了内务大臣来，吩咐给十四亲王造一座高大的王邸，便在衍庆宫后面。

到了第二年，多尔衮和小玉儿都是十六岁了，便行了大礼；这一场喜事做得十分热闹，便是他小夫妻两口也过得十分恩爱。可是这一来，却撇得文皇后十分冷静了。虽说有太宗皇帝天天陪伴着，但是从来说的，日久生厌；任你是第一等的恩爱夫妻，倘然是朝夜不离，行监坐守，甜蜜到十分，亲热到十分，便他要觉得厌倦起来。何况赫赫一位皇帝，有的是三宫六院;缦立远视而望幸的,随处都是。皇帝到了厌倦的时候,岂有个不想异味的吗?因此太宗空闲下来,也常到别的宫院里去走走,越发撇得皇后冷清清地。皇后到十分冷静的时候,便带了一班宫女,臂鹰跨马,依旧到外面打猎去。满洲人无论男女,都拿打猎当一件消遣事体。皇帝知道了,也不去拦阻他。

谁知皇后今天打猎,明天打猎,却打出意外奇缘来了:这一天,皇后在花岗子打猎,正追着一头野猪,皇后马快,赶在前面,追进林子去。那头猪却也乖巧,尽在林子里左绕右绕;皇后盘马弯弓,东赶到西,西赶到东,兀自射他不着,把个皇后弄得娇喘细细,香汗涔涔。正忙乱的时候,那头猪忽然恼怒起来,大叫一声,掉转身体直向皇后扑来。张着血盆似的大口,露着钢刀似的齿牙,把个皇后吓得魂不附体,娇声叫唤起来。正危急的时候,忽听得"飕飕"两声,左右林中飞出两支箭来,不偏不斜,齐插入那头野猪的两只耳朵里去。只听大嚎一声,这头野猪也倒在地下死了。接着后面的宫女也赶到了,皇后略定了一定神,便吩咐到左右林子里搜人去;谁知也不用搜,那林子里攒出两个大汉来,一齐跪倒在皇后马前。皇后吩咐宫女问他:"什么地方人?姓什么?叫什么?为什么躲在这林子里?"那两个大汉见问,便有一个磕着头说道:"奴才名叫王皋,他叫邓侉子;都是山东人氏,祖上在关外做买卖,折了本钱,流落在辽阳地方,不得回家。因为家贫,不能度日;幸喜习得一手弓箭,便以打猎为生。弟兄两个,常在抚顺捉几头野兽度日;这几天因为那地方野兽稀少,所以赶到这沈阳地方来寻些野兽。只因人地生疏,不知道这里是禁地,误犯了娘娘的圣驾,求娘娘饶恕了奴才一条狗命罢!"皇后听他说话伶俐,状貌魁梧,心里不觉一动,又想起方才那种慌张样子,亏得他两人救了危急,心里又有几分感激他。心想在宫里终日和宫女缠得怪腻的,这两人说话又伶俐又爽快,倒不如把他两人带进宫去,空闲下来,也好找他说话解解闷儿。皇后想到这里,便自己拨转马头,绕到林子外去;把个贴心的宫女唤近身来,悄悄地对他说了,自己却在林子外面。等了一回,宫女把王皋、邓侉子两人领出来,皇后看时,不觉好笑起来;原来他们把这两个汉子也打扮成宫女模样,趁皇后回宫的时候,混进宫去。从此这两个猎户,一跤跌在青云里,轮流着伺候皇后;空闲下来,搬出许多乡间的故事来说说。文皇后生长宫闱,这些事体,真是他闻所未闻,他越发觉得这两个人可爱;因此文皇后便安安静静的住在宫里,也不出去打猎了。

好得太宗皇帝终究是英雄性格,他在宫里和皇后妃嫔厮守得腻烦起来,便天天上朝,和贝勒、大臣们商量国家大事。天聪五年十一月的时候,忽然有探子报称:"内蒙古林丹汗,私受明朝贿赂白银四万两;现今出兵在西刺木伦上源地方,窥探我国边地。"太宗皇帝听了,十分动怒,说:"我国和林丹汗结盟在先,共拒明国;如今他们贪利忘义,罪由自取,朕誓必讨之。"一面把国事托付给和硕睿亲王多尔衮,一面点兵大队人马,亲自带领着,直攻察哈尔。太宗皇帝多年不打仗了,如今带兵出来,却十分有兴;到第二年,又召集了许多蒙古归附来的部主,到西刺木伦河上。过兴安岭,到达里泊地方,打败了林丹军队。那林丹汗带了他的人民,逃过归化城,渡过黄河口,到大草滩地方,忽然害病死了。太宗皇帝便收兵回去,路过明国边地,他便越过万里长城,到大同宣府一带地方,耀武扬威地走着。明朝人也奈何他不得。到天聪九年时候,打听得林丹汗的儿子额哲,逃在托里图地方,另立了一个部落。小玉儿虽说是一个女流,他却劝多尔衮带兵出去收服额哲,借此也立些功劳。多尔衮却也听小玉儿的话,便奏明太宗皇帝,出兵到托里图地方,收服了林丹的部众,又得了林丹的传国玺回来。从此内蒙古各部落,完全归并在太宗部下。

太宗见多尔衮有功,便又格外和他亲热,常常传他夫妻两人进宫去,姊妹弟兄四人,在一块儿吃酒说笑。那皇后从小看多尔衮长大,自然格外亲热些。皇后长得一个美人西子似的,任你铁石人见了,也要动心。这时皇后亲手递一个果子去给多尔衮,多尔衮忙上前接着;在皇后的臂膀上一擦,觉得滑腻如酥,不觉心中一动。他想:"小玉儿的肌肤白净滑腻和他姊姊不相上下,这皇后身上不知怎么个有趣?我今生若得和皇后真个销魂,便死也心甘的。”他只是怔怔地想着，皇后问他说话，也不听得了。皇后看他这痴呆的样子，知道他心中不转好念头；又看他脸儿，依旧是眉清目秀，唇红齿白，他陡然想起那年在槐树荫下和他亲嘴的情形，不觉心中一动，急回过脸去，不觉一阵燥热，红上脸来。幸而这时皇帝正和小玉儿说着话，不曾留意到他们。但是他两人，自从这一回种下爱根，到底忍耐不住；后来闹出一段风流佳话来，这也是前生注定的缘分，无可勉强的。这都是后话。

第二天，太宗坐朝，只见武英郡王阿济格出班奏道：“今有明将总提兵大元帅孔有德、总督粮饷总兵官耿仲明，带领他兵士一万三千八百七十四名，前来投降我朝；如今他兵队驻扎在安东，现有降书在此，请陛下的旨意。”说着，把那降书捧上御案去。太宗看时，上面大略说道：“昨奉部调西援，钱粮缺之，兼沿途闭门罢市，日不得食，夜不得宿；忍气吞声，行至吴桥。又因恶官把持，以致众兵奋激起义；遂破新城，破登州，随收服各州县。继因援兵四集，围困半载；我兵粮少，只得弃登州而驾舟师，飘至广鹿岛。本师即乘机收服广鹿、长山、石城等岛。久仰明汗网罗海内英豪，有尧、舜、汤、武之胸襟；是愿率众投诚，特差副将刘承祖、曹绍中为先容。汗速乘此机会，成其大事；即天赐汗之福，亦本帅之幸也。”太宗看了降书，不觉心中大喜，立刻传见刘承祖、曹绍中两人，当面褒奖了几句。又打发二贝勒、三贝勒、贝子博洛内、大臣图尔格带了大队人马，到安东迎接去。那明朝和朝鲜，听说孔有德、耿仲明两人在安东上岸，便也调动兵队，前去拦击。只因满洲兵十分厉害，孔、耿二将的兵也出死力抵抗，便得安全上岸。太宗传谕赐他田地房屋，在辽阳地方。孔、耿两人，心中十分感激，要亲自进京去朝见太宗，当面谢恩。当下便写了一道谢恩表文道：

皇上万福万安：德等所部先来，官兵俱已安插，均蒙给粮，恩同于天！德等欲赴都门谢恩，听候皇上钧旨，赴阙叩首。不胜战果之至！

太宗听说孔、耿二将要进京来，便亲自带了许多贝勒、大臣，迎接上去。走到浑河右岸，遇见了太宗，住在一座黄缎的棚帐里。孔有德和耿仲明走进帐去，爬在地下碰头，嘴里说：“谢皇帝天恩。”太宗忙上去亲自扶他起来，又伸着两手在他腰上一抱，两边站着的大臣，脸上都不觉露出诧异的神色来。原来这抱见的礼，是满洲人十分看重的。如今太宗和孔、耿两人行抱见礼，那班大臣心中十分诧异。行过了礼，便在帐中赐宴。当时下圣旨，封孔有德做都元帅，耿仲明做总兵官。第二天，太宗回京，孔、耿两人，也跟着进京去。

连日许多贝勒、大臣，轮流替他二人接风。孔有德每天朝罢回来，住在客馆里，和耿仲明谈论太宗的恩德，没有报答的法子。后来孔有德想出一个尊号的法子来，立刻邀集了许多满洲蒙古的贝勒、大臣，在客馆里商议上皇帝的尊号。那班贝勒、大臣，一齐说愿意；便请范文程拟表文，又把表文写成满、蒙、汉三国的文字。趁明天大朝的时候，吏部和硕墨勒根代青贝勒多尔衮捧着满洲表文，科尔沁国土谢图济农捧着蒙古表文，孔有德捧着汉字表文，一齐跪在殿下。侍卫官把表文送上龙案去，太宗看时，上面写道：

诸贝勒、大臣、文武各官及外藩诸贝勒，恭惟皇上承天眷佑，应运而兴；当天下昏乱之时，修德体天，逆者威之以兵，顺者抚之以德。宽温之誉，施及万方。征服朝鲜，混一蒙古，更获玉玺，内外化成；上合天意，下协舆情。以是臣等仰体天心，敬上尊号，一切仪物，俱已完备。伏愿俯赐俞允，勿虚众望。

太宗看了说道：“现在时局未定，正在用兵的时候，也无暇及此。”诸贝勒、大臣一齐劝驾，说道：“从来说的，名正言顺；皇上功盖寰宇，如今要用兵明国，须先上尊号，才能和明朝皇帝下个敌体的战书。”太宗听他们说话有礼，便也答应了。

拣了个吉日，祭告天地，受宽温仁圣皇帝的尊号，改国号称大清，改元称崇德元年。第二天，太宗带领诸贝勒去祭太庙；尊始祖称泽王，高祖称庆王，曾祖称昌王，祖称福王；尊太祖努尔哈齐称武皇帝，庙称太庙，陵称福陵。封孔有德做恭顺王，耿仲明做怀顺王。此外贝勒、大臣，都加封晋爵；一面拜睿亲王多尔衮为统帅，进兵到大凌河，猛战三天三夜，打破了大凌河，捉住明将祖大寿，又放他回国去，替清朝做着侦探。多尔衮又进兵围住锦州。消息报到明朝，熹宗便拜洪承畴做经略使，就带王朴、曹變蛟、马科、吴三桂、李辅明、唐通、白广恩、王廷臣八个总兵官，参将、游击、守备二百多名，马步兵十三万人，去救锦州。把营头扎在松山城北乳峰山的山冈上。多尔衮打听得明朝兵势浩大，怕自己抵敌不住，便打发旗牌官回盛京求救兵去。太宗得了消息，便立刻调动大队兵马，亲自统带着到锦州来。京城里的事体，自有郑亲王济尔哈朗照管。不多几天，太宗兵马到了辽河西岸；多尔衮前来接驾，便说起洪承畴兵来攻我右翼和土谢图亲王的营盘，被我们兵士打退。太宗听了，也不说话，骑着马带着许多亲王大臣，到松山脚下去看敌兵的形势。回到自己营里，便吩咐把大兵散开，包围住松山到杏山这一段路，又从乌忻河扎营，直扎到海边，拦断了一条大路。

那明朝兵将，见自己被清兵包围住了，心里个个惊慌起来，都打算偷偷地逃去。到第二天一清早，明朝八个总兵官都带领本部兵马，鸣鼓吹角，直冲进噶布什贤的阵地里来。谁知那噶布什贤，已早得了太宗的机宜，只是把守营门，偃旗息鼓的不动声色。看看明兵走近营门，只看见红旗一动，营里面万弩齐发，一箭一个。明兵的先锋队，被他射倒了四五百人，明兵吓了一跳，急转身逃命。后面的人马，被前面的人马冲动，一齐和潮水一般倒退下去，只听得呐喊声、叫嚎声，自己踏死自己的兵马，也不知有多少。清国兵马乘势追杀，镶蓝旗摆牙喇，武英郡王阿济格，贝子博洛内，大臣图尔格，四路夹攻，直追到塔山地方。明兵有粮米十二堆，在笔架山地方，统被清兵夺去。明朝将官，吃了这一回败仗，都打算逃回国去；撤退了七营步兵，靠着松山城驻扎。那清朝镶红旗兵，拦住了明兵的去路。第二天，洪承畴传令猛扑镶红旗兵。两军各出死力对敌，正杀得起劲，明兵一见前面一簇人马，张着黄伞，伞下面一个人，威风凛凛的骑在马上，早吓得心惊胆战，撇下敌兵，便逃回营去。太宗一面鸣金收军，立刻传集诸将，到账下议事。太宗说道："我看明兵营中旌旗不整，今夜敌兵必逃。当即传令，着左翼四旗摆牙喇，合着阿礼哈蒙古兵，噶布什贤兵，连接着摆一个长蛇阵，直到海边，拦住明兵的去路。"不知明兵胜败如何，且听下回分解。

美色为妇德之贼，亦为祸水之阶。文皇后艳绝人寰，叶赫以此丧其国，清室亦以此乱其纲。既醮刘郎，复昵小叔；不惜以其妹小玉儿为牺牲品，为便彼叔嫂之私图。然吾可断言文皇后初遇皇太极，为情；后嫁德尔格勒，为义；再醮太宗，已为淫矣。迷惑小郎，淫之至矣！收容王皋、邓侉子，则淫而滥矣！然所为淫者，实美色阶之厉也。女之有色者，往往不安于岑寂，好自炫耀；种种孽障，从此起矣。美色可不惧哉！

小玉儿之色之才，未必弱于乃姊。其才尤能独见其大。彼劝多尔衮为国操劳，非徒以色迷惑丈夫者可比；奈何多尔衮之孽因已种于前，不独小玉儿因此死，即多尔衮锦绣前途，亦毁于是。女色之误人有如此！

群臣推戴，非忠于其主也，为私人利禄耳！彼高坐殿陛者，自以谓富贵无极；实则群臣以傀儡玩之，子孙以犬马视之。然千古为皇帝者，均不能打破此大谜也。

第二十回　传疑案宸妃逝世　惊艳遇洪帅投诚

却说这一夜，一更向尽，只听得北风猎猎，刁斗声声；清兵御营中，列炬如昼。太宗坐在豹皮椅上，许多猛将，分左右站立；御案上摊着一张地图，太宗手指着地图，对众将讲着敌兵的形势。正说着，忽然有一个将军，进账来说道："明军人马，在暗地里移动，今夜怕要来偷营，请万岁保重。"太宗听了，冷笑一声，说道："鼠辈绝没有这样的胆量。"一句话没有说完，忽然探马来报说："明兵逃了！那吴三桂、王朴、唐通、马科、白广恩、李辅明几个总兵，带了马步兵，向噶布什贤阵地上逃去。"太宗听了，只说得一个"追"字，那左右猛将，一齐走出营门，各带本部兵马，着地卷起一阵狂风，向海边追去。这里太宗又打发蒙古固山额真阿赖库、鲁克尔汉察哈尔，各带本部兵马，埋伏在杏山一路，如见有敌兵，立刻拦头痛打，不得远追，也不得擅自回军；又下令睿郡王多尔衮，贝子罗托公屯济一班主将，带领四旗摆牙喇兵和土谢图亲王兵，前往锦州城外塔山大路上，拦腰截断敌兵；又传令达齐堪辛达里纳林，率领枪炮手，前往笔架山保守粮米；又传令正黄旗阿礼哈超哈，镇国将军宗室巴布海纛，章京图赖，带兵去拦截塔山路敌兵；又传令武英郡王阿济格，也去拦截塔山路敌兵，倘然敌兵要偷过塔山，可率领巴布海图赖从宁远直向连山路上追去；又令贝子博洛，带兵从桑噶尔塞堡拦截敌兵。又打听得明国郎中张若麒从小凌河口坐船逃去，便令镶黄旗蒙古固山梅勒章京赖虎察哈尔部下巴特玘带兵往前追赶。各路兵马，奉令四出，赶的赶，杀的杀，可怜那班明朝兵丁，被清兵杀得尸横遍野，血流成河，东奔西逃，只恨爷娘不给他多长两条腿，跑得快些。

太宗皇帝看看军事顺手，便命多尔衮、阿济格，调动主要军队，进围塔山；又调红衣大炮十尊，帮着攻打，打破了塔山城，活捉明副将王希贤、参将崔定国、都司杨重镇。明总兵吴三桂、王朴逃向杏山城一带去。太宗秘兵进逼松山，四面掘壕，紧紧围定。当夜明总兵曹燮蛟，撤退乳峰山的兵队，弃营偷逃，冲进太宗的御营来；太宗上马提刀，亲自督战。曹燮蛟受伤，逃回松山城去。却说噶布什贤带兵在杏山埋伏，守候到第三天，果见前面尘头起处，一队明兵到来。打听得是总兵吴三桂、王朴带领他本部人马，要逃向宁远去。噶布什贤按兵不动，待明兵过去一半，一声炮响，伏兵齐起，好似饿狼扑羊，一阵掩杀，明兵死了三四千，剩下来的，也是四散逃去。吴三桂带领败残人马，逃到高桥地方；一声吹角，清国伏兵又起，前面一员大将，正是多铎，拦住去路，大声喊杀，声震天地。慌得明兵手忙脚乱，反撞进清朝营盘里去；被清兵关起营门来，杀得一个不留。吴三桂和王朴两人，单身独马，落荒而走。这一场好杀，先后斩杀明兵五万三千七百八十多人，得到马七千四百四十匹，驼六十六匹，盔甲九千三百四十六副。

当夜太宗便在营里犒赏兵士，大开筵宴；正吃得热闹时候，贝勒岳托站起来，对太宗说道："臣请陛下下令，领一旅兵队，趁今夜月色皎洁，前去攻取松山城。"太宗摇着头说道："不可！我国将士，连日血战，趁今夜无事，便该休养；再者，你也莫小觑了这座松山城，我打听得城里明朝将士很多，有洪承畴、邱民仰、张斗、姚恭、王士祯这班大将，又有总兵王廷臣、曹燮蛟、祖大乐，带领三万人马，把守城池。就中那位洪经略，是朕心爱的；听说他是中原才子，又熟悉中国政治风俗，朕欲并吞中原，先要说降这位轻略大臣，才能成功。"太宗说着，只见帐下走出一位大臣来，说道："这事容易，臣和松山副将夏承德颇有几分交情；如今臣亲自送劝降书，走进松山城去，先说降了夏承德，再请他帮着臣说降洪经略，岂不是好？"太宗看时，原来是贝勒多铎，不觉大喜，说道："吾弟肯亲自去说降，是大清之幸也！"当下修下劝降书，带了五百名兵士，走进松山城去。这里太宗伸长了脖子望他，直望到日落西山，才见多铎回来。说夏承德颇有投降之意，洪承畴却抵死不从，他说："城可破，头可断，大明经略却不可降！"太宗听了，皱一皱眉头；便把范文程传来，再写一封劝降书，着范文程自己送去。洪经略总是个不肯降。太宗一连送了六回劝降书，后来洪承畴索性关上城门，拒绝来使；太宗无法可想，只得把劝降的告示，绑在箭头上，射进城去。那告示上大略说道：

余率师至此，知汝援兵必逃；预遣兵出，围守松山，使不得入。自塔山南至于海，北至于山，去路俱断；又分兵各路截守，被斩者尸积遍野，投海者海水为红。今汝援兵已绝，此乃天意佑我也。汝等早降，决不杀死；并保全汝等禄位，尔等可自思之。

到了九月初一这一天，太宗看看洪承畴终没有降意，便带领内外诸王、贝勒、贝子、大臣们，拈香拜天；一面打发睿郡王多尔衮、肃郡王豪格，回守盛京。一面拔寨齐起，向松山进兵，传令："倘然遇见洪经略，须要活捉，不可杀死。"亲自押着红衣炮队，直攻松山。洪承畴在城里，出死力抵敌，两军相持不下。忽见一匹马，飞也似的向御营里跑来，守营兵上前扣住，马上一位将军，跳下马来，手里捧着文书，直跑进账去，将文书送上御案；太宗看文书时，不觉吓了一大跳。原来这人是来报丧的，太宗的原配关雎宫宸妃，已死了。太宗虽宠爱庄后，但宸妃和他是结发夫妻，自有一番恩爱；太宗不觉大哭，便立刻把兵事交给诸位贝勒，星夜赶回盛京去。

说起这位宸妃，却也有十分姿色，只是赶不上庄后那种风流体态。太宗念夫妻分上，也时时临幸。这庄妃看了，心中不免起了一点醋意。此番太宗出兵的时候，宸妃还是好好的，不曾有一点疾病，谁知太宗出兵不多几天，宸妃忽然死了。当时大学士希福刚林、梅勒章京冷僧机，得了宸妃薨逝的消息，急急进宫去察看，见宸妃面貌很美，丰容盛鬋，也不像是害病死的。希福刚林看了，十分诧异，说道："皇上远出，宫里大变；倘然皇上回来问俺，叫我拿什么话回奏呢！"冷僧机在一旁说道："这个容易，我们只叫把关雎宫里的宫女捉来，审问他宸妃死的时候，有什么人在身旁，我们便把那人抓来一问，便可以知道了。"这几句话，传到永福宫庄后耳朵里，不禁慌张起来；忙打发一个小宫女出去，把大学士传进宫去，一面又把睿亲王多尔衮传进宫去，几句话，把一天大事，化为乌有。

第二天，多尔衮打发冷僧机出城去迎接圣驾，冷僧机是多尔衮的心腹，见了太宗，自然有一番掩饰。这里希福刚林听了皇后的吩咐，便潦潦草草，把宸妃的尸身收验了。太宗到来，只看见一口棺木，便也没有什么说的。那皇后又怕太宗悲伤，便打叠起全副精神，趋奉太宗；太宗有这样一个美人陪在身旁，有说有笑，早把一肚子悲伤，消灭得无影无踪。皇后知道太宗欢喜打猎的，便哄着皇帝到叶赫部打猎去；两人谈起旧情，便越发觉得恩爱，当夜便在棚帐里双双宿下。从此皇后把个皇帝全个儿霸占着，却没有第二个人可以分他的宠了。看看打猎到第四天上，忽然见他大儿子肃郡王豪格笑盈盈地走进帐来，见了太宗，便请下安去，说道："父皇大喜！那松山城，已经吃孩儿打下来了。"太宗这一喜，直喜得心花怒放，拉住他儿子的手，坐下来问个仔细。豪格说道："原是松山守城副将夏承德预先打发人来说，他把守城南，今夜竖起云梯，向南面爬进城来，他在里面接应。到了夜里，孩儿带了大队人马，果然从城南打了进去，当时捉住明朝经略洪承畴、巡抚邱民仰、总兵王廷臣、曹燮蛟、祖大乐，游击祖大名、祖大成 一班官员。又杀死明兵三千六十三人，活捉住妇女、孩童一千二百四十九口,获得盔甲、弓箭一万五千多副,大小红衣炮、鸟枪三千二百七十三件,请父皇快快回京安插去。”太宗听了,不禁哈哈大笑,赶快收拾围场回盛京去。

到了宫里,便有一起一起的大臣,前来报告军情;太宗都拿好言安慰,又吩咐不许虐待汉人。准了贝勒岳托的奏章:一品的汉官,便把诸贝勒的格格赏他做妻子;二品官,把国里大臣的女儿赏他做妻子。又特下上谕,把洪承畴送到客馆去,好好地看待,每天送筵席去请他吃;又挑选四个宫女去伺候呼唤。那洪承畴原是明朝的忠臣,也是一位名将;如今吃清兵捉来,原拼一死。谁知送他到盛京来,太宗既不传见,也不杀他;看看那班总兵官,杀的杀,降的降,早已一个也不在他身旁。又看看自己住在客馆里,吃的是山珍海味,住的是锦被绣榻,便知道清朝还有劝他投降的意思。他便立定主意,从这一天起,一粒饭也不上嘴;一天到晚,只是向西呆坐着。太宗皇帝派人来劝他吃,他也不吃,劝他降,他也不降。后来恼了他,索性把房门关锁起来,所有一切侍从宫女,都不得进去。看看过了两天,洪承畴却粒米不进,这消息传到太宗耳朵里,太宗十分忧愁,对诸大臣说道:“倘然洪经略不肯投降,眼见这中原取不成了!”便下圣旨,有谁人能出奇谋说得洪经略投降的,便赏黄金万两。这个圣旨一下,谁不想得黄金?便有许多大臣,想尽方法去劝说;无奈洪经略总给你个老不见面。

看看又到了第四天上,洪承畴已饿得不像个模样了,那多铎便把洪承畴一个贴身的书僮名叫金升的,捉来百般恐吓他,问他:“洪经略生平最爱什么?”那金升起初不肯说,后来多铎吩咐自己府里的侍女,把金升领去,大家哄着他劝他吃酒,又和他胡缠。内中有一个侍女,面貌却长得白净,金升却看上了他,那侍女便陪他睡去,在被窝里金升才说他主人是独爱女色的。这个消息一传出去,多铎便去奏明皇帝,挑选了四个绝色的宫女,又在掳来的妇女里面,挑选了四个美貌的汉女,一齐送进客馆里去。谁知洪承畴连正眼也不看一眼,把个太宗皇帝急得在宫里只是搔耳摸腮,长吁短叹。文皇后在一旁看了,却莫名其妙。问时,太宗皇帝便把洪经略不肯投降的事说了出来。文皇后听了,微微一笑,说道:“想来那洪经略虽说好色,决不爱那种下等女人。这件事陛下放心,托付在贱妾身上,在这三天里,管教说得洪经略投降。”太宗说道:“这如何使得?卿是朕心爱的,又是堂堂一位国母,倘然传说出去,却教朕这张脸搁到什么地方去?”文皇后听了,又说道:“陛下为国家大事,何惜一皇后?再者,贱妾此去为皇上办事,我们夫妻的情爱仍在。陛下若虑漏泄春光,有碍陛下的颜面,这事体做得秘密些就是了。”文皇后说到这里,太宗看看皇后的面庞,实在长得标致;心想任你铁石人,见了也要动心的,便叹了一口气,说道:“去吧!做得秘密些,莫叫他们笑我。”

文皇后得了圣旨,便回宫去,换了一身艳服,梳着高高的髻儿,擦着红红的胭脂,鬓影钗光,真是行一步也可人意儿。文皇后打扮停当,便雇一辆小车,带着一个贴身宫女,从宫后夹道上偷偷地出去。到了客馆里,那辆车儿直拉进内院去,里面忽然传出皇帝的手谕来,贴在客馆门外,上面写着:“不论官民人等,不许进馆。”那文皇后到了馆里,看看那洪承畴,倒也长得清秀。他盘腿儿坐在椅子上,已是五日不吃饭了,早把他饿得眼花头晕,神志昏沉。文皇后指挥宫女,把他扶下椅子来,放倒在炕上。宫女一齐退出去,文皇后爬上炕去,盘腿儿坐着,把洪经略的身体轻轻扶起,斜倚在炕边上。那洪承畴昏昏沉沉,起初由他们摆弄去,他总是闭上眼;到了这时,觉得自己身子落了温柔乡,一阵一阵脂粉香吹进鼻管来,洪经略是天生一位多情人,别的事体都打不动他的心,只有这女色上的勾当,便是在他临死时候,也多少要动一动心。况且那阵香味,原是文皇后所独有的;觉得异样触鼻,不由他不心中怦怦地跳动起来,便忍不住开眼一看,只见一个绝色女子,明眸皓齿,翠黛朱唇,看着他盈盈一笑;那种轻盈妩媚的姿态,真可以勾魂摄魄。洪经略忍不住问了一声:“你是什么人?”接着听得那女子樱唇中“嗤”的一笑,说道:“好一个殉国的忠臣!你死你的,快莫问我什么人。”洪经略听他莺声呖呖,不觉精神一振,便坐起身来,说道:“我殉我的国,与你什么相干?”那女子说道:“妾身心肠十分慈悲,见经略在此受苦,满意要来救经略早早脱离苦海。”洪经略听了,冷笑一声,说道:“你敢是也来劝我投降的吗?但是我的主意已定,再过一两天，便可以如我的心愿了；你虽然长得美貌，你倘然说别的话，我是愿意听的，你若是说劝降的话，我是不愿听的。快去吧！"那女子听了，又微微一笑，把身子格外挨近些，说道："我虽说是一个女子，却也很敬重经略的气节；现在经略既然打定主意，我怎么敢来破坏经略的志气呢？但是我看经略也十分可怜！……"洪经略问道："你可怜我什么来？"那女子说道："我看经略好好一个男子，在家的时候，三妻四妾，呼奴唤婢，席丰履厚，锦衣玉食，何等尊贵？如今孤凄凄一个人，举目无亲，求死不得；虽说是只有一两天便可以成事，但是我想这一两天的难受，比前五天要胜过几倍。好好一个人，吃着这样的苦，岂不是可怜？"那女子说着话，一阵阵的口脂香，射进鼻管来；洪承畴心中不觉又是一动，急急闭上眼，止住了心，要把这女子推开，那手臂又是软绵绵的，没有气力。接着又听那女子悲切切的声音说道："经略降又不肯降，死又不快死；如今我有一碗毒酒在此，经略快快吃下去，可以立刻送命，也免得在这里受苦。我可怜经略，这一点便是我来救经略早离苦海的慈悲心肠。"洪承畴这时正饿得难受，听说有毒酒，便睁开眼来一看；见那女子玉也似的一只手，捧着一只碗，碗里盛着黄澄澄的一碗酒。洪承畴硬一硬心肠，劈手去夺过来，仰着脖子，往嘴里一倒；"咕嘟咕嘟"的一阵响，把这碗毒酒吃得个涓滴不留。那女子便拿回碗去，转过身来，扶他睡倒；自己却也和他倒在一个枕上，那一阵阵的脂粉香和头上的花香，又送进鼻管来。洪承畴却只是仰天躺着，闭着眼睛等死；那女子也静悄悄的不作一声儿。谁知这时他越睡越睡不熟，越想死越不肯死，那一阵一阵的香气，越来得浓厚；洪经略每闻着这香味，不觉心中一动，每心一动，便忙自己止住。这样子挨了许多时候，洪经略觉得越发的清醒了，翻来覆去地只是睡不熟。那女子看他不得安睡，便有一搭没一搭的和他说些闲话。洪经略起初也不去睬他，后来那女子问起："经略府上有几位姨太太？那位姨太太年纪最轻面貌最美？"洪经略听了这几句话，便勾起了他无限心事，心中一阵翻腾，好似熟油熬煎一般难受；又听那女子接着说道："经略此番离家万里，尽忠在客馆里，倒也罢了；只是府上那一位美人儿，从此春花秋月，深闺梦里，想来不知要怎么难收呢！"洪经略听到这里，早已撑不住了，"哇"的几声，转过身来，对着那女子抽抽咽咽地哭个不住。那女子打叠起温言软语，再三劝慰着。不知洪经略性命如何，且听下回分解。

洪承畴降清，是明清两国成败之关键。看他要写劝降，先写岳托请兵夜战；要写岳托请兵，先写杏山大胜；要写杏山大胜，先写塔山大战，写太宗调兵遣将。头头是道，起伏照应，令读者如身入战场，目迷心骇。真大笔也！

既写塔山大战，若再写松山大战，架床叠铺，不独文章难于布置，且在文法上亦病冲犯。今乃假宸妃薨逝，太宗回京之空间，而暗写攻得松山。豪格寥寥数语足矣。又利用此空间，补叙庄后谋毙宸妃，以色迷太宗，为后来擅权劝降张本。

古谚有"欲屈得下，才跳得高"之句。作小说何尝不如此？欲写洪承畴将来之效忠清室，须先写今日之不易劝降；使后之读者，恨洪承畴之念愈深也。

第二十一回 多尔衮计歼情敌 吉特后巧偿宿缘

却说洪经略才止住了哭，叹一口气，说道："事已如此，也顾不得这许多了！只是这毒药吃下肚去，怎么还不死呢？"一句话，只引得那女子一头躲在洪经略怀里，只是"嗤嗤"的笑个不休。洪经略问他："什么好笑？"那女子拿手帕按着朱唇，笑说道："什么毒药不毒药，那是上好的参汤呢！俺看你饿得难受，求生不能，求死不得，便哄着你吃一碗参汤下去接接力。这是俺家从吉林进贡来的上好人参，这一碗吃下去，少说说，也有五六天可以活命。看经略如今死也不死？"说着，又忍不住"吃吃"的笑。洪经略给他这一番话说得脸上红一块白一块，果然觉得神气越清醒了；又听那女子在他耳边低低地说道："经略大人，我看你还是投降的好；一来也保全了大人的性命，二来也不失封侯之位，三来也免得家里几位姨太太守一世孤单，四来也不辜负了俺一番相劝的好意。"他说到这里，霍地坐起身来，一手掠着鬓儿，斜过眼珠来，向经略溜了一眼；接着粉腮儿上飞起了两朵红云，低着脖子，只是弄那围巾上的流苏。一种妖媚的姿态，把个洪经略看得眼光缭乱；他忙收一收神，跳下地来，大声喝道："你是哪里的淫婢，敢来诱惑老夫！"那女子听了，却不慌不忙，盘腿儿向炕沿上一坐，从怀里掏出一方小小的金印来，向洪经略怀中一丢。洪经略接在手中看时，不觉把他吓得魂灵儿直透出泥丸，两条腿儿软绵绵的跪倒在地，连连磕着头，说道："外臣该死！外臣蒙娘娘天恩高厚，情愿投降，一辈子伺候娘娘凤驾。"原来那方金印上刻着两行字，一行是满洲字，一行是汉字，有"永福宫之宝玺"六个字。洪经略到这时，才知道坐在炕上的，便是赫赫有名的关外第一美人，满洲第一贵妇人孝庄文皇后；便吓得他不住的碰头，只求娘娘饶命。那娘娘伸出玉也似的臂膀来，把洪经略拉上炕去。洪经略看时，见皇后穿一件枣红嵌金带的旗袍，那大襟上揩着自己的眼泪鼻涕，湿了一大块。他越发的不好意思，爬在炕上，还是不住的碰头；此后却不听得他两人的声息。

良宵易度，第二天一清早，洪经略从梦中醒来，枕上早已不见了那昨夜劝驾的女子。停了一回，四个宫女，捧着洗脸水、燕窝粥进来，洪经略胡乱洗过脸，吃过粥。接着外面递进许多手本来，睿郡王多尔衮、郑亲王济尔哈朗、肃郡王豪格、贝勒岳托、贝子罗托、大学士希福刚林、梅勒章京冷僧机，都亲自来拜望。多尔衮又说："皇上十分纪念经略，务必请经略进宫去一见。"停了一回，内面传话出来，宣待诏进馆。洪承畴剃去了四面头发，头顶上结一条小辫。穿着皇帝赏的红顶花翎、黄马褂，大摇大摆的踱出馆去。跨上马，后面跟着一班贝勒大臣，直走到大清门外下马。那时祖大寿、董协、祖大乐、祖大弼、夏承德、高勋、祖泽远一班明朝的降将，都候在朝门外；见洪承畴来了，大家上前去迎接，跟着一块儿上殿去。从大清门走到笃恭殿，从笃恭殿走到崇政殿，两旁满站着御林军士。洪承畴跪在殿下，三跪九叩首，称皇帝陛下。礼毕，太宗皇帝宣洪承畴上殿，在宝座左面安设金漆椅一只、金唾盂一、金壶一、贮水金瓶一、香炉二、香盒二；后面站着穿绿衣黄带青补褂戴凉帽的侍卫四人。皇帝赏洪承畴坐下，问他明朝的政教、礼制、风俗、军制，十分详细，足足讲谈了两三个时辰。皇帝退朝，圣旨下来，拜洪承畴内院大学士，在崇政殿赐宴。

从此以后，太宗常常为国家大事，召洪学士进宫去，文皇后也坐在一旁。洪学士见了文皇后，爬下地去，多磕几个头，口称罪臣。文皇后见了，总微微一笑。太宗也因为皇后有劝降的功劳，便另眼看待他；有时指着洪学士，对文皇后说道："他是投降皇后的！"大家笑着。虽说如此，却不知怎么，自从洪承畴投降以后，太宗待皇后却淡淡的起来了。皇后肚子里也有几分明白，心中便说不出的怨恨。闷起来，便带着那王皋、邓侉子两人出外打猎去。有一天，在回场上遇到睿王多尔衮，皇后把他唤到马前，深深地瞪了他一眼，说道："老九！你好！怎么这几天不进宫来？"多尔衮故意装出诧异的样子来，说道："啊哟！宫里是什么地方，臣子不奉宣召，怎么得进来？"皇后听了，把他小嘴儿一撇，笑骂道："小崽子！你装傻吗？你是俺的妹夫，又是叔叔，还闹这些过节儿吗？"说着，把手里的马鞭子撩过去，在睿王头上拍地打了一下，说道："滚你妈的蛋！"睿亲王磕过头，转身走去；又听得皇后在背后说道："明天再不进宫来，仔细你的腿！"多尔衮这时已骑上了马，听了皇后说话，便掉转马头，正要回上去；见那皇后已轻转过马头走去，左边王皋，右边邓侉子，三个人并着马头，把脸凑在一处，做出十分亲密的样子来。多尔衮在后面看了，不觉一缕酸气，从脚跟直冲顶门，自己对自己说道："你们这两个王八蛋！俺明天好好地收拾你。"

到了第二天，多尔衮真的进宫去见他哥哥，悄悄地把昨天在回场上见王皋如何如何无礼的情形说了出来。谁知太宗对于这两人，心中本来有一个疑团：前几天，太宗走进永福宫去，远远地看见皇后正和邓侉子在那里调笑；当时太宗还认作作自己眼花，忍耐在肚子里，不曾发作。如今听了多尔衮的说话，回想到从前的情形，愈想愈怀疑，不觉勃然大怒，心想这两个光棍，留在宫里，终究不是事体，便不如趁今天发付了他。想罢，立刻打发侍卫传谕进去，把王皋和邓侉子两人，一齐唤出宫来。皇后正和两人说笑着，听说有谕旨，皇后急问："为什么事情？"宫女回说："不知道。"王皋两人，只得跟着侍卫出去，见了太宗皇帝，跪下碰头。太宗一句话也不说，只把令箭递给多尔衮，把这两人押出朝门外去，砍下脑袋来；待到皇后知道这个消息，已经迟了。

明知道多尔衮为爱自己，所以杀了这两人，但是皇后眼前少了这两个人凑趣，便觉郁郁寡欢。太宗皇帝，近日又因为有朝鲜的事体，天天和几位贝勒、大臣商议出兵的事体，也没有工夫进宫来陪伴他，只把个皇后丢得冷清清地。那太宗为何要出兵朝鲜？只因朝鲜王仁祖，反对太宗加尊号；恰巧仁祖的妃子韩氏死了，太宗打发英俄尔岱、马福太两人到朝鲜去吊孝，趁便劝他投降称臣。那仁祖非但不肯投降，反埋伏下兵士在客馆里，要刺杀这两个使臣。这两个使臣逃回国来，把这情形一长二短奏明了太宗，太宗大怒，便立刻调齐了十万人马，一面和诸位贝勒、大臣在朝堂上商量御驾亲征的事体。文皇后打听得皇帝又要亲征，便又想起一件事来，趁太宗朝罢回宫的时候，便亲自去见皇帝。皇帝因为杀了王皋的事体，也多日不见皇后了，当下夫妻两人见了面，十分客气。皇帝提起不久要出征朝鲜的事体，皇后便问皇上："此番出征，命何人监国？"太宗道："朕已将朝里的事体托付了洪学士，他虽说是新近归顺的，却是十分可靠的人；宫里的事，自有皇后主持，照那上回出兵抚顺一样办理。"皇后听了，忙奏道："这一回可不能照上回的办法了。因为妾身近来多病，不能多受辛苦，求皇上留下一个亲信的人监国才好。"皇帝听了，倒踌躇起来，说道："留什么人监国呢？偏偏那阿敏和莽古尔泰又是病了。"皇后听了，冷笑一声，说道："皇上以为他们可靠吗？妾身害怕的，就是他们两个人！"太宗听了，诧异起来，忙问："这两人怎么样？"皇后忙拦着说道："皇上出兵在即，这两人怎么样，且不去问他；总之，请皇上留下人监国，妾身可以保得无事。"太宗因心中有事，便也不追问下去，只说道："只是留谁呢？"皇后忽然说道："有了！多尔衮这人，皇上不是常常称赞他忠心吗？况且又是臣妾的妹夫；倘然留他在朝里监国，一定没有乱子。他也可以管得宫里的事体，臣妾也不用避什么嫌疑。"太宗听了，拍着手说道："招啊！怎么我一时把老九忘了呢！快传他进来。"那宫女听了，飞也似的传话出来。不多时候，多尔衮进宫来，太宗把留京监国和提防阿敏、莽古尔泰的话，再三叮嘱了一回，自己便站起身来，出宫上马，带着大兵，一直向朝鲜进发去了。

这里多尔衮见皇帝去了，正要送出宫去；走到门帘下面，忽听得皇后在里面唤道："老九，回来，我还有话说呢。"多尔衮听了，忙回进去，直挺挺地站在皇后面前候旨意；半晌，皇后也不开口，也不叫去。多尔衮忙请了一个安，说道："多尔衮伺候着呢。"皇后微微一笑，说道："我有要紧话和你商量，这里不是说话的地方，快随我到寝宫去。"说着，自己站起身来向前走去，多尔衮跟在后面；看看到了寝宫里面，装饰得金碧辉煌，皇后便在逍遥椅上坐下，向宫女们望了一眼，宫女们知道皇后的意思，急急退出，只剩他叔嫂二人在内，唧唧哝哝，不知商量些什么。直到天色已晚，掌上灯来，多尔衮要告辞回去，皇后向他溜了一眼，接着笑了一笑，说道："用了晚膳回去。"自己便转进套房去，重匀脂粉，换了晚妆。宫人摆上晚膳，皇后居中坐下，多尔衮在一旁陪坐。宫女斟上了酒，两人便浅斟低酌起来；一面说笑着，一面吃喝着。这时廊下的宫女，只听得屋子里皇后"吃吃"的笑声，停了一回，那贴身服侍的两个宫女，也退了出来，大家在外面守着。只觉得灯影昏沉，语言缠绵，唧唧哝哝的，直到半夜时分，多尔衮才告辞出来。宫女们掌着宫灯，送他出去；临走的时候，多尔衮还是依依不舍地说了许多话。皇后腻烦起来，"嗤"的一笑，把手在多尔衮肩上一推，说道："得啦！时候不早了，快去吧，当心凉着。俺那小玉儿，不知怎么挂念你呢！"多尔衮听了，也笑着出去了。

说起那阿敏和莽古尔泰两人，确实有谋反的心肠。只因他两人和太宗是异母弟兄，莽古尔泰又仗着自己是富察后的长子，如今褚英、代善已死，这皇帝的宝位，便应当轮到自己坐；谁知在先皇宾天的时候，太宗却用威力劫夺了去。自从皇太极做了皇帝，又替他南征北讨，东荡西杀，也不曾有安闲的日子，因此心中十分怨恨。便是阿敏，也自己仗着是舒尔哈齐的长子，努尔哈齐的长子既已死了，这帝位便该轮到自己身上来。如今被太宗占据了去，心中也十分怨恨。两人肚子里的心事，没人的时候，常常说起；兄弟两人便联络起来，暗中结交党羽，四下布置心腹。在太宗出征抚顺的时候，原打算发作；不料太宗回来得很快，措手不及，大家只好按兵不动。此番太宗又亲自带兵出去，原是他们的好机会；谁知这个大事，却败坏在一个女子手里。这女子是什么人呢？便是那莽古济格格。这莽古济格格，平日仗着自己有几分姿色，到处搔首弄姿，勾引男子；他心目中第一个欢喜的，便是太宗的大儿子豪格。他打算把豪格勾引上了，自己便是稳稳地一位将来的皇后了；谁知天公不作美，后来那豪格娶了博尔济锦氏做了妃子，把个莽古济格格气得一佛出世，二佛升天。他从此把个豪格恨入切骨，他掉过来，便入了莽古尔泰的党。那时和莽古尔泰同党的，还有德格类、琐诺木、杜棱一班人，天天秘密会议，预备起事。莽古济格格看看这一班人，又没有一个中得他意的；不知怎么，他又勾引上了一个冷僧机。从此他两人暗去明来，十分恩爱。莽古济格格认作冷僧机是自己的心腹，把他们的阴谋，统统告诉了他。谁知冷僧机却是睿王的心腹，早把这件事悄悄地对睿王说了；睿王便打发他妃子小玉儿进宫去，告诉他姊姊。这时正是太宗出兵抚顺未回，后来太宗回来，皇后也因没有真实凭据，不敢告发；此番皇帝又要出征，因此皇后便请皇帝留下监国的人，却巧留下了一个多尔衮，真是公私两便。从此多尔衮便以监国为名，天天进宫去；皇后却把莽古尔泰谋反的事体，挂在心里，常常催着多尔衮，叫他从早下手。

多尔衮这时已经是假意入了莽古尔泰的党，他们天天会议，多尔衮也在座，假意说些怨恨皇帝的话，又说到起事的那天，他在宫里做内应，又如何调动兵马，如何截断太宗的归路，说得天花乱坠，把个莽古尔泰哄得心悦诚服。第二天，多尔衮请这班反叛在府中吃酒，趁他们酒醉的时候，一齐拿下；又在各处贝勒府中，搜出许多造反的告示来。多尔衮一面吩咐把这班人监禁起来，一面自己进宫去，报告皇后；皇后听了大喜，伸手在多尔衮的肩上一拍，笑说道："我的好妹夫！到底俺的眼力不错，保举得人了！"说着，忙传洪学士和冷僧机进宫来，吩咐把这班反贼好好地看守起来，待皇帝回宫，再行发付。这里皇后便把多尔衮留在宫里，夜夜取乐。正在快活的时候，只听得一声传说，皇上回来了！多尔衮也无可奈何，只得垂头丧气，退出宫来，带领一班文武大臣，出城迎接去。

太宗此番打胜了朝鲜，受了朝鲜王李倧的投降，心下十分快活；回得国来，大宴功臣。多尔衮看看皇帝正在快活时候，不好把阿敏谋反的事体说出来。到了第二天，才把这件事体原原本本的说明了；太宗听了，十分动怒，立刻要升殿亲自审问。后来还是洪学士奏请发交九亲王审问。谁知那莽古尔泰在牢监里，听得皇帝回京的消息，把他一吓，一时里吓破了胆，死了。多尔衮得了皇帝的旨意，便把阿敏、德格类、琐诺木、杜棱，还有莽古济格格一班反叛，从牢里提出来审问；多尔衮是和他们假意做同党的，他们的阴谋，多尔衮统统知道，他们也无可抵赖，只得一一招认。多尔衮取了口供，奏明皇帝，一一定了死罪，发交刑部大臣执行。

太宗想起皇后的功劳，便站起身来，踱进永福宫去；一眼瞥见皇后陪着一个美貌少年在那里吃酒。那少年见皇帝来了，他忙抢上前去请安；皇帝看看这少年十分面善，问时，原来是皇后的内侄科尔沁卓礼克图亲王吴克善的儿子，名唤弼尔塔噶尔。自从皇帝上尊号的那年，他跟着父亲进京来道贺，皇后便把他留下了；只因太宗连年带兵在外，只和他见过一面，所以不十分认识。当时经皇后说明了，皇帝便把他拉近身来，仔细打量着，果然长得清秀漂亮；问他多少年纪？他回说："十八岁了。"又问他："拉得弓骑得马吗？"他回说："勉强学会。"皇后接着说道："讲起他的弓马来，真了得！他还救俺公主的性命呢。"皇帝便问："怎么一回事？"皇后说道："我们阿顿，生性欢喜打猎；那天是皇上出兵去的第三天，阿顿带了宫女们到东山打猎去。忽然一头白兔，在公主马前跑过，公主拍马直追进林子里去，忽然林子里跳出一头老虎来，那老虎直扑公主马头；这时宫女们在林子外站得很远的，只有喊救的分儿，却没有人敢上前去打老虎。看看那头虎已抓住马蹄儿了，那马大吼一声，和人一般的站了起来；公主一个翻身，摔下马来。正在万分危急的时候，忽然林子那面抢进一个少年来，提着短刀，一跳跳上了虎背，揪住了他的领骨。那老虎仰起头来，那少年一刀下去，直刺进老虎的眼眶里；那头老虎大叫一声，屁股一撅，把那少年掀下背来，压在老虎的肚子底下。这时俺们公主自己得了性命，见这少年正在虎口之下，便急急弯弓搭箭，要射过去；又怕误中了少年，正慌张的时候，那少年不慌不忙，拔出短刀，在老虎肚子下面，狠命一截。只见那老虎倒在地下，翻了几番，死了。那少年却笑盈盈地站在公主跟前，公主看时，那少年不是别人，原来是他。"皇后说到这里，把一个手指指着弼尔塔葛尔；又说道："那头大虫，原来是他赶进林子来的。这一天，他也在东山上打猎呢。"皇帝听了，接着说道："这一头虎，却也抵得那年我和你的一头鹿呢！"说着，不禁哈哈大笑。皇后听了皇帝的话，想起从前的情形，粉腮儿上不觉起了一层红云，微微一笑。

正在这时，只听得宫女说一声："公主来了！"便见四个宫女，簇拥着一位花枝招展的固伦公主。皇后便唤道："阿顿！快去见了你父王。"固伦公主上去行过礼，回过头来，见了弼尔塔噶尔，不禁盈盈一笑；那一笑，两面粉腮儿上露出两个酒窝儿来。接着，低低地唤了一声："哥哥！"太宗看了，十分欢喜，笑说道："好一对儿！"便回过头来问着皇后道："阿顿今年几岁了？"皇后笑了一声，说道："陛下怎么连阿顿的年纪也忘了，他是陛下灭科尔沁部那年生的。"太宗听了，拍着手，说道："记得记得。阿顿今年十七岁了。"原来皇后说这句话，是有意思的；这位固伦公主，虽说是太宗的大女儿，实在还是那皇后的前夫德尔格勒的种子。那文皇后是天命四年八月里嫁太宗皇帝的，第二年正月里，便生下这固伦公主来。这时太宗看看弼尔塔噶尔人才出众，便和皇后说明，把公主下嫁。当时把皇后的哥哥吴克善唤来，当面说定亲事；一面吩咐豪格，在京城里造起一座高大的驸马府来，一面派人到四处去替公主采办嫁妆。

这事整整忙了一年，还不曾完备。皇后这时又生了一个太子，满月以后，太宗进永福宫去看望皇后，见他调养得面庞儿越发丰润了；再看那太子时，又是长得洁白清秀，啼声洪大。太宗笑说道："这样的母亲，才生得出这样的好儿子！"皇后听了，也微微一笑说道："请陛下赏一个名儿。"太宗略略思索了一回，说道："便取名福临罢。"宫里因太子满月，连日吃着筵宴，把公主下嫁的事体，反搁起了。皇后再三催着皇帝，太宗便吩咐豪格到萨满那里请好日子去。豪格回来回说："萨满说，今年没有好日子，姊姊的好日子，拣定在明年六月初一。"皇后听了，也没有法，只得耐性候着。

这里多尔衮自从太宗回京来，便没有机会进宫和皇后见面去，把他急得在家里只拿小玉妃出气，夫妻俩口儿，常常吵嘴。小玉妃也知道皇后的私事，心里想起，便酸溜溜的；只因是同胞姊妹，不好意思发作，因此也常常借着事端和多尔衮争吵。那皇后在宫里，也想这位九叔叔想得厉害。到第二年的正月里，皇帝忽然又要出兵去了。原来明朝自从洪承畴投降，松山失守以后，便派兵部尚书陈新甲前来和太宗议和。太宗皇帝开了六条和约，那明朝因为太宗的条约十分苛刻，便置之不理。直到如今七八个年头，太宗再也忍耐不住，便点起兵马，命贝勒阿巴泰充先锋，打进关去；自己带领大兵，随后进攻。要知太宗此番出兵，利与不利，且听下回分解。

从来殉节事易，守节事难。忠臣何独不然？当洪经略绝粒之初，何尝不矢必死之志？然历尽饥饿困苦而气馁矣，受尽脂粉温柔而愈馁矣；卒至翎顶垂辫，向满族称臣，遗臭万年。何如立念之初，一瞑饮刃之为愈也？

文后劝降，已不成体统；然太宗含忍之，英雄所见独大，其度量实不可及。但既容忍于初，何不能容忍于后？既杀王、邓二人，何不并文后而亦处之死。无亦惑其色耳？从来女子之丰于色者，多不检于行；如纨绔子之喜以富耀人。况帝后之结合，以势不以情；夫妇之间愈无可以维系，而闺中从此多事矣！世之有美妻者，幸勿徒惑其色也。

英雄大都好色。然吾以谓好色，庸人之事也；惟英雄不能好色。盖英雄者，进谋天下大计，退求一己荣达；儿女情长，必致英雄气短。况最毒妇人心，天下几多大事，败于妇人小子之手。为豪格之败于莽古济格格是也。

妒是妇人美德，已有先我言之者。但余以为负心亦为男子直道；所苦者，负心以后，双方格于礼教，不能立即离异，别求良匹。怨恨日深，床笫等于狴犴，卒至演成仇杀惨剧。如小玉儿之与多尔衮，是其例也。

第二十二回　露奸情太宗暴殂　见美色豫王调情

却说太宗皇帝，因为愤恨明朝和议不成，便也等不得固伦公主出阁，便亲自带兵，打进关去。临走的时候，依旧把朝廷的事体，托付了睿亲王，自己带着左右两翼八万人马，昼夜趱程。那左翼的兵马，从界山脚下，打破了边墙进去；右翼兵马，从雁门关黄崖口打进去，两支兵马，在蓟州地方会齐，合在一块儿，直打到兖州地方；沿路打破三座府城，十八座州城，六十七座县城。捉住明朝的鲁王，便在军前斩首；掳得明朝男女百姓三十六万人，牲口五十五万头。那先锋阿巴泰，从南路打来；大兵驻扎在山东莒州，住了一个多月，也不曾见一个明朝的兵马。阿巴泰便把沿路掳得的锦绣金银，捆装在驼车上，从天津到涿鹿一带三十多里地面，车轮接着不断。渡卢沟桥，十多天还不曾渡完。那明朝崇祯皇帝下诏，令各省起勤王兵；那勤王兵队到通州地方，见清兵强盛，大家吓得躲起来，不敢去拦阻他。眼看着满洲兵马，一队一队的退出关去。太宗皇帝看看不费一兵一卒的力，白白得了许多金银珠宝，心下如何不快活；便在营里，办起庆功筵宴来，拣定吉日班师。谁知这里太宗正志得意满的时候，他宫里却闹出极大的风波来，太宗皇帝的性命，也便送这一朝。

原来此番睿王多尔衮受了太宗的托付，天天住在宫里，和皇后成双作对，毫无顾忌。好在宫里上上下下的人，都是多尔衮的心腹，谁敢走漏消息？这其间却有两个人恨得咬牙切骨：一个是太宗的长子豪格，一个是多尔衮的妃子小玉儿。那豪格虽奉命办理固伦公主的婚事，却事事不得自由，都要听他叔叔的命令。他叔叔多尔衮正和皇后伴得火热，深宫密院，便是要找他说一句话，也不是容易的事体。这时豪格督造驸马府，工程已是完成，要找他叔叔商量布置府内的事体，便特意地跑进宫去求见。多尔衮平常总在永福宫西书房里起坐，他便一径向西书房走去；看看书房里静悄悄的，只有三五个太监守着，并没有多尔衮这个人。问时，大家都推说不知道。豪格急退出宫来，折到睿王府中去一问，说："王爷有四天不曾回府了。"这时事有凑巧，那小玉妃正因多尔衮进宫去一连四天不回府，心中醋劲正无处发泄，忽听说豪格到来，便传话出去，请郡王进内院去。那豪格一见了他婶母，便问起："叔叔连日不回府来，不知到什么地方去了？"那小玉妃这时正闷着一肚子冤气，也不及检点，便冷笑一声说道："你叔叔么！他不住在宫里，还有什么地方住得！他们正乐呢！那里还想得到回府啊！"多尔衮的事，豪格早有十分瞧料，只因没有机会，不好发作出来。如今不防他婶婶却直说出来，他禁不住脸儿涨得通红，勉强捺住了性子问道："叔叔不回家，婶婶怎么不到宫里找去？"小玉妃说道："我也曾找去，宫里的人，得了你叔叔的好处，都回说不在；我要闯进找去，却被宫女们拦住，说：'万岁留下意旨，非奉皇后呼唤，不准擅自进宫。'我这几天正无处拉把。好侄儿！你既来了，须要替我想一个主意，也得替你自己想一个主意；尽这样闹下去，我和你两人的脸面，搁到什么地方去呢？"一句话说恼了肃郡王，当下他把胸脯一拍，说道："婶婶放心！此番父皇回来，我便把这番情形面奏；请父皇下旨，禁止叔叔进宫。现在婶婶却须耐着性儿，千万不可声张；倘然给叔叔知道，婶婶和侄儿的性命，都是不保。"他说着，告辞出来，又去料理固伦公主的婚事去了。

看看快到了下嫁的吉日，忽然一队人马，飞也似的跑进宫来，说："皇帝驾到！"满朝文武，听了这个消息，忙乱着披挂出城去接驾。自然是睿亲王多尔衮领班，他骑着一头栗色骏马，走在前头；出城九里地方，遇到太宗大队人马，文武百官，都爬在地下，口称万岁。太宗见多尔衮也爬在路旁，忙跳下马来，亲自扶起；兄弟两人，并肩儿骑在马上，走进城去，到崇政殿前下马。皇帝上殿，百官依次朝贺；皇帝传旨，便在西偏殿赐宴。一时传杯递盏，直吃到日落西山，才个个谢宴回家。皇帝这一晚，暂不回宫，在东偏殿里息宿，自有宫娥伺候。第二天，便是固伦公主下嫁的正日，满个盛京城里，车马拥挤，大街小巷，塞满了那看热闹的百姓。那驸马索尔哈，全身披挂，进宫去亲迎。固伦公主，拜过太庙，辞别父皇母后，跟着驸马出宫，下嫁到驸马府去。那班亲王、郡王、贝勒、贝子、奉国将军、和硕亲王、福晋、格格等一班皇亲国戚，一队一队的进宫去道贺。依豪格的意思，立刻要把多尔衮的事奏明父皇。后来还是他福晋劝住，说："父皇连日辛苦，又接着办庆功筵宴，下嫁喜筵，心中正十分快乐；不如待事过以后，慢慢奏明。"豪格听了福晋的话，暂时忍耐。

看看喜事已过，皇帝便下谕，夜间进宫；日间又在西偏殿上，设庆功筵宴，大小臣子，个个吃得酒醉饭饱。大家站在崇政殿下，预备送皇帝进宫。谁知直守到天色昏暗，还不见有动静。那文武官员，个个站得腿酸腰痛，散又不敢散，问又不敢问。正彷徨的时候，忽然殿上传下谕旨来说："今夜不进宫了，改在明早进宫，百官们退去。"多尔衮领着百官，退出朝门来，忽见一个太监，飞也似的赶上来，在多尔衮耳边低低地说了几句话，把个睿王吓得脸色大变。忙吩咐百官各自散去，自己跨上马，箭也似的向永福宫跑去；直到宫门口下马，走进宫去，见了皇后，两人对拉着手儿，只是发怔。文皇后连连问他："什么事？"多尔衮喘过一口气来，便说道："豪格这个小子！已把你我的事，奏明皇上；如今皇上大怒，眼见有大祸到来。我们要赶快想一个法子，避了这场祸水才是。"接着他叔嫂两人唧唧哝哝地说了许多话，多尔衮想了一个主意出来，叮嘱皇后照办；皇后起初还不肯，后来想不肯也没有别的好法子，便点头答应了。接着他两人又说笑了一阵，多尔衮退出宫去。

到了第二天五更时分，大小臣子又齐集在崇政殿伺候皇帝进宫。到平明时候，皇帝走出殿来，看他一脸怒气，吓得大臣们忙爬下地去碰头。只有肃郡王豪格，跟在父皇身后。皇帝上了暖轿，三十二个人抬着，一班亲王们，在两旁护拥着；到永福宫门口，一齐退出。才走出大清门，忽见一个太监，抢上前来，拉住众官们的衣袖，喘吁吁地说道："皇上升天了！"一句话，把百官们吓怔了，呆呆地站着，你看着我，我看着你，也说不出一句话来。后来还是睿亲王说道："站在这里也不中用，咱们还是回到朝房里候遗旨去。"说着，带着百官们回到朝房里来：还不曾坐定，宫里传出皇后懿旨来，传睿亲王进宫去商量大事。多尔衮听了，忙赶进宫去。这时皇上的尸身，安放在永福宫正院里；多尔衮进去，行过礼，宫女领着，到寝宫里。皇后低垂粉颈，坐在床沿上；多尔衮上去请了安，皇后好似不看见一般。那班宫女见了这样子，一齐退出屋子来；里面有一个贴身的宫女，便站在廊下伺候皇后呼唤。他悄悄地在窗眼儿里望进去，只见睿亲王在安乐椅上坐着；皇后站起身来，慢慢地走上前去，拉着多尔衮的手，低低地说了许多话，那睿亲王只是摇着头。那皇后翠眉紧锁，粉脸含愁；一只玉也似的手，按在睿王肩头，连连摇着睿王的身体。睿王兀自摇着头不说话。皇后急了，"噗"地拜倒在地，求着；睿王急转过身子去，抬着脸，望着别处，依旧不说话。皇后又凑在他耳边，轻轻地说了许多话；睿王听了，才慢慢地脸上露着笑容，连连点着头。站起身来，扶皇后坐下；自己退出宫去，回到崇政殿。

文武官员，都围着问消息。多尔衮高声说道："如今皇上宾天，皇后凄楚万分，心神昏乱，没有主意，特唤小王进宫商议国家大事。皇后的懿旨，已决定立皇九子福临为皇帝，诸位大臣可遵旨吗？"睿亲王的话，谁敢不依？只听得"哄"的一声齐说："遵旨！"多尔衮便带着百官进宫去哭拜，拜过以后，把皇帝的尸身搬到崇政殿收殓；一面抱着皇九子升坐笃恭殿，受百官的朝贺。那福临年纪只有六岁，一切礼节，都听睿亲王指导。礼罢，皇后传旨出来说着："封多尔衮、济尔哈朗两人为辅政王，帮着皇帝办理朝政。"多尔衮接过懿旨，便对大臣们说道："我们今天同心共事幼主，便当对天立誓，永无二心。"当下众大臣齐声答应。多尔衮便请大学士范文程当殿写下誓书，当天立下香案。亲王大臣们拜过了，赞礼官捧过誓书来大声读道：

代善、济尔哈朗、多尔衮、豪格、阿济格、多铎、阿达礼、阿巴泰、罗洛尼、堪博洛硕托、艾度礼、满达海、屯齐、费扬古、博和托、屯齐喀和托等：不幸值先帝升遐，国不可无主，公议奉先帝子缵承大位；嗣后有不遵先帝定制，弗殚忠诚，藐视皇上冲幼，明知欺君怀奸之人，互徇情面，不行举发，及修旧怨倾害无辜，兄弟谗构，私结党羽者；天地谴之，令短折而死！

福临即位以后，世称世祖皇帝，改年号称顺治元年，从此一切朝政大权，都在多尔衮一人手中。那郑亲王济尔哈朗，也明知道这睿亲王不是好缠的，便也乐得做个人情，诸事不管，一听多尔衮在宫里独断独行。这时文皇后升做皇太后，正在盛年，如何守得空房；亏得睿亲王知趣，早晚陪伴着，说笑解闷。皇太后又怕外人说闲话，便封睿王做摄政王；朝廷大事，由摄政王一人管理。从此摄政王便住在宫里，借着办理朝政的名义，时时和皇太后见面，越发把家里的小玉妃丢在脑后了。独有肃郡王豪格，心中十分难受；他便对豫王多铎商量，借着访问朝政为名，进宫去见摄政王。这时多尔衮正和皇太后说得情浓，听说豪格求见，心下老大一个不乐意，便在上书房传见。豪格见了多尔衮，脸上止不住露出怒容来，多尔衮问他："什么事？"豪格说道："如今皇上年幼，朝廷事务又繁，摄政王一人，怕有精神不济的地方，小王和豫王，意思要每天进宫来帮着摄政王办事。"一句话不曾说完，多尔衮早明白了他们的来意，便冷笑一声说道："多谢两位王爷费好意！如今俺既当了这个职分，万事都有俺担当；办得好，是俺的功，办得不好，是俺的罪，不用两位王爷费心。没得人多主意杂，反把国家的大事耽误了！"一顿话说得他两人哑口无言，只得诺诺连声，一场没趣，退了出来。从此摄政王和豫王、肃王的仇恨愈深，派人四下里侦探他们的动静。大学士范文程，原是多尔衮的心腹，他又是归在豫王部下的，多尔衮便把范文程传进宫来，悄悄地嘱咐他，留心豫王的动静。知道他正断了弦，便把一个莺姑娘赏给他做继配。

说起这位莺姑娘，原是明朝颜参将的女儿；那时多尔衮在松山打仗，把他掳来，养在自己府里。这时莺姑娘年纪还小，已出落得皓齿明眸，轻盈娇小。多尔衮原打算待他长大起来，自己受用的。如今为笼络人心起见，便把他赏了范文程。范学士见了这样一个绝色美人，早把个摄政王感激得深入肺腑；他天天伴着这莺姑娘在房里，亲热调笑。说起侦探豫王的事体，莺姑娘便替他想法子，备下上好的酒菜，请豫王到家里来吃酒说笑。又打扮四个齐整丫头，轮流在豫王身旁侍奉。有时也把豪格请来，他两人背地里说许多怨恨多尔衮的话。豫王觉得范文程家里有趣，便也常常来走动。说起酒菜滋味很美，豫王问："是谁做这酒菜？"范文程便老实说："是内人料理的。"豫王久听得范文程的继配，是一位美人，苦于没有机会；如今听得范文程说起，便接口说道："既劳动了夫人，便请出来；待小王当面谢过。"范文程不敢违拗，便吩咐丫头到内院去请夫人。他夫人颜氏，听说豫王请见，忙梳妆了一回，四个丫头尾随着，走出客厅来。多铎见了，不觉眼前一晃，看那颜氏，打扮得好似一枝花朵儿。那一阵阵脂粉香味，送进鼻管来。豫王原是一个好色的，当时引得他目瞪口呆，做出许多丑态来。颜氏远远地站着，行过礼，一转身，进去了。

隔了许多时候，豫王才回过气来，对范文程冷笑一声，说道："范老先生！你年纪已经六十岁，须发都全白了；家里藏着这位娇滴滴的夫人，不怕人说闲话吗？如今限你一夜，快快和那美人儿商量去，明天到府中来回话。"豫王说完了话，一摔袖子，大脚步踱出去了。豫王去了多时，范文程才会过他的意思来，知道他不怀好意，忙到内院去，和颜氏商量。颜氏说道："这事只有睿王爷救得俺夫妻的性命，你快求睿王去！"这日天色已晚，到了第二天一清早，范文程穿戴起来，赶进宫去。谁知学士府中范文程一转背，便有豫王府的一队亲兵到来，不问情由，拥进内院，抢着颜氏便走。把颜氏推进暖车，簇拥着进了豫王府。多铎正在府中盼望，见颜氏到来，把他喜得心花怒放，忙上前去，拉着颜氏的手，劝他莫要惊慌。说道："只因俺福晋知道夫人又聪明又美貌，特把你接进府来，做一个伴儿。"颜氏原是一个贞节的妇人，听了豫王的话，便乱嚷乱哭；又指着豫王大骂。豫王被他骂得老羞成怒，便喝令侍女："拉下这贱人的小衣来！"原来豫王生成有一个下流脾气，他专欢喜看女人的身体。两旁的丫头,便一齐动手,把颜氏按在榻上,先把罗裙拉下;只见颜氏两只小脚儿乱顿,又上来两个丫头;把小脚捏住。正待要动手,忽见两个内监,慌慌张张地跑进来,说道:"王王王爷不不不好了!官里来了三百御林军,把府门前后看住!……"他一句话不曾说完,只见一个太监,带着十多名兵士,踱进屋子来,口称皇太后有旨。豫王到了这时候,也顿时矮了半截,忙"噗"的跪倒在地接旨。太监读过了懿旨,便吩咐把王爷押进宫去,待豫王到得宫里,那肃郡王豪格也被御林军押着进宫来。多尔衮坐在上面,审明豫王强抢命妇图奸未成的罪名,罚银一千两,夺去十五牛录;肃亲王豪格,坐知情不发的罪,罚银三百两。

那豫王受了罚,出宫来,满肚抱着怨恨;便索性放肆,天天带着府中的兵丁,到百姓人家去,见有年轻的女人,便硬拉来看他。吓得八旗的女人,个个躲在屋里,不敢到外面来探头。后来给都察院承政公满达海知道了,上了一本,摄政王大怒,又把豫王拉进宫去,罚了许多银子。因此豫王把多尔衮越发恨入骨髓,去和豪格商量;豪格凭空里罚去银子,心中原十分怨恨。他便悄悄地拉了固山额真何洛会、议政大臣杨善、甲喇章京伊成格、罗硕和他一班私党在府中商量行刺多尔衮的事体。又说道:"多尔衮死后,小王便做摄政王,到那时诸位还怕不富贵吗!"谁知说话的时候,那何洛会早已一溜烟逃出府去。他原是摄政王的心腹,当时便赶进宫去请见。这时多尔衮正在内宫,看皇太后梳头;豪格的福晋,这时恰巧也进宫来请太后的安。见他婆婆正梳头,这位福晋,原梳得一手玲珑的髻儿;当时皇太后见了,便唤他帮着梳头。肃王福晋不敢违命,便把袍袖高高卷起,露出雪也似的臂儿来;多尔衮在一旁看了这样洁白的皮肤,早已看出了神。再看这福晋的脸时,正是一副宜喜宜嗔的春风面;多尔衮心想,豪格这小子,倒有这样的艳福,几时俺报了仇,把这美人儿留在府里自己享用。要知这位福晋如何结局,且看下回分解。

写官廷醋波,另有一种堂皇秘艳局面,非平常百姓骂街争宠可比;凡笔写来,处处丑陋。此处多尔衮与文后密谋及文后哀求一段,写来何等阴险,何等富艳?又细腻,又曲折,历历如绘。

清室以摄政始,以摄政终。于以知治国之道,尚才不尚统。诚以国家大事,唯有才者能济之。民主国家,唯有才者足以位之;君主国家惑于万世一统之说,虽黄口孺呆,居然臣妾兆民。彼摄政者,才气横溢,徒以名分所限,往往出于不轨;强者乱统,弱者失国。两摄政之成绩;如此而已。所谓万世者何在?所谓一统者又何在?

名有定分,器有定位,不可以假人;若一假人,则启觊觎之渐。弱者阴谋,强者豪夺;夺之不得,则狂放暴厉,如豫王是也。然多尔衮正忌豫王,豫王淫乱之行为,适足以资其口舌。愚哉豫王!但颜氏之受夺,亦足为后之一味媚异族者戒。

第二十三回　救爱妾三桂借兵　杀宫眷崇祯殉国

却说多尔衮正在那里看想他的侄儿媳妇,忽然宫女传进来说:"外面有何洛会求见。"多尔衮知道有机密事,忙出去在西书房中传见。何洛会一见了摄政王,把豪格如何如何谋刺摄政王的话,和盘托出。多尔衮听了,又惊又恨;立刻打发何洛会,便带宫中兵士,悄悄地赶到肃王府中去,把在场的几位亲王、贝勒、大臣,统统捉住,押解进宫来。内中只有多铎,早已走脱。摄政王见了豪格,想起从前他在太宗皇帝跟前说自己的坏话,恨不得把他一口咬死。当时便会同郑亲王,升坐笃恭殿审问;何洛会做见证。豪格见无可抵赖,便把恶言顶撞。摄政王大怒,便吩咐把肃王废为庶人,永远监禁在高墙里,把王府抄没。却悄悄地把侄儿媳妇取进自己府去,偷空回府去,便和侄儿媳妇寻乐。当时又把阿达礼硕托和吴丹等大臣,定了死罪;大学士刚林,也监禁起来。同时犯罪杀头的大臣,也不知有多少;抄没的家产女眷,统统送进睿王府去。自从豪格监禁以后,多尔衮便拔去了眼中之钉,天天和太后放胆取乐,便也毫无顾忌。世祖皇帝年小,又住立别宫,如何能知道他们的事体。倒是范文程,打听得外面人心不服。

这时明朝李自成、张献忠造反,带领陕西的饥民,裁去的驿卒,共有二十万人马,占据陕西、河南、湖北、四川各省;那头目有老回回、曹操、革里眼、左金王、改世王、射塌天、横天王、混十万、过天星、九条龙、顺天王;分十三家七十二营,到处横冲直撞。明朝官兵,投降他的也很多。原是李自成的舅父高迎祥为头的,那高迎祥原是马贼出身,后来和饥民头目称大梁王的延安府张献忠联合到一块儿,自称闯王;张献忠自称八大王。高迎祥被官兵杀死以后,李自成便袭了闯王的名号,向西安进发;张献忠向四川进发。明朝万历皇帝的儿子福王常洵,被李自成杀死,把他的血和鹿酒吃,名叫福禄酒。王世子由松,赤身露体,逃在荒山里。后来李自成打进西安,占据了明朝亲王秦王的王宫,杀死了秦王;自己便立大顺国,改年号称永昌。他一面又带兵打破太原、大名、真定各处城池。明朝崇祯皇帝,得了这消息,十分害怕,忙下诏征各处勤王兵,保护京城。无奈这时奸臣魏忠贤专权,皇帝万分穷苦,满朝也不见一个忠臣。

这个消息传到范文程耳朵里,便对多尔衮说道:"机会不可失,王爷趁此去收服明朝,立了大功,谁敢不服。"摄政王听了,说这主意不错,忙去对太后说明;太后心中虽舍不得离开叔叔,但为国家大事,又为多尔衮前程起见,便也答应。一面吩咐他儿子世祖皇帝,拣个吉日,升坐笃恭殿,拜多尔衮为大将军;统领满洲蒙古兵三分之二和汉军恭顺等三王、续顺公的兵队,不下十万人马。皇帝又赏多尔衮黄伞一柄,大势二面,黑狐帽、貂袍、貂褂、貂坐褥、凉帽、蟒袍、蟒褂、蟒坐褥、雕鞍、骏马许多东西。多尔衮进宫去辞别了太后,奏明:"倘然夺得中原,接太后进关去,共享中国的繁华。"午时三刻,城外炮声震天,大将军跨鞍上马;前面竖起八面大势旗,浩浩荡荡,杀奔山海关来。出了边墙,多尔衮分派多铎、阿济格、孔有德、耿仲明、尚可善和朝鲜王子李湟,各带大兵,向前进行;自己统领牙兵,在广宁附近翁后地方驻扎,听候前军消息。

正在遣兵调将的时候,忽然由前军阿济格送进一个明朝的差官来;见了多尔衮,赶忙跪倒,口称明朝平西伯吴三桂有公文,特差副将叶禹钟送上大将军亲看。当即有侍卫官,接过公文去;多尔衮看时,见公文上面说崇祯皇帝吊死在煤山,李自成打破北京城,求大将军发兵救中国的大难。多尔衮看了上回的说话,不觉发怔,说道:"好厉害的李自成!不多几天,便闹出这样大事来！"又问叶禹钟："崇祯皇帝怎么样吊死的？"那叶副将不曾说话，先淌下眼泪来，说道："可怜好好一位皇帝，枉送了一条性命！满朝文武，都是奸臣；李贼兵临城下，北京百姓还不曾知道。直到三月十七早朝，皇帝问：'外间贼势如何？'文武百官听了，只有吊眼泪的本领。停了一回，午门外报进来说：'李自成兵队环打九门。'大臣们听了，也顾不得皇帝，一个个溜出殿去。崇祯皇帝看了，叹了一口气，退朝回宫，对皇后痛哭一场。这时有一个总管卫太监，见皇帝哭得凄凉，便不觉动了忠义之气；当下招呼了宫里的太监，共有六百多人，个个拿了兵器出去，把守皇城。到了十八这一天，外面攻打得十分危急，便有一个太监，名叫杜勋的，偷偷逃出城去投降李自成；把宫里的情形，统统告诉给贼人知道。李自成便打发杜勋，连夜用绳子挂进城来，见崇祯皇帝，请皇帝让位给李贼。皇帝大怒，把杜勋监禁起来。直到十八傍晚时候，太监曹化淳偷偷地去开了彰仪门。那贼兵一哄进城，逢人便杀，逢屋便烧，京城里一片火光，人声鼎沸。崇祯皇帝忙吩咐把内城紧闭。可怜皇帝一个人走出宫门，走到万岁山上，望见烽火连天，叹一口气说道：'这白白害了一班好百姓吓！'说着吊下几点眼泪来。回到乾清宫里，拿起朱笔来，写一道上谕：'着成国公朱纯臣，提督内外诸军事，辅助东宫。'写完了上谕，便吩咐请皇后出来。一霎时，皇帝跟前站着许多宫女，皇后和袁贵妃也坐在一旁；皇帝吩咐摆上酒席，连喝了三大杯，便觉得醉醺醺地，便回过头来，对皇后说道：'大事去矣！'皇帝才说得一句，只听得那班宫女们呜呜咽咽地痛哭起来，皇后也抹着眼泪，说道：'臣妾事奉陛下十八年工夫，每有劝谏，总不肯听，至有今日！'皇帝也不和他多说，便把太子永王、定王唤出来，拉住了两人的手，只说得一句：'逃性命去吧！'便吩咐太监，把两位太子送出宫去，寄养在外戚周家田家。不一会儿，宫女报说：'帝后吊死了！'崇祯皇帝急急进去看时，已是断气了。皇帝只说得一个'好'字。忽见那公主在一旁哭着。这位公主年纪十五岁，长得有沉鱼落雁的容貌；皇帝觑他不防备的时候，便拔下佩刀来，把袍袖遮住脸儿，一刀杀过去，斩断了公主右面的臂膊。公主倒在血泊里，辗转呼号；皇帝一面抹泪，一面说道：'谁叫你生在我们帝王家里呢？'说着，回过头来，见袁贵妃也在一旁哭泣，便问道：'你为什么还不死呢？'袁贵妃听了，便对皇帝拜了几拜，解下腰带来，便在皇帝跟前上吊；才把身子吊上，那带子忽然断了，袁贵妃又醒过来。皇帝便擎起刀来，在贵妃肩上狠命的砍了几刀，才死去。皇帝收了佩刀，慌慌张张地夹在几十个太监里面，挤到东华门口，被兵士们拦阻住；又折到齐化门朱纯臣家里，又被看门的拦住，不放进去。急转身走到安定门，那城门关得铁桶相似，也不得出去。皇帝叹了一口气，又折回宫来。这时皇帝身上穿着蓝袍，在街道上走来走去，也没有人认识他。到十九一清早，内城也被贼兵打破了；皇帝悄悄地一个人走上煤山去，在寿皇亭里坐下。一阵阵喊杀声音，传在皇帝耳朵里；皇帝连连叹了几口气，便拿起案头朱笔，在衣襟上写了几个字，解下袍带，吊死在亭子里。待到李自成打进宫来，有一个太监，名叫王承恩的，在宫里四处找寻皇帝；找到寿皇亭里，见皇帝高高吊死在窗槛上，散着头发，赤着左脚，右脚穿着朱履。再看那衣襟上写的字道：

朕自登极十有七年，逆贼直逼京师；朕虽薄德匪躬，上干天咎，然皆诸臣之误朕也！朕死无面目见祖宗于地下，可去朕之冠冕，以发覆面。任贼分裂朕尸，勿伤百姓一人！

那王承恩读过皇帝衣襟上的遗诏，不禁号啕大哭。对皇帝的尸身拜了八拜，说道：'万岁在阴间慢走，奴才来了！'说着，也在腰间解下一条带子来，吊死在皇帝脚下。破城的时候，崇祯皇帝独自一人升殿，眼前一个太监也不见；皇帝便下殿来，自己打钟，打了半天，也不见一个大臣到来。后来李自成进宫，坐在金銮殿上，打起钟鼓来，便有成国公朱纯臣领了合朝文武大臣，上殿来拜倒在地，口称：'新皇帝万岁！'李自成查问时，只有范景文、倪元璐几个大臣尽忠的。又查问崇祯皇帝的下落，大臣们都不知道；后来在煤山上寻得皇帝的尸身，问那看管寿皇亭的小太监时，那小太监把皇帝临死时候的情形和王承恩殉难的情形，一一说出来。李自成吩咐卸下一扇宫门去，把皇帝的尸身抬来，用柳木棺草草收殓，丢在东华门外的蓬厂里。每天只有三四个老太监看守着。李自成住在宫里，每天自有文武百官去上朝,却没有一个人去拜皇帝棺木的。那时陈演、魏藻德、张若麒、梁兆阳、杨观光、周奎,一班明朝的奸臣,都因趋奉李自成,得了大官;还有吴三桂的父亲都指挥吴襄,也投降了李自成。吴三桂有一个爱妾,名陈圆圆的,原是外戚田畹家的歌姬;长得和出水芙蕖一般,吴三桂在田畹家吃酒,一见倾心,向田畹取来。十分宠爱,天天记在心怀,带在嘴上。只因受了皇上的旨意,带兵往山海关驻扎;怕陈圆圆娇嫩皮肤受不住关外风沙,便把他寄在京城父亲家里。待到李自成攻打北京,吴三桂封平西伯,带兵回京;才走到丰润地方,便得到京城陷落的消息,又打听得他父亲吴襄,也投降了贼人,连他爱妾陈圆圆也被贼将刘宗敏掳去转献纳李自成享受。这怎么能叫吴三桂不恼?他便一面带领兵士,昼夜趱程,杀进京去;一面又打发副将叶禹钟,到关外来讨救兵。"

当下多尔衮问明白了来踪去迹,深中下怀,便立刻催动人马;军前竖一面大旗,上写着"仁义之师"四个大字,耀武扬威的杀进北京城来。平西伯的兵队领路,走在前面。李自成听说满清兵到,慌得他逃出武英殿,掳着明朝的太子和两位王爷,向西逃去;吴三桂追上前去,杀死他父亲吴襄。问陈圆圆时,已被闯王李自成掳出城去;吴三桂又向前追赶,在驿亭里遇到陈圆圆,独自一人坐着。吴三桂见了,真是悲喜交集;但吴三桂既得了他心上人儿,便也无心去追赶,回进京城去。那多尔衮已是老实不客气,高坐在武英殿上,受百官的朝贺了。睿亲王一面收拾宫殿,一面亲自写了一扣奏折,打发辅国公屯齐喀和托、固山额真何洛会,到盛京去迎接两宫进京;一面又派明朝降臣金之俊,修理从山海关直到北京的街道,沿路盖造行宫。睿亲王在盛京时候,和皇太后是天天见面亲热惯的;如今两处离开,不由得他天天盼望,夜夜思量。直盼到九月二十,顺治皇帝陪奉太后进北京城;多尔衮传集了满汉文武大臣,全身披挂,出城九里,恭接圣驾。只听得九声炮响,前面金鼓仪仗,龙旗銮舆,一对对的蓝翎侍从,夹护着龙车;车子里一个丰颐盛鬋的太后,怀中坐着一个七岁的天子。龙车由永定门进大清门,沿路家家摆设香案,人人在窗户内偷看。御驾进了紫禁城,文武大臣,一齐退出;只有摄政王一人,随驾进宫。顺治太后进了慈宁宫,略略休息一回,便传多尔衮进去;两人久别重逢,自然有一番情意。直谈到傍晚,才退出来,回到私邸里去。这时小玉妃和豪格的福晋,也跟着进京来;多尔衮回府去和小玉妃说笑一回,又和二十个侍妾周旋一回,便溜进侄儿媳妇房里去了。这小玉妃自从嫁了摄政王以后,因为王爷心中念念不忘他姊姊,和他便毫无恩情;小玉妃心中的怨恨,自不消说得。他几次想赶到宫里去,和他姊姊大闹一场;又想他姊姊如今做了太后,自己势力敌他不过,便也忍耐下去。那多尔衮因这几天宫里有事,便日夜在宫中伺候。

顺治皇帝拣定十月初一日登基,从九月二十六日起,下谕朝内大小臣工,替崇祯皇帝挂孝三日;到了初一这一天,大家都换了吉服。皇帝升坐武英殿,文武百官,一齐拜倒在地,三呼万岁。当下皇帝传下三道上谕:第一道是把明朝改称大清,大赦天下,蠲免全国赋税一年;第二道是令天下臣民,限定在十日内,一律剃发;第三道是封阿济格为靖远大将军,会同吴三桂、尚可喜等由大同边外会合蒙古兵士,入榆林、延安,攻陕西背后,去剿灭李自成一班贼寇;又封多铎为定国大将军,会同孔有德一班降将,直下江南,去收服明朝天下。

单说这剃发一道上谕,当时也不知死了多少忠臣义士。这且不去说他。如今再说多尔衮分发各路兵马已定,便天天在宫里和太后饮酒取乐;那各亲王的福晋,也天天轮着进宫去贺喜。只有那小玉妃因把他姊姊恨入骨髓,便也不进宫去;但是看看他丈夫一连几天不出宫来,这口酸气,心头实在按捺不住。又挨过几天,看看多尔衮还不回家来,他可再也耐不住了,头也不梳,衣服也不换,坐着府里的车子,直闯进慈宁宫去。那把守宫门的太监和宫女们,见他来势凶恶,便上前来把他拦住;小玉妃一肚子怨气,无处发泄,见被众人拦住,他便在外院里指天画地的大骂起来。口口声声要唤多尔衮出来,我和他评评理。他骂到十分气愤的时候,把皇太后和多尔衮两人的私情事体,统统喊了出来;吓得那班宫女太监们,掩着耳朵,不敢听他的话。便有几个宫女上来说了许多好话,拉他到西书房去坐;一面又打发

人到里面去通报摄政王。停了一回,宫女传出话来,说请福晋先回,王爷今夜一定回府。小玉妃听了,也无可奈何,只得上车回去。到了傍晚时候,多尔衮果然回家来了。小玉妃见了王爷,把日间的气恼,一齐抛在九霄云外;眉开眼笑地把王爷接进房去。多尔衮也并不提起日间的事体,用过了晚膳,便宿在小玉妃房里;侍妾们看了这情形,十分诧异。到了第二天一清早,大家到小玉妃房里去伺候;只见那小玉妃直挺挺地躺在床上,七孔流血,早已死了。这明明是被多尔衮谋害死的,大家也不敢声了。多尔衮只把差官传来,吩咐他买办衣衾棺椁,草草收殓;外面只知道睿王福晋是害急病死的,照常开吊出丧。

事过以后,多尔衮依旧向宫里一溜;十天八天,不见他出来。他叔嫂两人的事体,自从给小玉妃吵嚷过以后,闹得宫里宫外人人知道;这个风声传到皇帝耳朵里去,虽说皇帝年小,却也觉得十分难受,肚子里又羞又气。谁知那时有一位礼部尚书名叫钱谦益的,早已看出摄政王和皇帝的心病,便大胆上了一个奏章,说:"皇太后正在盛年,独处深宫,必多伤感;摄政王功高位尊,又值断弦。不如请太后下嫁摄政王,既足以解太后之孤寂,又借以酬皇叔之大功。"这个奏章,原是多尔衮看的;他看了,不由得心花怒放。当即带了奏章进宫去,和太后商量;太后到这时候,却害起羞来,溜了多尔衮一眼,笑说道:"俺不知道!你和他们商量去!"多尔衮回到府去,把钱谦益传进府去,两人商量了一夜。第二天钱谦益上朝,把这个意思奏明皇上。又说从此皇太后和摄政王定了名分,免得外人多说闲话。顺治皇帝当即准奏,第二天发下一道上谕来,家家传诵。那上谕说道:

朕以冲龄践祚,定鼎燕京;表正万方,廓清四海。藐躬凉德,曷克臻斯?幸内禀圣母皇太后训迪之贤,外仗皇叔摄政王匡扶之力;一心一德,斯能奠此丕基。顾念皇太后自皇考宾天之后,攀龙髯而望帝,未免伤心;和熊胆以教儿,难开笑口。幸以摄政王托股肱之任,寄心腹之司;宠沐慈恩,优承懿眷。功成逐鹿,抒赤胆以推诚;望重扬鹰,掬丹心而辅翼。金縢靖乱,立姬公负扆之勋;铁券酬庸,乏邱嫂轑羹之怨。借此观胪萱室,用纾别鹄之悲;从教喜溢椒宫,免唱离鸾之曲。与使守经执礼,如何通变行权?既全夫夫妇妇之伦,益慰长长亲亲之念。呜呼!礼经具在,不废再醮之文;家法相沿,讵有重婚之律?圣人何妨达节?大孝尤贵顺亲。朕之苦衷,当为天下臣民所共谅。其大婚仪典,着礼部核议奏闻,候朕施行。钦此。

要知皇太后为何下嫁,且听下回分解。

"痛哭六军俱缟素,冲冠一怒为红颜。"吴三桂之心事,被梅村一语道破。谚曰:"无私不公。"吴三桂有私于陈圆圆,始能急国家之公。殊不知向邻国乞师,实无异于引狼入室耳!

君非亡国之君,臣乃亡国之臣。此语实骂尽明末诸臣。然于以见家天下之不足恃耳。彼诸臣者,视天下为帝皇之天下;利则共之,害则避焉。彼从龙诸臣,亦唯以有利可图耳。若一旦失败,亦将如明臣之销声匿迹,避之唯恐不速矣。

崇祯帝手刃公主曰:"谁令汝生帝皇家?"惨语惨状,使铁石人为之下泪。我劝后之热衷于帝皇者,当求免后世子孙食报之惨,毋宁少作孽因之为得也。

第二十四回　酬大勋太后下嫁　报宿恨天子重婚

却说礼部接了圣旨，便议定太后下嫁的礼节；派定和硕亲王充钦派大婚正使，饶余郡王充大婚副使。先拣定下聘吉日，正副使引导摄政王到午门外行纳彩礼。那礼单上写着：文马二十匹，甲胄二十副，缎二百匹，布四百匹，黄金四百两，银二万两，金茶具两副，银茶具四副，银盆四只，间马四十匹，驼甲四十副。礼物陈列在太和殿，在乾清宫赐摄政王筵宴；宴毕，到寿宁宫行三跪九叩首谢礼。到了大婚这一天，五更时候，摄政王排齐全副执事：一对白象领队，后面宝乘、乐队、红灯、冠军使、整仪尉、引仗、柳仗、吾仗、立瓜、卧瓜、星钺、五色金龙小旗、翠华旗、金鼓旗、门旗、日月旗、五云旗、五雷旗、八风旗、甘雨旗、列宿旗、五星旗、五狱旗、四渎旗、神武旗、朱雀旗、白虎旗、青龙旗、天马旗、天鹿旗、辟邪旗、犀牛旗、赤熊旗、黄熊旗、白泽旗、角端旗、游麟旗、彩狮旗、振鹭旗、鸣鸾旗、赤鸟旗、华虫旗、黄鹄旗、白雉旗、云鹤旗、孔雀旗、仪凤旗、翔鸾旗、五色龙纛、前锋纛、护军纛、骁骑旗、黄麾、仪锽氅、金节、进善纳言旌、敷文振文施、褒功怀远旌、行庆施惠旌、明刑弼教旌、教孝表节旌、龙头旛、豹尾旛、绛引旛、信旛、鸾凤赤方扇、雉尾扇、孔雀扇、单龙赤团扇鸟单龙黄团扇、双龙赤团扇、双龙黄团扇、寿字扇、赤方伞、紫方伞、五色花伞、五色九龙伞、黄九龙伞、紫芝盖、翠华盖、九龙黄盖、戟、殳、豹尾枪、弓、矢、仪刀、仗马、金机、金交椅、金水瓶、金盥盘、金唾壶、金香盒、金炉、拂尘、黄盖、提罏；一对一对的过去。共用内监一千二百四十六人拿着，从大清门直接往寿宁宫门；沿路铺着黄沙，站满了执事。摄政王多尔衮，端坐在金辇里；后面六百名御林军，个个掮着豹尾枪、仪刀、弓、矢，骑在马上，耀武扬威。最后面竖着一面黄龙大势，慢慢地走进宫门去。宫里面早有一班亲王福晋贝勒贝子夫人、内务大臣命妇、内管领命妇；都是按品大装，在内院伺候。到了吉时，皇太后穿着吉服，皇帝率领一班王大臣到内宫行三跪九叩首礼，跪请皇太后升辇；十六位女官，领导太后下辇，三十二名内监，负辇出宫。陪送的福晋、夫人、命妇，各坐着彤舆，跟在后面。摄政王的金辇，在右面护行。到了王邸门口，仪仗站住；到仪门口，大小官员站住；到了正院，金辇停下。女官上去，把太后从金辇中扶出来，进西院暂息。到了合卺吉时，把太后请出来，女官跪献合卺酒，摄政王和皇太后行合卺礼，送进洞房。第二天，顺治皇帝登太和殿，百官上表庆贺；皇帝降谕，在东西两偏殿赐群臣喜庆筵宴。

从此以后，皇帝下旨，称睿王为皇父摄政王；每日早朝，皇父摄政王坐在皇帝右面，同受百官跪拜。太后自从嫁了摄政王以后，终日在新房里寻欢作乐；忘了自己是快四十岁的人了，却还是和二八新娘一般，朝朝连理，夜夜并头。只因太后生成娇嫩皮肤，妩媚容貌，望去好似二十许少妇；况且如今和多尔衮定了名分，越发没有顾忌了，终日把叔叔霸占在房里，那二十位侍妾和那侄儿媳妇，休想沾些微雨露。这位摄政王，终日伴着嫂嫂，新欢旧爱，这恩情自然觉得格外浓厚。待到满月以后，他反觉得淡淡的起来。这是什么缘故？从来有一句俗话说得好："家花不及野花香。"他叔嫂两人，未定名分以前，暗地里幽期密会，倍觉恩爱；为今定了名分，毫无顾忌，反觉得平淡无奇。再加一个是半老徐娘，一个正在壮年，便渐渐地有点不对劲了。他常常溜到侄儿媳妇房中去寻乐，给太后知道了，未免掀起醋海风波。这时有一位大学士洪承畴，原是太后的旧相识；太后常常把他召进府去，摄政王不在跟前的时候，和他谈谈解解闷儿。后来给摄政王知道了，心里十分不快。

这时候多铎在江南，打平了南边各省，享用繁华；他手下军官，掳得美貌妇女，便来献与豫王。那江南女子，细腻柔媚，另有一种风味；多铎府中，粉白黛绿，养着四五十个，都是绝色佳人。内中有一位寡妇刘三秀，年已半老，却长得玉肌花貌，妩媚动人；豫王最是爱怜，封他做王妃，天天和他在一处游玩。这时正是端阳佳节，豫王带着刘三秀在江边看龙舟之戏，想起太后在宫中，虽享尽荣华，却不曾见过这水上的玩意儿；便定造了十只龙船，选了二十个美貌女孩儿，连同船户乐队，一齐献进京去，孝敬太后。太后便吩咐在三海里开龙船大会，邀集了许多福晋、夫人、命妇，在水阁中看龙船。顺治皇帝坐在正中，摄政王陪在一旁。那十条龙船，打起十番锣鼓，在水面上掠来掠去，做出许多花样来；看看那十条龙船，一齐驶近阁前来，二十个女孩子讨皇太后、皇上的赏。皇太后看那班女孩子长得有趣，便吩咐一声"赏"，那太监便把预备下的二十箩碎银、衣服、玩具、果品，送上船去。大家正看女孩儿的时候，忽然一个大汉，从船头上跳过阁来，手擎钢刀，直向摄政王杀来。摄政王眼快，忙走避时；钢刀也下去得快，斩死了一个小太监。阁子里顿时大乱起来，御林军一拥上前，把这刺客捉住，发下刑部去审问。刺客直认是有一位天下第一个大人叫他来行刺的。又问他这位大人叫什么名字？他又不肯说。第二天，再从牢里提出来审问时，那刺客早已自刎死了。摄政王知道，十分动怒；吩咐把刑部尚书和许多承审官员，一齐革职拿问。又想那刺客是从江南来的，豫王原和自己有宿怨的，说不定那刺客也是他指使来的。想到这里，又十分生气，便立刻和太后说明，下一道圣旨，把江南总督革职，派洪承畴去做江南总督，暗暗的吩咐他，多立兵队，慢慢地收服豫王的兵权。这一来，把洪承畴调开，在摄政王又拔去一个眼中钉。这都是何洛会的计策。

但是在摄政王和皇太后正式做了夫妻以后，恩情反不如从前；如今洪承畴虽不在眼前，摄政王心中醋念未消，再加有这刺客的事体，心中不免有几分害怕。皇太后虽说下嫁，在摄王府中只住了一个月，满月以后，仍回进慈宁宫去住着。摄政王宫中府中跑来跑去，怕遭人暗算，便也不常进宫去，只在府中和侄儿媳妇寻欢作乐。日子多了，便觉得腻烦起来。这时朝鲜派大臣金玉声来进贡，住在客馆里；说起他国王两位公主，长得如何美丽娇嫩。这句话听在何洛会耳朵里，便悄悄地去告诉摄政王知道。摄政王在府中正住得乏味，听了这个消息，忙吩咐何洛会如此如此去行事。何洛会得了命令，忙悄悄地去和朝鲜大臣商量；那大臣听是摄政王的意思，如何敢违背。忙回国去，和国王李淏说知。

那李淏听说摄政王要娶她两位公主去做妃子，他正要仰攀上国，为何不愿意，便一口答应，一面和女儿说知。还是这两位公主有主意，他姊妹二人说："到大清国去做这妃，原是愿意的，但是听说如今大清国皇太后下嫁摄政王，宠擅专房，我姊妹二人嫁过去，没得吃他欺侮。倘然那摄政王必要娶我姊妹二人，便请摄政王到俺国中来成亲；替俺姊妹造一座高大的王府，俺姊妹永远在府中住着，决不肯离开亲生父母的。"朝鲜王便打发人把他姊妹的意思去对摄政王说了，摄政王也很愿意避开皇太后的耳目。但是堂堂一位摄政王，到属国里去做亲，未免太不成体统。后来何洛会出了一个主意，在朝鲜相近地方，喀喇城里，造一座行宫；把两位朝鲜公主，悄悄地接到行宫里候着。这里摄政王便推说出关巡边去，便带领八旗固山额真官兵，拣定吉日，在北京起程。皇太后虽不舍得离开摄政王，但国家大事，又不好拦阻得。看看自己儿子顺治皇帝，年纪慢慢地长大起来，他终身事体，也十分要紧；从前摄政王做主，说定科尔沁部主吴克善的女儿做皇后。为今摄政王要出京去，皇太后便和摄政王说定了，要给皇帝拣个吉日成亲。摄政王这时一心只在那两个朝鲜公主身上，宫里的事体，悉听皇太后做主。自己急急赶出关来，到行宫里和两位公主成亲。这时摄政王一箭双雕，左右逢源，自有许多乐处。

谁知天下的事，往往乐极悲生。摄政王住在喀尔城地方，天天和两位公主寻乐；这喀尔城，原是一个荒僻去处。两位公主，空闲下来，无可消遣，便哄着摄政王出去打猎。有一天，摄政王带了两位公主，正在城外打猎；一班官兵，正保护着公主追獐儿到树林深处。那林下忽然跳出一只野猪来，见林子里有人，急向林外逃去；摄政王一个人骑着马站在林子外面，那马见野猪儿头冲来,吓得他拱着前蹄,和人一般的站了起来。摄政王骑在马上,一个措手不及,直撞下鞍桥来;那野猪恰巧从摄政王身上跳过。可怜多尔衮,一霎时跌断了左腿,被猪蹄踏伤了面部,一时鲜血直迸,痛彻心脾。随从武官,急上来救时,已是来不及了。看看摄政王晕厥过去,这时那两位公主也得了信息,忙回出林子来看,哭着唤着,总不见他醒来;再细看时,那脑浆也迸裂了,人已经不中用了。急把摄政王的尸身抬回行宫,一面发丧成服,一面通报朝廷。这时摄政王年纪只有三十九岁。

消息传到宫里,第一个哭坏了皇太后;顺治皇帝,也十分伤心。一面特派大臣出关去盘柩,一面下谕臣民人等戴孝。那朝鲜公主不肯进关待摄政王灵柩动身,便也动身回朝鲜国去。皇父柩车到北京这一天,顺治皇帝穿了孝衣,带同亲王、贝勒、文武百官,出东直门五里外迎接;皇帝亲自奠爵行礼,百官跪在路旁举哀。从东直门直到玉河桥,四品以上各官,都在路旁跪哭,直到王邸。公主、福晋、文武命妇,都穿着孝衣,在大门内跪哭。灵柩停在王府大堂,诸王、贝勒通夜守丧,另有六十四个喇嘛和尚,诵经超荐。这一场丧事,直闹了四十九天;皇太后虽不便入府守孝,但寡鹄离鸾,宫闱冷落,也是十分伤心的。顺治皇帝和太后,到底是母子,关乎天性;见母亲孤苦可怜,便把太后迎进宫去,母子两人朝夜见面,十分亲热。

这时顺治皇帝也有十四岁了,便下诏亲政,每天五更坐朝,查问国政,十分精细。文武大臣,都见了他害怕。到了十六岁上,皇太后做主,拣定吉日,皇帝大婚,那吴克善把女儿送进京来。这时豫王也回京了,便借住在豫王府里。在顺治皇帝心里,愿不愿意要吴克善的格格博尔济锦氏做皇后,只因是皇太后做主,不好意思反抗,只得勉强成亲。皇后住在坤宁宫里,新婚不上五天,皇帝便和皇后口角;从此夫妻之间,越发生疏了。那苏克萨哈詹穆济伦和郑亲王、端重郡王、敬谨亲王、巽亲王一班亲贵,原都是和摄政王有宿怨的,为今摄政王已死,他便趁此机会报仇,天天在皇帝跟前说摄政王的坏话。又说摄政王的事体,都是那何洛会一人闹的鬼。顺治皇帝原不乐意摄政王的,为今听了许多王大臣的话,便把旧案重翻,立刻下一道圣旨,把何洛会正法,追夺多尔衮生前一切封典爵位。多尔衮母子的封典,也一并夺去。

到第三年,皇帝心中因为皇后是多尔衮做主给他娶的,便下诏把皇后废了,另立科尔沁国镇国公绰尔济的格格为皇后。这位新皇后,虽是皇帝自己做主娶来的,但是皇帝却不曾见过;谁知娶进宫去一看,却是又蠢又笨。皇帝心中又加了一层烦恼。那皇太后见皇帝独断独行,又因自己下嫁的事体,心里总觉有几分惭愧;因为惭愧,母子之间便生出嫌疑。再加那班宫女、太监们从旁煽弄,皇太后心中竟十分怨恨皇帝。皇帝在宫廷廷之间,越发乏味。亏得不多几天,那江南总督洪承畴回京来,叫他母子两人心中都得了安慰:皇太后和洪承畴原是有旧情的,今日久别重逢,自然可以彼此安慰;那皇帝又是得了什么安慰呢?原来此番洪承畴从江南地方带了一位绝色美人进京来献与皇帝,那皇帝看了,满心欢喜,便十分宠爱起来,天天和美人宴饮说笑,寸步不离,真好似唐明皇和杨贵妃一般。

这位美人,名叫董小宛。他原是如皋才子冒巢民的宠姬。那时江南有四位公子,都是有财有势,有学问,朋友又多,谁也不敢去惊动他。洪承畴到了江南地方,打听江南一班美人,什么寇白门、马湘兰、李香君、顾横波,一个个都是嫩柳娇花,惊才绝艳。洪承畴满心想拼着化去千金,买他一个回来。谁知到江南地方,那班美人都一个个有了主人,洪承畴心里十分懊丧。过了几天,又打听得有一个董小宛,是金粉魁首,士女班头;为今嫁与冒巢民做妾,跟着丈夫住在邗沟西城绿杨村地方。这地方山水清秀,花木繁茂;冒氏住的屋子,名叫水绘园,风景又是绝胜。洪总督自从知道了有这位美人儿,越发想得废寝忘餐,长吁短叹。他有一个心腹二爷姓佟,原是一个坏蛋,终日趋奉主人,很得主人的青眼。为今见他主人好似有什么心事,便在闲言闲语里,套出主人的口气来;知道主人是想那董小宛想得厉害,他便自告奋勇,说道:“大人放心,这件事都在小人身上;十天以内,总可以回大人的话。”佟二爷说了这句话,便不见了。

隔了八天，到第九天上，洪承畴正在书房里看公文，忽然佟二爷笑嘻嘻地从外面跑进来，抢到洪总督身旁去请了一个安，说道："恭喜大人！来了！"洪承畴问："什么来了？"那佟二爷说道："董小宛来了！"洪总督听了，从椅子上直跳起来，说道："敢是你去抢来的吗？这还当了得！那冒公子是江南才子，京城里很通声气；被他去告一状，把我的前程也丢了。这还了得！"那佟二爷说道："大人莫慌，听小人慢慢地禀告。原来小人早已打听得冒公子手下养着许多无赖，那无赖都和私盐贩子来往；小人便带了本衙门全班马快，连夜赶到绿杨村去，声称到冒公子家里去捉强盗。有人告密，说冒巢民家里窝藏私贩，又强抢良家妇女。那邻舍听了小人的话，怕惹祸水，谁敢来管闲事；那冒公子也吓得溜出后门去逃走。小人便打进门去，见董小宛扶着一个丫头，正在要逃走，便不问情由，上去拉着便走。又故意张扬着说，这女人便是冒巢民强抢来的良家妇女，为今送还他家去。"洪承畴听到这里，便问："那女人呢？"佟二爷回说："连他丫头都带进衙门来了。"洪承畴说："快送来我看！"停了一回，果然见一个丫头，扶着一个美人儿进来。看他一双媚眼，哭得红红的；蹙紧了眉心，纸垂着粉颈，站在一旁。好似带雨梨花，又好似捧心西子。洪总督看了，又怜又爱，一时里不知怎么是好，便问他："叫什么名字？"那丫头答道："婢子名叫扣扣。俺主人冒巢民，是如皋地方第一才子，谁人不知道？这位是俺主人第一位得宠的如夫人董氏；为今被大人的手下人错捉了来，快放俺主仆两人回去。京城里自王爷起直到御史官，都是俺主人的亲戚朋友；倘然恼了俺主人，他进京去告状，怕连大人的功名也保不住了呢！"洪承畴听了扣扣的话，心下害怕，想要放他回去。看看这董小宛，心中实在舍他不下。便将错就错用好话安慰着说道："你们不用忧愁，只因有人告你主人窝藏匪类，强抢民女；我和你主人原也是朋友，所以吩咐他们，暗地里把你主人放走了。又怕地方上坏人到你家里来骚扰，吓坏了这位美人儿；又吩咐他们把这位美人儿接进衙门来暂避几天，等风波过去，再放你主婢二人回去。"洪总督说着，挨近身去，脸上做出一副尴尬神气来。董小宛看了，知道洪承畴不怀好意，便直跳起来，抢到柱子边去，把头向柱子上乱撞；顿时鲜血直流，云鬓散乱，扣扣忙抢上前去抱住。欲知董小宛性命如何，且听下回分解。

"春宫昨进新仪注，大礼恭逢太后婚。"此在满俗，原无可异。按之恋爱原则，亦无足异。皇法不外乎人情，彼太后与摄政结爱之初，远在未嫁以前；在今日视之，多情人终成了眷属，实为千古佳话。奈恒人以神圣视帝皇，遽诧为异事，此中国人之所以奴性难除也！

西人有谚曰："结婚日为爱情破产之日。"诚以人心恒以不满足而鼓其兴趣，结爱之初，或有顾忌，或有阻碍，而其情倍浓。今太后之与摄政王，一旦天从人愿而遽觉冷淡，实爱情破产之明证也。婚姻之事，惟平民得以享自由之福。上而至阀阅之家，则已限于门第而不自由矣；又上而至于帝皇家，往往帝后树敌，暗斗兹烈。吾人从见富家眷属之席丰履厚，与夫帝后之养尊处优；殊不知彼日坐针毡者，十人而九也。博尔济锦氏实其一。

第二十五回　悲离鸾小宛入宫　誓比翼世祖游园

却说董小宛听了洪承畴的话,一时气急,要在柱子上一头撞死;亏得他丫头扣扣在身旁,抢救得快,上前抱住。董小宛也痛得晕倒在扣扣怀里。隔了不知道多少时候,清醒过来一看,见自己睡在一张绣床上,他丫头扣扣陪在身旁。问时,原来是洪承畴的私第里。董小宛想起她丈夫,不禁呜呜咽咽地痛哭起来。扣扣在一旁再三劝慰,说:"为今俺们在这洪贼势力之下,只得耐心守候;主人在外面,总可以想法救俺们出去的。"董小宛也无可奈何,只得耐心住下。看看那头上的伤口,也慢慢地好了。有一天,洪承畴吃醉了酒,想起董小宛来,便把他主婢二人唤来,对董小宛说道:"冒公子为今已关在监牢里,过三五天,便要解进京去杀头;只因我看你可怜,暗地里给你一个信,你倘然肯转嫁给我,我便拚丢了这前程,把冒公子暗地里放走了,和你丢官逃走。"洪总督话不曾说完,董小宛坐在地下,指着洪总督乱骂乱哭。洪总督笑嘻嘻的上前去亲自去搀扶,被董小宛一伸手,打了一下嘴巴去,打得又脆又响。洪承畴大怒,拍着桌子,混账王八蛋地骂了一阵,吩咐:"拖去关起来!"便有两个蠢女人上来,把他主婢两人,横拖竖拽的拉进一间小楼去,紧紧关住。董小宛几番要寻死,都被扣扣劝住,说:"主人万分宠爱主母,主母倘然死了,给主人知道了,怕主人的性命也不保呢。"小宛听了这话,怕丈夫为他伤心,便也不敢死了。

那冒巢民逃出家门以后,外面风声鹤唳,说冒巢民窝藏匪类,皇帝下旨查拿,满门抄斩,有的说江南总督,四处画影图形,单拿冒巢民一个人。冒公子听了,吓得他走投无路。亏得他四处都有朋友,逃在歙县一个朋友家里。那朋友替他四处张罗,冒巢民自己也打发人到金陵总督衙门里去打听消息,才知道是洪承畴因为要夺他的董小宛,所以造出许多罪名来。冒巢民气愤极了,要亲自赶到金陵去和洪承畴拼命。这时有一个侍妾,名蔡女萝的,跟着冒巢民一块儿逃在外面,劝冒公子说:"为今洪贼的势力大,主人倘然到金陵去,正是自投罗网;给宛姊知道了,又叫他加添忧愁。为今妾身有一计在此,不知主公生平可有心腹的仆人?"冒巢民听了,略略思索一回,说道:"有了!有一个冯小五。他母亲死了,是董小宛替他买棺成殓的。自从董小宛嫁到我家,这冯小五便在我家当一名仆人;他常常说起小宛的恩德,便是送了性命报德,也是愿意的。"蔡女萝便对冒巢民说,如此如此……一定可以把宛姊救回来。冒巢民听了女萝的话,便连夜回水绘园去;那班旧时的奴仆和江湖好汉知道了,都悄悄地到水绘园来看望。冒巢民对着大众把蔡女萝的计策说了,果然那冯小五跳起来,抢着拍着胸口说道:"水里火里,小的愿去!"当下又有几个愿跟冯小五一块儿去行事的,又有几个愿帮贴盘缠的。冒巢民也拿出一千块钱来,交给冯小五,说:"衙门要使用,多少我都肯;总要想法把你主母救回来才是。"这班人一齐答应了一声,一溜烟去了。冒巢民仍回到歙县去守候消息。

这冯小五原是江湖上人,那总督衙门里的差役,他原都认识的;当时他到了金陵,摆了丰富的酒席,把衙门里弟兄一齐请到。酒吃到一半,冯小五给众人磕了一个头,说起他主人被洪总督虚构罪名,强抢宠姬的事。又说:"为今主人愿出千金,求诸位弟兄帮忙,设法把俺主母救回家去。"众差役听了冯小五的话,正低着头想法子时,忽然有一个公人,慌慌张张从外面进来,说道:"诸位哥哥快回去!大人接到京中上谕,催大人立刻进京。为今大人传谕下来,立刻收拾行李,今夜九时,便要动身。哥儿们快回去吧!"众人听了这话,你看着我,我看着你,发了一回怔,匆匆忙忙的散去。内中有一个名叫李三的,也是一个热心朋友,他和冯小五交情又最深。他临走的时候，对小五说道："老弟不用忧愁，今夜三更时分，请在秣陵关下守候着；我去打听你主母坐的是第几辆车子，通一个消息给你，你须多约几个弟兄上去夺回来。"小五依了他的话，到秣陵关下去候着；直候到天色微明，才听得车声隆隆，前面大队人马过去。洪总督的车子，在前，后面跟着五六十辆大厂车，两旁都有亲兵保护着，眼看他出关去。车子后面，又跟着一队骑兵，那李三也夹在兵队里；见了小五，他忙把手掌擎了三回，又伸着两个指儿。小五看了，知道董小宛在第十七辆车子上；他便远远的在后面跟着。他们是骑马的，小五只有两条腿，气喘吁吁地跑着。幸而他们押着许多女眷们的车辆，常常要打尖停息；小五也不致落后。看看过了一站，又是一站；那兵士们防备很严，小五终不能下得手。

过几天，车子走过邗沟地方；这里离绿杨村很近，小五悄悄地去招呼几个旧日冒巢民的奴仆，直追到清江浦地面，却不见了李三。再打听时，原来洪总督因要紧赶路，自己带了李三一班亲兵，昼夜趱程前进：丢下这许多女眷的车辆，吩咐兵队押着，随后慢慢地进京。这也是洪承畴要避人耳目的意思。冯小五听了，十分欢喜，说是机会到了。当夜打听得第十七辆车子和别的车子都寄住在悦来客店里，那女眷们依旧睡在车里。到了四更时分，小五约了几个同伴，悄悄地爬上屋顶；那兵士们因总督不在，多贪了几杯酒，这时正好睡。小五跳进内院，认得第十七辆车子是粉红色的车帘，便急忙跳上车去，掀开车帘一看，在月光下果然见那董小宛的丫头扣扣睡在车门口。小五到这时也不及细看，抢着两个被窝，打开店门，拔脚飞奔；被窝里的女人，从梦中惊醒，哭喊起来。小五一边跑着，一边拍着被窝说道："莫嚷莫嚷！俺是来救你回家去的。"这时店小二和一班兵士们，都从梦中惊醒，追出门去，小五已去远了。看看第十七辆车子里的一位女眷和丫头，都被劫去了。那兵士们一面报官访拿，一面押着车子，昼夜赶路。过了山东地界，不多几天，到了京里。

那小五抢得他主母和扣扣，回到他伙伴家里。打开被窝一看，那丫头扣扣原是不错，只有那主母却换了一个女眷。小五十分诧异，问时，扣扣说："主母在路上，感冒风寒，前几天已换在后面蒲草轮子的病车里去了。"小五又问："这位女眷是什么人？"那女人自己说："是姓金，原也是好人家的女儿，遭洪总督手下的兵士抢进衙门去，逼着做一个侍妾；如今你既拿我错认作你家主母抢了出来，是救了我的性命，我也无家可归，愿跟着到你主人家里去，服侍你主人一世。"小五见不是主母，也无心和这金氏说话，便托他同伴，把金氏和扣扣带回家去，自己转身又赶进京去。打听得董小宛虽住在洪承畴府里，却还不曾遭洪氏的毒手。但是府中院落重叠，兵卫森严，叫小五如何下手？隔了几天，接到他主人的来信，说："京里有一位曹御史，是多年的至交，可以去求他帮忙。"小五依了信上的话，去求见曹御史，把他主人的话说了。曹御史听了，十分动怒，说："这洪老贼！不上奏章参他一本，也不显得我老曹的手段。"便吩咐小五："赶快去补一份状子来，俺可以替你出首。"小五回去，找了三天，才找到一个写状子的人。谁知这写状子的人，见他告大学士洪承畴，心下不觉一跳；一面不动声色的勉强替他写好状子，他原和大学士府的门丁胡老九认识的，便暗暗地到府去通报。

这个消息洪承畴听得了，一面吩咐拿一锭大元宝，赏了这写状子的人；一面和他手下的门客商量。门客里面有一个名叫徐九如的，便替他想了一条计策，用迅雷不及掩耳的手段，把董小宛连夜送进宫去。顺治皇帝一见，果然十分宠爱，只因董小宛心中念念不忘冒巢民，他见了皇帝，宫女叫他跪下，他只是低着头抹眼泪。皇帝看他哭得可怜，便吩咐宫女，带他到别宫去，好好看养。董小宛住在宫里，享用十分优厚，皇帝也常常来看望他，用好言安慰他。董小宛任凭皇帝千言万语，他总是不答话。皇帝也不动怒，坐了一回去了。

这样子过了几天，董小宛心想这位皇上倒是好性儿，日子久了，把自己的悲愁也慢慢地减轻下来。宫女看他肯说话了，便私地里问他的来历。董小宛告诉了他，那宫女说道："这样说来，这洪承畴是你的仇人呢？你还想报仇吗？"董小宛咬着牙恨恨地说道："俺过一百世也要报这个仇！"宫女又说："你若想报仇，第一步便要顺从皇帝，得了皇帝的宠爱，便可以借皇帝的势力报你的私仇。"一句话说得董小宛恍然大悟，心想身子既已进宫，休想再出宫去；我不如将计就计，替冒公子报了这个仇罢。不多几天，顺治皇帝果然封小宛做淑妃，又怕外人说他娶汉女做妃子，便把小宛改姓董鄂氏，称董鄂妃。皇帝得了董鄂妃以后，卿卿我我，一双两好，把从前的愁闷，都已销去。便是这董鄂妃，也一心一意的伺候皇上，好似把冒公子忘了。暗地里却买通太后宫里的太监宫女，打听太后和洪学士的事体。原来太后虽说红颜已老，却仍是顾影自怜。他自从多尔衮死去以后，春花秋月，宫闱独宿。想起从前的伴侣，一个个都已死去，只有这洪承畴，远隔在江南。便暗暗的下一道懿旨，把这位老朋友唤回京来，每到烦闷的时候，把洪学士传进宫去，谈笑解忧。这个消息被董鄂妃打听得了，心想我何妨趁此在皇帝跟前挑拨一下，送去这洪贼的性命，也出了我心头的怨恨。他主意已定，隔了几天，天气十分蒸闷，董鄂妃正在凉床上睡午觉，忽然皇帝悄悄地到来，宫女们忙要去唤醒妃子，前来接驾，皇帝摇着手，吩咐莫惊醒他。说着，自己掀起软帘，踅进房里去。只见妃子侧着腰儿，睡在榻上，那半边粉腮儿，越觉红润得可爱。皇帝走上去，看他双眼低合，香息微微，正好睡呢。又看他裙下弓鞋，尖瘦得和春笋一般，皇帝忍不住伸手过去，轻轻一握。再看他鞋底里，绣着"周延儒进呈"五个楷字，皇帝点点头，微微一笑。这时纱窗外吹进一阵风来，掀起了妃子身上的罗衣，露出红红的衬衣角儿；那衣角上绣着一对小小的鸳鸯，颜色十分鲜艳。皇帝看了，不觉发起怔来。正静悄悄的时候，董鄂妃清醒过来，睁眼看时，见皇帝笑吟吟地站在榻前，慌得董鄂妃忙下榻来，跪在地下接驾。皇帝亲自扶他起来，笑说道："这样热的天气，闷在屋子里做什么？朕和你什刹海采荷花去。"董鄂妃笑着称："遵旨。"又说："臣妾还不曾洗澡呢。万岁暂请外屋子坐一回罢。"皇帝听了，把颈子一侧，说道："朕正要看爱卿洗澡呢！"董鄂妃忙跪奏道："臣妾不敢亵渎万岁，再者，给外臣们知道了，成什么体统？"皇帝摇着头说道："这怕什么？外臣们也管不得这许多。你若害羞，吩咐他们放下湘帘，朕在帘子外望着就是了。"董鄂妃没法，只得吩咐宫女们预备香汤，放下湘帘，伺候洗浴。皇帝在帘外望着，四个宫女替他洗擦着，另外四个宫女站着，手里捧着手巾、镜子、胰子、浴衣许多东西。不一会儿，妃子浴罢，重行梳妆；卷起湘帘，皇帝踱进来，笑说道："长着这一身洁白的皮肤，直可称得玉人儿了！"把个董鄂妃羞得粉腮儿上起了两朵红云。

皇帝坐在一旁，静悄悄的看妃子梳妆成了，便握着妃子的手，走出宫去，上了凉轿，太监抬着，走到十刹海地方。只见万顷莲田，风吹着荷叶儿，翻来覆去，顿时觉得凉爽起来。荷花深处，荡出一只画舫来。宫女们伺候皇帝和妃子上了画舫，摇到水中央。妃子亲自采一朵白荷花，献与皇帝。皇帝接在手中，一手搀着妃子的手，并肩儿靠在船舱里，看许多宫女们坐着采莲船在荷花堆里攒进攒出，齐声唱着采莲曲儿。一阵阵娇脆的歌声，传在皇帝耳朵里，皇帝连连称妙。停了一回，宫女们采了许多荷花，献上画舫来；皇帝吩咐堆在妃子脚下。董鄂妃坐在舱中，四面荷花围绕着；人面花光，一般娇艳。皇帝叹道："爱卿真可以做得莲花仙子！"从此以后，董鄂妃经皇帝赞叹以后，宫女们都称他"莲花仙子"。当时皇帝吩咐摆上酒来，和妃子对坐着，两人传杯递盏，宫女们盘腿儿坐在舱板上。皇帝吩咐唱曲子，只听得一阵娇音，夹着弦子声唱道：

望平康，凤城东千门绿柳，一路紫丝缰；引游郎，谁家乳燕双双，隔春波晴烟染窗？倚晴天，红杏窥墙，一带板桥长。闲指点茶寮酒舫。听声声卖花忙，穿过了条条深巷，插一枝带露柳娇黄。

一会儿到了西岸上，见岸上万绿森森，浓荫叠叠；皇帝说道："好一个清凉世界！"便携着妃子，踱上岸去。吩咐宫女太监们，只在岸边伺候着，不用一人跟随。他两人肩并肩儿，手拉手儿，慢慢地走到绿荫深处的牌坊下面，皇帝心里忽然一动，忙把董鄂妃的玉手拉住，亲亲热热的接了一个吻。笑说道："朕和爱卿，好似民间的一对快乐恩爱夫妻。"董鄂妃听了，不觉扑簌簌的两行热泪，从粉腮上滚下来。皇帝见了，越发怜爱他，忙把他搂在怀里，低低的问时，那董鄂妃呜咽着说道："臣妾贱同小草，一时得依日光，享荣华，受富贵；转眼秋风纨扇，抛入冷宫，到那时不知要受尽多少凄凉呢！”皇帝听了，便说道：“爱卿尽可放心，朕得爱卿，如鱼得水；不但此生愿白头偕老，又愿世世生生结为夫妇。真是唐明皇说的：‘在天愿作比翼鸟，在地愿为连理枝。’卿如不信，朕当对天立誓。”说着，伸手按住董鄂妃的肩头，双双跪倒在牌坊下。皇帝说道：“皇天在上，我爱新觉罗福临，与妃子董鄂氏，愿今世白头偕老，世世结为夫妇，永不厌弃；倘然中途有变，我愿抛弃天下，保全俺俩的交情。”董鄂妃听了，忙碰头谢恩，皇帝扶他起来。董鄂妃趁此奏明：“被洪学士强掳进京，家中还有胞兄名巢民，不知生死如何，天天纪念，求皇上天恩，把巢民宣召来宫，使兄妹得见一面，死也瞑目。”皇帝当时答应，第二天便下旨给江南总督，宣召巢民进京。那冒巢民得了圣旨，立刻启程。那洪承畴献董小宛进宫，原想小宛生性贞烈，一定要死在宫里的，也是借刀杀人的意思；不料他一进宫去，十分得宠，皇帝依恋着妃子，连日罢朝。他明知道董小宛一得宠幸，便要报仇；便想了一条先发制人的计策，他觑便把皇帝私幸汉女，荒废朝政的话对太后说了。太后听了，大怒，便立刻要去见皇帝，洪承畴拦住，说：“这事体须得慢慢地解劝，太后不如先下一道懿旨，禁止汉女进宫，他日搜查宫廷，便有所借口。”太后听了，便依他的话，立刻下一道懿旨，禁止满汉通婚，又不许选汉女当宫女。在神武门内，挂着一块牌子，上面写着：“有以缠足女子入宫者，斩！”一行字。皇帝看了，心中暗暗地替董鄂妃担忧。

过了几天，冒巢民到了京里，董鄂妃在坤宁宫召见，两下里自有一番悲喜的形状。只因宫女站在跟前，只好兄妹称呼。皇帝也把巢民召去，问了几句话。在宫中赐宴，宴罢，又进宫去和小宛说话，说起从前的恩情和今后的分离，四行眼泪，和潮水一般似淌下来。只因宫中不能久坐，只得硬着头皮，告辞出来；临走的时候，皇帝赏他黄金五百两，又下旨给江南总督，替他在家乡盖造花园，随时保护。这里小宛自从巢民去了以后，勾起了万斛愁肠，不觉害起病来；终日睡在床上，自有御医调治。皇帝也不时来看望，用好言安慰。小宛正病得昏沉的时候，忽然听得宫女报说：“太后来了！”慌得小宛出了一身冷汗，忙挣扎着起来梳洗。忽见进来四个宫女，不由分说，把小宛横拖竖拽地拉了出去。只见太后气愤愤的坐在屋子中间，宫女把小宛推上去，按着他跪在地下。欲知小宛性命如何，再听下回分解 。

小宛公案，讳者自讳，张者自张。然遍观稗乘记载，众口一辞，指为冒家宠姬；是亦佳话，吾人亦何必为之讳？

顺治帝，固情种也。然一娶博尔济锦氏，则为怨耦；再娶绰尔济氏，则为非耦；彼一段柔情，正无用处。今遇董氏，清艳温柔，宜其颠倒痴迷，生死以之也。然顺治之得小宛也，巧取豪夺，亦徒见其为单恋耳。

爱情之事，难言矣！知识不相当，固不足以言爱；性情不相投，固不足以言爱；而门第不相当，势力不相敌，尤不足以言爱。盖如娇花，一受势力之压迫，则不能自由发展。甚者，一变而为谄媚财势，等于娼妓之卖淫；如帝皇之于妃嫔，尤著者也。彼顺治帝海誓山盟，在对方视之，等于势力要挟，被威权屈服而已，于爱情乎何有？

第二十六回 入空门顺治逊国 陷情网康熙乱伦

却说小宛正昏昏沉沉的时候,被宫女拉出去跪在太后脚下。只听得太后喝一声:"贱人!抬起头来!"便有宫女上来,揪住小宛的云髻,往脑脖子后面一拉,小宛的脸便抬了起来。太后冷笑了一声,说道:"长得好狐媚子的脸!替我掌嘴!"宫女便扬起手掌,向两面粉脸儿上打去;一连打了三四十下,打得小宛脸上红肿,眼前金星乱迸。他心里又气又急,眼前一阵昏黑,不觉晕厥过去。宫女把一碗冷水在小宛脸上一泼,小宛惊醒过来。太后便吩咐宫女:"问这贱丫头什么地方来的?"小宛一面哽咽着,把自己的来历,仔仔细细地说了;却仍是瞒着,说自己是冒家的女儿。正说时,皇帝踉踉跄跄的跑了进来。皇帝是一向怕太后的,见了这样子,只得低着脖子,恭恭敬敬地站在一旁,不敢说一句话;只听太后问完了话,便吩咐宫女:"打死了吧!"上来了四个粗蠢的旗妇,手里各拿着红漆棍,又拿着一个红布袋,要把小宛装进袋去。这是宫里的刑罚,宫女犯了死罪,便装在布袋里,一顿乱棍打死。皇帝到了这时候,便忍不住上去,跪倒在地求着;说:"他原是好人家女儿,是洪学士送进宫来的。太后倘然要打死他,应当先办洪学士的罪。"太后听皇帝说起洪学士,便触动了私心,那口气也便软了下来,吩咐宫女道:"撵他出去吧!"皇帝又求道:"这汉女已经进宫多日,再撵他出宫,于皇家体面不好看。"太后想了一想,却也不错,便吩咐:"关到西山玉泉寺去。"皇帝再要求时,太后拿手指着皇帝的脸,大声说道:"你可看见神武门里俺的旨意吗?汉女进宫的,便砍脑袋;今天我还看在皇帝面上,饶了这贱人一条狗命呢!"说着,逼着宫女把董小宛拉出宫去,坐一肩小轿,内监抬着,直送上西山玉泉寺去。这玉泉寺,是供奉喇嘛的;清宫里的规矩,宫人犯罪的,重则立时打死,轻则寄寺学佛。董小宛住在寺里,倒也觉得清洁,天天念经拜佛,自己知道红颜薄命,便也看破红尘,一心修道。不多几天,居然把各项经卷读熟。小宛原是一个聪明女子,他参透经典的奥理,心中恩怨两忘;什么冒巢民,什么顺治皇帝,都不挂在他心头。独有那顺治皇帝,迷恋得厉害。他自从小宛出宫以后,虽一般有别的妃嫔伺候着,但他想起小宛,便日夜悲啼。过了几天,皇帝实在忍耐不住,便花了许多银钱,买通宫女、太监们,瞒住了太后的耳目,悄悄地偷上西山去,在玉泉寺中见了小宛,两人抱头痛哭。小宛把许多红尘虚幻的话,慰劝皇帝。皇帝总是依依不舍,在玉泉寺一连住了三天,还不肯回宫。后来给太后知道了,打发总管太监,抬着软轿来接驾,又说:"皇上倘然不肯回宫,太后便要自己上山来了。"小宛又再三劝着皇帝说:"陛下倘不忘臣妾,将来在五台山上,还得一见。"后来太后又打发内监来催逼,皇帝无可奈何,上轿回宫去。谁知皇帝回宫的第二天,忽然看管玉泉寺的内监去报说,董鄂妃不见了!皇帝听了,万分伤心;暗地里打发许多太监,各处去找寻,也是毫无消息。皇帝把伺候小宛的宫女传来,亲自盘问。那宫女说道:"妃子怕是成仙去了。这几天每当风清月白的夜里,只见妃子在寺后面的瑶台上走来走去望着月儿;内监们赶去看时,已是影踪全无了。这不是仙去是什么?"皇帝听了,反快活起来,拍着手说道:"朕原说他是'莲花仙子'呢!如今果然成了仙去了!可是叫朕怎么样呢?"说着,便呆笑起来。

这个消息传在太后耳朵里,怕从此把皇帝引疯了,便暗暗的吩咐人,到西山上去,连夜放一把火,把玉泉寺烧得成一片焦土。可怜烧死了许多宫女太监!内中有一个宫女的尸身,很像小宛的,太后便吩咐宫人,故意声张起来,说小宛被火烧死了。皇帝听了,也不悲伤。隔了几天,忽然宫里吵嚷起来,说:"皇帝走了!"又在皇帝书房里,搜得皇帝遗下的手诏。上面写着道：

太祖太宗,创垂基业,所关至重;元良储嗣,不可久虚。朕子玄晔,佟佳氏所生,歧嶷颖慧,克承宗祧;兹立为皇太子,即皇帝位。特命内大臣索尼、苏克萨哈、遏必隆、鳌拜为辅臣,伊等皆勋旧重臣,朕以腹心寄托,其勉矢忠荩,保诩嗣君,佐理政务。布告中外,咸使闻之。钦此。

当时太后看了这道手诏,怔了半天;便吩咐:去把内大臣鳌拜传进宫来。商量停妥,便传谕出去,说:"皇帝急病身亡,遗诏立太子。玄晔为皇帝。"这个消息一传出去,文武百官,都到大清门外来候旨,太后传旨出去,所有满汉臣工,一概不许进宫。只吩咐明天在太和殿朝见新皇帝。到第二天,那文武大臣、贝勒、亲王,一齐在太和殿候驾,三下静鞭,新皇帝登基。这时玄晔年纪只有八岁,坐在龙椅上,受百官朝贺,

鳌拜和洪承畴站在两旁。皇帝下旨,改号称康熙。一面在白虎殿里,一般的替顺治皇帝办起丧事来。

顺治皇帝自从偷出宫门以后,只因换了平常衣服,路上也没有人来盘问他。京城里的路,他是不认识的。他信步向西走去,看看出了北京城。这时是深秋天气,只见眼前一片荒凉,顺治皇帝心中想起从前和董小宛在树林中密语,一番恩情,起了无限感慨,脚下一脚高一脚低向麦田中走去。正走时,前面田路旁远远地来了一个癞头和尚,手中拿了一轴破画,嘴里一声高一声低的不知唱些什么。看看走近皇帝跟前,只见他深深地打了一个问讯,说道:"阿弥陀佛!师父来了吗?"世祖听了,心中不觉一怔,想道:"这和尚那里见过的?怎么嗓音怪熟呢?"再看他时,见他混身长着癞疮,一只左眼已瞎;身上袈裟,千补百衲,赤着一双脚。便问他道:"你赤着脚不怕冷吗?"那和尚哈哈大笑道:"冷是什么?什么是冷?"世祖听了,不觉触动禅机,心下恍然大悟。接着说道:"我是什么?什么是我?"那和尚说道:"善哉善哉!"世祖问他:"你手中拿的是什么画?"那和尚见问,便放声大哭起来;哭够多时,才说道:"贫僧原是五台山清凉寺里的僧人。俺师父道行很高,修炼到八十岁上,忽然对贫僧说道:'我明日要下山去了!'当时贫僧不忍离开师父,拉住他的衣裳,放声大哭;师父看我哭得伤心,便说这是定数,哭也无用;我念你一片至诚,为今给你一幅画儿,画上画着一个没有眉毛的人,你记着二十年后,你带着这幅画儿下山进京去,自有人替你补画上那画中人儿的眉毛。"世祖听他说话离奇,便向他要那幅画儿看,见上面果然画着一个赤脚和尚,和尚脸儿上果然缺少两条眉毛。世祖看了,便在腰上挂着的笔袋里掏出一支笔来,替他补画上两条眉毛。那和尚见世祖替他画了眉毛,便爬在地下,连连碰头,口中喊着师父,说道:"俺师父叮嘱我,那补画眉毛的人,便是我的后身。我听了师父的话,如今恰恰二十年,便下山来寻访;在江湖上漂泊了多年,才找到了贵檀越。贵檀越不是我的师父是什么?请师父快回山去。"世祖便问他:"你的师父,如今到什么地方去了?"那和尚说道:"俺师父自从给了我一幅画以后,第二天便圆寂了。"世祖听了,低着头半晌,忽然大笑道:"俺跟你去吧!"那和尚说道:"师父也该去了。山上的女菩萨也候着师父多日了。"世祖问他:"什么女菩萨?"那和尚说道:"便是玉泉寺中的女菩萨。"世祖听了,拉着那和尚飞也似的跑去。后来世祖和董鄂妃一块儿在五台山上清凉寺里修道,吴梅村有一首清凉山赞佛诗,便是说世祖和董妃的事体。那诗道:

双成明靓影徘徊,玉作屏风璧作台。薤露雕残千里草,清凉山下六龙来。

这个消息,传在太皇太后耳朵里,懊悔从前不该撵走董鄂妃;如今自己亲生的儿子,孤凄凄的出家在五台山上。但这件事体又不好声张出去,只得推说礼佛,便带着康熙皇帝巡幸到五台山;太皇太后瞒着众人,暗暗地到清凉寺去访问。只见一个癞和尚,又聋又瞎;问他说话,十句倒有九句不曾听得。太皇太后无可如何,对着寺门洒了几点眼泪,下山回宫去。到了第二年,太皇太后又到五台山去,只见那山门半圮,连那癞和尚也不在了。太皇太后便下旨重建清凉寺,算是太皇太后的私庙。以后太皇太后年纪也老了,行动不便,便也不

曾到五台山去，只是心中常常纪念着罢了。

倒是康熙皇帝，年纪渐渐大起来，长得人物漂亮，精明强干。在顺治手里，已经打败明将史可法，灭去了明帝子孙福王、唐王、鲁王，又赶走了永明王，打败了郑成功，收得台湾海岛。后来平西王吴三桂、平南王尚之信、清南王耿精忠造反，也经八旗兵打平。到了康熙时候，地方上十分太平。太皇太后替他请了两位师傅：一位是河南人，名汤斌的；一位是魏裔介。这两位学士，天天在瀛台对皇帝讲解经史，后来又请侍讲学士高士奇讲解宋学；皇帝也十分好学，天天和大臣们讲论不倦。他回进宫去，对宫女们讲解，那宫女们听了，莫名其妙。这时有一位太公主，是太宗皇帝的幼女，世祖皇帝的胞妹，康熙皇帝的姑母，只因面貌长得美丽，年纪又小，只大得康熙皇帝五岁，太皇太后不舍得他出宫去，把他留在宫里，到二十二岁，还不曾招驸马。康熙皇帝和这位姑母又最好，自幼儿跟着姑母一床儿睡，许多乳母、保姆、宫女们伺候他，他都不要。一进宫来，便找他姑母玩儿去。后来上了学，在上书房听了讲回宫来，也找他姑母讲解去。这位太公主，原也读得满肚子诗书。他姑侄两人，常常谈着学问，娓娓不倦。因此康熙皇帝和他姑母的交情，越发深厚。他两人在没人的时候，常常说些知心话，大家竟忘了姑侄的名分。这时康熙皇帝年纪已有十七岁了，天天和他姑母做着伴，这男女的情窦，早已开了。他姑母二十二岁，正是女孩儿情意缠绵的时候。谁知这时康熙皇帝，因读书用功过度，便得了咯血的症候，太皇太后知道了，十分忧愁，忙请御医服药调治。御医说："须安心静养。"太皇太后意思要把皇帝搬到宁寿宫去，亲自照看他；佟佳太后要把皇帝搬进慈宁宫去住着。皇帝都不愿意，却住在永乐宫里；只要姑母陪伴他，别的宫女、保姆，一概不许进屋子来。太皇太后认作他是孩子气，也便依他。那太公主终日陪伴着侄儿，在病榻上耳鬓厮磨，软语温存；康熙皇帝又长得俊俏动人，日子多了，两人情不自禁，便做出风流事体来了。皇帝偿了心愿，那病竟完全好了。女孩儿家到底胆怯，便悄悄地把这件事体去告诉母亲；太皇太后听了，吓了一大跳，忙把皇帝唤来，暗地里埋怨他。谁知康熙皇帝少年任性，定要把姑母封作作妃子，又说："倘不依我，便愿不做皇帝。"太皇太后怕闹出事来，便也只得听他们胡闹去。

待到太皇太后逝世以后，康熙皇帝便索性下一道圣旨，把姑母封作淑妃；满朝文武看了十分诧异，便有御史官上奏章劝皇帝收回圣旨，把太公主另嫁驸马。皇帝看了，十分生气道：姑母既不是朕的母亲，又不是朕的女儿，也不是朕的同胞姊妹，封做妃子，免得出宫去吃苦，有什么使不得？从此以后，皇帝便大了胆，拣那宫女中有姿色的，便随处临幸。有别的宫女撞见，他不知害羞。那宫女被宠幸过的，便封他做妃子。不上一年，那宫里的妃子，已有四十六个，任你大臣如何劝谏，他总置之不理。

那时有一个太监，名小如意的，性情十分乖巧，在外面买了许多邪书，偷偷地带进宫来献与皇帝。皇帝平日只见侍读学士讲些经史，从不曾看见这种有趣味的书，从此他便丢了经史的学问，没日没夜的看那些书。看到有味的时候，连饭也不想吃，觉也不要睡；终日拉着那班妃子，照书上的法儿，大做起来。有一天，皇帝坐在湖山石上看书，小如意站在一旁伺候着；远远地看见一个宫女走来，皇帝忽然异想天开，自己先在假山洞子里躲起来，吩咐小如意如此如此。看看那宫女走到跟前，小如意上去，不由分说，一把拉住，把他推进洞去。吓得那宫女娇啼宛转，只听得山洞子里哭喊一阵子，那宫女吃了亏，踉踉跄跄的逃了出来；停了一回，又来了一个宫女，小如意如法炮制。皇帝这一天共闹玩了四个宫女，心下十分快乐；可怜那宫女自吃了亏，到底也不知是谁欺侮他呢。小如意又哄着皇帝说汉女如何如何娇嫩，如何如何温柔。皇帝听了，记在肚子里。又打听得文华大学士张英家里，和那尚书姚江家里，养着许多美人。张家和姚家原是亲家，两家都娶着七八个如夫人，个个长得姿色娇艳，体态风流。北京人有几句歌儿说道："论美人，数姚张；你有西施女，我有贵妃杨；等闲不得见，一见魂飞扬。"这个歌儿，小如意传进宫去；皇帝听得了，便夜夜思量。

讲到这两家的美人，要算姚江第四位小姐长得最得人意。张英知道了，便去求婚，配给自己的二公子;那二公子官也做到京卿,自娶得姚家的女儿,欢喜得什么似的,天天香花供养着,等闲不出房门一步。有一天,是皇太后的万寿,早几天,便有上谕下来,凡汉官命妇,随着满人,一律进宫去叩祝。这一天,凡是张、姚两家的女眷,因为贪玩宫廷的风景,只叫他丈夫在朝做官的,一个个按品大装,进宫去拜寿;那张学士的二媳妇,也在里面。到了宫里,随班叩祝过;太后传谕,便在内廷赐宴。坐过了席,领着到上苑去游玩,尽一日之欢。直到万家灯火的时候,才一齐退出宫来,个个上轿回家。张家的女眷,一共坐了六肩轿子,回到家里,大家走出轿来一看,那二少太太已经换了一个别的女人。姚家的四小姐,不知到什么地方去了。问那女人时,那女人也莫名名其妙。那京卿官跑来一看,见自己心爱的妻子,给宫里偷换去了,为何不怒;便对着那女人吵嚷起来。张学士听得了,忙入进来拦住说:"千万莫声张,给宫里知道了,俺们全家人性命不保。"他儿子听了,也只得忍气吞声地把那陌生女人收下。过了几天,皇太后下了一道懿旨说:"凡汉官命妇,以后一律不准进宫。"百官们看了这道旨意,都莫名其妙;独有张学士父子两人,心中十分难受。

康熙皇帝玩过汉女以后,便把宫里几十个旗女,一齐丢在脑后。过了几天,他觉得闷在宫里,十分腻烦;便和小如意商量,打算悄悄地偷出宫去游玩。小如意起初听了,不敢奉旨;无奈皇帝生性暴躁,说怎么定要怎么的。小如意也违拗不过,只得改换了袍褂,两人装作主仆模样,偷偷地出宫去,大街小巷的游玩。皇帝几十年闷在宫里,如今满个京城乱跪,为何不乐。有时上馆子去吃喝,有时到窑子里游玩。每游到天色傍晚,便偷偷地回进宫去。谁知游了几天,却游出风流事体来了。有一天,皇帝带着小如意正在驴马大街上走着,忽然迎面来了一辆驴车,车中端坐着一位美貌妇人;皇帝不觉看怔了,那车辕儿撞在他身上,他也不觉得。车厢里的妇人,水盈盈的两道眼光,原也注定在皇帝脸上;又看他呆得厉害,便不觉盈盈一笑。这一笑,却把皇帝笑得越发呆了。那驴车在前面走着,皇帝慌慌张张在后面跟着,一直跟出西直门一家门口停住,把个皇帝累得满身是汗,气喘吁吁。他便悄悄地叮嘱小如意:"无论如何,今夜须把这妇人弄进宫来。"说着,自己先回宫去了。欲知这妇人进宫与否,且听下回分解。

顺治出家,吾谓其得偿于爱情者有限,而得偿于性天者,实无穷也。设想彼从行监坐守深宫密院之帝王,跳身出外;一旦逍遥旷野,与癞头瞎眼和尚竞斗禅机,何等放浪,何等自由?

太皇太后巡幸五台山,为后来康熙出巡张本,接来天衣无缝。

情爱之猛烈者,无名分,无礼教;等于禽兽。故圣人先立夫妇之制,以容其情;立为长幼男女之防,以制其情。彼康熙帝之于大公主,一段攀缘,由渐而成。彼结恋之初,固不知有名分;迨后愈恋愈深,虽知有名分而不容自已。况身为皇帝,炫惑者众,其罪恶实太皇太后造之。男女之事,顾可不防之微乎?

第二十七回 劫民妇暗移国祚 逋国师计杀储君

却说小如意奉了皇帝的旨意,径在这家门口候着。打听得那妇人的丈夫姓卫,原在驴马大街开一爿布庄。今天这妇人回母家来探望母亲,她丈夫原是十分爱妻子的,叮嘱当晚须回家去的。小如意便买通了那赶车的,答应派他宫里一个小差官;那赶车的十分欢喜。到了时候,那妇人辞别母亲出门上车,小如意也催了一辆车,偷偷地跟在后面。二辆车子,一前一后,直赶进宫门去,在御苑后门下车。那妇人下车来,看这样阔大的地方,不觉吓了一跳。小如意上去说明缘故,又说倘得皇帝宠幸,你丈夫也同享富贵。这妇人原也不十分贞节的,坐在车厢里的时候,看见皇帝人物轩昂,便有几分意思了,如今说是万岁爷,他为何不愿意。当时跟着小如意走进御苑去,在绛雪斋拜见万岁。皇帝见了这妇人,欢喜得忙上去伸手拉了起来;小如意忙避去,当夜便在绛雪斋留幸,一连十天不出斋门。圣旨下来,把这妇人封作卫妃,她丈夫卫光辉,也召进宫来,赏做御前侍卫官。他夫妻两人,瞒着皇帝,常常在暗地里见面。这位卫妃身上,有一种甜腻的香味,人闻了这香味,不觉心动起来;卫妃走过的地方,那香味常常留着不散。他人不曾到跟前,便远远的闻得这一股香味。他穿过的里衣,香味十分浓厚,便是洗也洗不去的。洗浴剩下来的水,一阵一阵发出香气来,宫女们也不舍得倒去。因此皇帝格外宠爱,称他做香美人。

谁知卫妃进宫来,不上七个月,便生下一个孩子来,长得肥头胖耳,哭声十分洪亮,皇帝十分宝爱。因和卫妃交情深厚,便有立他做太子的心。取名胤祯,便是后来的雍正皇帝。这时宫女们得皇帝临幸的很多,生的儿子也很多。康熙皇帝一共生了三十五个儿子。卫妃怕将来弟兄争位,自己的儿子,实在是前夫的种子,倘然给人查出,便不能做太子。因此常常在皇帝跟前求恳。皇帝嘴里虽然答应,只因胤祯年小,打算过几年再说。

这几年,康熙皇帝尽干些风流事体,把朝廷大事,尽托与几个顾命大臣。诸位大臣中,有一个名叫鳌拜的,最是奸恶。他仗着是先皇的老臣,便当面吆喝着皇帝。皇帝倘然稍稍辩论,他便气愤愤地说要辞职不干了。私地却招权纳贿,结党营私。有一天,鳌拜强逼着皇帝,要封他的祖宗做镇国公,皇帝不肯,鳌拜便气愤愤地说道:"臣受了顾命的重托,求一个封诰也做不到,还做什么大臣呢!"说着,一甩手要出殿去了。这时候有一个老臣,名叫玛尼哈特的,在一旁冷笑着说道:"贵大臣开口顾命,闭口顾命,请问可有先帝的手诏吗?"鳌拜听了,便反问他道:"贵大臣敢是得到先帝的手诏来?"那玛尼哈特点点头,不慌不忙地从袖管里拿出 一张手诏来,皇帝看时,果然是先帝的手笔,上面还盖着御印。上面写着顾命大臣,只有玛尼哈特一个人的名字。皇帝大怒,喝令御前侍卫把鳌拜拿下,吩咐发交刑部,审问他冒充顾命欺君罔上的罪。接着便有许多御史上奏章,说鳌拜犯有二十大罪。皇帝圣旨下来,立刻绑到菜市口去正法。

皇帝因杀了鳌拜,便想起自己应该早立太子,免得日后受大臣的欺弄。因想起太子的事体,便也想起卫妃的说话。又想自己有三十五个皇子,倘然立四皇子胤祯,又怕众皇子不服;依理胤礽年纪最大,自然该立为太子,只因自己宠爱卫妃,不忍心违背他的意思。皇帝一路想着,一路走着,不觉已到了翠华宫。卫妃出来接驾,走进内院去,见架子上有两只雕笼,笼里面关着许多白色老鼠,每一笼约有二百头。皇帝问时,卫妃奏称:"是暹罗国进贡来的。"皇帝见了这两笼鼠子,便想起方才的心事,便吩咐把二皇子和四皇子唤进宫来。停了一回,二皇子胤礽,四皇子胤祯,奉召进宫。皇帝要看看他二人的心术,便把这两笼鼠子赏给他二人。两位皇子捧了笼子,谢恩出宫。第二天皇帝打发自己亲信的内监,悄悄地到两位皇子宫里去打听。那内监来回奏说:"二皇子回宫去,把一笼鼠子,一齐放了,说是关在笼子里多么不自由,看着怪可怜的,不如放了他的生命罢。"四皇子回宫去,把二百头鼠子,分作三队,教他打仗,有不听号令的,便杀死。玩了一天,那两百头鼠子,被皇子杀得一个不留。皇帝听了,心下十分厌恶胤禛,便有立胤礽为太子的心,暗地里却把大学士明珠唤来,和他商量。那明珠原是胤礽的党,当时竭力怂恿立二皇子为太子,康熙皇帝心里便打定主意。隔了几天,一道上谕下去,说立二皇子胤礽为皇太子,一面把胤礽搬进东宫去住着,满朝文武个个上奏章来祝贺,皇帝便在崇政殿中赐宴。这里东宫里正十分热闹,那边翠华宫里卫妃母子两人却十分凄凉,暗暗地把卫侍卫官唤进宫来商量。姓卫的说道:"俺夫妻俩好好地过着日子,自从你吃那昏君抢进宫来,我原想行刺的;只因你肚子里已有五个月的胎儿,生下儿子来,倘然传位给他,那时我的儿子做了皇帝,我便暗暗做了皇父。如今我儿子既做不成皇帝,我便另打主意,总叫他做成皇帝才罢。"接着又商量了半天,卫妃便把胤禛唤出来,哄着他跟姓卫的出宫去玩耍。

这姓卫地把胤禛带出宫去,住在自己家里,暗暗地把宫里的喇嘛和尚请来,传授他练气符咒的本领。又请了许多教师,在院子里搬弄刀枪,比演弓箭,还有什么外五行内五行种种拳法。胤禛到底是孩子气,觉得好玩,便天天偷出宫来习练。又因胤礽做了太子,心不甘伏,预备练成了本领,将来和哥哥抢夺皇位。他在宫里,暗暗地把这个意思对他弟兄胤禔等八个人说了,他们也满肚子怀着怨恨,听了胤禛的话,便个个摩拳擦掌,跟着胤禛练武艺去,准备将来厮杀。这个风声传到胤禔胤祧胤禟耳朵里,便也另立了一个机关,背地里请着镖局里的镖师,传授武功。这个风气一开,那江河上的好汉,便一齐投奔了来。胤禛仗着母亲卫妃的照应,从大内里拿出银钱来,所以胤禛门下请的好汉独多。有什么独臂金刚、铁腿李、搅海蛟、疯和尚种种奇怪的名氏。

外面闹得天翻地覆,那宫里的康熙皇帝和胤礽太子,正睡在鼓里。康熙这时从五台山请来一位妙觉和尚,他深通经典,善于说法,康熙帝请他住在瀛台净室里,天天说妙法莲花经,心中颇有领悟。这时太子胤礽,也跟着大学士明珠讲究文学。那明珠相国,虽是皇室内亲,却不通文墨的;只因生性狡黠,从部曹微职直升到大学士官。知道皇帝和太子都注重文学,便暗地里招纳了许多文人,供养在家,做了许多文章,冒充是自己做的,献进宫去,皇帝和太子十分称赞。明珠便劝皇帝趁此做几件文学上的事业,为万世流名之计。当时便有文学大臣张英、魏裔介一班人,奏请开设修书馆。明珠和这班文臣,原是通同一气的,在皇帝跟前怂恿着。皇帝便下旨设修书馆,召请四方文人,编撰《康熙字典》《子史精华》《佩文韵府》这一类书。明珠的儿子纳兰容若,常到修书馆里去,见有才学并茂的读书人,便多送金银,请进府去,替他父亲做着枪手。有一天,明珠陪着康熙帝在西书房闲说,说起庄子《南华经》里一段故事。皇帝便唤内监取《南华经》来,那内监错拿了《道德经》。皇帝跺着脚骂道:"蠢虫!"又对明珠说道:"这班蠢物,真是讨厌!从来说的'红袖添香夜读书'多么有趣?朕想那添香的女孩儿,绝不是这样粗鲁的;朕很想选几个良家闺女,懂得诗书的,进宫来做女官,专管朕书房的书务,岂不很好。"

明珠听了这个话,回家去立刻打发家人到苏杭一带去拣那小家女孩儿,面貌清秀,不曾缠足的,用重价买来,养在自己别墅里,请一位老先生教会诗书。那班女孩儿,都是十三四岁,原很聪明的;不上三五年,诗词歌曲,吹弹歌舞,样样都会。那班女孩儿,也有十七八岁了,一个个出落得体态苗条,举止轻盈。内中有乔杏、新梅、茜桃、丽凤四人,长得越发清秀娇艳,好似四支水葱儿。明珠看在眼中,打算把这四个女孩儿先送进宫去。不知什么人讨好,把这个消息传在相国夫人耳中,说主人娶了三十六房侍妾,在西城外别墅中日夜取乐。那位相国夫人,原是得宠的姨太太扶正的,醋劲最大,听了这个消息,如何耐得,便也不问仔细,立刻套车,赶到别墅里去。明珠不在别墅中,只有一位老先生,带领三十六个女孩儿出来拜见。相国夫人看时，个个都长得如娇花弱柳，便也不动声色，吩咐老先生退去，唤着那班女孩儿，一个一个到跟前来问话。相国夫人留心看时，有十二个女孩儿长得最是惹眼。便吩咐把这十二个女孩儿留下，立刻摆上一桌筵席来，请他们喝酒。那女孩儿都是天真烂漫的，知道些什么，见夫人赏酒，便也说说笑笑地吃个饱。夫人看他们吃完了酒，便上车回府去。大家见夫人忽来忽去，也不怒骂，也不说笑，十分诧异。谁知到了第二天一早，那十二个吃酒的女孩儿，一个个直挺挺地躺在床上死了；新梅、丽凤、娇杏、茜桃四个人也不能逃这个劫数。相国知道了，也只得叹了一口气，悄悄地去埋葬了事。把剩下的二十四个女孩儿，一齐放回家乡去。从此相国和他的夫人，情分愈恶。相国终日和门客们吃酒作诗，也不进内宅去。有时东宫召他进宫去谈论文学，那时明珠和一班文人做伴，也懂得些风雅的家数，太子和他十分要好，常常把他留住在宫里。

那时有一位云贵总督范承勋，进京来陛见。见皇帝和太子，都成了两个书呆子。便上了一本奏章，说本朝以马上得天下，子孙不宜弃置武功。康熙帝原是很敬重范承勋的，当下看了他的奏章，便立刻传旨，在畅春苑柳堤练习骑射。那时太子和胤禛、胤禔、胤禵、胤禩、胤禟一班皇子，都站在父皇跟前候旨。皇帝下旨，命太子和皇子一一比射，又比各项兵器。内中要算胤禛本领最强，那太子胤礽，却十分文弱，刀枪固然不高明，连那三箭也是一箭射不中。后来许多皇子，在柳堤上赛马，太子依然落后。皇帝看了，十分生气，把教太子武艺的师傅，传唤过来，当面训责了一番。那师傅十分羞惭，便是太子，也觉得脸上没有光彩。回到东宫，许多师傅商议，有一个内监，打听得胤禛、胤禩在外面私立机关，练习拳棒的事体，来告诉太子，太子十分惊惶。便有一个师傅说："不如把西山喇嘛请来，太子学着符咒秘法，又请天下勇士来传授十八般武艺。"太子听了，十分合意，立刻在东宫里收拾起密室和围场来，天天跟着喇嘛僧和拳教师在里面练习着。一面又打发人到江湖上去探访侠客武士，愿多送金银，把他请进宫来，早晚领教。因此北京地方，那好汉愈聚愈多，常常在大街上吃酒闹事。地方官知道了，也不敢去管他。

正在这个当儿，忽然卫妃死了。康熙皇帝固然十分悲伤，便是那姓卫的，也觉得凄凉。他便退出宫来，和胤禛早晚谋划陷害太子的计策。康熙皇帝死了卫妃，住在宫里，十分乏味。虽一般有三宫六院的妃嫔陪伴着，但他们怎及那卫妃的万一，便终日长吁短叹，寝食不安。他因想念卫妃，便又想起了父皇。这时卫妃的棺木运到关外去埋葬，皇帝不忘旧情，便借进谒福陵的名义，送着卫妃的棺木到山海关去埋葬，亲自督看坟工。丧事既了，皇帝也不愿回宫，便下旨南巡，声称问民疾苦。又下旨命太子胤礽监国，自己带领文武大臣和王公、贝勒，拣定康熙二十三年九月初一日起程出京。当时有大学士张英，内大臣觉罗武默讷，率领满朝文武，恭送御驾。

此次巡游，皇帝下旨，所过各处州县，照常办事，勿办供差，违旨的便革职问罪。因此皇帝坐了几只平常民船，悄悄地一直开到五台山脚下，坐轿上山。到清凉寺停下，把个清凉寺里的主持，吓得屁滚尿流，忙接驾进去，在方丈室坐下。内监预备香烛，请皇帝拈香。皇帝拜过了佛，便问："久听得寺里有一位高僧，现在何处？"那主持回说："在最高峰茅舍里打坐，所有往来檀越，他都不见。"皇帝说道："朕必要去见一见。"便吩咐侍卫内监，一概留在寺中；独自一人，带着一个小沙弥领路。山路左盘右旋，脚下七高八低，好不容易，爬到山顶上，把个皇帝累得气急汗流，在大树下略站一回。见危崖上一座茅舍，皇帝便慢慢地踱进屋子去。有一个僮儿出来问话，皇帝也不答他，问小沙弥："高僧住在里间屋里？"小沙弥便指着右面一间耳房，皇帝走进房去，只见一个须眉皓齿的和尚垂着眼，盘着腿，坐在禅床上。皇帝对他怔怔地看了半天，忍不住心中一动，抢上前去，唤了一声："父皇！"双膝跪倒。那和尚睁开眼来一看，随即阖上眼皮，不做一声儿。接着皇帝低低地说了许多话，便告别出来。在半路上，皇帝再三叮嘱小沙弥，不许传扬出去。又吩咐他好好地看待那位高僧，将来自有好处。那小沙弥也十分聪明，当即连声说："遵旨。"

皇帝离了五台山，便向济南地方进发。只因皇帝有旨禁止地方官供张伺候，所以到了济南行宫，那山东巡抚钱珏率领各省大小文武官员照例来请过圣安以后，便各自回衙办事。皇帝见官员们都去了，便改换衣帽，带一个亲信侍卫，悄悄地溜出后门去，在趵突泉旁一家小茶馆里吃茶，打听些民情风俗，官吏政绩。看看天晚，便又悄悄地溜回宫去。到了晚膳后，便和相国张玉书在灯上围棋。两人棋逢敌手，兴味甚浓，直到夜半，还不罢休。皇帝为抢一个犄角儿，手里拈着一粒子，正出神的时候，忽听得围墙马嘶人喊的声音，那内监侍卫们脸上，一齐变了色。皇帝一面下子，一面吩咐内监出去查问。一刻儿工夫，内监进来回奏，说："后院万岁乘坐的赤骐，被贼人盗去了。"皇帝听了，不觉大怒，对张玉书说道："这赤骐是那年喀尔喀部进贡的，朕七八年来，未尝一日离他；不想到这里来被人偷去。那贼人也太大胆了，不知老钱在那里管什么事！"这几句话，传在钱巡抚耳朵里，慌得他第二天一早自己摘去顶戴，在宫门外跪着候旨。一面托内监去转求张相国，替他在皇帝跟前求情。谁知皇帝起来，已把昨夜的事体忘了。钱珏化了千两银子，买得一匹栗色马，也是十分俊美，献给皇帝。又花了三万两银子，买嘱内监侍卫门，求替他在皇帝跟前说好话。第三天皇帝起跸，向江苏省进发。钱珏送皇帝出城以后，回到衙门里，见大堂正中高高地写着一行字道："盗御马者，山东窦二敦也。"钱巡抚看了，不觉吓了一跳；忙下令关起城门来，搜捉了十天，也不见窦二敦的影踪。

这个窦二敦，原是山东有名的大盗。他起初在山东、直隶、河南一带地方，横行不法，专爱强奸良家妇女。那女人睡到半夜里，见窦二敦从屋面上跳下来，便唤道："窦爷爷来了！"你若好好的依顺他，他把那女人连被窝里着，挟在胁下，跳出院子去；回到自己家里，给他奸污过以后，便依旧好好地送你回家去。到第二天，那女人的房门，好好地关着，女人也好好的睡在床上，真是人不知，鬼不觉的。遇到贞烈的女人，倘然当时和他倔强，便立刻被他杀死，不然也被他抢回家去，永远不得回来。因此那班乖觉的女人，吃了他的亏，也只好忍气吞声的受着。有时那些良家小户，还暗暗的得他许多银钱。他在济南地方，党羽甚多。倘然有江湖卖技的人，路过省城，必要先去和他打过招呼，孝敬些见面钱，他才许你在他地界上做买卖，倘有半个不字，他便带领弟兄，打得你落花流水，叫你站不住脚。那一年，济南城里忽然来了一个白发老头儿，带了两个绝色的女孩儿，在泰狱庙前卖解。那两个女孩儿，长着二寸宽的小脚，穿着红裙绿袄，一来一往的搬弄武艺。把路上人看得魂灵儿也丢了。到要钱的时候，说也奇怪，那班看客，不约而同地摇摇头，摆摆手，四面散去了。那老头儿讨了一个没趣。正低头纳闷的时候，忽然来了一个大汉，抢到老头儿跟前，伸着蒲扇一般的手掌，在老头儿肩上一拍。大喝道："老贱奴！你可认识山东窦二敦吗？"那老头儿听了，慢吞吞地抬起头来，在他身上上上下下地打量一番；看他敞着胸，横着眼，一手叉着腰，一手捏着两粒铁弹子，忒愣愣地转着。半晌，老头儿冷冷地说道："谁认识你窦二敦、窦三敦？况且俺卖俺的艺，也不定要认识你。"几句话说得窦二敦怪眼圆睁，青筋涨满；也不待他说完，一拳劈胸打过去。欲知这老头儿性命如何，且看下回分解。

阀阅之家，恒重视其宗系。至帝皇统绪，尤为史家所注意。实则异姓乱宗，少见于平民，多见于巨宅。以其财足乱人，而富足以自乱也。在帝王之家，尤属不可究诘。吕氏易嬴，何代无之？岂独卫妃而已？然世界龌龊，人为倮虫，姓氏本无所根据；虽乱，亦何碍于人类？

深宫无事，唯以纵欲为常课。多宠多子，贻后日之大患；此不独于皇家为然，即稍稍富厚之子，亦竟以纵欲多子为能事。循至养而不教，徒知分利；利尽而乱作，贻社会以无穷之隐患。中国之积弱，实中于此；皇室之扰乱，亦基于此。

第二十八回　小二哥暂充钦差　皇四子大战侠客

却说那老头儿见窦二敦一拳打过来，也不回手，也不躲闪。窦二敦连打三拳，那老头儿纹丝不动。窦二敦身后，原站立一班弟兄，看了也个个酥呆。窦二敦这时满面羞惭，带着弟兄们，垂头丧气地回去。那老头儿也收拾围场，回到客店里安息去。直到半夜时分，那老头儿正在好睡，只见窗外跳进一个人来，擎起钢刀，对着老头儿的脖子上砍下去。谁知这老头儿却依旧鼾声如雷，动也不动；直把那刺客吓呆了。停了一回，老头儿慢慢地醒来，睁眼看时，站在榻前的，便是窦二敦。老头儿说道："什么地方的小孩子扰人清梦。"窦二敦这时不由得双膝一软，跪下地来，求他收作徒弟。老头儿起初不答应，窦二敦再三恳求，老头儿才带他去。从此济南地方不见窦二敦的踪迹。隔了五年，窦二敦又来了，且娶得一个绝色的妻子。济南地方人，都认识这女子，便是那老头儿的。原来那老头儿姓石，原是明将张苍水的部将。那个女子是他的外孙女。张将军败走了以后，他便带着这两个女子，借着卖解的名儿，物色英雄，为明朝报仇。如今遇到这窦二敦，便把全副武艺传授他，又把一个外孙女给他做妻子，劝他从此要做一个好人，回去招呼弟兄们，遇有机会，便替明朝报仇。此次康熙南巡，路过济南地方，他想机会到了，预先把妻子去藏在深山里，连夜闯进行宫去打算行刺皇帝，后来看见后院里养着一匹赤骐，窦二敦原是爱马如命的，他识得是一匹好马，便先偷了马再说。那马见有人来偷，他便长嘶起来。侍卫们听得了急来看时，这马跑路很快，早已去远了。窦二敦把马去藏在深山里，回转身来赶到城里，那皇帝已经启程到苏州去了。

御舟过丹阳、常州、无锡，都不曾停泊，十月二十六日到苏州浒墅关，江苏巡抚汤斌，带领合境官员接驾，皇帝骑着马走进阊门，那百姓们在大街两旁站着闲看。皇帝吩咐百姓莫跪，见有年老年幼的，便亲自下马来问话，步行到接驾桥，在瑞光寺里略坐一回。巡抚走在前面领路，送进织造局里住下。这时有一个宋牧仲，也做过江苏抚台，这时告老住在苏州地方，皇帝忽然想起他，便把他唤进行宫来闲谈解闷。第二天，又打发内监送活羊四只，糟鸡八只，糟鹿尾八个，鹿肉干二十四包，鱼干四包，给宋牧仲；又传旨煮豆腐的法子，准宋牧仲照法煮吃，给有年纪人后半世的享用。第三天，巡抚去请安，里面传谕出来，说圣躬不适，一切臣工免见。这原是推托的说话，其实皇帝早已带了侍卫们，悄悄地雇了一条划船，到各处乡镇上游玩去了。

有一天船到华亭县城里，在七里桥下停下，皇帝走上岸来，见桥边一家酒肆，一个小二官站在柜身旁。皇帝踱进店去，店小二上来招呼，皇帝打了三角酒，独自饮着。看看酒堂内十分清静，皇帝便把小二唤来和他闲谈起来。皇帝问道："你辛苦一天，有多少工钱？"那小二说道："我们工钱是很微的，全靠卖酒下来分几个小账。讲到每天的小账，原也不少，无奈自从金大老爷到任以来，在各家店铺收捐，把我们这一份小、账也捐去了。我们靠这个呆工钱。如何度日？"说着不禁叹了一口气。皇帝听了，低着头半晌不说话，忽然问道："你们这县城里可有别个比县官大的官员？"那小二说道："这几天因听说万岁爷要到这里来，省城里派了一位提督大人，带兵在这里来保护。"皇帝听了，便向小二要过纸笔来，写上几个字，盖上一颗小印，外面加上封套，把小二唤进来说："把这信送进提督衙门去，提督是我的好朋友，这封信送去，准把你们的铺捐免了。"小二听了，如何敢去。后来还是掌柜的替他送去，走到提督衙门口，有许多差役恶狠狠地站在那里，见了那掌柜的，问他干什么来的？掌柜的便把这封信拿出来。那差役们见是平常信，便向门房里一丢，掌柜巨说那客人吩咐要立候回信的。差役们不去理睬他。后来那掌柜的再三恳求,恰巧里面有一个二爷出来,差役便把这封信托他带进去给大人。停了一回,忽然里面三声炮响,开着正门,提督大人亲自出来,把掌柜的迎接进去,把两旁的差役看呆了。只见那提督在大堂上点起香烛,把那一封信供在上面,对他行过三跪九叩首礼,转身来向那掌柜作了三个揖,慌得那掌柜地跪下来还礼不迭。停了一回,提督打发人去把华亭县唤来。那华亭县不知什么事情情,赶忙穿着顶帽,坐着轿子赶来。那提督一见了金知县,立刻把脸色沉下来,喝一声"跪下听旨";慌得那知县爬在地下,动也不敢动。提督上去把那封信打开来念道:"华亭令金雨民掊克渎货,民不堪命,着提臣锁拿候旨严办。"那县官听了,吓得脸如土色。便有差役上去替他除去顶戴,套上锁链,推进牢监去关着。一面吩咐打轿,自己坐着官轿,那掌柜的也坐着轿子,飞也似的赶到七里桥地方,走进酒店去一看,那皇帝早已下船去得无影无踪了。提督忙传令各处炮船赶上,前去保护。但是皇帝坐的是小划船,那炮船在水面上找来找去,也不见皇帝的御舟,空扰乱了一阵罢了。

这里皇帝回到苏州。那苏州官员才知道皇帝私行在外面,纷纷到行宫里来请安。住了几天,皇帝起跸回京去。路过江宁地方,皇帝忽然想起江宁织造官曹寅,传谕曹寅接驾。曹寅把御驾接到织造衙门里去住着。曹寅是世代办理皇差的,皇帝拿他当亲臣世臣一般看待。他母亲孙氏,年轻时候,也进宫去过的。这时皇帝和曹寅说说笑笑,好似一家人一般,又召孙氏觐见。他媳妇、孙媳妇都出来见驾。皇帝赏赐很多,又写"萱瑞堂"三字赏给曹寅。曹寅家里花园很大。皇帝在花园里盘桓了几天,便起驾回北京去。

这时京里太子胤礽监国,倒也十分安静。胤礽是一个书呆子,终日埋头在书堆里,朝廷的事体听那班大臣、亲王、贝勒们料理。独有那四皇子胤祯见父皇不在京里,越是无法无天。这一日,太子偶然到南苑去打猎,忽见远远的一队骑马的侍卫从南面跑来,簇拥着一辆车儿。车儿前面仪仗很多,还有许多喇嘛拿着法器在前面领路。太子错认是皇帝回来了,忙抢上去迎接时,原来车儿里坐的正是四皇子胤祯。胤礽心下大不舒服,只因碍于弟兄情面,便避在一旁让他车马过去。待到皇帝回来,太子见了父皇,第一件事便奏称四皇子冒用皇帝的仪仗,实是不法。康熙帝听了,十分生气,派人把他的仪仗收没,又 把胤祯唤进宫来,当面训斥了一场。因此胤祯心中越发愤恨,他回家去,便收拾行李,带了几个拳师,步行走出京城,向西南走去。他和手下人说定,沿路只许步行,不准坐车骑马,一来借此熬炼筋骨,二来沿路也可以找寻英雄好汉。他走到嵩山脚下,住在客店里,天色已晚,手下一班侍卫、拳师都趁着月色,在廊下坐着说闲话。胤祯一个人闷得慌,便悄悄地溜出店去。店东面有一座松林,月光照着,分外阴沉。胤祯负着手踱到林子下面去,耳中只听得呼呼的响;再绕过去看时,只见林子东面一方空地上有一个和尚,手里拿着禅杖,对着月光上下舞动着。胤祯看得手痒,便拔出腰刀,三脚两步,抢进圈子去,和他对舞起来。那和尚看看有人和他对打,手下的禅杖便舞得和灵蛇一般。胤祯打了半天,休想近得他身,看了自己的手法,慢慢地慌乱起来;那枝禅杖逼着自己,一步紧一步。胤祯心知这和尚不是等闲之辈。正想着,只见那枝禅杖好似泰山压顶一般,直劈下来,胤祯忙跪在地下,嘴里喊着:"师父求饶!"那和尚收住禅杖,哈哈大笑,转身去松树脚下拿了被包,拔步便走。胤祯看了,如何肯放,忙追上前去,攀住他胳膊,求他带回庙去,愿拜他做师傅,求他传授本领。那和尚听了,向胤祯脸上看了一看,便点头答应。

胤祯转身回进客店去,如此如此对众人说了,吩咐他们去京城去候着,自己却出来跟着那和尚走去,在路上晓行露宿,爬山过岭,走了许多路程。胤祯生平从来没有吃过这种苦楚,为要学本领起见,只得忍受着。走了多日,忽然迎面一座高山,他两人爬上山去,走到山顶上,把个胤祯累得汗下如雨;看那和尚,却大脚阔步地走着。走到一座山冈上,便见一座大庙,庙门上竖着一方匾额,上面写着"少林寺"三个大字,胤祯这才明白过来。从此他在少林寺里跟着师父师弟们天天练习本领,和同伴们也十分和气。大家问他什么地方人,他推说是保定府人。他从来不把皇宫里的话露出半个字来的。只因他食量甚大,大家取笑,说他和当年师父一般。原来他们师父名叫正觉,初来少林寺的时候,原是一个烧火和尚,食量极大,每跟着众和尚受斋,总嫌吃不饱,多吃又不好意思。他便把厨房里每日剩下的残羹冷饭,悄悄地偷来,去藏在后院廊下的一架古钟下面,觑空便去吃着。那架古钟和人一般高,搁在廊下多年,足有一千斤重,也没有人能动得他。正觉和尚有天生的奇力,提着钟放上放下,好似弄小钵儿一般。后来哪管香积厨的和尚见天天缺少饭食,便留心察看,知道是正觉和尚偷的,悄悄地跟着他到后园去看时,见他正提着那扣大钟把饭食藏在里去。这个消息顿时传遍寺里,人人诧异。主持僧把他唤去,劝他不可偷粮食,许他每餐饭尽量吃饱,又问他既然有这样的神力,为什么不去投军效力?正觉便答道:"我打听得峨眉山上有一位太师傅,精通拳术;他的百八神拳,天下无敌手;他专一传授佛门子弟,但是没有名刹主持的推荐,他是不肯收留的。如今只求师父给我一封荐封,到峨眉山去,学成本领回来,当不忘师傅的大德。"那主持僧听了他的话,便给他一封荐信。正觉和尚到峨眉山,去了八年回山来。那住持僧已死了,大家奉正觉和尚做主持僧。这正觉和尚拳法高强,天下闻名,常常有江湖上的好汉到山上来领教。不论在家人出家人,到寺里来学本领的,有一千多人。正觉和尚便细心一一传授。胤祯也跟着大家用心习练。

看看过了一年多,那百八神拳早已领会得,胤祯便和师傅说明要下山回家去。他师父点点头,便唤一百零八个和尚来围定他,和他比拳。胤祯一点也不害怕,一个一个比过去。那和尚越来越凶,胤祯竭力支架着,把这一百零八个和尚都已打退。但是这少林寺里进出,都有迎送的礼节:凡来寺学艺的,当门摆一石钟,能够把石钟提开走进门去的,便收留他;倘然提不起石钟的,便不肯收留他。艺成出寺去的,必须经过三重门:第一重门,有八个和尚,手里拿着刀候着,杀出了这一重门,便到第二重门;门外也有八个和尚,手里拿着棍子候着,打出了这重门,便到第三重门;门外也有八个和尚,空着手候着,这八个和尚,个个本领高强,拳法精熟,最不容易对付。那出去的人,须从门槛下面爬出去。胤祯既要下山去,不得不依寺里的规矩,他便从第一重门爬出去,逃脱了众人的刀下,赶到第二重门来;正要向门槛下爬时,忽然山门外来了许多侍卫和内监们,是胤祯去年临分别的时候约定他们来迎接的。到这时候,合寺僧人,才知道胤祯是皇子。那主寺僧慌喝退众人,亲自送他出山门。照胤祯的意思,仍旧要照寺里的规矩,一重一重门打出去。那正觉和尚不许,说:"堂堂一位皇子,没得太亵渎了!"临分别的时候,正觉和尚给他一枝铁禅杖,说是留作他日的纪念。又说:"皇子的本领,可以横行天下;但是若遇到女子,须得格外小心。"胤祯一一领命,告别下山回去。

走到山西地界,住在一家悦来客店里。忽然听得外面一片吵嚷的声音,胤祯打发人出去问时,原来有一个大汉,在外面打人,那人快要打死了,许多人在一旁劝着。那人大声说道:"俺是当今殿下的教师,闹出人命来,自有俺殿下担当。"这句话恼了这位胤祯,便提着铁杖走出来看时,见一个人直挺挺地躺在地下,打得头破血流,早已死去。当地站着一个大汉,一手叉着腰,一手指着那死人,还是恶狠狠的叫骂。四下里围着许多人看热闹。胤祯推开众人,上去向那大汉问话,谁知那大汉昂着头说道:"老爷爱打死谁,便打死谁,谁敢来问俺?你敢是长着三头六臂吗?"胤祯听了,不觉无明火冒起了三丈,举起手中铁杖,向那大汉脑壳子上打去。一声响亮,那大汉脑壳子破了,倒在地上,一般的也死去了。慌得那客店里的掌柜和地保,拉住了胤祯不肯放。胤祯便打发他手下一个侍卫,跟着那地保到县衙门里去了案。

胤祯离了山西地界,回到北京城里,便有许多剑客和喇嘛僧在府中替他接风。席间说起在山西路上打死太子的教师,内中有一位喇嘛僧,听了便说道:"这却不得了!这位教师是太子的心腹,如今听说他家里有事,才请假回山西去,现在吃主子打死了,那太子如何肯干休?"胤祯听了,却毫不在意,连连喝着酒,不觉大醉。侍卫们把他扶进内院去,睡在榻上。

直睡到半夜时分,胤祯醒来,连呼口渴。侍卫送上一杯参汤去。胤祯正把杯子接在手中,忽见窗外一道白光飞来,在窗棂上一碰,又碰回去了。胤祯忙丢杯子,从侍卫身上夺下宝剑来,正要抢出院去。忽然一个喇嘛和尚走进屋子来,向胤祯摇着手低低地说道:“主子快别出去,外面正杀得厉害呢!”胤祯问是什么地方来的刺客?那喇嘛和尚只说得太子两字。只听得“呜呜”的声音夹着一道光芒,从窗外直飞进来,“当”的一声。胤祯看时,一柄宝剑,插在床槛上。那剑柄儿兀自幌着,射出万道寒光来。喇嘛和尚急上去把胤祯一把拉开,又把屋子里的灯吹熄了。只听得院子里叮叮当当,剑柄儿磕碰的声音。打了半天,那声音慢慢地远了。这时候天色也明了,胤祯酒也吓醒了,开出院子去一看,见院子里的树木,被剑削去枝叶,好似一株一株旗杆;满地倒着尸身,胤祯认得是太子剑客;外屋子也有几个自己的剑客,被外来的刺客杀死的。胤祯看了这情形,心中十分愤恨,立刻召集自己的剑客和教师来商量报仇。当下那班武士,个个自告奋勇,说道:“主子放俺们今夜到东宫去,一定取太子的头来献与主子。”胤祯吩咐摆设筵席,给他们饱吃一顿,便个个带着兵器出门去了。这一夜,住在皇城相近的百姓们,都听得空中有剑戟撞击的声音,夹着风声雨势,连那屋子也摇晃起来。到了第二天,只见那东宫的内监便纷纷出来向大街上买十多具棺木。那雍王胤祯府里也打发侍卫们出来买了许多棺木,抬进府去。原来那夜一场厮杀,太子早已探得消息,藏躲起来,东宫四下里都有剑客埋伏着。两面一场恶杀,各送了十多条性命。从此以后,雍王和太子的仇恨,愈结愈深。那太子也知道胤祯早晚必要来寻仇,便打发人带了金银出京去,在山西、河南、山东一带又请了几位拳术高手来保护东宫。

雍王打所得这个消息,便和他手下的剑客商量,也要去多请几位本领高强的武士来和东宫比个高低。有一位喇嘛劝胤祯亲自出京去访寻,一来也避了东宫的耳目,二来也在江湖上多结识几个朋友。胤祯听他说话有理,便带了几个侍卫和教师又悄悄地溜出京去,沿途留心英雄好汉,却也被他寻得几个:内中有一个名叫白龙道人的,他的飞刀十分厉害,能在百步外取人首级。雍王要求他传授这飞刀的本领。白龙道人说:“贫道这本领只能自用,不能传人。主子倘然要学这本领,须问俺师父,江南大侠甘凤池不可。”雍王原也久慕甘凤池的名气,如今听了白龙道人的话,便跟着他到江南访寻去。在金陵地方打听得他在一家姓金的绅士家里,雍王跟着那道人到金家去拜见他。欲知甘凤池见与不见,且听下回分解。

易姓之初,必有若干忠臣义士,寻仇捐躯,以图挽回不可挽回之残局。其间救国救姓,仅差一间。

吾以为国可救而姓不可救:姓之易也,必有其懦弱昏瞶自取灭亡之道;若一国之民,辗转于异族铁骑之下,苟有义士,如何不救?且救国又能得多数人民之扶助,其成功也易;救姓则前朝后裔,大都无能,此张苍水部下之所以失败也。

当胤祯谋国之初,礼贤下士,且低头屈膝于野僧胯下。此何等谦抑?似可以结交谊于永久。殊不知彼一朝得志,去之唯恐不速。“狡兔死,走狗烹。”此千古所同慨也。

第二十九回 甘凤池座上献技 白泰官山中访盗

却说甘凤池号称江南第一侠，他的拳法，有内外两家秘诀，大江南北没有人能胜他的。他又生性爽直，爱打抱不平，因此江南地方绅士家里轮流着请他住下，拿好酒好菜供养他。甘凤池酒吃到高兴的时候，便也献些小本领，给主人开开心。这一天，金家请了许多贵客，在花厅上吃酒。主人请甘凤池坐在上位。酒吃到一半，甘凤池说道："窗外梅花盛开，我们正可以吃酒赏花。如今把这窗户关得紧腾腾地，未免太煞风景了。"说着，只见他嘴里"嘘"地吹了一口气，那向南的八扇文窗，格潺潺的都开得挺直，一阵一阵梅花香吹进屋子来。满屋子的客人都喝好。内中有一位客人说道："久知好汉手弹，能在百步外打人，百发百中。今天可否领教？"甘凤池便说："如今便献一套落梅花的玩儿。"先打发人拿着笔在梅花上做着暗记，又说明第几枝第几朵花。甘凤池便把纸搓成小团儿，从手指上弹出窗外梅花树上去，那梅花一朵一朵落下来；落下来的花，便是预先做上暗记的花。当下大家看了，都觉诧异。

这时酒罢，主人便领着客人到西庄上去游玩。这西庄是主人的田庄，也有些茅亭竹舍，点缀些乡间景致。众人正游玩时，忽然一个牧牛童儿哭着跑来，对姓金地说道："两头牛 打架 ，从午 刻直打到 如今，还是不休呢！"众人听了，便跟着这童儿到屋后去看时，果然见两条黄牛，互把他头上的角搅住了不放。甘凤池上去轻轻地把四枝角分开，揪住牛角，向两旁田地上一推。只见那牛四条腿儿深深地陷在泥地，再也挣扎不起来。两旁的人不禁哈哈大笑。甘凤池又上去把两头牛从田地里轻轻拔起。正在这时候，家人上来说有京里来的一位白龙道人求见甘老爷。甘凤池听说他徒弟来了，心下十分欢喜，便借着金姓的客室相见。当下胤祯见了甘凤池，便推说是姓李。白龙道人也说姓李的是徒弟的主子，因为久闻师父的大名，特来拜访，要求师父 一块儿进京去。又说了许多胤祯如何慷慨好义、本领高强的话。甘凤池听了，也不多说话，带他两人进去，和姓金的相见。夜间姓金的备下酒席，替胤祯接风。吃酒中间，甘凤池要请教胤祯的本领。胤祯便拿出少林派运气的本领来，把背脊紧贴着墙根，他一鼓气，身子便沿着墙壁飞上去，又慢慢地落下来。甘凤池笑了一笑，站起来，也去立在墙根下面，叫胤祯用力打他的肚子。这时胤祯要试他的本领，便把全身的气力运在胳膊上，送过一拳去。只见那甘凤池把肚子一吸，吸成一片，和纸一般，贴在墙壁上。胤祯的拳头打上去，好似打在墙上一般。待要收回拳头来时，却被他的脐眼紧紧吸住，那拳头好似胶住在肚皮上，休想离开。停了半晌，甘凤池哈哈大笑，把肚子一松，胤祯才收回拳头来。

酒罢以后，白龙道人跟着甘凤池睡在一屋子，见没有人，便把胤祯是当今的四皇子，暗地里和太子作对，要争夺位，如今特来请师父进京去的话，对甘凤池说了。甘凤池听了，连连摇手说："俺不去。"白龙道人再三恳求，甘凤池只是摇头。一旁恼了这位雍王，站起身来，一把拉住甘凤池的衣袖。甘凤池一甩手，转身一晃，便不见了。白龙道人在屋子四下里找寻，却不见他的踪迹。后来胤祯在衣橱下面看见两只脚，他两人把衣橱扛开，见甘凤池全身和纸一般紧贴在墙上。白龙道人对他打恭作揖，请他下来，他总是不下来。胤祯伸手上去拉他，休想动得分毫。胤祯又念动喇嘛的咒语，他也不下来。胤祯心想："这样大本领的人，却不肯归俺，留在外面，没得给太子请去，来和俺作对；俺如今不如结果了他的性命罢！"他想着，便拿出手枪来对着甘凤池"砰"的一响，一手拉着那白龙道人转身便逃到江边，跳下坐船，一直驶回北京去。这里甘凤池被一粒枪送到隔壁屋子里，大笑着出来。许多人听得枪声，忙上前来问讯。甘凤池便把这情由说了。那姓金的问他为什么不愿意跟四皇子进京去？甘凤池说道："这四皇子确是帝王之相，但是俺看他腮骨外露，必是忘恩负义之徒，因此不愿跟他。"大家听了他的话，十分佩服。

那时胤祯回到京里，正是康熙皇帝第三次巡幸苏州回来，满京城的人都说万岁在太湖遇刺客的事体。胤祯听了，忙进宫去见父皇请安。这时有一个蒙古王名叫塞楞额的，对胤祯说道："皇上在太湖遇刺客，是确有其事的。小王这时也随驾在一块儿。俺们逛过金山，便到苏州。在苏州住了三天，便到太湖。皇上见太湖四面七十二峰，忽远忽近，十分开怀；坐在船头上下网，网得大鲤鱼两尾，皇上非常快乐，吩咐赏渔船上元宝两锭。正欢笑时候，忽见有一个大汉从水面上大踏步走来，和飞一般直跳上御舟。只见那大汉飞起手中的宝剑，向皇上面门打来。也是皇上洪福齐天，皇上眼快，说声不好，忙将身子一歪，躲过剑锋。只见一道寒光，早把身后一个太监刺死。这时候惊动了随身侍卫，大喊有刺客，一面个个拔出佩刀来，上前抵挡。这时小王在船舱里，听得船头上吵嚷，忙抢出去看时，见那大汉正跨进船舱，向皇上杀来。是小王拔刀向前，用尽平生之力，杀出舱去。那刺客见小王力大，知难取胜，便转身一跃，攒入湖底，不知去向了。皇上吃了这个惊慌，心下大怒，便把两江总督张鹏翮，江苏巡抚宋荦传来，大大申斥了一番。把个江苏巡抚急得只是碰头，忙动公文，下长元吴三县，派出通班捕快，火速访拿，一面招请天下好汉，保护圣驾。当时便来了两位英雄，一位名叫白泰官，一位是没有名姓的。那没有名姓的英雄，张总督领他来见皇上的时候，见他身上穿着鱼皮的衣服，求皇上赏他一个名字。皇上便唤他鱼壳。皇上问鱼壳有什么本领？鱼壳说：'小人能在水面走路，又能在水里住三日三夜；再小人有一条裤带，可以敌得千军万马。'鱼壳说着，便解下裤带来。那裤带是钢片打成的，围在腰上的时候，软绵绵的好似一条丝带；拿在手中舞弄时，寒光四射。皇上吩咐四十个侍卫，个个拿着刀剑，上去对敌；打了半天，休想近得他身。皇上看了也十分赞叹，便收在身旁，充一名侍从武官。

讲到那白泰官，原是一个无赖，年轻的时候，专爱奸淫妇女。他纵身一跳，能跳过几十丈的高墙。任你是大家闺秀，倘然看在白泰官眼里，他便在半夜时分跳进院子去，任意奸污。那大家妇女，吃了他的亏，也不敢声张。有一次，他在扬州一家姓汤的人家，姑嫂两人都长得十分美貌。白泰官打听明白，便跳进墙去，正要用强，只觉脑后着了一大棍，顿时晕倒在地；待到醒来，已是被他们用粗绳子浑身绑住。上面坐着一个老头儿，正吩咐人架起柴炭来要把他烧死。白泰官知道性命难保，便用尽平生气力，在地上乱滚。一霎时把屋子里的桌椅什物一齐碰倒，势力极大，锐不可当。那桌上的灯火也打倒在地，顿时火焰四起，把屋子也延烧起来。屋子里的人忙着救火。白泰官趁此机会，挣脱了绳索，跳出屋去逃走。他多年不回家了，便悄悄地回家乡去看看。快到家门，远远看见一个小孩子，在关帝庙门口游玩，他擎着小拳头在石狮子上打着玩儿，打得那石狮子火星乱迸。白泰官看了十分诧异，心想这孩子有这样本领，将来长大起来，怕不在俺之上。他心中霎时起了妒忌的念头，便上前去和小孩子对打。那小孩子受了重伤，一边哭着嚷道：'你如今欺侮我孩子，我爹爹白泰官是天下无敌手的，待俺爹爹回来，一定要替俺报仇。'说着，只见他嘴里连吐几口鲜血死了。白泰官到此时才知道打死了自己的儿子，心中说不出的懊恨，便转身出去，从此痛改前非，在江湖上专打抱不平，救人性命。

有一天，他走到苏州宜亭地方，借住在一家客店里。到半夜时分，听得隔壁有女人的哭声，白泰官悄悄地走出院子，跳上屋顶去看时，见一家楼窗开着，那哭声从楼窗里飞出来。白泰官跳进窗去看时，见一个年轻女子，剥得不挂一丝，倒在床上。床前搁着一盆热水，一个黑丑和尚正提着热腾腾的一方手巾，在那女人肚子上摩擦。白泰官在江湖上原听得说起有一个西藏来的恶僧，专一奸淫妇女，又爱吃孕妇肚子里的胎儿；见有孕妇，他便拿热水硬捺下胎儿来煮着吃；如今果然给他遇见了，不觉大怒，便抢上前去。这时和尚背脊向外，白泰官意欲摘他的肾囊。那和尚觉察了，急忙转身，飞过一腿来。白泰官手快，擒住他的右脚。那和尚一纵身，把左脚飞起。这是有名的鸳鸯双飞腿。白泰官也懂得这个解数，便腾出右手来，又把他的左脚擒住，趁势一率。那和尚被他摔下楼去，倒在院子里，撞破了脑壳，顿时脑浆迸裂死了。一时惊动了邻舍，大家起来看。那女子的丈夫见白泰官救了他妻子的性命，忙对白泰官连连磁头。便是那左右邻舍，也上来个个对他打躬作揖，说道：'这个和尚霸占住这地方已有多日了，专一奸淫妇女，吵乱地方；报到县衙门里，知县派兵士下来捉拿，都被他打得落花流水，吓得兵士们逃回城去。如今这和尚也是恶贯满盈，死在好汉手里。好汉替地方除害，真是合村的恩人。'当时把白泰官接到一家乡绅人家去，好酒好饭看待。到了第二天，给知县官知道，忙打发官轿来，把白泰官接进衙门去。这时皇上在太湖上遇到刺客，正要招请天下好汉，知县便把白泰官保举上去。巡抚又转报总督，总督当即带他和鱼壳还有十几位好汉一同去见皇上。皇上见他本领高强，也给他充一位侍从武官，其余的都充了侍卫，一齐带进京来。"

雍王听了塞楞额一番说话，心中又诧异，又妒忌，心想："天下有这般大本领的人，可惜不在俺府中。"这时当着胤禔、胤礽、胤禩、胤禟、胤祉、胤祺、胤䄉、胤祥、胤禵一班弟兄，也不便说什么。他只和大哥胤禔十分投机，他两人当即回到私宅去商量大事，又打听得皇上已把鱼壳派在太子名下保护东宫，把白泰官派到苏州去帮着地方官去拿太湖刺客。那太湖刺客名叫金根，原是陕甘一带的大盗，江汉上好汉，者唤他做金爷爷。只因他一向在陕西、甘肃、四川一带出没，因此江浙一带的人不甚知道他的底细。讲到他本领，却高出白泰官以上。他在四川一带，专伏在三峡急湍里，身上穿着绿油衣裤，在水里攒来攒去，好似鱼鳖一般。见有船只在峡下停泊，他便上船去掳掠财物，从不伤人。后来他名气愈传愈大，长江一带好汉来归服他的，共有一千多人，他便在宜昌路上占住一个山头。有许多好汉带了家眷在山下住家开铺子。后来年深月久，山下慢慢地成了一座村坊。村坊上男女老少都是金爷爷的弟兄。此番他受了明朝遗臣张苍水部下石把总的托付，打听得康熙皇帝南巡，便到苏州来行刺。他从金山直跟到太湖上，一击不中，便也回山去了。

后来圣旨下来严催各县捕快查拿刺客，却被吴县的捕头打听出这刺客的来历，只是不敢上宜昌去找他。恰巧皇上又派白泰官下来。白泰官自己仗着本领高强，便带领全班捕快赶到宜昌去，打听得那座山名叫独龙冈，山下村坊名叫独龙村。白泰官一班人到了宜昌，便起岸，雇着大车走旱道。在路上走了两天，才远远的前面一座恶冈子，四面山头环抱着，冈下树木参天，阴森可怖。白泰官大车正走着，见前面也有一辆车儿，车上坐一个绝色女子，一个约十一二岁的小孩子，跨在辕上赶车，慢慢地走着。白泰官的车快，看看赶上，那车上的女子喝着小孩子道："白太爷来了，快让路。"白泰官听了，十分诧异。看那女子又是不认识的，再看那小孩子，正跳下车来，绕过车身后面，去把轮子一端，端过一旁，让白泰官的车子先过去。白泰官见这小小孩童，有这样的神力，心便灰了一半。当下他也不说话，到了山冈下面，找到一家客店住下。天色已晚，大家安睡。到第二天一早起来，白泰官出去付账时，见柜内坐着一个女子，便是昨天坐在车上的那个女子。白泰官要试试他的本领看，把那大钱一个个嵌在柜板木头里面。那女子看了，笑了一笑，看他用手在柜台面上轻轻一拍，那大钱一齐跳了出来。白泰官知道这村坊里个个都是有本领的人，心又灰了许多。

正踌躇的时候，只见门外走进一个大汉来，见了白泰官，便兜头 一揖，说道："俺小主知道白太爷到了，便打发俺来请一个人上山去。"白泰官问山主是什么人？那人回说："便是金爷爷"白泰官到了这时候，便也不肯丢脸，便吩咐那一班捕快，在客店里候着，他独自一人跟那大汉上山去。那山冈子很高，那大汉连纵带跳地上去。白泰官纵跳的本领也不弱，跳了几跳，转了几个弯。那金飞已在山冈子上守候着，见了白泰官，便迎接上来，自己通过姓名。白泰官见他身后站着三五十条好汉，也上去一一招呼了。大家陪他走进屋子去。里面院子很大，厅堂也宽阔，堂屋里已摆下一大桌酒席。金飞当即请白泰官坐了首位，众好汉也一齐坐了下来。看各人跟前时,都没有筷子,只有尖刀数柄,白泰官跟前连尖刀也没有,满桌的鸡鸭鱼肉,不知如何吃法。停了一回,主人吩咐付众弟兄敬客。只见各人拿尖刀挑着鱼肉向白泰官嘴里送来。白泰官也故意要献些本领给他们看,见尖刀送进嘴时,他忙把门牙咬住,刀尖刮的一声,刀尖咬断,鱼肉吃下肚去;一个一个上来敬他,他从从容容地吃着,嘴上一点不受损伤。直到桌面上的尖刀一齐被他咬去刀尖,看看白泰官跟前堆着一大堆刀头儿,大家都喝彩。接着拿上一大盘糕来,外面热气喷腾。白泰官拿一块送进嘴去一咬,糕里面裹着十多支铁钉。白泰官不动声色,把糕慢慢地吃完,含着一嘴铁钉,向墙上一喷。只见那十多支铁钉,一齐牢牢地钉住在墙上。金飞看了,也喝一声"好",站起身来送客。白泰官自料众寡不敌,又见他手下人本领高强,便把一团豪气冰消瓦解了。走到大门口,已有一扇铁闸门拦住。一旁赶过一个童儿来,把这闸门轻轻举起。看那块闸板,足有一千斤,白泰官这时越发死了心,下得山去,不好意思去见那捕快,便一溜烟逃到别处去了。

这时康熙仗着有鱼壳保护,又第四次出巡江南。这一次可不比得上一次,皇上带着御林军士,沿路又有地方兵队保护。皇上暗暗的打听还有许多读书人不服清朝,做许多诽谤朝廷的诗文,便悄悄地下一道密谕,给外省的督抚司道,叫他们四下察访。如有诽谤本朝的文字,从速举发,不得徇私。谁知这道密谕下得不多几天,在浙江湖州府地方便闹出一起文字的大狱来。当地有一个富翁,姓庄名廷钺,他读书不多,却好名心重,很想弄些著作,传之后世,藏诸名山,因此他便天天捏着一支笔,咿呀唔唔的带唱带写,不知写些什么。偏偏肚子里不争气,写了一年半载,也写不出什么正经东西来。后来他忽然给他想出一条好计策来。好在他有的是钱,便拿银钱去向那班穷读书人收买稿件,占为已有。后来不知在什么地方买到一部乌程朱氏明史的稿本,他便快活非凡,凑上些崇祯朝的事实,换了自己的名字,又请当地有名的读书人姓陆的、姓查的、姓范地替他做几篇书后,居然刻印出来。他想这洋洋大作,当年孔子作《春秋》,司马作《史记》,也不过如此,传在后世,怕不与《春秋》《史记》鼎足而三。谁知乐极生悲,这时各省地方官正在暗地里查访有诽谤本朝的著作。查到这部《明史》,那湖州知府便郑重其事,亲自进京去告密。那刑部尚书奏明皇上,圣旨下来,严密查办。这庄廷钺消息得到得快,知道事体不了,忙服毒自尽。圣旨下来,见庄廷钺已死,便开棺戮尸;又把那时刻印的贩卖的一齐捉去杀了。那做书后的查家、范家、陆家也得信得快,便预先声明是庄廷钺捏名假造的,好不容易,求得一个免罪,已弄得倾家荡产。从此以后,一班读书人都缩着颈子,不敢多写一个字。康熙皇帝心中却十分快乐,在外游玩多时,便启跸回京去。谁知京里的太子和直郡王雍郡王又闹出一桩大事来。欲知什么大事,且听下回分解。

腮骨外露,必是忘恩负义之徒;与越王勾践之长颈鸟喙,同一考语。甘风池可谓知几。然天下之为人主者,谁非忘恩负义之徒?甘风池亦徒知其一不知其二耳!

欧美国主,恒孑身游行,鲜有暴徒截击之事;必其德足以服天下,胸中了无恩怨,则可以坦白行之。若康熙帝者,貌为仁慈,胸怀阴鸷;其在太湖遇刺,亦宜也。

士之好名与贾之爱财,同为恶德。积财诲盗,积名亦招忌。如庄廷钺者,卒以此得戮尸之祸。然究其实,彼所好者,虚名耳。清初士子,好以清谈浮文相标榜。彼所谓学,曾无补于当世,徒以虚名得实祸,岂不哀哉?

第三十回 斗法术计收血滴子 换娇儿气死陈阁老

却说康熙皇帝第四次南巡，依旧是皇太子胤礽监国。那直郡王胤禔、雍郡王胤祯心里实在十分妒忌，他两人暗地里派兵遣将去行刺太子，也有许多次了。都因东宫保让的人多，不曾遭他毒手。每一次，两边白送了几条好汉的性命。胤礽心中把胤祯恨入骨髓，拿了重礼在外面请了许多有法术的道人来，在东宫作起法来，要收拾胤祯的性命。胤祯王府中搜罗的法士也不少，东宫每一次行法术，都被雍王府中的法士破了。后来太子从江西地方去请得 一位铁冠道士来。这道士有一样法器，真正了不得。那法器又名血滴子，是一顶铁打成的帽子。铁冠道人念动真言，这血滴子便飞起半空，飞到仇家去，在那仇人头上一套，立刻把头割下来，收在帽子里，向空飞回去。那没了头的人，颈子里也不淌一滴血出来，所以称作血滴子。那血滴子来时，任你在千军万马之中割取人头，悄悄地来，悄悄地去，又快又无声息，一霎时头不见了，叫人防不胜防。雍王打所得这个消息，心中十分害怕，当即和几位教师喇嘛商议。内中一位喇嘛和尚说道："那铁冠道人除非请俺大喇嘛来，不能制服。"雍王听了，便亲自到雍和宫去求着大喇嘛。那大喇嘛起初不肯，后来经雍王许他事成以后，种种利益，大喇嘛便带了法器到雍王府中，先拿出一片贝叶来，嘱咐雍王盖在头顶上，上面拿帽子压住。这贝叶法力无边，可以抵得住血滴子。大喇嘛又在雍王卧房外面收拾一间净室，日夜在屋子里，打坐守候。雍王原也有四位妃子。他元妃是钮祜禄氏，和雍王十分恩爱，如今见丈夫有难，便天天在雍王身旁陪伴着。

这一天，夜静更深，钮祜禄氏正和雍王并头睡在一个枕上说话。忽然见帐门外飞进一团漆黑的东西来，在雍王头上一碰。幸而雍王头上的贝叶早夜不离，那法器不能伤得雍王的性命。钮祜禄氏在一旁看了，不禁大声叫喊起来。外面大喇嘛听得了，忙抢出净室来看时，只见那法器正从雍王卧房中飞出来。大喇嘛手快，忙脱下自己身上的袈裟来，向那法器一罩，好似网鱼一般，把那法器网在袈裟里面。这时早已惊动了合府的人，大家赶进院子来请雍王的安。雍王额上被那法器磕碰受了伤，还挣扎着起来。大喇嘛送上那血滴子去说："这是杀人唯一个利器。王爷留着，将来可以制伏天下。"雍王看时，见那血滴子原是一顶铁帽子，黑漆一团，寒光四射，看了不觉胆寒。第二天，直郡王胤禔得了这个消息，忙赶来看望。胤祯把详细情形说了。胤禔看看没有人在跟前，便拉着胤祯的手到一间密室里去悄悄说道："俺现在从蒙古请到一位喇嘛，名巴汉格隆的，他道术很高，能够拿诅咒镇压人。如今我把太子的年庚八字打听明白，写着纸条儿，藏在草人肚子里，一面请巴汉格隆立起法坛，念动咒语，七日七夜，那太子在东宫便发起疯癫来，从此不省人事。到那时，他也做不成太子了，以后你我二人，无论谁做了太子，都可以商量。"胤祯听了，忽然又想到一条计策，便和胤禔如此如此说明，当时便把大喇嘛请来，悄悄地送他两千两银子，托他如此如此行事。

过了几天，太子看看铁冠道人不能成功，心中不觉纳闷。又过了几天，太子觉得昏昏沉沉的害起病来。起初还是乍寒乍热，不十分沉重，后来索性发起狂热来，满嘴胡说，两眼如火，见人便打。东宫里上上下下的人，都慌张起来。相国张英便去请了国师来替太子治病。那国师早已受了大喇嘛的贿赂，便拿两粒阿肌酥丸给太子吃下。睡了一夜，那病势果然减轻，只是犯了淫病，他终日和一班妃嫔厮缠着，还是不足，见了略平头整脸些的宫女，便用强奸污。胤禔、胤祯得了这个消息，便个个带着自己的福晋到东宫去问安。谁知那太子见了他兄弟两人，一句话也不说，只是眼睁睁地向他嫂嫂索伦妃子和弟媳妇钮祜禄氏看着，看到

出神的时候，他伸着两臂向钮祜禄氏扑去。钮祜禄氏身子灵活，躲避得快。那索伦妃子，却被太子拦腰紧紧抱住，任你如何挣扎，休想逃得脱身。胤禔看了，不觉大怒，上去用力一推，把太子推倒在地，气愤愤的拉着他妃子走出宫去。照胤禔的意思，立刻要去奏明父皇；后来还是索伦妃子劝住，说："父皇从江南回来不多几天，且耐着这口气，过几天，待父皇闲暇时候，再奏明不迟。"胤禔听了他妃子的话，暂且把这口气忍耐着。

忽然关外接连报到军情，说俄罗斯人带了大队兵马，打进蒙古地方来。康熙皇帝便下谕派都统公彭春等督兵到瑷珲地方，会同萨布素兵队直攻雅克萨，打破雅克萨城，和俄罗斯人订约讲和。日子隔得不久，又报到军情说，蒙古噶尔丹部联合俄罗斯人造反。康熙皇帝便封裕亲王福全为抚远大将军，率同皇子胤禔出古北口抵敌；又封恭亲王常宁为安北大将军，率同简亲王雅布出喜峰口抵敌。谁知噶尔丹的兵十分骁勇，他攻破了阿拉尼的蒙古兵，再攻入乌珠穆秦，直冲破恭亲王的阵脚，打进多伦泊东北的乌兰布通。亏得裕亲王用炮火攻，破了噶尔丹的驼城。噶尔丹兵大败，退还伊拉古克三胡土克图地方。清兵正要长驱直入，康熙皇帝忽然在博洛城害起病来了，只得班师回到北京。这时皇太子的病越发厉害了，疯得好似癫狗一般，见人便打，见物便毁。东宫妃子只是日夜哭泣，也毫无方法，只因皇帝有病，又是在外面辛苦打仗回来，是皇后的主意，暂时把这个消息瞒起来，不给皇帝知道。

到了第二年，那噶尔丹又起了三万骑兵，沿绿连河下来打破喀尔喀，打进巴颜乌兰。这时皇帝身体已经复原，便决意御驾亲征，带领十万大兵，分东中西三路：东路大元帅为黑龙江将军萨布素，西路大元帅为大将军费扬古，带领陕甘强兵，从宁夏渡沙漠，沿土拉河打他的后路；皇帝独当中路，从独石口过多伦泊，西入沙漠，再从科布多沿绿连河右岸，过额尔德尼拖罗海山。那噶尔丹的兵队见了皇帝的黄幄龙纛，吓得他从拖诺山逃去。皇帝直追到塔米尔，两军奋勇交战。噶尔丹又大败。这时东路西路两枝兵马，也向两旁包抄过。噶尔丹部主逼得走投无路。康熙皇帝劝他投降，他便在营中服毒自尽。策妄把他的尸身献上。从此喀尔喀各部地方都投降了清朝。

康熙皇帝班师回京，十分快乐。这时想起太了来，也召进宫去相见。太子的师傅熊赐履、内大臣索额图等知道包瞒不住，只得把太子送进宫去。这时皇子胤禔、胤祉、胤祯、胤禩、胤禟、胤祥、胤禵十几个弟兄都站在一旁。太子见了父皇，也不知道请安行礼，一味地狂叫狂跳。皇帝看了十分诧异，忙问时，才知道害病已久，无可救药。皇帝立刻坐朝，问文武大臣如何处置太子？那大学士张英、张廷玉、贝勒隆科多、大将军年羹尧、阁老陈倌，都是和雍王一鼻孔出气的，便纷纷奏请废去太子。皇帝也明知道胤礽病到这地步，不能再做太子的了，便下旨废太子为庶人，退出东宫。

这事传到各皇子耳朵里，个个欢喜，妄想自己补升太子。这里有一个八阿哥胤禩，最是阴险，他满心要谋这太子的地位，便在暗地里花了许多银钱，买通内大臣阿灵阿、散秩大臣鄂伦岱、尚书王鸿绪、侍郎揆叙等一班大臣。这时候却巧皇帝有圣旨下来，命达尔汉亲王额驸班第等会同满汉大臣，共议继立太子之事。当时内大臣阿灵阿一班人便悄悄地写了"八阿哥"三个字送进宫去。皇帝在诸位皇子中最不欢喜八阿哥，况且八阿哥的品行也最坏，面貌也最不漂亮。皇帝知道这里面有弊，便在坐朝的时候，追问这件事体。康熙皇帝声色俱厉。满朝文武大臣个个害怕，大学士张玉书便把阿灵阿一班大臣如何交好八阿哥，如何私立党派，一一奏明。皇帝听了，十分震怒，立刻下旨，把这班大臣拿下交康亲王椿泰审问定罪。同时胤禔府里请大喇嘛作法镇压太子的事体，也败露了。原来是一个内监名韦凤的告发的。那韦风原是东宫的太监，如今调在直郡王府中当差，从小太监嘴里打听出这个事体来立刻悄悄地到大内去告变。皇帝听了，立刻打发内大臣带同侍卫官，神不知鬼不觉的直冲进直郡王府中去，在后花园地中果然发掘一个草人。那草人身上写着太子的名字生年八字，当胸钉一枚铁钉，上面淋着狗血，又有五个纸剪成的鬼怪，一块儿埋在泥里。皇帝看了这些镇压的东西，气得顿足大骂，吩咐把一干人等捉交宗人府审问，又下旨革去大阿哥直郡王的爵位，便在王府中幽禁起来，合府奴仆人等都赏给十四皇子胤禵，那大喇嘛巴汉格隆驱逐他回蒙古。这一来，胤礽的病势去得干干净净，依旧是循规蹈矩，皇帝仍旧立他做太子，仍旧住在东宫里，仍旧把朝政交给他监国，自己却带了一班亲信大臣第六次巡幸江南去。

那班皇子见胤礽依旧做了太子，心中十分妒忌，但一时也无可奈何。四皇子胤禛却依旧在暗地里结识大臣，供养侠客。那大臣中要算大将军年羹尧、阁老陈世倌和他交情最厚。年、陈两位太太常常进王府去。那王妃钮祜禄氏，也和这两位太太十分亲热，有时王妃也到年陈两家去游玩。那年家有一位姨太太，小名小萍，长得十分美貌，性情也和顺。王妃看了也十分欢喜，回来刘雍郡王说了。雍王原是好色的，听王妃说起，恨不得唤进府来一见，他见了年大将军，便问起小萍，又说了许多羡慕的话。年大将军却也十分慷慨，第二天一辆车子便把这小萍送进府来，送给王爷。这一来，雍王把个年大将军感激到十二分，两人的交情越发深厚起来。

你想好好一位美人儿，年大将军如何肯轻轻地送与别人？这里面却有一个缘故。原来年大将军最不欢喜的是美人儿，说他好看不中吃的。只因年羹尧身高长得结实，他每天非得有五个粗蛮的女人服侍他，不能安睡，因此他那班美貌佳人，只可以作画里真真看的，他都不要。他府中养着十个山东村妇，轮流伺候他。小萍虽说是他的姨太太，却嫌他不中用，因此他便慷慷慨慨的送给了雍王。那雍郡王得了这位美人，真宠得把他眼皮上供养，手掌上厮擎起来。这时王妃钮祜禄氏肚子里有孕，王爷越发有空儿服侍这位美人了。雍王年纪也不小了，却没有一个儿子，在钮祜禄氏也很想生一个儿子。恰巧那陈阁老的太太和他同时受孕，两人见面，常说着笑话：咱俩倘然各生一个男孩儿，便不必说；倘然养下一男一女来，便给他配成夫妻。陈太太听了这个话，忙说："不敢当。咱们是草野贱种，如何当得起皇家的天神贵种？"这也不过是他们女太太们说着玩罢了。谁知言者无心，听者有意。当日陈太太告辞出府，王妃退进内室去，便有一个值上房的妈妈，见左右无人，忙悄悄地对妃子说道："俺王爷不是常常怨着娘娘不养一个男孩儿吗？娘娘也为的是自己不曾养得一男半女，所以王爷在外面拈花惹草，也便不便去干预他。如今老身倒有一计：此番娘娘倘然养下一个男孩子来，自然说得嘴响；倘然养下一个女孩子，只叫如此如此，便也不妨事了。"妃子听了他这番说话，也连连点头称说："好计！"这且不去说他。

却说雍郡王因要谋夺太子，外面养了许多英雄好汉，在朝内又结识了许多大员高官，像张廷玉、隆科多、年羹尧、张英、陈世倌，都是他的死党。他们每日退朝回来，总聚集在雍王府里，商量机密大事。后来陈世倌一连三天不曾到王府去，把个雍王急得走投无路。原来陈世倌官做到阁老，手握朝廷大权，诸事要和他商量。到第四天上，陈阁老才来。雍王问他："家中有什么要事？"陈世倌笑着说道："不瞒诸位说，下官虚度五十岁，膝下犹虚；前天内人分娩，托王爷的福，居然养下一个男孩儿来。因此在家料理，耽搁了此间公事。"众人听了，都向阁老贺喜。接着又商量大事。年羹尧说道："昨天接到边报，噶尔丹部兵马已到乌朱穆秦地方，皇上意思要打发裕亲王和太子带兵去抵敌，此番太子出关，又是我们绝好的机会，切不可错过。"接着又商定了几件大事，各自退去。雍王退进内室，那王妃钮祜禄氏从房里迎接出来，雍王看他捧着一个大肚子，便想起日间陈世倌的话，便把陈阁老生了一个男孩儿的话对王妃说了。王妃听了，不觉心中着急。看看自己袋着一个肚子，不知养下来是男是女。当时王妃听了王爷的话，暗地里向管事妈妈看了一眼，那妈妈点头微笑。谁知隔不上三天，这位王妃也分娩了。王爷知道了，忙着人进去探问是男是女？里面报出来说道："恭喜王爷，又添了一位小王爷。"雍王听了，十分欢喜。接着文武官员，纷纷前来贺喜。到了三朝，王爷府中摆下筵宴，一连热闹了七天。便是那班官太太，也一齐到王妃跟前来贺喜请安。

王府里的忌讳，小孩子生下地来，不满一月，不许和生客见面。因此那班官府太太，都不曾见得那位小王爷的面。钮祜禄氏又怕别人靠不住，诸事都托了这个管事妈妈。那管事妈妈是一位精细的过来人，只有他和乳母两人住在一座院子里，照料小孩子的冷暖哺乳等事。虽有八个宫女服侍，却只许在房外侍候。王妃自有大夫诊脉调养，天天有一班太太们来和他说话解闷儿。王妃原和陈世倌太太最说得投机，如今陈太太生产在月中，不能到王府来，这位王妃每天少也要念上三遍陈太太。好容易望到满月，陈太太又害病，不能出门，把个王妃急得没法，自己满月以后，便亲自坐车到阁老府中去探望陈太太，又把小孩儿抱出来给王妃看。看他面貌饱满，皮肉白净，把个王妃乐得抱在怀里只是唤宝贝。王妃又和陈太太商量，要把这小孩子抱进府去，给王爷和姬妾们见见。陈太太心中虽不愿意，但碍着王妃的面子，也只得答应下来，把小孩子打扮一番，又唤自己的乳母抱着，坐着车，跟着王妃进府去。

那乳母抱着孩子，走到内院里，便有府中妈妈出来抱进上屋去，吩咐乳母在下屋子守候。下屋子有许多侍女嬷嬷，便赶着这乳母问长问短，又拿出酒菜来劝他吃喝，直混到天色靠晚，乳母吃得醉醺醺了，只见那妈妈把小孩子抱出来。脸上罩着一方绣双龙的黄绸子，乳母上来接在怀里，一手要去揭那方绸子，那妈妈忙拦住说："小官官已经睡熟了，快抱回去罢！"接着，一个侍女，捧出一只小箱子来，另外有一封银子，说是赏乳母的。那小箱子里，都是王爷和王妃的见面礼儿。乳母得了银子，满心欢喜，匆匆上车回去。到得家里，陈太太见小孩子睡熟了，忙抱去轻轻地放在床上，打开那小箱子来一看，陈太太不觉吃了一惊。里面有圆眼似大的东珠十二粒，金刚石六粒，琥珀、猫儿眼、白玉戒指、珠钏和宝石环，都是极贵重大内的宝物。最奇怪的，有一支玻璃翠的簪子和羊脂白玉簪子，珠子翡翠宝石的耳环，也有二三十副。这封见面礼儿，少说说也上百万银子。陈太太看了笑道："这王妃把我们哥儿当作姐儿看了！怎么赏起簪子和耳环子来了？难道叫俺们哥儿梳着旗头穿着耳朵不成？"那乳母接着说道："亏王妃想得仔细，这簪儿环儿大概留着给俺哥儿长大起来娶媳妇用的。"两人正说着，那小孩子在床上"哇"的哭醒来了。乳母忙到床前去抱时，只听得他嘴里啊哟连声。陈太太听了，也走过去看时，由不得连声嚷着："奇怪！"接着又哭着嚷道："俺的哥儿到什么地方去了？"这一声喊，顿时轰动了合府的人，都到上房里来探问。这时陈世倌正在厅屋子里会客，只见一个童儿，慌慌张张的从里面跑出来，也顾不得客人，气喘吁吁地说道："太太有事，请大人进去！"陈世倌听了，向童儿瞪了一眼，那客人也便告辞出去。阁老送过了客，回进内室去，一边走一边问道："出了什么事？值得这般慌张。"欲知陈太太的孩子，究竟有什么奇怪之处，且听下回分解。

血滴子之名，盛矣！吾在孩提，即震于血滴子之神奇；实则血滴子亦一杀人器耳，铁冠道人者，亦惟善用其器耳。若谓其能自由来去，杀人不闻声，则于物理上颇有可疑之点。

人之相残，必起于同类；惟同类始有希几觊觎之心。如帝皇与大臣，相类也；篡帝位者，必大臣。太子与诸皇子，相类也；谋太子者，必诸皇子。故善御下者，必使之名义不相类，而阶级不相等，则觊觎之念绝矣。

人生有三厄：一名，一利，一美人。年大将军不爱美人，自能摆脱不少烦恼；然彼不死于色而死于名位，人生固不能逃此厄也。

第三十一回 康熙帝挥泪废太子 汪绅士接驾失弱女

却说陈阁老一脚踏进房门，只见他夫人满面淌着泪，拍着手嚷道："我好好的一个哥儿，到王府里去了一趟，怎么变成姐儿了！"陈世倌听了，心中便已明白，忙摇着手说："莫声张！"一面把屋子里的人一齐赶出去，关上房门，把乳母唤近身来，低低的盘问他。那乳母一面拭着泪，一面把如何到王府去，如何一个妈妈把哥儿抱进去，如何直到靠晚送出来，如何不许他揭那防罩脸的绸子，回家来如何哥儿变了姐儿说了，只把自己吃酒的事体瞒着。陈阁老听了乳母这番话，心中越发雪亮。便对乳母说道："哥儿姐儿你莫管，你在俺家中好好的乳着孩子。到王府去的事，以后不许提起一个字，倘然再有闲言闲语，俺先取了你的性命！"喝一声："退去！"吓得那乳母抱着那孩子，悄悄地退去。陈世倌及对他夫人说道："这明明是王妃养了一个小公主，只因他一向瞒着王爷说养了一个小王爷；如今把俺孩子带进宫去，趁此调换了一个。俺们如今非但不能向王妃去要回来，并且也不能声张，俺们若声张出来，非但俺孩子的性命不保，便是俺一家人的性命都要不保了。好太太！千万莫再提起了，俺们命中有子终是有子的；你既养过一个哥儿，也许养第二个哥儿呢。"陈夫人吃她丈夫再三劝诫诫，便也明白了。从此以后，他们合家上下绝口不谈此事。

看看到了第二个满月，王妃才把孩子抱出来给雍王爷见面。雍王看孩子长得白净肥胖，又是妃子钮祜禄氏生的，便十分宠爱，府中人都称他四王子。看官须记着，这是陈阁老的嫡亲儿子，也便是将来的高宗皇帝。这时陈世倌生怕换了的事体败露出来，拖累自己，便一再上书，求皇帝放归田里；圣祖挽留他不住，只得准了他的奏，放他回去。

这里雍郡王见去了一个亲信的陈世倌，心中郁郁不乐，亏得那鄂尔泰、张廷玉两人，竭力帮助他。看看那许多皇子，大半收服做了雍郡王的心腹；内中只有胤祉、胤祺、胤祐、胤䄉、胤禟、胤䄉、胤禵，常常自立门户，不肯和雍郡王同走一条路。他们一面做着阴谋秘密的事体，一面又在皇帝跟前讨好。皇帝便把胤祉、胤祺封作亲王，胤祐、胤䄉封作郡王，胤禟、胤䄉、胤禵封作贝子。雍郡王知道了，越发怀恨在心。内中要算胤禩、胤禟两人最和雍郡王作对。其实他们暗地里谋夺太子的心思，十分凶恶。他们却不练习什么本领，不结识什么好汉，只打通了几个太监去结识那班妃嫔，天天在皇帝耳根边说了许多太子的坏话。后来越说越凶，竟说太子有时进宫来调戏妃嫔，甚至暗结死党，谋弑皇上。这种凶险的话，任你是铁石人听了也要动气，况且说话的几位妃嫔，都是皇帝十分宠爱的，他如何有不信之理。便立刻传宗人府，意欲把太子废了，后来还是固伦公主再三劝住说："皇上暂时耐着这口气，这废立太子，是一件大事，须和众大臣慎重商量的。"

第二天，却巧得到边报，说噶尔丹都造反，十分猖獗，那车臣部札萨克部都被他占据，纷纷打发人进京来告急。皇上得了这个消息，立刻坐朝，和几位大臣商议。一连发下几道圣旨：第一道，封裕亲王全福为抚远大将军，皇长子胤禔为抚远副将军；带领五万人马，出北古口。第二道，封恭亲王常宁为安北大将军，简亲王雅布和信郡王鄂礼都封副将军；带领五万人马，出喜峰口。第三道，又命内大臣舅舅佟国纲、佟国维，大臣索额图、明珠、阿密达，都统苏帑喇克迟、彰春阿、席坦诺迈，护军统领苗齐纳、杨岱，前锋统领班达尔、沙迈图都，随营参赞军务。十万大兵，浩浩荡荡，杀奔关外来。

谁知这一场战事，从第一年的秋天出兵，直到第二年的夏天，还不能把噶尔丹打退。皇帝心中十分焦急，便派了康亲王杰书，去换回恭亲王来，自己又带了御林兵马，亲到博洛河地方去督战，一面命太子胤礽留守在京里监国。谁知皇帝一到关外，那告太子罪恶的状纸，和雪片也似飞来。有的告他欺凌宗室，有的告他扰害百姓，有的告他擅劫贡物，有的告他扰乱宫廷，有的告他谋弑父皇。圣祖看了，旧恨重提，心中说不出的恼恨，立刻下一道圣旨，叫人进京去把太子提出关外来。不多几天，那胤礽到了行营，进账来跪在父皇跟前，皇帝看他说话疯疯癫癫，心中越发气愤，"飕"地拔出柄佩刀来，向太子斩去。亏得舅舅佟国维在一旁拦住，皇帝拍案大骂；一边骂，一边自己淌下眼泪来。说太子胡行妄为，自己早已知道，只因看在他母亲面上，忍气二十年；到如今他罪恶愈深，结党营私，侮辱大臣，生性凶恶，谋害骨肉，甚至扰乱宫廷，谋弑朕躬。这样狂妄悖逆的人，留他在世上何用？皇帝骂到伤心的时候，一口痰向胸口一涌，不觉晕倒在地。待清醒过来，看太子还直挺挺地跪在地下；皇帝气愤极了，上前去亲自动手，在太子的脸上打了两手掌，喝一声："滚下去！"

第二天，圣旨下来，把太子废去，把兵权交给康亲王，摆驾回京去；一面把太子幽囚起来，一面召集许多大臣，商量改立太子的事体。那班大臣受了诸位皇子的好处，各人帮着自己的主人。那时八皇子胤禩，私地里送了许多金珠给国舅佟国维和大学士马齐；便暗暗指使内大臣阿灵阿、散秩大臣鄂伦岱、尚书王鸿绪、侍郎揆叙，还有巴浑岱一班人，上奏章说八阿哥可以继立。皇帝看看奏章，不由得大怒起来说："八阿哥少不更事，况从前有谋害太子的嫌疑，他母家又出身微贱，如何可立为太子？"一面派人秘密查问，果然查出胤禩私通大臣的事迹来。第二天，皇帝上殿，厉声喝问；巴浑岱吓得浑身抖动，爬在地下，把佟国维和马齐两人如何指使他们保奏八阿哥的情形，一一奏闻。天颜震怒，立刻把那班官员革了职，又革去了胤禩亲王的爵位。佟国维只因他是国舅，便当面训斥了几句，驱逐出京，永远不许进宫；大学士马齐，离间骨肉，罪情较重，下旨交刑部斩首。后来由满朝文武代求恩免，圣旨下来，着革去功名，交胤禩严行管束。

自从此番雷厉风行以后，满朝官员，都绝口不敢说立太子的事；便是圣祖自己，也不再立太子。后来还是皇后觑着皇帝略略平了气，便劝着说道："简立储君，是国家的一件大事；如今陛下皇子众多，不得不预立太子，免得将来的变乱。"皇帝听听皇后的话，倒也说得不错；便和皇后商量，究竟立谁妥当？皇后说："皇十四子胤禵，生性慈厚，堪为储君。"这句话，却深合圣祖的意思。但是皇十四子年纪尚小，这时倘然把圣旨宣布出去，又怕太子被人谋害。圣祖想到这里，便想起鄂尔泰、张廷玉两个人来，皇后也说这两人是朝廷的忠臣，可以信托。当下立刻把鄂张两位大臣宣召进宫来，商量立十四皇子为太子的事体。那鄂尔泰便想出一个主意来，说："请陛下亲笔写下传位的诏书，悄悄地去藏在正大光明殿匾额的后面；待陛下万年之后，由顾命大臣把诏书取下来宣读，那时诸位皇子，见是陛下的亲笔，也没话可说了"。圣祖听了，连称妙妙。便又想起国舅隆科多来，立刻把他召进宫来。一面由圣祖亲自写下诏书道：

胤礽染有狂疾，早经废黜，难承大宝；朕晏驾后，传位十四皇子。尔隆科多身为元舅，鄂尔泰、张廷玉受朕特达之知，可合心辅助嗣皇帝，以臻上理。勿得辜恩溺职，有负朕意。钦此。

这三位大臣受了皇帝的顾命，便把诏书捧去，悄悄地藏在正大光明殿匾额后面；又悄悄地退出宫来，各自散去。自从圣祖行了这个预藏遗诏法子以后，历雍正、乾隆、嘉庆、道光、咸丰、同治、光绪七朝，者沿用这个法子。这是后话，且不去说他。

如今再说国舅隆科多，回到府中，便有雍郡王打发来的内监，候在府中。隆科多见了，彼此会意，便暗暗地对那内监只说了"今夜三更"四个字，内监回府，把话回禀过。到三更时候，隆科多便悄悄地从后门出去，踅进雍王府的后门；到了一间密室里，只见大学士张廷玉、将军鄂尔泰，都在那里。还有几位国师和一班剑客。停了一回，雍王走进密室来，大家便低声悄语的商量了一回；直到天明，大家吃过燕窝粥，才散出来。隆科多、鄂尔泰、张廷玉三人依旧上朝去。圣祖升殿，便不和昨日一般厉声厉色了。兵部尚书出班奏称："康亲王八百里文武告捷，说噶尔丹部主兵败大积山，连夜逃至刚阿脑尔，如今已把噶尔丹全部收服，部主亲到清兵营中来纳款投降，康亲王不日班师回京。”

圣祖得了这个消息，越发欢喜，吩咐传旨嘉奖；一面预备得胜酒筵，只待康亲王进京，亲自犒劳。不多几天，康亲王带领大兵凯旋，圣祖真的摆动御驾，出城迎接；十万大军，见了皇上，齐呼万岁。圣祖在马上赏过酒，带队进城。第二天，康亲王带了一班从征大员上朝谢恩，皇上又在崇政殿赐晏；一面又下圣旨，升各人的官级，又赏康亲王紫禁城骑马。

这时四境平安，圣祖又举行第六次南巡。内大臣早行文江南各省，沿途接驾。圣祖五次南巡，都到苏州游玩。苏州地方，有一位首富的绅士，姓汪，名琬；皇上每次驾到，都是这位汪绅士率领合城士大夫出城接驾。汪琬家里，又盖得好大园林，名叫狮子林，是江南地方有名的。在圣祖第一次南巡的时候，是康熙二十三年，曾经在狮子林驻跸。圣祖和汪琬十分要好，临走的时候，赏他御笔手卷一轴。直传到汪琬儿子手里，十分宝贵。汪琬的儿子名叫汪源，这时年纪只八岁，他父亲接驾时候的情形，他都看在肚子里。家里曾经御用过的器物和房屋，都封锁起来。直到圣祖第六次南巡，已隔了二十多年。京中公文行到苏州，苏州绅士又忙乱起来，苏州巡抚天天和地方上绅士商量接驾的事体。那班绅士听说要见皇上，个个吓得捏一把汗；内中虽有几个从前接过驾的，却个个都是年老昏聩，不能办事。留下几个后辈子弟，谁见过这阵仗儿，谁也不肯担任接驾的事体。后来苏州巡抚出的主意，仍旧公推汪家承办接驾的差使；汪家花园又大，家里又有钱，那御用的器具，也是现成的。当下汪源见众口一词，便也不推托，把这大事担任下来。汪家有两位小姐，大的名莲，小的名蓉；都出落得一双玉人似的，芙蓉面，杨柳腰，樊素口，小蛮腰。凡是从古来美人的态度，名媛的风韵，他姊妹两人都占尽了。姊姊十七岁，妹妹十六岁，真是豆蔻年华，洛神风度。合个苏州城，上中下三等人，都知道汪家美人，是天上少，地下无的。有多少宦家贵族，都来向汪家求婚，汪源不舍得把女儿年纪轻轻遣嫁出去，便一律回绝。他姊妹两人，原住在园里的，如今预备皇帝驻跸，便把他姊妹搬出园来，住在内院里。

看看到了二月初一日，忽然有两个内监，送皇帝的密谕到苏州来，直闯进抚台衙门去。苏州抚台，一面招呼两个太监，打开密谕来一看，说圣驾已到镇江，着苏州官绅，赶到镇江去迎接。那两个太监还说：“皇上圣旨，着咱家到苏州来寻访一百个良家妇女，带去伺候；如今限贵部院三天工夫，务必要把这一百个妇女选齐，由咱家带去。”抚台听了这个话，虽不成体统，却也不能驳回，连夜召集了许多当地绅士，商议这件事。内中有一位绅士说道：“这事容易得很，俺苏州地方，尽多娼家；如今选一百个略平头整脸的妓女送去，便得了。”抚台听了这个话，连声称妙，便发落首府，凡是城中官娼私娼，一齐搜捉进抚台衙门去，由抚台亲自挑选了一百个，先交给太监送去。这里抚台带领合城文武官员和合境绅士，赶到镇江去接驾。

隔了几天，皇帝坐着船，到浒墅关上岸，十六个太监抬着一乘龙 轿，直到汪绅士花园里驻跸。那汪源见天子光降，顿觉十分荣耀，终日在花园门外伺候着。皇帝在花园里，天天和这班妓女调笑无闲，长枕大被，昼夜行乐。抚台带着藩台、臬台、道府等官，在汪家门外站班；太监把守住大门，不放他们进去。后来各官凑集了十万银子，孝敬太监，才肯替他去通报；皇帝一一传见，最后传见汪源，两人长谈到二更时分，才退出来。从此皇帝天天传汪源进园去谈天，汪源也备了许多好玩的、好吃的去孝敬皇帝，因此皇帝和汪源十分知己。皇帝说道：“古时有天子而友布衣的，如今朕和卿也结个异姓兄弟如何？”汪源听了，吓得他忙爬在地下磕着头，连称：“微臣不敢受命。”皇帝亲自去扶他起来，又吩咐：“请出夫人小姐来，俺们见一面儿，认个通家。”汪源如何敢违背圣旨，忙进去叫他夫人方氏、女儿汪莲、汪蓉打扮齐整；进园去见驾。皇帝见了这两个美人，不由得连连称赞，吩咐摆下酒席，皇帝亲自陪她母女三人吃酒；直吃到灯昏月上，还不见他母女出园来。把个汪源急得走投无路，只是在花园外面探头儿。好不容易盼得他夫人方氏出园来，问两个女儿时，方氏叹了一口气，说：“皇上留在屋子里了！”汪源听了，只是跺脚，但也无可奈何了。一连三天，皇帝也不传见；到了第四天上,太监忽然传出话来,说:“皇上要回京了。”于是苏州地方的文武大员,又忙碌起来,纷纷预备程仪,送各太监;又备着十六号官船,送皇帝下船。汪源也在后面送着,眼看着他两个女儿送下船去,一声锣响,扯起龙旗,解缆去了。

汪源送过了圣驾,垂头丧气的回到家里,便有许多亲友来向他贺喜,说他转眼要做国丈了。到了第三天,忽然抚院里打发一个武巡捕来,说:“大人今天接到一件紧要公文,请老爷快进衙门商量去。”汪源听了他的话,一时里摸不着头脑,便立刻坐轿上院去;只见那位抚台和许多官员绅士们,坐在一间屋子里发怔,案上搁着一张公文。他们见汪源来了,拿公文给他看;原来这是淮安府送来的公文,上面说圣驾于二月十四日过淮安,算计起来,二十六日可以到苏州。原来从前来的是假皇帝,如今才是真正的康熙皇帝呢。别人看了这公文犹可,独有汪绅士看了这张公文,不住的跺着脚,嘴里连说:“糟糕糟糕!苦了我这两个女孩儿呢!”说着,不由得吊下泪来。当时众官员纷纷劝慰,说这个大胆的假皇帝,俺们多派几个干役,四处悄悄地去察访,总要拿住他,办他一个死罪,那时你两位千金也可以合浦还珠了。抚台接着说道:“如今这件事,俺们都耽干系;诸位仁兄,切莫在外面流露半个字,倘然给当今知道,俺们还要活命吗!”一句话,说得众人哑口无言,各自散去,依旧去预备他接驾的事。

二月二十六日,圣驾临幸虎丘;三十日,游邓尉山。圣恩寺的老和尚际志,是当年接过驾的;如今七十三岁了,白髯飘拂,跪在山门口接驾。皇上命太监赏老和尚人参二斤,哈密瓜、松子、榛子、频婆果、葡萄等糖果很多。圣祖伸手去摸着际志和尚的须髯,说道:“和尚老了!”三月十二,到无锡惠山,驻跸在寄畅园。园中有一株大樟树,树身有三人合抱的粗,圣祖常在树下闲步着。后来回京去,还常常写信去问“樟树无恙耶?”这时有一位绅士,名叫查慎行,他做一首诗寄呈皇帝,说树身平安。那首诗道:

合抱凌云势不孤,名材得并豫章无?平安上报天颜喜,此树江南只一株。

圣祖自从在惠山见了际志老和尚以后,回到京里,心中常常纪念。后来圣祖年纪到了六十九岁,那际志和尚已是八十八岁,还是十分康健。皇帝便打发内官到无锡去把他接进京来,举行千叟宴。什么叫作千叟宴?是搜集六十五岁以上的满汉臣民,共有一千个老头儿,用暖轿抬进弘德殿去赏宴。一连吃了三天,都请际志和尚做主席,另外备一桌素酒,赏际志和尚。康熙皇帝也坐在上面陪席。一时欢笑畅饮,许多老头儿,都忘 了君臣之份;三天散席,皇帝又各赏字画一幅,送回家去。这一年,圣祖分外高兴。在正月到二月的时候,巡幸几甸;四月到九月的时候,巡幸热河;十月幸南苑,举行围猎,皇帝亲自跑马射鹿,十分勇武。到十一月有一天,忽然害起病来,十分沉重,圣祖便吩咐从南园移驾到畅春园的离宫里去养病。欲知康熙皇帝性命如何,再听下回分解。

两姓易子,不独帝室为然;即阀阅之家,亦所不免。此无他,宗法之念太深也。然既重宗法,易子而抚之,顾不虑其扰乱宗法耶?吾于王妃之私易陈氏子,窃叹其愚为不可及也。

康熙明知太子之贤,而以痼病,不得不废,宜其挥泪也。然太子无罪,诸皇子亦无罪;人谁无进取之念?诸皇子之谋太子,亦进取之念迫之也。所以至此者,亦康熙帝纵欲多子自身之罪也。一世帝皇,每束手于骨肉之间。可叹!

从此天下父母心,不重生男重生女。此诚可怜可鄙之心理,试问今日趋炎附势之徒,有几人非依仗裙带者?彼汪源龌龊物,甘以生女爱妻双手献与匪类,供其淫乐者,亦攀龙附凤之一念致之。即此一念,杀有余辜!

第三十二回 改遗诏雍正登位 好美色胤䄉丧命

却说康熙皇帝在畅春园养病，这个消息传到雍郡王胤禛耳中，他便赶先到畅春园去叩请圣安。无奈这时皇帝病势十分厉害；心中又十分烦躁，不愿见家人骨肉。胤禛请过圣安以后，只得退出房外，在隔室悄悄地打探消息。这时在皇帝跟前的，除几个亲近内监和宫女以外，只有国舅隆科多、将军鄂尔泰、大学士张廷玉。三位大臣，终日陪着几位御医，料理方药。这三位大臣，原和雍王打成一片的，自不必说；便是那太监宫女，平日也得了雍王的好处，凡是皇帝一举一动，一言一语，都悄悄地去报告雍王知道。内中有一位宫女，原是贵佐领的女儿，进宫来已有四年；因他长得美丽，性情也十分伶俐，便把他派在畅春园里，专候临幸时伺候皇帝皇后的。他如今见雍王相貌十分威武，知道他将来有发达之日；便觑空溜到隔房去，陪些小心，凡是茶水饮食有不周不备的地方，都是他在暗中料理。雍王这时独居寂寞，得了这个知己，自然十分欢喜；觑人不妨头的时候，他两人居然结了私情。雍王答应他，倘然一朝登了皇位，便封他做贵妃；那宫女心中越发感激，从此格外忠心。这时雍王和隆科多已商量过，假造皇帝的旨意，说病中怕烦，所有家人骨肉，一概不许进园，可怜那些妃嫔郡王公主亲贵，一齐都挡住在园门外，便是皇后也只得在园门口叩问圣安，一任雍王在园里弄神弄鬼。

看看那皇帝病势，一天重似一天；那些御医看了，也是束手无策，只是天天灌下人参汤去，苟延残喘。看看到十一月底，天气十分寒冷，皇帝睡在御床上，喘气十分急迫，他自己知道不中用了，忙吩咐隆科多，把十四皇子召来。那隆科多早已和雍王预定下计策，奉了皇帝命令，出来把雍王唤进屋去。看皇帝时，早已进气少，出气多。这里隆科多走出园来，见园门外挤了许多皇子妃嫔，他便故意大声喊道："皇上有旨，诸皇子到园，不必进内，单召四皇子见驾。"说罢，唤亲随的拉过自己的马来，嘴里说找四皇子去，快马加鞭地去了。你道他真的去找寻四皇子吗？只见他飞也似的跑进宫门，走到正大光明殿上，命心腹太监，悄悄地从匾额后面拿出那康熙皇帝的遗诏来。现成的笔墨，他便提起笔来，把诏书上写着的"传位十四皇子"一句，改做"传位于四皇子"。改好以后，依旧藏在原处，悄悄地出了宫门，又飞也似的回到畅春园去。这时康熙皇帝气厥过去几回，到傍晚时候，才慢慢地清醒过来；睁眼一看，见床前有一个人跪着，双手高高地捧着一杯参汤，口中连连唤着父皇。康熙皇帝模模糊糊，认作是十四皇子，便伸手过去摸他的脸；那雍王趁此机会，爬上床去，皇帝睁着眼端详了半天，才认出并不是十四皇子，乃是四皇子胤禛，不由他心头一气，只喊得一声："你好……"一口气转不过来，便死过去了。胤禛看了，假装做十分悲哀，号啕大哭起来；外面太监一听得里面哭声，忙抢进来，手忙脚乱，替皇帝沐浴更衣。这里隆科多进来，把雍郡王扶了出去。雍郡王悄悄地问道："大事成功了吗？"那隆科多只是点点头，不作声儿。停了一回，园门外的诸王妃嫔，听说皇帝驾崩，便一拥进来。这时除胤礽病着，胤禔、胤禩监禁着，胤禵出征在外；所有三皇子胤祉、七皇子胤祐、九皇子胤禟、十皇子胤䄉、十二皇子胤祹、十三皇子胤祥，此外还有胤祺、胤禌、胤禑、胤禄、胤礼、胤禧、胤祎、胤祜、胤祁、胤祕，共十六个皇子，和三宫六院的妃嫔，赶到御床前，爬在地下，放声举哀。哭了多时，隆科多上来劝住，说道："国不可一日无君，民不可一日无主；如今大行皇帝龙驭上宾，本大臣受先帝寄托之重，请诸位郡王快到正大光明殿去听本大臣宣读遗诏。"诸位皇子听说父皇有遗诏，个个心中疑惑，不知道是谁继承皇位。内中胤禟、胤䄉尤其着急，只怕这个皇位被别人得去，因此急急地赶到正大光明殿去候旨。停了一回,那满朝文武,都已到齐,阶下三千名御林军,排得密密层层,大家静悄悄地候着,只见那隆科多、鄂尔泰、张廷玉三人走上殿去,殿上设着香案,三人望空行过了礼,便从匾额后面请出遗诏来。隆科多站在当殿,高声宣读;读到"传位于四皇子"一句,阶下顿时起了一片喧闹声,值殿大臣上来喝住,才把那遗诏读完。这时四皇子胤祯,也一块儿跪在阶下听旨。这时便有全班侍卫下来,把胤祯迎上殿去,老实不客气,把皇帝的冠服全副披挂起来,拥上宝座,殿下御林军三呼万岁,那文武百官,一个个上来朝见。礼毕,新皇帝率领诸位郡王、亲王、贝子、大臣等,再回到畅春园去,设灵叩奠,遵制成服。第二日,把先皇遗体,奉定在大内白虎殿,棺殓供灵。

新皇帝下圣旨,改年号为雍正元年。这位雍正皇帝,便是在清史中著名辣手狠心的世宗。当时他跪在地下,听读遗诏的时候,谁在下面喧闹,他都暗暗地看着。到了一旦登位,他第一道圣旨便革去胤禟、胤禨的爵位,说他扰乱朝堂,犯了大不敬的罪,立刻把这两人捉住,送交宗人府严刑审问。那胤禟熬刑不过,只得招认了。说如何和胤禩两人在外面结党营私,谋害胤礽;后来见胤礽得了疯病,幽囚在宫里,便知道他是不中用了,因此日夜想法要谋害胤祯。无奈胤祯手下养着许多好汉,非但不能伤他分毫,而且眼看着他得了皇位;因此心中气愤不过,当时禁不住在朝堂上喧闹起来。宗人府录了口供,奏明雍正皇帝,皇帝吩咐从牢监里把胤禩提出来审问。胤禩见胤禟都招认了,便也无可抵赖;当时即直认不讳,只求皇帝开恩,饶他性命。圣旨下来,把胤禩、胤禟两人打入宗人府监狱里。称胤禩为阿其那,阿其那是猪的意思;称胤禟为塞思黑,塞思黑是狗的意思。第二天,又提胤禨出来审问。这胤禨却不是寻常郡王可比,他是少林寺的嫡派弟子,学得通身本领,能飞檐走壁,铜拳铁臂,等闲三五十人,近不得他的身。雍正皇帝做郡王的时候,也曾吃过他的亏来;常常被他打倒在地。雍正皇帝见了他害怕,远远见胤禨走来,便躲避开去,因此含恨在心。如今登了帝位,便要报这个仇恨。胤禨这时被宗人府捉来,到得审问的时候,他给你一个老不开口。那府尹恼了,吩咐用刑;只见他大笑一声,一纵身飞上瓦,去得无影无踪。那府尹忙去奏明皇帝,皇帝也奈何他不得;忙去把喇嘛请来,要喇嘛用法术去杀死他。喇嘛摇着头说道:"要处治他,很不容易;他身边常常带着达赖第一世的金符,等闲符咒,近不得他的身。"皇帝问他:"这金符可以夺下来吗?"喇嘛说道:"平常时候不能下手,只有候着他和女人亲近的时候,方可下手夺取他的金符。"雍正皇帝把喇嘛的话记在肚子里,吩咐心腹太监去设计摆布胤禨。

那胤禨自从逃出宗人府来,越发狂妄不羁。他最爱吃酒,京城里大小酒铺子,都有他的脚迹。他穿着平常人的衣服,有谁知道他是皇子。他每到一处酒家,便拉着店小二同吃。东华门外有一家太白楼酒店,酿得好三月白。那店小二名余三,人又生得和气,胤禨和他最说得上,因此常在太白楼走动。吃到酒酣耳热的时候,便拉着余三坐下对酌,谈些市言村语。那余三又是大酒量,两人吃到夜深人静,也不觉醉。近来胤禨心中不快,越发借杯酒以浇块垒,便常常到太白楼来,每来,余三便陪着谈些花街柳巷的故事,陌上桑间的艳闻。那风流事务,胤禨原是不擅长的,只因这时他胸中万分气愤,拿他来解愁销闷,也未为不可。谁知今天听,明天听,把胤禨这个心打活了,越听越听出滋味来;那余三又说些风流家数,花柳秘诀,把个胤禨说得心痒难搔。正在无可奈何的时候,那酒炉半边,忽然出现一个娇滴滴的女孩儿来;只见他斜亸香肩,低垂粉颈坐着。有时向胤禨溜过一眼来,顿觉魂灵儿被他勾摄了去。胤禨看了,不觉拍案喝好,只因满屋子酒客坐着,不便向他勾搭。看看那酒客一个个都走完了,在酒阑灯灺的时候,看看那女孩儿的粉腮,娇滴滴越显红白。胤禨看了,忍不住唤了一声"美人儿",那女孩 儿抿着樱 桃小嘴,嘤咛一笑,转过脸儿去看着别处。这情形被余三看见了,便哈哈大笑道:"相如买酒,卓女当垆;俺家三妹子今天得贵人赏识,也是他三生之幸。"说着,便向那女孩儿招手儿说道:"三妹子过来陪爷吃一杯何妨。"那女孩儿听了,便笑吟吟地走过来,在胤禨肩下坐着,低着头只是不作一声儿。胤禨看时,长眉侵鬓,星眼微斜;不觉伸手去握着他的纤指,一手送过一杯酒去,那女孩儿含羞带笑的便在胤禨手中吃干了一杯。胤禩连连地嚷着妙。一抬头，见那店小二余三早已避开了。他两人便唧唧哝哝的说笑起来了。谈到夜静更深，那女孩儿便悄悄地伸手过去把胤禩的衣角儿一捽，站起身来便走；胤禩也不觉身子虚飘飘地跟着他走到一间绣房里，罗帐宝镜，照眼销魂。那女孩儿服侍他宽衣睡下，自己也卸妆解佩，攒进绣衾去，和胤禩并头睡倒。胤禩睡在枕上，只觉得一阵阵甜香送进鼻孔来，他到了这时，便忍不住转过身来，对女孩儿微微一笑。正在得趣的时候，忽听得豁啦啦一声，一个大汉，跳进屋子来，伸手在衣架上先夺了胤禩衣襟上佩着的金符，一转身，手中执着明晃晃的钢刀，向床上扑来。胤禩忙把怀中的女孩儿推开，喝一声："疾！"只见他口中飞出许多金蛇来，直冲那大汉。这时窗外又跳进来四五个壮士，个个手擎宝剑，围住这绣床奋力攻打。无奈他口中金蛇来得利害，那刀剑碰着金蛇，便毫无用处。那大汉斗了半天，见不能取胜，便打一声呼哨，带着一班壮士，跳出窗子去逃走了。回到宫里，回奏雍正皇帝；皇帝听了，十分诧异，忙问国师时，那国师说道："这是婆罗门的灵蛇阵，陛下放心，凡学这灵蛇阵的，必须对天立誓，不贪人间富贵。想来这胤禩绝没有叛逆的意思了。"雍正皇帝听了国师的说话，将信将疑，后来到底趁胤禩害病没有气力的时候，把他捉来，关在牢监里，用毒剑杀死。那胤禩和力士还奋斗了三天，连杀了三个剑客方死呢。

雍正皇帝拔去这几个眼中钉，心中才觉爽快。谁知隔了不多几天，又有边关报到，说青海的罗卜藏丹津，引诱大喇嘛察罕诺们，觑着世宗新接皇位，宫廷多故的时候，便乘机造反。先派人去劝额尔德尼郡王、察罕丹津亲王两人一同举兵杀进关去，谁知他两人都不听从，便恼了罗卜藏丹津，调动兵马，先把一位郡王、一位亲王赶进关来。那亲王和郡王被他逼得走投无路，便动文书进京来告急。雍正皇帝看了文书，心下正在踌躇，忽内侍进来报说国舅隆科多求见。皇帝连说请进。两人见了面，皇帝说道："舅舅来得正好。"说着，便拿边关的告急文书递给他看，那隆科多看了，便说道："臣也为此事而来。陛下不是常常说起那年羹尧拥戴之功不曾报吗？又不是说那胤禵屡经战争，深得军心，是可怕吗？还有陛下做郡王的时候，招纳了许多好汉，养在府里；如今大功已成，他们都仗着自己是有功的人，在京城里横行不法，实在不成事体。如今却巧边关上出了事体，陛下不如下一道谕旨，派胤禵做抚远大将军，年羹尧做副将军，从前陛下招纳的英雄好汉，都一齐封他做了武官，由年羹尧带他们到青海去，免得留在京城里惹是生非。"雍正听了，说道："计虽是好计，但是老年辛苦了一场，叫他做一个副将军，怕委屈他罢？再者，那胤禵给他做了大将军，怕越发不能制伏他呢。况且那班英雄好汉，怕也不能永远叫他住在青海地方；他日回京来，依旧是个不了。"隆科多听了皇帝的话，笑说道："陛下莫愁，臣自有作用在里面。"接着又低低的把里面的深意说了。雍正皇帝听了，不觉拍案叫绝。第二天坐朝，便把拜胤禵为抚远大将军，年羹尧为副将军的圣旨发了；一面又叫鄂尔泰袖着密谕，去见年羹尧，吩咐他如此如此。年羹尧受了密谕，连日搜集那班江湖好汉，保举他做副将、做参赞、做都统、都司、千总、把总的。那班好汉，一旦做了官，便十分欢喜；看看调齐了八万大兵，皇帝吩咐副将军带领兵马先行启程。

拔队那一天，天子亲自出郊送行，在路上足有三个月行程，到了四川边疆地方，会合了四川的副将岳钟琪手下四万兵马，浩浩荡荡，杀向青海去。这里雍正皇帝待年羹尧去了两个月，才放胤禵出京，挂了大将军帅印，带着一百个亲兵，轻装简从的赶着路程。到了四川成都省城，打听得年羹尧已带兵杀出关去了，胤禵心中疑惑，怎么副将军不待大将军的军令，亲自出兵？正气闷的时候，忽然有廷寄送到。胤禵忙摆设香案，接受圣旨。一位太监宣读道："抚远大将军胤禵，着即免战；所有印绶，交年羹尧接收。着授年羹尧为抚远大将军，岳钟琪为参赞。"胤禵才听罢圣旨，回过头来一看，那年羹尧也和自己并肩跪着接旨。到这时，胤禵心中才明白皇帝是调虎离山之计；如今他自己的军队又不在跟前，手中又失了兵权，便也无可奈何，撩着一肚子气，把印信交出，拂袖而去。只因他这时无权无势，他的行踪，也便没有人去查问他。

如今在下暂丢下此处不说，只说广东省城珠市上有一家买卖行，主人姓梁，连年买卖不佳,亏折已尽,店主人和伙计们,终日愁眉不展,坐在店堂里发怔。看看已到年关,债户四逼;这姓梁的无法可想,吩咐小伙计到江边照财神去。原来这是广东商家的风俗,倘有营业不振,便在江边树一株旗杆,杆头挂一盏红灯,名叫照财神。这家买卖行却巧开设在江边。谁知红灯才挂上,忽然有一只大货船,驶近店门口停下;船上跳下一个大鼻子家人来,操着北京话,问:"行主人在吗?"姓梁的忙出去招呼,那家人领他到船上,只见一个中年男子,气象魁梧,举动阔绰;他自己说姓金,此次贩卖许多北货茶果,特到广州来销售。只因找不到熟悉的行家,只见你家门口挂着红灯,特来拜托。那姓梁的看他船中货如山积,没有三五十万银子,休想买得到手;但是这时广东正缺少北货,倘能把这一船货买下,定可大大的发一笔财。只恨自己手头没有银钱,心中便万分焦急。那男子看出了店主人的心事,说道:"你倘没有本钱,也不要紧,我船中有四十万银子的货物,暂时寄存在你店中,托你慢慢地销售;现在我并不要你分文,待到明年这时候,我再来和你结账。"那店主人听了他的话,十分欢喜,连连对他作揖道谢。一面备办极丰富的酒席款待这客人,一面雇了许多夫役,把船上的货物,统统搬进店去。那客人吃过了酒饭,说一声叨扰,便上船去了。这姓梁的在店中,替他经营货物,不上半年工夫,那许多货物,都已销去了,整整的赚了十万银子。店主人去存在钱铺子里生利,只待那客人到来结账。

看看又到年底,姓梁的便打扫店堂,预备筵席,自己穿着袍褂恭候着。到夜里,那客人果然来了,十只大船,一字儿停泊在这买卖行门口,船上都满载着南北货物,和参桂药品。那客人走上岸来,一见了主人,便拉着手笑盈盈地盈地说道:"此番够你忙了!我船上有四百多万银子的货物,你快快想法子起岸罢。"那店主人一面招呼客人吃酒,一面召集了合城的买卖行主人,商量堆积货物的事体。顿时雇用了五七百个夫役,搬运货物;邪许之声,满街都听得。搬完了货物,姓梁的才进来陪着客人吃酒。酒醉饭饱,主人捧出账簿来,正要结账,那客人把账簿推开,说道:"你决不有错,俺们慢慢地算吧。"说着,站起身来便告辞去了。临走的时候说道:"此去以三年为限,到那时我自能来和你算账,现在不必急急。"说着,跳上船头,解缆去了。

这姓梁的自从那客人去后,着意经营,居然十分发达;不上三年工夫,那十船货物,早已销完。姓梁的天天候着,到了大除夕这一天,那客人果然来了;一见了主人,便说恭喜。主人一面招待酒食,一面告诉他那宗货银连本搭利已在六百万以上,分存在广州各钱庄家,如何处置,悉听大爷吩咐。那客人听了,便说道:"提出一半货银,划付汉口德裕钱庄。其余的一半,且存在广州再说。"主人听了客人的吩咐,便连夜到各钱庄去汇划银子。看看到了正月初五,那客人孑然一身,只带一个家人,住在姓梁的买卖行里;姓梁的虽是天天好酒好菜看待他,但他总觉得寂寞无聊。要知这客人到底是什么人,且听下回分解。

富家子唯恐其不多,多则乱生;帝皇家何独不然?直至易箦之时,目击骨肉残杀,始悔当初纵淫之非。其心中之自讼,尤甚于死。呜呼帝皇!人生等朝露,亦何苦乃尔?

唯女子为最可畏:彼巧笑美盼,均有所谋;不必脂粉迷魂,白刃加颈时,始令人惊魂惊魂也。寄语男儿,家家床头有一白刃在;勿徒迷其色而忘其阴谋。胤禩练得一身神技,而卒不能逃此关,其可畏为何如也?

行贾,亦丈夫垒落事也;彼身为皇子者,亦徒迷于富贵而自投罗网。不然,载得西子,逍遥五湖,作陶朱公,神仙不啻矣。于皇子乎何有?

第三十三回　红灯热酒皇子遗爱　煮豆燃萁兄弟化灰

却说那姓梁的店主人，看那客人住在客边，寂寞无聊，便替他想出一个解闷的法子来了。原来这时正月初上，广州地方珠江边的花艇，正十分热闹；真是脂粉如云，管弦震耳，那些娼家，也竟有几个好的。姓梁的便邀集了许多同行朋友，陪着这位客人游紫洞艇子去。艇中绿窗红毡，十分精雅。那客人坐定，姓梁的一面吩咐设席，一面写着红笺，把八埠名花一齐宣召了来。这客人坐在上首，五七十个女娃子，都陪坐在他左右。一时脂香粉腻，莺嗔燕咤，几乎把一座艇子挤塌了。那客人虽是左拥右抱，却一个也看不上他的眼；一会儿他推说小解，溜到后舱去。只听得一阵阵娇声啼哭，他跟着哭声寻去，只见后舱一个娇弱女孩儿，被鸨母浑身上下剥得精赤的，打倒在地。那鸨母手中的藤杆儿，还不住地向那女孩儿嫩皮肉上抽去，顿时露出一条一条血痕来。那客人看了，说一声："可怜！"急抢步过去，拦住鸨母手中的藤条，一面忙把自己身上穿的袍褂脱下来，在那女孩儿身上一裹，抱在怀里，走出前舱来。这时前舱有许多妓女和客人，他也不管，只是拿手帕替他拭着眼泪，问他名字。那女孩儿躲在这客人的怀里，一边呜咽着，一边说道："名叫小燕，自从被父母卖到这花艇子里来，早夜吃老鸨打骂，说我脾气冷僻，接不得客。"那客人一面听他说话，一面看他脸面，虽说蓬首垢面，却长得秀美白腻；便把衣服打开，露出雪也似的身体来。上面衬着一缕一缕的血痕，越发觉得鲜艳。这客人忍不住伸手去抚摩他，小燕急把衣服儿遮住，那粉腮儿羞得通红；嫣然一笑，低低地说道："给别人看见像什么样儿。"再举眼看时，那满舱的妓女和客人，都去得干干净净，只留下他两人。从此这客人便迷恋着小燕，双宿双飞，一连一个多月，不走出舱门来。这时的小燕却迥不是从前的小燕，她打扮得花朵儿似的，终日陪伴着这无名的客人，两口子十分恩爱。有时只有这姓梁地走上船去谈几句话，别的客人，他一概不见。

光阴迅速，转眼春去夏来，那客人忽然说："要回去了。"问他："回到什么地方去？"他也不肯说，只吩咐那姓梁的，把存在广州的三百万两银子，拿一百万在珠江边买一所大屋子，里面花木陈设，都要十分考究；一百万银子给小燕平日使用，替小燕出了籍，住在那屋子里；余剩下的一百万银子，便送给了姓梁的。姓梁的问他："何日归来？"他听了，由不得眼圈儿一红，说道："此去行踪无定，倘吾事不败，明年此时，便是我归来之日；过此，今生怕不能再和你们相见了！"他又悄悄地对小燕说道："你我交好一场，连我的名字你也不知道；如今我对你说了，我的名字叫作胤禵，你若纪念我时，在没人的时候唤着我的名字，我便知道了。"那小燕听了他的话，哭得死去活来，在小燕十分凄楚的时候，他便一摔袖子走了。小燕住在那座大屋子里，痴痴地候了三年，不见那客人回来；后来他把这客人的名字去告诉姓梁的，才知道这胤禵是当今皇帝的弟弟。吓得那姓梁的，从此不敢提起这个话；便是小燕，也因为感恩知己，长斋拜佛去了。

以后那胤禵、胤禩、胤禟这班皇子，虽不知下落，但也还有一点点消息可寻。这个消息，却出在河南彰德府一个落拓秀才身上。这秀才姓庄，名洵；讲到他的祖上，也做过几任教谕，他父亲庄士猷，也是一位举人。便是庄洵自己，也早年中了秀才。深指望功名富贵，飞黄腾达；谁知他一中之后，戛然而止。到二十岁上，父母一齐去世，庄洵不事家人生产，坐吃山空，眼见得这区区家业保守不住了，他便索性抱了破釜沉舟的志愿，把家中几亩薄田，一齐卖去，拿卖田的钱去捐了一名监生，赶到京里去下北闱。谁知文章憎命，连考三场，依旧是个不中；从此流落京华，吹箫吴市。亏得他住的客店主人指导他在客店门口摆一个测字滩儿，替过往行人胡乱测几个字，倒也可以过活。这客店在地安门外，原是十分热闹；且宫内的太监，在这条路上来来往往的很多。那太监的生性，又是多疑；因此他们有什么疑难事体，便来问庄洵。那做太监的，又是河南彰德府人居多，因此庄洵和他们厮混热了，攀起乡谊来了。不知怎么，这个消息，一传十，十传百，传到尚衣监的太监刘永忠的耳朵里。那刘永忠和庄洵，不但是从小的乡邻，还关着一门子亲戚。听他同伴常常说起庄洵，他便觑空溜出地安门去，远远见庄洵在客店门外摆着一个测字桌子。刘太监抢步上前，喊一声："庄大哥！"那庄洵听得有人叫唤，忙抬头看时，见一位公公走来。庄洵和他多年不见，一时认不出来，怔怔地对他看了半天，才恍然大悟，笑说道："你不是俺刘家庄的刘二哥吗？"那刘太监呵呵大笑，庄洵忙收拾测字滩儿，两人手拉手地走进客店去，细谈别后的光阴。刘太监夸说自己做了尚衣监的总管，天天见着太子的面，多承太子十分信任；又夸说宫中如何繁华，同伴如何众多，出息如何丰厚，把个庄洵听得心痒痒的，十分艳羡。

第二天，刘永忠又把庄洵邀到大栅栏酒楼里去吃酒。吃酒当儿，庄洵便问："宫中同伴究有多少？"那刘总管略一思索，便说道："约略算来，也有二千多人。"他便轮着指数着说道："乾清宫总管两人，首领四人，太监二十四人，打扫首领三人，打扫太监八十六人；昭仁殿首领两人，太监十人；弘德殿首领两人，太监十二人；懋勤殿首领一人，太监九人；自鸣钟下太监十四人，执事首领六人，太监六十六人；御茶房首领二人，太监五十二人；上乘轿首领两人，太监三十七人；坤宁宫首领两人，太监十四人；东暖殿首领两人，太监八人；西暖殿首领两人，太监九人；交泰殿首领两人，太监六人；延禧宫首领两人，太监二十人；长春宫首领两人，太监十六人；永寿宫首领两人，太监十人；翊坤宫首领两人，太监十六人；永和宫首领两人，太监十二人；启祥宫首领两人，太监十八人；承乾宫首领两人，太监十五人；咸福宫首领两人，太监二十人；储秀宫首领两人，太监二十人；景阳宫首领两人，太监七人；钟粹宫首领两人，太监十二人；景仁宫首领两人，太监十二人；近光左门太监六人；御书房首领两人，太监十人；古董房首领两人，太监八人；东书房太监五人；南书房首领两人，太监十二人；诸皇子书房太监十五人；西书房太监五人；繙书房太监四人；敬事房首领一人，太监二十六人；御前太监六人；读清书太监十二人；乾清宫首领两人，太监八人；日精门首领两人，太监七人；月华门首领两人，太监八人；内左门首领两人，太监十四人；内右门首领两人，太监十二人；景和门首领两人，太监八人；隆福门首领两人，太监七人；基化门首领两人，太监十二人；端则门首领两人，太监九人；昭华门首领两人，太监十二人；近光右门太监七人；养心殿首领两人，太监二十人，打扫首领二人，打扫太监十二人；箭匠太监五人；按摩太监五人；铁匠太监两人；学西洋医太监两人；画匠太监一人；鸟舱太监十人；养心露房太监三人；裱房首领一人，太监十人；大殿鹰上首领两人，太监二十四人；大小狗房首领两人，太监三十八人；鸽子房太监五人；御花园首领三人，太监五十人；北小花园首领两人，太监十人；大穹殿首领两人，太监七人；中正殿太监十四人；钦安殿首领两人，太监三十四人；熟火房首领一人，太监十六人；柴炭所首领一人，太监二十人；烧炕所首领两人，太监十七人；兆祥所首领两人，太监十四人；书房太监六人；遇喜所首领两人，太监十三人；所内总管一人，首领九人，太监五十三人；永安亭首领三人，太监二十五人；南府西路首领三人，太监三十八人；南府中路首领三人，太监十五人；南薰殿首领一人，太监三十四人；咸安宫首领两人，太监四十人；慈宁宫佛堂首领两人，太监八人；喇嘛首领两人，太监三十人；讽经首领两人，太监十六人；管门首领两人，太监十四人；花园首领两人，太监四人；打扫首领两人，打扫太监十二人；宁寿宫首领两人，太监十人；毓庆宫殿上首领四人，太监六十人；鹰上首领一人，太监十五人；门上首领一人，太监十一人；狗房首领一人，太监三十人；执事首领两人，太监十八人；茶房首领两人，太监二十二人；鸟枪太监五人，打扫首领一人，太监二十人；睿前太监一百人；阿哥下太监一百人；阿哥下太监一百〇二人；阿哥下太监六十八人；阿哥下太监八十人；东库房阿哥下太监六人；西库房阿哥下太监四人。”刘总管说得天花乱坠，庄洵听得头昏颠倒。待他说完了以后，庄洵便求着刘总管道：“宫内既用这许多太监，谅来也不多我一个，求二哥帮我的忙，把我也携带进宫去当一名太监，省得在外面挨冻受饿。”这刘总管听了他的话，不禁拍案大笑起来，说道：“俺的庄大哥，你怎么这样糊涂！这割鸡巴不是玩儿事体呢。你这样年纪，怕不要送掉了性命；你既要谋事，咱这里每年备办龙衣袍褂和江南织造衙来往的信札很多，大哥不嫌委屈，便屈就了这个差使罢。”庄洵听了他的话，急忙称谢。从此以后，庄洵便当了刘总管的书记，凡是和各省官府来往的私信，都是庄洵代写。

庄洵得了刘总管的照应，他光景慢慢地舒齐起来。只是常常听刘总管说起宫中如何华丽，如何好玩；他常常对刘总管说，要他带进宫去游玩。刘总管也答应他有机会也便带他进去。隔了几天，那江南织造的龙衣已经送到，刘总管带领十八个太监出去，向内务府衙门去领龙衣，把庄洵也改扮作太监模样，挂上腰牌，混在十八个太监里面，一般手中捧着黄缎衣包，一串儿走进乾清门去。一走进门，只见宫墙巍峨，殿角森严；一色黄瓦，画栋飞檐，把个庄洵看得头昏眼耀。走进乾清门，便是乾清宫：走进宫门，东向有一座门楼，上面挂着“弘德殿”匾额，西向一座门楼，上面挂着“昭仁殿”匾额。北向大门西旁，东面的上面写着“东书房”，西面的上面写着“西书房”；里面隐隐有戴大帽穿朝靴的人，踱来踱去。三五个太监在门外站着，见刘总管走来，都向他笑笑点点头儿。绕过西书房墙后，有一溜精室，上面写着“南书房”；里面有人说话的声音。他们沿着西廊走去，望着那北廊，也有几间屋子，上面挂着“繙书房”的匾额。刘太监领着，穿进月洞门，见有三间下屋；刘总管叫人把庄洵手中的衣包接过来，叮嘱他在下屋里静悄悄地候着。庄洵走进屋子去，靠窗坐下，隔着窗缝儿望出来，只见那太监三五成群的，都向他窗外走过。也有急匆匆走去的，也有两三人拉着手儿慢慢地踱着，低低地说着话的，也有手中拿着小盒儿的。来来去去，十分热闹。但是大家静悄悄的，却没有一个敢高声说笑的。庄洵正看得出神，忽觉身后有人伸手在他肩头轻轻地拍了一下，庄洵急回头看时，原来是刘总管。只见他空着手，知道他事体已了，便跟着他走出下屋；走过月华门，对面一座大殿，上写着“懋勤殿”。殿中设着宝座围屏，十分庄严；又绕出乾清宫，对面也有一座大宫殿，挂着绣帘，上面挂“坤宁宫”匾额。东廊有一座东暖殿，西廊有一座西暖殿。坤宁宫直北有一座钦安殿，绕过钦安殿，便是御花园神武门；他们暂不进门，向东绕出去。先走过钟粹宫，接着穿过长春宫、景仁宫、景阳宫、承乾宫、延禧宫，依旧到了昭仁殿；刘总管领着庄洵，又从弘德殿绕进去，先走过翊坤宫，接着永和宫、咸福宫、永寿宫、启祥宫、储秀宫。一座一座宫殿玩过去，只觉得金碧辉煌，庄严华贵，庄洵嘴里不住的啧啧称羡。刘总管忙摇着手叫他不许声张，这时正是午后休息的时候，沿路遇殿游玩过了，便走进神武门，到了御花园里；只见亭台掩映，花木扶疏，一声声鸟鸣，传入耳中，十分清脆。真是五步一楼，十步一阁；正走到万花深处，只听得后面一个小太监，一边追着，一边唤着：“刘总管，张总管找你老说句话呢。”刘总管听了，忙站住脚，又指点着庄洵向前走去：“穿过林子，前面一座四面厅，你在厅里坐着候我，我去去便来。”说着，丢下庄洵去了。

这庄洵慢慢地向前走着，走出花丛，果然见一座大厅屋，四面落地琉璃窗，围栏曲折，走廊下供着许多盆花。走进屋去，四壁字画，十分幽雅。庄洵到底是一个读书人，见了字画，便十分心爱，一幅一幅的看过去；正看得出神的时候，忽听得远远的“唵唵”几声喝道。庄洵在屋内隔窗望去，见一肩暖轿，几个内监抬着，轿中坐着一位十分威武的男子，从花间走来。庄洵知道皇上驾到，慌得他两条腿索索的抖动，要藏躲也无藏躲处；一眼见屋中摆着一架炕榻，庄洵也顾不得了，便一蹲身爬进炕榻下去躲着。侧着耳朵往外听时，只听得一阵“橐橐”的靴脚声，走进屋来，一个人向炕榻上一坐；满屋子静悄悄的，只听得衣裳悉索的声音。停了一回，忽听得炕上那人开口道：“把他带上来！”那说话的声音，十分洪亮。接着便有几个人出去，只听得一阵铁索声，带进三个人来，当地跪倒。内中有一个人，十分倔强。左右侍卫喝他跪下，他也不肯跪，大声嚷道：“胤祯！你好狠心。俺和你一般的骨肉弟兄，你如今硬霸占了皇帝的位置，且不去说他；便是俺弟兄的性命，你也不肯饶放，苦苦的要谋害我们。我问你，那胤禩和胤禟两位哥哥，有什么罪？你却唤他猪狗，又把他监禁起来。便是俺胤禵自从父皇在世，便带着兵马，南征北讨，替国家立了许多功劳；到如今虽不想论功行赏，也不到得犯这监禁的罪名。老实说，你现在这皇位原是俺的；如今把你夺了去，俺也不稀罕。你打通了国舅隆科多，悄悄地把遗诏上‘传位十四皇子’一句改做‘传位于四皇子’，打量你这鬼鬼祟祟的行为，俺不知道吗？哼哼，胤祯，照你这种狼心狗肺，将来也不得好死呢。”炕上坐着那人，被他骂得火星直冒，喝一声：“不必多说，赶快给他们花了灰！”只听得左右答应一声，好似拿席子一般的东西，铺在地下，卷过又放，放过又卷；隔了半天，只听得侍卫们报道：“三位亲王都化灰了！”那炕上的人冷笑几声，站起身来，接着那内监们又是“唵唵”几声，喝着道一拥去了。把个庄洵吓得躲在榻下，只是发怔；后来那刘总管走来，悄悄地从炕床下面拖他出来，见他瞪着两眼，嘴里不住地说：“吓死我也！”刘总管送他回到客店里，他依旧不住嘴地说“吓死我也”。从此以后，这庄洵便害了疯病，见了人便说“吓死我也”。刘总管也来看望他几次，也替他请大夫诊脉服药，宛似石上浇水，病依旧是个不好。刘总管无法可想，只得打发一个人送他回家去；可怜庄洵这一病，直病到第十五年上，才略略清醒过来。那时雍正皇帝已死，他才敢把当时这番情形告诉给外人知道。

这位雍正爷只因康熙皇帝过于宽大，才放出这番狠心辣手来收拾诸皇子和各亲贵。他手下的同党又多，耳目又远，便是雍正皇帝自己也常常改扮剑客模样，亲自出来私行察访。任凭你在深房密室里，倘然你有半句诽谤皇帝的话，立刻叫你脑袋搬家。他自从收得血滴子以后，又得了国师传授他的喇嘛咒语；他要杀人也不用亲自动手，只叫念动咒语，那血滴子自能飞去取人首级。讲到这血滴子的模样，是精铁造成的一个圆球，里面藏着十数柄快刀，排列着和鸟翅膀一般；机栝一开，那快刀如轮子般飞也似的转着。这铁球飞近人头，便能分作两半，张开把人头罩在里面，一合，人头也不见了，这铁球也不见了。真是杀人不见血，来去无踪迹。雍正皇帝仗着这样东西，秘密杀死的人也不知道多少。讲到他侦探的本领，说出来真叫人佩服。在雍正六年的时候，这日正是正月卜五，京中大小各衙门，都清闲无事，大小官员也各各回家吃团圆酒闹元宵去了。那内阁衙门，本来没有住宿的官员，只留着四十多个供事人员，承办文书。这一晚，连那班 供事也去得干干净净，只留下一个姓蓝的在衙门里照料灯火。这姓蓝的家乡，远在浙江富阳地方。这时他独坐无聊，一抬头见天上一轮皓月，顿时想起家来；便去买了三斤绍兴酒，切了一盘牛肉，在大院子里对月独斟。想起自己离家八年，在内阁衙门谨慎办事，依旧是一个穷供事，便不觉发了三声长叹。正气闷的时候，忽然他身后悄悄地走过一个大汉来，身材十分高大，面貌十分威武，穿着一身黑袍褂，脚登快靴。这姓蓝的认作是本衙门的守卫，当下便邀他在对面坐下，又送过一杯酒去；那大汉也不客气，举起杯来一饮而尽。便问这姓蓝的姓名官衔，这姓蓝的笑说道：“那里说得上一个官字，在这里当一名供事罢了。”问他：“掌管什么的？”说：“专管收发公文的。”问：“同事有多少？”说：“有四十六人。”问：“他们到什么地方去了？”说：“出去看热闹去了。”问：“你为什么不去？”说：“当今皇上，对于公事十分严紧，倘都玩去，万一有事，谁担这干系呢？”大汉听了，说了一声“好！”接着又喝了一杯酒。又问道：“你在这里几年了？”回说：“已有八年了。"问:"薪水多少?"回说:"二百两银子一年。"又问:"你可想做官吗?"回说:"怎么不想?只是没有这个福分罢了!"问:"你想做什么官?"那姓蓝的听到这里,不觉捋一捋袖子,伸手在桌上一拍,说道:"大官俺也不想,俺只想做一个广东的河泊所官。"问:"河泊所官有何好处?"姓蓝的说道:"做河泊所官,单讲俸禄,每年也有五百两银子;便是平日那进出口船只的孝敬,也不少呢。"那大汉听了,也不说什么,站起来告辞去了。第二天,圣旨下来,着调内阁供事蓝立忠任广东河泊所官。这样一个芝麻般大小的官员,也要劳动皇上特降圣旨;满朝文武,都觉得十分诧异。这件事只有蓝立忠一个人肚子里明白。可笑他是特奉圣旨到任的河泊所官,便有许多同寅来趋奉他。欲知后事如何,且听下回分解。

美人薄命,名士坎坷,古今一例;而名士每爱美人,美人恒遇名士。因之坎坷者愈坎坷,薄命者愈薄命;造化弄人,故使缺憾。不然者,美人名士,一双两好,使长此圆满,岂不占尽人间幸福耶?若小燕者,名花堕溷,辗转火坑;幸遇豪客,一掷万金,几疑其破千古美人薄命之例矣。然而郎君一去,永为别鹄;薄命者终于薄命,可胜浩叹!彼豪客者,左挹黄金,右拥美人,虽终老是乡,亦无不可。然富贵之念不死,宜以此丧其生也。

以三千阉宦,环侍一尊;皇室之奢,于此可见。然自古宫竖弄权,倾覆宗庙,亦于以阶之厉。盖聚此数千无学无识之徒,又益以数千饱餍无事之宫女;阴恶相济,乘隙而发。此侍宦之祸所以史不绝书也。从此虽无侍宦,然而群小窃权,不可不防。

孔曰仁义,耶曰博爱,吾谓此皆伪也;人类涉世,皆为仇敌。盖生存竞争,自然之理;世间多生一人,即社会多一与吾争食之人。分吾之食,乌得而不仇?矧帝王之家,定于一尊;有己无人,有人无己。此无怪胤祯弟兄之互相仇杀矣。

第三十四回　牛鬼蛇神雍和宫　莺燕叱咤将军帐

却说雍正皇帝侦探的手段，十分厉害。那时有一位大臣，名叫王云锦，是新科状元，雍正皇帝十分看重他；满朝官员见他是皇帝重用的人，便个个去趋奉他。每日朝罢回来，他家里总是车马盈门。这位王状元别种玩儿他都不爱，只爱打纸牌；他在家里，一空下来，便拉着几个同僚在书房里打纸牌。有一次，他成了一副极大的牌，正摊在桌面上算账，忽然一阵风来，把纸牌刮在地下。大家去拾起来，一查点，缺了一张纸牌。王状元也并不在意，便吩咐家人另换一副纸牌重打。到了第二天，王云锦上朝，雍正皇帝问道："昨天在家里做何消遣？"王状元老老实实回奏说："在家里打纸牌玩儿。"皇帝听了，笑笑说道："王云锦却不欺朕。"接着又问道："朕听说你成了一副大牌，被大风刮去了一张，你心中很不高兴。今天可还能找到那一张牌吗？"王云锦听了，心中十分害怕，只得碰着头说道："圣天子明鉴万里，风刮去的那一张牌，臣到今天还不曾找到。"雍正皇帝便从龙案上丢下一张纸牌来，说道："王云锦，看可是这一张牌？"那王云锦一看，正是昨天失去的那张纸牌。他忙碰着头说"是"。皇帝笑说道："如今朕替你找来了，快回家成局去吧！"说着，便站起来退朝。从此以后，那班官员，十分害怕雍正皇帝，便是在私室里，也绝不敢提起朝政。

雍正皇帝到这时，才得高枕无忧；每天在宫里和那妃嫔宫女调笑寻乐。这时他早把那贵佐领的女儿升做贵妃，另外又封了四个平日所宠爱的为贵妃。只有那贵贵妃最是得宠，朝晚和他在一处说笑。这位贵贵妃又有特别的动人处，他每展眉一笑，双眼微斜，真叫人失了魂魄。他身上软绵丰厚，叫人节骨十分舒畅；因此皇帝天天舍不得他，称他温柔仙子。那大喇嘛打听得天子爱好风流，便打发喇嘛送一瓶阿肌苏丸去。这阿肌苏丸，原是媚药。若服一二丸，便可；倘然多吃了，便要发狂。那大阿哥胤礽，便是误服了阿肌苏丸，直疯狂到死。皇帝得了喇嘛送他的丸药，便越发快乐；真可以称得当者披靡，所向无敌。皇帝行乐之余，越发感念那大喇嘛。这大喇嘛曾经帮着皇帝谋夺皇位，原是有功人物，因此常常召喇嘛进宫来谈笑饮食，赏赐珍宝，喇嘛又传授他许多秘术。皇帝便下旨替大喇嘛另建一座宫殿。宫中原有一座喇嘛庙，在西山上，如今皇帝吩咐在皇宫后面，另造一处宫殿，以便朝夕往来。那内务府奉了圣旨，便召集京中巧匠，派内监到江南去采办木料。雍正皇帝为了这件事体，特派一个喇嘛充钦差大臣。这钦差大臣到了江南，十分骚扰，沿途勒索孝敬；又挑选良家妇女进去供他的淫乐。还有一班蠢男人，特意把自己的妻女送进喇嘛行辕去伴宿，说得了喇嘛的好处，便可以长生不老。这个风声一传出去，一传十，十传百，许多妇女，都来自献，弄得这喇嘛应接不暇，后来索性定出规矩来，凡官家女眷的见大喇嘛的，须先送贽见礼，少则一百两，多则一千两。江南地方，被他搅得污秽不堪。直到第二年才回京去，集了五六百名工匠，造了三年工夫，才把一座喇嘛宫殿造成。开殿的第一天，便由大喇嘛收皇帝为弟子，封他为曼殊师利太皇帝。当时大喇嘛陪着皇帝去游殿，殿中供着欢喜佛，一个个都塑得活泼玲珑，奇形怪状，妖态百出。里面又有鬼神殿，中间供着丈二长的恶魔，塑着人的身体，狗的脸，面头上长两条角，抱着一个美貌女神，做狎媟的样子，这恶魔脚下踏着许多裸体的女人。雍正皇帝看了，心下十分快乐，便把这座宫殿称作雍和宫，是说雍正皇帝皈依喇嘛教的意思。同时京城内外敕建的喇嘛寺，触目皆是。那班喇嘛便横行不法，一个个都做起官来。这时京城里有一句童谣，称作"在京和尚出京官"。在皇帝的意思，也是借此报答大喇嘛从前拥立的大功。

但是那时有推戴大功的，除大喇嘛和国舅隆科多以外，还有鄂尔泰和张廷玉两人。皇帝便下旨，着海望为鄂尔泰在大市街北建宅，宅中应有陈设，都由官家赏赐。据说这一座赐第，整整化了四百万银子；又封鄂尔泰为文端公，便是那张廷玉，也封他文和公，拜为首相。军国大事，凡有张廷玉说的话，皇上无有不依。从他死后，又拿他的神主配享太庙，这个恩宠，也算到了极点。当时除鄂尔泰、张廷玉两人以外，还有一个年羹尧，也是皇帝极敬重的。到第二年上，年羹尧和岳钟琪平完青海、西藏，皇上下旨，封年羹尧一等公，年羹尧的父亲年遐龄，也封一等公，又加太傅衔；岳钟琪封三等公，又授年羹尧为陕甘总督，先行班师，再去到任。那年羹尧得了圣旨，一路上耀武扬威冲州撞县的班师回京；沿路的州县官，在他马前马后迎来送去，在年大将军眼中，看得和脚底下的泥一般。便是那各省的官员，文自巡抚以下，武自将军以下，谁不见他害怕？倘然有一言半语得罪了大将军，只叫大将军瞪一瞪白眼，便吓得他们屁滚尿流。他们怕虽怕，他心中却个个含恨；一有机会，便要报仇。年羹尧手下有一个心腹中军官，姓陆，名虎臣，他见大将军作威作福，难免招怨惹祸，便在无人的时候，去见年大将军，劝大将军诸事敛迹，免招物议。这时年羹尧三杯酒在肚里，听了陆虎臣的话，不觉恼羞成怒，顿时拍案大骂，说："俺如今替皇上家打下江山，便是天子见了俺也要畏惧三分；你是什么东西？胆敢诽谤俺家。"喝一声："斩！"便有帐下的刀斧手，上前来绑住，推出辕门去。也是陆虎臣的命不该绝，那刀斧手正要行刑，恰巧遇到岳钟琪进账来。陆虎臣忙喊："岳将军救我！"岳钟琪问明白了来由，一面忙止住刀斧手，一面急急进帐去替他讨情。平日年大将军的军令，没有人敢拦阻的；只有这岳钟琪，是年大将军平日所敬重的人，总算看在岳将军面上，饶他一死。这时军队前锋已到了卢沟桥，便罚陆虎臣在桥下做一个更夫。年岳两将军带领大队人马，直向京城奔来。

消息报到宫里，雍正皇帝下旨，命年大将军兵马暂驻扎城外，皇上要出城来亲自劳军。这时正是六月大热天，雍正皇帝摆动銮驾，迎出城来。一路在毒日头下走着，皇帝虽坐在銮舆里，却热得一把一把汗淌个不住。一出城门，皇帝又弃轿乘马，在马上头顶着太阳光，越发热得利害。看看左右侍卫，却个个热得汗流浃背，又不敢挥扇。好不容易，走到前面大树林子里林子下面，张着黄缎子的行帐，中央设着皇帝的宝座，雍正皇帝下马来就座。太监们上来打扇的打扇，递手巾的递手巾，献凉茶的献凉茶。一会儿听得远远的军号响，知道年大将军到了。皇帝踱出帐去，骑在马背上候着。只见前面旌旗对对，刃戟森森，在日光下一队一队地走着，静悄悄的鸦雀无声。那兵士们脸上的汗珠，和雨一般淌着，却没有人敢拿手抹一抹的。一队队前锋队走到皇帝跟前，行过军礼，向左右分开；中间现出一面大势旗来，上面绣着一个大"年"字。只见年大将军顶盔贯甲，立马在门旗下。这边皇帝两旁文自尚书侍郎以下，武自九门提督以下，都按品穿着蟒袍箭衣，却个个热得汗透重衣。那年大将军和岳将军，一见了皇上的御驾，忙滚鞍下马，匍匐在地，行过大礼。接着那总兵、提镇、协镇、都统等一班武官，一个个上来朝见。皇帝吩咐赐宴，年大将军跟着皇上走进行帐去，一同座席，那班王公、大学士、贝勒、贝子，在左右陪宴。九门提督、兵部尚书和一班在京的武官，陪着岳钟琪及一班出征的官员，在帐外座席。一时觥筹交错，君臣同乐。皇帝在席间，又谈起处死胤禩、胤禟的事体，年羹尧听了，不觉打了一个寒噤，嘴里虽不说，心中却想到好一个阴狠的皇帝，我以后却要留心一二。接着皇帝又问起："那班出征的英雄好汉，却如何了？"年大将军回奏："臣奉了皇上的密旨，到青海、西藏，掳得敌将的妻女，选那美貌的，都赏给他们做了妻子；便是那罗卜的母妹，臣也做主，赏了那管血滴子做了妻妾。如今他们个个被美色迷住了，却愿意老死在那地方，不愿再回京来了。"雍正皇帝听了，笑道："国舅妙算，人不可及！"说话时候，酒已吃完，年羹尧起来告辞，说道："微臣军务在身，不敢久留。"雍正皇帝格外殷勤，亲自送出帐来。一抬头见那班兵士，依然甲胄重重，直立在太阳光下面，那脸上被日光晒得油滑光亮，却不敢动一动。皇帝看了，心中有些不忍，便对内监说道："传谕下去，叫他们快卸了甲罢。"那内监忙出去，高声叫道："皇上有旨，兵士们卸甲。"谁知那太监连喊了三回,那班兵士们好似不曾听得一般,依旧站着不动。那太监没奈何,只得回来奏明皇帝。这时年羹尧正和皇帝说着话,也不曾留心皇帝传谕;后来雍正皇帝听了太监的话,知道自己的圣旨不中用,便对年羹尧说道:"天气太热,大将军可传令叫兵士们卸了甲罢。"那年羹尧听了,忙从袖里掏出一角小红旗来,只一闪,只听得哗啦啦一阵响,那三万人马,一齐卸下甲来;一片平阳上,那盔甲顿时堆积如山。雍正皇帝看了,不觉心中一跳,他想这还了得,他倘然一旦变起心来,朕的性命,岂不是在他手掌之中吗?皇帝心中十分懊恼,年羹尧心中却十分得意。他奏说道:"军中只知有军令,不知有皇命。还请陛下明鉴。"皇帝听了这个话,心中越发不快,便也不作声。年羹尧看看皇上的脸色不对,心中已有几分明白,忙告辞回营。

从此以后,雍正皇帝看待年羹尧,外面礼貌虽格外隆重,暗地里却步步留心,替年大将军在京里收拾一座高大的府第,却派着许多侦探在大将军府中监察着。看看假期已满,年羹尧便辞别皇上,回陕甘总督任去,一路自有地方官照料。内中有几个皇帝派去的侦探,也添在他随从人员里,直到陕甘任所。以后年大将军一举一动,都有人报到京里,那年大将军却睡在鼓里。他自己仗着是拥戴功臣,新近又打平了青海,在陕甘一带地方,天高皇帝远,渐渐有点胡作妄为起来。前面已经说过,年羹尧精力过人,他每晚睡觉,必定要有五六个粗壮蛮女,轮流伺候他。倘然没有大力的女人,休想安睡。你想天下的美人,总是娇嫩的多,如何经得起他的蹂躏?因此他也不爱那些杨柳似的女人,在外面虽一般也有三妻四妾,个个长得长眉侵鬓,粉脸凝脂,在年大将军眼里,都拿他们当画里真真看,好看不中吃的。他无论出征进京,他行辕中总藏着十个村妇,挨班儿服侍他。直到他做陕甘总督,年纪也大了,精力也衰了,才慢慢地和这班美人儿厮混起来。但是这时候,那班美人,年纪都在三十左右,年大将军看看他们妙年已过,便有点厌恶起来。却打发他的手下人,在青海、西藏一带,搜寻年轻的回妇。说也奇怪,那班回妇,却长得美貌的多。不上半年,已搜得了十多个妙龄的少妇。年大将军天天和这班回妇寻欢作乐,倒也十分快活。

到第二年上,年大将军带了大队兵马,到陕甘青藏一带地方出巡去。看看到了西宁地方,便有一位藏古贝勒名叫七信的出来迎接。年大将军有一个极坏的脾气,他到了一个地方官衙门里,非但要地方官出来迎接,连那地方官的妻子、姊妹、女儿,都要叫他出来迎接。他见了略平头整脸的,便和他调笑一番,寻寻开心。那地方官忍辱含垢,敢怒而不敢言。如今他到了西宁地方,自然有一班官员和官员的眷属出来迎接。别的女人倒也平常,独有那七信的女儿,名叫佳特格格的,却长得天仙也似的面貌。看他又妩媚又华贵,年大将军不觉动了心,夜里便安榻在七信贝勒府里。睡到半夜里,他实在想这位美人想得厉害,便唤一个心腹小僮进来,命他拿着军令,到内院去传佳特格格来侍寝。那佳特格格见了军令,一半有些害怕,一半也有些羡慕大将军的威势,便悄悄地跟着那僮儿到外院去伴着年大将军宿。一宵风流,他两人便万分恩爱。第二天七信贝勒知道这件事,见木已成舟,且也怕年大将军的势力,便也把这位掌上明珠送给了年羹尧。年羹尧得了这位美人,便十分宠爱起来,一路出巡，都带着这位美人睡在帐中，把那班回妇却丢在脑后。他因为要卖弄自己的势力，又要讨好这位美人，便传下将令去，着军门提督富玉山，在他帐外吹角守夜。你想堂堂一位提督，如今替年羹尧打更守夜，未免太下不过去；但是害怕他的威力，也是无可如何。年羹尧夜夜同着佳特格格睡在帐中，耳中只听得帐门外“呜呜”一声高一声低地吹着角，心中觉得十分适意。夜夜这般吹着，那佳特格格便问：“谁在外面吹着角儿？”年羹尧听了，把格格的腰手儿向怀中一拉，笑说道：“因为格格睡在里面，我便吩咐提督在外面把门。”那格格听了，把小嘴儿一撅，说道：“俺不信！哪有做到提督大人肯替将军把门的？”年羹尧说道：“你若不信，俺可以立刻唤他进来给你看。”说着，便吩咐僮儿：“把富提督唤进来。”那僮儿便出帐去，停了一回，领进一个人来，年羹尧一看，不是那提督富玉山，却是那富玉山手下的一个参将。年羹尧问：“富提督到什么地方去了？”那参将知道事情不妙，忙跪下来说道：“富提督因有要事，回帐去一趟，且唤卑职暂时替代。”那年羹尧听了，冷笑了一声，说道：“好一个大胆的富玉山，他敢不守军令，给我一齐砍了！”这句话一出口，便有刀斧手进来，把这个参将揪出营去，停了一回，便送进两颗头来：一个是提督，一个是参将。年羹尧吩咐拿出去号令。

自从年羹尧杀了这个提督以后，他手下的兵心，却渐渐有点不服起来。但年羹尧却睡在鼓里，依旧是作威作福。这时他已经出巡回来，住在总督衙门里。他大儿子年斌，已封了子爵，第二个儿子年富，也封了一等男爵，都带着兵马，驻扎在外面。年斌打听得父亲杀了富提督，擅作威福，心下大不以为然，便特意进省来拜见父亲，说：“俺们父子全仗军心，军心一散，万分危险；如今父亲杀了没有罪的富提督，实在叫兵士们寒心的。”那年斌话没有说完，年羹尧早已大怒，喝一声：“孽畜！你敢是煽动部下来谋害你父亲吗？俺如今先杀了你！”接着喝一声：“绑出去！”便有四个如狼似虎的家将，进来把年斌绑住。这时年斌的妻子于夫人，正在屏后偷听；见公公要杀她的丈夫，如何不急，忙赶到内院去，跪倒在他婆婆跟前，求他快快去救丈夫的性命。他婆婆陈夫人，只生得年斌一个儿子，听了如何不急；但他老夫妻两人，早已没有恩情，量来自己去求情，是不中的，便想起他家中的教书先生王涵春，是年羹尧十分敬重的人，凡是王先生的话，年羹尧没有不依的。当下她婆媳二人，便站起身来，扶着随身丫鬟，急匆匆地从大厅后面绕过西书房去。这时王涵春正教年羹尧的小公子名叫年成的在书房中对课，忽然看见她婆媳两人满面泪痕，急匆匆地走来，跨进书房，便双双跪倒，不住地求着王先生去救年斌的性命。王先生一时摸不着头脑，还是于夫人约略说了几句；王涵春听了，拔起脚来便走。赶到大厅上，只见那大公子正被四个家将押着，垂头丧气的出去。王涵春忙上去拦住了，一面走进大厅去，见年羹尧气愤愤的坐在上面。他一见了王涵春，却又满面堆下笑来，起身迎接。王涵春坐下来，先说了些闲话，再慢慢谈起年斌的事。王先生用极和顺的口气，反复劝说了一番，又说：“大公子是一位孝子，他怕大将军中了部下的暗算，才敢直言进谏。”那年羹尧平日原是十分相信这位王先生的，如今被他再三劝说了一番，便不觉恍然大悟，忙传下令去，叫把大公子放了。那年斌进来，谢了父亲的恩典，退进后院，拜见母亲去了。这里年羹尧吩咐摆上酒菜来，宾主二人，开怀畅饮。

看官，你知道年羹尧这样一个天不怕地不怕的人，为何却敬重这位教读老夫子？原来这里边却有一个缘由，这个缘由说起来话长。那时年羹尧的父亲年遐龄，空有万般家财，在三十岁上，生了一个大儿子，名希尧；看看自己到了四十岁还不曾生第二个儿子，心中十分懊恼。后来他夫人在三十八岁上，又得了一胎，生下一个年羹尧来，把个年遐龄快活得把个年羹尧宠上天去。看看到了八岁年纪，还不曾上学，年遐龄便去请一位饱学先生来给他上学。谁知年羹尧自小生性粗蛮，也不愿读书，见了先生，开口便骂；那先生生气，便辞馆回去。一连换了五六个师傅，他总是不肯读书。他年纪慢慢地长大起来，又天生的一副铜筋铁骨，他后来不但见了先生要骂，且还要打呢。那许多先生，个个被他气走；从此以后，吓得没有人敢上门来做他的先生。那年羹尧见没有先生，乐得放胆游玩，这几年被他在府中翻江倒海地玩耍，险些不曾把家中的房屋拉坍。看看已到十二岁了，还是一个大字也不识，年遐龄心中十分烦闷。有一天，他带着儿子在门外闲玩，忽然一个走方郎中，摇着串铃儿踱来。走到年家门口，向年羹尧脸上仔细一看，说道："好一位大将军！"不知这个走方郎中以后和年家有什么关系，且听下回分解。

雍和宫欢喜佛，为请室污物，亦为藏僧绝技。清廷尊重喇嘛，亦为帝王羁縻远人之深意。但彼所谓国师者，徒以左道惑人，并无才识之可言。杂居宫廷，宜其诲淫藏奸。彼时藏人愚陋，惕于喇嘛之淫威；吾人怀柔喇嘛，即所以怀柔藏人。今则藏人智识渐高，彼喇嘛者，亦等于陈猫古鼠矣。"万恶淫为首，"此古语也。然吾以为淫非恶也，日相伊藤博文之淫，清将年羹尧之淫，均不失为一时俊杰。盖淫为生理之畸病，如胃量特大之多食；如指淫为恶，则亦将指多食者为恶乎？然淫人者，须择其可淫者而淫之；若破人贞节，出于强迫，则为奸人之大恶也。

功高震主，人君所忌。彼年羹尧一武夫，何以解此？宜其得杀身之祸！自古忠臣如萧、韩，俱遭走狗之烹。盖人君而不俱此辣手，其何以御众？彼误谈忠臣之义者，鉴于此，可以翻然改图矣。

第三十五回　鸟尽弓藏将军灭族　妻离子散国舅遭殃

却说这位走方郎中,原是有本领的,当时他看定十二岁的小孩子,将来有大将军之命。年遐龄还不十分相信,那走方郎中又仔细一看,连连说道:"险啊! 将来光大门楣也是他,险遭灭门大祸也是他;须要多读些诗书,才可免得这祸事。"年遐龄听说提起他儿子读书的事体,便打动了他的心事。叹了一口气说道:"这孩子便坏在不肯读书!"那郎中说道:"老先生倘然信托晚生,包在晚生身上,教导他成个文武全才。"年遐龄听他说话有几分来历,便邀他进府去暂住一宵。那郎中把自己的来历和教导年羹尧的法子,细说一番,说得年遐龄十分佩服。到了第二天,便要请他做先生。这郎中说道:"且慢,老先生且拿出二万银子来,交给晚生,晚生自有办法。"年遐龄听了,毫不迟疑,便立刻拿出一扣钱庄折子来,交给先生,任凭先生用去。从此以后,合家上下,都称他先生。

那先生拿了银钱,依旧不管教年羹尧;只是在年府后面买了一方空地,雇了许多工匠,立刻盖造起一座花园来。楼台曲折,花木重重,中间又造一座精美的书室;直到残冬,才把一座花园造成。四周高高的打一重围墙,独留着西南方一个缺口。先生便拣定明年正月十六日,为年羹尧上学的好日子。到了那日,年遐龄便备办下酒席,请了许多亲友来陪先生吃酒;吃完了酒,年遐龄亲自送年羹尧上学去。他向先生作了三个揖,说了种种拜托的话,转身便走;先生把年遐龄送出了那围墙的缺口,吩咐工匠,把那缺口堵塞起来,只留一个小小窗洞,为递送茶水之用。那年羹尧住在围墙里面,只因花园盖造得曲折富丽,一天到晚玩着,却也不觉得气闷。那先生坐在书房里终日手不释卷,也不问年羹尧的功课。年羹尧也乐得自由自在,在花园中游来玩去。他自从到了花园里,从不曾踏进书房一步,也从不曾和先生交谈一句。他高兴起来,便脱下衣裤,跳下池中去游一回水;有时爬到树上去捉雀儿。春天放风筝,夏天钓鱼,秋天捉蟋蟀,冬天扑雪,一年四季,尽有他消遣的事体。有时玩厌了,便搬些泥土,拔些花草,也是好的。他在花园里,足足玩了一年;好好一座花园,被他弄得墙坍壁倒,花谢水干,甚至于那墙角石根,都被他弄得断碎剥落。只有那先生住的一间书房,却不曾进去过。便是那先生眼看着年羹尧翻江到海,他也不哼一声儿。后来年羹尧实在玩得腻烦了,便进书房去恶狠狠地对先生喝道:"快替俺开一个门儿,俺要出去了!"先生冷冷地说道:"这园中没有门的,你倘要出去,须从墙上跳出去。"年羹尧见不给他开门,便擎着小拳头向先生面门上打去,只见那先生双眼一瞪,伸手把他臂膀接住,年羹尧不觉"啊唷"连声。先生喝他跪下,他怕痛,不得不跪下。先生放了手,他一溜烟逃出房门去,一连几十天,不敢踏进书房去。看看又到了秋天,景象萧索,年羹尧也实在玩不出新鲜花样来了,便悄悄地走进书房去;只见先生低着头在那里看书,他去站在书桌边默默地看了半天,忽然说道:"这样大一座园子,也被俺玩厌了;他这小小一本书,朝看到夜,夜看到朝,有什么好玩?"那先生听了,呵呵笑道:"小孩子,懂得什么? 这书里面有比园子几千百倍大的影子,终生终世也玩不完,可惜你不懂得。"年羹尧听了,把颈子一歪,说道:"俺却不信,你且说给我听听,怎么的好玩法?"那先生听了,摇着头说道:"你先生也不拜,便说给你听,没有这样容易。"那年羹尧听了,把双眉一竖,桌子一拍,说道:"拜什么鸟先生! 俺也不稀罕!"说着,他一甩手出去了。这先生也任他去,不去睬他。又过了十多天,年羹尧实在忍耐不住了,便走进书房来,一纳头便拜,说道:"先生教给我吧!"先生这才扶他起来,唤他坐下。第一部便讲《水浒》给他听,把个年羹尧听得手舞足蹈;接着又讲《三国志》《岳传》和古往今来英雄的事迹,侠客的传记。接着又讲兵书、史记、经书,以及各种学问的专书;空下来教他下大旗、射箭、投壶。后来慢慢地把十八般武艺,件件精通;又教他出兵行阵的法子,飞檐走壁的技能。足足八年工夫,教成一个文武全才。他先生便叫年羹尧自己打开围墙出去,拜见父亲。那年遐龄八年工夫不见他儿子,如今见他出落得一表人才,学成文武技能,如何不喜,忙去拜谢先生。那先生拱一拱手,告辞去了,任你年遐龄父子再三挽留,也留他不住。他临走的时候,只吩咐了年羹尧"急流勇退"四个字。

年羹尧如今富贵已极,却时时感念他的先生!因此他如今也十分敬重这位王先生。这位王涵春,虽敌不得年羹尧的先生文武通才;他在年大将军家里,却也十分忠心。便是年大将军也十分信托他。他除教小公子读书以外,兼管着年家的家务;年大将军没事的时候,也常常找王先生说话去。这王先生是一位仁厚的长者,他见年大将军杀人太多,心中万分不忍;只因年大将军性如烈火,也不好劝得。年家有两个厨子,一个丫鬟,为王先生送去性命,这是王先生一生一世不忘记的。他在临睡的时候,总要念几卷《金刚经》,超度他们;这件功课,他到老也不肯间断。第一个厨子姓胡,在年大将军家里当厨子,已有四年了。有一天,年大将军请客吃酒,有一样菜,名叫鼋裙,是年大将军特意点做的。这时王涵春坐在第一位,家奴送上一大碗鼋裙来;王涵春不知是什么菜,问时,年大将军解说,是鼋鱼背上四边的肉,称作鼋裙。说着,举起箸来逊客。王涵春夹一块在嘴里,正吃时,年羹尧问他:"调味浓淡如何?"这时因菜太热,王涵春舌根上被菜烫得开不得口,只皱着眉心,把头略摇了一摇。年大将军看了,认作王先生嫌味儿不佳,他便回过头去,暗暗地向门外的侍卫点了一点头。停了一回,只见那侍卫手中捧着一个朱漆圆盘,盘上遮着一方红布,走进屋来,向上一跪,嘴里高声说道:"胡厨子做菜失味,如今砍下他的脑袋来了。"说着,把那红布 一揭,只见盘中搁着一颗血迹模糊的人头,把屋子的客人,吓得个个转过脸儿却不敢睁眼。王先生问:"究竟为了什么事?"年大将军说:"因见先生皱着眉头,知道味儿不佳,所以吩咐把他砍了。"那王先生听了,不觉直跳起来,连说:"罪过!"才把自己因烫嘴绉眉头的原因说了出来,那年羹尧听了,也不说什么,只是一笑罢了。

胡厨子杀死了以后,接下去的一个钱厨子,也知道从前的胡厨子因做菜失了味儿砍脑袋的,便格外小心。每天吃什么菜,先去问王师爷。这样子做了一年,倒也平安无事。这王先生是杭州人,有一天,他忽想起杭州的豆腐脑,十分有味;第二天便吩咐钱厨子,做一碗豆腐脑。年大将军和王先生是同桌吃饭的,见了这碗豆腐脑,他便勃然大怒,说:"豆腐脑是最贱的东西,如何可以这么怠慢先生?"喝一声:"砍下他的脑袋来!"吓得那王先生忙下位来拦住,说明这碗豆腐脑是自己特意要的,年羹尧才罢休。又尝尝那豆腐脑的味儿,却十分可口,便吩咐:"以后每天做一碗豆腐脑请先生吃。"这王先生天天吃着豆腐脑,也吃厌了,只是不敢说;后来那钱厨子因家中有事,告假回去,便雇用了一个新厨子,听说王师爷要吃豆腐脑,也照样做了一碗。年羹尧一尝,那豆腐又老,味儿又苦,不觉大怒,喝一声:"取下脑袋来!"王先生急要拦时,已来不及了。后来那钱厨子假满回来,依旧做一碗豆腐脑,那味儿依旧是十分鲜美。王先生诧异地很,暗地里唤厨子来问时,那钱厨子说:"每一碗豆腐脑,用一百个鲫鱼脑子和着,才有这个味儿。"那王先生听了,连声说道:"阿弥陀佛!这新厨子真死得冤枉,叫他如何知道呢?明天快把这碗菜免了罢。"

过了几天,年羹尧又想出一样新鲜小菜来,立刻请了许多宾客。那王先生依旧坐了首席,酒过数巡,只听得年大将军吩咐上菜。只见每一桌上,上间安着一个大暖锅,暖锅里煎着百沸的鸡汤鱼翅。又每人跟前,安一个五味盆,一个银锤子,一把银刀,一柄银匙;大家看了,都莫名其妙。停了一回,每人跟前搁着一个小木笼,笼里囚着一只小猴儿。那猴头伸出在笼顶外,好似戴枷一般,把猴子的颈子锁住,使他不能伸缩。年大将军先动手,举起锤子,在猴子的顶门上打一下,打成一个窟窿;把银匙探进窟窿去,挖出猴子的脑髓来,在暖锅里略温一温,便吃。吃到一半,又拿银刀削去猴子的脑盖,再挖着吃。当时许多客人,见了年羹尧的吃法，都如法炮制；一时里猴儿的惨号声，刀锤的磕碰声，客人的赞美声，诸声并作。王先生坐在上面，早已吓怔了，便推说头痛，溜回房去。那班客人吃得个个舐嘴咂舌，连称异味，年羹尧也吃得呵呵大笑。这一席酒，直吃到日落西山，杀了一百头猴子。年大将军吃得酒醉饭饱，便踱进书房来看望王先生。这时恰巧有一个丫鬟送茶给王先生，那王先生一面伸手接茶，一面起身招呼年羹尧，两面一脱手，"吆啷"一声响，一只玉杯儿打碎在地，溅得王先生一身的茶水。王先生忙拿手巾低着头抹干那茶渍，耳中只听得"飕"一声响，急抬头看时，那丫鬟的脑袋已经给年羹尧砍落在地。

王先生到这时，忍不住把年羹尧劝说一番，又说："从来说的功高震主，大将军在此地一举一动，难保没有皇上的耳目在此，大将军如今正该多行仁德，固结军心。"这王先生正说着，忽然外面送进一角文书来；年大将军看时，认得是他在京里的心腹写来的信。打开信来一看，早把个气焰万丈的年羹尧矮了半截。只听他嘴里不住地说道："休矣！休矣！"那王先生接过信来一看，也不觉愁眉双锁起来。原来年羹尧在任上的一举一动，都有侦探暗地里去报告皇帝知道，接着那都御史上奏章，狠狠地把年羹尧参奏了一本。内而六部九卿，外而巡抚将军，都软软的递着参摺；最凶的几条，说他潜谋不轨，草菅人命，占淫命妇，擅杀提督。年羹尧看了，知道自己性命不保，便连夜整理些细软，把小公子年成，托给王先生带到南方去，抚养成人，延了年家的一支血脉。这里王先生才走，那北京的圣旨已经到了。那圣旨上大概说道：

近年来年羹尧妄举胡期恒为巡抚，妄参金南瑛等员，骚扰南坪寨番民，词意支饰，含糊具奏；又将青海、蒙古饥馑隐匿不报，此等事件，不可枚举。年羹尧从前不至于此，或系自恃己功，故为怠玩；或系诛戮过多，致此昏聩。如此之人，安可仍居川陕总督之任？朕观年羹尧于兵丁尚能操练，着调补浙江杭州将军。总督印务，着奋威将军甘肃提督兼理巡抚事岳钟琪速赴西安署理。其抚远大将军印，着赍送来京；奋威将军印，如无用处，亦着赍送来京。

岳钟琪和年羹尧交情很好，得了这个信息，忙赶到西安来；一面接收年羹尧的印信，一面用好话安慰，答应他上奏章，代求保全。又拨了一百名亲兵，沿路保护着。这年羹尧和岳钟琪挥泪分别，看看到了江苏的仪征地方，这地方有水旱两条道路，从水道南下，便可直达杭州，从旱路北上，也可以直达北京。年羹尧心想皇上做郡王的时候，俺也曾出过力来；如今俺倘能进京去面求恩典，皇上看在俺拥戴的功劳上，便复了俺的原官，也不可知。想罢，便亲自动笔写奏章；里面有两句道："仪征水陆分程，臣至此静候纶音。"这不过想皇上回心转意，进京面陈的意思，谁知雍正皇帝看了这个奏章，越发触动了他的忌讳。他疑心年羹尧存心反叛，要带兵进京来逼宫。便将奏章交给吏部等衙门公阅。从来说的，墙倒众人推；况且年羹尧平日威福自擅，得罪官场的地方很多，那班官员，你也一本，我也一本，众口一辞，说年羹尧受莫大之恩，狂妄至此，种种不法，罪大恶极，请皇上乾纲独断，立将年羹尧革职，并追回从前恩赏物件。接着又有许多沿路人民，纷纷控告年羹尧，沿途骚扰；这分明是那仇家指使出来的。那雍正皇帝看了，十分震怒：一夜工夫，连下十八道谕旨，把个赫赫有名的川陕总督抚远大将军年羹尧，连降了十八级，变做一个看管杭州武林门的城门官儿。

这年羹尧到了此时，也是无可奈何，只得孤凄凄的一个人带了几名老兵，到杭州做城门官去。那做城门官的，见有官员们进出例，须衣帽接送；那武林门又系热闹的所在，每日进进出出的官儿，不知有多少。却巧这时做杭州将军的，不是别人，正是从前在年羹尧手下当过中军官几乎被他杀死后来罚他在桥下当更夫的陆虎臣。那陆虎臣钻了别人的门路，三年工夫，居然官做到提督。他听得年羹尧罚落在杭州看城门，便竭力运动去做杭州将军。这真是冤家路窄，他到任这一天，摆起全副队伍，整队进城；合城的文武官员，都在城门口迎接，独有那位城门官儿年羹尧，若无其事，自由自在，穿着袍褂，在廊下盘腿儿坐着向日光。待到那陆虎臣走到他跟前，他依旧是不理不睬。陆虎臣不觉大怒，喝一声："年羹尧！认识俺吗？为何不站起来迎接？"年羹尧听了，向他微微一笑，说道："你要我站起来吗？我却要你跪下来呢!"陆虎臣哈哈大笑道:"俺堂堂头品官儿,难道跪你这个城门官儿不成?"年羹尧说道:"虽不要你跪见城门官儿,你见了皇上,总该跪下?"陆虎臣点着头说道:"那个自然。"年羹尧不慌不忙,站起身来,说道:"陆虎臣,你看俺坐着的是什么?"陆虎臣看时,见他身下坐着的是一方康熙皇帝赏赐的旧龙垫;他怀中又拿出一方万岁牌来,搁在龙垫上,喝一声:"陆虎臣跪!"那陆虎臣不知不觉跪下地去。行过三跪九叩首礼,年羹尧才把万岁牌捧进屋子去供着。

从此以后,陆虎臣心中越发衔恨。回到衙门去,连夜上奏章,参年羹尧。说他有大逆之罪五,欺罔之罪九,僭越之罪十六,狂妄之罪十三,专擅之罪六,贪赃之罪十八,忌刻之罪六,侵蚀之罪十五,残忍之罪四:共计九十二大罪。按律便该凌迟处死。这本奏章,真是年羹尧的催命符。圣旨下来,姑念年羹尧平定青海有功,着交步军统领阿齐图监赐自裁。年富依仗父势,无恶不作,着即正法。年遐龄,年希尧,着褫夺爵位,免议处分。所有年羹尧家产,尽数查抄入官。这道圣旨下去,年氏全家,从此休矣。这虽是年羹尧骄横之罪,也是雍正皇帝有意要毁灭功臣的深意。

当时年羹尧虽死了,却还有国舅隆科多和大学士张廷玉、将军鄂尔泰三人在世。他三人,都是参与密谋的,雍正皇帝刻刻在念,总想一齐除去他们,苦得没有因由。那时凡是朝廷外放的大员,皇帝便派一个亲信的人,暗地里去充他的幕友,或是亲随;监察着那大员的举动,悄悄地报入宫廷。内中单说一位河东总督田文镜,他和鄂尔泰、李敏达一班大臣,最是莫逆。他外放的时候,李敏达荐一位邬师爷给他。田文镜因为邬师爷是李敏达荐的,便格外看重他,诸事和他商量。邬师爷问田文镜道:"明公愿做一个名臣吗?"那田文镜当然说:"愿做一个名臣。"邬师爷说道:"东翁既愿做一个名臣,我也愿做一个名幕。"田文镜问道:"做名幕怎样?"邬师爷道:"愿主公给我大权,诸事任我做去,莫来顾问。"文镜问:"先生要做什么事?"邬师爷道:"我打算替主公上一本奏章,那奏章里面说的话,却一个字也不许主公知道;这本奏章一上,主公的大功便告成了。"田文镜看他说话很有胆量,便答应了他。邬师爷一夜不眠,写成一本奏章,请田文镜拜发。那奏章到了京里,皇帝一看,见是弹劾国舅隆科多的奏本;说他枉法贪赃,庇护年羹尧,又恃功骄横,私藏玉牒,谋为不轨,种种不法行为。皇帝看了,正中下怀,便下旨削去隆科多官爵,交顺承郡王锡保严刑审问。隆科多是拥戴的元勋,他见皇帝翻了脸,如何肯服。当顺承郡王审问的时候,他便破口大骂,又把皇帝做郡王的时候如何谋害太子,如何私改遗诏,给他统统说个痛快。那顺承郡王见他说的太不像话,便也不敢多问,一面把隆科多打入囚牢,一面具题拟奏。说隆科多种种不法,罪无可恕,拟斩立决。后来佟太妃知道了,亲自去替他哥哥求皇上饶命。皇帝也念他从前的功劳,饶他一死,下谕道:"隆科多念他是先朝的旧臣,免其一死,着于畅春园外筑室三间,永远监禁。妻子家产,免与抄没。"这样一办,雍正皇帝又了却一笔心事。那田文镜从此名气便大起来,皇上传谕嘉奖,又赏了他许多珍贵品物;内而廷臣,外而督抚,都见了他害怕。因为这件事体,田总督又送了邬师爷一千两银子。这邬师爷见总督重用他,便飞扬跋扈起来;在外面包揽词讼,占淫民妇,无所不为。这风声传到总督耳朵里,如何能容得,立刻把邬师爷辞退了。这邬师爷走出衙门,也不回家,便在总督衙门口买一座屋子住下,终日游山玩水,问柳寻花。

说也奇怪,这田文镜自从辞退邬师爷以后,便另请了一位幕友,每逢奏事,总遭驳回,有时还要传旨申斥。田文镜害怕起来,托人依旧去请教这位邬师爷。那邬师爷大搭其架子,不肯再来。后来经中间人再三说项,邬先生说出两个条件来:第一件,不进衙门,便在家里办公;第二件,每天须送五十两纹银元宝一只。田总督为保全自己的功名起见,便也没奈何,一一答应了他。从此以后,邬师爷住在家里,每天见桌上搁着一只元宝,他便办公;倘然没有元宝,他便搁笔。直到田文镜逝世,那皇帝的恩典还是十分浓厚,圣旨下来,赐谥端肃,在开封府城里建立专祠,入祀豫省贤良祠,后来这位邬师爷,也不知去向。人打听出来,这位邬师爷，原是皇帝派他去监督田总督的。你想这雍正皇帝的手段，可利害不利害？

那时有一位福建按察使王士俊，他进京陛见；临走的时候，大学士张廷玉荐一个亲随给他。这王士俊带他到任上，便十分重视他，那亲随也十分忠心。光阴迅速，转眼已是三年。王士俊因有要事要进京去请训，这亲随便于前三日告辞。王士俊留着他，说："你家在京里，我也要进京，俺们一块儿走，岂不很好？"那亲随笑笑说道："不瞒大人说，俺本不是什么亲随，原是皇上打发俺来暗地察看着大人的；如今大人做了三年按察使，十分清正，俺便先回京去，替大人报告皇上。"那王士俊听了，吓得他连连向这亲随作揖，嘴里说："总……总要老哥照拂。"这个风声传出去，那班外任官员，个个心惊胆战，时时防备衙门里有人在暗地里监督他；便是那鄂尔泰和张廷玉两人，见隆科多得了罪，就明白皇上的用意，便不觉自危。张廷玉十分乖巧，即上奏章告老回乡；皇帝假意挽留他，张廷玉一再上本告休，皇帝便准了他的奏。又在崇政殿赐宴饯行，在席上，皇帝御笔写一副"天恩春浩荡，文治日光华"的对联，赏张廷玉拿回家去张挂。张廷玉回家以后，皇帝要买服他的心，常常拿内帑的银钱赏他，一赏便是一万；十年里面，赏了六次。张廷玉屡次辞谢，圣旨下来，说："汝父清白传家，汝遵守家训，屏绝馈遗，朕不忍令汝以家事萦心。"张廷玉无法可想，在家里造了一座赐金园，算是感激皇恩的意思。张廷玉有一位姊姊姚氏，年轻守寡，颇有智谋。他见雍正皇帝毁灭功臣的手段，知道皇上的心是反复不定的，便回家和张廷玉说明，把廷玉的家财、图书、细软等物，统统搬到她夫家去。果然隔了几年，不出他所料，皇上圣旨下来，着两江总督查看张廷玉家产，收没入官。后来他兄弟亲友怕被张廷玉拖累，便大家捐助十万块钱，搁在他家里，待总督来查看。后来两江总督把他十万家产提存在江宁藩库里，虽说圣旨下来，发还张廷玉的家产，张廷玉也不敢去具领。欲知后来别的功臣如何遭殃，且听下回分解。

自明清以八股取士，三尺孩提，束发授书之时，便尚背诵：熟读强记，致使活泼小儿，视学塾如狴犴。宜乎横悍如年羹尧者，有侮师逃学之举矣。儿童天性澜漫，不胜督迫；且智慧之开，全在善诱之良师。常见曾、左二人家书，恒戒子弟毋死读养天机；又多近庶务，便是学问。年羹尧之师，可谓善养儿童天机矣！

军法森严，令出维行，原是将将者之得意事；然专权寄阃，知人善任者，自古明主，曾有几人？况雍正天性刻忌，为人臣者，自古有"鸟尽弓藏"之叹。彼年羹尧一武夫，可谓不知机甚矣！

尝见捕鱼之鸟矣，以绳勒其颈，使捕得鱼而不便于吞食，渔人又从而监视之。帝王之任用官吏也，何以异乎？是彼帝王者，视国家为一己囊中物，驱使官吏为彼罗掘天下之利，以贡献于一尊；又虑其侵吞也，则从而监视之。人人衙署中有一邬师爷，岂独田文镜而已哉？

第三十六回 破好事大兴文字狱 报亲仇硬拆鸾凤俦

却说那王涵春带了年羹尧的小公子,昼夜赶程,在路上已听得传说年羹尧降调杭州将军;过了几天,又听说连下十八道圣旨,年羹尧连降十八级,做了城门官。到了家里,又得到年羹尧赐死,和二公子正法的消息。那小公子也不敢哭泣,不敢上服。王涵春替他改了名姓,姓黄,名存年。王涵春家住在扬州半边街,原是三间平房,如今忽然改造了高楼大厦,王夫人浑身穿着绫罗,家中奴仆成群,牛羊满厩。王涵春十分诧异,问他夫人时,原来在三年前,王涵春出门以后,年羹尧已派了工匠来替他改造房屋,又在钱庄里存了二十万银子,专听王夫人使用。如今王涵春把小公子带回家来,依旧把房屋银钱还给小公子。那小公子再三不肯收受,王涵春无法可想,后来还是王夫人想出一个主意来,把自己一个女儿名叫碧云的,嫁给小公子,又把小公子招赘在家,儿婿两当。这时又听得国舅也革了职了,张廷玉也抄了家了。王涵春叹了一口气,说道:"飞鸟尽,良弓藏,狡兔死,走狗烹;这是做功臣的应得的报应!但是也太恶辣了!"

这时皇帝看看他的对头人都已死尽,功臣也都灭尽,便可高枕无忧了。还有一点放心不下的,便是那太子胤礽的儿子,名叫弘皙的,还带了妻子,在北京城外郑家庄居住。皇帝怕他有替父亲报仇的心思,因此常常派侦探到他家里去察看。那胤礽关在牢监里,被雍正皇帝派人用毒药谋死,叫这弘皙如何不恨;因此在家里不免口出怨言,弘皙的夫人瓜尔佳氏,却十分贤德,常常劝丈夫:"言语须要谨慎,倘然传到皇帝耳朵里,又是祸水。"谁知那弘皙怨恨的说话,雍正皇帝早已知道。有一天,忽然来了几个内监,带了五六十名兵丁,拥进府来,把弘皙夫妻两人,一齐捉进京去。到得宫中,皇帝在内殿升座,把他夫妻两人提上来,亲自审问。那皇帝见了弘皙,不觉无名火冒起了三丈,正要发作,一眼见他侄儿媳妇跪在一旁,真是长身玉立,美丽丰润。皇帝近来跟着喇嘛和尚玩女人,在女人身上很有些阅历;他知道那长身肥白的女人,玩起来最是受用。问那年纪,今年三十岁,正是情欲旺盛的时候。他这时也来不及审问弘皙的罪案,忙下座来,亲自把瓜尔佳氏扶起。他也忘了这是侄儿媳妇,两人竟手拉手地走进宫去。第二天圣旨下来,叫弘皙自己回郑家庄去,又封他做郡王。弘皙想想父亲被人谋死,妻子被人霸占了去,还有什么脸面活在世上,觑没人的时候,便拿宝剑在自己脖子上一抹;这一缕阴魂,早跟着他父亲去了。

这里雍正皇帝霸占了侄儿媳妇以后,朝朝取乐,夜夜寻欢。他高兴起来,拉着瓜尔佳氏和贵贵妃到雍和宫看欢喜佛去。这日恰巧国师领着喇嘛在雍和宫中跳佛,把个雍正皇帝看得心花怒放。什么叫作跳佛?原来喇嘛的规矩,每月拣一个大吉大利的日子,领着许多女徒弟,到雍和宫去;先在外室,把上下衣脱得清净,走进宫去,捉对儿在佛座下面交战。那些女徒弟,大半是官家女眷,个个长得妖艳万分;倘然不是妖艳的女人,也够不上这跳佛的资格。雍正皇帝看得兴起,也脱去衣服,加入团体,和那班女徒弟互相追逐,觉得十分快活。他仗着有阿苏肌丸的力量,便奋勇转战,杀得那班女徒弟个个讨饶。那班喇嘛都跪下来,口称万岁神力,人不可及。从此以后,雍正皇帝有空便到雍和宫去游玩,倒也把那诛戮功臣的事体,搁在脑后。

隔了几天,忽然有一个浙江总督李卫,秘密上了一本奏章,说江西学政查嗣庭,本科文题是"维民所止"四字。该大臣平日逆迹多端,此次出题,"维止"二字,是取皇上年号雍正二字而去其首,似此诅咒皇上,实属大逆不道。雍正皇帝看了这本奏章,不觉勃然大怒,立刻下谕:"查嗣庭着即革职,解交刑部看管;查该大臣向在内庭行走,后授内阁学士,见其语言虚诈,兼有狼狈之相,料其心术不端,因缺员不得已而派往江西。今阅'维民所止'题目,心怀怨望,讥刺时事之意,不无显露。想其居心乖张,平日必有记载,着浙江总督李卫,就近查抄。"那李卫得了这个旨意,便如狼似虎的带了几十名兵丁,亲自到查家去查抄。那查老太太,吓得晕厥过去,查嗣庭的夫人祝氏见了,忙走出院子去喝住那班兵丁,把一家老小救出。李卫查抄了半天,查不出什么悖逆的著作;后来在他书箱里搜出一本日记来,李卫把他拿回衙门去,模仿他的笔迹,加上许多荒唐的说话,送进京去。圣旨下来,查嗣庭叛迹昭著,着即正法;长子查传隆,一并处斩;家属充军至黑龙江。

看官,你道这李卫为何和查嗣庭作对,这里面却为一个小姐起的。查嗣庭的小姐倩云,年纪十七岁,长得十分美貌,却是十分多情的。查嗣庭收养一个朋友的孤儿,名徐玉成的在家里。那孤儿也长得十分清秀,和倩云小姐非常亲爱。他两人在私地里已经定下终身了。这件事体,倩云的母亲也知道。看看徐玉成这孩子,也还长得不错,也肯用功读书,十六岁上已经中了秀才。后来倩云小姐美貌的名气,传说到外面去,人人知道。这时李卫和查嗣庭在京里做同寅,交情也很好,便托人向查嗣庭求婚。这查嗣庭回去和他夫人一商量,那祝氏便把女儿的心事说了出来。查嗣庭爱女心切,也不忍违拗他,便照实回绝了李家。谁知那李卫见查嗣庭不愿把女儿给他,从此含恨在心,处处寻他的错处。这查嗣庭又是有傲骨的人,如何肯屈服,便也从此疏淡起来。从疏淡而结成冤仇,前几年查嗣庭也参了李卫一本,只因李卫圣眷正隆,却不能摇动他,如今却被李卫报了仇。查嗣庭关在刑部监狱里,待到正法的圣旨下来,查嗣庭已气死在监狱里。皇帝还不肯饶恕他,拿他戮尸示众。那倩云小姐,跟着母亲祝氏,充军到黑龙江,沿途挨饥受冻,过山渡水,亏得那徐玉成多情,在一旁照料,直送到黑龙江。徐玉成教读糊口,养活他母女二人。

自从兴了这文字狱以后,雍正皇帝便常常留心那班读书人的著作,却叮嘱一班心腹大臣,随时查察。不多几天便有陆生梅的文字狱:这陆生梅,是礼部的供事人员,他因为迎合诸王求封建的心理,做了十七篇《通鉴论》。他文章里说,封建制度如何有益,郡县制度如何有弊。便有讨好的人,拿他的文章到顺承郡王锡保衙门里去告密。那顺承郡王受了皇帝的托付,正没有法想,如今得了这《通鉴论》的真实凭据,便郑重其事地专折入奏,说《通鉴论》尽抗愤不平之语,其论封建之利,更属狂悖,显系非议朝政,罪大恶极。雍正皇帝看了这本奏章十分动怒,立刻下旨:"陆生梅邪说乱政,着即在军前斩首。"

谁知这里陆生梅才死,那江浙地方,又闹出两件文字案子来。一件是浙江人汪景棋,做了一部《西征随笔》,书中诽谤朝廷,称讼年羹尧的地方很多;后来给地方官查出了,报上朝廷,圣旨下来,汪景祺犯了杀头之罪,妻子充发黑龙江。一件是侍讲钱名世,他和年羹尧是知交。年羹尧在日,他做了许多称颂年羹尧的诗。如今被地方官查出了,报进京去,圣旨下来,说他谄媚权贵,革职回籍。雍正皇帝,又写了一方"名教罪人"的匾额,叫钱名世拿回去挂在家里,是羞辱他的意思。

雍正皇帝这种恶辣的举动,原想镇压人心,谁知朝廷越是凶狠,那人心越是愤怒。人心越是愤怒,朝廷的防备越是严密。雍正皇帝在宫中,闲暇的时候,想起还有一个大盗鱼壳还没有除去,终是心头大患。打听得他在淮北微山湖一带出没,打劫来往客商。便秘密下一道圣旨给两江总督于清瑞,就近查拿,立即正法。这于清瑞,原是捕盗能手,他得了这圣旨,便私地察访。他打听得鱼壳原住在微山湖中,他打劫的,尽是一班贪官污吏,奸商劣绅。这鱼壳当初原是康熙皇帝请去保护太子胤礽的,后来太子废了,雍正皇帝也曾去请他过;他只因感激太子的恩德,不肯帮雍正去谋害太子。便带了一个女儿,名叫鱼娘,住在微山湖里,专替地方上做些抱不平的事体。因此那微山湖左近的百姓,十分感激他。如今朝廷有圣旨下来,要捉拿鱼壳,早有人报信给鱼壳。鱼壳听了,毫不惊慌,只把他女儿鱼娘去寄在一个朋友名叫虬髯公的家里。隔了几天,那两江总督便亲自来见他。鱼壳见了这于清瑞,老实不客气,说雍正皇帝如何残暴,自己做的事如何侠义;这于清瑞因为他是江湖上有名的侠盗,也不敢得罪他,只和他商量圣旨叫他来捉拿的事。那鱼壳一点也不害怕,慷慷慨慨的自己走到江宁提牢里去监禁起来。过了几天,江湖上传说鱼壳大盗,已被两江总督从牢里提出来正法了。这个消息传在鱼娘耳朵里,哭得死去活来;从此以后,他便立志替父亲报仇,天天跟着虬髯公练习武艺,这且不去说他。

却说雍正皇帝杀了鱼壳,从此天下没有他的对头人了,心中十分快活。谁知隔不多天,那四川总督岳钟琪,有密折递进来,说湖南人曾静,结党谋反。雍正皇帝心想:"我如此严厉,却还有这大胆的什么曾静,敢来尝试,非重重地办他一办不可。"立时派了满汉大臣两员,到四川去会同岳钟琪从严查办。

如今我再说那曾静,号蒲泽,原是湖南的一个饱学之士,他见清朝皇帝一味压迫汉人,心中十分愤恨,常常想集合几个同志起义,驱逐满人,恢复中原。有一天,他在家乡地方一个同志朋友名叫张熙的家里,借到一本吕晚村著的《时文评选》,里面说的大半是华夷之别,封建之善,又说君臣的交情如朋友,不善则去之;又说攘夷狄救中国于被发左衽,是君子之责。总之,满纸都是排斥满人的话。曾静看了,不禁拍案叫绝。这吕晚村,名留良,是湖南地方一个有名的文人。他手下学生不少,个个都是有学问的。康熙皇帝打听得他的名气,便派人推荐他去应博学鸿词科。吕晚村心中是恨极满人的,他如何肯去做官,便剃去头发,逃到深山里做和尚去。他儿子吕毅中,也是一个有志气的人,当下便和他父亲的门生严鸿达、沈在宽一班人,结了一个党,把他父亲著作,拿出去辗转传抄。那张熙也抄得一份藏在家里,如今恰巧给曾静走来看见了,问起:"吕毅中在什么地方?"张熙说:"便在本城。"曾静便拉了张熙连夜去见吕毅中,吕毅中又邀他去见一班同志,因此两面集合起来,结成了一个大党。曾静自己说认识四川总督岳钟琪,"此去凭我三寸不烂之舌,说他起义。俺们便在湖南响应。"那班同志听了,连声说妙。当时曾静和张熙一班人,动身到四川去,见了岳钟琪,便说他是南宋岳飞的子孙,如今满清皇帝,也便是金兀术的子孙,现值总督身统大兵,国仇家恨,不可不报。岳钟琪一时里听了曾静的话,心中有几分感动。他回想到从前年羹尧的死,不觉自己也寒心起来。后来细细的和曾静谈论,知道他是秀才造反,毫无实力的,心中便立刻变计,一面假意和他们立誓结盟,一面悄悄地行文给湖南巡抚,叫他暗地里把吕毅中一班人看守起来,自己递一个密折到京里。

不多几天,那皇上派来的两位大员,来到四川,把曾静、张熙一班人一齐捉住。审问起来,曾静也不抵赖,一五一十地招认了。那两位钦差,把这班犯人一起带到湖南。那湖南巡抚,早把吕毅中一家人和那门生沈在宽、严鸿达一班人捉住,一审便服。钦差官据情入奏,皇上圣旨下来,说曾静、张熙一班人,是被吕留良的邪说诱惑,是个从犯,反把他加恩释放了。只有那吕毅中大逆不道,把他满门抄斩。又从坟堆里把吕留良的尸身掘出来,再碎他的尸。那门生沈严一班人,一律处死。这场案件,足足杀了一百二十三个人,杀得百姓个个害怕,人人怨愤。吕氏合族人,却杀得一个不留。

在忙乱的时候,却遗漏了一个吕毅中的小女儿,将来那雍正皇帝的性命,也送在这小女儿手中。这真叫作"天网恢恢,疏而不漏"。这小女儿名叫吕四娘,是吕毅中第四个女儿,也便是吕晚村的嫡亲孙女儿,这时年纪只有十四岁。湖南巡抚派兵来捉拿他全家的时候,这吕四娘正在邻家闲玩,听说父亲母亲被官里捉去了,他一边哭着,一边要赶到衙门里去看望父母。后来还是那邻家的女儿有计谋,忙悄悄把吕四娘去寄在吕晚村的门口一家姓朱的家里。这姓朱的是一家村庄人家,家中养着百数十个庄丁。那班庄丁,田里空下来,没有事,便请了一个拳教师,在打麦场上教授武艺。便是那姓朱的,也跟着学儿套拳脚,这教师年纪已有六十岁了,长得身材高大,脸上一部大胡子,临风飘拂。他舞起剑来,还是十分轻捷。吕四娘住在朱家,常常在屏门后面偷看。虽说他是十四岁的女孩子,心中却常常想着他父母之仇。只恨自己是一个女子,又毫无气力,这血海冤仇,如何报法?如今见他家有这个老教师,正合他的心意。有一天,那姓朱的正在堂屋里请老教师吃酒,许多庄丁陪坐着,忽然屏后飞燕似的转出一个女孩儿来,走到那老教师跟前,"噗"的跪倒,口称:"求老教师收留俺做一个弟子。"众人看时,这女孩儿不是别人,正是那吕四娘。起初这教师不肯答应,说女孩儿家学了本领何用?后来吕四娘再三恳求,脸上挂下泪珠来,那姓朱看他心志十分坚决,又怕他说出是吕毅中女儿的话来,便也代他求着教师,又认他是自己的妹子。这教师听说是主人的妹子,也便答应了。从此以后,他也跟着众人练习拳脚。一来是他报仇心切,二来也是女孩儿的身体轻灵,不多几天,居然胜过那班男子。那老教师十分欢喜,从此格外尽心,把自己全副的本领传给吕四娘。不上三年,那挥拳舞剑,飞檐走壁的本领,都已学得。教师又传授他练气的本领和飞剑的本领。这两种本领,非少林寺嫡派,不能学得。又过了三年,吕四娘非但件件都能,并且件件都精。他能够把背心吸住墙壁,随意上下;又能把短剑藏在指缝里,弹出去取人首领。少林派这种本领,只有三个人:第一个便是少林僧,第二个是雍正皇帝,第三个是虬髯公。如今教授吕四娘本领的老教师,便是虬髯公。他也恨雍正皇帝手段狠毒,杀死了他几个徒弟,因此在江湖上结识许多好汉,暗地里和皇家作对。这一天,路过朱家;他和姓朱的,原是亲戚,这姓朱的便留他住下,指导武艺。如今他得到了这个得意的女弟子,心中十分快活,便给他取一个名儿,名叫侠娘。又劝他:"江湖上以义侠为重,将来出去,总以多做义侠事体为是。如今你的本领,除那少林僧,可以算得第一人了。"

这吕四娘虽学了这副本领,想起自己父母死得苦,心中便万分悲怨;又因为自己住在客地,有许多心事,也没有可以诉说的地方。女孩儿到了十八九岁,便有说不出的一腔心事。这时只有那姓朱的儿子,名叫朱蓉镜的,暗地里在那里照顾他。讲到这朱蓉镜,年纪还比吕四娘小两岁,出落得风流潇洒,温柔俊秀;在女孩儿面上,最会用功夫。自从吕四娘到了他家里,他便处处留神。凡是冷暖饮食,有别人所想不到的地方,他便暗暗地照料着。有时得到好吃、好玩的东西,他总悄悄地去塞在吕四娘睡的枕下。虽说如此,那蓉镜从来也不敢和四娘说笑的。这四娘虽说艳如桃李,却冷若冰霜。在四娘虽也知道蓉镜钟情于自己,有许多地方,也深得他的好处;只因自己有大事在身,便要竭力挣脱情网,因此他心里感激到十分,那外面便严冷到十分。有时想到伤心的地方,便背着人痛哭一场;可怜一个娇小女孩儿,只因遭了家祸,父母撇下他一个人冷清清的住在客地里,他每到夜静更深,从枕上醒来,想起蓉镜的多情,又想起自己的苦命,便爬在枕上,呜呜咽咽地哭一阵。说也奇怪,每逢吕四娘哭泣的夜里,第二天蓉镜见他双眼红肿,便悄悄地去买一方新手帕来,塞在他枕下。后来他两人到底忍不住,见没人的时候,也说起话来。那蓉镜每见一回吕四娘,总劝他保重身体。那吕四娘听他提起这个话,便拿袖子掩着脸,转身走去。有一天,是大热时候,两人在走廊下遇到了。蓉镜向四娘脸上细细一看,说道:"姊姊昨晚又哭过来吗?姊姊诸事看闲些,姊姊爹娘又没了,我又避着男女的嫌疑,不能安慰姊姊;姊姊倘哭出病来,叫我怎么样呢!"四娘起初听了,不觉羞得粉脸通红;后来也撑不住那泪珠儿,和断线珍珠似的落下来。四娘急转过脸去,拔脚便走,走进自己房里,幽幽切切地哭了一场。心想那蓉镜在我身上如此多情,我总不能为了他多情,便丢去我的大事;我倘然再和他厮缠下去,我便要被他误事了。到那时,我再丢去他,叫他伤心,岂不是反害了他。我不如趁早离开了他罢。他想到这里,心中便立刻打定主意,在这晚月明如水、万籁无声的时候,一耸身跳出墙去走了。

这是他第一次领略江湖上的滋味。他此番出门,身边一个大钱也不带,无可奈何,把随身的钗环卖去了,雇了两个拉场子的伙伴,一棒锣响拣那空旷地方,献出他的好身手来。这样一个美貌的女孩儿,叫那班俗眼如何见过,早已轰动了街坊看美人儿。到收钱的时候,那班人都要讨美人儿的好,个个把钱袋儿掏空。四娘得了大利市,便赶别的码头去。这样子一路晓行夜宿,关山跋涉;看看过了一个多月,到了山西太原府地方。那太原府是一座热闹城市,来往客商甚多,也有许多富家公子,终日在外面闲游浪荡的。见了这孤女卖解,认做他借此择婿;看看他面貌,实在长得俊俏。有几个三脚猫,懂得一两下拳脚的,便上去要和他比武，满心想借此亲近芳泽。四娘看他们瘟得厉害，便定下规矩，要和他比武的，便各拿出五十两银子来做彩钱，谁胜了，便把谁的彩钱拿去。可笑那班没用家伙，一上手便给四娘掼倒在地。那班急色儿，见他实在长得动人，便是被他掼一交，也是甘心的。四娘乐得坐享他们的彩钱，一天到晚，竟有四五百两银子可得。后来四娘看看，招摇得太厉害了，怕招官府的疑忌，因此他便离了太原，又到山东。一路里仗他的美色，自有一班冤大头孝敬他盘缠。

有一天，他到了天津，照例设下场子，招人比武，忽然来了一个胖大和尚，手中捧着二百两银子，大声说道："俺拿这二百两银子和娃娃要一要。你倘然赢了俺，那不用说，这二百两银子，是你的；俺倘然赢了你，俺也不要你的银子，你从此也不用卖解了，快跟俺回寺做一个和尚媳妇去吧！"四娘听了，又羞又恨，便拿出师父传授他的金刚拳来对付他。那和尚才一交手，便喝一声："住！你是俺的师妹，不用交手了。这二百两银子，送给师妹做盘缠罢。恕俺家鲁莽了。"说着，拱一拱手，转身去了。这四娘得了和尚的二百两银子，便也收拾场子，从此也不在天津市上露脸了。悄悄地到了北京城里，租了一宅院子住下。一个女孩儿做着人家，外人看了，十分诧疑。京城地方，遍地都是皇帝派出来的侦探，见他行踪不明，早已来盘查几次。四娘知道事体不妙，便去住在一座古庙里。败井颓垣，凄风冷月。正在万分枯寂的时候，忽然见墙头上人影一晃，跳下一个大汉来。四娘把指甲一弹，飞过一剑去；那大汉一手接住，月光下看时，那大汉不是别人，正是他师父虬髯公。看他一缕银髯，在月光下飘拂着，哈哈大笑，说道："真是踏破铁鞋无觅处，得来全不费工夫。"上去把四娘手臂一把拉住，走出庙去，见庙门外又有一个女孩儿站着。欲知这女孩儿是什么人，且听下回分解。

从来谚云"丑妇良家之宝。"此诚阅历之谈。美人为室家之祸水，家破系于是，人亡亦系于是；而为美人者，又复不自安于岑寂，好以色炫人。从此而魔障生矣！彼瓜尔佳氏者，即以长身玉立、雪肤花貌折其耦。

无私不公，此人之恒情。天下几多丰功伟绩，皆以一念之私成之；几多血海冤仇，亦以一念之私结之。查氏之狱，结怨于儿女之私，竟至戮尸不足，罪及妻孥。私之为害，岂不大乎？

文人好弄，积习已深；然徒弄无益，反招奇祸，此俗所以有"秀才造反"之诮。虽人间正气，恒寄于文人之笔；而事业鼓吹，亦赖文人之思想，为社会之先道。近人谓"文字收功日，全球革命潮。"吕晚村虽以文字狱而死，然其一点革命思想，蕴郁澎湃，至今日而大泄；文人好弄，亦未始无成功之日也。

第三十七回　破腹挖脑和尚造孽　搴帘入帏亲王销魂

却说吕四娘悄悄地离了朱家,别的人且不去说他,便是那朱蓉镜,第一个要想煞。他不见了吕四娘,终日里废寝忘食,如醉如狂。他父亲看了不忍,料定吕四娘此去,一定到北京报仇去,便和虬髯公说知,求他到北京去找寻。那蓉镜哭着嚷着,要一块儿去;恰巧虬髯公家里有一个女徒弟名叫鱼娘的,也要到北京去,三个人便一路同行,沿路打听四娘的消息。只听得一路人沸沸扬扬说,有一个女卖解的,脸儿又长得俊,本领又高强。虬髯公听在耳中,料定是四娘。待到了京里,却又不听得消息。虬髯公料定四娘良要做大事,在冷僻地方隐藏起来了。他先找一家客店住下,推说是爷儿三人,每到夜静更深,虬髯公带了鱼娘,便跳上屋子,出去找寻四娘。如今居然被他们找到了,一同回到客店里。虬髯公先介绍四娘见过鱼娘,四娘见鱼娘面貌和自己不相上下,便十分亲热起来。问起鱼娘:"进京来干什么事?"鱼娘便把父亲鱼壳,如何给于清瑞捉去杀死,如今进京来,要替父报仇。两人走了一条道路,越发亲热起来。只有那朱蓉镜,见了四娘,好似小孩子见了乳母似的,一把拉住他袖子不放;又再三劝四娘莫去冒险,徒然送了自己性命。那四娘如何肯听?但是回心一想,蓉镜待他的一番恩情,恐怕世间找不出第二个男子了;"我此番倘能成了大事,女孩儿终是要嫁人的,到那时不嫁给他,却又嫁给谁去?"他想到这里,心中有了主意。四娘在江湖上阅历了一番,那女孩儿娇怯怯的态度都已收去,便老老实实地对蓉镜说道:"我这个身体,总是你的了;但是现在我还要向你借我自己的身体一用,待我报了大仇以后,任凭你叫我怎样便怎样。现在却万万不能遵命。"这几句话,说得蓉镜心中又忧又喜,却也说不出什么话来。虬髯公做主,在西便门外租了一间屋子住着,假装是儿媳姑娘一家人,却也没有人去疑心他。他们便天天出去打听皇帝的踪迹。

那皇帝得了侦探的报告,知道京城里现在到了许多刺客,在暗地里计算他;便也着着防备,处处留神。一面秘密吩咐步军衙门严密查拿。这时快到了祭天日子,钦天监便择定吉时,请皇上祭天。雍正皇帝因外面风声很紧,怕得出去;回心又想,倘然老躲在宫里,一来给那班刺客见笑,二来那百姓见皇帝不出宫来,便要谣言蜂起。因此硬一硬头皮,传旨摆驾祭天。一面调集宫中侍卫,护驾出宫;那街道上自有那步军统领,九门提督带领全班人马沿途照料。那军士们掮着雪亮的刀枪,一路上站得水泄不通。沿路搭着五色漫天帐,直到天坛面前。停了一回,那一对一对銮仪到了坛上;满朝文武大员,一字儿在两旁站着班。雍正皇帝从銮舆中下来,侍卫们簇拥着走上坛去。上面设着祭品。雍正皇帝行过礼,正要转身;忽听得那天幔上"豁"一声响,皇帝急把手指一弹,只见一道白光,向天幔上飞去,落下一个狐狸头来,皇帝才觉放心。那左右侍卫,齐呼万岁。这时鄂尔泰站在皇帝身后,皇帝笑着对鄂尔泰说道:"朕听说有一班亡命之徒,欲谋刺朕。京城里面刺客很多,朕今天小试手段,叫他们知道朕的本领也不弱,他们也不用来自投罗网了。"说着,冷笑一声,把个鄂尔泰吓得诺诺连声,不敢多说一句话。

雍正皇帝回到宫里,心中总是郁郁不乐,想起从前在少林寺学本领的时候,有一个铁布衫和尚,本领在同辈中要算第一,他也能指头放剑。如今把他留在外面,终不是好事体,也许为仇家所指使来谋刺朕躬,这却不可不妨。当时便把鄂尔泰传进宫来,和他商量。鄂尔泰说道:"臣闻得这和尚在江南横行不法,便没有仇家指使,也须赶快去杀死他,为人民除去大害。"雍正皇帝说道:"从前好汉,如今都不在了,且叫什么人去干这件事?"鄂尔泰思索了一回，忽然想起当年岳钟琪将军，曾说起有一个大岩和尚，如今在扬州天宁寺，不如下一道密札给江苏抚台，便请大岩去除了铁布衫和尚。当下便把这意思奏明，皇上称善。鄂尔泰退出宫来，如法炮制去。

这时铁布衫和尚在四川峨眉山上，霸住一座大寺院；派他手下的徒弟，下山去偷人头，他每天要吃三个人脑子，峨眉山下一般男女，常常在半夜里失去他的脑袋，弄得人人惊慌，个个害怕，大家逃避，村坊都空了。后来这和尚忽然异想天开，爱吃孕妇肚子里的小孩；又派他的徒弟，在深夜里，闯进人家的内室，见有怀孕的女人，先奸污了，再取他的胎儿。那班徒弟，个个都是淫恶万分，谁敢去拦阻他。

这时白泰官闲住在家里，他听说四川峨眉山的景致好玩，便动身到四川来游玩。偶然到一座村坊里，时已更深，他们走江湖的人爱走夜路，他走过一座矮屋檐前，只见里面窗纸上射出淡淡的灯光来，忽见一个人影儿一闪，却是一个光头。白泰官心中疑惑，这和尚深夜入人家，非奸即盗。他便站住脚听时，只听得里面有女人低低的求哭的声音，说道："师父饶了我吧！我痛死了！"白泰官心下越发动了疑，便施展他的手段，轻轻地撬开了外屋子的门，趸进内室去。一看，只见一个年轻女子，剥得上下身体一丝不挂，躺在床上，喉咙里呻吟着。一个和尚，爬在床沿上，两手不住地在那里拓那女人的肚子。白泰官看了，不禁大怒；一耸身抢上前去，一把揪住和尚的衣领，提下地来一摔，那和尚站脚不住，倒下地去。白泰官便提着醋钵儿似大的拳头，向那和尚面门上不住地打去；那和尚满脸地淌着血，嘴里不住的讨着饶。那时便有许多人走进房来，一面把白泰官劝住，一面喝问那和尚。那和尚说道："这原不干我的事，是俺师父硬逼着我来取这娘娘的胎儿。"白泰官问："你师父是什么人？"那和尚说："便是铁布衫和尚。"白泰官在江湖上，也听得铁布衫的名气，便说："好一个淫恶和尚！待我见见他去。"说时，天色已明；这人家拿出饽饽稀饭来，请白泰官吃。白泰官肚子吃饱了，押着这和尚，叫了一个乡下人领路，走到日落，才走到峨眉山脚下。见前面也有一个和尚，坐在大树下纳凉，白泰官认是他们一路的，喝一声："贼秃，休走！"抢步上前便交起手来，打了二十回合。两人手脚愈打愈紧。打到紧要关头，那和尚忽然跳出圈子，问道："你敢是铁布衫和尚的门徒？"白泰官说："俺是来捉拿这贼秃的。你敢是这贼秃的徒弟？"这大岩和尚也说："俺是来捉拿铁布衫和尚的。"白泰官心想，打来打去，原来打的是自家人。忙问道："好汉奉谁的命来的？"那和尚把胸脯一拍，大拇指一伸，说道："俺奉的江苏抚台大人之命。敢问好汉奉谁的命？"白泰官便把在村坊里遇到这和尚拓取胎儿的事，一一说了。大岩和尚气愤起来，骂道："乌贼秃！你败俺佛门的规矩？"说着，"飕"的一声，拔出腰刀来，结果了这个和尚的性命，转过身去，向树林里一招手，便跳出十五六个大汉来。大岩和尚带着他们，走上山去。

看看到了山门口，大岩和尚便和白泰官商量分两路杀进去，白泰官把上风，他一耸身跳上瓦去。这里大岩和尚先把众人藏过，自己一人先上去打开山门，问铁布衫和尚。那把守山门的，见是和尚，便也不疑心，领着他走进内院去，留他在知客室暂坐，自己进去通报。这里大岩和尚招招手儿，一班大汉都跟了进来。大岩和尚悄悄地跟在那和尚身后，曲曲折折，走过几个院子，到了一个所在。庭心里放着一张竹榻，一个胖大和尚，上身赤膊赤着脚，躺在竹榻上；一个女人，满脸抹着脂粉，坐在和尚的身后，在那里替和尚搔背。和尚伸手到背后去，抚着那女人的脖子。另一个女人，正送过一碗凉茶去，见把门的和尚进来了，他便站住通报道："师父，有人来了。"那胖大和尚听了，忙坐起来看时，他见那把门和尚的身后也跟着一个和尚，便指着问道："他是什么人？"大岩和尚给他一个措手不及，抢步上前，擒住他一条腿。这铁布衫和尚，到底是本领高强，忙拿出看家的本领来，飞过鸳鸯腿去。大岩和尚见擒住他的左腿，他又把右腿飞过来，知是少林派的内家，忙放了手。铁布衫和尚在地上站住，伸手在竹榻上拿起一件布衫来打过去，说也奇怪，这件布衫拿在他手里，迎着风打来打去，好似一杆铁棒一般。因此外人取他的绰号，叫铁布衫。这时门外候着的许多大汉，一拥进来,个个拿出兵器来围住了这和尚攻打。那和尚指东打西,指南打北,打了半天,休想近得他的身。但是这和尚被他们团团围住了,一时里也不得脱身。他正想耸身上屋时,只听得屋檐上一声大吼,跳下一个人来,一刀劈在铁布衫和尚的顶门上,那个脑袋,顿时好似西瓜似的,对破开,直劈到脖子上,和尚死了。那村坊上人,听说和尚死了,个个快意。大家把和尚的尸首割成几十块,拿回家去熬油点灯。这里白泰官见打了抱不平,也不和大岩和尚招呼,一耸身上屋去了。

四川总督岳钟琪,忙把大岩和尚接进衙门去,在精室里供养起来。不多几天,北京密旨到来,赏大岩和尚白银一万两;岳大将军又派了材官,护送他回南。下几十道札子,给沿途的地方官,叫他们舟车迎送,随地照料。大岩和尚回到扬州,便大兴土木,造仓圣殿,殿旁造一座吴园,园里建一座华严堂。那些工程材料,都是地方上各绅董捐助的。大岩和尚天天在华严堂里会客吃酒。

这时扬州地方,有三个地痞,仗着自己力大,专一敲诈百姓。一个是魏五,善骑马,又能懂得马的话。几年前,有个狼山总兵到扬州来阅兵,那营里的马,忽然齐声嘶叫起来。魏五听得了,对人说道:"这个总兵官三个月后要死了。"后来那总兵官回去,果然隔了三个月死去。一个是张饮源,善舞双刀,舞成一团,任你几十个人,近不得他身。一个是薛三,能够拉五十石的硬弓。这时扬州人称他魏马张刀薛硬弓。自从大岩和尚来了以后,这三个人不服气,常常到天宁寺去寻事,都被大岩和尚打败出来。这三个人没有面目住在扬州,便悄悄地避到别地方去了。

有一天,大岩和尚正从方丈里送出客来,才走到阶下,忽然见一个铁香炉劈空飞来,大岩眼快,忙伸手接住。看时,原来是薛三来报仇的。谁知那薛三因用力过分,嘴里呕出一口血来,踉踉跄跄的逃回家去,连呕了几口血,便死了。接着那张三拿着双刀,到华严堂去找大岩和尚;两人交起手来,被大岩斩去了一条臂膊。这时只剩了一个魏五,他知道明攻不能得胜,打听得大岩和尚身上长癣疥的,每天起身用热水洗澡。魏五便邀了七八个同党,趁大岩在浴池里洗澡的时候,打门进去,个个拿出兵器来攻打,大岩和尚赤手空拳,又是浑身赤条条的,如何敌得住。虽也打死了两个人,后来到底被魏五斩去了一条腿,死在浴池里。大岩和尚死的消息,报到京里,雍正皇帝十分可惜;但他想想这种有本领的人,留在世上,终是心腹之患,如今那班好汉都收拾完了,剩下几个没本领的人,也不去怕他。从此雍正皇帝依旧是寻欢作乐,不去防备了。

那吕四娘住在京城里,天天出去打探,找不到下手的机会,心中十分焦躁。朱蓉镜和虬髯公劝他耐心等候。这时满京城沸沸扬扬传说宝亲王要大婚了。这宝亲王是什么人?便是钮祜禄皇后从陈世倌家里换来的儿子,取名弘历。只因他出落得一表人才,性情温和,语言伶俐,在他弟兄辈中,有谁赶得上他那种清秀白净?雍正皇帝又因他是皇后的嫡子,便也格外欢喜他。这时打所得湖北将军常明,有一个女儿,出落得端庄美丽,那常明的夫人郭尔额氏,和皇后钮祜禄氏是幼时的邻居,十分要好,后来郭尔额氏嫁了丈夫,生了一个女儿,他母女两人,常常被皇后宣召进宫去游玩。那皇后也很爱他女儿,时时赏赐首饰、手帕许多东西。后来常明带了家眷到湖北做将军去,皇后也常常纪念他们。有时和皇上提起,皇上说:"你既爱他家的女儿,俺们何妨指婚给弘历做了你的媳妇?岂不可以常常见面?"一句话,提醒了钮钴禄氏。看看宝亲王也到了大婚之年,便催着皇帝下圣旨,指婚湖北将军常明的女儿富察氏为福晋。一面把常明内调进京,做军机大臣。一面派亲信大臣鄂尔泰和史贻直两人做大媒,到常明家里去行聘。到了吉期,雍正皇帝便把从前圣祖赏他的圆明园,转赏给了宝亲王,做他们新夫妇的洞房。这一天,满园灯彩,笙箫聒耳,把富察氏迎进园来,交拜成礼。宝亲王见富察氏长得妩媚秀美,便一刻也不舍得离开他。皇后钮祜禄氏,见了这一对佳儿佳妇,心中也十分快乐。

谁知天底下的事体,大都乐极生悲。雍正皇帝自从宝亲王大婚以后,身体便觉不快,这也是他平日好色太过，积下的病根。雍正皇帝每日非有两个妃子轮流侍寝不可。他起初还仗着喇嘛的阿苏肌丸，勉强支持，后来渐渐有点不济了。那班妃嫔，为固宠起见，还夜夜嬲着皇上。后来看看皇帝实在动不得了，皇后钮钴禄氏便把那班妃子赶开，亲自守着皇上，侍奉汤药。有两个姓蔡、姓方的御医，轮流住在宫里，请脉处方。看看皇帝病势略略清健起来，忽然宫里一班太监们吵嚷起来，说在长春宫、钟粹宫一带，夜间常常听得有人在瓦上走动的声音，又有门窗开阖的声音。接着那翊坤宫、永和官一带的太监侍卫们，也吵嚷起来，说每夜见屋顶上有两道白光飞来飞去。又有咸安宫的宫女，被人杀死在廊下。顿时把一座皇宫闹得人心惶乱，鸡犬不宁。皇后也曾派侍卫们四处搜寻，又是毫无踪迹。后来愈闹愈利害了，所有延禧宫、承乾宫、景阳宫、景仁宫、咸福宫、永寿宫、启祥宫、储秀宫的一班宫女、太监们，每夜在夜静更深的时候，惊扰起来，不是说见屋上有人行走，便是说屋内有白光来去。雍正皇帝害病在床，听了这种消息，知道必有缘故，只是不便说出。这时史贻直当勇健军统领，是皇上最亲信的。那勇健军，又是由各省将军举荐奇才异能的好汉编练成功的，一共有四千人员。如今宫廷不安，雍正皇帝便把史贻直传进宫来，吩咐他带领全队勇健军，在宫中直宿。这宫廷里面，凭空里添了四千个人马，便觉得安静起来，白光也不见了，响动也没有了。那雍正皇帝的病体，也天天有起色了。后来皇后直待皇帝起了床，行动如常，才回己宫去。雍正皇帝一病几个月，在病势沉重的时候，宝亲王带了他的福晋，也天天进宫来问候，如今皇帝病好了，就想起他 一双小夫妻来，便推说养病，自己也搬进圆明园去住着。那班得宠的妃嫔，也带进园去伺候。富察氏面貌又长得俊，又能孝顺公公，雍正皇帝十分欢喜，已暗暗地把宝亲王的名字写在遗诏上了。

讲到那座圆明园，周围有四十里路大小；园里有极大的池沼，有极深的森林，有小山，有高塔，有四时常生的花草，有终年不败的风景。宝亲王住在里面，和富察氏两人终日游玩也游玩不尽。起初他夫妻两人新婚宴尔，似漆如胶，专拣湖山幽静花草深密的地方，调笑作乐；便是那班伺候他的宫女、太监们，他也嫌他们站在跟前碍眼，撵他们出去。后来他两人也玩够了，便觉得枯寂起来。虽一般也有妃嫔侍女，如何赶得上富察氏的姿色，一个也不在宝亲王眼里。宝亲王心中常常想："如此名园，不可无美人做伴。俺那福晋也可算得美的了，但他一个人枯寂无伴，也觉无味。"从此他存心要去寻访一个美人，来给富察氏做伴。便有几个乖觉的太监，看出亲王的心事，便悄悄地引导他出园去闯私娃子。

那南池子一带，尽多的私娼，宝亲王尝着了这个味儿，如何肯舍？天天推说在涵德书屋读书，却天天在私门子里和窑姐儿温被头。但他玩私娃子，只能在白天；因为父皇住在园中，要早晚请安去。那班窑姐儿，竟有几个长得俊的，宝亲王要把他们娶进园去，他们都不肯。只有偶尔带一两个姑娘进园去游玩，在安乐窝里吃酒行乐，只瞒着富察氏和父皇两个人，什么风流事都干出来。有一天，宝亲王从安乐窝里出来，时候尚早，他已有三分酒意，悄悄地走进富察氏卧房去。院子里静悄悄的，两个侍女在房外打盹，宝亲王也不去唤醒他，踅进房里，只见罗帐低垂，宝亲王认是富察氏一个人午睡未醒，心想去赏识美人儿的睡态。便蹑着靴脚儿，掩近床前去；再一看，只见四只绣花帮儿的高底鞋子，伸出在罗帐外面。宝亲王知道是有两个女人睡着，他心中十分诧异；走上前去，轻轻地把帐门儿揭开一看，见一个便是他的福晋富察氏，一个却不认识是谁家的眷属。只见他两人互搂着腰儿，脸贴着脸，沉沉地睡着。再看那女人时，不觉把宝亲王的魂灵儿吸出了腔子，飘飘荡荡得不知怎么是好。原来那女人长得真俊呢！鹅蛋式的脸儿，长着两道弯弯的眉儿；丰润的鼻子，两面粉腮上两点酒窝儿，露出满脸笑容来。那一点朱唇，血也似的红润。最动人的，是那一段白玉似的脖子上，衬着一片乌云似的鬓角，鬓边插一朵大红的菊花，真是娇滴滴越显红白。他春葱也似的纤手，松松的捏着一方粉红手帕。宝亲王看够多时，不觉情不自持，轻轻地伸手把那方手帕从那女人手中抽出，送在鼻子边一嗅，奇香扑鼻。宝亲王不觉心中一荡，他一面把那手帕揣在自己怀里，一面凑近鼻子去，在那段粉也似的脖子上，轻轻一嗅，急闪身在床背后躲着。

那女人被宝亲王这一嗅，惊醒过来，低低地唤了一声："妹妹。"那富察氏也被他唤醒了，便笑说道："怎么俺两人说着话儿便睡熟了呢！"那女人说道："妹妹屋子里敢有野猫来着？我正好睡着，只觉得一只猫儿跳上床来，在俺脖子上嗅着；待俺惊醒过来，那野猫已跳下床去了。"这几声说话，真是隔叶黄鹂，娇脆动人。宝亲王听了，忍不住了，忙从床背后跳出来，笑说道："对不起！那野猫便是俺！"说着，连连地向那女人作下揖去，慌得那女人还礼不迭。宝亲王转过脸来，对富察氏说道："那时俺把这位太太错认是你，正要凑近耳边去唤你起来，细细一看，才认出来；一时自己臊了，便急急躲到床背后去。谁知这位太太说话也利害，竟骂俺是野猫。俺原也是该骂的，只是俺很佩服老天，你也算得是俊的了，怎么又生出这位太太来，比你长得还俊？这位太太，敢不是人，竟是天仙吗？"

看官，从来天下的女人，一般的性情，你若当面赞他长得俊，他没有不欢喜的。那时这女人被宝亲王称赞得捧上天去，他心中如何不乐。只见他羞得粉腮儿十分红润，低着脖子坐在床沿上，只是两手弄着那围巾的排须，说不出话来。富察氏听了宝亲王的话，把小嘴儿一撇，笑说道："你看俺这位王爷，真是不曾见过世面的馋嘴野猫儿！怪不得俺嫂子要骂你是野猫。你可要放尊重些，这位便是俺的嫂子；俺姑嫂俩在家里过得很好的，如今把我弄进园来，生生地把俺俩分散了。如今嫂子在家里，想得我苦，悄悄地瞧我来，又吃你撞来；你既说他是天仙，快过去拜见天仙，拜过了，快出去！"那宝亲王巴不得富察氏一句话，忙抢上前去行礼，嘴里也唤嫂子。又问："嫂子贵姓？"那女人站起身来，一手摸着鬓，笑盈盈的说道："俺母家姓董额氏，俺丈夫名傅恒。"宝亲王拍着手，笑说道："俺这傅恒哥哥几世修到嫂子这样天仙似的美人儿？"一句话，说得董额氏粉腮儿上又红晕起来。富察氏见嫂子害羞，忙把宝亲王推出房去，这里董额氏也告辞出园去了。宝亲王自从见了董额氏以后，时时把他的名儿提在嘴里。他从此私娃子也不玩了，终日忙忙地想着董额氏那副美丽的容貌。不知宝亲王将来和董额氏闹出什么风流案件来，且听下回分解。

勇士死于力，谋臣死于功；力强则招忌，功高则震主，此亦人情自然之势。彼为勇士为谋臣者，又复不知藏锋避祸，往往恃功骄人，而死机至矣！此不独为人臣者然也，即为帝王者，亦何莫不然？彼雍正帝，固一世之雄也；弹指杀人，其技高矣。然卒以此招杀身之祸，勇力其可恃乎？

小说描写武士决斗处，有故为神奇者，有落于俗套者，皆非写实之道。此回铁布衫和尚斗力一段，写来有声有色，奇技狠斗，活现纸上。而细细看去，入情入理，一丝不乱，既不落于神奇，又不犯小说案臼，自是写实能手。

小说程度，唯在描写闺闼，最能见其品格。而描写宫闱，尤须有身份有体统。此回宝亲王初见董额氏，细腻到极处，香艳到极处；而又能不失体统，不落身份。说野猫儿一段，活画出北方贵妇闺房斗口情景来。

第三十八回　弓鞋到处天子被刺　手帕传来郎君入彀

却说宝亲王自从那日无意中闯进富察氏的卧房去，领略了董额氏的香泽以后，时时把这美人儿搁在心里，眼前常常现出那副娇羞妩媚的面貌来，鼻管里常常好似有董额氏脖子上的粉花香味留着。因此他把眼前的一班庸脂俗粉丢在脑后，常常怂恿着自己福晋去把他舅嫂子接进园来。从来女人爱和自己娘家人亲近，如今得了王爷的允许，他姑嫂两人常常见面。那董额氏也乖觉，见宝亲王来了，他便立刻回避，把个宝亲王弄得心痒难搔。看看那董额氏一举一动，飘飘欲仙，越看越爱，恨不得把他一口吞下肚去，只是可惜没有下手的机会。后来富察氏也看出丈夫的心事来了，索性把董额氏藏在密室里，姑嫂两人谈着心，不给宝亲王见面。那宝亲王许久不见董额氏了，心中好似热锅上的蚂蚁，在屋子里坐立不安，废寝忘餐起来。宝亲王有一个心腹太监，名叫小富子，却长得十分伶俐，见王爷有心事，便悄悄地献计，如此如此，一定叫王爷如了心愿。宝亲王听了他的计策，连称："好孩子！快照办去。"那小富子奉了王爷的命令，先在园内竹林清响馆里预备下床帐镜台，一面打发两个小太监和两个侍女，押着一辆车儿，到常明家里去，把舅太太接了来。这董额氏见富察氏的贴身侍女前来迎接，也是常有的事，心中毫不疑惑，便略略梳妆，坐上车，向圆明园来。

照例车子到了藻园门外停住，便有八个小太监出来，抬着车子，进园去，曲曲折折，走了许多路。这时盛夏天气，在外面赤日当空，十分闷热，一进园来，树荫深密，清风吹拂，顿觉胸襟开爽起来。董额氏坐在车子里，一路贪看景色，不觉到了一个清凉的所在。车子停下，两个侍女上来，把董额氏扶下地来，抬头一看，只见四面竹林，围着一座小院子，耳中只听得风吹竹叶，那竹梢上挂着金铃儿，一阵一阵叮呤的声音。走进院子去，小小一座客室，上面挂着一方匾额，写着"竹林清响馆"五个字。四壁挂着字画，满屋子都是紫竹儿椅，十分清雅。侍女引导着，走进侧室去，只见珠帘牙榻，纱帐水簟。镜台上放着梳具脂粉，黑漆的桌子上，琉璃盆中，放着各色水果；窗前书桌上，一个水晶缸，养着几尾金鱼。窗外面一丛翠竹映在窗纸上；一片绿色，连屋子里人的衣襟上也绿了。董额氏看了，不由得赞了一声："好一个清凉所在！"见两个侍女跟在他后面，不住地打扇；一个侍女，送上凉茶来。董额氏便问："怎么不见你家福晋？"一个侍女回道："福晋在荷静轩洗澡。吩咐请舅太太在屋里略坐一坐。"董额氏便也不说话。停了一回，两个年纪略大的侍女，捧着衣巾、盆镜等物进来，说道："请舅太太也洗个澡儿。"这董额氏天性怕热，在家里又常洗澡惯的，听说请他洗澡，他也欢喜。侍女们忙服侍他卸妆脱衣，披上浴衣，趿着睡鞋，两个侍女领着到房后面一间密室里洗澡去。待洗毕出来，自有侍女替他重行梳妆，再匀脂粉；便有一个人，伸过手来，替他在鬓边插上一朵兰花。董额氏在镜中望去，见站在他身后替他戴花的，不是什么侍女，竟是那宝亲王。董额氏这一羞，直羞得他低着脖子，靠在妆台上，抬不起头来。溜过眼去看宝亲王时，只见他直挺挺的跪在地上，嘴里不住的天仙美人地唤着。又说："俺自从见了嫂子以后，顿觉得俺这人活在世上毫无趣味。那天在嫂子脖子上偷偷地嗅了一下，这香味直留到现在。可怜把我想得饭也不想吃，觉也不想睡。天下的女人，也不在俺眼中。求嫂子可怜俺，看俺近来的形容消瘦，便知道俺想得嫂子苦，嫂子倘再不救俺，眼见得俺这条命保不住了。"说着，这宝亲王真的呜呜咽咽地哭起来，哭得十分凄楚。他一边哭着，一边拿出手帕来抹眼泪。董额氏认识这手帕是自己的。停了一回，又听宝亲王说道："嫂子放心，今天的事，俺俱已安排停当。这里在园的极西面，离着福晋的屋子又远，那班侍女内监们，都是俺的心腹。

嫂子倘然依顺了俺，决不使外边人知道；嫂子倘然不依顺我，声张起来，一来嫂子和俺的脸面从此丢了，二来便是声张，这地方十分冷僻，也没人听得，把俺们好好的交情，反闹翻了。嫂子倘然依从了俺，俺便到死也不忘了嫂子的恩德。嫂子倘然不依从俺，俺横竖是个死，便死在嫂子跟前，也做个风流鬼。"宝亲王说着，从腰里"飕"地拔出一柄宝剑来，向脖子上抹去。任你是铁石心肠的女人，见人在他跟前寻死，他心肠便不由得软下来。况且天下美人，大都是风流性格，见宝亲王又是一表人才，又明知道他将来要继承大位做皇帝的，又动了几分羡慕的心肠。如今听他一声声唤着"好嫂子"，又见他要自刎，便又动了几分怜惜的心肠。他自己看看浴罢出来，只外面披着一件薄纱的浴衣，玉雪也似的肌肤，映在纱衫外面，早已被宝亲王看一个饱。看看自己的衣服，一齐脱在床上。眼见得被宝亲王拦住了，不能拿来。便是拿来，当着宝亲王的面，也不能穿着。董额氏想到这种种地方，不觉叹了一口气，转过身来，夺去宝亲王手中的宝剑，伸着一个手指，在他额上一戳，说道："你真是我前世的冤家！"宝亲王趁此机会，便过去把董额氏顺手儿一拖，一个半推半就，一个轻怜轻爱，成就了好事。事过以后，宝亲王亲自服侍他穿戴。两人一时舍不得走开，又调笑一回。直到傍晚，才送他出房。那董额氏临去的时候，转过秋波来，向宝亲王溜了一眼，低低地骂了一声："鬼灵精！"上车去了。宝亲王心中十分得意。

从此以后，他两人一遇机会，便偷偷地在园中冷僻的地方寻欢作乐去。看看天气渐冷，宝亲王便和董额氏在露香斋一间密室里私会。正快乐的时候，只听得隔院碧桐书院里，发一声喊，顿时人声大乱起来。宝亲王忙丢下董额氏，赶到隔院去。一走进院子，只见大小太监，慌慌张张地说道："皇上脑袋不见了！"这座碧桐书院，正是雍正皇帝平日办公的地方。雍正皇帝因住在宫里，十分拘束，又常常纪念着宝亲王，便移到园中来住宿。在大宫门后面，依旧设立宗人府、内阁、吏部、礼部、兵部、都察院、理藩院、翰林院、詹事府、国子监、銮仪卫、东四旗各衙门的直庐。又在大宫门西面，设立户部、刑部、工部、钦天监、内务府、光禄寺、通政司、大理寺、鸿胪寺、太常寺、太仆寺、御书处、上驷院、武备院、西四旗各衙门的直庐。每天在正大光明殿坐朝。已有一年，十分安静。不料到忽然出了这件大乱子。

皇帝每到秋天，总在碧桐书院批阅奏章。院子里和书案前，都有内监和宫女伺候着。这一天伺候到黄昏月上的时候，内监们点上宫灯，皇帝在灯下翻阅奏章，忽然院子里梧桐上，飞过两道白光来，飞进屋子去，盘旋一回便不见了。那班宫女太监，眼见着两道白光，顿觉昏迷过去，开不得口；待到醒来，见皇帝已倒在地下，急上去扶时，脖子上脑袋已不知到什么地方去了。内监们发一声喊，那班侍卫大臣们，都一齐跑进来，见了这个情形，个个吓得两条腿发颤，没了主意。停了一回，一班妃嫔和宝亲王，都从人丛里抢进来，捧着雍正皇帝的尸首，号啕大哭。后来还是宝亲王有主意，吩咐内监，快请鄂尔泰和史贻直两人，来商议大事。那太监走出园来，跳上马，分头赶去。鄂尔泰这时已经安睡，忽然外面大门打得应天价响，家仆去开着门，一个太监飞也似的抢步进来，满头淌着汗，气喘吁吁地说道："快语大人！快语大人！皇上脑袋丢了！"这句语传到鄂尔泰耳朵里，慌得他从床上直跳起来，连爬带跌出去，也不及备马，便骑了太监骑来的马，没命地跑到圆明园。跳下马，抢进园去，那史贻直已先到了。这时候别的且不去管他，找皇上的脑袋要紧。大家拿着灯火，四处找寻。后来还是惠妃在尸首的裤裆里找到了。那惠妃捧着雍正皇帝的脑袋，呜呜咽咽地哭得十分凄凉。你知道这惠妃是什么人？便是那弘皙的妻子，胤礽的儿媳，雍正皇帝嫡亲的侄儿媳妇。被雍正皇帝硬取进宫来，待他十分有恩情，封他做惠妃。惠妃这时，早已忘了他的故夫；见雍正皇帝死得凄惨，便哭得十分悲哀。当时鄂尔泰忙把皇上的头装在颈子上，吩咐宫人给尸体沐浴穿戴起来；一面和史贻直两人，赶到正大光明殿里，从匾额后面，取出那金盒来，打开盒子，抓出遗诏来一读，见上面写着皇四子弘历即皇帝位。便去拉了宝亲王，带着五百名勇健军，赶进京城，到了太和殿，打起钟鼓来，满朝文武，齐集朝房；这时鄂尔泰满面淌着泪，诉说皇上被刺时的情形；众大臣围着他静听。正听到伤心的时候，忽然一个内监指着鄂尔泰说道："鄂中堂，你还穿着短衣呢。停一回怎么上朝？"一句话，提醒了他，才想着出来得匆忙，不及穿外衣，便立刻打发人到家中去拿朝衣朝帽穿戴齐全。正要上朝去，忽然史贻直想起一件事，对众大臣说道："皇上被人割去脑袋，说出去太不好听。况且这件事，俺们做臣子的，都有罪的。也得关起城门来，大大搜一下，一面行文各省，文武衙门捉拿凶手。这一声张，给人人传说着，岂不是笑话？如今依下官的意思，不如把这件事隐过了，一来保住先皇的面子，二来也省了多少骚扰。俺们须把遗诏改成害急病的口气，才得妥当。"当时鄂尔泰也连说不错，立刻动笔，在朝房改好了。文官由鄂尔泰率领，武官由史贻直率领，走上太和殿。那班亲王、贝勒、贝子和六部九卿文武官员，一齐跪倒。由鄂尔泰走上殿去，宣读遗诏道：

朕婴急病，自知不起；皇四子弘历，深肖朕躬，着继朕即皇帝位。钦此。

当时宝亲王也一同跪在阶下。鄂尔泰读过遗诏，便有一队侍卫宫女太监们，个个手里捧着仪仗，下来把他迎上殿去；换了龙袍，戴上大帽，簇拥他上了宝座。阶下众大臣齐呼万岁，爬下地去行过礼。新皇帝便下旨，改年号为乾隆元年，大赦天下；一面为大行皇帝发丧，一面却暗暗的下密旨给史贻直叫他查拿凶手，秘密处死。这史贻直奉了密旨，四处派下侦探搜查行刺皇帝的凶手。那凶手见大仇已报，早已远飏在深山僻静地方逍遥自在去了，叫这史贻直到什么地方去捉他？

如今我又要说吕四娘这边的事了。吕四娘跟着虬髯公住在京城里，和鱼娘做着伴；还有一个朱蓉镜，因舍不得丢下吕四娘，便离乡背井，也跟着四娘到京里来，一块儿住着。四娘感念蓉镜的恩情，答应他待大仇报后，把终身许给他。从此以后，蓉镜便格外和四娘亲热，两人真是同坐同行，百般恩爱。便是鱼娘，蓉镜也用十分好心看待他。凡是鱼娘有什么事呼唤他，他便立刻去做。因此鱼娘也和蓉镜好。他们三人常常坐在一间屋子里，有说有笑，在外人望去，好似虬髯公一子一女一媳一家人，却没有人去疑心他。便是虬髯公，也因住在京城里，闲着无事，叫旁人惹眼，便把自己家里的古董搬些出来，开一爿古董铺子。他铺子里常常有大臣太监们进出，虬髯公在他们嘴里，打听得宫里的道路。四娘和鱼娘两人，便在夜静更深的时候，跳进宫墙去。在月光下看去，见殿角森森，宫瓦粼粼，映着冷静的月光。一阵风来，夹着殿角的铜铃声。也不知道何处是皇帝的寝宫，他两人既到了里面，如何肯罢休，仗着他飞檐走壁的本领，东闯西闯。那宫里的侍卫、太监们，只见两条白光，飞来飞去；那侍卫待要上去捉拿，那白光来去又很快，如何捉得住他。那时咸安宫有一个宫女，正在廊下走着，一道白光冲来，那宫女的脑袋便不见了。因此宫内的人，便吵嚷起来。虬髯公生怕四娘在宫里乱闯，坏了大事，便劝他再耐守几时，打听得皇帝确实住宿的地方，再动手也不迟。因此四娘和鱼娘暂时敛迹，那宫中也便安静了许多。这时，雍正皇帝已迁居在圆明园内。那圆明园却不比得宫里，地方又旷野，侍卫又稀少，有几处庭院，竟有终年不见人迹的。四娘和鱼娘两人，带了干粮，去躲在园中的冷僻去处，打听皇帝的消息。有时也听得那班宫女、太监们嘴里露出一两句话来，知道皇帝每天在碧桐书院办公。到更深人静的时候，他两人又悄悄地出来打探路径。后来他们把园中出入的门路看得十分熟了，便动起手来，一动手便成功。他们随身带着闷香，所以皇帝被杀的时候，那班左右侍卫，都一时昏迷过去。四娘割下皇帝的头来，意欲带他回去，在他祖父父亲坟前祭祀。鱼娘说："这反叫人看出痕迹来，不如不拿去的好。"鱼娘便把雍正皇帝的头拿来塞在尸首的裤裆里，两人相视一笑，便一耸身出了圆明园。这时虬髯公早已安排停当，悄悄地把古董铺子收了，雇了一只小船，泊在城外十里堡地方候着。连候了三天，只见四娘和鱼娘两人手拉着手儿笑嘻嘻地走来，跳上船头，吩咐立刻开船。待到鄂尔泰进园去慌成一片的时候，四娘的船已和箭一般的摇过了杨村，向南去了。

说也奇怪，这吕四娘不曾报得父仇以前，便终日愁眉泪眼，淡妆素服，不施脂粉，不苟言笑；如今他见大仇已报，忽然满脸堆下笑来，穿着鲜艳的衣裙，浓施脂粉，终日有说有笑。满屋子只听得他的笑声。朱蓉镜看了,便说不出的欢喜。两人一路里同起同坐,十分亲爱。到了湖南地界,虬髯公送蓉镜回家。蓉镜的父亲见儿子回来了,便好似得了宝贝一般。当下蓉镜便和他父亲说知,要娶四娘做妻子,虬髯公自愿替他两人做媒。当下便择了吉期,给他两人成亲。四娘做了新娘,便一改从前严冷的态度,顿觉妩媚娇艳起来。鱼娘伴着他在新房里,终日逗着他玩笑。蓉镜终日跟住四娘,寸步不离,每日做些调脂弄粉画眉拾钗的事体。光阴很快,不觉过了一个月,虬髯公要告辞回去,朱家父子,再三留他不肯住下。四娘说:"俺夫妻多仗师父,才有今日;如今师父要去,俺夫妻须直送他到四川。"蓉镜也说不错。这时犹有鱼娘舍不得四娘,又想起父亲被仇家害死,自己欲归无家,心中十分凄凉,便止不住吊下眼泪来。四娘再三劝说,虬髯公也把鱼娘认作自己的女儿,答应他永远不丢开他。当时依旧四个人一齐上路,沿着长江上去;一路山光水色,叫人看了忘却忧愁不少。

看看走进了四川地界,那一路山势雄峻,他四人个个骑着马,从旱道走去。走出了剑阁,前面便是五老山。他四人立马在山顶上,忽然见一个老头儿一个少年,也骑着马从山坡上走来,鱼娘眼快,认识那老人便是他父亲鱼壳,忙拍马迎上前去。父女两人,抱头痛哭。这时四娘夫妇两人和虬髯公,都跟了上来。问起情由,原来从前被于清瑞捉住杀死的,原是一个地痞,冒着鱼壳的名字,在地方上横行不法,后来被官厅捉去正了法,这真的鱼壳,反得逍遥自在。只是常常想念女儿,也曾到虬髯公家里去访寻过;又因虬髯公带着鱼娘到京里去了,如今得在此相会,真是喜出望外。说起多亏虬髯公平日管教女儿,鱼壳连连拜谢。又说起大仇已报,大家更觉得十分快意。五个人说得热闹,独把那少年丢在一边,还是鱼壳介绍他们见面,说这位少年,姓邓,名禹九,是四川地方一个大财主,专好结识天下英雄好汉、豪商大贾。如今鱼壳也被他留在家中,朝夕讲论武艺,盘桓山水,十分投机。当下那邓禹九便邀大家到他东庄里去。这东庄便在那五老峰下面,盖着二百多间房屋,养着五六百庄客,却是懂得点武艺的。这邓禹九,堂上还有老母,自己年纪三十八岁,还未娶得妻房。他立志要娶一个才貌双全的女子,到今日还没有他当意的人儿。当日邓禹九摆上筵席来,请他们父女、夫妻、师徒吃酒,吃酒中间,说起鱼娘的武艺,虬髯公便吩咐鱼娘,当筵舞一回剑,给大众下酒。鱼娘听了,便下来卸去外衣,抱住鸳鸯剑,走到当地,舞动起来。起初只见剑光鬓影,一闪一闪的转动,后来那剑光越转得密了,只见一团白光,着地滚来滚去。坐在席上的人,只觉冷风凄凄,寒光逼人;那邓禹九看了,忍不住喝了一声好。只见一道白光,直射庭心,那鱼娘收住剑,笑吟吟地走进屋子来。屋子里的人,个个擎着酒杯,对鱼娘说一声:"辛苦!"一齐吃干了一杯酒。这一席酒,吃得宾主尽欢,直到夜深才散。

这夜,鱼娘跟着他父亲鱼壳去睡,朱蓉镜和四娘一房儿睡;独有邓禹九,伴着虬髯公睡。两人在房里说起鱼娘的武艺,那邓禹九看看屋子里没有人,便连连向虬髯公作揖,求他做媒,和鱼壳说去,要说鱼娘做妻子。那虬髯公一口担承,拍着胸脯,说:"这件亲事,包在老汉身上。"第二天,虬髯公真的找鱼壳替他女儿说媒去,那鱼壳也很愿意,只怕父女多年不见,人大心大,不知鱼娘心下如何?虬髯公便把四娘唤来,把邓禹九求婚的意思,对他说了,又托他去探问鱼娘的意思。四娘走到房里,先把丈夫打发开,拉着鱼娘的手,两人肩并肩儿地坐在床沿上,低低的告诉他邓禹九求婚和鱼壳心中愿意的话。又问他:"可愿意不愿意?"那鱼娘起初听了这个话,羞得他只是低着头,不作声儿;后来四娘催得紧了,鱼娘不觉吊下眼泪来。四娘忙问时,鱼娘说道:"和姊姊厮混熟了,只是舍不下姊姊。我情愿老不嫁人,跟着姊姊一辈子,岂不很好?"四娘听了,笑推着他说道:"小妮子!说孩子话呢。你姊姊已嫁了姊夫了,来去总得听丈夫的意思,如何由得俺们做主呢?妹妹既舍不得我,我带着你姊夫常来看望你便了。"那鱼娘只是摇着头不肯,又说:"那姓邓的,倘然有心,叫他去了家乡,跟着姊姊一块儿到湖南去住着。"四娘听了,拍着鱼娘的肩头,笑说道:"妹妹说笑话了。叫人撇下这庄田家产跟俺到湖南喝西北风去吗?"那鱼娘一歪脖子,说道:"不相干,不去,俺便不嫁!"四娘正在为难的当儿,忽然蓉镜从床后跳出来,拍手笑道:"姊姊舍不得妹妹,妹妹舍不得姊姊,便是俺也舍不得妹妹!如今俺把湖南的家去搬来,在五老峰下住着,给你们姊妹早晚见面,妹妹总可以嫁了。”那鱼娘听了,白了蓉镜一眼,说道:“俺嫁不嫁,与你什么相干?你们串通坐一起,要逼俺嫁,俺偏不嫁,看你们怎么样?”接着,四娘又说了许多好话,又答应他把家搬来,陪他一块儿住。鱼娘这时心里虽肯了,嘴里却是不作声,低着脖子,手里只是弄着一方红绸帕儿。蓉镜暗暗地向四娘努一努嘴,又指指鱼娘的手帕,四娘会意,劈手去把鱼娘那方手帕夺来,急递给蓉镜,说道:“快把这手帕拿出去,对师傅说俺妹妹已答应了,拿这方手帕为凭,叫师傅快说媒去。”那蓉镜接过手帕来,转身飞也似的跑去。邓禹九见鱼娘答应了,真是喜出望外,一面选定吉日行礼。那鱼娘见事已如此,便也无话可说。只托四娘出来,说定三个条件:第一件,父亲住在邓家,要邓禹九养老归山;第二件,师傅虬髯公,也要邓禹九供养在家,不可怠慢;第三件,姊姊四娘、姊夫蓉镜,也要留他住在一块儿。那邓禹九听了,件件答应。一面打扫房屋,安排鱼壳和虬髯公两位老人的住处,一面在隔院建造房屋,安顿朱蓉镜夫妻两人。那蓉镜又赶回家去,把父亲接上山来,一块儿住着。到了鱼娘的喜期,那江湖上一班英雄好汉,都赶来贺喜。那院中摆下一百二十桌喜酒,一班客人吃得河枯酒干。欲知后事如何,且听下回分解。

宫闱艳迹,无国无之;然有足传者,有不足传者。其关于国运变迁,或出有真挚之情爱,皆足传述;此外滥淫污迹,无关大局者,皆无传述之价值。唯此董额氏一代佳人,宜有佳话;文字写来,艳而不淫,情不伤雅,令人神往。如此富丽堂皇之描情,非个人老手,不能至此。

半夜飞头,深宫遇刺;此如何大事,何得不仓皇?鄂尔泰闻变进园一段,慌张就道,写来令人喷饭;然细思当时确有此情景,当局者不自知耳。

吕鱼二女,成功而反,回复女儿本相。昔何严冷,今何温柔?前后判若两人。当山中结婚一段,细腻温存,令人羡煞。作者之笔,忽冷如铁,忽软如绵,能手也!

第三十九回　宝亲王私通舅嫂　乾隆帝宠爱香妃

却说雍正皇帝自从被四娘、鱼娘二人刺死以后，宝亲王便安然登了大宝，第一个不能忘怀的，便是他舅嫂董额氏。他又怕他舅子傅恒从中作梗，便先下一道圣旨，把傅恒升任为礼部尚书。这傅恒原是一个小京官，忽见皇上骤加恩宠，把他感激得肝脑涂地，任你皇上叫他做什么，他都愿意。乾隆皇帝见傅恒一面已打通了，便假说皇后想念嫂嫂为名，常常把董额氏接进宫去。董额氏每一次进宫来，必先到一间密室里，和皇帝相会。那乾隆皇帝一见了董额氏，早已魂飞魄散，骨软筋酥，皇帝也不像做皇帝了。那董额氏也实实长得美，每逢他掩唇一笑，回眸一睐，乾隆皇帝便不觉对着他，“天仙，天仙”的唤不住口。那董额氏又故意卖弄，那卸衣脱履，送茶捶腿的事体，都叫皇帝做去，皇帝也十分高兴做。董额氏常常脱去鞋子，把一只脚搁在皇帝膝盖上，叫皇帝捶腿。那皇帝对董额氏屈着一膝，蹲在地下，一面替他捶腿，一面嘴里嫂子长嫂子短的说笑着。他们玩够多时，重行梳妆一番，再进坤宁宫去见皇后。那皇后富察氏，见了嫂子，也十分亲热，有时留他住在宫里，姑嫂两人同床睡着，说说笑笑。在富察氏还睡在鼓里，不知他嫂子和皇帝结下如此深厚的恩情，反时时把嫂子传进宫来，叙家人之礼。

这董额氏自从和皇帝有了私情以后，自己看自己十分尊贵，回家去便不肯和她丈夫同房。那傅恒在家里，常常被他夫人驱逐出来，和他侍姬一块儿睡去。傅恒有四个侍姬，相貌都赶不上董额氏。如今董额氏十分冷淡他，傅恒也没法，只得和他侍姬胡缠去。董额氏和皇上暗地里来去，看看已有两年光阴了。这年春天，董额氏忽然有身了。这件事，第一个瞒不过丈夫，两年里边，不曾和丈夫同房，忽然肚子里有了孩儿，便难免要受丈夫的责问。他心中十分害怕，后来他悄悄地和皇帝商量了一条计策。这一天，从宫里回家来，忽然在自己房里，摆下酒菜，把傅恒请进房来，陪他吃酒。那傅恒许久不见妻子的面了，如今看看妻子的面貌，越发标致了，再加今夜董额氏看待他格外殷勤，早把个傅恒弄得神魂颠倒。他两人一边吃着酒，一边调笑着。酒罢以后，董额氏便把丈夫留在房里。那傅恒真是受宠若惊，这一夜的恩典，真是鞠躬尽瘁，洽髓沦肌。隔了几天，董额氏对丈夫说道：“肚子里已有孕了。”傅恒听了，欢喜得什么似的。傅恒这时虽已生了三个儿子，但都是他侍妾生的，董额氏却不曾生过一个。如今听说董额氏有了身孕，怎么不要叫他活活的快活死？到了时候，董额氏临盆，果然生下一个男孩儿来。但是傅恒暗暗的一算，这孩子在肚子里，只有八个月便出世了，忙悄悄地问他妻子去。那董额氏见丈夫倒也十分精细，便哄着他说：“自己身体单薄，养不住胎，所以八个月便漏下来了。这孩儿先天不足，你须要好好地调养他。”傅恒听了妻子的话，便信以为真，从此着意调养这个小孩。但是这小儿儿子养下地来，便已十分雄壮，啼声也极其洪亮，到了满月以后，董额氏抱他进宫去，朝见皇帝，求皇帝赏他一个名字。那乾隆皇帝看这孩子长得和自己一般，相貌魁梧，心中很是欢喜。想把他留在宫中，又怕在傅恒面子上太过不去，便赐他一个名儿，叫福康安，是望他长大起来有福康健平安的意思。皇帝皇后赏了许多珍宝玩物。又怕外面的乳母不洁净，这时富察氏正生下一个皇子来，便把皇子的四十个乳媪里面，选了二十个，到傅恒家里去乳着福康安；又推说皇后爱这孩子，每月朔望，须把这孩子抱进宫去见一面。

后来福康安到了五六岁上，皇帝便把他召进宫去，跟着皇子 一块儿在上书房上学。这时董额氏姿色略减，乾隆皇帝在宫中，已别有宠爱。他两人的交情，也略略疏淡了些。但是傅恒的官阶，总不住地往上升，一会儿已升到文华殿大学士。傅恒的三个儿子，最小的也十四岁了，皇帝下旨，一齐选做驸马，把三个公主，下嫁给他。独有福康安，不得尚主。但乾隆帝看待福康安，恩情十分隆重，十二岁时，便封他做贝子，又把自己的御林军，交给福康安统带。暗地里选了许多名将武士去保护他。那班武将知道皇帝的意思，每遇出兵，总让福康安得头功；每遇交战，自己故意败下来，让福康安抢上去，又在暗地里帮着他打。待到打得胜仗，功劳全归福康安一个人的。因此福康安每出兵，总打胜仗；每打胜仗回来，皇帝必召他进宫去，赐宴赐物。福康安家里御赐的东西，堆满了屋子。后来回部大小和卓木举兵谋反，乾隆皇帝要显福康安的本领，下旨命他统领大兵，会合伊犁将军兆惠出师回部。那兆惠临行请训的时候，乾隆皇帝悄悄地嘱咐他照看福康安。又说："朕久听得大卓木有一个妃子，名叫香妃；不但面貌长得美丽，而且体有异香，将军此去，须格外留意探访香妃的下落。"兆惠听了皇上的话，心下已十分明白，便诺诺连声，告退出宫，和福康安合兵在一处，浩浩荡荡，杀奔回部去了。

这时福康安年纪只有十八岁，打扮得风流俊俏，每天骑着马，带一队卫兵，在大营四周深山茂林中围猎取乐。他虽受了皇命，官做到督师，却把营盘驻扎在山陕边界地方，并不出去打仗。自有一班名士，每日陪伴他弹棋饮酒，谈笑消闲。那将军兆惠，却带领十万大兵，从乌什地方打进喀什噶尔去，都统富德，又由和阗打进叶尔羌。和卓木兄弟两人连吃败仗，丢了这两座城池，越过葱岭逃去。兆惠派一支先锋队，追杀傅罗尼都，直追到阿楚尔山，杀死敌军人马数万。兆惠看看得胜，便催动人马，长驱直入，杀到吕达克山地界的伊西浑河边。大小卓木兄弟两人，逃过河去，后来被巴达克山地方的酋长擒住，割下头来，献与兆惠将军。那兆惠将军，不敢居功，忙把两个人头，装在匣子里，派人连夜送到督师福康安营里。福康安得兆惠将军的战报，便专折入奏。圣旨下来，封福康安为靖安伯，准用亲王仪仗；又把回部总名改做新疆，分设伊犁、塔尔巴哈台、乌鲁木齐、喀什噶尔四镇，升兆惠为新疆将军兼办事大臣，富德升任参赞大臣，又令福康安刻日班师进京。

这时兆惠心中念念不忘的，便是那个香妃。那大卓木自从被巴达克山酋长杀死以后，这香妃便不知下落。看看福康安班师的日期，一天近似一天了，兆惠打发他手下人，四处打听香妃的下落，总打听不到。此番若不把香妃送进京去，皇帝定要恼恨自己，前程怕要不保。后来还是富德说："那大卓木既被巴达克酋长杀死，那香妃一定也流落在巴达克地方；俺们不如向巴达克酋长去要回来。"富德这句话，果然被他猜着。那巴达克酋长，原也见香妃长得美貌，所以把大卓木杀了，满意要享这艳福。谁知香妃见丈夫被巴达克酋长杀了，心中十分愤恨，任那酋长如何硬逼软骗，他总不肯失节，你若逼得他利害些，他便痛哭觅死。那酋长见一块肥羊肉上不得嘴，正在进退两难，忽然兆惠将军打发人来要这香妃，说他是罪人的妻孥，须要把他解进京去，献俘朝廷。那酋长听了，看看这香妃不肯从他，乐得做一个现成人情。只说："这香妃是回部地方第一个美人，得来很不容易；香花供养，保存颜色，更不容易。如今天朝须拿和阗白璧十对来交换。"那兆惠为要讨好皇上，只得把十对上好的和阗白璧送去。那酋长得了白璧，便把香妃送来。兆惠亲自穿戴衣冠，迎进将军衙门去。看香妃时，果然长得雪肤花貌，娇艳动人。兆惠安慰了一番，说："此去皇上十分宠爱，享不尽的繁华，受不尽的富贵；他日得宠，休忘了我这远臣推荐之功。"那香妃听了，只是憨笑，也不说话。兆惠又问他："此去万里京华，可有什么要携带的奴婢器物？早早吩咐我，都可以照办。"香妃听了，便说："别的没有什么，只有旧时两个心腹丫鬟，舍他不下；求贵将军许他一块儿跟进京去。"兆惠听了，便打发人到大卓木的宫里去，把两个丫鬟传唤出来，又吩咐他，凡是香妃平日装饰服用的东西，一齐带进京去。

新疆到北京，沿途造着客馆，馆里面锦衾绣帷，铺设得十分华丽；又怕香妃在路上冒了风霜，减却了颜色，便造了一辆蒲轮寝车，四面用锦帐遮蔽。香妃睡在车子里，一路走去，十分安适。到了一个客馆里，除他两个贴身丫鬟伺候外，又派了二十名使女，二十名差官，在馆内奔走供应。馆外面自有福康安的兵队驻扎保护。那香妃每日要洗澡，福康安备了羊乳牛酪，奇花异香，供香妃洗用。据服侍香妃的使女传说出来，香妃天天用羊乳牛酪擦洗，他皮肤十分白嫩，每洗过澡，用各种异香熏过，又用香茶漱口，因此香妃每说一句话，每坐一坐，那香味终日不散。讲到他的面貌，庄端美丽，叫人见了，又敬又爱；不用说是男子，便是女人见了他这白净的肌肤，妩媚的容颜，也要神魂颠倒。一路行来，福康安因为他是天子的禁脔，便也不敢和他亲近，倒是香妃常常把福康安唤进客馆去，笑谈杂作。最动人的，便是他回眸一笑，瓠犀微露，齿白唇红，真令人心意也销；看他终日嬉笑，好似忘了国仇家恨。福康安少年倜傥，也算得是一个风流健将了；但是见了这香妃，也不觉得低头敛息，退避三舍。

在路上走了半年，看看到了京师。乾隆皇帝第一个挂心的是福康安，第二个挂心的是香妃。如今两个人都到了跟前，叫他如何不喜？他一面暗暗的吩咐内监，把香妃安置在西内，一面御殿受俘。福康安出殿朝拜，便把出师新疆得胜回朝的情形，一一奏闻。乾隆皇帝看这少年将军，立功绝域，说不出的满心欢喜。又因他是自己的私生子，便格外宠爱，恨不得把他拉在怀里，抚慰一番。只因碍着君臣的礼节，便着实的称赞了一番。接着又献上俘虏来，这时回部的君臣和他的眷属，一齐被福康安押解进京，送上殿来；个个都匍匐在地、不敢抬头。皇帝翻阅献俘名册，见头一名便是回部酋长霍集占夫妻两人；皇帝便命把他夫妻传上殿去，跪在龙案下面，吩咐他："抬起头来。"那霍集占见了皇帝，不住的碰头求饶；又看那酋妇，云鬓飞蓬，玉容憔悴。虽说风尘劳顿，却也妩媚动人。乾隆皇帝看了，心中诧异，怎么回部地方，专出美人；我看这酋妇，也可算得是美人儿的了，不知那香妃又怎么的美呢？皇帝这时，忽然想起香妃，便潦潦草草的受过俘，吩咐把霍集占夫妇打入刑部牢狱，其余都押赴刑场正法。可怜一声旨下，不知送去了多少性命。这里霍集占夫妇两人，只得孤孤凄凄的去享受牢狱风味。乾隆皇帝一面吩咐在懋勤殿大开庆功筵宴，一面急急走进西内看香妃去。

那香妃自从进了皇宫，见宫殿巍峨，人物富丽，便也十分快活，他终日和那妃嫔宫女游玩着；只因他性情和顺，举动娇憨，便大家和他好。有时和那宫女替换穿着衣服，有时和宫女们去一床儿睡。不多几天，那宫中的妃嫔，个个和他十分亲热。到了第八天上，忽然传说天子临幸西内，那班宫女，七手八脚地把他打扮起来，叫他出房去迎接圣驾。那香妃抵死不肯，也只得罢了。停了一回，皇帝走进房来，香妃低着脖子，只是坐在床前，动也不动。左右宫女，连连唤他接驾，那香妃只是低头弄着带儿，好似不曾听得一般。皇帝急急摆手，叫宫女不要惊动美人，自己走上前去，在香妃身子前后细细观着。只见他长眉侵鬓，玉颐笼羞；那一点朱唇，红得和樱桃一般，十分鲜艳。看他后面。粉颈琢玉，低鬟垂云，柳腰一搦，香肩双斜；再看他两手，玲珑纤洁，几疑是白玉雕成的。乾隆皇帝静静的赏鉴了一回，觉得他神光高洁，秀美天成，反把他一段邪淫的念头，倒压了下去；只觉得一阵阵暖香，送入鼻管来，把个皇帝爱得他手尖儿也不敢去触他一触，只是连连地叹着气，说道："好一个美人！好一个天仙！天地灵秀之气，都把你一人占尽了！只恨朕无福，不能早与美人相见；今日相见，却叫朕拿什么来博你的欢心呢？"说着，又叹了几口气，便走出房去，叮嘱宫女："须小心伺候，美人离乡万里，也难怪他心中悲苦；你们须竭力劝慰，美人要什么，须立刻传给总管太监办到。谁敢怠慢美人，吃朕知道了，立刻砍他的脑袋！谁能叫美人欢喜，也重重有赏。美人沿途辛苦了，朕如今且去，让他多休养几天，你们须静静的伺候，不可惊动了美人。"那班宫女太监们，听了皇帝的吩咐，只得诺诺连声。皇帝这样的温柔的礼貌，他们却第一次看见。待皇帝走了，大家不觉在暗地里好笑。

说也奇怪，那位香妃，见了皇帝，便铁板着面孔，不言不笑；见皇帝去了，却依旧喜笑颜开，和宫女们玩耍去了。这西内建得一座好大的园林，香妃生长在蛮荒地方，却不曾见过这大内的景色。他带着自己两个侍女，和一班宫女，有时在西池荡桨，有时在瑶岛登高，有时在花港垂钓，有时在小苑射鹿。正游玩得有兴，忽然说："皇帝颁赏香妃物件。"那宫女催香妃快谢恩领赏去,那香妃把粉颈儿一歪,逃在摘星楼上躲避去了。那送物件的太监,见香妃娇憨可掬,便也无可如何,只得把这实在情形复旨去了。又隔了几天,乾隆皇帝实在想得香妃利害,朝罢回宫,悄悄地走到西内去。走进宫门,只听得内屋里一片香妃的欢笑声。那内监们见皇帝来了,正要喝威,皇帝忙摇着手,叫他不要声张,自己蹑着脚,走进内屋去。只见香妃袒着酥胸,散着云鬟,两个宫女,正服侍他梳头;三五个侍女,坐在地下,香妃赤着一双白足,踏在侍女怀里。面前几个大盘,盘里都是皇帝新近赏他的珠宝脂粉;他拿着一样一样的赏给侍女,那班侍女,一边笑着,一边谢赏。香妃把赏剩的东西,随手乱抛;惹得那班侍女,满屋子抢着,一时嘻嘻哗哗,一片娇声,好似树林中的莺燕一般。乾隆皇帝在帘外看了半天,忍不住哈哈大笑,掀着帘子进去。屋子里的宫女,见天子驾到,忙个个爬在地下接驾;独有香妃好似不曾看见一般,自己对镜理妆。皇帝也不去惊动他,静悄悄地坐在镜台一边看他梳头,梳成了头,穿衣着袜,一任皇帝怔怔地看着。香妃只是噘着嘴,垂着眼,一睬也不睬。乾隆皇帝细细地问宫女:"香妃饮食起居,可有什么不适?每天做些什么事情消遣?"又问他:"住在宫中,可快乐吗?"那宫女一一回奏。皇帝看着香妃,叹了一口气,说道:"天上神仙,可望而不可接!朕和这美人,怎的这般无缘?"便把两个年长的宫女传唤到跟前来,悄悄地吩咐他,叫他觑香妃欢喜的时候,劝香妃趁早依顺了皇帝,好处正多着呢。那宫女口称领旨,送皇帝出宫。回进屋子来,便把皇帝谕旨对香妃劝说一番。那香妃却嬉笑自若,好似不听得一般。到了第二天,皇帝又赏香妃许多珍宝衣饰,香妃拿来,依旧分赏给他侍婢。从此以后,皇帝天天有东西赏给香妃,香妃有时拿来转给太监宫女们,有时便随手弃掷,略不爱惜。

如是又隔了几天,有一天,乾隆皇帝酒醉了,想起香妃,便命太监扶着,走到西内去;一走进宫门,内监们"唵唵"地喊了几声,宫女知道圣驾又到,忙催香妃出去接驾,香妃抵死不肯。宫女们没法,只得出来,把皇帝扶进内室去。香妃见皇帝来了,依旧气愤愤的低着脖子坐着。皇帝连唤几声香妃,又唤美人,他都不理。皇帝哈哈大笑道:"美人儿害羞也!"说着,把衣袖向门外一挥,那宫女太监们,一齐退出门外去,只把香妃和乾隆皇帝两人留在屋子里。皇帝到了这时候,实在忍耐不住了,便走过去,捏住香妃的手腕,只说得一句:"好白嫩的臂儿!"只见香妃"飕"地拔出一柄尖刀来,向臂上割去。皇帝手快,急夺住他的尖刀,那雪也似的臂儿上,已割了一个裂口,淌出鲜红的血来。皇上的酒也吓醒了,忙拿袍袖去替他遮掩;一面唤宫女进来,替他包扎伤口。乾隆皇帝见香妃性情节烈,便也不敢把威力去逼他,只吩咐宫女,随时规劝他。

香妃自从割臂以后,终日哭着嚷着,要回家乡去。皇帝可怜他异地孤凄,便吩咐内务府在香妃住的楼外空地上,连日连夜赶造回部的街市和回回营、回回教堂。又弄了许多回子,在街市上做买卖,跑来跑去,和回部的风俗一丝不差;又命宫女,每日领着香妃在楼上看望。那香妃见了回部街市,知道皇帝怕他想念家乡,为他大兴土木,造成这许多回部的房屋;他心中虽感念皇帝待他的一番深意,但他见了回部街市,心中念家乡越发念得厉害,常常倚在楼窗口,对着那窗外风景,淌眼抹泪。有时皇帝亲自到他宫中来,打叠起千万温柔,用好话劝他,无奈他一听得皇帝提起回部,那眼泪便好似断了线的珍珠一般,扑簌簌的湿透了衣襟。皇帝看了他这可怜样子,便也不忍去逼他,只来坐一回,看望一回,便去了。后来那宫女暗地里劝着香妃,说:"皇帝的威权很大,妃子终是拗不过去的;将来恼了皇帝的性子,说不定要恃强来奸污你,也许绑出宫去杀了。到那时妃子一般总是一个死,一般守不住贞节,还不如趁早依顺了皇帝,多享几年快乐;皇帝也是一个多情种子,那个妃子得了宠,保不定和唐明皇宠杨贵妃一般,留下千古韵事,也不负上天生妃子这一副美丽容颜了。"任你宫女说得天花乱坠,那香妃听了,总当作耳边风一般;遇劝得很了,那香妃便从袖子里拿出一柄尖刀来,向脖子上抹去,吓得那宫女魂不附体,忙上去夺下来。那香妃冷笑数声,说道:"你夺去何用?我身边藏着这样的尖刀四五十柄呢!你们不逼我便罢,你们倘然逼得我过狠了，俺便自己结果我自己的性命。不然，那皇帝倘然来逼我，俺有尖刀在此，叫他和我一块儿死！"宫女听了香妃一番话，生怕将来闯出大祸来，便悄悄地去告诉了本宫总管；那总管太监，想想担不起这干系，便悄悄地去通报皇后。皇后富察氏，得了这个消息，心中又气又害怕；他夫妻之间，因为董额氏的事体，吃皇后知道了，从此禁住董额氏不许他进宫，皇帝恨极了皇后，从此也不进皇后的宫，两口子闹翻了。皇后知道自己不能劝谏皇上，便把这事体偷偷地去告诉了皇太后。皇太后钮祜禄氏，生平十分疼爱皇帝的，又知道皇帝有些左性，当面一定劝他不转，须得要想一个釜底抽薪的法子，去断了皇帝这条心。他婆媳两人商量了半天，商量不出好法子来。后来还是坤宁宫里一个老太监，名叫余寿的，想出一条计策来；如此如此，对皇太后说了，皇太后连说："不错。"当下叮嘱宫中上下人，严守秘密，暂时不动声色。

那乾隆皇帝，又去看望过香妃几趟，那香妃总是冷冰如霜，任你温情软意，他总是个不理不睬。乾隆皇帝看了这样，暗里自己伤心，心想我贵为天子，却不能享这一段艳福，真是人生在世，各有姻缘。但眼看着这样一个美人儿，叫朕如何放手得？要用强威逼呢，心中却又不忍。他日思夜想，心中十分郁闷，任你千娇百媚的妃嫔，在他跟前；山珍海味，供在桌上，他总是食不知味，寝不安席。从来说的，忧能伤人。乾隆皇帝，慢慢地积想成病。皇太后见他容颜一天消瘦似一天，心中便好似刀割。他知道要救皇帝的性命，这计策万不能不做了。看看冬至节近，礼部奏请皇上祭天。这是每年的大礼，照例在祭天的前三日，皇上斋戒沐浴，住宿在斋宫里。到祭天的这一天，文武百官，五更时候起来，先到圜丘去迎接圣驾。那皇上祭过了天，心中念念不忘香妃，心想我四五天不见他，不知他的容颜怎么样了？一进宫门，便赶到西内去一看，见屋内静悄悄的，不但不见香妃，连那班宫女也不知到什么地方去了。再看看室内，衣服抛弃满地。忙传管宫太监时，那太监跪称："香妃和一班宫女，都被太后宣召去了。"乾隆皇帝听了，忙把靴底乱顿，嘴里连说："糟糕！糟糕！"一转身，忙向坤宁宫赶去。欲知香妃下落，且听下回分解。

董额氏既通于亲王，即厌避其夫；此凡失足妇人，同有之心理。亲王富贵胜于傅恒，势利之念，女子为甚，宜董额氏之厌其夫矣。又有一念，为既已失足，一见其夫，不免内疚于心，此董额氏之所以避其夫也。

福康安少年富贵，荣宠已极；爱怜私子，人生天性，虽帝王亦不能掩其迹。自来因私子而紊乱国事者，史不胜书；彼乾隆帝虽宠福康安，尚知大体，不致倒持太阿，此所以谓英主也。

香妃艳迹，流传千古；而漂泊一身，尚不失为节烈美人，自是难能而可贵。女子而节烈，固可贵矣；美人而能节烈，则尤可贵。在宫廷中而能不为威屈不为势诱，终保其清白之身，尤为可贵可敬。虽然，非彼故主以深情厚谊结于前，曷克臻此。情之足以维系人心，诚大矣哉！

第四十回 狱中回妇深夜被宠 宫里天子静昼窃听

却说皇太后见乾隆帝为了想念香妃，弄出一身病痛来，心中十分不忍；只因没有机会，不好下手把香妃弄死。他和宫中太监，早已预备下计策。这一天，趁皇帝住宿在斋宫里，便派一个总管太监到西内去，把香妃和服侍香妃的宫女太监们，一齐传唤了来。先盘问宫女："香妃如何进宫？皇上如何看待他？香妃进宫来时，带了多少奴婢器物？皇上又赏过多少珍宝衣物？皇上和香妃见过几回面？见面的时候，皇上说些什么？香妃说些什么？香妃平日在宫里做些什么事？说些什么话？皇上可曾亲近过香妃的身体？香妃可有感激皇帝的话？或是恼恨皇帝的话？"细细地问过一番，那宫女也一一照实的奏明了太后。太后吩咐宫女站过一边，又把香妃传进宫来。那香妃一走进屋子，满屋子的人见了他的容颜，都吃了一惊。皇太后回过头去，对富察皇后笑着，说道："长得妖精似的，怪不得俺们皇帝被他迷住了！"那香妃见了皇太后和皇后，也不不跪，只低着头站在一旁。皇太后第一个开口问道："你到俺们宫中来，皇上用万分恩情看待你，你知道感激吗？"那香妃听了，冷冷地说道："俺不知道感激皇上，俺只知道痛恨皇上！"皇后说道："你为什么要痛恨皇上？"那香妃说道："俺夫妻好好地在回部，皇上为什么要派兵来夺俺土地，杀俺酋长？杀俺酋长也罢了，为什么要弄俺进京来？弄俺进京来，照俘虏定罪，一刀杀了，也便罢了，为什么独不杀俺，又把俺弄进宫来？把俺弄进宫来也罢了，那皇上为什么要时时地来调戏俺？"香妃说到这里不觉义愤填膺，只见他柳眉倒竖，杏眼圆睁，粉腮儿上显出两朵红云来，那容貌越发美丽了。皇太后听他说到皇上调戏一句话，不觉微微一笑，说道："依你现在的意思，打算怎么样？"那香妃说道："太后若肯开恩，放俺回家乡，待俺召集丈夫的旧部，杀进京来，报了俺丈夫的仇恨。"太后听了，忙摇着手道："这是做不到的，你休妄想。"香妃接着说道："不啊，仍旧放俺回宫去，待有机会，刺死了皇帝，也出了俺胸中的怨气。"皇后听了，忍不住恼恨起来，喝道："贱婢！皇上什么亏待了你？你却要下这样的毒手？"太后忙拦住皇后道："俺们且听他再说些什么。"那香妃又说道："再不啊，只求太后开恩，赏俺一个全尸，保全了俺的贞节罢。"他说着，满面淌下泪珠来，"噗"的跪下地去，连连磕着头求着。太后看了，心下也有些不忍，便点着头，说道："看这孩子可怜，俺们便依了他的心愿罢。"皇后也说："太后说的是。"太后一面吩咐把香妃扶起来，一面传进管事太监来，命他把香妃带出去，吩咐侍卫，拉出去在月华门西厢房里勒死，赐他一个全尸罢。那香妃听了太后的谕旨，忙爬下地去，磕了三个头，谢过恩，转身跟着太监出去了。那两旁站着的宫女内监们，个个忍不住吊下泪来。这是乾隆皇帝祭天前一天的事。

第二天，待到皇帝回进宫来，得到这个消息，赶快抢到坤宁宫去救时，已经来不及了。太后见了皇帝，便拉着他的手，把好话劝说一番。又说："那回回女子，存心狠毒，倘然不勒死他，早晚便要闯出大祸来。到那时，叫我如何对得住你的列祖列宗呢？为今那回回女人也死了，你也可以丢开手了。你看，你自己这几天为了他消瘦得不成样儿了。我的好孩子！快回宫去养息养息罢。"太后说着，伸手去摸皇帝的脸。他们母子天性，皇帝被太后说了几句，倒也不好说什么。只得退出宫来，悄悄地拉着一个太监，问他："香妃的尸首，停在什么地方？"那太监悄悄地把皇帝领到月华宫西厢房里，皇帝一见了香妃的尸身，忙抢过去抱住了，只说得一句："朕害了你也！"那眼泪和潮水一般的涌了出来，香妃的衣襟上，湿了一大块，慌得那太监，跪下来，再三求皇上回宫。那皇上哭够多时，又仔细端详了一回香妃的脸面，又亲手替他捺上了眼皮，说道："香妃，香妃！我和你真是别离生死两悠悠！"乾隆皇帝还怔怔地站在尸身旁边，不肯走；经不得那太监一再催请，他便从尸首手上勒下一个戒指来，缩在袖子里。走出屋子来，把月华门管事的太监传唤过来，吩咐他："用上好棺木收殓，须拣那风景山胜的地方去埋葬下。"那太监连称："遵旨。"悄悄地去和内务府商量，买了一口上好的棺木，把香妃生前的衣服，替他穿扎了，偷偷地抬出宫去，在南下洼陶然亭东北角上堆了一个大冢。冢前竖一方石碑，上面刻着"香冢"两个大字；碑的阴面，又刻着一首词儿道：

浩浩愁，茫茫劫；短歌终，明月缺。郁郁佳城，中有碧血。碧亦有时尽，血亦有时灭；一缕香魂无断绝，是耶非耶，化为蝴蝶！

这首词儿，是乾隆皇帝托一位翰林院编修做的，刻在碑阴，表明他终古遗恨的意思。这座香冢，直到如今，还巍然独存；凡游陶然亭的，见了这座孤坟，人人要替当年的香妃洒几点热泪。这都是闲话，如今且不去说他。

再说乾隆皇帝，自从香妃死过以后，心中十分烦闷。看看那香妃留下来的戒指，物在人亡，由不得他要吊下泪来。他住在宫中，任你那班妃嫔宫女，如何哄着他玩，他总是难开笑口；幸得福康安常常进宫来，乾隆皇帝见了他，任你有万千担愁恨，也便丢开了。福康安陪着皇帝在宫里，有时下一盘棋，有时吃一杯酒；说说笑笑，倒也消遣了岁月。看看过了残冬，已到新春，乾隆皇帝慢慢地把忧愁忘了。有一天，睡到半夜里，忽然又想起香妃来了。因想起香妃，猛记得还有去年那个回酋霍集占夫妻两人，到如今还关在刑部监狱里。那霍集占的妻子，却也长得俊俏动人，那时只因一心在香妃身上，便也把他忘了。如今我何不把那女人唤进宫来玩耍一番，也解了我心中之闷。当时乾隆皇帝立刻吩咐管事太监，到刑部大牢里去，把那霍集占的妻子，须在五更以前，提进宫来。那太监奉了圣旨，也不知皇上是什么意思，便飞马赶到刑部大堂里，一迭连声催提人。这时已夜静更深，所有值堂的侍郎郎中，早已回家去了。那值夜的提牢司员，正在好睡；忽听得外面一叠连声地嚷着："接旨！"把那司员吓得跳下床来，披着衣服，趿着鞋子，一面发颤，一面说道："吾辈官小职微，向来够不上接旨的身份，这便如何是好！"那太监大声说道："没有旁的事，你只把牢门开了，把那回回女人，交给俺带去便完了。"那司员听了，越发吓得他把双手乱摇，说道："堂官不在衙门里，在这半夜三更，开放牢门；倘有疏忽，叫俺这芝麻绿豆似的小官，如何担任得起？"那太监急了，连连跺着脚，说道："好大胆的司员！有圣旨到来，你还敢抗不奉旨。俺问你，有几个脑袋？"那司员越听越害怕，吓得也哭了。后来亏得一个提牢小吏，想出一个主意来，说道："俺们不开牢门，又担不起抗旨的罪；在这半夜三更，开了牢门，却又担不起这风火。此时没有别法。只得请公公暂等一等，俺们把满尚书请来接旨；得他一句话，俺们便没事了。"那太监到了此时，也没有法想，只叫他们快去把满尚书请来。这司员答应了一声是，便飞马跑去，打开了满尚书的门，把这情形说了。那满尚书听了，一时也摸不着头路，只得慌慌张张跟着司员到衙门里来，接了圣旨，验看了朱印，并无错误。立刻打开牢门，把那回回女子从睡梦中提出来，当堂验过，交给内监，那内监早已把车辆备好，悄悄地送进宫去。皇帝这时，还拥着被窝等着。那回回女子，在大牢里昏天黑地的关了大半年，自问总是一死的了？忽然在这半夜三更，把他提进宫去。宫女推他跪在皇帝榻前，吓得他低着脖子，跪在地下，只是索索的发颤。皇帝唤他抬起头来，虽说他蓬首垢面，却也俊俏妩媚。皇帝命宫女："传唤敬事房太监来。"那太监专伺候皇帝房事的，得了圣旨，便来把回妇拉进浴室去，替他上下洗擦。宫女替他梳妆一番，赤条条的扶他盘腿儿坐在一方黄缎褥上，两个太监把褥子的四角 一提，送进皇帝的卧室去。皇帝看时，见他容光焕发，妖艳冶荡，也不在香妃之下，便把他扶上榻去临幸了。

第二天皇帝坐朝，那刑部满尚书出班来，正要奏请把那回酋犯妻发还，乾隆皇帝知道他的意思，不待他开口，便先说道："霍集占大逆不道，屡抗皇师，朕愿意将他夫妻正法；只因他罪大恶极，朕昨夜已竟拿他的女人糟蹋了！"言毕，便哈哈大笑。一时文武官员听了，都十分诧异，大家面面相觑。殿角钟鼓声响，皇帝已退朝了。谁知那霍集占的妻子，却是十分妖冶的；乾隆皇帝上了手，便夜夜舍他不得，把他留在景仁宫里，朝朝取乐，封他为回妃。第二年，便生下一回皇子，皇帝越发宠爱他。回妃说生长回部，不惯清室的起居，乾隆皇帝便下旨意给内务府，叫他在皇城海内造一座宝月楼，楼上造一座妆台，高矗在半天里。楼大九间，四壁都嵌着大镜，屋子里床帐帷幕，都从回部办来，壁上满画着回部的风景。这宝月楼紧靠皇城，城外周围二里地方，造着回回营。回妃每天倚在楼头盼望。有时回妃起了家乡之念，不觉淌下眼泪来。皇帝极意劝慰，拿了许多珍宝来博他的欢心，回妃回嗔作喜，便和皇帝在密室里淫乐一回。那密室建造得十分精巧，壁上用金银珠宝嵌成精细的花纹，满地铺着厚软的地毯；室中除一衣架外，一无所有。北向壁上嵌一面大铜镜，高一丈五尺，宽六尺，人走在室中，一举一动，者即央射出来。皇帝和回妃，天天在室中调笑取乐。如何取乐法，外人却不得而知。

第三年上，回妃又生了一个皇子；皇帝便把回妃改做旗女装束，去拜见太后，太后认作是皇帝新选的妃子，又因他生了皇子，便也十分宠爱他。过了几天，适值皇太后万寿，皇帝为博太后的欢心，命内务府传集京城里的伶人，在大内戏台上演剧。皇帝亲自扮作老莱子，挂上白须，演《斑衣戏彩》一出。皇太后十分欢喜，命宫女拿了许多糖果，撒上戏台去，说："赏老莱子！"那皇帝便在台上谢赏。引得皇太后呵呵大笑，那班陪坐看戏的文武大员，都一齐跪下来，唤皇太后、皇上万寿无疆。皇帝看了这情形，心中忽然想起圣祖在日，奉慈圣太后六巡江浙，万民欢悦；如今朕登基十五年，天下太平，皇太后春秋正盛，正可以及时行乐。看看左右，没有人可以商量的，便想起方恪敏公，正从南方回京来，便在西书房召见恪敏。恪敏是一个先朝老臣，当下便竭力劝止，说："皇上为万民所仰望，只宜雍容坐守，不宜轻言出京。"乾隆皇帝听了他的说话，一时里打不定主意，心想和太后商量去，便也不带侍卫，悄悄地向慈宁宫走去。走过月华门，正要向隆宗门走来，只听得门里有窃窃私语的声音。皇帝便站住了脚，隔着一座穹窿偷听时，认得一个是自己逢格氏保姆的声音，一个不知什么人，对说关话。那人问道："如今公主还在陈家吗？"逢格氏保姆说道："那陈阁老被俺们换了他的儿子来，只怕闹出事来，告老回家，如今快四十年了，彼此信息也不通，不知那公主嫁给谁了？"那人又问道："照你这样说来，陈家的小姐，却是俺皇太后的嫡亲公主；当今的皇上，又是陈家的嫡亲儿子吗？"那保姆说道："怎么不是。"那人说道："这种大事，可不是玩的呢；你确实不曾弄错吗？"那保姆又说道："千真万确，当年是俺亲手换出去的，那主意也还是俺替皇太后想出来的；只因俺皇太后做了正宫，多年不育，又生怕别的皇子得了大位，恰巧这时皇太后有了身孕，那陈阁老太太也有了身孕，陈太太和俺皇太后先时原是十分要好的，皇太后常常召他进宫来游玩，打听得他的肚子，和俺皇太后肚里是同月的，皇太后便和俺商量。养下孩儿，倘是皇子，那不必说；倘是公主，也须瞒着先皇，假说是皇子。一面打听陈家消息，倘陈家生下男孩子来，便哄着陈太太把那男孩子抱进宫来，暗地里把公主换出去。后来果然陈家生了一个男孩子，俺皇太后生下一个公主；到两家满了月，太后哄着陈太太，把他儿子交乳母抱进宫来。俺们一面把乳母留在宫门口厢房里，拿他弄醉了；皇太后悄悄地唤俺去，把陈家孩子换下来，又把公主换出去。公主脸上罩着一方龙袱，那乳母醉眼蒙眬，也便抱着公主出宫去了。”那人听保姆说到这地方，便说道：“这样说来，俺们的当今皇上，却真正是陈家的种子了？”那保姆说道：“怎的不真。可叹俺当时白辛苦了一场，到如今，皇太后和皇上眼里看我，好似没事人儿一大堆罢了！”

乾隆皇帝偷听了这许多话，心中十分诧异，急轻轻地转身回到御书房，一面打发人悄悄地把那保姆唤来，当面盘问。那保姆见皇上问他，吓得他爬在地下，连连碰头，说：“皇上宽宏大量，莫计较小人的说话。奴才罪该万死！只求皇上饶奴才一条狗命！”那乾隆皇帝便用好言安慰他，命他起来说话；又盘问他当时把自己换进宫来的情形。保姆见皇上脸色十分和顺，便大胆把当时的情形，细细地说了。又说道：“奴才虽该死，却不敢欺瞒皇上。”皇帝听了他的说话，知道这情形是真的，不觉叹了一口气，怔怔地半天不说话。那保姆站在一旁，又不敢说话，也不敢退出；半晌，只见皇帝把书桌一拍，说道：“俺决意看他们去。”又叮嘱保姆：“从前以后，莫把这话去告诉别人。”吩咐他回房去吧。那保姆回到房里，接着有一个太监，奉着皇帝的命，把他勒死在床上，悄悄地埋葬在院子的墙角里。当乾隆皇帝和保姆说话的时候，在御书房里面的一间古董房里，早把左右侍卫和太监打发开了，所以他们一番话，却绝没有第三个人听得。但是皇帝得了这个消息以后，便处处留心，觉得自己的面貌口音，和先皇是截然不同的，便心中越发疑惑。他第二天，到慈宁宫去请安，见了皇太后，便问道：“俺的面貌，何以与先皇的面貌截然不同？”皇太后听了这句话，脸上陡地变了颜色，说不出话来。乾隆皇帝看了，心中越发雪亮。从此便打定主意，要到陈阁老家去，探望他的父母。

但是皇帝深处简出，不能轻言巡游；如今要到江南去，须假托一件事故，才可免得臣下谏阻。忽然想起了皇太后万寿的日子快到了，不妨说是承欢母后，奉游江南；况且先皇奉慈圣太后六巡江浙，已有先例。这时工部又报称海塘竣工，更可以借阅海塘为名，悄悄地到海宁探望陈阁老去。主意已定，便进宫去见太后，说奉母出巡江南，承欢膝下。那太后听了，起初推托说：“此去又得劳动百姓，不如免了罢。”后来皇帝再三怂恿着，太后心想，从前慈圣太后也曾享过这个福，皇上有这一片孝心，俺也可以享得，便也答应了。第二天，皇帝坐朝，把奉母南巡查阅海塘的意思说了，当时虽有裘曰修、陈大受几个大臣出班谏阻，无奈乾隆皇帝南游之心已决，便也不去听他。一面下旨，定于乾隆十六年四月南巡；一面命大学士刘统勋代理朝政，史贻直总揽军务。

这个圣旨一下，把那班沿途的官员，忙得走投无路；内中第一个告奋勇的，要算扬州的盐商。那商人平日恃势垄断，得的不下数千万；内中要算江汪马黄四姓，最是豪富，真是挥金如土，日食万钱的。两江总督，知道他们有钱，便叫他们承办皇差。有一个江鹤亭，是个首富，他家中有一座水竹园，十分清幽，养着一班小戏子，天天在园中演唱歌舞。如今听得皇上南巡，他便把花园修改得十分华丽。那班戏子里边，有一个唱小旦的，名叫蕙风，长得玉肤花貌，又能妙舞清歌；江鹤亭又亲自教授他许多新曲，预备供奉皇上的。同时有一个汪如 龙，也是一位 大盐商，他打听得江家的事体，便也预备接驾。他家却有一班女戏子，个个长得仙姿国色，艳视媚行。这也不去说他。单说内中一个顶尖儿的，名叫雪如，豆蔻年纪，洛神风韵，全个扬州地方，谁不知道汪家有这个尤物。便是汪如龙自己，也万分怜惜，虽说美玉当前，也不忍加以狂暴。所以雪如到十八岁年纪，还是一块无瑕美玉，未经采摘。此番听说皇上南游，那汪绅士便和总督说知，愿以家伎全部供皇上娱乐。

到了两宫动身那日，车马如云，帆樯相接，一路上花迎剑佩，露拂旌旗。看看到了清江，那两 岸的官绅，手版脚靴，匍匐在船头上接驾。皇帝传总督进舱问话：“此地何处可奉太后驻驾？”总督奏称：“有江绅的水竹园，聊堪驻足。”皇帝便吩咐移驾水竹园。一霎时水竹园中，人头簇拥，车马杂沓；园内笙歌铛镕，园外兵戟森严。那江鹤亭奔走骇汗，照料一切。皇帝奉着太后，御宴观剧，席间见蕙风软舞清唱，十分叹赏。直到日影西移，才登车回舟。那江绅士送皇帝上船以后，因蕙风献技，深得皇帝的欢心，意想明天总可以得到皇帝的赏赐，心中十分欣慰;便是那地方上的大小官员,都替他预先道贺。到了第二天一早,两江总督带同文武官员,到御舟上去叩问圣安,那江鹤亭也夹在里面。谁知才到得埠头,抵见太监们向他们摇手,悄悄地说:“皇上正在舟中听歌,莫扰了皇上的清兴。”吓得那班官员蹑手蹑脚地不敢说一句话。那两江总督求太监放他们到船头上去伺候,那太监也不肯。大家没法,只得一字儿站在岸上伺候。看看那汪绅士,却坐在船头上,和一班太监们说笑自如。江绅士看了,十分诧异;又看看那船,上四面黄幔低垂,那一阵阵的清歌细乐,度上岸来,叫人听了,不觉神往。那江绅士心中十分诧异,他想扬州歌舞,在全国中要算第一;而我家的集庆班,在扬州地方,又算是最上乘了。如今什么地方又来了这班轻歌曼舞?竟叫圣上为他颠倒至此。心中实在有些气愤不过,便拉着一个太监,悄悄地问时。不知那太监肯说不肯说,且听下回分解。

写香妃缢死一段,母尽其慈,妻尽其爱,香妃尽其烈,而乾隆帝尽其情;各有血忱,跃跃纸上。读之令人感,令人敬,令人爱,令人悲,令人怜惜,令人痛哭,许君许君,何笔弄人一至于此耶!

同是一回妇,香妃何其清,霍集占之妻何其荡;然在乾隆帝视之,虽不得香妃而益增其敬爱情感之念,虽得霍集占之妻,实无丝毫情感,直以一泄欲机视之耳。此两人身价,实有天渊之隔。

保姆不慎,漏泄春风,卒以此召杀身之祸。然宫廷廷之间,一言杀身,曾不足奇;彼为帝王者,为杜患计,大恩等于大怨。而父子骨肉之念,虽帝王无以异于恒人;则彼之杀保姆也,亦欲取其自由耳。

第四十一回　念父母乾隆下江南　争声色雪如登龙舟

却说乾隆皇帝到了扬州，第一天听江绅士家集庆班的歌舞，十分赞叹；在江绅士和那两江总督的心中，意谓圣上一快活，总少不了一二百万的赏赐，因此大家替江绅士高兴。谁知到了第二天，大家到埠头去伺候，那太监把许多官员一齐挡驾在岸上，一个也不替他们通报；看看那御舟上绣幕沉沉，笙歌细细。江绅士急打听谁家戏班在里面献技，那太监不肯说，总督去打听，他也不肯说。这班官员，从辰时直站到午时，站得腰酸腿软，那御舟上歌声才息，接着一阵娇软的笑声。两江总督求内监替他上船去通报，那内监一开口，便要一万，后来再三恳情，总算让到六千块钱。那太监得了银钱，才告诉他："在船上歌唱的，是汪绅士家的四喜班，那领班姑娘雪如，长得翩若惊鸿，娇如游龙，圣上已看中了，如今歌舞才罢，已传命雪姑娘待宴。各位大人，如要朝见，不如暂退，俟皇上宴罢，再替你们奏报不迟。"那班官员听了，也无可奈何，只得暂时退回接驾厅中，匆匆用过了午饭，再到埠头去候旨。那太监替他们去奏报，忽然传出圣旨来，独传汪绅士进舱去朝见。那汪绅士早在船头上伺候，听得一声传唤，忙整一整衣帽，弯着腰，低着头，战战兢兢地走进舱去。半晌，又见他笑嘻嘻喜扬扬的踱出舱来。停了一回，圣旨下来，赏汪如龙二品顶戴，白银八十万两，准他在御前当差。那汪如龙接了圣旨，走上岸来，自有许多官员，前去趋奉他。汪如龙脸上，不觉有了骄傲的神色，见了那江鹤亭，越发是瞧他不起。江鹤亭和他去攀谈，他便爱理不理，江鹤亭满面羞惭。那汪如龙只向总督拱了一拱手，上轿去了。这里看汪绅士去过以后，内监才传出圣旨来，说："着诸官绅退回衙门，皇上午倦欲眠，毋庸伺候。"里面只拿出一万两银子来，赏江绅士。那江绅士空盼望了一场，只盼望到这一点一万两银子，单是谢太监们也不够，只得垂头丧气地回去。

暗地里打听，原来那四喜班是汪如龙家的，皇上生长深宫，所见的都是北地胭脂，如何见过这江南娇娃。况且这雪如，是扬州地方第一个美人，娇喉宛转，玉肌温柔，一度承恩，落红满茵。皇帝见他还是一个处女，便格外的宠爱起来，一连三天，不传见臣民，把那班官绅，弄得彷徨莫定。到船边悄悄地问时，那太监总说："圣上和新进的美人在船中歌舞取乐。"直到第四天上，才召见两江总督。这时皇上心中十分欢乐，当面褒奖那总督，说他设备周到，存心忠实，便赏他内帑四十万两。那总督急忙碰头谢恩。

第二天，龙舟便行，沿途过镇江、南京，供应十分繁盛。这时皇帝有雪如陪侍在身边，早夜取乐，便也无心游玩。只是那江绅士吃了这个大亏以后，心中念念不忘。他回得家去，和那蕙风昼夜计议，总要想法拾回这个面子来，才不愧为扬州的首富。那蕙风也因为自己遭了这场没趣，急欲挽回盛名来，便日夜思量，甚至废寝忘餐。连想了几天，忽然被他想出一个妙法来了。这法子，名叫水戏台，是把戏台造在船上，戏台上铺设得十分华丽。这戏台照样造成两只，又编了许多《皇母宴》《封神传》《金山寺》热闹的戏文，化了十万银钱，买通了总管太监。这时御舟已到了金山脚下，在半夜时分，江绅士悄悄督率着夫役，把这两座水戏台，驶近御舟；两旁用铁链，和御舟紧紧扣定。

到了第二天，皇帝还和雪如睡在榻上，忽然听得细乐悠扬。皇帝问时，那总管太监奏称："有扬州绅士，献一班童伶，在舱外演唱。"皇帝命把窗帏揭起，只见船身左右造着两座华丽的戏台，左面台上，正演着群仙舞，一群娇的孩儿，个个打扮得娇花弱柳似的，一边唱着，一边舞着，那歌声袅袅动人，舞态宛转欲绝。合着笙箫悠扬，真好似在广寒宫里看天女的歌舞一般。左面才罢，右面又起。绣幕初启，接着一个散花天女，唱着舞着出来，歌喉娇脆，容光妩媚。皇帝说道："这般美貌，正合天仙的身份。"问是谁家的女儿，那总管太监早得了江绅士的好处，便奏说："是扬州绅士江鹤亭家的集庆班。这扮天仙的，是领班的，名叫蕙风。"皇帝听了，点头叹赏，说道："也难为他一片忠心！这孩子也怪可怜的。"皇帝睡在榻上，怀中抚着那雪如，一边吃酒，一边看戏。那戏台上演过歌唱的戏以后，便大锣大鼓的演起《天门阵》来，接着又演《法门寺》。第二天，依旧是两面戏台，轮流演着热闹的戏文。这样一天一天的演着，皇帝如何见过这有趣热闹的戏文，早把个皇帝看出了神。夜里又演《目莲救母》《观音游地府》的灯火戏，忽而神出鬼没，忽而烟火漫天。皇帝看到高兴的时候，便去后面船上把太后请来。那太后看了，也十分赞叹。这样子不知过了几天，忽然太监报称，已到苏州。那苏州巡抚，带领合境官绅，在外面接驾。那皇帝听了，十分诧异，说："御舟并不曾摇动，如何已到了苏州？"到这时候，总管太监才称："这都是江鹤亭的一片巧妙心思，只怕皇上沿路寂寞，便造这两座水戏台，练这班小戏子，孝敬皇上。"乾隆皇帝听了，说："难得江鹤亭一片忠心！"传旨也赏他二品衔，又赏银八十万两。那江鹤亭得了赏赐，便走上御舟去谢恩。皇帝当面奖励了几句，又吩咐那蕙风，每演完戏，许他进船来伺候。从此皇帝，声有蕙风，色有雪如，心下十分快乐。那江鹤亭得了赏赐回去，故意穿了二品的顶戴，去拜见汪如龙。那汪绅士见他也得了好处，心中十分嫉妒。看他那副骄傲的神气，心中又十分气愤。从此以后，江、汪两家，便暗暗的结下冤仇。那汪绅士日夜想法总要压倒那姓江的。这是后话。

如今再说乾隆皇帝从苏州到了杭州，便把那水戏场搬在西湖中央，赏众官员们看戏。又见西湖景色优胜，便坐着轻暖小轿，奉着太后，天天游玩去。在乾隆皇帝未到杭州的时候，省城里那班官绅，早已忙乱着筹备接驾的事体。起初大家会议的时候，也想挑选一班绝色的船娘，在西湖里采莲荡桨，以悦圣心；后来打听到扬州有一个雪如，国色天香，被他拔了头筹；如今杭州再用这条老法子，未免落他人窠臼，给扬州人见笑，又辱没省城大地方的场面。倘然盖造园林，匆促之间，决不能成伟大的工程。况且西湖有天然的图画，这人造的园林，也决不能胜过这天然风景。大家正想不出法子的时候，忽然就中有一个韩绅士起来说道："如今我有一个妙法了。俺西湖上净慈寺、海潮寺、昭庆寺、广化寺、凤林寺、清涟寺，上至灵隐天竺，尽多名山古刹，高僧大佛；当今皇上，天生聪慧，自幼便喜经典禅机。那五台山清凉寺，圣驾时时去巡幸，寺中设有宝座，皇上常命众僧高坐参禅；寺中方丈，法名慧安，原是世祖剃度时候伺候过的，后经圣祖封为智慧正觉佛。皇上和他最好，便拜他做师父。慧安有八个徒弟，名曼如、智圆、皎然、高朗、心澄、大澈、智恒、无象；个个都是禅参上乘，舌妙莲花。皇上称他们师兄。这种情形，都是俺托京中官员从亲近内监那里打听得来的。那扬州、苏州的官绅，还不知道呢。如今俺们正可以趁此机会，搜寻天下的高僧，安插在西湖上各大丛林里；待皇上驾到，各庙中高搭彩棚，大做法事。另筑讲台，请各高僧上台说法；皇上见了，一定欢喜。又可以见得我们省中官绅的清高。"当时浙江巡抚听了，便问他："老兄如何知道皇上必定欢喜？"那姓韩的说道："皇上从扬州、苏州一路行来，享受的尽是声色繁华；忽然见这清静佛地，好似服了一剂清凉散。皇上又是有佛根的，如何不喜？"一席话，说得在座诸人，个个称妙。那巡抚又说："俺们要求圣心愉悦，非得仍去请五台山法师来主持各寺不可。"当下由巡抚修了一封密书，派人昼夜趱程，赶到五台山去请求名僧。

这时清凉寺主持僧慧安，已告老退休，由大徒弟曼如当家。那曼如虽说参禅聪明，却是一个贪财好色之徒。见杭州巡抚派人来请求高僧，知道这是发财的好机会，便冷笑着对那来人说道："你们杭州人也知道急来抱佛脚吗？如今俺山中正要修造铜殿铁塔，最少也得一百万银圆，才得造成。师兄弟都下山四处募化去了，谁有空儿来踏江南的龌龊地方！"那人见曼如口气决绝，杭州接驾的日子一天近似一天，心中焦急得不得了，便再三和曼如商量："师兄弟既不在山，便求大和尚派几位徒弟去，也是好的。"那曼如只是摇头不应。那人急得没法，便答应捐二十万两银子，修造铁塔；后来慢慢地加到四十万块钱，那曼如才答应下来。

立刻在耳房里唤出四个和尚来，吩咐他跟着来人到杭州说法去。

那班杭州官绅，听说请到了五台山高僧，便兴高采烈，预备清洁的禅堂，庄严的讲座。这四个和尚到杭州的时候，合城官绅，都前去迎接。谁知见面之下，谈论起来，却是一窍不通，举动恶俗，不觉大失所望。只因他是五台山来的，便也照常敬重他。哪知这四个和尚，住在寺里，渐渐的不守清规起来。起初还不过是偷荤吃素，那寺院后门外，常常见许多鸡毛鸭骨。后来索性偷起女人来了。苏杭女人，本来是信佛的多，这时听说杭州地方设广大道场，那苏杭一带的名媛闺秀，趁御驾未到以前，都抢着到西湖上来朝见名山，瞻礼佛像。那和尚便在寺中造着密室，见有略平头整脸的妇女，便拉去藏在密室里；不上一个月工夫，被他骗去的妇女，已有三十六个。那邻舍人家和远路香客，见走失了自己妻女，便吵嚷起来，四处找寻。那和尚雇着工匠，天天在庙里建造深房曲室，没日没夜，和那班妇女在里面宣淫作乐。又擅自把庙中产业押的押卖的卖，他仗着是皇上师弟兄的势力，有谁去敢拦阻他？便是走失了那班妇女，也明知道是这几个和尚闹的鬼；虽有那班妇女的父兄丈夫告到宫里来，也只好装聋作哑，不去理他。那和尚胆子越闹越大，后来索性连官家眷属，也被他拐骗了去。

这时塘栖地方有一个绅士，姓杨，曾经做过关外总兵，因养病在家。他有 一位姨太太，名叫琳娘，原是窑姐儿出身，只因他面貌长得十分标致，这杨总兵十分宠任他。琳娘一向信佛，听说杭州地方迎接高僧，建设道场，便和总兵说知，要到杭州烧香去。总兵官也依他，亲自陪他到杭州来。谁知只到了三天，那琳娘便不见了；四处找寻，毫无影踪。这总兵急了，告到将军衙门里；那将军派了几个亲兵，帮他找寻。后来这总兵偶然从琳娘贴身的丫头口风里听出来，才知道他的姨太太，是被那五台山来的和尚骗去的。他原是一个武夫，听了这个话，如何忍得？便立刻带了自己的跟随，打进庙去，果然在地窖里找到了。这地窖打扮得锦帐绣帷，铺着长枕大被，点着不夜天灯。那琳娘和别家十多个妇女，都关在窑子里。总兵急找那和尚时已逃得无影无踪，气得那总兵咆哮如雷，带着琳娘，要赶上苏州去叩阍上告。慌得那杭州一班官绅一齐起来劝阻，又由大家凑了十万银钱，算是遮羞钱，送他回乡去。那失走的三十六个妇女，一时都找得，由地方官备了船只，个个送他们回家去。

这一场大闹，把个庄严的佛场，打得七零八落。看看接驾的日期，一天近似一天，那道场须重新修建，且不去说他。最为难的，在这短促日期，到什么地方去找请名僧来主持讲坛？后来也是那韩绅士想出一个救急的法子来，说："杭州人文荟萃之区，深通内典的读书人，一定不少；我们何妨把他们请来，暂时剃度，分主讲坛。"韩绅士这个主意一出，那一班寒士，略通内典的，都来应募。韩绅士自己也懂些大乘、小乘的法门，便一个个当面试过；拣了几个文理通顺，聪明有口才的，便给他们剃度了，分住各山寺院。和他们约定，倘能奏对称旨的，便永远做和尚，送他二万两银钱；没有接过驾的，待皇上回銮以后，任听回俗，另送他四千两银钱酬劳。内中有一个姓程的，一个姓方的，一个姓余的，一个姓顾的，四个人都是深通内典，辩才无碍。韩绅士给他们都改了名字，姓程的改名法磐，住持昭庆寺；姓方的改名惠林，住持净慈寺；姓余的改名拾得，住持天竺寺；姓顾的改名宝相，住持灵隐寺。内中要算法磐最是机警，便在昭庆寺前建设大法场，设七七四十九日水陆道场，夜间清法磐大师登坛说法。那法场在平地上搭盖百丈彩棚，四面挂满了旌幡宝盖，庄严佛像。做起道场来，铙鼓殷地，梵吹掀天，烛光彻宵，火城列矩，香烟缭绕，薰闻数里。善男信女，憧憧往来，南无之声，响彻云霄。那讲坛上更是庄严，彩结楼阁，高矗半天；莲座上端坐着法磐大师，合掌闭目，金光满面。台上灯烛辉煌，香烟氤氲；老僧入定，望去好似金装佛像。台下甬道两旁，站立着五千僧人，整齐肃静；地上铺着尺许厚的花毯，人在上面走着，寂静无哗。那四方来瞻礼的男女，万头拥挤，如海潮生，走进门来，个个都合掌低头，屏息侍立。大门外用金地黄字绣成"奉旨建设道场"六个大字，两旁竖起下马牌；上写"文武、官员、军民人等，至此下马下车"字样。那和尚打坐一日，到夜里说起法来，真是声如洪钟，舌粲莲花，说得个个点头，人人皈依。

说到第十四日上，圣驾已到。接驾的官绅，把各寺住持的名单进呈御览。皇帝见设广大道场，心中第一个欢喜，那皇太后也是信佛的，说起当初圣祖在日，如何与佛有缘；这杭州西湖，又是一个佛地，是宜优礼僧人，广阐佛法。那乾隆皇帝便奉着太后，亲临道场。皇帝吩咐在场的都是佛门弟子，一列平等，许人民瞻仰圣颜，不用回避。那法磬和尚，高坐讲台，见御驾降临，他也若无其事，自在说法。那皇帝和皇太后带了全城官员，便在坛下恭听。直待讲完了，那法磐才下台来，恭接御驾。皇帝笑问道："和尚从何处来？"法磐答道："从来处来。"皇帝这时手中正拿着一柄折扇，猛向法磐头上打了一下。这时候在两旁侍从的官员，见了大惊失色，意谓天子震怒。看看皇帝脸上，却笑容满面。大家正诧异的时候，忽听得法磐喉中大喊一声，哄哄地响着，好似打磐子一般，那声音渐长渐远。皇帝听了，大笑道："和尚错了！他磐等不得你磬，你磬乃不应此我磬，什么道理？"法磐大声答道："磐亦知守法，非法不敢出声。"皇帝说道："和尚又错了！你声非声，你法亦非法；那么你磐也非磐。有什么敢不敢？又有什么守不守？又为什么要出声？你要出声，便出声，更何容得你守？"法磐也笑着答道："和尚没有扇子，所以和尚是磬；和尚是磐，不是磬声，所以和尚是法。如今是和尚错了，扇子来了，磬声若出，和尚圆寂，和尚还是守的法。"皇帝听了，把扇子抛给法磐说道："朕便把扇子给你。"那法磐接了皇帝的扇子，便连连打着光头，一边打着，一边嘴里便哄哄地响着，轻重快慢，跟着扇子，好似在那般打磬子一般。皇帝看了，又忍不住笑起来，问着他道："和尚自己有了扇子，便不守法；这是和尚的错呢，还是扇子的错？"法磬说道："不是和尚错，也不是扇子错；是法磐错，是给扇子与法磬的错。"皇帝庄容道："原是扇子错，却不料累了和尚，还不如撇去扇子的干净。"说着，便伸手夺去法磐手中的扇子，摔在地下。那法磐不慌不忙，拾起扇子来，说道："罪过！罪过！扇子不错，原来是法磬错了。"皇帝略略思索一回，说道："罢罢！和尚便留着这柄扇子，传给世人，叫他们不要再错了。"法磐合掌闭目，念着佛号道："西天自在光明大善觉悟圆满佛。南无聪明智慧无牵无碍佛！"皇帝看了，也合掌答礼道："什么佛，什么佛，竟是干矢橛！"说着，便转身到各殿随喜去。游毕，走出门来，法磬带领五千僧人男女信徒，恭送御驾。皇帝走出了大门，回过头来，笑着对法磬说道："破工夫明日早些来。"法磐躬身答道："和尚是没有吞针的。"皇帝说道："管他则甚？你破工夫明日早些来。"法磬又把扇子在自己头上打一下，却不作声，皇帝笑问他："为什么这磬子不响了？"法磬说道："竟是干矢橛，什么佛，什么佛！"皇帝听了，又不禁大笑，便吩咐法磬坐轿，也跟着到净慈寺去。

那净慈寺住持僧人，便是惠林，早在寺门口接驾。皇帝进寺去，瞻礼佛像以后，便带着两个和尚，上吴山去，站在最高峰上，见钱塘江中来往船只甚多。乾隆皇帝忽然问惠林道："和尚看江中有多少船只往来？"惠林略不思索，便得道："只有两只。"皇帝一时解不过来，惠林替他解道："这两只船，一只名争名，一只名夺利。"皇帝又问道："和尚怎么也见得名利？"惠林道："和尚不见得名利，所以见得这两只船中人是名利；倘然两船中人见得是名利，所以不见得两船以外是见得两船中人是名利。"皇帝听了，点着头说道："法磐便是惠林，惠林便是法磬！"

到了第二天，皇帝又带着法磬、惠林到天竺寺去。那天竺寺住持僧名叫拾得。这时八月天气，虽还热，天竺寺院子里木樨花却开得甚是热闹。皇帝劈空问道："闻木樨香否？"拾得答道："此是香，此不是木樨；此是木樨，此不是香。木樨与香，原是两橛的。"乾隆帝笑道："和尚又错了！此是木樨，即是香；此是香，即是木樨。香与木樨，原是一鼻孔出气的。"拾得合十说道："那么还他是无有木樨，无有香。并何有闻？并何有问闻木樨香者？"乾隆帝听了，又点头称妙。这天竺地方，原是三面环山的，层峦叠嶂，随处有茂林清泉。乾隆皇帝一时舍不得离开，天天带着几个高僧，觅胜寻幽，参禅悟道。他这时另有山林之乐，便把那雪如、蕙风声色脂粉都丢在脑后了。

在天竺山上，玩了几天，便下山来，到灵隐寺去。一进山门，便见危峰扑人，高树障日，便赞叹着道："好一个清奇的所在！"灵隐寺原有一个高僧，名叫法华，年纪已八十八岁，另在一间密室里告老养静，皇帝也颇知道他是道德高深的和尚。这时，灵隐寺的住持僧名叫宝相，在寺门外接驾。乾隆定要见法华，宝相奏称："法华初次灭度，皇上让他去吧。"皇帝生气，说道："朕要法华，他敢灭度，此是何法？"宝相说道："此不是法，此是初次灭度，皇上定要他，他便灭度了；便不是初次，此是色相的灭度。"皇帝道："你言色相，你是什么色相？你敢是宝相？你便敢是法华的宝相？"宝相回奏道："和尚是无色，色即是空，空即是色；和尚是无相，无我相，无人相，无众生相，无寿者相。"皇帝听到这里，拿一个指儿一竖，说道："和尚敢是有宝？"宝相接着说道："和尚是干矢橛，和尚是金刚不坏身，所以和尚是宝。"皇帝说道："法华不是金刚不坏身，所以灭度，便不是宝。"宝相指着山门口的飞来峰答道："说他也不是宝，人皆不信；他却不是灭度，他却是飞来，所以称他是宝。"皇帝便问道："他是否宝相？"答道："是飞处飞来，也不是宝相；不是飞处飞来，也是宝相。"皇帝听了，点头道："法华便是宝相，宝相便是法华！"宝相便陪着御驾，进大雄宝殿去，瞻礼佛像；又到罗汉堂去游玩，见塑着五百尊罗汉，个个都现着金身宝相。乾隆帝叹道："这才是金刚不坏身呢！"这句话，被随扈的太监听得了，知道皇上的意思，便悄悄地去告诉了浙江抚台；那抚台便连夜传集工匠，在罗汉堂中间塑一个皇上的金身。不知后事如何，且听下回分解。

帝王出巡，原所以采民隐，访民俗，通上下之气，求治平之道。一国之元首，欲得民心，成大业，莫善于此，亦莫急于此。今乾隆帝下江南，臣下以声色蔽之，以货利诱之；卒至君民障隔而民怨愈盛，是左右之罪也。

顺治出家，乾隆巡幸五台山，另有用意，非真悦禅也。浙江士民，竟以缁流接驾，是不独违背释氏清修之真谛，而亦高视乎彼锦绣丛中之帝王矣。在彼时徒致一番纷扰，直至今日，西子湖畔，空留此庙貌，占尽人家好田地，且豢此辈不农不工之和尚，谁阶之厉也？

乾隆帝与诸僧参禅，虽属野狐之流，然亦颇见当时平民平等气象。惜乎彼僧人者，徒以逢迎愉悦为事，不能于此时迎机讽劝，示以福国利民之正途，为可惜耳！

第四十二回 东征西讨福康安立功 依翠偎红皇太子偷香

却说乾隆皇帝,见浙江抚台替他塑了一个金身,在灵隐寺里罗汉堂里,心中十分得意,笑说道:“朕从此也是龙华会上人了!”这时,大学士梁诗正随从左右。这梁诗正是一代的诗人,皇帝带他在身旁,随时叫他捉刀。乾隆帝见杭州山水明秀,寺院崇宏,便唤梁诗正作诗,里面有两句:“有山有古寺,无寺无名僧。”乾隆帝看了,说道:“好一个无寺无名僧!朕家自有佛法,自有名僧;今朕足迹所到,便当布此真理。”管事太监听了这个话,又悄悄地去告诉浙江巡抚,那巡抚又偷偷地问太监道:“皇上家有什么佛法?有什么名僧?”那太监笑笑说道:“大人不听得俺宫中有雍和宫喇嘛僧吗?”那巡抚听了,恍然大悟,知道皇帝也要在西湖上造一座雍和宫,供养几个喇嘛,便暗地里托人进京去探问,知道皇上和国师无遮,十分有交情,便把无遮请来,请他主持一切。那无遮到了杭州,先见过皇上,说明要在灵隐寺左近建造喇嘛庙,开一个无遮大会。皇帝十分欢喜,便吩咐内务府发银十万,又示意江浙官绅捐银,共得到五十多万两银子。无遮便辟划一切,动工建造。

这时圣驾巡幸到海宁去了,先由浙江文武官员陪奉巡视海宁石塘,并看江潮。看过了潮,乾隆帝把一班文武官员都留在城外,自己带着几个侍卫和太监进城,到陈阁老家里去了。这陈阁老,便是陈世倌。他自从儿子被钮古禄妃换去以后,便告终养,带着家眷回海宁去。后来雍正皇帝和他情分很厚,再三下圣旨唤他进京去做官,他实在推却不过,又怕推却得太过了,要起皇帝的疑心,便只得进京应召。雍正皇帝十分敬重他,他一家人,陈说、陈元龙,父子叔侄都做了头品大员,位极人臣。陈世馆官做到首相,封文勤公;直到乾隆年间,予告还家,皇帝赏银五千两,在家食禄。乾隆帝又制御诗赐他,诗里面有两句道:“老臣归告能无惜,皇祖朝臣有几人。”到这时,乾隆帝下江南,陈世倌已死。乾隆帝自从知道自己是陈阁老的儿子以后,便格外优礼陈家,凡是坟上的碑碣隧道,命一律参用王礼。陈家子孙,怕触犯忌讳,求别的御史一再奏请,始许他墓道中用王礼,外面碑碣,仍用阁老常礼。乾隆帝又吩咐查明陈氏后代子孙有若干人,统统赏给大小官衔,进京去供职。这时乾隆帝御驾忽然亲临陈家,陈家的子孙,一个也不在家中;一声听说天子驾到,吓得家中一班妇女孩童,没了手脚。后来还是陈老太太有主意,把族长去请了来。那族长虽也做过几任知县,但这接驾的事体,他一生也没有经历过。再加年纪已有八十岁了,耳聋眼昏,吓得他浑身索索地抖,只怕有得罪的地方。谁知乾隆帝见了那族长,却和颜悦色,问他:“陈家有多少家产?陈老太太还康健吗?”那族长谨慎小心的回对了几句。乾隆帝便吩咐他领路,到阁老墓前去。

那族长领着圣驾,走到墓堂。皇帝回过头来一看,见身后还有几十个王公内监跟着。看看走到碑亭前,皇帝吩咐大家在亭中站着,只带着两个大监直走到坟前,先在坟圈前后视察一周,忽然吩咐两个太监,把黄幕遮起来。外面的王公太监们,被黄幕遮住了,看不见皇帝在里面做什么;只有那两个扶着黄幕的太监,看得清清楚楚。后来回京去,内中有一个太监露出口风来,说皇上在黄幕里面,实在是对陈阁老的坟墓在那里行跪拜礼。听的人十分诧异,知道这件事关系重大,便从此不敢告诉第三个人知道。当时皇帝行过礼出来,立刻下一道上谕,颁发库银二十万两,给陈老太太为养膳之费;又添买祭田十顷,添种坟树四百株。在墓道前盖造御祭碑亭三座,亭上盖着黄琉璃瓦;亭外面有皇帝亲手种的皮松两株,古柏两株。吩咐地方官另立专祠,兼管着陈墓春秋两季祭扫的事体。诸事停妥以后,皇帝还在陈墓前后徘徊不忍去;后来经王公大臣一再催请,才退出来。走过中门,回过头来,吩咐陈家族长,把这中门封闭了,以后非有天子临幸,此门不得再开。那族长诺诺连声。

这里皇帝回到行宫去,只见案上搁着京中兵部的奏报,打开来看,那奏报上说闽浙总督报称台湾逆贼林爽文举兵叛,围嘉义;除派兵兜剿外,盼望京中救兵甚急。乾隆帝见了这奏章,便立刻下旨回京。到了京中,自有许多官员接驾。这时第一个蒙召见的,便是福康安。这时福康安已赏嘉勇巴图鲁,赐御用鞍辔,又画像在紫光阁上,十分荣耀。第二日,皇上圣旨下来,授福康安为镇远将军,会同京中各武将,带领勇健军,驰赴台湾,剿灭贼寇。这个圣旨一下,那班武将,都要讨福康安的好,人人奋勇,个个争先;一阵斩杀,杀得那林爽文大败奔逃,逃到台东深山中,被福康安手下的牙将,活捉过来,献上大营。福康安凯旋到北京,把林爽文献上朝廷。乾隆帝心中格外欢喜,圣旨下来,封一等嘉义公,赐宝石顶,四团龙服、金黄带、紫缰、金黄辫、珊瑚、朝珠;命于台湾郡城及嘉义县,各建嘉义公生祠。再画像在紫光阁,皇帝亲制像赞。

在这个时候,福康安忽然死了夫人,京中文武官员,都去吊孝。福康安夫妻恩情很厚,那夫人又长得十分美貌,如今断了弦,叫他如何不悲伤。乾隆帝也特意下诏劝慰他,又赏治丧费三万元,特派大臣御祭。这种恩典,没有第二个人比得上了。但是在福康安心中,总是念念不忘他夫人。恰巧乾隆帝的六公主,已到了下嫁的年纪;便有大学士阿文成出来做媒,替福康安求婚,一面又由乾隆帝的岳母进宫去求富察后。不料乾隆帝一口回绝不准,那富察后也对他母亲笑笑说道:这件事体,是万万使不得的。福康安的母亲董额氏,也不愿他儿子去做驸马。这时福康安有两个哥哥做驸马的,乾隆帝却不十分宠爱他们;如今这福康安是乾隆帝极宠爱的,却又不肯招他做驸马。这里面的深意,却只有皇帝皇后和董额氏三个知道。后来那傅恒的母亲,实在求得利害,皇后便答应把六公主下嫁给福康安的兄弟,却把和硕亲王的格格指婚给福康安。这时福康安年纪只得二十六岁,当时奉旨完婚以后,接着又有廓尔喀贼匪侵犯后藏,圣旨下来,仍叫福康安亲统六路兵马,会同大学士阿文成,前去征剿。

说也奇怪,那贼匪一听得嘉义公的名气,便吓得他魂胆飘摇,连打败仗,不到一个月,便平服下来。接着又是甲尔古拉集寨酋长反叛,皇上便命福康安统领得胜兵马,转战前去。那酋长听说福康安人马赶到,便吓得他亲自跪在帐前求降。一连得胜文书送到京中,圣旨下来,许他班师,福康安官晋大学士,加封忠锐嘉勇公。兵马走在路上,乾隆帝又赏他御制志喜诗,亲笔写在扇子上。又赏御用佩囊六枚,又加赏一等轻车都尉,照王公亲军校例,赏他仆从六品蓝翎三缺。

皇帝这样看重他,那沿路的地方官,谁不趋奉他?这时两湖总督濮大年,要讨福康安的好,和他幕友商量,沿长江一带,都扎着灯彩,吹打迎送。湖南巡抚又到杭州去借得水戏台来,跟着福康安的坐船,日夜演戏。那福康安在船中,吃酒看戏,十分快乐。船到洞庭湖中,那湖里原有一种洞庭艇子,四面湘帘明窗,收拾得十分清洁。艇子头尾上挂着五色琉璃灯,两旁遮着绣帷;船梢头都用船娘摇橹,打扮得十分妖艳。一共有百十只艇子,那船娘齐声喝着皇上的志喜诗,歌声十分娇脆,福康安坐船在中央,那许多洞庭艇子都围绕着大船,慢慢地荡着桨,缓缓地唱着歌。福康安看了,赞叹道:“他们真好似洛水神仙!”便吩咐艇子靠近大船,福康安跳过艇子去,见里面明窗净儿,便吩咐设席,请过几个幕友来,陪他吃酒。席散以后,福康安偶然踱到后舱去闲望,只见船尾一个女孩儿,赤着一双白足,身上披一件猩红斗篷。丰容盛鬋,桃腮樱唇,十分俊俏。手中摇着橹,那一搦柳腰,临风摆动,真是小巧轻盈,把个福康安看怔了。忽听得那女孩儿轻展珠喉,唱起曲子来,袅袅动人;微风起处,掀开了斗篷的下幅,露出红裳绿袄来。那女孩儿回过头来,见了福康安,不禁眼波一溜,娇然一笑,露出十分荡意,福康安不禁心旌摇荡,拍着手说道:“江南地方,有这样的妙人,俺在京中如何见过!”忙回进舱来,吩咐侍从,快把那船艄上的女孩儿唤来。那侍从去唤时,这女孩儿说道:“青天白日,羞答答的,叫人怎生见去?”福康安听了,笑了一笑,说道:“吩咐他晚上来见俺罢。”到了昏夜,只见那女孩儿打扮得异样风流,走进舱来,盈盈拜下地去;福康安在灯下看时,见他容光焕发,和日间又是不同。福康安忙把他扶起来,拉在怀里,问他名字,那女孩儿说名唤宝珍。福康安从此宠爱宝珍,一路南下,俱是宝珍伺候。看看到扬州地方,福康安替宝珍买一座别墅,给他住下。所有沿路官员的供献,和皇帝的赏赐,约有五六十万银钱,福康安统统交给宝珍,自己带兵凯旋进京去。

乾隆帝见了他,自然有一番奖励称赞,传旨下去,赏戴三眼花翎,晋封贝子衔,仍带四字佳号,照宗室贝子例,给护卫。这一天,福康安进宫去谢恩,由内监领他直走进古董房,只见皇上身旁有一个年轻大员,手中拿着一个古瓶和皇帝说笑着。那举动十分轻佻,皇帝非但不生气,反拉着他的手,笑嘻嘻地说道:“你欢喜这瓶吗?便赏给你拿回家去吧。”那大员谢也不谢,便拿着瓶去了。福康安在一旁看了,心中十分狐疑,问又不好问得;退出宫来,悄悄地去问刘统勋。刘统勋说道:“这便是皇上新近识拔的总管仪仗大臣和珅的便是。”福康安在京外时,也听说皇上十分宠任和珅,但他也不曾见过和珅是怎么样的人,如今见他举动轻佻,心中便厌恶他,暗暗的叮嘱刘相国,须要好好的防着他。

列位,你知道和珅是什么样人?何以乾隆帝忽然宠任他到这地步?说起来,这里面也有一段艳史。原来当初乾隆帝做太子的时候,只因雍正帝和钮钴禄后十分宠爱,常常把他留在宫里。乾隆帝这时还是宝亲王,到底少年心性,见宫中十分好玩,便东溜西逛,什么把戏都玩出来。这时雍正皇帝有十六个妃嫔,内中最得宠的有四人:一是舒穆禄氏,一是伊尔根觉罗氏,一是马佳氏,一是陈佳氏。那马佳氏和陈佳氏,原是汉女,冒充旗人入宫的;雍正皇帝因他两人长得比别人格外白净细腻,便格外宠爱他些。太子这时年纪已有十七岁,男女之爱,正浓厚的时候,便终日和那班妃嫔宫女调笑无忌。那妃嫔也因他是皇帝皇后宠爱的太子,谁敢不依顺他?再则,因那太子也长得英俊风流,那班宫女也爱和他逗着玩笑。内中只有一个马佳氏,他自己仗着美貌,脾气也冷僻,不肯和太子胡缠。这太子偏看中了他,时时觑他不防备的时候,便闯进宫去,嬲着马佳氏,或是要吃他嘴上的胭脂,弄得那马佳氏恼了,他才放手。这种事体,也不止一次了。这一天合该有事:马佳氏在宫中闲着无事,见自己的云髻有些鬆懈下来,便唤宫女,替他重理梳妆。青丝委地,正在梳理的时候,这宝亲王忽然悄悄地走进屋子来。宫女见了,正要声张。那宝亲王站在马佳氏身后,忙摇着手,叫他不要声张。一面蹑手蹑脚地走上去,从马佳氏身后伸过手去,掩住马佳氏的两眼。那马佳氏猛不防有人来调戏他,颤着声儿急问:“是谁?”宝亲王忍着笑不作声,那宫女也掩着嘴暗笑。马佳氏认作是歹人,他这时手中正握着一柄牙梳,猛力向身后打去,只听得“哎唷”一声,不偏不倚的,扫在宝亲王眉心里,那血便直淌出来。宝亲王忙放了手,捧着脸,转身逃出宫去。这里马佳氏知道是打坏了太子,心中又害怕,又羞愤,暗地里哭了一场。谁知到了第二天,大祸来了:因为恰巧第二天是初一日,宫中规矩,皇子皇女,都要进宫去朝拜父皇母后。宝亲王眉心里受了伤,给钮祜禄后看见了,十分心痛。便把宝亲王拉近身来,细细的一看,知是被人打破的,便十分诧异,连连的追问:“和谁打过架来?”那宝亲王见问,又是心慌,又是羞愧,便期期艾艾的说不出话来。钮祜禄后看了,越发起了疑心,便大声喝问,宝亲王被母后逼问不过,一时也无可推托,便说:“曾和马佳妃玩儿,妃子失手打伤的。”这马佳氏性情冷僻,又因皇帝宠爱他,钮祜禄后平日也厌恶他,如今听了这个话,便十分动怒,一口咬定说马佳妃调戏他儿子,立刻传命,把马佳妃唤来,一顿棍子乱打。喝着太监,拉出月华门去,拿绳子勒死。宝亲王见母后生了气,又不敢劝,又不敢走;站在一旁,眼看着太监把马佳妃横拖竖拽地拉出宫去,他心中好似刺着十八把钢刀一般的痛。好容易伺候母后进去了,他一转身急急赶到月华门去看时,那妃子粉颈上,被绳子切住,只剩得一丝气息。宝亲王哭道:“我害了你也!”忙把自己指头咬破,滴一点血在妃子颈子上,说道:“今生我无法救你了,但愿和你来生有缘;认取颈子上的红痣,我便拿我的性命报答你,也是愿意的。”这一句话说完,妃子挂下两点眼泪来死了。宝亲王又花了一千块钱,买通了宫女,把马佳氏贴身的衬衣脱下来,拿去天天伴着他睡;直到宝亲王登了皇位,才把这件事体渐渐的忘记了。

后来乾隆帝在大庙中拈香回宫,那班御前侍卫和銮仪卫的人员,都散去了;忽然宫里太监传话出来,皇上又要出宫去,探望协办大学士陈大受的病。慌得那班銮仪卫的人员,七手八脚的,又把御用仪仗拿出来伺候。不知怎么,一时里把那顶黄盖不知丢到什么地方去了。那皇上却已踱出宫来,升了銮舆;那仪仗人员,越发心慌了,东奔西跑地找那顶黄盖,兀是找他不到。乾隆帝坐在銮舆中,十分恼怒,顿着脚说道:"这是什么人做的事体?这样荒唐得厉害。"这时有一个抬龙舆的官学生听了,忙跪下来,回奏道:"这事,典守者不得辞其责。"乾隆帝看他年纪很轻,命他抬起头来;一看,不觉把个皇帝看怔了,只听得乾隆帝嘴里只说得一个"咦"字。欲知后事如何,且听下回分解。

驾临陈墓一节,为千古疑案;然证以过去种种,蛛丝马迹,自可按索。唯此一点,为乾隆帝一生之盛德,亦人生不可伪饰之天性。余卜居陈墓左近,垂五六载;目击彼残碑断碣,牛羊践蹈,极目荒凉。固一时之盛举也,而今安在哉?盛衰之局,转眼空花耳!

水上船娘,写来异样风流;福康安虽方享绮罗,而见此洛水仙子,则又不能不心怡目骇。于以叹宦途逢迎之工,无所不至;于此而聚精会神以赴之,则焉有余力以顾及民瘼哉?可叹!

宝亲王调戏马佳氏,酷似红楼梦中宝玉调戏金钏儿一节;临死立誓,又酷似宝玉偷视晴雯一节。然写来别样风流,十分哀艳;于以见作者笔力之工艳,实与曹氏不相上下。

第四十三回　证前盟和珅弄权　结深欢高宗宿娼

却说乾隆帝当时见了那抬轿的少年，不觉心里一动，他心想这人十分面善，在什么地方见过的？朕和他从前是十分亲热的，怎么一时想不起来了？他怎么又替朕抬着銮舆呢？乾隆帝这样怔怔地想着，那班伺候的内监，看见皇上这副神气，也十分诧异，只得静悄悄地看着。忽然见皇帝走下銮舆来，吩咐把仪仗收了，不出宫去了。一面自己踱进宫去，一面传旨把那抬轿的少年传进宫来。那少年也莫名其妙，他从来也不曾进宫去过，今见天子传唤他，吓得他浑身打战；走进宫去，内监直领他走进御书房，跪在地下，一动也不敢动。皇帝在屋子里踱来踱去，吩咐内监们一齐退出，便开口问："你叫什么名字？"那人碰着头，说："名叫和珅。"又问他："多少年纪？"回奏说："二十四岁。"又问他："是什么出身？"回奏说："是满洲官学生。"这时乾隆帝忽然想起来了，原来这和珅的面貌，和从前那勒死在月华门下的马佳妃，一式一样，丝毫不差，屈着指儿算一算，那马佳妃死后到现在，恰恰二十四年。乾隆帝想起从前马佳氏一番情形，不觉心中一酸，自己在椅子上坐下，唤和珅跪近身来，又唤他把衣领解开来。乾隆帝看时，见他颈子上果然有一点鲜红的血痣。乾隆帝忍不住伸手把和珅一抱，抱在怀里，吊下眼泪来。说道："你怎么投了一个男身呢？"那和珅认作皇上发疯了，慌得他动也不敢动，一任皇帝哭着说着。这和珅原是十分伶俐的，听皇上说起从前和马佳氏的一番情义，便撒痴撒娇地说道："陛下害得我好苦！"说着，也吊下眼泪来。皇帝举起龙袖，替他拭泪。两人唧唧哝哝的在御书房里说了半天话，乾隆帝又送了他许多贵重的衣服、古董，另外又赏他五万两钱子。第二天，圣旨下来，提拔他做掌管仪仗的内务大臣。

从此乾隆帝把个和珅百般宠爱起来，那和珅也常常进宫去伺候皇帝，有时在御书房里同榻而眠。和珅放出许多娇媚的样儿来迷住皇帝，那乾隆帝真的拿他当马佳妃子一般看待。外面许多大臣，知道和珅得了宠，便又抢着去趋奉他。有的送钱钞，有的送房产，有的送美人，有的送古董珠宝。这和珅原是小人得志，不知道什么礼法的，他仗着皇帝的宠爱，尽力地做那贪赃枉法的事。不到几年，和珅家里居然宅第连云，家财千万，奴婢成群，美人满室。不用说别的，便是和珅的家奴，也有许多官员去孝敬他；只叫那家奴在他主人前说一句话，便可以立刻升官发财。那乾隆帝心中只有一个和珅，别人的话，他都不信，只有和珅说的话，他句句相信。有时遇到皇帝动怒的时候，只叫和珅进来说一句话，立刻转怒为喜。皇帝常常唤和珅，称他"我的人"。那四方进贡来的宝物，皇帝吩咐和珅自己挑选，把十成里的三四成，都赏给他。按到实在，和珅已是和皇帝对分了贡物。因为那进贡来的东西，先要经过和珅的手，他早已拣好的东西拿到自己家里去藏起来，却把拣剩的送给皇帝，皇帝又分给他。因此和珅家里的珍宝，越积越多，有许多还胜过大内的。

有一天，正是十五日，皇子皇女都进宫来朝见，皇后留他们在宫中游玩。七阿哥和诚亲王两人，在长春宫中游玩，那七阿哥一不小心，打碎了陈设在宫中的一双碧玉盘。那玉盘直量有一尺宽，颜色翠绿，是乾隆皇帝最心爱的。如今七阿哥见打破了，吓得他只是守着那破盘哭泣。却巧和珅从院子里走来，诚亲王年纪大些，知道这件事只有和珅帮忙。他两人忙给和珅碰头，和珅起初不肯管闲事，后来看七阿哥真急了，诚亲王又许他回家去对父母说知，情愿孝敬他一万块钱，求他想一个法子，和珅才答应。到了第二天，那诚亲王的父亲，真的送过一万块钱去，和珅便在家中拿了一只碧玉盘，悄悄地依旧去安放在长春宫里。那碧玉盘却比宫中旧时的要大一倍，这原也是进贡来的，和珅却把大的留在家里去用了。那和珅不独要偷皇帝的宝物，他平日到大臣家去，见了珍贵的东西，便也老实不客气地向那主人要了去。那大臣虽也心爱，见和珅向他要，他也没有法想，只得送给他。因此各大臣相约都把珍宝收藏起来，不给他看见。

有一天，早朝时候，和珅先到朝房去，见一个大臣，名叫孙士毅，封文靖公的，也先在房里了。那孙士毅闲着无事，从怀里掏出一只鼻烟壶来把玩着。和珅凑过身去看时，见那鼻烟壶是用一颗鸡蛋般大的珍珠雕刻成功的。和珅看了欢喜，伸手向他要；那孙士毅急了，说："这是此番俺出征越南得来的，昨天已奏明皇上，今天须把他去孝敬皇上，万万不能再送给大人的了。"和珅看他急得厉害，便笑着说道："俺和大人说着玩的，谁要你的来？"隔不到三天，孙士毅又在朝房里遇到了和珅，和珅便从怀里掏出一个鼻烟壶来给孙士毅看，说道："俺也得了一个。"孙士毅看时，和他孝敬皇上的那个，一模一样的，便问他："从什么地方得来的？"和珅说道："俺向皇上去要来的。"和珅这种肆无忌惮的事体，看在那班御史的眼里，实在有些忍不住，便今天一本，明天一本，大家雪片也似的奏参和珅。无奈乾隆帝认定和珅是马佳氏的替身，总是放纵他。常对和珅说道："俺们是一家人，有福同享；朕的钱，便是你的，你多要些，也不碍事的。"非但不降他的官，还飞也似的升他的官。不多几年，直升到大学士，拜他做首相。那刘文正公反做了一个协办大学士。但刘文正是一个正直的人，见和珅闹得太不像了，常常当面责备，他两人又常常揪到皇帝跟前去，辩论曲直。乾隆帝看刘文正是正直的老臣，自己不肯责备和珅，便借文正监督着和珅，叫和珅不敢十分放肆。因此每见文正来奏告和珅如何贪赃，如何枉法，便用好言安慰他。

这一年，平定准回，凯旋受俘，立碑太学。乾隆帝硬把这个功劳，加在和珅头上，说他有赞画之功，封他公爵。和珅受贺的时候，家中摆下七天的戏酒。第一天请皇上临幸。乾隆帝在傍晚时候，摆驾出宫。沿途灯火，照澈天地，直到相府门口，好似一条火龙。那和珅府中，越发热闹，灯烛辉煌，远望去好似一座火城。上面搭着五色漫天帐，地下铺着尺许厚的锦毯，从大门口直到内堂，马脚踏在上面，好似踏在草地上，肃静无声。和珅亲自在门口接驾。礼部尚书做招待官，九门提督在鼓台上打鼓，那吹鼓亭中吹打的，都是三品以上的大员。停一回皇上座席开宴。戏剧开场，皇帝亲自点了一出尧舜禅让的故事，在两旁伺候的大臣见了，都十分诧异。那皇帝和和珅有说有笑，和珅竭力劝酒，皇上不觉酒吃醉了，大臣们都退出在外面。和珅把家妓唤出来歌舞着，劝皇上吃酒，皇帝十分快乐，和那班家妓调笑着，不觉酩酊大醉。和珅命内中最美的一个家妓，扶着皇帝进里屋去睡下，那家妓便被皇帝临幸了。皇帝醒来，已是三更时候。他拖着那家妓，洗盏再酌。吃到高兴的时候，皇帝把自己的御服脱下，把扮戏穿的龙袍穿在身上，笑问着妓女道："朕似汉家天子否？"那和珅这时也吃醉了酒，把皇帝脱下的御服，穿在身上，笑问皇帝道："臣可似陛下否？"君臣调笑了一阵，不觉东方已白。乾隆帝见和珅衬衣的领子上绣着金龙，问他："什么意思？"和珅回奏说道："这颈子曾经陛下驭手抚摩过，因此用绣龙的领子保护着。"乾隆帝伸手摸着和珅的颈子，说道："卿真能善替朕意。"他两人说说笑笑延挨着，那第二天的贺客，都已到了门口，打听得皇上尚未回宫，吓得他们一齐退出。独有刘统勋知道，便直闯进里屋去，请皇上回宫。乾隆帝见刘文正来了，心中却有几分忌惮，只得摆驾回宫去。后来和珅暗暗地把自己一个妹子送进宫去，说："见臣妹如见臣。"乾隆帝也把他妹子十分宠爱起来。从此和珅不但引导皇上在宫内淫乐，且慢慢地引着皇帝出禁城来，暗地里逛私娼去。这时京城里有一个鼎鼎大名的私娼，名叫三姑娘。一般达官贵人，都在他妆阁里进出，便是和珅，也是一位入幕之宾。因此京城里有一班官员，要钻营门路的，都来求三姑娘。这三姑娘颐指气使，气焰万丈。他们口常常有二三品的大员伺候了一天进不得门的。如今和珅又把个天子引到三姑娘房里去，那三姑娘越发不把这班官员放在眼睛里，天天哄着那皇帝。讲到这三姑娘的姿色，绮年玉貌，再加上一段旖旎的风韵，任你宫中第一等美人，也赶他不上。不用说别的，便是床第的工夫，也叫这位皇帝拜倒在石榴裙下。从此皇帝时刻舍不得三姑娘，天天溜出宫来寻欢买笑去。那时有一位颐亲王的公子,打听得三姑娘的名气,便化了上万的金钱,只图得和三姑娘见一面儿。那公子实在爱三姑娘爱得厉害,天天把整千整万的银子送进去,想和他一亲肌肤。但在三姑娘眼里,看得一钱不值。那公子银钱越化越多,整整的化了二十万银钱,被颐亲王知道了,追问他儿子,才知道都化在三姑娘一人身上,不觉勃然大怒,立刻赶到步军统领和九门提督两衙门去,一阵咆哮,逼着他派出差役去,向三姑娘要回银钱来,立刻把三姑娘驱逐出境。

那统领和提督,听说有这样放肆的窑姐儿,便也十分震怒,立刻 派了差役,赶到三姑娘那里。那班人奉着上官的命令,如狼似虎,见人便捉,见物便毁。院子里的鸨母龟儿,一齐被他们捆绑起来。看看打进后院去,忽然迎出一个老汉来,伸手拦住。那班差役如何肯依,一拥上去,要推翻这老汉,谁知那老汉两条臂儿和铁棒相似,任你三五十人的气力,休想推得他动。那班人没法,正要向老汉胁下攒进去,早被老汉伸着一个指儿,在他们肩窝里一点;那班差役,个个都目瞪口呆的直挺挺地站在地上,好似拿钉子钉住的一般。后面的差役,看这个情形不妙,一转身逃回衙门去。这时做步军统领的,是富察后的叔父。得了这个消息,气得他三尸神咆哮,七窍内生烟,便立刻亲自带了一队亲兵,赶到三姑娘院子里去。这时已是黄昏人静,院子里静悄悄的不见一个人出来。那位统领直闯进后院去,只见文窗绣幕,里面隐隐射出灯火来。里面一阵调笑的声音,夹着三姑娘的弦索歌唱的声音。统领站在院子里,喝一声:“抓!”那班亲兵,正要抢进房去,忽见那三姑娘穿着一件银红小袄儿,款步出来。后面跟着一个俏丫鬟,手中捧着风灯罩儿,照在三姑娘粉脸上,越显得他唇红齿白,俊俏动人。只听得他呖呖莺声似的说道:“噤声些。里面贵人正要睡呢。你们倘若惊动了贵人,俺问你们有几个脑袋?”那统领听了,愈加生气,喝一声:“打进去!休听这贱人的花言巧语。”正在危急的时候,忽然房里面走出一个小丫头来,手里拿着一张纸条儿,直送在统领手里。那统领看了,吓了一跳,顿时矮了一橛。原来那张纸条上写着:“汝且去,明日朕当有旨。钦此。”十一个字,下面盖着一颗鲜红的皇帝之玺。统领到了此时,一句话也不敢说,悄悄地带着原来的亲兵,退回衙门去。一面另派了一大队守卫兵,暗暗地在三姑娘的屋子四围保护着。

第二天,统领朝见皇帝,正要奏谏皇上不可微行;谁知他不曾开得口,那乾隆帝早已对他笑着说道:“卿办事甚勤。但也不必过于认真,煞了风景。”那统领听了,吓得他连连碰头。乾隆帝嘴里虽这般说,心中却疑惑是皇后指使这统领来的,因此十分厌恶皇后。那富察后夫妻恩情很厚的,又生性爽直,为皇帝好色、多宠妃嫔的事体,常常暗地里劝谏他。清宫里有背祖训的规矩,富察后只怕皇帝荒淫无度,打听得皇帝睡在妃子房里,到五更还不起身,便打发太监,头顶着祖训,直到皇帝的卧房门外,跪下,嘴里滔滔不绝地背着祖训,一遍背完,又是一遍,那皇帝一听得太监背祖训,便要立刻披衣下床,跪听祖训。那皇帝倘然不下床,那太监便背诵不休,总以到皇帝起身为度。富察后常常拿这个法子去治着皇帝,皇帝因此心中越发厌恶皇后。这一天,皇帝从三姑娘那里回宫来,给富察后知道了,便援下簪子,披散了头发,再三苦谏。乾隆帝看了,冷冷的说道:“皇后竟要打通内外压制朕躬吗?只是朕非李唐诸儿柔懦无能的可比,皇后不必枉费心血罢。”说着转身走出宫去了。从此乾隆帝天天在三姑娘院子里寻乐,回宫去总要听富察后叽咕几声。乾隆帝觉得宫中的箝制,不复可忍,便又打算恭奉太后慈驾南巡去,借此可以物色美人,快遂平生之愿。

主意已定,便下诏巡幸江南。他此番却把大权交给和珅,又叫刘统勋在一旁监督着。自己奉着皇太后动身出京去。满朝文武百官,都齐集在午门外送行;独有和珅直送出京城。乾隆帝看和珅满面愁容,认是他不舍得离开皇上,便对他说道:“朕原打算和你一块儿到江南游玩去,如今国事没有人照料,只得偏劳你了;待朕回京时候,再和你吃酒寻乐。你也不可忧愁。”和珅回奏道:“皇上旨意,臣敢不奉命;只因臣家中近日死了一个爱妾,心中万分凄楚,因此不觉忧形于色,还求皇上宽恕。”皇帝听了,哈哈笑道:“莫伤心,朕此去,江南尽多佳丽;便当替你物色一个美人来,解你的忧愁。”和珅听了,忙跪下地来谢恩。

乾隆帝离了京城,母子两人,坐了大号龙船两只,又跟着一百号官船,沿着运河下驶,过了天津,入了山东界。那沿途地方官的供应接送,十分忙碌,这且不去说他。单说那扬州地方的盐商,仗着有千万的家财,都要在皇帝跟前讨好。他们从前也曾办过接驾,如今听说乾隆帝又要南巡,便个个兴高采烈地准备接驾,炫奇斗富,各穷心力。就中单表那江鹤亭和汪如龙两人,从前因承办接驾,结下冤仇,如今他两人岂肯错过机会?便用尽心计,想出奇妙的玩意儿来,讨皇帝的好。因此这一番扬州绅士的接驾,又要算汪、江两人第一精妙。你道那汪如龙是拿什么来接驾?原来汪如龙自从第一次接驾以后,便暗地预备第二次接驾的事体。那雪如自从得了皇帝宠幸以后,汪如龙便把他安顿在藻水园里;他的两肩,因为得乾隆帝的手扶搭过,便在小袄的两肩上,绣着两条小龙。从此汪绅士唤他雪娘娘,十分敬重他。另外买了二十几个女孩子,在园中请雪如教授歌舞。那雪如便拣皇帝爱听的曲儿教给他们,又教他们新样儿的跳舞。汪绅士又请了许多名士,编了几出新曲文,教他们练习。练习纯熟了,恰巧得了乾隆帝南巡的消息;汪绅士便赶上一程,在清江浦地方接驾。这清江浦是出山东地界第一个码头,皇上御舟从济南兖州一带行来,忽看了这奇异的玩意儿,容易叫圣心快活。那汪绅士带了工匠人等,早在江边忙碌了许多日子;待得御舟一到,那两岸接驾的官绅排列跪着好似长蛇阵,乾隆帝在御舟中望去,只见远山含黛,近树列屏。停了一回,御舟到了船埠,那接驾的臣民,齐声欢呼:“皇太后、皇上万岁!”皇帝正含笑倚着船窗望时,只见岸上大树上挂着一枚大桃子。欲知这桃子有什么奇异之处,且听下回分解。

乾隆帝别有钟情,和珅适逢其会耳。然即此一念,和珅得以售其奸,乾隆于以受其遇,此实不是为两人病。试思以舆台厮养而骤跻高位,乌得不弄权?在乾隆一味姑息,实寄情于已死之马佳氏耳,于和珅乎何与?在乾隆帝实为情种,而在和珅亦无足深责;独可恨者,当时左右,只知逢迎,不知劝谏,不能辞其咎也。

为男儿须掀撼天地,为女儿须当狗英豪,方不虚此一生;为三姑娘者,狎玩帝子,叱咤臣僚,可以一世矣!

妒为妇人美德,然须出诸温婉,动以至情;人非木石,无有不被其感化者。若行动监视,语言顶撞,示人以难堪;虽恒人亦有所不能忍,况为不可一世之帝子乎?富察氏不明此理,徒斤斤于语言之间,无怪其他日遭黜废之祸也。

第四十四回　莺莺燕燕龙须纤　叶叶花花云雨楼

却说乾隆帝两眼正看着那树上的大桃子，那个桃子，忽然自己移动起来，看他离了树枝，落下地来，又慢慢地在地上转动，移近岸来，直到龙舟边。到移近看时，却也有房屋一般高大；外面鲜艳红润，配着两大瓣绿叶，引得那班官员都围着观看。正看时，只听得一棒锣响，桃子里面打起十番鼓来；鼓声才住，豁的一声，那桃对缝裂开，变成两半个；里面露出一座小戏台来，正搬演那群仙祝寿的故事。一串珠喉，唱着"万寿无疆"的曲儿。皇帝看时，那扮皇母的，正是那雪如，丰容盛鬋，越发出落得美艳了。皇帝和他几年不见，想起旧情，未免动心。再看那班祝寿的仙子，个个都是轻盈娇小，风光流动。正看得出神的时候，忽然走出一个垂髫女郎来，轻云冉冉，艳绝人寰，身披羽衣，下曳霓裳，珠喉巧转，舞袖翩翩。歌舞多时，看他直走下台来，手中捧着玉盘宝瓶，走近船窗，献与皇上；乾隆帝看他秀眉入画，笑靥承睫，早不觉心旌怡荡。看他翠袖里露出纤纤玉指，养着尺许长的指爪儿。乾隆帝笑问道："卿可是麻姑再世？朕却要问你的小名儿是什么？"女郎见问，便低低的奏称："小女子贱名叫昭容。"接着掩袖一笑，横眸一转。皇帝急唤内监拉住他的裙角儿，只见他惊鸿一瞥，早已跑上台去，唱起《霓裳羽衣曲》来。满台的女孩儿，和着歌唱；歌声袅袅，动人心魄。乾隆帝吩咐："赏雪如玉如意一柄，碧霞洗扳指及粉盉各一个，金瓶一对，绿玉簪一对，赤瑛杯一，白玉杯一，珠串一挂；昭容也赏玉如意一柄，金瓶一对，绿玉簪一对，珠串一挂；其余女郎，各赐绿玉簪一支，珠串一挂。"雪如在台上，领着一班女孩儿谢赏。到了晚上，把雪如、昭容两人，传上御舟去侍寝。那昭容原是雪如的妹子，豆蔻年华，洛神风韵，皇帝看他娇憨可怜，越发宠爱他。第二天，把那汪如龙宣上御舟去，又赏他二品顶戴，银钱五十万两，叫他先赶回扬州去，照料一切。

那汪如龙领了圣旨，谢恩出来，回到扬州，便耀武扬威得越发不把江鹤亭放在眼里。那江鹤亭见汪如龙得了好处，便和蕙风在暗地里预备别的新奇玩意儿，和汪如龙争胜，那汪如龙却睡在鼓里。待皇上御驾到扬州的时候，他又预备下了一套新奇的烟火。到了那日，皇帝坐在高楼上，文武百官在两旁陪侍。起初只见对面漆黑一片，慢慢地露出一点火星来；那火星四处乱滚，愈滚愈大，忽然"拍"的一声，火星爆裂，满地红光。红光中现出一株大树来，满树桃花，在火光中展动；那花朵儿愈开愈大，一霎时花谢蒂落，花蒂上结着一串桃子。那桃子又渐渐地大起来，内中有一个最大的，从树上落下来；那树枝树叶都不见了，这桃子从中裂开两半个桃子，向左右移开，变成两座戏台。一座台上搬演《西游记》的故事，妖魔鬼怪，变幻无穷；一座戏台上装出庄严宝相，上面莲台上坐着一尊观音，众仙女在下面膜拜。停了一回，那边戏台上的孙行者，演一出偷桃的戏，把一盘仙桃偷了出来；这边戏台上，走下一个仙女来，接过盘子去，直献到皇帝座前。乾隆帝看时，又是一个绝色的女郎，见他低鬟敛袖，妩媚天然，便笑道："江南地方，真多美人！"这句话一说，早有一个内监上去，把他留下了。三位美人，轮流着伺候皇上。皇上好似进了迷魂阵，那御舟在河心里行着，两岸的官绅忙着迎送，皇帝也没工夫传见。

那御舟出了扬州地界，忽然听得两岸有娇声唱曲子的；皇帝推窗一望，只见两岸有两队妇女，一队穿着青色衫裙，一队穿着红色衣裤。两队约有一百个女人，个个都长得妖娆白净；每人肩上都背着一条五色的纤绳，那一百支小绳子，都归总在两大支纤绳上面。这两大支纤绳，用五色绸带子缠着，绑在御舟的一株牙杆上；牙杆下面插着绣花的小龙旗，从船头上密密的直插到船尾上。船的两舷,又有两队妇女打桨;一队是女尼,穿着绀色的衣衫,一队是道姑,穿着绛色的衣裳,个个脸上施着脂粉,妩媚万状。船上地打着桨,岸上地拉着纤,一递一声,轮流唱着娇艳的曲儿。皇帝看了,不觉心花怒放,回头问太监们道:“这是什么?”那总管太监回奏说:“这是扬州绅士江鹤亭孝敬的,名叫龙须纤。”皇帝再看时,见岸上遍种着桃柳,桃花如火,柳叶成荫;一红一绿,相间成色。那桃柳树下,又拦着锦幛;每隔一里,筑着一座锦亭,亭中帷帐茵褥,色色齐备。皇帝问:“那亭子做什么用?”总管回奏说:“是预备那妇女们休息住宿用的。”乾隆帝笑道:“两岸风景很美,朕也上岸看他们去。”太监听了,忙吩咐停船。皇帝踏上船头,百官们上来迎接,扈从着皇帝,走进锦亭去。见里面妆台镜屏,陈设得十分精美。皇帝吩咐,传那四班妇女进来。第一班穿红色衣裤的是孤女,长得柳眉杏靥,娇小可怜;第二班穿青色衣裙的是寡妇,雅淡梳妆,别饶风韵。第三班便是女尼,第四班便是道姑;妖冶风流,动人心魄。皇帝见了他们,不禁笑逐颜开,伸过手去,抚着他们的粉颈,捏着他们的纤手;那班妇女,便觉得十分荣耀。传旨下去,每人赏一个金瓶,银钱五百块;又叫留下陈四姨、王氏、汪二姑、玉尼四人。

那陈四姨,是青衣队魁首,虽说是一个孀妇,却是年轻貌美,万分妖娆。那王氏,是道姑的魁首,长得玉立亭亭,神韵清远。两人得了皇帝的召幸,便曲意逢迎;拿出全副本领来勾引,把个皇帝弄得颠倒昏迷,十分快乐。那汪二姑,是红衣队的班头;玉尼,是女尼的班头。讲到他两人的姿色,实在胜过陈姨和王氏两人;一笑倾城,雪肤花貌。这四队中的妇女,有谁赶得他上那种美艳?无奈他两人都长着桃李之姿,冰霜之操,都因为不合皇上的心意,可怜一个死在乱棍之下,一个死在水里。那汪二姑原是穷村家女,他父亲卖着瓜果度日;二姑因从小死了母亲,便自操井臼。虽说乱头粗服,但他那副美丽容光,总是不能遮掩的。村坊上见了这个天仙的女孩儿,如何肯轻轻放过他,便有几个无赖,常常到二姑家里去胡闹。后来恼了二姑的父亲,把那无赖告到官里。官厅派了几个差役来,把无赖捉去,从此这汪二姑的美貌,连官府也知道了。此番江鹤亭承办接驾,要讨皇帝的好儿,便想出这龙须纤的法子来,四处搜寻妇女,知道二姑的美名,便托官府用重金去请来。那二姑起初不肯,后来他父亲贪图钱多,再三劝说。又说:“不用去见皇帝,那拉纤,也是装作样儿,不用费力的事体。”二姑没奈何,也只得去了。到了那里,自有管事婆婆给他香汤沐浴,披上锦绣,施上脂粉,顿觉容光焕发,妩媚动人。管事婆婆,便派他做红衣队的领班。这时皇帝先召陈三姨和王氏进去,传说出来,他两人得了皇帝的临幸,得了上万银钱的赏赐,那班妇女听了,谁不羡慕。停了一回,圣旨出来,传汪二姑进去,那二姑知道这一进去,凶多吉少,便抵死不肯进去。无奈那两个太监气力很大,拉着他两条臂儿,硬拽着进去。在亭外的人,只听得亭子里二姑的哭声,十分凄惨。接着两个太监,慌慌张张得出来,把个朱家女儿,拉了进去。那朱家女儿,姿色也长得不差,现当着红衣队的副班头。只因汪二姑见了皇帝,十分倔强,便唤朱家女儿进去替他。这时亭子里面有许多妇女同候着,半晌,只见一个小太监,扶着那朱家女儿出来;大家看时,只见他云鬓蓬松,红霞满脸,低着脖子出来。那髻儿上早已插着一支双凤珠钗,凤嘴含着一粒桂圆似大的明珠;只说这一粒珠子,也值到一万块钱。再看他臂上,套着一对金镶玉琢的钏儿。众妇女围着看他,口中啧啧称羡。又停了一回,太监出来传唤侍卫们,把汪二姑的尸首拖出去。便有两个侍卫进去,把汪二姑的尸首,横拖竖拽地抛出亭外来。只见那尸首双目紧闭,血迹模糊,大家见了这情形,便去问那朱家女儿。那朱家女儿说道:“我走进亭子去,只见皇帝手里拖着那汪二姑;二姑一边哭吵着,一边抵拒着。恼了皇上,把他推在地下,喝声:‘拉下去打死!’只见走过两个太监来,手中拿着朱漆长棍;揪住二姑头发,到隔室去。这时我正受着皇帝的临幸,耳中听着二姑的惨号声,吓得早已魂灵出了腔子,想来那二姑是被太监打死的了。”大家听了朱家女儿的话,不觉寒毛倒竖。后来二姑的父亲,寻到这地方来,地方官推说二姑是急病死的。他父亲也无可奈何,只得把女儿的棺材拿回去埋葬。

当时还有一个玉尼，见二姑死得如此凄惨，知道自己当着女尼班头，免不了这丑事。他觑着旁人不留心的时候，古董一声，跳在水里。那管事的，怕给皇上知道了惹起公案来，便也听他淹死，不去救他；一面另选了一个尼姑，献进去伺候皇上。

皇上此次一路游玩，召幸的共有十六个女人；这都是江鹤亭一人的心思财力，皇帝心中也感激他，便把江鹤亭宣召进去，当面称赞了一番，赏他红顶花翎，又吩咐江宁藩司，赏银六十万两。那江鹤亭感激皇帝的恩德，便把自己家里的樗园，献与皇上。他那樗园，原造得曲折幽胜，原是隋炀皇迷楼的旧址，扬州人称他做小迷楼。园里面有挹胜轩、延曦阁、当风亭、杨柳台、藏春坞、梦蕉廊、碧城十二楼这几处名胜的地方。皇帝得了这座樗园，便把那班召幸过的女人，安置在各处名胜地方；里面那碧城十二楼，又算得风景最好的地方。江鹤亭又把自己最宠爱的姨太太郭氏，献与皇上。那郭氏虽说嫁于江鹤亭，只因他年纪太小，还不曾破身。那郭氏伺候皇上的第一晚，还是一个处女；皇帝万分欢喜，把他住在碧城十二楼上，封他做烟花院主。那郭氏有一个大丫头，姓蒋，年纪也有十八岁了，生性却十分放荡；他伺候男人的时候，却什么把戏都玩得出来。这时候不知怎的，却勾搭上了皇帝；皇帝一生玩女人，却不曾经过这味儿，便又把蒋氏百般的宠爱起来。皇帝到杭州去，把这妇女都寄在樗园里面，独把这蒋氏带在身旁。

船到苏州地方，皇帝忽然想起金阊女闾，妙甲天下，朕贵为天子，深恨不能享民间之乐。当时便把这意思对总管太监说了，那太监十分解事，便悄悄地去叮嘱接驾的官员；又因为日间皇帝公然宿娼，招人议论，在夜静时候，用蒲轮小车，把那金阊名花，送上御舟来。粉白黛绿，共有三十六个；吴侬软语，花柳娇态，早把这位风流天子心眼儿醉倒了。皇帝吩咐设宴，那三十六枝名花，轮流把盏；又各唱艳曲一折，皇帝左拥右抱，目眩心迷，早忍不住搂着几个绝色的，真个销魂去了。直玩到四更向尽，那班妓女，个个辞谢了皇帝，上岸坐车去了。

这皇帝一路来眠花宿柳，都瞒着皇太后的耳目。一来因皇太后的坐船在御舟后面，不甚觉得，二来那太后手下的宫监，都得了皇帝的好处，凡事替他遮瞒。况且皇帝如有临幸，不是上岸去在官绅家里，便是在深夜悄悄肖地弄上船来，叫这位年老龙钟的太后，如何知道？但皇帝此番南下，种种风流事体，却瞒不住那正宫富察后。在皇帝心中，只知道富察后远在京城，耳目决不能及，谁知他这时却悄悄地躲在太后舟中。那富察后，少年时候，和皇上十分恩爱，他如今见皇帝爱偷香窃玉，心中如何不恼？又打听得皇上第一次南巡，宠幸雪如，在京城里，又宠幸三姑娘。此番南巡，皇后便求着皇帝，要一块儿出去，皇帝不愿意，皇后便和太后说通了，扮着太后的侍女，混出京来，悄悄地躲在太后船中。一路上派几个心腹太监，打听皇帝的举动。他见皇帝如此荒淫，心中如何不恼？只因太后十分溺爱皇帝的，皇帝种种无道的事体，也不便告诉太后；自己又是私自出京的，更不能直接去见皇上。因此他一路忍耐着。如今见太监来报说："皇上把许多窑姐儿，接上船来玩耍。"把个富察后气得愁眉双锁，玉容失色。他原想立刻赶到御舟上去劝谏，又怕当了窑姐儿的面，羞了皇上。听御舟中一阵阵歌舞欢笑，皇后心中十分难受。他原是深通文墨的，便回进舱去，拿起笔来，写了一本极长的奏章，劝皇上须保重身体，不可荒淫。写到伤心的地方，不禁掩面痛哭，哭过了又写。那宫女太监，在一旁伺候着，劝又不好劝得。皇后写完了奏章，看岸上时，正是灯火通明，车马杂沓，那班妓女，辞别皇上，登岸回院的时候。皇后悄悄地说道："这班妖精走了，俺可以见皇上去了。"他便匆匆梳妆了一回，抹去脸上的泪痕；手中拿着奏章，任你太监宫女们拉住皇后的衣角，如何劝谏，他总不肯听。那总管太监，急得爬在皇后脚下，连连碰着头，说道："皇上正快活时候，娘娘这一去，不但得不到好处，反叫皇上生气。那时不但奴才的脑袋不保，怕娘娘也未便。况且时候已四更打过了，那班窑姐儿也去了，皇上正好睡；娘娘纵有奏章，待天明以后，奴才替娘娘送去，岂不是好？"娘娘听了，止不住又流下泪来，呜呜咽咽地说道："皇上这样荒淫下去，眼见得天怒民怨，国亡家破，便在眼前；俺和皇上，终是夫妻的情分，如何忍得？如今俺主意已定，拼着一死，总要去见他一面！俺倘然死在御舟上，你们便把俺的贴身衣服和皇后宝玺，送去俺父亲大将军家里，只说俺因苦谏皇上而死。”皇后说到这里，便撑不住哽咽万分，不能说话了，一倒身坐在椅子上，宫女上去服侍，洗脸送茶。停了一回，止住了哭，皇后 一耸身，从椅子上直跳起来，嘴里说道：“俺终须要见皇上去。”飞也似的走出后舱，只因前舱有太后睡着，怕惊醒了他。皇后这时，从后舱踏上跳板，那宫女太监们忙去搀扶着。皇后一边走着，两眼望着前面的御舟；忽然见那御舟桅杆上，挂着一盏红灯，闪闪烁烁的射出光来。射在皇后眼睛里，只把个皇后气得话也说不出来，伸着手向那红灯指着，两眼一翻，倒在宫女们的怀里，晕厥过去了。慌得那班宫女不敢声张，又不敢叫唤，扶着皇后，回船舱去，轻轻地拍着皇后的胸口，又灌下参汤去。皇后慢慢地清醒过来，那眼泪又不觉直淌下来。

你道皇后见了御舟上的红灯，为何如此伤心？只因宫中的规矩，皇帝在屋子里，倘有召幸，那屋子外面，便点着一盏红灯，叫人知道回避，又叫人不可惊动皇上的意思。如今在御舟上，那盏红灯，没有地方可以挂，便挂在桅杆上。因此皇后见了，知道皇上有宠幸的人，心中不觉一酸，眼前一阵黑，便晕厥过去。待到醒来，吩咐到御舟上去打听，谁在那里侍寝？那太监去打听了回来，悄悄地报说：“如今在御舟上侍寝的，有三个人：一个是蒋氏，是从扬州带来的；两个是方才留下的窑姐儿。”皇后听了，不觉叹了一口气，说道：“皇上敢是不要命了吗！俺越发不能不去劝谏了。”说着，听得远远的鸡声喔喔，皇后说道：“五更时分了，皇上也可以叫起了。”便整一整衣裳，悄悄地走上岸去。宫女们扶着，太监们随着，前面照着一对羊角小灯，慢慢地走近御舟来。那御舟上值夜的侍卫和岸上守卫的兵士，见皇后忽然到来，慌得他们忙爬下地去跪见。太监传着皇后的懿旨，不许声张，惊动了皇上。那守头舱的太监，见皇后突如其来，脸上的气色，十分严厉，慌得他们都缩过一边，不敢声张。皇后也不用人通报，走进中舱，见桌上放着三五只酒杯儿，杯中残酒未冷，桌下落着一只小脚鞋儿，金绣红菱，十分鲜艳。皇后看了，轻轻叹了一口气；他便直入后舱，锦帐绣帷，正是皇帝的寝室。欲知乾隆帝见了富察后，如何发付，且听下回分解。

天子巡幸，原非恶德；且深宫幽处，日近女宦，胸怀日鄙，亦非养体养德之道。能借巡幸以广识见，访民隐，求治国之道，甚盛事也。奈彼无耻臣民，日以声色逢迎；卒至荒淫无度，天怒人怨，独夫之罪，亦臣民之罪也。

“为问生身亲父母，卖儿还剩几多钱？”此语当为汪二姑诵也。可怜天下几多美女子，都被金钱一念，占污清白；彼为父母强迫者，其父母果可杀，即彼女子自身陷入泥犁者，亦父母不教之罪也。

皇后嫉妒，写来另有一种富丽哀艳景象，轻薄一分不得。富察后未见帝面以前，一种委婉屈抑之心，曲曲写出。彼嘱咐宫监数语，伤心至矣！于以见后与帝之情爱，亦至矣；惜乎乾隆不能鉴其苦心也。

第四十五回　脱簪苦谏皇后落发　奋拳狠斗天子被擒

却说富察后直走到御榻前，也不唤醒皇帝，突然在当地跪倒，援去头上的簪子，一缕云鬟，直泻下地来。怀中捧出一本祖训来，朗朗地背着。那皇帝正搂着两个妓女好睡，那妓女却不敢合眼，见忽然走进一个贵妇人来，知道不是平常的妃嫔，忙悄悄地把皇帝推醒。皇帝在睡梦中，听得有人背祖训，他没奈何，只得从被里跳起身来，披上衣服，便在被面上跪倒，恭恭敬敬地听着。待听完了祖训，皇帝走下床来，十分恼怒。直问上皇后的脸去，说道："你什么时候出京来的？"那富察后低头答道："臣妾万死，不曾奏明皇上，实是和陛下同时出京的；一向伴着太后，不曾来请得圣安。"皇上听了这个话，越发生气。冷笑说道："好一个不知体统的皇后！你悄悄地跟着朕出京来，敢是在暗地里监察朕躬？"一句话问得皇后无可回答。接着，皇帝又说道："你在暗地里监察朕躬，倒也罢了；如今在这夜静更深的时候，你悄悄地闯进寝室来，敢是要谋刺朕躬吗？"这句话说得太重了，皇后愠的变了脸色，挂下两行珠泪来，说道："陛下这句话，叫贱妾如何担当得起？贱妾既已备位中宫，便和皇上是敌体，圣驾起居，是贱妾应当伺候的。如今听说皇上有过当的行为，贱妾不自揣量，窃欲有所规劝；又怕在白天抛头露面，失了体统，特于深夜到此，务请陛下三思。烟花贱娼，人尽可夫，陛下不宜狎近；倘有不测，贱妾罪该万死了。"皇帝因惊醒了他的好梦，心中万分愤怒，又听皇后骂那妓女，越发忍耐不住。把床头的小钟，打了一下，进来四个太监，皇帝喝声："拉出去！"太监看见是皇后，却不敢怠慢，便恭恭敬敬走上去，扶皇后起来。皇后直挺挺地跪着，抵死不肯起来，哭着说道："陛下不顾念贱妾的名位，也须顾念俺夫妻一场，怎么没有一点香火情呢？陛下无论如何愤怒，抵求看了臣妾的奏章，臣妾便是死了也不怨的。"说着，把那奏章高高捧起。皇帝无可奈何，把奏章接过来，约略看了几句。见上面拿他比着隋炀皇、正德帝，不觉大怒，把奏章抛在地上，直抢上前去，扬手一巴掌，打在皇后左面粉颊上，接着右面脸上又是一下，打得皇后两腮红晕，嘴里淌出血来。太监忙上去遮住，皇帝气愤愤的披上风兜，走出舱去，说："见太后去。"这皇后拿膝盖走着路，抢上几步，抱住皇帝的右腿，抵死不放，说道："陛下今日便是杀了臣妾，也要求看完了贱妾的奏章再走也不迟。"皇帝被皇后抱住了，脱不得身，一时火起，提起靴脚来，奋力一踢。可怜皇后脊骨上着了一下，痛得晕倒在地。皇帝也不回头，直抢出船头，跳上岸去，自有侍卫保护着，走进太后船中。

这时天色已明，太后正在梳洗，侍女们报说："万岁驾到。"太后不觉吓了一跳，忙看时，只见皇帝衣服不整，满面怒气，走进舱来。一开口，便把皇后如何胡闹，如何失体统的话说了。又说："他深夜直入，居心叵测，请太后下诏赐死。"皇太后听了，十分诧异，说："皇后好好的住在后舱，什么时候到御舟上去的？"立刻把伺候皇后的宫女、太监唤来，吩咐拉下去把总管用大棍打死。一面打发内监，拿着皇太后的节，去到御舟上，把皇后召来。停了一回，皇后来了，太后见他披头散发，血泪满面。叹了一口气，说道："闹成这个样儿！皇后的体面何在？"皇后只是痛哭，说不出一句话来。皇帝在一旁，只是催着太后下诏赐死。皇后看皇上一点香火情也没了，心中不觉灰冷，觑着旁人不防备的时候，抢到船头上去，"噗咚"一声，向河心里一跳。可怜一代母后，一阵水花动荡，早已去得无影无踪了！皇帝看了，好似没事人儿一般。到底太后看着皇后可怜，便传下命去，吩咐太监侍卫们，四处打捞。两岸的兵士和官民，都在上流头下流头捞救，直在玉龙桥下面捞得。皇后已被水灌得昏迷不醒，内监们七手八脚地抬上船去，仍在后舱头榻上睡下，呕出了许多水，才清醒过来。

从此皇后睡床三日不起。他的心中；好似万箭攒刺，十分悲伤。到了第四天上，他忽然心地开朗，主意已定，觑着宫女们不在跟前的时候，袖子里拿出金剪来，“飕”的一声，把一缕青丝，齐根剪下。走到前舱去，跪在太后跟前，求太后开恩，准他祝发为尼。太后看看事已如此，又明知道皇帝和皇后决不能和好的了，便把皇后扶起，说道：“俺过山东的时候，见大明湖边有一座清心庵，水木明瑟，很可以修静；如今俺打发人送你到那边去住着，俟皇上回銮的时候，再带你进京去，你可愿意吗？”皇后听了，又跪下去谢太后的恩典。太后便唤过四个小太监来，吩咐他另雇一号大船，把皇后应用的衣服器物搬过船去，陪着皇后过船去，直送到济南府清心庵去。

那山东省城里的文武官员，见皇后驾到，一齐前来迎接。到进庵的一日，那官家眷属，都来陪伴他，又常常送礼物进去。皇后只和庵中的一个老尼姑好，所有官府来往，他一概谢绝。后来打听得皇太后、皇上都回京去了，皇上便下旨，废了孝贤皇后的名号。皇后知道了，在庵中痛哭了三日三夜，粒米不进。后来还是那老尼姑再三劝说，才慢慢地吃些粥饭。

从来说的，福无双至，祸不单行。皇后自从被皇帝废了名号，那地方官的供养，也从此断绝，官家眷属，也从此不来看望他。庵中的女尼，也从此冷淡他起来。连那带来的四个小太监，一个一个逃走，只剩了一个。这且不去说他。到了八月十五的夜里，忽然来了十多个强盗，打进庵门，别的都不拿，独把皇后的衣服、首饰、箱笼、器具，抢得干干净净，一些也不留。皇后受了惊赫，又是伤心，自己跑到州县衙门里去报失，求那官府替他追捉强盗。那州县官见皇后失了势，便含糊答应；皇后看看那强盗去得无影无踪，自己一生的财宝都丢得寸草不留，一个金枝玉叶的皇后，只落得自己烧茶煮饭，只有一个小太监伺候着他。皇后到了这水穷山尽的时候，也曾寻过几次短见，都被小太监救活。从此他和小太监两人孤苦相依，度着岁月。

在皇帝心中，早已忘了这故剑之情。皇后登舟永别的时候，正是皇帝醉倒花前的时候。这时扈从大臣里面有一个梁诗正，见皇帝荒淫无度，也上了一本奏章，劝皇帝爱惜身体，保持令名。那皇帝正落在迷魂阵中，如何肯听？他把梁诗正传上御舟去，当面训斥了一场，说道：“你虽做了大学士，只因朕赏识你的诗做得好，也好似娼优一般养着你们玩儿罢了！怎么这样大胆，来管起朕的事体来了？”这一顿教训，吓得文武百官，从此箝口结舌，不敢劝谏。那皇帝还因为自己住在御舟里，有卫兵内监们伺候着，耳目众多，不能十分放纵。他便暗暗地和几个亲信的太监商量，打算在夜静的时候，上岸微行，到娼家住宿去。他在妓女言语中，打听得苏州地方妓女的面貌，要算银红最美；银红有一个妹妹，名叫小红，比他姊姊还要美。只因那小红生性冷僻，不肯接客，到如今还是一个处女。皇帝听了，十分羡慕，便逼着太监领他到银红院子里去。谁知这一去，一连七天，不见皇帝回船来，把个皇太后和合城的文武官员慌得没了手脚。江苏抚台，发落全班的巡捕和元和县的捕快，在城里城外大街小巷搜查。直到第八天上，皇帝被人捉去，绑在马房里，打发一个小校，到抚台衙门里去报信。吓得那文武官员，齐赶到马房里去，把皇帝接出来，送到船上去，太后才得放心。

原来苏州地方，有一个横行不法的恶少，终日在三瓦两舍，寻是生非。又生成十分好色，凡有绝色的娼妓，都被他霸占住了，别的客人，都不敢去问津。他仗着父亲做过大同总兵的，家中有钱有势；他自己又仗着有水牛般的气力，手下又有一二十个帮闲的大汉，到处敲诈恐吓，人人见了他害怕。因此把这恶少取一个绰号，名叫小霸王。小霸王最心爱的妓女，便是那银红。讲到那银红的姿色，真可以压倒烟花队。此番皇帝召幸，那银红仗着小霸王的势力，不曾接驾。但那银红心中，另有一个知己，便是徐翰林的儿子徐大华。这人风流年少，貌美多才。只因小霸王占住了银红的院子，徐方华不能公然在银红院子里出入，但他两人也曾背着小霸王私会过几次，十分恩爱，已经约定婚姻之事了。觑着小霸王不防备的时候，徐大华一肩彩舆，把银红娶了过去。那鸨母怕小霸王到他院子里来吵闹，便把院子门关了，带了小红，躲在一条小巷里住。这时忽然来了一个阔客，见了鸨母，一掷万金，指名要小红侍寝,小红抵死不肯;无奈鸨母爱这客人有钱,再三劝着小红。这时小霸王得了消息,带了一班无赖,赶到银红院子里,扑了一个空,十分愤恨;打听得银红是被徐大华娶去的,又赶到徐家。亏得徐大华早得了消息,忙带了银红,从后门逃出。小霸王赶到徐家,又扑了一个空;便无可发泄,喝一声"打",众无赖一齐动手,把徐家房屋打成雪片。临走的时候,放一把火,烧成白地。那徐大华带了银红,无地投奔,便找到小红院子里来。这小红院子里,正到了一个阔客,肯出一万银钱,梳拢小红。他如今见银红和徐大华如此恩爱,又见徐大华走投无路,便出来打抱不平,对徐大华说道:"你们好好的住着,不用害怕;俺明天和你打抱不平去,管叫那小霸王送了性命。"那小红见这客人肯帮姊姊的忙,便也敬重他,当夜陪他吃酒,又给他梳拢了。

这客人一住三天,外面的风声,一天紧似一天;那小霸王天天带着一班无赖,在大街小巷中搜查着,把个徐大华吓得躲在家里不敢向外面探头儿。那小红在枕上,夜夜催着那客人。到第四天上,那客人打听得这小霸王每日在片石山房吃茶,他便拉着徐大华,直走到片石山房。那徐大华吓得浑身乱抖,那客人拍着胸脯,叫他放大胆子。片石山房里有一个座位,锦垫交椅,桌上排列着一色白胎的江西窑磁茶壶茶杯,特留着候小霸王到来坐的。这时那小霸王未到,这客人便大模大样地上去,坐在交椅上,命徐大华坐在一旁。茶博士上来,装着笑脸,说:"请客人这边坐,这座位是小霸王的。"那客人听了,把双目一瞪,提着醋钵似大的拳头,在桌上一按,恶狠狠地说道:"俺太爷不知道什么小霸王不小霸王!太爷有的是钱,爱坐那里便是那里。你若怕事,快把招牌除下来不卖茶了,俺便出去。"那茶博士碰了一个钉子,吓得他忙缩着脖子下去。他知道这客人来得不妙,今天不免有一场恶打,便悄悄地把那碗盏、茶壶收拾起来,两臂儿交叉着打着结,站在一旁看冷眼。停了一回,那小霸王果然来了,徐大华见了他,早吓得嘴唇失色,两排牙齿捉对儿厮打起来。小霸王身后跟着五七个竖眉横眼的大汉,一手忒愣愣地转着两粒铁弹子,一拥抢到徐大华跟前,小霸王伸手直指上徐大华的脸来,恶狠狠地说道:"你今天也敢来送死吗!拐卖妇女,应得什么罪?快快自己供来,莫再烦你老爷亲自动手。"说着,伸手来拉那客人的衣袖,叫他让座的意思。只见那客人双眉一竖,猛向地下一蹲,捏住他的小腿,把个小霸王倒提起来,众人上来救时,那客人便拿小霸王做了兵器,提着他东荡西扫,那小霸王把两手捧着头嚷痛。他也不理会,把那班人打得东倒西歪。看看小霸王脑袋上直淌下血来,那客人冷笑一声,直把他提出窗外去,说一声:"去你妈的!""啪嗒"一声,那小霸生从楼上直撞下街心来,早跌得三魂邈邈,六魄悠悠,看看死了。那班大汉,一齐抱头鼠窜逃去。

茶铺子掌柜的,见闹出人命来,便不肯放那客人走,那客人也不走,吩咐茶博士,再泡上茶来,和徐大华两人,慢慢地喝着。停了一回,那小霸王的父亲总兵官,亲自借了营里的一千兵丁,带着到茶铺子里来,把那茶楼围得铁桶相似,一片声嚷着:"该死的囚囊!快下来送死!"这一声喊,和山崩海啸一般,把个徐大华吓得躲在桌子底下瑟瑟的抖动。那客人上去,把徐大华扶起来,拉着他一同下楼去。他站在扶梯的半路上,对大众说道:"诸位不用动恼。从来说的,杀人者抵命,俺如今打死了小霸王,俺两人准备抵他的命。但是抵命的事体,自有官府在,你们快把俺两人绑起来,送到官府里去。"那总兵听了,便吩咐:"上去把他两人捆绑起来,带回家去再说。"那客人也不抵抗,听他们用麻绳左一道右一道的绑住,徐大华也吃他们绑起来,牵猪羊似的拥到总兵官家里。总兵吩咐去吊在后园马棚里,待小霸王收殓时候,把这两个囚囊拉出来,破心活祭。

徐大华和那客人,绑在马棚里,有两个小校看守着。徐大华自分是死定的了,那眼泪和雨似的落下来。只有那客人谈笑自若,常常和那小校讲着话;觑着一个小校走到墙根撒尿的时候,那客人便悄悄地把另一个小校唤近身来,低低地对他说了几句话。那小校听了,吓了一跳;怔怔地对那客人脸上看着。那客人对他说道:"你不用害怕,你倘然给俺去报了信,这总兵家里的产业妻小一齐赏给你可好吗?"那小校说:"别的我不爱,只爱他家那三小姐,长得好似水葱儿似的，勾人魂魄。”那客人便点点头说道：“便把他家三小姐赏给你。”那小校听了，便高兴起来，说道：“这样空手白眼的去报信，有谁来相信我？”那客人便叫小校走近身来，在自己怀里，摸出一颗小印来，吩咐他：“快把这粒印，送到官府里去，你自有好处。”那小校得了印，便飞也似的出去。

这里总兵官正忙着收殓儿子，又吩咐家里的刽子手，看小霸王的尸首搁在棺材盖上时，便把马棚里吊着的两个囚犯拉出来破肚子。这总兵仗着自己势焰熏天，地方官也趋奉他，便是他在家里用私刑杀死人，地方官也不敢去问他。他曾经在家打死一个丫头，踢死一个书僮，又逼死一个姨太太，私自埋葬了，也没人敢去问他。何况如今儿子被人打死，拿凶手来抵命，越发是名正言顺了。总兵家里正忙乱的时候，忽然墙外一棒锣响，门丁进来报说：“合城文武官员，上自巡抚大人，下至县太爷，都来了。”那总兵官认作是来吊他儿子孝的，忙穿戴衣帽，迎接出去。待到见了抚台大人的面，正要做下揖去，只听得耳根边一声：“抓！”那抚台早已放下脸来，走过四个中军官来，把总兵官揪住。总兵问：“俺犯了什么罪？”那抚台也不说话，带他直走到后马棚去；那班文武官员，见了那客人，一齐跪倒。徐大华在一旁看了，也十分诧异。抚台亲自上来替那客人松了绑，又叫人把徐大华也松了绑。只见那抚台又爬下地去，在马粪堆里碰着头，口称：“臣罪该万死！”到这时，那总兵才明白过来，他便是当今的圣天子；吓得他忙跪下地去，连连碰着头说道：“罪臣该死！只求皇上赏一个全尸！”那皇帝也不去理他，踱出大门去；外面早已预备下龙舆，皇帝坐着回船。

太后七八天不见皇上了，如今见了，便捧住了不放手，又再三劝说：“皇上万乘之尊，切不可微行出外。倘有不测，叫天下臣民负罪先皇。”便有许多臣子，也纷纷上章劝谏。皇上吃了这个惊吓，从此却也胆小了。只是舍不下那小红，便把他用软轿悄悄地抬上御舟来，朝朝宠幸。那徐大华和银红两人，受了这一番磨折，皇帝赏徐大华做刑部侍郎，准他把银红带进京去供职。这里连下三道上谕：第一道，把那总兵官立即正法，他儿子戮尸；第二道，把全城的文武官员，一齐革职；第三道，把总兵官的家产妻孥，全没入官，分一半家产赏给这报信的小校，又赏他都司的官职；却暗把三小姐配给他做妻子。此时乾隆帝也厌倦了，匆匆到杭州去了一趟，便下旨回銮。御驾走到山东涿州地方，忽然又出了一宗离奇案件，把好好一个皇孙杀死了。欲知后事如何，再听下回分解。

乾隆帝殴打皇后时，活画出负心男子老羞成怒神气来；皇后投水祝发一段，哀感顽艳，令人读之凄恻。然彼乾隆帝，虽无丝毫顾念；负心男人，确有此心理。然而富察氏真可怜矣！

皇后失窃，竟至亲求县官而官厅不理；活画出人情势利，宦海险恶形状来。独此小太监，生死以之；是天地间真正义气，不可多得，胜于手版脚靴奔走权门之官吏万万也！

时下小说家，满纸堆砌，羌无故实；即一二稍稍有笔力者，亦大都顾此失彼，捉臂见肘。此实阅历不足以养之，学识不足以继之也。此回写茶楼寻斗一段，何等有声色？何等细腻？无识固不足以至此，无阅历尤不足以至此。许君考察闾阎，眼光锐利，固不仅长于言情也。

第四十六回　涿州府皇孙出现　同乐园宦女失身

却说乾隆帝回銮，御舟经过涿州地方，皇帝吩咐停泊。自有一班地方官，上船去叩请圣安。官员退出以后，皇帝便把乡间的父老传上船来，亲自问他民情风俗，和稻麦的收成。正问话时，忽见一个老年和尚，搀着一个六七岁的男孩儿上船来，跪在当地，不住的碰头。这时御舟上的人看了，都十分诧异。乾隆帝打发总管太监下去盘问，那老和尚自己说，名叫圆真，当年和四皇子多罗履端郡王永珹十分要好，郡王在日，常常蒙召进府去，谈经说道。如今郡王死了，老僧便出京来，在这涿州地方圣明寺里做住持。这个孩子，便是当年郡王的亲生子，当今皇上的嫡亲孙儿。只因家庭大变，流落在外面，一向是老僧收养着。现在听说圣驾过此，老僧想这孩子是贵子龙孙，不可抛弃在外边，特把他带来送还皇上。一来叫这孩子回京去，享用富贵；二来，也不负了当年和郡王的一番交情。这件事来得离奇特兀，那总管太监听说是皇孙，便也不敢怠慢，急进去奏明皇上。乾隆帝听了，也觉得十分诧异。吩咐把那小孩传进舱去，皇帝看那小孩生得方脸大耳，举动从容，谈吐洪亮，一时也看不出他的真假来，便传旨把那和尚和小孩一起带进京去审问。

到了京里，乾隆帝把这案件交给和珅。和珅回府去，先把那小孩传进来问时，那小孩朗朗地说道："俺从小便养在圆真和尚庙里，认圆真是俺的父亲。后来俺到五岁上，懂得事了，圆真和尚便对俺说知：'你是多罗履端郡王的儿子。只因你是侧福晋生的，那大福晋时时想弄死你，是俺偷偷地把你救出来，养在庙中。俺听了和尚的话，知道自己是当今的皇孙，便时时对和尚说要进京见皇祖父去。圆真和尚说：'九重深严，如何可以去得？须待皇上下次南巡过涿州的时候，俺领你见皇上去。'如今既蒙皇祖父把俺带进京来，便请贵大臣替俺奏明皇上，快快放俺回家去。"和珅听了他的说话，看了他的神情，一时也猜不出他是真是假，暂把他留在府里。又传那和尚进来审问，那圆真和尚供说："郡王在日，和老僧十分知己，常常把老僧传进府去，谈道参禅，下棋吃酒，又把内室的事体，告诉老僧。原来郡王有两位福晋，一位正福晋，一位侧福晋。那正福晋是丰贝勒的闺女，面貌美丽，性情十分豁辣。侧福晋，原是小家碧玉，常常被正福晋虐待，郡王有时劝说几句，连郡王也被辱骂在里面。因此郡王十分生气，常常对老僧说起，老僧劝郡王闺房里面，总以忍耐为是。后来不多几年，那侧福晋生下一位公子来，那大福晋知道了，越发怀恨。他觑着郡王出差在外面的时候，悄悄地打发一个丫头，把那公子偷出府去，意欲把他丢在空野地方饿死他。那时老僧正到郡王府去，被俺撞见了，便求他们布施给老僧抱回庙剃度做小和尚去。那丫头进去对福晋说知，福晋也答应了；一面叫老僧把这小公子偷偷地抱去，一面报到宗人府，假说是害天花死了。那侧福晋同时也被大福晋弄走了。待到郡王回来，见母子两人都不见，把他一气，便吐血死了。如今老僧念郡王身后，只有这个种子，又是皇上的嫡亲孙儿，因此把他送还皇上，给他骨肉团圆。老僧看在郡王的交好面上，原没有别的贪图，只求大人早早审问明白，老僧也得早早回庙去。"

那和珅得了两人的口供，便急急进宫去回奏。那乾隆帝听说那和尚重翻旧案，心中也有几分着慌，忙进宫到绿天深处，和春阿妃商量去。列位，你知道这春阿妃是什么人？原来便是多罗履端郡王的大福晋，如今给皇帝收下，封了妃子，住在绿天深处，十分宠爱他。当初宗人府奏报永珹郡王生了一个儿子，乾隆帝心中即也十分欢喜；后来又报说害天花死了，皇上想起皇嗣单薄，便也觉得不欢。传旨把郡王唤进宫去，问起皇孙害天花的情形，那永珹便回奏："皇孙死时，臣儿恰恰出差在外，当时实在情形臣儿不曾亲见，不敢谎奏，须问儿媳春阿氏才得明白。"待到把永珹的大福晋传来，不觉把个公公看怔了。那大福晋花容玉貌，举止风流，果然是极好的了。他说话的时，口齿伶俐，笑靥承睫，越发把个风流天子勾引得神魂颠倒。乾隆帝暗暗的留心他一言一笑，绝似从前死去的香妃。这时勾起了皇帝的一片痴心，他这时也忘了翁媳的名分，竟把个大福晋着意怜惜起来。那大福晋原是一个聪明人，见了皇上这一副神气，便放出他迷人的手段来，一派花言巧语，回眸低笑，早把个皇帝捏在手掌里。乾隆帝听春阿氏说完了话，便对郡王说道："这个媳妇儿，真能说话，好似朕院子里的鹦哥，听了叫人忘倦。如今皇太后正早少一个陪伴说话的人，朕如今把他留在宫里，每日陪着皇太后说话消遣儿。朕也做了一个孝子，你也不失为贤孙。"永珹郡王虽明知皇帝不怀好意，但也不好说得，只得把他的福晋留在宫里，垂头丧气得出来，冷冷清清住在家里。他想起爱妾亡儿，郁郁寡欢，不多几天，便成了咯血之症，一病死了。

永珹郡王死过以后，那春阿氏便升做妃子，每天和皇上寻欢作乐，调笑无间。正快活的时候，忽然那皇孙出现了。在乾隆帝心中还不免有子孙骨肉之念，去和春阿妃一商量，那妃子一口咬定，说："陛下收留不得的。无论事隔多年，真假不可知；即使果是真的，他日继嗣郡王，长大起来，知道妾尚在宫中，必欲甘心于妾，为他生母报仇。那时外间传播，皇上也有不便的地方。倘然一定要招认他做皇孙，便请陛下赐妾一死，妾也无颜侍奉陛下了。"说着，便掩袖娇啼起来。皇帝最宠爱这个妃子，见他一哭，便心疼起来，忙拉着他，说了许多安慰的话。到了第二天，又把和珹传进来，忽然换了一副严冷的面色，说道："那皇孙死已七年，宗人府中有案可查；现在忽然外面又有一个皇孙出现，定是那奸僧妄图富贵，欲仿宋明的故事；卿须传集刑部官员，另立特别法庭，从严审问明白，莫叫村野小儿，冒认天家骨肉。"那和珅听了这番话，心中早已明白；退出宫去，把皇上的意旨宣布了。

第二天，由刑部主审，请大学士都御史诸官员们在一旁陪审，公堂设在乾清门左面空屋内。和珅和刘统勋两位大学士，高坐中间，两旁坐着六部人员。刑部有一个章京，名保成，口才敏利，性情狡猾。和珅知道他是一个能员，便委他做主审官，坐在公案下面。停了一回，把那和尚和孩子两人提上堂来，先由保成照例把他两人的来踪去迹审问一过；便站起来对堂上说道："诸位大人，据卑职看来，这里面大有疑窦；诸位大人倘肯给卑职审问的权柄，卑职立刻可以把这案件问个水落石出。"和珅听了保成的话，便微微的点头答应他。保成转过脸来，喝声："把妖僧捉出去！"便走上两个虎狼一般的差役来，揪住圆真和尚的衣领，直拉出堂外去。保成便慢慢地踱到那孩子跟前，举手便是两个嘴巴，打得那孩子"哇"地哭起来。满堂官员看了，都大惊失色。只听那保成大声问道："你是什么地方的村野小儿？受那妖僧的欺哄，胆敢在朝廷上冒认皇孙。这是犯的死罪，你若不好好招供出来，便当砍下你的脑袋来！"说着，擎起佩刀来，搁在那孩子的头颈上，那孩子吓得直叫起来。一边哭着，一边说道："我原不知道什么是皇孙，我只知道那和尚是我的爸爸。"我记得四五岁时候，和尚常常指着我，对别人说道："这孩子姓刘。这样看来，我是刘家的孩子，原不是什么皇孙；我本不知道皇孙是什么，那和尚对我说：'到了皇上家去，可读书做官，有好饭好菜，穿好衣服，出门骑小马，坐小轿，有许多人侍奉我。'如今你们不给我骑小马、坐小轿，又要拿刀杀我，我也不愿做皇孙了！求你们放我，仍旧跟着和尚一块儿回去，可好吗？"这孩子说完了话，又大哭起来。堂上许多官员，看这孩子可怜，便都替他抱屈；只因怕和珅的威势，大家不敢多嘴。

保成听这孩子招供了，心上十分得意，回过头来，对堂上笑说道："诸位大人听得他原不是什么皇孙，竟是刘家的孩子。如今卑职审问明白了，请大人们 定案 。"这时刘统勋坐在堂上，忍不住站起来，说道："这案且慢定。试问三尺孩童，在威吓之下，何求不得？况且据那和尚说，这孩子生下地不多几月便抱出府去。究竟是不是皇孙，莫说这孩子自己不知道；便是俺们活到偌大年纪，那自己在父母怀抱中的情形，怕也不能明白。据本大臣看来，今日这桩案件，非得再把那和尚传上来审问一番不可。"和珅听了他的话，心中好不耐烦，便冷冷地说道："贵大臣若不嫌烦，便再把和尚传上来审问审问也不妨事。"保成在下面，一迭连声喊："传和尚！"那差役又把和尚拥上堂来。这孩子一见那和尚，便指着和尚哭道："俺好好的姓刘，怎么叫我来冒认皇家孙子？如今却害我杀头了！"说着，又拉住和尚的衣角，大哭起来。这和尚露出十分诧异的神色来，说道："你明明的一位皇孙，如何今天变了口供？从前俺对人说你姓刘，原是怕人知道，为遮人耳目起见。"那保成不容他说话，把公案一拍，喝声："妖僧胡说！这孩子自己已供认了，你还不快招吗？"喝一声："用刑！"那左右差役，接着一声喊，啷啷啷铁链夹棍，一齐丢在那和尚身旁。吓得这孩子又大哭起来，说道："俺们快回去吧！俺不愿做皇帝家里的人，皇帝家里吓死人也！"和尚气愤愤的指着堂上说道："都是你们这班奸臣！上欺君皇，下虐人民。你们都吃的是清朝俸禄，永城郡王是嫡亲的皇子，和你们有什么仇怨？却要灭绝他的后代。俺死了做鬼，也要和郡王来吃你们的魂灵呢！"圆真和尚说罢，还咬着牙齿，"奸臣、奸臣"骂不绝口。骂得和珅火起，喝一声："打死这贼秃！"那左右差役正要动手打时，那刘相国起来拦住，说道："且慢。如今俺们屈打成招，叫天下人说俺们不公平。据本大臣意思，须把那旧日抱这皇孙的丫头找来，叫他当堂认明，究竟是否皇孙，俺们才可定案。"

这时天色已晚，和珅吩咐退堂。当夜进宫去，奏明皇上；皇帝便传旨，所有从前郡王府中的丫头老妈子，一齐上堂去证明。那丫头老妈子，早已得了春阿妃的好处，第二日上了公堂，把那孩子唤上堂来，给他们认。他们齐口说不像。又说："从前的皇孙，是瘦小长颊脸儿，手臂上有一块红斑的；如今这孩子，却没有。"内中有一个丫头供说："当年皇孙死了，是他亲手收殓的；如何现在又有一个皇孙出现？"又有一个老妈子供说："是从前那皇孙的乳母。那皇孙确实是死在他怀中的，决不有错。"你一句，我一句，说得那和尚哑口无言。那刘相国坐在上面，明知他冤枉，也无法挽救他。停了一回，众大臣商量定下罪来，圆真和尚，立即正法。那孩子发配伊犁。圆真和尚临刑的这一天，大骂昏君奸臣。那孩子到了伊犁，年纪慢慢地大起来，自己知道确是当今的皇孙，便去和伊犁将军说知。那将军替他转奏朝廷，和珅见了奏章，悄悄地先去通报春阿妃子。那春阿妃子便和皇帝撒痴撒娇，要皇帝下旨，把伊犁将军革了，放和珅的亲戚名叫松筠的去做伊犁将军；又要把那孩子在伊犁地方正法。这皇帝听了妃子的话，统统依他。可怜堂堂 一位皇孙，只落得一刀结果了性命！

这里皇帝越发把春阿妃宠上天去。虽说皇上从江南回来，带了一个郭佳氏，一个蒋佳氏进宫，但也总爬不到春阿氏上面去。那蒋佳氏、郭佳氏，又是苏州人，性情和顺，语言伶俐，一味趋奉着春阿妃子，春阿妃子也和他们好。妃子自小儿深居闺阁，不曾见过外面的情形，郭、蒋两氏，告诉他江南地方，如何如何好玩，那街市上又如何如何热闹。把个春阿氏哄得心里热辣辣的，常常和乾隆帝说，要一块儿到江南游玩去。乾隆帝说："朕才从江南回来，如今又要到江南去，怕给臣子们说话。"后来还是春阿氏想出一个法子来，在圆明园里，造一条买卖街，那店堂格局，统照苏杭式样。古玩店、衣装店、酒楼、茶罏、色色俱全。那店铺中伙计，值堂的，也都从苏杭地方觅来。下至卖花的、卖水果的，卖瓜子的，都拿着篮在街上叫卖。宫里的太监，个个拿出钱来做店东。各种货物，由崇文门监督在外城各店肆中采办进来，把各种货物，记明价目。卖去的货物，照值还价；不曾卖去的，仍将货物退还。

到正月初一开园，皇帝下谕，准满汉各大臣进园游戏。那班官员，在大街上来往观看，见有卖食物水果的，大家抢着购买。有时邀集许多同寅，上酒楼茶馆去沽饮品茗。那跑堂的来往招呼，和在外城店铺中一模一样。有时皇上穿着便服，后面跟着几位妃嫔，到饭馆中来吃饭，见了大臣们，彼此点一点头，好似朋友一般。店小二来往搬菜，呼酒报账；吃酒的客人，猜拳行令，有说有笑。一时诸声杂作，皇帝和妃嫔们看了这样子，不觉大笑。有时皇帝也写着请帖，清客一二人，大概都是宗室闲散大臣，和西清馆中的供奉，陪着皇帝吃酒。一般的也谈笑划拳，毫不拘束。那大臣们吃到高兴的时候，也叫几个条子来侑酒。有时皇帝一个人出来游玩，在酒馆中叫了许多条子，和那班窑姐儿纠缠捉弄。倘遇到皇帝酒醉的时候,便拥着妓女走到套房里睡去,直到天晚,也不肯回宫。太监们无法可想,便在房外打着云板。原来宫中的规矩,皇帝一听得云板响,便当起身离开这地方。

皇帝有时陪着太后来游园,那太后也打扮得和平常妇人一般,见园中那些走江湖、卖膏药、变把戏、卖草药、卖卦卜字的,也挤在人堆里去看热闹。那侍卫远远地站着保护着。在正月十三到十八这六天里面,称作灯节。皇帝吩咐把园门开放,传谕满汉臣民眷属,下至小家夫妇,都许他进园来游玩,算是与民同乐的意思。皇帝在这时候,在人堆里挤来挤去,和那班小家女儿宦室夫人调笑着,十分快乐。太监们迎合皇帝的心意,在各处套房里铺设下床帐,听皇帝随意坐卧。到了第三天上,忽然有一个大汉,闯进套房来;手中握着一柄尖刀,四处找人的样子。被侍卫看见了,抢上去,把那大汉捉住,发交步军衙门问时,那大汉气愤愤地说道:"俺妻子进园去游玩,被昏君诱进套房去奸淫了。俺如今找昏君去和他拼命!"那问官听他嘴里说得十分龌龊,便也不问下去,打入死囚牢。第二天,便在牢监里杀死了。

自从出了这案件以后,那园中便禁止男子出入。但圆明园中,自从这一年设了买卖街以后,每年正月,便成了例规,皇帝和妃嫔们在园中游玩,直到灯节以后,才把街市收拾起来。乾隆帝取与民同乐的意思,把这买卖市称作同乐园。到第二年同乐园开门的时候,园里又闹出一桩风流案件来。原来京里有一位礼部侍郎,姓庄的,他年纪已六十岁了,只因死了结发妻子,便在窑子里去娶一个姑娘来。那姑娘名赛昭君,他面貌的华丽,且不去说他,他年纪只二十四岁,生性十分活泼,常常爱在外面闲逛。凡是京城里香厂庙会热闹的地方,到处有他的脚迹。那庄侍郎前妻生下一个女儿,也生成风流性格,俊俏容貌,和这后母十分投机。他母女两人,瞒着侍郎,终日在大街小巷闲闯,引得那班游蜂浪蝶,终日跟在她母女两人后面,评头品足,调笑无忌。那赛昭君有一种极淫贱的脾气,爱和人调笑,爱听人称赞他美貌,因此那些买卖店家的伙计,都和他闲谈笑谑,无所不为。那女儿到底是大家闺秀,初见他继母这种轻狂的样儿,不觉羞得他低着脖子说不出话来。后来渐渐地也看惯了,连他自己也和人调笑无忌起来。这女儿名叫秋官,年纪只十八岁,人人知道他是庄侍郎的小姐。那班油头光棍,便和一盆火似的向着他。秋官又故意卖弄风骚,若近若拒。到后来,到底受了风流的孽报。欲知后事如何,且听下回分解。

势利之念愈重,骨肉之念愈轻;不独此也,迷于色欲,亦足以杀骨肉之情。人间多少灭伦绝纪之事,皆从势利或色欲一念中做出。如彼三尺孩提,固帝王家骨肉也,天子竟惑于色欲而绝之,臣僚竟震于势利而杀之。天伦果足恃乎?

侠骨热肠,反求之屠夫走卒;彼衣冠中人,往往不足恃也。彼圆真和尚,已超然尘世,似可以不惹人间烦恼事矣,徒以我佛慈悲,不忍见人间骨肉流离失所,且以与郡王方外道义之交,义不容辞。卒以此一念蹈水火,虽死犹荣也。

纳妓做妾,最为家门之玷。盖女子一经堕溷,轻浮淫放,习若天性;一入人家,污者不容人独洁,必百端引诱,以期同流合污,方不孤寂。彼天真烂漫之女儿,何足以解此;于是入鲍鱼之肆,亦不觉同其臭味。彼庄氏母女有焉。

第四十七回　莺啼燕唱江南去　匣剑帷灯刺客来

却说赛昭君和秋官母女两人，终年在京城里游玩也玩厌了，忽然异想天开，打听得那圆明园每年开同乐园一次，准官民妇女进去游玩。他母女两人，打扮得万分妖娆，到灯节时候，也进园去游玩。每日在街上招摇过市。太监们打听得他母女两人的来历，便也大着胆和赛昭君兜搭去。后来那班侍卫和店家伙计，都来和他戏嬲。他母女两人，不但不恼，反以为得意。赛昭君最爱打听宫中的事体，那太监侍卫们都赶着告诉他，说皇上如何风流，妃嫔如何美貌。说到动神的地方，大家捉搦玩弄一阵。那秋官娇憨跳掷，最是有趣，大家和他调笑，他从没有恼恨的，大家背后取他绰号，称他"小玩意儿"。有一天，赛昭君和太监们在酒楼中闲谈，说道："皇上的面，俺虽见过几次，但总在街心里，不曾看得亲切，且不能和皇上对面讲话儿；倘得和皇上对面讲一句话儿，或是同坐着吃一杯酒儿，便是一生荣幸的事体了。"那秋官也接着说道："皇上长得好一部三绺胡子，俺倘能摸一摸，也是十分荣耀的了。"那太监们听了，说道："这也不难。待皇上来时，我们替你报名上去，奏明你母女二人如何美貌，皇上必当召见。"内中又有一个太监说道："说虽如此，那皇上到园中来，是没有一定的时候，也许一日里来几趟，又许三五天来一趟。你母女既要见皇上，须得住在园中候驾。但是园中每天房饭吃用，很要费钱的，如何是好？"那赛昭君又有一种脾气，他仗着丈夫有钱，有谁说他拿不出钱，他便生气。如今听太监说了这句话，他便不生气，立刻从怀里掏出一扣钱庄折子来，向桌子上一掷，说道："花几个钱，算得什么事。这扣折子，请你们拿着，俺两人便在园中住上十天，怎么样？"那太监见了钱折，早眉开眼笑，忙收拾锦绣的床铺，精美的食物，供养他母女两人。

赛昭君住在园子里，和那班侍卫，谑浪戏嬲，什么丑样儿都做出来。那秋官到底是女孩儿，还不敢怎样放荡。赛昭君住在园里，一天又一天，不觉到了第五天上，这时已是上灯时候，忽然那班太监慌慌张张的进来，说道："万岁爷来了，快接驾去！"赛昭君忙拉着秋官出去。只见一个高大男子，脸上长着三溜胡子，大模大样地走进屋子来，后面跟着许多侍卫们。那男子坐下，一回头叫大家出去，侍卫们一齐退出去了。店小二送上酒菜来，那男子吃了几杯酒，才向他母女两人招手儿。赛昭君和秋官走近身去坐下。男子问："你俩是什么人？"赛昭君回说："是姊妹两人。为奸人所卖，误落在窑子里。"这几句话，是太监教导他的。那男人慢慢地酒醉了，便拉着他母女两人，百般狎弄。秋官被这男人破了身。赛昭君认作他是皇上，便放出迷人的本领来，出奇的媚惑他，直到夜深才去。这样接连三夜，到第四夜，赏出许多大内的珠宝玩器来。那男子也就不来了。

他母女二人，打算回家去了。看看那钱折上，已支去了八万多两银子。赛昭君看了，不觉吓了一大跳，急问时，太监说："这里面的食物、住宿原是很贵的。"他也无可奈何，蛮想把皇帝赏他的珠宝，拿出去卖钱，补满折子上的亏空，谁知把那珠宝拿出去一估价，原来都是假的。后来那侍郎发觉了这一笔钱，查问时，赛昭君推说："是替老爷谋缺分化去的。"又说："去求了某福晋去转求某王爷，在王爷家，亲自见到万岁爷，万岁爷又如何亲口答应他，给老爷好缺分，叫老爷耐心守着。"一派花言巧语，说得个侍郎无可奈何。从此这庄侍郎常露出穷相来。

这侍郎有一个兄弟，家中人称他四爷，见哥哥娶了一个窑姐儿在家里，心里已经不舒服了。后来不知怎么，他嫂子和侄女儿在同乐园里的事体，被他打听出来了，便写了状纸，告到京兆尹衙门里。那京兆尹见告的是皇上,吓得他不敢受理。这事体却传到都老爷的耳朵里,有一个姓江的御史,听得了,也不问他三七二十一,拉起来就是一本,奏明皇上,说:"太监不该炫色攫金,罪在不赦。"皇帝看了这奏本,十分诧异,便悄悄把和珅传进宫来,着他承审这桩案件。和珅领了旨意,立时把那谎骗的太监捉来,一面又把赛昭君母女两人传到案下,邀集满汉军机大臣和京兆尹,当堂会审。那赛昭君一一招认出来,说皇上如何奸污他,如何把假珠宝哄骗他。那听审的大臣,听他供出皇上来,吓得他们脸上一齐变了颜色。和珅急把赛昭君拉下堂去,那赛昭君还是满嘴的嚷着皇上奸淫命妇,那秋官却也哭得和泪人儿一般。这里和珅和众大臣商量,要定赛昭君一个反坐的罪,一面却把那太监杀死了灭口,又定那庄侍郎一个教唆的罪。独有刘统勋说:"这事不可孟浪。俺们先入奏去,看皇上神色如何;倘这案情是真的,便当偿还侍郎的银两,定太监一个充军的罪。倘这案件没有皇上的事,便该拿太监正法,把太监的家产抵给侍郎,另由御史弹劾这侍郎治家不严的罪。"和珅一时打不定主意,刘统勋便独自进宫去奏闻。皇上听说有人告他奸淫命妇,便传谕说:"朕之不德,十数年来,固多遗议,但亦未敢为伤风败俗之行。今庄氏母女一案,着满汉军机,秉公审理,务期水落石出,切勿有所顾忌。"刘统勋得了这个圣旨便把那太监用刑审问,这太监熬刑不过,便招认说:"只因贪图他母女多财,便拿一个假皇帝去哄他。"又问:"假皇帝是什么人?"供说:"是外城西大街驴马坊的掌柜。"当堂出签,把那掌柜提来,一审便服。刘统勋判定那太监和掌柜一并正法,把他两人的家产,判偿庄侍郎,又把赛昭君母女两人发配功臣家为奴。这案件出了以后,从此同乐园中便不许民间妇女出入。

一过正月,皇帝又闲着无事可做,每天和春阿妃、郭佳氏、蒋佳氏三人在宫里调笑无间。后来郭佳氏奏说:"陛下从江南回来,原搜罗了许多珍宝,又陛下常常纪念江南的风景,何不便在这圆明园中照江南名胜的模样盖造起来?把那些珍宝都陈列在园中,贱妾们终日得陪奉陛下在里面游玩着,一来也免得陛下牵挂江南,二来贱妾们在里面游玩着,也好似回到江南去一般。"皇帝听了,也便高兴起来,传谕内务府和西清馆中的供奉人员,把江南各处名胜地方的风景,细细的画在纸上,进呈御览。这个圣旨一下,那班供事人员,天天一幅一幅的画着:什么西湖风景,金山风景,扬州风景,大明湖风景,苏州风景,一处一处的细细画成图样,共有三百六十幅。皇帝和三位妃子挑选了四十个景子,发交和珅,叫他监督工程,从速建造。

那和珅得了这个圣旨,便打发许多人员,到山陕、江南一带去采办木料,在山东、河南、山西几省地方,捉拿人夫。又假说是皇上的旨意,着各省地方官绅捐助银钱。打听得有钱人家,便派人去勒索,稍不如意,便说他违背圣旨,办他的罪。因此和珅又得了许多钱财,弄得地方上怨声载道。内中有一个湖北太守,名亢雨苍的,死得最苦。那亢雨苍,家里原是很有钱的,只因他没有官做,常常受官府的敲诈。他便发狠,独力捐助海塘工程洋三万元。山东巡抚替他奏明皇上,圣旨下来,赏他四品顶戴,分发在湖北做武昌知府。亢雨苍虽说捐了三万块钱,但他却是十分贪财的,在任上拼命括地皮,不消一年工夫,那三万块钱,早已被他拿回来了。接连做了六年知府,那家财越发富厚,在扬州一带,置了许多盐田,和那盐商汪如龙，又是十分要好。谁知他有钱的名气一天大似一天，居然传在和珅耳朵里，这和珅正当着监造圆明园四十景的差使，四处搜括银钱。便派一个人到湖北去，向亢知府要钱，一开口便是一百万。那亢雨苍原是一个守财奴，听了这样大的数目，岂不要把他吓倒。况且他实在也拿不出这许多钱，勉强报效，送了三万两银子去。和珅见他不肯出力报效，便心生一计。这时山东正捉住一大群海盗，和珅便叫人暗暗的买通那强盗头目，教他诬供说亢雨苍是他们的窝家。这个口供一报上去，皇上十分震怒，立刻下谕，把亢雨苍革职，满门抄斩。亢雨苍家里，有一个五个月的小孩儿，也不免一刀之罪。这桩案件，和珅办得痛快，那亢雨苍的家产，老实不客气，和珅一人独吞了。

谁知亢雨苍家里还留下一个祸种：这人姓余，名大海，原是亢雨苍朋友的儿子。那朋友和亢雨苍有八拜之交，朋友临死的时候，把他儿子托给亢雨苍的。亢雨苍把大海留在家里，教读成人，替他娶了媳妇。这余大海又生成一副神力，任你一千斤的铁石，他都一手擎得起来。后来亢家查抄了，亢雨苍却给大海一万块钱，悄悄地打发他走开。这时大海新死了妻子，只有一个女儿，一时无可投奔，便去投在汪如龙家里。他得了亢雨苍的好处，却时时不忘替亢家报仇。汪如龙却不知道他心中的事体，见他气力强大，便请他在家中做一个镳师。后来乾隆帝第三次下江南，吃了总兵官的亏，便暗地里搜寻有气力的人，编一队神机营，保护圣驾。汪如龙便把余大海保举上去，皇帝当面试过，见余大海气力惊人，便十分重用他，待到两宫回銮，大海也随驾进京。他临走的时候，把自己一个女儿，交托给汪如龙。余大海的女儿，名叫小梅，长得姿色娇艳，风韵翩翻。汪如龙原是好色之徒，早已看中了他，待到大海进京，汪如龙便仗着自己有势力，逼淫了小梅，把他收作侍妾。那小梅念在父亲面上，便含垢忍辱的忍守着。他父亲余大海，也因为要替亢家报仇，在宫中竭力和和珅拉拢，常常送他礼物，又打听得宫中有机密的事体，便悄悄地去通报和珅。和珅也在皇帝跟前常常赞着大海的好处。皇帝听了和珅的话，把大海升做神机营长，终日在宫中保驾。

大海初进京来，原想刺死和珅，替亢家报了仇，后来天天近着皇帝，看看皇帝那种荒淫无道的样子，心想俺中国全国的百姓，都吃着他一个人的苦，淹不如连皇帝也杀死了，也替几千万百姓出了这口怨气。他便想了一个一举两得的计策。原来宫中规矩，无论亲信大臣、王公、贝勒进宫来，都不许带刀，便是那神机营侍卫们，也只许带长刀，不许带短刀。只怕臣下行刺，长刀容易看见，短刀不容易搜检。只有和珅，皇上赏他一柄金柄的短刀，柄上刻着和珅的名字，终日挂着身旁。不知怎的，这柄短刀，忽然落在大海手里。有一天夜里，皇上怀中拥着春阿妃，朦胧欲睡，忽然眼前一晃，一个大汉跳进屋子来，皇帝眼快，一声喊，那柄短刀已直向皇帝脸上飞来。亏得春阿妃子手快，忙拿拂尘的柄儿打去，那柄儿削断，短刀也落在床上。皇上拾起刀来看时，见那金柄上端端正正的刻着“和珅”两个字。这时那刺客早已去得无影无踪。那班侍卫听得喊声，也都赶到屋子里来。皇帝只因那凶器上有和珅的名字，只怕和珅受人的指摘，便把那柄短刀藏过了，只说：“有一个刺客，闯进屋子来谋刺朕躬。如今这刺客逃出院子去了。”那班侍卫听了，便抢出院子去，四下里搜寻，直闹到天明，也不见那刺客的影子。

第二天一查点，独不见那神机营长余大海，立刻把内外城关闭起来，大索三日，也杳无消息。这时满朝文武，都齐集武英殿，恭叩圣安。众官员齐奏说：“那余大海既是汪如龙推荐的，便该星夜派人去把汪如龙提进京来，严加审问。”一句话，提醒了乾隆帝，便立刻下谕，给两江总督，着他把汪如龙拿解进京。这汪如龙家里有千万家财，平日常常有财物孝敬和珅的，如今和珅见要拿解汪如龙，他便一面把圣旨按住，一面进宫去替他求情，说：“陛下莫问，暂把这案件交臣办理，臣总可以把余大海这人着落在汪如龙身上，叫他把余大海交出，由臣审问，那时臣的嫌疑也洗清了，汪如龙的罪也没有了。”皇帝听了他的话，把这大案交给和珅办去。那和珅得了旨意，暗地里打发一个亲信人员，赶到扬州去，会同扬州的盐大使，去见汪如龙。这时余大海一击不中，便立刻逃出京城，连夜到汪如龙家里躲着。在余大海的意思，虽不能刺死皇帝，丢下那柄短刀，刀柄上有和珅的名字，那和珅的性命，总也不保得了。谁知那乾隆帝实在把个和珅宠得厉害，不但不办他的罪，还要叫他来办余大海的罪。余大海躲在汪如龙家里，风声一天紧急似一天，他知道自己存身不住了，便和汪如龙说，要躲到别处去。汪如龙这时，已得了北京的消息，如何肯放他脱身。他原有一座别墅，造在江心里，那地方是一个小洲，四面都是江水。汪如龙便把大海藏在别墅里，一面暗暗的告到宫里。那扬州知府，会同守备官，带了五百人马，悄悄地去把别墅围住。那大海好似瓮中捉鳖，手到擒来。解到京城里，也不问口供，立即绑出法场，砍头示众。这里大海的女儿小梅，得了信息，大哭了一场，埋怨汪如龙，说他不该看死不救。那汪如龙一派花言，把自己的罪恶瞒过了。

谁知和珅杀了大海以后，又在皇帝跟前保举汪如龙擒盗有功，圣旨下来，赏汪如龙双眼孔雀翎，以道员用，汪如龙卖去了大海，强占了小梅，又得了功名。他常常戴着钦赐的翎毛，到亲戚朋友家去吃酒，夸说自己如何得和相的看重，又如何用计擒住大海，如何得到皇上的恩典，洋洋得意。早有他手下的小厮，悄悄地去对小梅说知，小梅才明白这汪如龙，非但是奸污自己的仇人，且是卖去父亲性命的仇人。他索性糟蹋了自己的身子，结识那小厮。从此以后，汪如龙在外面的一言一动，小梅统统知道。

这时乾隆帝因为要造圆明园的四十景，又下旨南巡，到江南去参观风景。那沿路的大臣，自有一番忙碌。在扬州接驾的，依旧是那汪如龙、江鹤亭那一班富绅。那时圣驾还未到扬州，汪如龙预备接驾的事体，日夜忙碌得连吃饭也没有空儿，因此不常到小梅房中来。小梅觑空，便把那小厮唤进房去，悄悄地和他商量大事。这小厮原是汪如龙最亲信的，无论到什么地方，总把这小厮带在身旁。这时汪如龙仍把个樗园收拾起来，为皇上驻跸之所。园中顿时收拾得花柳招展，灯彩辉煌。不多几天，果然皇上到了，一走进园门，便想起从前风流的事体，便传汪如龙进去，问起："从前的烟花女子，如今可还在吗？"汪如龙回奏说："昔日美人，今日已退归房老，不堪再侍奉圣上了。臣如今有十二金钗，敢献与皇上玩弄。"皇帝听了，便十分欢喜，忙唤他把十二金钗送上来。汪如龙早已预备下了，出来把十二个扬州名妓，打扮着献上去。这十二个妓女里面，有两个长着绝世容貌，可称得脂粉魁首。一个名叫倩霞，年纪十八岁；一个名叫绛霞，年纪十七岁。原是一对姊妹花，如今见了皇帝，皇帝出奇的宠爱他，日间命十二金钗轮流歌舞劝酒，夜间却只唤他姊妹两人进去侍寝，里面皇帝饮酒调笑着，外面汪如龙却奔走照料，十分辛劳。

到第四天傍晚，汪如龙在樗园里照料正忙乱的时候，忽然内急起来，他便走到一个冷静的墙角里小便去。正在这个当儿，见他那小厮，悄悄地从身后走来，这小厮原是汪如龙亲信的，便也不去防备他。不料那小厮走到汪如龙身旁，举起尖刀来，向他主人颈子上狠命的一刺，只听得"啊哟"一声，汪如龙倒在地下死了。那小厮正要转身逃时，早惊动了园中的一班侍卫，四面赶来，抓住这个凶手。欲知那小厮为什么要刺死他的主人，且听下回分解。

最足以丧女子之操者，厥惟虚荣。若庄氏妇，既贵矣，而又富矣；卒以贪近帝色之一念，失身于市井儿。然其失身也，亦由小人炫其财；女子以爱财失其身，小人即劫其财而并辱其身。循环报应，丝毫不爽。

吾常见病人为庸医所误，便奋而习医；及其问世也，亦一庸医耳。彼愤官吏之贪暴，奋而求仕；及其印绶在握，贪暴或更甚于其他官吏。彼亢雨苍以三万金得一官，不期年而倍获之，其贪暴可知。仕务竟如市务，可叹！

祸患常伏于所亲，而发于所忽。莫亲于床头人，而奇冤大仇，往往假手于床头人以报之。如小梅之与汪如龙，忍辱含垢而求一刺。故成大事者，绝情于儿女，诚有所不得已也。

第四十八回　文字奇冤冢中戮尸　姊妹绝艳水底定情

却说汪如龙被他小厮刺死以后，那小厮正打算逃走，吃那班侍卫四面拦住，脱身不得。只见他回手擎着尖刀，向自己胸口刺去，低低地唤了一声："父亲！"便也瞪着眼死去了。侍卫们忙上去拔去那尖刀，解开衣襟，忽然露出那一抹酥胸，两个高耸白嫩的乳头来。大家看了诧异，揭去他的帽子，便露出一头云髻来；脱去他的靴子，露出两只红菱似的小脚来，却是一个绝色的少女。侍卫们不敢怠慢，一面忙去禀报侍卫长，一面去通报汪如龙家里。汪如龙的夫人赶来一看，认识这女刺客便是那小梅。他身上穿着小厮的衣服，那小厮却不知到什么地方去了。又在小梅衣袋里，搜出一张冤单来，上面写着和珅如何诬害亢家，他父亲余大海又如何替亢家报仇，汪如龙又如何强奸他自己，如何卖去他父亲的性命。他如今刺死汪如龙，一来为父亲报仇，二来为自己雪恨。一张纸上，原原本本，写着蝇头小楷。又说和珅贪赃枉法，是一个误国奸臣，求皇上立刻拿他正法。那班侍卫，都是和珅的心腹，见了这张冤单，早给他销毁了。却谎奏皇上，说："这刺客，手拿尖刀，闯到御楼下面，东张西望，原想行刺皇上，给汪如龙眼快，看见了，上去拦捉，那刺客便将汪如龙刺死。"乾隆帝听了臣下这一番谎奏，信以为真，便下旨追赠汪如龙头品顶戴，派梁诗正代皇上到他家去御祭，又给他治丧费一万两。

皇帝自从出了这桩案件以后，便处处留心，疑那倩霞、绛霞和那十个妓女，都不怀好意，便连夜打发他们出园去。一面调集扈从人马，日夜在园外梭巡着。那倩霞和绛霞姊妹两人，正得皇上的宠幸，忽然见要打发他们出园去，不知皇上是什么意思，还和皇上撒痴撒娇的依恋着不肯出去。后来皇帝哄他，说回銮的时候，带他们进京去。又问他们："老住在什么地方？"倩霞回奏说他姊妹的妆阁，在河楼上，楼下种着一株高大柳树的便是。皇帝吩咐他："你两人打听得朕回銮过扬州的时候，快在楼上点一盏红灯，朕便能打发人来取你姊妹两人进京。"他姊妹两人听了皇上的话，十分欢喜，便真的去住在河楼上，天天守着。

这里乾隆帝因常常遇到刺客，疑心人民还存满汉的意见，要刺死满清皇帝，替汉人报仇。他想这报仇的思想，都是读书人鼓吹出来的，如今朕欲查验民心的向背，须先从读书人身上下手。便下诏，凡御驾经过的地方，许沿途读书的士子，把他的诗文著作献上来，由皇上过目，做得好的，赏他银钱，十分好的，又赏他官衔。这个旨意下去，那班士子，妄想名利，便大家抢着献诗献文，皇帝分派给几个文学侍从大臣察看。虽说没有好文章，却也没有悖逆的句子。

这时江阴地方，有一个姓缪的老名士，他因功名失意，在家中著了一部小说，名叫《野叟曝言》。他自己仗着多才，书上天文、地理、兵农、礼乐、历数、音律，没有一种学问不讲。书中的主人，便是他自己的化身，说那西湖杀龙的一段，颇有自命不凡的气概。说到那李又全、春娘的一段，又是十分淫秽。姓缪的有一个女儿，名叫蘅娘，知书识字，十分聪明。他见父亲著的书里面，有许多犯忌的地方；又描写淫秽，必遭毁禁，常常劝着他父亲。无奈这姓缪的高自期许，他逼着女儿，把这部《野叟曝言》用恭楷抄写，装潢成一百本，藏在一只小箱子里，打算候乾隆帝御驾过路的时候，把这部书献上去。平日见了亲友，也拿出这书本给亲友观看，夸张他自己的博学。他亲友中有一个金兰甫，原也是一个读书少年，家中富有钱财，见蘅娘面貌美丽，几次托媒人到缪家去求婚。这姓缪的，嫌兰甫举动轻佻，便一口回绝他，兰甫含恨在心。兰甫的叔叔金藕舫，也因田地纠葛的事体，和姓缪的打过官司，因此他

两家积不相能。如今打所得这姓缪的有这一部书，兰甫也曾到缪家去读过一遍，见上面有许多触犯忌讳的话，便悄悄地去到江阴府衙门里去告密。那知府官原得到内廷的密旨，专搜查这种叛逆的著作，如今见兰甫来告密，便亲自去拜望那姓缪的。这姓缪的不知他们是计，又拿出那部《野叟曝言》来给知府看，知府见上面有许多夸大的说话，那杀龙一段，显系是杀皇帝的意思，当下假作称赞几句，又怂恿他定须献与皇上，定可得皇上的奖赏。姓缪的听了，便十分得意。

到了圣驾过江阴的这一天，姓缪的便穿着袍褂，手中捧着书匣子，恭恭敬敬地跪在岸旁献稿。那江阴府知府，早已预备下了，只需御舟上说一声拿上，他便动手。谁知待到那部《野叟曝言》送上御舟去看时，打开书箱，里面藏着一百本白纸本儿，上面一个字也没有。皇帝看了诧异，传话出去问他："什么意思？"那姓缪的见他的书忽然变了白纸，也吓得一句话也说不出来。皇帝认作他是个呆子，便传旨申斥了几句，也便放他回去了。那金兰甫和江阴知府，枉费了一场心计，依旧是抓不着姓缪的把柄。这姓缪的也因为一生心血，都在这部书上，如今一个字也不留，叫他如何不伤心？他在家中，便长吁短叹。却不知道他那部书，早已被他女儿偷出，装在小缸里，悄悄地拿去后园埋在地下了，却拿白纸照样的装订成一部假的书，藏在书箱里。这也是使他父亲免罪的法子。后来直到姓缪的死过以后，蘅娘嫁了丈夫，才悄悄地又把这部《野叟曝言》掘出来，藏在家里，直传到现在。这都是后话。

如今再说，乾隆帝因防汉人反叛，有意兴文字之狱。当时到底被他找出两桩案件来，一桩是《黑牡丹诗》，一桩是《一柱楼诗稿》。那《黑牡丹诗》，原是大学士沈德潜著的。那沈德潜名归愚，做得一手好诗。乾隆帝自命是文学士，常常和臣下和诗作文。只因他诗文根底很浅，做出来总不十分讨巧，只怕给臣下见笑，便请两位大臣在他身旁，常常叫他们捉刀。一个是纪晓岚，专代皇上做文章的；一个便是沈归愚，专代皇上做诗词的。后来沈归愚死了，便由梁诗正代作。那沈归愚因皇帝看重他，他在皇帝跟前，常常露出骄傲的样子来，皇帝因为诸事要仰仗他，便也不和他计较，反格外敬重他。沈归愚六十岁时，还是一个秀才，到七十岁时，便拜做宰相。到八十岁时，予告还乡。皇帝还常常打发官员，到他家中去问好。这是何等荣耀的事体？后来乾隆帝作了十二本御制诗集，特送到沈归愚家里去，请他改削。那沈归愚却老实不客气，在御制诗上批评了许多坏话，又删去了许多诗词，送回京中。乾隆帝看了，心中虽说不高兴，但看在他老臣面上，便也不说什么。隔了一年，沈归愚便死了。

此番乾隆帝南巡过苏州地方，想起老臣沈归愚来，便摆驾到他坟前去吊奠，又传他的子孙到跟前来，问了几句话。忽然想起沈德潜是一代诗人，家中必有遗著，便向他子孙查问。他子孙享着祖父的家产，却是一窍不通的，终日里闹着嫖赌吃着的事体，也闹不清楚。这时皇帝忽然查问沈德潜的遗著，他们平日既不留心先人的手泽，知道什么是犯讳不犯讳，便把沈归愚的原稿，一裹脑儿献出去。乾隆帝看时，上面有许多诗是诗集上不曾刻入的，又有许多代皇帝作的诗，他也一齐收入诗稿，下面注明"代帝作"三字。乾隆帝看了，不觉老羞成怒。他想朕的御制诗，已经刻印出去了，这诗稿里又有代作的字样，岂不要坏了朕的名气？但心中虽不乐，却也无法处置。后来看到他的未定稿里面，有一首《黑牡丹诗》，劈头一联，便是"夺朱非正色，异种亦称王"两句。乾隆帝看了，不觉勃然大怒，说道："好一个大逆不道的沈归愚！他明说朕是夺了朱家的天下，又骂朕是异种。这如何可忍得？"便立刻下旨，沈归愚生前受朝廷厚恩，今观其遗著，有意诽谤本朝，迹近叛乱，着即发墓仆碑。又把沈归愚的尸首，从棺材里拖出来，砍下头来；沈氏子孙，一律充军到黑龙江，只留下一个五岁的孙儿，免为平民。这一桩文字狱，把那班读书人吓得缩着脖子，躲在家里，从此以后，也不敢献什么诗文了。

这时扬州东台地方，有一个绅士，名叫傅永佳的，忽然献一部《一柱楼诗集》，又在江苏巡抚衙门里告密，说这作《一柱楼诗》的徐述夔，是个叛逆。他诗中有许多叛逆的说话，如

《咏正德杯》诗里有两句:“大明天子重相见,且把壶儿搁半边。”这个壶儿,便是说胡儿,他说当今天子是胡儿;胡儿搁半边,是说要推翻大清天下,重立明朝天子的意思。这时乾隆帝正四处搜寻叛逆的文字,那地方官也求讨皇帝的好,如今江苏巡抚见了这本诗集,便知道这是升官的路,当即把诗集献与皇上。圣旨下来,果然发掘徐家的坟墓,又斩徐述夔尸首的脑袋;徐家子孙,一律正法,徐家田产,赏给傅永佳。扬州知府谢启昆,江苏藩台陶易,说他是同党庇护,隐匿不报,一齐发充新疆效力。那江苏抚台,果然升做了两江总督。可怜徐述夔一家性命,都送在这两句诗上!你道凄惨不凄惨?

讲到那傅永佳的告密,原和徐家有私怨的。傅永佳的父亲,做过一任御史,告老回家,他却极爱风流的。那时东台地方,有一个土娼,名叫小五子的,长得清艳雅淡。傅绅士在他身上,已经化了整万银子了,颇想娶她回去,做一个金屋姬人,谁知那小五子却暗地里爱上了那徐述夔。这徐述夔当时在扬州府衙门里当幕友,年纪又轻,才学又好。后来调到江苏藩司里去,势力越发大了,便把小五子娶回家去,宠擅专房。给傅绅士知道了,气得他发昏章第十一。后来扬州出了闹漕案件,傅绅士也在里面,徐述夔告密,说傅绅士主使抗漕,公文下来,捉拿傅绅士。傅绅士上下行贿,才免了这场祸水,但是家财也花尽了,人也气成病了。傅绅士临死的时候,叮嘱他儿子傅永佳,务必要报了这个私仇。傅永佳留心了多年,才得到这部《一柱楼诗集》,害得徐家家破人亡。傅永佳又得了徐家的田产,他是何等快乐?

这时,皇上御驾,已从杭州回来,船过扬州地方,又出了一桩离奇案件。原来扬州有一个绅富人家,姓孙,那孙绅士已在五年前死了,那孙太太管教着两个女儿:大女儿名叫孙含芳,第二个名叫孙漱芳。调理得好似月里嫦娥,流水仙子一般。知书识字,又做得一手好针线。含芳年纪十七岁,漱芳年纪十六岁,扬州全城的人,都知道孙家有这两个美人儿,谁不愿去娶她做媳妇。今天张家,明天李家,那说媒的人,几乎把他家的门槛要踏断了。那孙太太是宠爱女儿的,诸事去问他的女儿。谁知他女儿一口回绝,说待到二十岁,再提婚事。须得要拣一个才貌双全的郎君,才肯嫁他。他姊妹两人,还有一个心愿,只因姊妹两人感情十分浓厚,今生今世不愿分离,要两人同嫁一个丈夫。倘不如他的心愿,情愿终身不嫁。他姊妹两人立了这个誓愿,叫他母亲如何知道?

姊妹两人同住在一间河楼上,楼下一簇杨柳,遮着一个石埠,姊妹两人,倦绣下楼,常常并肩儿坐在石埠上垂钓。这河面十分幽静,来往船只很少,因此他姊妹也不怕给人看了姿色去。谁知这时,早有一个少年郎君,在河对面饱看了美人儿了。那少年名顾少椿,也是绅宦人家,他父亲顾大椿,在京中做御史;母亲胡氏,在家里督率着儿子读书。少椿的书房,在楼下临河的,恰恰和孙家的妆楼相对。每逢含芳姊妹在石埠上垂钓,那少椿从窗棂里望去,好一副绿荫垂钓的仕女画儿。少椿到底年轻害羞,天天看着,却不敢去惊动他,又因生性温柔,也不肯做这煞风景的事体。后来实在忍不住了,对他母亲说知,托人去说媒;他姊妹两人,依旧是一句老话,要到二十岁才嫁。少椿无可奈何,只得每天在窗棂中望望罢了。从此以后,书也无心读,眠食都无味,终日坐在书房中,长吁短叹。他母亲认作他在书房里用功,便也不去留心察看他。讲到那含芳姊妹两人,越发不知道有人在隔河望他,为他肠断。

天下事有凑巧,这时候是初夏天气,那临河一带,花明水秀,越发叫人看了迷恋。含芳姊妹两人,常常到埠头上来闲坐纳凉。有一天,午后,正是昼长人静,含芳一个人,悄悄地走出河埠来垂钓,不知怎么一个失足,倒栽葱跌入河心去了。这时两岸静悄悄的,竟没有一个人知道。那顾少椿却是刻刻留心着的,见他心上人跌入河心去了,把他吓了一大跳。他也顾不得了,忙脱下长衣,开出后门,一耸身也向河心里跳下去。在少椿心中,原想去救那孙家小姐的,谁知他两人都是不识水性的,一个头晕,早已昏昏沉沉,随水氽去了。在少椿心里,一心要去救他孙小姐,他在水中奋力挣扎着,见孙小姐在河心里颠来倒去,那一缕云鬓,早已被水冲散了。少椿奋力向前扑去,给他拉住了孙小姐的衣襟。那孙小姐见有人救他,他挣命要紧,也顾不得含羞了,一伸手把那少椿紧紧地拖住,少椿也拉住他的领子。他两人在水中胸腰紧贴，香腮厮温。谁知在水中的人，越是用力，越往下沉，他两人渐渐的沉到河底里去了。顾少椿在水底里，还是竭力地把孙小姐的身子往上擎着。正在危急的时候，他妹妹漱芳，也到河埠来寻他姊姊；一看水面上静悄悄的，只见河中心的水势打着旋涡儿，又见一只小脚儿，伸出水面来。漱芳认得是他姊姊的脚，发一声喊，"噗通"一声，也跳下河心去。这一喊，却把两岸的人家喊出来，一齐推出窗来一看，见一个姑娘氽在水面上，便有许多人，七手八脚的，拿着长篙，把漱芳小姐救上岸来。这漱芳小姐指着河心里哭着，说："姊姊落在河里了！"大家听了，再去把他姊姊救起来。那含芳这时已被水灌饱了，救上岸来，昏昏沉沉，开不得口，可怜那顾少椿沉在河底里，也没人去救他。孙太太把大女儿搂在怀里，一声儿一声肉地喊着，大家又帮着施救，还有谁去顾着河心里的顾少椿？直待他母亲胡氏，在隔岸看热闹，回进屋子来，到书房里去看他儿子时，见屋子里静悄悄的，地下丢着少椿的一件长衣。胡氏看了，知道事体不妙；忙回身出来，到河埠头喊时，一眼见那石条上搁着他儿子的一双鞋儿。那胡氏大哭起来，指着河心里，求着大家救他的儿子。内中有几个识水性的，一齐跳下水去，再救他的儿子去，直从河底里把少椿拖上岸来。胡氏看时，早已两眼泛白，气息全无，这一急，把个胡氏急得双足乱顿。也是一声儿一声肉的大哭起来。这时那边的含芳小姐，慢慢地清醒过来，孙太太把他抬进屋子去，这班人丢了孙小姐，都来救顾少椿。胡氏又去请了一位医生来，从傍晚时分，直救到半夜里，才慢慢地转过气来。他第一声便喊道："快救孙家小姐！"他母亲告诉他，孙家小姐已救活了。他便闭上眼，不说话了。从此顾少椿抱病在床，直病了一个多月，才慢慢地能坐起身来。

那边孙含芳小姐，早已能够走来了。他从此以后，便把个顾少椿深深地藏在心里。听人传说顾少椿害病很重，他姊妹两人，便在闺房里对天点着香烛，替少椿祷告着，求皇天保佑他病体早早痊愈。后来又听说他能起身了，便对他母亲说："顾家少爷，为俺儿乎送去了性命，如今他害病在床，俺们也得去看望他一回，免得叫人在背后批评俺不懂得礼节。"那孙太太听女儿话说得有理，便也带着他到顾家来。胡氏接着说了许多话，他母女两人，又到少椿床前去问候了一番。那少椿见含芳越发出落得俊俏了，心中不由得欢喜，只是碍着他两位老太太面上，只是四只眼痴痴地望了一回，一句话也说不出来。那含芳小姐，见少椿两粒眼珠在他脸上乱滚，只羞得他低下脖子去，站在他母亲背后。这里孙太太和胡氏两人退出屋来，背着含芳小姐，便提起他两人的亲事来。胡氏说："我们这个，早已求过你家了；如今只请孙太太回去，背地里问一声你家小姐。倘然小姐愿意，俺们便好做事了。"那孙太太便告辞回去。欲知他们的婚姻成功与否，且听下回分解。

《野叟曝言》一书，读之令人作三日呕。其迂腐之气，闷损胸膈。小说第一重写实，彼写实在何处？第二重章法，彼章法在何处？第三须有客观的眼光，彼书中满纸存一我见，处处自夸才学，而处处露丑。徒以有此文字一狱，彼书能流传至今；不然者，早已作瓮上覆矣！

文士争名，千古同病；实则适见其量浅耳！著述事业，所以诏示后进，飨之当世耳；吾为世道学术而著书，非为吾一人之名姓而著书也。名姓原属假定；身后之名，尤属无谓。即使藏之名山，传之万世，于我千百年前之朽骨何与？况诗词之属，既不足以当藏之传之之值，即有名亦何足贵？沈德潜之不肯让名，即适足以招祸耳！

百忙中夹写孙氏姊妹钟情顾郎一段，清才绝艳；与乾隆下江南之淫靡繁华，两相对照，一俗一雅。如钲鼓镗鞳以后，忽听笙箫低唱，倍觉怡神悦耳也。

第四十九回 红灯照处美人死 绿树荫中帝子来

却说孙太太回去的第二天,他家果然打发一个媒婆,到顾家来说媒。那舍芳小姐,起初听说顾家来求婚,他猜那顾家公子,必是一个纨绔子弟,不懂得恩情的,因此一口回绝。此番见顾少椿是一个翩翩公子,又是美貌,又是多情,他如何不肯。况且他两人在河底里黏皮贴骨的搂抱过,在舍芳小姐心里,这生这世,只有嫁给顾家公子的了。暗地里问他妹子时,也愿意一块儿嫁去。到了夜里,含芳小姐悄悄地把这个意思对他母亲说了,他母亲便打发媒婆来对胡氏说知。那胡氏听孙家允了婚,且一允便是两个,他如何不乐?便是顾少椿心里,也是喜出望外,因此他的病也好得很快。胡氏看他儿子全好了,便预备拣日子给他儿子定亲。

谁知好事多磨,在他们定亲的前一天,忽然接到他父亲从北京寄来一封信,说已替他儿子在北京定下一头亲了,女家也是做京官的,并说当年要娶过门的。少椿看了,好似兜头浇了一勺冷水,气得他话也说不出来,整整的哭了一天,第二天便病倒在床上。胡氏看了,十分心疼,忙用好话安慰他,一面托媒人去回绝了那孙家。那孙含芳姊妹两人,得了这个消息,却也不哭,不说话,他姊妹两人,在暗地里说定了,一辈子守着不嫁。好在他家里有的是钱,又没有别的弟兄,这万般家财,也够他两人浇裹的了。只是那顾少椿心中十分难受。这时已到盛夏天气,十分炎热,少椿便把卧榻移到楼下书房里来,他也是为睡在床上,可以望着对岸孙家妆楼的意思。胡氏却不知儿子的用意,只是顺着他的心意罢了。看看睡了几天,远望那对岸的妆楼,终日窗户紧闭,少椿心想,含芳小姐也病倒了吗?可怜俺两人一假心事,隔着河儿,有谁替俺去传说?他因想起他心上人,常常终夜不得入睡。

有一天,半夜时分,他在床上正翻腾不安的时候,忽然听得窗子上有轻轻剥啄的声音。少椿霍地跳下床来,轻轻地去开了后门,见日光下面玉立亭亭地站着一个美人儿,望去好似那含芳小姐。这时少椿情不自禁了,一纵身扑上前去,拉着他的玉臂儿,说道:"想得我好苦也!"那小姐忙把少椿推开,低低地说道:"俺不是含芳,俺是漱芳,姊姊想得你利害,你快去吧!"少椿看时,见河埠下泊着一只瓜皮小艇子,少椿便也顾不得病体,和漱芳两人手拉手儿下了艇子,轻轻地渡到对岸。只见那含芳小姐站在石埠上候着。他三人便并肩儿坐在石埠上,娓娓清谈起来。好在有一排柳荫儿做着天然的屏障,外面的人也瞧不见他们。他三人直谈到五更鸡唱,才悄悄地各自回房。从此以后,成了每夜的功课。那月儿姊姊,常常照着他三人的影子,待到晓风吹动,残月西下,他三人才回进屋子去。

后来天气自夏而秋,外面的风露,渐渐儿有些忍不住了,漱芳小姐便想了一个法子,叫少椿留心看着,每夜觑孙太太睡熟了,他们便在楼头点一盏红灯。见了红灯,便悄悄地渡过河来,他姊妹便把他接进屋子去,倘然不见红灯,千万莫过来。少椿得了这暗号,悄悄地过去,竟进他们的妆楼,一箭双雕,享他的温柔滋味。这样暗去明来,又过了半年的甜蜜光阴。有一天,忽然大祸来了。他姊妹两人,每夜点上红灯,便并肩儿倚在楼头,望着对岸。这一天,他姊妹两人正在楼头望时,只听"飕"的一声,飞过一支毒箭来,一箭穿过他姊妹两人的太阳穴,一齐倒在地下。这毒箭是见血封喉的,他姊妹两人,静悄悄的死在楼上。那顾少椿兀是静悄悄地守在楼下,直到天明,还不见他姊妹来开门。少椿心中越是疑惑,越是不肯走开;后来他家里的丫头走进小姐房里去,见两位小姐并肩儿死在地下,忙去报与太太知道。那太太听了,直跳起来;抢到他女儿房里,搂着两个女儿的尸身,号啕大哭。那少椿在门外听得哭声，知道事体不妙，便不管三七二十一，打进门去；抢上楼去，扑在两位小姐的身上，哭得死去活来。那孙太太看看不雅，吩咐把少椿拉起来，一面报官去。那江都县听说出了这件无头命案，他亲自来相验。见这顾少椿形迹可疑，便把他带回衙门去审问。顾少椿见死了他的心上人，恨不得跟他们一块儿死去，见县官审问他，便一口招认是自己谋死的。待到那问官问他为什么要谋死孙家的小姐和怎么样谋死的，他却说不出话来。那胡氏见他儿子被县官捉去了，急得他拿整千银子到衙门里去上下打点，又写信到京里去。那顾大椿急急赶回扬州来告御状。这时乾隆帝从杭州回来，正在扬州，接了顾御史的状子，便吩咐扬州知府，把顾少椿释放了。那边孙太太见释放了顾少椿，如何肯休？他也抱着冤单，赴水告状去。乾隆帝退还他的状纸，一面推说是可怜孙家的女儿年轻死于非命，便派扬州知府御祭去。那追捕凶手的事体，便绝不提起；便是地方官，也弄得莫名其妙。

后来乾隆帝回銮以后，忽然有两个少年妇人，打扮得十分鲜艳，到孙家去探望孙太太。那少妇自己说是姊妹两人，姊姊名倩霞，妹妹名绛霞；原在勾栏院中，曾经得乾隆帝召幸过。后来皇帝到杭州去，吩咐他姊妹俟回銮过扬州的时候，在楼头点一盏红纱灯，便当打发人来接他们进京去。他家住在状元桥边，妆楼靠河，楼下也有一株杨柳；如今孙家后楼也有杨柳树，楼头也点一盏红纱灯，莫是皇帝错认了孙家是倩霞家里？原要射死倩霞姊妹两人的，如今错射死了孙家的姊妹两人。这句话，却被他们猜着了。但是乾隆帝为什么要射死他姊妹两人，连倩霞自己也不知道。如今待做书的来替他们说子罢。只因乾隆帝见小梅刺死了汪如龙以后，便刻刻留心；疑心倩霞姊妹两人，也是来行刺的。因此不敢留恋，忙把他姊妹两人送回院去。带他到京里去一句话，原是说着玩的。在乾隆帝心里，原不打算结果他姊妹的性命，后来忽然想起，不带他姊妹回京去，怕他们怨望。从前皇帝宠爱他姊妹两人的时候，在枕席上什么恩爱秘密的话都说过，深恐他姊妹怨恨至极，把宫中的秘密都泄露出去。因此便起了谋杀他姊妹的心。回銮过扬州的时候，便悄悄地打发一个侍卫，拿毒箭去射死他姊妹。谁知事有凑巧，那孙家姊妹在那里做偷期密约的事体，楼头也点一盏红灯。那侍卫错认是倩霞姊妹的妆楼，恰巧楼头也有两个美人儿并肩靠着，那侍卫以为千真万确的了，一箭射去，把好好一对姊妹花，送到枉死城里去了。那倩霞姊妹两人打听得孙家出了这件命案，心知是皇帝要结果他二人的性命，忙偷偷地把红灯除去，躲在别院的姊妹家里。待皇帝回銮以后，才出头来，到孙家去探望。那孙太太听了他姊妹一番话，又是伤心，又是害怕，只得把这案件搁起不提。倒是那顾少椿不肯负心，把含芳姊妹俩口灵柩接回去，葬在自己祖坟上，算是他的原配；那北京娶来的，算是继配。又把孙太太接到自己家里，和父母一般侍奉着。可怜他两家人，只因皇帝一个念头，弄得他们家破人亡；那乾隆帝肚子角里，也没有这一桩事。

这时皇帝回到京里，那和珅承造的圆明园四十景，已成功了，把天下的名胜，都造在一座园子里；又把天下的珍宝，也都陈列在这座园子里。这座园子，有十八重门：南面的有大宫门、左右门、东西夹门、东西如意门、福园门、西南门、水闸门、藻园门；东面的有东楼门、铁门、明春门、蕊珠宫门、随墙门；北面的有北楼门。围墙下又造三处水闸，西南面的一座进水闸，东北面的五座出水闸，又一座出水闸。那一股水，从玉泉山流来，经过西马庙，流入进水闸；分几十道支流，布满园中。园的正面，造着五座大宫门；门前两旁又造着五间朝房，后面又分造着各部的直房。东面夹道里，造着银库；东北面是南书房，东南面是档案房，西面又是各部的直房。大宫门里面，是出入贤良门，是五座高大的穹门，穹门前面，接着石桥。过桥两旁，又造着五座朝门。出入贤良门里面，便是正大光明殿，有七间开阔；两旁造着五间开阔的配殿。正大光明殿后面，是寿山殿，东面是同明堂正大光明殿东面，是勤政亲贤殿，殿东面有飞云轩、静鉴阁。北面是怀清芬，又北面是秀木佳荫。绕过后面，是生秋庭阁；东面名芳碧丛，后面是保合太和殿。再后面，是富春楼。楼的东面，名竹林清响；绕着一丛竹树。正大光明殿后面，有一大湖，名叫前湖；湖的北面，有一座五间的圆明园殿。殿后面又有一座七间的奉三无私殿，再后面是一座七间大的九州清宴殿；殿东面，是天地一家春。西面，是乐安和；再西面，是清晖阁。阁前是露香斋，左面是茹古堂，松云楼；右面是涵德书屋，富春楼。北面是御兰芬楼，楼后面是一座纪恩堂和一座镂月开云楼。堂后面，有一座池；池的西北面，造着一座方楼，名天然图书楼；北面是朗哈阁，再北面是竹迈楼。东面一座五间屋子，名五福堂；后轩五间，造在池面上。匾额上写着"竹深荷净"四个字。东南面一溜精舍，院子里遍种桃柳；檐下一方匾额，写着"静知春事佳"五字。

渡过水去，东面一带长堤，跨堤一座牌楼，写着"苏堤春晓"。再从五福堂渡过河去，北面沿河一带山岭，曲折环绕；山脚下是碧桐书院，西边半山上造着一座亭子，名云岑亭。书院的西面，是慈云普护寺，寺西面靠湖一座高楼，名上下天光楼。两边造着六角亭两座。从楼下折向西面，有一座小桥；过桥是杏花村馆，西北面是春雨轩。春雨轩的西面，是杏花村；村南是硐壑馀清。迎面一座峭壁，一股清泉，从壁上直泻下去，曲曲折折，流过石滩；那"硐壑馀清"四字，便刻在石滩上。绕过春雨轩后面，东边便是镜水斋；西北边一座屋子，四面绕着高柳，名叫柳斋。再西面，是翠微堂。杏花春馆的西面，有一座绿石大桥，又平坦，又阔大，名叫碧澜桥；桥畔临水一亭，名知鱼亭。亭前面是素心堂，素心堂后面是光风霁月堂；东北角有一座萃景斋，西北角是一座双佳斋，正南面是茹古涵今室，屋子里满叠着古书；屋子后面一座四方的琉璃屋子，名韶景轩。轩东是茂育斋，西是竹香斋，再北是静通斋；屋里面陈设许多古董，屋外面种了许多松柏古树。茹古涵今室的南面，是长春仙馆；馆后面是绿荫轩，院子里种着四株大梧桐树，树荫遮住屋子，几案都是绿色的。沿西廊过去，是丽景轩；长春仙馆的西面，是一座五间大厂厅，正中匾额上写着"含碧堂"，院子里一对高槐。堂后面是一座小轩，院子里种着四株桂树；小轩上一方匾额，写着"林虚桂静"四字。左面是古香斋，右面是墨如云，对面是随安室。由长春仙馆西南侧门出去，绕过西边一带围墙，上写着"藻园"二字。里面一座五间的旷然堂，堂后面是贮清书屋，堂东一座方池，池上面盖着一座小阁，便是夕佳书屋。池北面是镜澜榭，东南面是凝眺楼、怀新楼；西北面是湛碧轩，西南面是湛清华，杏花春馆。西北面有一口池，池上面架着一座卍字亭，亭匾上写着"万方安和"四字；亭后面紧接着一座桥，桥脚紧接着一座石洞，洞口石匾，写着"武林春色"。池北面一溜屋子，匾额是"壶中日月长"；池东面一溜屋子，匾额是"天然佳妙"。南面一座房子，背靠着山脚，山势三面环绕，屋子上匾额是"洞天日月多佳景"。武林春色的西面，是全璧堂，东南一座亭子，匾额是"小隐栖迟"。堂后面绕过山峡，东面是清秀亭，西面是清会亭，北面是桃花坞。靠水一方平地，种着一丛低低的桃树。水东面是清水濯缨室，西面是桃源深处。桃花坞东面，是馆春轩，东北是 品诗堂。

万方安和西南面，翠嶂萦围，随山高低，建着一座高楼，名山高水长楼。山下地势平坦，一望数顷，是预备皇帝朝见外藩，侍卫比射，每年灯节放烟火用的。空地北面，有一座桥，过桥又绕进山峡，迎面一座五间的月地云居殿；西面是刘猛将军庙。殿后面山径曲折，第一座牌坊上刻着"鸿慈永祐"四字；左右面竖着两支石华表。再上去，接连造着三座牌坊；半山上一片平冈，东南面一座三间的政孚殿，西面五间宫门。南面是一座安祐门，门前有白玉石桥三座，左右有井亭两座。又有五间朝房，在安祐门外；殿后面是一座九间重檐的正殿，名安祐宫。宫里面正中供奉着康熙帝的御容，左面供奉着雍正帝的御容。鸿慈永祐的后面，一带围墙，墙里面西北角是紫碧山房，前面是横云堂。山房东面山洞中一座石屋，名石帆室；东南是丰乐轩，北是霁华楼，东面是 景晖楼 。

横云堂西面下山坡，有一口大池；池上一座澄素楼，西北是引溪亭。东面接着一带矮墙，墙外连冈三重，杂花生树。亭西面一座长桥，过桥东面，便是汇芳书院；进书院有三间敞屋，上面匾额是"问津"二字。接着一座白石桥，桥上跨着石坊，坊上面刻着"断桥残雪"四字。书院的南面，建着一座大屋子，望去殿角琳珑，楼宇重叠，名日天琳宇。里面有中前楼、中后楼七间，有西前楼、西后楼上下七间；中前楼南面有天桥，接着两面高楼。天桥东南，有一座八角灯亭。日天琳宇东南面,一片稻田,河水萦绕。田中央有 一座田字式的殿宇,四角造着楼。北楼匾额是“淡泊宁静”,东楼名曙光楼。东面稻田中一座平屋,名观稼轩;西面有一亭,名稻香亭。稻田北面靠着山麓,有一座亭子,上面匾额是“溪山不尽”四字。观稼轩后面,绕着一道清流,上架小桥;过桥一座屋子,名映水兰香。东南靠水一块大石,石上造一亭,名钓鱼矶;北面是印目池。印目池接着一口大沼,沿水一座大牌坊,上面写着“濯龙沼”;沼的西南面,是贵织山堂,里面供着蚕神。映水兰香的东北面,一丛枫树,树林里造着一座屋子,匾额上是“水木明瑟”四字。树林北面一座高大楼屋,便是文源阁;上下六间,满藏着《四库全书》。阁子西一丛柳树,题着“柳浪闻莺”的牌坊;西北面环池带河,一溜屋子,匾额上是“濂溪乐处”。后面是云香清胜,东面是芰荷深处。濂溪乐处对岸,一片菜畦;中间一座屋子,匾额是“多稼如云”。前面是芰荷香,东南是湛绿色,东北是鱼跃鸢飞。南面绕出山麓,又是一片稻田;田中间河水如带,两岸村屋,名北远山村。北岸一带石墙,墙里面是兰野,遍种兰草。兰野后面,是绘雨精舍。东北一座石桥,过桥一座船厅,名岚镜舫;西面是花港观鱼,北面是四宜书屋。

书屋后面一带高墙,月洞门上匾额写着“安澜园”。进园便是一泓清水,靠东南面是葄经馆,南面是采芳州,后面是飞睇亭,东北是绿帷舫,西南面是无边风月之阁;再西南是涵秋堂,北面是烟月清真楼。楼的西南面,是远秀山房;楼北面凌空一座曲桥,桥尽头也是一座楼,名叫染霞楼。四宜书屋的东面,靠池一座楼屋,名方壶胜境;北面是哕鸾殿、琼华楼。殿东面是蕊珠宫,宫南是船坞;西北是三潭印月。过九曲桥水中一亭,匾额是“天宇空明”;九曲桥尽头,是澄景堂,一色白石围栏。东面是清旷楼,西面是华照楼,楼后面是一座方池,池四面铺着绒褥绣墩,池中站着玉马石狻,是皇帝暑天带着妃嫔洗澡的地方。池上一方匾额,是“澡身浴德”四字。欲知圆明园还有什么名胜之处,再听下回分解。

男女之爱,若无真情以维系之,则转眼成仇;帝王之宠,更不足恃。盖势利原为情爱之仇敌,且以万乘之尊,动招忌讳;其欲射死倩、霞姊妹,原属恒情。所可怜者,此孙氏姊妹一对娇鸟含冤饮羽耳!

写圆明园中景物,历历如绘;非有长才,则写来东西错乱,无可捉摸矣。

第五十回 死宝妃高宗伤往事 游离宫嘉王窥秘像

却说圆明园原是在中国历史上有名的大建筑，这时和珅承造园中四十景，每一景或靠山，或傍水，或阔大，或精小，真是各抱地势，钩心斗角。如今做书的说了半天，只说得半个园的景色。讲到全园风景，最幽雅的地方，要算那安澜园一带了。什么采芳洲、飞睇亭、绿帷舫，无边风月阁、烟月清真楼、染霞楼、方壶胜境、哕鸾殿、琼华楼、蕊珠宫、三潭印月、天宇空明、清旷楼、华照楼、澡身浴德池，都是清秀高华，四时咸宜的地方。乾隆帝当日进园来，见了这去处，便赞叹不绝口，流连不肯去。和珅迎合上意，便奏请圣驾驻跸。皇帝依奏。他是一刻也离不了春阿妃和郭佳氏、蒋佳氏三位美人的，当时也把三人搬进园来。春阿妃住蕊珠宫，郭佳氏住方壶胜境，蒋佳氏住华照楼。

乾隆帝每天在正大光明殿坐朝，朝罢回园，便和这三个美人游玩调笑。每到春天，在哕鸾殿、琼华楼一带游玩；到夏天，在采芳洲、飞睇亭、绿帷舫一带游玩；到秋天，在烟月清真楼、染霞楼、三潭印月、清旷楼一带游玩；到冬天，在琼华楼、无边风月阁游玩。有时想起别个妃嫔来，便回大内去，带着许多宫眷进园来，满个园中游玩着；有时奉着皇太后来游园。每逢四时佳节，又把文武大臣召进园来，各处游玩，赐宴吟诗。皇帝自己做四十景图咏，命文学大臣和诗，刻一本诗集子，颁赐王公大臣。

圆明园地方阔大，乾隆帝在里面，四时游玩，毫不厌倦。还有那和珅终日陪伴着，常常想出新鲜玩意儿来，博皇上的欢心。和珅在皇帝身边，寸步不离，皇上和宫眷嬉笑调弄，他也不避忌的。内中一个郭佳氏，因他长得白净秀美，皇帝格外宠爱他。郭佳氏因皮肤白嫩，格外自己爱惜自己。他最爱洗浴，又爱那玉器。他住的屋子里，帷帐屏障，都挂着碎玉，微风吹动，一阵阵叮当响声，十分动耳。此外镜台牙床，都嵌着白玉，便是郭佳氏衣襟裙带上，都缀着玉片儿。眉心帽檐上，也缀着一方羊脂白玉，衬着粉腮上红红的胭脂，真是娇滴滴越显红白。乾隆帝因他爱玉，凡是四方进贡来的玉器，都搬来陈设在郭佳氏屋子里。屋子里有玉树一株，高和人齐。那树枝上挂着各种珠宝玩具，乾隆帝命郭佳氏自己去采取玩具。他伸出手来，那指儿臂儿，和玉树一般白净，乾隆帝宠爱之极，便把郭佳氏进封宝妃。

这时福康安收服和阗，那和阗地方是出玉的，乾隆帝因宝妃爱玉，便秘密下一道圣旨给云贵将军，叫他多搜玉器。不多几天，那和阗的玉器送进京来，陈设在圆明园里。那玉有各种颜色，有白如雪一般的，有黄如蜡一般的，有红如霞的，有绿如翠一般的。宝妃看了，拍着手，笑得他一张樱桃嘴合不上缝。内中有一样最贵重的东西，是把大块的白玉，雕成一匹玉马，长鬣高蹄，方眼紫鼻，露出几丝汗血斑纹。那颜色都是天然生就的，全身洁白光润，长约三尺余，高约二尺余。乾隆帝看了，笑说道："这玉马和宝妃，可称得双美了！"和珅听了，便去在华照楼下造一座宝马亭，把玉马供在亭子中间。亭子四面，用白石栏杆围绕着。

宝妃每天要洗澡的，有时拉着春阿妃和蒋佳氏同在浴池里洗澡。这时虽在夏天，和珅怕他们娇嫩皮肤受了寒凉，便在华照楼后面，造起一座大锅台来，把水烧热了，用铁管曲曲折折的攒通池底，灌进热水去，称作温泉。三位美人，在温泉里洗浴，大家戏弄一阵，皇帝靠在池边，看着他们，和珅也陪在一旁看着。那班妃子，有的在水面上抢着球的，有的爬在石狻背上唱着曲子的；独有那宝妃，从浴池里出来，用两个宫女，交着臂儿，抬着他到宝马亭中。裸着身体坐在那玉马背上，四五个宫女，忙着拿软巾替他揩干身上的水珠，又替他浑身扑着香粉。拿一匹轻纱，裹住他的身子；打开云鬟来，宫女替他梳一个堕马髻儿。又有一个宫女，送上琵琶来；宝妃弹着琵琶，唱着曲儿。皇帝在椅子上坐着看着，直看到穿上衣裙，才和他手拉手儿的到天宇空明纳凉去。那和珅陪着皇帝，看在眼里，回家去也和他的姬妾照样嬉弄着。他姬妾有一个名叫三儿的，原是乾隆帝下江南的时候替他带回京来赏给他的。那三儿皮肤也长得十分白净，长身玉立，转盼动人。乾隆帝曾经临幸过他一次，那三儿也仗着自己曾伺候过皇上，瞧不起同辈的姬妾们。和珅也因他是御赐的，格外宠爱他。当云贵将军进献和阗玉器的时候，先请和珅过目，和珅也拿了几样到家里去，给三儿玩弄。内中有一个白玉墩，三儿每浴罢，便裸坐在墩子上，揩抹水珠，又浑身扑着香粉，也命丫鬟替他重整云鬓，和珅也坐在一旁。忽然想起圆明园里的玉马，和珅笑对三儿说道："像你这样白玉也似的肌肤，也配得骑在玉马上。"

后来不多几天，那宝妃因常常洗浴，和皇上在风地里调笑着，风寒入了骨，一病身亡。宝妃一死，把个乾隆帝伤心得茶饭无心，神魂颠倒，虽说一般也有春阿妃和蒋佳氏伺候着，那皇帝总是郁郁不乐，每见了那玉马，便想起了宝妃，吊下泪来。后来春阿妃怕皇上伤心过甚，便悄悄地把那匹玉马偷出园去，交给和珅，拿去藏在内库里。谁知那和珅也要谋吞那匹玉马，便悄悄地拿回家去，给那三儿骑坐取乐去。

这里乾隆帝见死了宝妃，连圆明园也不愿住了，后来和珅想出法儿来，哄着皇帝到热河去。这时已到八月，清宫旧例，每年秋天，必行秋狝礼，在热河地方的木兰围场。乾隆帝虽常常到江南去，每年正不忘这个礼节。木兰左近，热河城里，原有康熙帝造着的行宫，这地方风景古朴，天然雄伟。后来乾隆帝嫌他地方太萧索，便在行宫四面，添造御苑，共有三十六景。此番皇帝带了春阿妃和蒋佳氏到热河来打围猎，臣下许多武将，各逞英雄，追飞逐走，一连打了十天，捉获了许多野兽。回到行宫里，又大排筵宴，召集了许多蒙古王公在别殿中赐酒赐肉。那王公把眷属一齐带进宫来。皇帝见里面有几个长得英挺妩媚的，留下了充做宫娥。内中有一位喀剌沁亲王的女儿，还有一位塔固牛录的妹妹，都是长得俊眉秀眼，顾盼动人，乾隆帝封他做妃子。

如今有了新欢，便忘了旧恨。那两个妃子，都是十分信奉喇嘛的，乾隆帝便在行宫里造起高大的喇嘛庙来，和北京的雍和宫相似，里面养着许多喇嘛和尚。皇帝常常带着两个妃子进庙去礼佛，那喇嘛和尚知道皇帝的性格，也在庙里塑起欢喜佛来，比北京的还要塑得精巧。那欢喜佛共分三种，供奉在三座秘殿里：第一座殿，都是精铜铸成的佛像，外面镀着金叶。那佛像有男佛女佛，每一对都是相对着，或坐，或立，或卧，奇形怪状，荡人心魄。殿里还有一座小阁，罗帐绣帏，牙床宝座；望去暗吞吞的，四面用雕栏围住。里面塑着两尊佛像，一个是男身的，貂帽东珠，辫发袍褂，坐在宝座上，好似满清帝王的模样；垂下眼皮，看着脚下一个女身的佛像。那女佛斜靠着身体，睡在地毯上，抬着眼望着那男像；星眼斜溜，朱唇含笑，露出十分的春意。丰容盛鬋，披着衣衫；绣襟半开，望进去玉肌艳肤，一丝不挂。这小阁上只有皇帝和妃嫔可以进去。第二座殿，是满挂着画像。第三殿，满挂着绣像。那绣的画的，全是秘戏。当时有一个郎世宁，是好画手，他画了十六幅，悬挂在第二座殿里。画上的男子，都画着皇帝的面貌，那女子却画得个个是美人儿。皇帝看了，心中十分欢喜。又有一个汉画工，也画了十六幅，画上的女子，却都是画着某妃的面貌；那男子的面貌，个个不同。乾隆帝看了，大怒，立刻传谕把那汉画工捉来正法。独有那喇嘛作画，十分奇怪。他先静悄悄的去盘腿儿坐在床上，闭目静气；坐到第七天上，他床对面的白墙壁上，忽然慢慢地露出影子来了。那影子越露越浓，竟成了一幅极好的画儿；再叫画工进屋子去，依着墙上的格局画下来。画上的面貌，也有极丑的，也有极美的，但总是纵横颠倒，十分动人的。那绣像，都是蒙古男人绣的，也绣得十分出神。

乾隆帝带着几个他所宠爱的妃嫔，天天在秘殿里游玩调戏；玩厌了，又在各处风景幽美的地方去游玩。行宫有三十六景，乾隆帝还嫌他狭小；传谕下去，又添造二十六景，依旧交给和珅承办。那和珅打样采料，日夜赶造。看看已到残冬，太后几次传旨出来，唤皇帝回宫去。这时已在十二月里,乾隆帝也无可延挨了,只得摆驾回京去。临走的时候,吩咐和珅,赶快建造。

到了第二年二月底,圣驾又幸热河。乾隆帝此番出来,把一个幼女和孝固伦公主和十五皇子颙琰,带在身边。和珅见了这两位皇子皇女,又出奇的巴结他,常常买些新奇的玩意儿孝敬公主,又陪着十五皇子到关外各处去打猎玩耍。这时新造的三十六景已完工了。和珅知道皇上欢喜江南风景的,在这穷荒寒冷的地方,装点出许多明媚艳丽的风景来。宫中有一座磬锤山,在半山冈上造着许多亭馆,四围种着合抱不交的大松树,一阵阵风声,夹着树叶摆动声,像江心怒潮。屋子里树荫四合,凉意沁人,是皇帝避暑的地方。正屋里一方匾额,是皇上的御笔,写着"万壑松涛"四字。东面沿在山坡下去,弯弯曲曲如长蛇一般;山麓一丛杂树,隐着一座高楼,名叫云山胜地。山下一汪湖水,湖面平得好似镜子一般,远望湖对面,环山如带,塔宇高低,一一倒映入水。湖中有一洲,地与水平,一头接着一条长堤,堤旁夹种着桃柳,洲上楼阁绵亘,洞房曲折,名叫烟雨墩,是帝王藏娇的地方。入晚灯火掩映,笙歌澈耳,望去好似海上仙山。洲尽头一塔高耸,名叫点鳌塔。湖西面粉垣一曲,花枝出墙,名叫文园。园中小池曲桥,幽馆危阁,前后都有长廊连接,赏雨看雪,不必披氅拥盖。一树一石,都仿着河南景孝王的遗址,自然幽雅。园东一阁,高跨墙外;阁下一河,荷田万顷,每到夏时,皇帝凭栏赏荷,田田翠盖,风动香来。迎面一座峭壁,一缕瀑布,倒泻入湖;琤瑽澎湃,好似白雨跳珠。湖岸一片平芜,花鹿鸣走。乾隆常带着妃嫔,在阁上消夏;每到午倦醒来,内监便送上一杯冰浸鹿乳,乾隆帝和妃嫔分尝,说道:"这便是西天极乐国了。"峭壁绝顶,红墙一折,老树倒悬,便是碧霞元君庙;妃嫔进园来,先要庙中去进香,才能得菩萨保佑。乾隆帝有时在山上住夜,第二天绝早起来,看东方日出。那梁诗正、纪晓岚、和珅一班亲信大臣,常得陪奉。山下一座大屋,上下九间,名文津阁,是分藏《四库全书》的地方。阁前老树槎枒,乌鸦成群;阁西平台一座,高与檐齐,四围丛桂成荫,是皇帝中秋赏月的地方。宫中景色,四时不尽;乾隆帝住在里面,正好似身在江南。

皇帝每与妃嫔玩笑到厌倦时候,便把公主和十五皇子唤来,父子说笑着;又把大臣的子女召进宫去,陪伴他兄妹二人。这时常常被皇帝召唤的,便是和珅的儿子,名丰绅敬德的;纪晓岚的女公子,名韵秋的。他四人年幼无猜,倒也十分要好。有一年,夏天时候,十五皇子陪着父王在东阁里避暑;见阁下花地上花鹿成群,皇帝便想考考皇子骑射的本领。便唤颙琰拿着弓箭下楼去,须一箭射中鹿头,便赏他金鞍一副。那皇子奉命,赶下楼去,皇帝倚在楼窗口看他。只见他弯弓抽矢,"飕"的一声过去,只听得"哇"的一声鹿叫,侍卫过去,把射死的鹿献上楼来。皇帝看时,果然一箭射中的鹿头上。乾隆帝十分欢喜,忙吩咐赏他金鞍。和珅的儿子丰绅敬德站在一旁,看了十分羡慕。他立刻跪在地下,也求皇上试他的弓箭。乾隆帝笑问道:"你也能射中鹿头吗?"丰绅敬德一面碰着头,一面回奏道:"小子不但能射中鹿头,且能射中鹿眼。"乾隆帝原是很宠任和珅的,如今见和珅的儿子有如此的本领,又看他面貌俊秀,便越发欢喜他。说道:"你果能射中鹿眼,朕不但赏你金鞍,还要招你做驸马呢!"和珅站在一旁,只怕儿子疏失得罪,正要拦住他;后来听说皇帝要招他做驸马,他便不好拦得,忙替儿子跪下来谢过恩。侍卫官送上弓箭来,丰绅敬德接着,走下楼去;正有一群花鹿,从树林里走出来。只见他弓开满月,"邦"的一声响,一支箭直飞出去,那面一头牡鹿,眼上着了一箭,应声而倒。这时楼上下有许多妃嫔、宫女看着,只听得一阵娇声喝好。侍卫把那射倒的鹿,献上楼去。皇帝看时,果然不偏不倚,一支箭正正的插在鹿的右眼眶里。乾隆帝说一声:"好!"吩咐也赏他金鞍一副,叫他陪着十五皇子到柳堤上骑马玩耍去。

这时十五皇子得了父皇的赏赐,心中正高兴,忽见丰绅敬德胜过了他,众人喝他的彩,心中便觉不高兴。因不高兴,便恨和珅父子两人。这时父皇的命,他不敢不依,便懒洋洋的和丰绅敬德走下楼去。这里和珅和乾隆帝,谁也不知道皇子的心事。乾隆帝见丰绅敬德下楼去了,便把和孝固伦公主唤出来,吩咐他拜见和珅,慌得和珅还礼不迭。那乾隆帝,便把公主的亲事，当面说定了，和珅也不好推辞，只便跪下来，谢过恩。从此满朝文武，知道和珅和皇帝做了亲家，谁不趋奉他？但是这时和孝固伦公主，年纪只有十四岁，还不曾到下嫁的年纪；那十五皇子，却已有十六岁了。和珅见乾隆帝十分爱怜十五皇子，他也常常在皇帝跟前称赞皇子如何英武，如何贤德；便有左右内监们，悄悄地去告诉十五皇子，那颙琰听了，心中非但不欢喜，他还恨着和珅。说和珅是下贱出身，只知道讨好皇上，固自己的禄位。这时颙琰除学习骑射以外还，拜兵部侍郎奉宽做师傅，讲读经史，十三岁已读完了"五经"；又跟着侍讲学士朱珪学古文和古诗；跟着工部侍郎谢墉学今体诗。读得满肚子的诗书，却也很明白事理。他和汉学士刘统勋最好。这刘相国是正直君子，最恨和珅。他常常和颙琰说起和珅如何贪黩，如何奸险，因此眼中越发瞧不起和珅。如今见丰绅敬德因比箭胜过他，心中越发把他父子两人痛恨着。颙琰是胸中有城府的人，他见了和珅，脸上依旧是十分和气，因此和珅不曾觉察，还一味地捧着这位皇子。

这时恰巧快到了乾隆帝万寿的日期，那满汉百官，先期赶到热河来的，固然是很多；还有那内外蒙古的部主，朝鲜、西藏、廓尔喀、安南、缅甸、暹罗的各国的国王，个个带了家眷、侍卫到行宫里来，准备拜寿。此外还有俄国、法国、英国、荷兰各外国的使臣，也来代他本国的国王道贺。一时里热河地方，人挤马碰，十分热闹。乾隆帝便派了和珅做领班大臣，在外面替皇帝照料一切。那和珅终日和这班外臣周旋着，那班外臣谁不要讨他的好，暗地里金银珠宝，不知道送了多少。内中有一个内蒙古小部主喜塔腊，和和珅最是知己。和珅知道喜塔腊有一个格格，长得十分羲貌，他便做媒去，奏明乾隆帝，说那位格格如何贤淑美丽，请皇上选配给十五皇子做妃子。皇帝原是很听信和珅说话的，一面照例打发两个保姆去验看喜塔腊的女儿。那保姆把这位格格领到密室里，卸去衣服从颈子面部看起，直看到下身，果然是骨肉停匀，肌肤白嫩，便回宫复旨。皇帝下谕行聘，把喜塔腊氏聘作为十五皇子的妃子，又把十五皇子加封为嘉郡王。乾隆帝又怕嘉郡王年幼不懂得人道，便领他到喇嘛庙的秘阁里去，把那塑着的美人，解开衣襟来的上身下身看过；又领他去看殿里的欢喜佛。从此以后，便成了清宫的例规：凡是皇子大婚的前几天，必要领他到热河行宫里去看欢喜佛。这都后话。欲知当时那嘉 郡王看了欢喜佛以后如何情形，且听下面分解。

清宫玉马，来自和阗。当初万里进贡，不知费去几多民财，劳却几多民力，致之大内。初以赐陈阁老。阁老死，其子孙以天家宝物，恐遭怀璧之罪，即以还之皇家。入宫以来，常为妃嫔坐浴之具。和珅盗入私邸，以媚爱姬。和珅败，玉马仍归之大内。直至那拉太后追迹前朝风流韵事，浴时亦以之为坐具。呜呼！玉马！亡国之尤物乎？帝室之宝物乎？

和珅处处逢迎嘉王，却处处招嘉王之忌，一代大奸 ，其媚术亦有穷时，于以知谄媚之道亦难言也。须媚人于不觉，谄人于无形。若一露痕迹，则徒取厌恶。大丈夫行事，磊磊落落。吾不知彼佞臣者，卒以奸佞自败，亦何乐而为奸佞也！

雍和宫中欢喜佛，是清廷第一敝政。后嗣王子血气方盛，正唯恐其入于淫靡。而今复以人道示之，一若唯恐其不入于淫靡之道者。卒至天子无愁，宫廷淫乱，置朝廷大政国家文化于脑后，而国连日以促矣。虽然，中国风习腐败。小家陋族，为父兄者，亦唯以多欲多子诏其子弟，养而不教，以酿成今日不可收拾之社会，可叹也！

第五十一回 燕瘦环肥国外选色 偷寒送暖宫内纳姬

却说嘉郡王平日和那班文学大臣亲近,颇懂得诗书,举动也文雅,性情也方正;自从这一次游过喇嘛庙以后,顿时把他一点孩儿的心肠引邪了。这时大家忙着预备庆祝万寿的典礼,也没有人去留意他;不知怎的,他和一个汉章京姓侯的小姐好上了,两人常常背着人幽期密约,暗去明来。后来给章京知道了,索性把他女儿悄悄地送进郡王府去,嘉郡王把他藏在府里,朝夜寻欢。合府的人,都称他侯佳氏;后来郡王娶了喜塔腊氏以后,把侯佳氏封作莹嫔,那时还有一个汉女、选进宫去的刘佳氏,封诚妃,一个钮祜禄氏,封贵妃。这都是后话。

如今且说乾隆帝到了万寿的这一天,在万树园里受内外臣工的觐贺;这时热河行宫里,树头屋角,都扎成寿字灯彩。万树园关出五条宽大的甬道来:正中一条,是宗室王公;左首第一条,是满蒙亲王贝勒;第二条,是西藏廓尔喀回准两部的藩臣;右首第一条,是英、法、俄、荷各西洋使臣;第二条,是日本、朝鲜、越南、缅甸各国王。各分着班次,左右侍立,好似天平山上的石笋一般,静悄悄直挺挺的。偌大一座园林,站得没有一方空地。那外国使臣,革靴高帽,站在翎顶辉煌的许多大臣中间,煞是好看。英、法各国使臣,原不肯跪拜的;只因要求和中国通商,也勉强随班跪拜。皇帝看了,十分欢喜,便在园内赐宴看戏;热闹了三天,才个个告辞回去。

乾隆帝这时,忽然又想出一个新鲜玩意儿来:原来乾隆帝是很好色的,他到了热河,虽新收了许多妃子,内中要算喀剌沁妃和塔固妃最宠爱的了;后来他见各部藩王带来的女眷,都打扮得异样风流,尤其是那西洋女子,长得天然白净,风度翩翻。皇帝不知不觉厌弃自己的妃嫔了,便暗地里授意给和珅,说中国皇帝,受万方子女玉帛的供养;如今玉帛有了,独少那子女。如今朕须选几个外藩的子女进来,养在行宫里,朕早晚和他们盘桓着,也可以采风问俗。和珅受了这个旨意,格外高兴,回相府去,和他的亲信幕友计议着。那幕友便献计,先打派人到四处去采选外藩秀女,一面在行宫里赶造起一座列艳馆来。不到半年工夫,那房屋也造成了,美女也送到了。皇帝在如意洲里,召见各美女。如意洲,原是乾隆帝和妃嫔寻欢乐的地方;里面有一座镜厅,四面嵌着落地的大玻镜,人走在里面,照在镜上,立刻化成十多个影儿。皇帝在这里面看美女,那班美女,有的从蒙古选来的,有的从满洲选来的,有的是从朝鲜选来的,有的从准喀尔选来的,有的从回部选来的,有的从西藏选来的,有的从日本选来的,有的是从琉球选来的,有的是从安南选来的,有的是从缅甸选来的,有的是从暹罗选来的,有的是从南洋群岛选来的,也有从印度选来的,一共是十三处地方,每处两位美人,一正一副。皇帝一一传到御座前去,细细赏识一番。每唤进一个美人来,由宫中的管事妈妈上去,解开他的衣襟,搜检一番,才许他近御座去。又有领班的保姆,教导他跪拜的礼节。那班美人,也有浓脂艳粉的,也有淡妆素抹的;他们初近天颜,都有些羞怯的样子。皇上却和颜悦色地问他们的话,有不懂话的,由通事女官在一旁传话。皇帝看到合自己心意儿的美人,便亲自伸手去扶他起来,拉近身去,看他的手脸。内中有一位日本美女名千代子的,长得柔媚肥艳;一个印度美女,长得俊俏活泼;一个西洋美女,长得白腻苗条;最叫人看了动心。当夜皇帝便把三位美人留下了,在如意洲中,一连七天,不放出来。

后来圣旨下来,封西洋美人为列艳馆第一妃,千代子是第二妃,印度美人是第三妃。后来皇帝独幸第一妃三天,才到列艳馆去,遍幸诸美女。讲到那列艳馆,又称鱼台行宫,里面造着十几座院子,每一座院子,住着一处的美女。中央造着赏艳行宫,皇帝每天住在赏艳行宫里，把那各处的美女，一个一个轮流着传唤进去临幸。每临幸一个美女，仍照着宫中旧例，把那美女上下衣裙脱下，那管事太监，拿一件大氅，把美女的身体一裹，背到御榻前，揭去大氅，那美女投身炕上，从皇帝脚边爬上去，并头睡下；内中有几个美女不惯的，只因害羞，便悄悄地去吊死在院子里。管事太监奏明了皇帝，把尸身背出去，便在园后面葬了。

有时皇帝高兴，便亲自到院子里来看望美人。那院子里的装潢，完全依着美人在家乡的格局。有时美人们想起家乡的食品器物，和珅便打发驿卒，千里万里外去采买回来。皇上最爱到第二妃院子里去，那院子纸窗木屋，纤洁无尘；进门便是炕，一走进屋子，便脱下靴子，倒在炕上，拉着那千代子，什么都玩了出来。后来给第一妃知道了，心怀怨恨；他觑着皇上不在院中的时候，赶过去揪住千代子的头发，两人在炕席上厮打起来。宫女们急报与皇上，皇上亲自来喝住；又拉着第一妃的手，到他院子里去住宿。那第一妃的院子，一式西洋装扮；第一妃又亲自做着菜，孝敬皇上吃着，别有风味。皇帝在他院子里又住了三夜。到第三夜上，那皇上正好睡的时候，忽然那千代妃子手里拿着东洋刺刀，跳进屋子来行刺；那西洋妃子急举手拦时，那东洋刀是有名锋利的，早把那西洋妃子的右臂削去了。皇帝大惊失色，内侍们赶来，把千代妃子擒住；皇帝大怒，喝叫推出宫门腰斩。那春阿妃知道了，便连夜来见皇上，劝着皇上道："那班美人，来自四夷，野性未驯；皇上万乘之躯，当自己保重，不可过于留恋，免遭非常之祸。"这一番话，说得有情有义；皇上见了春阿妃，不觉想起旧情，便又临幸到春阿妃宫中去。

从此皇上对于列艳馆的性子也淡了些。这时候又到残冬，明年春天，有两件大事，不得不回京去。怎么两件大事？一件是嘉郡王大婚；一件是《四库全书》抄写完功，须得乾隆帝亲自去察看一回。当时便带了几个宠爱的妃子，从热河回銮进京。第二年便是嘉郡王大婚之年，嘉王娶的几个妃嫔，前面已经说过；只因他是皇上最宠爱的皇子，乾隆帝特赏一座郡王府，府中房屋宽大，陈设精美。到大婚这一天，自有一番热闹。那喜塔腊氏，又长得美艳丰润，夫妻两人，却也十分恩爱。这一年，因郡王大婚，宫中的买卖街，特意延长到三月，乾隆帝每天带着新媳妇和几个得宠的妃嫔，在街中游玩。

这时和孝固伦公主已是十六岁了，皇上格外宠爱他，也带他在宫里天天逛着买卖街。那公主举动活泼，语言玲琍，皇上常常逗着他玩笑。这时和珅也陪在一旁，起初公主见了，不免有害羞的样子；乾隆帝吩咐他去拜见丈人，从此以后，公主见了和珅，便唤丈人。和珅也常常逗着他说笑。有一天，皇帝一手拉着公主逛买卖街去，和珅也陪在一旁。那公主一瞥眼见估衣店门口挂着一件大红呢氅，心中十分爱他，悄悄地对皇帝说要买他。皇帝笑说道："可向你家丈人要去。"那和珅听了，忙进店去，化了二十六两银子买来，亲自替公主披上身去。这时公主还是男孩子打扮，披着氅，越显得面如满月，唇若涂脂。皇帝笑说道："你驸马俊得好似女孩儿，你却越发像男孩儿了！"公主听了，羞得把头低下去不说话。皇帝又说道："今天怎的鹦哥儿封了嘴了？"公主听了，把头一扭，一转身溜到别处逛去了。

买卖街停了市以后，皇帝便忙着编《四库目录》。这时总纂大臣是纪晓岚，皇帝因要他代做序文，又怕给人知道，便把纪晓岚留在宫中御书房里，两人常常商量着，如何编制，如何措辞。谁知这纪晓岚年纪虽有六十岁了，但他天生的阳体；一天不见女人，那身上浑身不舒服，好似害大病一般。这时纪晓岚宿在宫中，已有四天；每夜孤凄凄的一人睡着，浑身骨节胀痛，筋肉抽动。到了第四天上，忽然眼珠直暴，红筋满脸；终日只得弯着腰不敢直立起来。乾隆帝看了，十分诧异。问他："害什么病？"纪晓岚慌得忙爬在地下，连连磕着头，把自己一天也不能少女人的话说出来。乾隆帝听了，哈哈大笑；随手把他扶起，吩咐他在书房里养息一天。到了天晚，平日是太监来替他叠被铺床的，这时忽然进来了两个绝色的宫女，见了纪晓岚、行下礼去，把个纪晓岚慌得手足无措。那宫女行过了礼，笑盈盈地上去替他叠被铺床。纪晓岚连说："不敢劳动。"这两个宫女好似不曾听得一般。看他叠好了被，一个宫女上来扶他上床去，一个宫女替他松着纽扣。纪晓岚急得退缩不迭，连说："不可！不可！给皇上知道了，说我在宫中调戏你们，那时不但你们的性命不保，连我这条老命也要保不住了。”那两个宫女一边拉他上床，一边“嗤嗤”地笑着。纪晓岚这时，既无处躲避，又不敢声张；只得听这两个宫女摆布去。那两个宫女，一边说笑着，一边替着脱去衣帽鞋袜，扶他上床去睡下。看看那两个宫女，依旧不想出去，竟卸下簪环，脱下衣衫来，并肩儿坐在床沿上，要钻进被窝来了。到这时，纪晓岚不能不说话了，便坐在床头，连连向两个宫女打躬作揖，说道：“求你们两位出去吧，这件事是万万动不得的！可怜我一个穷读书人，巴到这大学士的位分，也不是容易事体；如今这一来，明天传出宫去，岂不是全毁了？不但我一生功名性命都毁了，便是你两位小妞妞的名节也毁了。再俺们今天这一来，明天可还想活命吗？求两位小妞妞饶我一条老命罢！趁早没人知道，悄悄出去吧。倘然给公公们一知道，便不妙了。”这两个宫女说也奇怪，任这纪老头儿再三哀求着，他们总自己做自己的；慢慢地看他们脱去外衣，露出里面的银红小袄儿，下面葱绿绸裤子。骨笃一钻，钻进被窝来了。纪晓岚到了此时，也是无可奈何，只得学老僧入定的法子，闭上双眼，眼对鼻，鼻对心，直挺挺地睡了；无奈这两个在被窝里兀是窸窸窣窣的乱动，一会儿替他捶着腿儿，一会儿替他捺着胸口。最可恼的，便是那一阵阵的脂粉香气，送进鼻管来，叫人欲睡不得。正在万分窘急的时候，忽听得窗外一声喊道：“万岁爷有旨，念纪晓岚年老，非人不暖，特赏宫女两名，在御书房中伴宿，以示朕体贴老臣之至意。钦此。”那纪老头儿颤巍巍的爬在地下，听过了圣旨，谢过了恩起来，心才放下。当夜一宿无话，第二天起来，精神十分清爽。乾隆帝出来，纪晓岚又跪下来谢恩。皇帝笑问道：“怎么样？这两个宫女还不觉讨厌吗？”纪晓岚又连连碰着头。从此以后，这两个宫女终日伴着纪晓岚在御书房里添香拂纸，叠被铺床；直到他编书完成，退出宫来，乾隆帝便命他把这两个宫女带回家去，算是姨太太。北京的人，都说纪晓岚奉旨纳妾；纪太太看了，也无可奈何。

接着又是和孝固伦公主下嫁，京城里又是十分热闹起来。先在东大街造一座驸马府，十分高大，是皇上赏赐的；屋子里陈设，十分精美。和珅有的是钱，暗地里又添了三十万银子，在驸马府里造着一座大花园。因为清宫定例，公主虽嫁了驸马，夫妻两人，不常有得见面；公主住在内院，驸马住在外院。和珅怕他儿子住在外院气闷，便造了这一座大花园，穷极楼台之胜。到了大喜这一天，公主辞别皇上皇后，又辞别生母魏佳氏出宫来；到了驸马府中，那和珅夫妻两人对着媳妇朝拜过，行过了大礼。府中大热闹了三天。公主左右，自有保姆、侍女伺候着。这位公主，性情是十分活泼的；他见驸马新婚的第一天和他同过房以后，便去住在外院子里，一连几十天，不得见面儿；他便吩咐侍女去宣召驸马进来。谁知却被保姆拦住了，说是本朝规矩，公主不能轻易宣召驸马。公主听了，也无可奈何，只得耐性守着。看看过了三个月，公主又去宣召驸马，又被保姆拦住，说：“公主不识羞！”公主气得哭了，要进宫去奏明父皇，自己又是出嫁的公主，不能轻易进宫去；况且夫妻俩的事体，如何可以对父母说得。后来到底由驸马化了五千块钱，保姆才放他进内院去，夫妻团圆了一回。从此以后，他夫妻两人要见一面儿，保姆总是百方刁难，总得给他钱，才能通过。这是清宫从来做公主的，都怄这个气的。这且不来说它。

如今再说乾隆帝这时，年纪已在六十以外，对于女色的事，自然差了一层；只是欢喜微行。他没有事的时候，常常离开宫女、内监们，穿着便衣，私自出宫来，四处闲玩。这时有一个杨瑞莲，是梁诗正的亲戚；他仗着梁诗正是皇帝亲信的大臣，常常到京里来求差使。梁诗正嫌他人太鄙塞，又没有学问；只写得一手好字，真、草、隶、篆，都写得不差，便给他说到西清古鉴馆里去，充一名写官。那杨瑞莲到了馆中，办事却十分勤谨；往往别人不做事体的时候，他总是埋头写字。这一天，正是八月十三，馆里的人，跑得一个也没有，只有杨瑞莲一个人闲坐着。忽然来了一个很威严的老头儿，踱进屋子，向杨瑞莲点头微笑。杨瑞莲不知他是什么人，只因自己位卑职小，便站起来迎接他。那老人靠窗坐下，见屋子里没一人，便问道：“这些人到什么地方去了？”杨瑞莲回说：“今儿是十三，他们都赶考去了。”那老人问：“你为什么不去赶考?”答道:“人都走完了,倘然有内廷写件传出来,叫谁承办呢?因此俺愿意丢了功名不要,在这里守着。”那老人点头说好。又说道:“你这样认真办公,怕不将来一样得了功名。”又问他名姓籍贯,那杨瑞莲一一说了。正说话时,只见十数个太监,慌慌张张地走来,爬在地下,说:“请万岁爷回宫。”杨瑞莲到这时,才知道这老人便是当今乾隆帝,慌得他忙跪下地去叩头,直到皇帝去远了,他才敢爬起身来。

到了第二天,他跑到梁诗正那里去;梁诗正在朝里,还不曾回来。停了一回,梁诗正回来了;见了杨瑞莲,笑盈盈地对他说道:“老兄好运气!今天皇上对我提起你来,说你办事谨慎,字又写得好,已有圣旨,钦赐你举人,选你做湘潭县官去呢。”这一乐,把个杨瑞莲快活得忙向梁诗正打躬作揖,说:“多谢大人栽培!”隔了几天,果然圣旨下来,放湘潭县知县。谁知那杨瑞莲一到了任,便出奇的贪起赃来,名气十分坏,连京里的御史也知道了,便参了他一本;接着又是湖南巡抚,因为杨瑞莲不肯替他写字,心中含恨,便也上一本奏折,说他贪佞不法。谁知乾隆帝看了他们的奏章,却笑说道:“杨瑞莲是老实人,朕所深知;他们所奏的,朕一概不准。”后来还是梁诗正只怕拖累了自己,便暗地写信去,劝杨瑞莲自己告退。欲知后事如何,且听下回分解。

乾隆万寿,执玉帛者万国;怀柔远人,盛极一时。彼乾隆帝不于此联络邦交,而扩大其帝国事业,徒事选色征歌,不独贻讥外邦,且声色征逐,亦足以消沉豪气。惜乎,彼一代之雄主不悟也!

帝王家原无骨肉情,惟乾隆帝能打破此末节,日率儿媳游买卖街;即固伦公主向阿公索呢氅,亦深得家人风趣。惜乎后之帝王,动辄格于礼仪,而骨肉如路人矣!即此一端,亦愿世世不生帝王家也。

纪晓岚一代儒臣,而亦不能制片刻之欲。天理胜人欲,此是宋儒之迂论。人欲本无善恶,发乎其不得不发,止乎其不得不止,私欲盛者亦无妨于公理。其行事不顾公理,举念不存公道者,虽无所欲,亦不得谓之完人。

第五十二回 老头子纪昀妙解 女孩儿福公祝寿

却说乾隆帝有一种古怪脾气，凡是他相信的人，任你如何横行不法，便是亲眼看见，也总是说他好的。那杨瑞莲，还是一个小贪官；独有那和珅，却是越老越贪。他常常派自己亲信的家丁，到江南湖广各省去敲诈勒索；那沿路督抚大员，迎接和相国的家丁，好似迎接皇上一般。这种风声，传到京里，那班御史老爷，谁敢说一句闲话？独那刘相国，他是正人君子，便忍不住奏了一本，说和相国在外面如何招摇撞骗，贪赃枉法。乾隆帝看了，便勃然大怒，说刘相国有意挑拨，把他传进宫去，当面训斥了几句。刘相国碰着头出来，把他气得胡子根根倒竖。那嘉郡王却十分敬重刘相国的，便亲自到相府去劝慰了一番。

说起和珅，嘉郡王说道："这个奸贼！小王总有一天收拾他。"当时嘉郡王悄悄地打发人到各省去，把和珅家人在外面招摇纳贿的事体，一桩一桩的察访出来，记在册子上，预备将来查办他。可笑那和珅还睡在鼓里，他见皇上喜欢嘉郡王，也天天在一旁称赞嘉郡王如何忠孝勤学；那乾隆帝听了，越是高兴。便和和珅商量，说自己年纪已老，打算趁此余年，享几日清福，把这皇位传给嘉郡王。和珅听了皇上的话，也竭力怂恿他；意思如今他帮了嘉郡王的忙，他年嘉郡王登了皇位，少不得也要算他一位开国元勋，自己的权势，立于永远不败之地。乾隆帝虽打定主意，又因自己皇子众多，一朝宣布出去，怕要闹出乱子来，便吩咐和珅暂守秘密。如今是乾隆五十七年，须要到六十年上，才下这让位的圣旨。如今下谕，先把毓庆宫修理起来，命嘉郡王带了家眷，搬进宫里去住，是防备意外的意思。又亲笔写"继德堂"三个字的匾额，给嘉郡王悬挂在宫中，是暗藏着传位的意思。

那嘉郡王见父皇在他身上如此费心，不知是祸是福，又不好问得。心中正惶惑的时候，忽然传说和相国请见。嘉郡王因他是一个贪官，十分看他不起，平日也少和他来往。如今听说他亲自上门来求见，心中觉得诧异；又因他是父皇第一个亲信的大臣，又不好怠慢他得，只得迎出去相见。那和珅见了嘉郡王，抢上来打一个躬，开口便说："恭喜王爷！"接着袖子里拿出一个玉如意来，双手献上。嘉郡王接了如意，心中越发诧异。原来当时宫中规矩，凡是秀女们点中了封妃子，妃子们点中了封皇后，那向他贺喜的人，不便明说，见了面便献一个如意；一来是向他贺喜的意思，二来是暗地里报一个喜信给他的意思。如今和坤要讨嘉郡王的好，便来献这个如意，也是暗地里报一个喜讯的意思。嘉郡王见了如意，便说道："小王有什么喜事？却要烦相国的驾。"那和珅接着，又打了一个躬，悄悄地说道："王爷还不知道吗？如今皇上已内定传位给王爷了。王爷倘然不信，只看皇上亲手写的'继德堂'三字，这'继德'二字，便可以明白了。皇上昨天曾和下官商量过来，打算到六十年上，让位给王爷，所以把王爷预先留在宫里。"嘉郡王听了，心中虽止不住欢喜，但因为和珅与闻这宫廷的机密事体，心中越发嫌恶他。当下免不过说了几句感谢的话，把他送了出去；回进宫来，自言自语地骂道："这个老奸贼！他到俺手中来卖弄玄虚吗？将来总要他看看俺的手段。"

这里和珅从毓庆宫出来，心想俺如今已巴结上新皇帝，将来的禄位，可以无忧的了。只是老皇帝待我几十年恩宠，如今他快要退位了，俺也得要想一件事体出来报报老皇的恩德。他回府去，把自己这个意思，对幕友们商量了一番；内中一个胡师爷，献计道："当今皇上，是好大喜功的。他如今的传位给皇子，也是要学尧舜禅让的故事。如今相爷不如上一本奏折，先称颂皇上一番，再奏请交翰林院编一本纪皇上功劳的书，为传名万代之计。"和珅听了胡师爷的话，不觉拍掌称妙，当下便由胡师爷拟了一个奏章，第二天早朝，和珅当殿递上。

奏章上大概说，皇上登极六十年以来，海内澄清，功盖寰区，宜举行登基周甲庆祝大典；命内阁翰林院，编撰纪功书册，晓之天下，传之万世。起初乾隆帝看了奏章，谦逊了一番；当时文武百官，谁不愿讨皇上的好？便你一本我一本，都跟着和珅奏请皇上举行庆祝大典，又交文学大臣编撰纪功书册。

后来和珅又独上一本奏章，说皇上登极以来，有十件大功：两回打平准部，第一回是班弟阿睦尔撒纳、永常萨赖等将军擒准部瓦达齐，第二回是兆惠、成衮札布将军驱逐阿睦尔撒纳；一回打平回部，是兆惠、富德等将军杀大和卓木博罗尼都，小和卓木霍集占；两回打平金川，第一回是定西将军阿桂攻取小金川，第二回是海兰察额森特海禄、福康安、成德特成额一班大将攻取大金川，招降索诺木；一回平定台湾，福康安、海兰察两将军，柴木纪参赞，破天理会，会头林爽文被逼死；一回招降缅甸，经略使傅恒，将军阿桂阿里等，打败缅甸兵，缅甸王求和进贡；一回收服安南，福康安打平安南兵，封安南王；一回收服廓尔喀，将军福康安，参赞海兰察，带兵攻打，六战六胜，廓尔喀酋长投降；一回收服贵州苗子，经略张广泗，打平贵州西南苗子，杀死五千人，活捉五千人。这十回战功，都是皇上亲授机宜，恩威并用；因此须发交翰林院，把这十回战功，详细纪叙。一面由百官们共上尊号，称为十全大帝。圣旨下来，纪功书着交和珅、纪文达率领南书斋各翰林详细纪叙，不得过事铺张；至上尊号一节，着毋庸议。

那班文学大臣得了这个圣旨，便忙得起草的起草，修正的修正，缮写的缮写；那乾隆帝也常常亲自到南书斋里来察看。南书斋里，以纪晓岚为首，凡是皇帝进出起坐，都是纪晓岚陪奉着。看看到了大热天气，那部纪功书，快要完功；纪晓岚是怕热的，为了这编纂的事体，他只得忍着热，天天到南书斋里来督看着。他每到午后，打量皇帝不出来了，便赤膊盘辫，高坐在炕床上，拿着一柄大蒲扇摇着风，嘴里还嚷着热。有一天，他正脱去衣裳，把辫子盘在头顶上，正盘到一半的时候，忽听得院子里有"唵唵"几声喝道的声音，知道皇帝来了，慌得那班翰林，个个在座位上站了起来，低着头候着。那纪晓岚谅来也穿不及衣服了，他一时无可躲避，急向炕床底下一钻，屏声静息的缩着。只听得一阵靴脚响，乾隆帝和和珅说着话，和珅又说了许多恭维皇上战功的话。乾隆帝又吩咐："这纪功书编纂完了，赶着再编六巡江浙的游记。从十六年辛未起，到四十九年甲辰止，奉太后游行四次，率领诸皇子游幸两次。辛未年丁丑年两趟，是查察河工；壬子年，是定清口水志；甲辰年，是改过陶庄河流；庚子年，是察看海宁石塘；甲辰年，是察看浙江接造的石塘。着和珅、纪晓岚两人，督率各翰林，细细的编纂，总须实事求是，不可过意铺张。"那和珅听了，口称领旨。接着皇帝问道："纪晓岚到什么地方去了？"那领班的大臣奏称："有私事去去便来。"乾隆帝又问道："这部纪功书定了名目没有？"和珅奏称："暂时定名《十全大武功记》"。乾隆帝听了，呵呵大笑，说道："如此说来，朕便称作十全老人罢！"接着皇帝便下座来，走到各大书桌前随手翻着看那文稿。这时满屋子静悄悄的，连咳嗽声儿也没有。纪晓岚这时爬在炕板底下，气闷得厉害，那汗珠儿似雨的直淋下来，热得他撑大了嘴喘着气；半晌半晌，他侧着耳听听，外面毫无声息，认作是皇帝已经去了。他再也忍不住了，便伸出头来，大声问道："老头子去了吗？"把满屋子的人，齐吓了一跳。乾隆帝也十分诧异，连问："谁在那里说话？"吓得大家不敢说话。到底是和珅的胆大，回奏说："听去好似纪晓岚的口音。"乾隆帝转过身来，对着炕床喝问："谁在里面？"只听得炕下面有人说道："臣纪文达在炕下"。皇帝问："为什么不出来？"纪晓岚回奏说："臣赤身露体，不敢见驾。"乾隆帝说道："恕你无罪，快出来说话。"那纪晓岚听了，巴不得一声，从炕床下面钻出来。纪晓岚身体又长得高大，爬了半天，才出来；看时，他上身赤着膊，浑身汗珠儿淌着，满黏着灰尘泥土。乾隆帝回上炕去坐下，纪晓岚吓得只是跪在地下碰着头。隔了半晌，乾隆帝冷冷地问道："你这'老头子'三字，大概是取朕的绰号吗？"纪晓岚不敢作声。乾隆帝又说道："你是文学侍从大臣，肚子里是通的；如今且把这'老头子'三个字讲解给朕听听，若讲得不差，便恕你无罪。"那纪晓岚到底是和皇帝亲近惯的，便大着胆奏说道："皇上莫恼，且听臣解说。'老头子'三字，是京中唤皇上的通称。皇上又称万岁，这不是'老'吗！皇上是一国的元首，这不是个'头'吗！皇上又称天子，这不是个'子'吗！'老头子'三字，是尊敬皇上的称呼，并不是诽谤皇上的绰号。"纪晓岚说到这里，乾隆帝忍不住说他解说得好。从此以后，这"老头子"三字，宫里人人唤着；乾隆帝有时听得，也不生气。一转眼，到了乾隆六十年，那乾隆帝暗暗地把让位的典礼筹备舒齐。这年九月初一早朝，众大臣在勤政殿上朝，乾隆帝下谕说："朕即位之初，便对天立誓；如能在位到一周花甲的年数，便把皇位传给太子，不敢和圣祖在位六十一年的数儿相同。如今已是乾隆六十年了，朕已遵照列祖的成例，把太子的名字写好，预藏在正大光明殿匾额后面。"便立刻派满汉两位相国，带同内监们，到正大光明殿上去，把那储藏太子名字的金盒拿下来。当殿打开来一看，见上面写着："册立皇十五子嘉郡王颙琰为太子。以乾隆六十一年为嘉庆元年。"有承宣官当殿把诏书宣读过，文武百官，一齐跪贺过；退朝下来，又赶到毓庆宫去贺太子的喜。那嘉郡王一面接过诏书，一面接待众官员，又自己对众人说了许多德薄寡能的客气话。百官退出宫以后，忙赶到父皇宫中去谢恩。那时太子的生母魏佳氏，已封为第一贵妃；见了他儿子，又劝勉了一番。

到了第二年元旦早朝，乾隆帝御太和殿，行过禅位礼，把那传国宝玺，亲自授给嘉庆皇帝，称作仁宗睿皇帝；又尊乾隆帝为太上皇帝。嘉庆虽说做了皇帝，那臣下上奏章，都称著太上皇、皇上；所有一切奏章，都烦送给太上皇阅看。便是那军国大事，也烦由嘉庆皇帝去请过太上皇的训，才可以执行。因此这位嘉庆帝，却十分不自由。在嘉庆帝是很孝敬太上皇的，便也不以为意。

这一年是太上皇八十六岁万寿，不但文武百官都来贺寿，便是那满、蒙、回、藏各盟旗的贝勒台吉，以及各外国使臣，都来上寿。皇上下旨，在太和、中和、保和三个大殿上赐宴；又召集各省官绅，年在六十岁以上的三千多人，在圆明园中举行千叟宴。太上皇在宫中，带领妃嫔、皇帝、皇后、各皇子、福晋开一个家宴。嘉庆皇后，便是喜塔腊氏，当时皇后拜过太上皇的寿，太上皇便亲自将孝贤皇后遗留下来的东珠帽珠和东珠朝珠赏给喜塔腊后，又把许多珍宝赏给各皇子、福晋。这时只有那春阿妃还活着，陪坐在一旁；太上皇见了春阿妃，想起从前少年时候许多风流韵事，便忍不住伤心起来。正凄凉的时候，忽然外面太监捧进一个小楠木盒子来，说是两广总督福文襄孝敬太上皇的小玩意儿。嘉庆帝看了，不知是什么东西，忙吩咐太监打开盒子来一看，见里面一座小屋子，屋子中间搁着一座小屏风，屏风前面有一张书桌，桌上笔墨纸砚，都摆设齐全；盒子后面安着一个小机栝，把那机栝轻轻一转，忽然屏风后面转出一个西洋女孩儿来。先走在屋檐口，向外行过三跪九叩首礼，转身过去，站在书桌前面，慢慢地拂着桌子，又注水在砚池里，磨着墨。从书架上取下一幅朱砂笺来，铺在桌子上；又有一个碧眼红髯的外国人，从屏后踱出来。手里拿着笔，蘸着墨，在纸上写"万寿无疆"四个字；接着，第二行又写"万寿无疆"四个满字。写完了，那机栝也停住了，盒子里的人也不动了。太上皇看了，十分欢喜，忙吩咐赏福文襄十万两银子；又御笔写一个"寿"字，下面注着"十全老人"的款字，一并赏给福文襄。

那福文襄虽得了太上皇的赏赐，他因为造这个小玩意儿，化去的银子，也不下十万；里面还送了一个人的性命。原来造这玩意儿的，是福文襄衙门里的一个亲随；那亲随原是文襄的心腹，他知道总督要打算送太上皇一封出色的寿礼，那亲随原有小聪明的，他早在半年以前，天天爬在屋顶上，拿一匹布紧紧地扎住他自己的头想着。今天想，明天想，居然被他想出这巧妙的玩意儿来。他关着门，细细的造成了，便去献给总督看。福文襄看了，十分称赞；看那"万寿无疆"四个字，只有汉字，怕太皇上看了不欢喜，又吩咐那亲随加上满字。那亲随又爬上屋去，想了二十多天，便给他想通了机栝，加上满字。福文襄也十分欢喜，便赏他二万银子。那亲随虽得了银子，一时里却把他的聪明用尽，从此便痴痴呆呆，回家去不上两个月，便一病死了。这里福文襄特打发人把这玩意儿送进京去。第一种关口，逃不过那和珅的手;化了五万银子,才替他送进宫去。谁知那宁寿宫总管太监,又向他要钱。说:“倘然不给钱,那机梧走到‘万寿无’第三个字上停住了,那时太上皇动了气,俺却不管。”福文襄听了害怕,便也送他三万银子。

这种情形,嘉庆帝统统知道;他早已要着手查办和珅了,只因碍着太上皇的面子,只得暂时忍着气。但他因为从前和珅递过如意,便也嫌恶如意这种东西。满洲风俗,凡是过年过节,一班王公大臣,都要递一柄如意,算祝颂他一生“如意”的意思。到了嘉庆帝手里,便特意下旨,禁止递如意的礼节。他谕旨里有两句道:“诸臣以为如意,在朕观之,转不如意。”那文武百官接了这个谕旨,见皇上痛恨这个如意,大家弄得莫名其妙,只得奉旨,大家免了这个礼节。有许多善于奉迎的大臣,还上奏章称颂皇上崇尚俭德;独有那刘相国,知道嘉庆帝的心事。因此嘉庆帝便重用刘相国,有事便和刘相国商量。

到这时,和珅才慢慢地有点觉悟嘉庆帝和他不对了;他想如今俺仗着太上皇的势力,谅皇上也没奈我何。将来太上皇过世,俺便辞官不做。因此他常常进宫去,伺候着太上皇。那太上皇也非他不可。里面一个春阿妃,外面一个和珅,终日陪伴着乾隆帝。那乾隆帝年纪也大了,没有精力游玩,便十分相信喇嘛的经咒,常常盘着腿儿,坐在炕上,默念着经咒。嘉庆帝每天早朝回宫来,便到太上皇宫里去商量朝政。乾隆帝向南坐着,嘉庆帝向西坐着;和珅也站在一旁,参议大事。有一天,他三人正商议的时候,忽然乾隆帝盘腿合眼,坐在炕上,不作声了;嘉庆帝看了,也不敢说话。停了半晌,便见太上皇的嘴一开一关的动着,慢慢地喉里有声音,说出话来,嘉庆帝留心听时,却一句也听不出来。只见他喃喃地念着,半晌半晌,忽听太上皇大声喝道:“什么人?”和珅在一旁忙跪下来,回奏道:“高天德,苟文明。”接着太上皇又“喃喃呐呐”的念了一阵,把手一挥,叫嘉庆帝出去。嘉庆帝只得退出来。但是太上皇这种古怪形状,嘉庆帝看在眼里,心下十分疑惑,问又不好问得。到第二天,悄悄地去问刘相国,刘相国也说不知。后来嘉庆帝忍不住了,在没人的时候去问和珅。和珅说道:“这是喇嘛教的秘咒,凡是在念咒的时候,有人喊着名字,那被喊的人,便要立刻死去。如今外面正闹着白莲教,臣知道太上皇要咒死那白莲教的首领;所以太上皇问什么人时,臣便把那白莲教两个首领的名字回奏上去。”嘉庆帝听了,心中也是害怕;想这和珅也懂得咒语,这种奸臣,不可不除。因此心中越发看不得和珅。欲知和坤日后如何结局,且听下回分解。

和珅之结党营私,亦自知其不利于众口;然欲求晚盖,是在修德。一代顾命,彼嘉王者,亦不忍以先朝旧臣覆之一旦。今和珅计不出此,密送如意,仍惟阴私谄媚之是务,他日之败,亦自召之也。

纪晓岚之解说“老头子”,可称急智,然亦见当日君臣和乐之象。乾隆帝自命风雅,酷慕儒流,故其待遇儒臣,亦自是另一种气度,即其编纪功书及六巡记,好区区身后之名,亦未脱书生习气耳。

机儿祝寿,弥见巧思。彼亲随者,惜乎不知其名。然吾于以慨专制帝王之毒,实无形中阻挠社会进化于不浅。使彼亲随不为趋奉帝王之一念所迫,养其天才,扩而充之,焉知不能与西方发明家并驾齐驱乎?

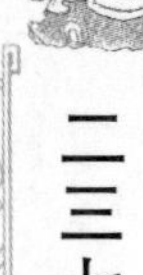

第五十三回 奇珍异宝和珅抄家 擎石蹋树成得献技

却说乾隆帝一部《十全大武功记》,才得编纂成功,接着那白莲教徒,又大闹起来。湖北地方荆州、枝江、宜都一带,接连着失陷;宜昌、长乐、长杨许多地方的白莲教徒,也响应起来。那告急的文书,雪片也似送进京来。嘉庆帝看了,心中也着了忙。这时福康安已死,和琳也染了瘴毒,死在苗子地方;将军明亮,又征苗未回,一时没有能征惯战的大将。打听得白莲教匪里面有三个头目:一个名刘之协,一个名姚之富,一个是女匪、齐林的妻子王氏,都是十分凶狠。他们趁着湖北官兵征苗未回,便乘势攻进襄、郧、荆、宜、施五府,势焰十分凶猛。那地方上的统兵官,都是和珅的私党,暗地里受了和相国的密意,平日把军情隐匿不报,常常诳奏说杀贼数万,冒领功赏。直到后来,大局糜烂,不可收拾,才到京中去告急。这种情形,嘉庆帝打听得明明白白,一面暗暗的记入和珅罪状里,一面下旨,着两湖总督毕沅,侍卫舒亮,统带兵队,剿办荆门、宜昌一路匪党。湖北巡抚惠龄,总兵富志那,剿办荆州、江南一路匪党。着都统永保,将军恒瑞,剿办襄阳一路匪党。着提督鄂辉,陕甘总督宜锦,剿办川阳一路匪党。又调回明亮的征苗兵,防堵川陕一带。那班教匪,被官兵杀得东奔西逃;后来又有四川教匪王三槐、冷天禄一班都响应起来,把湖北教匪迎进四川去,称为川教,十分猖獗,官兵见了他也害怕。那匪祸又从四川蔓延到陕西省。嘉庆帝在宫中,一日数惊,日夜和大臣们商量剿抚的办法;便是那太上皇,也因为白莲教的事体,急得他寝食不安。后来亏得南充地方一个知县官,名叫刘清的,恩威并用,把那班教匪渐渐地收服下来。但是太上皇到底是年高的人,吃不起惊吓;在正月初一这一天,死在乾清宫里。

这边太上皇一死,便有一班九卿科道,纷纷奏参大学士和珅贪赃枉法,弄权舞弊,种种大逆不道的罪。内中要算监察御史广兴、吏科给事中王怀祖,参得最是利害。说和珅有大逆之罪十,有可死之罪十六。真是一字一刀,骂得他体无完肤。嘉庆帝共收到参折六十八扣。便勃然大怒,立刻下旨,命成亲王、仪亲王带了御林军去捉拿和珅;又怕路上有人劫夺,又派御前侍卫勇士阿兰保,沿路保护。把个和珅直拖进刑部大堂。上谕派刘相国、董中堂、八王爷、七驸马用严刑审问,和珅熬刑不过,只得一一招认。刘相国吩咐钉上镣铐,收在大牢里;一面把审问情形,详细题奏上去。嘉庆帝看了奏章,一面把刘相国召进宫去,商量查办的事体。刘相国奏称:"似这般贪赃专权大逆枉法的奸臣,理宜从严究办。"嘉庆帝便下旨,派十一王爷去查抄和珅的住宅,派二皇子旻宁查抄和珅别墅。那两位王爷,奉了圣旨,怎敢怠慢;立刻带同番役人等,如狼似虎的分头查抄去了。

和珅屋子很大,家产又多;那班查抄的官员,直查了五日五夜,才一一查点清楚,回宫复旨。十一王爷奏称:"和珅家中有一座楠木厅房,是照大内格局盖造,用龙柱凤顶;又有一座多宝阁,他那槅段式样,是仿照宁寿宫盖造的。便是讲他的花园样式,竟是模仿着圆明园里的蓬岛瑶台。此外珍宝,多不胜数,单查和珅的家奴名刘全的,也有七百余万家财;其平日仗着主子的权势任意勒索,可想而知。"

十一王爷说到这里,那七驸马接着奏道:"和珅的珍宝,不说别的,单说他密室里收藏着一挂正珠朝珠,和那御用衣帽,已是大逆不道,死有余辜。臣当即询和珅贴身的家奴,据说和珅常常在夜深时候,穿戴着御用衣帽,挂上正珠朝珠,对镜子照着,令家奴跪拜称臣。和珅这种举动,又置备那种违禁物品,显系心存叛逆,不但是贪黩营私的罪名罢了。"

说着,十一王爷又呈上一张查抄和珅家产的总单来;上面写着,共有家产一百零九号,已经估价的二十六号,合算共值银二万二千三百八十九万五千一百六十两。又看那清单上写着:正屋一所,十三进七十二间;东屋一所,七进三十八间;西屋一所,七进三十三间;徽式屋一所,六十二间;花园一所,楼台四十二座;东屋侧室一所,五十二间;钦赐花园一所,楼台六十四座;又四角楼更楼十二座,更夫一百二十名,杂房一百二十余间。古铜鼎二十二座,汉铜鼎十一座,端砚七百余方,玉鼎十八座,宋砚十一方,玉磬二十八架,古剑十柄,大自鸣钟十九座,小自鸣钟十九座,洋表一百余个;大东珠六十余粒,每粒重十两;手串十八粒,珍珠三百二十六串,数盘珍珠十八盘,大红宝石一百八十余块,小红宝石九百八十余块,大小蓝宝石四千七百块,宝石数珠一千零八盘,珊瑚数珠三百七十三盘,密蜡数珠十三盘,宝石珊瑚帽顶二百三十六粒;玉马一对,高一尺三寸,长四尺;珊瑚树十株,每株长三尺八寸;白玉观音一尊,汉玉罗汉十八尊,每尊长一尺二寸;金罗汉十八尊,每尊长一尺八寸;白玉九如意三百八十七柄,玭玺大燕碗九十九只,白玉汤碗一百五十四只,白玉酒杯一百二十四只;金碗碟三十二桌,共四千二百八十八件;银碗碟四千二百八十八件;金镶玉箸五百副。整玉如意一百二十柄,金镶牙筷五百副,白玉大冰盘二十五只,玭玺大冰盘十八只,白玉烟壶八百余个,玭玺烟壶三百余个,玛瑙烟壶一百余个,汉玉烟壶一百余个,白玉唾盂二百余个,金唾盂一百二十个,银唾盂六百余个,金面盆五十三个,银面盆一百五十个,金脚盆六十四个,银脚盆八十三个。镶金八宝炕屏四十架,镂金八宝大屏二十三架,镶金炕屏二十四架,镶金炕床二十架;老金镂丝床帐六顶,四季单夹纱棉皮帐全副,镶金八宝炕床一百二十架,金嵌玻璃炕床三十二架。金珠翠宝首饰,大小共一计二万八千件;金元宝一千个,每个重一百两;赤金五百万两,生沙金二百万余两,元宝银九百四十万两,银圆五万八千枚,制钱一千五百五十五串。人参六百八十余两。当铺七十五家,资本银共七千万两;银号四十二家,共资本银四千万两;古玩铺十二家,共资本银二十万两;玉器库房四间,值银七十万两;绸缎库房两间,值银八十万两;洋货库房两间,共计五色大昵八百板,鸳鸯绒一百十板,五色羽缎六百余板,哔叽二百余板;皮张库房一间,内存元狐十二张,各色狐皮一千五百张,貂皮八百余张,杂皮五万六千张;瓷器库房一间,值银一万两;锡器库房一间,值银六万四千一百三十七两;珍馐库房十六间;铁黎紫檀家具库房六间,共计家具八千六百余件;玻璃器皿库房一间,共八百余件;貂皮女衣六百十一件,貂皮男衣八百零六件,杂皮女衣四百三十七件,棉夹单纱男衣三千二百零八件,女衣二千一百零八件;貂帽五十四顶,貂蟒袍三十七件,貂褂四十八件,貂靴一百二十双。药材库房一间,值银五千两;地亩八百余顷,值银八百万两。外抄家奴刘、马二家宅子,内外大小共一百八十二间,金银古玩估银三百六十八万六千两,衣饰器皿估银一百四十八万三千两,洋货皮张绸缎估银三万两,人参估银四万两;地亩六百余顷,估银六十万两;当铺四家,资本银一百四十万两;古玩铺四家,资本银四万两;市房二十七所,值银二万五千两。

嘉庆帝看完了清单,便吩咐把现有金银存储户部外库,以备抚恤川、陕、楚、豫兵灾之用;此外未经估价的产业,着将原单交与八王爷、旻二爷、刘相国盛住,会同户、工二部详细估价。所估银两,悉数充公。这一抄,除古玩珍宝送入大内不计外,嘉庆皇帝实在到手八万万六千万银两,因此京城里小儿都唱着“和珅跌倒,嘉庆吃饱”的歌谣。一面嘉庆帝又下谕旨,着大学士六部九卿谕詹科道,会同拟具和珅应得的罪名。隔了几天,那许多会凑趣的官员,纷纷上折,说和珅贪赃枉法,贻误军机,心怀异志,大逆不道;有的说应该斩首的,有的说应该凌迟碎剐的,有的说应该灭族的。那嘉庆帝看过了奏本,心想这和珅是先皇的宠臣,如今皇考上宾不久,便将他正法,在朕心实有所未安。如今朕格外施恩,赐他一个全尸罢。立刻下旨,说:“姑念和珅是首辅大臣,于万无可贷之中,免其肆市,着加恩赐令其自尽。至于和珅之子丰绅殷德,亦属罪无可贷;只因其早年尚主,和孝固伦公主平日又最为皇考所宠爱,朕今仰体皇考慈爱之心,曲加体恤,若骤将丰绅殷德革去职位,降为平民,则于额驸体制不符。其原有和珅公爵,应照议革去;著加恩另赏伯爵,令丰绅殷德承袭,自朕加恩以后,该额驸只许在家静守，不准出外滋事。”这道旨下去了以后，刘相国当即到刑部大堂把和珅从大牢里提出来，验明了真身，把圣旨宣读一过；和珅朝上拜过了圣恩，不觉吊下眼泪来。当有番役把他推进一间空屋里，那屋梁上挂着一幅白绸子；和珅便在那白绸子上吊死了。

自从和珅死了以后，接二连三又有人密奏，那福尚书有心济恶，皇帝也把他下狱治罪。又有人奏大学士苏凌阿，是和珅的姻亲，皇帝也勒令他休致。又有人奏说侍郎吴省兰、李潢，太仆卿李光云，都是和珅引用的人，皇帝一律拿他们降职调用。这一场大惨案，闹得人人胆战，个个心惊；巧得这时白莲教匪次第肃清，到嘉庆四年二月，那匪魁王廷诏，被将军明亮擒住，徐天德也跳海溺死。那经略大臣和三省总督，都奏称大功戡定，仁宗便在京里祭告陵庙，封赏功臣。

看看国家太平，皇帝便打算举行巡狩典礼，西幸五台山去。忽然那皇后喜塔腊氏一病薨逝，嘉庆帝十分伤心；那钮祜禄妃原是十分贤德的，皇帝平日也十分宠爱他，便册立钮祜禄氏做了皇后，照例晋封后父恭阿拉做承恩公。那皇后却再三辞谢，满朝的文武官都上奏章，称他是贤后；直到喜塔腊后灵柩出殡以后，皇帝才慢慢地去了伤心。在宫中闲着无事，又打算出幸五台山去。不料那西北角天上忽然出现了一粒彗星，钦天监奏劝皇上，彗星出现，主有刀兵，不可出幸；又把这年闰八月，改在第二年的二月。京中小孩儿又满地唱着“二八中秋，黄花落地”的歌谣。又说这刀兵之灾，应在嘉庆十八年九月十五日午时。

到了那日，河南巡抚高杞，果然接到滑县知县强克捷的密禀，说滑县现有白莲教徒弟李文成，设立邪教，改名天理教，又名八卦教，招聚党徒，预备起事，请大帅赶速派兵掩捕，他一面又密告卫辉知府。谁知这两位上司，都不去理他；克捷便用计把李文成骗进衙门来捉住，斩断他的腿骨。这时李文成的同党，已有几万，和那大兴县的林清，都是八卦教中的大头目；如今见李头目吃了亏，越发忍不住了，两面便悄悄地约定了在闰八月的中秋节起事。那林清和宫里的太监都有交情的，便拿银钱买通太监，趁嘉庆帝出幸五台山的时候，在宫中起事；又约定李文成在外面接应。谁知那嘉庆帝听了钦天监的话，便中止了巡狩的事。

林清看看计谋不成，便另用方法，化了六万银两，买通了一个刺客，去行刺嘉庆帝。这刺客名叫成得，原是内务府的厨役，在皇宫里，算他第一个有气力的人。那时有一个侍卫官八驸马，气力也很大；闲着没事的时候，常常拿延禧宫外的一对石狮子玩弄着。那对石狮，少说也有五七百斤重；八驸马常把他擎在手里，绕着回廊走一个圈子，又轻轻地将它归在原处。两旁闲看的内监们都喝彩，说驸马爷真是神力。内中有一个太监，说道：“那成得也算得一个大力气的了，却如何比得上驸马爷。”八驸马听得说起成得，便问：“成得是什么人？”那太监回说：“是内务府的一个厨子。”八驸马是最爱有气力的人，当下听了，便逼着太监去把那成得唤来。那成得见了驸马爷，吓得他爬在地下，不敢抬起头来；八驸马把好言安慰他，又吩咐他：“有多少气力，尽力拿出来；倘能胜过俺，俺便提拔你。”成得听了驸马的话，才把胆放大。驸马吩咐他擎石狮子，成得上去，一手一只石狮子，一拿便走；飞也似的绕着回廊，走了三圈，安在原处，气也不喘，脸也不红。八驸马看了，十分欢喜，上去和他拉拉手。又吩咐把七根树桩一字儿插在院子里，每根插入泥地里有三尺来深；八驸马上去，一蹲身伸出右腿来，向树桩一扫，只听“唰啦啦”一声响亮，那七根树桩，齐根踢断。两旁内监们，又齐声喝好。八驸马站起身来，吩咐太监再插上七株桩儿，叫成得踢去。那成得上去相了一相，叫再添上桩子。太监又添了一株，成得叫再添上，又插上了一株，成得还叫添上；直添到十二株上，成得才点头说：“可以了。”看他不慌不忙，也上去学着驸马的身架，一蹲身，一飞腿，那十二株树桩，和刀削似的，一齐断了。那两旁看的人，个个吐出舌头来；八驸马连声喝好。从此把他收在宫里，当一名神机营的管带，每逢八驸马值班，成得总在一旁伺候着。后来成得力大的名气，一天大似一天，给林清知道了，便由太监们引他两人见面；林清送他六万两银子，在他们同党崔士俊家里过付，又许他事成以后，封他做王爷。成得满口答应，回到宫里。

这一夜，正是八月中秋，嘉庆帝驾幸圆明园的“涵虚朗鉴”台上，开筵赏月；那班妃嫔宫娥，都陪坐在两旁。八驸马在台上值班，成得也在台下侍卫。酒吃到半酣，嘉庆帝起来小便，后面跟着三五个太监；忽见那成得抢上台来，急急跟在皇帝的身后。那太监们看他脸色有异，忙上去拦住他；成得袖子里拿出雪亮的钢刀来，那太监胸口着了一刀，倒地死了。成得丢下太监，直奔皇帝。嘉庆帝见事急了，一旁嘴里嚷着：“有贼！”一旁绕着一株大桂花树逃着。八驸马在台上，听得皇上的喊声，忙赶过去，见成得手中擎着尖刀，正绕着树追着皇上。八驸马大吼一声，跳下去，把成得两手捉住；接着那班御林军，也赶来四面围住了，发一声大喊。讲到那成得的气力，原胜过八驸马，在这时候，他见人多了，心也慌了，手也软了，两眼瞪瞪地望着八驸马的脸，一动也不敢动。御林军一拥上前，把他捉住，送到刑部大牢里。

当夜六部九卿都到圆明园来，叩问圣安；嘉庆帝吩咐在朝的王大臣和六部九卿官员，会审刺客。这时由张观斋相国主审，张相国连审了九日，审不出一句口供来；又用大刑逼着，他也闭着嘴不说话。成得受刑到最厉害的时候，只听得他冷笑几声，说道：“这有什么审问的。事不成，便拼送去了俺的脑袋；事若成了，大人们坐的地方，便是俺坐得了。”说完了这几句，他又闭着嘴不响了。张相国却也没奈何他，第二天入朝，把这情形奏明皇上；嘉庆帝吩咐：“不用审了，推出去碎割了罢。”

张相国奉着圣旨出来，把成得定了凌迟的罪；又查得成得有两个儿子，一个十六岁，一个十四岁，都在学堂里读书，派差役把这弟兄两人都从学堂里捉来。两个孩子，面貌十分清秀。到了行刑的那日，一队兵马把成得押到西校场，绑在铁桩子上；又把他那两个儿子，绑在对面。这两个孩子哭着喊爸爸，那成得闭上眼，看也不看；到了时候，刽子手先把两个孩子杀了，再动手碎割成得。成得这时剥得浑身赤条条的，两个刽子手，各拿着尖刀上去，先割去他的耳鼻和两个乳头；又从两手臂割起，把他身上的肉，一片一片的细割下来，从肩头割到背后，又割到胸前。起初还淌着血，后来血水淌完了，只淌着黄水；把上半身统统割完，只剩一副骨头。成得忽然睁开眼来，大声喝道：“割快些！”那刽子手回答他道：“圣上有旨意，叫我们慢慢地割，叫你多吃些苦痛。”成得便闭上眼不说话，直到割完了浑身的肉，才给他喉头一刀，结果了性命。

谁知成得在京中送了性命，那京外的八卦教却越闹得利害。在滑县的教徒，于九月初七日起事，聚众三千人，杀进衙门去，打开监牢，把监中的李文成劫出来；又把县官强克捷和家眷十余口一齐杀死。同时直隶省的长垣、东明，山东省的曹县、定陶、金乡各州县，一齐响应。林清却带着二百名死党，埋伏在京城里；一面听京外的消息，一面打通了宫中的太监，约定九月十五 日半夜在菜市口会齐，从宣武门杀进宫去。欲知林清如何结局，且听下回分解。

吾见江湖奸医之诈人财帛也，一脓疮而故使之溃裂，直至不可收拾，使病家惶恐而求之；在此时也，彼需财若干，帛若干，予取而予求矣。彼奸臣之弄权也，亦何莫不然。一么么小丑也，故资助之，使之跳梁，糜烂地方，震动神京，使朝廷无所措手足；而彼一鼓擒之，以见一己之功。和珅之与白莲教也，亦师奸医之故智耳。

世人有言伴君如伴虎，一朝逢怒，则不独身家财产夺之，且并九族性命而亦夺之，可不惧哉！矧和珅频捋虎须，宜其得祸。今日家产累累之祸，即昔日频频赏赐之恩积之也。故伴君者不可受恩；无恩亦无祸，恩重则祸亦重。

成得曰：“事不成，便拼送了俺的脑袋；事若成了，大人们所坐的地方，便是俺坐得了。”磊磊落落，豪气逼人，足使堂上衮衮诸公，终日小心翼翼，为臣妾之行者咋舌也。成则为王，败则为寇，成败原无定论。

第五十四回　遇宫变煤黑子效死　献巧艺王董氏伤生

却说林清谋反的前一年，有台湾淡水同知，在淡水地方，捉得一个妖言惑众的匪徒，名叫高妈达；他自认说是八卦教的小头目，另有大头目林清，在京里买通太监，约定明年中秋起事。那同知官得了这个消息，急急修下文书，送进京去；那京中大臣见了文书，认他有意张皇，便捺下了不去奏明。到了起事的前一天，又有卢沟桥的巡检，得了消息，悄悄地去通报顺天府尹，说林清约在明天打进宫去谋反。那府尹得了消息，反把这巡检申斥了一顿；说他此如何事，岂可冒昧声张？他自己也一点不去预备。到了这一天，果然大乱起来。忽见满街的教匪，拿着刀枪，横冲直撞，看他们打进东华门、西华门去。便有太监刘德才、杨进忠一班人，在里面接应；又有那总管太监阎进喜，在宫内接应。这时东华门的护兵，见匪徒来势凶勇，急闭门时，已来不及了，五七百个教匪，杀进东华门，直杀到弘德殿。又有太监从宫里杀出来。那班宫娥秀女，吓得娇声啼哭，宫内顿时大乱。那西华门，也有五七百个教匪杀进去，御林兵士忙把宫门紧闭，死力抵御。这时嘉庆帝恰巧不在宫中，前几天已到圆明园去了；宫里留下的侍卫又不多，两面抵敌了多时，西华门已打破了，教匪一拥而进。杀过尚衣监、文颖馆，直到隆宗门。侍卫们且战且退，忽然太监们自己也杀起来，一时喊杀连天，血流遍地。一班妃嫔住在翊坤宫、永和宫、咸福宫的，听了这喊杀的声音，慌做一团。有几个胆小的宫嫔，早已投井死了。

这时二皇子旻宁和诸王、贝勒，正在上书房读书，听说宫中有变，便不慌不忙，唤太监们："拿我的鸟枪和腰刀来！"太监们送上鸟枪、腰刀，他便召集了二十几个太监，说道："跟着俺跑！"他领着太监，走到养心门口，只见一群匪徒，正喊杀奔来。二皇子吩咐："快关上养心殿！"又命太监爬上墙去探望，见有贼爬上墙来，便出其不意的拿棍子打下去；有许多匪徒，被太监们打得脑浆迸裂，死在墙下。匪中有几个头目看了，便鼓着勇气，一手拿着白旗，抢先爬上墙来；墙东面便是大内，那贼人在墙上喊着，向东奔去。二皇子站在养心殿阶下，拿起鸟枪，觑得亲切，一连打死了两个头目；贝勒绵志，站在皇子左首，也放枪打死了一个头目。其余匪徒，见死了头目，也不敢过墙来，向别处散去了。

讲到那二皇子，自幼便是本领高强的。在乾隆五十四年，旻宁年纪只有八岁，那时乾隆帝驾幸张家湾行宫，率领诸皇子、皇孙，在校场比射。旻宁站在一旁，候诸王、贝勒射过了，他便上去跪在乾隆帝跟前，也要求皇祖父赐他比射。乾隆帝看了，十分欢喜，便吩咐诸皇孙和旻宁年纪相同的，也在校场上比射。同时比箭的有八个孩子，都没有气力射箭，独有这旻宁，拿着小弓小箭，连发三箭，却有两箭射中了红心。乾隆帝看了，呵呵大笑，把这位皇孙唤上殿来，伸手摩着他的头顶，说道："孙儿本领不小，俺如今要赏你，你愿意得什么？"旻宁碰着头，说道："孙儿愿祖父赏穿黄马褂。"乾隆帝便依他，说道："快拿黄马褂来！"一时却没有小马褂，左右侍卫便拿一件大人穿的黄马褂来，给旻宁披在肩上，由太监抱着下去。从此，宫中人人都唤他小将军。旻宁也日日跟着师傅操练，他又爱打鸟，所以一支鸟枪，他打来却是百发百中的。如今在宫中解了大内的围，那班教匪看看养心门有人把守，便赶向东华门去，和别股匪党会合。

这时东华门的匪徒，已打进宫门；正要抢进呵期哈门去，忽见一个大汉，上身赤着膊，浑身皮肤黑得和漆一般，手中拿一支粗重扁担，大喝一声道："你们反吗？"抡着扁担，横扫过来。那班匪徒见他来势凶恶，便大家围上去，和他抵敌。那大汉一条扁担，指东打西，指南打北，打得车轮似的转；被他打着的，不是打得断腰折臂，便是打得头破血流。二三百人，被他打死了一半。

如今做书的趁这空儿，把这大汉的来历，略表一表。原来这大汉，并不是什么宫中的侍卫，原是东华门外一家煤铺里的挑夫；他每天挑着煤担，送进东华门去，给修书馆里用的。他天天在煤堆里钻进钻出，那脸面手臂和肩膀胸背，都染得漆黑的；宫里的太监们，取他绰号，叫他“煤黑子”。那煤黑子生性憨直，爱打抱不平；他仗着自己气力大，见有不平的事体，便擎着铁扁担上去厮打。他那条扁担，足有一百斤重，打在人身上，管叫你骨断筋酥。这一天，他见许多教匪闯进东华门来，知道他们造反，便奋力和他们厮杀。他一个人抵敌着二三百人，打了一个时辰，却不曾放过一个人闯进呵期哈门去。这呵期哈门，便是熙和门。当他在门外喊杀的时候，声音直达到宫里。这时恰巧有一个大学士宝兴，在上书房教授诸王读书，从景运门出来；望见门外一个黑大汉，在那里抵敌一群匪徒，急急回进门去，唤集许多太监来，急把呵期哈门闭上。一面调集实录馆、国史馆、功臣馆三馆的吏役，个个手里拿着棍子，爬在墙上把守住；一面又四处调齐虎贲军士，从侧门出去，和教匪厮杀。这时另有一队匪徒，从西华门绕过来，帮着去打煤黑子；那匪徒愈来愈众，足有一千个人，任你如何大力，也抵挡不住了。那三馆的吏役，爬在墙头，眼看着煤黑子被许多匪徒一拥上前，乱刀斩死。那煤黑子临死的时候，一边嘴里骂着人，一边还拿拳头打死几个人，才倒地死了。

那班匪徒见打死了煤黑子，便要抢上宫墙来；这时后面的虎贲军士也到了，那班留守京中的诸王大臣，也率领禁卫兵，从神武门进来。两面军队围住了一阵厮杀，把那班匪徒直杀出中正殿门外。这时天已傍晚，那宫中的路，匪徒是不熟悉的，看看逃到死路上去，被官兵追杀一阵，沿途被杀死的也不少。匪徒被他们逼到一个墙角，正要上前去捕捉，忽然天上下了一阵大雨，霹雳一声，又打死了许多匪徒，其余的一个个都拿绳子绑住，送到九门提督衙门里去审问。招出他大头目林清在黄村地方守候消息，提督官派了一大队兵士，星夜到黄村去把林清捉住，解进京来。

第二天，嘉庆帝从圆明园回来，亲自在丰泽园升座，审问林清；那林清又供出许多同谋的太监来。嘉庆帝派侍卫官，把那班太监一齐捉来，审问明白；下旨把林清和同谋的太监，一齐腰斩，其余匪徒，一律正法。一时血淋淋的杀下三百多个头，在京城里大街小巷号令。

嘉庆帝回宫去，看望妃嫔，安慰了一番；又传二皇子和贝勒绵志进宫去，当面称赞了一番，赏他每人一件貂褂，一个碧玉扳指。第二天上谕下来，封二皇子为智亲王，贝勒绵志进封郡王。大学士宝兴奏称煤黑子保卫有功，这时才把煤黑子的尸身，从匪徒尸身堆里掘出来，替他洗刷，送回煤铺子去。皇帝又下旨，赏煤黑子六品武功，照武官阵亡例赐祭，又赏治丧银子一万两。煤黑子的妻子，诰封夫人。那煤黑子实在是没有妻子的，如今那煤店里的掌柜，见有许多好处，便把自己一个大女儿冒认做了煤黑子的老婆，一般的也披麻戴孝，替他守起寡来。这且不去说他。

如今再说那李文成，占据了滑县，听说林清已死，他便号召了一万多徒党，声称替林清报仇，在山东、河南一带地方骚扰起来。他仗着有运河输运粮食，往来便利，便在运河一带扎起营盘，和官军对垒。直隶总督温承惠，河南巡抚高杞和他抵敌，都打了败仗。嘉庆帝便下旨，调陕甘总督那彦成，带了山东河南的兵队，前去剿匪。那彦成有一位副将，名杨遇春，却是十分骁勇，东荡西杀，匪党见了他都害怕。因杨遇春颔下有三络长须，匪兵都称他“髯将军”；一听说髯将军到了，便吓得他们不战而逃。后来又有一个杨芳，从陕西带兵前来助战。这两位杨将军，克复了许多城池，杀死了二万多教匪。李文成逃到白土冈上，伏兵四起；文成知道中了计，性命不保了，便在冈上放一把火，自己烧死了。从此直隶、山东、河南三省地方都太平了。嘉庆帝想起教匪的可怕，便下诏查禁，说道：“以后不论何种宗教，一律严禁。”这时有一个来阳县知县，打听得有一个英国教士，在他境内传教；他便不问三七二十一，去把那教士捉来，活活绞死。英国皇帝发了恼，立刻派了十三只兵船来占据澳门；两广总督熊光发了急，飞报到京，嘉庆帝下旨，叫他封禁水路，断绝粮食。那英兵果然支撑不住，回到印度去。

这时江浙、两广海面上，常有一班海盗出没，皇上又下旨，命沿海各省，添练海军，造了许多兵船，在海面上游弋。又严禁外国船只装鸦片烟进口，命各处关口，严密搜查，能查出在二百斤以上的，便赏他官员。这个旨意一下，那班关隘人员，查烟自然查得格外起劲；那外国船只，也不敢进口来了。

嘉庆帝看看内外太平，便又想出京巡狩，便在三月时候启跸，到五台山去；五月从五台山回来，又到热河避暑去。热河地方，原有一座避暑山庄，一面靠山，三面近水，盖造得十分曲折；嘉庆帝住在里面，想起前朝帝皇的风流韵事，便也十分羡慕。嘉庆帝这时自从抄没了和珅的家产以后，手头十分宽裕；这位皇帝，在历史上是有名节俭的，他到了暮年，忽然想到人生几何，怎不及时行乐？便悄悄地传进内务大臣去，吩咐他到江南去采办物料，要在避暑山庄里面，大兴土木。这时皇帝又添立了几个妃子，终日在园中寻乐。

不多几天，那采办大臣回来，又带了一座镜湖亭的模型来。这镜湖亭，是浙江巡抚打的图样，叫巧匠王森夫妻两人制造的。如今浙江巡抚听说皇上要大兴土木，便把这亭子的模型，和王森夫妻两人，一齐送到热河来；一面上了一本奏折，说王森夫妻两人工作如何巧妙，皇上如今建造园亭，正可以随时垂询。嘉庆帝叫先拿亭子模型来看。内监捧上一个盒子，盒子里藏着一座小亭子；皇帝看那亭子时，果然建造得十分精巧，瓦是用玻璃的，柱子是用水晶的，四面墙壁上嵌着几万块小镜子，望去闪闪的射出光来。亭中间安着一架象牙床，四面都嵌着大块的镜子。皇帝看了，果然在那里赞叹。又吩咐快把王森夫妻两人传进来，太监回奏称：他夫妻两人，因没有功名，不敢进见。嘉庆帝吩咐立刻赏他七品衣帽，他夫妻两人穿戴齐全，走进屋子来，爬在地下；那王森见了皇帝，吓得他浑身抖动，倒是他老婆大大方方地低着头跪在一旁。皇帝看时，那女人长得腰肢婀娜，肌肤白净，早不觉动了心；后来唤他抬起头来，只见眉弯入鬓，粉脸凝脂，望去十分秀美。皇帝心想，俺宫中枉有许多妃嫔，谁人赶得他上这模样儿。嘉庆帝不觉满面堆下笑来，问他：“姓什么？”那女人便低声俏气的奏道：“奴姓董氏。”又问他：“你嫁丈夫几年了？”董氏回说：“四年了。”问道：“这座镜湖亭模型，是你和王森两人造成的吗？”，董氏回称：“亭子的瓦檐壁柱，是俺丈夫造的；里面的雕刻镶嵌，是奴造的。”皇帝称赞：“好一双巧手！”便吩咐把王森送进巧艺院去，听候差遣；又把董氏收入内庭去，做供奉女官。

皇宫里原有一班供奉女官，专司书画、刺绣、雕刻各种精巧女工，做女官的，大半都是汉人。董氏一进内苑，也不叫他工作，也不叫他做事，只叫他终日伴着皇上在“琼岛春阴”游玩，董氏原不肯陪伴皇帝的，无奈深入宫禁，知道倔强也是没用；后来看看皇帝性情也十分温柔，董氏向皇帝哭求，要放他出去见丈夫一面。皇帝笑着安慰他道：“你好好住在这里，待一年以后，朕打发人送你回家去。”又问他：“你在江南见过西湖吗？”董氏回说：“西湖是奴的家乡，如何不见。”皇帝便吩咐他造一个“西湖十景”的模型。从此董氏在宫里，抟土弄泥，细细的工作起来；皇帝在一旁看着他，有时也替他调颜色、烘泥土，十分忙碌。两人静悄悄的在屋子里，宛似民间恩爱的夫妻。有时皇帝情不自禁了，便拉着董氏要寻欢，董氏忍不住挂下泪来，苦苦哀求说：“皇上三千粉黛，何必定要破奴的贞节？”皇帝见了他的颦态，十分可怜，便也把心肠软了下来；几次都是董氏求免的。但这皇帝终是舍他不下，每天总要到“琼岛春阴”去说笑一回，看看董氏的眉眼儿，也是有趣的。皇帝常对太监说道：“古时吴绛仙，秀色可餐；如今这看了董氏的眉眼，却叫人忘了眠食。”这句话传到宫里去，那许多妃嫔，心里都妒忌；又见皇帝终日伴着董氏在琼岛里，不见临幸到别的宫院里来，便说那董氏是个狐狸精，把个皇帝迷住了。把这话去告诉皇后，那皇后是贤惠出名的，听了妃嫔的话，反劝他们不可吃醋。其实皇帝和董氏，却丝毫没有淫秽的行为；只因董氏美得和天仙一般，性情又十分贞静，皇帝看着他，反把他的淫心镇压住了。到极亲热的时候，只是握一握手罢了。

独把那王森丢在巧艺院里，凄凉寂寞，早晚想念他的妻子；常常求着总管太监，要和他妻子见一面。那太监说："皇上留着的人，俺怎么敢去唤出来？"从此王森便半疯半癫的，终日忽啼忽笑；巧艺院里的同事们，也不去理会他。有一天，皇上恰巧从宫里出来，王森见了，忙上去爬在地下，连连碰头求皇上放他妻子出来见一面儿。皇帝笑说道："你妻子手工精巧，皇后留在院中，不肯放出来；你如嫌寂寞，朕赏你一个宫女罢。"说着，便进去了。

到了夜里，果然内庭送出一个宫女来；太监替他打扫出一间院子，送他两人进去住着。谁知连住了三夜，他两人还是各不相犯的。那王森越闹得凶了，见人便哭嚷着要见他的妻子；皇帝知道了，便传出旨来，把王森官衔升到五品，又赏他两万两银子，打派两个侍卫，把他送回南边去，赏他的那个宫女，原是南边人，便也跟着他一同到南边去，那宫女原要嫁王森的，王森说道："我和妻子情爱很深，如今他虽关在宫里，我也不忍负心他。"他到底给了那宫女三千两银子，送他回娘家去，嫁了别个男子。

王森又带了一万两银子，悄悄地再赶到热河去，拼命化钱，买通了宫里的太监，打听他妻子的消息。那太监见他痴得可怜，便替他到宫里去通一个信。隔了几天，那太监传出一封董氏的信来，信上说道："天子十分多情，在宫中十个月，并未失节；现在求着天子，已允准满一年后，放我回家。夫妻团圆，即在目前。"王森看了信，心中十分快活；从此他在外面静静候着，空下来和那班太监在茶坊酒肆吃喝闲谈，那太监也看王森做人和气，常常把宫中的秘密事体告诉他：今天皇帝召幸第几妃，明天皇帝在第几妃宫中游玩，天天有人来报与王森知道。后来又有一个太监来告诉他说："昨天晚上宫中的莹嫔，大闹醋劲；只因皇上宠爱董氏，常常到'琼岛春阴'里去看望他，那莹嫔忍不住气，赶到'琼岛春阴'揪住董氏要厮打。后来还是皇帝喝住了，那莹嫔把皇帝拉到自己院子里去了。"王森听了，说道："堂堂一位天子，怎的反怕那妃嫔？"那太监低低地说道："不是这般说的。俺万岁爷是多情不过的，听说那莹嫔还是万岁爷未曾大婚以前私地里结识下的；想起旧日的交情，不免宠任他三分。"王森听了，流下泪来，说道："有这个雌老虎在宫里，只是苦了俺妻子。"那太监又再三劝慰他，说："你妻子快要放出宫来了，你也不用悲伤。"又隔了几天，看看那一年的日期快满，王森在外面越发好似热锅上的蚂蚁，一天等不得一天了。有一天，他原和宫内的总管太监约定在湖楼上相候。那湖楼后面，靠一座大湖，楼上卖酒的。王森到时，还早，便独自一人打着一角酒，喝着候着；停了一会，见那太监慌慌张张的来了，看他脸上神色不定。王森见了，一阵心跳，知道出了乱子，忙问："我的妻子怎么样了？"那太监不曾说话，先安慰他道："俺告诉你，你莫气苦。"欲知那太监说出什么话来，且听下回分解。

作小说，每于事情紧急之际，能写来一丝不苟，头头是道，便是不凡。此段教匪扑宫，东华门为一路，西华门为一路；及其败也，两路合并为一，聚歼之于中正殿。写来明白如画，声色并茂，使读者如身当其役，其笔力为何如！

"煤黑子实在是没有妻子的，如今那掌柜的见有这许多好处，便自己一个大女儿冒认作煤黑子的老婆，一般也披麻戴孝，替他守起寡来。"寥寥数语，写尽人间势利心肠。有好处便守寡；于以见世间妇女之守寡，都从好处上买来；其寡是否真守，亦可想而知矣！吾常见一贫人妻哭夫甚哀，以其无好处也；一富人妻夫死而嬉笑自若，以其已得好处也。世之男子可以醒矣！

举世滔滔，惟势利是趋。独有此王森夫妇，一以贞全，一以义守，出污泥而不浊，是人间清品也。彼嘉庆以帝王迫一弱女子，何求而不得？而董氏能不触帝怒，不失贞身，尤属难能而可贵。美人静穆，反足以止欲念，是真情场中阅历之谈。

第五十五回　崇节俭满朝成乞丐　庆功劳一室作饿夫

却说那太监原是内苑的总管,他的下屋,又离"琼岛春阴"甚近;凡是董氏的一举一动,他都知道。当时他对王森说道:"自你妻子董氏进宫以后,皇上十分敬爱他,每天皇上坐着看董氏捏塑'西湖十景',常常赞叹,称他绝技。董氏每天工作完毕,皇上总有赏赐的;或是珠宝,或是衣服。董氏也伴着皇上,或下一局棋,或说笑一回;两人虽十分亲密,却是各不相犯的。这几天皇上因为被莹嫔管住了,不曾到'琼岛春阴'来。董氏一个人住在屋子里做工,到昨天晚上,忽然闹出乱子来了。"那太监说到这里,王森的脸也青了;太监还劝他莫急坏了身子。又接着说道:"昨夜宫里打更的,才打过三更,忽听得有开动宫门的声音。俺在睡梦中,不十分听得亲切;停了一回,俺又睡熟去了。只听又是一声窗户开动的声音,恍惚是在'琼岛春阴'里。接着又是一声女人叫喊的声音,俺才忍不住了,急披衣起来,唤醒同伴,抢到'琼岛春阴'正屋里去;只见董氏睡的屋子里,窗户洞开着,走进屋子去看时,那床上的被褥,搅得一团糟。那睡鞋儿、金钗儿,沿路散着,直到窗户外面,栏杆边还落下一支玉簪儿,却已打得粉碎了。这玉簪儿是董氏平日插戴的,俺还认得出来。只是那董氏不知到什么地方去了。今天一清早,俺们去奏明皇上,皇上也打发人四处找寻。后来见太液池水面上浮着一件小红袄儿,看那领口袖子的镶滚,皇上认识是董氏平日穿的,忙唤会水地钻到河底里去四处捞寻,却又毫无形迹。"那王森一句一句地听着,起初早已支撑不住了,只望他妻子还有救星;如今知道他妻子是不得救得了,他觑着太监不妨头的时候,只喊得一声:"我的苦命妻子!"一耸身向后楼窗口一跳。太监忙上去拉救,已来不及了。那座湖楼高出湖面五六丈,王森跳下去,直撞到水底里,那湖面又很阔;可怜他一对恩爱夫妻,只因有这绝艺,却不料送去了他一双性命。

嘉庆帝自从见了董氏,因他生得贞静美丽,天天对他坐着看一回,心中便得了安慰;如今不见了这位美人,想得他好苦。他年纪已六十岁了,精神也衰了;心里有了悲伤的事体,他也无心管理朝政了,所有一切大小国事,统交给满相国穆彰阿办理。那穆相国又是一个贪赃枉法的奸臣,他做了宰相,把国事弄得更坏;东北几省,闹着教匪,东南几省,闹着海盗,西藏、新疆回教徒又作乱,广东又有鸦片的案件,和英国交情一天一天的坏起来,弄得全国扰乱,百姓怨恨。那班御史官,纷纷上奏章参他,却被穆相国派人在暗地里把那参折一齐捺住了,不送进去。

这时智亲王旻宁,也随侍在行宫,却是有十分孝心的。后来嘉庆帝因想念董氏,想念得厉害,那莹嫔和别的妃子,又常常在皇帝跟前争闹着怄气。年老的人,又伤心,又气恼,不觉病了。这一病,来势很凶,智亲王天天在屋子里衣不解带的服侍父皇。嘉庆帝一病六七十天,朝廷的事,一任那穆相国摆布去,越发没有人过问了。直病到第三个月上,嘉庆帝看看自己不中用了,便召集了御前大臣穆彰阿,军机大臣戴均元、托津一班老臣,在榻前写了遗诏。大略说:

朕于嘉庆四年,已照家法,写下二皇子旻宁之名,密藏正大光明匾额后;现在行宫随跸。朕逝世以后,着传位于二皇子智亲王旻宁。汝等身受厚恩,宜尽心辅导嗣皇,务宜恭俭仁孝,毋改祖宗成法。钦此。

这道谕旨下了以后,到第二天,嘉庆帝便逝世了。把个智亲王哭得抢地呼天。一面许多大臣,把智亲王送回京去,在太和殿上即位,受百官的朝贺,改年号称道光元年。

说也奇怪，这道光帝在年轻的时候，却十分勇敢，性情也豪爽，举动也漂亮；到大婚以后，忽然改了性情，却十分吝啬起来。登了大位以后，在银钱进出上，越发精明起来。自从嘉庆帝没收了和珅许多家产以后，皇上的家产，原是十分富厚，但道光帝却天天嚷着穷，说："做人总须省俭。"见了大臣们，总劝他须节省费用。那班大臣们，都是善于逢迎的，听了皇上的话，便个个装出穷相来，内中第一个刁滑的，便是那穆相国，他每次上朝，总穿着破旧的袍褂。皇帝见了，便称赞他有大臣风度。他却忘了穆相国在外面做的贪赃枉法穷奢极欲的事体。不多几天，满朝的臣子，都看着他的样，个个穿着破旧袍褂，从殿上望去，好似站着两排花子，那皇帝便是个花子头。

从此以后，官员们也不敢穿新的袍褂了，一时京城里旧货铺子里的破旧袍褂都卖空，卖得好价钱。起初还和新袍褂的价钱一样，有许多官宦人家，把崭新的袍褂，拿到旧衣铺子里去换一套破旧的穿穿；后来那旧袍褂越卖越少了，那价钱飞涨，竟比做两套新的还贵。有几个官员，无法可想，只得把新的打上几个补丁在衣襟袖子上，故意弄龌龊些；皇帝看了，才没有说话。后来慢慢到了冬天，大家都要换皮褂了，家里原都藏着上好的细毛皮统，只怕穿出去受皇上的责备，大家都忍着冻，不敢穿。

后来有一个武英殿大学士曹振镛，却是天性爱省俭的，和道光帝可以称得一对儿。因此道光帝也和他十分谈得入港，每天总要把这位曹学士召进宫去长谈。太监们认作皇上和大学士在那里谈国家大事，谁知留心听时，每天谈的，都是些家常琐事。有一天，曹学士穿一双破套裤进宫去，那两只膝盖上，补着两个崭新的掌。道光帝见了，便问道："你补这两个掌，要花多少钱？"曹学士奏称："须三钱银子。"皇帝听了，十分诧异，说道："朕照样打了两个掌，怎么内务府报销五两银子呢？"说着，揭起龙袍来，给曹学士看。曹学士没得说了，只得推说："皇上打的掌，比臣的考究，所以价钱格外贵了。"道光帝叹了一口气，从此逼着宫里的皇后妃嫔，都学着做针线，皇帝身上衣服有破绽的地方，都交给后妃们修补。内务部却一个钱也不得沾光。弄得那堂司各官，穷极了，都当着当头过日子。道光帝还说宫里的开销太大，又把许多宫女、太监们遣散出宫，叫他们自寻生活去。偌大一座大内，弄得十分冷落；有许多庭院，都封锁起来。皇帝也不爱游玩，终日在宫里和那班妃嫔们做些米盐琐屑的事体。他又把宫中的费用，细细地盘算一番，便下一道圣旨："内庭用款，以后每年不得过二十万银圆。"那班妃嫔，终年不得填制新衣，大家都穿着破旧衣衫。便是皇后宫里，也铺着破旧的椅垫。皇帝天天和曹学士谈谈，越发精明起来了。

那曹学士平日化一个钱他都要打过算盘。他家中有 一辆破旧的驴车，家里的厨子，又兼着赶车的差使；曹学士每天坐着车，早朝出来，赶到菜市，便脱去袍褂，从车厢里拿出菜筐秤竿儿来，亲自买菜去。和菜贩子争多论少，常常为了一个钱的上下，两面破口大骂。到这时，曹振镛却要拿出学士牌子来，把这菜贩子送到步军衙门办去；那菜贩子一听说是大学士，吓得他屁滚尿流，忙爬在地下碰头求饶，到底总要依了他。那曹学士占了一文钱的便宜，便洋洋得意地去了。他空下来，常常在前门外大街上各处酒馆饭庄里去打听价钱；他打听了价钱，并不是自己想吃，他却去报告皇上。那皇上听了便宜的菜，便吩咐内膳房做去。说也可怜，道光帝只因宫中的菜蔬很贵，却竭力节省；照例每餐御膳，总要化到八百两银子。后来道光帝只吃素菜，不吃荤菜，每桌也要化到一百四十两银子；若要另添一样爱吃的菜，不论荤素，总要化到六七十两银子。皇帝便是吃一个鸡蛋，也要化五两银子。

有一天，皇帝和曹振镛闲谈，便问起："你在家可也吃鸡蛋吗？"曹学士奏称："鸡蛋是补品，臣每天清早起来，总要吃四个氽水鸡蛋。"皇帝听了，吓了一跳，说道："鸡蛋每个要五两银子，你每天吃四个鸡蛋，岂不是每天要花二十两银子吗？"曹学士忙回奏道："臣家里原养着母鸡，臣吃的鸡蛋，都是臣家中母鸡下的。"道光帝听了笑道："有这样便宜事体？养了几头母鸡，就可以吃不花钱的鸡蛋。"当下便吩咐内务部去买母鸡，在宫中养起鸡来。但是内务部报销，每一头鸡，也要化到二十四两银子。道光帝看了，也只得叹一口气。

第二天，曹学士又从前门外饭馆里打听得一样便宜荤菜来；进宫见了皇上，便说："前门外福兴饭庄里，有一样豆腐烧猪肝的荤菜，味儿十分可口，价钱也十分便宜。"道光帝问："豆腐猪肝，朕却不曾吃过。不知要卖多少银子一碗？"曹学士奏道："饭庄里买去，每碗只需大钱四十文。"皇帝听了，直跳起来，说道："天下哪有这样便宜的菜？"便吩咐内监传话到内膳房去："从明天起，旁的东西都不用，每上膳，只需一碗豆腐烧猪肝便了。"内膳房正苦得没有差使，无可沾光；如今忽奉圣旨点菜，便添委了几个内膳上行走，忙忙的预备起来。第二天午膳，便有这样菜来。道光帝吃着，果然又鲜又嫩。便是这一样菜，连吃了十天。到月终，内务府呈上账目来；道光帝一看，便是这豆腐烧猪肝一项，已化去银子二千余两。下面又开着细账，计供奉豆腐烧猪肝一品，每天用猪一头，计银四十两；黄豆一斗，银十两；添委内膳房行走专使杀猪二人，每员每天工食银四两；豆腐工人四名，每天每名工食银一两五钱；此外刀械、锅灶、豆腐磨子和搭盖厨房、猪棚等，共需银四百六十两；又置办杂品油盐酱醋，共需银一百四十五两以上。备膳一月，计共需银二千五百二十五两。道光帝看了这张账单，连连拍着桌子，说道："糟了！糟了！"立刻把内膳房的总馆传上来，大大训饬了一场。又说："前门外福兴饭庄，卖四十文一碗；偏是朕吃的，要化这许多银子？以后快把这一项开支取消。要吃豆腐烧猪肝，只需每天拿四十文钱到前门外去跑 一趟便得了。"那总馆回奏说："祖宗的成法，宫中向不在外间买熟食吃的。"道光帝听了，把袖子一摔，说道："什么成法不成法！省钱便是了。"那总馆听了，不敢作声；只悄悄地跑到前门外去，逼着福兴饭庄关门。又取了四邻的保结，回宫来，奏明皇上，说："福兴饭庄已关了门，这豆腐烧猪肝一味，无处可买。"第三天，皇帝特意打发曹学士到前门外去踏勘过，他才相信。从此取消了这一味豆腐烧猪肝，那内膳房又没得沾光了。他们在背后报怨皇帝，说："再照这样清苦下去，俺们可不用活命了。"

隔了一个月，宫里又举行大庆典了。这时大学士长龄，打平了回疆，把逆首张格尔槛送京师。道光帝亲御午门受俘，以后便在万寿山玉澜堂上开庆功筵宴，吩咐内膳房自办酒菜。皇帝又怕内膳房太耗费银钱，便传旨："须格外节俭。"当时请的客，除扬威将军、大学士威勇公长龄以外，还有十五个老臣：便是御前大臣穆彰阿、大学士托津、大学士军机大臣曹振镛、大学士戴均元、大学士两江总督孙玉庭、户部尚书军机大臣黄钺、礼部尚书穆克登额、工部尚书初彭龄、理藩院尚书富俊、左都御史松筠、郡王衔都统哈迪尔、都统阿那保、致仕大学士伯麟、致仕都统穆克登布。这许多人，挤了两桌，桌面上摆着看不见的几样菜，这班大臣却不敢举箸，只怕一动筷便要吃光，吃光了是很不好看的。那道光帝坐在上面，也不吃菜，也不吃酒，只和大臣们谈些前朝的武功；后来又谈到作诗，便即席联起句来。有几个不会作诗的，却请那文学大臣代做。做成一首八十韵的七言古诗，纪当时君臣之乐；又吩咐戴均元把君臣同乐，画成一幅画。在席上谈论了足足两个时辰，菜也不曾吃得，便散席了。

这时是严冬，道光帝见大臣们都穿着灰鼠出风的皮褂子。便问："你们的皮褂，做一做出风，要花多少银两？"内中有许多人，都回答不出来，独有曹学士回奏说："臣的皮褂，单做出风，须化工料银二十两。"道光帝叹道："便宜！便宜！朕前几天一件黑狐皮褂，只因里面的衬缎太阔了，打算做一做出风，交尚衣监拿到内务府去核算了一核算，竟要朕一千两银子。朕因他太贵，至今搁在那里不曾做得。"曹学士听了，回奏道："臣的皮褂，是只有出风，没有统子的。"说着，把那袍幅的里回揭起来；大家看时，果然是一片光皮板，只有四周做着出风。道光帝看了，连声说："妙！又省钱，又好看。实在穿皮褂，原是取暖；做不做出风，是无关紧要的。"从此以后，那班大臣穿的皮褂，却把出风拉去。一时里，官场中都行穿那没有出风的皮褂了。

那穆相国外面虽装出许多寒酸样儿，他家里却娶着三妻四妾，又养着一班女戏子；常常请着客，吃酒听戏，走过他们外的，总听得里面一片笙歌。因此有许多清正的大臣，都和他不对。只因道光帝十分信任他，说他是先帝顾命之臣，凡事听他的主张。那穆相国在皇帝跟前，花言巧语，哄得皇帝十分信任。只有曹学士不欢喜他，他两人常常在皇帝跟前争辩，皇帝常常替他们解和。那穆相国一天骄傲似一天，无论京里京外的官员，倘然没有孝敬到他，他便能叫你丢了功名。因此穆相国家里常常有京外的官员，私送银钱珍宝来。

那时有个福建进士林则徐，曾外放过一任杭嘉湖道，后来做江苏按察使，升江西巡抚；他为官公正，所到的地方，百姓称颂。传在皇帝耳朵里，也十分器重他。这时英国的商船，常常把鸦片烟运到中国来，在广东一带上岸，害得中国人吃了他的烟，形销骨立，个个好似病鬼一般。林则徐上了一本奏折，说："鸦片不禁，国日贫，民日弱；数十年后，不惟无可筹之饷，抑且无可用之兵。"道光帝看了这奏章，十分动容，便把他升任两广总督；进京陛见，又说了许多禁烟的话。道光帝给他佩带钦差大臣关防，兼查办广东海口事务，节制广东水师。林则徐忽然太红了，早恼了一位奸臣穆彰阿。那林则徐进京来，又没有好处到穆相国门下，那穆相越发衔恨在心。看看林则徐一到广东，便雷厉风行，逼着英国商船缴出二万三百八十箱鸦片烟来，放一把火烧了。那英国人大怒，带了兵船，到福建、浙江沿海一带地方来骚扰。穆相国趁此机会，在皇帝跟前说了林则徐许多坏话。说他刚愎自用，误国不浅。一面派人暗暗的去和英国人打通，叫他们带兵船去打广东；一面又指使广东的官吏，到京里来告密。有一个满御史，名叫琦善的，听了穆相国的嗾使，狠狠地参了林则徐一本。穆相国又在皇帝跟前打边鼓，把个皇帝也弄昏了。一道圣旨下去，把林则徐革了职，又派琦善做两广总督。琦善一到任，便和英国人讲和，赔偿七百万元；开放广州、厦门、福建、宁波、上海做外国的租界。英国人还不肯休，硬要拿林则徐办罪。穆彰阿出主意，代皇帝拟一道圣旨，把林则徐充军到新疆去。

这时恼了一个大学士，名叫王鼎的；他见林则徐是一个大忠臣，受了这不白之冤，便屡次在朝廷上找穆相国论理；那穆相听了王鼎的话，总是笑而不答。有一天，穆彰阿和王鼎两人同时在御书房中召见；那王鼎一见了穆相国，由不得又大怒起来，大声喝问道："林则徐是一个大忠臣，你为什么一定要哄着皇上把他充军到新疆去？像相国这样一个大奸臣，为什么还要在朝中做着大官？你真是宋朝的秦桧，明朝的严嵩，会看天下苍生都要被你误尽了！"穆彰阿听了，不觉变了脸色。道光帝看他两人下不得台，便唤太监把王鼎挟出宫去，说道："王学士醉了！"那王鼎爬在地下连连叩头，还要谏诤。道光帝把衣袖一拂，走进宫去了。王鼎回到家里，越想越气，连夜写起一道表章来，说穆彰阿如何欺君，林则徐如何受屈。洋洋洒洒，足足写了五万多字。一面把奏折拜发了，一面悄悄地回房去，自己吊死。第二天王鼎的儿子发觉了，又是伤心，又是惊慌；照例大臣自尽，要奏请皇上验看以后，才能收殓。那穆彰阿耳目甚长，得了这个消息，立刻派了一个门客，赶到王家去，要看王学士的遗折。那王公子是老实人，便拿遗折出来给那门客看。折子上都是参穆相国的话。欲知后事如何，且听下回分解。

莫为天子无情！嘉庆帝卒以相思而死，此非嘉庆帝重情有独到处，实因美人魔力之大，虽帝王英雄，有不能恝然者。董氏死而嘉庆帝亦死，彼董氏之色动嘉庆之心亦深矣！

语云："上有所好，下必有甚焉者。"有道光帝之崇尚节俭，便有此穷酸古怪之曹振镛。彼只知迎合上意以取荣宠，不思所以纠正帝德，是奸之大者也。卒至一衣千金，一肴数千金，节俭未能做到，而徒贻后世之讥。甚矣！中庸之道不可不知也！

战国策曰："去邪不疑，任贤不二。"林则徐拒绝鸦片一事，是误于朝廷之疑惑。鸦片之毒，去之务尽，无所用其顾虑。林则徐之贤，任之宜专，无所用其疑贰。痛矣哉！林之言曰："不惟无可用之饷，抑且无可用之兵。"呜呼！鸦片流毒，弥漫全国，卒至今日不但无可用之兵，并且无可用之人矣！全国人类入于鬼趣，国乌得而不弱且亡也！

第五十六回 弃旧怜新宫中杀眷 莺啼狮吼床上戕妃

却说穆彰阿的门客,见王鼎遗折上都是参奏穆相国的话,便把那遗折捺住,哄着王公子道:“尊大人此番逝世,俺东翁十分悲伤,打算入奏;在皇上跟前,替尊大人多多的求几两抚恤银子。如今这遗折倘然一递上去,一来坏了同寅的义气,二来那笔抚恤银两便分文无着了。”看官须知道,道光皇帝崇尚节俭,做大官的都是很穷,做清官的越发是穷;如今王公子听说有银,便把那遗折销毁了,另外改做了一本折子,说是害急病死的。穆相国居然去替王鼎请了五千两的恤金,穆相国暗地里又送了王公子一万两银子,王鼎一条性命,便白白的送去。

这时到了皇太后万寿的日子,早几天便有礼部尚书奏请筹备万寿大典,道光帝只怕多化银钱,便下旨说:

天子以天下养,只需国泰民安,便足以尽颐养之道。皇太后节俭垂教,若于万寿大典,过事铺张,反非所以顺慈圣之意。万寿之期,只需大小臣工入宫行礼,便足以表示孝敬之心。毋得过事奢靡,有违祖宗黜奢崇俭之遗训。钦此。

这道圣旨下去,那班官员,都明白了皇上省钱的意思;使由穆相国领头,和皇上说明,不须花内帑一文,所有万寿节一切铺张,都由臣民孝敬。皇帝听了这个话,自然合意。便由皇上下谕,立一个皇太后万寿大典筹备处,委穆彰阿做了处长。那穆相国背地里反借着这承办万寿的名儿,到各省大小衙门里去勒索孝敬。大小官员拼拼凑凑,从一百元报效起,直到总督部臣,报效到三十万、五十万为止;这一场万寿,穆相国足足到手了一千万两银子的好处。

到了这一天,大小臣功带了眷属,进慈宁宫拜皇太后万寿去。皇太后自己拿出银子来,办面席;女眷在宫里赏吃面,官员们在保和殿上赏吃面。吃过了面,穆相国把家里一班女戏子献上去,在慈宁宫里演戏,演的都是《瑶池宴》《东海宴》吉利的戏文。道光帝看那班女戏子个个都是妩媚轻盈,轻歌曼舞;那服饰又十分鲜明,笙箫又十分悦耳。皇上忽然也心痒了,他在幼年时候,原也玩过韵舞,到这时,皇帝自己也上台去扮了一个老莱子,歌唱起来。只因是皇上扮着老莱子,台上便不敢扮老莱子的父母。皇帝唱了一阵,皇太后看了,十分欢喜;吩咐赏,便有许多宫女,捧着花果,丢向台上去,齐声说:“皇太后赏老莱子花果。”那皇帝在台上,也便跪下来谢赏。皇帝下台来,那班亲王贝勒,也都高兴起来;他们终年在家里没有事做,这唱戏的玩意,原是他们的拿手,便个个拣自己得意的,登台演唱去。有的扮演关云长“挂印封金”的故事的,有的演“尧舜让位”的故事的;一出演完，又是一出。台上的做得出神，台下的也看得出神。

在这个时候，这个道光帝不知不觉地落在温柔乡里去了。原来皇上扮戏的时候，穆相国便派一个领班的姑娘，名叫蕊香的，服侍皇上穿戴打扮的事体。讲到这个蕊香的容貌，在他班子里要算得一个顶儿尖儿的了。那蕊香一边伺候着皇上，一边却放出十分迷人的手段来，在皇帝跟前，有意无意地卖弄风骚。把个一肚子道学气的道光皇帝，引得心痒痒的，深深的跌入迷魂阵儿去了。直到皇上演过了戏，退进台房去，那蕊香也跟了进来，服侍皇上穿脱衣帽。这房间是十分幽密的，房里除皇帝和蕊香二人以外，没有第三个人敢进来的。蕊香伺候皇上脱去戏衣，换上袍褂，又服侍他洗过脸，梳过辫子，便倒了一杯香茶，去献在皇上手里。蕊香满屋子走着，那皇上的一双眼珠，总跟着蕊香的脚跟儿。蕊香的一双脚，长得又小又瘦，红菱似的一双鞋子，走一步也可人意儿。如今见他走近身来，皇帝再也耐不住了，便伸手拉着蕊香，两人并肩儿坐下，唧唧哝哝地说起话来。外面戏越做得热闹，他两人话越说得起劲。说到后来，皇帝实在舍不下这蕊香，蕊香也愿进宫去服侍皇帝，便把穆相国唤进密室，把这意思对他说了，穆彰阿满口答应。皇帝快活极了，当时无可赏赐，便把自己颈子上挂着的一串正珠朝珠，除下来赏给他，穆彰阿忙跪下来谢着恩，一转身，袖着朝珠出去了。当时皇上便把这蕊香姑娘悄悄地接进宫去，在蕊珠宫内召幸了。一连六晚，皇上召幸，不曾换过第二人。

那班妃嫔，不见皇上召幸，个个心中狐疑；后来一打听，才知道皇上另有新宠，却把他们忘了，也无可如何，只得在背地里怨恨着罢了。内中只有一个兰嫔，他原长得比别的妃嫔俊些，又是皇帝宠爱的；他知道皇帝爱上了别人，不觉一股酸气，从脚后跟直冲上顶门。他便花了许多银钱，买通了太监。那晚皇帝吩咐抬轿的太监，抬到月华宫里去。原来这时蕊香，已封了妃子，住在月华宫里；那抬轿的太监，得了兰嫔的好处，故意走错了路，把皇帝抬到钟粹宫里来。这钟粹宫里，原是兰嫔住着的，他见皇上临幸，便忙出来迎接。皇帝见了兰嫔，心中明知道走错了，但是这兰嫔也是他心爱的，便也将错就错的住下了。谁知这兰嫔却恃宠而骄，他见了皇帝，不但不肯低声下气，反撅着一张小嘴，唠唠叨叨的抱怨皇上不该丢了他六七天不召幸。道光帝起初并不恼恨，后来听他唠叨不休，心中便有几分气；那兰嫔也不伺候皇上的茶水，只冷冷的在一旁站着。皇上到这时，觉得没趣极了，便只是低着头，看带进宫来的臣子的奏章。从酉时直看到亥时，兰嫔也不服侍皇上睡觉。这时皇上正看着一本两广总督奏报广西匪乱的重要奏折，那兰嫔在一旁守得不耐烦了，便上去把这本奏折抢在手里；皇上正要去夺时，只听得"嗤嗤"几声响，那本奏折，被他扯成几十条纸条儿，丢在地下，把两脚在上面乱踏。到这时，皇上忍不住大怒起来，便一言不发，一甩手走出宫去，跨上轿，回到西书房来，依旧把蕊香召幸。一面把一个姓王的值班侍卫传来，给他一柄宝刀，唤一个内监领着，到钟粹宫第八号屋子里，把兰嫔的头割下来。

那姓王的听了，心中又害怕，又诧异，但是皇上的旨意，不能违背的，只得捧着宝刀，赶到钟粹宫来。那兰嫔正因皇帝去了，在那里悲悲切切地哭，后来听太监传话："皇上有旨意，取兰嫔的脑袋。"一句话，把兰嫔吓怔了；接着，便号啕大哭起来。一时钟粹宫里各嫔娥，都被他从睡梦中惊醒过来，赶到屋子里来看他。那太监一连催逼着他快梳装起来。旁边宫女，便帮着他梳头洗脸，换上吉服，扶着他叩头，谢过了恩，那兰嫔的眼泪，好似泉水一般的直涌着。诸事舒齐了，那王侍卫上来，擎着佩刀，"砣察"一刀，向兰嫔的粉颈子上斩下去，血淋淋的拿了一个人头，出宫复命去了。

从此以后，那蕊香天天受着皇上召幸，谁也不敢在背地里说一句怨恨的话，生怕因此得祸。谁知却触恼了一位道光皇后。这位皇后，原长得十分俊俏；道光皇帝初把他升做皇后的时候，夫妻之间，十分恩爱；但是皇后仗着自己美貌，他对待皇帝，却十分严正。这皇帝因爱而宠，因宠而惧；他见了皇后，却十分害怕，因害怕而疏淡。自从即皇帝位以后，和皇后终年不常见面，自己做的事体，常常瞒着皇后。那皇后因皇帝疏远他，常常和那班妃嫔亲近，

心中不免有了醋意，只因自己做了皇后，不便因床笫之事和皇帝寻闹。但皇帝在外面一举一动，他在暗地里却打听得明明白白。如今听说因宠爱一个蕊香，便杀死一个宫嫔，便亲自出宫来见皇帝，切切实实的劝谏了一番。说："陛下当以国事为重，不当迷于色欲，误国家大事；尤不当在宫中轻启杀戮，违天地之和气。"几句话，说得又正绝，又大方。皇帝原是见了皇后害怕的，当下便"是是"地应着，再三劝着皇后回宫去。

但是皇帝心下实在舍不得蕊香，看皇后一转背，他立刻又去把蕊香传来陪伴着；到了夜里，依旧把他召幸了。一连又是三夜，他两人终不肯离开。后来还是蕊香劝着皇上，说："陛下如此宠爱贱妾，皇后不免妒恨；陛下为保全贱妾起见，也须到皇后宫中去敷衍一番。"皇帝听了他的话，这天夜里，便到皇后宫中去。谁知这一去，惹出祸水来了。原来皇后打听得皇帝依旧临幸蕊香，心中万分气愤；便打主意，要行些威权给皇帝看看，趁势可以制服皇帝。这夜皇帝到皇后宫中去，皇后正闷着一腔子恶气；两人一言一语，不知怎么，竟争吵起来，皇后大怒。这时，有一个满侍卫官，姓恩的，正在乾清门值班。天气又冷，夜又深了。他原是富家公子，耐不住这个苦，便在下屋里烧着一个火盆，独自一人烫着酒喝着。恰巧有一个值宿的太监，也因闷得慌，找他来说话解闷儿；他两人对喝着酒，谈着家常话儿。慢慢地又讲到前夜钟粹宫杀兰嫔的事体。太监便问这姓恩的道："你能杀人吗？"那姓恩的笑说道："俺长得这么大，连杀一只鸡也不曾杀过。"太监说道："倘然那天的事，轮在你身上，便怎么办？"姓恩的说道："也偶然出这么一件事体罢了，宫里哪能常常杀人呢？"又问："那天是谁值班儿？"太监说道："是王侍卫。"问："不是青脸儿小王吗？"太监点点头。姓恩的说："他是武榜出身，怎么不能杀人？俺是祖上传下来的功名，不像他是拿刀动枪惯的。"一句话不曾说完，忽然有一个小太监推进门来，慌慌张张的对姓恩的说道："皇后有旨，宣侍卫进宫去。快快！"姓恩的听了，心中止不住"突突"地跳。一边戴帽子，一边问那太监道："你看是什么？"那太监摇着头，说道："我看是不好。"姓恩的说道："怕又要应着俺们刚才的话了！"一边说着，一边跟着那小太监进去。走过一重一重宫门，都是静悄悄的，远远地听得钟楼上打了三下。看看到了皇后的寝殿外面，姓恩的便站住；那小太监走进屋子去，姓恩的这时止不住浑身打起颤来。看看走廊下面站着几个太监，大家脸上怔怔地不说一句话。隔了半晌，只见一个宫女，掀着门帘出来，低低地问："谁是乾清门侍卫？"姓恩的上去，便应道："我在这里。"那宫女便向他招手儿。姓恩的到了此时，不由得慌张起来。原来宫中规矩，大门侍卫，不许进宫；如今唤他直走进皇后的寝殿去，如何不要害怕？当下姓恩地跟着宫女，一脚跨进屋子去，只见屋子里灯烛辉煌，满屋子镜子射出光来，照得眼花。皇后已卸去了晚妆，穿着一件狐嵌半臂，坐在一张铺满锦绣的大床上；皇帝也穿着便衣，坐在一张黄缎绣龙的安乐椅上。姓恩抓去帽子，上去爬在地下，叩请皇帝、皇后圣安。便眼对鼻，鼻对心，直挺挺地跪着。半晌半晌，一屋子静悄悄的大家不说话。只见两个宫女，从床后面揪出一个美貌女子来，望去好似妃嫔模样。可怜他上下都穿着单衣浑身索索的发抖；那一段粉颈子上，鲜红的血，一缕一缕地淌下来。他一边哭着，一边爬在地下，连连碰着头。皇后不住的冷笑，说道："好一个美人儿！好一个狐媚子！你哄着皇帝，杀死兰嫔；再下去，你便要杀死我了。"说着，又回过头去对皇帝说道："陛下不常到俺宫中来，没有夫妻的情分，我也不稀罕；只是陛下在外面，也得放尊重些。怎么不论腥的臭的都拉来和他睡觉？不论狐狸妖精都给他封了妃子？这种妖精做了妃子，俺做皇后的也丢脸。陛下打量在外面做的事体，俺不知道吗？陛下和这妖精睡觉，俺都记着遭数儿：在敬事房睡了四夜，可有吗？在遇喜所睡过三夜，可有吗？在绿荫深处睡过四夜，有么？在御书房里又睡过四次，有么？陛下和这妖精睡觉，也便罢了；为什么一定要杀死兰嫔？又为什么把别个妃嫔丢在脑后，一个也不召幸了呢？"皇后越说越气，拍着床前的象牙桌儿，连连骂着"昏君！"那皇帝坐在椅子上，低着头，只是不作声儿。忽然皇后问着姓恩的道："你能杀人吗？"这姓恩的冷不防皇后问出这句话来，心想，自己在家里终日掉着笔头儿，如何能杀人？回心一想，自己又是一个武职，如何可以说不能杀人呢？

当下他便硬着头皮，回说："能杀人。"那皇后说道："很好。"一手指着那地下跪着的女子道："快把他拉出去杀了！"这姓恩的听了，顿时魂不附体；看看那女子，也吓得玉容失色，连连在地下碰着头求饶命。姓恩的看了，也不觉心酸起来，忙碰着头奏说道："这女子原是该死。但宫里不是杀人的地方，求皇后下旨，把这女子交给奴才带到内务府去审问定罪。"谁知皇后听了这句话，越发生气，拍着桌子说道："你说的什么话？你是什么人？你敢抗旨吗？你敢是和这个妖精也有交情的吗？你再多说，便连你也砍下脑袋来！你说宫里不能杀人，那兰嫔又怎么吃王侍卫杀死在宫里的？难道只有皇上杀得人，俺便杀不得人吗？况且这个妖精，又不是什么妃嫔宫女，原是穆彰阿家里极淫贱的女戏子；是你们这不成器的皇上，把他拉进宫来，由这妖精作祟。如今俺说杀，便杀了。像这种贱货，也不配交内务府审问。"姓恩的听了皇后的话，知道不能再替这女子求命的了；再求下去，连自己的性命也不保了。便上去拉着那女子便走。可怜这蕊香，哭得和泪人儿一般，拉住了姓恩的袍角，只是嚷着："大爷救我的命罢！"姓恩的两手揪住他的手臂，横拖竖拽地拉出了寝宫门外。院子里一片月光，照着他两人。蕊香跪在院子里，连连向姓恩的碰头哭着求命；姓恩的到了这时候，也顾不得了，闭着眼，咬着牙，一手拔下佩刀来，一手揪住蕊香的云髻，在他颈子上乱砍。起初还听他嚷着痛，后来喉管割断，便没有声息了。看看还有半条颈子连在腔子上，他便用死劲一割，把一个血淋淋的人头割下来。

姓恩的到了这时，也不由得发了怔，痴痴地站在院子里，对那倒在地下的尸身看着。这时月光加倍的有光彩，照在蕊香的尸身上，只见他上身一件粉红单衫，钮子也挣断了，露出高耸耸白嫩的乳头来。那一弯玉臂，越发觉得白净肥嫩。这姓恩的，年纪只有二十多岁，正在女人身上用情的时候；他见了这一个艳丽的尸体，忍不住吊下泪来。看看院子里没有人，便跪下地去，对尸首叩首着，说道："愿妞妞死早升天界，莫怨我狠心杀了你；这是皇后的旨意逼迫着我，我也是没法。如今没得别的，给姐姐多磕几个头罢。"说着，不住地在地下碰头。正磕着头，忽然一个小太监出来催他缴旨。姓恩的忙提着人头，进宫去覆了旨。皇帝看了，也撑不住掉下眼泪来。

皇后吩咐姓恩的出去，姓恩的才敢退出宫来。到了乾清门，那换班的侍卫也来了；姓恩的换下班，走出乾清门。只见那班 大门侍卫，正在那吃祭万历妈妈撤下来的白汁肉。他们见了姓恩的，便一字儿站起来，上来请过安，说："请大爷吃肉。"原来那班大门侍卫，和姓恩的虽同做着侍卫官，但是他们的官阶不同。那大门侍卫，是在大清门值班的官，分一二三等，都是在每科武殿试榜上挑用的；在乾清门值班的，名御前侍卫，是在王公大臣的年轻的子弟们中挑用的。所以当时那班大门侍卫，见了这姓恩的，十分尊敬。这姓恩的闹了一夜，肚子也觉得饿了，见碗中盛着大块的白汁猪肉，也便走进屋子去坐下来吃。这时灯光照在姓恩的脸上，大家看了，不觉一跳；齐口问道："恩大爷怎么了？弄了一脸的血。"又看他衣襟上也是斑斑点点的血，不觉喊了一声。姓恩的见问，不由得叹了一口气，把在宫中杀蕊香妃子的话说了出来。欲知后事如何，再听下回分解。

好个一肚子道学气的道光皇帝，一见蕊香，便尔销魂。吾常见所谓道学者矣！临老入花丛，恒至沉溺；平时守之愈坚，临事迷之愈甚。故所谓道学者，全在学养，不在形式；须目中有妓，心中无妓，方能不为拖累。

皇帝演跪地活剧者，满清一代，惟道光一人。然帝王家醋海风潮，毕竟与平民不同。此回写来，又庄严，又哀艳，又惨严。至月下杀艳妃一段，笔力逼人，弥增惨艳。呜呼！女子何不幸而入帝王家，卒至血溅粉颈，魂飞月下，可怜亦甚矣！而恩某之向尸跪祷，可谓痴至极矣！然痴情人自有此等举动。

第五十七回　敬事房驮妃进御　豫王府奸婢杀生

却说这姓恩的对着这班大门侍卫说出在宫中杀妃子的事体来，个个都听得目瞪口呆。如今做书的，趁这个当儿，把清宫里万历妈妈的故事说一说：原来这万历妈妈，便是明朝的万历太后。据说在明朝万历年间，清太祖带兵打抚宁，被明朝的兵士捉住，关在抚宁牢监里。清兵营里送了十万两银子给明朝的太监，太监替他去求着万历太后；太后对万历皇帝说了，把太祖放回国去。从此清宫里十分感激万历太后。直到清兵进关，便在紫禁城东北角上造着三间小屋，里面供着万历太后的牌位，宫里人都称他万历妈妈。从世祖传下来，每年三百六十日，每天拿猪两只，去祭着万历妈妈；管万历妈妈庙的，是一个老婆婆。这老婆婆每夜酉正二刻赶着空车儿出城去，到子正三刻，车箱里装着两口活猪，老婆婆自己跨着辕儿，赶着车，到东华门口候着；待门开了，必要让这猪车先进门去。车子上用青布围着，不点灯的。这猪车进去了，接着便是奏事处官员，擎着一盏圆纱灯，跟在车子后面进来。接着又是各部院衙门递奏官，和各省的折弁；再后面，便跟着一班上朝的官员，到朝房去的。清宫规矩，紫禁城里不许张灯，只许奏事处用灯，讲官用灯，南书房用灯。此外上朝陛见的各官员，都站在东华门外候着，见有一盏灯来，便抢着去跟在后面。紫禁城里行车的，只有这祭万历妈妈的猪车。那老婆婆把车赶进了东华门，沿着宫墙，向东北走去；到了庙门口停住，便有人出来帮着他，把猪杀了，洗刮干净，整个放到大锅里煮熟了，祭着万历妈妈。祭过了，割成大块儿，送到各门去给侍卫官吃。那猪肉是白水煮的，不加盐味；另有大钵儿盛着白汁肉汤。侍卫吃时，不许加盐味，也不许用汤匙筷子，只许拿解手刀把肉割成片儿，拿到小碗里去吃着。起初大家因为淡吃着没有味儿，后来侍卫中有一个聪明的，想出法子来；拿厚高丽纸切成小方块，浸在好酱油里煮透，又拿到太阳里去晒干。每到值班，各把这纸块拿一叠藏在身边，到吃肉的时候，把纸拿出来，泡在肉汤里，蘸着猪肉吃着，他的味儿鲜美无比。这种肉味，御前侍卫是不得吃的。如今姓恩的退班时候迟了，正遇到大门侍卫吃肉，他也凑在一块儿大吃起来。一面吃着，一面把杀妃子的事体说出来；说到凄惨的地方，大家不觉打起寒噤来。这姓恩的退出宫来，害了一场大病；从此以后，他便辞去职司，不肯当侍卫了。

皇帝自从那夜和皇后吵闹过，后来到底皇帝自己认了错，皇后才罢休。从此以后，皇帝怕皇后吃醋，便常常到皇后宫中去住宿；便是有时召幸别的妃嫔，也须有皇后的小印，那妃嫔才肯应召。宫里的规矩，皇帝召幸妃嫔，原要皇后下手谕的。自从乾隆帝废了皇后以后，这个规矩，已多年不行了；如今这位道光后重新拿出祖制来，道光皇帝便不敢不依。你道祖制是怎么样的？原来除皇后以外，皇帝倘要召幸妃子，只许在皇帝寝宫里临幸，不许皇帝私下到妃子宫里去的。哪管皇帝和后妃房里的事体的，名叫敬事房；那敬事房有总管太监一人，驮妃子太监四人，请印太监两人。总管太监，是专管进膳牌、叫起、写册子等事体的；驮妃子太监，是专驮妃子的；请印太监，是到皇后宫中去领小印的。那膳牌，把宫中所有的妃嫔，都写在小牙牌上；每一妃嫔，一块牌子，牌子头上，漆着绿色油漆，又称做绿头牌。总管太监，每天把绿头牌平铺在一只大银盘里；如遇妃嫔有月事的，便把牌子侧竖起来。觑着皇上用晚膳的时候，总管太监便头顶着银盘上去，跪在皇帝跟前；皇帝倘然要到皇后宫中去住宿，只说一句“留下”，总管太监便把这银盘搁在桌上，倒身退出屋子去。皇帝倘然不召幸妃嫔，也不到皇后宫中去，便说一声“拿去”，那总管太监，便捧着盘子退出去。皇帝倘然要召幸某妃，便只需伸手把这妃子的牌子翻过来，牌背向上摆着；那总管太监，一面捧着盘子退出去，一面把那牌子拿下来，交给管印太监，到皇后宫中去请印。皇后的管印太监，一面奏明皇后，一面在一张纸条儿上打上一颗小印，交给那太监；那太监拿着出来，交给驮妃子太监。那驮妃子太监，见了膳牌和小印，便拿着一件黄缎子的大氅，走到那妃子宫里，把小印纸条儿交给宫女；宫女拿进去给妃子看了，服侍妃子梳洗一番，宫女扶着。太监进去，把大氅向妃子身上一裹，背着直送到皇帝榻前；解去大氅，妃子站着。这时皇帝也由太监服侍着脱去了上下衣睡在床上，盖一幅短被，露出脸和脚；太监退出房外，妃子便上去，从皇帝的脚下爬进被里去，和皇帝并头睡下。这时敬事房的总管太监，带着一班太监，一齐站在房门外；看看过了两个时辰，便在房门外跪倒，拉长了调子，高声喊道："是时候了！"听屋子里没有声息，接着又唱；唱到第三声，只听得皇帝在床上唤一声："来！"那驮妃子太监，便走进屋子去。这时妃子已钻出被来，站在床前；太监上去，依旧拿大氅裹住，驮着送回宫去。接着那总管太监进屋子来，跪在床前，问道："留不留？"皇帝倘然说"留"，那总管太监便回敬事房去，在册子上写着"某年某月某日某时皇帝幸某妃，留"一行字。倘然皇帝说"不留"，那总管太监便到妃子宫中去，在妃子小肚子下面穴道上，用指儿轻轻一按，那水一齐流出来。清宫定这个规矩，原是仿着明朝的制度；如今道光后要行着自己的威权，又防皇帝荒淫无度，又请出祖制来。道光帝也无可奈何，只得忍受着。

这时宫中的风流案件才了，接着豫王府里又闹出一桩风流案件来。那豫亲王裕兴，原是近支宗室。清宫制度，做王爷的，不许有职业；因此这裕兴吃饱了饭没有事体做，终日三街六巷的闲闯。他又天生一副好色的大胆，仗着自己有钱有势，看见些平头整脸些的娘儿们，他总要千方百计地弄到手。京城里有许多私窝儿，都是豫王爷养着；大家取他绰号，称他花花太岁。还有许多良家妇女，吃他照上眼，他便不管你是什么人家，闯进门去，强奸硬宿。有许多女人，被他生生地糟蹋了，背地里含垢忍辱，有悬梁的，有投井的，那人家怕坏了名气，又怕豫王的势力大，只得耐着气，不敢声张出来。

后来这豫王爷为了自己家里的一个丫头，几乎送去了性命；这真是天网恢恢，疏而不漏。这丫头名叫寅格，原是豫王福晋娘家陪嫁来的。只因他长得白净娇艳，性情又十分和顺，王府里上上下下的人都和他好。豫王有一个大公子，名叫振德，和寅格是同年伴岁，他两人格外说得投机，常常在没人的时候，说着许多知心话。这位福晋，又爱调理女孩儿，把个寅格调理得好似一盆水仙花儿，又清洁又高傲。大公子看在眼里，越觉得可爱。便是寅格心眼儿里，也只有大公子。谁知这丫头越打扮得出色，那豫王在暗地里看了越是动心。豫王福晋知道自己丈夫是个色中饿鬼，便时时看管着他。这豫王看看无可下手，便也只得耐着守候机会，看看这寅格十八岁了，越发出落得雪肤花貌，妩媚动人。寅格也知道王爷不怀好意，每到没人在跟前的时候，王爷总拿风言风语调戏他，有时甚至动手动脚，寅格便铁板着脸儿，一甩手逃出房去。这种事体，也不止一次了。

这一天，合该有事。正是正月初六，原轮到近支宗室进宫去拜年，豫亲王带领福晋、格格、公子一家人，照例进宫去。皇上便在宫中赐宴。那皇后和豫王福晋说得上，便留着他在宫中多说几句话儿；豫王在外面，看看福晋还不出来，他忽然想起家中的寅格。心想这是千载难逢的好机会，便匆匆退出宫来，回到府里，走进内院，把那班姨太太、丫头、仆妇都支使开了，悄悄地掩进福晋房里去。他知道寅格总在房里看守着，谁知一踏进房看时，静悄悄的一个人也没有；再细看时，见床上罗帐低垂，帐门里露出两只粉底儿高心鞋子来，绣着满绷花儿。豫王平日留心着，认得是寅格的脚；他心中一喜，非同小可。原来寅格在房中守候着，静悄悄的不觉疲倦起来；心想回房睡去，又因福晋房中无人，很不放心，况且福晋临走的时候，吩咐他看守着房户，他仗着主母宠爱他，便一倒身在主母床上睡熟了。豫王一面把房门轻轻关上，蹑着脚，走近床前去，揭去帐门一看，不由他低低地说一声："妙"！只见他一点朱唇上，搽着鲜红的胭脂，画着两弯蛾眉，闭上眼，深深地睡去，那面庞儿越俊了。豫王忍不住伸手去替他解着纽扣儿，接着又把带儿松了。寅格猛从梦中惊醒过来，已是来不及了，他百般哀求啼哭着，终是无用，这身体已吃王爷糟蹋了。豫王见得了便宜，便丢下了寅格，洋洋得意地走出房去。这里寅格又气愤，又悲伤，下体也受了伤，止不住一阵一阵的疼痛。他哭到气愤极处，便站起来，关上房门，解下带子，便在他主母的床头吊死了。可怜他临死的时候，还唤了一声"大公子！俺今生今世不能侍奉你了！"

王府里屋子又大，这福晋房里，又不是寻常奴仆可以进去得的，因此寅格吊死在里面，竟没有一个人知道。直到靠晚，豫王福晋带了公子、格格从宫里出来；那大公子心里原记挂着寅格，抢在前面，走到内院去，推推房门，里面是反闩着。打了半天，也不听得房中有什么动静。大公子疑惑起来，急急跑来告诉他母亲；他母亲还在他父亲书房里，告诉见皇后的事体。听了大公子的话；十分诧异，忙赶进上房去。那豫王还装着没事人儿，也跟了进来。许多丫头女仆，把房门撬开了，进去一看，大家不觉齐喊了一声："啊唷！"原来福晋的床头，直挺挺地挂了一个死人。大家看时，不是别人，正是那寅格。这时独苦坏了那大公子，他当着众人，又不好哭得，只是暗暗地淌着眼泪，那福晋见他最宠爱的丫头死了，也由不得掉下眼泪来。一面吩咐快把尸身解下来，抬到下屋子去停着。管事妈妈上来，对福晋说道："府中出了命案，照例须去通报宗人府，到府来踏勘过，才能收殓。"又说："屋子里的床帐器具，一动也不能动的，须经官里验看过。"豫王听了这句话，心中已是虚了。接着说道："死了一个黄毛丫头，报什么宗人府！"这时豫王福晋，因这丫头是他心爱的，又看他死得苦，知道他一定有冤屈的事体在里面；他也万想不到这桩案件便出在她丈夫身上。他要替丫头申冤的心很急，一时也不曾细细打算，便去报了宗人府。这豫王因为是自己闹出来的事体，不好十分拦阻，反叫人看出形迹来；又仗着自己是近支宗室，那宗人府也不在他心眼儿上。谁知这时管理宗人府的，是一位铁脸无私的隆格亲王，排起来，原是豫王的叔辈。当下他接了豫王家人的报告，便亲自到豫王府里来验看。他见那福晋床上罗帐低垂，被褥凌乱，心下已有几分猜到。后来相验到寅格的尸身，见他下身破碎，裤儿里涂满了血污，这显系是强奸受伤，羞愤自尽的。但这堂堂王府里，有谁这样大胆，在福晋床上强奸福晋贴身的侍女？隆格亲王起初疑心是豫王的豫公子闹的案子，后来背着人把大公子唤来盘问一番，见一个羞怯怯的公子哥儿，不像是做这淫恶事体的人。正没主意的时候，忽然那相验尸身的仵作，悄悄地送上一粒金扣儿来，扣儿上刻着豫亲王的名字一个"裕"字；那大公子见了，便嚷道："这扣儿是俺父亲褂子上的。"隆格亲王看时，扣儿下面果然连着一截缎子的瓣儿，还看得出拉断的线脚儿来 。当时便把管衣服的丫头唤来。那丫头名叫喜子，原是一个蠢货。他一见了这粒金扣儿，便嚷道："啊唷！原来丢在这里，怪不得我说怎么王爷褂子上的金扣儿少了一粒了。"隆格亲王唤他把王爷的褂子拿来一看，见当胸第三档钮瓣儿拉去了一粒，看得出是硬拉下来的；因为那褂子对襟上，还拉破一条小小的裂缝。便问："这件褂子，王爷几时穿过的？"那喜子说："是昨天拿出来，王爷穿着进宫去的。"又问："王爷什么时候回府的？"说："午后回府的。"问："你可曾留心王爷穿这褂子出去的时候，那褂子上可曾缺少扣子？"说："婢子曾看过，那扣子是完全的不曾缺少。"问："王爷回府的时候，身上可曾穿褂子？"说："是穿在身上的。"问："王爷什么的候脱下褂子来的？"说："王爷是先回府来，一回来，婢子上去请王爷宽衣，王爷也不说话，也不叫脱，匆匆忙忙地走进上房去了。"问："可看见王爷走进谁的房里？"说："见王爷去进大福晋房里去。"问："这时大福晋可曾回府？"说："大福晋和公子、格格们直到靠晚才回府。"问："王爷什么时候出房来的？"说："王爷进房去，隔了约莫一个时辰才出房来。"问："王爷在房里的时候，可听得房里有叫喊的声音吗？"说："王爷一进院子，便吩咐婢子们出去，不奉呼唤，不许进上房来。因此，那时婢子们离上房很远，有没有叫喊的声音，不但婢子不曾听得，便是阖府里的姐姐、妈妈们都不曾听得。"问："王爷进房去的时候，寅格在什么地方？你可知道吗？"说："不知道。大概在大福晋房里，因为寅格姐姐终年在大福晋房里伺候着大福晋的。"问："王爷走出上房来，身上还穿着褂子吗？"说："还穿着。"问："你怎么知道还穿着褂子？"说："王爷从上房里出来，回到书房里，叫外面爷们传话进来，说'叫拿衣服去换。'婢子立刻去捧了一包衣服,交给那爷们;停了一回,那爷们又捧着一包衣服进来,交给婢子。婢子打开来看时,见里面包着一套出门去穿的袍褂。再看时,那衣襟上缺少了 粒金扣儿,又拉破了一条。婢子肚子里正疑惑,问又不敢去问;若不去问,又怕过几天王爷穿时,查问起来,婢子又当不起这个罪。如今这一粒金扣儿,却不料落在老王爷手里。谢谢老王爷,婢子给老王爷磕响头,求老王爷赏还了婢子罢。免得俺们王爷查问时,婢子受罪。"说着,他真的磕下头去。隆格亲王用好话安慰着喜子,说:"这粒金扣子,暂借给俺一用,你家王爷查问时,有我呢。"又把那天服侍王爷换衣服的小厮传来,问:"那天王爷脱下褂子来的时候,你可曾留心那件褂子上的金扣有缺少没有?"那小厮回说:"小的也曾留心看过,衣襟上缺少一粒扣子。那衣褂还拉破一条缝,好似新近硬拉下来的。当时小的也不敢响,便把衣服送进上房去了。"接着又把那件作传上来,问:"这一粒金扣子从什么地方拾得的?"那件作回说:"是在死人手掌中检出来的。那死人手掌捏得很紧,不像是死过以后再塞在手掌里的。"隆格亲王听了这一番口供,心中已十分明白。

隆格亲王拿了这件褂子,亲自到书房里去见豫亲王。一见面便问:"这扣子可是王爷自己的?"豫亲王当时虽丢了扣子,自己却还不知道。见隆格亲王问时,便答道:"这副扣子,还是那年皇太后万寿,俺进宫去拜寿,太后亲自赏的,所以扣子上刻着俺的名字。同时惇亲王、瑞亲王也照样得了一副。俺因为是太后赏的,格外尊重些,把他配在这件褂子上。王爷如今忽然问起这扣子来,是什么意思?"隆格亲王说道:"如今王爷丢了一粒扣子,你自己知道吗?"豫王听了,瞪着眼睛在那里想。接着隆格又说道:"如今俺却替你找到了。"豫王便问:"找到了吗? 在什么地方找到的?"隆格说道:"却不料在那死丫头寅格手掌中找到的。"豫亲王听了这句话,不禁脸上涨得通红。他当强奸寅格的时候,被寅格拉去了一粒扣子,他也糊糊涂涂,一时记不清楚;如今吃隆格亲王一语道破,便顿时言语支吾、手脚局促起来。隆格亲王一眼看出他是犯了罪了,便喝一声:"抓!"当时上来十多个番役,扶着豫亲王出府去。欲知后事如何,且听下回分解。

宫中祭万历妈妈事,虽为满人崇德报功之深意,然其举动,何神秘乃尔! 万历太后,何以施恩于满主,在历史俱不可考;而其事绝非荒诞不经者。至白汁肉之吃法,亦适见彼之蛮风未去也。

专制帝王之防护,亦已甚矣! 虽床笫之私,亦寓森严意。此人情也,而以兽合视之,召之使来,挥之使去,亦有何风趣之可言? 彼帝王者,非不知结解同心绦结芙蓉之可乐,而时以不测之变,横于胸中,枕席森严,抑亦苦矣!

豪贵宗室,视人命如儿戏,破人贞节以为乐事。然而天夺其魄,赫赫豫王,竟败于一弱婢子之手。当其纵淫强奸时,逞一时之意气,视弱女子之宛转啼哭如无物。殊不知即于此脱去金钮,为他日鸣冤之铁证。若论报应,亦已巧矣! 即论小说埋伏,则尤巧中之巧也,读之足令人玩味。

第五十八回　皇儿仁慈不杀禽兽　天子义侠挽救穷酸

却说道光帝被皇后杀死他最宠爱的蕊香妃子以后，心中正不舒服，忽然宗人府奏称豫亲王淫逼侍女寅格致死，便不觉大怒起来，立刻提起笔来，在折子上批着"赐死"两字。亏得豫王福晋和道光后十分要好，暗地里放了一个风声，那福晋带了公子赶进宫来，跪在皇帝皇后跟前，替她丈夫求命。皇后也替豫王福晋说了许多好话，接着又是惇亲王、瑞亲王看在弟兄面上，约着一齐进宫来，替豫王求饶；那豫王福晋又到隆格亲王府里去哀求，总算把皇帝的气宽了下来，交宗人府大臣会同刑部大臣拟罪。后来定下罪来，裕兴着革去王爵，发交宗人府圈禁三年，期满回家，不许出外惹祸。

豫王福晋为了丈夫这桩案件，东奔西走，化去了三十万银子，才得保全豫王一条性命，但是这三年工夫，福晋冷清清的住在府里，十分凄凉。道光后知道他的苦处，便常常把他唤进宫去闲谈；有时叫把大公子也带进宫去，皇后看看那大公子长得面貌清秀，性情和顺，便替他求着皇帝，把豫王的爵位，赏给了大公子，大家叫他小豫亲王。看看那小豫亲王，也到了年纪了，皇后便指婚把福郡王的格格配给小豫亲王振德。到大婚的这一天，也是皇后替他在皇帝跟前求了，把裕兴从宗人府里赦了出来，放回家去。从此豫亲王一家人，都感激皇后的恩德。

那豫王福晋，一心想爬高，见道光帝的大公主，面貌也长得不错，性情十分豪爽；福晋每一次进宫去，这大公主便拉着他问长问短，十分亲热。清宫里的规矩，公主一生下地来，便和他父母分离，交给保姆，不是万寿生节，一家人不得见面。一个公主，生下地来，直到下嫁，只和他父母见上十几面儿。终身在保姆身边过活，因此常常受保姆的欺侮，保姆的威权很大。那公主和亲生父母十分生疏，便见了父母的面，也不敢把自己的苦楚说出来；只有这大公主，因道光后宠爱他，从小养在宫里，身边有二十个侍女，八个保姆，服侍他。这公主虽说是女孩儿，却有男孩儿的心性，终日大说大笑，爱骑马射箭。豫王福晋一心想替他说媒，说给他自己的弟弟名叫符珍的。

讲到那符珍，年纪也有二十岁，却是男孩儿有女孩儿心性的；白嫩脸面，俊俏身材。虽读得一肚子的诗书，却是十分软弱；生平怕见生人，说一句话，便要脸红。豫王福晋便替他向皇后求亲去，皇后问女儿："可愿意吗？"大公主听说男孩儿十分柔顺，心中早愿意了。皇后和皇帝说知，便把大公主指婚给符珍，另造了一座驸马府。到了吉期，大公主辞别了父母，到府行过大礼，接着公婆来朝见过媳妇，便把这位公主冷清清关在内院里，不得和驸马见一面儿，大公主心中十分诧异。有时豫王福晋来看望他，大公主背地里问他："怎么不见驸马？"豫王福晋劝他说道："这是本朝的规矩，你耐着些儿罢。"公主听了，越发弄得莫名其妙。那符珍自从娶了公主，这公主面长面圆，也不曾见过，终日关在外院书房里，要进去也不能，心中十分懊悔。

看看过了五个月，他夫妻两人还不得见一面儿，大公主是一个直爽人，他忍不得了，便吩咐侍女，把驸马去宣召进来。谁知被保姆上来拦住了，说道："这是使不得的。吃外人传出去，说公主不爱廉耻。"大公主也没法，只得耐住了。再隔三个月，公主又要去宣召驸马，又被保姆拦住了。说道："公主倘一定要宣召驸马进来，须得要花几个遮羞钱。"大公主便拿个一百两银子来，保姆说不够；又添了一百两，也说不够。添到五百两银子，保姆终是说不够。说道："宫里打发俺到府中来照应公主，倘要宣召驸马，须是俺替公主担干系的。"公主一气，便也罢了。直到了正月初一，大公主进宫去拜岁，见了他父皇，便问道："父皇究竟将臣女嫁与何人？"道光帝听了，十分诧异，说道："那符珍不是你的丈夫吗？"大公主问道："什么符珍？符珍是怎么样的人？臣女嫁了一年，却不曾见过他一面。"道光帝问道："你两人为什么不见面？"大公主说道："保姆不许臣女和他见面，臣女如何得见？"道光帝说道："你夫妻们的事体，保姆如何管得？"大公主又问道："父皇不是派保姆到府中来管臣女的吗？"道光帝说道："全没有这件事。"大公主听在肚子里，回府去，先把保姆唤到跟前来，训斥了一顿，赶出府去；又把驸马召进内院去，夫妻两人一屋子住着。从此后，一连生了八个儿女。自从清朝二百年来，公主生儿女的，只有这位大公主；从来清朝的公主，都是不得和驸马见面，害相思病死的。这都是那班保姆故意作弄，因为清宫的规矩，公主死了，便把驸马赶出府去；除房屋缴还内务府外，那公主的器用衣饰，全是这班保姆吞没。这班保姆因贪得公主的衣饰，便想出法子来逼死公主。有人说那保姆的虐待公主，好似鸨母的虐待妓女。这且不去说他。

如今再说道光帝被皇后束缚在宫里，时时有皇后的心腹在暗地里监督着，心中十分懊闷。他没有什么事消遣，自幼儿原练得好弓马，便每天带着一班皇子，在御花园中练习骑射。清宫的规矩，皇子落下地来，便有保姆抱出宫去，交给奶妈子。一个皇子照例须八个保姆，八个奶妈，八个针线上人，八个浆洗上人，四个灯火上人，四个锅灶上人。到三岁断乳以后，便除去奶妈，添八个太监，名叫谙达；教他饮食，教他说话，教他走路，教他行礼。到六岁时候，穿着小袍褂、小靴帽，领着他跟着大臣们站班当差；每天五更起来，一样穿着朝衣进乾清门。过高门槛，便有太监抱着他进门，回头向两面一看，踱着方步。到御座前，跟着亲王们上朝。朝罢，送到上书房去上学。到十二岁，有满文谙达，教他读满文；十四岁教他学习骑射。宫中唤皇子称作阿哥。皇子住的地方，称作阿哥所，又称青宫。直到父皇驾崩，才得带着生母妻子出宫去住着。做皇子的，一生和父皇除上朝的时候，只见得十几面；见面的时候，又不得说话。因此做皇子的和皇帝感情十分冷淡，只有这道光帝，却常常把皇子召进宫去，带在身边，一块儿游玩。后来皇帝因御花园里地方太小，便索性带了御林军，到木兰打围去。

道光帝最爱的是四皇子奕詝，六皇子奕䜣；此番出巡，便把这两个皇子带在身旁。那穆彰阿见皇帝宠爱奕䜣，胜过奕詝，便暗暗地和奕䜣结交，常常送些礼物。又对奕䜣说："皇上是一位聪明英武的圣主，大阿哥须在父皇跟前格外献些本领，使父皇看了欢喜，那皇帝的位置便稳稳是你得的了。"奕䜣听了穆相国的话，便终日习练武艺；每到骑射的时候，总是他得的赏赐独多，道光帝心中也渐渐有点偏爱奕䜣起来了。奕詝在一旁冷眼看着，知道父皇独宠那六皇子。那六皇子得了父皇的宠爱，对着他又做出许多骄傲的样子来，心中实在有些难受，便和他师傅杜受田来商量。那杜受田是翰林出身，胸中很有计谋，当下便指教他如此这般的法子。奕詝记在肚子里。

隔了几天，热河地方落下大雪来，皇帝吩咐，明天在西山设下围场打猎去。当时把许多亲王、贝勒召齐了，各人带了兵马，预备明天打围去。第二天，皇帝出门，身边有七个皇子跟着。到了西山，大家动起手来，独有那四皇子奕詝勒住了马跟定了父皇不动，便是他手下的兵士们，也各按兵不动。道光帝看了，也十分诧异。便问："我儿为什么不打猎去？"那奕詝在马上，躬身回答道："臣子心想，如今时当春令，鸟兽正好孕育，臣子不忍多伤生命，以违天和。且也不忍以弓马之长，与诸弟竞争呢。"奕詝冠冕堂皇地说了这几句话，倒不觉把个道光帝听怔了。半晌，叹道："吾儿真有人君之度！"说着，便传令收场。那班王爷正杀得起劲，忽然听说传旨收场，大家都觉得奇怪，但是皇命不敢不遵，一场扫兴，个个偃旗息鼓回来。这一晚，皇帝回到寝殿里，想起日间四皇子的一番说话，觉得他仁慈宽大，便打定主意传位给奕詝，把他的名字暗暗的写下了。

道光帝虽罢了这围猎的事体，但他因住在行宫里十分自由，一时里不想回京。他这时只把一个静妃博尔济锦氏带在身旁。那静妃生着娇小身材，俊俏面庞，又是一副伶牙俐齿，终日有说有笑;他陪伴着皇帝,却也不觉得寂寞。这一天,皇帝要一个人出去打猎,静妃说也要去,那五皇子奕誴说也要去。那奕誴是静妃亲生的儿子,自幼长得十分顽皮,只因他弓马娴熟,每逢皇上出去围猎,终带着他去的。今天他父子夫妻四人,带了一大队神机兵去打围猎,却十分快乐。那静妃穿着一身猎装,愈显得柳腰一搦,婀娜之中,带着刚健。皇帝带着他母子二人在林中乱闯,东奔西跑;皇帝的马快,早和那班兵士离得远了,看看身后只留下几个贴身太监和御前侍卫。瞥见一头小獐儿,在皇帝马前跑过,皇帝抽箭射去,那獐儿带着箭逃出林子去了。皇帝吩咐众人站住,他自己匹马赶出林子去,四面一看,不见那獐儿,却远远地见那面一株大树下面有一个男子,在那里上吊。看他拿带子在树枝儿套着一个圈子,把颈子凑上去吊住,两脚腾空,临风摆动着。道光帝起了一片怜惜之心,便在箭壶里抽出一支箭来,"飕"的一声射去,不偏不倚,把那带子射断了。那男子落下地来,十分诧异,急向四面看时,道光帝隐身在树林里,他见没有人,便拾起带子来又要上吊。道光帝拍马赶去,把他带子夺下来。这时道光帝穿的是猎装,那男子不知道他是皇帝,便恨恨地说道:"俺好好的寻死,你开什么玩笑?"道光帝问他:"你为什么好好的人不做,却要寻死!"那男子说道:"俺活着挨冻受饿,不寻死却怎么?"说着大哭起来。道光帝喝住他的哭,问他:"你怎么到这地方来的?"那男子抹着泪说道:"俺原是四川人,得了一个小小的功名,进京来考铨选,考中了第二名;心想不久便有差使了,便把家眷接到京里来住着守着。谁知一守三年,那考第三名、第四名直至第十名的,都得了差使出去了,独有我永得不到差使。住在京里,吃尽当光,老婆替人家缝衣裳,女儿替人家绣花,赚几个工钱过日子。看看实在支撑不下了,便想到部里去问一个信,却被那差役们拦住了,不得进去。是我气愤极了,打听得皇上在热河出巡,便瞒着家里人,悄悄地赶到这地方来寻死。我也不想别的,只望万岁爷知道了,可怜我这客地幽魂,便大发慈悲,打发几个盘缠,使我家里妻女搬着我的棺材回四川去。这个恩德,便是我做了鬼也不忘记的。"说着,又撑不住大哭起来。道光帝生长在帝王家,却想不到世间又有如此苦恼的人,便怔怔地看着他哭。那人哭过了,又从身边掏出一本奏折来,交给道光帝。道光帝也不看,便从身边掏出一个白玉鼻烟壶来,交给这男子,叮嘱他道:"你拿这个到吏部大堂去,不怕没有差使给你。你快快离了这地方,这里是皇上家的禁地,吃御林军捉住了要砍脑袋的呢。"道光帝说着,拍马转身去了。

这里这个男子拿了一个鼻烟壶,心中将信将疑;又看看这个鼻烟壶,玉色光润,知道是珍贵东西;心想便得不到差使,把这烟壶卖去,也能度得几天。他想到这里,把死的念头也打消了。便赶进京去,穿着一身破旧的袍褂,大着胆,踱进吏部大堂去。那班差役,认作他是疯了,便上去拦住他。他便大嚷起来,顿时惊动了里面的堂官,便打发人出来问,他却不肯说,一定要见了堂官才说。那堂官听了也诧异起来,便亲自出来问时,他才把那白玉鼻烟壶拿出来。那堂官看了,也莫名其妙,拿进去给尚书看。这时吏部尚书是满人,名叫毓明,一看,认得是皇上随身用的东西,忙去供在大堂上,大家对他朝拜着。又出来,把这男子迎接进去。问他:"这鼻烟壶从什么地方得来的?"那男子把遇见道光帝救命的情形,一一说了出来。毓明告诉他:"你遇见的便是当今皇上。"那男子听了,吓得忙爬下地去,对那鼻烟壶磕着头,磕个不住。毓明叫人把他扶起来,问他:"要什么?"那男子伸手,拍拍自己额角,说道:"俺想湖北黄陂县的缺分,想了十多年了。"他一句话不曾说完,那毓明便吩咐快写札子。那堂官立刻把委他做黄陂县的札子写好,交给他自己。那人得了札子,双手捧着,连连打躬作揖,走出衙门去。

到了道光帝回京来,见了毓明,毓明便把这白玉烟壶奉还,皇上便问:"那穷汉得了什么差使去了?"毓明回奏说:"委他个黄陂县去了。"道光帝笑着说道:"这个人也太薄福了,这一点点小官,也值得拿性命去拼。"后来那人到了任,因为他是皇上特意提拔的,上司便另眼看待他。他在任上,狠狠地刮了几年地皮,上司也不敢去参革他。六年工夫,整整的刮了五十多万两。倘然给道光帝知道了,又不知怎么说法?

如今再说当时的道光皇后，原是侍卫颐龄的女儿，姓钮钴禄氏。颐龄曾出任外官，到苏州去做过将军，这钮祜禄氏也随任在苏州。苏州的女孩儿，都是聪明伶俐的，那颐龄平日也和地方上的绅士来往，那绅士也常常带着他的妻女到将军衙门里来玩耍。钮钴禄氏和那班绅士的女儿要好，女伴儿们学着许多闺房里的玩儿；什么绣花儿呢，唱曲儿呢，打牙牌呢，排七巧板儿呢，作诗写字呢，样样都会，样样都精。后来选进宫去，道光帝因他才貌双全，封他做了全妃。过了几年，又封为皇贵妃。后来皇后佟佳氏死了，这钮祜禄氏便册立补升了皇后。这位皇后，仗着自己伶俐聪明，便事事要争胜。他又因自己统率六宫，便摆出皇后的身份来，监察着皇帝，不许皇帝随意召幸。因此皇帝和皇后的感情，一天坏似一天。

此番皇帝带着博尔济锦氏到热河去住了多时，皇后心中越发不自然了；待到回宫来，见了静妃的面，不免有些冷言冷语。那博尔济锦氏也是一个厉害角色，况正在得宠的时候，如何肯让？但是一个是妃子，一个是皇后，在名位势力上是不能对敌的。他便用暗箭伤人的法子，先到皇太后跟前去，献些小殷勤。这时皇太后因皇帝崇尚节俭，住在慈宁宫里，十分清苦。静妃觑着太后不周不备的地方，送些礼物，皇太后心中也很感激他。又看他是得宠的妃子，便也假以辞色。那静妃看看皇太后和他走了一条路，便慢慢地在言里语里说了许多皇后的坏话。那皇太后见皇后事事卖弄聪明，心性高傲，本来也不欢喜他；从前的皇后佟佳氏，原是皇太后的内亲，如今见钮祜禄氏是由贵妃升做皇后的，也有几分瞧他不起。再加静妃常常在皇太后跟前言三语四，他婆媳两人的感情，便愈闹愈恶。那皇后也有几分觉得，又打听得是静妃在中间鼓弄；从此皇后见了静妃，便不给他好脸嘴看。静妃在面子上，总是十分敬重皇后，每到皇帝召幸他的时候，便一边哭着，一边诉着说皇后如何虐待他，如何嫉妒他。女人的眼泪，原是很有力量的，况且是宠妃的眼泪，力量越发大了。再加皇后事事要制服着皇帝，皇帝心中原也有些恨着皇后；如今听了静妃的话，越发把皇后冷淡起来了。

他三个人走了一条路，正在那里用全副精神摆布着一个皇后的时候，偏偏那五皇子不争气，闹出乱子来，几乎叫静妃失了宠。那五皇子奕琮，是静妃的亲生儿子，和四皇子奕詝同年同月同日，只时辰上差了一点。据清宫里的人传出来说，原是五皇子先落地，四皇子迟生一个时辰；后来被全妃化了银钱，故意迟报。因此四皇子做了哥哥，五皇子反做了弟弟。这奕琮生下地来，自小儿性气粗暴，胆大妄为，最不爱读书；住在阿哥所里，只因他气力大，那班弟兄，人人吃他的亏，因此人人怀恨在心，却又怕他动蛮，便也无可奈何他。但是这个五皇子，仗着他母亲正在得宠的当儿，小小年纪，已经封了淳郡王。这位郡王爷，名位虽高，但他却依旧不爱读书。欲知后事如何，且听下回分解。

小人好弄，卒以弄失其权。清宫保姆，视公主如囊中物，予取予求。刁奴欺主，莫此为甚！彼为公主者，既隔于父母骨肉之情，复慑于历来因袭之例，亦隐忍而不敢言。其实所谓例者，皆予小人以弄权之机也。唯有此倜傥豪迈之大公主，足以打破之。但此亦不足怪彼小人，是帝王家无骨肉情有以酿成之者也。

奕詝以“不忍杀生”一语，取得九五之位，其收效可谓大矣。然自来帝王，岂真有仁慈之念哉？须知为帝王者，非忍不能全其私，非忍亦不能成其公。煦煦孑孑，非所以能处天下事。况彼奕詝，非真有不忍也，徒假此以售其奸耳。

第五十九回　姑谋妇皇后中毒　妾救夫烈妇偷尸

却说淳郡王这时跟着兄弟们在上书房读书，师傅是大学士徐鸿逵，却是一位极严正的老先生；皇子们都见了他害怕，独有这奕琮不怕他。非但不怕，有时还要拿先生开胃。他拿一个橘子，放在先生坐的椅子上；先生一不小心，坐下去，便在屁股上黏着一大摊水。这把戏是他在夏天常玩的。又捉着一只青蛙，去闷在先生的墨匣子里；待先生去揭开砚盖来，青蛙带着墨汁，满桌子跳着，书本儿上弄得一塌糊涂，这也是他常玩的把戏。徐鸿逵虽心中愤恨，却也无可奈何。有一天，上书房里的阿哥们，忽然吵嚷起来，说五皇子不见了；师傅便打发许多太监，满院子找寻，直找了两三个时辰，却找寻不到。后来奕琮忽然在正大光明殿的柱子上溜下来。这正大光明殿上，设着宝座；宫里规矩，无论什么人，走过殿前，必须绕着路。非有大事行礼，不能在殿上行走。如今这五皇子却犯了大不敬的罪，师傅便请出祖训来，把五皇子的手心，打了三下，五皇子从此含恨在心，时时想报这个恨。

这时正在夏天，徐学士身体肥胖，常常饮茶；师傅饮茶，有一定茶杯的。这时师傅正在那里讲书，那皇子们一齐站着听讲。徐学士讲到口渴的时候，拿起茶杯一喝便干。不知什么时候，那奕琮悄悄地又去倒了一杯茶来，搁在桌上；这时大家不曾留心，只有四皇子冷眼里看着。停了一回，师傅又拿起茶杯来，才喝了一口，便哇的一声，吐了出来。气得他满面怒容，瞪着眼，大声问道："谁撒尿在这里面？"那班皇子顿时吓得不敢作声。这时四皇子却忍不住了，便上去说道："俺看见五弟拿过这茶杯来。"奕琮听说，正要抵赖，师傅大喝一声，上去拉住他，奕琮便大嚷起来。正在这个当儿，道光帝恰巧从里面踱出来，见了这样子，问道："怎么了？敢是五阿哥背不出书来吗？"徐鸿逵见了皇帝，便上去迎接，说道："五阿哥赐臣茶一杯，茶中颇有异味，请陛下一嗅便知。"道光帝正拿起茶杯来嗅时，那五皇子看看事体不妙，急拔脚溜出门去。皇帝大怒，喝一声："抓进来！"便有两个太监上去，揪着奕琮进来。道光帝气愤极了，拔下佩刀来，向奕琮砍去，亏得徐鸿逵上去跪下来拦住，替五皇子讨饶。道光帝见师傅跪下了，便把气放宽，忙上去扶师傅起来。徐鸿逵又说了许多好话，奕琮趁这时也跪下地来，连连磕着头求命。皇帝抬起腿来，兜心一脚，把五皇子踢倒在地。又拿了一根大板子，递给师傅，督看着师傅在大腿上打了十板。

道光帝想起五皇子是静妃生的，如今五皇子做了这种狂妄的事体来，他母亲也该有罪，便气愤愤的走进宫去。谁知那静妃早已得到信息，忙拔去了簪子，披着头发，手里捧着妃子的冠带册书，跪在宫门口；见皇帝进来，他便连连磕着头。口称："臣妾教子无方，上触圣怒，罪该万死！如今情愿将册封冠带纳还，求皇上大发慈悲，赐妾一死。"说着，那眼眶子里的眼泪，便和潮水一般的奔涌出来。道光帝进来的时候，原是有气的，如今见静妃做出这可怜的样子来，早已把心肠软了下来。便伸过手去，把静妃扶了起来，说道："放心吧，你是没罪的。只是这逆子须得好好地办他一办。"说着，静妃上来，把皇帝扶进宫去；在没人的时候，静妃又替五皇子悄悄地求着。

第二天，皇帝传谕出去，把奕琮淳郡王的爵位革了，在青宫里幽闭三年，不许出外。道光帝虽把五皇子从轻发落，却把这静妃格外的宠爱起来。五皇子是静妃的亲生儿子，母子之间，关乎天性；他仗着自己手中有钱，便买通青宫太监，常常送些衣服食物去，又叫人安慰着五皇子，叫他耐心守着。过了皇上气恼时候，便替他求着皇上，赦他的罪。这个消息传到皇后耳朵里，说他私通外监，交结青宫；便在皇帝跟前，上了一本，说静妃不安本分，须严加管束。皇帝正迷恋静妃的时候，看了这奏本，便也付之一笑。因此那静妃和皇后的感情，却一天坏似一天起来。

静妃时时刻刻在那里想计策，要中伤皇后。他原是和皇太后身边的侍女打成一片的，便叫那侍女天天在太后跟前说皇后许多坏话；又说皇后在宫中没人的时候，诅咒着太后，说太后在世一天，他做皇后的，总没有出头的日子。只愿太后早早死去，他可以在宫中大行威权了。太后年纪老了，老年人总不十分明理的。如今听了他们的谗言，心中已是将信将疑的了。后来有慈宁宫里的宫女，到皇后宫里去游玩的，拾得一个纸剪的人儿，上面刺着七枝绣花针儿。那宫女看了很奇怪，他原是贴身服侍太后的，便悄悄地拿这纸人去给太后看。太后一看，上面还写着生年八字。再仔细一算，这八字正是太后的年庚。太后这一来，便大怒起来，连连追问："这纸人儿从什么地方拾得的？"那宫女见太后生气，也十分害怕起来；把如何到皇后宫中去游玩，如何在寝宫门外拾得这纸人，一一说了。那太后听了，越发生气，说道："俺的年庚八字，除皇后以外，没有人知道的；如今这纸人一定是这贱人在那里闹的鬼把戏。这贱人原天天诅咒俺死，他看俺不死，便想出这魇魔法子来，活逼死我；这真叫作天网恢恢，如今这纸人巧巧落在俺们自己人手里。好好！俺亲自问这贱人去。"太后气得浑身打战战，一边拿着纸人，一边站起身来，颤巍巍地走出寝宫来，嘴里一迭连声嚷道："快打俺的软轿来！到翊坤宫里，请问这贱人去。"那侍女慌了，这纸人是他拾来的，这一闹下来，怕祸水惹到他身上去。忙跪下来，拦住太后的驾，说道："太后莫动气，这件事也得在暗地里查问明白，再去请问，也不迟。"慈宁宫里许多宫女，见太后从来也没有发过这样大怒，个个吓怔了。

正在慌张的时候，恰巧静妃进宫来，见了这样子，也帮着跪下来，劝着太后回房去。悄悄问时，太后才把这纸人的事体说了出来。静妃也一口咬定说是皇后闹的鬼，又说："太后若去请问他，这种没凭没据的事体，他原可以抵赖的。太后如要报仇，臣妾倒有一个好法子。"太后忙问他："什么法子？"静妃凑近身来，在太后耳边，低低地说了几句，太后连连点着头。当时便吩咐那侍女，叫他传话出去给宫女们："今天的事体，在外面一字也不许提起，谁敢多嘴，便取他的性命。"那宫女们听了这个话，谁还敢多说？从此慈宁宫和翊坤宫两面的人，顿时安静起来；便有时钮祜禄后来朝见太后，太后也绝不露声色，仍是好言好语地看待他。皇后认作太后回心转意了，他心中也快活。

看看又到皇太后万寿的日子，穆相国依旧献上一班女戏子，在宫中演戏祝寿。皇帝见了这班女戏子，便想起从前蕊香妃子死得可怜。他原打算自己上台去扮老莱子祝寿的，到了这时候，他满肚子凄凉，便也懒得扮演。吩咐四皇子奕詝，代他扮演。

皇帝觑人不留心的时候，便溜出席来，回到宫里，后面只有一个小太监跟着。他看皇帝走进寝殿，拿出一副蕊香妃子的画像来，挂在床前，点上一炉香，作下揖去，唤了一声"妃子"。说道："是朕害了你了！如今你同伴姊妹们，又在那里演戏了，妃子却在什么地方？朕每在睡梦中想着你，你如何不来看看我？"这几句话，说得凄凉婉转，小太监听了，也不觉吊下泪来。皇帝祝赞过了，便静悄悄地对那画像坐了一回；吩咐小太监收去了画像，又回去听戏。这时戏台上正是四皇子扮着老莱子，手里拿着小鼗鼓摇着，倒在地下滚着，唱曲子。皇帝看了，也不觉笑逐颜开，只有太后心中有事，坐在上面不说不笑。皇后见他自己儿子在台上唱戏，格外要讨好，便即席做了四首绝诗，祝皇太后万寿的，上去献与太后；太后看了，连声说好，又吩咐快赏酒。静妃早预备好了，听得说一声赏酒，忙捧着一个酒壶上来，宫女在一旁捧着一个金盘，盘中放着三只黄金酒杯儿。静妃满满地斟了三杯酒，皇后见婆婆赏酒，忙跪下来，直着脖子，把三杯酒喝下肚去，只觉得一股热气，直攒到丹田里，当下谢了赏起来。这时四皇子戏也唱完了，太后把他唤近身来，亲自拿一挂多宝串，替他挂在衣襟上。四皇子谢过了赏，下去。太后吩咐着道："唱曲子吸了冷气在肚子里不受用的，快喝一杯热酒下去暖着些儿。"四皇子答应了一声，入席去了。这里太后坐了一回，说："腰痛，支撑不住了。"便散了席,回慈宁宫去。皇后和许多福晋见太后散了,大家也散了。

皇后回宫,因他本不会吃酒的,多吃了酒,便觉得头脑重沉沉的,浑身不舒服,便早早睡下。睡了一夜,越发浑身发烧,神志昏沉起来。内务府忙传太医院里御医请诊,一连看了三个大夫,也识不出是什么症候;到了第二天,那气象越坏了。皇帝因皇后平日嫉妒心太重,夫妻之间,本来感情淡薄的,如今得了这个消息,只传谕四皇子进宫来叩请母后的圣安。那皇后见了自己儿子,略清醒些,只是拉着四皇子的手大哭,说不出一句话来。正哭时,只见皇后两眼直视,大喊一声,两手向胸前乱抓,衣襟撕破,露出乳头来,宫女上去,替他掩住。又听得皇后大喊一声,从床上直跳下地来,赤着脚,在屋子里乱转;一边走着一边嚷着,一边把身上的衣服统统拉下来,丢满一地。看皇后胸前,只掩了一幅绣花的肚兜,下身穿着一条红缎裤子。他把宫女们推开,竟要闯出房去。四皇子见了,上前竭力抱住。这时皇后不知什么地方来的气力,四皇子也算有气力的了,他只把臂儿一伸,把四皇子推倒在地,一脚抢出房去了。屋子里宫女们发一声喊,外面的一群宫女,也赶进来,把皇后抱住,拥进房里去。这皇后两眼发赤,见人便打,见物便摔,只听得屋子里一片宫女号哭,器物破碎的声音。那四皇子也吓得逃出宫去,一边哭着,一边告诉父皇。道光帝听了,也进宫去,隔着窗儿望了一望,出来又传御医进宫去请脉。看看皇后赤身露体,痴痴癫癫的样子,那御医如何敢进去请脉,也无法去下药。大家束手无策,只得关起宫门来,一任他叫着跳着,直疯了两天三夜。后来精神也疲倦了,嗓子也喊哑了,倒在床上,动不得了,只是直着喉咙叫着。宫女替他身上遮盖好了,御医才敢进来诊脉下药;吃下药去,依旧好似石沉大海,毫无效验。到了后半夜,那皇后的喊声越奇怪了,直好似鬼叫,许多宫女在屋子里陪伴着。到第二天,皇太后知道了,也来看他;静妃也陪着进来的。这时皇后睡在床上,昏昏沉沉的已不知人事了,宫女扶他从床上坐起来接驾。静妃在一旁,见宫女递上一杯药来,他急上去,接过来吹着。看温凉了,便自己先尝一口;又从头上拔下金针来,在药里搅一搅匀,端上去服侍皇后吃下。又坐了一回,退出宫来。又隔上三天,宫里传出谕旨来,说钮祜禄后薨逝了。

内务府忙着办丧事,礼部忙着拟礼节。独有皇太后和静妃,在暗地里十分遂意。原来这皇后的性命,是活活被他两人逼死的。这是静妃出的主意,他和太后预先约定了,在万寿这一天,故意赏皇后吃酒;静妃在筛酒的时候,悄悄地换了一只酒壶。那酒里和着七粒阿苏肌丸,丸药泡烊了,皇后吃下肚去,不知不觉作起怪来。这阿苏肌丸,原是喇嘛僧秘制的一种灵药;药性极热,人到害病的时候,只服一丸下去,便可以立刻痊愈。那丸药只和绿豆一般大,朱砂色,药力却极大;倘多吃了一粒,反要成病,多吃到三粒以上,人便要发狂。从前睿亲王多尔衮,因为好色,府中养了许多姬妾,便全靠这阿苏肌丸支撑精神。那时多尔衮把喇嘛僧供养在府中,专门制炼这丸药。据说制炼这丸药,是十分神秘的。最初炼药,须有一粒雌丸,一粒雄丸做种;清宫里炼这丸药,第一次是打发人特意到西域去取来的。喇嘛僧拿了这两粒丸药,封在净瓶里,供在净室里;喇嘛每天一清早起来,走进净室去,对着净瓶上香念咒。供至第四十九日上,把瓶取上来,揭开瓶盖看时,那丸药已有满满一瓶了。待这瓶里的药快吃完,只剩下两粒时,再如法制炼,又是一满瓶了。因此吃这丸药时,当时时留心瓶里,不能使它断种;倘吃得一粒不剩,便无法再制炼了。清宫只有喇嘛僧藏着这药,能治百病,也能送人的性命。从前康熙皇帝太子胤礽,也被雍正皇帝买通了大国师拿阿苏肌丸去给太子吃下;后来胤礽到底因为发痴废了。如今这道光后也因中了阿苏肌丸药的毒,送去了性命。

道光帝明知道皇后的病来得古怪,但他和皇后早已没有情爱了,便也不去细心考查他。一转眼皇后出了丧,好似拔去一只眼中钉。他自己知道年纪也老了,便也不继续立皇后,只把这博尔济锦氏册立了贵妃,从此一双两好,在宫中过起欢乐的岁月来。这道光帝自从死了蕊香妃子以后心灰意懒,久已不把朝政放在心上。他是信任穆彰阿的,所有一切事务,都交给他一个人去办。这穆相国又是只图钱财,不管事体的人。那英国人在广东闹得天翻地覆，他总是把消息瞒着，不给皇帝知道。那两广总督奕山，原是穆相国的心腹，他到了广东，忽然带了水兵去打英国的兵船，反被英国炮船上开过炮来，打得片甲不留，还说中国人擅自开衅，便赶上岸来，把广东沿海的各炮台，都拆毁了。奕山才急得走投无路，忙去和英国人讲和。后来因为中国不肯割让香港，英国水兵，便直闯到福建、厦门地方，大炮小炮，一阵子乱放。厦门总督颜焘，一点也没有预防，被英国兵打进内池地方。另外有几只外国炮船，又打到宁波、定海地方。当时浙闽总督飞调定海镇总兵葛云飞，处州镇总兵郑国鸿，寿春镇总兵王锡明，分三路把守。谁知郑、王两总兵，到了定海，却按兵不动，眼看着葛云飞被英国兵四面围逼着，竹山失守，炮弹打穿胸膛，死在荒山脚下。英国人把他尸首拖到营里去藏着。这葛总兵原随营带一个爱妾在身边的，如今听说他老爷阵亡了，可怜他哭得死去活来；哭罢了，向他手下的婢女、兵士们跪下来，连连磕着头。那兵士们见了，也忙跪下来，还礼不迭。这位如夫人哭着求着，求大家帮他到英国兵营里去把老爷的尸首偷回来。他手下人见这位姨太太如此忠烈，便人人感动，齐口答应，愿替主母效死。当夜月黑星高，英国的兵营，驻扎在海边上，这姨太太领着头儿，悄悄地掩进英国营盘里去，居然被他把葛总兵的尸首偷了回来，到家去依旧开吊发丧。后人有一篇《葛将军妾歌》做得好，道：

舟山潮与东溟接，战血模糊留雉堞；废垒犹传诸葛营，行人尚说张巡妾。共道名姓越国生，苎萝村畔早知名；自从嫁得浮云婿，到处相随印月营。清油幕底红灯下，缓带轻裘人隽雅。月明细柳善谈兵，日暖长堤看走马。一朝开府海门东，歌舞声传画角中。不问孤悬军渤海，但思长剑倚蛮峒。新声休唱丁都护，金盒牙旗多内助。虎幄方吹少女风，鲸波忽起蚩尤雾。一军如雪阵云高，独凿凶门入怒涛。谁使孝侯空按剑，可怜光弼竟抽刀！凄凉东岳宫前路，消息传来泪如注。三千铁甲尽仓皇，十二金钗齐缟素。绣旗素钺雪纷纷，报主从来岂顾勋。已誓此身拼一死，顿教作气动三军。马蹄湿尽胭脂血，战苦绿沉枪欲折。归元先轸面如生，杀贼庞娥心似铁。一从巾帼战场行，雌霓翻成贯日明。不负将军能报国，居然女子也知兵。归来肠断军门柳，犀铠龙旗亦何有？不做孤城李侃妻，尚留遗恨韩家妇。还乡着取旧时裳，粉黛弓刀尽可伤。风雨曹娥江上住，夜深还梦故沙场！

自从葛总兵死了以后，那王、郑两总兵，也相继阵亡。这事都坏在将军裕谦手里，他带着兵马，看死不救，待那三路兵马，死的死，散的散，英国兵直打到裕谦营盘里来。裕谦且战且退，直到退无可退，他也跳在洋池内自尽。这时穆相国知道事体越闹越大，接着又是宁波失守，上海失守，福建被围的消息，接二连三的报来，再也瞒不住了，只得报与皇帝知道。道光帝久睡在鼓里，如今听说大局败坏至此，也急得他左右为难。但他依旧是听信穆彰阿的说话，起用耆英。那时英国战船已直逼江宁，耆英无可奈何，便和英人讲和，割让香港，赔偿鸦片损失六百万元，军费一千二百万元，又开辟广州、厦门、福州、宁波、上海五处为通商口岸。这一战，名叫鸦片之战；这回订的和约，名叫《江宁条约》，是中国外交第一次最大的失败。欲知后事如何，且听下回分解。

自来婆媳原无好相识，此实由于母子男女性之关系而从妒念出来者。今钮祜禄氏，欲以一身处姑妾之间，其能得保全者亦幸矣！然太后竟以手鸠皇后，其忍亦可谓至矣！

宠妾生骄儿，平常家庭亦有同病；矧其为皇家宠妃之子乎？道光帝爱其母而禁其子，可谓不失父夫之道。然而妾妇之行，其心深而毒；报复之念，无时或已，而钮钴禄氏卒败于静妃之谗口。处妇人小子，原不可姑息也。

西谚有曰："妇人，弱者也；而为母则强。"吾亦云，妻子，弱者也；而为烈妇则强。观于葛将军妾，彼一班妇人女子可以兴矣！夫妇之间，原无间于妻妾之分；第须问是怨耦乎，嘉耦乎。苟为嘉耦也，虽在婢妾之行，而知己相报，虽赴汤蹈火不辞也。不然者，平日席丰履厚，夫骨未寒，而曳声过别枝者多多也！

第六十回　创异教洪氏起义　知死期穆相辞行

却说自从中国吃了英国这个大亏以后,全国上下,越发把这穆相国恨入切骨;说他奸臣误国,又说他仗着自己是满人,欺侮汉人,把汉人的疆土乱送给外人。因此触恼了广西花县地方一位村学究,姓洪,名秀全,他见天下纷纷,人心思乱,便造出一个上帝教来。这上帝教的名目,原是学着西洋来的耶稣教,所以他也说,教主是天父,名耶和华,生下四个儿子,一个女儿,都落在人世,救人灾难。长子便是耶稣,因救人钉死在十字架上;第二个儿子,便是他自己。一个女儿,便是他妹妹洪宣娇。如今他兄妹两人,知道天下将要大乱,特立这个上帝教,度人苦厄。洪秀全自称天弟,洪宣娇自称天妹。他兄妹两人,到处劝人入教;入教的人,每年纳银五两,便可免一生灾难。当时百姓被那些贪官强盗闹得地方上实在不得安枕,终日担惊受怕,啼饥号寒。听洪秀全说可以保他一生平安,便大家去入他的教;不多几天,便有教徒几万。洪秀全打听得金田村里有一个杨秀清,是个足智多谋的,在地方上有点名气;他便假说秀清是天父的第三个儿子,特意跑去拜访他。那两人见了面,谈了一夜,十分投机,便勾结了他朋友冯云山、朱九涛,在各村传授。说人欲升天,须迎天弟。那时信教的人越来越多,杨秀清是有口才的,他便假办团练为名,邀集了各村的绅董,演说一番;投入他教里的,居然有六十二村。他们便在金田村立一个总部,大做起来。

秀清有两个朋友,也是十分有才干的:一个是桂平的韦昌辉,一个是贵县的石达开。杨秀清也去说他入了伙,这势力越发强大起来。洪秀全看看时机已到,便想就此起事。他有一个同学友,名王纶干的,善于卜卦。他便悄悄地去请他卜一卦,那卦上有"定有九五之尊"六个字,洪秀全不觉大喜。纶干又自己卜了一个卦,有"定为我君师"五个字,两人相对大笑。从此秀全便聘请纶干充当军师,那纶干扮了一个算命先生,到四处去游说,劝人投降洪秀全。那边洪秀全和杨秀清,已在金田起事,沿着西江打下去,得了贵县,又得浔州,声势一天盛似一天。洪秀全在大黄江,自号太平王,分兵去占住紫荆山一带,又攻得永安州,建立太平天国。洪秀全加封天王,封杨秀清为东王,萧朝贵为西王,冯云山为南王,韦昌辉为北王,石达开为翼王,洪大全为天德王。此外封秦日纲、罗亚旺、范连德、胡以晃等四十八个伙伴,有做丞相的,有做军师的,有做参谋的。又把有功的大小将官八百人,都加封了官职。便发出上谕去,说道:

天王诏令:凡军中大小兵将,各宜认真奉行大道。吾等宜知天父上主皇上帝,乃是真神;真神以外,皆非神。天父上主皇上帝,无所不知,无所不能,无所不在,又无一人非其所生所养;故天父上主皇上帝以外,皆不得僭称上,僭称帝。自今众兵将,可呼朕为主,不可称上以冒天父;天父称天圣父,天兄称救世圣主,天父天兄得称圣。自今众兵将呼朕为主,不可称圣,以冒天父天兄。天父,神爷也,又魂爷也。从前左辅、右弼、前导、后护之军师,朕命为王爷,此乃姑从不正之例;若据真道论之,有冒犯之嫌。今特封左辅正军师为东王,管治东方各国;封右弼又右正军师为西王,管治西方各国;封前导副军师为南王,管治南方各国;封后护副军师为北王,管治北方各国。又封石达开为翼王,使羽翼天朝。以上所封各王,俱受东王节制。别诏称后宫为娘娘,贵妃为王娘。钦此。

天王这一天发下上谕以后,便把各王爷邀集在宫中,开了一个大宴会。吃酒中间,天皇自己说道:"朕七岁时候,在乡村中读书,早夜进出,那路上看见的牛马,都站起来向朕拱爪儿。到十八岁时候,精通各种学问,史学、文学,都是很有名气的。因为家里贫穷,在村里开一学塾，训蒙糊口；后来父母都死了，满孝以后，到府城里去赶考，在路上遇到一个算命先生，十分灵验；他替朕算过命来，说朕不是功名中人，但将来贵不可言。有一天，朕走到雄镇街上，遇到两个老者，送朕九本天书；从此朕在家中，早晚熟读天书。到了读完天书，朕便害起病来。这一场病害得很古怪，睡在床上，四十天不吃饭，做了一个梦。先见一条龙，一只老虎，一只鸡，走进屋子来；后面跟着许多人，都穿着十分漂亮的衣服。吹打着把朕迎接出去，坐上轿，抬着到一处地方；看见许多穿着古装的男女，见了朕，都上来行礼。里面有一个老婆婆，走上前来，猛把朕一推，翻身跌入河心里；洗过了澡，又把朕推进一座殿里。有人拿刀来，把朕的肚子剖开，挖出心来，换上一个，只是不觉得十分痛苦。那殿子里堆着许多小册子，朕上去随手拿来翻看，书上面都是讲的行兵法子。朕自换过心肝以后，心中异常灵敏，一看便是一本；看得很快，记得很牢。看完了书，他们把朕领进一座别殿里去；殿上坐着一个白须子老者，相貌十分威严，穿着黑色衣服。见了朕，便吊下泪来，对朕说道：'世界上的人类，都是俺辛苦造成的；如今大劫将至，非你不能救他们。'当时赐朕一方印，一柄剑。又给朕吃一枚黄色果子，朕吃下肚去，便不觉饥饿；一觉醒来，已隔了四十日。当时朕起床来，那梦中看的兵书，一个字也不曾忘记；如今俺们能够旗开得胜，马到成功，都是朕依着那兵书上的法子。俺们大家都该感激这位老者。"说着，便吩咐天妹宣娇，画一幅老人的像，供在当殿；大家学着老人的样子，一齐把头发留起来。当时百姓背里都唤他长毛。

外面已经闹得一塌糊涂，里面穆相国还要瞒着消息。道光帝这时常常害病，精神也不济事；朝廷的事体，越发不去过问。这时独急坏了一个四皇子，这四皇子奕詝，是一个精细人。他见外面奸臣弄权，里面父皇老病，再加英、美、德、法西洋各国，天天拿兵力来欺侮中国，中国自己又到处闹着教匪，那信息一天坏似一天。他自己是做皇子的，又因祖宗成法，不许干预国家，看看父皇的病，一天重似一天，他只是终日在宫中守候着，看望父皇的疾病。那道光帝到了这时，自己也知道不济了，便立刻宣召宗人府宗令载铨，御前大臣载垣、端华、僧格林沁，军机大臣穆彰阿、赛尚阿、何汝霖、陈孚恩、季芝昌，总管内务府大臣文庆，一班亲信官员，进宫来，嘱托了一番后事。这时奕詝、奕䜣、奕譞、奕譓一班皇子，都站在御榻两旁，听了父皇的说话，一齐吊下眼泪来。道光帝把后事吩咐过了，便令穆彰阿和文庆两人，到正大光明殿去，把金盒拿下来，当着众大臣，宣读诏书，把皇位传给四皇子奕詝。这奕詝奉了诏书，向父皇谢过了恩。道光帝便在这时候，两眼一翻，长辞人世了。

众大臣一面把奕詝拥上太和殿去，鸣钟击鼓，受了百官朝贺，做了咸丰皇帝；一面由内务府行文各省，为道光帝发丧。这咸丰帝，一做了皇帝，便放出手段来，整理朝纲。他第一道谕旨，便把军机大臣穆彰阿革了职，把两广总省耆英，降做了五品员外郎候补。

这穆彰阿原是三朝元老，威权煊赫的；但到了这时，年纪也老了，家财也富足了，见皇上格外开恩，不抄他的家，他乐做个乖人儿，趁此收篷，回家享福去了。他在家里，十分信奉喇嘛教；他自己说修行的工夫已到了可以成佛成仙的地步。他又爱喝酒，常常请了许多客人，在家里大开筵席。有许多御史官，见他是革职的人员，还不知罪，一味行乐；便气他不过，又上了一本参折，请皇上从严查办。便有一个穆彰阿的亲戚，悄悄地去报信，那穆彰阿听了大笑，说道："我明天便要回去了，还怕他怎的？他说俺不该行乐，俺明天还要大开筵宴呢。"到了第二天，穆彰阿真的备下盛筵，到各处亲戚、朋友、门生、故吏家里去下帖子；帖子上写明某日某时辞世，望屈驾一别。那班人看了这帖子，十分诧异；到了时候，便一齐赶到穆彰阿家里去。那穆彰阿见了客人，一般的迎接谈笑；看他也一点没有死样儿。这一天，客人来得很多，在大厅上摆下四十桌酒，挤满了一屋子，穆彰阿一一和他们把盏。吃到一半，他看看日影，说道："是时候了！请诸位稍待。"说着，便进去沐浴更衣，穿上朝衣蟒袍，先在内院和妻妾儿女话别；又走出外院来，向家人一拱手，说了一句少陪少陪，便盘腿儿坐在炕上，闭上眼睛，一会儿便断气死了。

穆彰阿死了以后，接着便有御史奏参户部尚书觉麟，偷盗库银一案。朝旨下来，把觉麟革职，发往新疆效力。讲到偷盗库银这件事体，是历任官员所不能免的，只因觉麟是穆彰阿的亲戚，他偷银子竟偷到二十万两，也太多了。那时户部银库郎中，原是一个美缺；补这个缺的，大都是满员，三年一任。任满以后，贪心的可以得到二十多万两银子的好处；不贪心的，也可以得十多万两银子。不说别的，只说那库兵，每一任，也赚到几万两银子。库兵也是三年一任，都是满人充当，没有汉人的；便是汉人，也须冒了满人的名字进去。每一库兵，到点派的时候，要送孝敬银子六七千两给满尚书和银库郎中以下各职司；点派定了，库兵出衙门去，必须请镖师保护。京城里有许多无赖，常常邀集党羽，到户部衙门外面去候着；见有库兵出来，便掳去，锁禁在秘密屋子里。一面打发人到库兵家里去报信，勒令他拿一二千银子出来回赎，倘不去赎回，他便把库兵关过卯期，才放出来。那库兵误了卯期，衙门里便除去名字，另行点派；那库兵非但误了他三年发财的机会，且又白丢了这六七千两孝敬银子，因此那库兵家里总愿意拿出银子来赎回的。每三年点派一次，每次点库兵四十名。每月开库堂期九次，又有加班开库堂期五六次，开库的时候，有把银子搬出来的，也有搬进去的。那班库兵，便是专为搬银子用的。每搬一次进出，总在一千万以上。每一库兵，不能每期都轮到，大约每月轮班四五期，每期进出库门，多则七八次，少亦三四次；每一次夹偷银子，最少有五十两。银库定下规矩，只防库兵偷银，所以每逢开库，不论冬夏，那班库兵，都须把衣服脱得赤条条的，由堂官一一点名，在公案前走过；走进库房，再穿上官制的衣裤。库房里没有桌椅，倘到乏力的时候，便可以出来息力，但依旧须脱得精赤，走到公案前，摆开腿儿，向地下一蹲，两条臂儿向上一抬，张着嘴喊一声，才许出去。但库兵偷银，每次便在这出来的时候；那银子是塞在肛门里的，每一次，哪有本领的，便能塞十只江西圆锭，每一只圆锭，便是十两银子。离库门一箭之地，有小屋一间，门户紧闭，窗外围着木栅，便是库兵脱衣卸赃的地方。北京地方，遍地灰沙，每逢开库的时候，便有清道夫挑着水桶，到库里来洒水；库兵便和清道夫打通一气，那水桶都有夹底的，库兵悄悄地把银子藏在水桶夹底里，候银子搬完，库门封锁，堂官散出以后，才慢慢地把水桶挑出去。

后来有一位祁世长做户部尚书的时候，他是 一位清官；有一次开库，他亲自去督看着。见一个清道夫，挑着水桶，走过他跟前；那桶底忽然脱落，滚出许多银锭来。祁世长大怒，立命把清道夫拿下，打算第二天提奏查办。后来他有一个贴心的师爷，劝他把清道夫释放了，把这事隐下了，莫兴大狱；倘然皇上知道了，彻底查办起来，那历来的满尚书，都该砍脑袋，大人的脑袋，怕也要被仇家来割去了。祁世长听了害怕，便也把这桩大案消灭不提了。这是后话。

如今再说那班做库兵的，都是世代传下来的专门职业，他在年轻的时候，便要找寻那有大鸡巴的人，常常鸡奸。再用鸡蛋涂着油麻，塞进肛门去打练；再慢慢换用鸭蛋鹅蛋，又换用铁弹。直练到肛门中能塞十两重的铁弹十粒，便算成功了。那平常库兵的本领，只能塞到六七粒。因此那班库兵，到年老时候，都害脱肛痔漏等病的。他们辛辛苦苦做着这偷盗的事体，那做户部尚书的，却安享着他们的孝敬。

那时他们参去了一个觉麟，接着又参去一个满大学士，名叫誉德的；因他是穆彰阿的亲家，这时墙倒众人推，凡是穆彰阿的亲戚故旧，便是没有罪，也是有罪的。何况那誉德原是个贪官，御史便参他某年盘查六库的时候，犯了偷盗库宝的罪。什么叫作六库？那六库，便在大和门的左面，原是明朝遗留下来的；有金库、银库、古玩库、皮张库、衣服库、药库。里面藏的，也有十分珍贵的东西。不说别样，单说衣服库里，有一顶明朝皇后用的珍珠帐，宽长有八尺，全是用珍珠穿成的，四围用红绿宝石镶边。那珍珠小的和绿豆一般，大的竟和桂圆一般。只因年月太久，那线索都枯断了，每一次盘查，便有许多珍珠落下来；那班司员，假装作拾起来，用纸裹着，封着，加上印，贴着签条。实在那纸裹里面，都换下假的了；那真的，早落了司员们的腰包了。里面还有明朝妃嫔穿的绣鞋十多箱，弓鞋瘦小，鞋尖儿上嵌着明珠；那珠子都是十分名贵的，早已换上假的了。还有皮张库，都换上没有毛的皮板，好的皮毛，已被司员们偷去。这都是历来盘查大臣和司员们作的弊，如今他们因参那誉德，便统统把罪名推在誉德一人身上，说都是他做盘查大臣的时候偷盗出去的。原来清宫规矩，每年要派两个满大臣，盘查六库一次，恰巧誉德当过最后的一次盘查大臣，所以他们便把这个罪名陷害他，闹得誉德因此丢了官，抄了家，还充军到黑龙江去。

那时凡是穆彰阿的同党，都被他们参的参、革的革，赶得干干净净。咸丰帝也一意谨慎，整顿朝纲。宫里一位孝贞皇后，也十分勤俭端正，管教着许多妃嫔。咸丰帝的皇后，原是穆扬阿的女儿，在正宫不多几年便死了；孝贞后姓钮祜禄，原是贵妃，因他容貌美丽，举动端庄，咸丰帝十分宠爱。那穆扬阿后死过以后，便把钮祜禄妃升做皇后，宫中都称他东后。这位东后，十分俭朴，平日在宫里，总穿布衣；那帘幕帏帐，都不绣花的。他生平最恨用洋货，说他好看不中用。自己穿的绣鞋，和妃嫔穿的，都督率着宫女们做，自己每年必亲手做一双皇帝的鞋子。外面有进贡来的衣服首饰，他都叫宫女拿出去退还。常对一班妃嫔说道："臣子多一分贡献，便是百姓多费一分钱财；倘然收了他们的贡献，便是暗暗的教他们做贪官去。因此万万收不得。"孝贞后一举一动，都识礼节 。他在大热天气，从不肯赤身露体的，便是洗澡，也不要人伺候。他每一次见皇上，总是穿着礼服。他最恨是轻狂的样儿。有一个荣妃，身材十分娇小，打扮也十分俊俏，他穿着空心靴底，刻着梅花瓣儿，里面装着香粉；走一步，那梅花粉印儿便印在地上。给孝贞后看见了，便大怒，说他有意勾引皇帝，立刻把荣妃传来，打了一顿，去关在冷宫里。这咸丰帝原也是爱风流的，见这皇后如此严正，却也十分敬重，便取他一个绰号，唤他女圣人。欲知后事如何，且听下回分解。

洪氏之兴也，原非洪氏之力；天怒人怨，至于极地，适洪氏以救世为号召，人民有倒悬之苦，望治心切，不觉堕其玄中。自来一代之兴也，必乘民心摇动之际，从而抚慰，民心之所向，即成败之所系。惜乎洪氏不解此，顺取而逆守之，焉得不败？

穆彰阿预知死期，自来谈掌故者，视为异事；然吾以谓此无足奇也，彼盖明知不得用于嗣君，初欲谄事，既以咸丰能烛其奸，自知决不能保，乃托为预知死期暗以自鸩，藉求保全其子孙。奸臣之奸，至死不忘其计。

库丁之弊，防不胜防；利之所在，人必争之。人情之常，原无足怪。唯人以爱财之故，至不恤自残其躯体；肛门藏银，堪怜亦复堪笑。虽然，此所谓库银者，亦大盗窃国而来；今库丁又从而窃诸大盗，然大盗不许也，一朝败露则罪至于族，是诚窃钩者诛窃国者侯矣！天下事之不平，往往如此。

第六十一回　昏灯哀语慈后逝世　香钩情眼荡子销魂

却说咸丰时候,清宫里还有一位孝穆皇太后,也是十分贤德的。这孝穆皇太后,原是道光帝的宠妃,那时因静妃长得标致,虽召幸静妃的时候多,但静妃常常仗着皇帝的宠幸,十分骄傲,总没有孝穆后性情温柔,心地慈悲。道光帝在日,也常到孝穆宫里去和他谈谈说说,孝穆后百般承顺,道光帝常说他如对名花,叫人忘倦。因此道光帝有什么正经事,都去和孝穆后商量;静妃那里,不过玩笑取乐罢了。那时道光皇后被皇太后谋死,丢下这四皇子,孤苦伶仃,无人抚养,道光帝便把四皇子托给孝穆后,吩咐他好生抚养。凡是四皇子的冷暖饥饱,孝穆后时时在意。孝穆后原有儿子的,便是那六皇子奕䜣;但是孝穆后的看待六皇子,反不如看待四皇子。他说:"四皇子是没了母亲的孤儿,原该多疼他些。"因此四皇子也十分依恋这孝穆后,平日总唤他妈妈。后来道光帝要立太子,也曾私地里和孝穆后商量过。道光帝平日原很爱六皇子的,因他精神强干,性格和自己相像;后来听了四皇子奕詝打猎时候几句仁慈的话,心里便打不定主意,回宫来和孝穆后商量。孝穆后这时一味要得好名气,便竭力保举四皇子。道光皇帝却有立六皇子的意思,孝穆后再三推辞,说:"这是万万使不得的。不说别的,那四皇子原是正宫生的,也强过他兄弟万倍。"道光帝听了孝穆后的话,便立四皇子做太子,从此心里越发敬重他。道光帝临死的时候,把这孝穆妃再三托给咸丰帝,咸丰帝即了位,知道自己的皇位,是全靠孝穆帮的忙,便立刻晋封孝穆做皇太后,请他住在慈宁宫里,自己天天去叩问圣安,和自己亲生母亲一般看待。又封六皇子做恭忠亲王。

清宫里规矩,父皇死了,除做太子的以外,别的皇子,不许进宫来;独有咸丰帝,格外开恩,许恭忠亲王随时进宫来谒见太后。因此他母子二人,十分感激咸丰帝;但是后来孝穆皇太后年纪老了,慢慢地后悔起来,他想如今自己的亲生儿子却远隔在宫外,自己年纪又老了,倘然早晚有个不测,也没有一个送终的亲人,那时悔不把他立做太子。他想到这地方,便十分怨恨着咸丰帝,每遇咸丰帝朝见的时候,总不给他好脸嘴看。咸丰帝常常挨骂,却仍是和颜悦色的孝敬着皇太后;后来皇太后病重,恭忠亲王虽常进宫来问候,但终因格于宫禁,不能够在宫中住宿,只有咸丰帝却早晚在皇太后病床前料理汤药,常常和孝贞皇后两人轮班看守着。看看那太后病势一天重似一天,已经昏迷过去几回,那咸丰帝越发守候在太后床前,不肯走开。

有一天,太后从睡梦里醒来,天色已晚,只见床前有一个人坐着,他错认是奕䜣;便伸手过去,拉住他的手,说道:"我的儿,你母亲早晚便要去世了;受当今皇上孝养了几年,便死了也值得。只恨当年先皇要立我儿做太子的时候,被我再三辞去;这个念头一错,便害了我儿从此低头在别人手下过着日子。"太后说着,便掉下泪来。谁知那床前坐着的,并不是恭忠亲王,却是那咸丰皇帝。皇帝听了,非但不恼,反劝太后好好养病,不可胡思乱想。那太后忽然清醒过来,知道说错了话,心中万分懊悔,一阵咳嗽,痰涌上来,便死去了。咸丰帝依旧十分敬重太后,当时下诏发丧,行着皇太后的丧礼,始终拿好心看待恭忠亲王,亲王也十分忠心办理国家的事体。

这时南方洪秀全,正闹得利害,在永安地方,建立太平天国。咸丰帝下诏,先起复林则徐,带兵到广西剿匪,谁知林则徐到得潮州,便一病身亡。又下诏派向荣、张必禄两人,带兵堵截。那太平天国的兵马,却十分活泼,便避去向、张两人,去打得桂平、贵武、宣平 一带州县,又取得泉州。朝廷见官兵人马单薄,便委两江总督李星沅,会同大学士赛尚阿,率领都

统巴清、副都统洪阿，带着京中精兵，去围攻泉州，打退了杨秀清。谁知那班长发兵，见西面不能得手，便转身东向，打进湖南地界去，得了全州，又得道州。接连得桂阳，郴州，渡河夺得安仁、醴陵。咸丰二年七月，打到长沙，围城七十多天，打不进去；洪秀全在长沙南门外，得到一颗玉玺，从此越发有并吞天下，称霸称王的意思。那时太平天国西王萧朝贵，战死在长沙。九月，又转向常德，得了常德，又得益阳。捉得小船几千只，渡洞庭湖，直攻进岳州城，得了许多兵器；是康熙年间，清兵讨吴三桂时留下的。洪秀全见得了兵器，越发胆大，沿着长沙下来，占据汉阳、武昌，接着陷九江，陷安庆，陷芜湖、太平，都在一个月以内。那时官兵见了长发军，人人害怕，望风而逃；那战败失守的信息，一天十几次，报到京里，把个咸丰皇帝急得走投无路，天天下圣旨，调兵遣将，也是无用。到了咸丰三年二月初十这一天，洪秀全打进南京城，杀死城中满兵男女二万多人，把尸首抛在长江里。从此洪秀全能在南京城里，大兴土木，造起宫殿来，自称太平天皇，居然也立起三宫六院来。他那班妃嫔，都有位号：天皇的正妻，也称皇后；有嫔娘一人，爱娘二人，嬉娘二人，宠娘二人，娱娘二人，伺候着皇后，算是上等女官。此外有妃子二十四人，每一妃子，有姺女四人，姹女四人，娃女四人，妩女四人，姶女四人伺候着，算是一品到五品的女官。又有元女十人，妖女十人，也是伺候后妃的，算是六七品女官。虽说是女官，却人人被天皇奸淫过的；因为天皇最爱的是十三四岁的处女，那些女官，又专选那年幼有色的，便没有一个人免得这个羞耻。便是在十岁左右的女孩儿，也一一被天皇的太子强奸死的。洪秀全又把自己的弟兄亲戚封作亲王，亲王府中，除王妃一人以外，有好女四人，妙女八人，姣女十六人，娉女二十人，妍女二十四人，姼女二十八人，媌女三十二人，娟女三十六人，媚女四十人，分着一品到九品的官阶。天皇的太子，称作幼主；幼主的宫中，除王妃一人以外，有美人四人，丽人八人，佳人十二人，艳人十六人，是一品到四品的女官。管皇宫事务的，又有女司，是二品女官；每二十个女司，上面有一个女掌率，是一品女官。所以走到天皇宫里，除天皇一人以外，见不到一个男子，也不用一个太监；来来去去的，都是女人。洪秀全住在宫里，何等快乐？

讲到他皇宫里，一般也是像廊画槛，绣幕珠帘，金碧辉煌，十分美丽。天王驾到，那后妃宫嫔，都要跪着迎接。天王身穿黄缎盘绣五爪金龙的长袍，头戴四角垂旒的平天冠；披着长发，浓眉长须，身材矮小，坐着一肩十六人抬的轩轿，一般也是朱伞黄幄。宫里有一座高台，名叫瑶台；周围有二十亩地，台上种着花木，造着池馆，和在平地上一般。台是六角的，造着六座白石台阶，嵌着五色花岗石，十分美丽，宫中人唤他白玉天梯。台上有正殿一座，别殿四座；殿的四角，又接造着三座院子，合起来，却巧着是十二座院子。管正殿的是一位徐妃，别殿四座，又有四个妃子管看；又分派淑娥才人管着十二院。天皇每夜总在正殿住宿，只有徐妃能得长夜的恩宠。那龙床上挂着各妃嫔的凤头铜牌，天皇睡到高兴的时候，便随手拿下一块铜牌来，丢出帐门去；床外自有女司拾起牌来，按着牌上的名字，去传唤妃子。那妃子见了凤头牌，便拔下簪子披着发，便有大力的元女，拿一幅绣凤的软披，向妃子兜头一裹，抱着送到正殿去。正殿上的女司，见妃子来了，便在殿中间挂一幅绣幔，把正妃请出来，坐在绣幔外面。左面站着一队妖女，手捧巾盆香炉嗽盂，称作文班；右面站着一队侍卫，身上披着甲胄，手里拿着弓箭，称作武班。这两班人，非有正妃的号令，不得行动。一班少年男子，对一班年轻女子站着，耳中听着绣幔里面调笑狎昵的声音，大家便垂着脸皮，板着脸，笑也不敢笑。那天皇玩到高兴的时候，便又丢出几块铜牌来，叫人把牌上的妃子唤来，走进绣幔去，名叫赏春。那班妃子在一旁须拍手欢笑，助着兴子。

讲到那徐妃，原是天皇宫中的第一位美人。洪秀全虽好色，却不喜小脚女子，他选妃子，不重面貌，独重身材，如有长身玉立的美人，他便十分欢喜。他常对人说："所谓美人者，腰欲其直，肩欲其削，胸欲其平，身欲其高。"因为妇女身长肩削的，性必风骚。宫中有一支量美尺，凡得到一个女人，先要拿量美尺去量过，够得上尺寸的，再看他的面貌皮肤。倘然娇小的女人，便是面貌十分美丽，他也不要。他看妇女的脚，又要拣那天然纤小在五寸以内的，因此他在女馆中选妃子，四五千女子里，也选不出一个正妃来。天皇心中十分懊闷，后来他手下的采芳使，在浙州地方，寻到这徐氏，身材长短，脚寸大小，都能及格。徐氏进宫来的时候，洪天皇正在瑶台上看花，四个姹女，扶着他走上瑶台来。看他腰肢袅娜，临风若仙，这一天，天皇便在瑶台上召幸了，封他称瑶台第一妃，后来又封为皇后。那东王杨秀清，原是一个好色之徒，他打听得徐皇后长得标致，便假托说皇后是上帝的女儿。太平皇宫里原有一座承天堂，是东王讲道的地方；宫中每七日便请东王杨秀清在堂中讲天主道理。杨秀清自己说是代上帝降生到世界上来传道的，那徐皇后是上帝的女儿，也便是东王的女儿，他便要传见徐皇后。那洪天王无法，只得把徐皇后打扮着出来，拜见东王。那东王见了这样一个绝色美人，早已把他乐得魂灵儿飞去半天。从此以后，他便常常借着上帝的名义，把徐皇后接进东王府去。这上帝教是太平天国的国教，便是洪天皇也不敢反对；那东王又是执掌教权的，势力很大，便是天皇也不敢奈何他。后来还是徐皇后想出一条计策来，说东王身边有一个女书记官，名傅善祥的，长得天姿国色，东王十分宠爱；陛下可假说宫中欲抄写秘密文件，把那傅善祥去宣召进宫来。天皇听了，便有了主意；从此以后，每逢东王来请徐皇后，天皇便也把傅善祥宣召进宫来。洪秀全一班人起事的时候，原说定鼓吹社会主义，恋爱可以自由，妻子可以公共的；因此东王只怕失了傅善祥，从此便也不敢来请徐皇后了。

讲到这傅善祥，原是金陵地方好人家女儿，自幼知书识字，精通文墨，又长得一副闭月羞花的容貌。太平天国在金陵地方做了京城，便广搜民间女子，安顿在女馆里；见有才貌双全的女子，便假说请去做女书记，送进宫去。这时傅善祥年纪只十七岁，被东王杨秀清见了，请进府去，安置在多宝楼中，执掌府中文书。那多宝楼在王府花园紫霞坞东南，楼外花木环绕，鱼鸟罗列；楼中陈设珠宝，四壁俱满。傅善祥又爱古董字画，东府便吩咐手下的兵丁，到各处大户人家去掳掠来，凡是古玉钟鼎，都搜集在楼中。傅善祥终日焚香读书，却也十分娴雅。东王心中虽十分宠爱他，便也不敢十分缠扰他；只和那洪天皇的妹子宣娇，终日在花园西南角上洞天春里寻欢作乐。这洞天春，是拿湖石叠成的，玲珑剔透，里面地上铺着绒毯，四壁挂着绣幕，在石壁四角里装着回光灯，照耀得好似白昼。到夏天，四处开着天窗，凉风习习，十分凉爽；到冬天，洞门严闭，地下烧着火炕，十分温暖。那石洞又造得回环曲折，走在里面，好似进了迷魂洞。洪宣娇每进府来，东王便和他携手进洞，寻欢作乐，无所不为。

讲到这洪宣娇，原是人间的尤物。他和洪天皇是异母兄妹，后来洪秀全的父亲死了，他母亲丢下宣娇，径嫁别人去了。洪秀全自幼儿爱结交朋友，在江湖上来来去去，行踪不定。他又可怜妹子孤苦无依，便把宣娇交托给他哥哥洪仁发。这宣娇自幼长得眉清目秀，生性豪爽，爱学着男孩儿打扮。十岁的时候，见邻舍有人懂得武艺的，看他踢打纵跳好玩，便也跟着去学。年深日久，宣娇不但能纵跳如飞，且也舞得一手好刀剑。正在这时候，洪仁发家里忽然被火烧了，宣娇无家可归，便跟了人走江湖去了。这时洪秀全正和冯云山、朱九涛信奉上帝会，九涛死了，秀全做了会首；回家来看望妹子，已不知去向了。这时武宣地方，有一个姓萧的，是一家大财主；洪秀全在桂平地方，正苦没有银钱，这个会怕不得发达，打算去劝那姓竹萧的人会，向他借钱。便把会中弟兄，都搬到武宣地方的鹏化山里驻扎，自己天天到萧家去劝萧朝奉进上帝会。这萧朝奉原是爱做善事的，听说上帝会是救人苦厄的，便也有几分相信。无奈他儿子萧朝贵，是一个漂亮少年，性情豪爽，武艺高强，见了洪秀全那种鬼鬼祟祟的样子，便掉头不顾。萧朝奉只有这个儿子，十分宠爱的；他见儿子不信，他也不肯拿出钱来帮助洪秀全了。洪秀全正在无可如何的时候，那萧朝贵忽然得到一桩意外良缘。原来萧朝贵终日在大街小巷闲闯，有一天，忽然见围场上挤着许多人看卖解儿的；朝贵也凑身去看，大家认得他是萧百万家的大公子，便让他站在前面。只见一个黑脸大汉，站在场口，说过几句开场白；一棒锣响，跳出一个娇小玲珑的女孩儿来。看他脸上凝脂拥艳，春色横眉，向大众微微一笑；朝贵便忍不住，喝了一声彩。接着那女孩儿搬弄着各样武艺，件件精通；朝贵忍不住，喝一声："好一位女英雄！"那女孩儿听得了，暗地里向他瞟了一眼。朝贵是一个血性男儿，如何忍得？早被他这一眼勾了魂灵去。待他收场的时候，朝贵便上去，对那大汉说，要买这女孩儿。那大汉依这女孩儿为活的，如何肯卖？朝贵见他不肯，情急智生，他明仗自己是当地的富豪，又生成一副铜筋铁骨，便一横眉，大喝一声，说道："大胆的囚攮！敢在光天化日之下拐带人口吗？你依便依，不依时，送你到县太爷那里去！你可要试试你萧太爷的手段？"说着，便上去抓住那大汉的手臂。那大汉见他声势煊赫，力大无穷，早把他吓矮了一大橛。忙悄悄地拉他到一家小茶馆里，讲妥了，朝贵拿出二百两银子来，把这女孩儿买回家去。谁知当夜朝贵和这女孩儿睡时，那女孩儿已经破过身了。朝贵问时，那女孩儿说是被那大汉恃强奸污的。朝贵大怒，第二天怀着刺刀，悄悄地去找那大汉，那大汉还住在客店里，朝贵闯进门去，劈胸一刀，那大汉倒在地下死了。朝贵抽身逃去，回到家里，把这情形告诉他父亲。萧朝奉听说儿子杀人，早吓得手忙脚乱，便对朝贵说道："事已至此，速往鹏化山中去求洪教主。他手下的人多，可以救你。"朝贵听了父亲的话，便带了这女孩儿连夜投鹏化山中来。洪秀全一见了那女孩儿，认得便是他妹子洪宣娇，宣娇也认得他哥哥；当下兄妹二人，抱头痛哭。秀全问起情由，宣娇便拿过去的事说了。欲知后事如何，且听下回分解。

孝穆后之抚视咸丰，其果出于仁慈之念乎？女子小人，动于虚荣，每易为客气所乘。孝穆之推荐四皇子，亦欲见好于道光，博一时贤后之名耳。卒至临死呜咽，尽露本意；于以见客气之中，于女子也独厚，然妇人之深心，尤属可畏。

自来图国家者，为及身图子女玉帛者十人而八九，为子孙帝王图万世之业者十人而六七；其为天下苍生出民于涂炭者，十人而一二耳！其享国之久暂，亦视其立意之初如何耳。彼洪氏起事之初，固以出苍生于涂炭为辞也，然而一至金陵，惟子女玉帛是好；宜其偾大事业，及身而止矣！

洪宣娇果是一时尤物，多少英雄，尽颠倒于石榴裙下。惜乎乃兄不图久大，不然者充其魔力，纵横南北，会见其天下英雄，尽堕女将军之彀中耳。虽然，事虽不成，洪宣娇亦足以豪矣！

第六十二回 美人计宣娇救阿兄 烈女行文宗罢选秀

却说当时洪宣娇把如何被那大汉奸拐，流落在江湖上，如何遇见萧朝贵，萧朝贵又如何替他报仇，杀死了人，亡命出来，一一说了。洪秀全这时，正想利用萧氏的家财；如今听了他妹子的话，正合了他的心意。当下便劝朝贵入了上帝教，拜过教主。秀全又说朝贵始得入道，只怕他心志不坚，且朝贵正是年富力强，会中要借重他的地方很多，常常要打发他出外办事去；暂时不能成亲，须待三年以后，夫妻方可团圆。便把萧朝奉接上山来，叫洪宣娇跟着公公一块儿住着；却打发朝贵出门劝道去。后来萧朝奉因住在山上不便，洪秀全便安顿他在桂平县大黄江地方。那地方沿江都是高山，山上树木茂盛。有一个山主，姓杨，名嗣龙，却是少年英俊；他手下养着四五千工人，每日在山上砍树烧炭。那工人个个多是凶横多力，杨嗣龙仗着人多有势，便独霸一方。他又十分好色，凡是山下周围十里地方的年轻妇女，个个被他糟蹋。那桂平地方的妇女，原是不爱廉耻的，被杨嗣龙奸污过的，还觉得十分荣耀，逢人告诉。这时洪宣娇跟萧朝奉住着，凄凉寂寞，自伤薄命。他虽也常常想起朝贵，但这时朝贵远在他乡，远水救不得近火，便也在每日傍晚时分，站在门口，卖弄风骚。几次照在杨嗣龙眼里，他如何肯放过，便百般勾引成了奸，慢慢地把宣娇肚子弄大了；宣娇心中害怕，跟着嗣龙，连夜逃到福建地界。为洪秀全知道了，他打听得杨氏手下人多，便打发人去劝他入会，不追究他奸拐之罪；杨嗣龙大喜，带了他手下的工人，投奔到鹏化山来。杨嗣龙感激洪秀全一片好心，两人便结拜为兄弟，改名秀清；又情愿把宣娇奉还萧朝贵。这时朝贵正从别处回来，得知他妻子被杨秀清奸污了，便拔出刀来，要和他拼命；洪秀全从中劝解，说："俺弟兄正图大事，何必为区区儿女之私，伤了和气？他日大功告成，天下美人，尽是我弟兄们享用的；区区一宣娇，何足介意？便是俺的家眷，也可以奉送与诸位弟兄的。俺们只知道同心救世，不问其他小事。"说着，便把自己那三个小老婆唤出来，替众人劝酒；大家一桌坐着，说说笑笑，也忘了方才的仇恨了。从此宣娇以百战之身，常常在萧、杨两人间周旋着。

后来冯云山受洪秀全的命令，到仙游县去传道；不知怎么，被官里捉了去，又逼着云山写信，把洪秀全去骗来捉住，一齐关在死囚牢里。信息传到鹏化山上，急得杨秀清、萧朝贵两人无法可想。后来打所得那仙游地方，有一个土豪，名黄玉昆的，他在地方上结党营私，包揽词讼；他仗着叔父在京中做官，凡是地方官，都要听他的说话。任你犯了杀人放火的死罪，只叫你肯花钱去求黄玉昆，他便可以替你去打通牢头禁子，把别的死罪犯去替换出来。如今见冯云山到他地方上来传道，又不曾去打他的招呼；打听得他们在桂平、宣武一带地方大做，便悄悄地到衙门里去告密，知县官听了，忙调集统班捕快，在深夜里，去把冯云山一班人捉来。又逼着他写信去把洪秀全骗来，一问，是上帝会的教主；这洪秀全原是各省上司衙门海捕的要犯，如今仙游知县无意中捉到了，如何不快活？他立刻去禀告上司，打算就地正法。杨秀清便想得了一条计策，便带一百名烧炭工匠，打扮做各种走江湖的；三三两两地混进仙游城去，打算候着洪秀全、冯云山两人押出牢监来的时候，上去抢劫。那洪宣娇依旧打扮做卖解儿的，萧朝贵打着小锣，拣那空旷地方，立起场子来；一棒锣响，洪宣娇打扮得窄窄的腰儿，红红的粉腮，在场上搬弄着刀枪。那班看热闹的人，早被宣娇一副勾魂摄魄的眉眼，吸住身体，再也走不开了。

耍到一半的时候，忽然人堆里挤进一个高大汉子来，遍身绫罗，身后跟着四个家丁，内中一个家丁走上前来，对朝贵说道："俺相公请你家姑娘到府中玩耍去。"朝贵问他："你相公是谁？"那家丁一手指着那大汉，伸着一个大拇指道："黄相公黄玉昆，这一百里方圆谁人不知道？"洪宣娇听是黄玉昆，正中下怀，忙对朝贵丢一个眼色，走上前去，向那大汉深深道一个万福。那大汉吩咐打轿，便来了一肩小轿，宣娇坐着，抬进府去；黄玉昆和他两人，在书房里立刻摆上筵席来。宣娇有意勾引着他，上去劝酒劝茶，把个黄玉昆弄得心痒痒的，一刻等不得一刻了。便拿出三百两白银来，要宣娇伴他睡一夜；宣娇含羞不肯，后来玉昆再三求着，他才点头答应。

这时是七月下旬，天气还热，玉昆拉着宣娇的手，走进卧房去，亲自服侍他脱去上下衣裳，露出一身猪油似白腻的皮肉来，早把玉昆一双眼看迷糊了。那宣娇回眸一笑，横陈在湘妃榻上，却是覆转身体睡着的。玉昆一耸身，走上榻，攀着玉臂握住腰儿，任你如何摆弄，用尽平生的气力，也休想移动得他分毫。从下午直到傍晚，玉昆弄得满头是汗，宣娇扑在榻上，只是嘻嘻地笑，连腿儿也不曾松一松。玉昆越看越爱，他真正急了，便在榻前跪下，求着；宣娇趁这机会，便说出两桩事体来，要他依从。玉昆到了这时候，莫说两桩事，便是二百桩事，也是肯依的了。当时宣娇便说道："第一件，要你入了俺们的上帝会，俺才肯拿你当亲人一般看待。"玉昆听了，连连答应。宣娇说道："口说无凭，须立下亲笔的愿书来。"玉昆这时被美色迷住了，如何顾的将来的利害。宣娇身边原带着现成的愿书，拿出来，黄玉昆填上名姓年岁月日，宣娇收好了。再说："第二件，须在两天以内，把俺哥哥洪秀全，道友冯云山放出监来。"玉昆听了，便说："这事凭俺身上，在两天以内，俺亲自送出城来。"宣娇见他都答应了，又有凭据落在自己手里，不怕他逃遁到什么地方去，当下便和他成就了好事。

宣娇欢欢喜喜地走出府来，玉昆送他出府，约定第二天午牌时分，在东门外七里桥上相会。宣娇回到下处，把这消息报告给众弟兄知道；到了时候，大家在七里桥守候，果然见黄玉昆送着洪秀全、冯云山两人走来。见了众人，洪秀全称赞黄玉昆如何义气，又劝他入伙；宣娇听了，嗤地一笑，说道："那用哥哥费心？这条毒龙，早已被俺制伏住了！"当时黄玉昆也舍不下洪宣娇，便跟着一齐上鹏化山去，洪秀全便保举黄玉昆做一个副教主。玉昆觑空便去和宣娇寻欢，他两人说不尽的恩情厚爱！因此越发肯忠心办会里的事。

那上帝会这时声势愈盛，党羽愈众，要花钱的地方也愈多；洪秀全虽搜刮了几处钱财，总是不够使用。后来打听贵县有一家富户，姓韦，足有八百万家财；那韦家主人，年已五十多，膝下只有一个儿子，名韦昌辉，出落得面如冠玉，倜傥风流。那贵县地方的娼家小户，见这美貌男子，家财又富，便抢着勾引他。韦昌辉在十六岁上，便沉迷色欲，直到二十岁，还不曾娶媳妇儿。他父母十分忧愁，常常对他提起婚姻的事体，韦昌辉总说："要娶一个绝色的女子。"他父母也答应他，若见有绝色的女子，便来对父母说知，当即托人说媒去。从此韦昌辉便天天在外面留意。有一天，他忽然嘻嘻笑笑的赶回家来，对他父亲说道："如今被我找到一个绝色的女子了！"他父亲问他："在什么地方？"韦昌辉说："在俺前门旁小屋饼铺子里。"他父亲听了，很生气，说："像俺这种大户人家，去娶 个饼摊上的丫头做媳妇吗？给人说出去，连你父亲的脸也丢尽了。"便不许他娶这女子。但是那女子实在长得标致，韦昌辉在睡梦里也想着。他便没事，每天也要在饼铺子门外走过几趟。两人眉来眼去，却暗暗里成就了好事。韦昌辉整包的银钱捧去给那女子，每天也在饼铺子里住宿。韦家老太爷，四处打发人找寻，也找他不到。忽然那饼铺子里的女子，自己找上门来，对韦昌辉的父亲说道："俺便是天妹洪宣娇，是上帝的贵女；如今世界大难将到，你儿子和俺有缘，俺特来救他。如今俺已将你儿子送上鹏化山去了，你若见机，快快收拾，也跟俺上山去；你若不去，官里知道你私通上帝教，也要捉你到监里去。那时弄得家破人亡，后悔莫及。"韦老头儿听了他的话，吓得目瞪口呆。那时贵县地方，也有许多信上帝教的，连衙门里的差役，也是洪秀全的徒党。韦老头儿知道已落在洪宣娇的圈套里，无可逃遁的了，便跟着他上鹏化山去，见了洪秀全。那时他儿子韦昌辉，已封为北王。韦老头儿只得把全部家产，捐在会里。

洪秀全带了大众，便在金田村起事。这里洪宣娇，暗暗地在萧、杨、黄、韦四人间周旋着；他四人感激洪宣娇的恩情，越发奋力争先。后来萧朝贵在长沙地方，被炮火打死，洪宣娇便做了寡妇；因为没有丈夫管束，越发淫荡了。那时东王杨秀清势力很大，洪宣娇便公然和东王同起同睡；黄玉昆醋劲大发，便和东王争斗，东王去告诉洪天皇，天皇把玉昆传进宫去，打了二十大棍，玉昆气愤极了，便投水而死。洪宣娇是天生尤物，他见只有韦、杨两人，顿觉寂寞。这时太平诸王，既好女色，又爱男色。洪天皇有一个娈童，名蒙得恩，长得妩媚白净；东王府里有一个男子，名侯裕宽，长得风流飘逸。洪宣娇都去搜罗在家里，一床儿睡宿，一车儿出游。后来洪宣娇越老越淫，手下的面首，竟有二十六个，每夜八人分班儿伺候他。如今在下且暂把太平天国宫中的事体搁起，再掉过笔头儿来，说清宫的风流天子。

那咸丰皇帝，不是说很圣明的吗？又有孝贞那样贤德的皇后辅助着，便该把朝政一天一天地弄兴旺起来。谁知这时天下被道光帝信用穆彰阿弄坏了，弄得天怒人怨，便出了这个洪秀全，打进南京，建立了太平天国；半个天下，已不是满清皇帝的了。咸丰皇帝看看大势已去，索性每天躲在宫里，醇酒妇人，竭力寻快乐去。日子多了，宫里这几个妃嫔，他渐渐的玩厌了，便有总管太监献计，向八旗官宦人家，挑选秀女去。拣有姿色出众的，便献与皇帝临幸。这个旨意一下，那京中的八旗人家，顿时慌乱起来；你想谁家肯把好好的女儿，葬送到永世不见天日的深宫里去？便有许多人家，把女儿藏起来。但是那班太监们，耳目十分多的；谁家有几个女孩儿，谁家的女孩儿多少年纪，他们平日都打听在肚子里。如今听说一声宫中要挑秀女，那班有女孩儿的人家，早已被太监们看守住了，你便要逃避，也不能了。到这时候，几个有钱的人家，便在暗地里送几百两银子给管事的，他便放你过去；你若没有银子，那女孩儿便免不了要和他父母生离死别了。

那时有一个姓喜塔猎的，当了一名骁骑校小武官，年老无子，膝下只有一个女儿，名爱姑，因他长得聪明伶俐，相貌美丽，父母自幼拿他当男孩儿看待的，一般的给他读书识字。爱姑肚子里读得很通，很懂得大义；他又做得一手好针线活计，家中贫寒，便靠他做些针线，又在家中设一个学堂，教几个蒙童，换几个银钱，养着父母。这一年，宫中挑选秀女，也把爱姑的名字，写在册子上了；爱姑知道了，哭得死去活来，打算带了父母逃走，又被官里看管着，行动不得自由了。没奈何，到了日子，跟着太监进宫去，在坤宁宫门外甬道上排班儿伺候着。

这时宫门外面女孩儿有一百多个，个个吓得玉容失色，珠泪双流；给太监们看见了，还要吆喝着，不许啼哭。稍稍倔强，太监手中的鞭子，便向嫩皮肤上抽下来。爱姑看在眼里，已是十分怨愤。谁知他们从天色微明进宫去站班，直站到日光西斜，还不见皇帝出来。这时正是大冷天气，宫门外地方又空旷，北风又大，刮得这班女孩儿个个皮色青紫，浑身索索打战。他们肚子又饿，又私急了；有几个女孩儿，忍不住"哇"的一声哭了出来。管事太监大怒，擎着皮鞭，恶狠狠的打上去。爱姑到这时，耐不住了，便抢出去，抱住太监手中的鞭子，响响亮亮的说道："俺们离了家门，抛了父母，到这地方来；倘然选上了，便终身幽闭在深宫里，不见天日。想到这地方，那得叫俺们不哭？"正喧闹的时候，忽然"喳喳"几声，咸丰帝出来了，大家顿时肃静无声。皇帝这时脸上有愤怒的气色，大家吓得越发不敢作声，独有这爱姑，嘴里还是叽里咕噜，说个不休。太监暗暗拉他的袖子，他也不睬。停了一回，皇帝的软轿已走到他跟前，问他："说些什么？"太监推他上去。爱姑便跪下来，说道："如今广西教匪，直闹到南京，半壁江山，已属他人。不闻皇帝访求将帅，保祖宗大业，反迷恋女色，强夺民间女儿，幽闭在宫中。皇帝只图纵欲，不思保全社稷，眼见这满清天下，都要给皇帝送去！小女子既到这地方来，早已置生死于度外，刀斧俺都不怕，只为皇上不取呢！"这咸丰帝正在气愤头里，听了爱姑这一番正大光明的说话，不觉把气平了下去，怔怔地向爱姑脸上看了一回，冷笑了一声，一摔袖子，说道："好好！都带他们出去吧，俺也不选秀女了。"总管太监，听了皇帝的吩咐，只得把这班女孩儿一一送还家去。从此京城里的人，都知道爱姑是个才貌双全的女孩儿,大家抢着来求亲。后来爱姑到底嫁了一个满尚书的公子,一双两好的过日子去。

挑选秀女这一天,皇帝正和皇后在宫里吵嘴。皇后劝皇帝罢了这选秀女的事体,说:"如今南方大乱,皇上每天办理军务,还不得空闲,那有这工夫去挑选秀女?"一句话,触恼了皇帝,便大怒起来,说皇后有意吃醋。皇后是最贤德的,平生最怕这吃醋的名气,如今听皇帝说他,真是一肚皮冤屈,没有诉处,不免和皇帝争辩了几句。他两人从上午直争吵到下午,所以那班女孩儿在宫门外直站了一天。皇帝出宫来,听了爱姑几句话,一肚子没好气,便把选秀女的事体作罢。

咸丰帝天生有一种古怪脾气,他在宫中玩妃嫔玩得厌了,说:"满洲女子,粗蠢笨直,没有那汉人的妇女好玩。"他宫里虽有几个汉女,却都是姿色平平,又是就近山东、直隶地方人,高大身体,天然大脚。皇帝是爱小脚的,又爱南方的女人。他说南方女人,娇小温柔,裙下双钩,尤其是尖瘦动人。因此咸丰帝在没人的时候,常常问太监:"京城里可有南方的窑姐儿吗?"内中有一个太监,名崔三的,却生得十分狡猾;他见皇上有寻花问柳的意思,平日便在外面各处闲逛,京城地面上的情形,他打听的十分明白。这时见皇上问他,他便悄悄地回奏道:"皇上贵体,想那烟花贱质,如何配伺候皇上?莫说京城地面,那苏、杭地方的窑姐儿很少;便是有,那些龌龊地方,皇上也是去不得的。"皇帝说道:"朕如今想南方的女子,想得很切,你有什么法子领朕出去玩玩?便是好人家女儿,朕去见一回,和他说几句话儿,也是有趣的。"崔三见皇帝急了,便说道:"这里宣武门外面,住的都是南方绅宦人家,奴才有时打宣武门外走过,见靠晚时候,那些墙门口,都站着些小脚娘儿们,个个都长得粉妆玉琢似的,娇声滴滴说着苏、杭话,煞是好看。"原来苏、杭地方的妇女,都有站门口的习气;每到夕阳西下,姊妹们在深闺绣倦,便拉着手到大门口闲站去。那些油滑少年,都在这时候,打扮着大街小巷闲逛,饱他的眼福。

当时咸丰帝听了崔三的话,也心痒痒的,巴不得到宣武门外闲逛去。他和崔三说通了,两人改扮着,悄悄地溜出宫去,骑两匹白马,直跑出宣武门外。到大街上,买些纸张笔墨等物,自己称是四川的陈贡生;又上馆子去吃点心。延挨到傍晚,两人便上马,慢慢地在街头巷尾闲走着。果然见两旁墙门口,站着许多妇女;蠢的、俏的、老的、少的,个个打扮得花枝招展似的,露着半面,向门外探头儿。越是小脚儿,却故意把裙幅儿挂得高高的,露出尖尖的一双红菱似的小鞋帮儿来。还有那长得俊俏的,却故意躲在人背后,露出一点粉脸来,偷看街上的男子。见有人走来,他故意把身体缩进去,把门遮住脸;待那男子走过了,便伸出头来,看着男子的背影,低声俏气的批评着。这咸丰帝,自幼儿生长在深宫,不曾到外面来逛过,如今他第一次出来游街坊,见了大街上的热闹情形,又见了许多美貌的妇女,把他眼也看花了。只是骑在马上,笑得嘴合不拢来。欲知后事如何,且听下回分解。

女子而忘廉鲜耻,则何事不可为?失节而为国为民,上也;为一家一党,次也;为一己温饱计,则斯下矣。噫!如今之女子,随地淫奔,以图一己之温饱者,滔滔皆是。洪宣娇以色救阿兄,以色招人才,犹不失为其次耳。

萧朝贵之死战,其心目固激于洪宣娇之情也;孰知彼一朝身死,而妻子转眼随人。世间女子,往往以男子为牺牲,而供其玩弄;被为男子者,一入彀中,至死不悟。殊不知所谓床头人者,其色愈盛,其情愈不能专。故曰色为祸之阶,痴儿子可以醒矣!

苏、杭女子,闲来喜站立门口,自是一种恶习,然即此亦足以见中国女子无职业、无社交之害。女子小人,饱食终日,无所事事,言不及义,不为越轨之行者几希!故女子职业,既足以谋生,亦免闲居,为保全名节之道,不可不注意也。

第六十三回 宣武门外名媛倚闾 钉鞋铺中贞妇投梭

却说咸丰帝跟着崔总管，常常在宣武门外闲逛；见了许多美貌娘儿们，乐得他心花怒放，恨不得闯进人家去，搂抱一回。还是崔总管悄悄地劝住，奏说："皇上且耐着心儿，容奴才打听去；有可以游玩的人家，再奉皇上游玩去。"有一天，咸丰帝也骑着马，走过一家门口，见有许多浮头少年，在这人家门口，踅来踅去，嘴里唱着那男女私情的歌儿。再看时，那墙门口一簇儿站着四个姑娘，个个都长得芙蓉如面，杨柳似腰；里面站着的一个年纪最小的，望去大约十五六岁，长得尤其是娇小妩媚。那一双眼波，溜来溜去，真是勾魂摄魄。看他下面一双小脚儿，又尖又瘦；穿着红缎绣花鞋儿，贴在地下，只有二寸许长。咸丰帝看了，也不觉喝一声好。这四个姑娘前面，还站着一个半老佳人，他一边对那班浮头少年低低地骂着，叫他们走开，不许他们看他的女儿，一边却对他们搔首弄姿，那种风骚的样儿，不觉把个皇帝也看怔了。咸丰帝骑在马上，在他们口踅来踅去，绕了三遍；他娘儿五个人，被他们看得害起羞来，便"砰"的关上大门，进去了。

这里咸丰帝回到宫里，禁不住眠思梦想；他也曾在那家门口去跑过几次，无奈总不能和他们再见一面，便吩咐崔总管打听去。那崔总管一连去打听了三天，才兴匆匆地跑进宫来，对皇帝说道："陛下可知道宣武门外有一个美人儿名叫小脚兰花的吗？"咸丰帝说道："朕却不知道。谁是小脚兰花？小脚兰花是怎么样的？"崔总管奏说："陛下那天看见的四个姑娘，奴才已去打听得，他是张家女儿，原是苏州人。他父亲张芸台，在刑部做过侍郎，家里原有妻子的。到京里来，便娶了一个窑姐儿竺氏做太太，生下这四个女儿，便一病死了。竺氏守着寡，只有四个年头，家里已穷得过不得日子了，亏得他四个女儿，都已长大成人，且长得个个都是美人胚子似的。竺氏便仗着他女儿做幌子，招惹几个游蜂浪蝶进去，抽头聚赌，过着日子。竺氏陪伴着一班客人，那班客人爱他长得风骚，却人人欢喜他。因此京城里一班纨绔子弟，都在他家游玩；他们个个欢喜他家的女儿，竺氏却管束得很严，没有一个人上得手的。那班富家公子，见越不得上手，越肯花钱；那竺氏见他们越肯花钱，却越不给他上手。到如今竺氏也赚下上万家财了，他的门户也越紧了，非是王公大臣，他是不接待的。他四个女儿，大女儿名荷儿，第二个名桂儿，第三个名蓉儿，最小的名兰儿。因兰儿长得最是娇小动人，又是一双二寸许长的小脚，满京城人都嚷着小脚兰花。"咸丰帝听了，便问道："可是那天朕在他家门口看见，站他姊妹背后，脸上擦着鲜红的胭脂，一双水盈盈的秋波向人乱转的吗？"崔总管回说："正是他。"咸丰帝不禁把手在腿上一拍，说道："好一个美人儿！真是名不虚传！朕怎么得也玩玩去？"崔总管奏说道："陛下莫性急，奴才打听得前门大街福记金店的掌柜老胡，是竺氏的旧相好；奴才便托他说去。"咸丰帝听到这里，忙问道："你敢是说朕要到他家逛去吗？"崔总管摇着手说："不，不。奴才推说：'有一位江西木客进京来，他是富商，打听得张家有四个女儿，他要去见识见识，求你做一个乡导。'那掌柜听了，便去和竺氏商量。第二天回话出来，说竺氏说的：'那客人既爱俺家女儿，叫他每一个姑娘，拿出五万两银子见面钱来；那兰儿另外要十万两银子遮羞钱，老身也要五万两银子。共是三十五万两银子，少一两不得。'那金店掌柜也要五万两银子。"咸丰帝听了，一算，要四十万两银子，不觉伸了一伸舌头。但是他想一想那四个姑娘的面貌，便顿时高兴起来，立刻催着崔总管，到库上去提银子，送至福记金店里去。这一回，崔总管自己整整赚了十二万两银子，分三万两银子给金店里的老胡；那竺氏净到手了二十五万两银子。这竺氏自出娘胎也不曾见过这许多银子，便笑得合不上嘴来;一面把他女儿打扮起来。

到了第三天,崔总管悄悄地雇一辆车,把皇帝藏在车厢里,外面用布围着,自己跨着辕儿,悄悄地赶出宣武门去。到张家门口,把皇帝扶下车来,竺氏接进院子去。皇帝看竺氏脸上,一般的腻粉红脂,眉弯入鬓,便笑说道:“徐娘韵姿,风骚可爱!”那竺氏听了,一溜眼,伸手轻轻地在皇帝肩上一拍,掩着嘴笑说道:“打你这个油嘴!”皇帝哈哈大笑,走进堂屋去;只见上面红烛高烧,绣毡贴地。崔总管扶着皇帝,向南坐下。停了一回,那四个女孩儿,打扮得好似四枝牡丹花,袅袅婷婷地走了出来,四个小丫鬟,在一旁扶着,向皇帝深深的拜了一拜。皇帝这时忍不住上去拉近身来,细细的认识一番;只见他秀眉星眼,配着琼鼻樱唇,处处是好。又看他肤似摘粉,脸若凝脂;握着他的纤手,真是玲珑丰软。皇帝说一声:“妙!”拿出四个翠玉指环来,亲自替他们套在小指儿上。

停了一回,摆下筵席来,四个姑娘,轮流把盏。皇帝左拥右抱,醉眼看花,愈看愈醉;他最爱的是兰儿,便把兰儿搂在怀里。竺氏上来把盏,皇帝也把竺氏拉住了,叫他坐一旁陪伴着。五个人一杯一杯地把个皇帝灌得烂醉如泥。竺氏在前面引着烛,四个姊妹在前后左右挽着皇帝进房去,服侍他脱去鞋帽袍褂。忽然在臂膀下面,露出一颗小印来,拿黄带子络住在手臂上。那兰儿原是认识字,见印上刻着“传国玉玺”四个小篆字,不觉吓了一跳,忙悄悄地告诉他母亲。竺氏急出去问崔总管时,他起初还不肯说,竺氏急了,说道:“如今南方大乱,京城里禁令森严,像这种来历不明的客人,任你钱多,俺家中也不敢接待。扶送他出去吧!”崔总管才悄悄地告诉他说道:“这实是当今的万岁爷,你母女好好地伺候着,管教你一世享福不尽呢。”竺氏听了,心中又欢喜,又害怕;回进房去,悄悄地告诉他女儿。那皇帝见了竺氏,便拉住了不放他出房去。

皇帝一玩三天,兀自不肯回宫去。被步军统领衙门和九门提督知道了,忙派了三千御林军,在张家围墙外面把守着,打更吹号,通夜不息。后来一班大臣,也都知道了,便赶到宣武门外来接驾;张家院子里,挤满了王公大臣。内中有一位侍读学士杜受田,直闯进内院去,切实劝谏。还有一位御史沈葆桢,他上了一本参折,是参崔总管,说他不该引导皇上作狎邪游,请皇上交内务府立行杖毙。谁知这位风流天子,一任你们如何劝谏着,他总是迷恋着这母女五人,不肯回宫去。后来崔总管急了,悄悄地去劝着皇帝。说:“请皇上作速回宫去,这四位姑娘,交给奴才,奴才能在三天以内,把他们安顿到圆明园里去。那时皇上早晚临幸着,有谁敢来说话?”皇帝听了,忙摇着手,说道:“莫送他们到园里去,园里醋罐子多呢!没得叫他们姊妹吃亏去。”崔总管听了,略思索了一回,碰着头,说:“奴才又有一处极幽静的地方,离圆明园不远,送他姊妹四人去住下。三天以内,待奴才安顿停当,便再请皇上去团聚。现在务求皇上先回宫去,皇上倘再不回宫去,奴才的脑袋便不保了!”皇帝看他求得可怜,便答应回宫去。外面摆齐銮驾,皇帝临走的时候,还依依不舍,和他姊妹四人分别着出来;外面文武百官接着,拥上銮舆。皇帝忽然想起一句话来,忙唤崔总管到銮舆跟前,低低的吩咐他道:“你安顿他姊妹四人,却不要忘了那竺氏。他也是一个妙人儿呢!”说着,哈哈大笑。三十二个人,抬着一肩銮舆,回宫去了。

到了宫里,那孝贞皇后,只怕犯嫉妒的名儿,便一句话也不敢劝谏;倒是那班妃嫔,见了皇上,不免有怨恨的气色。咸丰帝也不去理睬他们。过了三天,皇上又到圆明园去,园里自然有一班妃嫔伺候着;皇帝正和那班妃嫔说笑着,忽然那崔总管上来,悄悄地把皇帝的龙袖一拉,皇帝便跟着走出藻园门来,向西绕过一个墙角,见一座高大的丛林。崔总管领着,绕过佛殿,走进西侧门,是一座竹园;穿过竹林,一带粉墙,露出一个月洞门来。走进洞门,里面一带湘帘,隐着六间精舍;帘外架上的鹦哥,见有人来,便唤道:“客来了!客来了!”屋里面的人听了,掀着帘子出来。皇帝留神看时,认得是竺氏,便扑向前去,拉着竺氏的手,并肩儿走进屋子去。那荷、桂、蓉、兰四姊妹,也迎出屋子来,围定了皇帝,请下安去。皇帝一手一个,拉着坐上炕云。问崔总管:“这里是什么地方?”崔总管回奏说:“这里名千佛寺。原是前朝的王府，后来因为这位王爷没有儿子，便把这府第舍做佛寺。如今奴才把寺里的喇嘛尚和都赶到别处去，从园里调二十名太监来伺候着，又把这四位姑娘接来安顿在此地，皇上早晚临幸着，岂不便利。”皇帝听了，点点头，说道：“难为你费心！赏你一万两银子吧。”崔总管谢了赏，退出去，库上领银子去。这里皇帝和张家姊妹四人，早夜寻欢，也不进园去了。

那时南方发匪的势力，一天大似一天。那洪天皇，既得了南京，便打发第一枝兵马，攻打镇江。镇江的满洲兵，不发一箭，便弃城逃走；接着长发兵又得了扬州。那时统带长发兵的将军，名叫林凤祥，十分骁勇；他接连攻得安徽的凤阳，河南的归德，又渡黄河，占领怀庆。他忽然转向，打进山西省，夺得平阳；又从山西打进直隶，夺得平野，又占领藁城。接着攻陷深州，沿运河上去，攻得静海、独流一带地方。另一枝兵马，取得念祖、连镇、阜城一带地方。匪势离京城一天近似一天，合城的官员和文武大臣，得了这个消息，个个害怕起来。接着南方奏报失陷城池的文书，雪片似的送进京来。那军机处接了文书，连夜封送进宫去，无奈这时皇帝正深入温柔乡里，不理朝政，只把一班大臣急得走投无路，天天在午门外候旨，却总不见皇上圣旨下来。

那洪天皇看看北伐的第一军得了胜利，接着派遣战将吉文元、李开方两人，统带第二军，也向北方打去。他第一步，打进了安庆、桐城、舒城一带繁华的州县；又攻取庐州，安徽巡抚江忠源，在庐州战死。第二军军声大震，接着又陷六合，陷临清州、高唐州；山东巡抚，接连飞马快报，报进京去。

这时宫里不见皇帝的踪迹，已有五六天了；宫中顿时扰乱起来，孝贞皇后，一面禁住众人，一面把崔总管传来，说道：“崔三总知道皇上的下落。”喝叫绑起来，送交内务府去拷问。说：“从前皇上出宫去游玩，是他引诱的；如今一定也是他把皇上藏过了。”崔总管熬刑不过，只得招出来，说：“皇上住在千佛寺里。”内务府差役押着他，到千佛寺里，果然找到了皇上。皇帝问：“什么事体？”崔总管把娘娘发怒，把奴才送交内务府拷打的情形说了。皇帝听说皇后动怒，知道他姊妹四人不能再留下了，便一面打道回宫去，一面把崔总管放了；悄悄地吩咐他，把他姊妹送到禁城外安顿去。

这孝贞皇后，见皇帝回宫来，便又跪下来劝谏，说：“如今军务变乱，皇上宵旰忧勤，还恐不及。如何可以把朝政搁置，自己一味寻乐去？”皇帝听了笑笑，说道：“朕因国事忧愁，在宫中闷得慌，出宫去打了几天围猎，卿亦何必如此慌张？”说着，踱出坤宁宫，到御书房里，见案上奏本，堆积如山，随手一翻，见都是各处州县失陷的紧报。咸丰帝看了，不觉吓一大跳，忙召集了许多王公大臣，开御前会议。足足议了四个时辰，才决定办法。立刻传旨下去，派兵部尚书胜保，亲统大兵，去当平野一路的发匪；又派蒙古科尔沁亲王僧格林沁，统领骑兵，去当连镇一路的匪兵。这两位都是战将，奉了圣旨，奋勇杀贼；不多几天，胜保果然战败发兵，收复藁城一带；僧王也收复阜城一带。僧王还用了那道员张晋祥的计策，决运河的水，淹毙冯官屯的匪兵。发兵将军李开方，到僧王大营中来投降，僧王拿囚笼关住他，押进京来。咸丰帝下谕，绑送西校场正法。从此长发兵第一第二两路人马，一齐逃回南京去。

皇帝看看眼前太平，便又想出宫游玩去；私地里唤崔总管来问：“他姊妹还在吗？”崔总管摇着头，说：“自从皇上吩咐奴才送出禁城外去，不多几天，他们个个嫁了京中大官做如夫人去了。”皇帝听了，也只得叹了一口气。崔总管知道皇上心中不乐，隔了几天，他忽然兴匆匆地跑到皇帝跟前来，悄悄的说道：“奴才近日又打听得城南有一个美人儿，名叫冰花，又称做‘盖南城’。”皇帝听了诧异，便问：“怎么他的名字叫冰花呢？”崔总管回说：“因为那美人长得和花朵儿一般，他性格冷得和冰一般，终日板着一张脸儿，没有人敢去招惹他的；倘有浮头浪子去调戏，便要吃他冷语辱骂，因此人人取他绰号叫冰花。”皇帝听了点点头。又问：“为什么要叫‘盖南城’呢？”崔总管奏说：“因他面貌长得实在美丽，可以盖过城南一带地方的娘儿们。”皇帝听了，直跳起来道：“有这样的美人儿？待朕亲自去看来。”崔总管拦住，说道：“皇上须谨慎些，她是有夫之妇；况他家开一爿钉鞋铺，在热闹街上，怕等闲下不得手。”

皇帝说道："朕却不信，待朕去看看；包叫他冰花化成桃花，弄他进宫来陪伴朕过快乐日子呢。"说着，催崔总管快备马去。

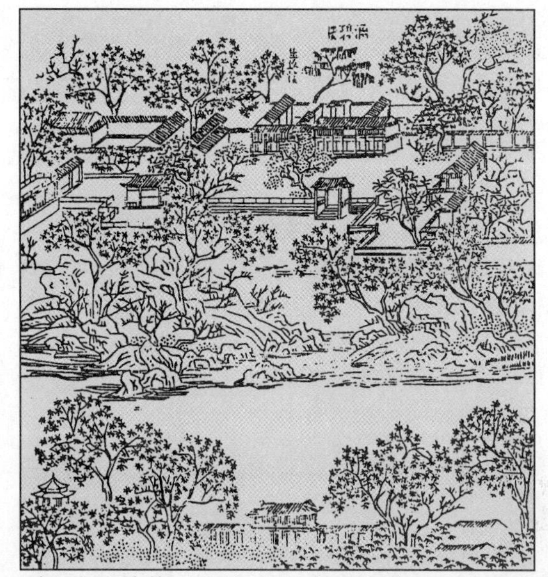

皇帝改了装，扮作富家公子模样，悄悄地出了宫门，跳上马，和崔总管两人，一前一后，跑出南城去。一看，见一家小小钉鞋铺子，有一个男子，头发秃顶，满脸络腮胡子，爬在凳上，正在那里工作，却不见那女子。他两人故意在他店门口绕来绕去，终不见那女人出来。皇帝没奈何，只得败兴回来。到第二天，再去，依旧是不见；打听得那秃发的男子，便是那女人的丈夫。皇帝叹一口气，说道："好一朵冰花，插在牛粪里。"到了第三天，皇帝又去，果然看到了。这一天，她丈夫不在店中，只见一个年轻女人，蓬着头，在柜身里面洗衣服。皇帝和崔总管两人跳下马来，一脚跨进店堂去；只见满地烂泥，一阵一阵臭味，送进鼻管里来。皇帝生平不曾到过这种龌龊地方，如今只得看在这女子面上，暂时忍受着。那女人见有买主来了，忙丢下衣服，擎着水淋淋的一双手；他一边拿衣角儿拭着手，一边上来招呼。皇帝看他的脸时，果然长眉雪肤，望去好似一尊活观音；又看他手时，玲珑白润，虽终日操作着，却没有冻裂粗糙的纹路。又打量他身材时，真可以称得肥瘦得中，长短合度，把这个风流天子，看得酥呆了半截。那崔总管假装做买他的钉靴，和他论量价钱；皇帝站在一旁，怔怔地向那女人脸上打量着。到这时，他实在忍不住了，便开口低低的向那女人问道："前几天我也曾看望你来，你却不在店里，你到什么地方去了？"那女人好似不曾听得一般，只是低着头做他的买卖。接着，皇帝又问道："你家那秃了的丈夫，今天到什么地方去了？"这女人听了，满脸怒容，转过脸去不睬他。

皇帝到这时，胆子慢慢地大起来，隔着柜身，伸手去捏他的手儿；那女人这才大怒起来，拿着手里的钉靴，直向皇帝的脸上打过去，亏得崔总管的手快，忙去夺住了。那女人倒竖柳眉，十分气愤；大声哭嚷起街坊邻舍来。顿时在店门口挤了许多人，大家说："青天白日，在大街上调戏女人，真正岂有此理？俺们打这个囚囊！"一个人说打，大家都接着喝打。崔总管看看不妙，忙从身旁拔出剑来，站在店门口，拦住众人。众人看他拔剑，越发生气，一片声嚷道："这死囚囊！拿刀动杖的，敢是没有王法了吗？俺们打上去，打打打！"各人手里擎着棍棒，拥进店门来。皇帝看看事体危急了，他便耸身一跳，跳在柜台上，随手在柜架上抓住钉鞋钉靴，向众人掷去。许多人被皇帝拿着钉靴打得头破血流，大家越发愤恨了，便拾着钉靴回掷皇帝。皇帝自幼练过武艺，知道躲避的法子，一时里满街的东西，飞来飞去。崔总管头也被他们打破了，淌着鲜血，他还拿着剑尖儿搠人。那许多人见剑锋利害，到底是怕死的人多，没有一个人敢冲进店去。

正在危急的时候，忽听得开锣喝道的声音。大家说道："好了好了！巡城御史来了。"顿时肃静起来。那御史官见许多人打得头破血流，跪在轿前告状；又是满街抛着钉靴棍棒，御史官看了大怒，喝声："拿来！"便有差役，拥进店去，要抓皇帝；皇帝高高地站在柜台上，只是暗笑。

那崔总管见差役进来，便跟着他一块儿走到御史官轿前去。那御史官认识他是宫里的总管，崔总管又凑近身去，和御史官咬着耳朵；慌得那御史官，走出轿来，赶到店中，便在柜身前拜倒在地上。那些街坊，见了这情形，知道惹了祸；慌得一个一个溜回去躲着，不敢出来。欲知这冰花日后如何结局，且听下回分解。

缠足之为害，戕生则有余，益身则不足；且纤纤弱趾，实为淫邪之媒介。彼兰花者，竟以纤足喧于朝野；卒至名门等于娼侣，天子行于狎邪。上下昏靡，国之不堕者几希！缠足之害阶之厉也。

缠头一掷，便是四十万两，是谁之血汗金钱耶？其取之于吾民也，锱铢必较；用之于娼妓也，等于泥沙。专制帝皇之乐，固在于斯；而专制帝皇之罪，亦莫大于斯。坐令国日以贫，民日以弱；至今日积重难返，彼独夫之肉，其足食乎？

调戏冰花一节，活画出一种浪子顽皮神气来；闹街一段，写来有声有色，一时纷杂情形，如在目前。

第六十四回　皇恩浩荡冰花失志　浓情旖旎四春承欢

却说咸丰帝为了看冰花，几乎惹出一场大祸来；亏得巡城御史走过，把皇帝送上自己的轿子，抬着回宫去。一面向崔总管打听情由，崔总管便把皇帝如何闻冰花美貌的名气，亲自来赏鉴，说了几句戏话，触恼了那位美人；街坊上人帮着冰花，大闹起来[的事说了]。这位巡城御史，十年不曾升官，如今听了崔总管的话，心想俺升官的机会到了。他一面安慰着崔总管，又拍着胸脯，说："大爷放心，这件事在下官身上，包你三天之内，请皇上如意。"接着又悄悄地对崔总管说道："大爷进宫去，在皇上跟前，须替下官好言一二。"崔总管听了，点点头，拱一拱手，去了。

这里御史官便装腔作势的喝叫："把那丁靴铺子的夫妻两人，抓回衙门去审问。"这时那冰花的丈夫，恰恰从外面回店来，听说御史官要抓他到衙门里去，吓得他只是索索的发抖，哭着求着，不肯去。还是那冰花，一点也不害怕，说道："去便去，俺们又不曾犯什么王法。"他夫妻两人，把店堂托给街坊，代为照料，便跟着差役，到御史衙门里去。那御史官照例问过一堂，也不定罪，也不释放，把他夫妻两人，分别监禁起来。监禁到第三日上，忽然来了两个婆婆，把冰花一领，领到一间密室里，给他香汤沐浴，拿出一套锦绣衣裳来，给冰花换上。冰花诧异起来，问："什么事？"那婆婆说："皇上知道你是一个贞洁的女人，吩咐赏你一套衣服，给你洗澡穿上，便要送你回店去。"冰花听了欢喜，便重新梳妆起来；居然容光焕发，旖旎动人。两个婆子，在一旁赞叹，说道："这样一个美人儿，老身是女人身，见了也要动心，莫怪圣天子见了要动手动脚了。"冰花听了，不觉脸上起了一阵红晕，说道："休得取笑。"

停了一回，轿子抬进院子来，婆子扶他上轿，放下帘子，四周遮着绸幔，坐在轿子里，黑漆漆的一丝也看不见外面的情形。轿子走了半天，才停下来；依旧两个婆婆上来，打起轿帘，扶他出轿来。冰花抬眼看时，只见眼前围着一班旗装女人，满身打扮得花花绿绿，个个把两只眼注定在自己脸上打量着，却静悄悄的，不说一句话。又看那院子时，十分阔大，一带黄墙，接着抄手游廊，正北一座金碧辉煌的宫殿。冰花满腹狐疑，忙问道："这里是什么所在？你说送俺回店去，怎么送俺到这个地方来？"那婆婆听了，哄着他说道："娘子莫慌，这里是宫里。皇后听说娘子长得美貌，特把娘子接进宫来见一见，立刻送娘子回店去呢。"冰花听了，他便没得话说。婆婆扶着他，从甬道走进屋子去，只见里面绣幕重重，落地花窗上糊着粉红色西纱。屋子里一色朱红桌椅，床上挂着葵花色罗帐；床里叠着五色绣花锦被，铺着狐皮褥子。一面瓶花镜台，一面仕女画屏，打扮得豪华富丽。两个婆婆，扶他在床前椅子上坐下，接着许多宫女上来送茶送水。冰花到了此时，忽然觉得自己是被他们骗进宫来做妃子了，霍地站起身来，说："俺回去了。"左右宫女，忙上前拦住；接着那皇帝已踱进屋子来，抢上去握住他的手，嘴里连声唤着："美人美人！耐心些。"那冰花知道自己落了他们的圈套，便觑众人不防头的时候，猛向床槛上撞去；一溜鲜血，直从眉心里流出。皇帝看了，连说："可怜！"自己忙退出屋子去，吩咐管事妈妈："好生看护着，养着伤，朕过几天再来看他。"

冰花这一撞，早已晕倒；大家把他扶到床上去睡，包着伤口，许多宫女，在床前伺候着。停了一回，冰花从床上清醒过来。管事妈妈在一旁劝着，说："天生娘子这一副美貌，须得嫁一个富贵儿郎，享一世繁华，受一世富贵，才不辱没了。如今难得圣天子多情，把娘子接进宫来，百般的疼爱着。又怕娘子生气，还不敢和娘子亲近。这正是娘子受富贵、享荣华的时候，又得这位多情的万岁宠爱着，岂不强似那在店铺子里挨冻受饿辛苦一身呢？"这几句话，管家婆天天劝着;起初冰花不去理他,后来日子久了,冰花的心也一天一天懈下去了,听听管家婆的话,觉得也很有情理。便和管家婆说定,须得把她丈夫唤进宫来见一面儿,丈夫许他转嫁,他便转嫁,丈夫不许他转嫁,他便抵死也不肯失节的。管家婆把他的话去奏明皇上,皇帝准他把她丈夫唤进宫来见面。

那时冰花的丈夫,早已在宫里补了銮仪卫的侍卫官;进宫来的时候,冰花见他衣帽整洁,翎顶辉煌。冰花见了她丈夫,只是哭泣;她丈夫却不哭,对冰花说道:“俺夫妻缘尽于此了!你在宫里,好生伺候着皇上罢。”冰花听了,叹了一口气,说道:“你也好生做你的官罢!”便在这一天夜里,皇帝到冰花宫中来临幸了。第二天,封他做贵人。从此皇帝被冰花一人迷住了,一连十多天,不理朝政。外面文书十分紧急,那太平天国,在南京定都,已占据了八省地方。朝中文武大臣,个个提心吊胆,没了主意;孝贞皇后没法,只得亲自跑到皇帝寝宫门外去背祖训,皇帝看看实在延挨不过了,只得出去坐一回朝,办几件公事,潦潦草草,一转眼,又溜进冰花宫中去了,任你那班大臣如何劝谏,他总当作耳边风,不去理睬他。

那边太平天国,却一天兴旺似一天起来。他朝中用的官员,年纪没有在四十岁以上的;洪天皇又花了六百万银两,在南京造起一座极高大的宫殿来。忠王李秀成,和洪天皇自己在殿上题着对联;他正殿上有几副对联,写得十分堂皇。第一副对联道:“惟皇大德日生,用夏变夷,待驱欧、美、非、澳四洲人,归我版图一乃统;于文止戈为武,拨乱反正,尽没蓝、白、红、黄八旗籍,列诸藩服千斯年。”第二副对联道:“先主本仁慈,恨兹污吏贪官,断送六七王统绪!藐躬实惭德,仗尔谋臣战将,重新十八省江山。”第三副对联道:“独手擎天,重整大明新气象;丹心报国,扫除异族旧衣冠。”第四副对联道:“虎贲三千,直扫幽燕之地;龙飞九五,重开尧舜之天。”那寝殿上,也有一副对联道:“马上得之,马上治之,造亿万年太平天国于弓刀锋镝之间,斯诚健者!东面而征,南面而征,救廿一省无罪顺民于水火倒悬之会,是谓仁人。”同时各王也都造起王府来。王府外有辕门两座,大门三座;高有数丈,门墙壁垣上,都用五彩画着龙虎。走进府门,中间一条甬道;甬道中间,造着一座高台,两旁挂着几十面金锣。外面有事,便鸣锣传报;府门里面,不许男人进去。

天皇的宫门,大门上挂着“荣光门”匾额,二门上挂着“圣天门”匾额;两旁有朱红木栅,木栅里面,有许多匾额,都是臣下赞颂天皇的话。左右用琉璃瓦盖着两座亭子,走进二门,两旁排列着几十间朝房;院子西面,有一口五色石栏的御井。那石上雕刻着双龙,十分精致。当殿矗着一座牌坊,金柱红梁,龙飞凤舞,十分华丽;殿的四壁上,画着龙虎狮象。正殿的东面,有一带围墙,墙里一座方池,青石砌底,十分清洁。池上一座石船,长十余丈,天皇常常在石船中开宴赐酒。天皇十分宠爱小天皇,特意替他在钟山脚下盖一座小天皇府;里面大树清泉,楼台曲折,十分幽胜。那小天皇一般也是个好色之徒,他府中用的,全是女官;那女官个个都长得雪肤花貌,小天皇终日和这些女官厮混着,什么风流事体都做出来。

讲到太平朝的女官,他穿的衣帽,和外廷男官大致相同;最大的女官,穿黄缎绣龙袍。红色紫色袍次之,青色、蓝色、黑色袍又次之。帽子上,三等王,用绣金黄缎巾,九品以上官,都用纱帽,九品和乡官,都用缎扎巾。女官在袍外,加穿一件背心,发髻上戴一顶垂缨的平天小帽。天皇定下女官的品级,又定女官裤子的格式:上一等的,名叫缝裳,是大裤脚。第二等,名叫钮裳,是裤裆不用线缝,拿钮子扣住,是为便于解开的意思。第三等,名叫开裳,是开裆裤。第四等,名叫散裳,是不穿裤子,只穿围裙的。第五等,名叫散袍,是不穿裤子和裙子,下身精赤着,只穿一件袍子,遮住下身。此外又有一种,名叫遮腿,是女官在夏天乘凉用的。那遮腿,只有三幅布,围在腰里;一幅遮住后身,两幅遮住两腿。天皇定下这种女官服制,原是另有意思存着;因此凡在太平朝做女官的,没有一个能够免得。

那小天皇尤其是出奇的刁恶,他在府中占污女官,倒也罢了;他偏欢喜强占女孩子。他见有十岁左右的女孩子,最合他的心意。在强逼的时候,那女孩子哭求叫喊,他看了十分快乐,直到那女孩子痛极而求他才罢手。小天皇有时到洪天皇宫中去叩请父皇圣安,便在父皇宫中，和许多妃嫔公主纠缠。那班妃嫔，见小天皇年轻貌美，又是天皇的爱子，如何不奉承他；因此很有几个妃子和小天皇结下私情的，甚至他姊妹也有和小天皇结下私情的。因为天皇的上帝教，说男女平等，男女博爱，无论老少母妻，都以姊妹兄弟相称呼；当着大众，都可以捏手抱腰，表示亲爱。有时洪天皇明明见他的儿子和自己的妃嫔亲爱着，他也不好说什么。从此小天皇胆子越弄越大，竟和洪天皇最宠爱的红妃、宜妃私通起来。那红妃，是扬州人，相貌虽平常，身材十分小巧，生性又十分风骚；一双水盈盈的眼珠，被他溜一眼，管教你吊了魂魄。他又最爱笑，笑时十分妩媚；洪天皇十分宠幸他，他也仗着宠，时时去欺侮宜妃。那宜妃，原是广东地方的大家女子，长得白净美丽，性情又和顺，身材又苗条；洪天皇和他多年的恩情，也便常到他宫里宿。这时这两个妃子都爱上了小天皇，心中的醋念，越发不能相容；只因小天皇是洪天皇的爱子，便也不敢到洪天皇跟前去告发，只是大家在暗地里斗法便了。

谁知那宜妃宫中，原藏着一个美男子；那男子原是南京地方穷苦人家的儿子，面貌却长得白净漂亮。宜妃跟着天皇进南京城的时候，那男子在路旁站着闲看，宜妃在车子里望见，不觉心中一动。到了宫中，便打发人去把那男子偷偷地弄进来，背着天皇，朝朝和他在一处起卧。后来宜妃又结识了小天皇，他一个人轮着伺候两个小伙子，心中说不出的快乐。谁知好事多磨，良缘天妒，有一天，宜妃在宫中正和那美男子白昼幽会，恰到得意的时候，被红妃进来撞破了，把个宜妃吓得玉体打战，把个红妃羞得粉脸通红。那美男子也顾不得了，“噗”的跪倒在红妃脚下，碰头求饶。那红妃偷眼看时，见那男子长得眉清目秀，一身白肉，不觉一阵心跳，掩住脸“嗤”的一笑，转过脖子去，低低地说道：“这个样子，羞人答答！”宜妃在一旁看出红妃的心事来，忙对这男子说道：“你好好的在这里伺候妃子，俺去去便来。”说着，便转身出去。这里红妃和那男子竟成了好事。从此以后，红妃常常把那男子留在自己宫里，不放他回宜妃宫里去。便是那男子，也觉得红妃风骚放荡，胜于宜妃，便不觉迷住了。宜妃失了这一个心爱的面首，如何不怨；他便想了一个借刀杀人之计。

这时小天皇也迷恋着红妃，洪天皇也迷恋着红妃；他打听得红妃正和那男子在阳台的时候，便悄悄地对小天皇说了。那小天皇大怒，偷偷地掩到红妃房门外去，听时，果然男欢女爱，正扭结在一块的时候。小天皇一缕酸气，从脚跟直冲脑门。正要打进房去，心想自己也不是正经路数，须得去报告父皇，才能管得。一转身，便赶到洪天皇宫中。那洪天皇正靠在御榻上，看那侍卫和女官，大家在榻前追着捉着玩儿；听了他爱子的话，气得他胡须倒竖，跳起身来，带了侍卫，赶到红妃宫中。那红妃猝不及防，衣裙颠倒，钗鬟散乱，和那男子一块儿捉出来。天皇看了，也不审问，吩咐便在宫门口斩了。那红妃临死的时候，还极口喊冤，说中了宜妃的计，这男子原是宜妃引进宫来的。洪天皇虽听得这个话，却不相信他，依旧把这一对痴男女杀了。

洪天皇杀了红妃以后，宫中缺少一位妃子，立刻传谕各将领，随时物色美人。这时右都督部下，有一位樊将军，在苏州地方得了一个美貌姑娘。那姑娘名叫明姑，原是苏州世家小姐，知书识字，又懂得刀剑。太平军到苏州的时候，明姑跟着他父母逃到乡下，又被兵士们捉住；兵士们要杀他的父母，明姑便上前去拦住。那兵士们见了这美貌的姑娘，便也放去了他父母，把明姑捉到营里去。兵士便要行非礼之事，明姑说道：“你们若要奸污我，我只有一死。不如把我献与你们将军。那将军爱我美貌，你们便大大的可得到一笔赏钱。”那兵士们听他话说得有理，真的把他去献与樊将军。樊将军见了明姑，便赏兵士五百两银子，把明姑留在后账。到了夜间，樊将军便进账来，要犯他，明姑娘便拿劝兵士的一番话，劝樊将军，劝他把自己去献与天皇，便可得高官厚禄。这时天皇正下旨，着各将领物色美人，明姑一句话，提醒了他。樊将军便亲自送明姑到天京去。天皇见了明姑，十分欢喜，便传谕赏樊将军银十万两。明姑长得白净苗条，第一夜，洪天皇临幸过，知道还是处女，便格外宠爱，封他做明妃，便补了红妃的缺分。洪天皇一连在明妃宫中住了一个月，真是同起同卧，十分恩爱。

明妃趁此机会，求着洪天皇，把他父母传进宫来，见一面儿。天皇便依他，明姑见了他父母，禁不住大哭一场；见没人在跟前，便悄悄地把自己的心事对父母说了。他父母知道女儿要行刺天皇，自己的性命，终是不保；母女两人，搂抱着又哭了一阵。明妃向天皇要了一面小黄旗，交给他父母；他父母身旁藏着这一面旗，在太平天国，随处可以去得。明妃悄悄地叮嘱他父母，逃到北方去；将来自己闹出大事来，不致延害父母。

明妃送父母出宫，诸事停当，明妃便在卧房里摆下一桌酒，请天皇来吃酒，自己也在一旁吃酒陪伴着。吃酒的当儿，有说有笑，又做出许多媚态来，哄天皇吃酒。洪天皇吃不多几杯，早已被明妃的美色醉倒，一手搭在明妃的肩上，要他扶上床睡去。那明妃看看是时候了，便吩咐宫女收拾筵席，亲自扶天皇上床，自己也御了盛装。看宫女收拾过桌面出去了，明妃便起身去关上房门，听听床上天皇睡得静悄悄的，忙去墙上拿下一柄宝剑来，捏在手中，轻轻地掩到床前一看，那床上空空的，没有人，天皇不知到什么地方去了。明妃正诧异的时候，一回头，见天皇满面怒容，站在他身后。原来今夜明妃请天皇吃酒，已是犯了天皇的疑。明妃从不吃酒的，今夜忽然吃起酒来，岂不可疑？因此洪天皇假装酒醉，先去睡在床上，暗暗的觑着明妃的动静。他见明妃关上房门，转身向墙上拿剑，便知道他居心不良，便悄悄地从床后面溜下地来，跟在明妃身后。待到明妃拿着剑赶到床前去时，天皇已把佩刀抽出来，拿在手中；心中一腔怒气，按捺不住，趁明妃回过头来的时候，便"砣嚓"一刀，砍下脑袋来。一面打着小钟，传唤宫女；吩咐把明妃的头，挂在宫门外去号令。顿时明妃谋刺天皇的消息，传遍宫中；许多妃嫔和皇后，都赶来叩请圣安。天皇见杀了明妃，自己不曾遭他的暗算，心中十分快乐；传谕宫中，连夜摆起庆祝筵宴来，自己连喝了几大觥。这时三宫六院的妃嫔，都陪坐在左右；一时脂香粉腻，莺嗔燕咤，天皇左拥右抱，调情打趣，到高兴的时候，便拣了十个美貌妃子，到寝宫去临幸。又传十个妃子进账去赏春，在一旁拍手欢呼助兴。

洪天皇天天和那班妃嫔女官寻欢作乐，一个人敌着几十百个少女，身体慢慢地淘虚了，那精神也觉得有些不济事了。太平朝诸位王爷，不但是好女色，且又好男色；每一个王府里，总养着三五个俊俏少年。天皇宫中，竟养着二十多个，一般的画眉搽粉，打扮得妖妖娆娆，望去几认不出他是男子来。洪天皇玩女人的本领，慢慢差了；便没日没夜地玩起相公来。那班王爷，都看了他的样，人人搂着一个男孩子睡觉；凡是玩相公的，都容易害眼病，一时洪天皇和各王爷都害起眼病来，且下身害起毒疮来。天皇十分害怕，忙去求医。这时有两位御医，一个名叫何潮元，一个名叫李俊良。他两个都是外科能手，当时替王爷们的眼病都医好了。何潮元又弄了许多媚药，献给天皇，天皇用了，果然十分灵验，便给他做御医院中的正医官。李俊良见何潮元得了意，便弄了许多避胎药，悄悄地去送与各妃嫔和天妹洪宣娇。那洪宣娇十分合用，便去对洪天皇说知，把李俊良荐进宫去，替妃嫔治病，做了一位内廷供奉医官。那班妃嫔，仗着有李俊良的避胎药，便暗地里勾引许多美男子进宫来，放胆偷情；大家只瞒住天皇一个人的耳目，终没有败露的日子。便是洪天皇，也仗着有何医正的媚药，便没日没夜的和那班妃嫔欢乐。一班荡子妖妇，拼命胡闹着，宫中便闹起花柳病来了。洪天皇和东王眼病复发，何医正便献了一个秘方。说要选二十个童男童女，年纪在十四岁的，每天十个人，在清早时候，用甘露漱着嘴，替天皇王爷舔着眼睛。二十个人轮班舐着，不到一个月，果然痊愈了。见那班童男女，有长得俊的，都吃天皇和王爷奸污了；留在宫中，不放出来。

天皇又听了何医正的话，每天吃两粒珍珠，一方白玉，调养着身体。他又传出烹珠煮玉的法子。那珠子须拣精圆，毫无糙瘢的，裹在豆腐中心里，隔水炖着，煮半天工夫，把豆腐取出，那珠子便涨大三数倍，白嫩和豆腐一般。珠有糙瘢的地方，便僵硬不化，所以一定要拣那精圆珍珠。煮熟的珠子，放在嘴里，一咽气便酥化入喉了。煮玉的法子，拿上好白玉，和地榆树的根，一块儿煮着；煮二十四小时，不给他出气，那玉便酥烂可以吃了。吃的时候，调下冰糖去，十分可口。煮酥的玉块，凝结着和冻一般，倘是有瘢玷，或是下等的玉，便煮不酥。因此天皇御厨房里，有专管煮玉烹珠的厨子四人，那四人都是珠宝商人，能识得珠玉的真假和好坏。只因天皇要吃珠玉，那御厨房里每月便多添十多万银子的开支。

讲到洪天皇的御膳，说出来也叫人听了诧异。洪天皇每次用膳，除十六品副膳外，又有二十四品正膳；那二十四品正膳，称作二十四牲。便是六样禽类，六样兽类，六样鱼类，六样介类。禽类最爱吃鸽雀雉鹰，只不吃鸡鸭；兽类最爱吃牛、羊、獐、兔，却不吃猪肉；鱼类最爱吃鲂、鲤、鲟、鳇；介类最爱吃虾、蟹、蛤、鳖。每日调换，不能重出。每一桌御膳，须花钱数千金。烹调的法子不论什么一类，总是整个的，大如牛羊等。都是把全只搁在大盒子上，横陈在御席上。最可笑的，那禽类兽类烹熟以后，仍须拿禽兽的毛贴在肉上，望去好似活的一般。直到下箸的时候，女官们上去替他拿去毛。天皇又喜怒无常，正在喜笑饮食的时候，倘有小事不如意，便把怒气出在侍卫身上。喝一声用刑，便有刑官，把那受刑的侍卫抓去。太平朝宫中有一种极刑，名叫“点天灯”，那点天灯的法子，是把人上下的衣服剥去，从头到脚拿棉花纸张裹住，用麻油浸透，外面涂着松油白蜡，活似一支大蜡灯。烧的时候，把这人倒竖在地上，拿火烧着。起初里面的人还能够叫喊，声音凄惨得和鬼叫一般。烧到腿上，那叫唤的声音慢慢地低了；烧到小肚子上，隔着一回，大叫一声，直至烧到心坎头，才断了气。欲知后事如何，且听下回分解。

写宫廷景色，最非易事；太奢则近于浮夸，太俭则落于寒酸。是须应有尽有，秩序井然，写来却到好处。如冰花入宫一段，从贫家妇人眼中写出种种奢华阔大气象，自觉切实得体。

妇人行妒，大都以枕上进谗，今宜妃即以心爱之面首让之红妃，使其自入陷阱而不之觉，虽杀其面首亦所不惜。其用心之险，设计之工，出于寻常蹊径以外；惜乎如此计谋，而行床第之间耳！

明妃行刺，其贞烈固可嘉；然其计，则平庸不足取。

第六十五回 金莲贴地琼儿被宠 粉庞失色紫瑛丧生

却说洪天皇用御医专制媚药，果然是一件可笑的事体；但那时的咸丰帝，也常常用媚药。他年纪虽轻，只因好色过度，宫中既有许多妃嫔，园里又住着许多美人，叫他一个人血肉之躯，如何抵挡得住？早也慢慢地有些支撑不住了。那时候宫中一个崔总管，原是坏蛋；他时时勾引皇帝去干那偷香窃玉的事体。他见皇帝精神不济了，不知什么地方弄来一种极灵验的媚药，咸丰帝服了媚药，得了妙处，便朝朝和那班妃嫔寻欢，仗着药力，格外玩得利害。咸丰帝还有一种极古怪的脾气，他玩女人，不拣地方，不拣时候，也不避人耳目。他怀里藏着媚药，不论走到什么地方，见有中意的宫女，他拉住便干。干过了，那剩下的媚药，也不收藏起来，随处乱丢。

有一回，在御书房里闹出一件大笑话来。这时咸丰帝爱游玩，常常住在圆明园里，又常在园里召见大小臣工。有一天，咸丰帝在园中召见一位翰林，名丁文诚的。那丁文诚进园来，时候过早，皇上还不曾叫起，小太监便领他到御书房去坐着守候。那书房中，摆设得十分精致；丁文诚在里面看着消遣，一眼见那小几上白玉盆中有一串鲜蒲桃，紫果绿叶，约有十数粒，粒粒肥大。这时五月天气，什么地方来的蒲桃？丁文诚看了，又是诧异，又是心爱，便忍不住伸手去摘下一粒蒲桃来，送在嘴里吃时，觉得十分甜美。正要吃第二粒时，忽然觉得一股热气，直攒到小肚子上；那东西忽然长大起来，长到一尺许。这时丁文诚穿着纱袍套，那东西隔着衣服都看得出来；吓得他弯着腰，两手按着小肚子，不敢走动。心想如此形状，停一回皇上起来，如何进见？他情急智生，立刻倒卧在地上，大声喊痛；那班太监听得了，一齐赶来问时，丁文诚推说是发急痧，肚子痛得厉害。他一边嚷着痛，一边在地下打滚；太监拿痧药给他吃，也是无用。没奈何，太监扶着他走出园旁小门回家去；一面立刻上奏，说是急病不能进见。

这丁文诚回到家里，在床上僵睡了五天，才慢慢地复原。这岂不是一件大笑话吗？第二次，丁文诚进园去，见了咸丰帝，便劝谏说："皇上调养玉体，最好每天饮鹿血一杯；燥热之药，切不可用。"咸丰帝道："饮鹿血有何功效？"奏说："鹿血为壮阳活血之妙品。"从此咸丰帝吩咐内务府，买花鹿百数十头，在园中养着；天天取鹿血吃着，果然有效。

这时东南的太平军，势力一天强似一天；咸丰帝在宫里，天天接到打败仗失城池的消息，他越发心灰意懒。后来他连文书也不愿看了，天天找那班妃嫔玩耍去。皇帝新得了冰花，十分宠爱，十天倒有七八天宿在冰花宫中的；那冰花见皇帝恩情深厚，便也有说有笑，曲意逢迎着。皇帝最爱搂着妃子在白天睡觉，却叫那小太监和宫女们都在龙床前追赶跌扑着玩耍。皇帝看到高兴的时候，自己也跳下床来，打在一堆。他玩到高兴的时候，拉着四个宫女，走到院子里去，脱了上下衣服，叫他们每人站在一个墙角下面。皇帝自己拿着一架弹弓，站在台阶上，拿铁弹子向那宫女打去。那宫女身上脱去衣服，无可躲避；见皇上要拿弹子打他，吓得他们浑身发抖，哀声求告着。皇帝看了，不禁哈哈大笑。后来还是冰花上去，把皇帝手中的弹弓接过来，说道："臣妾代皇上射去。"皇帝便把弹弓交给冰花。那班宫女见冰花替皇帝打弹，便暗暗地骂他："同是女人身体，怎么这样狠心？"谁知那冰花把弹弓接在手中，却不射。问皇帝道："这四个宫女，什么事冒犯了皇上，却要拿弹子打死他？"那皇帝笑着说道："那宫女原不犯什么罪，只是朕看他们长着一身白肉，拿弹子打破他们的皮肉，看雪白的皮肤上，淌着鲜红的血，岂不有趣？"冰花听了，笑说道："原来如此，臣妾却有一个法子，能叫宫女身上淌着血，又不打破他们的皮肉。”说着，便吩咐别的宫女，把胭脂水灌在皮纸球里，把弹子打上去，有打在宫女乳头上的，有打在小肚子上的，有打在肩窝里的，有打在脖子上的。雪也似的皮肉，淌着鲜红的胭脂水，果然是十分好看。皇帝看了，不禁拍手欢笑起来。便赏这四个宫女，每人一件绣花旗袍。

从此皇帝拿女人的身体，除淫乐以外，又拿他们的身体想出种种玩意儿。倘然触了皇帝的怒，他便把宫女唤到跟前来跪着，用种种刑罚加在那宫女身上。看他在地上翻腾着，销他的气恼。有一天，有一个妃子章佳氏，原也受过皇帝宠爱的；如今皇帝有了冰花，便把他丢在脑后。章佳氏在背地里，不免有许多怨言，那凑趣的宫女，把章佳氏的怨言传给皇帝知道，皇帝便去把章佳氏传来。那章佳氏忽听得皇帝宣召，认作是要临幸他，忙装扮着走来。皇帝见了他，也不发怒，仍和他有说有笑，吩咐赏妃子三杯酒。章佳氏是不会吃酒的，如今奉着圣旨，只得直着脖子，喝下肚去，顿觉脸红耳热，心跳眼花。章佳氏最爱打秋千，皇帝便说道："章佳妃打秋千的本领，是诸妃嫔所不能及的；现在朕便吩咐他打秋千给大家看。"说着，又吩咐把章佳氏身上的衣服脱去了，扶他上秋千架。那章佳氏被酒灌醉了，浑身打颤，如何有气力打秋千？皇帝圣旨不能违背，便懒洋洋地上了秋千架。宫女们拉起绳子来，那秋千架在空中飞动着；起初飞得低，那章佳氏在上面还支撑得住。后来那宫女越拉越高，竟把个赤条条的章佳氏，送在半天里；他在上面支持不住了，便娇声哭喊："万岁爷救命！"那皇帝听了，非但不叫停止，反吩咐宫女，叫他再拉高些。只见那章佳氏大喊一声，一脱手，从半天里抛下地来；只听得"拍"的一声，把章佳氏摔在地下，早已摔得头破骨断，死过去了。宫女们见了，个个回过脸去，不忍看他。皇帝却微微一笑，吩咐内监，把章佳氏尸身拖出去收殓了。自己一手拉着冰花，走进房去。

从此皇帝越发把冰花宠爱着，那冰花也慢慢地恃宠而骄，把皇帝霸占住了，不许他临幸别的妃嫔。但是这时皇帝天天玩着冰花，也有些玩厌了，便不免背着冰花，有许多偷偷摸摸的事体；冰花知道了，便和皇帝怄气，皇帝也慢慢地有些厌恶起来。咸丰帝最爱小脚，前回已说道。如今他虽宠爱冰花，但冰花一双弓鞋在四寸以上，咸丰帝常对着冰花的脚叹说："美中不足！"听得崔总管说起扬州女人的小脚，端正尖瘦，在全国中算最美；可惜那时扬州城失陷在太平天国手里，不能前去游幸。便暗暗的吩咐太监，在京城里留心，有小脚的女人，想法子弄进宫来，便有重赏。

后来崔总管依旧在宣武门外，觅到一个小脚女子，名叫琼儿。他原是个扬州的小家女子，只因避难到京城里来，住在舅舅家里。他舅舅是东大街德兴饭馆里跑堂的，家中十分穷苦。琼儿住在舅舅家里，他家房屋也浅促，他帮着舅母每天做些针线。只因屋子里又黑暗，又龌龊，他便搬一张小机凳，每天坐在门口，凑着天光做活儿。他一双脚，尖小玲珑的脚，搁在门槛上，守着红鞋白袜，十分清洁。有在他家门口走过的人，见了他一双小脚儿，谁不赞叹几句。有几个好色的男子，见了他一双小脚，便好似把魂灵儿吊住在他脚尖儿上，每天没事，也要在他们口转回了十七八转，再也丢不下他。无奈这琼儿面貌虽长得美丽，性情却十分贞洁，任那班闲蜂浪蝶如何挑逗，他总是低着脖子不睬。后来他的名气一天大似一天，传在崔总管耳朵里，便也前去探视，果然长得不差，他一双小脚儿，尤其是纤瘦动人。

崔总管打听得他舅舅是在饭馆里做跑堂的，便去找着他舅舅吴三兴。那吴三兴正苦得走投无路，听说宫里的崔总管来找他，又听说给他一万两银子，弄他到宫里去御厨房里当一名厨子，吃着每月五十两银子的俸禄，只叫把他外甥女送进宫去，他如何不愿意，如何不快活。回家去便和他妻子商量，他妻子便把外甥女琼儿拉进内房去，再三劝戒，说："你性格又高傲，脾气又爱洁净，非嫁给大户人家，不能如你的心愿。但俺们这种人家，门当户对，至多嫁了一个经纪人家，依旧累你吃苦一世。如今宫里来要你，你好好的进去，得了万岁爷的宠爱，你也可以称了一生的心愿，俺们也得攀个高枝儿去，岂不是两全其美？"琼儿听他舅母的话说得有理，便也依从了。

第二天,崔总管兑了银子,悄悄地把琼儿送进宫去。皇帝在山高水长楼召见,那琼儿一双小脚儿,贴在地下,只有二寸多长,尖瘦玲珑。皇帝看了,不觉先喝了一声"好!"两边宫女搀扶着,慢慢地走近御座前来,袅袅婷婷地拜倒在地,低低的称着万岁。皇帝吩咐,赐他平身。琼儿站起来,那一搦腰肢,和风摆杨柳似的,摇曳不定。皇帝把他唤近身来,捏着他的手,细细打量一番;只见他肌肤白腻,眉目清秀,当夜便在楼中临幸了。第二天,把他安顿在绛雪轩中,宠幸一天一天的深起来。皇帝只因琼儿脚小,终日叫两个宫女搀扶着他走路;有时在召幸的时候,皇帝自己扶着他走路。偶然放了手,让他一人站着,他便腰肢摇摆着,好似风吹莲花。皇帝越看越爱,便在他房中满地铺着绣花软垫,琼儿穿着白罗袜,在上面走着。琼儿又欢喜清早起来,在花间小步。这时冰花那边,皇帝慢慢地冷淡他起来。

冰花打听得皇帝新近宠上了一个琼儿,心中十分妒恨;又打听得琼儿十分爱清洁的,他便打发宫女,悄悄地把污秽东西去涂在花枝儿上。第二天,琼儿清早起来,扶着一个宫女,到花间去小步。忽觉得一阵阵秽恶的气息,送进鼻管里来。琼儿四面找寻,看时,那花枝上都涂着污秽东西,连他衣袖裙衫上都染得斑斑点点。急退缩时,脚下踏着一大堆粪,琼儿"哎唷"一声,踉踉跄跄的逃去,脚下被石子绊住,他小脚儿原站不住的,一个倒栽葱,那额角碰在台阶上,早淌出一缕鲜血来。宫女忙上去扶住,走进门,他闻得浑身臭味,便撑不住"哇"的一声翻肠倒肺大呕起来。宫女服侍他脱去衣裙,香汤沐浴。琼儿撑不住,便病了。这一病,整整闹了一个月。皇帝格外体贴他,他在害病的时候,不叫他侍寝,只在冰花宫中临幸。那冰花看看自己的计策灵验,心中十分快活;后来琼儿的病,慢慢地好了,皇帝又丢下他,临幸琼儿去了。冰花心中万分愤恨,他和宫女们商量,总要想一个斩草除根的法子。

这时慢慢地到了暑天,琼儿越发爱洁净;每天要洗五次澡,洗一次头发。他洗头发总在清晨时候,洗过了头发,便披在背上,和宫女两人摇一只小艇子,到荷花深处,披散头发,给风吹干,又把荷叶上的露珠漱着口,直待到太阳照在池面上,他才打着桨回宫去。这个消息传到冰花耳朵里去,冰花又有了主意,便打通了太监,悄悄地买了毒药进宫来,又把毒药化在水里,便把那药水暗暗地在夜深时候去倒在荷叶面上。第二天,琼儿不知道,把毒药吃在肚子里,不到半天工夫,药性发足,皇帝眼看着他在床上翻腾了一回,两眼一翻死去了。皇帝正在宠爱头上,禁不住搂着尸身大哭一场,便吩咐用上等棺殓,抬出园去埋葬。从此以后,这咸丰帝想起琼儿,便吊眼泪;一任那班妃嫔在一边劝着,也是无用。皇帝越想起琼儿的好处,越是伤心;想得十分厉害,便生起相思病来。

崔总管看看皇帝的病,不是医药可以治得的,便在外面暗暗的物色,居然给他找到了一个和琼儿一模一样的一个美人儿,送进宫来服侍皇帝的病。这时皇帝昏昏迷迷地睡在龙床上,见了那美人,认作是琼儿转世过来的;问他名字,他自己说名叫紫瑛。皇帝看紫瑛的声音笑貌,和琼儿活着一般,他慢慢地把想念琼儿的心冷淡下来。皇帝病痊愈以后,把紫瑛封作贵妃。紫瑛生长在穷苦人家,却爱读书,求着皇帝,替他去请一个老先生到园中来教读。皇上心想上书房中侍读,原是不少,但他们见又纳了一个新贵人,便又要闹什么劝谏的奏章,实在讨厌。如今不如另外去请一个老先生来,在园中教读着。皇帝便和崔总管商量,崔总管略一思索,便想起了一个人。原来这里大栅栏有一家长安客店,店中有一位姓郑的举人,他进京来会试,落在客店里。谁知会试不中,回家去的盘缠又化完了,流落在客店里,替人写信写门对换几个钱。崔总管和那长安客店的掌柜是同乡,因此常常到他客店里去闲谈,那郑举人崔总管也常见的,年纪已五十岁了,花白胡子,做人极和气。如今皇帝要替紫瑛请教书先生,崔总管便想起那郑举人来。和皇帝说明了,便跑到长安客店里请去。在那郑举人,原不认识崔总管是什么人,认作他是大户人家的二太爷;如今听他说要请自己去做教书先生,他便认是到他主人家里去教公子哥儿的书,便也答应了。

崔总管雇一辆车,四面拿青布围住了;郑举人坐在里面,一点也看不见外面的景象。曲曲折折,走了许多路,耳中觉得离热闹市街渐渐的远了。车子在空旷地方又走了一阵,便停住了。揭开车帘一看，见粉墙一带，墙内露出楼台屋顶，夹着树梢，这郑举人认作是大户人家的花园，但心中十分疑惑，既说是请先生，怎么不由大门出人，却走这花园边门？走进门去，果然好大一座园林；望去花木扶疏，楼台层叠。崔总管领着他，在园中弯弯曲曲走着，度过九曲桥，露出一座月洞门来。门上石匾刻着“藻园”两字。走进月洞门去，见靠西一溜精舍，曲槛纱窗；走廊下，一字儿站着四个书僮，大家上来，蹲身下去，齐声说：“请师爷安！”上去打起门帘，郑举人踱进屋子去，见里面窗明几净，图书满架。崔总管请先生坐下，书僮送上茶来。崔总管又拿出聘书来，双手递给先生，里面封着整整二百两白银。说：“这是第一个月束脩，先生倘要寄回家去，便交给我，包你不错。”郑举人看那聘书，下面具名，写着养心斋主人，并没有名姓。便问：“你家主人什么名字？”书僮回说：“俺主人是京城里第一位王爷，先生不必问，将来总可以知道。如今俺王爷出门去了，家中只有女眷，不便出来招呼先生，先生只好好的指教学生读书，俺王爷决不亏待的。”郑举人看看这班下人，都是大模大样的，心中不很高兴。又想到地方精雅，束脩丰厚，也便勉强住下。到了第二天，学生出来，拜见先生，郑举人看时，原来是一位绝色的美人，有四个艳婢陪伴着。每天读书，不到两个时辰，便进去了。第二天，查问功课，却都熟读，没有遗忘的。郑举人见学生十分聪明，心中也快活。每天吃着山珍海错，睡着罗帐锦被，书僮服侍也很周到。只是行动不得自由，莫说出园门一步，便是在书房左近略略走远些，便有书僮上来拦住，说：“园里随处有女眷游玩着，先生须违避的。”

郑举人到园中三个月了，颇想到大街去游玩一趟。再三时书僮说了，书僮说：“须去请命主人。”后来郑举人忍不住了，自己偷偷地走出园去，只见园外一片荒凉，莫辨南北，走了几步，又折回来。那书僮已候在门口，说道：“这地方十分荒野，常有狼豺盗贼，伤人性命，如必要出去，须坐着驴车，派人保护出去。”那僮儿真的去雇了一乘车子来，两个雄赳赳的大汉，跨着辕儿；郑举人坐在车厢里，外面依旧用青布密密围住，车子曲曲折折地走着。走有两三个钟点，慢慢地听得市声；又在热闹街上，走了一阵。车子停住，揭开布围，走下车来，看时，依旧在大栅栏长安客店门口。郡客店掌柜的见了郑举人，忙抢出来迎接；又拿出两封家书来。郑举人看时，信上面说三次汇银子六百两，都已收到，家中人口平安。郑举人看了，心中十分快活，便拉这掌柜上饭馆去。吃酒中间，郑举人问：“那教书的人家，是什么功名？主人的姓名是什么？”掌柜听了，也摇摇头，说：“不知道。”他两人吃完了酒饭出来，在大街上闲逛了一回；两个大汉，催他上车回去。从此每隔两个月，便出去一趟。

那女学生在一年工夫里，读的也不少。郑举人年老慈祥，女学生也慢慢地和他亲近起来，说长道短；独有郑举人问起他家里的事体，他却绝口不肯说。过了几天，看看已是年近岁逼，郑举人在客地里，不觉勾起了思乡的念头；正凄凉的时候，那女学生从里面出来，四个丫鬟扶着他。郑举人向他脸上看时，见这女学生红潮满颊，颇有酒意。郑举人上去问他：“怎么了？”那女学生向先生嫣然一笑，坐在椅子上，动不得了；忽然听得他大喊一声，两手按住肚子，说十分疼痛。接着朱唇也褪了色，眼珠也定住了；吓得这四个丫鬟，手忙脚乱，把这女学生抬进内屋去。只见那班书僮，也慌慌张张的跑来跑去，丢下郑举人一个人在书房中，他看了，莫名其妙。直到傍晚时候，崔总管急匆匆地走出来，说道：“可怜！这女学生急病死了。主人吩咐：请先生出园去，这里有五百两银子，先生拿去，回到家里，千万莫把这里的情形对人提起。”说着，一辆驴车，已停在园门口。崔总管送先生上了车，阖上园门进去了。这里郑举人回到客店里，把这情形告诉掌柜。又悄悄地问掌柜：“这到底是什么人家？”到这时，那掌柜才告诉他：“你去的地方，便是圆明园；那女学生，便是当今皇上新纳的贵人。”

原来那女学生便是紫瑛，皇帝因他爱读书，便吩咐崔总管把这郑举人去请来，在园中读了一年书；紫瑛却十分聪明，识得的字也不少，皇帝看了十分欢喜。谁知那冰花打听得皇上又宠上了一个贵人，天天临幸着，自己这里顿然冷落起来，怀着一肚子的怨恨，却故意和紫瑛好，常常暗地里来往着，又送许多好吃好玩的东西给紫瑛。紫瑛到底是个小孩儿的心性，他知道什么奸计，便也和冰花好；两人背着皇上，把肺腑里的话也说了出来。后来他们搭伙的日子久了，冰花看紫瑛慢慢地有些入港了。有一天，紫瑛悄悄地告诉冰花说："皇上服下春药，十分精神，常常一夜到天明，缠绕不休；俺们女人娇怯怯的身体，如何抵挡得住？"冰花听了，心中越发妒忌；便想了一条毒计，暗暗地弄了一小瓶毒药给紫瑛，说："这是提神的药酒，须早晨空肚子喝下去，到夜里自然有精神了。"紫瑛听了他的话，他和皇上正在恩爱头里，要讨好皇上，便背着人把这一小瓶毒药一齐倒下肚子去，点滴不留。他原不会吃酒的，吃了这酒，顿觉脸红耳热，心头乱跳。他便忍耐着，依旧上学去。谁知一到了书房里，那药力顿时发作起来；这毒药发作，先封住喉咙，所以紫瑛只说得一声痛，便说不出第二句话来。皇帝见自己最爱的美人快死了，急得他把紫瑛搂在怀里，连连嚷着召御医。待御医召进宫来，这薄命的紫瑛，已死在皇帝怀抱里。皇帝见接连死了两个美人，都是中毒的样子，知道他们一定是遭人的毒手，便立刻要搜查宫中。欲知后事如何，且听下回分解。

丁文诚误服春药，思之令人喷饭；而在当时仓皇惊诧之状，描来确有此景。于以见帝子之风流放诞，已达极点。一国之君，不以国家人民为念，饱暖无事，宜其孜孜于淫欲之念，而国事愈不堪问矣！

皇帝之杀章佳氏，极人世未有之淫恶，读之令人发指；为帝王者，视女子为无物，爱则加之膝，恶则堕诸渊，曾无丝毫情爱于其间。不独皇帝为然，即富家儿之于群雌也，亦何独不然？然而女子贪于财势，有愿为夫子妾者，是亦自取其咎耳！

宫中女子，因妒而自戕其同类，被戕者固属可怜，彼行戕者，自身亦在樊笼之中，在帝王目中，同一玩物耳，生杀予夺，朝不保暮。彼之行妒也，非真妒也，亦欲以固宠耳。紫瑛之死，读者咸惜之；实则彼冰花何尝不可怜耶？

第六十六回 目成心许载徵蒸族姑 歌场舞榭玉喜识书生

却说咸丰帝见两个心爱的妃子，都中毒死了，心中又悲伤又愤怒，便吩咐太监们，在宫中搜查。先从紫瑛手下的宫女查起，又在各妃子的房里搜查了一遍，都没有什么形迹可疑的地方。那冰花做事体十分秘密，他手下的宫女太监，都得了他的好处，谁敢多嘴。皇帝看看查不出凭据，也只得罢手。只是想起那琼儿和紫瑛两个美人儿，和小鸟依人一般，如今死了，眼前顿觉寂寞起来。想到伤心的地方，不觉掉下泪来。这时他也不召幸别的妃子，只是一个人在涵碧山房住宿，左右自有宫女太监们伺候着。那冰花谋死了紫瑛以后，天天望皇帝召幸他，终不见圣旨下来，气得他一般也是在房里唉声叹气。那皇帝因想美人想得厉害，便昏昏沉沉的病了。

咸丰帝性子原是急躁的，如今害了病，越是严厉了；那班伺候的宫女，常常吃打。他在病中，喜怒无常，有时把宫女搂在怀里，有时推下床去，有时胡乱奸淫一回，有时揪着头发，摔到门外去；到十分愤怒的时候，便拔下佩刀来，砍去宫女的脑袋。那班宫女，真是有苦没有诉处。御医天天请脉下药，也没有效验。这消息慢慢地传到坤宁宫里，给孝贞后知道了，忙摆动凤驾，亲自到园里去，把皇帝接回宫来，又亲自服侍着皇帝。咸丰帝原是很敬重孝贞皇后的，他如今见了孝贞皇后殷勤侍奉，便也感动了夫妻的情分，那病势也一天一天的减轻了。那恭亲王奕䜣，是咸丰帝的弟弟；兄弟两人，平日十分亲爱的。孝贞皇后便去把恭亲王请进宫来，那奕䜣见了皇帝，便劝谏说："如今国家多故，正赖皇上振作有为。皇上宜保重身体，恢复精神，勤劳国事。上保列祖列宗之伟业，下救百姓万民之大难。"咸丰帝听了皇弟的一番劝，顿时明白过来；看看病体已大好了，便传谕坐朝。

那时满朝文武，许久没有上朝了，听说皇上坐朝，大家都欢呼万岁。皇帝不问国事多日，到此时，才知道南京失守，杭州不保；各路的驻防兵队，不战自退。接着又是两广总督耆英奏报，说英国兵打进了广州城。咸丰帝听了，连说："怎么办！怎么办！"那在朝的官员，大家都和封了口的葫芦一般，一言不发。后来还是户部尚书肃顺，奏道："俺们旗人，都是混蛋！只知道吃粮，不知道打仗。请陛下下旨，谕在籍侍郎曾国藩，速率乡团助战。"

这个圣旨一下，那班满洲统兵大员，都觉得丢脸。便有向荣，从湖北打下来，屯兵在孝陵卫，称作江南大营；琦善也带着直隶、陕西、黑龙江马步诸军，去攻打扬州，称作江北大营。这两路兵马和太平军大战，那东王杨秀清，带领神兵迎战。什么是神兵？原来他兵队前面，先把十二三岁的男孩子，身披五彩，打扮得和天神模样，绑在竹竿头上；一手放着烟火，一手舞弄刀枪，弄得队前烟雾蔽天，称作天魔阵。天魔阵后面，跟着一队女兵，打扮得十分妖娆；有广东女人萧三娘，统带着女兵，宝髻珠冠，蛮靴紫裤。那三娘长得实在美丽，他走在阵前，只叫把宝剑一挥，那些兵士便拼命杀去。琦善也统领马军，死力杀来。他要洗去"旗人都是混蛋"一句话的羞耻，便打得十分勇猛，杀了五阵，得了五次胜仗。洪天皇看看清兵来势甚勇，便不用力敌而用智取，打发细作，到孝陵卫去，放一把火，烧得江南大兵弃甲而逃。这里太平军中林凤祥，带兵杀出；江北大营听得江南大兵吃了败仗，便也立刻溃散。琦善一时走投无路，心中又十分气愤，便在马上，拔下佩刀，自刎而死。从此太平军势焰大盛，林凤祥一支兵马转战江北，杨秀清也带了二万兵马，直攻河南归德；凤祥又掳了煤船，渡过黄河，打进山西省去。接连飞报到京，咸丰帝立刻召集各部大臣，开御前会议；下旨派直隶总督讷尔经为钦差大臣，专办河南军务，一面催曾国藩招募湘勇，在湖北剿办。曾国藩和张亮基创办长江水师，才把太平军制住。

咸丰帝自从听了恭亲王的劝谏以后，便十分亲信他。咸丰帝只因平日好色过甚，身体也淘虚了；这时军务正忙，皇帝也没有精神办理，所有一切军国大事，都由恭亲王在宫中帮同办理。皇帝怕他进出劳苦，便留恭王在宫中住宿。恭王一连在宫里住宿了十多天，谁知他大儿子在家里却闹出一件风流案子来。原来恭亲王有一个大儿子，名叫载徵的，宫里的人，都称呼他徵贝勒。这位贝勒爷，是嫖赌全才，终日和一班京城地面上的混混，搅在一起，声色狗马，没有一样不好。尤其是好色，北京地面上的窑姐儿，私窝子，没有一个不认识他的；大家都称他大爷。这徵大爷，还生成一种下流脾气，他家里虽有钱，他玩女人不爱光明正大拿钱出去娶姨太太，也不爱到窑子里去花钱做大爷，他最爱偷偷摸摸。他玩窑姐儿，最爱跟别人去吃镶边酒，趁主人不防头的时候，便和窑姐儿偷情去。待偷上了手，便肯把银子整千整万的化着。他逛私窝子，也是一般的脾气。他又最爱奸占人家的寡妇处女，打听得某家有年轻的寡妇，或是处女，他不问面貌好坏，便出奇地想法子偷去；待到偷上了手，那女人向他要银子，五百便是五百，一千便是一千。因此有许多穷苦人家的少妇，都把丈夫藏起来，冒充着寡妇去引诱他。

徵贝勒终年在外面无法无天的玩着，花的银子也不少了，家里只有 一位福晋，却没有姨太太。那位福晋，也因为和贝勒不合，终年住在娘家的时候多。徵贝勒天天在外面胡混，慢慢地惹了一身恶疮，给他父亲恭亲王知道了，便抓去，关在王府里，一面请医生替他服药调理。在王府里关了半年，恶疮已平复了，恭亲王放他出来，他依旧在外面胡作妄为。这时正在六月火热天气，北京地方爱游玩的男女，都到十岔海去游玩。这十岔海地方，十分空旷，四面荷荡，满海开着红白莲花。沿海都设着茶座子，又搭着茶棚，有许多姑娘，在茶棚里打鼓唱书。许多游客，也有看花的，也有听书的，也有喝茶乘凉的；也有一班男女，在这热闹地方，做出许多伤风败俗的事体出来的。

这一天，徵贝勒也带着一班浮头少年，在那海边拣一处僻静地方喝茶；一眼见那栏杆边有一个年轻的旗装少妇，坐着，也在那里喝茶。再看时，那少妇身旁并没有第二个男子，看那少妇，长得眉清目秀，鹅蛋脸儿，嘴唇上点着鲜红的胭脂，穿一身白罗衫儿，越显出细细的腰肢，高高的乳头来。那粉腮儿上配着漆黑的眼珠。徵贝勒见了这样 一位美人儿，禁不住勾起他的旧病来，便接二连三地飞过眼风去。那妇人见了，不觉微微一笑，也暗地里递过眼色来。徵贝勒见了，喜极欲狂，恰巧有一个孩子，背着竹筐走来，筐子里装着莲藕，过来喊卖。那妇人伸出手来，向那孩子招手儿，徵贝勒见这妇人的手，长得白净尖细，越发动了心。趁他在那里买莲蓬的时候，便打发一个小厮过来，替他给了那孩子的钱，说道："这莲蓬是俺们大爷买着送你的，俺大爷想得你利害，要和你见一面谈谈心，不知你可愿意吗？"

那妇人听了，笑骂道："想扁了你家大爷的脑袋！谁有空儿会你家大爷去。"这妇人一边骂着，一边却剥着莲心吃着。那徵贝勒如何肯干休，再三叫那小厮说去，又解下一方汉玉佩来，送过去，求那妇人；那妇人看他求得至诚，便答应了。说道："俺家里人多眼多，不便领你家大爷进门去，请你家大爷拣一个清静地方，俺们会一面罢。"徵贝勒听了这话，欢喜得心花怒放，便站起来，把这妇人领出了十岔海，又领到一家酒楼上。这酒楼名叫长春馆，徵贝勒常在他家喝酒的。店小二认得他是贝勒爷，见他带了一个妇人，忙把他两人一领，领进一间密室里，一边吃着酒，一边调笑起来。那妇人原是十分风骚的，三杯酒下肚，越发妩媚动人。徵贝勒实在忍不得了，便把店里掌柜的唤来。这掌柜原带着家眷的，徵贝勒给他一张一千两的银票，要他把掌柜奶奶的床铺让出来。那掌柜的见有银子，又知道这位大爷是当今皇上嫡亲的侄儿，势力很大，他如何不依，便立刻答应下来。当夜徵贝勒和这妇人，便在长春酒楼中，成其好事。

他两人你欢我爱的过了一夜，第二天，直睡到日上三竿，才懒洋洋的起床来。徵贝勒下了床，那妇人还盘着腿儿，坐在床沿上，云鬓半堕，星眼徵润，露着十分春意。徵贝勒越看越爱，向他怔怔地看着，那妇人禁不住“嗤”的一笑，说道：“看什么？和你睡了一夜，难道还不认识你姑母吗？”徵贝勒被他这一说，不觉又诧异又疑心起来。心想这妇人怪面熟，却在什么地方见过的？怎么他自己称姑母呢？便连连的追问，那妇人只是抿着嘴笑，不肯说。后来徵贝勒问急了，那妇人说道：“你先跪下来见过礼儿，俺们再攀亲眷。”那徵贝勒被他风骚样儿迷住了，真的对他跪下。那妇人伸手去把徵贝勒拉起来，说道：“我的乖乖好侄儿，待俺告诉你听罢。你可记得你娶福晋的那年，俺曾到你府上来吃过喜酒，你还赶着俺喊‘小兰姑妈’呢？”徵贝勒听到这里，才恍然大悟，说道：“你的丈夫可是兰大爷吗？”那妇人点点头。徵贝勒一拍手，说道：“这可了不得了！你真是俺家的姑太太呢！俺们五年不见，怎么老记不起来？昨天见面的时候，你又不说。”那妇人听了，伸手在徵贝勒的脸上一拧，说道：“俺拧下你这张小嘴来！俺昨天看你急得厉害，一刻等不得一刻的了，俺说了出来，岂不扫你的兴？再者，你那姑丈，做了一个穷京官，一个月几个大的官俸，够俺什么用？俺也要到外边来找几个钱活动活动。如今既遇到了你，俺们便宜不出自家门。”说着，便哈哈大笑起来。徵贝勒虽明知姑母侄子，有关名分，但看看那妇人实在迷人迷得厉害，他两人依旧恋恋不舍，天天到这酒楼中来私会。后来日子久了，徵贝勒和那妇人商量，要接他回家去住着。那妇人说道：“俺家中有婆婆有丈夫，如何使得？大爷倘真要俺，快去在冷静地方买下房子，买通几个混混儿，在路上抢俺去，住在那房子里，俺和你一双两好的住着，岂不甚妙？”

徵贝勒听了他的话，便在南下洼子地方，买下一所宅院。看看又到了夏天，他姑母依旧一个人到十岔海去喝茶乘凉。正热闹时候，忽然人丛中抢出五七个无赖光棍来，拦腰抱住那妇人，抢着便走。那妇人假装做叫喊着，便有人要上去帮着夺回来。旁边有人认识那班光棍，是徵贝勒养着的，忙说道：“这是徵贝勒打发来的，谁敢夺去？”那人听说徵贝勒，也便吓得缩在一边，眼看着这妇人被他们抢去。从此以后，京城地面上沸沸扬扬的传说，徵贝勒强抢良家妇女。好在这种事体，在那时地方上常常有的。大家听了，也不以为奇。

那徵贝勒和他姑母，真的在那新宅子里甜甜蜜蜜的做起人家来，独丢下那妇人的丈夫孤孤凄凄的，他官也不做了，终日哭哭啼啼的，满京城里找寻他的妻子。找来找去，不见他妻子的踪迹。兰大爷想妻子想疯了，终日披散了头发，坦开了胸膛，哭哭啼啼，在大街小巷里逢人便告诉他妻子被徵贝勒抢去了。后来这风声慢慢地传到都老爷耳朵里，便一面派人把兰大爷送到医院里去医治，一面上奏章参了徵贝勒一本。这时徵贝勒的父亲恭亲王奕䜣，正在宫里帮着皇上办军务重事。皇帝见了这本奏章，也不说话，递给恭亲王自己看去。恭亲王见奏参他儿子奸占族姑一款，吓得他忙跪下地来，向皇帝碰头。皇帝说道：“你也该回家去照看照看了。”

那恭亲王带了奏折，出宫来，赶到徵贝勒家里，一问，知道贝勒爷多日不回府了。恭王一听，这事体是真的了，便传齐府中奴仆，一一拷问。有几个家人，熬刑不过，便供出说：“贝勒爷新近在南洼子买一所宅子住着，爷有没有荒唐的事体，奴才却不敢说。”恭王听了，便带同家役人等，赶到南洼子地方，打门进去，果然双双捉住。恭王一看，认得那妇人是同族的妹子，这一气，把个王爷气得胡子根根倒竖，一扬手，在徵贝勒脸上打了无数的耳光，亲自扭着，送到宗人府里。一面进宫去，先自己认罪，把徵贝勒奸占族姑的情形一一奏明了。咸丰帝听了，也大怒，下谕革去载徵贝勒功名，打落在宗人府高墙里，永远圈禁。那妇人也由宗人府鞭背三百，监禁三年，限满交丈夫严加管束。后来恭亲王的福晋死了，徵贝勒托人去求孝贞后，放他回家奔母丧去，谁知载徵一出宗人府，便又横行不法起来。在他府中的丫头老妈子，都被他奸污到。他有的是钱，那些丫头老妈子得了他的钱，便也愿意。府里有一个赶车的，名叫赵三喜，他娶了一个媳妇，住在府里，人人唤他喜大嫂，却是一个烂污不过的女人。府中上上下下的人，都和他有交情；给徵贝勒露了眼，忽然也看中了他，把这媳妇唤进书房去睡了几夜。谁知这喜大嫂是有毒的，不上一个月，徵贝勒浑身恶疮大发，暗地里请医生医治，终是无效。这时候到了夏天，恶疮溃烂，满屋子臭味熏蒸，徵贝勒躺在床上，不能行动，终日大声叫着痛。看看到了秋天，那病势愈重；医生说不中用了，徵贝勒自己也知道不中用了，求着人去把他父亲请来，要见一面儿。那恭亲王听说儿子害病，反十分欢喜，天天望他快死；后来徵贝勒打发人去请，恭亲王不愿去见他儿子，连请几次，他总不去。不知怎么，给孝贞后知道了，便劝他姑念父子一场，去送 一送终，也是应该的。恭亲王看在皇后面上，便到他儿子家里去看望徵贝勒。这时徵贝勒直挺挺地睡在床上，只剩一口气。恭王掩着鼻子，走进屋子去一看，见载徵穿着一身黑绸衫裤，用白丝线遍身绣着百蝶图。恭王见了，连骂："该死！该死！"一转身，便走出屋子去。那徵贝勒不久便死了，那班王爷们知道了，都说他自作孽。

这时英法联军，在广东闹得十分厉害，太平军趁此机会，沿长江占领太平、芜湖、池州、安庆一带地方。南京的李忠王，又带兵打进杭州一带。咸丰帝起初原打起精神管理军国大事，后来看看大局一天糟似一天，便又心灰意懒起来，慢慢儿也不高兴坐朝了，在宫中只和那班妃嫔宫女们玩笑解闷。咸丰帝是最爱南方女子的，他见宫中一班满洲妇女，总是粗蠢可厌，便暗暗的嘱托崔总管在外面物色江南女子。圆明园里虽也有一个冰花，但他也因日久生厌了。不多几天，崔总管居然弄了四个江南美人到园子里来住着。这四个美人，皇帝特赐他四个名字：一个名叫杏花春，一个名叫陀罗春，一个名叫海棠春，一个名叫牡丹春。这四春在园中分住四处，杏花春住杏花村馆，陀罗春住武林春色，海棠春住天然图画楼，牡丹春住央镜鸣琴室。他们住的地方，都是十分清幽。咸丰帝在四处轮流临幸着，十分快乐，越发把国事丢在脑后了。

讲到这四春里面，要算牡丹春的面貌最是浓艳。这牡丹春，是苏州山塘上小户人家的女儿。他家门口，是来往虎邱的要道，凡是豪商富绅，每天车马在他们口走过的很多。那牡丹春闲着无事，又爱站门口，这时有一个姓郭的，原是扬州盐商，十分豪富，他跟了许多朋友到虎邱来游玩，见了这女孩儿，便十分欢喜，立刻到他家去，愿意拿出一千块钱来，买他回家去做姨太太。这时牡丹春有一个老母，听说有一千块钱，十分愿意，只有牡丹春不愿意。后来那姓郭的再三挽人来劝说，牡丹春说，定要拣日子和那姓郭的拜过天地做夫妻，才肯嫁他。后来那姓郭的想牡丹春实在想得厉害，便也答应他；拣日子拣在八月十二。谁知到了七月时候，太平军打破扬州城，那姓郭的逃到苏州来，趁便把牡丹春母女二人，带着逃进京去。沿路牡丹春避着姓郭的，不肯和他同房，直到了京里。这时崔总管正在那里扫听江南来的人家，可有美貌妇女。后来听说姓郭的家里有一个美人，崔总管和姓郭的去商量，愿意拿六千两银子，把牡丹春买进宫去；又答应给姓郭的五品京堂功名。那牡丹春听说进宫去，他十分不愿意，无奈这姓郭的因贪图功名，把牡丹春哄进园去。只见里面池馆清幽，水木明瑟；曲曲折折，到了一座大院子里，有两个旗装女人，上来搀扶他；走进屋子去，见一个男子，方盘大脸，坐在榻上。那男子身后，也站着许多旗装女人；那男子的衣服，浑身黄色的。许多男人，穿着袍褂，大家都唤坐在榻上的那男子叫佛爷。牡丹春进了屋子，便有老妈妈上来，领他到榻前跪下见礼。对他说："这位便是当今的万岁爷。"牡丹春到了这时，也便无可奈何，只得暂时依顺着。皇帝却十分宠爱他。

同时进园来有五六个汉女，内中有一个扬州女子，年纪只有十五岁，却十分活泼；他进宫来不多几天，觉得厌闷，常常嚷着要出去。牡丹春劝他耐心守着，他不听。有一天夜里，他觑宫女不防备的时候，溜出园去，被园外的侍卫捉住了，送进园来。皇帝知道了，大怒，立刻发给管事妈妈，拿白罗带绞死。从此江南来的美人，见了都害怕，死心塌地地住在园中了。

讲到那海棠春，原是大同地方的一个女戏子，小名玉喜；常常到天津戏园子里来唱戏，唱青衫子，面貌又标致，嗓子也清亮，又能弹琵琶，吹羌笛。那班王孙公子，天天替他捧场，在他身上花的钱，也整千整万了，却一个也看不上玉喜的眼。内中有一个穷读书人，名叫金宫蟾的，也迷恋着玉喜的美色，天天到他戏园子里去听戏。每去，总是坐在台口，仰着脖子，目不转睛地看着听着，虽是刮风下雨的天气，他总不间断的。这金宫蟾原也长得眉清目秀，白净脸儿，天天玉喜在台上唱戏，也看见台下有这么一个人在那里痴痴地看着他。起初玉喜还不觉得，后来日子久了，玉喜也不觉诧异起来。这时候正是大热天气，平日那班捧场的王孙公子，都怕热不来听戏，池子里卖座很少，独有这金宫蟾依旧恭恭正正地坐在台口。脸上淌下汗来，他连扇子也不带。玉喜在台上一边唱戏，心中不觉感动起来，因此台上唱得越发有精神，台下听得越发有趣味，别人都不曾领会这意思。待玉喜唱完了戏，卸了装，便悄悄地走下池子来，在金宫蟾身旁陪坐着。这金宫蟾几年来一片至诚心，如今竟得美人屈驾，真是喜出望外，但是他虽是想玉喜想得厉害，到底他是一个书呆子，在这人众之下，见了这位美人儿，不觉怕起羞来，一时里找不出话来和他攀谈。后来还是玉喜先开口，问他尊姓大名，这是他们唱戏的对于老看客的老规矩。那池子里四面的看客，也不看台上了，大家把眼光注定在他两人身上，嘴里啧啧称羡，说这客人艳福不浅。金宫蟾被众人的眼光逼住了，越发说不出话来，除告诉了他名姓以后，涨得满脸通红，也找不出第二句话来问他。玉喜看他怕羞怕得厉害，心中越发爱他；悄悄地告诉他家住在某街某某胡同，对他嫣然一笑，转身去了。这金宫蟾待玉喜去了半晌，才把飞去的魂灵，收回腔子里来。正要站起身来出园去，忽然想到自己原是一个穷读书人，进京来赶考，银钱原带得不多，偶然到园子里来听戏，却被他的美貌迷住了，每天买戏票的钱，还是典质得来的。如今已把皮袍质了钱，在这客地里，借无可借，当无可当，两手空空，如何去见得我那美人？欲知这金宫蟾后来能见得玉喜的面否，且听下回分解。

"许多穷苦人家少妇，都把丈夫藏起来，冒充着寡妇去引诱他。"载徵之淫恶，固是可杀；然彼少妇之夫，人格之堕落，亦已尽矣！此而可忍，孰不可忍？于以叹世风浇薄，道德沦亡；世界愈繁华，名节愈不可问，此实虚荣之罪也。

北京十岔海，男女杂沓，每至夏季，不知闹出若干风流事故。人徒见载徵蒸族姑耳，实则凡此热闹市场，灭伦伤纪之事，无日无之，无地无之。此其大病，一在于闲荡无业者多；一在于虚荣引人，不觉伤其名节也。

名优名妓每钟爱于穷酸，以其乐于就范，而足供我玩弄也。其性质亦如男子之玩宠姬。玉喜之与金宫蟾，人徒见玉喜之用情真挚，金宫蟾之痴迷颠倒，为一双两好；而于其分离，则咸为之悼惜。实不知情天无圆满之日，彼玉喜与金某，苟长此一双厮守，则缺憾亦随之而起矣！

第六十七回 倾心一笑杏花春解围 祝发三年陀罗春守节

却说金宫蟾迷恋玉喜，又苦得没有银钱，只站在戏园门口发怔；心中想不去呢，又舍不得丢下这美人儿，要去呢，又苦得囊中空空。后来发了一个狠，把身上穿的纱大褂子脱下来，到长生库中去典了几吊钱，换穿了一件夏布大褂子，踱到玉喜院子里去。玉喜见了，满面堆下笑来，迎接着。他师傅见了这样一个穷书生，连眼角儿也不去看他。玉喜见房里人看他不起，便替他说道："他是六王爷家里的师傅，很有势力的。你们倘然怠慢了他，能叫俺们立刻存不住身。"他家里的人听了也害怕。停了一回，摆上酒来，玉喜陪着他在房里，两人密密切切的一边谈着心，一边喝着酒。金宫蟾这时快活得好似登了天一般，吃完了酒，金宫蟾从袖子里抖出几吊钱来，放在桌上，转身便要告辞出去。玉喜一把抓住他的袖子，笑说道："你真是一个傻子！谁要你的钱来？再者，你既到了俺这里，也由不得你回去了。"说着，便把他捺在椅子上。这原是金宫蟾求之不得的，便乐得嘻开了一张嘴，再也合不拢来。他两人在房中调笑了一阵，便双双入帏，同圆好梦去了。

第二天，清早起来，玉喜自己拿出钱来，替他开发了房中婢女和师傅们，整整花了一千两银子。那班下人，得了银钱，便千谢万谢。从此以后，院子里的人，都拿他当贵客看待。玉喜每天戏园子里回来，金宫蟾便早已恭候在他房里了。那班王孙公子还睡在鼓里，还在玉喜身上拼命地花钱。玉喜拿了他们的钱，暗暗的去贴给金宫蟾。后来玉喜打听得宫蟾家里不曾娶过妻子，便打定主意要嫁他；拿出历年的体己银子来，悄悄地交给宫蟾，在三不管地方，买下一所宅子。他两人天天商量着如何打扮这座屋子，买了许多木器，把个屋子铺设得簇新；拣了一个吉日，打算第二天他们成双作对的搬进新屋去住。宫蟾雇了许多婢仆，先一日在新屋子里住着。到了第二天，雇了一辆车儿，赶到玉喜家里迎接他进屋去。宫蟾走进院子去一看，顿觉静悄悄的不见一个人。走到玉喜房里去一看，只见脂粉凌落，帏帐萧条，只有一个老婆婆守着空房。宫蟾急问时，他模模糊糊地说道："进宫去了。"宫蟾再三问时，也问不出一个细情来，没奈何走到戏园子里去候着，直候到曲终人散，也不见玉喜的影踪。只听得一班看客，沸沸扬扬地说："玉喜昨晚被宫里拿三万两银子买去做妃子去了。"宫蟾听了，心中一气，魂灵顿时出了窍。

原来玉喜果然被崔总管访到了，连夜和他老鸨说明了，买进宫去。皇帝看他两朵粉腮儿红得和海棠花似的，便取他一个名字，叫海棠春。宫蟾在外面打听得千真万确，便悄悄地回到新屋子里去，一条带子吊死在床上。那海棠春进得宫去，也因想宫蟾想得厉害，一病不起，抑郁死了。

在四春里面，年纪最小，皮肤最白的，要算是杏花春。讲到这杏花春，原是好人家女儿，只因从小死了父母，他叔父拿他卖在一家姓石的大户人家，作陪房丫头去。那石家只有一位小姐，杏花春便终日陪伴着这位石小姐。石小姐的父亲，进京做官去，把家眷带在京里。后来石小姐嫁了一位徐尚书的少爷，杏花春也跟着到徐家去作陪房丫头。那徐少爷也是一位侍郎，见石小姐长得标致，便出奇的宠爱起来。因宠爱，便变成了一个惧内的丈夫。

这时杏花春年纪也到了十五岁，懂得人事了，长着水盈盈的两粒眼珠，苹果似的两朵粉腮儿，一张樱桃似的小嘴，嘴边长着两个酒窝儿，笑一笑，对人溜一眼，真要叫人丢了魂灵。他小主人石侍郎，赶着要调戏他，只因夫人的醋劲大，又不敢放胆下手，只得在背地里动手动脚。那丫头也因主母宠爱他，一心要想嫁一个如意郎君，任你主人如何调戏他，总是不肯。后来石侍郎忍不住了,向他夫人跪求,要这个丫头做姨太太,他夫人听了大怒,忙把这丫头藏起来。这时有一位宗室福晋,和石侍郎夫人最说得投机,硬把这丫头去寄存在宗室家里。那宗室贝勒,原是和崔总管通声气的,知道那崔总管正在外面物色江南美人,见了这丫头,便赞不绝口,忙去和崔总管说知。崔总管到宗室家里去一看,连声说妙。贝勒、福晋立刻去把侍郎夫人请来,和他说明;崔总管愿拿出二万银子来,买这丫头进宫去。侍郎夫人听了,满口答应。心想这鱼腥搁在家里,难免被丈夫偷上手,如今送他进宫去,落得眼前干净。

石侍郎便办了一桌酒,请这丫头上面坐着,夫妻两人双双跪下, 对他拜着,求他见了万岁爷,替他说些好话,这丫头也点头答应。一进宫去,取名杏花春,受皇帝的宠幸。杏花春也常常在皇帝跟前,替石侍郎说许多好话。后来这石侍郎果然很快的升了官,不到一年工夫,直放河南布政使。

这杏花春生性善笑,笑的时候,瓠犀微露,星眼乜斜;咸丰帝便在盛怒时候,见了这杏花春的笑容,也便立刻转怒为喜。咸丰帝又爱吃酒,酒醉的时候,常常发怒;每到发怒的时候,便有一两个太监或是宫女遭殃,轻的吃打,重的被皇帝杀死。到酒醒的时候,又十分悔恨,拿出整千整万的银子来抚恤那遭殃的。只有杏花春陪侍皇帝,从不曾吃过亏,每到盛怒时候,只叫杏花春展齿一笑,倒在皇帝怀里,皇帝也立刻把怒容收 起,满面堆下笑来,伸手把杏花春搂在怀里,说道:“这真是朕的如意珠儿呢!”因此别的妃嫔,遇到皇帝盛怒时候,便来求着杏花春去替他讨饶,皇帝没有不准的。宫里上上下下的人,都称他“欢喜佛”,又称他“刘海喜。”

杏花春看待那班宫女,也是十分和顺。只有一样,是杏花春最坏的脾气,他别的都不爱,只是爱钱财。他房里藏着一个大扑满,有时得了皇上的赏赐,他都拿去藏在扑满里,一任同伴无论如何哄骗恐吓,他总不肯拿出一个钱来。皇上知道他的脾气,格外多赏他些。因此杏花春的私藏很富,他只怕有同伴的妃嫔向他借贷,他见了人,便说自己穷得厉害。他在宫中,终日无非想弄钱的法子。他仗着皇帝宠爱,有时有别的妃嫔求他去皇帝跟前讨饶,他便伸手向那人要钱,一开口便是五百两、一千两,缺分文不可,那人为要保全自己的性命,没奈何只得如数给他。任你事体如何急迫,银钱倘不如他的数,他总不肯去。那人急了,真正没有钱,也须写一张借票,他才肯去。票子到了期,他便百般索取,少一文不行的。许多妃嫔在背地里怨恨他。

牡丹春原是十分奸刁的,他见杏花春太不讲交情,便想出一个法子来捉弄他。知道杏花春是爱赌钱的,便在暗地里和同伴说通了,哄他入局。起初故意给他得些小便宜,杏花春看自己赢了钱,便十分高兴,从此他在日长无事的时候,便四处拉人入局。后来他慢慢地输了,起初小输,他还肯拿出钱来照赔;后来输得大了,一输便是几千,他便不肯拿出现钱来,总是推三阻四,约定了偿还的日子,到了期,他又抵赖不认。

有一天,咸丰帝一人在园中闲走,从寻云榭绕过贻兰亭后面,只听得亭前一片莺嗔燕咤的声音,接着又是娇声喝打。皇帝悄悄地踅向亭前去,只见亭前草地上一群宫女围着。从人丛里望进去,只见两个汉装妃子,揪住了在草地上打架,一个瘦小的,被一个长大的,按在地下,只见他擎着两只小脚儿乱顿。那长大的妃子,一幅石榴裙儿,浸在草地上一汪泥水里。正扭结不开的时候,皇帝看了也发笑,忙推开众人,上去亲自扶他们起来。他两人还各自低着脖子揪住云鬟,不肯放手。皇帝看时,认识一个是杏花春,一个便是牡丹春。两旁的宫女齐声喊道:“万岁爷来了! 还不放手吗?”他两人听得了,才放了手。看他们云鬟蓬松,娇喘吁吁,皇帝问:“为什么事?”牡丹春一边喘着气,一边奏说:“杏花春赌输了钱,只是抵赖不还。”皇帝问杏花春:“输了多少钱?”杏花春回奏说:“一共输欠了六千多两银子。”皇帝听了,不觉一笑,说道:“朕替你还了罢,不用闹了,快陪朕吃酒去。”牡丹春听了不服气,把粉颈儿一侧,小嘴儿一撇,说道:“显见杏花春是佛爷宠爱的,佛爷替他赔赌账,一赔便是六千两;

俺们是赶不上,怪不得一个子也不见赏下来。”皇帝看牡丹春这种娇嗔模样,不觉哈哈大笑起来,忙说道:“朕赏你,朕赏你。也赏你六千两银子如何?”旁的妃嫔,一听说皇帝有赏,便齐声鼓噪起来;你也要赏,我也要赏,皇帝统统答应。每一位妃嫔,赏银三千两;每一个宫女,赏银三百两。顿时一片娇声说:“谢万岁爷赏!”咸丰帝听了也快活。一手搭住杏花春的肩头,一手搭住牡丹春的肩头,后面跟着一群妃嫔宫女,迤逦向云锦墅正屋走来,便在屋中开怀畅饮。当夜牡丹春和杏花春两人,同被召幸。

从此以后,杏花春开了例规,凡是自己输了钱,总求皇帝代还赌账;那班妃嫔见有皇帝代他还账,便索性大家串通了骗他的钱。后来杏花春的私房钱越积越多,竟积到十万多银子,却悄悄地叫太监拿出宫去,交给他主母布政使太太,替他存放生息。那银子利上滚利,一天天多起来了,杏花春只怕他主母起黑心谋吞他的银子,便打发太监去对他主母说,要他主母出一张凭据。他主母听了,十分生气;立刻要把银子退回宫去还他。杏花春害怕起来,情愿拿一万两银子孝敬主母,他主母不肯收,杏花春无法可想,便在皇帝跟前,替侍郎的儿子说了,赏他一个小京官才罢。后来外国打进京城来,西太后趁忙乱的时候,叫太监暗地里去把杏花春勒死了,把他的银钱,统统拿了去。这都是后话。

如今再说那陀罗春进宫时候悲惨的情形。皇帝得了杏花春、牡丹春、海棠春三个美人以后,立意要再去找一个美人来,凑成四春。有一天,皇帝乔扮作客商模样,出宣武门闲玩去。走过金锁桥下,远远望见对岸一个女孩子,在河埠洗衣服,那面貌长得十分美丽。急过桥去看时,那女孩儿已走进一座黑漆台门里面去了。皇帝在门外守了一回,不见他出来,当日回宫去,便吩咐崔总管,明天多带几个侍卫,到他家打听去。那总管奉了圣旨,第二天赶到金锁桥,先在他四邻探问,才知道这家姓李,家中只母女二人,母亲是个寡妇,女儿今年十七岁了。崔总管听说都是女流之辈,谅来总是容易弄到手的。便去金店里兑了一千两银子,分开装在四只红盘里,叫四个侍卫捧着;崔总管前面领着,打门进去,把银子搁在厅屋里,把来意说明了。那寡妇听了,一口拒绝,说道:“俺女儿已说有婆家了;便是没有婆家,也不愿葬送他到深宫里去。谁稀罕你的银子来!快拿出去!虽说是皇帝家里,也要讲个理,怎么可以强逼良家女子做这下贱事体?快出去!你若不出去,俺便到提督衙门告状去。”崔总管听了,不觉大怒,说道:“量你一个妇人,怎能跳出俺家万岁爷的手掌?俺如今且去,在这十小时内,管教你家破人亡。”那寡妇听了,正要说话,还是他女儿走来,把母亲拉进屋子去。直待崔总管去远了,他女儿对母亲说道:“孩儿听说当今皇上,是个色中饿鬼。那班强徒,虽暂回宫去,便要再来。孩儿若不避开,便要遭他们的毒手。孩儿不如暂时避到姨母家中去。”他母亲听了女儿的话,便把女儿送去姨母家中藏着。到了傍晚时候,那崔总管带了十数个侍卫,汹汹涌涌的打进门来。原打算抢劫他女儿的,后来在四处一搜,搜不出他女儿,便揪住了这寡妇,在大街上走去。顿时沸沸扬扬,满京城都说着。消息传到他女儿耳朵里,便要挺身出去救他的母亲,后来被他姨母拦住,说道:“你这一出去,便是自投罗网了。他们便拿你母亲恐吓着罢了。照我的意思,不如趁此机会找你女婿去。你两口子立刻成了亲,拉着你女婿一块儿求统领老爷。那老爷见你是有夫之妇,便也无法可想。便是当今皇上,也不

好意思硬拆散你们夫妻的。”这女孩儿到了此时，也顾不得了，只得托他姨母找媒人到婆婆家说去。谁知他那女婿已在两年前到南边去，还不曾回来。如今落在乱兵手里，生死还未卜呢！女孩儿听了这个话，自己想想命苦，悲切切地哭了一场；到半夜时分，解下腰带，向床上上吊寻死。被他姨母知道，从床上救他活来。只怕闹出人性命来，将来宫里向他要人，又要担许多干系，便劝女孩儿自己投到尼庵里去削发为尼，李小姐也依从了他姨母的话。

他母亲原有一个尼姑认识的，名叫月真，是这里西山上白衣庵中住持。当时李小姐便投奔了他去，那月真接着问起，知道李家太太被官里捉去，皇帝要把李小姐娶进宫去；听了又可怜又可怕，忙劝住李小姐的哭。照李小姐的意思，便要立刻剃下头发来，后来还是月真劝住，说道：“你既到了庵里，那官家也决不敢到来搜查。况且你那女婿生死未卜，你若剃了头发，倘然你女婿回来了，叫我如何对答？你既是借我们这佛地来避避灾难的，尽可以带发修行。待你母亲放出来了，你家女婿回来了以后，再和他们商量去。他们许你落发，你便落发，那时老尼也耽不着干系。”李小姐听了他一番劝说，便也依了他，暂时带发修行；跟着那老尼晨钟暮鼓，清馨红鱼，度他寂寞的生涯。

那官里天天搜寻李小姐，兀自不肯罢手。他们打听得李小姐躲在他姨母家里，也曾到那姨母家里去搜寻过，寻不到李小姐的踪迹，便连他姨母也捉去监里关着，天天拷问。可怜那李家寡妇年纪也大了，在牢监里挨冻受饿，肚子里又气，身上又受着刑罚，莫说是一个老年妇人，便是强壮少年，也要给他们磨死了。果然不到几天，那李寡妇便死在监里。官里明欺李家没有人，便给他一口薄皮棺材，装着尸身，抬去义冢地埋下。那姨母却因他姨丈上下花钱，便放了出来。李小姐住在庵里，却一点没有知道。直待他姨母从牢监里放出来，悄悄到庵里去告诉，这一番伤心，直把这位李小姐哭得死去活来。他口口声声说母亲的性命，是被他害死的，如今愿跟着他母亲一块儿死去。他终日寻死觅活，那月真和庵中的众位师太，昼夜提防。

李小姐看看死不得，便另打了一条主意，求着月真，说自己的命已苦到极地，求师父准他落发苦修。月真看他心志虔诚，便也答应他，拣了一个好日子，给他剃度。到了那日，佛座前香花供养着，李小姐跪在当地，有两个年长的女尼上来，把他头发打开，分两股梳着，披在两旁。月真上来，念过一卷经，那女尼拿起快剪，“飕飕”的剪下去，那李小姐的眼泪，到了此时，也不觉扑簌簌地落下来。头发剪去，留一圈顶发，披上袈裟，月真给他一串牟尼珠。可怜玉貌花颜女，长伴青灯古佛傍。合个庵里的女尼们看了，谁不可怜他。

谁知他命宫魔蝎，灾星未退。有一天，忽然白衣庵里来了十数个太监，喝女尼们齐来接驾。那月真带领众徒弟，匍匐在地。停了一回，高轩驷马，果然皇帝到了，众女尼齐呼：“佛爷万岁！万万岁！”那皇帝直入内殿里，拜过佛，便高坐炕上，把庵中女尼 一传唤过来见过。太监传话下去，问：“庵中女尼是否到齐？如有未到的，快快唤出来见驾。若有半个不字，管叫你白衣庵立刻捣成齑粉。”月真没奈何，只得上前来跪奏说：“还有一个新来徒弟，年轻怕羞，不谙礼节，怕犯了圣驾。”皇帝传旨下去，叫把那徒弟传唤出来，恕他无礼。

李小姐这时躲在殿后，原听得亲切，心想吾命休矣！不如趁此自尽了罢。一眼看桌上搁着一柄剪刀，他拿起剪刀，向喉咙里刺去。说时迟，那时快，早有三四个太监抢进屋子来，把他剪刀夺去。不由分说，一个人拉着一条臂膀，后面两个人推着，横拖竖拽的推上殿来。这时李家小姐虽已剪去头发，但一圈刘海发儿，后面衬着粉颈，前面齐着蛾眉，丰容盛鬋，不减从前在金锁桥下遇见时的一段风姿。皇帝看了，禁不住笑逐颜开，说道：“美人美人，真是踏破铁鞋无觅处，得来全不费工夫。如今好好地跟朕进宫去吧。”那李小姐跪在下面，只有哭泣的分儿，却说不出一句话来。皇帝看他哭得可怜，又被他美色感动了，便亲自走下座来，拿袍袖替他拭干脸上眼泪；用好言劝慰他，说道：“朕和你也是前世有缘，自从那天在金锁桥下见面以后，害得朕眠思梦想，废寝忘餐。如今来唤你，也并不是要硬逼你失身于朕，朕求美人可怜朕一片痴心，早早跟朕进宫去住着，使朕得每日望见美人的颜色，亦已心满意足了。倘然美人要立志修行,朕也不敢相强。只是这种龌龊狭小的地方,也不是美人可以住得的。朕圆明园中佛殿很多,美人进园去,爱在什么地方修行,便在什么地方。朕便打发几个宫女伺候美人,绝不相强。”

皇帝这一番话说得温存体贴,左右侍从的太监们,从不曾听得皇帝说过这种温柔话,听了十分诧异。接着皇帝问:“外面可曾预备美人坐的车儿?”大家齐声答应说:“早已备齐。”皇帝吩咐:“把这美人好好的扶出去。”李小姐见太监上来扶他,急得逃到月真跟前,向月真怀里躲去。那月真到了此时,看看也庇护他不得了,便亲亲切切的劝慰他一番。又附耳低低地对李小姐说道:“小姐到了这时候,也倔强不得了。皇上一动怒,性命便不保。如今皇上既答应听你宫里去修行,我看这位皇帝也还懂得可怜女孩儿。只叫小姐立定主意,不肯失志,皇上也无可如何了。”李小姐听了月真的话,心中便打定了一个死字的念头,一任他们把他接进宫去。欲知后事如何,且听下回分解。

美人一笑解千愁,杏花春有焉。

女子一入宫中,则万千幸福,俱已消沉。得宠幸者,供帝王朝夕之玩弄,曾无情爱之可言。不得宠幸者,长门永巷,坐老玉人。因此彼妃嫔所事者,非争宠,即爱财;杏花春唯利是图,亦有独到之处。宣武门外,何美人之多也?然李家女儿,已开到荼蘼矣!卒能以坚柔保其贞,为人间女子所难能。

陀罗春之雅号,唯此贞洁之美人足以受之。

第六十八回　金莲点点帝子销魂　珠喉呖呖阿父同调

却说李家小姐，自从进了圆明园以后，咸丰帝吩咐把他安顿在西山佛寺里；又挑选了八个年轻宫女，住在寺里侍奉他。那李小姐到了佛寺里，真的谢却铅华，长斋礼佛。咸丰帝虽有杏花春、牡丹春一班绝色女子陪侍着，但一般浓脂俗粉，皇帝也看厌了。宫中六千粉黛，总赶不上李小姐这种清丽美妙的神韵。皇帝想起他来，便亲自到佛寺里去看望。那李小姐把皇帝迎接进寺去，便自顾自跪倒在佛座前，诵读经卷，一任那班宫女伺候着皇上。待到皇上传唤他，他走到跟前，匍匐在地下，再也不肯抬起头来。皇帝忍不住了，自己伸手去搀他，他便哭得十分凄凉，口口声声说："万岁许贱妾进宫来修行，皇帝圣旨，想来总可以算得数了。"皇帝被他一句话塞住了嘴，一时里却也反悔不得，只得听他去。但是眼看着这样一个绝色美人，不得到手，心中说不出的烦闷。

后来皇帝赏了他一个陀罗春的名字，常常到寺里来和他谈谈；陀罗春见皇上没有逼迫他的意思，便也不和从前一般的冷淡了。只是有时说起他母亲被官府里用刑拷打，死得苦，要求皇上办那官府的罪，咸丰便依他，下谕给吏部，着把那官府革了职，充军到宁古塔去。陀罗春见报了仇，才把悲伤减轻了些。便是皇帝几次来召幸他，他总是抵死不去；逼得他紧些，他便寻死觅活，拿刀动剪。咸丰帝也没奈何他，只得暂时把这 条心搁起 。

这时只因皇帝欢迎小脚汉女，那班大臣要讨皇帝的好，到苏、杭、扬州一带去搜罗了许多小脚姑娘来；有的尖如束笋，有的小如红菱，各把裙幅儿高高吊起，露出一双纤瘦玲珑的小脚来。一霎时圆明园里花前廊下，都留着纤纤足印。讲到那弓鞋样儿，越发的斗奇竞巧；有的用红绿缎子绣鲜艳的花朵儿的，有的鞋口儿上挂着小金铃儿的，有的把脚底儿挖空了，里面灌着香屑，走起路来，步步生香的。咸丰帝看在眼里，真是销魂动魄，只苦的宫里规矩，小脚女子一进宫门，便要杀头。后来还是崔总管想出一个法子来，推说是宫里太监，不够差遣时，雇用民间妇女，在宫中打更。这个消息一传出去，便有许多穷家小户的妇女，进宫来受雇。宫里定出两个条件来，第一要年轻，第二要脚小。又拣那皮肤白净面貌标致的，送去在皇帝寝宫前后打更。那班女人到夜静更深的时候，都被皇上传唤进去，一一临幸；每夜临幸三人，临幸过的，都有珍宝赏赐，拣那格外标致的，便留在宫里，封作宫嫔。不上半年，那封宫嫔的汉女，差不多把个圆明园住满了。皇帝住在园里，有许多美人陪伴着，再也不想回宫去了。

照宫里的规矩，皇帝每年三四月到圆明园，名为避暑；到八月时候，到木兰去打过围猎回来，便回皇宫。咸丰这时候每年一过了新年，便要搬到园里去住；直到十月里，还不回宫，非得孝贞后再三上疏请圣驾回宫，他才不得已回宫去过年。在这三五十日里，他想着园里一班美人，险些要害起相思病来。只因皇帝欢喜汉女，那班小脚女子，便顿时威风起来，里面最得宠的，要算杏花春和牡丹春。这两人在园里，作威作福，那班满洲妃嫔，个个都去奉承他。可怜他们都是皇上挑选秀女的时候，选进宫来的，实指望一朝得宠，门户生光，谁知这时皇上迷恋江南美人，把他们一班满洲少女一起丢在脑后，门庭冷落，帘幕消沉。大家没有法儿想，只得来拍四春的马屁。

内中只有一个新选进宫来的秀女，名叫兰儿的，却是在一个满洲妇女中出类拔萃的人才。讲他的年纪，正是豆蔻年华；讲他的风姿，真是洛神风韵。轻颦浅笑，袅娜动人。一进园来，指派在桐荫深处；从此长门寂寞，冷落红颜。早晚只听得笙歌欢笑，传来隔院；问时原来天子正和一班汉女在那里歌舞作乐。兰儿听了,只得叹一口气;从此深闭院门,潜心书画。不多几天,居然写得一手好草书,又画得好兰竹。你们不要看他小小兰儿,他是一个极聪明的女子,也是一个极有作为的女子。他一生的事迹很多,掀波作浪,清朝三四百年天下,也断送在这宫女手里。

下文要叙述他的事体很多,做书的一支笔忙不过来;如今趁他在不得意的时候,先把兰儿的出身叙一叙。他原是满洲正黄旗人,姓那拉氏。查起他的祖上来,是叶赫部的子孙。太宗的孝庄皇后,也姓那拉。讲到他的门第,却也不坏。兰儿是他的小名,他父亲名唤惠徵。那拉氏到了惠徵手里,已是十分贫苦;亏得他祖上传下一个世袭承恩公的爵位,每年拿些口粮,拿来养活家小。惠徵从笔帖式出身,六年工夫,才巴到了一个司员。他太太佟佳氏却是大官宦人家的小姐,惠徵靠他丈人的脚力,从司员放了安徽芜湖海关道;在前清时候,那道班里要算关道最阔了。惠徵得了这个美缺,一跤跌在青云里,心中说不出的快活,便带了家眷,走马上任,到了芜湖。

讲到惠徵的家眷,却不只妻子佟佳氏、女儿兰儿两人;还有他儿子桂祥,小女儿蓉儿,一家五口。在女儿中,要算兰儿年纪最大,这时也有十二岁了。据佟佳氏太太说:兰儿出世的时候,曾得到一个奇怪的梦;他见一个明晃晃的月亮,吊下来落在佟佳氏肚子上;一吓醒来,便觉得肚子痛,到天明时候,便生下这个兰儿来。他们满洲人看女孩儿,原比男孩儿重,因为女孩儿长大起来,有做皇后的希望。所以满洲人家,十分尊敬女儿;平常在家里起坐,总让女儿坐上首的。何况如今佟佳氏得了这个梦,越发把兰儿当宝贝一般看待了。偏生这兰儿的面貌,比较妹子蓉儿,格外出落得娇艳;身材又苗条,性格又温顺,人又聪明,又会打扮。同伴十多个女孩儿,只有兰儿家境最苦,别人穿绸着缎,戴金插翠,独有兰儿没得这个。但是他一般穿一件蓝竹布大衫,戴一朵草花,总是十分清洁,十分俏丽,任你如何富家的女儿,没有一个人比他得过的。只是有两样坏处,便是到老也改不过来。你道两样什么坏处?第一样是举止太轻佻,他掩唇一笑,掠鬓一睐,真要迷煞千万人。第二样是爱唱小曲儿,他幼小的时候,惠徵也指教他读书识字,他在书本儿上的聪明却也还有限,独有这唱小曲儿,却是前世带来的聪明。无论是京调、昆曲、南北小调,只给他听过一遍,他便能一字不遗,照样地唱出来。他天生成的一串珠喉,又能自出心裁,减字移腔,唱出来抑扬宛转,格外动人。他起初还不过是清唱唱罢了,后来他索性拉着亲戚中的旗下姊妹来,弄起笙箫,拉起弦索来,合上他的娇脆歌喉,煞是动听。他母亲佟佳氏,看看一个女孩儿,如此放浪,终不是事体,也曾禁阻他几回,谁知那惠徵却很爱听女儿的歌唱。旗下人的习气,原是爱哼几句皮黄的;他见女儿爱唱,索性把自己一肚子的京调词儿,统统教给他。父女两人,早也哼,晚也哼,家里无柴无米,他也不管。他父女常常配戏,有时唱《三娘教子》,兰儿起三娘,惠徵起老薛保;有时唱《汾河湾》,有时唱《二进宫》,把个客堂,当作戏台,拉着佟佳氏当作看客。佟佳氏看看劝说也无用,索性气出肚皮外,也不去劝他了。这是惠徵未做芜湖关道以前的话。

后来惠徵一到任,兰儿随在任上。那芜湖地方,原是一个热闹所在,西门外正是大江口岸,沿江茶坊酒肆,开得密密层层,茶园戏馆,人头攒动。兰儿到底是女孩儿心性,他父亲又有钱,便带了一个丫头,一个小厮,天天到戏馆里听戏去。那戏园子掌柜的,知道是关道的小姐,便出奇的奉承。那兰儿听戏,又有一种古怪脾气,不欢喜坐在厢楼里规规矩矩的听,却爱坐在戏台上出场的门口看着听着。天天听戏,那班子里的几个戏子,他都熟识;院子里的人,都称他兰小姐。那兰小姐天天在戏院子里听戏,还听得不够;每到他父亲母亲或是哥哥、妹妹的小生日,便要把那戏班子传进衙门来唱着听着。这兰儿在芜湖地方,除听戏以外,又爱上馆子。他父亲衙门里原有亲兵的,惠徵便拨两名亲兵,天天保护着小姐,在外面吃喝游玩。合个芜湖地方上的人,谁不知道这是关道的女儿兰小姐。

讲到那位关道,只因在北京城里当差,清苦了多年,如今得了这个优缺,便拼命地搜刮,贪赃纳贿,无所不为。一年里面,被人告发了多次,皆由他丈人在京城里替他打招呼,把那状纸按捺下来。到了第二年，他丈人死了，也是惠徵的晦气星照到了，他在关上扣住了一只江御史的坐船，说他夹带私货，生生地敲了他三千两银子的竹杠。这位江御史，在京里是很有手面的；许多王爷和他好，他到了京里，便狠狠地参了惠徵一本。这时惠徵的丈人死了，京里也没有人替他张罗，一道上谕下来，把惠徵撤任调省。惠徵得了这处分，只得偃旗息鼓，垂头丧气的带了家眷回到安徽省城安庆地方去住着。照那江御史的意思，还要参他一本，把他押在按察使衙门里，清理关道任上的公款；后来亏得那安徽巡抚，也是同旗的，还彼此关点儿亲戚，惠徵又拿出整万银子去里外打点，总算把这个风潮平了下来。但是他做过官的人，如今闲住在安庆地方，也毫无意味；他夫人佟佳氏，也劝他在巡抚跟前献 些殷勤，谋点差使当当。安徽巡抚鹤山，看他上衙门上得勤，人也精明，说话也漂亮，常常替巡抚出出主意，巡抚也慢慢地看重他。

这时安徽北面闹着水灾，佟佳氏劝丈夫趁此机会拿出万把银子来，办理赈济的事体；又在巡抚做生日的时候，暗地里孝敬了两万银子。这一来，并并刮刮，把他太太的金珠首饰，也并在里面了。鹤山巡抚得人钱财，与人消灾，便替惠徵上了一个奏折，说他精明强干，勇于为善，便保举他会办全皖赈务的差使。谁知惠徵运气真正不佳，鹤山这个折子一上去，不到三天，疝气大发，一阵痛，把个安徽巡抚，活活地饿死了。遗缺交按察使署理。那按察，恰巧是惠徵的对头人，上谕下来，把山东布政使颜希陶升任安徽巡抚。

那颜希陶一到任，按察使便把惠徵如何贪赃，如何巴结上司，彻底的告诉了一番。这颜希陶是著名的清官，他生平痛恨的是贪官污吏，如今听了按察使的话，从来说的先入为主，从此他厌恶了惠徵。那惠徵一连上了三次衙门，颜巡抚总给他一个不见。惠徵心里发起急来，一打听，知道按察使和他抬杠子。这时惠徵所有几个钱，都已孝敬了前任巡抚，眼前度日，已经是慢慢地为难起来，要想打点几个钱去孝敬上司，再也没有这个力量了。没有法想，只得老着面皮，天天去上院。那巡抚心里厌恶了他，老不给他传见。他也曾备了少数的银钱，托几位走红的司道，替他在巡抚跟前说好话；谁知那巡抚实在把个惠徵恨得厉害，一听得提起他的名字便摇头。那替他说话的人，见了这个样子，便是要说话也说不出了。

看看惠徵住在安庆地方，一年没有差使，两年没有差使，三年没有差使。你想他在关道任上，把手势闹阔了，吃得好，穿得好，住得好，一个道台班子，进出轿马，这一点体面又是不可少的，再加这位兰小姐，又是爱漂亮、爱游玩的人。在安庆地方，虽然没有芜湖一般好玩，但是一个省城地方，也有几条大街，几座茶馆、戏馆，这兰小姐也常常出去游玩，免不了每天要多花几个钱。况且这惠徵，又吃上了一口烟，不但多费银钱，那新抚台又是痛恨抽大烟的，一打听惠徵有这个嗜好，越发不拿他放在眼里。只因他是一位旗籍司员，不好意思去奏参他。惠徵三年坐守下来，真是坐吃山空，早把几个钱花完了。起初还是借贷度日，后来索性典质度日，再到后来借无可借，典无可典，真是吃尽当光，连一口饭也顾不周全了。兰儿母子四人，常常挨冻受饿。那兰儿是爱好繁华的人，如何受得这凄凉，天天和他父母吵嚷，说要穿好的，要吃好的，又要出去玩耍。这也怪他不得，女孩儿在十五六岁年纪，正是顾影自怜，爱好天然的时候。兰儿一年大一年，却长得一年俊一年。他这样花模样玉精神的美人儿，每日叫他蓬头垢面，褴褛衣裳，一把水一把泥地操作着，叫他如何不怨。他每到伤心的时候，便躲在灶下，悲悲切切地痛哭一场。佟佳氏看看自己花朵也似的女儿糟蹋着，如何不心痛；到伤心的时候，便找她丈夫大闹一场。那惠徵眼看着儿女受苦，何尝不痛；只因穷苦逼人，也是无可奈何的事体。他到了这时候，外而室人交谪，内而饥寒交迫；只因没有钱去买大烟，鸦片常常失瘾。再加忧愁悲苦，四面逼迫着，那身体也便倒了下来。从秋天得病，直到第二年夏天，足足一年，那病势一天重似一天。

佟佳氏起初因家里没有钱，便还挨着不去料理他；到后来看看他的病势不对，才着起忙来，从箱底里掏出一支从前自己做新娘娘时候插戴的包金银花儿来，叫他儿子桂祥，拿去典钱。那桂祥比兰儿年纪却大一岁，今年十八岁了，不知怎的，却生得痴痴癫癫。如今见母亲叫他去上当铺去,把他急得满脸通红,说俺不会干这个。平日他家里上当铺,都是佟佳氏自己去上的,如今因她丈夫病势十分厉害,不便离开,便打发桂祥去。谁知桂祥却一口回绝说不去,佟佳氏不觉叹了一口气,说道:"蠢孩子!这一点事也做不来,却叫我将来靠谁呢?"说着,不觉吊下眼泪来。兰儿在一旁,见他母亲哭得凄凉,便站起身来,过去把银花儿接在手里,出门自己上当铺去了。那当铺里的朝奉,见了这美貌的女孩儿,早把他的魂灵儿吸出腔子去;只是嘻开了嘴,张着两只桂圆似大的黄眼珠,从那老花眼镜框子上面,斜乜着眼睛,望着兰儿的粉脸,连连地问道:"好大姐姐!你要当多少钱?"那兰儿看了这个样子,早羞得满脸通红,一肚子没好气,说道:"你看值多少,便当多少。"那朝奉说道:"十块钱够吗?"兰儿听了,不觉好笑;心想一支银花儿,买他只值得一两块钱,如何拿他质当,却值得十块钱呢。当下他也不和他多说,只把头点了点。可怜那朝奉,只因贪看兰儿的姿色,眼光昏乱,把一朵包金花儿,看作是真金的,白白赔了十块钱。那兰儿捧着十块钱,赶回家去,又出来延请医生。那医生到他家去诊了脉,只是摇头,说:"痨病到了末期,不中用了!你们快快给他料理后事罢!"佟佳氏听了这话,那魂灵儿早已"嗡"的飞出了顶门。心想如今一家老小,流落他乡,莫说别的,只是丈夫死下来,那衣衾棺椁的钱,也没有地方去张罗。谁知这个念头才转到,那惠徵睡在床上,已经在那里装鬼脸了。佟佳氏忙拉着他儿子桂祥,女儿兰儿、蓉儿,赶到床前去叫喊,已是来不及了。看他只有出来的气息,没有进去的气息,不到一刻工夫,两眼一翻,双脚一顿,死过去了。

那佟佳氏捧着丈夫的脸,号啕大哭;想到身后萧条,便越哭越凄凉。那桂祥、兰儿、蓉儿也跟着哭。这一场哭,哭得天愁地惨;那佟佳氏直哭到天晚,还不曾停止。左右邻舍听了,也个个替他吊眼泪。内中有几个热心的,便过来劝住了佟佳氏;说起身后萧条,大家也替他发愁。可怜惠徵死去,连身上的小衫裤子也是不周全的。邻舍中有一个周老伯看他可怜,便领头儿在前街后巷抄化了十多块钱,连那当铺子里拿来的十块钱,拼凑起来,买了几件粗布衣衾。但是那棺椁依旧是没有着落。后来又是那周老伯想出法子来,带了兰儿,到那班同寅家里去告帮,有几个现任的官员,有几位阔绰的候补道,内中还有几位旗籍的官员。欲知同僚肯不肯援助,且听下回分解。

惟美色柔情能制横暴,男儿好色,只动于一时之血气。苟能缚之以情,持之以静,虽恶魔亦服如驯狮矣。每见从来烈妇,以激烈抵抗横暴,卒至身死而仍不免受其污。盖两刚相持,势如骑虎,有不至不横溃决裂不止也。如李氏女之对待咸丰帝,以一弱女子而竟全节于帝王势力之下,柔能克刚也。后之贞女,尚其师之。

兰儿之生,为满清历史上变化之大枢纽,放诞风流,自是不群。然旗籍女子,确有此情景,亦不独兰儿为然也。洪氏定制之初,使旗人饱食游宕,以安乐死其族,其用心亦深矣!

惠徵死时,活画出宦海下场情景。兰儿处变有识,即预为昔日握权弄国张本;而其一番艰苦,实有以成其识见。故后日垂帘亲政,洞烛民隐,臣下恒不能有丝毫之欺蒙。惜乎其智用之不正也

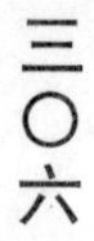

第六十九回 美人落魄遭横暴 天子风流选下陈

却说周老伯带了兰儿，到各处同寅家里去告帮。从来说的，兔死狐悲，物伤其类，那班同寅听说惠徵死得如此可怜，岂有个不动心的。回想到自己，浮沉宦海，将来不知如何下场，因起了同情心，便你也十块，他也二十块，大家拿出钱来帮助他。尤其是旗籍的官员，到底格外关切些；那送的丧礼，格外丰厚些。再加这兰儿花容月貌，戴着孝越发俊俏了。兰儿原是一个聪明女孩子，他跟着周老伯到各家人家去，见了宅眷，便是带哭带说，说得凄恻动人；那班老爷公子，又被他的美貌迷住了，越发肯多帮几个钱。因此他这一趟告帮，收下来的钱，却也可观，回到家里点一点数儿，足足有三百多块钱。佟佳氏做主，拿二百块钱办理丧事；留着一百多块钱，打算盘着丈夫的灵柩回北京去。

惠徵这一家人家，在安庆地方，平日原是东赊西欠过日子的；如今听说他们要扶柩回京了，那债主便四面八方跑来，把个佟佳氏团团围住。气势汹汹，向他要债。五块的，十块的，什么柴店、米铺、酱园、布庄，统共一算，也要二百块钱光景。佟佳氏无可奈何，拣那要紧的债一还，整整也还了一百块钱。又对大众说，一时里不回京去，求大家宽限几天。你想此番佟佳氏总共只留下了一百二十块钱，除去还债一百块钱，还有什么钱做回家去的盘缠？佟佳氏无可奈何，只得再在安庆地方暂住几天再说。但是眼看着冷棺客寄，一家孤寡，此中日月，惟泪洗面，况且手中只剩有少数银钱，度日一天艰难似一天。从前借着丈夫客死，还可以去告帮，如今无名无目，却到什么地方去借贷。佟佳氏心中的焦急，那桂祥兄妹如何知道。

惠徵死的时候，佟佳氏和儿女三人，原做几件素服的；如今看看手头拮据，那素衣从身上一件一件剥下来，依旧送到长生库中去了。那时候慢慢地到了深秋，天气十分寒冷；西风刮在身上，又尖又痛。佟佳氏因贫而愁，因愁而病，病倒在床。那桂祥和蓉儿两人，原懂不得人事，只有兰儿，在一旁侍奉。这时佟佳氏口渴得厉害，只嚷着要吃玫瑰花茶儿。兰儿便在母亲枕箱边掏了十几个钱，嘱咐桂祥兄妹两人，好生看着母亲。他自己略整一整头面，出门买茶叶去。谁知出得门来，西北风刮在他身上，他只穿了一件夹袄，冻得他玉容失色，两肩双耸。他低着头，咬紧了牙关，向街上走去。亏得那茶叶铺子离他家不很远，穿过两条街，绕一个弯儿，便到了。这茶叶铺子是他常去的，他母亲只爱吃好茶叶，所以兰儿常去买茶叶的。

这时他一脚踏进店堂，心中便是一跳；见只有一个傻子伙计，站在柜身里面。那傻子伙计，姓牛，名裕生，平日原有些傻头傻脑的。他最爱看女娘们，平日站在柜身里，远远见一个女娘们在街上走过，他便张大了嘴，伸长了脖子，垫起了脚跟，撑大了眼眶望着。要是有一个女人踏进店堂里来买茶叶，他总抢在前面，喜眉笑眼地上去招呼。一面一句天一句地和那女人兜搭着，一面却多抓些茶叶给他，讨他的好儿。但是他虽对女人万分的殷勤，那女人却个个厌恶他，叫他傻子。而且他平日见的女子，却没有一个好的，大半都是穷家小户的女人，或是大户人家的老妈子、粗丫头。他见了已经当他是天仙了，何况见了这千娇百媚的兰儿，怎不叫他见了不要魂灵儿飞上半天呢？那兰儿也曾遭他几次轻薄，什么好人儿美人儿，满嘴的肉麻话儿；兰儿总不去理他，拿了茶叶便走。如今走进店来，见只有牛裕生一人在店堂里，且见了自己，早已笑得把眼睛挤成两条缝，迎将上来。兰儿心想不买茶叶了，回心又想母亲正等着茶叶吃呢，空着手回去，却去要叫母亲生气。这样一想，便硬一硬头皮，上去买茶叶。牛裕生伸手来接他的钱，他拿钱向柜上一掷，说了一句"玫瑰花茶儿，"便绷起了脸儿，不说话了。那牛裕生一边包着茶叶，一边涎着脸，和他七搭八搭。又说："真可怜！这样一个美人胚子，却没有衣服穿，冻得鼻子通红，叫我怎不心痛死呢！"嘴里叽叽嘻嘻地说着。兰儿听了，总给他一个不理不睬。那牛裕生包好了一大包茶叶，搁在柜台上；兰儿伸手去拿时，冷不防那人隔着柜身伸过手来抓住兰儿的手臂，用力一拉，兰儿立不住脚，扑近柜身去。那人腾出右手来，摸着兰儿的面庞，嘴里说道："我的宝贝！这粉也似的脸儿，冻得冰也似冷，怎么叫我不心痛呢！待我替你焐着罢！"说着，竟把那又黑又糙的手伸向兰儿粉颈子里去，急得兰儿只是哭骂。今天凑巧，他店里人都有事出去了，这街道又是很冷僻的，所以牛裕生放胆调戏着，却没有人来解围。那牛裕生欺侮兰儿生得娇小，一手拉住他臂膀，一手在柜台上一按，砰地跳出柜台来，正要伸手上前搂兰儿的腰时，正是事有凑巧，这时外面闯进一个人来，大喝一声道："好大胆的囚攮！竟敢青天白日调戏女孩子。"那牛裕生见有人进来，忙放了手，连说："不敢！"那人气愤愤的要上去抓住他，说送他到保甲局里去；慌得牛裕生跪下地来，不住的碰头求饶。这时那店里掌柜的也回店来了，见了这情形，也帮着求情，一面又喝骂那牛裕生。这时店门外也挤了许多人看热闹，大家说："送局去办！"倒是这兰儿，因为自己抛头露面的给众人看着，怪不好意思的，便悄悄地对那人说："饶了他也罢。我要回家去了。"那牛裕生听兰儿说肯饶放他，便急忙向兰儿磕下头去；兰儿也不理他，拿了茶叶，转身走出店去了。

走不上几步，只见那人赶上前来，低低的向兰儿问道："你是谁家的小姐？我看你长着这副标致的脸儿，也不像是平常人家。看你身上又怎么这般寒苦？"兰儿听他问得殷勤，便也向他脸上打量着，看他眉清目秀，竟是一位公子哥儿。知道他是热心人，便也把自己的家景，和父死母病，流落在客地的情形，原原本本地告诉他。那人听了，连说可怜。他又说自己也是旗人，父亲在本城做兵备道，他自己名却福成。说着，他两人已经走到兰儿的家门口。那福成从衣袋里掏出四块钱来，向兰儿手掌里一塞，说："这个你先拿回去用着罢，我是没有财产权的，不能多多帮助你。但是我回去想法子，总要帮助你回京去。"兰儿见他给钱，不好意思拿他的，忙推逊着。那福成再三不肯收回。兰儿心想，一男一女，站在门口，推来让去的，给旁人看了不雅；又想自己家里连整个的银钱也没有一个了，如今我收了他四块钱，也可以度得几天。可怜穷苦逼人，任你一等的好汉，到这时也不得不变了节呢！兰儿这时虽收了福成的银钱，却把粉腮儿羞得通红，低下脖子，再也抬不起头来。亏得那福成却是一个少年老成的公子，见兰儿接了银钱，便一转身走去了。兰儿定了一定心，走进屋子里去；他母亲睡在床上，问："怎么去了这半天？"兰儿便把茶叶店伙计调戏的事隐去了，只说："外面有一个送礼的，送了四块钱来，孩儿收下了，打发那人去了。"他母亲听说有人送礼来，正因这几天没有钱用忧愁；他听了，心里暂时放下，也不去查问他的细情了。

这里他母子四人，又苦守了几天。忽然有一天，大门外有人把大门打得应天价响，桂祥出去开门看时，见一个体面家人，手里捧着一个包裹，问："此地可是已故的惠徵老爷家里？"桂祥点头说是。那家人便把包儿送上，说："这是俺老爷送给府上的奠仪。"桂祥把包儿接在手里，觉得重沉沉的；拿进去打开来一看，里面封着整整的二百块银钱，可怜把个佟佳氏看怔了。忙问那家人时，说是道台衙门里送来的。兰儿听了，心下明白，便对他母亲道："想来那位道台，和俺父亲生前是好朋友；如今知道我父亲死了，却故意多送几个钱，是帮助我们盘费的意思。现在我们的光景，也没有什么客气的，便收下了，叫哥哥写一张谢帖，封十块钱敬使，打发那家人去了再说。"可怜他哥哥桂祥，虽读了几年书，却全不读在肚子里；这时要他写一张谢帖，真是千难万难，写了半天，还写不成一个格局。后来还是兰儿聪明，他平日都看在眼里，当是便写了一张谢帖，打发那家人去了。

这里佟佳氏见有了钱，病也好了，便和兰儿商量着，打算盘柩回京去。兰儿便去把那周老伯请来，托他雇船盘柩等事。周老伯也看他孤儿寡妇可怜，便替他帮忙，去雇了一只大船，又买了许多路上应用的东西，又雇了十二个抬柩的人。一算银钱，已用去了六七十。到了第三日，佟佳氏把行李都已收拾停妥，正要预备动身，忽然从前来送礼的那个家人又来了。一见了佟佳氏，便恶狠狠的向他要回那两百块钱，说："这钱是送那西城钟家的，不是送你们的。快快拿出来还我！若有半个不字，立刻送你们到衙门里去。"佟佳氏听了那家人的话，没头没脑，又是诧异，又是害怕。这时周老伯也在一旁，听了这个话，知道事体有些蹊跷；便和佟佳氏说明，拉着桂祥跟着那家人一块儿到兵备道衙门里去。见了那位道台，把惠徵家里的光景，细细诉说了一番；又说："现在钱已化去了一半，大人要也要不回来的了。可怜他家孤儿寡妇四口子，专靠着大人这一宗银钱回家去的；大人不如做了好事，看在同旗面上，舍了这笔钱，赏了他们罢。"那道台听了，却也无可如何。他也是一个慷慨的人，便也依了周老伯的话，看在同旗的面上，把那两百块钱，布施了这孤儿寡妇。那桂祥听了，便千谢万谢，周老伯也帮着他说了许多好话去了。这里道台又吩咐账房里，再支二百块钱，补送到西城钟家去；一面把他大公子唤来，问他："为什么瞒着父亲打发家人送银钱到惠徵家里？你敢是和那惠徵的女儿有了私情吗？"那大公子听了，只是摇头。

原来他大公子自从那天送兰儿回家以后，便时时刻刻把他搁在心上；这也因兰儿的面貌长得妩媚，叫人看了越发觉得可怜。这位大公子，又是天性慈善的，他只苦于手头拿不着钱银，但是既答应了兰儿帮助他，这个心愿总是不能忘记的。也是事有凑巧，这安庆地方有一个姓钟的乡绅，这位道台从前也得到他好处过的；前几天那位乡绅死了，打听得他身后萧条，这道台也曾说过，须得要重重的送一封礼去报答他。这句话听在大公子耳朵里，心想这机会不可错过，我须得要借这一笔钱，救救那可怜的美人儿呢。他便时时留心。到第二天，果然吩咐账房里封二百块钱，打发家人送去。那大公子守在账房门口，见家人拿一封银钱出来，他便赶上去，推说是大人打发他来叮嘱的，改送到已故候补道惠徵家里去。那家人见公子传着大人的命出来，总不得错，便把那银钱改送到兰儿家里去，拿着谢帖，回衙门来，那大公子便把谢帖接去藏着。帐房问时，家人说："那谢帖是大少爷拿进去给大人瞧了。"账房听了，也便不疑心。到了第三天，那账房到上房里来回话，顺便又问起那张谢帖，这道台说："不曾见。"账房听了，十分诧异；忙传那家人问时，家人说："确实是大少爷拿去了。"又传大公子，那大公子见无可躲避，便把那张谢帖拿了出来。他父亲接过去一看，见上面写着"不孝孤子那拉桂祥"，不觉大大诧异起来。急追问时，这家人推说："是大少爷吩咐叫改送到已故候补道惠徵家里去。"道台听了，不觉咆哮起来；一面喝叫家人快去把那封礼要回来，一面盘问他大公子，为何要私地里改送到惠徵家去？他大公子便老老实实把那天在茶叶铺子里遇到那兰儿的情形说了出来。他父亲听了不信，喝着叫他把实情说出来。正在盘问的时候，那家人便带周老伯和桂祥到来；经周老伯拿桂祥家里的实在情形说了一遍，道台听了，便也不觉起了兔死狐悲的念头。把二百块钱，做了好事，放桂祥去了。但是他总疑心大公子在兰儿身上有什么私情，便又盘问他。那大公子指天誓日，说："不敢做这无耻的行为。"那账房和道台太太，也在一旁解说："大少爷心肠软，是真的；讲到那种下流事体，却从来不曾有过。"道台听了也放了心，反称赞了几句。又说："下次不可独断独行，凡事须禀明父亲。"大公子诺诺连声的退去。

到了第二天，他未免有情，便悄悄地跑到兰儿家去看望。谁知人面何处，楼已秦封。向左右邻舍打听时，说他全家人都动身去了。大公子又打听得停船的地方，急急赶去，可惜只差了一步。那兰儿的船已漾在河心，只剩一个空落落的埠头。这公子站在埠头上，对着那船，只是出神。忽然船舱里露出一个女人的脸来，大公子看时，认识是兰儿的脸；只见那兰儿微微的在那里点头，大公子在岸上痴痴地望着。那船身愈离愈远，直到看不见了，大公子还是直挺挺地站着不动。直到另一只船靠近埠头来，遮住他的眼光，他才叹了一口气，回去。

这里兰儿在船里，心中不断的感念着那公子；想到他亲自赶到埠头来送行，这是何等深情？我家在这落魄的时候，有这样一个多情多义的公子，今生今世须是忘他不得。不说兰儿的心事，再说佟佳氏带了丈夫的棺木和两女一子，坐着船在路早行夜宿，向北京赶着路程；一船孤寡，看在佟佳氏眼里，倍觉伤心。他想丈夫在日，携眷赴任，在这路上何等高兴；到了芜湖地方，那文武官员，在码头迎接，又连日摆酒接风，又何等风光。如今触目凄凉，还有谁来可怜我们呢！想着，不觉掉下眼泪来。一路上孤孤凄凄，昏昏沉沉，不觉已到了天津。从天津过紫竹林，到北京，不过一日多的路程，转眼到了家里。

他家原是世袭承恩公，还有一座赐宅在西池子胡同里，佟佳氏带着子女住下。这光景不比从前丈夫在日，门庭冷落，帘幕萧条，说不尽的凄凉况味。那兰儿原有旧日做伴的邻舍姊妹，多年不见，彼此都长成了；又见兰儿出落得袅娜风流，大家都爱他。今天李家，明天王家，终日姊姊妹妹，说说笑笑做着伴，倒也不觉得寂寞。他们见他光景为难，姊妹们有赠脂粉的，有赠衣衫的，还有暗地里赠他母亲银钱的。佟佳氏靠着邻舍帮忙，勉强度着日子。看看到了春天，正是桃红柳绿，良辰美景。北京地方，终年寒冷；难得到了暮春时候，天气和暖，便有许多红男绿女，出来逛庙的逛庙，游春的游春，十分热闹。便是女儿在家里，也常有女伴来约他出去游玩，什么琉璃厂、陶然亭，他们也曾去过。后来那班女伴，忽然有许多日子不来了，兰儿想念得他们利害，便也忍不住亲自上门去看望。谁知一打听，吓得他急急跑回来，躲在家里，再也不出门去了。

佟佳氏看了诧异，忙问时，才知道今年皇宫里挑选秀女，宫里出来的太监，正搜查得紧；见八旗人家有年轻貌美的女孩子，便也不问情由，硬拉进宫去候选。因此住在京城里有女儿的八旗人家，都把女儿深藏起来；已经说有婆家的，便急急催着婆家来娶去，便是没有婆家的，也替他说了婆家，连晚送了过去。正是闹得家翻宅乱。兰儿认识的这几家姊妹，差不多都是在旗的，因此他们也深深地在家里躲起来了。兰儿还睡在鼓里呢。当下他母亲佟佳氏听了这个消息，心下也愿意。他心想选进宫去，当一名秀女，也胜似在家里挨冻受饿。说不定得了皇帝的宠幸，封贵人，封妃子，都在意中。当下他把这意思劝着女儿，谁知兰儿一听，便号啕大哭起来，从此饭也不吃，头也不梳，终日躲在房里不出来。欲知后事如何，且听下回分解。

官场如市场，一朝得手，利市奚止三倍？方面大员，家产恒百万计；一入民国，更以千万计。彼不学无术之一惠徵，又何足责？然其一旦失援，落魄可怜；卒至家无长物，魂留异乡。以视贪佞一世而富贵还乡者，其不平为何如？故宦海升沉，一无公理，惟视其有无奥援而已；无怪今之奔走权门寄生军阀者之多也！

兰儿以天姿绝色，落魄他乡，此实天欲玉汝于成也。假使惠徵而不潦倒，宦门婚姻，亦惟嫁一富贵公子而已；今以名门秀女，几沦下贱。无端而遇一多情公子，资助还乡；一遇即离，使双方无用情之机会，而兰儿于是入宫焉。曲曲写来，若天之预为安排者。

店伙调戏兰儿，可谓唐突西子。然无此一厄，则兰儿将永永不遇彼宦子，而无由回京入宫焉。他日之高座垂帘，臣妾子民者，何莫非此店伙一戏之赐？至店伙之拙笨顽蠢，写来如画。

第七十回 琼珠翠玉聘儿去 婉转歌吟引凤来

却说女孩儿家到了摽梅年纪，总未免有几分心事。便是这兰儿，他受了那道台儿子的保护恩惠，心中岂有个不感激的。那公子又长得白净俊美，从来说的，自古嫦娥爱少年，兰儿看了他这一表人才，也不由得不动心。只因他两人遇合得迟，分离得快，这一段情愫，也无可寄托，只是两地想念着罢了。在兰儿的意思，那公子是同旗的，终须有进京的一天，到那时他若有心，天缘凑合，如了两人的心愿，也是说不定的。但是女孩儿的心事，藏在心眼儿里面，轻易不肯告诉人知道的。如今听母亲说要把他送进宫去，急得他号啕大哭起来。嘴里连说："俺不愿去！"佟佳氏看他哭得厉害，便也死了这条心。

谁知他母亲虽不曾把他送进宫去，他自己却好似把自己送进宫去了。前几天兰儿倘不出门去，便万事全休；只因他那天出门去看望他邻舍姊妹，他那副俏脸儿俊身材，早已落在人眼里。这时有一个宫内太监，正走到西池子胡同，迎面见了这兰儿，不觉把他看怔了。心想天下有这样美貌的女孩儿吗？看他穿着长衫垂着大辫，额上髫发齐眉，脚下光趺六寸，这分明是八旗女儿了。他看了，忙回宫去报与崔总管知道。那崔总管这几天正因挑不出美貌的女孩儿来，正在那里发闷，听了那太监的报告，便急忙赶到西池子胡同来，在兰儿左右人家，打听兰儿的家世。知道他父亲做过芜湖关道，又是世袭承恩公。兰儿很够得上做秀女的资格。原来清宫里点秀女，也有一定的品级，须得那女孩儿的父亲官做到四品以上，才可以入选。如今兰儿父亲是从二品衔，恰恰可以当选。秀女的年纪，原限定十四岁到二十岁的；如今兰儿已是十九岁，正在妙年。那总管打听明白了，便去报内务府。那内务府此番奉了孝贞皇后的密旨，务要选几个绝色的女子，叫这位风流天子收收心，因此那班太监和内务府人员，都十分起劲，在外面到处和狼虎似的搜寻着。如今听这总管报来，立刻派了人员，和这总管太监们到兰儿家里来。

兰儿在家里躲了几天，见没有动静，便也到庭心里走走；他们不比从前了，一切洗衣煮饭的事体，都要自己动手。这一天，他正在庭心里洗衣服，那太监们如狼虎似的闯了进来，见了兰儿，指着他说道："这不是一个很好的秀女吗？"慌得兰儿忙丢下衣服，逃到屋里去。佟佳氏见了，忙出来招呼。问："你们干什么来了？"那总管说道："你老太还不曾知道吗？宫里选秀女呢。俺们连日东跑西跑，也找不到一个好的。如今知道你家藏着一个美貌姑娘，怎么不报名上去呢？你家姑娘叫什么名儿？快报出来，咱们替你送进去，包你万岁爷见了，立刻升做贵人，再升做妃子，那时多么荣耀？你老太感激我们也来不及呢！"一派花言巧语，说得佟佳氏心里活动了，想："我家如今苦到如此地步，这桂祥又是一个傻孩子没出息的，只得望着这两个女孩儿了。如今宫里挑选秀女，这个机会却不可错过，兰儿既不愿去，我把蓉儿送进去吧。"想着，便进去把蓉儿拉了出来，说道："我把他报进去吧。"那总管看着蓉儿，只是摇头。那内务府人员，便劝着佟佳氏道："你家把女儿送进宫去，原图得个万岁宠幸，光辉门户的，那非得女孩儿长得俊美不可。倘然女孩儿面貌长得差些，莫说得不到万岁的宠幸；且白白把一个女孩儿断送在宫里，这又何苦来？我看方才进去的那位大姑娘便好。"佟佳氏听了他的话，不住地点头，便说道："你们既说我的大女儿好，且容我三天的限期。我那大女儿有些左性，须得我去慢慢地把他劝说过来。你们三天以后再来讨信罢。"那总管听了，连说可以可以，转身出去了。

这里佟佳氏，到他女儿房里，横劝竖劝，总说："我家衰败到这个样子，你想想你父亲死的时候,何等苦恼?你弟弟又是一个傻孩子,不争气的,我也不望他了,如今只望你的了。好孩子!你看在我母亲面上,去了吧。仗着你的聪明美貌,还怕不得意吗?只求你得意了以后,莫忘记你孤苦的母亲便了!”佟佳氏说到这里,止不住汩汩的掉下眼泪来,兰儿也撑不住哭了。这一场哭,把个兰儿的心肠也哭软了,便答应他母亲,拼着断送了终身,进宫当秀女去。他母亲见女儿肯了,乐得他捧着兰儿,只是唤宝贝心肝。过了三天,那总管又来了;另外捧了一包鲜艳衣服,给兰儿替换了。佟佳氏和桂祥、蓉儿送他上车,母女姊妹哭着,看车子去远了,才回进屋子去。

说起此番宫里挑选秀女,并不是咸丰皇帝的意思,却是孝贞皇后的意思。这孝贞皇后,是一个贤惠不过的人,又是一个贞静不过的人。他见皇帝终年住在圆明园里,和那班汉女厮混着,荒淫无度,不但荒废了朝政,且也糟坏了身体。自己又是六宫之主,不能轻易去看管着皇帝。况且皇帝登位以来,虽有三宫六院,也不曾生得一个皇子,将来大位无人继承,岂不是一桩极大的心事?后来他想了一个计策,皇帝既爱好女色,不如索性下一道谕旨,着内务府挑选秀女。也许挑得几个美貌的女孩儿进来,得了皇帝的宠幸,生下一个皇子来,一来也延了国家的血脉,二来借着那宠妃的情爱,管住了皇帝。孝贞后主意已定,候着皇帝回宫来的时候,便和皇帝说知。这咸丰帝和孝贞后,夫妻虽是很淡,但也很敬重皇后的;皇后说的话,他在面子上总是依从的。一道圣旨下去,居然挑选了六十四个秀女。皇帝这时的心正在汉女身上,这班旗下女孩儿,却不在他心上;只因皇后的好意,便胡乱挑选了几个。其余不中选的,吩咐送回家去;中选的六十四个秀女,一齐送进圆明园去安插。皇帝选过了秀女,依旧进园去,找着四春寻欢作乐去了。

看官要听明白,这时兰儿却在六十四个秀女之内,一样的被他们送进园去,安插在桐荫深处。那桐荫深处,是一个避暑的所在;那地方原有四个宫女,在那里看守屋子,打扫门户。如今又新添了两个秀女,一个便是兰儿,一个名叫燕儿。他两人是同时被选进来的。这燕儿原是好人家女儿,在家里吃得好穿得好,弟兄姊妹又多,十分热闹;如今送他到园里来,冷清清的住着,心中想念父母,因此朝晚哭泣。倒是兰儿进得园来,十分快活,可怜他在家中,苦的日子久了;如今在园里,好吃好穿,又有宫女服侍。他又生成小孩子脾气,爱游玩的,偌大一座园林,天天玩耍着,嘻嘻哈哈,东走走,西闯闯,早乐得把家里的父母也忘记了。他是何等聪明的女子,他见这桐荫深处,十分幽雅,满院子罩着梧桐叶儿,照得屋子里四壁翠绿。他便拿了许多字帖画谱,没日没夜学起书画来。真是天生成的聪明女子,况且他在家里也曾学习过几时,不到几天,居然写得一手好赵体草字,画得一手好恽派兰竹。他便画了许多窗心儿,上面题着恭楷的诗句,把屋子里的窗心,一齐换过。又在院子里种下四季兰花。凡是到他院子里去的,一踏进门,便觉芳芬触鼻,清雅怡神。兰儿指挥着宫女,天天打扫庭院廊房。他看待宫女,和自己姊妹一般,十分亲热,因此那宫女都听他的差遣。便是燕儿看他如此高兴,也暂时把愁怀丢开,帮着他布置房屋。看看这桐荫深处,收拾得清洁幽静,真是红尘飞不到,世外小桃源。

你道这兰儿真是没有心肝的,只图玩耍罢了吗?原来他如此辛辛苦苦收拾着屋子,却有他的深心在里面。他看看这地方,是一个极好避暑的所在。现在虽在暮春时候,还不及时,但是到了夏天,终有一天圣驾临幸到此。那时万岁见了这个清洁地方,不由他不留恋。再者,看了那窗心上的字画儿,也不由他不注意到自己身上来。最可怕的,倘然万岁不到此地来,那真没有法了。兰儿一进园来,便存了这一条心。他们做秀女的,原每月由内务府发给月规银子。那兰儿拿了银子,住在园里,毫无用处,便把这笔银子积蓄起来,凑满了二三百两,便赏给那太监们。那太监们常常受了他的赏,心中十分感激。在太监的意思,兰儿赏了银钱,总有事体委托他们,谁知问时,却没有什么事体。因此那班太监,个个和他好,凡是万岁爷的一举一动,都来报告给兰儿听。那兰儿听了,也若无其事。

看看春去夏来,这时正是盛夏时候,咸丰帝每日饭后,便坐着八个太监抬的小椅轿,到水木清华阁里去午睡避暑的。从皇帝寝宫到水木清华阁去，却有两条道路：一条是经过接秀山房的，一条是经过桐荫深处的。比较起来，经过接秀山房的，路又平坦，又近便；因此太监们抬着皇帝，总走接秀山房一条路。兰儿打听得明白，便悄悄地拿银钱打通总管太监，叫他以后抬着皇帝，从桐荫深处围墙外走过。那太监都曾得过他好处的，便依他的话，如法炮制。那桐荫深处，外面围着一道矮墙，东面是靠近路口，从外面望进去，只见桐荫密布，清风吹树。这一天午后，咸丰帝坐着椅轿，正从桐荫深处的外墙走过；一阵风吹来，夹着娇脆的歌声。在这炎暑时候，看见这一片树荫，已觉心旷神怡了，如何又禁得这勾魂摄魄的歌声，攒进耳中来？早不觉打动了这风流天子的心。只见他把手向矮墙内一指，那班太监，便"唵唵"几声喝着道，抬着圣驾向桐荫深处走来。

一走进门，浓荫夹道，花气迎人，眼前顿觉清凉。皇帝连声说："好一个幽雅的所在！"那班宫女和燕儿，见万岁驾到，慌得他们忙赶出屋子来，跪在庭心里迎接。这时咸丰帝一心在那唱曲子的秀女身上，走进院子来，那歌声越越的听得清晰，当时便吩咐众宫女站着，不许声张。自己跨下轿来，向屋子里走去。只见四面纸窗上，贴着字画，屋子里却静悄悄的，一个人也没有。再看那画幅儿上，具的款是"少兰"两个字，字却写得十分清秀。咸丰帝正看书画，忽听得后院子里歌声又起，清脆娜袅，动人心魄。皇帝跟着歌声，绕出后院去，只见一座假山，隐着一丛翠竹。一个旗装秀女，穿一件小红衫儿，手里拿着一柄白鹅毛扇儿，慢慢地摇着风，背着脸儿，坐在湖山石上，唱着曲子。真是珠喉婉转，娇脆入耳。再看他一搦柳腰儿，斜亸着香肩；两片乌黑的蝉翼鬓儿，垂在脑脖子后面，衬着白玉似的脖子上面。横梳着一个旗头，髻子下面压着一朵大红花儿；一缕排须，挂在簪子上。他唱着曲子，把个粉脸儿侧来侧去，那排髫也不住的摆动着。他下身穿着葱绿裤子，散着脚管；白袜花鞋，窄窄的粉底儿。咸丰帝终日和那班汉女厮混着，也玩腻了。今天见了这艳装的旗女，觉得鲜丽夺目；妩媚之中，带着英挺，另有一种风味。只可惜那秀女，只是侧着脸儿唱着曲子，老不回过脸儿来。咸丰帝原想假咳嗽一声惊动他的；又听他正唱得好听时候，便也不忍去打断他的歌声。只是静悄悄地站在台阶上，倚定了栏杆，听兰儿接下去唱道：

秋月横空奏笛声，月横空奏笛声清。
横空奏笛声清怨，空奏笛声清怨生。

唱到结末一个字，真是千回百转，余音袅袅。只听他略停了一停，低低的娇嗽了一声，又接下去唱道：

冬阁寒呼客赏梅，阁寒呼客赏梅开。
寒呼客赏梅开雪，呼客赏梅开雪醅。

唱到末一字，咸丰帝忍不住喝道："好曲子！"那兰儿冷不防头背后有人说起话来，急转过脸儿来看时，原来不是别人，正是他在心眼儿上每日想着的万岁爷。慌得他忙爬下地来，跪着，口称："小婢兰儿，叩见圣驾，愿佛爷万岁万万岁！"咸丰帝听他这几声说话，真好似鸾鸣凤唱，便吩咐他抬起头来。这才细细地看时，只见他眉清目秀，桃腮笼艳，樱唇含笑。咸丰帝看了，不觉心中诧异。想朕在外面游玩，见过美貌的女子，也是不少，再没有似他这般鲜艳动人的。朕一向说八旗女子，没有一个美貌的，如今却不能说这个话了。他想着，把手向兰儿一招，转身走进屋子去，便在西面凉床上盘腿儿坐了。又指点兰儿在踏凳上坐下，便问道："你适才唱的，是什么曲儿？"兰儿便奏称："是古人做的四景连环曲儿。"咸丰帝说："你说四景，朕却只听得秋冬两景，还有那春夏两景，快快唱来朕听。"那兰儿声称遵旨，便跪在皇帝跟前，倚定炕沿，提着娇喉唱道：

春雨晴来访友家，雨晴来访友家花；
晴来访友家花径，来访友家花径斜。
夏沼风荷翠叶长，沼风荷翠叶长香；
风荷翠叶长香满，荷翠叶长香满塘。

咸丰帝听了，笑说道："这词儿做也做得巧极了！也亏你记在肚子里。"兰儿便起身去斟了一杯薄荷甜露来，献在榻前。那皇帝一面喝着，一面打量着兰儿的面貌。只见他丰容盛鬋，白洁如玉。他因圣驾来得突兀，也来不及更换衣服，依旧穿着小红衫儿，半开着怀儿，里面露出一抹翠绿色的抹胸来。那一条黄澄澄的金链儿，绕在粉颈上，倍觉撩人。咸丰帝喝完了杯中甜露，把空杯儿递给他。兰儿伸手来接，一眼见他玉指玲珑，又白净，又丰润，又纤细；那指甲上还染着红红的凤仙花汁，掌心里一抹胭脂；鲜红得可爱。兰儿正要接过茶杯去，猛觉得那皇帝伸过手来，把他的手捏住了。接着"啯啷啷"一声，一只翠玉茶杯，滚在地下，打得粉碎。兰儿这时又惊又喜，只是低着脖子，羞得抬不起头来。皇帝趁势把他一提，提上炕沿去坐着，腾出右手来，摸着他的掌心儿。一边问他的姓名年纪，几时进宫来的？又问他家住在什么地方？父亲居何官职？兰儿听了，一一奏对明白。咸丰帝一笑，把他拉近身来，凑在他耳边，低低地说了几句话。兰儿由不得"噗嗤"一笑，只说得一句："小婢遵旨。"把他两面粉腮儿，羞得通红；一面忙走出前院去，把那总管崔长礼、安德海两人传唤进后院去。皇帝对两个总管说道："快传谕水木清华去，说朕今天定在桐荫深处息宴了，叫他们散了自便去吧。"那总管听了心下明白，便口称遵旨。把院门儿掩上，悄悄地退出去了。

这里兰儿服侍皇帝息宴，直息到夕阳西下，才见皇上一手搭在兰儿肩上，走出院子来纳凉。兰儿陪在一旁，有说有笑。看皇上脸上，也十分快乐。停了一回，太监抬过椅轿来，皇上坐着，兰儿跪送出院。皇上一转背，那院子里的宫女和太监们，都向他道喜。兰儿虽害羞，肚子里却十分得意。他知道皇上这一去，今夜一定舍他不下，必要来宣召的。忙回进房去，细心梳妆起来。在夏天时候，最容易淌汗，午后兰儿原洗过浴的，只因伺候圣驾，又不觉香汗湿透小红衣。他又重新用花露洗了一个澡，轻匀脂粉；宫女替他带上一朵夜合花儿，打扮得竟体芬芳，专候皇上宠召。欲知后事如何，且听下回分解。

尝见八家贤德女子，见藁砧之勤于外务也，亟亟为之纳妾，谓以收其心；或以已无所出，亦为之觅宜男妾，以示己之贤德，此实大谬。盖情爱之路最狭，彼丈夫既无意于妻子，虽为之纳百妾，亦无补于夫妇之爱，反为多敌之树；若己真有爱于夫，只宜求之己身。若假媒色以见好，是自戕其爱也，而夫妇之情愈不可问矣！孝贞后以贤淑闻，而孝钦入宫，断送满清三百余年江山，皆孝贞嗣续收心之一念阶之厉也。于夫妇之道，反有损而无益。

"从此天下父母心，不重生男重生女。"此句总为满族咏矣。使惠徵之后，而不生此光辉门户之兰儿，仅赖彼竖呆之桂祥，则从此每况愈下，将有不堪回首者矣。幸而出此美人，不独振家，益以振国。

兰儿毕竟不凡，彼入宫以后，处处留心，处处埋伏。其望幸固宠也，能独辟蹊径，不同凡响。人以浓艳，彼以清淡；人以淫靡，彼以幽雅。待一入其彀中，则浓艳淫靡，又胜人十倍。擒贼擒王，射人射马，兰儿深得其旨。

第七十一回　杀汉女胭脂狼藉　攻粤城炮火纵横

却说兰儿自皇上回宫以后，明知道皇上舍他不下，夜间必要来宣召，便急急忙忙梳洗一番，打扮得格外娇艳。到了用过夜膳以后，那敬事房的总管太监，果然高高地擎着一方绿头牌来，口称："兰贵人接旨！"那兰儿听说称他贵人，知道皇帝已加了他的封号，心中说不出的快活。忙跪下来，领过旨意，宫女扶他到卧房里去，照例脱去了衣服，又浑身洒上些香水；一切停妥了，由宫女高声唤一声："领旨"！那总管太监，便拿着一件大氅进来，向兰儿身上一裹，自己身子往地下一蹲，兰儿便坐在他肩头，总管太监抱住兰儿的腿，站起来，直送进皇上的寝宫里去。约隔了两个时辰，仍由总管太监送他回桐荫深处。

说也奇怪，这咸丰帝每夜临幸各院妃嫔，从不叫"留"的，只有这一夜召幸了兰儿，却吩咐总管太监"留下"。兰贵人院子里的宫女太监们，见皇上在兰贵人身上留了种，知道皇上的宠爱正深，将来说不上生下一个皇子来，莫话三宫六院的妃嫔们，便是那正宫皇后，见了他也要另眼看待的。因此合院子的人，谁不趋奉他？那燕儿原也住在桐荫深处的，自从兰贵人得了宠以后，便让到香远益清楼去住着。那咸丰帝自从召幸了兰贵人以后，便时时舍他不下，每天到桐荫深处去听兰贵人唱曲子。那兰贵人肚子里的曲子正多，今天唱小调，明天唱昆曲，后天又唱皮黄，把个风流天子的心锁住了，天天住在兰贵人房里，连夜里也睡在桐荫深处，不回寝宫去了。那个什么牡丹春、杏花春，都一齐丢在脑后了。

兰贵人又能够知大体，常常劝着皇上，须留意朝政；皇上也听他的话，传谕军机处把章奏送进来阅看。这时长江一带，正被洪秀全闹得天翻地覆，曾国藩、向荣、彭玉麟、左宗棠一班将帅，拼命抵挡着，还是天天吃败仗，失城池。皇上看了奏章，也常常和兰贵人谈及。兰贵人却很有见识，说："国家承平日久，俺们满洲将帅，都不中用了。陛下不如重用汉人，那曾国藩一班人，自小生长在长江一带，人情地势，一定是十分熟悉的。陛下便当拿爵位笼络他，他们都是穷书呆子，一旦得了富贵，便肯替国家拼命去杀自己人了！"皇上听兰贵人的说话有理，便照他的主意行去；一天一天把那班曾、左、彭、胡的官阶往上升。咸丰帝又见兰贵人写得一手好字，便叫他帮着批阅章奏。从此兰贵人也渐渐地干预朝政，议论国事。咸丰帝看他又有色、又有才，便越发宠爱他起来。

转眼到了深秋，桐荫深处，皇上嫌他太萧索了，便把兰贵人搬到天地一家春去住着。那天地一家春地方很大，兰儿虽是一个贵人，他排场却很大，手下养着百数十个宫女、太监。兰贵人进园来的时候，便听人传说皇上宠爱着四春，又在园中容留了许多小脚女人，勾引着皇上荒淫无度。他早已把那班汉女恨如切骨，他常常想替满洲妃嫔报仇，苦于那时不得皇上的宠幸，手中无权，也无可奈何。到这时候，皇上的宠爱都在他一人身上，他说的话，皇上句句听从；他的权一天一天大起来，他的胆也一天一天地大起来了。这时牡丹春、杏花春住在园里，长久不见圣驾临幸，心中十分诧异。后来打所得皇上新宠上了一个什么兰儿，却是旗下女子，但也不十分清楚。园里的一班宫女、太监，何等势利？见他们失了势，便走得影迹全无。大家都去趋奉着兰贵人，又把从前皇上如何宠幸四春的情形，细细地告诉出来。兰贵人听了，心中的醋劲越发作的利害。

这时却巧有一个汉女，到天地一家春里去，打听皇上的消息，躲在树荫里，和一个小太监说着话。兰贵人正坐在楼窗口，望下来，一瞥眼给他看见了，不觉把无明火冒高了十丈。这时皇上正在涵德书屋传见大学士杜受田，兰贵人心想趁皇上不在这里，我便下一番毒手警戒警戒他们。他一面在肚子里打主意，一面悄悄地调兵遣将，吩咐太监们去把那汉女和小太监捉来拷问时，原来便是住在烟月清真楼的汉女，也曾承皇帝召幸过；如今多日不见皇帝的面了，心中想得厉害，便到这里来打听皇上的消息。看那人时生得皮肤白净，眉目清秀，裙下三寸金莲，套着红帮花鞋，好似一只水红菱儿。兰贵人看了，心中越发妒恨，便骂一句："贱人！装这狐骚样儿。那里是探听皇上的消息来的，竟是和小太监私会来的。如今经我亲眼看见了，你还敢抵赖吗？"喝一声："剥下他的衣服来！"便有四五个宫女，上前来把那汉女按倒在地，解他的衣裙，一霎时剥得上下一丝不留，耸着高高的乳头，露着白白的腿儿。又叫："绑起来！"便有四五个太监，上来把这汉女和那小太监面贴面绑成一对。喝一声："打！"四七支藤条，从那雪白的腰背头腿上，狠狠地抽下去；一抽一条血，一任那汉女娇声哭喊，那藤条总是不住手。看看抽有二三百下，可怜抽得他浑身淌着血。这样一个娇嫩女人，叫他如何受得住，早已痛得晕厥过去。宫女提一桶井水来，向他身上一泼，那汉女哭醒过来。兰贵人吩咐松了绑，又把他小脚鞋子罗袜脚带一齐脱下，露出十趾拳屈的两只小脚来。三四个宫女，手里拿着藤鞭打着，逼着叫他赤着小脚走路。可怜他如何走得，站在那石板地上，已是痛彻心脾；经不得那藤鞭从头脸上接接连连打下来，他移一步，便"啊唷啊唷"的连声嚷着痛。兰贵人还嫌他走得慢，叫两个宫女，拖着他两条臂儿，在那甬道碎石子上跑来跑去，那汉女痛得杀猪也似的叫喊起来。后来他实在走不来了，只拿膝盖在石子上摩擦，那一条甬道上，满涂着血。那汉女又痛得晕厥过去了，兰贵人吩咐拖去沉在万方安和的池底里。

从此以后，兰贵人天天拿汉女做消遣品。觑着皇上出去了，便叫太监满园子去捉着汉女来，痛打一场，凌辱一场，去沉在河底里。有的汉女怕吃苦的，得了这个风声，便预先上吊死的，也有投井死的，也有买通太监悄悄地逃出园去的，把好好一座花明水秀的圆明园，闹得天愁地惨，鬼哭神嚎。只瞒住了皇帝一个人的耳目。那四春住的屋子里，却不曾去骚扰过；只因四春是从前皇上十分宠爱的，难保皇上不再去临幸，因此也不敢去惊动他。便有许多汉女，跑到四春屋子里去躲着，也算躲过了一场灾难。

这时兰贵人又得了一个好消息，原来他伺候了皇上，不上一年，肚子里已怀着龙胎了。咸丰帝听了兰贵人的话，心想朕玩了多年女人，日夜盼望生一个皇子，也接了大清的后代；那孝贞皇后，又是贞静不过，朕和他亲近的机会很少，看来要那正宫生养太子，这事是不成功的了。如今难得这兰贵人腹中有了孕，只望他养下一个皇子来，也不枉朕的一番宠爱。从此越发把个兰贵人宠上天去，真是要风得风，要雨得雨，兰贵人说一句话，皇上没有不听的。

这兰贵人得了身孕以后，常常害喜，头晕呕吐，这是孕妇常有的事。但是在兰贵人因自己多杀了汉女，便疑心生暗鬼，在夜尽更深的时候，他偶然从梦中醒来，便觉得那天地一家春的屋子四周，隐隐有鬼哭的声音；再加他肚子里的东西作怪，终日情思昏昏，他认作是鬼附上身了，颇想和皇上说明，搬回宫去。又想到自己肚子一天大似一天，总有几月净身呢；那时候皇上久旷了，难保不再去找那四春，续旧时的欢爱。我还不如趁早劝谏皇上，搬回宫去，离了这圆明园，他们这一班妖精，也无法可使了。他主意已定，便在枕上奏明皇上，说要搬回宫去；皇上也许久没有回宫去，也得回宫去看望正宫娘娘。再者，皇上也许久没有临朝了，也得上殿去和群臣见见面儿问问国家的事体，没得给文武百官，在背地里说皇上迷住了女色，忘记了国政。这位皇上，是散漫惯了，他最怕是坐朝，如今听兰贵人说了这个话，只因是他宠爱的，不好意思不答应。无奈这兰贵人今天也说，明天也说，又说："陛下倘真疼婢子，也得为婢子留一个地步，没得给娘娘说，都是婢子迷住了皇上，叫皇上忘记了宫里。这个名气一传出去，叫婢子如何做人？"他说着不觉两行珠泪挂了下来。这时咸丰帝正在宠爱头里，见兰贵人哭了，心中异常肉痛，便忙依了他，在三天以内搬进宫里去住。

这圆明园离北京城，远在四十里外，那满朝文武听说皇上要回宫了，不觉个个心中感激这位兰贵人。你道他们为什么要感激？原来北京城离圆明园四十里路，那班臣子上朝，须得每半夜起身，坐车的坐车，骑马的骑马，赶出城去；到园门口还不曾听得鸡叫。到天明上朝，各部大臣把事体奏明了，奉天圣旨下来，赶回京城去，还不曾到午膳的时候。每天这样跑着，遇到大雪大雨、大寒大暑的天气，那百官走在路上，真是狼狈不堪，叫苦连天。幸得今天兰贵人一句话，把皇上劝回宫去，他们心中如何的感激？那兰贵人一到了宫里，皇上便把他安顿在熙春宫里，却吩咐宫女太监们，暂时瞒着正宫。俟贵人生下皇子，再去报与娘娘知道。因此皇上依旧每天宿在兰贵人这边。那兰贵人自从有了喜，便常常害病，也曾传御医诊脉处方，无奈这是胎气，三日好二日歹的缠绵不休。皇上又宠爱得兰贵人利害，凡是贵人服的汤药，都要皇上亲眼看过。那兰贵人也撒痴撒娇的自己睡在床上，却拉着皇上在床前陪伴着。皇上便和他说笑着解闷儿，因此皇上天天晏起。

懋勤殿上虽设了朝位，却十有八九是不上朝的，却累得那班文武官员，天天在直庐里候着。这里面却触恼了两个人：一个是大学士杜受田，一个是宗室肃顺。那杜受田觑着皇上御殿的时候，便切切实实的劝谏了一番，说："如今外患内讧，迫在眉睫；天子一日万机，正当宵旰忧勤，以期不堕祖宗之大业。"咸丰帝原是敬重杜受田的，又听他抬出老祖宗来，也便不好说什么。那肃顺却很有锋芒，因为他是宗室，现掌管着宗人府，宫里的事体，他都知道。他知道近来皇上宠上了一个兰贵人，心中很不以为然。原来他本认识兰贵人的父亲惠徵的。惠徵在日，为一点点小过节，和他积不相能；又打听得兰儿原在桐荫深处当洒扫的，便也瞧他不起。他如今直走内线，放了一个风声给正宫里。那孝贞后平日最恨的是妖冶的女子，如今听说皇上迷恋着一个贵人，把坐朝的事体也荒废了，心中如何不恨。他便不动声色，起了一个早，坐着宫里的小黄轿，悄悄地跑到熙春宫来；在寝门外跪倒，拿出祖训来，顶在头上，便朗朗的背诵起来。吓得皇上忙把兰贵人推开，从被窝里直跳起来，跪着听。一面传谕劝住皇后，停止背诵；一面起来，急急穿了衣帽，到懋勤殿坐朝去。退朝下来，才走到熙春宫门首，见一个太监，慌慌张张跑出来跪倒。皇上喝问他："什么事体，值得这样慌张？"那太监奏称："方才皇后传下懿旨来，把兰贵人宣召到坤宁宫里去了！"皇上一听，把靴脚儿一顿，连说："糟了！糟了！"

原来这坤宁宫，是皇后的正殿，凡是审问妃嫔用刑的事体，都在坤宁宫里举行。当下咸丰帝听了太监的话，也不及更换朝衣，便亲自赶到坤宁宫来。踏进正屋去，一眼看见皇后满面怒容，坐在上面。那兰贵人哭哭啼啼，跪在当地；外面的大衣已剥去了，只穿了一件葱绿的小棉袄儿。皇后喝一声："打！"只见那左右宫女个个手里拿朱红棍儿，向兰贵人肩背上打将下去，皇上急抢步遮去，一面拦住棍子，一面对皇后说道："打不得！打不得！他身上已有五个月的身孕了。"一句话，吓得孝贞后面容失色，忙走下地来，亲自把兰贵人扶起。那兰贵人也十分乖觉，又跪下去，先谢过皇上的恩，又谢皇后的恩。皇后对皇上说道："怎么不早对妾身说知？陛下春秋虽盛，却不曾生得一个皇子。这贵人既有了身孕，也说不定将来生一个皇子，继续了宗祧。妾身用杖打这贵人，原是遵守祖训；倘然因受了杖责，伤了胎儿，岂不是妾身也负罪于祖宗了吗？"说着，也忍不住淌下眼泪来。咸丰帝原是十分敬爱孝贞后的，他杖责兰贵人，却也不恨他；如今见他哭了，也便拿好言劝慰他。孝贞后又趁此劝谏皇上，须留心朝事，"如今外面长毛闹得不成样子，十八省已去了一半，如何还不忧勤惕厉，思所以保全祖宗的基业？那女色一道，万万再迷恋不得了！"咸丰帝听了孝贞后的一番劝诫，不觉肃然起敬。

这时孝贞后也只得二十三岁，虽说打扮得十分朴素，但究竟是一个少年美妇人；那眉目之间，隐隐露出秀美的神色来。他们夫妻之间，也是久阔了；皇上这时不觉动了爱慕之念，当夜便在坤宁宫里宿下。这皇帝和皇后好合，在皇宫里算是一件大事；那敬事房太监，须把年份、月份、日子、时辰仔仔细细地写在册子上。皇上住一天，那册子上写一天。谁知这时皇帝和皇后夫妻久阔，竟一天一天的住着；那敬事房太监一天一天地写着，足足写了半年光阴。

在这时候，孝贞后便劝皇上调养身体；知道鹿血是补阴的，便在宫里养着几百头鹿，天天取着鹿血给皇帝吃。又每天清早催皇上起来坐朝。这时皇帝也慢慢地预闻国家大事，才知道外面闹得一塌糊涂；那洪秀全得了南京，渐渐地逼近京师来，急得咸丰帝毫无主意。有时退朝回宫，把这政事和孝贞后商量商量；那孝贞后说："妾身是一妇人，懂得什么朝政？况且中宫干政，祖宗悬为厉禁；望陛下不要谋及妇人，还是去找那大臣商量的好。"这一番话，说得又婉转，又堂皇，咸丰帝越发敬爱他了。

后来皇上下了一道上谕，派直隶总督讷尔经额，为钦差大臣，专办河南军务，抵敌那向北来的长发军。这时洪秀全在南京建国，居然也开科取士，劝农务工。那外国人见他声势浩大，军队众多，他又口口声声说种族革命，为民除暴。外国人越发相信他，第一个便是美国，派了一只兵船，直放南京。太平天国里洪秀全的弟弟洪仁玕，是懂得外国规矩，说得外国话的，便去招待美国船主。那船主递上国书，居然称他太平天国天王，洪秀全允许外国人通商，外国人也允许帮助洪秀全。美国公使回到上海，通告英、法各国领事，大家对于太平天国，都十分满意。洪秀全也派洪仁玕做钦差，到美国递国书去。

从此外国人处处帮助洪秀全，与清朝作难。在广东的各国领事，和那总督耆英作对，步步逼着他。后来耆英内调，做了大学士；徐广缙做了两广总督，叶名琛做了广东巡抚。英国兵船闯进广东，广缙带了团勇，敌住英兵，英兵稍稍退去。朝旨下来，赏广缙一等子爵，名琛一等男爵。后来名琛升做了总督。谁知这叶名琛升了总督以后，便自恃有功，十分骄傲起来。他这时十分看轻那团勇，广东的团勇，是从前立过功的，如何肯服？便有团勇的头目关钜、梁楫两人，悄悄地上了英国兵轮，投降去了。却与英领事巴夏礼约定，愿替他做向导。那巴领事一向衔恨这叶总督，苦得无隙可寻。这时恰巧有私贩鸦片烟的，冒挂着英国商旗，把船驶进关河来。那巡河水师千总见了，上去把船扣住，把船上十三个中国人捉去，关在监里。这事体传在巴领事耳朵里，如何肯错过机会？便写信去责问叶名琛，说那条船是英国人的。名琛见小小的交涉，便吩咐人把那十三个中国人放出去送还巴领事。谁知巴领事却不依，定要水师提督亲往领事衙门里去谢罪，又要捉那千总去。叶名琛说外国人无礼，便也置之不理，却也不去防备他。

英国领事，却去要求香港总督，带了兵船来，直攻黄埔炮台，名琛也不理他。后来那兵船直开到十三洋行地面，又去攻打凤凰山炮台，夺下海珠炮台，快要到广州城下了。城里的司道大员，慌张起来，大家都跑到总督衙门去请示，那名琛手执书卷，若无其事。忽然霹雳般的一声响亮，大炮轰进城来，把城墙打得粉碎，名琛才害怕起来，打发人去讲和。那英国领事和香港总督，只要叶名琛一个人出来说话，万事全休。那叶名琛听了，越发害怕，只缩着颈子，躲在广州城里，不敢出来。起初还有美国领事从中调停，后来看看叶总督搭架子搭得厉害，也不觉动了气，便去联合了法国公使噶罗、英国公使额尔金、俄国公使布恬庭、美国公使利特，一齐带了兵船，开进广州。这才把个叶名琛急得手忙脚乱起来，他一面传令琼州总兵黄开广带了一百几十只钓船、红单船出去抵敌，一面在净室里摆设乩坛，扶起乩来。叶总督跪拜过以后，叩求神仙降坛；慢慢地果然见那乩笔动起来了，在沙盘上写道："吾乃吕洞宾是也。"叶总督看了,忙又跪下去,默默祷告道:"弟子叶名琛,忝领封圻,职守重大;夷气甚恶,城危如卵,请祖师速显威灵,明示机宜。"祷告已毕,那乩手又扶出四句来道:

十五日,听消息;事已定,无着急。

叶总督见上面有"十五日"三字,他认作外国兵船过了十五这一天,便能退去;便大大的放心,诸事不去理他。欲知后事如何,且听下回分解。

妒为妇人美德,前人已先我言之。但宫中之妒,绝非情爱之激,实迫于势利之见。帝皇家本无情爱可言,群雌粥粥,惟势利是趋,早已丧失男女爱情平等之人格。惟若兰贵人之杀汉女,是直假妒以泄其恨耳。同类相残,唯女子为尤甚。

宗室肃顺,在当时颇有能名;彼之忤兰贵人,虽由于私怨,实亦早有见地。孝贞后以家法相绳,内有贤后,外有干臣,宜其夹辅文宗,以成盛业;无奈以兰贵人腹中一块肉,致贤后干臣无所措手。惜哉!

满清大员,以资格坐升,纨绔未脱,习气甚深;平日既不通民隐,临事又不察外情,宜其一败涂地矣。最可笑者,在炮火四迫之中,犹雅步扶乩以求不可知之鬼神,其愚真不可及!宜其老死异域,贻臭万邦矣。然亦中国之羞也!

第七十二回 兰贵妃寄腹产载淳 咸丰帝避难走热河

却说叶总督迷信了乩仙的话，他打定主意，百事不管，躲在衙门里静候过十五日，外国兵自退。司道等官来请发兵，绅商等人来请练勇，他都不准。英国公使要求五条：第一条，与总督相见；第二条，欲在河南岸造洋楼；第三条，欲通商；第四条，欲进城；第五条，索赔款六百万两。叶总督益发不去理他。各国公使大怒，第二天满城只见贴的香港总督的告示，说定于次日破城。那城里一班百姓看了，立刻慌乱起来，扶老携幼，纷纷逃避。叶总督要禁止也禁止不住。不到黎明，果然城外炮声隆隆，烟焰四起；叶总督没奈何，暂到粤华书院去避难。广州绅士崇耀，和将军暗地里说通了，在城头上竖起白旗，求外国兵暂停炮火，把城中难民一齐放出逃命去。那边香港总督，也下文书给合城官民，说只打叶总督一人。于是巡抚、将军、都统等官员，以及绅士们，都到观音山上去避难。外国营里炮火又响，叶名琛无地可躲，城门一破，英国兵先进城来，赶到粤华书院里，把叶名琛捉住，横七竖八地把他拖下英国兵船。

这时有一个戈什哈，跟随在叶总督身旁，他趁外国兵不留意的时候，悄悄地对总督指着海水说道："大人瞧，这海水不是很清的吗？"那叶总督听了他的话，莫明其妙。这戈什哈气愤极了，便耸身一跃，自己沉在海里死了。这时英国公使做主，把捉来的广州官民，一齐放回；只带了这个叶名琛，从广州到香港，又从香港到印度，把他关在一间楼屋里。叶名琛住在印度，却也自得其乐，终日吟诗作画，空下来又时时诵读吕祖经。他的诗画，署名"海上苏武"，流传在外国的，却也不少。

这里广东巡抚，见外兵去了以后，才提奏入朝。咸丰帝看了，不禁大怒，立刻下谕，从两广总督起，所有广州合城文武官员，一律革职；另委了两广总督，去和英、美、法三国的公使讲和。又委黑龙江办事大臣，和俄国讲和。这时外国所提出来的条件，却比不得从前了。总督大臣见条款十分严厉，却不敢做主，便去奏明朝廷。咸丰帝把条款发给军机大臣会议，议了许多日子，也议不出一个眉目来。那四国兵将，见所求不遂，便索性开了兵船，打到北京去。英国兵船十四只，法国兵船六只，美国兵船三只，俄国兵船一只，一齐停泊在天津白河里；一面又提出条件，托直隶总督谭廷襄转奏皇上。咸丰帝便派户部侍郎郭崇纶，内阁学士乌尔棍泰，前去议和。英国公使见这两个官衔上没有全权两字，说中国政府没有诚意，又说中国政府瞧他不起，便不由分说，带同兵船，从白河直闯进大沽口去。不费吹灰之力，占据了大沽炮台。

咸丰帝没奈何，便派了桂良、花沙纳两位全权钦差大臣，去和各国议和。各国提出的条款，又多又严。内中单讲英国公使提出的条款，已有五十六条；最重要的三条：第一条，是于旧有上海、宁波等通商五口外，加开牛庄、登州、台湾、潮州、琼州等处；又于长江一带，从汉口到海州许其选择三口，为洋商出运货物往来之所。第二条，是洋人所带眷属，可长住北京。第三条，是偿还洋商亏损两百万两，军费二百万两，付清赔款，方将广州城交还中国。还有修改税则，允准传教等条。此外法国也提出四十二条，又另索赔款一百万两。这两位钦差，也不敢自专，请命于朝廷。咸丰帝这时身体不好，常常害病，也没有这许多精神去对付外人，便传谕一概允许。只令桂、花两位钦差，会同两江总督何桂清，亲自去查查各海口，何处宜于通商，再定税则。四国兵船，先后开离天津，到上海会齐。总算把这桩外交案件，暂时告一个结束。

那兰贵人这时居然生了一个皇子,不但是皇帝、皇后欢喜,便是那满朝文武和薄海臣民,人人都欢欣鼓舞。各处大小衙门,都悬灯庆祝。这也是当时专制时代,奴隶人民的现象;按到实在,真正肚子里欢喜的,只有咸丰帝一个人。这时立刻把兰贵人升做兰贵妃,那新生的皇子,取名载淳。从此这兰贵妃,也因自己生了皇子,十分骄傲起来。非但不把宫中的妃嫔放在眼里,便是那孝贞皇后,也因他生了皇子,另眼看待他几分。按到实在,这个皇子,也不是兰贵妃生的;乃是圆明园里的一个汉女,名叫楚英的生的。

这楚英姓楚名英,也是好好的读书人家小姐。他父亲是湖南人,在京里做了几年小京官,仅仅糊得口。他女儿楚英,却出落得洛神一般的风韵,官场中慕他的美名,都托人来说媒。无奈他父亲生性清高,说他们都是浊富,不配娶我的女儿。谁知到楚英十六岁上,他父亲一病死去了,只落得两手空空,身后萧条。后来宫里雇用管宫汉女,楚英的母亲,贪图他俸禄大,便把楚英送进宫去;便是在楚英心想,也不过到宫里去打扫庭院,看守房屋,绝没有意外事体的。谁知这位风流天子,却出奇的欢喜玩弄汉女,他最爱的是那三寸金莲。恰好这楚英,不但脸儿长得好,而且裹得一双好端正瘦小的金莲。有一天,他在牡丹花丛中闲玩着,咸丰帝从廊下走来,远远地望见花丛下面露出一双小脚儿来,勾动了他的情怀,忙向侍卫们摇手。那侍卫们也看惯了皇帝的情景,知道皇帝又要干风流事体了,便悄悄地避去,楚英便在这一天,受了皇帝的临幸。任你如何清洁的女子,待到一踏宫门,总难保得贞节了!楚英那时,迫于势力,也是无可如何。一连召幸了几次,不觉已有了身孕;肚子一大,皇帝便丢在脑后了。

这时正是兰贵妃初得宠的时候,专一和汉女作对。他住在园里,瞒着咸丰帝的耳目,那汉女被他暗地里打死的溺死的不计其数。后来他又打所得有一个楚英,曾受过皇帝的临幸,便吩咐太监,把那楚英去唤来。在兰贵妃心思上,蛮想把他打死,后来一看见楚英袋着肚子,细细一盘问,知道是龙种。他便立刻变了一个主意,从此把个楚英藏在自己后房,自己也装着假肚子,哄着皇帝,说自己受了孕了。又怕住在园中耳目众多,败露出来,他便把楚英装成大脚,改了旗装,夹在宫女队里,带进宫去,依旧藏在一间密室里。待到那楚英十月满足,养下一个男孩儿来,便趁着楚英肚子痛得昏沉的时候,拿一杯毒酒,灌在他肚子里去,立刻把个产妇药死了。一面暗地里雇了乳母,在密室中乳着这孩子。看看自己装的假肚子,也已十月满足了,便把那孩子抱来,满身涂着血水,只推说是自己生下来的。后来皇帝、皇后见这孩子长得格外魁梧,便也格外欢喜。

兰贵妃看看大事成功,便不觉骄横起来。又因为住在宫中,有这正宫娘娘管束着,不得任性,便又怂恿着皇帝,搬到圆明园里去住。这时已在三月终,照例原可以搬进园去住了,皇帝便依了兰贵妃的话,进园去依旧住在天地一家春里。咸丰帝许久不到园中来,又在这春深的时候,园中景色,分外鲜媚,把个风流天子,乐得早把朝廷大事丢在脑后去了。终日带着这兰贵妃,到处游玩。但是咸丰帝大病以后,身体十分虚弱,在园中游玩,要人扶持。常常坐着黄轿,或是坐着御舟,代替行走。这时园中也养着许多鹿,皇帝天天饮一杯鹿血;几百头花鹿,养在碧澜桥东面坦坦荡荡地方。兰贵妃每天带着几个宫女,在这地方习骑射,射着花鹿玩儿。

咸丰帝见兰贵妃骑马骑得很好,便带他出园打鸟雀去。三千御林军保护着,在万寿山脚下玩了一天,打得了无数鸟雀。看看天色傍晚,那园中文武大臣知道皇上快要回园了,便排齐了班次,在园门口候着。远远地听得静鞭声响,御驾已到了门口,文武百官,一齐跪下地去。这时正在鸦雀无声的时候,忽听得马蹄声响,当先一个旗装的少妇,骑着马跑进园门来。见两旁百官跪着,便在马上笑说道:"怎么今天矮子这样多啊!"娇声呖呖,一骑马早已过去了,吓得百官们头也不敢抬。后来打听那骑马的少妇,便是如今最得宠的兰贵妃。兰妃进园了半晌,才是御驾到。这一天皇帝玩得非常尽兴。

第二天,是兰贵妃的生辰,在园里吃酒听戏,又热闹了一天。皇帝圣旨下来,把兰贵妃改作懿贵妃。这一天懿贵妃陪皇上在壶中日月长轩里吃酒，吃到夜深才安寝。第二天，皇上病酒，忽然吐起血来，慌得懿贵人忙传御医，一面报进宫去。那孝贞后夫妻情分原是深的，得了这消息，便急急赶到园中来看视；亏得皇上的血，是急气攻肺，吐的是肺血。调看了三五天，便渐渐地止住了；又养了半个月，一般也能游玩行走了。皇上在病中，孝贞后又切切实实劝他保养身体，莫过宠了懿贵妃。又说懿贵妃是个受宠不起的人，常常要干预朝政，这不是我们女人应该管的事体。那懿贵妃自从生了皇子以后，那言语举止之间，便是对于皇帝，也不觉露出骄纵的神色来。咸丰帝也有些觉得，只是心中实在溺爱他，便也不忍去说他。如今听了孝贞后的说话，知道皇后是一片好意；又知道懿贵妃是十分阴险的女子，便也推着病不和懿贵妃见面。但是皇后是国母，不能常常陪在皇上宫里的；这时皇上又想起四春来了，便把牡丹春、杏花春两人传来。一看他们，已经消瘦得多，远不如从前那种娇艳模样了。皇帝问他们："为什么这样憔悴？"杏花春忍不住哭了。牡丹春便告诉说，懿贵妃如何虐待他们，那班宫女太监，都害怕贵妃的势力，吃也不给我们好吃，穿也不给我们好穿；住在园里，真是苦不堪言。杏花春又奏说："懿贵妃住在园里，专一与汉女为难。瞒着皇上的耳目，拉到屋子里去，被贵妃活活打死的，又拉去抛在太液池里，活活淹死的，不知有多少。"皇上听了，不觉大怒；第二天，传旨把懿贵妃召来。

那懿贵妃耳目很长，有那总管安德海替他打听消息，知道皇上动怒了，懿贵妃便披散头发，怀中抱着皇子，进宫去跪在皇帝面前，只是碰头求饶，又做出那可怜的样子来。说也奇怪，皇上不曾看见懿贵妃的时候，把这懿贵妃恨入切骨；及见了这懿贵妃，便想起从前的一番恩爱，又看他眉眼儿实在迷人，又见他一哭一求，如带两梨花似的，越发叫人可怜。再看看他怀中抱着皇子，又看在他皇子面上，不觉把心肠软了下来。懿贵妃趁此又撒痴撒娇地说了许多牡丹春、杏花春的坏话，咸丰帝反而劝慰他。这一夜雨露深恩，堂堂一位万岁爷，又吃懿贵妃迷住了。懿贵妃把圣驾接到天地一家春去住着，自己料理皇上的饮食，调养病体，暗暗里吩咐安德海，外面不论有什么事，不叫他通报。因此那杏花春、牡丹春和皇上见了一面以后，从此又隔绝了。

直到五月时候，皇上身体渐渐的强健起来，常常到园中各处来散步纳凉；记得各处妃嫔，便传旨召来，在清水濯缨室里开宴。那班妃嫔和皇上久别生疏了，也不敢多说话，独有这懿贵妃，仗着自己是皇上宠爱的，在皇帝跟前，有说有笑。皇帝的事体，他一个人揽着服侍。又因为自己是生了皇子的，便不把同辈的妃嫔放在眼里。外面军机大臣有奏折拿进来，懿贵妃便瞒着皇上，说："皇上正在吃酒开怀的时候，莫给他看奏折。"便和安德海私地里冒了皇上的意旨，把那奏折批出去了。隔了几天，皇上坐朝，懿贵妃才把代批奏折的事体奏明。皇上心中虽不乐，但因宠得他利害，也不好意思说什么。

后来懿贵妃看看皇上不说什么，每逢皇上和大臣们议论朝政，他也在一旁出主意。皇上也因自己懒得管事，渐渐地把那些奏折都叫懿贵妃代他批发去，因此懿贵妃渐渐的预闻外事。有几个手脚快的人，都偷偷地拿了银钱，走安德海的路子，孝敬懿贵妃去。懿贵妃一方得了外人的钱财，一方在皇帝跟前包揽事体。皇上也有些看出懿贵妃的弊病来，只因自己身体实在虚弱得厉害，没有精神看章奏；以后每逢有大事，便请孝贞后传见大臣，隔着帘子亲自询问。孝贞后有忙不过来的地方，便叫懿贵妃在一旁读着奏章。皇上又把醇亲王、恭亲王传进园去，帮着皇上办理国事。皇上有时和醇亲王、恭亲王闲谈着，懿贵妃站在一旁，也不避忌。懿贵妃见醇亲王面目姣好，年纪很轻，打听得醇亲王正死了福晋，便和皇上说了，把懿贵妃的妹妹蓉儿，指配给醇亲王。那醇亲王见皇上的命令，也不敢不遵从。从此以后，那蓉儿在外面，也暗暗地和懿贵妃通声气。独有恭亲王和肃顺两人，不和懿贵妃联络，常常在皇帝跟前劝谏，不可使贵妃干政。咸丰帝也明知道这懿贵妃居心叵测，无奈自己宠爱他利害；懿贵妃干预朝政也惯了。那孝贞后是十分沉静的，见了大臣，期期艾艾的说不出什么话来，懿贵妃在一旁代问着话，口齿清楚，语言漂亮，且另有一种威严，大臣们见了他都害怕。后来日子久了,孝贞后却也省他不得。懿贵妃自恃有才能,便也越发骄傲了。

那年春天,宫里照例闹着龙舟,皇帝带着妃嫔们,坐在御舟里吃着酒,看着龙船。这时皇帝身体还不十分健旺,不愿意和许多妃嫔挤在一起,却自己带着孝贞后,坐着一只小艇子,在湖中荡漾着。四边岸上的宫女们,见御舟在湖中,便齐声嚷着"安乐渡"三字。原来宫中的规矩,皇帝坐在船里,那船身一离开岸,便令宫女站在两岸,齐声唤着"安乐渡"三字,直到皇上的船到那边岸上,才停住唤声。这虽是一桩迷信事体,但两岸几千个宫女娇声唤着,却也很有风韵。这时皇子载淳,年纪尚小,听着唤声,也跟着他们嚷着。懿贵妃拉了他要好的妃嫔宫女们,另外坐一只船游玩着;打听得皇上在映水兰香开宴,他们便赶去伺候。那地方是靠着湖边的,埠头上泊着三只龙舟,龙舟两旁一字儿停着许多小船。懿贵人自小在南边学得弄桨渡水,这时他们饭都吃罢,懿贵妃见了埠头的小艇,不觉触动了他的旧好,便纵身一跳,跳在小艇子上,拿了一支桨,正要荡开去。忽然给皇上看见了,说:"有趣!朕也搭着你的船渡过去。"懿贵妃见皇上也高兴,忙把那小艇靠近埠头,候皇帝走下艇子来。谁知咸丰帝才下得艇子,两脚不曾立定,那艇子便荡开了。皇上是久病之后,身体虚飘飘的,两脚又没有力,那艇子一晃,身子向侧面一扑,一个倒栽葱,"噗咚"一声,皇帝翻身落水。只听得岸上宫女、太监们大声呼救,那孝贞皇后正在屋子里,听了忙赶来看时,亏得那湖边水浅,下面又铺着石槛,皇上落水的时候,急把两手攀住埠头石条,身子浸在水里,从肩膀以上,露出在水面上。七八个太监,一齐跳下水去,把皇帝扶上岸来,满身水淋淋的,把个皇后吓得脸上也变了色。一面吩咐把皇上送到就近静香屋去更换衣服,一面喝令太监把懿贵妃送到永巷里去关起来待罪。

这咸丰帝身体原不曾复原,如今经了这一吓,又受了冻,不觉旧病复发起来。孝贞后日夜看护着,这一场病,直到秋深才慢慢地好起来。那懿贵妃平日是一个如何飞扬跋扈的人,如今关在永巷里,一住四五个月,宫里的人何等势利,大家见他失了势,都来打落水狗。那肃顺和懿贵妃最是不对,便买通了服侍懿贵妃的宫女,故意到皇后跟前去告密,说懿贵妃住在永巷里,终日怨恨皇上,又拿满洲咒语诅咒皇上。孝贞后听了,忙亲自到永巷里去劝慰懿妃,说:"你暂时安心静守,过几天待皇上欢喜的时候,俺替你求求恩典,放你出来。"不知怎么,这懿贵妃诅咒皇上的话,给皇帝知道了,便不觉大怒。恰巧肃顺站在一旁,皇上便问肃顺道:"朕意欲把兰贵妃废了,赐他自尽,你看怎么样?"慌得肃顺忙跪下地去碰头,说道:"奴才不敢预闻宫禁里的事体。"这句话传到孝贞皇后耳朵里,忙去见皇帝,竭力替懿贵妃辩护着,说:"这都是平日和他不对的人造的谣言,臣妾也常常去察看过,懿贵妃十分恭顺,深知道自己的错处,常常自己悔恨着。臣妾敢替他在皇上跟前求求恩典,放了他出来。他在冷宫里,时时想念皇上,日夜哭泣,看了也十分可怜。"皇帝到这时,想起懿贵妃是生了皇子的,一时不能废去他妃子的名号,便也把怒气消灭了。后来孝贞后常在皇帝跟前替懿贵妃求恩典,皇上看在皇后的面上,便赦了罪,把懿贵妃放了出来。欲知后事如何,且听下回分解。

女子大都貌为仁慈,而心怀阴鸷;平日轻颦浅笑,一似小鸟依人,柔顺可弄,及其蕴毒既深,一旦发泄,手段之残酷,有非亢爽男儿所能忍受者。惟于嫉妒之事,发之尤烈。懿贵妃既夺人之子,而又鸩其母,其居心为何如?唯以女子杀女子,尤为惨烈。

朝廷大事,谋及妇人,其有济也几希!矧以孝贞后之浑厚而遇孝钦之巧智,欲求大权不旁落也难矣。彼文宗既以体弱不胜国政,则委之大臣可也,何必谋诸后妃?既谋诸后纪矣,则专之一人可也,何必使懿妃共闻之?他日懿妃之专权,实文宗有以启其端也。

贵妃荡舟,几淹文宗,此固可罪;然贵妃有心之罪,实胜于此无心之罪万万。奈文宗不及察,而徒狃于目前之小节耶?

第七十三回 泣脂啼粉梦警三更 画栋雕梁园付一炬

却说叶名琛在广东闹了乱子，惹得各国联军，打破广州城，又调动海军，进逼京、津，朝廷派了桂、花两大臣，与各国讲和，赔了七八百万两银子，总算把这件事体暂时和缓下来。在条约上原写明赔款付清后，联军才把广州城交还中国；如今联军在广州城里，一住两年半，看看绝无交还的意思。便有一个佛山镇团练兵的头目，忍不住一肚子的愤气；他想想广东这件祸事，都是英国领事巴夏礼闹出来的，害得中国赔款割地，丧师辱国。他便出了一张告示，说愿出一千两银子的赏格，买那英领事巴夏礼的脑袋；那巴夏礼听了，不觉吓了一跳。这时英国公使，还在上海，巴夏礼便打了一个电报到上海去，告诉这件事体。英国公使听了大怒，便动公文给桂良，要他奏革两广总督黄宗汉的任，还要逼着他立刻去解散团练兵。桂良无可奈何，只得一面答应他，一面仍旧签订条约，一时暂不调换。外国人见桂良不换条约，说他没有讲和的诚意；那英国兵船便开到长江一带去游弋，直到汉口地方。法国兵也到内地去乱闯，又到处设立天主教堂，地方官都吓得不敢出来说话。

这时有一位满亲王名僧格林沁的，见外国人这样肆无忌惮，忍不住大怒起来，拉起一本折子，奏参直隶总督谭廷襄，说他疏于海防。便亲自派人在大沽口修筑炮台，在海口打一道木桩，再拿铁链锁住港口。待到换约这一天，各国的兵船都开到天津来会齐，中国官厅送过照会去，叫他们兵船改道在北塘口碇，不许他在大沽口行动。那英国兵船如何肯依，便一定要开进大沽口来。他们见大沽口已有铁链锁住，便拿炮轰断，一面开进十三只小兵轮来。船头上插着红旗，和炮台挑战。逼向炮台开炮，拿炮轰打中国步兵；看看打胜了，便一拥上岸，抢上炮台来。炮台上开炮还击，打沉了几只小兵船；那上岸来的外国兵，也被中国兵杀死了几百名，又活捉得一个英国将军。英国兵船只剩得一只，逃出拦江河外面。那大兵船上见自己的兵吃了败仗，便退出大沽口，到旅顺、威海卫测量海势，慢慢地向南退去。

广东人民听得英国人吃了败仗，便急急修造船只，怕他再来报仇，由富商捐银三百万两，暗地里去送给英国人，求他不要打仗。英、法两国公使，照会通商大臣何桂清，情愿遵守八年的条约；那桂清只求平安无事，无奈这时咸丰帝信任僧王的话，不答应外国人的要求，只答应他照道光年间的事体通融办理。又吩咐他仍在上海议和，不得率行北来，如有外国兵船再敢驶入拦江河的，必痛加剿办。一面由僧格林沁动用内帑一百余万，经营北塘口。后来忽然有人主张在北塘口引敌上岸，咸丰帝却也说不错，便又吩咐把北塘口的军备尽行拆去。那时翰林院编修郭嵩焘，上疏竭力说不可；北塘绅士御史陈鸿翊，也奏说不可撤去北塘兵备。咸丰帝不听他们的话，不到几天工夫，英国、法国的小兵船开近北塘，拔去港口的木桩。打头阵的是英国将军额尔金，法国将军噶罗，带了一百多只兵船打进来。外国兵拖着炮车上岸，中国兵却不敢动手，只送照会叫他到北京去交换议和条约。外国兵到了这时候，骑虎难下，如何肯依，便催动各国联军一万八千人，从北塘打进内港。这时适值潮退，外国兵船一齐搁在浅滩上，他们只怕中国兵在两岸夹攻，便挂起白旗，假作求和的样子。中国兵见了白旗，果然不敢攻打，待到潮涨水大，那兵船上便出其不意，直扑上岸来。炮火连天，把中国兵打得四散奔逃；一万八千联军，直打到新河地方。僧王带领三千劲旅，上去抵敌。无奈外国兵营里炮火利害，枪弹如雨，一阵子打，可怜三千个骑兵，打得只剩七个人。新河陷落以后，看看大沽危急，皇上便命大学士瑞麟，带领京中的八旗兵，到通州去防守。那联军果然进逼大沽，拿开花弹攻打北岸炮台。开花弹落在火药库里，一声轰天价响，烈焰飞腾，把巍巍一座炮台打倒，提督乐善死在炮火里。这时僧王正驻兵在 南岸，见了这个样子，忙退兵到通州的张家湾地方；看看天津也保守不住了，告急的文书，雪片似到得京里。咸丰帝看了，心中一急，旧病复发；一面命桂良到天津去议和。那桂良送照会到英国公使衙门里去，那公使回一个公文，说要增加赔款，开天津为商埠，还要每国酌量带领兵队，进京去换约。皇帝在病中，性子十分暴躁；听说外国人要带兵进京来，又听说英国派的议和大臣便是那巴夏礼，心中越发生气，便下旨一律拒绝。英、法各国兵队，见中国皇帝无意讲和，便又进兵攻打河西，进逼通州；那北京地方的人心，便顿时慌乱起来。

咸丰帝听孝贞后的话，连夜到河南去把胜保召进京来，命他带领一万禁兵，到通州去抵敌外国兵；一面由怡亲王载垣，邀集英、法各国公使，开一个宴会。吃酒中间，载垣提起议和的事体，那巴夏礼大声答道："如欲讲和，非面见中国皇帝，并须每国带兵二千名进京去，才可开议。"这样凶横的条件，叫载垣如何答应得下来？只得回答说："这事须请旨才能答复。"巴夏礼见怡亲王做不得主，便也闭着嘴不说话了。任你载垣如何去和他敷衍说笑，他总是闭着眼假睡在榻上，给你个不理不睬。载垣无奈，只得不欢而散。

到了第二天，接连的报马报进军情来，说通州胜保的军队大败，僧、瑞的兵也败退下来，英将额尔金，带领大队外国兵，快要打进京来。满个京城，顿时闹得沸反盈天。那大学士端华和尚书肃顺，看看时势危急，便在半夜时候到圆明园去，请见皇上。咸丰帝这时病势很重，孝贞后早晚在一旁伺候着，懿贵妃在房中料理汤药。忽传说端华与肃顺请见，皇帝知道大事不好，把他吓得脸色雪白，浑身索索的打战。孝贞后一面传御医进来请脉下药，一面把这两位大臣传到御榻前来问话。肃顺把外面的军情，一一奏闻；又奏称如今外兵来势猖狂，皇上万乘之躯，自宜从早出狩，住在万安的地方。咸丰皇帝说："现在昏夜，朕身体又十分疲乏，到什么地方去好呢？"当时大家商量了一回，还是孝贞后有决断，说："俺们不如到热河去走一趟罢。"皇上听了，也点头称是。当时那御医还不曾走，便奏说："快把鹿血来请皇上服下，便立刻可以增长精神，加添气力。"早有太监去杀翻两头花鹿，取得血来，还是热腾腾的。咸丰帝吃下一碗去，果然立刻身体旺壮起来，精神也发皇了。便传谕恭亲王留守京师，着肃顺统率御林军随往行宫，端华照料园里的事体。这个消息一传出去，好好一座圆明园，顿时闹得马仰人翻，莺啼燕咤。咸丰帝也顾不得这许多了，自己坐了一辆园中的黄盖车。肃顺在半夜里去打开车行的门来，雇得四辆敞车，车上面略略遮盖些芦席。一辆请孝贞后抱着皇子载淳坐了，其余三辆，便有许多妃嫔宫女们抢着坐。可怜 一辆车子，挤着五六个妃嫔，挤得他们腰酸骨痛。内中一位懿贵妃，他平日席丰履厚，何等娇养？如今从半夜里逃出园来，吃尽苦楚，早见他娇喘细细，珠泪纷纷。此外还有许多妃嫔宫女，坐不着车子的，只得互相率引，跟着皇上的车子，哭哭啼啼地走去。内中有几个平日和太监要好的，便有太监们来背着他走了一程，沿途雇得骡马，扶他爬在骡马背上走去。这懿贵妃在车子里簸荡了半夜，早把他的头发也撞散了，额角也撞肿了；他伤心到极地，便在车子里呜呜咽咽地痛哭起来。看看到了天明，一瞥眼见那肃顺赶着一群骡马，从他车旁走过；懿贵妃这时也顾不得了，便一手掀开了车帘，提高了娇滴滴的喉咙，唤道："六爷！六爷！俺的车子破了，求你六爷做做好事，替俺换一辆好的车子罢！"说着，不觉柳眉紧锁，双泪齐抛。那肃顺正要趱程赶上皇上的车子去，听了懿贵妃的话，便答道："在这半道儿上，那里来的好车子？俺们等赶到前站再说罢。"他说完话，便马上加鞭，急急跑向前面去。停一回到了一个镇上，一行车马，一齐停下打尖。

懿贵妃四处留心看时，不见有肃顺，便向身旁的太监打听时，知道正在皇上跟前奏事。那太监替他跑去，候肃顺奏完了事下来，便上去对他说："懿贵妃要换一辆车子。"那肃顺听了，把头摇了一摇，说道："现在是什么时候？我还有空工夫办关防差使吗？"到了第二天，在路上，懿贵妃又遇到肃顺；懿贵妃实在支撑不住了，便哭着唤着六爷，要求肃顺替他换 一辆车子。肃顺听了，陡地放下脸儿来，冷冷的说道："如今在逃难的时候，那比得太平日子？在这荒山野地里,到什么地方去雇新车子呢?不是我说一句不中听的话,俺劝贵妃还是安分些罢;在这个时候,有得坐一辆破车子,已是万幸了。贵妃不看见路旁还有许多贵人宫女,哭哭啼啼走着的吗?贵妃可曾看见那中宫坐的也是一辆破车子,和贵妃坐的一模一样的吗?中宫不叫换新车子,贵妃却要换新车子;贵妃是何等样人,怎么可以越过中宫去呢?"肃顺说完几句话,又把鞭子打着马,飞也似的跑上前去了。懿贵妃这时无可奈何,只得咬牙切齿地骂道:"好大胆的奸贼!过几天看俺的手段罢!"

这时帝后和妃嫔、皇子一班人,不多几天,到了热河,在行宫里住下,一面下谕给恭亲王,着他与联军主帅早日议和。一面仍着僧、瑞两军,调兵把守海淀。那僧王把个巴夏礼恨入切骨,他想了一条计策,把巴夏礼诱进营来,伏兵齐起,把巴夏礼擒住,送进京去监禁起来。英国公使见捉了巴夏礼,十分恼怒,向恭王索还巴夏礼甚急;胜保也传檄江南,叫各军勤王。一时里僧王部下的鲍超,袁将军部下的张得胜,安徽团练苗沛霖,带了军队,陆续都到了京里。外国兵见中国调来了许多兵士,便也不敢十分胡闹,只是照会恭王,限他三天,把巴夏礼交出来。恭王不肯,要他把兵队退到天津去,才肯开议和局。英国公使也不答应,恭王无法可想,便邀同周祖培、陈孚恩联名上奏行在,说外人十分强项。

咸丰帝身体本来是淘空的了,再加那天半夜出奔,一路上受了些风寒,到了热河,病势越发厉害。孝贞皇后为保全皇帝性命起见,所有一切外间发匪捻匪以及各国联军的事体,都一起捺住。大事叫恭亲王在京中便宜行事,小事便没奈何自己每天看着奏章,时时和端华、肃顺两人商量取决。又因懿贵妃办事敏捷,料事很明,口才也好,笔下也快,便也叫他帮着办理朝政,每逢到疑难不决的时候,懿贵妃便一言立断。因此咸丰帝反得逍遥事外,静心调养;御医也跟来,每日替皇上诊脉下药。圆明园中养着的几百头鹿,这时也送到行宫来,每天吃着鹿血;看看那皇帝的身体,一天一天的健朗起来。这时总管太监安德海,每天服侍着皇上,又领着皇上在行宫内苑里游玩。这热河行宫,虽在极北荒凉的地方,但是经过从前乾隆、嘉庆几朝极意经营,便一样的花明柳媚,莺歌燕唱。咸丰帝看了这情景,不觉起了无限感慨。他想从前在圆明园中,何等风流,何等快乐,如今空落落的一座园子,虽说一般的花娇柳媚,但是那些六宫粉黛,都不在眼前,春色撩人,不觉动了无限相思。是皇后的主意,一切朝廷大事,都不叫皇帝知道;总叫安德海带领太监们伺候着皇上,自己也避开,不常和皇上见面。怕的皇帝多动情欲,伤害身体;又禁止着懿贵妃和别的妃嫔,不许他们去亲近皇帝。皇上见了他们,想起从前园中的情形,多么伤心,因此也不愿去召幸他们。

但是看看皇上的身体,一天强健似一天,终日在行宫园中养病,闲得无事可做,只是长吁短叹。安德海知道皇上的心事,便悄悄地在行宫外面,找了几个粉头来,陪伴着皇帝。这一来,皇帝却欢喜起来。从来做皇帝的睡女人,总是堂堂皇皇的,惟到如今却是偷偷摸摸的玩着,女人越是偷偷摸摸,越觉得有味。后来咸丰帝因在行宫里玩得不舒畅,索性由安德海领着悄悄地到宫外嫖院子去。这热河地方,本来不是个小去处,来往关外的客商很多,平日也有几家娼寮。如今皇上出幸,那文武百官,都随从在行宫里;那热河的市面,顿时热闹起来。那百官们都是不曾带得家室的,大家都找窑姐儿玩耍去;因此竟有几家上等的窑姐儿,从天津、北京赶来做买卖的。皇上也便悄悄地在这几家上等窑子里玩耍。

咸丰帝是久病之后,身体不曾复原,如今在窑子里日夜纵乐,早把个身体又淘虚了。到了秋初时候,竟狂吐起血来,把个孝贞后和满朝文武,急得走投无路。传了三四个御医进去,日夜诊脉处方。虽说把吐血止住了,但是那身体看看一天瘦弱一天下去。咸丰帝知道自己是不中用了,便把孝贞后和懿贵妃传进来,日夜陪伴着。又常常问起孝贞后那联军的事体,孝贞后起初劝他不必劳心,且管养病;无奈咸丰帝一定要看奏章,孝贞后拗他不过,便把外间送进来的奏折,每日由懿贵妃在床前朗声诵读,给皇帝听。才知道恭王和各国公使商量,改在通州会议,外国人也不答应。皇上严谕恭王,须不失中朝体面,那恭王便不敢轻言讲和,两面相持不下。英法联军便恼怒起来,要立刻攻入海淀;所有皇宫左右的禁卫军队,见外国兵来了,便一齐溃散。恭王站脚不住,便逃到广宁门外长新店里去躲避;由瑞麟出面,和步军统领文祥商量,把巴夏礼释放出来。

谁知这巴夏礼因为被中国皇家监禁,心中又惭愧又愤怒;他出来的时候,忿无可泄,便悄悄地走到圆明园里去,放一把火。这时御林军已逃得一个不留,园里的太监们,见皇上走了,他们也散了桃园,各各回家去了;只剩得几个老弱妇女在园里,有谁能救得这火。这时西风又大,园里的亭楼造得密密层层,一霎时满园都延烧着了。只见天上起了一片红云,可怜画栋雕梁,金迷纸醉的一座圆明园,足足烧了三日三夜,烧成了一片瓦砾场。

这时做书的急要交代的是住在园中的四春:那牡丹春原生得最是聪明,他见宫中汉女,有被兰贵妃捉去活活打死的,有私自逃出园去,被侍卫们捉回来活活吊死的;他知道都是汉女的打扮与旗女不同,在宫中容易辨识,一旦有事,也不容易逃走。他便刻意模仿旗女的打扮,平日和一班宫女十分要好,跟着宫女学得梳头擦粉,以及旗女种种的礼节。他到高兴的时候,一般的梳着大头,穿着旗袍,脚下顿着粉底鞋,脸上擦着浓浓的胭脂,嘴里说着一口十分流利的京片子,望去活似一个极漂亮的旗下宫妃。只因他待太监、宫女们好,那天皇上仓皇出走的时候,早有太监报信给他。牡丹春原是旗下女人打扮,得了这个消息,也便慌慌张张夹在宫女队里,逃出园去。他身边原积蓄下几个钱,便动身到天津,搭轮船直到苏州,回到自己家里。他母亲还在,后来由他母亲做主,嫁给一个读书人,一双两好的过着日子。欲知其余三春如何下落,且听下回分解。

中国政府之外交,无一次不失败,其初也往往轻敌而易于开衅,及外人一怒,则畏缩不前,虽有甚直之理,甚壮之气,亦莫敢与之争衡。又恒以不谙外情而一味恐惧,处处自暴其短,坐令外人攻吾之短,而予取予求。实则外人之举,岂事事有理耶?外人之兵,岂人人可恃耶?苟吾能持之以正,鼓之以勇,何往而不得胜利?今则积重难返,推原祸始,庚申之役,阶之厉也!

懿贵妃仓皇出奔,不耐颠簸,一种娇啼宛转情状,活画出一个宠妃模样来。而对肃顺之恨恨数语,便伏他日干政专权之兆。做小说须于不知不觉处伏下根脉,为下文发展之需,自是能手。

百忙中补叙牡丹春平日如何用心,临事如何出园,一笔不苟,一笔不漏。如此一百回大排场,写来六辔在手,一尘不惊,非富有局气者不可。而一种故宫萧素情形,自不觉流露于字里行间,读之令人凄然。

第七十四回 防懿妃文宗草遗诏 立怡王肃顺夺国玺

却说圆明园偌大一个花木胜地,被巴夏礼付之一炬以后,顿时烟消雾灭。那四春之中,要算牡丹春的结果最好。那海棠春进得园来,因想念金宫蟾想得厉害,不到一年工夫,在咸丰帝最宠爱的头里,他便郁郁而死。只有杏花春得到皇帝宠爱的日子最多,他手头积蓄的钱也最富。他在宫中,和谁都没有交情,无论什么人托他在皇帝跟前说一句话,他总非钱不行。因此宫里的人,没有一个不衔恨他的。但是杏花春手头的钱,一天多似一天;他有二十万两银子,托他主母放在外面生息。此外零零星星三万的五万的,都由总管太监替他拿出去存放在钱庄里。他自己屋子里,还存着二三千两黄金,此外金珠首饰,不计其数。只因他平日待人不好,到了出事故的这一天,那班宫女、太监们各自逃命,也没人去通报他。待到天明,杏花春从枕上醒来,皇上已去了,园里已是天翻地覆似的闹成一片。杏花春正要起来打听时,早有一班年老的太监、宫女们,恶狠狠的打进房来,便在床上大家齐动手,把杏花春活活勒死,把他所有的金银珠宝掳一个空。可怜一个脂粉娇娃,他尸首挺在床上,直到浑身腐烂,也没人来收拾他。倒不如陀罗春进得园来,清清洁洁,每日在一座小庵里长斋礼佛;宫中人人见他可怜,到皇上临走的一天,便有管宫太监悄悄地去告诉他。陀罗春自进园以来,早把死生置之度外,听了太监的报告,他也不惊惶,依旧念他的经卷。直到园中的宫女、太监们俱已走尽,便有一个小太监来劝他出园去。又说:"如今园里没有人查问,尽可以放胆出园回家去。"陀罗春听说可以回家,不觉心中一动,便也略略收拾些细软物件,跟着小太监走出庵来。看看满园荒凉,到处尘封,他心中起了无限感慨;回心一想,如今家里母亲为他死在宫里了,便是要回去,也没有家了。生成一个薄命人,便是出得园去,也没有好日子过的。他便起了一个决心,这时正走到万方安和的卍字桥上,看看那小太监在前面走着,他便出其不意的一耸身,向池心里一跳,只听得"噗咚"一声,那池面很大,陀罗春一个娇小身躯,早不知荡到什么地方去了。这时候园中静悄悄的,四面不见一人,也无处可以求救;倒累得这小太监,对着池子大哭一场。

这陀罗春溺水以后,到了第七天上,那圆明园便遭了火灾,寂寂一座园林,一任那狂风烈焰把他卷得寸草全无。这个消息传到行宫里,把个咸丰帝气得病势越发加重;利害的时候,竟至晕厥过去几回。那英、法联军,又声称要攻打禁城,孝贞后得了这个消息,忙传谕给恭王,叫他从速议和。这时有一个俄国海军少将,名叫普查钦的,他见有机会可乘,便去鼓动俄国公使名伊格耶替叶幅的,出来排解;劝英、法两国和中国议和,照道光年间的和约,增加九条,法国也增加十条和约,把天津开做商埠。赔偿英国兵费银一千二百万两,赔偿法国兵费银六百万两。这和约奉到行宫里,咸丰帝把端华、肃顺两人召进宫去商议。那端华、肃顺两人,和恭王是素来不对的,当下看了这和约,便说道:"大爷办事如此不中用,照此下去,将来俺们还有好日子过吗?"咸丰帝这时也决不定主意,因为孝贞后和懿贵妃是素日与闻朝政的,便也把这一后一妃唤来,和他们商议。这孝贞后是忠厚人,见如此大事,却一时不敢下断语。独有那懿贵妃,他却大着胆侃侃而谈,说:"如今兵临城下,外国人不满所欲,决不干休的。这件事错在当初那班耆英、牛鉴、桂良、花沙纳混蛋手里!当初事尚可为,便一味地媚外误国,示弱乞和,以致铸成今天的大错;如今天子蒙尘在外,京师危在旦夕,南有发匪之祸,北有捻贼之乱,内讧未清,怎当得再有此外患?不如请佛爷乾机独断,就此准了他们的和约,一来外兵可以早日退去,二来佛爷也可以早日回銮,在宫中养病,总比在这行宫里诸事不便的强得多。"一句话打中了咸丰帝的心窝,咸丰帝抱病在外,原天天想回宫去,当下便依了懿贵妃的主意,批准了和约。一面谕令恭王收拾宫殿,缮修城郭,直到秋末冬初,才把宫禁收拾停妥,联军也退出京了,仍由恭王领衔,吁请皇上皇后返跸。

谁知这时候咸丰帝大发起哮喘病来,住在行宫里,一步也动不得,只得暂把回銮的事体搁起。懿贵妃带了皇子载淳,早晚在皇上榻前侍奉汤药。咸丰帝经此乱离之后,见了懿贵妃,想起从前的一番恩爱,便把从前的宿恨一齐忘去,渐渐的依旧宠爱他起来。懿贵妃见自己又得了时,岂肯错过这个机会;他便拿出体己银子来,在宫里联络安、崔两个总管,又托崔总管暗地里去联络他的侄儿荣禄。却说懿贵妃的母家,原有一个弟弟,名叫桂祥;懿贵妃住在天地一家春最得皇上宠爱的时候,真是言听计从,懿贵妃满意要把他弟弟提拔起来,做一个京官,在外面也可以和他通通声气。谁知这桂祥却是一个傻子,虽做了京官,却还是呆头呆脑的,一点事体也不懂。懿贵妃看看自己的兄弟不中用,便改变方针,一意提拔他的侄儿荣禄。那荣禄是一个聪明刁滑的人,他得了功名,便在满朝中拉拢,别人看他是宠妃的家里人,自然另眼相看。不多几年功夫,竟被他爬上满尚书的地位,在朝中也颇有权势。他见恭王是皇上亲信的人,便也和恭王好;这恭王也不知不觉落在他彀中,两人十分莫逆起来。如今见他姑母打发崔总管来联络他,姑侄一家人,没有不帮忙的。彼此心照不宣,由荣禄去联络恭王,从此恭王也做了懿贵妃一党的人。

懿贵妃看看里外部已打点停妥,他在皇上跟前,便慢慢地掌起权来。那孝贞皇后,原是不会说话的人,凡有外来奏章,都由懿贵妃读给皇上听。皇上这时精神十分衰弱,凡事都叫送孝贞后决断去,这孝贞后又看懿贵妃生得比自己聪明有才情,便诸事和他商量。后来懿贵妃索性独断独行,自己在奏折上批定了,再给孝贞后看;孝贞后心中虽不以为然,但他也无意争权,便一任他做去。自有一班朝中大臣,打听得懿贵妃与闻朝事,便大家拿着整万的银子,走安、崔两总管的路子,去孝敬懿贵妃。懿贵妃得人钱财,与人消灾,便也替他们在皇上跟前说说好话。偶然说几次,皇上却也不觉得,后来见懿贵妃尽替外面大臣们说好话,咸丰帝便觉得这妃子有些靠不住,心中便有些厌恶他起来。这时咸丰帝病势一天重似一天,懿贵妃知道皇上是不中用的了,便想到将来自己的地位,紧拉着皇子,天天在皇帝榻前絮聒,说:"佛爷只有这一个皇子,将来百年之后,总是这载淳继承大统了。如今外面大臣,颇有主张立长君之说,佛爷何不趁现在立定了太子,免得日后俺娘儿吃亏。"咸丰帝听了,心知这是懿贵妃有意造谣,但是如今只有这一个皇子,将来这个皇位,总是逃不了是他儿子的了,便也乐得答应他。又安慰他:"不必多心,将来总传位给你儿子,总给你升做太后。"懿贵妃听了皇上这几句话,心才放下。

皇帝害的是痨损病,那身体一天瘦弱似一天,精神一天委顿似一天,他心地却十分明白。他在病中,暗暗的留心懿贵妃的举动,觉得贵妃仗着自己将来可以做太后,便渐渐有些跋扈起来;有时甚至和孝贞后对口,不肯相让,有时外面有奏章送进来,贵妃便不和孝贞后商量,竟自独断独行批交出去。咸丰帝心知这贵妃将来是不得了的人,心中十分愤怒,觑着懿贵妃不在跟前的时候,皇帝便把肃顺召到床前来,这时孝贞后也陪在床前。咸丰帝气愤愤的对肃顺说道:"懿贵妃十分跋扈,留此人在世,将来必是皇家的大害。朕打算趁朕未死以前,赐他一死,除了宫中的大祸。"那肃顺听皇帝说出这个话来,吓得他只是爬在地下碰头,只不说一句话。停了一回,皇上又说道:"不然,朕留下遗旨,朕死以后,便将懿贵妃殉葬。"孝贞后到底是忠厚人,听了皇上的话,觉得懿贵妃甚是可怜,便替贵妃再三求恩,说:"懿贵妃生有皇子,母以子贵,万岁便格外开恩,饶他一二。万岁若赐他一死,将来皇子继位,追念生母,叫他何以为人?"孝贞后说得声泪俱下,咸丰帝也感动了,便说道:"朕如今看在皇后面上,饶他一死;但是这懿贵妃是阴险刁刻的人,朕死以后,无人可制得他住。朕如今须写下遗诏,使他不敢放肆。"说着,便竭力支撑着从床上坐起来,命肃顺端过笔砚来,就床上写下遗诏。道:

咨孝贞皇太后：懿贵妃援母以子贵之义，不得不尊为太后。然其人绝非可倚信者，即不有事，汝亦当专决。彼果安分无过，当始终曲予恩礼；若其失行彰著，汝可召集廷臣，将朕此旨宣示，立即诛死，以杜后患。钦此。

写毕，叫皇后在诏书上写下名字，又叫肃顺也写下名字，便交给孝贞后收下。那孝贞后正要收藏，忽然又交还皇上，奏称："这诏书也得传示外臣，请恭亲王来此，写上名字；将来万一有事，也得内外相应。"皇上听了皇后的说话，也说不错。便一面下谕传恭亲王奕䜣，火追赶赴行在，一面暂把这遗诏收藏在枕边。

这时懿贵妃在皇帝左右，早已布下耳目；他见皇上情形，对他一天冷淡似一天，心知有些不妙，便在背地里嘱咐安、崔两个总管，留心察看动静。这一天，皇上和皇后肃顺两人密议的事体，崔总管在窗外也略听得一二；只是不敢久站在窗下，怕被人看见，因此皇上说的话，他也不曾听得完全。心知是不利于懿贵妃的，便忙去通报与懿贵妃知道，懿贵妃听了，心中十分害怕，一时也估料不出什么事情来，满心焦躁，害他几夜不曾合眼。恰巧有一个机会到了，皇上病了多日，身体睡在床上，骨瘦如柴，觉得十分酸痛，颇想人在身上捶捶。那时有一个姓陆的御医，他是懂得推拿的，便按着穴道替皇上推着，皇上依旧是个不舒服。后来总管唤一个太监，名叫李莲英的进来，替皇上按摩着。这李莲英原懂得这按摩法子的，当下替皇上按摩着，经过他按摩的地方，筋骨都十分舒适；按摩到胸口，皇上便沉沉睡去。从此皇上十分欢喜这个李莲英，每日非把他传进宫去按摩一次不可。这李莲英也十分乖觉，他趁皇上闭上眼睡去的时候，便抬起头来留心看屋子里的情形。他一眼见皇帝枕头边露出一只纸角儿来，只见得"其人绝非可倚信者"一句。他知道这一张纸，总与一个人有利害关系的他一转念，便想到懿贵妃，莫非这上面说的便是懿贵妃吗？他便大着胆，伸过手去，把纸角儿拉出来一看，把遗诏上的话，统统看在肚子里。这时李莲英身后站着一个人，便是崔总管，他们原是通同一气的。李莲英也不在意，正想把这遗诏偷下来。忽然孝贞后走进房来了，崔总管拿靴尖儿轻轻地踢着他，李莲英忙缩住手，拿一方手巾遮住那遗诏，退出来急急去告诉懿贵妃。

原来这李莲英是懿贵妃极亲信的人，进宫的年数虽不多，却深得懿贵妃的宠用。他原本是河间地方人，在一家硝皮铺子里做学徒的，人家都唤他皮硝李。家里十分穷苦，常常不得温饱。那河间地方人，有许多是在宫里做太监的，崔总管恰巧住在他邻近，有时见崔总管告假回家，拿着许多金银回来，又说宫里如何好玩，如何有势力。这时李莲英年纪只有十六岁，却十分勇敢，听说宫中如此好玩，便瞒住了父母，把自己下身东西割去了，痛得晕厥过去。他父母急请医生，用药搽抹，止住了血；他在床上睡了三四个月，便平复了。他赶进京去，找到崔总管，求他带进宫去，当一名小太监；崔总管留他住在自己下处，守候机会。过了几天，恰巧懿贵妃要雇一个年轻的太监当梳头房里的差使，崔总管便把李莲英领进宫去。懿贵妃见他面目清秀，语言伶俐，便也欢喜了。又叫他试试梳头，这李莲英原是专是在女人身上用功夫惯的，他服侍起女人来，温存体贴，妩媚玲珑，如今第一次替懿贵妃梳头，便格外小心。懿贵妃十分爱惜自己的头发，又是怕头皮痛的，因此李莲英便放出轻灵的手段来，替懿贵妃梳成一个头，非但头皮一些不痛，头发一丝不脱，且那头样子梳得玲珑剔透。最叫懿贵妃欢喜的，他能每天换一个头样子，而且他换的样子，越换越好看。每一个样子，总有一个吉利的名字：什么富贵不断头，天下太平头，一团和气头，龙凤双喜头。懿贵妃的脾气，最是爱吉利的，如今听见这许多吉利的名目，不由得他不喜欢。再加李莲英生成 一张利嘴，到没事的时候，搬些乡下故事村庄野话出来说说，又对上了懿贵妃的劲。懿贵妃最爱听故事，到气闷的时候，便传李莲英进房去讲故事。李莲英肚子里故事真多，天天说着，也没有说完的时候。他人又生得聪明，无论什么笑话故事，都能随嘴编排得出来；说到发笑的时候，引得懿贵妃笑得前仰后合，伸手打着他，骂他"小鬼头"！李莲英又天生成一副媚骨，任你如何打他骂他，他总是花眉笑眼的；懿贵妃到愤怒愁苦的时候，全靠着他解闷儿。李莲英还有一件绝技，叫人欢喜的。他自幼早学得一副好嗓子，无论南北小调，京陕戏曲，他都能唱；而且唱来抑扬宛转，十分动听。这一件又对上了懿贵妃的胃口。懿贵妃原是爱唱的，自从有了这李莲英，有时跟着学几句词儿，有时静静地听他唱几折京调；听到高兴的时候，便也夹在里边对唱着。满间屋子，只听得他两人"咿咿哑哑"的唱声。李莲英又最能体贴女人的心理，凡是女人的苦处，女人的性格，他都体会得出来；和那班宫女们谈起天来，句句说在女孩儿们的心窝里。因此上上下下的宫女们，都和他好。李莲英又懂得按摩的法子，懿贵妃每到骨节酸痛的时候，便传李莲英来替他按摩。说也奇怪，他按摩的时候，叫人浑身舒服，口眼都闭。因此种种，懿贵妃十分宠爱他，每晚留他睡在榻旁，到清醒的时候，和他谈些家常事体。李莲英也能迎合意思，屈意对答。

懿贵妃如此宠爱李莲英，倒把崔总管疏淡下来，李莲英心中感激贵妃的恩德，便处处帮着贵妃。如今在皇上枕边，见了这张遗诏，便急急来告诉贵妃知道；贵妃听了，一时无法可想。打听得皇上病势十分沉重，他便天天带了皇子去坐在皇上榻前，借此也可以监督着皇后的举动。这时恭亲王奕䜣也到行在来过，也在遗诏上写了名字。实在恭亲王暗地里已入了懿贵妃的党，便暗暗地把这消息去告诉荣禄。这时大学士肃顺、郑亲王端华、御前大臣额驸景寿、军机大臣兵部尚书穆荫、吏部左侍郎匡源、署礼部左侍郎杜翰、太仆寺少卿焦佑瀛等一班大臣，天天秘密商议，只怕将来懿贵妃仗着幼子的势力，窃弄大权。便打算俟咸丰帝死后，公劝怡亲王载垣为嗣皇帝。载垣知道懿贵妃生有皇子，自己强夺皇位，只怕群臣不服；便说皇子年幼，假托当今皇上有遗诏，命他为监国摄政王。无奈肃顺等一班人不答应，这件事体还不曾议定，那咸丰帝便死在烟波致爽殿上了。

这时肃顺一班人，一不做，二不休，索性自称为赞襄政务大臣，说大行皇帝遗诏，立怡亲王载垣为嗣皇帝，改年号称祺祥元年。又传谕留京外王大臣恭王荣禄等，不必奔丧，不日当奉梓宫返京。这时懿贵妃早料到肃顺的计谋，皇上一死，他便把那颗传国玺收藏起来；待到肃顺进宫去，向孝贞后索取国玺。孝贞后这时见肃顺来势汹汹，生怕出了什么变故，便也帮着懿贵妃哄着肃顺道："那传国玺早被六王爷带进京去了。"那肃顺听说玉玺不在行宫里，便急于要进京去。这里懿贵妃看看事体紧急，便抱着皇子载淳，跪在孝贞皇后面前，求他帮助。那孝贞后看懿贵妃说得可怜，又想他生有皇子，这大统总应该皇子继承下去，便把懿贵妃扶起来，答应帮助他。懿贵妃便写了一道诏书，盖上国玺，暗地里打发膳房总管喜刘，星夜趱程进京去，送给醇王、恭王、荣禄三人，叫他们按计行事。这里肃顺要把后妃两宫留在热河，自己先奉梓宫进京去；无奈孝贞后不答应。肃顺没法，只得请孝贞后奉着梓宫一块儿进京去。欲知后事如何，且听下回分解。

四春结局，各如其分；清者自清，浊者自浊。牡丹春以慧生，杏花春以财死，海棠春以相思死，陀罗春以洁身死。陀罗春之死也，虽在乱离之际，尚有小太监凭栏一哭；而杏花春徒多金银，其死也戕于众人之手，陈尸荒宫，欲求一棺而不得。多财之害亦甚矣！

懿妃之奸，文宗早烛之，而不忍一下辣手；肃顺亦早料之，而不敢一发诸谏诤。即孝贞后，亦明知之，而一味姑息以避嫌；坐使党羽滋蔓，有难图之叹。及肃顺矫诏，则又未与孝贞联合，操之过切，致遭失败。

第七十五回 除异己慈禧有急智 烛奸谋安后运独断

却说肃顺原打算先奉梓宫进京,向恭王要了国玺,立怡亲王载垣做皇帝;谁知孝贞皇后却看出了肃顺的计策,便不许他先进京去,又说要和懿贵妃一块儿奉梓宫进京。肃顺无可奈何,只得遵了孝贞后的懿旨,一同进京。他和端华在暗地里派了怡亲王的侍卫兵,名说是保护后妃两宫的,实在是打算在半路动起手来,把懿贵妃母子两人杀死,只奉孝贞后进京去。谁知懿贵妃也早早料到有这一着,那喜刘送诏书进京去的时候,便又谕令荣禄带了四千禁兵,到热河来保护幼帝。这里梓宫正出得城,那面荣禄的人马也到了,两面碰得正着。肃顺见有一支禁兵保护着懿贵妃母子二人,荣禄跟随着懿贵妃,又是寸步不离。一路上行来,苦没有下手的机会,把个肃顺急得只是在马上叹气。但是还想自己带领侍卫兵,先一日进京,还可以假托先帝的遗诏,把懿贵妃废了名号,又把幼帝载淳拒绝在城外;自己在城里,奉载垣做了皇帝。那时生米煮成熟饭,也不怕懿贵妃不奉诏。只因此时行宫里出来一行人马,是梓宫在前面,肃顺带领侍卫兵马,算是保护梓宫,紧跟在后面;孝贞后和懿贵妃的车仗,又在肃顺一班人后面。荣禄带领禁军,保护两宫,又在后面。大队人马,在路上走得很慢;走了许多日子,看看快到京城了。懿贵妃也料定肃顺有这么一着,他趁打尖的时候,在行馆里和孝贞后商量停妥,却叫两个宫女假扮着后妃两人,坐在后妃的车子里,自己却雇了几辆轻快的车子坐着,叫荣禄拨一小支人马,暗暗地保护着,从小路抄在梓宫前面,飞也似的赶进宫去。

孝贞后和懿贵妃到得京里,肃顺等还在路上;懿贵妃便把恭王、醇王,大学士周祖培、桂良,户部尚书沈兆麟,户部左侍郎文祥,右侍郎宝鋆,鸿胪寺少卿曹毓瑛,一班心腹大臣,进宫去连夜密议。又把传国玺给大臣们看过,议定奉幼主载淳为皇帝,改年号称同治元年。诸事停妥,第二天恭亲王派大队人马去驻扎在大清门一带以备迎接梓宫,一面又在太和殿上,预备灯彩,作为奉安梓宫百官行礼的地方。直到第三天上,那怡亲王载垣和端华,先进城来,孝贞后便吩咐把诏书向两人宣读。端华大声说道:"我辈未曾入城,诏书从何而来?"恭王说:"现有传国玺在此。"怡亲王也说道:"小王承先帝遗旨,监国摄政,如今皇子年幼,非我允许,无论太后贵妃,都无权召见臣工。"正说着,荣禄从里面出来,说:"太后懿旨,把两人拿下。"便有兵士上前来擒住,又有侍卫上前来脱去两人的衣帽,拥出隆宗门,打入宗人府监禁起来。这时肃顺正护送梓宫,走到密云地方打尖。醇王便秘密宣召神机营大祥子、大文子,星夜赶到密云去捉拿。这时肃顺正在卧室里,拥抱着两位如夫人,睡在床上,听说醇王派人来捉拿他,他便咆哮如雷,在卧室中大骂。兵士打破房门,一拥上去,把肃顺捉住,带上脚镣手铐,暂送宗人府去监禁。这里两宫皇太后和同治皇帝,都是全身孝服,素车白马出皇城大门,把梓宫迎接进城,奉安在太和殿,都行过礼;然后同治帝升殿,受百官朝贺毕,便下谕旨定肃顺、端华、载垣一班人的罪。谕旨上说道:

载垣、端华、肃顺,朋比为奸,专权跋扈;种种情形,均经明降谕旨,宣示中外。至载垣、端华、肃顺,于七月十七日,皇考升遐,即以赞襄王大臣自居。实则我皇考弥留之际,但面谕载垣等,立朕为皇太子,并无令其赞襄政事之谕。载垣乃造作载襄名目,诸事并不请旨,擅自主持。两宫皇太后面谕之事,亦敢违阻不行。御史董元醇条奏皇太后垂帘事宜,载垣等非独擅改谕旨;并于召对时,有"伊等系襄赞朕躬,不能听命于皇太后。伊等请皇太后看折,亦属多余"之语。当面咆哮,目无君上,情形不一而足;且屡言亲王等不可召见,意在离间。

此载垣、肃顺、端华之罪状也。肃顺擅坐御位，于进内廷当差时，出入自由，目无法纪；擅用行宫内御用器物，于传取应用物件，抗违不遵旨。并自请分见两宫皇太后，于召对时，辞气之间，互相抑扬，意在构衅。此又肃顺之罪状也。一切罪状，均经母后皇太后、圣母皇太后面谕，议政王军机大臣逐条开列，传知会议王大臣等知悉。兹据该王大臣等按律拟罪，将载垣等凌迟取死；当即召见议政王奕䜣，军机大臣户部左侍郎文祥，右侍郎宝鋆，鸿胪寺少卿曹毓瑛，惠亲王奕详，惇亲王奕誴，醇郡王奕譞，钟郡王奕詥，孚郡王奕譓，睿亲王仁寿，大学士贾桢、周祖培，刑部尚书绵森，面谕以载垣等罪，不无有一线可原。兹据该大臣等全称载垣、端华、肃顺，跋扈不臣，均属罪大恶极，国法无可宽宥，并无异辞。

朕念载垣等，均属宗支，以身罹重罪，应悉弃市，能无泪下！惟载垣等前后一切专权跋扈情形，谋危社稷，是皆列祖列宗之罪人，非独欺凌朕躬为有罪也。在载垣未尝不自恃为顾命大臣，纵使作恶多端，定邀宽典；岂知襄赞政务，皇考实无此谕，若不重治其罪，何以仰副皇考付托之重？亦何以饬法纪而示万世？即照该王大臣等所拟，均即凌迟处死，实属怙罪相当。惟国家本有议亲议贵之条，尚可量从未减，姑于万无可宽待之中，免其肆市，载垣、端华均着加恩赐令自尽。即派肃亲王华封，刑部尚书绵森，迅即前往宗人府空室，传旨令其自尽。此为国体起见，并非朕之私于载垣、端华也。至肃顺之悖逆狂谬，较载垣等尤甚，亟应凌迟处死，以伸国法而快人心。惟朕心究有所不忍，着加恩改为斩立决。即派睿亲王仁寿，刑部右侍郎载龄，前往监视行刑，以为大逆不道者戒。

至景寿身为国戚，缄默不言；穆荫、匡源、杜翰、焦佑瀛，于载垣等窃夺政柄，不能力争，均属辜恩溺职。穆荫在军机大臣上行走已久，班次在前，情节尤重。该王大臣等拟请将景寿、穆荫、匡源、杜翰、焦佑瀛革职，发往新疆效力，均属罪有应得。唯以载垣等凶焰放张，受彼箝制，实有难与争衡之势；其不能振作，尚有可原。御前大臣景寿，着即革职，仍留公爵并额驸品级，免其严遣；兵部尚书穆荫，即革职，改为发往军台效力赎罪。吏部左侍郎匡源，署礼部右侍郎杜翰，太仆寺少卿焦佑瀛，均着即行革职，加恩免其发遣。钦此。

煌煌一篇上谕，全是懿贵妃的主意。这时载淳做了皇帝，懿贵妃也升做太后；孝贞太后住在东面，宫里人称东太后，懿贵妃住在西面，宫里人称西太后。

当时肃顺在宗人府里接了圣旨，便十分愤怒，大声对载垣、端华两人说道："你们当初不听我的话，把事体弄糟到这个样子！"原来咸丰皇帝临危的时候，肃顺便劝怡亲王先把国玺偷了出来，再行调动兵队，看住两位太后和幼主，不放他们进京去。一面下谕，革去恭王、荣禄一班人的职，夺去他们的兵权，然后回京行事。那时怡亲王胆小，不敢下手，那传国玺又落在西太后手里，大事已经去了。又放两宫先回京去，和恭王、荣禄从容部署，自己又守着笨重的梓宫，直比太后迟三日才到密云，坐令绝好机会，生生地败在怡亲王一人手上。当时肃顺口口声声怨恨怡亲王，怡亲王也无话可说，只得听凭华封、绵森两人把他押到宗人府空屋子里去自尽。这里肃顺有睿亲王仁寿，刑部右侍郎载龄，押着他出宗人府来，直押到西市去行刑。那沿路看热闹的人，人山人海，见肃顺身肥面白，因在国丧期内，穿着白袍布靴，反绑着坐在牛车上。那犯人过骡马市大街的时候，道旁的小孩都欢呼着道："肃顺这奸贼！你倒也有今天这一日吗？"还有许多读书人，听说肃顺杀头了，便大家呼朋引类地坐着车子，带着酒菜，到西市去看热闹；一面欢呼畅饮，一面抓些泥土，向肃顺脸上掷去。一霎时肃顺一张白白胖胖的脸上堆满了泥土。刽子手举刀"矻嚓"一声，把肃顺的脑袋砍下来；便见人丛里走出一个少年来，"噗"的在睿亲王马前跪倒，满脸淌着眼泪。睿亲王问是什么人；那少年自认说是已故大学士柏葰的儿子，他愿出一千两银子，把肃顺的头买去祭他冤屈死的父亲。睿亲王也知道柏葰死得冤枉，又看那少年哭得厉害，便答应了他。那少年便拿出一千两银子来，赏了刽子手，捧着肃顺的头回家去，请了许多亲友来看他祭人头。

说起那柏葰，在咸丰八年的时候做大学士，他虽是满人，却也常常放出去做主考。这一年，恰恰点柏葰做了北闱的主考，便有人告发，说他勾通关节，将一个戏子名平龄的取中了。

他们旗下的公子哥儿，原爱唱戏；高兴的时候，串着班儿，算不得一回事啊。况且捐了监生进考场，原讲不得出身，只看文章便了。无奈那肃顺正在专权的时候，他有意要兴大狱，在文宗跟前说了，把那时北闱的同考官，一网打尽；从同考官起，直到举人，杀头的有五六十人。只有那时一个副考官名朱凤标的，因害眼请假，不曾入场，只革了职，逃了性命。刑部会审下来，把柏葰的罪定了斩立决，那班满大臣，都替他在文宗跟前跪求。无奈文宗听信了肃顺的话，再也挽回不过来。当时对大臣们说道："朕不是杀宰相，朕是杀考官。"到行刑的这一天，柏葰照规矩戴着没有缨子的帽子，穿了玄色外套，步行到菜市口去谢恩以后，静候圣旨，又叮嘱他儿子在夕照寺守候。他儿子正要走时，忽见刑部尚书赵光，号啕大哭着跑来。这时时辰已到，刽子手不容他说话，便跪请柏大人升天。柏葰临死的时候，便嘱咐他儿子，不要忘了杀父之仇。只听得"砣嚓"一刀，人头落地。当时有人挽柏葰道：

其生也荣，其死也哀，雨露雷霆皆圣德；

臣门如市，臣心如水，皇天后土鉴孤忠。

如今柏葰的儿子，居然也守到肃顺杀头的这一天，不但是柏葰的儿子快活，便是全个京城里的读书人，都人人快活。天大一件事体，全仗西太后一人的智谋，把同治皇帝的天下打了下来。同治皇帝便上母后皇太后的尊号，称为慈安皇太后，上圣母皇太皇后尊号，称作慈禧皇太后。由恭王领衔，奏请两宫垂帘听政。殿上挂着帘子，慈安太后坐在东面，慈禧太后坐在西面，同受百官朝拜，同听朝政。

慈安太后原是一个忠厚人，又是不善于辞令的，凡有王大臣奏对事项，总由慈禧太后问话。慈善太后的说话，又流亮，又是辣杀，大臣们听了，个个害怕。但是每到了紧要关头，慈禧太后却不要自己做主，总要和慈安太后商量了，才肯传谕。这慈安太后见慈禧的才具聪明，都高出自己以上，便凡事尽让他些；但是每遇慈禧说话有错的地方，慈安却正颜厉色的规劝他，从不肯附和的。在慈禧的意思，早想把这听政的大权揽在自己掌握中了，只怕的慈安办事严正，没有机会可以下得手。但他在暗地里，外面联络着侄儿荣禄，内里买服了安、崔两总管和李莲英，叫他们随时侦探东太后的举动，预备抵制的手段。独有慈安太后办理朝政，一秉至公，他凡事托恭亲王做主，说俺们娘儿，原不懂什么事体，只请六爷忠心为国，替皇上办事不错，遇事奏明一声便了。

恭亲王领了慈安太后的谕旨，便常常进宫奏事，商议朝政。慈安太后知道曾国藩是一个好官，便把从两江总督升做大学士。后来何桂清失陷了城池，刑部议定斩罪；何桂清却暗暗的托同乡同年同官在京里的十七人上奏折，替他求情，说何桂清如何无罪，又拿了整万银子去买通荣禄，求他在慈禧太后跟前说好话。他们认是慈安太后是不管事的，便不把慈安搁在心上。谁知这一回，慈安太后独依了太常寺卿李棠阶的奏本，下谕命斩了何桂清。谕旨上说何桂清临阵脱逃，罪无可贷；这样办了一办，把全国的将士，吓得人人胆寒。慈安太后又把李棠阶调入军机，一年之中，官升列尚书。后来那将军胜保，打了几次胜仗，便十分骄傲横暴，又十分贪淫。李棠阶知道了，痛痛的参了他一本，慈安太后便赫然震怒，把胜保捉来，关在刑部大牢里，审问明白了，便下谕赐死。这时曾国藩、李鸿章、左宗棠一班汉大臣，打发匪、打捻匪、打回匪，屡立战功；慈安的主意，便下旨封他侯爵、伯爵。慈禧太后一向认慈安太后是懦弱的，如今见他杀杀辣辣的办了几桩事，不觉有些胆寒起来；他回宫的时候，便召安德海来，和他商量。

那安德海是慈禧太后宠用的人，莫说是宫里，便是满朝中，他的权柄最大；常常仗着西太后的势力，压迫一班王公大臣。这时恭亲王的权柄也不小，那恭亲王又是慈安太后亲信的大臣；他见安德海如此跋扈，早心中怀着愤怒。遇到慈安召见的时候，便奏称安德海如何贪赃枉法，越分专权，那安德海却睡在鼓里，依旧是横行不法。他在外面，便处处替慈禧太后拉拢，有许多大臣，都入了慈禧的党。慈禧的同党，一天多一天，那安德海的权柄，也一天大一天。如今慈禧太后把安德海传进宫里，告诉他说："如今慈安太后渐渐的擅权了，动不动杀大臣办将军,你须小心些,在外面不要招摇得太厉害,当心犯在东太后手里,不是玩的。”谁知那安德海听了,非但不害怕,还气愤愤地说道:“害怕他怎的？皇上是俺们太后的皇上。东太后的威权,无论怎的大,总盖不过俺们太后上面去。皇太后原是和东太后客气,凡事仅让他些;奴才看来,如今皇太后再不能讲客气了,俺太后让一步,东太后便进一步,照着这样下去,莫说俺们做奴才的,将来没有饭吃,便是俺太后将来,也没有立足的地方了。”这几句话,正说在慈禧太后的心眼儿上,便点点头说不错。

从此以后,安德海常常在慈禧太后眼前献计,如何专权,如何结党;又常常出宫到荣禄家里去商量事体。那恭亲王也在背地里,随处侦探安总管的行为。他们的事体,恭亲王统统知道,常常去奏明慈安太后,要下安德海的手。那慈安太后总碍着慈禧太后的脸面,不好意思动手。有一天,恭亲王为江南的军务,进宫去见慈安太后。慈安太后叫去请慈禧的意旨,那恭亲王走到西宫门口,只见安德海在前面走着,也走进西宫去。那安德海明明瞧见恭亲王的,他也不上前去招呼,竟大模大样地走进宫去。恭王心中不觉大怒,待到恭王走进宫去,却被太监们挡住了,说太后有事。恭王没奈何,只得忍着气,在宫门外候着,谁知直候到天色已晚,还不见传见。把个恭王气得不住的顿足,气愤愤的走出宫去,见了醇亲王,便说道:“安德海这奴才如此无礼,俺非杀他不可!”原来这一天慈禧太后在宫中,尽和安德海商量到山东去采办龙衣的事体,却不曾知道恭亲王在宫门外请见;那安德海原是看见恭亲王进宫来的,却故意不叫太监们通报,有意捉弄恭王的。

安德海得慈禧太后的密旨,便悄悄地出京,动身到山东,预备下江南,替慈禧太后织办龙衣锦缎去。照清宫的祖宗成法,做太监的,不许出京城一步;如查得有太监出京的,便立刻就地正法。如今这安德海出得京来,非但不知道隐瞒,反沿途招摇,借着慈禧太后的威势,自称钦差大臣,一路上骚扰地方,逼勒官府。那山东地方官,被他敲诈得叫苦连天。他坐着大号太平船两只,船上插着日形三足乌旗,一面船旁又插了许多龙凤旗帜,带着许多美貌的童男童女。又沿途传唤官妓,到船上供差,品竹调丝。船在水中央走着,两岸闲看的人,站得密密层层,好似打着两重城墙。船过德州,正是七月二十一日,是安太监的生日,安德海便在船中大做起生日,在中舱里陈设着龙衣,有许多男女,上船去对他拜着。这消息传到德州知州赵新耳朵里,知道太监私自出京,是犯法的事体,便亲自带了衙役,赶上去查拿,那安太监的船已去远了。赵知州不敢怠慢,便亲自进省去禀报山东巡抚丁宝桢知道。接着又有各府县的文书寄到,众口一词,说安太监如何骚扰地方,逼勒官府。那丁宝桢听了大怒,一面动公文给东昌、济宁各府县,跟踪追拿;一面写了一本密奏,八百里文书,送进京去,专奏与慈安太后知道。这一天,恭亲王正在军机处,接到了这一本奏章,一看,也不觉大怒,便袖着这奏本,匆匆赶进宫去请见慈安太后。欲知后事如何,且听下回分解。

煌煌谕旨,往复千言;深文周纳,亦毫无事迹可言。皇家争立之事,原无曲直可言;成则为王败则诛尔。而一方面必欲官样文章宣布其如何如何有罪,在己又如何如何有恩。愈无理路可言,而愈不觉其言之冗长。在后人视之,亦徒觉其拙耳!

肃顺固一时之干才,徒以谋非其人,卒至事败垂成,而丛罪于一身;于以见任大事者,不能与竖子谋耳。且有干才者,好以察察为明,其冤杀伯葰一役,令天下儒生咸怀怨恨;及至身死西城,万民称快。不知者谓除一大奸,实则肃顺者,徒以有才而无善驭之人耳。

阴险之人,貌顺而心狠;正直之人,外刚而内柔。慈禧与慈安两太后似之。慈安持朝以正,则慈禧貌为柔顺以让之;然其外愈柔,则其内愈刚。勾结内外,布机立党;彼正直者,大都以坦白持之,平日无所防闲;而不知祸机之伏,一发不可截,此君子常败,小人常胜。

第七十六回　安德海好货取祸　郑亲王贪色遭殃

却说恭王接了丁宝桢一道密折，知道安总管私自出京，在山东地方十分骚扰；他看了这奏章，不觉又愤怒，又欢喜。愤怒是愤怒安德海胆大妄为，欢喜是欢喜安德海恶贯满盈，如今趁此机会，可以杀了安德海，重振朝纲。恭王进宫去时候，已把杀安德海的谕旨拟就，连丁宝桢的奏折，一齐上呈慈安太后观看。慈安太后看了大骇，说道："这奴才如此妄为，还当了得；他如今连俺家的祖训也不顾，俺也顾不得西太后的情面了，总是国法家法要紧。"说着，立刻在那谕旨上用了印，恭亲王拿着就走。这时西太后正由太监李莲英传了一班戏子来，正在长春宫里听戏。西太后于戏曲一道，是很有心得的，如今传的，又是内城的著名角儿，早把个西太后听出了神，所以恭亲王在暗地里进行杀安德海的事体，西太后那边一点风声也没有。那丁宝桢上了密折以后，不多几天，便接到内廷密旨。丁宝桢看时，见那谕旨上写道：

据丁宝桢奏，太监在外招摇煽惑一折，德州知州赵新，禀称七月间有安姓太监，乘坐太平船二只，声势煊赫，自称奉旨差遣，织办龙衣。船上有日形三足乌旗一面，船旁有龙凤旗帜，带有男女多人，并有女乐，品竹调丝，两岸观者如堵。又称本月二十一日，系该太监生辰，中设龙衣，男女罗拜。该州正在访拿间，船已扬帆南下。该抚已饬东昌、济宁各府州，饬属跟踪追捕等语。览奏深堪骇异。该太监擅自远出，并有种种不法情事，再不从严惩办，何以肃宫禁而儆效尤？着马新贻、张之万、丁日昌、丁宝桢迅速遴派干员，于所属地方，将六品蓝翎安姓太监，严密查拿；令随从人等，指证确实，毋庸审讯，即行就地正法，不准任其狡饰。如该太监闻风折回直境，即着曾国藩一体严拿正法。傥有疏纵，唯该督抚是问。其随从人等，有迹近匪类者，并着严拿分别惩办，毋庸再行请旨。将此由六百里各密谕知之。钦此。

安德海正法以后十天工夫，慈安太后又命恭亲王拟第二道谕旨。上面写道：

本月初三日，丁宝桢奏据德州知州赵新禀称，有安姓太监，乘坐大船，捏称钦差，织办龙衣。船旁插有龙凤旗帜，携带男女多人，沿途招摇煽惑，居民惊骇等情。当经谕令直隶、山东、江苏各督抚，派员查拿，即行正法。兹据丁宝桢奏，已于泰安县地方，将该犯安德海拿获遵旨正法。其随从人等，本日已谕令丁宝桢分别严行惩办。我朝家法相承，整饬宫寺，有犯必惩，纲纪至严；每遇有在外招摇生事者，无不立治其罪。乃该太监安德海竟敢如此胆大妄为，种种不法，实属罪有应得。经此次严惩后，各太监自当益加儆惧，仍着总管内务府大臣严饬总管太监等，嗣后务将所管太监严加约束，俾各谨慎当差。如有不安本分，出外滋事者，除将本犯照例治罪外，定将该管太监一并惩办。并通谕直省各督抚，严饬所属，遇有太监冒称奉差等事，无论已未犯法，立即锁拿奏明惩治。毋稍宽纵。

西太后见了这两道谕旨以后，才知道那安德海已经正法；他不觉又伤心，又愤怒，又惭愧，便也不顾太后的体面，气愤愤的直赶到东宫去。那慈安太后正在宫中午睡，听说西太后来了，还不知什么事情，忙起来迎接。那慈禧太后进来的时候，身后跟着许多太监宫女，气势汹汹。慈禧太后待到走进慈安太后的寝室，也不向慈安行礼，气愤愤的在椅子上一坐，那脸儿气得铁也似青，只是不作声。倒是慈安太后笑吟吟地上去问道："怎么了，气得这个样子？"那慈禧太后见问，便放声大哭，又撞着头，又顿着脚，多少宫女上去拉劝，都劝不住。把个慈安太后吓怔了，一句话也说不出来。慈禧太后哭到伤心的时候，便抢到慈安跟前，"噗"的跪倒；一头撞在慈安太后怀里，揉搓着。一面哭喊着道："太后原是正宫出身，俺是婢子出身。如今婢子犯了法，求正宫太后赐我死了罢！"弄得慈安太后好似丈六金身，摸不着自己的头脑；只得忍着气，拿好话劝他起来。慈禧太后止住了哭，才正颜厉色的质问慈安太后说："杀安得海的事体，为什么不和俺商量？先帝在日，俺还不曾封后，还常常叫俺商议朝政来；如今做了皇太后，这杀安德海的事体，为什么不和俺商量，却和六爷去商量？这不但六爷眼中没有俺这个皇太后，且在太后眼中，也明明是瞧俺不起。如今我不求别的，只求太后赐俺一死，免得俺在皇上跟前丢脸。老实说一句话，那安德海，是俺打发他到山东去的；如今杀了安德海，明明是剥俺的脸皮，叫俺在宫中如何做得人呢？"说着，又大哭起来，口口声声说："请太后杀了我吧！"这慈安太后是一个幽娴贞静的女子，如何见过这阵仗儿，早气得手脚索索地抖，说不出一句话来；挣扎了半天，才挣扎出一句："俺从此以后不问朝政了，诸事听凭圣母太后管理去。本来皇上是圣母太后的皇上，俺只求老死在宫中，吃一口太平饭儿，便也心满意足了。"慈安太后说着，也不觉流下眼泪来。

两宫正闹得不得开交的时候，忽然说万岁爷来了。这时同治皇帝也有十二岁了，身材长得很高大，穿着轻衣小帽，十分清秀。他走进屋子来，向两宫行过礼，便问皇太后为什么生气。慈安太后便告诉他杀安德海的事体。原来同治皇帝年幼，素来不问朝政，终日在皇宫里游玩着，一切事体，都由两位太后主政。所以杀安德海的事体，同治皇帝并没有知道，如今听慈安太后说了，才哈哈大笑道："这个王八羔子狗奴才！杀得好！"慈禧太后听皇帝骂人，把脸也变了颜色，忙站起身来回宫去。这同治皇帝也不理会，带了谙达太监们，自己到内苑游玩去了。

你道这同治皇帝为什么这样切齿痛恨安德海？原来安德海在宫中掌权日久，那三四千太监，一半趋附他的也有，一半怨恨他的也有。安德海人又长得漂亮，专在西太后跟前伺候。西太后这时年纪也只二十七八岁，正在盛年的时候，又爱和太监们说笑。便有许多人说安德海并不是真太监，是外边人混进宫来，行从前吕不韦和嫪毐的计策的。同治皇帝年纪虽小，人却十分乖觉，听了旁人的言语，心中本已十分恨这安德海了。后来安德海得了慈禧太后的欢心，越发不把别人放在眼里，他连皇帝也侮辱起来了。有一天，他正和一班太监们站在太后寝宫的廊下说闲话，远远地见皇帝走来，那太监们个个垂下手，上去请过安。唯有那安德海不独不上去请安，他连手也不垂下，那皇帝便大怒，便喝叫："拉去！用家法！"那安德海才害怕起来，忙跪下来碰响头求饶。慈禧太后在屋子里听得了，便把皇帝唤去了，反狠狠地拿皇帝训斥了一场；说安德海是先皇手里得用的奴才，便有小过失，也须先请太后的示，才能动家法。几句话把个小皇帝气得在背地里拿小刀砍着他玩弄的泥人的脑袋。伺候皇上的太监，问皇上什么意思？那皇上狠狠地说道："是杀小安子。"如今听说安德海被慈安太后传旨正法，皇上心中如何不喜。

讲到这位同治皇帝，因自小生长在圆明园和热河行宫的，那两处地方的宫禁，却没有大内一般森严；离街市又近，自幼儿便有太监们抱他到市上去游玩。后来长大起来，那市井一切游玩，和街道上热闹的情形，他都看在眼里。如今进得京来，自己又做了皇帝，殿陛森严，宫廷寂寞，把个活泼的小皇帝关得心中十分烦闷。便有一班小太监，伴着皇上，想出种种的游玩法子来，哄着皇上。什么踢气球、踢毽子、游水、跑冰、弄船、唱戏各种游戏都玩着；玩到高兴的时候，皇上也夹在里面玩。那恭亲王的儿子载澂，也和同治皇帝同年伴岁，同治皇帝在圆明园、在热河，都是载澂和他做伴玩耍的。如今两人多年不见了，同治皇帝把他传进宫去，两人依旧一块儿玩耍。那载澂又是一个淘气的小孩子，在京城各处地方游玩，又学得许多淘气的游玩法。他两人都拿小太监做耍物，后来同治皇帝想出一个掼交的法子来。那掼交的玩儿，要身材瘦小，腰肢灵活；先拿一张板凳，叫小太监站在板凳上面，那上身向后弯转去，手尖儿接着自己的脚后跟，肚子挺起，一个身体好似一个篾子圈儿，再把两条腿摔过去接着手尖儿。这样子掼着，愈掼得快愈好；掼到七八十个，那板凳面上的地位一丝也不许移动。那班小太监，初练的时候，不免腰肢生硬；被皇上用两手在他肚子上硬按下去，立刻吐出血来死的也有，把腰骨按断的也有，从板凳上摔下来磕破脑袋立刻死的也有。一天里面，总要弄死几个小太监。任你太后如何劝说，他总是不听。后来这掼交的事体，宫里的小太监人人会了；一时把这法子流传到外面去，顿时京城里面各戏园里都学习起来。

同治皇帝年纪到了十四岁，智识渐渐的开了。再有那载澂在一旁提调着，便慢慢地找宫女玩儿去了，一时被他糟蹋的宫女，也不知道有多少。后来还是慈安太后暗地里留心看出来，便对慈禧太后说，要给皇上提亲事了。这时慈禧太后自从和慈安争闹过以后，便老实不客气，凡事独断独行。每天垂帘听政的时候，遇有大臣们奏对，慈禧也不和慈安商量，也不待慈安开口，便自管自下谕旨。慈安看看没趣，从此招招退让，连临朝也不临了。恭亲王虽是忠心于慈安的，但见慈安没有胆量，自己又要保全性命，只得转过方向来，竭力去联络崔总管、李太监，托崔、李两人，替他在慈禧太后前说好话。那慈禧太后起初知道杀安德海的事体，是恭亲王主谋的，便把恭亲王恨入骨髓，常常想借别的事体，革去他的职。后来还是荣禄劝住，说六爷不但是皇家近支，且是先朝顾命之臣；再者先皇有密诏在他们手里，怕过逼他们狠了，他们索性拿出密诏来，于太后脸上不大好看。慈禧听荣禄的话，果然不错，便只得暂时罢手。那荣禄却在暗地里拉拢恭王，他知道恭王是一朝顾命，无论如何，总是排挤不开的。还不如笼络他，叫他帮西太后的忙。这时恭王正势孤的时候，见有人来招呼他，他乐得顺手推船，倒在慈禧太后这一面，处处谨慎小心，听慈禧太后的命令。这慈禧太后添了一个大臣帮助，却也把他从前的仇恨，一笔勾销。只可怜把慈安太后撇在宫里，冷冷清清的也没有一个心腹可以商量得的。但是在慈禧太后心中，还认做成丰帝的密诏在慈安手中，还惧惮三分，不敢立刻下毒手。实则那张咸丰皇帝的密诏，早已不在慈安太后手中了，也不在恭王手中，却在醇王福晋的手中。当时李莲英见了遗诏，去告诉西太后，西太后忙托人去求着醇王福晋。醇王福晋听了，立刻套车赶进宫去。走进屋子，恰巧咸丰皇帝断了气，醇王福晋趁众人不曾到来的时候，忙在皇帝身边搜得密诏，藏在衣袋里。他满拟拿去给慈禧太后看的，又怕从此多事，便拿去藏在自己家里，哄着慈禧太后，只说不曾拿到。这一来，免得两宫多生意见；二来，也叫慈禧太后心里有几分恐惧，不敢过于欺侮慈安，这原是很好的法子。

到同治帝成年的时候，慈安和慈禧为了皇帝大婚的事体，双方又各起争执。原来同治帝年纪渐渐长大起来，于男女之间的事体，也有些一知半解；再加同治帝在宫中随处乱闯，宫女们也不避忌，那太监们闲空下来，攒三聚五的也欢喜讲些风流故事。这一天，正是大热天，午后太后正息着宴；那班太监，围坐在穹门口纳凉，各人信口开河地说些闲话。内中有一个太监，便说起肃顺杀头的事体。说："肃顺临到砍头的时候，还拿十分龌龊的话骂着西太后；刽子手拿刀口搁在他嘴里，舌头也割破，牙齿也磕落，他满嘴流着血，还是骂不绝口呢。"另一个太监接着说道："你们还不知道肃顺的父亲的一桩风流案件呢！肃顺的父亲，便是郑亲王乌尔棍布；肃顺是姨太太生的。那姨太太，是回子家里的女儿，原是好人家人。有一天，郑亲王下朝来，车子过裱褙胡同口，见一个绝色的女孩儿，心里不觉大动；回到王府里，时时刻刻想着这女孩儿。便唤一个心腹包衣姓赵的去打听，打算买他来做小老婆。那姓赵的去一打听，知道那女孩儿的父亲是回子，家里虽很穷苦，但那女孩儿已说了婆婆家了。姓赵的也无法可想，照直的去回复郑王爷。谁知这郑王和那女孩儿，前世宛似有一劫的，他却非把这女孩儿娶来做小老婆不可。限那姓赵的三个月工夫，务必要把那女孩儿弄到；便是花十万八万银子，也是愿意的。那姓赵的在急切中，想出一条计策来。恰巧那裱褙胡同里有一座空屋子，姓赵的去租下来住着，和那女孩儿的父亲做朋友，做得十分知己，常常拿银钱去帮助他。那女孩儿的父母，十分感激姓赵的。看看限期快到了，一时却也想不出下手的方法。这时候郑王忽然接到管步军统领衙门的差使，到任了第三天，忽然解到一批盗犯；那姓赵的忽然想得了计策，拿钱去打通强盗，叫他咬定那女孩儿的父亲，说是他们的窝家。又故意埋赃在他父亲家里，把那女孩儿的父亲捉来，和强盗一块儿杀了头。姓赵的又出面拿出银来，替他家埋葬，又拿钱去周恤他母女两人。另外又叫人假造了他父亲在日的借票，到这女孩儿家里去逼讨得十分紧急。姓赵的又替他还债，把他母女两人感激得什么似的。那姓赵的又在暗地里指使他地方上的青皮，闯到那女孩儿家里去，调戏那女孩儿；故意闹得给他婆婆家知道，说他那未过门的媳妇，是不贞节的。他婆婆家知道了，大怒，便退了那女孩儿的婚。那母女又是怨苦，又是穷困，便来和这姓赵的商议。姓赵的替他想法子，把他女孩儿去说给郑亲王做姨太太，又赏了他母亲三千银子。他母女两人，到了这山穷水尽的时候，也无可奈何，只得把这绝世美人，断送在王府里。谁知这女孩儿一进了王府，第二年养出一个男孩儿来，便是肃顺。不多几年，那郑王便害恶疮死了，那疮名叫落头疽，在颈子四周烂成一圈，直到头落下来才死。京城里的刽子手，能把砍下来的脑袋，依旧缝在颈子上的；那郑亲王的尸身，也唤那刽子手缝上了头，才收殓。最奇怪的，那姓赵的，同时也害落头疽死了。”那太监讲完了这桩故事，忽然穹门背后转出一个同治皇上来，把那班太监吓了一大跳，忙上去请安。皇上倒也不理会，便找着那讲故事的太监，问他道：“那郑亲王千方百计地要了那女孩子来何用？又是什么叫作小老婆？”那班太监听皇上问这个话，他们要笑又不敢笑，要说又不好说得。内中有几个坏的，便在背地里指导皇上如何如何玩弄女人。那皇帝听了，觉得十分新奇；从此他见了宫女，便拉住了试验，一时里被皇上糟蹋的宫女，不计其数。那宫女吃了亏，也无从告诉。这消息慢慢地传到慈安太后耳中，便去和慈禧太后商量，要给同治帝大婚。慈禧太后却也有这个意思，便立刻传谕礼部、工部及内务府，预备一切。

皇宫里的规矩，皇帝大婚以前，先要选八个年纪稍长的宫女进御；名叫伺帐、司寝、司仪、司门。同治帝便选八个平日自己所心爱的宫女去，一一进御。又请皇上选定答应几人，常在几人，贵人几人，嫔几人，妃几人，贵妃几人，皇贵妃几人。一一都挑选停妥，然后再挑选皇后。当时慈禧的意思，要挑选侍郎凤秀的女儿做皇后；在慈安太后的意思，却欢喜承恩公崇绮的女儿做皇后。两宫为了这选后的事体，又大大的争执起来了。在慈安的意思，说崇绮的女儿，面貌又美丽，举动又端庄，今年恰好十九岁，虽比皇上年纪大几岁，但也很懂得规矩，正可以做得皇后。像凤秀的女儿，年纪只十四岁，怕不能十分懂得人事；面貌既不十分美，举动又是十分轻佻，怕不能母仪天下。这几句话，触恼了慈禧太后，说慈安有意削他的脸，便大闹起来。慈安太后这时早已被慈禧的威力压倒了，见慈禧太后对他咆哮，气得他一句话也说不出来。到后慈安太后想出一个主意来，说：“俺两人也不用争执，这是皇上的事体，俺们不如请皇上来，听皇上自己挑选罢。”那慈禧太后心想皇上是自己的儿子，没有不听俺的说话的。当下便把皇上去请进来，说出这两位格格来，请皇上自己挑选。这两位格格，平日进宫来游玩，皇上也曾见过，当下他便选中了崇绮的女儿，称为孝哲皇后；又封凤秀的女儿做慧妃。这是皇上的主意，慈禧太后便不好说什么。

一时里，皇宫里便十分热闹起来了。大婚的这一天，开了大清门，把个皇后从这门里抬了进来；那慧妃却于早一日进宫，伺候着皇后皇帝。皇后告过天地，行过大礼，拜过宗庙，见过两位太后以后；同治帝便坐大殿，受百官的朝贺。那座大殿盖造得十分气概，殿下面铺着白石阶级，共有二十层；两旁白石围栏，阶的尽头，四壁长廊。廊下支着朱漆柱子，窗槅雕刻得极其精细。这时廊下站立了许多文武百官，都候着分班朝贺。望去殿上开着二十四扇长门，门上木槅都雕出寿字来；殿里面都拿金砖铺地，砖上涂着黑漆，十分光滑。大臣们都上来爬在地下碰头，皇帝坐在宝座上。那宝座是黑色的，是拿橡木做成的，座上嵌着各色的玉石。这大殿后面，便是皇帝的寝宫，共有三十二间，陈设得十分整齐。皇帝的宫后面，便是皇后的寝宫，共有二十四间；留着三间，是给慧妃住的。皇帝和皇后的宫，虽十分接近，但前后不相连的；帝宫和后宫都有一条长廊，通着慈禧太后的寝宫，为便于帝后往太后处请安起见。这原是慈禧太后的主意，吩咐这样造的。

同治帝自从娶了孝哲后以后，见皇后眉目明媚，举动端庄，见了皇帝，温婉而不轻佻，同治帝便十分宠爱。他夫妻两人，常在宫中厮守着。皇后又是熟读唐诗的，皇帝随口读出一句来，皇后便接下去背诵如流，皇帝越发欢喜他。皇后在宫中，和皇帝说笑着；廊下守候的宫女太监们，从不曾听得皇后的笑声的。只有那慧妃，却是十分轻佻；有时皇帝到慧妃房里去，慧妃接着，便做出百般妖媚来。在廊下守候的宫女太监们，只听得屋子里一阵一阵不断的笑声。后来给皇后知道了，便传谕吩咐慧妃，叫他放稳重些。那慧妃仗着是西太后挑中的人，也不拿皇后放在心里，依旧是谑浪啸傲，调笑无忌，背地里还在西太后跟前说皇后的坏话。那孝哲皇后，原是西太后不中意的；听了慧妃的话，越发没有好脸嘴待皇后了。每日皇后到西太后宫中去请安，西太后总是正颜厉色地对他说道："皇上年纪轻，国家大事要紧，莫常留他在宫里玩耍。"孝哲听了西太后的排揎，真是一肚皮冤气没诉处；亏得东太后却十分欢喜他：常常把他传进宫去，安慰他几句。给慈禧太后知道了，心中越发愤怒，常常对皇帝说："慧妃十分贤明，便该常常亲近他。皇后年纪轻，不懂得什么规矩，皇帝不该迷恋中宫，致荒了朝廷的正事。"这几句话，常常对皇帝说着；说得皇帝心烦起来，便也不敢常到皇后宫里去了。西太后又派了人在暗地里侦探着皇帝的举动，见同治帝到孝哲后宫里去了，第二天慈禧太后见了，必要唠叨一大套；把个同治帝气得从此不到皇后宫里去了，也不到慧妃宫里去，便终年独宿在乾清宫里。每到无聊的时候，便传从前掼跤的小太监来，做着各种游玩事体来消遣。但是同治帝自从大婚以后，便换了一种性格；从前地玩要，他看了一概没有意味，任你小太监如何哄着玩着，皇上终是闷闷不乐。

后来由崔总管弄了一班小戏子进宫来演唱，起初皇上看了十分欢喜；后来看了一出《游龙戏凤》，把皇上的一片春心，又勾引起来。便悄悄地问小太监："京城里可有玩要女人的地方?"那小太监都要讨皇上的好，便说这里宣武门外某家姑娘，如何美貌；某家奶奶，又如何干净。皇上听了，便赏了小太监许多瓜子金，叫他们瞒着人悄悄地陪皇帝到各处去玩要。这皇帝玩出味来了，便终日在外面不肯回宫去；崔总管便是知道，也不敢多说。这皇上每月请过太后的安，坐过朝以后，便溜出宫门游玩去。皇帝在外面，自己称江西陈拔贡。皇帝除玩姑娘以外，凡是茶坊酒肆，他都要去轧热闹。有一天，左都御史毛文达和满堂官昶熙，在宣武门外春芜楼酒店里吃酒谈笑；忽然一眼见东壁厢一个漂亮少年坐着，身后站着一个小书僮。再细看时，那少年不是别人，正是当今皇上；他打扮做公子哥儿模样，自由自在的一手擎着酒杯在那里饮酒。皇帝也瞧见他两人了，便向他们点头微笑。慌得毛文达、昶熙两人酒也不敢喝，急急跑下楼去，悄悄地去告诉了步军统领。那统领听了，吓了一大跳，忙调齐兵马，亲自带着，要去保护皇上。被毛文达拦住了，说："统领这一去，闹得人人知道；圣驾倘有不测，你我如何担得下这个干系？再者，统领这一声张，弄得当今不得自由自在游玩，反叫今上着恼；你我得不到保驾功劳，反要受圣上的申斥。这也何苦来?"那统领听了毛文达的话，却也有些踌躇起来。便问道："依大人的意思，怎么样才能两全呢?"毛文达思索了半天，才得了一个主意。便吩咐统领在衙门里挑选了二十个勇健兵丁，穿了平常人衣服，到春燕楼去暗地里保护着皇帝；倘然皇上到别处去游玩，也只需在前后暗暗地跟着保护着，却不可令皇上知道。那统领官听了，便依了他的意思，点派了二十名勇士出去。欲知后事如何，且听下回分解。

安德海之死，闻以嫪毐术得太后欢，而动穆宗怒。孝钦命安往南方织龙衣，穆宗阳赞成之，密诏丁葆贞预为备。及得海出都，过德州，知州赵新即禀报葆贞，葆贞饬东昌府程绳武追之。绳武躬笠屩，驰骑烈日中，蹑其后三日，不敢动；乃复檄总兵王正起，率兵追之。及泰安，执安德海，解至济南。奉旨以祖制内监不得出都门，犯者死无赦，令即就地正法。然则安德海名为犯祖制，实则为污乱宫廷；名为死于孝贞，实则死于穆宗。或谓肆市之尸，乃得海随身小珰，非其真身；则奸人之计，亦狡矣哉！

婚姻之最不自由者，莫如帝王；而穆宗竟以一己之意，选定孝哲。然宫廷从此多事！穆宗竟迫而游狎邪以丧其身，孝哲亦以端正而郁郁以终。盖物以类聚，孝哲似孝贞，慧妃则似孝钦，安得不一死一生哉？

第七十七回 十年富贵奴凌主 一曲昆簧帝识臣

却说步军统领密派着二十个勇健军人，暗暗地保护着皇上，那皇上一到外面，大街小巷，没有一处不要去游玩。后来他走到琉璃厂一家纸铺子里去买玉版笺，看成了货物，共要十二两银子；同治帝从怀中掏出一把瓜子金来付给店伙，谁知那店伙是不认识瓜子金的，他却不要。那小太监不问他要不要，拿着纸便走。店伙见他要白拿货物，发起急来，托地从柜台里面跳出身体来，伸手一把在小太监衣襟上扭住，另有一个伙计，从里面走出来，把皇上当胸扭住，口口声声嚷说："诳骗货物的贼！送他到衙门里去。"那时店里掌柜的也走出来，问着皇帝道："你是什么人？"那皇帝说道："俺是江西地拔贡姓陈的便是。"正在不得开交的时候，忽然走进十多个雄赳赳的武士来，把两个伙计的辫子揪住说："随俺到衙门里去！"那店伙便大嚷起来，说道："世界反了！你不抓白撞贼，倒要抓俺做买卖的人？"那武士听伙计骂皇帝白撞贼，便扬起手来，正要打下去；还是皇上来解劝，说叫伙计拿了纸，跟随他回家拿钱去。武士听了才放手，那伙计没奈何，只得捧着纸跟在后面，弯弯曲曲地走去。进了城又走了不少路，一抬头，忽然见高高的午朝门，矗在面前。看看那主仆两人，摇摇摆摆地走进午门去，这伙计害怕起来，忙把手中的纸丢在地上，慌慌张张地逃去。同治帝看了，不觉大笑，吩咐小太监去把纸拾起来，拿进宫去。第二天，依旧命小太监拿了银子，到纸铺子里去如数给钱，慌得那纸铺子里的掌柜，不住地向小太监作揖打躬。小太监也不去睬他，径自回宫来。

过了几天，同治帝独召毛文达进宫去，提起春燕楼吃酒的事，皇帝还说他多事，有那武士跟随着，行动反多不便。文达又碰头，劝谏说："皇上万乘之躯，不可冒此大险。"同治帝如何肯听，依旧偷偷地在外面游玩。有一天，出了后宰门，走过湖南会馆，忽然对小太监说道："曾国藩住在里面，待联看他去。"走进会馆，找到曾国藩院子里一问，曾国藩出外去了。见对面有一间屋子，房门开着，同治帝便也直闯进去。屋子里是一个湖南举人姓郁的，这时正爬在炕上吃饭，见一个少年昂头直入，也不招呼人，便在书桌前坐下。见书案上摊着一本文章稿子，那少年便提起笔来，随手乱涂；到末后，写着"不妙"两字。那郁举人正要上去拦住，这少年丢下笔，哈哈大笑着去了。郁举人看了十分诧异，问自己的仆人时，他说："这是来拜望曾大人的客人，因为曾大人出外未回，所以他信步到老爷屋子里来的。"郁举人听了，也猜不出是什么样人。待到晚上，曾国藩回来了，郁举人跑去问他，又拿涂抹过的文章给曾国藩看，曾国藩也猜想不出是什么人。第二天，曾国藩被召进宫去，奏对完了，同治帝笑问："昨天怎么不在会馆里？"曾国藩听了，十分诧异，忙磕着头说："臣昨天应恭王爷的召，在王爷府中陪饮。"同治帝又笑说："你那对门住着的湖南举人，好大模大样的。"曾国藩听了，知道皇上昨天又私自出宫来过了，便吓得一句话也不敢对答。回到会馆里，把这情形告诉了郁举人，才知道昨天来涂抹文章的，便是当今皇上。吓得那郁举人会试也不会，收拾行李，一溜烟地逃出京去了。

从此京里大小官员，都不敢在外面行走，只怕遇到了当今皇上，得了什么罪名。但是同治帝越发游玩得得了意，依旧每日带了小太监在外面乱闯。有一天，宣文门外土地寺里有一个庙祝，正在打扫佛堂；外面下着大雨，忽然有一个少年抱着头匆匆地进来，后面跟着一个僮儿。看他主仆两人，身上都被雨打湿了，这庙祝是热心人，忙把他主仆两人邀到后面屋子里去，特意生着火盆，替他们拿衣服烤干，煎着茶给他们吃。那少年一面喝着茶，一面问道："这庙里没有和尚的吗？"那庙祝说道："这里只有师徒两个，和尚如今出外打斋饭去了。"少年又问庙祝："今年多少年纪？在这庙中几年了？从前在什么地方？"那庙祝见问，便把手中的扫帚撑着，说道："我如今三十六岁了。来到这庙里，已有四个年头了。当初原在西关头陈大人家里做奴才的，俺是陈大人家自幼儿买去做书僮的，足足服侍了陈大人二十个年头。四年前偶不小心，打破了一个古瓶，陈大人把奴才打了一顿，撵出门来，是俺无处可奔，因一向认识这土地庙里的大师父，便投奔他来，当一个庙祝。庙里香火十分冷静，俺在这里也十分穷苦。"那少年问："在陈家当了二十年书僮，陈大人可曾替你娶过媳妇，又可曾给你几个工钱？"庙祝说："俺在他家二十年工夫，也不曾看见一个大钱；娶媳妇的事，更不必说起。"这少年听了，脸上有些动怒的样儿，便问："如今你那陈大人在什么地方？"庙祝说道："早在三年前到广东当海关道去了。"少年又问："俺全国的海关缺分，什么地方最好？"那庙祝说道："这自然要数广东的海关是第一个好了。"少年问他："你也想去做一做海关道吗？"那庙祝笑说道："大爷敢是和俺开玩笑呢！想俺不过做一个庙祝罢了，菜饭也不得饱，布衣也不得暖，哪里敢存这个妄想。"少年听了，接着说道："你既这样说，俺便送你到一个菜饭饱、布衣暖的去处去。"说着，叫拿纸笔来。这少年便一挥而就，从怀中掏出一个小印来，盖上印，把字条儿交给庙祝，说："你明天拿去见步军统领，自有好处。"庙祝接了字条儿，心中将信将疑。这时天上雨也住了，他主仆两人的衣衫也烤干了，少年便告辞出去。

那庙祝把字条儿藏着，到了第二天，果然拿着去见步军统领。这时做步军统领的，便是醇贤亲王。他打开字条儿来一看，认识是皇上的手谕，慌得他忙摆设香案，开着正门出来，把这庙祝接了进去，三跪九叩首，行过全礼。把个庙祝弄得摸不着头路，只得听他摆布去。过了几天，那统领便替他更换衣衫，打发两个差官，带着一角文书，送他到广东，见他那旧主人陈大人去。陈大人见了公文，忙把海关道的印信交与庙祝，自己退出衙门。从此那庙祝做了海关道，他感激皇上的恩典，把历任的积弊都查了出来；叫衙门里的师爷，替他上了一本。吏部派人查覆，把从前做过粤海关道的官员，都一齐革了职。这庙祝在任上四年，也不贪赃，也不舞弊；但也多了十六七万家财，便做起富翁来了。后来同治帝知道了，便点头称赞道："朕识拔的人，到底不错。"

这时同治帝在外面游荡惯了，一天不出宫门，心中便闷闷不乐。皇上最挂念的，是后门外的一个凉粉担儿；皇上每带着小太监在后门外走过，总要就担头去吃一碗。但吃了总不给钱的，在同治帝心中，也永不知有吃零碎食儿要给钱的一回事。那卖凉粉的见他品貌英秀，举动豪华，认作王家的公子哥儿，也不敢向他要钱。这样一天一天地吃着，差不多吃了四五十碗了。有一天，皇上又站在担儿边吃凉粉，恰巧旁边也有三五个人站着吃凉粉，他们吃完了，便个个掏出钱来给那卖凉粉的。皇帝看了，十分诧异，便问那卖凉粉的："你要钱干什么？"那卖凉粉的听了，大笑，说道："真是公子哥儿！俺不要钱，家里三五口人，那里来浇裹呢？"皇帝又说道："你既这样，为什么不要银子，却要钱呢？"那卖凉粉的又笑道："这凉粉是贱东西，哪里说得上银子；一两银子要买几担呢，怎么可以卖得人的银子呢？"皇帝又问道："你既要卖钱，为什么不向俺要钱呢？"那卖凉粉的知识他是贵家公子，便有意说着好听话儿道："爷们肯赏光，已是荣耀了，哪里还敢向爷们要钱呢？"皇帝听了，十分欢喜，说道："俺吃你的凉粉也多了，今天俺想赏你；可是袋子里没有钱，俺便写一张银帖给你，你明天拿帖子去取钱可好吗？"

那卖凉粉听说有银子到手，如何不愿；便去在一家小酒铺子里，借过一副纸笔来。皇帝在纸上写道："饬广储司付银五百两。"又打上小印，写毕，把笔一掷去了。那卖凉粉的是不认识字的，拿着这银帖去给酒店掌柜的看；那掌柜的看了，吓了一跳，说道："你今天遇到的，是当今万岁爷了。"那卖凉粉的不信，说："哪有这个事。"那掌柜地说道："这上面明明写着广储司，这广储司在皇上宫里，是皇上家的库房，看你怎么取去？"那卖凉粉的听了，才害怕起来，把那张银帖拿去藏在枕箱下面压着，终是不敢到宫里去拿银子。他打算倘然再遇见万岁爷,便把这张银帖还他。后来他老婆知道了,日日夜夜在耳旁絮聒,逼他去领取银子。那卖凉粉的没奈何,只得硬着头皮,闯进宫门去。手里拿着银帖,东碰西撞地问人;好不容易,果然给他找到了广储司里,把这张银帖呈上去。那司官问他:“这张帖子打那里得来的?”那卖凉粉的只得老老实实地说道:“有一位爷,该了小的凉粉钱,拿这帖子赏小的。小的原不敢要,那爷说不妨事的,吩咐小的来领银子。老爷们说给领便领,说不给领时,小的也不要了。”那司官听他说得有来历,又看他是一个老实人,便吩咐他候着;一面拿着银帖去转禀堂官,堂官不敢怠慢,进宫去奏明慈禧太后,慈禧太后便吩咐把皇上请来。停了一回,那同治帝进来,慈禧太后便拿这银帖给他看;同治帝便认:“这是朕赏给后门外卖凉粉的。”慈禧太后见皇帝认了,便吩咐堂官叫照数给那卖凉粉的,俺们不要失信于小百姓。那堂官领了旨,便退出去,拿了五百两银子,付给卖凉粉的。那卖凉粉地捧着银子,欢天喜地地去了。

这里慈禧太后便对同治帝说道:“皇帝天天在外边胡闹,也失了皇家的体统,以后须格外自己检点,莫给御史官知道了,又要在咱们跟前多说多话。”这时恭亲王恰巧有事进宫来,慈禧太后便对恭王说道:“六爷是皇叔了,皇上天天在外面胡闹,也得六爷劝谏劝谏才是。”同治帝听太后唠咕了半天,心中十分不自在了,便退出来回到乾清宫去。谁知接着又是恭王进宫来请见,这时皇帝十分困倦,躺在东便殿的安乐椅上。恭王进来,便跪下向皇帝碰头,说道:“方才太后的懿旨,皇上总该也听得了?皇上天天出宫去游玩,太后总说是俺们做臣子的不好,不知道在皇上跟前劝谏。皇上快改过了罢,一来也免得叫皇太后在深宫挂念,二来也免得臣受着太后的训责。皇上是万乘之躯,是当格外保重,不可轻易出宫;从前白龙余且行刺先皇的事体,皇上也该有些知道,皇上私行出宫,又没人在左右保护,一旦出了什么乱子,不但叫两宫太后担着惊恐,且也使臣等负罪终身;便算是太平无事,这祖训也须遵守。历来皇上,从没有私自出宫的。”

说起祖训,同治帝不觉有些恼怒起来。便从安乐椅上坐起身来,说:“六爷是熟读祖训的,如今朕身上可还有什么事是违背祖训的吗?”这时皇上身上穿着黑色绣白蝴蝶的袍褂,恭王便指着皇上的身上道:“皇上穿这身衣服,也是违背了祖宗的遗制了。”同治帝听了,微笑着,说道:“朕这件衣服,和载澂哥儿穿的是一样格式的;那载澂哥儿是六爷的亲生儿子,如今六爷怎么不管教儿子去,反来劝谏朕躬。如今六爷且起去,朕还有后命。”恭王见皇上脸上露着怒容,便又碰了几个头起来,退出宫去。这恭王才转背,那同治帝便气匆匆地走进书房去,写了一道谕旨,用黄封套封住;又传谕出去,唤大学士文祥进宫来。

那文祥和恭王的交情是很好的,他进宫门的时候,正值恭王出宫门。两人见了面,便谈起方才劝谏皇上的事体,恭王还说:“皇上听了不十分乐意,相国进去,见了皇上,也须帮着劝谏劝谏。”文祥听了便点点头进去了。同治帝坐在书房里传见,文祥进去碰过了头站起来,同治帝递给他一个黄纸封儿,说道:“朕有一道旨意在里面,不许私自拆看,快拿到军机处,给各大臣公看;看过了,快快照办。”文祥把圣旨接在手里,偷眼看着皇上,满面怒容。文祥心知有些不妙,忙跪下来求皇上明谕。同治帝看文祥求得利害,便说道:“对你说了也不妨,这里面一道谕旨,是杀恭亲王的。”文祥听了,碰头越发碰得厉害,口口声声说:“看在六王爷是顾命大臣,又是皇叔父份上,饶他一死吧!”同治帝见文祥缠绕不休,便一甩手,站起身来,踱进寝宫去了。

文祥无可奈何,只得捧着谕旨去见慈禧太后,哭诉皇帝要杀恭亲王的事体,便求皇太后快救六王爷一条性命。文祥说着,连连碰着头。太后便吩咐:“把谕旨留下,咱自能向皇上说话的。”文祥退出宫去,把这件事告诉给同僚知道;大家听了,替恭王捏一把汗。隔了几天,果然不见这道谕旨下来。原来这时慈禧太后权柄很大,便是皇上见了,也有几分忌惮;但从此心中便厌恶恭王。恭王却不怕死,依旧是刚正立朝,见皇上有不守祖训的地方,还是要苦口劝谏。谁知劝谏的由他劝谏,皇上游玩的依旧要游玩。

北京地方,有一家著名的饭庄,招牌名叫宣德楼。有一天,王景崎太史和户部侍郎于德耀两人，正在楼上对酌；那两人都是爱唱的，王太史善唱二簧，于侍郎又善唱昆曲，饭庄又有现成的琴索，他们酒吃到高兴时候，便轮流着高唱起来。起初于侍郎拉着胡琴，王太史唱了一折京调；后来王太史吹着笛子，于侍郎唱了一阕昆曲。唱了一出，又是一出。他两人越唱越高兴了，引得那班吃酒的人都挤在门帘外静听。正听到出神的时候，忽然见一个少年，掀帘直入，也不打招呼，一坐便坐在王太史对面，呆呆地听着。王太史也正唱得起劲，不曾去问得他的名姓。听王太史唱完了一出，那少年便向于侍郎兜头一揖，说求大爷再赏一出昆曲听听。于侍郎见这少年英姿飒爽，说话又十分客气，便不好意思推却，便为他再唱了一折《舟会》。正唱得动听的时候，忽然楼下一阵车马声，十分热闹，一齐到宣德楼下停住；四五十个骑马兵，拥着一辆红色轮子的车子，车子里面走出一个老人来，大家认得是恭亲王。那班吃酒的人见王爷来了，一齐避开。那恭亲王走上了楼，一直走进王太史的房里。见了那少年，便低低的在他耳边说了许多说话，起初少年摇着头不依，后来恭王再三说了，这少年只得垂头丧气的下楼去。恭王把那少年扶上车子，自己跨着辕儿，一簇云似的拥着去了。到这时，王太史才知道那少年是当今万岁爷；那于侍郎受过皇上一揖的，把个于侍郎吓得只是怔怔的，只防有什么祸水。他们也无心吃酒了，便各各回家去。

到了第二天，忽然朝旨下来，把王景崎、于德耀两人都升了官。于德耀心想为唱曲子升了官，说出去名气不好听，便告老回家去了。独有这王景崎年纪还轻，当时他官直升到吏部侍郎，在宏德殿行走，天天和皇帝见面。这王景崎是北京地方有名的嫖客，凡是北京地面上的小班茶室下处以及私门子，他无不熟悉。皇帝得了他的教导，便越发在外面胡行乱走。他们又最爱闯私门子，只因私门子地方幽秘，不容易为人发觉。王景崎认识的，有一个章三奶奶，年纪又轻，相貌又好；他住在西城的饽饽房，皇上和王景崎两人常常光降。那章三奶奶是姑娘而兼炕主的，他手下该着许多姑娘，皇上轮流玩着，十分快乐。但是皇上因太后在宫中常常要查问，不便在外面久留，匆匆上炕，总是唱一出的多，看天明的少。可怜皇帝来往西城，既是十分辛苦，在路上冒着风寒雨露，身体不免受损。又因贪多纵欲，兼收并蓄，不免染了血毒。不多几天，皇帝病了，病得十分厉害。慈禧太后看了，万分焦急；一面传御医院诊脉下药，一面传慧妃在皇上身旁，早夜伺候。这时皇上满身发烧，热得人事不知，一任太后和慧妃两人摆布去。后来看看病势日渐清减，身上的热也慢慢地退了，谁知皇帝又浑身发出一身痘来；只因同治帝在外面眠花宿柳，不免染有血毒，那痘的来势甚猛，满身都是，皇帝又昏沉过去。皇帝床前，只有慧妃一个人看守着。孝哲后已许久不和皇帝见面了，如今皇帝害病，宫里的宫女、太监们，都是慈禧太后和慧妃的心腹，把这消息瞒得铁桶相似。慈安太后和孝哲皇后宫里，却一无所闻。慈禧太后看看皇帝的病状不妙，便日夜和恭亲王一班大臣商量立嗣的事体。欲知后事如何，且听下回分解。

穆宗虽年少放浪，而其举动却亦磊磊落落一大丈夫也。惜乎夫妇隔膜，贤如孝哲，曾不能为丝毫之助；君臣疏远，直如恭邸，亦无能奏劝谏之功。盖人生于婚姻，一不得意，则放辟邪恣，无所不为。穆宗之放浪，诚有所激而成之，然穆宗竟以是死。

庙祝一跃而为关道，居然弊绝风清；于以见为政之道，全视心术。彼诗礼门第，簪缨家声，习染于贪污朋比；一旦出而为仕，则狼贪虎锯，曾一下贱之庙祝之不如。今之方面，不期年而囊刮千百万者，视庙祝能无愧死！

于侍郎不欲以奏曲博仕进，在万恶之官海中，尚能保存希微之人格。若王太史者，其下流为恒人所不可及矣！

第七十八回 李鸿藻榻前奉诏 嘉顺后宫中绝食

却说同治帝病到危急的时候，慈禧太后便和几个自己亲信的大臣商量立嗣的事体。连日在太后宫中开秘密会议，一切都已议妥，只候皇上大事出来，便可依计行事。谁知三五天后，皇帝的病，危险的时期已过，那痘疮也慢慢地结起痂来；热也退了，人也清醒了，只向着人索饮食。皇上一切饮食，都是慧妃一个人调理着。皇帝是不欢喜慧妃的，虽在神气清醒的时候，也不和慧妃说笑一句。觑着慧妃不在跟前的时候，同治帝便招着手，把小太监唤到跟前来；解下自己小衣上的金印来，叫他悄悄地拿去，把皇后请来。这时候正是清早，慧妃觑空回宫梳洗去了，孝哲皇后得趁没人的时候，悄悄地走来看望皇帝。他两人也许久不见，孝哲皇后看看皇帝枯瘦如柴，皇帝看皇后也消瘦得多了，大家不觉拉着手哭泣起来了。哭了半天，孝哲皇后先住了哭，又劝皇帝也住了哭；两人说起两地相思的苦，皇帝又说起那慧妃如何可厌。因说起慧妃，便说起 从前选后 的故事 来。

原来当时慈禧太后颇想选慧妃做皇后，慈安太后却已看中了孝哲皇后；两宫太后，争执不休，便请同治帝自己决定。那同治帝在两太后跟前，又不敢说谁好谁不好。这时有一个宫女，正送上茶来，同治帝忽得了一个主意，便把茶泼在地上，叫孝哲后和慧妃两人在湿地上走去。那慧妃怕茶水弄脏了衣角，忙把袍幅儿提起来走去；独有孝哲后，却大大方方地走去。同治帝说孝哲后能不失体统，便决定立孝哲后做了皇后。因皇帝提起从前选后事体，那孝哲后有意逗着皇帝，叫他开心，便说道：“臣妾常在东太后那里听得陛下幼时的聪明，那时陛下年纪只八岁，天天在南书房念书。陛下常不爱念书，师傅便跪下劝谏，陛下只是不听。师傅没有法了，只得对着陛下吊眼泪；陛下看师傅哭了，便拿《论语》上‘君子不器’一句，把手按住那‘器’字下面的两个‘口’，去问着师傅。师傅读成‘君子不哭’，那师傅也撑不住笑起来了。”孝哲后说到这里，同治帝叹了一口气说道：“这都是小时的淘气事体，说他怎的！如今再没有那种聪明了！”说着，伸出手来抚着皇后的臂膀，说道：“你在宫里冷清吗？西太后待你怎么样？”孝哲后一听得提起西太后，那两挂珠泪便忍不住扑簌簌地落下来，落在皇帝的手背上。那皇帝看了，十分不忍，便伸手把皇后搂在怀里。皇后霍地立起身来，说：“臣妾要回去了”。皇帝不舍得他去，只是唤皇后坐下。皇后摇着头，说道：“只怕阿妈知道了，要责罚我呢。”皇帝说道：“阿妈还未起身，不妨事的。”

谁知慧妃回宫去梳洗完事，正走向皇帝宫中来，听得屋子里有人唧唧哝哝说话的声音，问太监时，说正宫在里面。慧妃也不敢进去，急回身走到慈禧太后宫里，说：“皇上大病才有转机，见了皇后，怕又要糟蹋了身子，再发起病来，可不是玩的。”慈禧太后听了慧妃的话，不觉大怒，说：“这妖狐，敢是要迷死皇帝吗！”说着，气愤愤的赶到乾清宫去。一脚踏进寝宫，那孝哲后正伏在床沿上，低低地说着话。慈禧太后看了，一缕无名火，直冲顶门；他也顾不得什么皇后不皇后，脸面不脸面，便上去一把揪住皇后的头发，在两面粉腮儿上一连打了十几下嘴巴。口口声声地骂道：“骚狐！”又说：“你敢是打听得皇上的病有些转机，又来迷死他吗？”打得那皇后云鬓蓬松，娇啼宛转；慈禧太后还气愤愤的喝令宫女拿大棍来，急得同治帝只在枕上碰头求饶。那满屋子的宫女、太监，也一齐跪下地来磕着头，齐声喊着：“老佛爷！”那孝哲皇后也跪下地来，一面磕着头，一面说道：“老佛爷！姑念俺是大清门进来的，赏俺一点面子罢。”一句话触动了太后的心经，他明知道皇后在那里讥笑他自己不是从大清门进来的，又因清宫的祖制，皇后从大清门进来的，只能废黜，不能辱打。这一气把个太后气得一言不发，一转身，便回宫去了。

这里同治帝看这样子，知道大事不好，忙传旨召军机大臣侍郎李鸿藻进宫。那李鸿藻正在军机处，还不曾退值，听得皇上宣召，忙跟着太监进宫去。走到寝宫门外，便站住不敢进去。小太监替他进 去通报了，同治皇帝吩咐挂帘，把李鸿藻唤进屋子去。李鸿藻一踏进房门，见皇后站在皇帝床前，好似在那里抹眼泪；见李鸿藻进来，急欲避去。皇帝拉住皇后的袖子，说道："你也不用躲避，李师傅是先帝老臣，你是门生媳妇，朕如今有紧要话须和师傅说，你也可以听得。如今你先上去见过师傅罢，将来全仗师傅照应呢！"说着，不觉也吊下眼泪来。这里孝哲皇后正要过来拜见李鸿藻，慌得李鸿藻忙脱下帽子，爬在地下碰头。同治帝说道："师傅快起，现在不是讲礼节的时候呢。"说着，叫小太监上去把李鸿藻扶起，又在皇帝榻前安设一张椅子，唤李鸿藻坐下。皇帝伸出手来，捏住李鸿藻的手，只说得一句："朕的病怕不能好了！"皇帝、皇后和李鸿藻三个人，六挂眼泪，一齐淌下来；尤其是皇后，哭得呜咽难胜。皇上接下去说道："朕既没有生得太子，那西太后又和皇后不对劲儿；朕死后，别的没有什么不放心，独怕他要吃亏呢。"说着，把一手指着孝哲皇后。

这时皇后正哭得和泪人儿一般，听了皇帝的说话，越发撑不住悲悲切切地哭起来。皇帝一手搭在皇后的肩上，说道："现在不是哭泣的时候，俺们商量大事要紧。朕倘有不测，第一要紧的，便是立嗣皇帝；你心里爱立谁做嗣皇帝？快对师傅说定了，朕可以和师傅商量写遗诏的事体。"孝哲皇后听皇帝说到这里，忙抹干了眼泪，跪奏道："国赖长君，臣妾不愿居太后的虚名，误国家的大事。"同治帝听了，微笑点着头，说道："皇后很懂得道理，朕无忧了。"便和李鸿藻低低的商量了半天，决定立贝勒载澍为嗣皇帝。同治帝嘴里说着，李鸿藻爬在榻前写着遗诏；那遗诏很长，上面说的都是预防西太后的话，说得十分严厉。写完了，皇帝拿去细细看过，说道："很好。"便在遗诏上用着印，交给李鸿藻藏好。李鸿藻一时无处可藏，孝哲皇后便亲自替他拆开袍袖来，藏在袍袖的夹层里，又替他密密缝好。同治帝说道："师傅且回家去休息，明天或还要命师傅见一面儿呢。"李鸿藻碰着头，退出乾清宫来，正要走过穹门去，忽听得身后有人低低唤师傅的名字。李鸿藻是心虚的，听了不觉吓了一大跳；急回头看时，原来不是别人，正是惇亲王奕誴。

李鸿藻一见了，他心知大事不好了，忙上前去请安问好。惇亲王冷冷地说道："师傅在皇上宫中耽搁多时，敢是做顾命大臣来？师傅辛苦了，俺和师傅到太后宫中去休息休息谈谈心。"说着，也不由分说，上去一把拉住李鸿藻的袖子，便走。李鸿藻心中吓得乱跳，那两条腿不得不跟着，走到皇太后宫里一看，那恭亲王奕䜣，醇亲王奕譞，孚郡王奕譓，惠郡王奕详，一班王爷，都在那里。亏得李鸿藻乖觉，当时他见了恭亲王，便上去请安，说道："原来六爷也在宫中，俺方才得了皇上的密诏，正没得主意，打算出宫找六爷商量去。"恭王听了，便道："什么密诏？"李鸿藻不慌不忙，便拆开袍袖，把那同治帝的遗诏拿了出来，满屋子王爷们看时，吓得大家脸上变了颜色。这时慈禧太后正从里屋子走出来，恭亲王不敢隐瞒，便把那诏书呈上去。慈禧太后一边看时，一边气得两只手索索的发抖。看完了，气愤极了，把那诏书扯得粉碎，丢在地上，怒目看着李鸿藻，吓得李鸿藻忙跪下地去，连连碰着头，碰得头上淌出血来，又不住地说："臣该死，求老佛爷赐臣一死。"那两旁的大臣，也一齐跪下，替他求着。隔了半晌，才听得皇太后骂一声："起去！"李鸿藻又碰了几个响头，谢过恩退去。又私地里连夜送了五万银子来给崔总管和李太监，求他们两人在太后跟前替自己说着好话。

这里皇太后俟李鸿藻出去以后，便和诸位王爷开了一个御前会议，索性把慈安太后也请了来。慈禧太后第一个开口，一边淌着眼泪，说道："皇帝的病，看来是救不转的了！但是嗣皇帝不曾立定，是俺一桩大心事；大家帮着俺想想，到底立谁做嗣皇帝好？"慈安太后听了，接着说道："国赖长君，溥伦和载澍，年纪都长成了，可以立做嗣皇帝。"慈禧太后听了，不觉陡地变了颜色，厉声说道："你也说立长君，他也说立长君；立了长君，俺们两个老婆子，还日子过吗？"几句话，把个慈安太后吓得忙闭着嘴，从此不敢开口。停了一回，慈禧太后说道："俺家溥字辈，没有可以立作嗣君的。依我的意思，醇王爷的大儿子载澂，今年四岁了，和皇帝的血统很近；俺意思，想立他做嗣皇帝。载湉的母亲，原是俺的妹妹，如今俺们立他的儿子做了嗣皇帝，大家也得个照应。"当时醇亲王站在一旁，听了也不敢说什么。慈禧太后又回过头去，对慈安太后说道："姊姊的意思怎么样？"慈安太后只得连声说好。慈禧太后便接着对大家说道："你们听得了吗？东太后的懿旨，要立醇亲王奕谖的儿子载湉做嗣皇帝，六爷快拟诏书！"当时恭亲王便写下两宫太后的懿诏，立载湉为嗣皇帝。诏书中大略说道："皇上龙驭上宾，未有储贰；不得已以醇亲王奕谖之子载湉，承继文宗，入承大统，俟生有皇子，即承继大行皇帝为嗣。"当时各王爷都在诏书上签了字，才散出宫来。

这里慈禧太后待众人去了以后，便又悄悄地去把慧妃唤进宫来，吩咐一番。可怜这里正在召将飞符，那边同治帝还一点也不知道。谁知那慈禧太后早已传下谕旨，吩咐断了皇帝的医药饮食。那同治帝躺在床上，一天工夫也不见送汤药送茶粥来，肚子里又渴又饥，忙唤小太监要去，那小太监去了半天，空着手回来。说："太后吩咐，叫不给俺宫中医药饮食。"同治帝听了，不觉吓了一大跳，再叫小太监去打听时，才知道那遗诏的事体发作了。如今权柄都在慧妃手里，皇上为要得饮食，需求慧妃去。

这时皇帝的身体已健朗了许多，也行动得了；听了小太监的话，忙叫去请皇后到来。待到孝哲皇后到时，同治帝求他用印传下懿旨去。孝哲皇后听说皇帝要到慧妃宫中来，他如何肯依，只是劝皇帝安心静养，不可劳动。无奈同治帝只是求着，甚至向皇后长跪不起。孝哲后看皇帝求得可怜，只得答应了，盖了皇后的钤记。皇帝拿了，到慧妃宫中去住了一夜，五更时候回乾清宫来。不到半个时候，宫中太监都嚷着说："皇上宾天了！"慈禧太后第一个进宫来，吩咐太监们，替皇帝沐浴穿戴，把尸身陈设在寝宫里；诸事停妥，才悄悄地把恭亲王去唤来。

恭王进宫去，天色还是白茫茫的。一个太监在前面领着路，推开一重一重宫门进去，那太监随手把宫门关上。走过几十重门，才到同治帝的寝宫里。只见那皇帝的尸身，直挺挺的搁在御床上。慈禧太后手中擎着一个烛台，站在一旁。恭亲王上去请过安，慈禧太后对恭王说道："大事已到如此地步，六爷怎么办？"恭王便磕着头，说道："臣无有不奉诏的。"慈禧太后听了，点点头说道："六爷肯奉诏，大事便有办法了。"当下便立刻把醇亲王、孚郡王、惠郡王和几位亲信的大臣，召进宫来，议定后事。这时慈安太后虽也在座，只因自己手下连一个亲信的人也没有了，只得听慈禧太后做主去。慈安太后走到同治帝的尸身边，见他骨瘦如柴，头顶上的辫发，也脱尽了，不觉流下泪来。一眼见死人枕下露出一本书角儿来，慈安太后伸手去拿来一看，早不觉把个太后羞得满面通红，忙把这书本儿丢在地下。慈禧太后见了，连问："什么东西？"小太监前去拾起来送给慈禧太后一看，原来是一本春画儿。书面上还注着一行小楷字："臣弘德殿行走翰林院侍讲王庆祺进呈御览。"慈禧太后看了，便骂了一句："好个王八蛋！把那本春画儿收去了。"这时恭亲王早到醇王府去，把个嗣皇帝抱进宫来。慈禧太后上去抱来一看，那嗣皇帝早已睡熟在怀里。到天色大明，才发出上谕去，宣告帝崩；又发下懿旨去，立醇亲王奕谖的儿子载湉为皇帝，改年号称光绪。那醇亲王见把自己的亲生儿子抱进宫去，心中万分难舍，抑郁不乐，便害起病来。便上了一本奏疏，辞去职分。那奏疏说道：

臣侍从大行皇帝十有三年，时值天下多故，尝以整军经武，期睹中兴盛事，虽肝脑涂地，亦所甘心。何图昊天不吊，龙驭上宾；臣前日瞻仰遗容，五内崩裂，已觉气体难支，犹思力济艰难，尽事听命。忽蒙懿旨，择定嗣皇帝；仓促昏迷，罔知所措。迨舁回家，身战心摇，如痴如梦；致触犯旧有肝疾等病，委顿成废。唯有哀恳皇太后，恩施格外，许乞骸骨；使臣受栟幪于此日，正邱首于他年。则生生世世，感戴高厚鸿施于无既！两宫皇太后看醇亲王的奏本，知道因他儿子做了嗣皇帝，例应规避；说准他开去各差，以亲王世袭罔替。

这里光绪帝年纪太小，进宫来只有保姆伺候着；所有国家大事，一概由两太后垂帘听断,此番同治帝死后,慈禧皇太后不给他立子,却立了一个同治帝的弟弟。虽说诏书上有“嗣皇帝生有皇子即承继大行皇帝为嗣”的话,但外面却沸沸扬扬,传出许多谣言来。有人说这光绪皇帝原是慈禧太后的私生子,寄养在醇亲王家里的。只因为慈禧太后最爱吃汤卧果,每天清早起来,便由内务府备银二十四两,买四个汤卧果吃着。这汤卧果,是前门外金华饭店承办的。这金华饭店有一个伙计姓史的,年纪很轻,最爱游玩。他父听得太监李莲英说起宫中如何好玩,他常常对李莲英说,要跟他到宫里游玩去。李莲英见他做人玲珑知趣,也便常常带他到宫中游玩去。有一天,正在景和门前,随着李莲英走着,忽然迎面西太后走来,一见了那姓史的,便问:“这是什么人?”吓得他两人忙爬下地去碰头,奏明自己的来历。那西太后见那姓史的长得白净可爱,便吩咐留他在宫中,伺候太后。这时候咸丰帝已死了,忽然皇太后怀孕,生下孩儿来了,一面悄悄地把这孩子送去醇亲王府中养着,一面又把那姓史的杀死在宫中,免得他多嘴。但太后常常把这私生子挂在心头,每想趁机会弄进宫来;恰巧同治帝死了,慈禧太后便极主张把光绪立为嗣皇帝。如今果然如了他的心愿,把个幼帝留在自己身边,独苦了这个孝哲皇后。

如今慈禧太后的威权越发大了,慧妃也慢慢地掌起权来,却不把这个孝哲皇后放在眼里;这孝哲皇后自从同治帝死了,虽上尊号称嘉顺皇后,但他一人寂寞凄凉,住在深宫里,也没有一个人来看他。慈安太后虽偶然来看他 一面,两旁都有宫女监视着,也不能说一句话。宫中的人见慈禧太后不欢喜孝哲皇后,也大家打着落水狗,渐渐地有些饮食不周起来。孝哲后看了这种情形,知道自己得罪了皇太后,将来总要吃苦;他屡次想服毒自尽,只怕害了自己的父母。原来清宫的规矩,凡是后妃在宫中服毒死的,她母家的人都犯死罪;所以做后妃的,在宫中无论如何吃苦,总不敢自寻短见去害他的娘家人。孝哲皇后正在没法的时候,他父亲崇绮尚书,忽然打发人送一盘馒头进宫来。孝哲便在盘子后面底里写了“这却怎好”四个字,打发来人拿出宫去。崇绮见了,知道女儿的心事,便在纸条儿上写了一句:“明哲莫如皇后”,叫人送进宫去。孝哲皇后看了,顿然明白起来,便从此立定主意,断绝饮食。到第八天上,可怜把一位年纪轻轻的皇后,活活地饿死了。这消息报到慈禧太后宫中,慈禧太后只说得一句“知道了”,倒是慈安太后,得了这个消息,亲自赶到皇后宫中来,抚尸痛哭一场。自己去见慈禧太后,商量好好的发送皇后。慈禧太后碍于东太后的面子,便下了一道懿旨,着内务府料理皇后的丧事;钦天监拣定了日期,随同同治帝的灵梓,送往陵寝去安葬。这里李鸿藻想起帝后生前托付密诏的情形,便爬在帝后的灵梓前痛哭了一场。欲知后事如何,且听下回分解。

同治之死,传说不一,有说死于花柳病者,有说死于痘者,有说死于慧妃之毒手者,有说因帝发觉他生母之惨死,为太后绝其饮食饿毙以灭口者。总之,为骨肉之变,婚姻之不如意,迫而使此英明强盛之少年,堕落而死。故家庭中事,往往杀人于不觉,可不惧乎?此回所记同治帝死时之情状,尤能兼顾诸家之说,而述来一丝不乱,实属难能而可贵。

太后之威,是诸大臣有以养成之。李鸿藻之懦弱无能,其苟全禄位,患得患失之心,尽于见太后时表露出之。满朝大员,尽如李耳,咸不敢为逆鳞之批。然李终不能保其禄位,既有今日,何不当初?

孝哲后至死有礼,因宫例后妃服毒死者,母家皆干重辟,独饿死则否,后之用心亦苦!当时满员中,惟后父崇绮,最称风雅。崇绮字葆初,能书,世称藻公爷字者是也。庚子之役,崇率全家活瘗殉,仆欲携其六岁儿逃,儿不肯;后亲友发之,颜色如生。虽在士中,长幼有序,足与明末刘侯并称。则孝哲之贞静知礼,有由来也!

第七十九回 争大统吴可读尸谏 露春色慈安后灭奸

却说当初同治帝才死下来的时候，两宫太后召集王大臣商议立嗣的事体，孝哲皇后也在座。他见慈禧太后不肯立载澍为嗣皇帝，急得他坐立不安。一眼看见李鸿藻正从外面走来，孝哲后满脸淌着眼泪，对李鸿藻说道："今天这件事体，别人可以勿问；李大臣是先帝的师傅，应当帮俺一个忙。我如今为了这件大事，给师傅碰头罢！"说着，真个磕下头去。吓得李鸿藻急急退避，宫女上前去把皇后扶起。在皇后心想，李师傅受了先帝的密诏，总该说一句公道话；谁知李鸿藻早已为那密诏的事体败露了，被慈禧太后的威严压住，到底也不敢说一句话。如今李鸿藻拜着帝后的陵寝，想起从前的情形来，忍不住放声痛哭；这一哭，便有人去报与慈禧太后知道。第二天懿旨下来，开去李鸿藻弘德殿行走的差使。那徐桐、翁同龢、广寿一班大臣，平日都是和李鸿藻十分知己的，到这时也便自己知趣，上折乞休。懿旨下来，许他们各开去差使。御史陈彝，假别的事体，上书参劾翰林院侍讲王庆祺和总管太监张得喜，说他们心术卑鄙，朋比为奸。慈禧太后看了奏折，想起那同治帝枕下的春画，便立刻下谕，把王庆祺革职，又把张得喜充军到黑龙江。这时还有两个忠臣，为同治帝立后的事体，和皇太后争执的。因从前太后懿旨上，有"俟嗣皇帝生有皇子，即承继大行皇帝为嗣"一句话，只怕太后失信，便又上奏折。那内阁侍读学士广安，要求太后把立嗣的话，颁立铁券。他奏折上说道：

大行皇帝冲龄御极，蒙两宫太后垂帘励治，十有三载，天下底定。海内臣民，方将享太平之福，讵意大行皇帝皇嗣未举，一旦龙驭上宾；凡食毛践土者，莫不吁天呼地。幸赖两宫皇太后坤维正位，择继咸宜；以我皇上承继文宗显皇帝为子，并钦奉懿旨，俟嗣皇帝生有皇子，即承继大行皇帝为嗣。仰见两宫皇太后宸衷经营，承家原为承国；圣算悠远，立子即是立孙。不唯大行皇帝得有皇子，即大行皇帝统绪，亦得相承勿替；计之万全，无过于此。请饬下王公大学士六部九卿会议，颁立铁券，用作奕世良谋。

慈禧太后看了这个奏章，知道那广安不相信自己，便不觉大怒，非但不肯依他的话颁立铁券，还把他传旨申饬了一番。接着一个吏部主事吴可读，他见皇太后不准广安的奏折，生怕那同治帝断了后代；也想接着上一个奏折，只怕人微言轻，皇太后不见得肯依他的意思。便立意拼了一死，用尸谏的法子，请皇太后立刻下诏，为同治帝立后。这时候帝后的灵榇，正送到惠陵去安葬；吴可读便向吏部长官讨得一个襄礼的差使，随至陵寝。待陵工已毕，他回京来的时候，路过蓟州城，住在马伸桥三义庙里，便写下遗疏，服毒自尽，这时正是闰三月初五的半夜时候。第二天，吏部长官，得了这个消息，便派人去收拾他的尸首，一面又把他的遗疏代奏上去。他奏折里自称罪臣，说得恳切动人。皇太后看了他的奏折，便发交王大臣大学士六部九卿翰詹科道会同议奏。他们会议的结果，说他未能深知朝廷家法，毋庸置疑。吴可读白白的送去了一条性命，他所得的，只有照五品官议恤的一道谕旨。从此也没有人敢再提起为同治帝立嗣的事体了。

那慈禧太后，自从立了光绪帝以后，明欺着皇帝年幼，东太后懦弱，便把大权独揽。好在满朝大臣，都是慈禧太后的私党，每日垂帘坐朝，只有慈禧太后的说话，却不容慈安太后说一句话的。便是慈安太后说话，也没有人去听他的。慈安太后一肚子气愤，从此常常推着身体不快，不坐朝了，只让慈禧太后一个人坐朝。那班大臣们，要讨皇太后的好，在朝堂上，公然送起孝敬来。有孝敬珠宝的，有孝敬古董的，也有孝敬脂粉的，慈禧太后都一一笑受。有几个乖巧的,便打通了崔、李两个总管,直接送银钱到宫里去,太后得了,越发欢喜。这时李莲英越发得了西太后的信用,便升他做了总管。李莲英知道太后是爱听戏的,便和同伴的太监们学了几出戏,在宫里瞒着东太后扮唱给西太后看;西太后看了,果然十分欢喜。但那班太监所学的戏不多,且太监的嗓子,终是不十分圆润,唱了几天,看看西太后有些厌倦起来了;是李莲英想出主意来,奏明西太后,去把京城里一班有名的戏子传进宫来,一一演唱。慈禧太后说道:"宫中唱戏,不是祖宗的家法,怕给东太后知道了,多说闲话,怎么是好?"李莲英听了,把肩膀耸一耸,说道:"这怕什么!老佛爷便是祖宗,祖宗的家法,别人改不得,独有老佛爷改得。俺们大清朝的天下,全靠老佛爷一人撑住。列祖列宗在天上,也感激老佛爷的。如今老佛爷要听几句戏,还怕有谁说闲话?"西太后听了他的话,不觉笑起来,说道:"小猴崽子!好一张利嘴。你既这样说,俺们便去唤几个进来,不用大锣大鼓的,悄悄地唱几出听听,解解闷儿也好。"李莲英又奏道:"奴才的意思,俺们也不用瞒人,索性去把东太后和诸位皇爷请来,大锣大鼓地唱一天。"慈禧太后起初还怕不好意思,经不得李莲英在一旁一再怂恿,慈禧太后便答应了。当下分派各太监,一面去请东太后和各王爷,一面到京城名茶园里挑选几个有名的戏子进内廷供奉去。

那慈安太后听说慈禧太后要传戏子进宫来唱戏,不觉叹了一口气;又听说请自己一块儿听戏去,他便一口谢绝,却怕招怪,只得推说身体不爽。那边惇郡王、恭亲王、醇亲王、孚郡王、惠郡王一班亲贵大臣,听说皇太后传唤,又不敢不去。到了宫里,直挺挺地站着,陪着西太后看戏。这一天,什么程长庚、赶三儿、杨月楼、俞菊,一班在京城里鼎鼎有名的戏子都到,都拿出他的拿手好戏来,竭力扮演着;正演得十分热闹,台下的人屏息静气地听着。这时台上正演着《翠屏山》,海阇黎和尚私通潘氏的故事;忽然见醇亲王高擎着两臂,大声喝起好来,把台下听戏的人,都吓了一跳。慈禧太后虽不好说什么,但也向五王爷脸上看着;醇亲王好似不觉得一般,依旧喝他的好。恭亲王在旁忍不住了,忙上去悄悄地拉着他的袖子,在他耳旁低低地说道:"这里是内廷,不可如此放肆。"醇亲王听了,故意大声说道:"这里真是宫里吗?我还认作是戏园里呢!俺先皇的家法,宫中不许唱戏;况且像《翠屏山》这种戏,更不是在宫里可以唱的。俺看了,认作自己是在前门外戏园子里听戏,所以一时忘了形。"说着,忙到慈禧太后跟前去碰头谢罪。慈禧太后心知亲王明明在那里讽谏自己,只得传命把《翠屏山》这出戏停演。

从此以后,做成习惯,皇太后每到空闲下来,便传戏子进宫去唱戏。那班戏子里面,慈禧太后最赏识的,是唱须生的程长庚和那小花脸赶三。且太后每听戏,必要召诸位王爷陪听;内中醇亲王是一个极方正的人,他虽常常陪着西太后听戏,但心中却十分不愿意。这一天,却巧赶三唱《思志诚》一出戏,赶三是扮着窑子里的鸨母的,有嫖客来了,他便提高了嗓子喊道:"老五,老六,老七,出来见客呀!"北京地方二等窑子妓女,都拿排行代名字喊着;这时适值醇王、恭王、惇王三人在台下陪着看戏,醇王排行第五,恭王第六,惇王第七。赶三故意喊着这三人的名字,斗着玩儿的。那恭王、惇王却不敢说什么,独有醇王怒不可忍,喝一声:"狂奴敢如此无礼!"便唤侍卫们去把赶三从台上揪下来,当着皇太后的面,重重地打了四十板。

从此以后,醇亲王常常推说身体不好,不肯陪太后看戏了。那太后也不去宣召他们作陪,乐得自由自在,一个人看着戏。后来慢慢地拣那中意的戏子,唤下台来,亲自问话,自己饮酒的时候,又赏戏子在一旁陪饮。说说笑笑,十分脱略。日子久了,两面慢慢地亲近起来;太后索性把自己欢喜的几个戏子,留在宫里,不放出去。这件事体,宫里的太监们都知道,只瞒着东太后一个人。过了几天,慈禧太后忽然害起病来了,每天连坐朝也没有精神;打发太监来通报慈安太后,请东太后垂帘听政。东太后愿不愿意听政的,但看看西太后又病了,朝廷的事体,实是没有人管;慈安太后只得暂时坐几天朝。东太后是一位忠厚人,他虽坐着朝,诸事却听恭王等议决。看看慈禧太后的病,过了一个多月,还不曾好,天天传御医诊脉下药，又说不出个什么病症来。

这时朝堂上很出了几件大事，第一件便是法国人谋吞越南的事体。那时云贵总督刘长佑，上了一本奏章，他大略说："越南为滇蜀之唇齿，国外之藩篱；法国垂涎越南已久，开市西贡，据其要害。同治十一年，复通贼将黄崇英，规取越南东京，思渡洪江以侵谅山；又欲割越南广西边界地六百里，为驻兵之所。臣前任广西巡抚，招用刘永福，以折法将沙酋之锋；故法人寝谋，不敢遽吞越南者，将逾一纪。然法人终在必得越南，入秋以来，增加越南水师；越南四境，均有法人之迹。柬埔人感法恩德，愿以六百万口献地归附，越南危如累卵，势必不支。同治十三年，法军仅鸣炮示威，西三省已入于法；今复夺其东京，即不图灭富春，已无能自立。法人志吞全越，既得之后，必请立领事于蒙自等处，以攘矿山金锡之利；系法覆越南，回众必导之南寇，逞其反噬之志。"这一番说话，慈安太后看了，心中甚是焦急；一时也没有可以商量的人，便下谕北洋大臣李鸿章，筹商办法，又命沿海沿江沿边各督抚，密为防备。

但看看那慈禧太后的病，依旧是不好；慈安太后便用皇帝的名义，下诏至各省，宣召名医进京去。这时只有无锡一个名医，名叫薛福辰的，暗暗打听出西太后的病情来，便进宫去请脉，只下了一剂药，便痊愈了。据他出来说，皇太后犯的不是什么病，竟是血崩失调的病；听了他说话的，却十分诧异。后来慈安太后打所得慈禧太后大安了，有一天在午睡起来以后，也不带一个宫女，悄悄地走到慈禧太后宫里；意思想去探望探望西太后，顺便和他商量商量国事的。直走到寝宫廊下，也不见一个人；待到走进外套间，只有一个宫女盘腿儿坐在门帘底下。那宫女见了慈安太后，脸上不觉露出惊慌的神色来；正要声张时，慈安太后摇着手，叫他莫作声。自己掀开门帘进去，见室中的绣帷，一齐放下，帷子里面露出低低的笑声来。慈安太后轻轻咳嗽了一声，只听得西太后在里面喘着声儿问："是谁？"慈安太后应道："是我。"接着上去揭起绣帷来一看，只见慈禧太后正从被里坐起来，两面腮儿红红的。慈安太后忙走上去按住他，说："妹妹脸儿烧得红红的，快莫起来。"说着，只见床后面一个人影子一晃，露出一条辫子来；慈安太后看了，也禁不住脸上羞得通红，低下头去，半晌说不出话来。停了一回，慈安太后改了满面怒容，喝一声："滚出来！"床背后那个男子，藏身不住了，只得出来，爬在地下，不住地向慈安太后碰头。慈安太后问他："是什么人？"那男子自己供说是姓金，一向在京城里唱戏的；自从六日前蒙西太后宣召进宫来供奉着，不叫放出去。那姓金地说道这里，慈安太后便喝声："住嘴！"不许他说下去了。一面传侍卫官进宫来，把这姓金的拉出去，砍下头来。

这时慈禧太后见事已败露，心中又是愤恨，又是羞惭；眼见那姓金的生生被侍卫官拉出去取了首级，又是说不出的伤心。只因碍着慈安太后在面前，一肚子的气恼，无可发泄得，只是坐在一旁落泪。慈安太后知道慈禧太后一时下不得台，便自己先下台，上去装着笑容，拉住慈禧太后的手，说道："妹妹不用把这事放在心上，俺决不把这事声张出去；妹子年纪轻，原也难怪你守不住这个寂寞。只是这班唱戏的，是下流小人；现在得宠的时候，仗着太后的势力，在外面妄作妄为，稍不如意，便要心怀怨恨，在背地里造作谣言，破坏你我的名气。你我如今做了太后，如何经得起他们的糟蹋。因此俺劝妹妹，这班无知小人，还少招惹些。"说着，便命宫女端上酒菜来，两人对酌，慈安太后又亲替慈禧太后把盏。慈禧太后不料慈安太后如此温存体贴，心下也不好意思再摆脸嘴了，便也回敬了慈安太后一杯酒。两人说说笑笑的，慈安太后又说起："先帝在日，待妹妹何等恩爱，便是和俺也相敬如宾的。俺如今年纪老了，在世的日子也不多，妹妹年事正盛，也须好好保养。免得干净身体，将来魂归天上，仍得侍奉先帝。便是俺和妹妹相处了二十多年，幸得同心协力，处理朝政，内主宫廷，后来也不曾有一句半句话冲突过。便是先帝临死的时候，曾留下诏，吩咐俺恭亲王防备妹妹专政弄权，败坏国事；俺如今看妹妹也很好，处理国事，聪明胜过俺十倍。从此妹妹小心谨慎，将来俺死去见了先王，也可以交代得过了。"说着，不觉吊下眼泪来。慈禧太后被慈安太后一句冷的一句热的说着，心中万分难受，那脸上止不住起了一阵一阵红晕，到末了，不由得向慈安太后下了一下跪。口称:“姊姊的教训,真是肺腑之言,做妹子的感激万分,以后便当格外谨慎是了。”慈安太后忙把慈禧太后扶起,嘴里但说得:“吾妹如此,真是大清之幸!”说着,也告别回宫去了。

在慈安的意思,以为慈禧经过这一番劝诫以后,总可以革面洗心,同心一德了,他却不知道慈禧因为慈安败露了他的阴私,越发把个慈安恨入骨髓。待慈安转身以后,他一肚子气无可发泄,便把那管门宫女打得半死半活;又把寝宫里的古董瓷器,打得粉碎。亏得李莲英上来劝解,一阵子说笑,解了西太后的怒气。

从此以后,慈禧太后便天天和李莲英商量摆布东太后的法子,那东太后却睡在鼓里。恰巧光绪六年七年,两年之间,有两件事体,大触西太后的怒;因此东太后的势力愈孤,危险也愈甚。第一件,是光绪六年东陵致祭的事体。慈安太后自从劝诫慈禧太后以后,便和恭亲王商量,想趁此杀杀慈禧的威风,从此也可以收服慈禧的野心。这一年春天,两宫同赴东陵主祭,待到跪拜的时候,慈禧的拜垫,要和慈安并设着。慈安却不肯,命人把慈禧的拜垫稍移下一步;慈禧也不肯,一定要和慈安并肩拜着。两位太后,各不相让,当着许多大臣跟前争论起来。慈安太后自从那天把慈禧的私事败露以后,从此便瞧不起慈禧。当时便大声对恭王说道:“西太后在咸丰皇上的时候,只封了一个懿妃;他得升太后,还是在先帝宾天以后。今日祭先帝,在先帝跟前,只知有一太后,却不知有两太后;既要一后一妃,在祭祀的时候,照例妃子的位置应当在旁边稍稍下去一步,中央却摆着两座拜垫,右面一座拜垫是自己的,左面一座拜垫,还须留下给已死的中宫娘娘。那已死的中宫娘娘,虽比先帝先死;但他终是先帝的正后,俺们到如今也不能抹杀他的。”慈禧太后听了慈安一番说话,十分羞惭,又十分生气。他拿定主意,不肯退让。他说:“俺和东太后,并坐垂帘,母仪天下,也不是今朝第一天,从来也不见东太后有个争执,如今为祭祀先帝陵寝,重复叫我做起妃嫔来,东宫太后说的话,实在不在情礼之中。如东太后一定要争这个过节儿,那俺便情愿今天死在先帝陵前,到地下当着先帝跟前,和东太后对质去。”说罢,慈禧太后便号啕大哭起来。这原是慈禧太后的泼辣话,慈安太后到底是一个忠厚人,见了慈禧太后这副形状,早弄得没有主意了。欲知后事如何,且听下回分解。

专制国之臣民,恒误解以忠君为爱国;视一姓嗣续之绵绝,如关于全国之存亡者然,不惜以生死争之。如吴可读之尸谏,忠则忠矣,其愚实不可及也!殊不知苟治而贤,一姓可也,异姓亦可也;不然者,帝制自为,臣仆万姓,独夫之罪,中外一辙。嗣续何为哉?虽然,吴可读能以一死谢先帝,其私德坚贞,实足以励末俗;视今之卖主卖友,以求一己之荣利,其人格相去甚远。

为帝后者,未尝不可寻乐也。惟乐当出之于正,与民共之,则寓治于乐,实为驭民之无上妙法。今专制帝王,一方面则高不可攀,一方面则深闭幽居,尊而不亲,枯寂无味。人谓帝王乐,吾谓帝王受礼势之束缚,实鲜生人趣味。至于为后妃者,束缚重重,一旦去其压制,大权独揽,其不出于放辟邪肆如西太后者,有几人哉?此无他,不得其乐之乐也,反至招祸。

东太后以仁厚懦弱之人,而欲与狡悍之慈禧相抗,多见其不知量也!且既惕伏于前矣,而欲制之于后,是事势所万不能。在东太后之意,彼之秘密,为吾窥破,则以后无虑其不驯伏;实则阴险之人,愈窥其私,欲报之仇愈切也。

第八十回 李莲英擅宠专权 慈安后遭妒惹祸

却说慈安太后要照妃子的礼节，叫慈禧太后跪在后面拜见先帝陵寝，慈禧太后执意不肯，反而啼啼哭哭，吵闹起来，口口声声说东太后欺凌他，说："明知道俺儿子死了，没有出头日子了，当着众大臣的跟前，要硬按下我的头来。"慈安太后看他哭吵得厉害，反没了主意。后来各位亲王大臣调停，仍旧依了慈禧太后的意思，和慈安太后并肩儿跪拜着。从此以后，慈禧心中越发把个慈安怨恨得厉害，说他不该在祖宗陵寝的地方，当着众大臣的面前，削他的脸面；既不雅观，又亵渎了太后的尊严。西太后知道恭亲王也预闻这件事体的，便时时刻刻想革恭亲王的职，常常把醇亲王唤进宫去，和他商量，又和李莲英商量。这时候李莲英早已升做总管，那崔总管已退位回家去了。李莲英常常拿银钱去周济他，崔总管说："小李却还有良心。"李莲英在宫中，权柄很大，不但是一班宫女、太监见他害怕，便是那班王公大臣，见他得了慈禧太后的宠爱，谁敢不趋奉他。李莲英这人，面目虽不十分俊美，但他天成功一副媚骨，笑一笑，说一句话儿，总是十分和软。他又打扮得十分潇洒，走起路来，翩翩顾影，太后看了，十分爱他。他又生成一张利嘴，终日在太后跟前，或是唱着小调儿，或是说几句笑话，总引得太后笑逐颜开。他便见了大臣们，也是诙谐百出；那班大臣，见了他都和他好，便是那方正不过的恭亲王，见了他那种嬉皮笑脸的样子，也是没奈何他。

西太后最爱画像，或是照相，把那京城里照相的，唤进宫去。太后在北海船头上扮一个观音大士，命李莲英扮一个韦驮菩萨，站在一旁，拍一张照；有时太后扮一个西王母，李莲英便扮一个东方曼倩，学着偷桃的样儿，拍一张照；有时太后改了男装，扮一个太原公子，李莲英扮一个李卫公，拍一张照。太后和李莲英扮着一出一出的戏文，拍的照相很多；有许多太监，把这种照相偷出去卖钱的。这照相给东太后看见了，却大不以为然；也曾劝过西太后，说做太后的，十分尊严了，不该有这样儿戏的照片。无奈西太后非但不听话，反格外和李莲英亲热。太后自己躺在榻上，却唤李莲英睡在榻下，留他谈些家常事体。李莲英又最会在女人身上用功夫，他体贴女人的心性，说出话来，句句叫妇女们听了欢喜。慈禧太后又告诉他自己从前在娘家的情形。说："母亲是不喜欢俺的，父亲死后，十分穷苦，亏得自己打定主意，趁挑秀女时候，选进宫来，得先帝的宠幸，生了一个皇子，俺的地位越发坚牢了。但是以后又交了坏运，咸丰末年的时候，文宗皇帝害病很厉害，外国兵又打进城来了，烧了圆明园，俺跟随先帝逃到热河避难去。这时候俺年纪还轻，文宗的病势又十分不好，皇子年纪还小；那东宫的侄子，是一个坏人，谋夺大位，势甚危急。是俺抱了皇子，到先帝的床前，问：'大事怎样办理？'先帝病势十分昏沉，一时答不出话来；俺又对先帝说：'儿子在此。'先帝才睁大眼睛，看了一眼，说道：'自然是他接位。'这句话说了，便宾天去了。俺见大事已定，便也放了心。那时见死了先帝，心里虽十分悲伤，但以为还有这儿子可以依靠。谁知道穆宗到了十九岁，便也宾天去了，从此以后，我的境遇，一天坏似一天，满肚子地想望都断了。那东太后又是和俺不对的，皇帝年纪又小，身体也单薄；看来他也只知道亲热东太后，不知道亲热我，真正叫人灰心！"西太后说到这里，不觉连连的叹气。李莲英竭力的劝诫，又接着说了一个笑话，西太后不觉转忧为喜，又说起他小时的话来。还说起自己做妃子的时候，"因想念母亲想得厉害，承蒙文宗的特恩，赐俺回家省亲一次。先几日，派安总管到家中去传话，说贵妃某日回家省亲，某时进门，某时见驾，某时省亲，某时更衣，某时开宴，某时休息，某时回宫，都有一定时候，写在黄榜上，发在家中大堂上张贴。我母亲得了这个消息，便一面预备接驾的戏酒，一面去邀请亲戚到家里来陪宴。到了日子，俺坐了一顶黄轿，四十名小太监簇拥着，另有宫女、太监们拿着伞扇巾盆许多东西，二千名御林军保护着排着队到了家里。远望家门口满挂灯彩，上面罩着五色漫天帐，地下铺着黄毯，直通内宅。所有家里的男丁，都在大门外跪接；所有女眷，都在内宅门外跪接。到了内厅下轿升座，除俺母亲和长辈的女客以外，都一班一班的来跪见；便是俺母亲和长辈的女客，也都穿着朝衣上来请安站班。接着便有那班男客都递进手本来请安。俺换去了大衣，再进母亲房去行省亲的礼。俺母亲原是不欢喜我的，如今多年不见面，俺母女两人见了面，便撑不住掉下眼泪来。我看看家里房子也盖造的很高大，妹子和兄弟都富贵了，也便放了心。停了一回，戏酒开场，一班女眷簇拥着俺到内厅上去座席吃酒，我这桌席上，只有母亲陪坐在下面；我原是爱看戏的，那时隔着一重帘子，帘子外面坐着男客，是俺嫌他气闷，吩咐把帘子卷起，这才由俺爽爽快快的看了一天戏。待到回宫来，已是上灯时候了。先帝听得俺回来了，便特特走进俺房来问俺：'今天你母女见面，心中可快乐吗？'俺回奏说：'臣妾家中，受皇上雨露深恩；今日骨肉团圆，非常快乐！'先帝听了俺的话，隔了几天，先帝传谕宣俺母亲进宫来，又使俺母女见面。

先帝错会了俺的意，认作俺在宫中纪念母亲，所以常常赐俺母女见面；先帝怎么知道俺在家里，俺和母亲是不对的。那时俺母亲只欢喜俺妹妹，常常骂我赔钱货；俺的省亲，原是要在俺母亲跟前夸耀夸耀，并没有一点骨肉之情的。如今皇帝把俺母亲传进宫来，又给我母女见面了，俺便也要趁此在母亲眼前摆摆架子。照规矩后妃的母亲进宫来，见了他女儿，是要行大礼的；做女儿的也不敢受，见他母亲拜时，做后妃的便侧身避开。俺那天要借此杀杀从前的水气，便直挺挺地坐着受俺母亲的拜，也不叫起来；后来还是宫女去把俺母亲扶起来，看母亲脸上，已有气愤愤的样子。俺假做不看见，和他有一搭没一搭地说着。俺母亲原想与俺商量，把兄弟的官儿往上升。每见母亲开口，俺便说：'如今家里也够了，比到我未进宫来以前，苦得衣食不全，却好得万倍了。我看俺弟兄福分也浅，做了这个官也可以心满意足了，再升他的官儿，怕他也受不住，'母亲听了这个话已气得受不住了，便要站起来告辞，是俺留着吩咐宫女赏饭，我母女两人一块儿吃着。吃完了饭，宫女拿一只大漆盘上来，盘中满盛着插鬓的花朵；俺原是最爱花的，又最爱那大红的洋牡丹。当下俺拣了一朵碗口似大的大红洋牡丹，宫女替俺戴着；俺又拣了一朵万寿菊儿，亲自替俺母亲插在鬓边。俺知道母亲是不爱花的，自从俺父亲死过以后，花朵儿绝不上头了。那天我们母女见面高兴，便替他多戴些，把盘里的花儿统统给母亲戴上，蓬蓬松松的一头，我看了笑得前仰后合。谁知我母亲却十分恼怒，当时推托说：'丈夫已死，自己是个侧身，不便再插戴花朵儿。'把那头上的花朵统统拔了下来，急急告辞出宫去。从此以后，凭俺再三宣召，他总推托着不肯进宫来；直到死时，俺母女也不曾见得一面儿。"

这时宫里有一个太监，绰号叫阴刘的，见李莲英的权势渐渐地爬到自己上面去，便十分不服气。这阴刘原是姓刘，只因他的生性阴沉深刻，举动迟缓，人人便取他的绰号称他阴刘。这阴刘在李莲英未进宫以前，原是很有势力的，当一名总管。宫里的宫女、太监都见了他害怕,也很得西太后的宠用。后来李莲英进宫来,只因生得年轻会打扮,说话又伶俐,西太后把宠任阴刘的心慢慢地移到李莲英身上去了。这李莲英是何等乖巧的人,他见自己得了势,便竭力挤轧那阴刘,言里语里,常常在太后跟前说阴刘的坏话。但是讲到资格,总是阴刘的资格深;宫里有许多规矩故事,李莲英不知道的,不得不去问阴刘。因此阴刘有时也蒙西太后传去问话,阴刘在奏对的时候,也说着李莲英的坏话,因此他两人的冤仇越结越深。他们瞒着太后,在背地里也曾打过架来;李莲英年轻力大,阴刘吃他打败了,受伤很重,因此见不得太后,只得请假回去养伤。在这个当儿,李莲英在太后眼前又竭力说阴刘的坏话。太后这时正宠用李莲英,便也听信了他的说话,心中渐渐地厌恶阴刘了。阴刘销假进宫来,也知道自己的势力渐渐的敌不住李莲英了,有人替他们两人打圆场讲和;李莲英也怕阴刘在太后跟前说出打架的事体来,便也假意和阴刘言归于好。但在背地里说阴刘的坏话越发说得厉害,把个西太后也说动了气,立刻把阴刘传来当面训斥了一番。阴刘知道是李莲英闹的鬼,心中万分气愤,他一时也不及细想,竟直奏说李莲英招权纳贿,声名狼藉,还有许多龌龊的话,竟把太后的名气也拖累进去了。太后听了,止不住勃然大怒起来,说他有意毁谤宫廷,便要立刻发交侍卫去正法。吓得阴刘连连碰头求着说道:"奴才罪该万死,只求佛爷可怜奴才伺候了三十年,当初也承蒙佛爷称奴才是个忠顺的孩子;这里面不无犬马之劳,还求佛爷开恩,赐奴才一个全尸,奴才便死也甘心的!"接着两旁的宫女、太监也都替他跪求着。太后的怒气虽稍稍平了下去,但心中忽然转了一个念头,喝令拉下去下屋子里去锁起来。两旁的太监得了懿旨,便上来把阴刘拉了下去,关在宫门外的小屋子里。

太后退进寝宫去,倚在榻上,李莲英在一旁跪着替太后捶着腿儿。太后笑对着李莲英说道:"这老刘儿这样可恶,俺便给他一个奇怪死法。"李莲英便请问如何是奇怪死法?西太后便吩咐宫女去拿出一串钥匙来,太后便在里面找出一个钥匙来,交给李莲英拿去;吩咐到景仁宫东偏殿里开了第四座大厨,拿出一瓶药粉来。众宫女看时,见那药粉是粉红色的;太后又吩咐把药粉倒出少许,和开水冲在杯子里,满冲一杯,太后吩咐把这杯水拿去赏给阴刘服下。阴刘知道太后赐他死了,便一面淌着眼泪,一面把水吃下;叩头谢过恩,别的太监扶他睡在榻上,依旧把门锁上,到太后跟前复旨去。这里妃嫔、宫女们服侍太后吃过饭,照例太后要去打中觉的;太后进卧房的时候,吩咐众妃嫔"却莫走开,待俺起来,便带你们去看一样怪东西。"众妃嫔听了,都莫名其妙;但太后吩咐的,又不得不候着,大家静悄悄的在外屋子里坐着守着。隔了一个多时辰,听得里面喊:"老佛爷起身了!"外面廊下站着的太监,也接着喊道:"老佛爷起身了!"李莲英带着两名小太监急忙进去,西太后生性是爱好天然的,便是午睡醒来,也要重匀脂粉,更换衣服。李莲英直伺候着西太后出房来,众妃嫔上前去迎接着。西太后笑对众人说道:"俺们看怪东西去。"前面许多太监,后面许多宫女,簇拥着到那下屋儿里。李莲英上去开了门进去,太后在椅子上坐下,指着榻上叫众人看;只见榻上一个小孩子缩做一堆,面向里睡着。太后吩咐去把榻上的人转过身来,原来那人已死了。再看死人脸上时,满面皱纹,皮肉已缩成干儿了。太后指说道:"这便是老刘儿。他吃了景仁宫里的毒药死后,缩成这小孩儿样子。"众妃嫔看了这奇怪的样子,听了太后的话,早吓得魂胆飘摇。又听太后接着说道:"景仁宫里历祖传下来有许多猛烈的毒药,有吃下去尸身化作灰的,有吃下去尸身化作血水的,也有吃下去化作一股气儿的;凡有犯罪的宫女、太监们,皇上皇太后都得拿这毒药赏他吃下。如今老刘儿求着要给他全尸,俺便赏他吃这毒药,名叫'返老还童'。"西太后说着,也不禁撑不住哈哈地笑了。吩咐李莲英把老刘儿的尸身送回他家去,李莲英上去把阴刘的尸身一提,好似提小孩儿的拿出宫去,装在盒子里,指着尸身说道:"老刘老刘!你也有今天吗?"说着,吩咐小太监搬去。

这里李莲英自从西太后毒死了阴刘以后,越发得了意儿,西太后也越发拿他宠用起来,只叫是李总管说的话,皇太后无有不依。一班宫女、太监们无有不怕。因此李莲英眼中也没有忌惮的人了。有一天,正值西太后午睡,李莲英偷空儿出来,在殿廊下和小太监踢着球儿玩耍。正踢得高兴的时候，一球飞去，在廊下柱子上一碰，那球儿直滚过东走廊去。瞥眼见那慈安太后带着两个宫女一个太监从东走廊上走来，那球儿恰恰滚在慈安太后脚下。李莲英站在正面廊下，虽也看见，他知道慈安太后是到慈禧太后宫里去的，绕过第二个穹门出去，是不走殿廊下过的，李莲英便假装做不看见，尽站在殿廊下和小太监说笑着。慈安太后是素性严正的人，他见有人在殿廊下踢球，已经是心里不自在了；又瞥眼见那李莲英站在殿廊上也不上来碰头，只是旁若无人的说笑着。慈安太后近日也闻得李莲英专权恃宠的事体，平日暗地里留心他那种谄媚西太后的样子，心中原是厌恶他的。只因碍着慈禧太后的面子，不好说得；如今见他竟在殿廊下踢球，已是犯了大不敬的罪，又见了自己不知道上来碰头，却假装做不曾看见，站在廊下嬉笑自若，不觉勃然大怒，立刻命太监去把李莲英传来。那李莲英也不害怕，只是慢吞吞地走上前去，直挺挺地站着。慈安太后看了愈加生气，喝令跪下。一个太监去搬了一把椅子来，请东太后坐下；东太后手指着李莲英，痛痛的训斥了一番，说："你这王八羔子，仗着谁的势力这样放肆？这殿上是你踢球玩耍的地方吗？再者，你见俺走来，胆敢大模大样的装作不看见，宫廷里面也没有一个礼儿了。自从先帝升天以后，主子年纪小，俺也看在西太后面上，不来查考你们，尽放着你们这班王八羔子在宫里造反了。打量你们背着我做的事体，俺不知道吗？你们可是活得不耐烦了，越发弄得无法无天了。打量俺管不到你们，所以不把俺放在你们眼里吗？打趸儿说一句话，俺是受过先帝遗诏的，这宫里不论谁，俺都有权处治他。"慈安太后愈说愈气，说到十分愤怒的时候，便喝令快传侍卫，把这王八羔子拉去砍了。欲知李莲英的性命如何，且听下回分解。

宫壶深邃，暧昧难言；女子小人，见短识浅。往往秽乱百出，贻羞史乘。吾尝闻名门大宅之女，有下交厮役者矣，其症结所在，实由于设防太严；男女无正当之交际，女子又以不学为重，阅历浅而见识鲜，易为小人所乘。藏垢纳污，岂独宫廷？可叹可叹！

女子气度狭隘，睚眦之仇必报，而独于母女尤甚，吾亦数见不鲜矣。慈禧后以在家不得母欢，及入门见宠，亟欲以势位凌及母家，夸耀而报复之，其天性亦斫丧尽矣！于以见得罪于君子也易，而得罪于妇人小子也难。处世之道，思过半矣！

慈安太后怒斥李莲英，活画出一个懦弱妇人来。慈禧后之专肆，李莲英之骄横，亦匪伊朝夕矣。蔓草之生，不知早图；及其方张，而欲以空言制之，适足以自取其祸。语云："当断不断，自取其乱。"其慈安后之谓乎！

第八十一回 荣禄初入宫禁地 懿妃死偿恩情债

却说慈安后训斥李莲英的时候，已有许多太监远远的在廊下站着，一听说太后传侍卫要砍李莲英的脑袋，慌得许多太监都上去爬在地下碰头，替李莲英求饶。那李莲英也不住地碰着头，一面求着道："佛爷看西宫太后的面上，饶了奴才一条狗命罢！"慈安太后原是生性仁慈的，一见大家求着，他的心便软了下去；又听李莲英说看西宫太后的面上，便也想到俺如今倘然真的杀了李莲英，在慈禧太后面上须是不好看。想到这里，便不觉把一股气慢慢地按捺下去了。但那侍卫已传了进来向太后磕过头，站在一边。那太监们见侍卫进来了，越发替李莲英求得利害。隔了半晌，慈安太后便谕，把李莲英拉出去，打二百板子。那李莲英听了，忙向太后碰头谢着恩。侍卫上来，把李莲英拉着出去了。这里慈安太后余怒未息，回过头去，对众太监说道："二百年的祖宗规矩，坏在这王八羔子手里！俺若再不管，便对不住列祖列宗。"说着，便气愤愤的带了宫女们赶到慈禧太后宫里。

那慈禧正午睡起来，匀着脂粉，却不见李莲英来服侍，心中十分诧异；正要传唤去，忽宫女传说东宫太后来了。慈禧后忙站起来迎接时，那慈安太后已进房来了，看他气愤愤的在椅子上一坐，一开口便说道："李莲英不过一个太监罢了，便算他有才情，能服侍主子，也须顾全祖宗的规矩，万不能听他胡闹去；再者，他虽说是妹子的奴才，和俺的奴才有什么分别？如今这奴才眼睛里只知有妹妹，不知有俺。他见了俺尚且不知道规矩，那名位比俺低的皇后、妃嫔们，他见了越发要肆无忌惮了。他在宫里放肆惯了，出去对着大臣们，更是骄横，成什么体统？俺也尝听得外边人称李莲英称九千岁的。妹妹，你想一个太监声势大到这个样子，将来闹出和魏忠贤一般的事体来，俺们还有什么脸面去见列祖列宗？"慈安太后愈说愈气，慈禧太后听他说话，好似句句在那里讥笑自己，不觉也生起气来，便冷冷地说道："李莲英也不过一个奴才罢了。姊姊倘然看他不入眼，要撵他便撵他，要杀他便杀他，俺也决不包庇。俺听姊姊的口气，好似怨俺拿他宠用坏了，这是姊姊错会了意了。至于外面的谣言，那是听不得的。"慈安太后听了，又说道："奴才是妹妹的奴才，旁人也管不得这许多；妹妹既欢喜他，也何必俺多嘴。但是妹妹的名气，吃一个奴才糟蹋了，也是可惜的。"慈禧太后听东太后的话越说越厉害了，便也忍不住气，把衣袖儿一摔，转过脸儿去，不说话了。慈安太后也便气愤愤的站起身来便走，也不向西太后告辞。

从此以后，东太后和西太后意见愈闹愈深，两位太后有许多日子不见面了，西太后便常常宣诏内务府大臣荣禄进宫去，和他商量抵制东太后的计策。荣禄拍着胸脯，说道："太后便请放心，奴才已在外面联络了许多大臣，都愿效忠太后；若东太后有懿旨下来，俺们都不奉诏。"西太后听了，心中甚是欢喜，连称好忠臣。从此以后，荣禄更是无事也常常进宫来和太后闲谈。荣禄十分乖巧，凡是太后跟前的宫女、太监们，他都暗暗的送金银，要他们在太后跟前称赞自己。内中有一个李莲英，和荣禄更是相投；两人换帖，结拜了弟兄。李莲英对荣禄说："宫里有一位懿妃，他是同治皇上的妃子，长得好锋利的嘴儿，终日伺候着太后。极得太后的欢心，你不可不用一番手段，去联络他。"荣禄说："俺每召对的时候，每见有一位妃子似的，打扮得十分俏丽；穿着高高的鞋跟儿，听太后常常问他话。俺因在太后跟前，不敢细看，不知是不是他？"李莲英点头说："正是他，正是他。长得好一副脸蛋子，今年才得十八岁呢；你好好用一番工夫下去，能得了他的欢心：替你在太后跟前说着话，比俺说的话强多呢。"荣禄听在心里，第二天荣禄跑到琉璃厂去买了许多西洋来的镜箱儿、粉盒儿和手帕汗巾,都是十分精致,十分灵巧的,拿进宫去,孝敬太后。太后虽是一个中年妇人,见了这些东西,却十分欢喜。

从此以后,荣禄每进宫去,都带有孝敬的东西;也有是绣货,也有是玩物儿。内中有一只洋铁皮的西洋小轮船,把火油倒在里面烧着,那轮船便"啪啪"的自己行动起来。宫里的人看了,人人都欢喜。懿妃还是小孩子的心性,看了更是欢喜。有一天,荣禄在太后跟前奏对了出来,才走到穹门口,只听得身后有娇声唤四爷的。荣禄急回转脸去看时,见不是别人,正是那懿妃。荣禄满脸堆笑着,走上前去,忙爬下碰头,口称:"贵妃呼唤奴才有什么吩咐?"慌得懿妃躲避不迭,把帕儿掩着朱唇,笑说道:"四爷快起来,要折煞俺了。老佛爷有什么话忘了,请四爷进去呢。"荣禄听了,急急又赶进太后房里去,待奏对完毕出来,那懿妃还站在穹门边望着。荣禄走上前去,低低地说道:"奴才有一份孝敬的东西,给贵妃留着,只苦没有奉献的机会。"说时向四面看时,恰巧有一个小太监从廊下走来,荣禄便叫他快去把总管找来。那小太监走去,这里荣禄对懿妃说些外面的风景,街市的情形;懿妃自幼儿进宫来,幽居多年,怎么知道外面这种奇奇怪怪的情形。荣禄又把那些市井琐碎的事体告诉他,又说谁家卖的美味食物,谁家卖的新样儿绸缎,谁家卖的贵重古董;把个懿妃听得只是咧着嘴笑,说道:"四爷几时也替我买一只那小轮船儿玩玩?"荣禄听了,连声说:"有,有!"

接着那总管李莲英来了,后面跟着四个小太监,手中各抱着大小包裹儿。走到跟前,李莲英向懿妃请了一个安,站起来指着那大小包裹,说道:"这里面都是四爷孝敬娘娘的东西。四爷有这个心长久了。每次把东西带进宫来,只苦于没有机会见娘娘的面,和娘娘说一句话儿;因此把每次带来的东西存积在奴才屋子里。如今难得见了娘娘的面,奴才把四爷孝敬娘娘的东西都带来了,请娘娘过目。"懿妃听了这个话,两眼看着四爷,露出一肚子欢喜,一肚子感激来。荣禄接着说道:"请贵妃吩咐一句,把这东西送到什么地方去。"懿妃一想,倘然直送到自己屋子里,给别的宫女、太监们看见了,便要生出许多闲话来;不如叫他们暂时送在太后的书房里去,待夜静更深的时候,再叫自己的心腹宫女悄悄地搬运到自己屋子里去。当时主意已定,便向小太监招招手儿,那四个小太监手中抱着包裹儿,跟着懿妃进穹门去。这里荣禄和李莲英一齐告辞出来,走出宫门,李莲英伸手在荣禄肩上拍着,笑说道:"鱼儿快上钩了,四爷须好好地做去;不要弄毛了,再抱怨咱家。"荣禄听了,一笑去了。

第二天,荣禄故意早一点进宫去,到寝宫外一打听,果然太后还未起身;便有一个宫女走出来,悄悄地对荣禄说道:"请四爷到那边屋子里坐。"说着自己在前面领路,荣禄在后面跟着。走到一座屋子门口,那宫女从身边掏出钥匙来,上去开了门,荣禄踏进屋子去一看,只见图书插架,琳琅满目;那什锦架上,兰草琼芝,发出静静的香味来。他自己孝敬的那只小轮船,也搁在什锦架子上。地上铺着厚厚的地毯,人走在上面,一点儿也听不出声息来。靠窗安着一张大书桌,上面摆设着文房四宝,都是珠玉镶成的。那大大小小的自鸣钟,触目都是,静悄悄地坐着,满耳只听得"镗镗"之声。荣禄正回头看壁上的字画时,忽听身后有衣裳悉索之声。一看,那懿妃玉立亭亭的已站在跟前了。看他满脸堆着笑,低低的说道:"四爷怎么给这许多东西,叫我受了心上实在过意不去;不受呢,又怕四爷生气。没有法子,只得谢谢四爷罢。"说着,掩唇一笑,在一张长榻上坐了下来。荣禄趁势也并肩儿坐下,接着又讲了许多外面的新闻故事;懿妃最爱听这些闲话,听了只是笑。荣禄看他笑得有趣,便越说越起劲了。他两人忘其所以,那身体越发挨近了。

正在这时候,忽然宫女来报说:"老佛爷醒了。"懿妃忙丢下荣禄,急急进去伺候;停了一回,里面又传荣禄。荣禄进去奏对过出来,依旧是懿妃送到穹门边;觑着左右没有人,懿妃拿出一个绣花荷包儿来,向荣禄袖子里一塞。说道:"这是俺自己绣的,四爷收着玩儿罢。"从此以后,他两人假这太后的书房,做一个聚会之所,交情十分浓厚。日子久了,那班小宫女小太监总不免有言三语四,不知怎么的,传在一个七格格耳朵里。

讲到这七格格,原是慈安太后的内侄女儿。出落得玉貌花容。当时宫里有两个美人儿:一个是懿妃,一个便是七格格。这两个美人,都在慈禧太后跟前的。慈禧太后最爱女孩儿,凡是宗室格格,和大臣家里的女公子,有聪明伶俐的,给太后知道了,便召进宫去,当着女官,终日陪着太后说笑游玩。这七格格虽是慈安太后这边的人,但因他常常到慈禧太后宫里去,慈禧太后看他活泼有趣,常常留他在宫中赏饭赏衣服。七格格是何等聪明的女孩子,他面子上虽亲近着慈禧太后,但慈禧要留他在身边,他总是婉言辞谢,去跟着慈安太后住宿。有时慈禧太后向他打听慈安太后那边的事情,他总推说不知道的。慈禧太后也明知道他们姑母侄女总互相回护的,但舍不下他的美貌,依旧常常去宣召来,带在身边,说笑玩耍。

天下的美人,生性最妒。七格格仗着自己美貌,又听宫中的人拿他去比懿妃,说他们是一对美人儿,因此七格格有些气不过,常常在背地里说懿妃的坏话。说懿妃如何不避嫌疑,荣禄进宫出宫,总是懿妃接送着;两人在太后书房里调笑无忌,便是当着太后,说话之间,也是嬉笑无忌的。这样子看在太后眼里,明知道他们不妥,但这两人都是自己的心腹,也不好说什么。倒是七格格在暗地里却刻刻留心着他们的举动,要抓点错处出来,丢丢懿妃的脸。

这一天,合该有事。七格格奉了慈安太后之命,跑到慈禧太后宫中去,向慈禧要两广总督的奏折看。待到了那边,为时尚早,慈禧不曾起身呢。无奈这奏折是慈安太后立等着要看的,七格格不便空手回宫去,便打算找懿妃闲谈去。看看走到懿妃的房门口,忽见一个小太监坐在房门外,见了七格格,忙向他摇手儿,叫他莫进去。七格格看了诧异,他也不理会,尽自闯进房去。小太监急在七格格身后大声喊道:“七格格来了!”懿妃原在里面套房里的,听得了忙迎出房来。七格格在房门外,仿佛听得有男人说话的声音,看懿妃脸上时,红潮双晕,云鬓微松,对七格格说话的时候,气喘吁吁的。七格格越发动了疑,劈头第一句便问道:“你在屋子里和谁说话?”懿妃已被他一句话揭穿了,知道无可抵赖,便说:“四爷在俺屋子里坐呢。”说着,回头过去,向里屋子喊道:“四爷快快出来,七格格在这里看你呢。”里面荣禄听了,趁此“吠”地答应一声,赶出外屋子来,向七格格请了一个安,满脸堆着笑;一面端椅子请他坐,一面问道:“七格格到这屋子里来有什么事?”七格格听了,把颈子一歪,说道:“什么话?这地方只许你来,却不许俺的吗?到这里来,一定要事儿才来的吗?那么俺请问四爷,四爷是有什么事儿来的呢?”问得荣禄一句口也开不得,只说:“好格格,俺不会说话,饶恕了俺罢。”说着,又做出许多丑相来。又问七格格:“这几天可到什么地方去逛来?老佛爷可有什么话来?”又说:“什刹海这几天正热闹呢,格格可曾去逛过吗?改几天有空儿,俺陪着格格逛去,可好吗?”东拉西扯地说了许多话,七格格睬也不去睬他,只和懿妃说着话儿。

停了一会,小太监来通报说:“老佛爷传七格格呢。”七格格听了,忙丢下他两人,转身跟着小太监走进慈禧宫中去。见了太后,便说慈安太后打发来向老佛爷要两广总督的奏折去看,慈禧太后听了,忙传李莲英,叫他到书房去,把那奏折拣出来送去;又留住七格格在宫中陪着吃饭。吃饭的时候,有许多妃嫔、宫女在两旁站着伺候着,独有那班格格们可以陪伴太后吃饭。这时懿妃也站在一旁,待慈禧太后吃完了饭,进房去,那班妃嫔们才就太后吃剩的饭菜胡乱吃了一回。那时慈禧太后和七格格在屋子里闲磕牙,说话之间,七格格便把荣禄在懿妃房中逗留调笑的情形,约略地说了几句。

荣禄和懿妃的事体,在西太后心中,早也料到;如今听七格格说出这话来,心想七格格是慈安太后的内侄女儿,那荣禄又是自己的内孩,倘然这风声传到东太后耳中去,少不得自己也要耽着处分。忙拉着七格格说道:“好孩子!你既撞见了,俺们娘儿都是一家人,你便包庇他们些,他们总忘不了你的好处。”说着,把自己头上插着的一支玉搔头拔下来,替七格格插在髻儿边,七格格忙跪下去谢恩。正起来,那懿妃也吃完了饭,走进屋子来;慈禧太后吩咐懿妃,叫他向七格格请安。懿妃一时摸不着头脑,但太后的吩咐,又不能违背,便向七格格蹲身请下安去。七格格推说是东太后那边有差遣,便辞出宫去。

这里慈禧太后立刻把脸色沉下,问着懿妃道:“我吩咐你向七格格请安,你知道我的用意吗?”吓得懿妃不敢开口,忙爬在地下碰头。慈禧太后吩咐把荣禄唤进来,荣禄那边,早有太监去报信给他,说老佛爷正生气呢。一听得宣召,捏着一把汗,蹑着脚走进太后房中去;见懿妃跪下,他也爬下地去,恰和懿妃跪了一个并肩儿。只听慈禧太后很严厉的声音说道:“我只因看你们两个孩子长得比别人聪明些,凡事也不免信托你们些,宽纵你们些;你们索性在背地里做出那种无法无天的事体来,今天给七格格撞破了,他回去告诉东太后知道,明天不免要见奏章。那时我自己也洗不清,管不得你们的事了,你们准备着脑袋砍下来便了!”一句话,说得荣禄和懿妃两人连连碰头求饶。荣禄又说:“奴才在贵妃房中,不敢为非作歹。只因奴才进宫来时,打听得老佛爷还安卧不曾起身,奴才要打听老佛爷昨夜身体可大安,一时又无从打听。知道懿贵妃是老佛爷宠爱的人,早晚伺候着老佛爷的;便到贵妃屋子里去,一来是打探老佛爷的消息,二来是去请贵妃的安。原是奴才不知嫌疑,罪该万死!但说奴才有什么暧昧事体,这是青天在上,奴才万万不敢的。奴才一死原不足惜,只是拖累了贵妃的名气,叫奴才如何对得起人,这事体只求老佛爷替奴才做主。”说着,又不住地磕下头去。

慈禧太后听了荣禄的话,冷笑着说道:“你两人也不用在俺眼前装神弄鬼,俺也没有这个心劲儿来管你们的闲事;只看你两人的造化,明天东太后倘没有什么话落在俺耳朵里,臣工们倘没有奏章照在俺眼睛里,就也饶恕了你们。不然的话,倘有三言两语,落在俺耳根里,如今东太后正天天要抓我的错儿,那皇上也不亲近我,我自身也难保,只得把你两人和盘托出去;杀也罢,剐也罢,可不干我事。”懿贵妃听了这个话,吓得那眼泪直滚出来。西太后喝一声“起去,”他两人又给西太后碰头,退出房来。在背地里懿贵妃又拉着荣禄痛哭;荣禄拿好言安慰他,又说:“俺和李总管商量去,决不叫贵妃吃亏的。”当夜荣禄果然去找李莲英,告诉他的来意。李莲英也常常吃东太后的训斥,衔恨在心,听了荣禄的话,便拍着胸脯,说道:“四爷放心,这件事体不闹出来便罢,倘然闹出来,俺们索性一不做二不休,施一条毒计,把俺们的仇人一网打尽,大家痛痛快快的做一下。”荣禄听了,暂时告别出宫门。

荣禄耽搁了一夜的心事,第二天一早,又急急赶到宫里去候信。那西太后早朝回宫,便传荣禄进去,荣禄知道大事不好,只得硬着头皮走进西太后房里便跪下。只见西太后满面怒容,掷下一个折子来,叫他自己看去。荣禄见那折子是翁同龢上的,折子上不但说荣禄和懿妃的事体,污乱宫廷,请两宫太后立交内务府明正典刑,并说慈禧太后侈靡骄纵,袒护私亲。荣禄一面看着折子,一边听西太后喝道:“你们这班孽畜!自己做出不要脸的事体来,拖累我也受着翁师傅的嘲笑,你们还不给我去快快地死吗!”一句话不曾说完:宫女报说:“慈安太后来了!”慈禧太后忙起身迎接,慈安太后也满脸含着怒气走进房来,慈禧太后脸上不觉露出羞惭之色。慈安太后一坐定,便问道:“今天翁师傅的奏章,妹妹看见了没有?”慈禧太后还不曾答话,忽然宫女又进来报说:“懿贵妃在宫中自缢身死。”荣禄听了,真好似万箭攒心。欲知懿妃自尽的情形,且听下回分解。

母后临朝,绝无良果。此非谓女子之不宜于政治事业也,徒以中国历史上女子之操政柄者,均非从学养中得来;徒以妃嫔怙宠,威福擅作,一转私意,颠倒朝纲。顺我者昌,逆我者亡，初无是非正义于其间。盖若辈出身微贱，所与结纳者，皆蝇营狗苟之辈；无怪其一朝得意，惟权威之是弄。群小趋附，而大局愈不堪问矣！西太后之与荣、李，其尤著者也。

妃嫔微贱，不足以委托朝政，吾已言之矣。然则圣母贤后，苟能垂帘亲政，夹辅幼主，宜其清明有望矣？是亦不然。盖中国女教不兴，学养欠缺；女子以幽静为德，习成天性。苟一旦委以大事，非优柔寡断，即懦弱无能；其失也在迂缓，在遍急，好感情用事。其不为群小所弄者几希，慈安太后是其例也。

懿妃之秽乱宫廷，其自尽也，说者咸谓咎有应得，然吾独为懿妃呼冤。盖以垂髫女儿，天机正畅；一入宫禁，幽闭之，凌贱之，已大背乎人道。矧以二八年华，即赋寡鹄；当此冷宫长夜，人孰无情，谁能遣此？懿妃苟不入掖庭，得配民间；将见其夫夫妇妇，情好以终。今以终生禁锢之身，迫于人情；偶一逾越，即以白绫三尺，戕其弱质。佛说罪恶，正为此辈。

第八十二回　慈安太后为嘴丧命　峒元道士望气得意

却说懿妃第一天受了西太后的一番训斥以后，心中已十分害怕，时时防着有大祸临身，一夜不曾合得眼。到了第二天一早起来，梳妆已罢，看看没有什么消息，便赶到仁寿宫去伺候着慈禧太后起身。太后见了他，却不说话，懿妃心中稍稍放下，候着太后坐早朝去，便偷空回到自己屋子里去休息，留下一个宫女，在太后宫里打听消息。待到太后回宫，看了翁同龢的折子，把荣禄传进宫去，大加训斥；懿妃的宫女在廊下，听得十分清楚，急急赶去，告诉懿妃知道。懿妃一想："这个罪名，看来不能够免的了。将来抛头露面到宗人府去受着审问，叫我如何丢得下这个脸？我还不如趁早寻个自尽罢。"他打了这个主意，把跟前的宫女，一齐调出房去；他自己阖上房门，跪下地来，向空磕了几个头，拿了一条鸾带，在当门口吊死了。待到那宫女去做了事回进房来，房门反关着；在门外叫唤，也不听得房里有什么声响。

宫女们知道事情不妙，便去通报总管。那总管看了情形，知道出了事体，便传齐许多小太监，从窗户里打进屋子去，一看见懿妃的身体，高高的挂在当门，上去摸一摸，早已断了气。小太监吓得跳出房来，把情形报与总管知道。总管也不敢做主，忙去报与李总管，李总管便报与太后身边的宫女，宫女不敢延缓，立刻去报与太后。慈禧太后受了慈安太后的埋怨，一肚子没好气；见宫女报说懿贵妃自缢身死，便说道："他们自己作的孽，我也管不得这许多。"一面指着荣禄说道："他虽说是我的亲侄儿，但他如今被翁师傅参奏下来，我也不能够包庇；求姊姊带去，严严的审问他。该杀该剐，俺绝没有半句闲话。俺做了太后，为了这畜牲，给臣子们说我袒护私亲，我的脸也丢尽了！"西太后说到这里，也撑不住吊下眼泪来。慈安太后便传总管来，把翁师傅的原折，连同荣禄，送去刑部大堂审问明白。那刑部大臣知道荣禄是慈禧太后的内亲，也不敢拟什么重罪，只拟了"永不叙用"四个字，把奏折送上两宫太后。西太后避着嫌疑，由东太后批了"依议"两个字。从此荣禄革去了一切职衔，闲住在家里，不能再进言去见太后了。

西太后跟前少了这两个人陪伴，顿时觉得十分寂寞，肚子里一肚的心腹话，也没有地方可以说得，因此越发把个慈安太后恨入骨髓；时时刻刻和李莲英商量，要想报他胸中的仇恨。慈禧太后说："近来东太后处处抓我的错处，我倘不想法子报仇致他的死命，将来还有我自由的地步吗？"在慈安太后看看慈禧有许多事体犯在他手里，总可以从此改过自新，感激自己的恩德了。知道西太后去了懿妃和荣禄两人，跟前十分寂寞，便每日到西太后宫里来找他说些闲话。西太后在面子上虽敷衍着，心中却时刻留意，看可有下手报仇的机会没有。这东太后生平最爱吃小食儿，他不论到什么地方，总有一个宫女捧着点心盒子跟在身后；盒子里面各色糖果、糕饼饽饽都有，东太后说着话，便随手拿着糖果点心吃着。西太后看了这情形，心中忽然有了主意。隔了几天，正是召见军机大臣之期，慈安太后绝早起来，慈禧太后起身略迟，慈安太后便到慈禧宫中去候着；慈禧一面梳妆着，一面和慈安说着话。忽然想起东太后未曾用得早餐，忙吩咐宫女去把那精细饽饽拿出来，献与东太后吃。东太后看时，那饽饽，真做得精细可爱；有做成八仙的，有做成鹤鹿的，里面拿鸡丝火腿做成馅子，吃着味儿很美。东太后一面称赞着，一连吃了几个。西太后说："这是宫中新进来的膳夫，制了一百个饽饽进呈，先尝尝味儿的。姊姊既爱吃，索性叫宫女多拿几个回宫去吃着玩儿。"说着，便有宫女捧着一大盒饽饽来，交给那捧点心盒子的宫女，先给东太后送回宫去。这时西太后梳洗完毕，与西太后一同出去坐朝。当时召见的大臣，是恭亲王奕䜣，大学士左宗棠，尚书王文韶，协办大学士李鸿藻一班人。这一天，正是光绪辛亥年三月初十日，照宫廷的规矩，太后坐朝，大臣们原跪在帘子外奏对的，只因西太后嫌隔着帘子说话，十分气闷，吩咐把当殿的帘子卷起。从此臣僚上朝，都得望见两太后的颜色。这一天，诸大臣奏对的时候，独有恭亲王的眼力最锐，望见慈安太后御容，甚是和悦，说话也独多。只是两腮红晕，好似酒醉一般。这一天开御前会议，议的是法国进寇越南的事体。到午膳时候，诸大臣稍退，两宫太后在偏殿传膳。膳罢，略事休息，又复召集臣工，继续会议，直议到下午四点钟，才议出一个头绪来。由两宫下谕北洋大臣李鸿章筹商办法，并命沿边、沿江、沿海各督抚，密为筹备。

这个旨意拟成，慈安太后便觉得头目昏花，有些支撑不住了，急急回宫去，在御榻上睡下。外面大臣们退朝，在朝房里又商议了一回，个个退出午门。正打算回家，忽然内廷飞报出来，说慈安太后驾崩了，传军机大臣们莫散去，速速进宫商议大事。那班大臣们听了，各面面相觑，目瞪口呆。内中唯有恭亲王最是关心，听了便撑不住号啕大哭起来。诸大臣劝住了恭王的哭，赶进东太后寝宫去，见慈禧太后坐在矮椅上，宫女们正在替东太后小殓。大臣们看了这个情形，忍不住个个吊下眼泪来。只听得西太后自言自语地说道："东太后一向是一个好身体，近来也不见害病，怎么忽然丢下我去了呢。"慈禧太后一边数说着，一边伏在尸身旁，呜呜咽咽的痛哭起来。诸位大臣见西太后哭得伤心，便一齐跪下地来劝解着，说皇太后请勉抑悲怀，料理后事要紧。

照宫廷的旧例，凡是帝后上宾，所有药方医案，都要交军机大臣验看；如今东太后死得这样快，所以也不及延医服药，也不曾留得方案。后妃死后，照例又须召椒房戚族，进宫去看着小殓；如今西太后的主意，不叫去通报东太后的母家钮祜禄氏的族人。大臣们也没有人敢出这个主意，一任那班 宫女在那里替东太后草草成殓。慈禧太后一面把一班军机大臣召唤到自己书房里去，商量拟遗诏的事体。由西太后出主意，命李鸿藻当面拟就，立刻把遗诏发下去，以掩人耳目。那遗诏上说道：

"予以薄德，只承文宗显皇帝册命，备位宫壶。迨穆宗毅皇帝寅绍丕基，孝思肫笃，承欢奉养，必敬必诚。今皇帝入缵大统，亲膳问安，秉性诚孝。且自御极以来，典学维勤，克懋致德，予心弥深欣慰！虽当时事多艰，旰宵勤政；然幸体气素称强健，或冀克享遐龄，得资颐养。本月初九，偶染微症，皇帝侍药问安，祈予速痊。不意初十日病势倍重，延至戌时，神忽渐散，遂至弥留。年四十有五，母仪尊养，垂二十年；屡逢庆典，迭晋徽称，夫复何憾？第念皇帝遭兹大故，自极哀伤。惟人主一身关系天下，务当勉节哀思，一以国事为重，以仰慰慈禧端佑康颐昭豫庄诚皇太后教育之心。中外文武，恪供厥职，共襄郅治；予灵爽实与嘉之。其丧服酌遵旧典，皇帝持服二十七日而除；大祀固不可疏，群祀亦不可辍。再予以俭约朴素，为宫闱先，一切事关典礼，固不容骄纵抑损；至于饰终遗物，有可从俭约者，务惜物力，即所以副予之夙愿也。故兹昭谕，其各遵行。"

一道遗诏，便轻轻把一桩绝大的疑案掩饰过。那孝贞皇太后的家族也不敢问信。从此慈禧太后在宫中，可以独断独行。

慈安太后既死了，他第二步手腕，便是要除去恭亲王奕䜣。恭亲王在王大臣中，资格最老，又是先朝顾命之臣。他常常和慈安太后呼成一气，和自己反对。此人在朝中，不能畅所欲为。常常和李莲英商量着，要革去恭亲王的职。但恭亲王入军机已久，诸大臣都和他通同一气；他办事又公正，从没有失职的事体。便是要去他，也无可借口。恰巧第二年中法战事起了，说他议和失策，把这罪名全个儿搁在恭王身上，趁此机会，下一道上谕，把从前慈安太后的同党，一齐革职，为一网打尽之计。那谕旨说道：

"现值国家元气未充，时艰尤巨，政多丛脞，民未敉安；内外事务，必须得人而理。而军机处，实为内外用人行政之枢纽。恭亲王奕䜣等，始尚小心匡弼，继则委蛇保荣；近年爵禄日崇，因循日甚，每于朝廷振作求治之意，谬执成见，不肯实力奉行。屡经言者论列，或目为壅蔽，或劾其萎靡，或谓簠簋不饬，或谓昧于知人。本朝家法甚严，若谓其如前代之窃权乱政，不惟居心所不敢，实亦法律所不容。只以上数端，贻误已非浅显。若仍不改图，专务姑意，何以仰副列圣之伟业？贻谋将来皇帝亲政，又安能臻诸上理？若竟照弹章一一宣示，即不能复议亲贵，亦不能曲全耆旧，是岂朝廷宽大之政所忍为哉？言念及此，良用恻然！恭亲王奕䜣，大学士宝鋆，入直虽久，责备宜严；姑念一系多病，一系年老，兹特录其前劳，全其末路。奕䜣着加恩仍留世袭罔替亲王，赏食亲王全俸，开去一切差使，并撤去恩加双俸，家居养疾；宝鋆着原品休致。协办大学士吏部尚书李鸿藻，内庭当差有年，只为囿于才识，遂致办事竭蹶；兵部尚书景濂，只能循分供职，经济非其所长。均着开去一初差使，降二级调用。工部尚书翁同龢，甫直枢廷，适当多事；惟既别无建白，亦有应得之咎。着加恩革职留任，仍在毓庆宫行走，以示区别。朝廷于该王大臣之居心，默察已久；知其决难振作，诚恐贻误愈重，是以曲示矜全，从轻予谴，初不因寻常一眚之微，小臣一疏之劾，遽将亲藩大臣投闲降级也。嗣后内外臣工，务当痛戒因循，各摅忠悃；建言者秉公献替，务期远大。朝廷但察其心，不责其迹；苟于国事有裨，无不虚衷容纳。倘有门户之弊，标榜之风，假公济私，倾轧攻讦；甚至品行卑鄙，为人驱使，就中受贿，当必立抉其隐，按法惩治不贷。将此通谕知之。”

这一道上谕，说得吞吞吐吐，文不对题，那班被革职的大臣们，知道慈禧太后有意排除异己，只因天宇煌煌，也只得忍气吞声地退出了军机处。

慈禧太后又把几个自己亲信的王大臣，下旨选入了军机处。那醇亲王奕譞，原是太后的一党，慈禧便暗暗的指使孙毓汶奏请，把醇王调入军机，做太后的耳目。醇亲王是帝父，照祖宗成法，是不能入军机处的；如今慈禧太后另有用意，把醇王调入了军机处，一面下上谕，说：“军机处遇有紧要事件，着会同醇亲王奕譞商办，俟皇帝亲政后，再降懿旨。”翁同龢看了这道上谕，大不以为然；便指使左庶子盛昱，上奏力争。接着那左庶子锡钧、御史赵尔巽，都上书劝谏，说醇亲王不宜参与军机事务。慈禧太后如何肯听，上谕下来，只有“应毋庸议”四个字。那班臣子看了，也无可如何。

光绪皇帝真正的父亲却是奕譞，那慈禧太后又和奕譞不对的。光绪皇帝进宫的时候，奕譞的福晋，原不十分愿意；他们是妯娌辈，知道慈禧的脾气，十分奸刁，自己的儿子，要在他手里长大，一定是要吃苦的。当光绪进宫的时候，奕譞的福晋也曾痛痛的哭了几场，说：“活活地把我一个儿子葬送了！”这说话传到慈禧耳朵里去，说奕譞福晋不中抬举，从此因恨奕譞夫妻两人，也便不欢喜光绪皇帝了。实在此番慈禧太后的立光绪帝，在慈禧心中，还算是报奕譞的恩的。奕譞有什么恩？原来当初文宗在日，和奕譞十分友爱，弟兄两人常常在宫中见面；文宗所有心腹话，都向奕譞说出来。这时文宗看出慈禧太后是一个不安分的女人，便想废去他妃子的名位，免得他将来倚势弄权。常常把这个意思和奕譞商量着；是奕譞再三劝住，保全了慈禧的名位。慈禧心中感激他夫妇两人，所以把他的儿子立做皇帝。却不料奕譞夫妻两人，是不中抬举的，背地里常常说慈禧的坏话；再加光绪帝处处和皇太后反抗，自幼儿性情便不能相投。慈禧太后疑心是奕譞在暗地里教唆成这个样儿的，也便处处防备；传谕宫门，非有特诏，不得令皇帝和奕譞夫妻见面。因此奕譞福晋越发恨着太后，常常因想念儿子，在府中哭泣。

这时光绪帝已定了亲，选定的皇后，是桂祥的女儿，便是慈禧太后的侄女；性情和太后差不多，光绪帝心中十分不愿。皇帝所欢喜的，便是一个珍妃；珍妃的面貌又美丽，性情又和顺，光绪帝很想立他做皇后，无奈皇太后不答应，因此皇帝和皇太后的意见又深了一层。那班趋奉皇太后的宫监臣子们，见皇太后不喜欢皇帝和奕譞夫妻们，便造出许多谣言来。说京师西直门外白云观里有一个道士名叫峒元，他能够望气，每到夜深，峒元在庭心里远望，见奕譞府中屋顶上面罩着一重云气，那云气里隐约见一条黄龙，在半天里腾拿飞舞。奕譞怕要做本朝的真命天子，不可不防。皇太后听了这个话，十分相信，吩咐李总管把这峒元道士传进宫来，亲自询问。那峒元道士说：“屋上有云气，确是出真命天子之兆。今蒙皇太后垂问，容小道再到王府门口去细察看，再来复旨。"太后准了他的奏，便派几个小太监，打扮得和平常人模样，到奕谖府门口细细的观望一回。峒元道士点点头，心中明白，急回宫去奏明皇太后，说："王府中有一株古柏树，那云气便从柏树顶上出来；只需想法把那柏树截断，便破了风水，可以无碍了。"太后听了，便赏了道士些银钱去讫。这里亲自摆驾，轻率减从的出宫，悄悄地赶到奕谖府中去，把奕谖夫妻两人，吓得屁滚尿流，急急出来把圣驾接进屋子去。慈禧太后笑着，拉住奕谖福晋的手，说道："俺们自己姊妹，不必客气。我在宫中闷得慌，想起妹妹府中的花园，十分幽雅，特来游玩一回。"奕谖听了太后的话，便把酒席摆在花厅里，请皇太后吃酒赏花。那株古柏，适当庭心；看他老干擎天，浓荫匝地，太后不住地赞叹说："好高大的柏树？俺如今建造颐和园，正缺少这样的大木料。"奕谖站在 一旁，听了太后的说话，便信以为真，忙奏称说："臣愿把这株木料献与老佛爷。"皇太后听了，正合他的来意；待用膳已毕，便吩咐传集府中的工匠，一齐动手，把这株五六百年的老柏树齐根破了下来。这时皇太后正坐在廊下看着，只听得一声响亮，大树倒地；树心里忽然飞出十数条大蛇来，金鳞火眼，向四处乱扑。有一条大蛇，直向皇太后脸上扑来。欲知慈禧太后的性命如何，且听下回分解。

嫡庶之间，不能相容，在寻常百姓家，亦有同病。此情也，亦势也。矧以为嫡者往往恃其名位以临其庶，为庶者则结纳群小谋所以倾轧之。慈安之死，谒陵一役，实有以启其机。自此而慈禧宠任荣禄、莲英，求去此敌，而亟亟不可终日矣！

妇人之慧黠者，往往好弄。吾常见世厚之家，政由内出者，莫不玩弄懦夫弱子于手掌之上；慈禧之属意光绪，欺其弱也，为便于私图也。但光绪虽弱而中心则明哲，于是母子之间不可问矣！牝鸡伺晨，维家之索，亦鉴于女子之好弄，而徒贻邦家之尤耳。女子无才便是德，亦有所见而云然。女子多疑，星命风水之说，最能动之；况以西太后之不学无术，多欲多虑，闻醇王邸皇气之说，乌得而不动乎？千年老柏，斫于一朝；而飞蛇之惊，亦太后有以自取之也。天下本无事，庸人自扰之，其此之谓乎！

第八十三回 白云观太后拈香 神仙会郁氏纳赀

却说那条大蛇，直向慈禧太后脸上扑来的时候，奕譞和李莲英两人正站在慈禧太后的身后；只听得太后大叫一声，晕倒在椅子上，李莲英这时也顾不得什么了，忙抢去把太后把住。奕譞也不要性命了，向那大蛇迎上去，竖着拳头在蛇头上奋力一击，大蛇晕倒在地，奕譞便提起靴脚把蛇头踏住。那蛇受了痛，掉转尾儿来把奕譞拦腰盘住；蛇身愈盘愈紧，奕譞几乎喘不过气来。亏得那班工匠在一旁见了，大家上去拿斧子把蛇身肢解开来；奕譞脚心里已受了毒气，站立不住了。但慈禧太后还坐在花厅里，家人扶着他走进屋子去，忽爬在地下磕着头，说："奴才该死！老佛爷受惊了？"这时慈禧太后神志已清，一班太监们忙着拍胸捶腿，送参汤装烟，忙了大半天，太后才开口，吩咐回宫去。

这里奕譞又跪着送出大门去，回进上房，忙传府中的外科医生，在腿上打针，服下解毒的药去。隔了一宵，那毒气却渐渐地退了，只是头晕心跳，精神疲倦。医生正要下第二剂药，忽然慈禧太后派了萧御医到府中来诊奕譞的病，奕譞当即叩头谢恩。御医诊过了脉，并不开方，便在随带的药箱里掇些药，看着奕譞服下便去了。从此御医便每天来替醇亲王诊一次病，每一次必看着奕譞服下药才去。但奕譞自从改服了御医的药以后，那病势反觉得一天一天的利害起来。府中虽养着几位内外科医生，但因御医来下过药，都不敢再下药。这一天直隶总督李少荃亲自进府去探望，奕譞见了李总督，只是淌眼泪说："我的病看来不能好了！我只有一块肉，留在宫里；他如今是咱们的皇上了。我死以后，别的没有什么舍不下，只求总督多多看顾我们这位皇上罢！"说着，便在床上向李总督拱手。李少荃忙回着礼，说："王爷放心，做臣子的岂有不忠心于皇上之理？便是王爷的病，也不见得便有什么凶险。"奕譞这时两眼蒙眬，低低的说道："我很想见他一见。"李少荃听了，知道王爷想见他的儿子，第二天李总督便入奏，说："奕譞病势危笃，颇欲与今上一面；即皇上天性纯孝，生父病状，亦时在念中，可否仰求皇太后垂念父子天性，赐予一面？"慈禧太后见了这奏折，便立刻亲自带了光绪皇帝到王府里去探望奕譞的病。那奕譞正病得神志昏沉的时候，见了光绪皇帝，顿觉心地清醒起来，忙爬在枕上碰头接驾。光绪虽说年纪尚轻，但父子究关天性，见奕譞病得十分瘦弱，也不觉吊下眼泪来了。回宫去又打发内监赏人参十斤，黄金千两。这时总督衙门里有一位书启师爷，很懂得医理；李总督一家人有病，都是这位师爷看好的。当时李总督便把这位师爷推荐到王爷府里去。无奈宫中的规矩，有御医诊着病，别的医生任你有如何广大的神通，也要避着嫌疑，不能再给病人诊病了。这位书启师爷在王府里住了几天，无事可做；到后来眼看着一个年纪轻轻身体强健的奕譞，活活地吃御医治死了。

光绪皇帝在宫中得到生父死的信息，便撑不住号啕大哭，慈禧太后分派李莲英传谕，劝皇上节哀保重。又吩咐隆裕皇后，随时劝慰。一面下谕，从优抚恤；发内帑万两，给王爷治丧。

自从奕譞死了以后，慈禧太后才放了心；一面却把那峒元道士十分信任起来，皇太后亲自下谕，封峒元道士为总道教司，与江西龙虎山的正乙真人并行。又发银一万两，替他重盖白云观。这白云观在北京西直门外，原是一座荒凉古刹，门前匾额剥落，门内佛座歪斜；自从皇太后敕建白云观，那峒元道士便竭力经营。他仗着皇太后捐帑的名儿，到各王爷各大臣家里去募捐；上自督抚大员，下至府尹小吏，都捧着银钱去孝敬他，要他在太后跟前说一句好话儿。这一次峒元道士足足捐了六七十万银两，便在西直门外旧址，大兴土木。白云观的原基，只有四五分地皮；如今峒元道士有钱了，便把左近四五百亩地连房屋统统买下来。他出的地价，只有二三十块钱一亩，邻舍人家都惧惮他的势力，不敢不卖给他。峒元道士买得了地皮，便把房屋统统拆去，重新盖造；外面殿阁崇宏，里面亭台曲折，夹着许多花木池沼，外面望去，好一座阔大的园庭。到落成的这一天，峒元道士便进宫去恭请皇太后降临，替菩萨开光。慈禧太后原是信佛的，当下听了便也高兴，便下谕拣定正月十五日圣驾亲临白云观拈香。

这个谕旨一下，却把那文武大臣忙得走投无路。你道为什么这样忙？原来皇太后谕中，有"着王大臣眷属随同拈香"的话。那班官家眷属，平时深居简出的；如今得了这道懿旨，是奉旨烧香，做她丈夫的，如何敢违拗他。女太太一出门，第一要紧的事体，便是穿戴两字。那些年老的福晋夫人们，还容易对付，只有那班年轻的官太太或是格格小姐们，最是不容易打发。他们都在妙龄盛年，花貌琼姿，各有逞奇好胜的心思，如何不趁此在皇太后跟前显焕显焕？那班太太小姐们都向他的丈夫、父亲百般需索，有的要兑首饰，有的要做衣服。

到了正月十五一清早，个个打扮着，坐着自己府中的车辆，赶到西直门外白云观里接驾去；那文武官员、亲王大臣，却在城门口接驾。停了一刻，远远见旌旗蔽日，炉烟簇云；又有一大队兵马，拥护着皇太后的圣驾来了。到得跟前，那班大臣们忙爬下地去跪接；待圣驾过去，那大臣们个个上马的上马，上车的上车，从小路里抄上前去，又在白云观门外跪接。皇太后、皇上和皇后的御车，直进中庭甬道上下车。这时甬道两旁跪的尽是官家眷属，一时钗光鬓影，满庭春色。皇太后向两面看着，脸上不觉露出笑容来。皇太后进殿，峒元道士早在殿阶上俯伏着，高呼着："皇太后、皇上万岁，万万岁！"皇太后走到佛座前，见正中塑着一座丈二金身，认识是玉皇大帝；李莲英递过御香，皇太后和皇帝、皇后一齐跪在绣墩上参拜。后面二三百位官眷，殿廊下二三百位大臣，都一齐跟着跪在蒲团上。满院子鸦雀无声的，只听得钟鼓之声，东西相应，女眷们的环佩铿锵声，大臣们的朝珠叮当声，微微的内外相应。

拈香已毕，大臣们退出；皇太后把峒元道士宣召进来，吩咐他领导随喜。那峒元道士全身披挂，精神抖擞，在前面斜着肩儿弯着腰儿走着。皇太后走过几重佛殿，见塑的尽是天神天将；绕过后面月洞门，便露出一座花园来，盖造得精致曲折。花园里随处养着鹤、鹿、孔雀、锦鸡、白兔之类，也有在草地上跪着的，也有在假山洞里躲着的；皇太后看了十分欢喜。走过几处回廊曲院，才见正屋，盖的是九间正厅，五明四暗。厅上已排列着茶桌，厅对面建着一座金碧辉煌的戏台；这时满屋结着灯彩，戏台上预备下场面。两边暗房，是皇太后、皇后的更衣室；皇太后、皇后入更衣室，略略休息一会。外面茶果摆齐，戏台上锣鼓一响，戏文开场。峒元道士早已把内廷供奉的几个戏子，邀在观里，听候太后点戏。皇太后出来用茶果，果然点了一出《混元盒》，一出《赶三关》，皇上点了一出《回龙阁》。皇后知道皇太后是爱小旦戏的，便点了一出《鸿鸾禧》，太后十分欢喜。一屋子官眷们都陪坐着听戏，台上笙歌嘹亮，台下珠围翠绕；文武官员一律回避着，独有这峒元道士在脂粉队里，如穿花蝴蝶似的，跑来跑去，承迎着皇太后的色笑。这一场直看到日落西山，皇太后才摆驾回宫。那班女眷们正看得出神，听说太后要回宫去了，大家只得依依不舍的个个出门上车，跟着太后进城去。这里留下那班大臣们，峒元道士便把那王爷大臣们邀进正厅去坐；那班大臣们都和峒元道士好，大家称兄道弟的喝酒听戏。有许多戏子，原认识那班王爷大臣们的，唱完了戏，个个打扮着下台来，坐在大人们身后。那班大人见了戏子，越发乐得忘形，个个搂着小戏子狂呼痛饮起来。这一场酒直喝到黄昏人静，才个个打着灯笼坐车进城去。

隔了几天，峒元道士进宫去谢恩，皇太后留着他在宫中一连住了几宵。峒元道士讲些练气打坐的工夫，又教着皇太后练八段锦工夫，说每日在起床之前练习一套功，能延年益寿。皇太后听信他的话，从此便认真练习起来；后来便习惯了，随便在什么地方，总须练过一套八段锦，才肯起身。这工夫直到老也不间断的，因此慈禧太后的身体日见丰美，到老也不衰败的。这都是后话。

如今这峒元道士既得了皇太后的欢心，他在太后跟前，真是言听计从；太后常常宣他进宫去赐座，奏对道术，从早谈到晚，太后听了也不厌倦。有许多王公大臣，见他得了势，便轮流着请他进府去置酒高会。喝酒喝到高兴头里，便把自己的夫人、福晋、格格小姐们唤出来，拜峒元道士做师父。这个风气一开，京城里许多官家眷属，都抢着拜在峒元道士门下做一个女弟子，算是十分荣耀的事。那做女弟子的，都有贽见；多则上万，少也数千。银钱以外，还送着各种绣货，有绣一件道袍的，有绣一件鹤氅的，也有绣佛前幢幡的。那官阶小些，或贽见礼少些的，硬把自己妻女凑去拜他，还不在他眼睛里呢。有许多王爷求着要和他换帖，峒元道士还推三阻四的不肯。他只和李莲英拜把称弟兄，为的是结下这个交情，彼此在太后跟前可以互相说着好话。

又因这一年正月十五日，太后亲到白云观中拈香过，从此每到正月十五这一天，便有京城里文武官员到观中来拈香，皇太后、皇上也必要下谕派一位王爷代行拈香。这一天，峒元道士备下戏酒，邀着王爷大臣们在观里热闹一天。从十五这一天起，便把庙门开放，任人进庙烧香，直开放到二十五；在这十天里面，红男绿女进庙来烧香的，挤得水泄不通。京城里人称作"会神仙"。来会神仙的，不独是平民百姓，那京城里王爷的福晋，大臣的命妇，以及贵家的格格小姊，都打扮得花朵儿似的到庙里来会神仙。他们的会神仙，又与平常妇女不同；到了庙里，决不肯当日回府，必得要在庙中睡下一宵，真的去会神仙，名叫"宿山。"好在这班贵妇女，大半是峒元道士的女弟子；年轻的格格小姊们，又寄名给峒元道士做干女。因此那班贵妇女见了道士，大家抢着把师父干爷嚷成一片。

峒元道士见女弟子、干女儿来了，便格外巴结，在庙里预备锦绣的床帐，精美的房间，一共有几十间，留他们女眷住下会会神仙去。内中有长得美貌的，越发留着多宿几宵。有许多官员想升官的，便托他妻女在这会神仙的时候求着师父干爷，给他自己的丈夫，父亲在太后跟前说几句话，又拿整万，几十万银两交给峒元道士，托他上下打点；只需师父干爷一答应，那官儿在十天里面便可以往上升。那班官眷会得神仙的，便出来对同伴们夸耀着，只因有几个年纪略大些的官太太，或是银钱不济事的，竟有几年会不到神仙的。

记得那年有一个杭州的吴侍郎，在京城里做了多年的穷京官，实在穷得过不下日子去，要走走门路，手头又苦于没有银钱。吴侍郎的妻子郁氏，是个头等美人，京城里一班官家眷属，人人都知道的。这一年也是正月十七这一天，郁氏到八王爷府中去拜岁，那王爷的福晋正打扮着，要到白云观去会神仙。郁氏一时之兴，也跟着福晋同去。峒元道士一见了郁氏，忙问："这位是谁家的太太？"福晋便对他说："是吴侍郎的夫人。"郁氏的美名，峒元道士也是久慕的；如今见了他，如何肯放，当时便要收郁氏做干女，郁氏推说没有带贽仪。在峒元道士跟前做女弟子，或是做干女，多少总要献贽仪的；多则上万，少也要几千。况且这做干女、做女弟子的事体，都要那班官家女眷再三求着，峒元道士才肯答应。如今这峒元道士自己求着郁氏，要收他做干女儿，这是何等荣幸的事体？当时那福晋便在一旁怂恿着，叫郁氏快答应，师父一定有好处给他。后来听郁氏说不曾带得贽礼，福晋忙着说："我有！我有！"说着，忙掏出一张两千两规元的庄票来，交给郁氏；郁氏转交给峒元道士。峒元道士摇着手不要，说："贫道看吴太太脸上有仙根，俺们结一个仙缘，不用贽仪的。"当晚郁氏便在白云观中会得了神仙，一连宿了三宵，跟着八王爷的福晋回家来。郁氏临走的时候，峒元道士还给他一张一万两银子的庄票，算是干爷的见面礼儿。

一过了二十五庙会散场，峒元道士受郁氏之托，便进宫去奏明太后，说吴侍郎如何清苦，求老佛爷赏他一个差使。这时太后正要下谕点放学差，在中国各省中要算广东学差的缺分最美的了，如今因峒元道士的说话，便放吴侍郎做了广东学差。那吴侍郎接了这个上谕，亲自跑到白云观去谢恩，回家来又对他妻子郁氏碰头谢恩，兴高采烈的赴任去了。

当时慈禧太后在宫中和峒元道士闲谈，说白云观中花园造得很好，只可惜少些字画。峒元道士听了忙跪下地去磕着头，说求老佛爷赏几件字画。慈禧太后一时高兴，便吩咐李莲英磨墨，拿起大笔来写了一个极大的“福”字；又拿出平日画成的一堂花卉画屏来，一齐赏给峒元道士。峒元道士又碰头谢恩，欢欢喜喜地捧着出宫去，交裱画匠装裱起来。待装裱成了，峒元道士又拣了一个日子，在白云观里摆下戏酒，把慈禧太后的字画张挂起来，邀着许多王爷大臣在花园里吃酒听戏。吃酒中间，有一位王爷说起老佛爷每年赏给大臣们的字画很多，老佛爷虽能写字作画，但一个人如何忙得过来？如今里面赏出来的，除“福寿”几个擘窠大字以外，其余的小楷字、花鸟画儿，都是缪太太代写代画的。峒元道士忙问：“谁是缪太太？”那王爷说道：“师父却不知道，宫里的规矩，内外臣工，除南上两书房内廷供奉及内务府人员以外，不是官做到二品的，不能赏‘福’字；无论什么大官，年纪不到五十岁，不能赏‘寿’字。自从到了俺老佛爷手里，格外开恩，常常赏着字画；老佛爷一高兴，不论什么人，都得赏赐亲笔的‘福’字‘寿’字，有时赏赐花鸟画儿、小楷字儿。老佛爷从在桐荫深处当妃子的时候，原学得一手好字画；但如今要赏人也太多了，一个人忙不过来，便降下密旨，给各省的督抚，叫寻觅能书画的命妇，选进宫去，替老佛爷写字画花。那时四川督抚，便把这缪太太悄悄地送进宫去。这缪太太名素筠，原是云南人。她丈夫在四川做官，便死在四川地方；家里境况很是艰难。缪太太的儿子虽也是一个举人，但一时也没有出息。幸得缪太太能画恽派花鸟，画得很是工细；他又能弹琴，又写得一手灵飞经体的小楷，在四川地方，靠着官场中卖着他的字画度日。如今四川督抚得了老佛爷的密旨，便兼程并进的悄悄地把缪太太送进宫去。老佛爷一见，十分欢喜，便每月给他二百块钱画金，在宫中终日代老佛爷写着字画。”

讲到缪素筠这个人，生得身体臃肿，面目阔大；慈禧太后常常拿他开玩笑，说缪太太的身体好似不倒人儿。但因缪太太的字画高明，却也很看重他。宫里规矩，凡宫女、女官见了太后都要跪拜，独有这缪太太，太后吩咐得免跪拜。宫里上上下下的人，都称他缪太太。这缪太太他做人和气，大家都和他好。这一天，是太后的万寿，那班妃嫔们要使太后欢喜，预先备了一顶大号的凤冠，到了那日，宫里众妃嫔都按品大装起来，便叫宫女也给缪太太大装，缪太太果然把披风红裙、凤冠霞帔穿戴起来。缪太太身体又生得矮胖，那衣冠又十分宽大；穿戴上了站在地下，越觉得臃肿了。宫女们都忍着笑，把缪太太扶去拜太后的万寿。这时太后正坐在内殿受礼，已有许多满洲福晋、格格们，一齐大装了站在太后两旁。忽然见缪太太打扮得绣球儿似的一个身体，滚着上来，大家已忍不住要笑了。只因光绪皇帝站在殿上，大家不敢笑出声来。后来皇上出去了，缪太太便爬在当地行礼，望去好似一只地鳖虫。慈禧太后先忍不住哈哈大笑起来，接着两旁的贵妇人和妃嫔们，也撑不住笑起来了，满殿只听得娇脆的笑声。慈禧太后还问谁给他打扮成这个样儿的？说着，又忍不住笑了一阵。接着说道：“今天原是大家欢喜的日子，缪太太伴着咱们玩一天罢。”缪太太忙碰头谢恩。这一天，跟着太后逛三海；那三海地方又大，许多妃嫔贵妇跟着太后跑来跑去。那班满洲妇女，都是大脚，还可以支持得；独这缪太太是小脚，头上戴的凤冠又重，走一步晃一晃。这一天太后的游兴很浓，直逛到天色已晚才回宫，赏了缪太太许多珍贵的东西。缪太太谢了赏回到自己屋子里，真是一步也动不得了。欲知后事如何，且听下回分解。

明帝谓愿生生世世莫生帝王家，此不独为亡国之君言也，即平常帝室，一涉宫廷，即无骨肉情义之可言。慈禧太后徒以幼帝无知，便于弄权；而光绪帝葬送其一世生趣于深宫禁苑之内。其父奕訢，亦因子为帝王而死，帝王其亦何乐之有？

妇人小子，并为一谈；妇人当权，其最易接近者，莫如小人。若峒元者，其小人之尤者也！满朝文武，不闻一加谏诤，反竟趋于一道士门下，献其妻女以求随其利禄之私；清室士夫之无气节，亦已甚矣！于以见妇人之不能当权也甚明。

缪素筠固大家闺秀也，徒以略解风雅，使贵人视为玩物，吾侪文人可以休矣！

第八十四回 花明柳暗颐和园 弹雨硝烟高丽宫

却说慈禧太后自从那天逛三海回宫来，和李莲英说起："三海地方许久不曾修理了，坍败的地方很多；在前几年，俺早想叫内务府修理了，只因恭亲王说没有钱，东太后又说不必修理，直到如今，越发坍败得利害了，再不修理，还成个什么花园呢？"李莲英听了太后的话，忙去报告给军机大臣知道；那班军机大臣谁不要讨太后的好儿，便大家商量着，叫内务大臣出面，大家筹了一笔款子，立刻动工去修理三海。又怕三海的地方太小，便连旧时从西城到后门的一条大路也包围了进去，造了两座高大的白石桥，名叫金鳌玉蝀。那三海修理完工，便请太后去游玩。太后到了三海一看，果然气局阔大，亭台壮丽，便也赞不绝口。许多亲王福晋陪着游玩，逛了一处，又是一处；正逛得高兴的时候，忽然慈禧太后又想起从前的圆明园来了，说道："这三海地方虽好，如何赶得上圆明园的万分之一。可惜先帝也亡故了，圆明园也毁了，再要和先帝在日一般热闹，怕也没有这个日子了！"慈禧太后说着，止不住掉下眼泪来。妃嫔们赶忙劝诫，护卫着太后回宫来。

这里李莲英见太后纪念圆明园，心中又有了主意。第二天，悄悄地跑到军机处去，和一班大臣商议，重兴圆明园，叫老佛爷欢喜。内中有一个军机大臣，说道："要重兴圆明园，非有四五千万银子不办；且便算把圆明园修理好了，老佛爷进园去游玩，如今先帝不在了，园中处处都留着伤心的地方，老佛爷一定又是不欢喜的。俺们有这重兴圆明园的钱，不如另盖造一所园子，样子和圆明园一般阔大。老佛爷在里面游玩着，既觉得新鲜别致，又不致伤了老佛爷的心。"当时一班王大臣听了这一番议论，齐声称妙。醇亲王载澧说道："俺们老佛爷六十岁万寿快到了，这一座花园，须在万寿以前赶造成功。到万寿的这一天，俺们请老佛爷进园去游玩一天，也叫老佛爷开开心。"说着屈着指儿一算道："现在是光绪十五年，老佛爷六十万寿，是在光绪二十年。在这五年里面，这花园的工程总可以完成了？"众大臣齐说可以成了。载澧又说道："偌大一座花园，盖造起来，最少也得一千多万两银子，只是这一笔钱，从什么地方出，难不成叫老佛爷自己挖腰包吗？"载澧说到这里，众大臣一齐低着头思索起来。这时李莲英也坐在一旁，忽然拍一拍掌说道："有了，有了！"众大臣问他："有了什么好法子？"李莲英说道："俺们不是有每年提出的海军经费二百万吗？如今积了五年，已有一千万。咱家想来，俺们中国全是陆地，用不着什么海军。便是外国，都是俺们大清朝的臣子，且都是小国，绝不敢来侵犯我们天朝的，这海军简直没有什么用处。俺们不如把他挪过来作为盖造花园的经费，谁敢说一个不字？再有，不够的地方，俺也有一个好法子在这里，索性借着振兴海军的名目，开一个海军报效捐；凡是报效海军经费实银七千两的，作一万两算，请俺老佛爷赏他一个即选知县做做。再有不够的地方，说不得俺们哥儿们挖挖腰包凑上了，岂不是成了？"

李莲英的话，众大臣拿他当老佛爷的话一般看待，便大家附和着说总管的话不错。当时便动起公事来，先把部里存着的历年积蓄下的海军经费一千万两银子提出来应用；一面由皇太后、皇上下谕，开海军报效捐官的例。一面指定在万寿山一带空旷地方建造花园。这花园为预备皇上恭祝皇太后万寿用的，便定名称颐和园，是取颐养天和的意思。这时荣禄已经起用，在西安做将军；他听得京里建造颐和园，便首先捐俸银二十五万两，算是送太后的寿礼。慈禧太后原是欢喜荣禄的，便把他调进京来，也入了军机处。接着便有许多王公大臣报效银两的，你也十万，我也二十万。又在报效海军经费项下收得了四五百万两银子。这一年年底，阎敬铭做户部尚书，部中照例到每年终须把库中的存款造一本册子报告进宫去，请两宫查看。那册子上列入的，照例都是正款。此外历年查抄下来的款项，以及罚款，变价的款，都算是闲款，不入册子的。一来怕遇到有正款亏空的时候，便拿这闲款去弥缝；二来从堂官到库官，每年在这笔闲款上多少也分得一些好处。自从阎敬铭做了户部尚书以后，他要讨好皇太后，到年底造册子的时候，便把许多闲款一估脑儿的都报告进去。皇太后一看，忽然凭空多出七百多万闲款来，便吩咐李莲英去把这笔款子提进来，一并充作建造颐和园经费。

他们有了这许多钱，便把这座颐和园造得格外富丽堂皇。到光绪十九年上，便把这座园子盖造得端端整整。那监工大臣便请诸位王大臣去踏勘。这一天，醇亲王便一早起来，带了许多大官员们进园去。做书的也趁此机会，把这颐和园的大略情形说一说：这颐和园，原是清漪园的旧址，在京城外西北面地方，离京城大约二十里路；背靠着万寿山，把一座昆明湖围在园里。从东角门进去，过仁寿门，殿屋十分高大，便是仁寿殿；进殿门，门里面院子中央有一座月台，第一层台上平列着四座大鼎，第二层对安着盘二龙二凤的铜缸两座。殿里面设着乌木宝座，殿门封锁着。向西面走，不多几步路，上面有一个匾，写着“水木自亲”四个字，西面便是昆明池，池北面有一座乐寿堂，这一座堂，将来便是皇太后的寝宫。堂前也有一座月台，一旁有一座亭子，盖造得好似暖房一般，全是玻璃盖成。亭子里面藏着柏树一株，样子好似珊瑚一般。又曲曲折折向西面走去，经过几十丈的回廊；北面有一座山，山顶上有一座台，名叫国华台。这座台盖得有几十丈高，台下有一殿，殿名排云殿；殿屋九间，十分阔大，将来太后便在这座殿上坐朝。殿里面有一副对联，上联写着：“万笏晴山朝北极”，下联写着“九华仙乐奏南薰。”殿的两壁，造着几十座什锦橱，高接栋宇；殿阶十四层，月台上平列着铜鼎铜龟各四座，铜龙铜凤各两座。殿后面有一座佛香阁，几十级阶石上去，从偏门进去，门里面一座石牌坊，上面写着“暮霭朝岚常自写”七个字；又从北面上去，是一座宝云阁，盖成八卦样子，门栏栋槛都是生铜铸成。阁里面三座长方桌，也是铜铸成的。从宝云阁向东面下去，便是太湖假山；山有洞，回环曲折，好似蚂蚁窠。穿出洞门上去，便到了佛香阁；阁里面供着三座金佛，阁子后面，又有一座亭子，称作众香界。这地方便是万寿山的最高处。向南出去有一座门，门上题着“导养正性”四个字；门前一带短墙，抱住山顶。靠在墙上向南望去，池面上亭台楼阁，好似盘中盆景，十分清楚；再从石洞向东穿出去，有一座殿，殿上写着“转轮藏”三个字。殿旁有几座八角亭子。转轮藏原是两座木制的宝塔，每一座塔有十几层，每一层上面都刻着佛像；每一座藏有三丈高，日夜自己转着不停息的。后来庚子年八国联军打进京城，占据了颐和园，这两座转轮藏才停止不转了。院子里又有几座日晷，面上刻着时辰刻数；中央竖一支钢针，太阳照着，针影指在什么时刻上，便知道是什么时候了。从转轮藏绕出去，便是德晖殿；殿上匾额，写着“敷光荣庆”四个字。这地方已在排云殿的东面了。西面又有一座殿，名听鹏殿；殿对面一座戏台，建造得金碧辉煌，便是将来慈禧太后听戏的地方。东面沿着山路曲折上去，有一座亭子，匾上写着“画中游”三字。有许多对联写道：“境自远尘皆入咏，物含妙理总堪寻。”“几许崇情记远迹，无边佳况惬香襟。”“闲云归岫连峰暗，飞瀑垂空漱石凉。”“幽籁静中观水动，尘心息后觅凉来。”“川岩独钟秀，天地不言工。”“山色因心远，泉声入目凉。”亭旁有一个石洞，穿出石洞，迎面便矗着一座石牌坊；上面刻着“山川辉映使人应接不暇”十个字。再上去有一座亭，亭上匾额题着“湖山真意”四个字。这地方将来慈禧太后常常在这里纳凉的。这里已是万寿山最高的地方了。向北面山下一望，见园墙外面十里多地方，便是京城里的大街。亭上面又有一亭，上面题着“智慧海”三字；对面有三座园门，门上写着“衹树林”三个字。楼后面稍低的地方向东北面望去，几里远地方，平地上绕着一带短垣，便是圆明园的废址。

在山顶上东面走去，一带都是拿水磨方砖铺成的大路；那路有几里长。山岭虽有起伏，但这路却铺得甚是平坦。路的尽头有一座亭子，名叫荟亭，从荟亭下山到景福阁，是慈禧太后每天进小米粥的地方。从景福阁出去，走过如意庄、平安室，直到乐农轩。轩的正中安着一张御座，御座后面列着条儿，左面一张西式摇椅，上面罩着黄幔。再从乐农轩向东南下去，便是瞩新楼、涵远堂。堂前有一口方池，池水通着山泉，终日水流着淙淙有声。这地方很像是从到西太后做妃子的时候住的桐荫深处，曲栏画楹，备极清幽。池旁有一座和春堂，堂畔有一座桥，名叫知鱼桥。桥的四面，都造着亭台。过知鱼桥又是一座院落，南北对列着四五间房屋；南面的屋子里藏着一只龙舟，北面的屋子里藏着 一部《图书集成》。又向西面过去，便是德和园；园中央盖着一座殿宇，名颐乐殿。殿前造着一座大戏台，台共高三层；从最高一层望去，便见玉兰堂。这地方便是将来光绪皇帝的寝宫。殿前两边各有厢房十一间，每间用木板隔开，便是赏王公大臣听戏的地方。从南面走去，便是昆明湖；沿着东墙走去，大约有两里路远近，到了宫门口。门左面立着一座石牌，名叫织女石，有四五尺高，是甲申年立的；右面卧着一头铜牛，约四五尺长，名牵牛。对宫门造着一座白石河埠，是游昆明湖上船的地方。沿昆明湖向西走去，有一座十七环洞的长桥；过桥向北行，便到龙王庙。庙廊上有几副对联，写着道："天外是银河，烟波宛转，云开翠幄，香雨霏微；列岫展屏山，云凝罨画，平湖环镜，波漾空氛。"庙门外东西南三面都立着石牌坊，庙后便是涵虚堂，堂后面便是昆明湖，对湖西面便是玉泉山。颐和园的风景，大概是这样子的。园子里面有电灯厂，有铁路，有汽船；每一处，都有总办、帮办、委员几十个人，一大半 都是满人 。

后来皇太后带着光绪皇帝、皇后进园去住，只是伙食开支，每天要用到一万二千块钱。当时造这座花园，原打算待皇太后万寿请太后游玩着欢喜欢喜的，所以在光绪十九年上便造成。第二年正是慈禧太后六十岁万寿，便由荣禄、载澧领头儿，预先入奏，筹备庆贺的大典；谁知到了光绪甲午年六月里的时候，便和日本开战。

讲到中国和日本开战的大原因，还是因光绪皇帝和慈禧太后闹意见闹成功的。只因中国的属国朝鲜，自从国王李熙入承大统以后，那王父李昰应还常常要干预朝政；父子之间，便起了龃龉。李熙便把父皇封为大院君，原要叫他不问国事的意思。谁知那大院君却越发骄横起来了，因此满朝文武也分做两党，互相倾轧。朝鲜王没奈何，便上表到中国来告急。慈禧太后见了朝鲜国的表文，立刻派提督吴兆澂，率同同知袁世凯，带兵直入朝鲜宫廷，代平内乱。又派吴大澂、庆裕、续昌，办理善后事宜。一面下谕李鸿章，调动兵轮，随同水师提督丁汝昌到朝鲜去保护。中国兵队捉住了大院君，解回北京来，皇太后命把他幽居在保定地方。但朝鲜国王不免有父子之情，一再上表，求释放他父亲。谁知这大院君释放回国去，却暗暗的私通了日本，日本便派了大臣伊藤博文到天津来和李鸿章商量朝鲜事体。说吴兆澂、袁世凯这班人，袒护朝鲜，拒绝日本，要求中国把这两人调回惩办。后来究竟依了日本的主意，订定两国派兵保护朝鲜的条约，因此两国在朝鲜的兵队，时时要起冲突。这时已伏下了中日开战的祸根了。

后来慈禧太后在宫中处处和皇帝作对。最初光绪皇帝大婚的时候，在皇帝的意思，颇注意江西巡抚德馨的两个女儿；慈禧太后却定欲选他弟兄桂祥的女儿做皇后，在暗地里指使 皇帝把 如意递给那桂祥的女儿。光绪皇帝心中不愿意，便故意失手，把如意打得粉碎。但桂祥的女儿究竟做了皇后，只把侍郎长叙的两个女儿分封做瑾贵妃、珍贵妃，但光绪皇帝独爱珍贵妃。皇后和皇太后是打通一起的，所以皇帝便不爱他，因此皇太后和皇后也把这珍妃恨入骨髓。但是光绪皇帝年纪已长成了，皇太后不得不归还政权给皇帝。无奈光绪皇帝的时运真不济，自从皇帝亲政以后，国事日非，外交日紧。满朝大臣，都和李莲英打通一气，只有那师傅翁同龢，是忠心于皇帝的。这时日本在朝鲜地方，着着进步；那朝鲜国中的臣子，原分做独立、事大两党，后来又添出东学党。那党的势力很大，从全罗、忠清两道直打到汉城。左议政朴咏孝，原是独立党的首领，仗着日本庇护他，他蓄意要离开中国，只因碍着中国通商委员袁世凯在左右监视着，一时不敢动手。后来听得东学党起事，朴咏孝便杀入王宫，烧死闵妃。这闵妃是世界上第一个美人，活活地烧死，天下人知道了，都十分痛惜。

闵妃的哥哥闵咏俊，便赶到袁世凯衙门里去哭诉，求中国发兵替他报仇。袁世凯打了一个电报给李鸿章，一面照会日本，立刻调动海军，向朝鲜仁川进发，一面派陆军到朝鲜牙山驻扎；仗着水陆军的威力，把朝鲜的内乱平定。

日将大鸟圭介，想趁此和中国寻事，便将清军先到缘由，报告日本政府，日政府诘问朝鲜国王，是否独立国？朝鲜国王害怕日本国的威力，便不敢不认。大鸟圭介便照会中国，请中国撤兵；袁世凯如何肯依，又电告李鸿章。李鸿章根据天津的条约，要求两国同时撤兵；谁知日本不答应，李鸿章便陆续增加军队到朝鲜去防备着。又因日本人厌恶袁世凯，便把袁世凯调回奉天，调卫汝贵一支兵马把守平壤，马玉昆一支人马把守义州。牙山守将叶志超，首当其冲；日本并不宣战，便直攻牙山。志超一无防备，兵马一齐溃散，水军也在丰岛地方，打了败仗。这消息传到宫里，光绪皇帝第一个没了主意，便去见皇太后。近来皇太后因皇帝宠爱瑾妃、珍妃，皇后常常到太后跟前去哭诉，太后心中越发不乐意。见皇帝来说牙山的军情，便冷笑一声说道："咱也管不了这些事。皇帝放着亲信的人不去和他商量，却来问咱们懂得什么吓？"光绪皇帝碰了一鼻子灰，退出宫来；便在御书房里召见师傅翁同龢，把太后嘲笑的话，和目前军情紧急的话，一一说了。翁师傅一听，便有了主意。欲知后事如何，再听下回分解。

天之生人，各与以资生之产。唯须以劳力获之，则所享各如其限。若不劳而获，或享逾其限，则谓之盗。世之为帝王者，富有四海，玉食万方；尽亿万人之产，以贡献于一人，是天地之大盗也。若西太后者，攫保护人民之海军费，为资其淫乐遨游之需，颐和园乘，而东邻祸发，因果之律，丝毫不爽！清室之统，亦斩于是矣。是皆享过其劳之罪也。

荣禄一掷二十五万，其他巨工之报效，亦以亿兆计，是何为哉？岂尽忠于其主耶？若辈以市道处官场久矣，今日一本用去，他日万利收来；群向地方敲剥，而吾民愈不堪命矣。一颐和园之成，西太后直接取之，于巨工之报效却有限，而巨工间接以取之于人民则无穷。

朝鲜一役，袁世凯已崭然露其头角，传闻当时，因袁氏忠于闵妃，闵妃即以妹氏为赠，即世所传高丽夫人是也。闵妃为世界第一美人，其妹氏当亦不弱。闵妃终不免以身殉国，却独成全了袁氏一段姻缘，亦国际间之艳事也。

第八十五回 西苑内皇帝听艳歌 坤宁宫美人受掳掠

却说翁师傅听皇上说了这一番话，知道皇上生性忠厚，上面被皇太后的威权压制住了，下面又受亲王太监们的愚弄，觉得皇帝十分可怜！便奏称："如今时局艰难，宫廷多故，皇上须大振乾纲，宸衷独断；轰轰烈烈的做一番事业，把国家大政收回来，才能够镇服群小。此次日本称兵，请皇上下令大张挞伐，把日本打败了。那时，陛下内外都立了威权，皇太后便不足虑了。"光绪皇帝听信了翁相国的话，传谕李鸿章积极备战。李鸿章只因皇太后，把海军经费拿去盖颐和园，心中老大的不愿意，只因皇上的旨意，不好违背，得便又调了聂贵林及左宝贵的军队去救应。谁知聂军战败，左军战死；陆路上既不得力，便要借重水路上去了。那时日本海军已经攻入仁川。李鸿章便飞调海军提督丁汝昌，带了海军前去救援。那时中国的兵船，还有定远、镇远、经远，来远、靖远、致远、扬威、超勇、平远、广甲、济远十二艘。此外还有水雷艇八艘，还可以和日本较量较量。丁汝昌见日本海军进了仁川口，便想去把仁川口封住，飞电去请李鸿章的示下。李鸿章又不敢擅自做主，又去请命于总督衙门。那班王大臣商量了半天，便议出了"相机行事"四个大字。

待到丁汝昌接到回电，正打算前去封港，那日本舰队已闯进了鸭绿江。丁汝昌下令开炮。这时中国兵船和日本兵船，还隔着九里远，那大炮轰了一阵，炮弹个个都落在海中。日本兵船不曾伤得分毫，看看两面距离慢慢地近了。丁汝昌正要发令，放第二次炮时，日本的游击舰队，已经飞也似的向中国舰队后面包抄过来，前后夹攻。中国的舰队被围困在中央，"乒乒乓乓"'一阵打，打得黑烟蔽日，白浪接天，中国舰队顿时四分五裂，首尾不能相顾。丁汝昌坐在舰上，遥遥地望着，只见那致远兵舰和日本兵舰，互相轰击着，打到十分凶恶的时候，忽见致远兵舰开足了机力，向敌船直撞过去，轰天也似的一声响亮，海水和高山一般的直立起来，可怜！致远舰上的管带邓世昌，连人带船的直沉下海底里去了。还有经远兵舰的管带林永升，在这惊涛骇浪里面，轰破了一只敌舰，他自己也不幸中了敌人的鱼雷，把船身炸沉了。此外的舰队，被日本的兵船包围着掳了去。丁汝昌坐着旗舰，幸逃得性命，驶出了旅顺口外，暂时在刘公岛下碇，一面飞电李鸿章告急。这时所有北洋的海陆军队，都已调遣在外。李鸿章接了这告急的电报，也无法可想，只得转电到江南各省去请救兵。

日本明治天皇，连连得了捷报，便亲自带了大队人马，驻扎在广岛地方。一面下令派陆军大将山县有明，分兵去攻打旅顺、威海口岸，把中国残余的海军，围困在港内。日本军队来势十分勇猛，他的海军陆战队上得岸来，从炮台后面猛扑过来，不多一刻，那各港口的炮台，都被日本军队占据了去。便拿中国炮台，攻打中国舰队，霎时打得中国的兵船，断桅碎舷，飘零满地。那时镇远兵船上，有一个炮兵长，名叫黎元洪的，见了这情形，万分悲愤！他便大叫一声，纵身跳下海去，只图个自尽。谁知被日本的飞鹰兵船上人看见了，急急派了小兵船去把黎元洪救起来。日本兵也不去难为他，把黎元洪送到刘公岛丁汝昌的坐舰里去。远远见那坐舰上，已高挂白旗，一打听才知道丁汝昌，写信给日本大将，求他保全全船的性命，自己却服毒死了。一面日本的陆军，连日攻下九连城、凤凰城、盖州、大连、岫严、海城、旅顺一带地方。

这城池失守的消息，接二连三的报到京里，光绪皇帝急急传翁师傅进宫去问话。翁同龢也无计可施，满朝文武，都看得自己的身家性命重，一齐劝皇上讲和。皇太后也埋怨着皇帝，不该听信翁师傅的话，轻易和日本开战。如今弄得伤师辱国，还不快和日本去讲和，直待到兵临城下，再去割地求和，悔之晚矣！光绪皇帝给皇太后终在耳边絮聒着，又看看自己的势力孤单，没奈何，只得派李鸿章做议和全权大臣，和日本的大臣伊藤博文去议和。这一次的和议，我们中国放弃了高丽，割去了台湾，赔去了军费，险些要把个东三省完全送去。幸亏俄、德、法三国，仗义执言，逼着日本把辽东半岛退还了中国。

自从这个交涉失败下来，光绪皇帝也心灰意懒，所以朝廷大事，自己也不愿顾问，依旧请皇太后垂帘亲政，自己乐得退在宫廷里，终日和那瑾妃、珍妃寻欢作乐！讲到这两位妃子，果然一般有沉鱼落雁之容，闭月羞花之貌。但讲到那聪明劲儿，和那活泼的性情，自然珍妃越发叫人可疼些。那瑾贵妃却一味地温柔忠厚，光绪皇帝也十分宠爱他。这时候，正在春秋之交，光绪皇帝终日坐在宫里闷得慌，便传旨下去明日驾幸西苑。这西苑又名西海子，周围数里方圆，上面架一座石桥，有五六百步长，雕栏曲槛，都是白石筑成。桥的东西面，矗着两座华表，东面的称作玉蛛，西面的称作金鳌，水中突出一块陆地，名叫琼华岛，岛上一般的也建造着楼阁亭台。另有一座石桥接通琼华岛，桥的南北两面，也竖着两座华表，上面刻着"积翠""堆云"两方匾额。瀛台在琼岛的南面，五龙亭又在北面蕉园，和紫光阁又隔水对峙。层甍接天，飞檐拂云，夹岸榆柳古槐，都是几百年前的遗物。池中荇荇菱蒲，青翠夺目，翠鸟文鸳，游泳于绿漪碧波之间，悠然自得。水上藕花攒聚，望去好似一片锦绣，后人有两律西苑诗道：

红屿青林阁道重，凌晨霄气散千峰。牙樯锦幕悬翔凤，水殿金铺隐濯龙。仗外轻阴当槛静，筵前积翠入杯浓。此身疑是来天上，瑶岛风光仿佛逢。

高张广乐播南薰，实幄楼船剑佩分。玉涧鸣泉云际落，琼箫奏曲水中闻。槐烟密幕依严障，藻影连牵写波纹；共喜升平邀帝泽，岂同汉武宴横汾。

这日，光绪帝驾幸西苑，殿上安排酒席，瑾、珍两妃陪着轮流把盏，开怀畅饮。这光绪帝自从幼年抱进宫廷，二十年来，起居游息，总是跟随着太后，处处受着束缚。难得今天自由自在的游玩着，便是那班宫女、太监们，见皇上在殿上饮酒，也便个个散去玩耍。或在假山边，曲水泮，画栏前，花径里，三个一堆，五个一簇。也有看花的，也有钓鱼的，也有坐在湖石上说笑的，也有倚在栏杆边唱曲子的，宛如千花竞秀，万卉争妍。光绪帝吃了几杯酒，带着两位妃子，走下殿来，后面跟着一队宫女太监们，慢慢地度过几重庭院，狂花扑面，香草勾衣，见一带疏篱、花障，顺着花障，委委曲曲走去，便到了紫光阁。一眼见那边粉墙儿东首，杏花树下面，有十数个宫人，在花荫下面铺着锦褥，盘膝儿团团坐着。一面吃着酒儿，一面唱着曲儿，十分高兴。皇上后面的太监正要上去喝住，光绪帝急摇着手，叫不要声张，自己却带着两个妃子，绕过杏花树后面去偷听着。只见一个娇小身材的宫女，拍着手掌儿娇声喝道：

那里有什么春风初试薄罗裳？棉袄棉裙棉裤子，膀胀。那里有什么夜深私语口脂香？生葱生蒜生韭菜，腊脏。那里有什么兰陵美酒郁金香？举杯便吃烧刀子，难当！那里有什么云髻巧梳宫样妆？头上松髻高二尺，蛮娘。那里有鸳鸯夜宿销金帐？行云行雨在何方，土炕。

光绪帝听了，也不禁呵呵大笑！那班宫女们听得树荫里发出笑声来，大家都不觉吓了一跳，忙看时，只见皇上左手拉住珍妃的手，右手拉住瑾妃的手，笑容可掬地从花丛里踱了出来。宫女们忙上去跪接，光绪帝传谕，叫他们不必拘束，拣那好的曲儿，再唱几支听听。太监们听皇上说要听曲子了，便去端一张逍遥椅来，安放在草地上，请万岁坐下。珍妃传谕宫女们，索性拿了三弦鼓板来唱，那宫女听了，口称领旨，他们原预备下乐器的，便有小太监捧上来；正预备弹唱，忽见那总管太监李莲英，急匆匆地走来，见了光绪帝，忙跪下奏道："万岁爷快回宫去，老佛爷看了重要的奏本，正找万岁爷回宫商量去呢。"

光绪帝原是畏惧太后的，一听说太后传唤他，如何敢怠慢，急急摆驾回宫，见了西太后。太后正和一班王大臣，在勤政殿看黄纸匣里的奏章，见光绪帝进去了，便把奏章递给皇帝看。光绪帝看时,见是军机大臣荣禄的奏本,上面说的是请皇太后移跸颐和园,举行庆祝万寿的典礼。光绪帝每次陪着皇太后阅看奏章,看完了依旧把奏本放入黄纸匣里,不说一句话。醇亲王在一旁,却耐不住了,便奏请皇上、皇太后,准荣禄的奏,在十月里举行万寿大典。西太后听了,连连摇着头说道:“不兴,不兴!俺们堂堂大清国,吃小小日本打了败仗,赔款割地,我的脸也丢尽了,还有什么心思逛花园去呢。”西太后气愤愤的说着,那两道眼光,却注定在光绪帝脸上。光绪帝明知道太后在那里讥讽他,便也低着脖子,不敢作声儿。吓得醇亲王,忙爬在地下碰头。后来众大臣会议,拟了一道停止庆贺的谕旨,呈给两宫看过了,发下去。那道上谕说道:

本年十月,予六旬庆辰,率土胪欢,同深忭祝!届时皇率中外臣工,诣万寿山行庆贺礼,自大内至颐和园,沿途跸路所经,臣民报效点缀景物,建设经坛。予因康熙、乾隆年间,历届盛典崇隆,垂为成宪。又值民康物阜,海宇乂安,不能过为矫情;特允皇帝之请,在颐和园受贺。讵意自六月后,倭人肇衅,侵予藩封;寻复毁我舟船,不得已兴师致讨。刻下干戈未戢,征调频仍;两国生灵,均罹锋镝;每一念及,悼悯何穷!前因念士卒临阵之苦,特颁发内帑三百万金,俾资饱腾。兹者庆辰将届,予亦何心肆耳目之观,受台莱之祝耶。所有庆辰典礼,着仍在宫中举行。其颐和园受贺事宜,即行停办。钦此!朕仰承懿旨,孺怀实有未安,再三吁请,未蒙慈允,敬维盛德所关,不敢不仰遵慈意,特谕尔中外臣工,一体知之。钦此!

光绪帝见西太后脸上不快活,想来因停止庆典,不能到颐和园去游玩,所以心中郁郁不乐。便拿好话劝说,又说:“现在俺们已和日本讲了和,时局早已太平了。虽说下了上谕停止庆典,但俺也得替老佛爷做做寿,到那天依旧请老佛爷,进颐和园游玩去。”醇王也在一边,附和着说道:“难得主子一片孝心,到老佛爷万寿的一天,奴才们都要到园子里去给老佛爷碰头;那天老佛爷也得开开恩,赏奴才们逛一天园子。”西太后原是满腔怒意的,经醇亲王求着,太后才渐渐的和缓下来,便微微地点着头。接着小太监上来,请老佛爷进福寿膏,许多宫女,把太后簇拥着进去。

什么叫作福寿膏呢?便是那鸦片烟。这鸦片烟自从道光末年,开了五口,和外国通商以后,英国人尽把鸦片烟,运到中国来销售。那时百姓们都吃了鸦片烟,内中有一个广东人,名叫陆作图的,他家里煮成的烟,十分香美,别人都不得他的法子,任你如何考究煮法,总不及陆家的芬芳有味。第一那陆家有一口井,井水十分清洁,拿这井水盛在碗里,望去一片绿色,和翡翠一般。拿这个井水煮烟,才能有那样的香味,倘换一种水,那香味便大减了。第二那陆作图的煮烟,另有一种秘法;他这法子,连自己的儿女也不传授的,只传给他妻子郭氏。当时广东地方的富家大户,都托那郭氏煎烟。每煎一次,要二两银子的工钱,郭氏也很赚了许多银钱。便是那两广总督吃的烟,也是郭氏煎煮的。总督吃得好,便煎了一大缸烟,送进京去孝敬太后,太后吃了也十分赞美!赏他名称叫福寿膏。从此凡是做两广总督的,都成了一个例规:每月总要煎一缸烟,送进京去孝敬皇太后。太后传谕,每月赏郭氏工食银二百两。因此那郭氏的名气,通国皆知,各省的文武大员,凡是有烟瘾的,都托郭氏来煎烟。

讲到皇太后的吃烟,宫里用的烟枪,都是出在广州的,竹做成的和小孩儿的臂儿一般粗,上面接一支小管做嘴。烟枪有架子的,吃烟的时候,拿枪搁在架子上,这架子高低远近,都可以随意伸缩。小太监打烟的时候,便跪在地下,捧住烟斗烧着吃着。内中有一支枪,是咸丰帝吃的,传给太后,年深日久,那竹面红润光滑,好似红玉一般。

这一天,太后退回宫去,正在吃烟的时候,忽然见那李大姑娘进来,爬在太后的耳边,低低地说了几句话。太后脸上,立刻转了怒容,把手里的烟枪,往地上一丢,只听得“刮”的一声,那一个烟斗也打破了,烟枪也碰坏了一块。李莲英站在一旁,忙上去把那摔坏的烟枪,拿过来吩咐小太监,叫他传侍卫,拿去前门外福记古董铺子里去修理。这里皇太后把烟杆儿丢下了,便坐起身来,喝叫:“把这狐狸精揪来,待俺亲自问他的话。”原来那李大姑娘,便是李莲英的妹子。只因李莲英在宫里，得了皇太后的宠用，他妹妹也是一个伶俐乖巧的女孩儿，便对他哥哥说："要进宫去玩耍。"李莲英仗着自己在宫里是有权势的，也没有人敢说他的闲话，他非但带他妹子进宫去，且又带他的妹子去见太后；太后生平最欢喜女孩儿，凡是在太后身边伺候说笑的宫眷，大半是宗室的格格。不然也是在正黄、镶黄、正白三旗里挑选出来的年轻姑娘，其中虽有少数几个少妇，但都是十分伶俐，能说能笑的，或是能书能画的，终日陪在皇太后左右，听候差遣。那有夫之妇，每隔二三个月，放他回家去一次。这时太后见了李莲英的妹子，模样儿也俊美，说话也伶俐，便也留他在宫里，当一名宫眷。这时光绪皇后，原是太后的内侄女儿，皇帝心中厌恶皇后，因此一切说话举动，常常避着皇后的耳目，和瑾妃、珍妃说话去。又常常在珍妃宫中住宿，皇后心中不免起了妒念，常常来告诉太后。太后替他出主意，把李莲英的妹子拨在皇帝宫里，随时侦探得消息，去告诉太后；太后宫中的人，都称呼他李大姑娘。这李大姑娘，天天在皇帝的身边伺候着，却改了名姓，皇帝和珍、瑾二妃，都不知道他是太后派来的，那李大姑娘正好于中行事。

这一天，光绪帝带着珍、瑾二妃，去游西苑，李大姑娘早已打发人去报告太后、皇后知道。皇后又跑到太后宫中哭诉说："在这国家危迫的时候，皇上还是一味迷恋女色，不问朝政；倘然从此昏惰下去，岂不要把大清数百年江山送在昏君手里了吗？种种要求老佛爷做主，救俺这皇上。"这皇后和光绪帝，平日原没有恩情的，见光绪帝常常在瑾、珍二贵妃宫中住宿，心中万分妒忌，只因怕人说他吃醋拈酸，所以一向隐忍着。如今见皇帝索性带着妃子，出宫游玩去了，他如何忍得，便趁此机会，借着国家的大题目，到太后跟前来哭诉一番。太后替皇帝做主，给他选自己侄女做皇后，原是想皇帝受着皇后的牢笼，从此帖然就范，便可以为所欲为。今见皇上却不受皇后的牢笼，反去宠爱着瑾、珍二妃，心中早已不乐，如今见皇后来哭诉，便对皇后说道："俺大清的家法何在？"一句话，提醒了皇后，忙给太后磕着头，回宫去。一面太后便借着看奏章为名，把皇上召回宫来。平日太后看奏章，也不召唤皇帝同看的，有时遇到皇上、太后在一块儿，太后把奏章看过了，便随手交给皇帝看去，皇帝看完了奏章，随手放入那装奏折的黄纸匣子里去，他一句话也不说，一凭皇太后如何做主，如何批谕。如今光绪帝听说，太后召他去看奏章，心中早已料到有些不妙；待见了太后，果然见太后满面怒容，说话之间，隐隐说皇上不该独自游园寻快乐去！皇上碰了一鼻子灰，也不敢说话，谁知这时珍、瑾二妃，被皇后召进坤宁宫里去，竟依着太后的意旨，请出家法来，把这两位妃痛痛的打一顿，说他二人不该迷惑主子。那珍妃模样儿长得格外好看，皇后尤其是看他不得，吩咐宫女，把珍妃格外打得凶些。可怜珍妃是个娇弱的身躯，如何禁得起这般毒打，早不觉雨打梨花似的，血肉狼藉，待到光绪帝赶进宫去看视，只见那珍妃吃打得玉容失色，气息微弱，见了皇帝，只有娇声呜咽的分儿！皇帝见了，不觉勃然大怒，咬着牙说道："好狠心的婆子！总有一天，也叫你死在俺的手里。"一面抚着珍妃的伤处，说了许多安慰的话，忙传御医下药调治。一面又转身出去，走到御书房里，把总管唤来，叫他快去传翁师傅。欲知后事如何？且听下回分解。

恒见懦夫，只图苟安，家有产业，而不知理，一任妇竖当权，玩弄之于股掌之上；及其觉悟，中夜切齿，绕室彷徨；然而小人之势，积重难返，若欲与之争衡，则势必至于同归于尽不止。光绪帝之与西太后，亦犹是也。

人谁不乐向上，其所以至于堕落者有二因焉：一因天性之所嗜，一因受别种激刺而出此者。其成于天性者，虽堕落而不觉悟；其有激而成者，虽觉悟而自甘于堕落。光绪帝之忽耽于声色，亦有所激而成之。若无中宫之挞激而使返，则亦为隋炀、唐明之续耳。

人情大都阿于所私，"痛哭六军齐缟素"之吴三桂，亦因爱人被夺所致。今光绪帝之锐意维新，盖亦欲振其乾纲，以一求庇其私爱之珍妃耳。然清末维新之大波，从此轩然起矣。

第八十六回 劝亲政翁师傅荐贤 兴醋波瑾珍妃被谪

却说光绪帝叫总管去传翁师傅进来，不多一会，翁同龢随着总管，匆匆地走到御书房，礼毕，赐了坐。光绪帝便愤愤地说道："俺空有了这身登九五，天下至尊的名目；连一个妃子也无法庇护，不是很惭愧吗？"说着，便把瑾、珍二妃给皇后痛打的事，一一说了。翁同龢听罢，便乘间奏道："愚臣早曾言及，陛下政权旁落，须设法收回来；然后独断独行，一件件的做去。将来威权在握，休说是皇后、亲王们，就是皇太后也得惧怕三分呢。"光绪帝点头说道："师傅的话，的确是治本的方法。收回政权，这个意思，俺也不知筹划几次，只是碍着太后，和一班亲王在那里，叫俺怎样做起，一时想不出两全的计策来。"翁同龢沉吟了一会，奏道："法子倒有一个在这里，不知陛下有这胆量去做了吗？"光绪帝道："那只要有利于俺的，都可以实行的。就是俺真个去做了出来，太后和亲王们，也不见得拿俺怎样。"翁同龢说道："既然这样，陛下可趁着太后终日在颐和园行乐的时候，对于外任大吏的奏牍，拣可以独裁的，便一一批答了；万一关系紧要一些的，始同太后去商量。太后那时，大有乐不思蜀的光景，见陛下如此，乐得安闲一点，决不会疑心的。因太后素知陛下，忠厚真诚，谅无专政之意，所以想不到这一着。以后照这般一天天得下去，即有紧急事，也不用同太后酌议了。这政权不是从不知不觉之中，还了过来吗？那时再把几个旧时的亲王臣子的权柄一个削去；将旧日的不良制度，大大改革一番；国事日兴，天下大治，中外赞扬，都说陛下是个英明之主咧。到了这时，太后即使要来干政，也自知望尘莫及了，还怕什么呢？"光绪帝听了翁同龢一席话，不觉高兴起来道："师傅替俺为谋，自然很不差的。不过满朝之中，能忠心于俺的，师傅之外，只有李鸿章还耿直些，但怕他未肯冒这个险。余如刘坤一等，又均为外臣，一时不便内调。但俺的左右无人，算起来没有 一个不是母党；连内侍阉奴，也常常侦察俺的行动，这般到处荆棘，非有三五个亲信之臣，办事一定很为掣肘呢。"翁同龢忙忙奏道："讲到人才，倒不愁没有，本朝很有几个杰出之士；可惜一班亲王弄权，将他们埋没了，说起来真也可叹之至！"光绪帝说道："如今事急迫了，翁师傅但有能干的人才，举荐出来，俺立刻把他升迁重用就是了。"翁同龢奏道："愚臣那年做会试总裁的时候，在许多举子当中，选着一个才具极优的人，给他中了第七名进士，现任着工部主事。因他职分甚小，不能上达天听，所呈的几种条陈，被大臣扣留压下了。此人姓康，名有为，号叫长素，是广东南海县人。他在南方，有圣人之目，就是他自己，也很自命不凡。他还有一个弟子，叫作梁启超，学问也极渊博，而且所发的议论，也深知世界大势。陛下如欲整顿朝政，一意革新者，非用此两人不可。"光绪帝听罢，欣然说道："师傅既有这等能人，何不早说，俺若晓得，早就擢升他了。"翁同龢奏道："皇上如欲一意革新，事还不迟，慢慢地入手做起来就是了。但切不可锋芒太露，使太后疑心，那就累赘了。"光绪帝听了，不住地点着头道："师傅言之有理，俺就随时留心进行罢。"说着，便叫翁同龢退去，自己也回到后宫去了。

不谈光绪帝君臣在御书房计议，单讲那天西太后下了停止庆祝的诏书以后，心上老大的不快，幸亏醇王在一旁乖觉，忙奏道："到了万寿的那天，老佛爷仍进颐和园去，奴才们也得替老佛爷叩头，希望赏一杯寿酒哩。"这几句话，才把西太后的怒气，渐渐地平下去，只略略点一点头。当下由一班宫女们，簇拥了太后，到后宫进福寿膏去。西太后正在榻上，吸着鸦片烟，忽然李大姑娘进来，在太后耳边，低低说了几句，太后立时大怒，连叫："把这两个妖精抓来，待俺亲自问他。"李莲英在一旁会意，赶紧出去叫小太监，去传瑾、珍二妃来见太后。

不一刻，瑾、珍二妃，随着小监进来，二人战战兢兢地行过了礼，站在一边。西太后一见二人，早怒气上升，便大声喝道："你这两个狐媚子，做得好事？可恨迷惑了皇上，还要干预政事，难道我朝没了家法吗？妃子敢这样放肆，还当了得。"说着连声命取家法过来。这时，光绪帝听得瑾、珍二妃，给太后召去，怕有不测的事，于是也急匆匆地赶来。太后正要喝打二妃，可怜珍妃被皇后责打的创痕，还不曾平复，今天见又要受刑，不觉哭得如带雨海棠似的，光绪帝见了这般情形，连礼也不及行，忙跪下说道："圣母责罚他两个，究竟为什么事情呢？清明白示下了，再加刑不迟。"西太后怒道："他两人这样胆大，都是你宠了。你问他两个，可曾私通外臣？文廷式是和他两个什么称呼？就可明白了。"珍妃见说，忙叩头道："文廷式虽系婢子的先生，但已多年不见了。"西太后冷笑道："多年不见，你却帮着他卖官鬻爵，天天见面，不知要闹到怎样呢？"说罢，喝叫用刑。光绪帝忙代求道："圣母的明鉴！他二人私通外臣，绝没有这回事，还请饶恕他两个罢。"西太后怒道："你还替他二人隐瞒吗？今日非打他两个不行。"光绪帝见说，只得一味地哀求！李莲英也在旁，做好做歹地求着，西太后只把脸一沉道："既然你们都这般求情，刑罚就免了，降级是万不能免的。"便喝声把他两人降为贵人，幽禁半年，谁敢替二人求告的，便家法从事。这谕旨一出，就有几个太监过来，拥着瑾、珍二妃，去羁禁了。

光绪帝见事已弄糟，谅求也无益。只得挥着一把眼泪，退了出来。但是始终不明白，两个妃子，为甚要犯幽禁的罪名，一头回宫，心里只是想着；又因瑾、珍二妃被禁，益觉得冷清之地，十分无聊，就长吁短叹的，垂起泪来。恰巧内监寇连材侍候着，他见皇上闷闷不乐，就过来慰劝，光绪帝一面叹气，一头将拘禁两妃的事，讲了一遍，便恨恨地说道："俺不知他二人犯了何罪，却受这般的糟蹋？"说着，连连顿足不已。寇连材听了，跪奏道："这一定又是李莲英的鬼戏了。陛下还记得养心殿上，引见那个候补道徐诚的事吗？这徐诚是李莲英的拜把兄弟，陛下弄得他当场出丑，李莲英自然要记恨在心，乘机报复了。"光绪帝一听寇连材的话，便恍然大悟。

从此皇上收回政权的那颗心，越发急的了。不过，皇上引见外任官吏，为什么为涉及瑾、珍二妃的呢？讲起来，这事很有一段因果在里面。原来文廷式本是一个翰林，清廷的朝臣，要算翰林院最是清苦了。倘没有运动外放时，犹如寺观中老雄鸡一样，永远没有出山的日子。就是有钱运动了，也要手腕敏活，否则外放出去，这是弄不到好缺，仍然穷苦非凡。那么，倒不如缩着尾巴，躲在翰林院中好了。因一经外放，就得负担责任，一个不小心脑袋便要搬场。若做翰林，只要安分守己，多吃饭少开口，是没有什么风险的。不过只赚一点死俸禄，永不会发迹的，所以有穷翰林的绰号。但俗语说："要发财，去做官。"做了官，仍然这般困苦，谁耐得住呢。

闲话少说，且言归正传。却说这文廷式虽是个翰林，他和瑾、珍二妃，的确有师生之谊。因此他仗着女弟子做着贵妃，免不了借势行事，干此运动官爵的勾当。人家见他是贵妃的师傅，不得不让他些；光绪皇上虽也有些晓得，只碍在两位贵妃面上，也就眼开眼闭含糊过去了。这样一来，那文廷式的胆量，自然一天大似一天了。这次合该有事，陕中有个道台出缺，这缺又是非常的肥美，运动的人当然很多。那时有个姓李的道员，情愿拿出六十万块钱来，托人向文廷式说项，要想做这个道台。文廷式答应了，便来吏部里挖门路，谁知早已有人补上了。文廷式这一气，几乎发昏，眼见得六十万元，不能入自己的腰包了，心上如何不气呢？又去细细地一打听，知道补上的道台是捐班出身，和李莲英是结拜弟兄，姓徐名诚，从前做过库丁的。后来发了财，在前门外打磨厂，开设了一爿竹木行，生意十分发达，也给他多了三四百万银子。这徐诚的多了钱，便要想做官了，因教了人把一百万孝敬了李莲英，又把自己的儿子，拜了李莲英做干爷。李莲英见他有的是钱，乐得和他结交，不多几时，居然做了换帖弟兄了。李莲英又替徐诚捐了一个道衔，应许他遇缺即补。这时陕中道出缺了，被莲英忙叮嘱吏部，把徐诚补上。哪知冤家逢着对头，碰着文廷式，也替人谋这个缺子，现被李莲英抢去，文廷式如何肯甘心呢？他眉头一皱，计上心来，暗想："那李莲英这厮，我势力敌他不过，姓徐的王八，须还在我手里，终要弄到他做不成道台，才出我胸中之气。"主意已定，便又仔细去一打听，知道那个徐诚，不但是市场出身，简直连斗大的字也识不上两三个。文廷式听了，便大喜道："那就可以计较了。"于是，他将这一段情形，私下叫一个小监，密密地去告诉珍妃，叫他在皇帝面前帮助一下。珍妃见是师傅的事，不好推却，更想不到会弄出拘禁的事来，因此他乘德宗临幸的时候，就于有意无意中，谈起了外政。珍妃问道："现在外面，可有疆吏出缺吗！"光绪帝答道："不曾听得说起。"珍妃又道："臣妾闻得，有个新任的陕中道台，是李莲英的拜把弟兄，听说他字也不识得一个，怎好去做道台呢？"光绪帝生平，最恨的是李莲英，一听珍妃的话，也不追问他这消息从何处来的，便大怒道："李莲英的权柄，一天天地大起来，咱们的国政，也一天天的衰下去。不讲别的，只看那些御史侍郎，也都是不识字的了。那一次和日本打仗，御史铁令上章请用檀道济去打日本；侍郎王永化，请旨复黄天霸的原官。俺只知檀道济是宋代时人，黄天霸却不知是谁？俺就召他两个一问，才知道他两人在市上，听了说书的谈起，檀道济怎样能兵，黄天霸在《施公案》小说上，怎样的有武艺。他两个一查，朝里没有檀、黄的名字，疑是休职的官吏，所以上章保荐。你道可笑不可笑呢？尤其是我们满族的大臣，常常闹这种笑话，俺终把这类奏章毁去，免得汉臣的见笑！且因此轻视我们满族。但这许多荒谬不通的人，没一个不是李莲英荐来的。俺将来整顿朝政，把此辈完全除去才行哩。今据你说来，那新任的道台，又是铁令、王永化一类物人。疆吏似这般混充岂不误事，不是去害百姓吗？但不知他姓甚名谁？"珍妃在旁应道："闻得那道员叫徐诚罢。"光绪帝点一点头道："知道了，他须逃不过俺的掌握。等他引见的时候，慢慢和他算这盘账。"说着，就和珍、瑾二妃，闲话了一会，一天无话。

到了次日，吏部既补了徐诚的道台，自然照例要引见皇上的。当下，徐诚便朝珠补挂的，在偏殿里侍候着。李莲英还亲自出来，教了徐诚引见皇上的礼节和应对的言语，徐诚一一记在心上。不一刻，内监传圣谕出来，着陕中道徐诚，养心殿上见驾。徐诚领了旨意，便摇摇摆摆地走上养心殿来；一见殿上，崭齐的列着内监，珠帘高卷，隐隐见上面穿着黄衣裳的，但实在离得太远了些，一时瞧不清楚，大约是皇上了。这时，徐诚心早慌了，两脚不住地发抖。没奈何，只得硬着头皮，上去叩见，勉强把三跪九叩礼行毕，俯伏在地上听皇上勉励几句，就好谢恩下来了。这是历代的旧制，也是李莲英预先对徐诚说过的，所以他很是安定，准备出去受同僚的贺喜！

他正这般想得得意，忽听上面问道："你是徐诚吗？"徐诚见问，不觉吃了一惊！暗想李莲英不曾教过自己别的闲话，万一要问起别样来，不是糟了吗？他在着急，一面只得答应一个"是"字。却听得上面又问道："徐诚，你从前是做什么生业的？"徐诚益发慌了，更应不出来。嗫嚅了半晌，才顿首奏道："奴才是做木行生意的。"光绪帝喝道："你既是个木商，为甚不去做你的掌柜，却来谋官做呢？"徐诚心里慌极了，只得奏道："不瞒陛下说，做生意的出息，哪里及得上做官的好？所以奴才要谋官做。"光绪帝怒道："你做官知道有多少出息呢？"徐诚伏在地上，叩了一个头奏道："奴才不想多少，只要到老有三十万块钱的积蓄，奴才心也足了。"光绪帝叱道："你可晓得做一任道台有若干俸银呢？"徐诚战兢兢的奏道："奴才听人讲过，做官靠俸银，是要饿死的。到了那时，自有百姓们奉敬上来的。"说到这里，只见内监掷下一张纸，和一支笔来道："皇上叫你把履历写上来。"徐诚听了，早魂魄飞散，又不好说不能写，一头抖着；一头伏在地上，握着一支枯竹管，好像千金重担一样，再也提不起来。内监又一叠连声地催促着，可怜徐诚急得头上的汗珠，似黄豆般的粒粒直滚下来，挣了半天，还只有写好半个徐字，歪歪斜斜的不知像些什么。内监将这半个徐字呈了上去，便听得光绪帝冷笑道："连自己的履历都写不明白，倒想去做官发财了。即使上得任去，还不是个害民的污吏吗？快给我驱逐出去。"这谕旨一下，内监把徐诚的顶子摘去，便喝道："赶快滚吧！"徐诚听了，如释重负，立起身来，退了几步，抱头鼠窜着出来；外面那些和李莲英一党中的太监，都来问讯，徐诚垂头丧气地说道："我上了李总管的当了，这脑袋儿留着，还是侥幸哩。"众太监忙问缘故，徐诚把引见的经过，一一说了，踉踉跄跄地回去。

这里将徐诚的事，都当做官迷者的笑史！但消息传到李莲英耳朵里，心上很为诧异，想平日皇上引见外吏老于做官的，便问些风俗人情；至于新上任的官员，除了训勉的话，更没别的枝节。现在徐诚觐见却要考起才学来了，这一定有内线在那里作梗，是不必说了。于是他连夜到吏部衙门去一打听，知道徐诚已然除名，补上是姓李的，运动人是文廷式。李莲英一听，心里已明白了八九分，因咬着牙齿道："这文廷式那厮，不是瑾、珍两个妃子的师傅？他仗着女弟子充着贵妃，便去走门路，把我到口的馒头夺去，倒也罢了。不该唆使皇上，在养心殿上，和徐诚为难，当场叫他出丑，无异丢了我的脸一般。这口冤气，不可不报。"于是李莲英就去同他的妹子计议，叫他捏一个谎，去报给西太后，说瑾、珍两妃，干涉外政，因他二人的师傅文廷式，竭力主张和日本开仗，叫二妃从中说项，二人便在皇上面前，日夜的撺掇，把皇上的心说得活动起来，才叫李鸿章去备战，终至于丧师辱国，那不是瑾、珍两妃的不好吗？李大姑娘得了乃兄的指使，第二天上，就来见西太后，正值太后在榻吸着鸦片烟，李大姑娘俯在太后的耳畔，把这事细细说了一遍，太后如何不生气呢？所以立时跳起身来，把烟枪一掷，连烟斗都吃打破了。口里只叫抓那两个狐媚子。可怜瑾、珍两妃，受这场大冤枉，连做梦也想不到的啊。虽然当时有皇上求情，但终至于幽禁起来。李莲英的手段，也算得厉害的了。但皇上自从瑾、珍两妃被幽禁后，便觉冷静寂寞，百无聊赖，每到无可消遣时，便顿足把李莲英恨着。一天德宗方和寇连材，谈起瑾、珍两妃的事，忽见一个小监，连跌带爬地跑进来，要想说出时，却回不过气，一句也说不出。德宗见了这种形状，知道定有非常的事故发生，不觉大惊！要知后事如何？且再听下回分解。

甲午之役，德宗因所谋失败，遂至事事灰心，置朝政于不闻不问，殆所谓英雄失志，则百念俱灰者非耶？盖德宗确一英主也，因其稚年登基，政权旁落，虽欲收回，而势力有所不及，徒呼奈何而已！然观其一切设施，未尝不思振作，辄如中日之战，毅然下谕备战，其果断而有胆敢为，岂弱懦昏庸之主哉矧一战而败，乃海军之不良，海军不良，是乏于训练耳。所以不训练之故，则军费无着耳。顾堂皇富丽之颐和园，非海军之经费乎？苟以此而练军，安知其不胜乎？然则，此次之败，是谁之咎也明矣。

观历代帝王，每至受侮至于极点时，始愤而思振。昔汉献帝之衣带诏，事败乃受逼宫之痛，有"朕为帝王，不能庇一妇人"之叹。今德宗以瑾、珍两妃之受搒掠，而至于幽禁，痛恨之余，亟亟欲谋归政，亦激刺之太甚故也。然而德宗斯时，当有不如献帝之叹矣。

清之末叶，官吏之腐败，真有笔墨所不能形容者，彼误传檀道济、黄天霸者，尚其杰出者耳。如徐诚者，仅能书得半个徐字，果令其治民，则不殃民者几希。虽然，当时如徐诚之官吏，何止车载斗量，欲国之不亡得乎？

第八十七回　幸名园太后图欢娱　坐便殿主事陈变政

话说那小太监七磕八碰地走进来，喘着气，连一句话也说不出，德宗忙问他什么事？那小监指手画脚的，只挣出"太后"两个字来。德宗知道太后有什么变故，也不再去问那小太监了，便起身到后宫去见太后。到了那里，只见李莲英和李大姑娘、缪素筠、寿昌公主，等等，一班人都排列在榻前。太后却斜倚在榻旁，面色同黄蜡似的，只是 一语不发。德宗便上前请了个安，太后将头点点，挥手叫皇上退去。德宗很莫名其妙，唯有退了出来。细问那值日的内监，方知太后，在昨日夜里，忽然腹痛起来，直到天明，不曾止住。李莲英忙叫御医来诊治，太后决意不许；后来忍不住疼痛，才去召御医进宫，诊了诊太后的脉搏，皱着眉头道："这症候很觉奇特，下臣不敢直陈，因为以太后的年龄，决不会患这种病症的了。"李莲英在旁，怕御医说出不知忌讳的话来，忙喝道："不必多言，太后这病，谁不知道是事繁心劳，所以患的血衰之症。你身为御医，难道不晓得的吗？"那御医连连说了几声"是"，便根据了李莲英的话，拟了一张补血方子去，辞出来走了。以后不知怎样，那太监恰有事走开，因此并不得知。等到来值班时，太后腹痛已经好了，方命小监去召皇上。但来了又没有话说，弄得个光绪皇帝真有些摸不着头脑；然听了内监的一席话说，心上早有九分明白，晓得太后患的是说不出的暗病，只有微微地叹了几口气！回到自己宫里，对寇连材讲了一番，也就罢了。

光阴迅速，转眼到了十月里，西太后的万寿之期，已就在眼前了。虽则有停止庆祝的诏书颁发过，但这种都是遮掩外人的耳目罢咧。这般掩耳盗铃的事，本是官场的惯技，声明不做寿，分明是把寿期告诉别人，到了那时，依然灯烛辉煌的祝起寿来了。何况那腐败不堪的清政府，还在这些上计较信用吗？于是到了万寿的前三天，把颐和园和前前后后，扎得一片如锦。总之，自离园周围二十里起，并万寿山、昆明湖，都扎着彩，遍地铺着红缎。上头盖着漫天帐，真是如火如荼，异常的华丽。到了万寿的一天，老佛爷也极早起身，着了锦绣的龙凤寿服；李莲英、缪素筠和诸亲王的福晋陪侍着，摆起全副銮驾，直望那颐和园里来。一到了园门口，早有醇王、恭王、庆王一班亲王，率领着满汉大臣，在那里跪接车驾。进了园，诸亲王又齐齐地随了进来。这时排云殿上，已设着宝座，准备太后升座受贺。因颐和园里面，要算排云殿最是扩大了，殿上有联道："万笏晴山朝北极，九华仙乐奏南薰。"只看联上的语气，已可见一斑了。不一会光绪皇上同着皇后也摆着銮驾，前来拜寿。次后便是瑾、珍两妃；原来二妃被禁的日期，还不曾满，光绪帝趁太后万寿，替二妃乞哀，终算蒙太后特赦，所以也来给太后叩头。最后是些福晋、格格们，都一一叩贺已毕，太后传谕，任亲王、大臣、福晋、格格们，游园一天。并赏赐寿宴，宴罢了在大院前瞧戏。这一天热闹，可算得未曾有的了。后人因这颐和园的华丽，作了几首词道：

碧窗帘影冷如冰，帘外月华明。春明依旧在，昔日池塘何处寻？孤鹊声声，犹然逐云行。鸳鸯何懒？蛱蝶偏轻。二十四桥未闻笛，儿女伤怆，怎醒也未醒，多少沧桑恨？

往事悲何限，前朝繁华不重见。闲云散漫无边，看绿杨天远。梨花深深庭院。桃花门巷，犹得荷花池馆。一声羌笛悲咽，昔日风流，说起不由人肠断！

那颐和园大院中的戏台，高低共分五层。二层系演神怪戏之用，所以布置的一切和神祠差不多。但第一层，却同普通台一样，不过略为精致一点罢了。三层上面，是专制布景所用的。四层是些台椅之类，备伶人的乔装；五层上却供些神佛。戏台的旁边，是一带平房，以便王公大臣，恩赏听戏时所坐。台的对面，有三间一丈多高的房屋，为孝钦后自己听戏的时候,坐卧之处。旁有两间休息室,放置长炕一具,太后每到听戏,或坐或卧,非常舒适。这天凡京、津著名的伶人,如谭叫天、汪桂芬等都被邀入大内。

到了晚上,颐和园内,灯火照耀犹同白昼一般。太后和德宗,并坐在大院前听戏,两边列着亲王、福晋、格格亲信的内监等等。不一会,太监呈上手本,请皇太后、皇上点戏。西太后随手点了一出小叫天的《天雷报》,德宗点了一出《逍遥津》,太监便领旨退去,叫伶人们扮演起来。那小叫天的《天雷报》,是他拿手的杰作,果然一曲高歌,淋漓尽致!到了雷击的时候,太后瞧着德宗微笑,光绪帝知道是太后讥讽自己,便低头默然。李莲英立在太后背后,也看着德宗一笑。光绪帝心上,本已十分愤怒了,及至《逍遥津》出场,菊仙的汉献帝,描摹懦弱孤君,受凌逼的状态,真是声泪俱落!恭王在座上,忍不住高声喝彩起来。庆王笑着道:"禁宫里喝彩,不怕老佛爷见怪吗?"恭王正色说道:"咱们先王的旧制,宫中不准演戏的啦。"说着,目视太后,西太后却装作没有听见一般,回头对李莲英说话。这时惟有德宗,不觉眉飞色舞,连叫内监,去犒赏那班演戏的伶人。西太后明知皇上,亲点那出《逍遥津》,是有意和自己反对,因此很是不高兴。但碍着恭王在座,不好发作,否则早已着伶人停演了。原来恭王奕䜣,生性素来严厉不阿,他在军机处时,西太后本来惧怕恭王的。当孝贞后在日,常同西太后及皇上、恭王等往游三海,西太后瞧见三海的亭阁颓圮的地方,便用手指着说道:"咱们须得好好地把来修葺一下哩!"恭王听了,便很庄重地答应一个"是"字。孝贞后接着说道:"修是应该修的,但俺们此刻不曾有这闲钱,来干此种没要紧事罢了。"西太后见说,就默然不语,这是闲话。

且说这天演戏还不曾完,德宗因心里不快,便请了太后的晚安,先和瑾、珍二妃回宫。太后也为皇上故意叫演《逍遥津》讥讽自己,本满心不乐,巴不得德宗及早离开。等到德宗走后,西太后吩咐亲王等退去,令格格们在大院前听戏侍候着,自己却同了李莲英去游智慧海去了。这智慧海是颐和园中第一个水景,大略的情景和瀛台相似,不过构造上,比瀛台要考究得多。海的四边,嵌着珠玉宝石,挂着西洋的五彩灯景,海中放着一只龙船,船身长一丈八尺,高一丈,制扎的绸绫,五色斑斓。龙舟的里面,是用大红缎子铺着地,一样有几案台椅,炕榻之类,不论坐卧,都极安适。船头上摆着旌旗节钺,船尾里另有一间小室,两个小太监,常常侍候在那里,以便随时进御点。龙舟的对面,陆地上还扎着一座月宫,宫中箫鼓之声,终夜不绝。一到中秋,月宫里陈列着甘鲜果品,雪藕冰桃,西太后同着皇上,亲祭太阴,并恩赏亲王大臣,准乘了龙舟,往来游戏,大有城开不夜之概!到了半夜,又命赐宴,欢呼畅饮,直至天明,君臣始各尽欢而散。但这是后话了。

当下,西太后同着李莲英,在智慧海游玩了一遍,又转到宝莲航来。讲起这个宝莲航,原是一个船坞,却用玉石琢成,异常的精致,所以一名又叫作石航。里面制有汽船两艘,这时的汽船和现在完全不同,只能行动罢了。然当时已视为精巧绝伦,夺天地造化之功了。而汽船之中,也有电灯,通着园外,汽舟一行,万盏齐明,西太后常独自驾舟出游。因这船坞,离仁寿殿不多路,恰和万寿山相对,风景最是佳丽,以是西太后不时临幸。这天晚上,西太后和李莲英玩了一会,觉得游兴未阑,便又到桐阴深处而来。这桐阴深处,是颐和园里头一个秘密所在,里面建筑着三间小室,室的四周,都植着极大的梧桐树,旁边是一口清泉,每到夜深人静时,泉流琤玌之声,如鸣着瑶琴,很觉清婉可听。沿清泉一带,雕栏琢玉,精洁如画图一般。那三间小室里面,也是画栋雕梁十分精致,内设床帐一具,诸如盥漱妆具,没一样不备。因为西太后的性情,素喜修饰,每至一处,必重敷铅华,再整云鬓,数十年如一日。虽已年逾花甲,而犹不离脂粉,人家看去不过是三十多岁的半老徐娘,那里晓得他已五六十岁了呢?所以,美国的立特博士,称西太后做世界第一美人,真是非过誉之谈啊。这且不在话下。再说,西太后和李莲英,自这天起,终在桐阴深处秘密游览,颐和园中的宫监,也常常听得桐阴深处,有男女嬉笑之声,正是李莲英和西太后游乐的时候。内监等非经传呼,不敢近前,只远远 地侍候 着。

从此以后，西太后起居在颐和园里，对于一切的朝政，也不来干预了，悉听德宗去裁判；正应了翁同龢所说的，乐不思蜀了。这不是德宗亲政的好机会吗？德宗自那日瞧了戏回去，心里很觉恼怒，一路和瑾、珍两妃，讲着当时的情形。德宗越说越气虽有两妃慰劝着，但德宗只是闷闷不乐，差不多一夜不曾合眼。到了明日清晨，退朝后，便在御书房里，召翁同龢商议，改革朝政的计划。翁同龢奏道："照现在的情形看去，先皇的旧制，已不能适用的了。愚臣老迈无能，恐筹不出良法，反而弄巧成拙。所以，只有让给一班后进的能人，去建立功业罢。"光绪帝慨然说道："师傅既不肯担这个职责，俺现今决意重用康有为等一班新人了。师傅可代俺传谕出去，令康有为明日在便殿召见就是。"翁同龢领旨退出，自去知照康有为不提。

单表光绪帝因甲午一役，吃日本杀得大败亏输后，以备战的谕旨，完全是自己所主张，很受太后的埋怨。又割台湾、辽东给日本之外，还赔偿了兵费两百万兆。假使当时日本人不遣刺客行刺李鸿章，列国不出来干涉，恐怕割地和赔偿，决不至这点点哩。后来，辽东虽经俄国人的抗议，和德、法两国的帮忙，将辽东索回来。但各国的帮忙，岂真是好意，也无非为着各人的自利罢咧。犹如俄国人的抗议，何尝是一心为中国设谋呢？多半是日本若取了辽东，于俄人大大的不利，因此不得不出头来助中国一臂。至德、法两国，表面上是援助中国，实际上也为着私利而已。但看等到事体一了，俄国和李鸿章私下订了密约，租借了旅顺、大连。德国也来占了胶州，法国也租了广州湾，同时英国要求租借九龙、威海，各国纷纷蚕食起来，把中国当作一块肥肉，大家尽量地宰割着。这光绪帝究非昏庸之主，目睹这种现象，心上如何不恼。愈是恼怒，变政的心也益急。那天和翁师傅议定之后，准备在便殿召见康有为，咨询一切。

原来这康有为素有大志，他在甲午之前，也曾上书条陈政见，什么停科举、兴学堂之类，那些满洲大臣，只当他是狂言呓语，将他的条陈压住，不许上呈。但翁同龢做主试官时，读了康有为的文章，惊为奇才！便给他中了进士。这样一来，翁、康已有了师生之谊，所以翁同龢在德宗面前，竭力的保荐。光绪帝有心要召见康有为，面询一番，终以格于规例，不便越礼从事，只下谕着康有为，暂在总理衙门学习行走。过不上几时，擢康有为做了翰林院侍讲，这时，又下谕召见。到了那天，康有为便翎顶辉煌的，到便殿见驾。光绪皇上，等他礼毕，就问他自强之策。康有为便陈述三大策，一是大集群才，以谋变政；二为采取西法，以定国是；三是听凭疆吏，各自变法，改良政治。此外如请详定宪法，废去科举，谋兴学校，开制度局，命亲王游历各国，以侦察西国之良政。译西书以灌输知识，发行纸币，设立银行，为经济流通之计。天下各省、各府，办文艺及武备学堂，练民兵以修武事。种种陈述，滔滔不绝，真是口若悬河，头头是道。光绪帝听罢，不觉大喜！又赞叹了一会，谕康有为退去。并令 保荐新政 人才，以便实行变法。

这时，李鸿章与俄国订约后，往各国游历初归，光绪帝恶他甲午之战不肯尽力，着令退出军机闲居。后因两广总督出缺，命李鸿章外调出督两广去了。恭亲王奕䜣虽然刚直，但自甲午后，起复原官以来，对于政事，不似从前的严厉了。不料老成凋谢，恭亲王忽然一病不起，耗音传来，太后和皇上，都十 分震悼！立命内务府赐给治丧费一万元，谥号忠王，这且不提。

再说光绪帝自召见康有为之后，一心要行新政，恰巧侍郎徐致静，侍读学士徐仁镜、徐仁铸，御史杨深秀等，上书请定国是。光绪皇上至此，变政的主意越发坚定了，便于四月二十七日，下了一道诏书道：

频年以来，战事纷兴，外患堪虞，朕甚忧之。于是内外臣工，多主变法自强，乃决意先行裁汰冗员，立大小学堂；改武科制度等，已审定试办施行。无如旧日臣工，坚以墨守旧制，摈除新法为目标，众口嚣嚣，莫衷一是，遂有新旧制度之纷争。然时在今日，内而政治不修，外则虎视鹰瞵，俟隙辄进，苟不谋自强，将何以立国？而自强之道，首以强民富国为前提。但士无良师，奚能实学？惰兵不练，何以御侮？长是以往，国何能强？民何能富？徒见大好山河，供强邻蚕食而已。经审之再三，以国是不定，则号令不行，他日之流弊，必至互起纷争，于国政尤无所补。查中国历朝各行其法，各事其所是；战国之世，其国虽统于周，而列国之制度，各行其善，无有相同者。矧新陈代谢，自古已然；既采新制，则旧制自不能存在，择善而从，国之大道也。嗣后内外大小臣工，王公以及士庶，务宜奋力向上，发愤图强；习圣贤礼义之学，采西学之适于制度者，借补不足。维求精进，以期有用。京师为全国首区，学堂自宜创办。所有内外臣工，王公以下，至于各部司员子、八旗世职，及文武后裔，其愿入学堂者，准其入学肄业，俾养成人才，为国家出力，共维时艰。凡尔臣工等，不得徇私援引，因循敷衍，致上负朝廷谆谆告诫之意，下亦自误误人，后患莫大焉。特谕内外臣工，一体知之，钦此！

自这上谕一下，光绪皇上锐意变法的话，自然喧腾人口了。那康有为也不时召见咨询，一时圣遇之隆，满朝文武大吏，无与伦比。康有为保荐了几个新人物，帮同办理新政。他所保荐的那几个人呢？就是徐致静父子仁铸、仁镜三人，他的兄弟康广仁。弟子梁启超，本来是广东新会县的举子，这时，得他老师康有为的保荐，赏六品衔，发在译书局里办理译书的事务。湖南巡抚陈宝箴，也保荐了刘光第、杨锐；侍郎徐致静，保荐了谭嗣同、林旭；户部左侍郎张荫桓，保荐了王锡蕃；御史杨深秀，保荐了丁维鲁。以上几个人，都是饱学之士，可算得是人才济济了。还有张之洞一班人，也帮着办理，改变科举的章程，王凤文请设立振施，萧文吉请整顿丝茶，以兴实业。御史曾宗彦，奏请开办农务。王锡蕃请办商会，李端棻请整则例，袁昶奏请筹办八旗生计。满人御史瑞洵，连字也不识半个的，却居然也上章，请办报馆，以灵通消息。光绪帝见奏牍纷纭，大都是有益于新政的，便也一概容纳，把献策的人，还得嘉奖一番。因此那些无聊的满人，也挖空心思，竞陈政见了。也有似通非通的，光怪陆离，笑话百出，竟有请皇上入耶稣教，重习西书的奏本出现。光绪皇上看了，只付之一笑而已。但皇上对于诸臣，关于新政的条陈，因为来者不拒，都给他们一个容纳，所以弄出一场祸来了。是什么祸呢？欲知后事如何，且看下回分解。

昔人每有以言不符行，为君子病者，不谓堂堂帝王之谕旨，亦有言不符其行者，则西后之庆祝万寿是也。一纸诏书，已宣示于天下矣。而庆祝之典礼，依然如故，且益奢焉，则所谓停止云乎哉。盖专制时代，皇帝之诏书，靡有不视为金科玉律者，今竟视若弁髦，不但为内外臣所轻视，亦徒为外人所贻笑！矧值外患频来之际，益启彼夷人藐视之心。庚子之乱，实种于斯。

俗谓："人逢喜气精神爽。"又云"乐则忘怨。"西太后于万寿之辰，其乐也可知矣。且为其生平最爱好之戏场前，犹不能遽忘德宗之不顺意旨，而故令演《天雷报》以讽之；德宗故亦点《逍遥津》以报，母子间怨恨之深，于此亦可以见矣。然西后之点《天雷报》一出，不能谓其无意，至德宗之命演《逍遥津》，则或系平时所积郁愤，欲借汉献帝以一吐，非有意讽西后也甚明。盖德宗固忠厚者，初不料西后之意在讽刺，迨演至雷击时，西后目之而笑，德宗始悟。及演《逍遥津》时，自不觉其眉飞色舞也。

万物于革新之前，必先涤其污垢，而后再加粉饰，则焕然一新矣。德宗固锐意行新政，既擢用康梁，而于旧母党之人，未预先淘汰，留祸根于将来，则虽行新政，其权仍无异操诸西后，故仅百日而败矣。要知守旧异己之辈，盘踞要津，在未行新政前，或削其权，或褫其职；从容以将事，令彼之不觉，若操切进行，所谓急则变生，此其所以不久也。

第八十八回 三月维新孤臣走海上 半夜密议皇帝囚瀛台

却说光绪帝宠用着康有为等一班人，实行新政，那些旧臣，如许应骙、徐会澧、怀塔布、刚毅等等，都非常的气愤，天天在那里寻新人物的嫌隙，好去西太后面上撺掇。因为这时的西太后，自进颐和园后，把朝中的政事，一齐丢在脑后，非有万分紧急的事，一概不见。有时，皇上遇政事前去请命，也只叫李莲英传语而已。皇帝母子之间，还见不着面，何况是臣子了。可是这时，在孝贞后在日被革职的荣禄，已做了步军统领了。正值直隶总督出缺，荣禄便向太后要求，西太后于皇上朔望去问安的时候，算亲自召见，把荣禄补直督的话，再三地嘱咐着。但西太后独于这点小事，怎这般的郑重呢？一则荣禄是他的内侄，二则荣禄是个统领职衔；凭空擢了总督，可算得是横跳，照先皇的旧规讲起来，断断乎做不到的。所以，西太后不得不郑重一下了。

闲话不提。再说，那许应骙、怀塔布等一班人，时时在那里搜寻破绽，不期事有凑巧，一天礼部主事王照，上的一个奏本，给怀塔布在军机处瞧见，便塞在袖子管内，以便进呈太后。这个消息，被御史杨深秀得知，立时奏闻皇上。光绪听了大怒，便命追究王照的奏折。怀塔布不得已，只好将奏折呈出，光绪帝即将怀塔布褫职，拟了个永不叙用的罪名。但王照的本中，奏的是什么呢？却是劝皇上剪发易服。光绪帝看了，微笑点头，赏了王照三品顶戴。那一般内外满汉臣工，听得皇上于本朝最犯忌讳的剪发辫之议，也嘉纳起来，因此大家似发狂一样，乖戾乖谬的议论，也都自喻新奇，相与上本启奏。这样一来，旧党免不了窃窃私语，一传十，十传百，渐渐吹入西太后的耳朵里去了。西太后一听了“剪发易服”四个字，不由得触目惊心，勃然大怒道：“孺子这样的胡闹，祖宗的基业，不是要断送了吗？”西太后这句话一出口，便有许多守旧派的，若许应骙、刚毅辈，纷纷入奏，说皇上的悖谬，听信了康有为的狂言，把很好的先皇制度，改变得不成一个话说了。

西太后听罢益发大怒，即传懿旨，召见皇上。光绪帝听得西太后召他进见，知道一定有什么岔儿发生了，所以怀着鬼胎，来见西太后。行礼毕，还不曾开言，西太后早把案桌一拍，大声喝道：“我以为你年纪比前长大，知识也较前增进了，所以把朝政托给你，谁知你一味胡干，你可知祖宗创业的艰难吗？像你这般发狂，怕不将咱们的天下送掉吗？”光绪帝忙请了个安，说道：“圣母莫听旁人唆弄，错怪了人，儿虽不肖，决不至任意胡为。就是现在的种种设使，也无非希望国家强盛起来，共享太平之福，那有反愿意把江山送掉的道理？这还望圣母的明察。”西太后不待德宗说毕，便劈头喝道：“你还强辩吗？那王照的奏折，教你的是什么？你当我没有耳朵的吗？”说着，就把一大卷的弹章，向地上一掷道：“你自己仔细去瞧瞧，里面是什么话说。”这时，早有内监，将那奏本拾了起来，光绪帝便接过来，翻阅了一遍，见奏折上，都是弹劾康有为一班新人的过处，和说自己的荒谬。于是一语不发的，把奏章收起。西太后便指着德宗冷笑道：“现在你明白了吗？今日姑且退去，咱们告诉了你，以后还要好好的留意一下子呢。”光绪帝见说，连连道了几个“是”字，便退了出来，回到乾清宫里，把弹劾自己的奏牍，重行取出来检视了一遍，统计不下二十余人。不觉发愤，将许多奏本，撕得粉碎，顿足恨道：“这一班守旧的逆党不除，终究不能安枕。”光绪帝心上愈想愈恨，到了次日朝罢，恰逢袁世凯受直督保荐任为小站练兵总办来请训出京，光绪帝便勉励他几句。袁世凯退出之后，德宗猛然想起，自己正缺少一个有兵权的人，现今袁世凯做了练兵总办，不是握着兵柄吗？于是忙叫传谕出去，命袁世凯暂缓出京，着令乾清宫见驾。袁世凯领了这道谕旨,正摸不着头脑,只得到乾清宫来,由内监导引进去,见了光绪帝礼毕,光绪帝问道:“你此番出京练兵,可忠心为国吗?”袁世凯突然听见这话,吓得一身冷汗直淋,当作有劾他不能忠心任事,所以有这个变卦,因此忙免冠叩头道:“小臣怎敢不忠心为国呢。想小臣世受皇家厚恩,虽碎身尚不足报,何敢再有异心。”光绪帝听了,微笑道:“很好,很好!你既忠心为国,现有密札一道,你须慎重将事,倘然事成,自然重重赏你。”袁世凯听到这里,才知道皇上别有作用,并不是为着自己的事,这颗心便放了下来,于是叩头谢恩出来。

走出乾清宫时,合该天意难回,因袁世凯出来,走得匆忙了些,正和一个内监撞了一个满怀,那内监生怕获罪,慌忙三脚两步走了。袁世凯待定睛看时,那内监早已不见了,不觉心上十分狐疑。及至到了私邸,将密札拆开一看,原来是皇上令自己领兵杀了直督荣禄,再率所部进京,扫除太后旧党。袁世凯看罢,心里便踌躇起来道:“这事可不是儿戏的,万一事机不密,就有灭族的罪名。”他心上盘算了一夜,回忆出乾清宫时,和一个人相撞,那人不要是太后的侦探;倘若追究起来,可就糟了。他思来想去,觉得现在皇上的势力,万万及不上太后,这事看来,一定要弄糟的,倒不如先去出首的为妙。主意打定,便连夜出京去了。

原来这袁世凯,曾做过朝鲜委员,如今荣禄做了直督,便保他做了练兵总办。他有三个帮手,就是段祺瑞、冯国璋、王士珍,时人号为“陆军三杰”。这且不在话下。单讲袁世凯,匆匆的出京到了天津,把光绪帝的密旨,呈给了荣禄。荣禄一看,大惊道:“这还了得!”忙叫袁世凯暂护直督的印信,自己便星夜进京,来见西太后 。内监通报进去,回说老佛爷有旨,明日见驾。荣禄着急道:“这事还等得到明天吗?”内监又进去了半天,西太后见荣禄从天津来,夤夜叩阍,知道定有紧急之事,所以也即时传见。荣禄一见太后,便伏地大哭!西太后大惊道:“你有什么事,这般悲伤?”荣禄一面哭,一头奏道:“险些儿奴才的性命不保,恐怕老佛爷也有妨碍呢!”说着,将德宗的密札呈上。西太后就在灯下,读了一遍道:

朕自稚年登基,政权皆操之母后,致一班逆党,咸得横行无忌。二十余年来受尽困苦,偶有政见不合,辄为彼逆奴所揶揄,是朕虽有天下,而实徒拥虚名;长此以往,不但为天下笑,抑亦无颜以对先皇,即后世亦必以朕为一懦弱之庸主耳。言之尤觉痛心!今着袁世凯星夜出京,领其所部,刻日举事,袭杀直督荣禄;其缺即着袁世凯补授。并随时率领劲卒,进京扫清逆党,共卫皇室,而肃朝政。勿负朕意。钦此!

西太后读毕,不觉大怒道:“虎不伤人,人倒要有伤虎意了。”说着,对荣禄说道:“你快出去,召旧日大臣,连夜来园中议事。”荣禄领了懿旨,便一步一颠得出来。因荣禄一只左足,本来有疯疾的,所以走起路来,一瘸一拐很是不便;况且这时又在昏夜,事关秘密,不敢大张小谕,唯有步行着出去,一处处的去宣召去了。

这也是康有为和梁启超,师生二人命不该绝,荣禄走路,既这样的迟缓,颐和园里又兼走漏了消息。这消息怎样会走漏的呢?因荣禄匆匆的进颐和园来,恰巧和侍候光绪帝的内监寇连材撞见,荣禄急于见西太后,并未留心别的。哪知寇连材是光绪皇上第一个心腹人,他一眼瞧见荣禄,慌慌忙忙的进来,心里已先疑惑起来,暗想:“荣禄这厮,现做着直隶总督,为何轻易擅离职守呢?料想一定有什么重要的变故。”一面想着,却蹑手蹑脚地跟在后面;起初听得太后不见,后来荣禄顿足发起急来,寇连材已料着了八分,知道这事定和皇上有关,但不晓得是什么一出鬼戏。便去俯伏在殿角里窃听,只见荣禄见了太后痛哭,随后把一张东西呈上去,因路离得太远了一些,实在听不见什么。末了,只听得西太后大声说道:“你给我快召他们去。”便瞧见荣禄,一拐一跷的出园去了。

寇连材目睹了这种情形,便赶紧来报知皇上。其时,光绪帝正和珍妃、瑾妃在宫中闲话,只见寇连材喘着气进来,光绪帝问道:“你怎么这副样儿?”寇连材忙跪在地上奏道:“奴才刚从太后那边来,瞧见荣禄那厮,匆匆进园,要见太后。”于是把荣禄痛哭,太后大怒,种种形状,细细讲了一遍。又说:“荣禄现在出园去,不知去召什么人去了,奴婢怕这事涉及皇上,因此忙来报告。”光绪帝听了荣禄连夜进京,来叩见太后,晓得袁世凯定然把机关露破了，料来必无好果。但自己还属无妨，那一班保皇行新政的臣子，谅来不免的；眼睁睁地瞧着他们一个个的授首，心上未免不忍，当下便叫寇连材去报知康有为。一时不及草诏，只叫寇连材伸过掌来，光绪帝就在他掌上，写了"事急速走"四个字，命寇连材速去。

寇连材领了旨意，如飞一般的跑到康有为下处，正值康有为草着奏牍，还没安睡，寇连材叩门进去，已走得气急败坏，一时说不出话来，只伸掌给康有为瞧看。康有为见这个形状，又读了寇连材掌中的字，晓得大事不妙，连行李也不及收拾，便只身逃走出京，连夜乘轮出天津，到上海去了。这里寇连材，自去复旨不提。

再说那梁启超这天晚上，恰巧有事来和康有为商量，一到他的馆中，只见书籍杂乱，物事狼藉，一问馆童，说康大人在三更天，来一个人，也不说什么，康大人便手忙脚乱地走了。梁启超是何等机灵，一听这话，就连跌带爬地，躲往日本领事馆里去了。后来，听得消息果然不好，便同了日本副领事，扮作洋装，逃到日本去避祸去了。

且说荣禄奉了西太后的命，去召刚毅、怀塔布、许应骙、曾广汉、徐会澧等一班大臣，同进颐和园里，叩见西太后毕，太后便怒气冲冲的，将密札给诸臣看了，筹议对待的法子。刚毅首先跪奏："依奴才看，今日不诛康、梁这一班人，日后奴才等要被他们诛戮的；倒不如先下手为强了。"太后大声说道："俺不但将这几个逆贼除去，连那昏君也得废掉他哩。"荣禄忙奏道："这却使不得的。皇上临政，中外皆知，现在无故废去，外人一定有所借口；依奴才的愚见，请老佛爷重临朝政，将权柄不给皇上掌握，也已经够了。"西太后听了，微微地点了点头，即命刚毅率领侍卫，一等天明，便去搜捕康有为等，莫被他们漏网。这里太后和荣禄诸臣，坐待天晓，去处置皇上。计议已毕，但待天明。光绪帝变法行新政，致此告终。后人有词，叹这新政道：

南海书生平地起，居然万言上天子。公卿交章荐奇才，下诏求言自此始。圣恩召入光明殿，名臣同日登枢府。大开朝堂受章奏，小臣维新大臣旧。感时流涕报圣明，忧劳维觉龙颜瘦。一纸纶音下九州，四海欢呼帝万寿！帝万寿，可怜中原土，空有遗恨留。留得后人兴嗟叹，当时怎不邀天佑！

当下，到了次日清晨，光绪帝却一夜不曾安眠，盥漱既毕，也不上朝，静坐着待变。不多一刻，果见内监来宣召了，光绪帝便很安闲的，随着内监到颐乐殿，来见太后，只见太后，怒容满面地坐在那里。光绪帝照常行礼毕，太后便厉声问道："你曾叫外臣领兵谋我吗？"皇上徐徐地说道："并没这回事。"太后益发大怒，从袖里取出那道密札，往地上一摔道："这是谁写的？"光绪帝见证据已实现，谅来也隐瞒不过，便随口答道："子臣给袁世凯的，意欲扫清旧党罢了，并不敢惊动圣母。"西太后冷笑道："不敢惊动吗？若不是荣禄报信的早，此刻俺也做了阶下囚了。"说着，把嘴一努，早有李莲英等一班人，不由皇上分说，便簇拥着望瀛台去了。要知后事如何？再听下回分解。

古云："有志者事竟成。"光绪皇上之力行新政，其毅然决然而为之，不可谓无志矣。讵事有出人意料者，百日新政，中途忽变，致令英雄无用武之地，能不令人恨恨！或谓此次之败，实有天意存焉。盖清代至斯，而气数已尽，故出一淫靡之西太后以促成之，而德宗不自量力，强欲回天，其欲不败也亦几稀矣。

袁世凯受密札，为人不知鬼不觉者，不期于出宫时，乃逢一内监，致令其疑鬼疑神，终乃至于报告荣禄，一若冥冥中，有神为之指使也者。苟袁氏而尽力为之，安知今日之天下，不为胡族有耶？岂非天哉！

德宗之崇信康有为也，于危难急迫中，犹顾令其生命，而传谕全之漏网；是德宗之于康氏，其恩深矣！无怪康氏之始终忠于清室也。然保皇党诸人中，六君子死之，而康、梁独免；殆人之生死，亦非偶然乎？

第八十九回　寇太监殿前尽忠节　游浪子书馆惊宠遇

却说光绪帝被李莲英等一班内监，蜂拥着到了瀛台，李莲英说道："请陛下在这里稍待片刻，奴才还要侍候太后去哩。"说着，便和内监等一哄地去了。当下，光绪帝独自坐在瀛台，听候太后的旨意，不在话下。

且说这天清晨，太后传旨临朝，殿上钟鼓齐鸣，满汉大臣纷纷入朝，猛见上面坐的不是德宗皇上，却换了西太后了，不觉齐齐的吃了一惊！正在摸不着头脑，只见西太后满脸怒气，厉声问道："皇上宠用康有为等，私下诏书，叫袁世凯秘密谋俺，你们众臣可曾知道没有？"这一问吓得满汉大臣，各低着头一句也不敢回奏，西太后便冷笑了一声道："亏你们食君之禄，忠君之事，却都是这般尸位其职，连如此的大事也没有得知，真是枉授爵禄之荣，将来怕咱们的江山给人占去了，你们也不曾觉察呢！"众臣听了西太后的责诘，都默默不语的十分惭愧！正在这当儿，恰巧刚毅入奏，搜捕康党事已了，主脑康有为、梁启超二人已闻风兔脱，只有谭嗣同、杨深秀、林旭、杨锐、刘光第、康广仁等六人就获。西太后见奏，传旨将六人绑赴西市斩首。刚毅领旨，即传侍卫等，拥着六人，望西市去了。可怜这六人便是世传的"六君子"，叫作"功名未遂身先死，长使英雄泪满襟"！后人 有词叹那六君子道：

满清至斯国运剥，北鸡司晨家之索。曩昔武后是前车，妇人当国亡此祚！穷奢极欲世所稀，一朝平地风波起。车马连夜驰入宫，警骑传呼出禁中。昨夜犹草讨贼檄，今朝成就冤臣狱。可怜刑曹颁懿旨，血染朝衣戮西市。忠魂夜夜泣黄沙，但愿稚儿蒙恩赦。谁知君王尚不免，终身留得瀛台恨！嗟嗟！受戮六卿皆丈夫，甘为孤君掷头颅。

西太后既斩了六君子，又命警骑追捕康、梁，并颁诏通缉外，将朝中的诸臣，大大的侦查一番。凡平素和康党往来，或曾上折赞襄新政的，一概惩办。当时被累及的大臣，革职的有陈宝箴、李岳瑞、宋伯鲁、吴懋鼎、张百熙、端方、徐建寅、徐仁铸、徐仁镜等，遣戍的有李端棻、张荫桓等，监禁的有徐致靖、陈立三、江标、熊希龄等，逮捕抄家的有文廷式、王照、黄遵先等。一时满汉大臣，纷纷降调有差。又把怀塔布、刚毅、许应骙、曾广汉、徐会沣等，重行起复原职，各加三级。赵舒翘擢入军机处，授荣禄为军机大臣，袁世凯擢山东巡抚，裕禄调署直隶总督，翁同龢削去官爵。种种布置既毕，西太后余怒未息，便到瀛台来处治皇上。

这时，光绪帝已和木偶一般，呆呆地坐在那里，见西太后进来，忙起立行礼，低着头旁立在一边。西太后坐下，含怒问道："你所为的事，咱都已知道了，现在你自己愿怎样？"光绪帝只是不则声。西太后又道："咱的意思，烦你在这里住几时罢。"一言未了，只见太监寇连材，俯伏着叩头奏道："老佛爷在上，不是奴才大胆乱陈，老佛爷的圣意，是否把皇上永远禁在这里？"西太后还不曾开口，李莲英早在旁喝道："满朝大臣没一人敢说，你是何人在老佛爷面前放肆。"寇连材忙叩头道："老佛爷的恩典，恕奴才这个，因皇上亲政，中外皆知；倘一旦更变，怕外人或有烦言，这是要求老佛爷圣明详察。"西太后听了，看着光绪皇上冷笑道："一个亲信的太监，也这样胡说大政，怪不得一班逆臣的横行了。"说着，喝叫李莲英将寇连材拖下去，到慈安殿中侍候，等俺亲来拷问他。李莲英领旨，带着寇连材去了。

当时西太后便吩咐内监，把瀛台的石桥拆去；非有懿命，不准放船只过去，瀛台的交通，因此断绝。皇上除瑾、珍两妃在侧，其他宫女内监，都是太后的亲信人了。西太后这时离了瀛台，到慈安殿来；及至殿门，李莲英已出来跪接，西太后呼带寇连材上来，喝问道："俺久知你撺掇皇上，妄行新政；还私通外臣，做些不正的勾当。俺那时没有空闲，听你这班人去胡为，今天却饶不了，快把皇上和康、梁的事，从实招出，或者能赦宥你的罪名；否则，同谭嗣同等，一样决处。"寇连材这时面不改色，朗朗的奏道："奴才侍候皇上，只知尽职，余下的一概不知道。如老佛爷必要强逼供词，奴才就请一死。"西太后怒道："你本来难免一死，倒还犟嘴吗？"喝令李莲英用刑。寇连材知是不免的了，便大叫道："且慢着，待奴才直说罢。"于是指天画地的拿太后的过处，如数家珍般，滔滔不绝地说了一大遍；什么宠纳戏子，私产小孩等等，都讲出来了。只气得个西太后，面皮紫胀，连连拍案命推出去。寇连材不等他们动手，奋身往殿柱上一撞，已脑浆迸裂，一命呜呼了。西太后见了这种情形，恨恨地指着寇连材尸身说道："真是反了，在咱们面竟敢如此无礼，那是谁纵容到这样的呢？"说罢，几是怒气勃勃的，叫把尸身移去戮了，以儆后来的效尤。李莲英闻命，即督率着小监，将寇连材的尸体抬下殿去，立传侍卫进来，令拿寇连材实行戮尸；一面侍奉着西太后，幸如意馆去了。

原来，这如意馆在颐和园内，农乐轩的右侧，同景福阁相去无几；馆里所有的都是名人书画，本来是一个图书馆。但馆中侍候太后的并不是宫女、太监，却是向四处招来的美男子。当设这如意馆的时候，曾出示招考，凡青年子弟，面貌清秀，而能够会画些各种花卉的便可当选了。因此，各省各府的青年子弟，都纷纷应考，第一次考取的共有一百七十多名；再由内监一一甄别过，只取得五十五人了。这时，那内监将五十五人，送到招留处，又经李莲英挑选一番；只选中十一人。这选中的十一人，又须西太后亲自过目；十一人中却选了最好的两人，在如意馆里当差，余下的九人，发在招留处算是备选。然这太后选中的两人，姓甚名谁呢？一个是直隶人名柳如眉，一个是江苏阳湖人名管劬安；二人皆少年美貌，又精绘事，所以获得这个佳缺。因西太后命两人在如意馆中供职，每年还赏纹银二千两和锦缎十匹哩，这且不在话下。

再讲柳如眉和管劬安，虽一般的美貌，但趋奉的本领如眉远不若劬安，以是不上半年，劬安大得西太后的信任，差不多是第二个李莲英咧。皆为柳如眉是官家子弟出身，大剌剌地，不甚得西太后的欢心。哪管劬安的为人，原是个游浪子弟，在家的时候，什么三教九流，没有一样不精，学得一手好画，又能唱种种小曲子。他在十七岁上，跑到昆曲班里，拜了一个师傅，唱了两年多的昆剧；后来，赌输了钱，把他师傅的东西席卷逃走。这样的在江湖上混了半年，回到家中，他老子恨他无赖，邀了些族人，把劬安驱逐出族。劬安经这一来，无可栖止，就乘夜潜至家里，将他老子所有的积蓄，一股脑儿偷了，连夜逃到北京去了。劬安既到了京师，终日在妓馆里度他的快乐生活！可是有限的金钱，能有多少时候可以支持呢？所以三个月之后，早已床头金尽，弄得衣衫褴褛，被妓馆中赶了出来。劬安无处谋生，便仗着他天赋歌喉，沿途唱歌乞钱；或到茶楼酒馆里去高歌一曲。那些北地的客人，初初闻得南歌，倒也很觉动听，解囊的一时很是不少。这一天上，合该劬安的运气来了。那时，都中前门外，有一座春色楼的茶馆，来喝茶的多半是宫里的太监。茶楼的后面，却设着一个歌场，专一招留四方的歌童在场里歌唱,供一班内监的游乐。倘得他们赞赏一声,身价便立时十倍。这管劬安也在场中唱歌,已一个多月了。那天劬安上场,场上有一位内监叫李六六的,正在那里啜茗。他听了劬安的曲子,不住地击节称叹。等到歌罢,便叫劬安近前,问了姓名籍贯,就赏了劬安三两银子走了。李六六走后,场上的人忙对劬安说道:"刚在的是内府李六爷啊!他既然垂青于你,分明是个好机会来了。你只要巴结他老人家一下,不愁没有饭吃啦。"劬安是何等乘觉的人,他听了点点头,便牢牢的记在心上。

第二天午后,那李六爷又来喝茶,劬安赶紧过去给他请安,还六爷长,六爷短的,叫得个李六六好不欢喜!劬安乘势呈上曲本子,请他点戏。李六六随手点了一出《扫雪》,劬安便放出生平的手段,唱得额外讨好,果然玉润珠圆,无疵可击。李六爷听了大喜道:"这孩子唱的真不差,咱们老佛爷很喜欢听唱戏,咱就指你一条路罢。"劬安这时不敢怠慢,慌忙过来求教,李六爷说道:"咱们的老佛爷,现正设着如意馆,要招几个能唱曲子和会绘画的人去,里面侍候着;但你只会唱曲子,必要咱们给你引见,倘你会画时,包你一试就当选,好省去多少手续哩。"劬安忙答道:"不瞒六爷说,别的技艺或者不会,至于绘画一门,不论山水花卉,小人都能够涂几笔的,不信可以画给六爷看咧。"李六六见说,拍手赞道:"这是最好没有了!那么,咱就在明天,送你到招考处罢。"于是,二人约定了时间,李六六自回内府去。

这里管劬安便收拾了什物,准备赴考。到了明天,劬安一早就来坐等。将至停午时,只见一个小太监,提了一包东西;来茶楼上问道:"此地有姓管的吗?"劬安上前应道:"在下便是。"那小太监对他望了一眼,把包递给他道:"里面是一身衣服,六爷叫你更换了,停一会好同去应考。"劬安连连道了几个"是",小太监便自去。劬安慢慢地换了衣服,又剃了一个面。他的面貌本来很好,经这样一打扮,又更上新衣服;益觉容光焕发了。过了一刻,李六六来了,一眼瞥见劬安,好似换了一个人了,便忍不住笑道:"似这般的标脸儿,咱看了也觉可爱哩!你此去应考,咱们能担保你中选的了。"劬安也笑了一笑说道:"全仗六爷的洪福,周旋小人了。"六爷点头微笑,便领着劬安,到了招留处,却见应考的人,已扰扰嚷嚷的占满了一室。李六六同了劬安进去,早有内监前来招呼道:"六爷也送人来凑凑热闹吗?"李六六笑道:"正是呢!这孩子倒很好,还要列位照顾他一下哩。"那些内监都齐声应道:"六爷的事,自当格外尽力,请放心就是了。"说着,大家打了个做别的招呼,李六六便走出招留处;径自去了。劬安当由里面的太监,领他到了待选室中,算是初选入选的了。这样的一处处的进去,劬安竟得当选。因为凡应考的人,都得有一种举荐和担保的;劬安是李六六所保送的,当然不用别的手续了。哪知管劬安从此日高一日,居然飞黄腾达哩。原来劬安自进如意馆后,蒙西太后不时召见,命他绘些花卉进呈,大获西太后的赞赏,即令做了如意馆的主任。

一天晚上,劬安正在和几个小太监,在那里做叶子戏,忽见一个宫女,提了一只食盒,笑嘻嘻地走进来;见了劬安说道:"你倒好说咧,太后正恼着呢。"劬安听了,吓得面如土色,一句话也说不出来。那宫女笑了笑,将食盒打开;递给劬安道:"老佛爷命赐予你的,等一会怕要来宣召哩;你须小心了。"劬安这才放了心。一瞧那些食物,都是御用的珍品,便慌忙叩头谢过了恩;立起身来,那宫女早已走了。这时,劬安心上很觉不安,想太后这般的宠遇,不知有什么事要用着自己?万一关系生命的差使,不去又是逆旨,去了于性命有碍,胡思乱想,一时委决不下起来。又揣念道:"自己本是个卖歌的乞丐,倘遇不着李六爷,今天依旧是鹑衣百结,还不是在街上讨钱吗?现有今日的快乐,都从那里来的?就是立时死了,也值得的啦。"他想到这里,不觉又打起精神高兴起来了。在这当儿,却见那先前来的宫女,又走来高声说道:"太后有懿旨,传管劬安到智慧海见驾。"劬安便整了整冠裳,同了宫女,曲曲折折地向智慧海而来;一路但见灯火煌煌,景致幽雅;所经之处,都有内监侍候着在那里盘诘;由宫女说了暗号,始得从容无阻。劬安一头走着,一面留心瞧看,见亭台楼阁,果然精美如画图一般。旋经转轮藏,旁边有白石日晷,可以知午夜的时刻。从此处到听鹂殿,殿的东首,盖着一座极精巧的亭子,有题道"画中游"三个斗大的字。又有联道:"境自远尘皆入咏,物含

妙理 总堪寻。”“闲云归岫连峰暗，飞瀑垂空漱石凉。”劬安跟着宫女，一重重的进去，又走过一处石洞，望一个小亭子里上去，方瞧见层楼高耸，题是“智慧海”。劬安走到楼下，便欲止步，那宫女笑道：“还差得远哩，你只管随着咱走就是了。”劬安听了点点头，重又跟了宫女前进，约莫转了八九个弯，到了一处，好似砌成的石室一样，但有两重门在外面，门上画着龙凤花纹。这时，宫女望着劬安说道：“你就在这里等一会，待咱去覆了旨来。”说罢，便走进那石室去了。

劬安呆呆地立着，过了几分钟，才见宫女出来，嘱咐道：“太后就在里面，你须要小心了。”劬安微微答应了一声，和宫女进了石室，过了四重门，门里面顿觉豁然开朗，疑是别有天地了。再瞧那里，正中似一个大厅；上题着“伦乐堂”三字。转过了厅堂，侧边一带排列着十几间平屋；屋中的陈设，异常华丽，正中一室，尤其是光辉夺目。劬安眼快，早望见西太后，独坐在室中看书；于是，也不叫宫女去先行奏闻，竟自入室叩见了。西太后慢慢地放下书本，命宫女赐劬安坐了，便含笑着问了劬安的年岁家况，劬安一一奏对了。西太后又问道：“你既能绘画，可能辨别宋人的笔法吗？”劬安忙奏道：“小臣肉眼，怕一时分不清楚；但若非赝鼎，或者能判别一二。”西太后点点头道：“那么，俺给你看一幅东西去。”说着，起身往内室走去，劬安战战兢兢地随在后面，连气都不敢喘一下呢。可是，劬安这一进去，直到明日的午前，方回到如意馆来。他随了太后去瞧什么古画，做书的可不知道了。然从此以后，劬安不时被召入内，还娶了宫人做妻子，前门外御赐很大的宅第，不是浪子的幸运吗？要知后事如何？且听下回分解。

昔汉献帝之受逼于曹瞒，乃有一太监穆顺，毅然骂贼而死；忠义之气，虽千载不磨，至今犹有赞美之者。不谓垂没之清代，亦有一宫监寇连材，为帝尽节；岂所谓懦君见忠臣者非耶？满清历史，因一太监，为之争光不少。

明代严氏，造秘楼密室，专一藏民间少妇；然不敢公然行之也。今西太后之淫佚，竟选择美貌青年，借书画之名，明目张胆以搜罗之，借供其淫乐，虽唐之武后，当亦不是过矣。宫廷秽德外彰，而犹不自检，亡国已无日矣。

凡淫乱之朝，掌其事者；多半为无识之徒。如李莲英之获宠，擅掌宫禁，然其始也，非一无赖乎？彼管劬安者，一旦得势，亦李莲英之流耳。治国必先齐家，宫闱中犹如是；其他可知焉。噫！

第九十回 接木移花种因孽果 剑光血痕祸发萧墙

却说西太后自幽囚德宗之后，自己便三次垂帘，再握朝政；一班掌权的大臣，如荣禄、刚毅、赵舒翘等，没一个不是亲信之人。旧臣里除了王文韶之外，多革职的革职，遣戍的遣戍；王文韶因和荣禄最要好，所以能保持着地位。但西太后于内政虽一手把持；对于外事不免有鞭长莫及之叹了。其时，康有为和梁启超等，又在日本设立什么保皇会，宗旨是保护德宗，驱逐西太后；附和的人，一时很觉不少。这消息传来，西太后十分不安，当时召集军机大臣，议善全的办法。西太后的意思，以为康、梁虽远在海外，恐终久为患，必得一个消弭的良策，方能高枕无忧。可是，众人踌躇了半天，却筹不出善策来。这时，刚毅要讨西太后的好，便秘奏道："奴才的愚见，那康、梁在海外招摇，无非借着保皇的目标罢了。要铲除他们假借的名目，唯有从立储入手，再慢慢地设法正位，斩草去根。他们没了头儿，自然易解了。"这几句话，倒把西太后提醒，于是赶紧办立储的手续。那种近支亲王、贝勒、贝子，听了立储的消息，谁不想尝禁脔呢？尤其是和德宗同辈的亲王，都想把自己的儿子入继，将来一登大宝，至少也失不了摄政王的名分。因此，大家在暗中竞争，异常的剧烈。其中惟端王载漪的儿子溥儁，希望最大。醇王载澧、贝勒载澜，也在那里钻谋，但最后的结果，却被端王占了优胜。这样一来，便引起下面的纠纷来了。总而言之，是满清气数垂尽的表现啊！不过，端王的儿子溥儁，被立为储君的经过，也有一段因果在里面。原来端王有福晋，生得月貌花容，很是楚楚可人；西太后也不时地召入去，和格格们一起值班。那福晋又善待人意，所以极得太后的欢心。溥儁因他母亲入值的缘故，也得出入宫禁了。然溥儁的为人，很是愚笨，对于读书两个字，视作七世怨家一样，而于街巷俚曲，却很是用心；而且一学便会，不论徽调、秦腔、昆曲，都能胡乱唱几句。西太后所喜欢的是听戏，空闲时叫溥儁唱两声，倒不见十分讨厌，以是常常将溥儁留在宫中。此次立储，诸大臣当然共保溥儁，西太后也正合心意。因西太后志在政权，他知道溥儁愚戆，易入自己的掌握，假使立了个聪明干练的人，一旦政权在握，怕不演出第二次变政来吗？故此决意立了溥儁，那是西太后的盘算啊。当下，西太后命召端王载漪，到颐和园议事，把溥儁承嗣穆宗，入继大统的谕旨，给端王看过了；端王满口应许，并择定吉日，送溥儁进宫，立为大阿哥。

西太后把第一步办妥，便待实行第二步了。以立储的名目，谕知内外臣工，准备废去德宗，再立溥儁为皇帝，期定明年新正，一面通电各省疆吏。一般旧臣，如王梦楼、孙毓文等，上疏力争；疆臣若李鸿章、张之洞、刘坤一等，纷纷上章谏阻，说皇上未曾失德，不可轻易废立；还有英、法、日、俄诸国，得了废立的消息，深恐中国因内政闹出事来，也提出警告。西太后见大势如此，只得和诸大臣商议，储君既已成立，于废立一事，俟外界空气和缓时，再议不迟。但这样的一阻碍，朝里谁也不敢提废立了，只把个端王载漪，直气的咆哮如雷，倘溥儁做了皇帝，自己就是太上皇了。如今到手的荣华，眼见得成了泡影，这如何不气呢？况廷臣疆吏的阻谏，都可以用专制手段强迫，不怕他们不承认；独有外人的借名干涉，却是无法奈何他们了。所以端王的愤怒外人，无异切骨之仇，常常想乘机报复，要想设法，把外人尽行驱逐出去；私下和载澜、刚毅一班人密议，筹那对付外人的计划。语云："物必先腐而后虫生。"端王既存了仇外之心，自有那拒杀洋人的拳匪乘时而起，不是天数吗？这且不在话下。

再讲到那拳匪的起点，本在山东地方，匪中的首领，原是八卦教的余孽张鸾。八卦教自经清兵剿灭后，多年不敢出头。甲午之役，清廷割地求和，民间很有几个义愤不平的人；纷纷议论，说清廷懦弱，受外夷的欺凌，长此下去，中国势不至豆剖瓜分不已。张鸾见民气激昂，便和他女婿李来忠、女儿张秀英，竖起扶清灭洋的旗帜，到处传教，招揽人民入党。张鸾也会些左道旁门，替人用符咒治病，很有些小验，因而一般愚夫愚妇，信以为真，都纷纷入党。这时，山东的巡抚毓贤，恰巧他的爱妾生产不下，请医生用药，好似石沉大海，毫不见效。毓贤急得没了主意，便有人举荐张鸾，毓贤听了，不问他灵不灵，立时召张鸾到抚署里，把符咒来诊治。张鸾就做了一套鬼戏，念了几句神咒，胎儿果然下地，母子俱不曾损害。毓贤大喜，叫用自己的大轿，送张鸾回去。过了几天，毓贤命人赍三千块钱，去谢那张鸾，张鸾却分文不受，只要求毓贤出 一张保护的告示。毓贤也不踌躇，即令出示，晓谕本省的官府，谓义和拳是一种义民，志在扶清灭洋，地方官员，须一体保护。巡抚既这般纵容，那些州县下属，益发不敢得罪他们了。以是张鸾在山东地方，得任意妄为，又不受官厅的禁阻，崇信的人民也越多，势力渐渐地涨大起来。张鸾的女儿秀英，便自称黄莲圣母，招了一队妇女，各人穿着红衣红裤，手里拿了一盏红灯，出游四处。又倡言道："洋人的枪炮虽利害，只要把红灯一照，他们自为炸裂的。"于是"红灯照"的名目，传遍了山东全区。张鸾和他女婿李来忠，还造出一种灵符来，令人佩带在身上，临阵时刀枪水火都不能伤。这般的狂言号召，不到半年，党羽已有八九千人了。外人在山东设立的教堂，一齐被他们焚毁，还杀了十几个教士。当时的外人，在中国的势力远不如今日，他们受了义和拳的亏，唯向督抚交涉。毓贤便敷衍几句，外人也忍气吞声的罢了。义和拳的威势，便日振一日，外人着实有点惧怕，一听义和拳三字，早吓得魂胆俱碎了。

后来，毓贤调任，袁世凯来做山东抚台。其时的义和拳，差不多闹得到处皆是了。袁世凯见他们这样的混闹，知道不是好现象，就传了总镇，把义和拳痛剿一番，直打得落花流水，张鸾也死在乱军之中。所逃出的是李来忠和他妻子张秀英，并一班杀不尽的余党。然义和拳形势已成，各省都有党羽；他们因山东不能立脚，跑到天津来了。直隶总督裕禄，见义和拳张着灭洋旗帜，很是敬重他们，还请李来忠到督署里，和神佛般供养着。因而义和拳的势力，在天津更是扩大了。那时，李鸿章出任两广总督后，所练的神虎营兵马，本归端王统带。端王为愤恨外人干预内政，想报这口怨气，天天把神虎营操练着。可巧刚毅南下返京，经过天津时，裕禄将义和拳的情形，细细地讲了一遍。说他们兴清室、灭洋人，这是清朝的洪福，不该被外夷吞并，所以天降异人来扶助。若能令太后信任，大事成功，清室中兴，那劳绩可就大了。刚毅和裕禄，原系姑表亲，现给裕禄把言语打动，早已深信不疑，便应许随时保荐义和拳。等刚毅回京时，端王恰和他商议编练神虎营，要待改练为两镇。刚毅乘间说道："那神虎营的兵马，还是从前曾、左的旧制；若那时征剿发逆，似乎有些力量；倘要和洋人开仗，就变没用的了。你不记得甲午的一战吗？洋人的枪炮正不知多么利害哩。"端王听了，如兜头浇了一勺冷水，半晌才说道："那么，我们永受洋人的欺凌，简直没有报复的时日了。"说着，便深深叹了一口气！刚毅接着说道："且不要灰心！古语说得好：'一物一制'。洋人的枪炮果然狠了，却还有能制服枪炮的呢。"端王说道："你看满朝臣工，那一个能敌得住枪炮？就使全中国也不见得有这样人罢！"刚毅笑道："这话太一笔抹杀了。当初发军起事，何等利害，真是所向无敌。末了，却给曾、左诸人，杀的东败西窜。出一种人，自有一种人去克制他，这也是本朝的洪福啊！"端王见刚毅话里有因，忙很诚恳地说道："俺老住在京里，外面的事，丝毫也不知道。你方从外省回来，或者晓得有能制服枪炮的人；你如举荐出来，俺当即奏闻太后，立时把那人重用就是了。"刚毅说道："王爷既这般真诚，现放着义和拳的人马，何妨召他们来用一下呢。"因把裕禄招留的义和拳，怎样的利害，裕禄亲自试验过，的确枪炮不伤，便将他们的名称改为义和团拳，细细讲了，听得端王哈哈狂笑起来道："天下有这样的神兵，真是天助我大清了。"当时，即命刚毅飞马出去，着裕禄知照义和团，连夜进京，听候调遣。刚毅见说，正中下怀，立即去通知裕禄，于中行事。

这里端王在上朝的时候，就拿义和团保清灭洋，神通广大，奏闻了西太后，西太后摇摇头道:"哪怕未必见得,多不过是白莲教一类邪术罢了。"端王见太后不信,又来和刚毅商量,一面招接义和团,一头托李莲英在太后面前撺掇。西太后心上,很有些被他们说得活动起来。那天津的义和拳,已纷纷入京,到处设坛传教,乱毁教堂,任意戮杀教民。各国公使,实行提出交涉,直隶总督荣禄,因受端王指使,一味迁延不理。各公使没奈何,只得调外兵登陆,保护自己的使馆。这消息给义和团得知,便要求端王发令,去围攻使馆。端王一时未敢做主,团众在邸外鼓噪,愈聚愈多。恰巧日本领事馆书记官杉山彬木和德国公使克林德氏,两人乘车经过,团众瞥见杉山彬木,齐声大呼:"杀日本人,报甲午战败之仇!"这时人多口杂,不由分说,拳足刀剑齐用,将杉山彬木砍死在车中了。德公使见此情状,知道无理可喻,正待回身逃走,团众又连呼:"快杀洋人!"把德公使克林德也杀死了,才一哄散去。端王见事已闹大,恐西太后见罪,便私下和刚毅、徐桐、赵舒翘等秘密商议,捏造了一张公使团的警告书,令太后归政,废去大阿哥,即日请光绪皇上临朝。

他们计议妥当,便来见西太后。其时,因团众杀了德使和日本书记官,荣禄听得,慌忙奏知太后,说端王纵容邪教羽翼,杀死公使,将来必酿成大交涉,西太后听了,深责端王妄为。方待宣传问话,端王恰来进见,并将伪警告书呈上。西太后读了,正触自己的忌讳,不觉勃然大怒道:"他们敢干预咱们内政吗?咱归政与否,和外人有什么相干!他们既这样放肆,咱非把他们赶出去不行。"端王忙奏道:"奴才已飞电征调董福祥的甘勇进京,谅早晚可到,那时一鼓而下,将使馆围住,一齐驱逐他们出京就是了。"西太后听说,只略略点点头,荣禄在旁,知西太后方盛怒的时候,不敢阻拦。但朝里满汉大臣,听得围攻使馆驱逐外人,都晓得不是好事,于是汉臣徐用仪、许景澄,满人联元、立山等齐齐入谏,西太后还余怒未息,便厉声说道:"你们只知袒护着外人,可知道他们欺本朝太甚吗?"徐用仪等欲待分辩,西太后喝令将徐用仪等,交刑部议处。端王乘机奏道:"徐、许诸人,曾私通外人,证据确实。若不预给他们一个警诫,难保无后继之人。这种汉奸,万不可容留,求太后圣裁。"西太后称是,即命端王任了监斩,将徐、许等一干人,绑赴西市处斩。一时满朝文武,皆噤如寒蝉,谁敢开半句口,自取罪戾呢。后人有词,叹西太后误信佞臣道:

巷议街谈道拳勇,妄言神术助威猛。一朝党羽遍京师,狼奔豕突势汹涌。设坛岂能降神灵?谬语荒诞尤不经。皇恩浩荡颁奖赏,大臣敬教如尊亲。义民号召建大平,围攻使馆灭洋族。只知目前少数人,不虑海外有万国。从此战祸自我开,外兵如麻卷地来。血染征衣臣工死,堂堂天子蒙尘埃。妖妇红灯火焰焰,炮火能御铁甲船。事急忽然窜若鼠,剩此愚民受熬煎。

自从徐用仪等处斩后,朝中汉奸之声,差不多天天有得听见,稍涉一些嫌疑,即被指为通洋人的汉奸,立刻处斩。还有那不信邪教的官员,都给端王奏闻治罪。义和团的党羽,在京里建了高坛,声言召神,文武大臣,须每天赴坛前叩头,如其有不依从的,无论满汉大臣,一概处私通外人的罪名。这个当儿,汉臣已杀戮革职,去了大半,所余的寥寥无几了。旧臣如王文韶,也几乎不免。在大杀汉奸的时候,载澜上疏时,附片里说:"王文韶也是汉奸,应当斩草除根。"其时,荣禄和王文韶同在军机处办事,历朝的旧章,满汉军机大臣,同是大学士;那朝臣的奏疏,例须满臣先看过了,才递给汉人。当时,荣禄看了载澜的奏事,再瞧了瞧附片,便往袖管里一塞。他只做没有这事一般,仍看别的奏疏,王文韶也渐渐瞧到载澜的奏疏,回头问荣禄道:"澜公有张附片,掉在那里去了?"荣禄含糊应道:"只怕失去了罢。"王文韶见说,也只得点头而已。两人看毕奏章,同去见西太后,把所看的各处奏疏,一一奏闻了。荣禄便从袖管中,取出那张附片,呈给西太后道:"载澜不是胡说吗?"西太后接了附片,看了一遍,勃然变色道:"你可以保得定他吗?"荣禄顿首奏道:"奴才愿以百口保他。"西太后厉声说道:"那么将此人交给你,如有变端,唯你是问。"荣禄忙叩了头,谢安退出。王文韶这时,虽也跪在一旁,但他因为耳朵重听,所以始终不曾听见啊。这且不提。再讲义和团,此时联合甘勇,攻打了使馆,各国纷纷调了军舰,直扑天津而来。要知后事如何?且听下回分解。

新政废而德宗囚,西太后之于皇上,本已如赘疣矣。特格于清议,不敢公然以谋废立耳。康、梁之在海外,欲倡保皇会以逐西后,不知益以促进其废立之心;则康、梁之保皇,反间接以害之,其保也固奚益哉!

功败垂成,为主其事者最痛心者也。端王欲其子溥儁之入继大统,谋之当非一朝一夕矣。其始也,有福晋之入侍,及溥儁之进宫;复结欢于李莲英,双管齐下,用心亦苦已!但天不佑人,败好事于一旦,宁不憾乎?

西后之不立大阿哥,端王自无此野心;既无野心,当不以其子之入继为荣,焉有迁怒于外人之事乎?讵祸之发,有非人力所能挽回者;转辗相寻,而义和拳之祸乃起。苟以前因后果,进而求之,觉天之报人不爽也。

第九十一回 烽火满城香埋枯井 警骑夹道驾幸西安

却说京里的义和团,既愈闹愈凶,各国的军舰纷纷调至大沽口;齐向炮台进击。直隶提督聂士成,川军李秉衡,陕军马玉昆,一时那里抵挡得住,都往后退败。至于那些团众,更不消一阵枪炮,早已各自逃命去了。聂士成领着军马奋勇冲去,不期炮弹飞来,打得脑浆迸裂,死在阵中。马玉昆单骑败走,李秉衡见全军覆没,便自刎而死。大沽炮台失守,英、美、德、法、日、俄、意、奥等八国联军,进了天津,由德国舰队司令瓦德西,为联军统帅,向北京进迫。警耗传来,风声异常紧急!总督裕禄,服毒自尽。荣禄这时真急了,忙进颐和园,来奏知西太后,把八国联军攻下津沽,现已迫近北京的消息,报告了一遍。西太后听罢,忙叫端王召刚毅,进颐和园问话。端王闻得外面风声不好,心上已十分畏惧,一听宣传,知道西太后一定要诘责的,但又不能不去,只得同了刚毅,一步懒一步的进园去见太后。参见既毕,西太后很愤怒地问道:"这一次的主战,都是你们弄出来的,现在事已到了这般地步,你们待怎么样办好呢?"端王和刚毅,一声不发地立在一旁。在这当儿,忽内监入报道:"外兵已到京城外,正要架炮攻打哩。"西太后听了大惊失色!不觉急得手足无措起来;荣禄忙跪奏道:"事已急迫,终不能听外人进来蹂躏。以奴才的愚见,还是请御驾出京,暂避风头为上。"西太后垂泪说道:"匆促的时候,望那里去呢?"于是,大家议了一会,决意往热河再定方针。计议既毕,即命刚毅出去,预备车辆,一面到瀛台,通知了光绪帝,并将宫中嫔妃,一齐召集。只见珍妃泪盈盈的侍立在侧,西太后想起旧事,今日甚至仓皇出奔,更不如甲午之役,未免被珍妃见笑,便恶狠狠地瞧了珍妃一眼,冷笑道:"现在宫中诸人,都准备出走,你却怎样呢?"珍妃掩着珠泪答道:"那听凭太后处置。"西太后说道:"以咱们的主见,此刻匆促登程,你们青春女子,在路既是不便,留着恐受人之辱;咱们看你还是自决了罢。"珍妃见说,晓得自己不免,便垂泪道:"臣妾已蒙赐恩,惟皇上是一国之君,万不可离京远去,否则京中无主,乱将不可收拾了。"西太后喝道:"国家大事,自有咱和皇上做主,无须你来饶舌。"说罢,叱令内监,赐珍妃全尸,当由两个宫监,把珍妃用红毡包裹了,抱持至园西智井口,奋力投下。这时,瑾妃在旁,眼看着妹子如此结果,不由得呜咽起来。光绪帝恰巧赶到,要待援救,已然不及,只得付之一哭罢了。后人有诗,悲珍妃投井道:

莫问宫廷景寂寥,丹枫亭畔众芳娇。花含醉态迎残照,园外征车过小桥。昔日题诗随水去,凭吊智井黯魂销!朱红黛碧今何在?月貌花容无处描。

西太后杀了珍妃,自己便和皇上,更换衣服,扮作避难人民,匆匆登车。荣禄还来请命,西太后吩咐道:"咱们一走,京里的事,都由你暂时维持一下。至于外兵进城与否,终须到议和的地步;你可拟道旨意,召两广总督李鸿章进京,与庆王奕劻,同为议和全权大臣。待和议告成,咱们再行回銮罢。"荣禄领谕退去,西太后回顾诸臣,随驾的只有王文韶和赵舒翘两人,回忆万寿时节,真有今昔之感了!

当下,西太后和光绪皇上,很匆促的启行,出得德胜门时,已有马玉昆的亲兵四五百人,是荣禄预令驻扎着,保护车驾西行。他们君臣,坐在一辆大车上,徐徐地前进。约莫走了二三十里,因匆忙之中,不曾带得食物,这时未免有些饥饿起来,但一路都是荒野草地,茫茫一片,望不见一家村店。西太后和光绪皇上,唯有忍饥兼程而行,可是那些车夫,却不住地喊饿,停着车不肯前进了。经西太后再三的安慰他们,始得勉强趱程。帝皇的太后,到了这个时候,反恳情于执鞭的御者,虽说是异数,也是他们孽由自作啊!于是,这样的牛牵马绷,又走了二三十里，看看到了一所村庄，那些跟随的内侍宫女，在风声紧迫时，本已有一天多不进食了；这时实在熬不住起来，也有饿倒在车上的。西太后于这种情形，的确生平所不经见的，眼看着他们狼狈的状态，不觉恻然，便命停车，向村庄中去觅食。当由李莲英下车，前去对庄上的村民说道："我们是避难的官眷，因为逃走时匆忙，忘带了粮食和银钱，所以要求你们供给些食品，将来回京后，自当重重地补报。"那些村民，见西太后一干人都愁眉不展，却不失华贵的气概，便争着把麦饭之类献上。这一班内监宫女们，本是饿慌的了，一见麦饭，就狼吞虎咽的吃得干干净净。光绪帝和皇后、瑾妃等，也略略食了些，只有西太后一人，对于这样的粗粝，怎能下咽呢？不由得瞧着光绪皇上，潸然泪下道："咱们深处宫禁，哪里知道民间的疾苦呢？你看他们，以如此粗糙的东西充饥，咱们天天吃着肉食，还嫌不好，到了今日方知物力维艰了。这叫事非经历不知难啊！"说着，就有些呜咽起来。其时，随扈的有庆王的三个女儿，贝子溥伦，桂公夫人等，见西太后悲伤，便一齐来慰劝着，一面命大军依然前进。到了黄昏，已抵贯市，又由内监和李莲英等，去弄些食物吃了，帝后及西太后也不下车，就在车上坐待天明。

到了次日，车子起行时，西太后因鸦片瘾发，更兼两日不进滴水，已然卧倒车中。幸亏将近旁午，车抵怀来县境。经李莲英先去通知，怀来知县吴嘉魁，慌忙出城迎接，并置备筵席，等西太后和皇上、皇后等进膳。但怀来地方，也是很困苦的所在，进献的食品，也不见十分精美，不过比较村民所献的麦饭，却已天差地远了。西太后一头用膳，由知县夫人，替太后梳髻，又让出衙中上房，备太后、皇上安息。李莲英却去找寻了一副鸦片烟具来，是一根破竹筒，镶个烟斗在上面；那烟灯也是污秽不堪的，西太后也没法，终算过了瘾，这一夜才得床褥安眠。宫女、太监似得了安乐窝一般，无不嬉笑快乐！西太后叹口气道："'人经痛苦方知乐'。这句话万万想不到会应到我身上来呢。"

一宿无话，明日起身，由吴知县又雇了几乘车子，恭送太后和帝后起程。这样地走了半日，忽然马玉昆五百护送的兵丁，一齐鼓噪起来，西太后犹如惊弓之鸟一般，吓得面容失色，忙叫人去问什么事鼓噪？只见内监来回奏道："马玉昆的部卒，连日护驾西行，沿途的粮食，都由自己带来的。现在粮已告罄了，所以不肯前进，在那里争闹。"西太后闻奏，一时也想不出别法，只得命宫嫔后妃们，把头上所插的钗钿，拔下来去犒赏他们，方得前行无阻。这样的一路过去，到了太原，甘肃巡抚岑春煊，率领勤王师赶到，其他的大臣，如王文韶、赵舒翘等，也陆续到了。这时，西太后心神略定，垂泪对岑春煊说道："咱们此次千里蒙尘，这样的苦痛，实生平所未经。你看往时忠心耿耿者，临危已逃走一空，卿能不辞劳苦，患难相从，咱若得安然回京，决不有负于你。"说着，手抚岑春煊之背，痛哭不已。岑春煊忙劝道："太后保重圣躬要紧，且莫过于悲伤。路上的安宁，有小臣在此，谅可无患，请太后放心就是了。"西太后听了，才含泪点头，传旨在太原暂住。然西太后受了一番惊恐，未免小有不豫，由山西抚台荐县丞叶承嗣诊治，进了一剂和胃舒肝汤，稍觉痊愈一点。不过京中的消息，还是十分险恶，西太后心上很觉不安，于是命即日车驾西进。

光绪帝在出奔时，原很不赞成的了，现在西太后欲驾幸长安，光绪帝便竭力反对，母子间口头上的争执，也闹过好几次，西太后哪里肯听，光绪帝拗不过太后，只好随从西去。既到了长安，西太后就下诏罪己。那时，荣禄已代拟诏书，召李鸿章进京，开始议和。八国中由德国领头，要求很是苛刻，经李鸿章费尽心机，寻出一条门路来。那门路是谁呢？就是津沽的名妓赛金花。原来赛金花本是殿撰洪钧的宠姬，当洪钧出使德意志时，和德国炮兵上尉瓦德西很有交情，赛金花同瓦德西也缔做密友。照西国的习惯，男女交际，是应该有的，所以赛金花与瓦德西，从友谊渐渐入了恋爱程度了。洪钧回国之后，便一病不起，赛金花因受大妇的欺凌，就下堂求去，重堕风尘。此时联军进迫津沽，系假戕杀德使克林德之名，和中国宣战的，因是各国推德国出面，德将瓦德西做了联军总帅。李鸿章急于议和，便委托赛金花去谒见德帅瓦德西，令他于中说项。瓦德西和赛金花，既是旧欢重逢，自然十分要好；

他就极力袒护中国，一场和议，得着赛金花的助力，很为不少呢。但大体方得就绪，李鸿章忽然积劳成疾，竟至撒手西归了。

西太后闻得李鸿章的死耗，很是震悼，立命赏治丧费万元，着奕劻代表祭奠，以慰忠魂，并谥号文忠，这且不提。再说李鸿章议和的条约，共计十二条，虽经告成，但还有许多的手续，未曾完备；西太后随即派了王文韶，去继李鸿章的任，终算将一桩大祸，完全结束。等到双方签约的时候，西太后眼见得辱国丧权，自己责备自己的，也不觉流下两行珠泪来。却说光绪帝被囚在瀛台的时候，一腔郁愤，本来无可发泄，到了联军进逼京城，太后仓皇出走，光绪听得消息，便朝服整齐的要往使馆中去，西太后大惊道："你此时前去，不是送羊入虎口吗？"光绪帝坦然说道："他们是文明国人，对于邻邦的君主，绝不至于加害的；而且经此一去，如议起和来，也容易入手了。"西太后忙阻拦道："你就要去，也不在这个时候；试问你这时就到了使馆，算去认罪呢，还是去议和？真是毫无理由，何必去冒险呢。"光绪帝不听，当时坚决要去，西太后谓皇上受惊，神经错乱；命内监等，拥着光绪帝强行登车。后来，到了太原，西太后令西进长安，光绪很不愿意，又经一番力争，西太后只说皇上神经不清，叫内监们好生看护，依然迫着上车。但车驾西发的时候，光绪帝尚垂泪不止。因为，倘太后西去，留皇上居京，那京里有了维持的人，何至受外人如此蹂躏呢？所以人谓德宗昏庸，那话未免冤枉他了。不过，自车驾到西安后，光绪帝终郁郁不乐；言语之间，不时作愤激之辞。可是，西太后却不能见谅，强说皇上患心疾。他要使臣工们见信，一天，乘庆王长女元大奶奶随侍在侧时，暗中示意皇上，令取元大奶奶的奁具，把他藏过了。光绪帝不晓得西太后的用意，真个去做了出来。等元大奶奶梳洗时，寻不见奁具，瞧见皇上放在那里，便问他取回，光绪帝不许道："那是太后所赐，怎敢私下相授呢。"元大奶奶见说："也只得罢了。"及谒见西太后，把这事提起，西太后笑道："堂堂帝皇，窃人的奁具，他还不是患了疯病吗？"经这一度之后，光绪帝患心疾的话说，渐渐有人相信了。其实光绪皇帝何常有什么病呢？无非西太后要埋没他罢咧。这且不提。

当下，那和议告成，十二条中，有惩办罪魁一条，在未回銮之前，自然要实行的。于是，就在西安下诏，载澜、毓贤正法，端王遣戍新疆，刚毅得了信息，已急死在西安旅中。其他凡参与义和团的朝臣，多半革职。诸事妥当，准备回銮。后人有诗，嘲西太后蒙尘西安道：

烽火连天战鼓惊，夷兵夜入燕京城。车驾匆匆奔城外，喊杀号呼血染尘。嗟兮事急如狼犬，满朝无有保驾臣。深居宫禁餍肉食，仓皇道途饮糜粥。颐和园里多繁华，今朝却来荒郊宿。如意馆内诸宠臣，回忆往事掩袖哭。出亡千里入太原，君臣唯知避强敌。不谓长安成帝都，百官草草朝班列。

辛丑年的七月下旬，西太后命近臣，勘视东路的行宫和銮舆所经的道路，以便回京。但传谕地方官吏，凡銮驾所历的州县，无须过于供张，诸事务求俭约；这是西太后，蒙尘时受了痛苦；也算是一种觉悟啊！到了回銮的那天，西安城中的街道，一律粉饰做黄色，两边的店铺，都悬灯结彩，十分热闹！这时，比较来的时候，情形又是不同了。西太后又传谕，把銮舆的黄缎幔打起，任民间的妇女，瞻仰圣容。当车驾未出城之前，由弹压的兵丁，执着藤鞭扫清了街道。后面便是前导马，一对对的过去；前导马之后，是黄衣黄帽的内监和穿黄马褂的官员。其次又是乘马的太监。那步行的宫监，都手提着香炉，香烟缥缈，街上寂静的鸦雀无声。随驾左右的人，多半是绣服黄裳，王公大臣之类。禁卫军过去，便是光绪皇上和皇后嫔妃的车驾，后面黄轿里，坐着大阿哥，并许多护驾的亲王。西太后的銮舆，用三十六人抬着，都穿着团龙褂子，很整齐的过去。不料在这警卫森严的当儿，忽然街道上冲出一个赤身露体的大汉，扬着两臂，直奔西太后的驾前。要知后事如何？再听下回分解。

拳匪之祸，直接养成于毓贤，裕禄复继其后；端王、刚毅辈，则再进而助长。于其炽盛之时，彼无知小人，安得不横行一时哉！西太后一妇人耳，既被诱端刚之甘言，又习于往时迷信；顷刻之懂懂，而万人已流血矣。

两宫之蒙尘也，仓皇出奔，忍饥受渴，历尽艰辛；始得身登乐土，此果是谁之咎乎？虽然，为戎夷之内侵，匆匆以避其锋。仆仆道途，欲求一饱而不可得。穷奢极欲之西后，至是终然不悟，亦当自悔，势所以然也。

议和之时，李鸿章竭尽心力，与此夷人相争执，卒乃以身殉焉。赛金花虽为公使夫人，出身本妓女耳，居然亦奔走国事，力袒清廷，其义侠之行，足以愧煞须眉矣。彼暮楚而朝秦，卖国以求荣者，睹之不知做何感想也。

第九十二回 植蚕桑农妇辱史 闹宫苑喇嘛驱魂

却说西太后銮舆，方出长安时，街上忽然来了一个大汉，赤膊跣足，脸上涂着花彩，双手乱舞的，直扑西太后的驾前。两旁侍卫，立刻将大汉擒住，一刀斩在街旁。这时，扈从的大臣，生怕有刺客犯了御驾，即命追究那大汉的来历，经地方官报告，才知道那大汉原是个痴子啊。当下，銮舆经过，民间的妇女，都长跪两边跪接；西太后在舆中，瞧见妇女中间，有一个穿补服的妇人，很恭敬地跪在那里；西太后知道是个命妇，令赏给银牌一面。这样的一路进了潼关，沿途都有官员长跪迎送。护驾的兵丁，除了原有马玉昆的五百之外，又有鹿传霖、宋庆和的军队。过太原时，光绪帝命将驻跸地方的祠庙，统赐匾额一方。其时，南书房供奉，只有陆润庠一个人，不到半天功夫，把七十多处的匾额，都已题就了。光绪帝夸奖了陆润庠几句，还赐了一百匹银绢。但西太后居西安的时候，有侍臣荣辛的儿子，也常常在太后地方，很得太后的欢心。因为荣幸的爱妾，是侍候西太后的，所以他的儿子，得跟随在左右。那个小儿，年纪不到四岁，却十分聪明，西太后赐他的食物，必先行了礼，才敢取食，因此西太后不时召见他。后来，等西太后回銮，那小儿忽然死了，西太后很觉郁郁不欢，足有三四天，才渐渐的忘去。

车驾到了大同，山西抚台恩铭，已预备了火车，车上设了御座；里面一齐都用黄缎，绣着龙凤花纹。西太后登上火车，不觉望着王公大臣微笑道："咱们倒还有今天的日子。"说着，便瞧着光绪皇上，光绪帝却低了头，只做不曾听见一样。火车启行，好似风驰电掣一般，直向北京进发。既到了京中，早有满汉文武大臣，和各国的公使，在城外迎接。公使们见太后、皇上下车，都脱帽致敬！西太后只对他们略略点头，便乘了銮舆进城回宫。可是一到了宫中，只见什物零乱，所有陈设的宝物，失的失去，毁的毁坏；真是繁宫华庭，顿成了荒凉世界，西太后不由潸然泪下！后人有诗叹道：

人民泣，膏血竭；和议成，外兵齐撤！亲王酿出妖民乱，爵相议和呕心血！千呼万唤始回銮，百官乘马出长安。祸首已遁亲王除，人民含笑瞻天颜。尔曹不识天心苦，如此行程世所无。万民脂膏供挥霍，一朝毁去无其数。今日犹忆德胜门，半夜仓皇走至尊。乡村妇女相嬉笑，淡扫蛾眉朝圣人。当年若忆而今事，殿上称尊愧此生。

西太后回銮之后，脑筋也渐渐的变过来。这时，醇亲王载沣，从德国谢罪回来，力言外邦的文明，西太后知道大势已变，非实地改革一下不行。于是，先把义和团屈死的大臣，一一复了原官，入贤良祠受祭；将珍妃的尸首打捞了起来，以贵妃礼安葬。一面下诏，实行新政，凡旧日康、梁所条陈的废科举、兴学堂等等，从前所不赞成的，现今却都一件件的实行了。然宫中自经这一次大创后，不但宝物的损失，就是侍候西太后的那些妇女，也多半走散了。还有绘画的缪素筠，也生病死了，李莲英的妹妹又出嫁了，端王的福晋，因端王遣戍新疆，罪妇不便入值。其他所有的，不过一个寿昌公主而已。因此，西太后觉得十分冷静了。

这个当儿，庆王的女儿珍珠，随着福晋进宫，西太后见他伶俐，便命留在宫中。那珍珠是往东洋游过学的，闲谈之间，讲起日本的妇女，到中国来学习养蚕；学会之后，再研究种桑的方法；他们备自己去种桑养蚕了。因日本人对于蚕桑，也列在农学里面，很是重视的。可惜日本气候不对，养蚕终是不发达的。西太后听了，顿触起他的好奇之心，便对珍珠说道："古来的帝后，也有养蚕织布的，咱们怕做不到吗？"当下，立时传谕旨出去，叫在江南地方，挑选清秀的民间妇女二十人，送入大内养蚕。又令在民间，栽了桑树的种子，叫内监们种植;不到几时,乡间民妇送到了,西太后便另辟一室,着这些妇女,在里面养蚕。蚕既做了茧子,随即取丝,买了机轴,织起绸来。一时在大内的人,终夜闻得机声不绝,却是西太后督率女工,在那里织绸呢。但这一班女工,大都是有夫之妇,西太后也很体谅他们,准半年回家一次。平日在宫中的时候,赏赐也很优厚,每织成布一匹,赏银四两;织绸一匹,赏银十两。倘逢着时节,便得加赏二十两。有时宫中演戏,也得赏赐瞧戏;乡中的民妇,受这样的宠遇,也要算是异数了。所以,一般出入宫禁的民妇,眼光看的很大的了。有一次江南的民妇,因蚕事将兴,预备进京供职。但在起身之前,照例须地方官吏遣发;其中一个民妇,为不听县官的吩咐,知县叫差役把他驱逐出去,不料那民妇也大怒道:"我在太后宫中,大大小小的官员,正不知见过多少;却来怕你一个县官咧。"说罢,就要动手来打,幸亏同伴,将他劝了回去。知县因恨他不过,拿这民妇的名儿取消了。其他的民妇,到了京里,西太后一点却少了一人,问:"还有一个那里去了?"那民妇将知县留难的话,告诉了西太后,西太后忙令传谕,到江南指名要这个民妇,进京需用。知县没奈何,只得照常遣送。当临行的时候,那民妇把知县大骂一顿,知县连气也不敢喘一声呢。这且按下不提。

再说宫中自西太后回銮后,不时发现怪异,有时桌椅无故自移,或屋中有步履声音;一经往视,便寂然无声了。但等人一走,那声音又复响了起来。而且,一天利害似一天,甚至有形迹出现。一般宫女,常常见珍妃在宫中往来走着,近看时又不见了。这种谣言,渐渐传到西太后的耳朵里来,西太后很是不相信。后来,也亲自目睹过一次,方才和内臣,商议祈打的法子。侍郎裕昆,主张用喇嘛来打醮。讲到喇嘛,本红黄两教,他的祖师,一个叫达赖喇嘛,一个是班禅喇嘛,其教始兴在蒙古。当世宗的时候,喇嘛势力很是伟大。因为,那时诸王竞争继统,圣祖很信佛教,也极是赞成喇嘛;所以,世宗也供养着喇嘛,以备篡位时做个助手。世宗既登了基,喇嘛的势力越发大了。只就永隽殿和雍和宫两处,那喇嘛已很不少。而且,一样的干预朝政,一般的卖官鬻爵;无聊的官僚,往往无可设法时,便去奔走喇嘛之门。结果,因喇嘛的声名狼藉,几乎一蹶不振咧。但在喇嘛兴盛的辰光,他们手下服侍的人,都是满人。原来,满人有一种奴隶籍,譬之老子犯了国法,子孙得贬入奴隶籍。不过一入奴隶之后,虽一样可以做官,一遇他旧日的主人,却依然要奴主称呼的。这种奴隶满人,也有服侍汉人的,清末的督抚衙门里,此类奴隶最多了。至于给喇嘛执役的,大都是皇上所遣派,也有自己雇用的。奴隶称喇嘛,都唤作师爷。其时在雍和宫给大喇嘛驱使的奴隶,名儿叫作多达,为人很是勤俭,深得大喇嘛的欢心。这样地过了几年,一天,那多达向大喇嘛要求道:"奴才跟随师爷多年了,可否在一班大人面前吹嘘一下,给奴才一个差使做做。"大喇嘛点点头,隔不多日,大喇嘛果然替他谋了一件事,是账济局的委员。第二天上,多达戴着蓝翎,前来给大喇嘛碰头辞行;竟上任去了。六个月之后,那多达已销差回来,因这账济局是不长的,缺分却很肥美。多达回来,仍到大喇嘛的地方执役,这是入了奴隶籍缘故,任你做了最大的职分,一卸职依然是个奴隶了。多达既仍充奴隶，还取出一张六万元的银票，算是谢大喇嘛的。大喇嘛倒吃了一惊，忙问道："你只任了六个月的差使，能赚几多钱？却送给我这许多。"那多达说道："不瞒师爷讲，这是最优的美缺；所以六个月中，共弄到十九万。但像奴才似的，还是平心不会弄钱的咧。"大喇嘛听了，把舌头伸出来，半晌缩不转去。从此以后，有人央托大喇嘛谋事，就要运动若干；卸任回来，又要酬谢若干；这都是多达一人所弄出来的啊。可是，清代官吏的腐败，专一剥削小民，就这个上头看来，已可想而知了。

闲话少说。当下，西太后即命传集喇嘛，就在宫中设坛建醮。到了那时，铙钹丁东，禁宫又一变而为寺院哩。到法事将毕，由喇嘛奏明太后，举行打鬼。这打鬼的活剧，雍和宫中素来有的；用平常的小喇嘛，穿了白衣，戴了白冠，面上涂了五彩，预先在暗处伏着，大喇嘛在台上，念经作法，忽然灯烛全灭，一声怪叫，所扮的活鬼，便从暗处直窜出来。旁边那些喇嘛，已持着竹片，在那里候着，一听大喇嘛叱咤，立刻把竹片向活鬼乱打，活鬼望四下奔避。末了，直打出宫外，活鬼前面逃，打的后头追；须追得瞧不见了，才一齐回来。这时算鬼已打走，宫中灯火复明，谓一切的不祥，就此驱逐干净。但此次宫中的驱鬼，是奏明了西太后举行的，那些活鬼，都由太监们改扮；到了打鬼的时候，宫里大小嫔妃、宫女，皆手拿着竹片，等候驱鬼。大喇嘛把神咒念完，喝令驱逐，一般宫女，七手八脚地望着打鬼的内监打来。那些太监，便穿房走户地从这宫逃到那宫，凡有怪异的地方，一处处都要走到。宫女们一边嬉笑，一边打着，也有倾跌的，也有打痛手指的，霎时光怪陆离，丑态百出。西太后同着皇上、皇后，及瑾妃等，也来坛下看喇嘛驱鬼，见了这般情状，也忍不住笑了起来。宫女们追逐太监扮的活鬼，一直到了预备着的水池边，那活鬼纷纷跳入了池中，把脸上的颜色洗去，算是拿鬼赶入水里去了。然宫里自经这样混闹了一场，果然觉得安静了许多。以是宫中成了一种惯例，每到这个时候，必须打鬼一次了。这且按下一边。

再说清廷自拳匪之乱，外人既蹂躏了北京，还要求很大的赔偿，这个上头，不免大丧了元气。但一波未平，一波又起，河南和广东地方，又闹起革命来。原来这革命党，在康、梁奏请行新政时，已经发动过了。那时，在广东组织兴中会的首领，叫作孙文。这孙文字逸仙，是广东香山县人。当初在中西医学校里卒业，也曾入教做过教士，后来却专门行医，到处演说革命，崇信他的人，一时很为不少。不期给清廷知道，很注意他的行动。孙文既办了兴中会，因会员十分发达，被广东侦探，将孙文获住，说他立会结党，便解到两广总督署里，恰巧总督是李鸿章，他见孙文，辩词流利，人品出众，就存了个怜才之念，暗想现在的中国，要想出这样一个人才，也是不容易，并且他谋叛又没什么证据；何必认真去干呢？当下乘个空儿，把孙文释放了。孙文得脱身以后，宣传革命，益觉得起劲了。又隔不多时，因李鸿章奉调入京，同德国去议和了，继任总督的就是谭钟麟。孙文乘谭钟麟到任未久，便缔结了郑弼臣、陆皓东、黄彬丽、朱浩清等，想在广东起事，并飞电湖南唐才常等，到了那时以便响应。不料事机不密，给谭钟麟知道，将陆皓东一班人，设法擒获，立时斩首。这样一来，孙文在广东站不住脚，只好逃往日本。孙文走后，兴中会的党人史坚如，用炸弹抛掷广东督署，事体闹得很大，清政府里，已知孙文是革命党首领，史坚如的事，也归罪于孙文。听得他逃往海外，便通电驻各国中国公使，留意缉捕。孙文逃走到日本时，清政府已照会日本拿捕；幸亏在横滨，遇见了日人宫崎寅藏，对孙文说道："你在日本，早晚要不免的，还是到英国去的为上。"可是孙文此时身无半文，行动不得；又是那宫崎寅藏，助了孙文几百块盘费，才得勉强成行。于是匆匆离了日本，渡了太平洋，竟往英国来。

不到几天，已经到伦敦了，孙文就去找寻医师硁立德，告诉他是亡命来此。硁立德和孙文，原是从前的旧友，便叮嘱孙文道："现在清廷，缉捕你的风声很紧；就是本国，也有中国公使馆，怕他们已得着清政府的电报了。你若要外出时，须通知我一声，好派人保护你。"孙文答应着，心里寻思道："我已到了海外，清廷终拿得厉害，也断不会到英国来捕人。"因此大着胆子，依然照常进出。对于留学英国的学生，仍旧鼓吹他的革命主义。

一天，忽然有一个广东乡人，来请孙文出去，孙文并不疑惑，很爽气跟他前去。到了那里，邀孙文上了楼，那同乡人已不知去向了。孙文这才有些疑心，忙推开楼窗，向外一望，不觉吃了一惊！因为大门外面，突然悬起龙旗来咧。孙文赶紧回到里面，高声叫了两声，见走进来一个中年仆人，笑着问有什么事？孙文说道："这是什么地方？为什么请了我来，却把我幽囚着呢？"那仆人微笑说道："你来了半天，还不曾知道吗？此处是中国龚公使的私宅，将你邀来，因为清国的皇帝要寻你去做官，有电文来知照公使的啊。"孙文听了，晓得身入牢笼，就是插翼也飞不掉的了。思来想去，终转不出脱身的法子，只有致书给砭立德，叫他设法营救。但这书使谁送去呢？当下，孙文央求那仆人道："我既然到了这里，也不想出去了。不过我有一位好友，须递个消息与他，你肯替我送一封信去吗？"那仆人起先不肯，经孙文说了许多好话，才答应了。孙文很匆促地写了几句，命仆人去送给砭立德；又恐怕他中途变更，便讲了些耶稣救人急难的话给他听；那仆人去了。不知孙文能逃脱否？且听下回分解：

人能自省其过失，终至于改行，原不失为君子。西太后于蒙尘之后，回归京师，起复尽节者之原官，葬珍妃以贵妃礼；或谓其能悔过，其实未必尽然也夫！事过而境迁，龂龂以禄酬人，斯非其知过必改，乃掩饰其日日之罪耳。

清代之亡，亡于迷信，此言不为无因也。试观太后之崇信义和拳，亦种于迷信耳。庚子之役，卒令国体元气斫丧；亡国之祸，于是已隐伏矣。至宫中怪异，要不过衰象既见，妖孽乃兴，若彼喇嘛，何能为力哉？上既不正，则下也参差；清之末叶，不论王公大臣，咸以聚敛为能事，何况奴隶辈，自更甚矣。呜呼！

第九三十回　舒郁愤无聊踏春冰　忆旧恨有心掷簪珥

却说那孙文被困在使馆里，一时不得脱身，心上老大的着急，便和馆役商量，叫他寄个信给医师砼立德，馆役不肯答应，生怕弄出祸来，经孙文竭力的劝谕了他一番，说："你放大了胆，竟管前去，万一有甚事发生，我会叫外人帮忙，自然可以挽回。"馆役知道孙文，也不是个寻常之人，谅不至于累及自己，便允许下来。于是秘密藏了孙文的信，竟来见砼立德，把孙文被幽囚的事，细细告诉了一遍，砼立德大惊道："我早就嘱咐他留意一点，如今果然入了牢笼了。"说着，打发了馆役回去，一面托英文报记者，将中国公使，擅在英国境内捕人的事，披露在报上。英政府得了这个消息，如何肯轻轻放过，便打了照会给中国使馆，谓在英国境内捕人，有损英国法权，就是从万国公法上讲起来，也绝没有这种成例。中国使馆见外人干涉，怎敢违例，只得把孙文释放，还向英政府道了歉，这事才算了结。孙文既得脱身，就连夜离去英国，仍到日本寻他的同志去了。

那时，中国自孙文逃走后，广东的兴中会，由会员杨少白等一班人主持。因鉴于前次孙文的失败，大家按兵不动地坐以待时，倒是安化人李燮和，在湖南闹了一次，给湖南巡抚侦悉，派人密捉。李燮和见势不妙，一溜烟逃往美国去了。这里只苦了约期起义的长沙师范的学生，全体都被逮捕，学校也封了起来。为首的就地取决，附和的监禁了，不知情的释放，然已无端枉送了几十条命。孙文在日本，听得兴中会依旧不曾歼灭，便又印了许多的会章，由日本寄到中国来，宣传革命，招揽那些青年入会。这章程传到京中，满人御史，竟上疏奏知西太后，把章程附在疏中。西太后读了一遍，见章程上的词句，都讲的清廷行政；什么内政腐败，引用私人，大权满人独揽，以汉人为奴隶等等，说得很为痛切；列举的弊端，也正打中西太后的心坎，西太后不觉笑道："此人屡闹革命，人家很有受他蛊惑的，想来也有些才具，可惜他不肯归正，不然倒也是一个人才呢。"西太后轻轻的一句话，给一般满洲人的御史听见了，他们为迎合太后的意旨，第二天就上章，请招安孙文，西太后瞧了这一类的奏疏，也唯有付之一笑罢了。

且说光绪皇上，自从西安回銮之后，西太后益发当他是眼中之钉。这是什么缘故呢？因为光绪帝戊戌变政，重用康、梁，实行改革旧制，被西太后将新政诸臣，一网打尽了，自己便三次垂帘。不谓在这个时候，听信端王、刚毅的话说，误用义和拳的灭洋政策，结果弄得仓皇西奔，一败涂地，倒不及光绪帝亲政事时的太平了，因此心上很为不安。又经内监们的撺掇，说皇上对于太后的信用妖民，很多讥笑，西太后初时也甚觉愧悔，终至于恼羞成怒，含恨皇上，自不消说了。而且，把光绪帝所居瀛台的门禁，比从前严厉了许多。当庚子的前头，那瀛台的左面，除了船楫以外，本来有一座桥可通，桥用白石砌成的，起落可以自由，日间原将桥放下，宫女、嫔妃随时能够往来。但庚子以后，两宫回銮，光绪仍居瀛台，起先倒极安适，可是过不到几时，太后即命把桥收起，无论昼夜，不得任意放下。嫔妃蒙召，用小舟渡了过去，由太监在水桥上接引，这样的几乎成了惯例。这时，光绪帝的身边，只有瑾妃一人侍候。光绪帝每于月夕花晨，因瑾妃在侧，便想起珍妃来，不免郗歔零涕，瑾妃也痛哭失声！二人悲伤了一会，相对黯然不乐。

有一次上，因严寒大雪，平地积雪三尺，西太后叫小监，做一件狐皮袍子，去赐给皇上，并吩咐小监道："你把衣服呈与皇上，只说是老佛爷亲自所赐。衣料是布的，衣钮却是金的，照这几句话，须接连上三四遍，看皇上怎样回答，便来报知。"小监领了旨意，用小船渡到瀛台，将衣服呈上后，依西太后所叮嘱的话，说个不了，光绪帝先时只当不曾听见，末了，给小监说得不耐烦起来，就愤愤地说道："我知道了，太后的意思，谓我将来死不得其所罢了。但我以就这样一死，也不得其时，还是苟延几时的好。不过，人谁没有一死呢？有死得值与不值的分别；太后虽望我即死，我因不值得才不死的，你去报给太后，说我这般讲就是了。"小监见光绪帝动怒，自不敢再说，竟匆匆地去了。瑾妃在一旁变色道："皇上这话，不怕太后生气吗？"光绪帝不觉微笑道："我到了这样地步，还怕他则甚？大不了他也和肃顺般处置我好了。"瑾妃听罢，忙用眼示意，光绪帝正在气愤的时候，那里在心上呢。原来其时，恰巧香儿也来侍候皇上，瑾妃知道他是太后的侦探，所以竭力阻止光绪帝，叫他不要信口开河，免惹出许多是非来。但这香儿是谁呢？若然说起来，读者诸君，或者也还记得。当拳乱之先，西太后不是在颐和园中，设着什么如意馆吗？还招四方青年子弟，入馆去充馆役。在这个当儿，内监李六六，便遇见了那个管劬安，把他荐入馆中。哪知管勉安入馆后，大得西太后的宠信，不时召入奏对；在宫监面前，称劬安做我儿，又称为香儿；因而全宫的人，都唤劬安做香贝子，和从前香王，权衡差不多上下。香儿既这般得势，就出入宫禁，专一替太后做耳目，刺探了别人的行动，去报给太后；宫中的人，又称他做顺风，因不论琐碎小事，太后终是知道的，都是这香儿去报告的啊。当下，瑾妃心上很明白，见皇上这样乱说，虽是着急，但也没法去止住他。停了一刻，香儿果然去报知了。

后来，禁止大臣到瀛台问皇上起居的旨意，不久就下来了。因光绪帝虽被禁在瀛台，那大臣们去问安，或疆吏的入觐，本可以通融的。自这次之后，西太后疑光绪帝恨已甚深，倘大臣们任意进出，弄出衣带诏的故事来，所以不得不预先防止了。还有一次，岑春煊以在西安曾率师勤王，西太后很是赞许他，这时便擢他做了四川总督。岑春煊在临行的时候，请入瀛台觐见皇上，光绪帝一见春煊，三数语后，便潸然泪下，正待诉说心事，忽见香儿，突从外面进来，光绪帝即变色起立，一句话也不说。岑春煊知机，便乘势请安退出。但那香儿，是何等乖觉的人，他眼见得君臣这种情形，心里早有些疑惑，就暗中去告诉了太后。依西太后的意思，阻止入觐的谕旨，这时已要实行的了，为于香儿有碍，才缓了下来。如今光绪帝大发牢骚，自己说出心事来，香儿去对西太后一讲，西太后知道皇上刻下不忘自己的怨恨，便立时把瀛台交通断绝。光绪帝在瀛台里面，只有两个宫女，和四个小监，一天到晚同瑾妃相对着，终觉得闷闷不乐。因皇上居处的地方，是在涵元殿，瀛台是他总名罢了。这涵元殿的大小，共有平屋三间，每间不过丈余的宽阔，后面仅有一座小楼，光绪帝于闷极的时候，也登楼去眺望一会，但不到几分钟，便长叹一声，慢慢地走了下来。那涵元殿的对面叫作扆香殿，是皇后的居室。然皇后虽有时入侍，光绪帝却不大和他说话。总之自幽禁以来，从不一至扆香殿，所以皇后和光绪帝，是面和心非的。又见皇上宠着瑾妃，皇后益发恼恨了。可是皇后那拉氏，本是西太后的内侄女，他要配给光绪帝，想从此笼络起来，大权可以永远独揽。哪知光绪帝却不中意现在的皇后，因西太后授意给他，叫皇上于择后时，将玉如意递与自己侄女。故事凡皇帝册立皇后之前，把有皇后资格的闺女，排列在殿前，任皇帝自己选择，选中了是谁，就拿手中的玉如意，授给是谁。光绪帝的心里，要想递如意给珍妃的，但西太后已预先授意，不敢违背，只在那递过去时，假做失手掉在地上，一只很好的玉如意，竟打得粉碎了。西太后见了这般情形，便老大不高兴，母子之间在这时已存了意见的了。等到大婚以后，光绪帝自然不喜欢皇后，西太后要光绪帝服从，明知他爱的是珍妃，就把珍妃姊妹立做了妃子。光绪帝既有珍妃姊妹，于皇后越不放在眼里了。皇后目睹着妃子受宠，心上如何不气呢？以是不时在太后前哭诉，乘间拿珍妃姊妹，责打了一顿，虽说借此出气，而光绪帝的心目中，越当皇后似仇人一般了。庚子拳乱起事，两宫料理出走，西太后趁这个当儿，把珍妃赐死，也算替皇后报复。回銮之后，光绪帝想念珍妃，以为珍妃致死，完全是皇后加害他的，因此和皇后同居瀛台，相去不过咫尺，光绪帝却从不到扆香殿去，也不相交谈，夫妻好似陌路一般。一天，光绪在瀛台，实觉气闷不过，要想出去，没有桥梁和船只，不能飞渡过去，便倚在窗上踌躇了一会，见那水面上，已结着很厚的冰，不觉发奇想起来，要待从冰上走到对面去，瑾妃忙劝阻道："那冰是浮在水上的，到底不甚坚实，倘踏到了那里，忽地陷了下去，不是很危险的吗？"光绪帝一定不肯听，决意踏冰渡水过去。于是叫一个小监扶持了，一步步地望冰上走去，在近岸的冰块，果然结得很厚，人践踏上去，受得住重量，不至于破裂；但到了正中，水渐渐地深了，便不容易结冰，那冰就薄了。光绪帝走到这里，才觉那冰有些靠不住，正在懊悔时，小监的一足，已陷入水里去了。对面的太监，也赶忙撑着小船来接，这样的忙了半天，光绪帝才算登了彼岸。哪知光绪帝踏冰的时候，皇后方在扆香殿里梳洗。他从镜中，瞧见河里有人走着，一时很觉诧异，便忙临窗一望，见皇上在那里踏冰渡水，就暗想道："他近来神经错乱，举动上很是乖谬；但那瑾妃须不曾疯病，为什么不加阻谏的呢？万一皇上有了危险，我也住在这里，岂能不任其咎。"当下，便急急忙忙的妆饰好了，也驾着小舟，渡过河去，报告给太后去了。

这里光绪帝，到了瀛台的那面，如鸟脱笼似的，好不快活！一面叫小监打桨过去，把瑾妃也接了来；二人挽着手往各处玩了一遍，走到仁寿殿面前，光绪帝不由得长叹一声道："今还记得那年，和翁师傅在这里商议朝事；也召见过康有为。不图和袁世凯在此见面后，就从此不能到这里了。回忆当日的情景，宛如在眼前一样。不过从前和现在，境地却相去远了许多，想起来能不叫人伤心吗？"光绪帝说罢，眼看着瑾妃，不免有点伤感起来。瑾妃怕皇上忆起旧事，因此抑郁出病来，所以忙慰劝道："那是蛟龙暂困池中，终有一朝逢着雷雨，就可霹雳一声，直上青霄了。"光绪帝见说，只略为点了点头，重又叹道："人寿几何？韶华易老，倒不如那些寻常的百姓人家，夫唱妇随，其乐融融！咱们到西安时，见一般农人夫妇，男耕女织，他们家庭之间，自有一种说不出的愉快！咱们做了帝王，倒不及他们呢。怪不得明代的思宗说：'愿生生世世，不要生在帝王之家。'这话何等的沉痛啊！"光绪帝说到这里，不觉凄楚悲咽起来了。瑾妃在旁，竭力的解劝了几句，但是，怎能屏去皇上的悲感呢！光绪帝越说越气，止不住扑簌簌地流下泪来。这时瑾妃也牵动了愁肠，君臣二人，倒做了一场的楚囚对泣。当下光绪帝和瑾妃，任意向各处走了一转，因心事上头，那里真个要游玩呢？于是吩咐小监，拢过小舟来，上船仍回到瀛台。

光绪帝觉百无聊赖，叫宫女摆上酒来，瑾妃侍立在侧，一杯杯的斟着酒，慢慢地饮着。这样地过了一会，忽见对面的河中，顿时添了五六只小舟；七八个内监，各人拿了一把铁铲，纷纷的打桨过来，光绪帝瞧着问瑾妃道："他们不知又另做什么鬼戏了。"瑾妃见说，便走到窗前，向内监一问，只见一个内监答道："奉了老佛爷的谕旨，来凿冰的。"瑾妃听了，回身告诉了皇上，光绪帝冷笑道："老佛爷令他们来凿冰，一定是咱在冰上走了几步的缘故；生怕咱没有船相渡，就踏着冰走出去，因此来凿这冰块了。咱想天下无不散的酒席，何苦这般的管束呢？"光绪帝一面说着，只把酒不住地喝着。又指指扆香殿道："这事必是那婆子去在太后面前撺掇了，才下谕来凿冰的，他们的举动，咱真如目睹一样呢。"说罢，又满满饮了一杯，对瑾妃笑道："咱若能够再执政权，这班狐狸般的逆党，须得好好地收拾他一下呢。"瑾妃见皇上又要乱言，忙摇手道："隔墙有耳，莫又连累了臣妾啊。"光绪帝大声道："怕怎的，谁敢拿你侮辱？你的妹子，已给他们生生地弄死了；再要来暗算你时，咱就和你同死，看他们有什么办法。难不成真个杀了咱们吗？"这个当儿，光绪帝酒已上涌，渐渐高谈阔论起来。瑾妃本已是惊弓之鸟，恐皇上言语不慎，惹出祸来，所以呆在一边担心。光绪帝原想借酒浇愁，谁知愈饮愈觉满腔郁愤，都从心上起来了。

他正在独酌独语，恰逢着皇后，从太后那边回来，到涵元殿侍候皇上。光绪帝对着皇后，是不交言语的，平日皇后过来，只默默地坐一会，便竟自走了。今天光绪帝有了酒意，一见皇后，不觉怒气勃勃，但碍着礼节，不好当场发作，心里早存了个寻衅的念头咧。当时故意问长问短，皇后不便拒却，也只有随问随答的敷衍几句。光绪帝问了许多的话，找不出皇后的事头来，便回头叫瑾妃斟了一杯酒，请皇后同饮。皇后勉强饮过了，光绪又命再斟上一杯，皇后是不会饮酒的，当然推托不饮。光绪帝乘着酒兴，便作色道："你的酒量很好的，怎么说不会饮呢？那年的太后万寿筵上，你不是饮过百来杯吗？"瑾妃见皇上怒容满面的，知道有些不妙，忙说道："那时的御酒，也是宫人代饮的啊。"光绪帝冷笑道："是亲眼看见饮的，你替他辩什么呢。"说着，执了酒杯，强着皇后饮下，岂知皇后的饮量，的确很为狭窄；一杯之后，已觉头昏眼花，身不自主了。这时见皇上逼着他饮酒，不由顺手将酒杯一推，"哗朗"一声，把一只碧玉的酒杯，推落在地，碎作七八块了。光绪帝想不到皇后会伸手推他，故此不曾提防，酒杯堕地时，不觉吃了一惊！便大怒说道："咱好意叫你喝酒，为什么把酒杯也打落了？你既不饮，咱偏要你饮上几杯哩。"说毕，连叫瑾妃，换了杯子再斟上来。瑾妃正在进退两难的时候，忽见皇后，突然立起身儿，摇摇摆摆的往外便走。光绪帝疑他去告诉太后，要待羞辱了他一顿，始放他出去，所以见皇后一走，光绪帝也跟在后面，一头去阻止他的出门，不期酒醉脚软，一歪身几乎倒了下去，瑾妃慌忙来搀扶时，光绪帝的右手，已牵住皇后的衣袖，趁势望里面一扯，皇后也险些儿跌倒。原来皇后因不胜酒力，顿然头重脚软了，他起身想回扆香殿去，光绪帝误会了意思，便去阻拦他起来。这样的一牵一扯，弄得皇后七跌八撞，那头上倏然掉下一样东西来，瑾妃眼快，赶紧用手去接，那里来得及呢？"啪"的一响，早掉在地上了。皇后也回身瞧见，大惊说道："怎么把这御赐的宝物跌坏了呢？"光绪帝见说，看见瑾妃将掉在地上的东西，拾了起来了；再仔细一瞧，却已跌做两段；心里也觉吃惊不小！要知那是什么宝物？且听下回分解。

人生富贵，至为帝王而极矣！彼扰扰攘攘，争天夺地者，孰不愿一尝帝王之滋味乎？彼奸雄如袁氏者，身为民国元首，而心犹以为未足，必欲酿成洪宪之笑史而后已。岂知身既为帝王，方如入笼之囚禽，欲求平民之乐而不可得，帝王之荣，如是也耶？

无聊之至也，则异念随之以生。光绪被幽于瀛台，终日盘旋于方丈之地，其郁闷无聊也宜矣。然因无聊之甚，竟忘其万乘之尊，奋不顾身，临险如夷，踏冰而出焉。今世有环境之迫，铤而走险者，要皆境地所迫而成者也。吾观德宗之踏冰，殆亦犹是耳。

夫妇之爱，本出诸天性，德宗之选后时，本已强之使然，则与民间专制家庭之婚姻何异。故虽名义上为帝后，而其性质之间，则不但如陌路，或且若仇雠焉。难怪乎光绪帝于西狩时，见人民夫妇之爱，羡而不辍也。由斯而言：帝王之家，其不如平民也甚矣。

第九十四回 碧血溅衣寡君自晦 青衣入侍稚子蒙恩

却说光绪帝因在醉后，与隆裕皇后争吵，一个不小心，把皇后头上的一支白玉簪碰落地上，顿时跌做两段。因为这支簪是高宗所传，簪长约四寸，晶莹光洁，没有一些儿瑕点的，确是件宝物。光绪皇上结婚的时候，西太后就赐给皇后，也算清室传家之宝。今天堕地跌断了，皇后早已着慌，便垂着泪说道："这支簪儿，原是祖宗的遗物，从前老佛爷赐予的，现在被皇上打断，叫我怎样地去见老佛爷呢？"隆裕后说着，便抽抽噎噎地哭了起来。瑾妃知道这事闹大了，一边慰劝着皇后，一面很替光绪帝着急。皇后哭了一会，忍着眼泪说道："如今别的不用讲了，簪也断了，这责任须得皇上负担，就一块儿去见老佛爷，听候处分罢。"光绪帝初时见把玉簪跌碎，倒也有些懊悔，连酒都醒了。这时听得皇后说，要他同去见太后，不觉又把气提了上来，便大怒道："区区一只簪儿，即便是咱弄断了，也不见得拿咱怎么样。你开口闭口，用太后来吓人，咱因此便害怕了吗？"说着，索性对那一支断簪，望着地上尽力一踏道："你快去告诉太后，咱是有意这样做的，看拿咱怎么办咧。"光绪帝说时，自觉愤不可遏了。隆裕见皇上发怒，也不敢再说，只得含了一泡眼泪，叫小监打着桨，渡到对岸，见太后去了。

皇后走后，光绪帝兀是余怒不息，瑾妃也忍泪劝道："皇后此去，哭诉了老佛爷，不知又要出什么花样儿呢？"光绪帝很愤怒地说道："管他们去怎样呢。"当下一宵无话。第二天上，西太后忽然来召见皇上了，瑾妃晓得是昨天的事发作，便悄悄对光绪帝说道："太后来宣皇上，谅没有好事，定是为了一支簪的缘故。到了那时，只有听其自然，不要和昨日般的言语顶撞，受太后的责难，还另贻累臣妾哩。"光绪帝点点头，想起了隔日的事来，着实有些胆寒。光绪皇上，平素本惧怕西太后的，酒后却忘其所以，等到酒醒，悔已迟了。当天，西太后见隆裕后来哭诉了一番，便十分愤怒，后觉皇上正在醉中，召见时倘说出无礼的话来，反失了自己的威信，以是隐忍着不发。次日的午前，即命去宣召皇上，光绪帝早已情虚，不免畏首畏尾来了，只得硬了头皮，来见太后。

西太后等光绪帝行礼毕，才发话道："亏你也是一国的君主，怎么行为还不及一个寻常的百姓。昨天甚至乘着酒兴，和疯癫般的打起皇后来了，你这种举动，不是和我作对吗？我把自己的侄女，同你婚姻，原想和和睦睦的，不料结果适得其反。但你于皇后的种种过失，你只要说得明白，不妨布告天下，竟可以把他废去，何必这般做作呢。若你不愿意做的，就我来替你实行一下，准把皇后废掉就是。不过，他有什么罪名？你可不用隐瞒，老实说出来吧。"光绪帝忙叩头道："儿臣并没说他有什么不好，昨天一时醉后糊涂，下次改过了，决不再有这样的行为，还求老佛爷免怒。"西太后冷笑道："酒醉糊涂吗？国家的大事，也这般一糊涂，怕不将天下送掉吗？但我知道你素性忠厚，断不至于如此无赖，那是狐媚子记恨在心，撺掇你到这样的。我如今且来惩治他一会，以儆将来，就是了。"西太后说罢，回头叫宣瑾妃。过了一刻，瑾妃已泪盈盈的，随了内监来到太后面前，跪下叩了个头。西太后喝道："昨日皇上和皇后争闹，你可在那里吗？"瑾妃重又跪下道："婢子也在一边相劝的。"西太后怒道："到了那个时候，用你劝解哩。你既知相劝，也不必唆弄出来了。"瑾妃忙叩头道："婢子怎敢。"西太后不等他说完，便把案桌一拍道："由不得你强辩，给我撵下去重责四十。"光绪帝慌忙代求道："老佛爷慈鉴：那都是儿臣的不好，不干妃子的事，乞赐恩饶恕了他罢。"西太后说道："每次是你袒护着求情，所以弄得他们的胆放大了，不但没皇后在眼里，再下去连我也不在心上了，今天我偏不饶他。”内监们领了旨意，牵着瑾妃走了。

可怜光绪帝眼看着瑾妃去受刑，自己无法挽救，真同尖刀剜心一样，又兼昨日饮酒太过，脑中受了激烈的刺激，眼前一黑，几乎昏了过去，终算勉强支持了。这时，西太后又问道：“从前内外臣工，都说穆宗毅皇帝不可无后，咱们就定了，端王之子溥儁入继，册立为大阿哥。但如今那端王已成了罪人，朝臣纷纷议论，就是诸亲王等，也很多责难，这溥儁自然不能照常膺受重爵，大阿哥的名目，只好准了众议把来废黜的了。但我是这样想，不知你的意见怎样？”光绪帝说道：“老佛爷以为怎样，就怎样办是了。”西太后微笑道：“你既已同意，当初册立之时，也是你出面布告天下的；现欲废立，依旧要你颁诏才是。”光绪帝道：“那个是臣儿理会得，即经施行就是。”西太后说道：“你打算还要过上几时吗？这事是刻不容缓的，你不见那些外臣的奏牍吗？”说着，把一个黄袱裹着的奏疏箧，令内监递给光绪皇上，一面说道：“那么，你就起草罢，明日就可颁布哩。”光绪帝不敢违拗，只得要了朱笔，慢慢地打起草稿来。这个当儿，内监来请进御膳，西太后便同了皇上，到湖山在望处去午餐。

皇上和西太后共食，本是千年难得的；但是光绪帝因心里不舒，又记挂着瑾妃，无论是山珍海味，那里吃得下呢。西太后又在这时，讲些西狩时的苦处，越发令光绪帝受了感触，因此胡乱吃了一点，膳毕，仍然去拟他的诏书。不过草就了一半，光绪帝陡觉得头昏眼花，身不由主的望后倒了下去，慌得一班内监，赶紧过来扶持了。西太后也着了忙，急急跑到光绪帝面前，安慰着道：“你要自己保重一点呢。须知我已是风前之烛，将来的责任，还不是在你身上吗？但我听得你现在不比以前，自暴自弃的地方很多；真替你可惜啊！”西太后一面说着，也假意弹了几点眼泪。光绪帝听了西太后的话说，只微微把头点了几点，这时，忍不住咳了起来，“哇”的一口鲜血，直喷了出来，正溅在西太后的衣上。西太后着实吃了一惊！忙说道：“你这症候，来势很是不轻，快命太医院赶紧来诊治罢。”内监们听了，飞奔的去召太医，这里西太后陪着皇上，静坐了一会。不一刻太医来了，行过君臣礼，仔细诊断了一遍，说：“皇上怒气伤肝，郁火上炎，所以吐出血来了。而且，积郁过久，恐药石一时不易见效。”西太后见说，不觉长叹了一声。其时，内监已推过西太后的卧车来，慢慢地把光绪帝扶上了车子，西太后亲自替皇上安放了枕衾，又再三的叮嘱几句静养的话，从形式上看去，母子间的情感，似乎非常深厚呢。光绪帝卧在车上，虽有太监们护着，可是半身实早失了知觉了。似这样的出了慈安殿，仍用小舟渡到瀛台，瑾妃已在那里侍候着，只是玉容惨淡，表示他因受责后，身上伤痕剧痛，所以有这样的现象。光绪帝见景伤情，益使他心里难受！故此一见了瑾妃，只是连连摇手，似乎叫他退去，不必再来侍候。瑾妃会意，便略去休息一刻，又来榻前照料了。有时在朦胧之中，忽然呼起疼来，倒把光绪皇上惊醒了，明知瑾妃的创痛，心里一气病也愈加沉重了。

不言光绪帝卧病，且说西太后送光绪皇上走后，知道他病很厉害，自己掌着朝政，全持垂帘的名目，大权独揽，满人族中，谁不妒忌他呢？就是近支的亲王，也没一个不觊觎大位，乘隙而动。不幸光绪皇上有什么差迟，族人自然要竞争入继。到了那时，一朝天子一朝臣，别人继了大统，当然另有摄政之人，西太后一旦大权被攫，不免另受人指挥，焉有今日的荣耀呢？思来想去，觉目下的地位，倒是十分危险，因召军机大臣荣禄入内计议。商量了一会，终筹不出善后的良策来。以是，西太后也一天到晚，愁眉不展的闷闷不乐。庆王奕劻，见西太后没精打采，便乘间奏道：“后天是穆宗毅皇帝的阴寿忌辰，老佛爷待怎样办理？”西太后也记了起来道：“咱们这几天很不起劲，只吩咐喇嘛讽一天经，令大臣侍祭一番就是了。”奕劻奏道：“奴才的意思，除了这几种外，还叫内监们，唱一天戏给老佛爷解解闷哩。”西太后生平，最喜欢的是听戏，所以也不说可否，惟略略颔首，已算允许的了。奕劻领了谕旨，便很高兴地去办不提。

到了穆宗阴寿的那天，文武官员，都换青服素褂，齐齐地到太庙去祭奠。一一行完了礼，便到颐和园中，来给老佛爷叩头。西太后命就在大院殿上，设了素筵，赏赐一班大臣。

这时内廷供奉的伶人，因庚子之后，都已四散了，所留存的不过一个老乡亲孙菊仙。奕劻要西太后的欢心，又去外面招了个唱武生的柳筱阁来。讲起这个柳筱阁，本是从前柳月阁的儿子；他老子柳月阁，也是武生出名的，尤长于做神怪戏，所以有小猴子之称。柳筱阁得他师傅余老毛的秘传，演起戏来，反高出他老子柳月阁之上，因此京里也很有点小名气。这天奕劻把柳筱阁召入颐和园内演戏，西太后最相信看神怪剧，而且为了演怪戏的缘故，在大院的戏台三层楼上，还特制了布景咧。足见西太后的迷信神权，致受拳匪的愚弄。闲话少讲，言归正传。且说柳筱阁在这天所演的戏，是《水帘洞》《金钱豹》《盗芭蕉扇》三出，是西太后亲自所点。柳筱阁便提足精神，狠命地讨好，果然演来十分的周到，大蒙西太后的赞许。待戏演完之后，西太后即召见柳筱阁，问了姓名年岁，柳筱阁一一答复了，西太后大喜，命内务府赏给柳筱阁三百块钱。柳筱阁谢恩出来，一般唱戏的同行，都很羡慕他。从此以后，西太后不时召柳筱阁进宫演剧。于是柳筱阁居然也得出入宫禁了。

一天，柳筱阁照常入宫唱戏，还带了他的女儿小月，一同进去。演戏既毕，西太后评赏了他些绸缎之类，筱阁和他的女儿小月，前去谢恩。西太后见小月面如满月，肤若羊脂，举动之间，很是活泼可喜。西太后便指着问道："这是谁呀？"筱阁叩头答道："是奴才的女儿。"西太后笑道："今年几岁了？倒很觉得有趣，就留在这里，明天叫你的妻子来领他罢。"柳筱阁连声称是，立即叩谢了出来，去准备他的妻子月香进宫。那小月留在西太后身边，年纪虽只得五岁，却很能侍人的喜怒，以是西太后越发欢喜他了。到了第二天上，柳筱阁就带同妻子月香，进宫来见西太后。行礼毕，西太后见月香相貌清秀，言语温婉，虽是小家妇人，还算彬彬有礼，当下便对柳筱阁说道："咱们这里，正少一个侍候的女子，你的妻子，甚合咱的心意，就暂时留着，过了些时，再回去不迟。"柳筱阁是何等乖觉的人，见西太后这样说法，正是求之而不得的事，所以忙跪下谢恩。西太后叫赏了绣绒衣料，并古玩等等给柳筱阁。由此那柳筱阁的妻子月香，女儿小月，都在西太后那里侍候了。西太后又命赐予小月金锁链一具，金小锡子一副，原来那金锁链重约四两光景，内府置备着，是遇到时节或万寿的时候，专把来赏赐给一班小格格的。现在优伶的女儿，也能得到这种恩赏，不是出于异数吗？有几个穷亲王的格格，还受不着这宠遇哩。

光阴如箭，转眼又过了几时。这个时候，军机大臣荣禄忽然逝世，西太后得知，很为哀悼，即令朝臣议了谥号，拟了"悫刚正忠"四字，呈西太后御览，西太后便提起朱笔，点了末一个字，于是谥号定了"文忠"两字不提。这时朝中的大臣，又纷纷地更动了一番。把两湖总督张之洞，调署军机大臣，袁世凯擢了直隶总督，总理大臣庆亲王奕劻，协办大学士那桐。又下诏书，禁止缠足，实行满汉通婚。这年忽然安徽兵变，熊成基号召民党，闹了一次风潮，总算扑灭了。但到了五月的中旬，候补道员徐锡麟，又闹起革命来了。

讲到这徐锡麟，本是个日本留学生，年纪还不到三十岁，却抱负大志，脑筋里满贮着种族革命的思想。他鉴于清政府的腐败和外夷的侵略，决意想把清政府推翻，重组共和政府。他既存了这般主旨，便在日本长崎地方，结识了许多的同志。末了，就从海外回国，宣传革命。可是，中国因屡闹革命，捕捉党人很为严厉。徐锡麟见自己是个留学生，一举一动，很受官府的监视，且于力量的一方面，自然觉得不足。筹计了一会，觉得非从政界入手不可。但在这个时候，两手空空，如何能够行事呢？正在进退两难的当儿，恰巧逢着了女侠秋瑾。二人一交谈，倒很是投机，当由秋瑾拿出钱来，补助徐锡麟去做事。那秋瑾是绍兴的世家女儿，也曾在学堂毕业，游历过英、美、日本诸国，为人极有才干，对于革命思想，很是崇拜；交游的都是现任官吏，所以徐锡麟乘得到他一把助力。当下二人商议好了，徐锡麟捐了一个道员，以便在政治上活动；秋瑾自回绍兴，组织大通学堂，行他那革命的素志。

徐锡麟自捐了道员，竭力在官场中谋干，居然被他弄到一个路道，投在安徽抚台恩铭的门下，恩铭和他一谈，觉得他确有才具，便以存了录用之心。后来，叫徐锡麟充了练兵的委员。徐锡麟一有了兵权，自然只望那革命的一方面下手。他一边练兵，一头约了天津的同志，乘机起事；绍兴女侠秋瑾，也准备响应。不期天不从人愿，在举事的前一天，那天津的党人，因事机不密，给官厅逮捕了。其时的消息，没有现在的灵通，因此徐锡麟全不知道。到了那天，便约安徽抚台看操，以便刺杀恩铭，乘时起事。正在这紧要当儿，风声传来，说安徽将有革命起义，余党已在天津就捕。官府得了这个消息，便下令捕捉徐锡麟，徐锡麟方去觐见抚台恩铭，只听得抚署外面，一片拿革命党的声音，此事连恩铭也不知道，忙问外面什么事鼓噪？徐锡麟已然情虚，见事已弄僵了，也不待恩铭下令，就拔出手枪，望安抚便击。恩铭身中两枪，尚能叫拿刺客，这时署中文武职员，一齐围将上来，把抚署大门闭上，任徐锡麟有翅膀，也休想飞得出去。于是把徐锡麟捉获，又去捕那些学生军。可怜那班青年学子，寡不敌众，大半死在枪珠之下了。这里又将徐锡麟一审，自然是直认不讳，那几个官员，还主张拿徐锡麟开腹剖心，祭奠恩铭。再把徐锡麟生前的信札，细细检查一番，发现了秋瑾约期举事的电文来；赶忙飞电绍兴知府，令密捕秋瑾，就地正法。

那秋瑾在绍兴，眼巴巴地望那安徽动作，自己好乘间响应，却不见有什么消息。正在疑惑时，忽听得安徽革命失败，到处纷纷传说，知道事已不成，欲待逃走时，那官兵已把大通学堂围得水泄不通，秋瑾见不能脱身，也只好束手成擒了。但秋瑾的心上，本一点不害怕，以为一些革命的嫌疑，绍兴知府是自己的义父，谅一定会帮他洗刷的，所以到了大堂之上，兀是坦然和没事一样。谁料人情势利，那知府高坐堂皇的审起事来。秋瑾一见，便待叫义父，还不曾开口，知府早把脸一沉，放出严厉的面孔，将惊堂一拍，大怒起来。不知后事如何？且听下回分解。

西太后欲以侄女为皇后，而强德宗为之，此其布置党羽之心，不亚于历代之权臣也。迨知德宗不悦于后，则以其所爱之瑾、珍二妃以副之，意欲取悦德宗，倾心于已，亦不得不如是也。孰知其计不售，遂不时迁怒于二妃。既杀其一，复以瑾妃之留为恨，心亦毒已。

德宗郁幽过甚，疾之被身，已成不起之症矣。然西后犹不予见谅，必欲强其草诏，此后母之所以终凄孤子也。顾德宗入继时，醇亲王奕譞，固知西太后之为人，谓载湉若入宫，则断送此子矣。不图斯言犹在耳，而德宗疾已垂危，奕譞是语竟应焉。悲夫！

人而有忧，必百事皆非，矧于游乐，则更当屏诸门外，复何心以自娱乎？独西太后者，方深以帝疾与己之地位为虑，比得奕劻一言，则顷之以为忧者，咸掷之九霄不忆矣。足见西后之淫乐失时，见喜忘忧。以此人而治天下，其能不为群小所弄者乎？

第九十五回　开贿赂奕劻鬻爵　兴赌博小德摆庄

却说绍兴府提审女侠秋瑾，那秋瑾并不畏惧，因知府是他的义父；意为这嫌疑罪名，必可设法开脱的。不料知府忽然反面无情，坐起了大堂，把惊木一拍，大声喝道："秋瑾！你将怎样的私结羽党，沟通革命，从实供了，免得本府用刑。"秋瑾见他突然的翻脸，便大声叫道："义父！你也下井投石吗？"那知府怕他牵连及己，忙用衣袖遮着脸，勉强支吾道："什么依附不依附，你罪状已经实，在不容抵赖。"喝令鞭背花四十，收了监，待上详处决，就这样含含糊糊的退堂了。后来，秋瑾在轩亭口处斩，临刑时高声说道："我不过一点革命嫌疑罪，不至于死，万不料因结交了官场，转送了性命。后人如爱与官场往来，望以我为鉴！"说罢，引颈受刑。一时瞧着的人，都齐声嗟叹！又骂知府无情，而且贪功，枉送别人的头颅，去博自己的富贵，不是杀不可赦吗？这且按下不提。

再说清廷见革命党不时闹事；此殄彼起，简直一月数见，似这般不安逸，那里能够不设法补救呢？这时张之洞等一班大臣，都主张立宪，以顺民意，民心一平，革命自然而然的绝迹了。西太后见说，也很赞成这个主张。于是，即派载泽等，赴海外各国，去考察宪政。载泽等领了谕旨，正待动身，却在正阳门外，被吴樾放了一炸弹，出洋的五大臣中，倒伤了两个，这样一来，清廷十分震惊！立宪的念头，益发坚决了。当下，只得另订期日，再料理出洋。其时，庆亲王奕劻秉了大权，那时党羽如耆善、良弼、载洵、铁良、荫昌等等，都握着重权。奕劻的为人，非常的贪婪，一切的政事，听任群小摆布，自己只知以聚敛为事。西太后自西安回銮之后，于政事也不大问讯，敛财的一道，却丝毫不肯放过。因为在拳乱之前，西太后有私蓄金圆一千五百多万。八国联军入京，西太后仓皇出走，这金圆都给内监们窃盗干净。西太后回宫一查，见分文也不剩，很觉得可惜。所以对内监们常常说起，非恢复所失不止。奕劻得了这个机会，乘势假名敛钱；只说是孝敬太后，实在十分之八，倒落自己的腰包。后来，敛钱的名目，越出越多了。江苏的上海道台缺是最称肥美，每年须贡银十万两，叫作太后的脂粉费。疆吏如抚台以下，藩臬两使，到任先缴五万元，名叫衣料金。诸凡文武官员，一概都要贡献银两，数目的大小，不论职级高下，只讲缺的瘠肥，这样的公然聚敛，官吏们怎能不贪。因此，清末的政治，腐败到不堪，官之在任，惟计金钱的多寡，一若买卖之盈余一般。苦了小百姓，多方的受着盘剥，无不叫苦连天。清廷的灭亡，奕劻也算一个拆台脚的大主角啊！

到了最后的时期，因外方官吏已剥无可剥了；奕劻又想出别法来，索性大开贿赂之门，官爵居然标价出售了。例如：知县五千圆，知府一万元，官职一级级的大上去，钱也一万二万的增加上去。所不能办到的，只有王位和公爵，这两种是较重一点，自身是不能买到。但二品以上的，对于公爵还可以设法咧。独剩下王爵，算无人问津。自卖爵的门一开，但须钱多，不论是乌龟强盗，目不识丁的，就立时可以到任。于是，奕劻的邸中，顿时城门如市，一般有做官热的富翁都奔走他的门下。也有三四人合伙，共捐一官，一个出面上任，其余的跟着到了任上，拣紧要的地位把住，大肆搜刮，得了钱除去资本，大家平分。这样的弊病，百姓起初如睡鼓中，吃了苦全不知道。不期事有凑巧，甘肃的地方，有甲乙丙三个酒店伙计，因买卖蚀了本，很为懊丧。那甲忽异想天开道："现今官吏这般剥削小民，做生意是万不会发财的了。我们要想发迹，非做官不行。"丙丁同笑道："就给你做了官，也没这资格啊。"甲正色说道："如今做官，还问什么资格；只要有四五千块钱，立刻是个知县老爷了。"丙丁听了心动,便七拼八凑,弄了几千块钱,叫甲去捐知县,不多几天,青田县丁艰出缺,甲竟去补上了。然在上任之先,三人预订契约,甲做了知县,丙丁为跟班,等到一至任上,丙丁占了签押房和收发处,狠命的撸起钱来,却各人入自己的腰包。那甲的官声,当然狼藉不堪,被知府把他劾革。甲既失了官,依然两手空空,丙丁倒成了富翁;甲以徒得虚名,心里老大的不忿,就拿所订的契约,和丙丁兴讼,承审官问了口供,为之绝倒。当时将三人重责一顿,追出贪赃充公。只好了这位承审的官儿,甲乙丙算枉费心机。可是,这事渐渐的传扬开来,当作官场的笑史!清代官吏,大都是这一类的人,怎不亡国呢?

闲话少说,言归正传。且说奕劻卖官鬻爵,弄到了钱,有时也略为孝敬些西太后;西太后在这时,也明知奕劻贪婪,却无法禁止他。自己也只知聚敛,一味含含糊糊的过去。到了光绪末叶,行政已窳败得不可收拾了。然而西太后的私蓄;失去一千五百万,完全补足之外,还增多了二千万哩。那时宫廷里面,李莲英等已老的老了,死的死了,最是得势的内监,要推小德了。这小德原姓是张,宫中都称他小德张。他进宫的时候,年纪还只得十八岁;容貌却异常的秀丽。小德的父亲,是著名的古董客人,在中年时,也很积起些产业。小德生下地来,他父亲不久便死了。小德的母亲,因只有此子,自然格外爱惜一点。及至长大起来,吃喝嫖赌,没有一样不干;把他老子的遗产,只做泼水般用出去。他的母亲,劝他不住,气得一病不起,竟追随他的老子去了。小德儿没了拘索,越发无法无天,不到半年,将家赀弄得干干净净。末了无可为生,就去投在小王的门下。那小王是清宫一个内监,见小德相貌秀媚,便劝他道:“似你这般的容貌,如肯净身时;咱保你一生富贵,受用不尽。”小德真个听了他的话,将生殖器割出,由小王把他举荐入宫。小德为人,很是伶俐,因此不多几时,西太后就令他做了小监的首领,在自己身边服侍。但小德到底是个小人,他受着太后的宠容,在宫中无所不为。他平生最好的是赌,便和一班内监,赌起那青龙白虎来。西太后对于摇宝,也略略懂得,就命小德摇着骰子,自己同了宫嫔内监们押注。这赌风一开,全宫的人都弄起来了。内监们因赌钱争执,甚至互相斗殴,宫内的规例,至此也紊乱了。

一天小德摆庄;西太后和福晋、格格,在一边下注。西太后正闭着眼,细细的揣着骰路,小德故意按着盆盖,高声喊道:“开啦,开啦!”西太后睁目怒道:“谁教你这种下流腔?”小德慌忙叩头道:“奴才本来不知这个法子,去年有个山西候补道徐子明,他教奴才这样的;他说:倘是押注的揣着骰路,便有输无赢了。似这般一叫,押注心慌了,不问好歹下注,自然忘了骰路,就不易押着了。”西太后见说,不觉微笑点头。但这消息,传出宫去,到了候补道徐子明的耳朵里,就大言道:“我的赌钱,连当今皇太后都知道咧。”于是,在山西设了赌场,公然聚赌了。山西知府陶景如,将他拘禁,劾去道衔。徐子明在狱中,大索供张,知府不胜其扰,又在上峰面前,说他老病,把他开脱。徐子明一脱身,依旧大赌特赌,官府也无可如何。这也算是官场怪现状中的趣史啊。

那小德既在宫中,有这般的势力,一般不得志的内监,自然是要趋奉小德了。但许多宫女、嫔后中,无不听小德的吩咐。所不受他指挥的,只有隆裕皇后一人。说也奇怪,小德平时,西太后之外,没一个畏惧的,唯独对于隆裕皇后,却是唯命是听。所以隆裕皇后,也极相信小德的话说。这样一天天得下去,小德渐渐的变做侍候皇后的人了。宫庭之间,不免秽德彰闻,西太后因碍于众议,不得不拿小德驱逐出宫。后来两宫宴驾,隆裕后仍把小德起用,还听了他的主张,起造水晶宫哩。不过那时,清运已然不久告终了。这是后话,暂且按下。却说隆裕后自和光绪皇上,在醉中摔断玉簪后,西太后知道二人始终不睦的了。当下隔不几时,令皇后迁出扆香殿,就在颐心阁里居住。隆裕后以皇上这般薄情,心上自然郁郁不乐。然自小德进宫,百般在皇后面上献媚讨好,皇后由此很喜欢小德,无论一事一物,凡是小德做的,都说是好,换一人去做了,便不称心了。宫里的内监,晓得内中缘故,自己乐得退在后头,如皇后的遣使,一概是小德一人包办。有一天上,正值细雨蒙蒙,西太后乘雨游园,皇后因推病,不曾随驾。其余的嫔妃一齐跟着,其时瑾妃也在那里。不料天雨越下得大了,西太后就令妃子们,各自回去休息。瑾妃却冒着雨,急急地走着。因为,西太后的素性,最喜的是微雨中游玩;一班嫔妃,也只好随在后面,虽有了伞,也不敢张啊。往时,西太后冒雨游园,妃子和福晋、格格,都硬着头皮淋雨,倘西太后坐轿,便也纷纷坐轿;西太后如步行,大家只得步行。这天下雨出游,瑾妃晓得西太后的脾气,所以没有备伞,等到了游完回来,衣上潮湿,自然急于更换了。

当下瑾妃三脚两步地走着,经过颐心阁下,忽听里面一阵的咳嗽声,吐下一口痰来。在吐的人,原是无心的,哪知"扑"的一下不偏不倚,恰恰吐在瑾妃的脸上。瑾妃起先却毫不在意地走过,经这一口痰唾在面上,倒猛然记起皇后来了。他想皇后不是说有病,不来侍候太后游玩吗?我既知道了,应该去请安的,免得被责有失礼节。主意打定,悄悄地望那颐心阁上走去。瑾妃的脚步很轻,又加地上都铺着红毯,以故皇后在里面,一点也不曾觉察,等待瑾妃走进了门口,皇后只当是小监哩,便在内喝问道:"谁在外面乱闯?"照例,嫔妃的进见帝后,都得小监预先报知,瑾妃是走惯了的,所以不先通禀,现在给隆裕后一问,倒吓得站住了脚,不敢进去。皇后见他犹豫不前,自然疑惑起来,就起身走出来,瑾妃一见,忙请了安,即随着皇后,走进去时,瞧见小德还倚在榻上。皇后这时,故意放下面孔喝道:"你还不快收拾啦,谁叫你如此放肆?"小德原料不着瑾妃,会销声匿迹地跑来;在皇后问讯的时候,他依然很大意的卧着。那里晓得冤家路窄,偏偏瑾妃来请安了,只得慌忙起来,一边手足无措的进退,都觉不好。幸得皇后一言把他提醒,赶紧去找着拂尘,胡乱的拍弄一会。但隆裕后终是心虚,那粉面不由得红了起来。瑾妃是很识趣的,见他们这种情形,心里早已明白,因和皇后搭讪了几句,辞了出来回他的瀛台去了。

瑾妃的住在瀛台,本是服侍光绪帝的。光绪皇上,自那天吐血之后,病症没有轻松过。而且在昏瞀之中,不时咬齿怒目痛恨着皇后。今天瑾妃于无意中,瞧见什么一出鬼戏,要待不告诉给皇上,却恨那皇后在太后面前撺掇,几次令自己受着苦痛;假使说与光绪帝知道,他在病中,转令多增气恼。瑾妃默了一会,终至于将目睹的情状,细细地对光绪帝讲了一遍。光绪皇上听罢,早从榻上直跳起来道:"无耻的婆子,俺且和你算账。"说着,要穿了衣服,往见西太后去,慌得瑾妃玉容失色,急急地阻拦道:"皇上病体初痊,正宜静养,这事早晚可以解决的啊。况且当时臣妾所亲见的,一旦闹了出来,不是又累及臣妾吗?"光绪帝沉吟半晌道:"俺既经得知了,若不给他一点利害,以后还当了得吗?现在就不去告诉太后,俺只把小德惩儆一下就是了。"说时便呼小监,去召小德来瀛台见驾,小内监去了。

那小德待瑾妃出去,知道已惹出祸来,便对隆裕皇后说道:"小妖此去,万一皇上追究这事,须皇后包庇奴才则个。"皇后见说,不觉恨恨地道:"不知怎的,会给狐媚子瞧见,那都怪自己太大意了。但皇上是和我不睦的,你未尝不晓得,他如其要同我认真,我也无奈何他的,恐怕我自己还保不定咧。"小德听了,作声不得,只呆呆地立在一边。正在这当儿,忽见小监来召小德,皇后晓得其事发作,便眼看着小德,默默不语。小德没法,只有战战兢兢的,随着小监,一步懒一步地往瀛台而来。由小监引到榻前,小德见皇上怒容满面地坐着,吓得跪下慌忙叩头,俯伏着不敢起来。光绪帝大声说道:"你干得好事,俺也不和你讲什么。"喝叫内监捆打一百,送往太后那里发落去。内监领了谕旨,将小德拉了出去,责打已毕,光绪帝随手写了"小德无礼"四个字,令内监押着,送到西太后面前。其时西太后已得了消息,正宣了皇后过去埋怨了一会,忽见内监押了小德来了,便回头命皇后避开。小德一见西太后,就扑地跪了,眼中流着泪道:"求老佛爷饶恕!"西太后说道:"这可是你自己不好,我也不便专主。现皇上既令我发落,宫中自容不得你的了。那么,你赶快收拾了出去吧。"小德只得磕了一个头,起身去料理了些衣物,出宫去了。

当下,光绪帝责打小德之后,心里还是怒气不息,又加病体脆弱,经这一气,病又增添了几分了。从此那病症,就天天沉重起来。到了这年的冬天,光绪帝已骨瘦如柴,神形俱失,看看已去死境不远了。不期,革命的首领孙文、黄兴,在暗中运动了越民,结连守备的军队,又举起事来。他们的计划，是从越南出兵，攻打镇阳关，占了几座炮台，声势十分浩大。镇阳关的总镇张惠芝，发电告急，李俊彦提督，领了大兵，会同张惠芝和革命军血战。到底清兵众多，革命党没有后援，迁延时日，饷尽兵疲，被清兵杀得落花流水，各自逃命。孙文、黄兴，见大事不成，又白送了许多性命，便大哭一场，亡命海外而去。然这音耗传来，西太后很为忧虑，光绪听得革命党，屡屡兴兵闹事，谅来如此闹下去，终非了局。因此，心里愈觉愁闷，病也越难好了。一天的晚上，光绪帝忽然气喘不止，渐渐的急促起来；瑾妃一头替他按摩，一面令小监飞报西太后。不到一刻，西太后已同了太医来了，诊断既毕，太医便奏道："皇上的病，因元气已伤，动了肝风，所以气喘不住。倘然这般的不止，还须防昏厥咧。"一时七八个太医，都一样的说法。

西太后见说，才也有点着急了。于是命瑾妃小心侍候，自己匆匆回到养心殿，立刻召军机大臣，连夜进宫议事。这时张之洞已卸职，只有那桐一班人了。众臣进宫见了西太后礼罢，西太后就将皇上的病势，对众人宣布了；并说道："如皇上有不幸，这大位是谁继续呢？"庆亲王奕劻奏道："从前所立溥儁，现因端王遣戍，那溥儁是不能入继的了。但屈指算来，若承继穆宗毅皇帝时，还是从溥字一辈上选择。"西太后点头说道："我也筹思过了溥字辈中，除了醇亲王之子溥仪，恭亲王之子溥勋外，其余载洵既属远支，他的儿子更比溥仪等幼稚。而且载洵的为人，实不足付与大政。我以为就溥仪或溥勋，二人中择一人罢。不过，众亲王的主见，不知怎样？"奕劻顿首道："那是国家大政，自然是老佛爷宸衷独断的，何必咨询亲王们的同意。因一是宗族关系，和政事完全两样的，求老佛爷明鉴。"那桐也奏道："庆王之言极是，奴才也是这个意思。"西太后说道："话虽有理，但大权究属皇上，我不过代主而已。今决然由我下命，将来不怕他们另起波折吗？"奕劻忙道："那可不必过虑，到了临时，再行解决不迟。"西太后正和众臣计议，忽听内监报说："皇上昏去了。"要知后事如何？且听下回分解。

贿赂公行，历朝皆有，然无有如奕劻之标价以售爵者，国家将亡，则妖孽自见，奕劻辈殆人中之妖孽也。虽然，西太后于回銮而后，唯以聚敛为事，岂其蒙尘之余，亦知金钱之可贵耶？因斯之故，群小则进而效尤，于是乎，吾侪小民，乃不堪其苦矣。

宫庭之间，素以淫乱闻于外，西太后之罪也。迨其暮年，犹不知悔悟，纵容内监，居然聚赌禁中，则其昏晴淫靡，且老而益甚焉。清代历史，其开端即留污点，结果亦以污乱终；一若其间，种种循环不爽，俨然一部果报录也。天之待人，洵可畏也哉！

自李莲英老，而小德张继，西太后之后，复其隆裕后之宠小德，此起彼伏，宫闱间之秽事，遂永难涤濯矣。噫！

第九十六回　恨绵绵瀛台宴驾　阴惨惨广殿停尸

却说西太后正和众臣，在那里议善后的办法，忽见内监来报，光绪皇上昏厥过去了，慌忙同了奕劻等一班大臣，到瀛台来看视时，只见光绪皇上，面色已和白纸一般；牙关紧咬，两眼直视，瑾妃含着一泡眼泪，呜呜咽咽地唤着。这时隆裕皇后，也得报过来侍候，瞧见光绪帝这副模样，也不免流下几点泪来。西太后坐在一边，只吩咐他们不要心慌；说皇上是气厥，等一刻自然会醒过来的，一面打发了小监，速召太医院来诊治。奕劻等一班人，只在涵元殿外，屏息静候着。一会太医来了，内监们一齐叫道："皇上醒了！"光绪帝在蒙眬之间，睁眼见四面坐的坐，立的立，围满了人，不觉诧异道："你们都来做什么？"瑾妃低低说道："他们来侍候陛下啊。"光绪帝说道："我很好的，要侍候做甚？"说着，长叹了一声，回身望里去睡了。西太后在旁说道："他是昏瞀初醒，神经错乱；你们且不要去和他多说话。现在只叫太医院诊一诊再说。"于是由太医院诊过了，无非叮嘱小心护持的话。太医院出去，立时配了药来，瑾妃亲自动手，煎好了药，慢慢给光绪帝服下。西太后等皇上神色复了原状，才起身回宫。皇后及奕劻等一班大臣，也进内问了安，各自散去。

光绪帝见众人走了，才回过身来，瞧着瑾妃问道："他们已去了吗？"只问得这一句，早已喘得说不出话来。瑾妃忙伏在枕边，轻轻地说道："陛下还请保重龙体，有什么话，待痊愈了再说。"光绪帝微微摇摇头，表示不赞成的意思。这样又挨了一刻，气才觉平了些。便伸出他枯瘠的手来，握住瑾妃的玉臂；喘着说道："俺的病症，已是不起的了。今天却要和你说几句最后的话。"瑾妃听了，那泪已同珠子般，直望着腮边滚下来。光绪帝挥着手，似乎叫他不要哭。又继续说道："以俺目下的境地，也没有可以留恋；倒是闭了两眼，一瞑不视的干净。但是，俺没子嗣；政权握在母后手里，俺若一死，这大统是谁继承，却不曾知道，也不与我相干。不过，我如一言不发，就这般默默地去了，于我的心里，未免过意不去。想俺自入继到如今，屈指已三十多年了，其中虽没甚勋绩，总算平平稳稳的过去。至于政权得而复失，怪俺太懦弱的缘故；然俺是自幼进宫，内无腹心之人，外乏忠良辅助！就是要想振奋精神，也无从下手啊。但戊戌变政，俺原想把旧制，大大改革一番，重整旗鼓，再张锐气，狠狠地干他一下。谁知母后不谅，中途下手，将俺弄得如囚徒似的，这一次的打击，令俺着实灰心。所以，从此于一切政事，不论对内对外，不再开口了。假使当初，能依了俺的计划，国家或不至于到目今地步哩。后来，庚子拳乱，从西安回来，母后果然知道改过，可已迟了。总而言之，俺们清代江山，不久便是别人的咧。"光绪帝说到这里，又复喘起气来，瑾妃忍着眼泪说道："陛下少说些罢。"

光绪帝止住了喘气，大声道："今天不说，还等到几时去呢？"当下叮嘱瑾妃道："俺有句紧要的话，听不听由着他们；俺若不说出来，却很对不住祖宗皇帝。因为，俺的身后，入继的人虽不曾定局，终是这几个人罢了。然而载洵少不更事，倘付与大政，守业尚不足，亡国则有余。还有溥儁，曾立为大阿哥，其人呆呆，怎好秉政呢？如其溥仪入继，他犹在稚年，不晓得长成了怎样？但以孩子临朝，当然须有人摄政；这摄政的人，还不是醇王载澧吗？他们父子之间，果是尽心辅政，那可不消说了。不过载澧为人懦而无断，也非定国之人；弄不好要把国家送在他手里哩。以我的主意，溥字辈都在幼年，有得央旁人摄政，做那木偶的君主，不如就俺的同辈中，择一人临政，不是较为妥当吗？不知母后怎样办咧。"光绪帝说时，眼看了瑾妃，说完之后，双目发定，不住地瞧着瑾妃，要等他的答复。瑾妃知道他的意思，便点头答道："待臣妾就这般告诉太后就是了。"光绪帝略略颔首，渐渐把眼闭上。这时，气越发急了，瑾妃想皇上的病已是凶多吉少，一头呜咽着，一头伏在床边，乘光绪帝睁眼的时候，低声说道："陛下可觉清爽了些吗？"光绪帝微哼了一声。瑾妃又道："倘然陛下真有不幸，叫臣妾怎样好呢？"光绪帝听说，对瑾妃瞧了一眼，凝了一会神，才向瑾妃道："你倒不必忧虑了，他们有我活着，一般的作威作福，我一死后，一朝天子一朝臣；他们也和你一样了。那时节要想自顾也不暇，决不会来同你做对，你倒比现在快乐哩。"瑾妃待要再问，光绪帝已神志模糊了。瑾妃见行色不好，寸步不敢离开，直等到天将微明，光绪已不能说话，惟拿手指着心口，瑾妃忙用手去替他揿着。到了辰刻，隆裕皇后也来了。光绪帝一见皇后，睁着眼望了几望，把拳头在榻上捶了两下，似乎很是愤恨！皇后一边弹着眼泪，絮絮地问瑾妃，探询皇上的病状。又过了一刻，太医院来诊过几次，回奏病尚可以挽回，暗中已报给西太后，请料理皇上后事。

那西太后自昨天由瀛台回宫，忽觉不快，虽经太医诊断，两日之中，病症也由轻变重，因此支持不住。及闻光绪帝病革，西太后要待亲往瀛台，给宫监们劝住了，只令隆裕后代自己来慰问。这天的午后，光绪帝只剩得三分气息了。西太后自己，虽也头昏目眩，却不能不料理善后的事体。当下，召军机大臣那桐、世续等一班人入宫商议大计。其时庆王奕劻，往谒东陵去了，所以不在朝中。世续、那桐等入见，西太后用碧帕裹着头斜倚在床上，一见那桐等来了，便开口问道："咱欲在这个时候立储，你们的意见怎样？"世续忙奏道："皇上圣体不舒，太后正宜在此时早定大计。"西太后点点头道："咱拟在近支的亲王中，选一王子入宫，你们以为如何？"那桐默默不语，世续顿首奏道："太后意在选储，是文王择贤之心，确极紧要的事。但为社稷万世而谋，现值国家多故之秋，自宜择其年长者，方能临政独断，庶乎有望于将来，不至倚权于佐臣，这是奴才的愚意。"西太后听了，拍床大怒道："立储是何等重大，你也得乱发议论。"世续吓得叩头不止。西太后又望着那桐说道："你道怎样？"那桐奏道："那选储是国家的大事，自听太后处裁。"西太后说道："那么，醇亲王之子溥仪如何？不过他年纪太幼稚，辅佐的人，却不可不郑重一下。"那桐知西太后意志已定，谅空争无益，于是乘间道："醇亲王谊关父子，又甚贤明，就令之辅佐，是最宜没有了。"西太后才霁颜说道："既然这样，你即去拟了诏书来。"那桐叩首道："庆亲王谒陵未还，明天决然可到，到了那时，共同酌议进呈就是。"西太后沉吟了一会，挥手叫他们退去。

第二天上，庆亲王奕劻回朝，那桐、世续等，便把太后的旨意说了一遍，奕劻说道："怎么又立一个稚童呢？如今的时世，国多变故，似乎宜立年长的人。"世续忙说道："我也这样的说，但太后因此大怒了。"原来，世续的意见，正和光绪帝临危所讲的立储之言暗合，可惜西太后固执成见，不肯听从，结果将天下送掉，不是天数吗？这是后话不提。再说那桐等把草诏拟就，给奕劻携带入宫，叫他在太后面前随时谏阻，最好拿这成议打消，别立长君。奕劻满口答应，便匆匆的进宫去了。

奕劻进见时，西太后正昏卧不醒，只得静候在外。等了一会，内监在窗外，打着号声道："老佛爷醒啦。"那一班宫监，听得呼声，纷纷进去，递水进茶的忙了一阵，才召奕劻进见。奕劻慢慢地走到床前，叩头既毕，西太后问道："你已回来了吗？立储的事，他们可曾告诉过你？"奕劻忙奏道："奴才已经知道了，现拟草诏在这里，请太后御鉴。"西太后接过草诏，读了一遍，望着奕劻道："你的意见如何？"奕劻是何等乖觉的人，平日本以近合西太后为趋旨，世续还希望他谏阻，谁知奕劻始终不曾开口呢。当下，西太后吩咐奕劻道："那你可下诏，去布告天下罢。"奕劻领了谕旨出来，即会同那桐等，发诏颁布立储；进宫去复了旨意，即召集内外臣工，宣读诏书毕，着世续赴醇王府邸，召载沣入宫。

世续去不多一会，便和醇亲王载沣，进宫谒见太后。西太后对醇王说道："咱现立你之子为储君，你意下怎样？"载沣叩头道："奴才悉听圣裁。"西太后道："你子尚在稚年，不可无教之之人，可命世续任太傅，你也同心相辅，毋负咱意。"醇王载沣，谢恩退出，当由满汉大臣，捧了诏书，到醇王府，去迎溥仪入宫。不期醇王的太福晋，抱住了溥仪，坚不肯放。大臣等再三的解说，太福晋大哭道："他们把咱的儿子，快要弄死了，却又来要咱的孙子去吗？这是咱们万万不答应的了。"因为，那太福晋是老醇王奕譞的妻子，也是西太后的妹子。光绪皇上，乃老醇亲王之子，和醇王载沣是亲兄弟啊。所以溥仪的入继，同光绪帝是叔侄；并兼祧穆宗皇帝。但太福晋既不答应，一般大臣，自然束手无策，后来醇王载沣，在宫中等得不耐烦了，回到邸中来探问时，见太福晋不肯领旨，知道他痛惜孙儿，不由得也潸然泪下。于是由醇王跪着泣告，把太福晋苦劝一番，说谕旨不可以违逆的。太福晋无法，只得抱持着溥仪，亲自送他上车；又大哭了一阵，始含泪回入邸中。

这里王大臣等，拥着溥仪蜂聚似的，将他护卫进宫，脚步还不曾立定，忽听得内监，飞般地跑来，报道："皇上已在瀛台薨逝。"西太后听说皇上薨逝，便长叹了一声，回身倒在床上，半晌方才醒过来。这时，王大臣等，已都齐集榻前，听候旨下。西太后命草了遗诏，一面令众大臣等，先扶持溥仪正位。由庆亲王诏布天下，遗诏上令醇亲王载沣，暂照开国睿亲王辅政例，为政事摄政王。一切大事，均由摄政王拟定后，再呈御览施行。诸事已毕，大臣等忙着料理光绪皇上的丧事。正在这个当儿，忽报老佛爷病笃，速命众大臣进宫，听受遗命。这样一来，宫中立时纷乱起来了。隆裕皇后同寿昌公主，及一班亲王大臣，慌忙到西太后宫中，见西太后已两目紧闭，一言不发。众人侍立了半天，隆裕后在床前立得最近，西太后忽然睁眼问道："溥仪已正位了吗？"隆裕后答道："今天正位的，已布告天下了。"西太后不语，又等了一会，才吞吞吐吐地说道："以后政事，你可和摄政王共同酌议行事。"又召摄政王载沣近床，低声叮嘱道："你既受着摄政重任，对于国家大事，须秉承隆裕后意旨而行，不可独断，致贻后来之患。"载沣顿首受命。西太后要待再说几句，那喉间痰已上涌，舌头发木，话说含糊不清，只恨恨地捶床而已。

这样地过了些时，众臣鸦雀无声的静待着，忽见西太后，从床上直跳起来，瞪着两眼，形状十分可怕。隆裕后慌忙上前，和内监等竭力把他扶住。西太后兀是挣扎着，要挣脱了身子，任他去狂跳一会，才得舒适哩。这种现象，是表示病人胸臆中非常难过，所以连睡也不安稳了。但到底人多，终究把西太后按捺下去。后来，在场的内监对人说："当时西太后的气力，比什么人都大。"因西太后于没病的时候，喜欢习练拳术；每天清晨起身之先，坐在床上练一套八段锦的工夫，练好之后，内监递上一杯人乳，西太后饮毕，又默坐一回，饮几口参汤，才穿衣起身。待盥漱好了，再进一碗燕窝粥，方始出去临朝。天天这样，自西安回宫后，从不曾间断过，以是西太后的身体，异常的强健，他在未死之前，只稍为一些冒寒，或不至于就死。但光绪帝宾天的隔日，西太后还命发遗诏，又亲自过目，行色很是舒适，怎么相去两日，西太后也死了呢？因此，有疑他是服了毒的，又说他是吞金的。到底怎样，后人也只有一种猜测罢了。其时，西太后和蚯蚓般扑腾了几次，看看力尽了，才倒头睡下，倒抽了两口气，双足一挺，随着光绪帝到黄泉相见去了。

西太后既死，他的身体，都变了青黑色，人家说他服毒而死，这句话或者有些因头咧。但西太后起病的缘由，实是鸦片烟的孽根。当道光壬子年，五口通商，把鸦片的禁例从此废弛了。那时不但宫禁如此，就是一班满汉大臣，以及绅播平民，都视鸦片如命。往时社会交际，拿鸦片做唯一的应酬品。凡是热闹的都会，无不设有烟土买卖处，和吃喝的大烟间。不过宫中所吸的鸦片，是广东地方贡献来的，那鸦片的气味，格外来得香一点。第一个发明的是广东陆作图。因他家里那口井，水色碧绿，把来熬煎烟膏，香味比别的要胜十倍。广东的人，都晓得的。两广总督，将这烟进入宫中，西太后十分赞美；从此以后，凡任两广总督的，照例要每年进呈烟膏若干。然西太后尚嫌不足，索性请了陆作图入宫，专替他烧烟。陆作图死后，他烧烟的法子，只传授他的妻子，西太后又命陆妻入宫，月给工资二百两，充了熬烟的女役。当文宗登极，身体很为脆弱；不时吸着鸦片，借他助长精神。洪秀全起义，其势犹如破竹；清廷震骇异常，文宗焦思不安，一天到晚把鸦片解闷。时西太后还是贵妃，孝贞后每规劝文宗,不要沉溺在阿芙蓉里。文宗极畏惧孝贞,不敢公然吸食,便悄悄地到西太后宫中去吸,一连三天不曾出宫。孝贞后听得,不觉大惊道:"国势如此危急,皇上怎好这般糊涂。"于是,立即亲自到西太后宫外,叫太监朗诵祖训。照例内监奉懿诵训,皇上须要跪听的,所以文宗慌忙出来,跪听读训毕,匆匆临去。孝贞后见文宗出宫,便召西太后到坤宁宫;因坤宁宫是皇后行大赏罚的地方。文宗听得孝贞后在坤宁宫责西太后,赶忙前去救护,孝贞不肯答应,说西太后蒙迷圣聪,罪当受责。文宗百般的央告,并说西太后已有娠,孝贞才恕了他。咸丰庚申,英、法联军进京,文宗出狩热河,心里愈加忧急,简直在鸦片烟里度日了。西太后已生了穆宗,册封为懿妃了,就伴着文宗侍候装烟,也把鸦片烟吸上。穆宗继统,西太后进位圣母孝钦皇太后,和文宗皇太后同临朝政,便公然吸食鸦片了。而且,命广抚进贡广烟。烟枪是文宗遗物,有人瞧见过,那烟杆已和红玉一般了。光绪戊申年,清廷鉴于鸦片的为害,决定再下禁令。西太后见满族亲王,吸烟的太多,怕一时不得实行,想拿自己做表率,先自戒起烟来。谁知烟瘾已深,一旦屏除,如何吃得住呢?不到几天!就感到不快。光绪帝病重时,西太后正在戒烟,第一次皇上病昏,西太后还勉强能支持。后来,虽连得到光绪帝的病革消息,西太后已然卧床不起了。以故,只令隆裕后替代着去探视皇上。光绪帝驾崩的隔日,西太后还想勉力起来,给内监们劝住。其时庆王奕劻,也有鸦片烟的嗜好。他见西太后戒烟得病,就去弄了一只金盒,里面满盛着烟膏,于进见西太后时,从袖中取出来,进上去道:"老佛爷慈躬不豫,莫如开了这个戒罢。"西太后见说,把金盒望地上一掷道:"谁要吸这个东西?快与我拿出去。"庆王锐了一鼻子灰,就诺诺的退出。不到两天,西太后就此薨逝。临终的时候,还谆谆告诫着亲王们,切莫吸食鸦片烟咧。要知后事如何?且听下回分解。

光绪帝身为天子,而其临死之时,景象异常惨淡!且有谓其死于非命者,则一生之际遇亦大可悲矣!然考历代帝王,能获善终者,固极寥寥。辄以清代而论,除始祖出家而外,圣祖、高宗,不至横死,他若世宗不知死期,文宗暴卒,穆宗大殇,皆成为古今疑案焉。

西后之于立储,专以稚子任之,一再而三,虽在病革之时,犹把持成见,不令大臣置喙,则其独揽大权之野心,至死尚不放弃之也。谚云:"除死方休。"是西太后之谓矣。但当时之亲王大臣,咸箝口不作一语,任一妇人颠倒大政;足证满族之无人,亡国宜矣。

清之垂末,群小相聚,互以贿赂立政,致使天下人民,其倾向之心皆因此而反叛。回忆圣祖南巡,定科制以取士,庶民归之,兴然有太平之象。苟与今日而较,秉政自骄,极欲穷奢之西后,不知亦觉自惭否也?而今则死矣。所谓"固一世之雄也,今则安在哉?"

第九十七回　乱禁阙再建晶园　争封典两哭寝陵

却说光绪戊申的那年，皇上和西太后先后升遐，算起来相去只有两天，可算得同归于尽了。所以，人家都说西太后是自尽的；这事连当时在场目睹的人，也不曾弄得明白，我们局外，只知道听途说，自然更无从揣摩了。但是，两宫既同时宾天，当由亲王大臣，扶醇王之子溥仪登位，尊光绪后为隆裕皇太后，醇亲王为摄政王，诸事草草已毕，才料理两宫的丧葬。其时宫廷里面，异常的混乱，西太后的尸首，停在外殿，内监十余人，都拈香跪守着。西太后的身上，只盖着一幅黄幔，殿里灯光惨淡，望上去很为冷清凄凉。直到次日的午牌时分，方有十几个喇嘛，到殿上来讽经；这时香烟缥缈，才把阴霾之气，打扫干净。以西太后生时的威权，死后却这般的惨淡，足证为人攘天夺地，无一不是空的；要最后的结果美满，方好算一世定局哩。这是闲话，且按在一边。

且说光绪皇后受了西太后遗训，对于政事，也想和西太后在日一般，照例也垂帘听政。摄政载澧，因西太后临终所嘱，政事秉承隆裕后而行，于是凡遇紧要的事件，不得不请命于隆裕后了。当时，王大臣等，也为西太后濒危所定，立溥仪为储君；光绪驾崩，溥仪正位，年号改光绪为宣统元年，大赦罪囚，这是历朝旧制，自不用重说了。那隆裕后既然做了太后，政事不论巨细，都亲加批答。载澧虽做着摄政王，大权却在隆裕后掌中，载澧简直是有名无实。而且偶有不合隆裕后意旨的地方，便召进宫申饬；因此，摄政王载澧和隆后的心上，未免各存了一种私见，所以内外政弄得一败涂地，不可收拾了。但讲到才德两件事，西太后有才无德，是人人知道的。至于隆裕后呢？才是万不及西太后，德行是更不用说了，还要处处学着西后。自听政实行，一时有垂帘西太后第二之称。

隆裕后因西太后宠容太监李莲英，也想用一个心腹内监，便把给西太后驱逐出去的小德张，命人去找他进宫，叫小德做了内务总官；又使他侦探摄政王的举动，报给自己知道。小德东西撺掇，权柄立时扩大，俨然西太后的李莲英了。隆裕又嫌颐和景致太熟，要待另造一个花园。小德忙去请了建筑家，在四处打样。过了些时，来奏隆裕后道："奴才在各处园林中，都打算过了，只有大内的御花园的东首，有一块土阜；那块地方，德宗皇帝未升遐时，听信江湖术者的话，不准建筑舍宇。以奴才看来，那都是迷信之谈，有什么交代呢？倘在那里造起来，四周开有池沼，再引玉泉山的水与池中相通，上面铺了玻璃，可成一座水晶宫哩。"隆裕听了大喜，即命日夜加工，前去建造，令小德为监工，别选名画家，在宫中四围的墙上，画了人物山水。宫内陈设，不问一凡一案，以及琴棋剑匣，一概用玻璃制成。正中置一大玻璃球，藏玻璃明灯一百盏，一到晚上，将灯一开，内外通明，真如水晶世界一般。小德领旨监工，逐月报销用费，只就玻璃一项，索价七百五十万元。其余的一切建筑，杂物费用和工人等费，自不消说了。

这水晶宫，自宣统元年造起，至二年的冬季，还只造好一半。隆裕后亲自题名"日灵沼汗"。又把大内的密室，从行修理起来。原来这密室，共有十多间，是西太后所造。寻常的内监，也不知密室的所在。因秘室有一道总门，唯西太后一人晓得。总门以外，望去都和墙壁一样，无路可通。当庚子八国联军进京，西太后令内监把贵重的宝器，一齐搬入秘室；及搬好以后，将这几个内监，一并推入池中，以为灭口之计。故辛丑回宫，各处物件，一无留存，惟密室内的东西，却一件也不曾少。西太后死后，这个秘密所在，逐渐发现出来。然已多年不住人，里面的舍宇，多半颓圮了。隆裕叫工匠，依然把他修葺起来。这密室的门前，是一幅极大的图画，画在粉墙上的；不知道的，还当是真的石墙哩。那石壁的下面，有一个小机纽；但把机捩一拨，墙壁立时分开，变成一间房室了。进了这间房室，再用手转动机关，由房室的中间，豁然开朗，又显出一间客室来了；走进客室，照样做去，客室又变做卧房了。不过这个卧室，还是一个预备的；西太后的正式卧房，还是照这般的转进去，从客室变为天井，天井又变为书斋；书斋又化作天井，天井再变为客室；似这般的变化不穷，层层叠叠得进去，到最适中的一间，才是西太后的卧房哩。那卧房里面的陈设，自不消讲他，当然十二分的精致，卧床的里面，却藏着一只空管，西太后睡时，把空管放在枕边，百步以外的声音说话，都历历如在目前。西太后生时，深有怕人暗算，因备办这样东西。内监们也有瞧见过的，说这空管，是从前兆惠出征的时候，得之缅甸王的宫中。那管子用兽角雕成，很为考究。特不知这兽是叫什么名目罢了。隆裕后修这个密室，有什么用处？读者谅也明白，自不用做书的细说了。这样的一来，隆裕的名气，也渐渐坏了起来。

在这个当儿，却弄出一桩事来了。因穆宗还有一位妃子，就是慧贵妃。他的为人，聪颖而有才干，诸如琴棋书画，没有一样不精。当穆宗立后的时候，以慧妃是凤秀的女儿，西太后欲册立他做皇后，孝贞太后却不赞成。结果，召穆宗自己选择，穆宗选了崇绮的女儿，凤秀的女儿便封作慧妃，西太后心上虽不悦，但也无可如何。以是经常对穆宗说："皇后太年少，慧妃有才，你应当看重一些。"穆宗口里唯唯答应，对于崇绮的女儿孝哲皇后，伉俪非常之笃。有这一个缘故，西太后对穆宗，母子之间不大亲密了。西太后又因慧妃，不得立为皇后，便格外优遇他一点。穆宗宾天，德宗接位，慧妃依然侍候着西太后。因他生性活泼，言语应对，都能称旨，西太后越发的喜欢他了。那时，隆裕皇后，虽是西太后的侄女，现在的皇后，而宠遇上头，反远不如慧妃。有时，隆裕后妒忌慧妃，于话说中讽刺他，慧妃就去哭诉西太后，西太后大怒，立召隆裕后责问道："你是堂堂皇后，慧妃已是寡鹄了，无论何人，要可怜他的；你是我的侄女，于我心爱的人，自宜分外看待。不期你转仗势凌人，叫他一个寡妇咽得下吗？即使别人欺他，你也得帮助他哩。"隆裕后被西太后一顿申饬之后，从此见了慧妃，连正眼也不敢瞧一瞧了。

慧妃于西太后在日，既这般的得宠，他的性情，也自然一天天的骄傲上去，差不多的宫嫔妃子，毫不在他眼中。只有对光绪帝的瑾、珍两妃，倒十分要好。当庚子拳乱时，西太后把珍妃逼死，慧妃在无人的地方，也常常痛哭！每见隆裕后倾轧瑾妃，慧妃终在一边帮衬着。说："他们姊妹两人，一同进宫侍候皇上，现今恩未受着，倒把一个珍妃活活的弄死了，我们再去捉他的差处，真是于心何忍呢！"隆裕后给慧妃一说，不好意思再事苛求了。瑾妃得慧妃的暗中援助，要少吃无数的痛苦咧。但瑾妃自己，却丝毫不曾知道啊。自光绪帝薨逝，西太后也隔不两日升仙，由溥仪入继大统，封隆裕皇后为皇太后，瑾妃也晋了太妃，独有慧妃，因为是穆宗的妃子，所以不曾加封。照例妃子进见太后，自己要称奴才的。慧妃和隆裕皇后，原是并辈，西太后时，慧妃不但和隆裕后比肩，宠容还过于隆裕后咧。现今叫他去对隆裕后称奴才，不是太说不过去吗？以是，慧妃不愿去见隆裕后，虽经宫嫔的苦劝，慧妃死也不肯去，只得罢了。

过了几天，恰巧到了谒陵的期上，这天因去谒西太后的寝陵，自宣统帝、摄政王以下，王公大臣，以及隆裕太后，上下嫔妃等，一齐都到那里。大家行礼既毕，慧妃同了瑨妃、瑾妃，当时也在其间，慧妃见亲王大臣，已齐集在一起，便走了上去，正色问醇王道："皇上入继，是只继德宗皇帝，还是兼祧穆宗皇帝？"醇王突然给慧妃一问，倒也呆了一呆道："自然兼祧穆宗皇帝。"慧妃决然道："那么穆宗孝哲皇后，今已宾天，所留不过我一人了。皇上既兼祧的，为什么隆裕后称得母后，我却还做奴才呢？"醇王听了，瞠目不能回答。慧妃便跪在西太后的陵前，放声大哭起来。当由醇王再三劝谕，令回宫后，再行计议，慧妃才收泪登车。醇王等既回京，又把这事渐渐的淡忘了。到了第二次谒陵时，醇王因有事不去，派载振做了代表。宫中嫔妃，依然都到。那天的慧妃，仍提起这件事来，要求载振立刻解决。载振不敢做主，也拿醇王"回去再去再言"一句话搪塞。谁知慧妃以为醇王前次失信，是有意瞧不起他，今番须要定夺，不然就死在陵前，说罢望着龙柱上一头撞去，吓得瑨、瑾两妃，慌忙把他拉住，用好言安慰着，一面由载振进京，与醇亲等商议，于是，才算议妥，立即赍了诏书前往，封慧妃为太妃，进谒太后，不称奴才；并排半副銮舆，迎接入宫。慧妃才没有话说。其时隆裕后在禁中，也没有一样不做，所以慧妃很看轻他，不肯自称奴才，多半为这个缘故。

当西太后时，宫中常常演戏，隆裕后也侍候在侧，这时每逢时节，照旧召伶人入宫演剧。亲王的福晋、格格们，一遇大内演戏，自然循例入宫。从前伶人之中，不是有个唱武生的柳筱阁吗？他因得西太后的宠遇，妻子和女儿，都曾入大内侍候过太后。柳筱阁自己也仗着势儿，居然也进出禁宫了。自西太后死，柳筱阁的妻子、女儿，只得出宫回家。隆裕后虽也相信瞧戏，以居着大丧，究属碍于礼节，不便公然行乐。后来，日子久了，大家有些忘记下去，隆裕后也天天命在宫中演戏；伶人柳筱阁，也被召入内。他的武戏，原是很不差的，西太后时，常常做戏受赏。隆裕后要显出自己的尊严，每演一出戏，即令每个伶人，赏一百两。柳筱阁因做戏出力，额外蒙赐。

这样一来，却有一位福晋，就看上了柳筱阁了。但在满清末季，王公大臣的妻妾，同伶人们勾搭，本是一件极平常的事，有什么稀罕呢？不过，这结识柳筱阁的福晋，不是常人，却是醇王的大福晋，也就是溥仪的生母啊。在起初的时候，大福晋和柳筱阁只是眉来眼去，到了后来，渐渐的兜搭起来咧。可是，在宫廷之间，究不比别的地方；第一是耳目众多，二人做那鬼戏，自觉得有些不便；当下，大福晋借了一个空，悄悄跑到太湖石边等着，不一刻工夫，柳筱阁也来了。大福晋笑着说道："你的戏唱得真不差，咱倒很喜欢瞧你的戏呢。"柳筱阁忙谦逊道："承蒙福晋过奖了。"大福晋又道："这里人口很杂，咱们不便多说话。你如其有空，可到咱们邸中来玩玩。咱们的王爷，每天清晨要上朝的，到午后才回来，你就在这个时候，到咱们邸中来，是不妨事的了。"柳筱阁原是个淫伶，一听有这好机会，怎肯错过呢？连连答应了，便匆匆的自去。这里大福晋待戏完毕，也谢了恩回去。

第二天的清晨，柳筱阁大踏步地，望着醇王府来。到了门前，见警卫森森，不敢进去，只在大门外望了一会，却始终不敢进去。这样的呆立了一会，柳筱阁忽然福至心灵，暗想前门既这般严禁，后门怕未必见得如此吧。于是，便匆匆地往后门走来。原来醇王邸中，后面是一个很大的花园。柳筱阁转到门前，只见一个小宫女，笑嘻嘻地立在那里，一见柳筱阁就招呼道："你可是柳大官人吗！"柳筱阁见问，忙应道："正是，正是！"那小宫女便道："福晋叫咱候得你久啦。"说着，微微地一笑。当下领了柳筱阁望花园内弯弯曲曲地走进去。转了几个螺旋弯，到了一个所在，只见重楼叠阁，好一座楼台。小宫女说道："官人在这里稍等一下，待咱去给你通报去。"说罢三脚两步地去了。过了一刻，那小宫女出来，笑着对柳筱阁说道："请你里面略坐一坐，大福晋快就来咧。"柳筱阁点点头，走进那座楼台里面，却是一个客室，陈设得非常的幽雅。小宫女端上一杯茶来，柳筱阁喝着闲看了一遍，见室中琴棋书画，没有一样不全，正瞧得出神，忽听得脚步声音，回头看时，来的正是大福晋，操着纯粹的京话，笑着说道:“好呀!你怎么到这时候才来呢?”柳筱阁忙笑答道:“这是小人不识路径,走错了的缘故啊。”大福晋道:“此地很不便的,咱们再到那里去坐。”说时,同了柳筱阁,望东边的一带房舍中走去。到了里头,却又换了一副气象,所摆的东西,都是宝贵的古玩,大福晋令柳筱阁坐了,大家慢慢地寒暄起来。谈了半晌,大福晋吩咐小宫女,去把内室的菊花酒拿来,小宫女去了。柳筱阁便问大福晋道:“王爷此刻不曾回来吗?”大福晋说道:“平日是早已回邸了,今天因太后有旨,进宫去议事,大约须晚上方得脱身呢。”

正在说着,小宫女已笑盈盈地,提了一个食盒,一手提着一只玻璃瓶子,跑到案前,把食盒打开,取出几样精致的肴馔来;又将两双白玉箸子,一对白玉杯,一一摆好了。拿玻璃瓶打开,满满地斟上两杯酒,才放下了瓶,垂手立在一边。柳筱阁觉得杯中的酒味,馥郁馥芬,异常的香美,真是生平所不曾饮过,忍不住拿起杯来,喝了一口,清凉震齿,那香味从鼻管中直冲出来。因问大福晋道:“这是什么酒?却有如此的香味,吃在口里,甘美极了。”大福晋笑道:“这酒还是老佛爷御赐的咧。从前高丽的国王,不是年年来进贡的吗?当高宗皇帝万寿时,高丽王遣使贡礼物到本朝,内中就是十瓶的酒。据他的使臣说:这酒是高丽王妃亲手所酿的,用了五色的菊花,浸在蜜里,蒸哩晒哩,着实下一番手续,才把它酿成,所以叫作菊花冰麟酒。饮了这酒,可以益寿延年,壮精健骨;高宗时遗传下来,到现在十瓶只剩一半。有一天上,西太后忽然想了起来,命内监去拿出那五瓶菊酒,赐予醇王两瓶。醇王看得很为宝贵,非在佳节,不肯乱饮,现今还有一瓶没有启盖哩。”柳筱阁所饮的,是醇王饮余之物啊。

福晋说毕,也将酒饮了一口,两人饮酒谈心,渐渐投机起来了。小宫女立在旁边,只顾一杯杯地斟着。柳筱阁因酒味甘芳,不免多饮了几口,已有些醉意了。大福晋也面泛桃花,有点情不自禁了,二人说一会笑一会,吩咐小宫女收去了残肴,大福晋便搀了柳筱阁的手,一同走入内室,遂他们的心愿去了。从此以后,柳筱阁居然出入醇王府邸,邸中的宫人仆妇,以及当差等等,没有一个不知道的了。但是世上的事,往往有出人意料的,柳筱阁出入王府,无非是用钱,把内外仆人,都塞住了口。谁知还有一个王府的管事老九,和柳筱阁暗中斗起醋劲来。这个老九,也同大福晋有过暧昧的事。近来见大福晋,私下有了柳筱阁,自己刮不着油水,倒让柳筱阁去穿绸着缎,心上如何不气。所以乘柳筱阁清晨进邸的时光,老九等在后门,必要问柳筱阁借钱。柳筱阁起先是不得不应酬,后来次数多了,便不答应了。老九见柳筱阁不理他,早已大怒,恨恨的说道:“咱去告诉了王爷去,看你们怎样?”要知后事如何,且听下回分解。

西后既死则垂帘之例,或将因此而革除矣。盖溥仪入继大统,有摄政王以辅之,固奚用垂帘哉?然西太后之临终,犹遗嘱隆裕后秉政,是其人虽亡,而余孽尚留也。彼为摄政王者,仗子为帝王,而虚有其位,人孰不思争得政权?以斯之故,致内外离心,非西后之罪乎?

世有庸碌者,不能倡其新绩,每好学人之事,以为己能,如隆裕后是夫!后之才既不逮西后,而于淫靡奢欲,则有过之无不及。值此内患才兴,外侮频至,正宜振奋精神,冀国家之昌盛。然其计不及此,反纵容小人,滥耗国库,是无异饮病人以鸩毒也。

清之封典,王公之爵,无及于汉人者,终功臣死后,亦不过一公爵而已。其对于满族大臣,则名爵遍赐,立国而存私见,此亦危亡之道也。迨宣统登极,兼祧穆宗,而封典不及于后妃,清廷之杂乱,于此已窥一斑矣。所以义旗一举,遂至天下瓦解,有由来矣。

第九十八回 保家声醇王忍小节 斮国脉宣统让大位

却说那柳筱阁自结识了大福晋，一切的举止上，顿时豪放起来，凡吃的穿的，自异于侪辈，就是他妻子头上插的，手里戴的，也大半是贵重品物。柳筱阁到底是个优伶，能有多大的进款，却能备办这些贵重物事。况且有许多东西，还是外邦进贡来的，无价之宝呢，休说是伶人不应有的，即使一二品大员家里，也未必拿得出咧。至伶人进宫唱戏，无论受特等恩赏，也绝不会有赏这种贵重东西的。西太后那样奢靡，赐给伶人，至多是金银绸缎之类，没有听得赏宝物的。柳筱阁和大福晋的勾搭不清，人家就形式上已测度到了。柳筱阁又不知自敛，还时时拿些世上稀有之珍，去炫视同辈，一班伶人，谁不眼热呢？这样一来，艳羡他的一变而为妒忌他的了。日子长久了，柳筱阁和大福晋的秘密关系，渐渐传入大众的耳朵中，巷议街谈差不成了一种新闻哩。

在这当儿，恰巧醇王府里的老九，要和柳筱阁为起难来。但老九在王府中，本很具有势力，他与柳筱阁做对头，原是吃醋问题。所以借着竹杠名目，想难倒了柳筱阁，令他不敢再渡蓝桥，自己好和大福晋重图旧好。柳筱阁如其知机而退，也不至弄出事来了。偏偏他色心正炽，不肯甘心让步。老九便不时向柳筱阁索诈，由三百元而五百元，多至一千元，终难填他的欲壑。其实老九何尝需这点小数目，总而言之，要撵走柳筱阁罢咧。后来，老九差不多天天看着柳筱阁借钱了。好在老九是住在王府内的，柳筱阁进出，日日要碰见的，自然避免不了。

柳筱阁给他缠的慌了，便告诉了大福晋，将老九逼迫的情形，一一说了，大福晋怒道："咱们因他是多年的当差，才到今天的地位，倒也很瞧得起他；不料这奴才如此无礼，咱叫王爷撵他出去就是了。"过不上几天，醇王杲然吩咐老九道："你跟俺已多年了，也不忍令你他去，但福晋很不满意于你，你就随俺到别墅里去过几时罢。"老九不敢违背，只好唯唯退去，到醇王的别墅中去了。

老九走后，心上十分愤愤，暗想这不是大福晋听了柳筱阁那厮的诡计吗？咱现在拼着不在王府里当差，还是要和姓柳的见个高下。于是，便去纠集了许多当差的同党，老清早来醇王府的后门守候；不多一刻，已见柳筱阁大摇大摆的来了，老九就拿出往日敲竹杠的手段，要和柳筱阁借钱，柳筱阁已知道他不在府中当差，自然不怕他了，二人一句吃紧一句，不免实行武力解决。老九本想痛打柳筱阁一顿的，只要柳筱阁动手，便一声暗号，当差的一拥上前，都往柳筱阁打来；谁知柳筱阁是唱武生的，膂力很是不小，一瞧众人手多，即刻放出本领，施展一个解数，退到了空地上，显出打惯出手的武技，把众当差的打得落花流水，老九的左膊，也吃柳筱阁打折了。一场武剧做完，老九领了众人，四散逃走。柳筱阁依然大踏步进王府去了。

但老九吃了这一场大亏，如何肯了结呢？自思潜势力又不及他，打又打他不过，这样就不图报复吗？他想了一会，只有把柳筱阁的事，去报给醇王知道。可是，醇王晓得大福晋和他不对，若是直说，一定要疑心他有意撺掇。倘醇王回邸去一问，被大福晋花言巧语，轻轻地把这事瞒了过去，打虎不着；反要丧身哩。所以那报仇的计策，只有等柳筱阁等不防备，突如其来得进去，看他们遁到那里去？老九主意打定，便静候着机会。

一天醇王朝罢，正向载振邸中走去，老九故意气急败坏的，赶过醇王的舆前，醇王瞧见，在舆中问道："老九！急急地往那里去？"老九假做吃惊的样儿，很迟疑的答道："奴才在别墅中，不是王爷来召唤过的吗？”醇王诧异道：“咱几时着人召你的？”老九说道：“刚才有一个小内监来说，王爷今天请客，是专诚款待柳筱阁的；此刻命奴才到聚丰楼，去唤一席头等酒席哩。”原来，老九已打所得柳筱阁，在醇王府中和大福晋饮酒，以是，敢捏造出无中生有的事来。当下醇王听了怒道：“咱何尝请什么客？就是请客，也决不请一个下流戏皮子；你不要胡说罢。”老九正色说道：“奴才也在那里疑惑，王爷怎请起戏子来呢？真是笑话了！但唤酒席是小太监说的，奴才听得是王爷的命令，不敢怠慢，因此急急地跑去，听说立刻等着要吃咧。王爷既不曾有这一回事，那又是谁说的呢？断不会无事生风的罢。”

醇王给老九一言提醒，不觉顿了一顿，心里着实有些狐疑起来。因为平日对于柳筱阁的行为，也有点听在耳中。当西太后在日，柳筱阁出入宫禁，时有不安分的举动看在眼里。今天陡然触起他的名儿，自觉有些疑心了。私下忖道：“莫非咱们府中，也有和柳筱阁这厮纠搭的吗？咱听知这柳姓的戏皮子，专门和王公大臣的内眷们不清不楚，咱们不要也演这出戏呢？”醇王想了半晌，也不往载振那里去了，只叫轿子望自己邸中来。老九见计已信，忙在轿前开路，一面暗令同党，去把王府后门锁住，自己随着醇王，一路回邸。转眼到了邸门前，照例当差的，要齐声吆喝一下，因这天预先得着老九的暗示，大家便默默不声，故此里面的人，一点也不曾觉察。大福晋其时，正和柳筱阁欢呼对饮，不料醇王会在这个时候回邸，就是偶然早归，外面全班喝道，府中人早已听得了。王府里房屋多大，柳筱阁一个人，何处不好藏躲呢？只消避过了风头，由使女悄悄地从后门放了出去，可算神不知鬼不觉哩。这样的做过了几转，大福晋同柳筱阁的胆子，也一天的大似一天了。这天照常在后园花亭上，放胆饮酒谈笑，一点不提防别的。

那个花亭，是醇王在炎暑时憩息之所；亭的里面，除大小书案之外，古董珍玩，不计其数。又有几样值钱的宝物，一样是剑，青鱼为鞘，上嵌碧玉，一经启视，光鉴毛发。据说此剑一名湛卢，是从前欧阳子所铸。欧阳子一生，只铸得六剑，除了雌雄两剑，一名巨阙，一名青虹，一名太阿，还有一口，就是这湛卢了。讲到这口剑的好处，吹气能够断发，杀人不见血，砍金银铜铁石壁，好似腐草一般。当圣祖收大小金川，醇王的高祖也相随军中，一天夜里巡营到一个地方，见火光烛天；醇王的高祖，恐有埋伏，忙令小卒前去探视，回说：“只有一口枯井，那火光是从井里出来的。”醇王的高祖，识得其中有宝物埋着，喝令竭力望井中掘下去，就得到这口宝剑。醇王府中遗传下来，当他是件传家之宝。此剑风雨之夕，自能戛然长鸣，佩带之人，如中途逢着暴客，也能作响报警。倘府中有贼盗凶事发生，剑就会跳出鞘外三寸，铮铮有声。光绪帝入继之时，剑曾叫过一次。所以大福晋已知凶多吉少，不肯放光绪帝进宫，就是这个缘故。还有一样，是一张瑶琴，这琴是周幽王时，犬戎主所进。琴上缀有古玉金纹，声音异常嘹亮。当月白风清，名手鼓起琴来，悠扬之声，可闻数里，真有空山猿啸，天际鹤舞之概。醇王把一琴一剑，视作第二生命一样，轻易不肯供人玩视的。王府之中，以前有一个侍姬，能操此琴。大福晋很爱这琴，因请那侍姬，指点学琴。后来，福晋才学得一半，那侍姬已然死了。以是醇王见物思人，益发珍视那张琴了。现在除了大福晋能奏几曲之外，无人能弹这琴了。

这天，柳筱阁和大福晋，在花亭上对饮，柳筱阁忽然指着那张琴，笑对大福晋说道：“福晋能操这琴的吗？”大福晋笑答道：“咱曾叫府中的侍姬教过，但没有学得好，那侍姬死了，直到如今，不去弄他咧。”柳筱阁笑道：“我知道福晋很好这个，今日倒还有兴，请福晋弹一下子，也使我清一清浊耳何如？”大福晋笑道：“咱这点拙艺是很见笑的，不必弹罢。”柳筱阁一定不依，逼着大福晋弹一曲。大福晋不好过于推却，便一头笑一头把那口琴去取来，拍去琴上的尘埃，先和一和宫商，亮了一亮弦子，然后端端正正地坐下去，轻舒纤指，弹起琴来。首段弹了一曲《平沙落雁》，二段是《刘备叹灵》，三段是《风送松声》，四段是《景阳开泰》。福晋弹到这里，把琴声突然止住，笑问柳筱阁道：“如何，不是很见笑吗？”

列位！须知琴这样东西，原有七忌七不弹的规则。他规例上，第一个就是不遇知音不弹。俗谚不是有句对牛弹琴的话说吗？弹琴给牛听，明明说是听的人不懂什么，简直和牛差不多一句比较闲话啊。柳筱阁是个伶人，相处的都是下流社会，他懂得什么琴不琴呢？侥幸给他唱戏唱红了，西太后召他进宫，也居然出入宫禁的。自大福晋和他结识，常常在花亭上饮酒，才得瞧见这种风雅东西。不是取笑他，在平时，柳筱阁弹琴是什么样儿的，怕也弄不明白哩。此刻大福晋弹了半天，柳筱阁全不懂得，只觉叮叮咚咚罢了。福晋问他，他也只有瞎赞了几句，便胡乱说道："这琴声似乎还欠热闹一些。"大福晋笑道："要热闹吗？咱就弹一段《赤壁鏖兵》罢。"说着，又和起弦来，指弹手挑，直弹得刀枪震耳，金鼓齐鸣；侧耳细听，真有金戈铁马之声，确是弹得好琴。大福晋弹毕，对柳筱阁一笑，柳筱阁实在苦干不识，又瞎称赞了几句。他忽然想起戏台上，锣鼓有什么《十面埋伏》的敲法，不知琴中有这个调吗？想了一想，就开口问大福晋道："这琴里也可以说什么《十面埋伏》吗？"说了一句，把两眼一攒，做一个鬼脸，似乎怕福晋笑他外行似的。大福晋见问，点头笑道："调门是有的，只不过很不容易弹得好，咱还不曾习得精明哩。"大福晋说这话，是因柳筱阁讲得出调名，疑他也研究过的，恐自己班门弄斧，贻笑方家呢。其实，柳筱阁那里是懂这宫、商、角、徵、羽的玩意儿，可怜他不过从演《九败章邯》中，楚霸王出台趟马的时候，锣鼓打《十面埋伏》的调门，所以他这时乱猜一下，预备猜错时，给福晋一笑而已。哪知恰被他猜着，大福晋还当他是内家啦。但是，若没有这一猜，也不至于弄出事来了。

其时，柳筱阁已猜中了，自然要充内行到底，逼着大福晋再弹一曲《十面埋伏》，大福晋更不推让，就重整弦索，再和宫商，弹起那《十面埋伏》的乱声十八拍来。柳筱阁虽是一窍不通，也觉得十分热闹。只见大福晋手忙得碌乱，顾了弹又顾拍，拨挑按捺，十指齐施，悠扬处如泣如诉，刚劲处如虎啸龙吟；可惜弹给柳筱阁这不识货的听，冤屈了福晋的好琴了。因大福晋的琴技，北京很有名望，休说是满族中算得能手，就是我们汉人中，也未必有胜于他的呢。偏偏这木偶式的柳筱阁，倒有这样的耳福。倘然把当时琴声，用收音机收着，放到如今，不是成了绝响吗？大福晋似这般的弹得珠汗盈头，柳筱阁也依然是木不通风，全不知道好坏，真可算得是鲜花栽粪土，脂粉馈无盐了。

大福晋正弹得起劲，却一位知音客从外面来了。这知音客是谁呢？自不消说得，便是那位醇王爷了。原来醇王听了老九的一篇鬼话，心上疑惑起来，也不到别处去，竟同了老九，一直回转王府来。那些王府中的当差，预得老九的知照，也一声不吱地接了王爷进去，只依例上前请了一个安退去，在一边瞧他们演活剧。当下，醇王走进邸中。平日总是先到内书房，看了些各处来的公文请单，及外吏内臣送给他的许多礼物单，一样样得过了目，然后到上房，和大福晋谈些闲话，在福晋房中用了点心，才出来再理公事。这个时间，大约已是下午三时多了。因醇王从朝里回来，终在这个时候了。那时柳筱阁已去，万万不会撞见的啦。习惯成自然，是百无一失的了。岂知今天，醇王回来的特别早，逾了往时的定例，大福晋是做梦也不妨的。他不晓得还有一个冤家的老九，在那里撺掇着是非呢？

这天醇王有老九领了路，也不照例到书房，却一直转入后堂，往着园中来了。但此时如无老九作伥，醇王就逾了时刻早归，他必定先到书房，邸中侍女瞧见了，忙去通知大福晋，打发柳筱阁溜走，还正来得及哩。现吃老九一作梗，醇王也忘了所以，便一往直前地走到花园里去咧。当醇王踏进后堂，已听得琴声嘹亮，知是大福晋弹的，因府中无第二人会这玩意的啊。醇王刚待跨入园门，老九就止住了步不走了。醇王见老九退立一旁，心里愈不安生了，想其中定有缘故，那疑云更阵阵上来啦。这许多地方，是老九的奸刁处。他似这般一做作，明明提醒醇王，叫他注意的意思。在这当儿，一个侍儿，手中提了一把酒壶，从花园中出来，一见醇王，慌得倒缩回去。醇王见这侍儿一种鬼鬼祟祟的样子，更令他增添疑思了。于是就喝住那侍儿，不许他回转，自己便顺了琴声走来。醇王在自己邸中，一望已明白了，知道大福晋，是在花亭上弹琴，所以也向花亭而来，走到亭畔，听得琴韵悠扬，不由得喝一声彩！

这个彩声，把亭上的琴声立时打断，大福晋听见是醇王的声音，早吃了一惊，慌忙将琴一推,待探首出来望时,醇王已走上了花亭,瞧见柳筱阁坐在那里,大福晋呆立在窗边,两眼直望着自己发怔,不觉大怒道:“反了,反了!真会有这件事的吗?”柳筱阁一见是醇王,也不免吓了一跳,他一时情急智生,待那醇王立在亭门口时,便忽地直立起来,冲到醇王面前,乘他不曾提防,只飞起一腿,把醇王直踢下亭去,自己就拔步,一溜烟地逃出花园去了。这也是柳筱阁淫罪未盈,不该绝命。老九怕做大福晋的冤家,中途见大功告成,便退出外面去了。但一个王府之中,难不成没有一个当差的跟随吗?因花园是醇王内府,游玩的都是眷属,当差的不奉召唤,不能进入后堂的,何况是到花园里来了。那老九到园门退下,也是这个意思。醇王给柳筱阁踢了一个斛头,已然头晕磕铳,那里还能叫喊呢?不然,只要他一声高呼,柳筱阁就是生了翅膀,也飞不出这个王府啊。哪管园门的,见柳筱阁很急促地跑出来,本要拦住他的,后想他是大福晋的红人,虽有老九的命令,叫他将园门守住,却不曾吩咐他捕人。况老九的势力,到底不能和大福晋比较,自己做个管门人,敢与福晋作对吗?想到这里,便任那柳筱阁出去了。

醇王跌在地上,由大福晋扶他起来,一面替他拍着尘埃,一头泪汪汪的跪在地上认罪!醇王起初是怒气勃勃,恨不得把剑拔出来,拿大福晋一砍两段。继又想自己是个摄政王,这事如声张出来,反于名誉有关,满朝文武得知,必看轻了自己,且与大福晋多年夫妇,也有些不忍。他终不好,现在儿子溥仪做着皇帝,说不定存太后希望哩。倘一经揭穿出来,也须累及儿子。醇王想到这里,气早平了下去。只长叹一声,吩咐大福晋,下次不准再与柳筱阁往来,否则须小心脑袋。大福晋含泪应允,且按下了。

再说那革命党几番起事不成,倒牺牲许多生命,如何肯甘心呢?这次却暗中运动了军队,在武昌起义了。风声所播,各地都响应,清廷听得消息,顿时手足无措,平时又没防备,万不能和民军打仗,因此,溥仪只好让位。要知后事如何?且听下回分解。

醇王以子为皇帝,而居于摄政王之地位,往时未见有任何政绩,一旦身握大权,自无所措置,致令清代数百年天下,轻轻送于彼之手中焉。犹忆光绪皇上,临终之言,谓载澧无谋少断,必误国家大事,可谓写尽其一生。德宗虽弱,未尝不知人也。

当大福晋之匿优伶,于大庭广众之间,眉来眼去,清宫之污浊,不可以楮墨形容之矣。然堂堂王府,任一伶人,昂然进出自如,醇王之不修帷薄,亦可见焉。以一家事,而尚如斯其雾雾,矧论国家大政,操诸此醉生梦死之醇王,能不亡国者亦鲜已。

革命之起事,仅数日间事,已如火之燎原,较诸昔日洪氏起义,似又进一步矣。顾清廷腐败已久,亡也,亦自取之耳。

第九十九回　丧心病狂大辫儿复辟　衣香鬓影小皇帝完婚

却说那革命党几次闹事，几乎把清政府闹翻，终算有的觉察得早，乘他们势焰未成的时候，兴兵扑灭。但内中的潜势力，依然不住的膨胀开来，不多几年，已渐渐成熟了。到了宣统的三年上，摄政王载澧要想把铁路收归国有，在这个上头，很引起了人民的反对。革命党首领孙文、黄兴等，趁举国沸腾之时，便在武昌举白旗起义，协统黎元洪，听得军心已变，枪炮不绝于耳，吓得钻在床下，一句话也说不出来。外面兵丁将衙署围住，逼着黎元洪承认都督，黎越发恐慌了。这时，黎元洪的二夫人危氏，倒很有见识，他见大势已在急迫，若不承认，即刻有性命之危，当下代传令出去道："都督已承认哩，你们快去分头进行。"这令一出，众人齐呼万岁，就去攻打鄂抚的衙门去了。那鄂州革命成功的消息，纷传开去，各省都响应起来。

这一下子，把个清政府慌了手脚，平时本勉强支持残局，一旦有事，简直无法措置了。其时，清廷的大臣，如世续、瞿鸿机、盛杏荪辈，都是奉命谨兢，而不能做事的人。清廷万分不得已，把去职的袁世凯重行起用，着他带兵去拒民军。讲到袁世凯的为人，足智多谋，胸负大志。他原是项城人，是个监生出身，仗他老师李鸿章的引擎，也做过朝鲜委员。当袁世凯幼年的时候，他的老子袁甲三，本在李鸿章的幕府。袁世凯谒见鸿章，还在髫龄时期。李鸿章见他一举一动，便叹喟幕友们道："此子功名富贵，将来远在老夫之上，你们不要轻视他。"所以，袁世凯在李鸿章的幕下，足足守了十二个年头。一天，有一个仆人和厨役吃醋争风，二人便私斗起来。厨役持刀追杀仆人，那仆人无处躲避，跑到李鸿章的书房里来，厨役也紧紧地追赶着。李鸿章正在看书，袁世凯侍立在一旁，这仆人逃进来时，李鸿章只做不曾看见一般。厨役追到了书房，竟把仆人拖了出去，用刀将他砍死。事后，有人问袁世凯道："李老帅的不管闲事，是他平素的脾气，你在旁边，为什么也见死不救呢？"袁世凯笑答道："你们见厨役持刀杀人吗？那么，仆人一样有两只手的，何不拿刀对抗的呢？他却听人砍死，连手也不回一下，显见得那仆人，是个极无胆量和毅力的人。这种没用东西，留在世上做赘疣，不如任他去死了的好。李老帅不去喝止救援他，也是这个意思，我何必去保护这无用人呢。"袁世凯这一段话，有人传与李鸿章听了，李鸿章拈髯笑道："孺子真知我心也！"因此，把袁世凯渐渐的重用起来，不上几年，做了驻朝鲜的委员了。原来李鸿章的遇人，好奖勇摒弱，对于部下的私斗，谁人胆小吃亏来诉苦时，反受责诉，说他没用咧。而胜了的人，转得蒙赏，以是李氏部属，每逢到战斗，无不勇往直前，没有退后的，就是这个道理。

至于袁世凯呢，也是清代历史上的重要人物，故此不得不细述一遍啦。袁氏自朝鲜卸职回来，便受知于荣禄，令他为小站练兵督办。袁世凯在这时，乘间种植他自己的势力，收了些有本领的将领；那陆军四杰，如冯国璋、段祺瑞、王士珍、张惠芝等，一时是很有名的。戊戌政变，拳乱闹事，袁世凯已做了山东巡抚。辛丑回銮，荐任直隶总督。光绪末年，两宫宾天，溥仪入继，醇王载澄摄政，把袁世凯免职闲居。但袁世凯虽然在家闲散着，他常常对家人说："清廷不识人，现将我去职，我知他们不久就要起用我的哩。"及至革命在武昌起义，时在宣统的辛亥年，袁世凯在家，听得这个消息，便跳了起来道："我的出山时期到了，你们快把我应用的衣物，一齐收拾好了罢。"家人还都笑他是空想咧。不料到了第三天上，清廷果然下旨，召袁世凯进见，训勉了几句，加了他官爵，把全国的兵权，都归袁世凯指挥。袁世凯是何等角色，一见时机已至，故意搭起架子，迟迟不肯进兵。又经清廷，下了特命，将袁世凯当作洪、杨时的曾、左看待，满望他支住残局，拿失地恢复过来。

袁世凯一得大权，一面暗中布置局面，一头派冯国璋出兵，和民军开战。冯氏在当时，他手下的镇兵，也很有善战之名。他和民军交绥，民军究属未经训练的多，因是给冯国璋杀得大败。可是，这时的民军，势力已成，各地纷纷响应，只仗冯氏一旅之师，也休想成功。不过，令兵民多流些血而已。况且，孙文已在金陵，被选为临时大总统了。天下民意，均归向共和。单靠袁世凯一人，也是独木难支。袁世凯察风观色，也知自己用强是不行的了，于是就按兵不动，等待时机。民党一方面呢？以袁氏拥有重兵，也不能不有所顾忌。这样的两下一进，你碍着我，我佷着你，不是成了僵局吗？结果，终至于双方讲和了。

这时，清廷的摄政王载澧，当夜进宫去见隆裕太后。即由宫中，召集瑾太妃，和满族亲王大臣载振、载洵、世续、陆润庠太傅等，开了一个御前大会议，以为袁世凯拥兵不进，各省皆举白旗，端午桥辈且以身殉，张彪夜遁徐州，张勋退出南京，清朝的大势已去，就是强做，也得不到什么便宜。各地旗人，又遭民兵杀戮，报复进关时的仇恨，一朝兵败将亡，满族很是危险。所以，决定和民军讲和，由清廷下诏逊位。当下就规定了清室优待条件，一例不加杀戮，并由民国政府正式成立，每年赐给清室优待费三百万元；这样一来，清代役使汉民，至此告终。自吴三桂迎清兵入关，多尔衮定都燕京，以摄政王开基，入主中国，到现在，也以摄政王终，共传十主，凡二百六十八年。还有在入主中原之前，在满洲称帝时，共传三主，所以称满清十三朝，就是这个缘故。这且按下 。

再说清廷既已逊位，孙文见大事成功，便引身而退，把个总统的大位，让给了袁世凯做了。讲到袁世凯，确是民国的第一个雄才。他在第二任国会选举，连任了总统，黎元洪任了副总统。民国开始到如今，直乱到现在。正副总统齐齐产生，政府里一点也不曾残缺，真是整整齐齐，只有袁世凯做大总统时，有这种现象。民国在这时，很有些太平的气概。袁氏之后，并大总统也几次非法产的，休说是副产了，至今依然是不曾有哩。当袁世凯掌权的辰光，于清代的旧将，也都引用；如张惠芝、张勋、倪嗣冲辈，一般授着要职。张勋坐督徐州，野心勃勃，时时转着复辟的念头，只是惧怕袁世凯，不敢发动罢了。所以人家说袁世凯，倒有用人之量，能压制部下，不敢遽明异志，这就是他的才能咧。可惜他一时也痰迷心窍，受了什么八君子的迷惑，也想恢复帝制，做起皇帝来了。于是仗着他的威权，便筹备起帝制来，改民国为洪宪元年，自己备了冕冠龙服，以便祭天。其时，蔡锷和唐继尧，口上赞成帝 制，暗中剧力反对。蔡锷被袁 世凯监视着，就改装出京，到了云南，立时宣布独立。各省的督军，见民气倾向共和，也纷纷独立起来了。袁世凯得到这个消息，这一气非同小可，几乎昏了过去。又兼他老病再发，如何吃得住呢？因之不多几天，便一命呜呼了！一世雄也，如今安在呢？一个人到袁世凯那么地步，也非轻容易的；谁知因误于小人，弄到身败名裂，正和西太后相信义和拳一样，一念之差，失足已成千古恨了！

袁世凯既死，自然由副总统黎元洪扶正，做了民国的大总统，推翻了袁氏的帝制，再建起共和旗帜来。但黎氏的为人，是朴诚少谋，临危无断的人。那些野心家张勋等辈，如何把他放在眼里呢？袁世凯死后，这班人去了一个压制的人，登时如释重负，就在徐州密议，实行他们复辟的阴谋。这时，那自号保皇党的康有为、梁启超辈，也开始活动，暗里和张勋结合，准备推倒共和，请溥仪出台，重复清朝的旧制。一时赞成这个议论的督军，以及在野名流，如徐世昌、金梁、世续、耆善、李梅庵、瞿鸿机等，倒也很不乏人。清室在此时，受着民国的优待，犹心不知足，欲萌违天之行，可算是自不量力，然一半也被群小包围，不由自主；一半是民国人民，当初议和之际，太觉疏忽，不曾将帝号废去，把帝孽赶走出宫，仍让他关门做小皇帝，才弄出这种话把戏 来。

在这当儿，清廷隆裕太后已死 ，他临死的时候，世续在病榻待命，隆裕太后垂泪道：“咱们如今好算得是寡母孤儿了。先帝早薨，留此孑余之身，目睹国亡家破，能心不惨伤吗？祖宗创业维艰，却不道轻送在咱们孤儿寡母之手，不是千古憾事吗？咱们不自修政，贻误大事，坐失江山，何颜去对祖宗与先帝哩！但事到如今，说也无益。”说毕，命召小德张。内监回报，已在两日前，不知去向了。隆裕后听了，不由得一声长叹道：“小人无良，一至于此。咱自己盲目，差用了人，夫复何说！”世续在旁奏道：“请太后下谕，令警厅缉捕就是了。”隆裕后摇手答道：“今日不比从前，国亡势失，谁来听你们的使唤。即民国官吏，能额外尽力，也徒遗口舌于人，这又何苦来呢。罢，罢！造化了这奴才罢。”世续在侧，一语不发。

因为自溥仪逊位后，瑾妃以太妃资格，大权独揽，一味地收拾人心。宫中嫔妃、宫人、内监们，都服从瑾太妃，而攻讦隆裕太后，正应了光绪帝临终之言，说瑾妃不至受苦，别人反要受制于他，这话言犹在耳。昔日隆裕后，在西太后面前，撺掇瑾妃的坏处，吃尽痛苦，不料今日，隆裕后转为瑾妃所制；天理报应，可谓不爽，而人的厄运，也有变泰之时。所谓说不到底，做人看不煞咧。隆裕后因人心背向，宫中大半和他不睦，背后更多怨谤之言，以是郁郁不欢，终至一病奄奄。垂危之顷，除世续、耆善两人外，只有宫人一名，内监两名，侍候在侧而已。一种凄凉惨淡的情形，比光绪皇上死时，愈觉得可怜！

当溥仪来视疾时，隆裕后尚能说话，便顾着溥仪说道：“咱们国已亡了，回想昔日繁华，今日如梦；现宫廷荒凉凄清，咱的魂灵，不知到什么地方去是安顿之所呢？你生在帝王之家，稚年继统，一点事也不曾有为，已经是国亡家破母死；这样可悲可痛的境地，你虽过着了，却是不懂得什么苦处，将来你自有知晓的一日。咱现今要和你分别了！咱死之后，无论把咱抛在深沟孤井，悉听你的处置，咱也顾不了许多啦。”隆裕后说完，泪随声落，一般内监宫人，也都痛哭起来，世续大泣不可抑。这样地过了一刻，只听得隆裕后大声道：“早知今日，悔不当初。”说了这两句，身子望里一翻，双足一挺，就追随光绪帝和西太后去了。这且不在话下。

再说张勋和康有为等，主张复辟，已不是一天两天的事，密议得已不知几次了。讲到张勋，他在清末，不过是一个总镇；光复之前，擢他做了提督。他的为人，是好色贪淫，是个极不安分之徒。起初弄了个小毛子做妾，后来在天津看上了女优王克琴，就一半强夺，一半价买，把他弄了过来。小毛子自王克琴进门，便失宠了。以是过不几时，就跟了一个当差的，卷包逃走。张大辫因有了王克琴，也不去追究他了。这张勋行为虽如此，却死忠于清室；身为民国督军，他那脑后的豚尾，依然不肯割去，是表示不忘故国之意，所以人家都叫他张大辫儿。他在民国，握了兵权，几次要想复辟，只为畏惧着袁世凯，不敢耀武扬威。他那些大辫兵，在光复时，被浙江台州兵，在南京打得落花流水。比时做了督军，坐镇徐州，想把以前的势力，慢慢地恢复转来，以便乘机而兴。

恰巧袁世凯死了，黎元洪继任，张大辫见黎氏懦弱可欺，就百般的要挟，黎元洪怕他专横，真是百依百顺。张大辫以时机不可失，一面私下调兵进京，一头和康有为等定计，借着三头会议的名目，自己便乘专车进京。黎元洪不防他会复辟，还派人欢迎他咧。张勋进京后，连夜同康有为等在六国饭店密议，次日即进谒逊帝溥仪，述明复辟之举。金梁等便上本劝进。这件事被瑾太妃听得，大惊说道：“那不是玩的啊！咱们受民国的优待，在国亡之日，不损一物，不死一人，就这样的年年拿一笔优待费，大家吃一口安稳饭，也是心满意足了，还去想什么复辟不复辟呢。况且天下人民，共和已久，民心倾向民国，于我们清室早已置之脑后了。如今一旦举事，全国骇怪不安，必至弄巧成拙而后已。倘若再失败下来，不但优待费无着，怕有灭族之祸哩。”瑾太妃说着，慧太妃也说：“溥仪年轻，不知世故，你们应当教之，入那正轨，才是道理。”瑾妃对太傅世续说道：“溥仪孺子，不识利害，他们虽然爱之，但这样一来，反是害他了。请你们三思而行。”

这时，两太妃终竭力地反对，怎禁得世续等复辟的念头正炽，想外援有张勋及各督军，内有康有为、金梁等，大事在举手之间，就可以成功，何必多所疑惑，以至坐失时机呢。于是，由世续、联芳、梁敦彦、陈宝琛、辜鸿铭辈一班旧臣，预拟草诏，布告天下。准汉民辫去不究，留辫与否，悉听自便。授徐世昌为弼德院正院长，康有为副之；张勋授大将军，陈宝琛、辜鸿铭、瞿鸿机，均加三级为北洋大臣。载洵贝勒，以郡王入值军机。诸事定妥，由张勋率领大辫兵，佩手枪入迫黎元洪下命令，让位于清室，自愿上疏称臣。奏牍手本，一概拟就，只要黎元洪署名，就是了。这样迅雷不及的手段，弄成复辟的怪象，也是民国人民，放弃应有监督之权；兼之黎氏柔而无刚，才被宵小所乘。

当举事的一天，瑾太妃坚执不从，他说："有得看清室灭族，不如自己先死，免得无颜去见先帝。"后给众臣和内监劝阻，张勋力保无他，瑾太妃终是不听，大骂康有为逆贼，"误了先帝，如今又要来弄溥仪入圈套了。他害得清廷内部骨肉离异，心还不足；必要弄得灭族，才肯放弃哩。"慧太妃也再三地解释不应复辟的利害关系；然那些丧心病狂的张大辫等，早已把木造成真楫了。其时北京城内，重复龙旗招飘，立时呈出满清旧时的气象来。这消息传到各省，一般督军，也有事前已赞成的，有口里附和的，有不出口而默许的，也有看风头做事的，骑着墙看谁胜，就望谁那边倒；也有几个反对的。其时，倒恼了一位在野的伟人，此人是谁？就是清代陆军三杰之一的段祺瑞了。他在袁氏总统上任，也做过内阁总理，因不洽舆情，被人哄走。他身虽在野，威望尚在；于是便在马厂誓师，声讨复辟党张勋。通电全国，冯国璋首先响应，李纯等和之，声势浩大。当下，段祺瑞率兵进京，把张勋的辫兵打的四散奔逃，张勋也躲入荷兰使馆。溥仪由英文教习庄士敦保护，入德国使馆。一场好事，又复付之流水了。

这样地又过了几年，已是民国十一年了。人民把复辟的事，也逐渐忘怀，清室也向民国政府声明：前次的复辟，完全出于臣下的主张，的确非出清室主意；民国政府，也大度宽容，不加深究。溥仪因得恢复自由，并在这年的冬季，实行大婚。但一个废帝结婚，又有什么轻重呢？不知当此文明日进，去古日远，这种皇帝大婚的礼节，可不复再见了。所以倒也是一种古礼上的纪念，很有纪他的价值。然在溥仪婚时，很有一般人，在舆论上极力反对。说民国时代，不该有这样举动。其实，他们婚姻礼节，于政治有何关碍呢？要知怎样大婚？且听下面分解。

张勋之复辟，不举之于袁氏在日；而动于袁氏死后；非袁之足以制张，亦张之势力有所未成也。

然而复辟之祸起，固由吾民无监督权之过，而亦吾民自弃权利所致也。但张虽死忠于清室，实如瑾太妃言，爱之适足以害之，故吾民而不大度宽容者，清室已无噍类矣。

溥仪乃一孺子耳，不知利害与尊荣；要皆辟小为之左右也。当康、张举事，成否且不之论，只以功罪计之，成则康、张勋臣也；不幸而一败涂地，身受其祸者，非彼拥以号召之小主人乎？乃知用人不当，则必至累及其主。溥仪如在是役而杀身，皆其下所酿成者也。

民国之世，吾人犹睹帝王之婚礼，未始非眼福也。彼脑筋简单者，以为大婚之礼节，无异复辟，此种妄论，何其可笑之甚乎？

第一百回　封闭清宫溥仪走天津　畅谈风月全书结总目

却说这年的阳历十二月一日，是旧历的十月十三日，上午一时，为逊帝溥仪的大婚吉期。到了这一天上，一班忠心耿耿的旧臣，自然是十二分的忙碌了。当时，在那天的三更时分，即由内监传命，以銮舆往迎新人。去的时候，从东华门出去，走北池子景山东街，过地安门，沿途都有军警保护着。那观看的人，当然是人山人海，不消说的了。銮舆出发之前，有马巡、保安队、游缉队是开路的前锋。后面是一大队京师的宪兵，都骑着高头大马，一崭齐地行走着。宪兵过去，便是步兵一大队，皆全体武装，一个军官率领着，也徐徐的过去。步兵的后头，是武装警察，是京师警察总监处派来的。又有一大队警察厅的军乐队，继之以总统府的军乐队。一切的服装，都很鲜艳华丽。军乐的后面，就是清室的宗人，都翎顶辉煌，蟒服朝珠，随着军乐队步行。

在这个时候，就有一乘十六人抬着的彩舆，舆夫一例绣服，舆后是黄缎金顶马车，车上缀璎珞无数，光明耀眼，真是美丽极了！车过，又是几十个内监，分乘骏马，慢慢地走着，算是仪仗前的顶马了。这马队之后，是一面绣金龙的大旗，足有三丈大小，旗后是金瓜银钺，一对对地排列着，这就是古天子銮驾中的仪仗了。后面是：大黄罗伞一顶，方伞一对，雉尾扇一对，绛幡两对，五色金龙麾、翠华幢、黄龙绣旗、黄缎盖、曲柄五色翠盖、大红龙凤盖、华盖、绣金曲柄银龙旗、五色曲柄龙凤伞、大黄缎金绣盖、曲柄凤麾诸般仪仗。一对翎地走过，便是满族亲王，朝衣三眼翎冠宝石顶、骑马执金节，内监数十人，护卫着亲王。后面又是宫监，列成雁行的样儿。第一对，是八角明灯，第二对是金龙灯，共是八十一对，也排着过去。灯过后是提炉的宫监，金炉里面，香烟缥缈，很显出严肃的气象来。提炉内监之后，是宫中细乐，如笙箫管笛，没有一样不全的。细乐后是大乐，凡锣鼓铙钹，也无一不有。这样之后，是步行的王公大臣，专代表亲迎的责任，也守着朝衣翎帽，排班在銮舆前引导。

这时，銮舆来啦！但见那銮舆，高可一丈余，上面的顶是一只很大的金凤；四围珠络丁东，绣幔四垂，角上都含流苏。抬銮舆的共三十二人，一例穿红绌绣衣，红缨帽上拖黄翎，很齐地抬着走过。銮舆后是执长缨枪的侍卫，骑着骏马，蟒袍金冠，更见得威武了。侍卫之后，是一班忠清的大臣，也朝靴朝帽，有穿以前钦赐的黄马褂的大臣，都跟在銮舆的后头。此外是卫戍司令王怀庆，警察总监薛大可，也穿着制服，在后压队。这样地迎着新人，从皇城沿，走安定门，过了十字街，进东安门，再入东华门。军警前导，到东华门止住，军乐依然随着；卤簿直到了乾清门外，也停止了。銮舆直进乾清宫，方才停下来。

这时，自乾清门到大殿，都用红缎毯铺地，殿上灯烛煌灿，自有说不尽的华美。宫门外面，侍卫十六人，都执长缨枪和指挥刀，站立门前。殿旁列着大钟巨鼓，以及古时帝王祭太庙的乐器，器上尽扎彩绸。乐工数十人，也穿着绣衣，侍立奏乐。钟鼓的上一排，就是笙箫管笛等细乐。殿阶之下，二人着黄缎衣服，手里各拿着金编戏鞭一根，乐工的奏乐止乐，悉瞧戏鞭的动作。戏鞭交叉时，就乐声大作；戏鞭分开时，乐声便立刻停止。还有戏鞭上合作大乐，下垂鸣细乐的分别。又有黄衣黄帽的内监两人，各执静鞭一支。静鞭这个东西，是古时天子上朝或升殿所用的。旧小说上，不说过的吗？“静鞭三下响，文武两边排”，就是这意思啊。因天子升殿，一经静鞭鸣过，无论什么人，都得肃静无哗，连咳嗽也不敢咳一下哩。中正殿上又放着黄缎的华盖，这华盖的起落，是表示天子出殿之意。

这个当儿，那黄盖便张了起来，静鞭三鸣，内外肃然。其时，赞引官徐喝礼节，阶下戏鞭下垂，细乐悠扬齐奏，大礼官引溥仪就位。行敬迎礼，乐声三奏，戏鞭上合，大乐齐作，溥仪退入。于是，由载洵、载振两王的福晋，鞠躬而前，赞引官唱新人降舆，大小乐并奏。静鞭又鸣，乐声都止，两福晋引新人就位，大礼官赞礼，谢敬迎礼。礼毕，乐声随行礼而作。乐止，赞礼官曼唱礼节，赞引官同了八个内监，都提了明灯和金炉，引新人就位。那面也由大礼官，用明灯金炉，引溥仪就位。大礼官唱礼，溥仪夫妇并立，行天地礼，奏乐，乐止。行祖宗礼，仍奏乐，乐止。又由大礼官，曼唱行皇婚礼，加冠，大小乐奏三次。冠加毕，大礼官又唱，赞引官引溥仪夫妇就位，行君臣礼。到了君臣礼行定，才行夫妇交拜礼。礼毕，溥仪夫妇正位，受大臣大王们的朝贺礼。这时，满族亲王在第一起，依着三跪九叩首的旧规，朝拜过了，就是些亲王福晋等，也均由赞引官引导，大礼官赞着礼，一一行礼毕；才令满汉大臣，列班一一朝拜。大臣之后，便是些宫监宫女，也都齐齐的叩拜。朝礼既毕，由大礼官喝退班礼，四班宫监六十四人，各掌着明灯，送溥仪夫妇进宫。一路香灯氤氲，气象严肃，似神佛进座似的，踏着缓步，望宫中去了。

婚礼已罢，第二天上，是溥仪接见外人的日期。这天的上午，礼节也和昨日差不多，静鞭响处，戏鞭再合；曲盖伞既举，溥仪夫妇同升大殿。这时，溥仪衣黄缎的绣服，嵌金大褂、雀顶金翎、神采栩栩；溥仪夫人也衣黄缎绣袍，头上戴着缎髻，凤钗银钿，益显出他的龙凤之姿来。夫人的后面，是洵、振两王的福晋，侍立在侧。当乐声齐奏时，外宾分排入贺，溥仪一面微笑着，并操起很纯熟的英语说道："咱们今天，和诸位同在一堂，非常的荣幸！又承诸位相贺，咱也很是感激！愿诸位今后共享安宁的乐处！"说着，便手把酒盏，微微地饮了一口。又和外宾一一握手，各国公使，始兴辞而出。外宾既去，又是些清室忠臣，如陈宝琛、梁敦彦、联芳、世续等，也列着队，就殿阶下叩拜。辜鸿铭因来得迟了，乾清宫侍卫不放他进去。辜鸿铭没法，便跪在乾清宫门口，叩头大哭了一场，方才自去。他这举动，似乎自己一片忠诚，不获知于故主，所以一腔悲愤，无可发泄，只得叩头大哭了。溥仪这场婚礼，事前虽不曾通知各处的，但事后却哄传远近，而且有诧为奇观的。民国的时代，能再睹这君主结婚盛典，也是历史上一种纪念啊。

光阴荏苒，转眼是民国十四年了。在十三年的冬天，因为曹锟做着贿选总统，吴佩孚和张作霖，在那年战过一次，张作霖大败出关，从此便养精蓄锐，一心要报前仇。到了去年的秋间，卢永祥在浙江发难，和江苏齐燮元苦战了两个多月，张作霖便调兵进关，响应卢氏。吴佩孚也倾全国之兵，同张氏决战。这个当儿，国民军首领冯玉祥，他受了吴佩孚的密令，出兵热绥。不料冯玉祥面上答应了，暗中却和奉天张作霖通了声气，就与国民军师长胡景翼、岳维峻、孙岳等一班人，私下结合好了，但等吴佩孚出京，进兵督战的时候，冯玉祥便由热河回军，圈住北京，囚了曹锟，截断了吴佩孚的后路。这样的一来，吴氏不得不败退天津，甚至只身走岳阳，度他兵舰上的生活去了。

冯玉祥既倒戈进京，在这当儿，却实行起封闭清宫来。他的意思，以为民国成立将十四年了，清宫依然存着，而闭门做他的小皇帝，仍旧乱赠诰命滥加封典，那不是笑话吗？况现已五族共和，溥仪虽是满人，也同是中华民国的人民，帝位既除，就是平民，一样有选举之权，是汉民同等的待遇，怎么任他妄作妄为的，在那里做小皇帝呢？这是应该铲除的了。加之清宫里的器物，都人民公有之品，如今专制已没有了，这些公有物，应得还我们人民。至于清室的私物，自然检出来，任他们取去。可是清宫里的什么珍宝杂物，何止几十万件，既要分出公物私物，势所必然，要大大的检查一番，这一场举动，把清室的一班族人，吓得手足无措了。如世续、耆善等，纷纷四面运动，要想取消封闭清宫的成议。

哪知冯玉祥以迅雷不及掩耳的手段，派旅长鹿钟麟率领卫队，迫令把清宫封闭，限日组织清室善后委员会，检查清宫物件。一面限令清宫嫔妃、内监，即日迁出。于是清室大起恐慌！别的不讲，单说二千余的太监、宫人，一时也没处安插哩，倘别处去赁房屋，也没这般宽敞宏大啊。然因国民军催逼紧急，只得由世续，先把外府的太监五百人，给资遣散。可于匆忙之中,有些内监不及于拾物事的,空身走了出宫。遣散费每人不满十元,这班太监,既成了残废之人,平日是坐吃不工作惯的,一旦没地依身,叫他们去干什么呢?因此,有百多个太监,立在宫门前,掩面痛哭,形状很是凄惨!那些宫女,倒出去可以配夫成家,不比太监们,无可容身的困苦咧。

其时,溥仪见国民军要封闭宫廷,慌得不得了,当由他的英文教习庄士敦,雇了一辆汽车,令溥仪扮作日本装束,在汽车里,如飞的望德国公使馆来。恰巧德公使不在馆里,庄士敦又令汽车,驰往法国领事馆去,法公使却拒绝不收。庄士敦不得已,只好到日本领事馆里,又逢着日本领事公出。溥仪见几个不讨巧,心上着急了起来,庄士敦又替他设法再到日本兵营里。当由书记官打电话给芳泽公使,芳泽公使便乘车到日本兵营,亲自接了溥仪到使馆里,并收拾一个房间,与溥仪居住。芳泽公使,答应保护溥仪的安宁。第二天上,又把溥仪夫人,也接了来同居。那时,世续等一班旧臣,到日本领事馆里,叩头给溥仪请安。

过不上几天,适逢溥仪的生辰,联芳、梁敦彦、耆善等,一齐乘了汽车,去给他们的故主拜寿。溥仪虽为逊帝,但他若很安分的,就住在北京城里,也不至于惹人注目。偏偏那些故日的臣子,上奏疏哩,求封典哩,叩贺哩,弄得乌烟瘴气,溥仪不由不安起来,一有些风吹草动,就要逃走躲避。其实,他也不过一个平民,谁去害他?有甚危险呢?但给这一班旧臣,痛哭流涕的一来,转把溥仪身价抬高,依然放出皇帝的场面来啦。当溥仪到日本使馆时,国民政府质问他:“为什么要逃走呢?”清室回答:“恐怕有危险!”但溥仪迁居,由国民军卫兵,在门外保护,他觉得很不自由,而且起了疑心,所以逃往使馆。不过,北京的谣言,一天盛似一天,都是不利溥仪的空言。溥仪身居日本使馆,心里兀是不安;于是,和日本领事商量,请他保护出北京。芳泽公使允许了,即命日本书记护卫着溥仪,乘了火车出京。一声汽笛长鸣,故国幼主也随着这汽笛声音,风驰电掣般地直往天津去了。

这里国民军,迫着清宫迁出。那清室的瑾、慧两太妃,死也不肯出去。瑾太妃大哭道:“咱们国亡家破,连一点宫室都留不住吗?咱愿死在宫中,不出去的了。”清室族人王公大臣等,一齐来劝着道:“这是民国政府的命令,现在暂为迁出去,将来仍要进来的。”瑾太妃怒道:“无论以后怎样,如今要咱出宫,是万万不成功的。”慧太妃也是这样的说法。好容易,给亲王们再三的慰劝,总算把慧太妃转劝了,但不愿意单身出去,必得和瑾太妃同走。这时大家又去劝那瑾太妃,百般的解释,连骗带哄,才把瑾太妃也说醒了。当下,就择了一个吉期,准备迁移出宫。清室至此,好算根本铲除了。后人有诗道:

清末叶,气数绝,学堂兴,革命出。乱命行,革命成,都为海上游学生,奔走革命,终日匆匆结同盟。昔日满人进关时,吴氏倒戈迎豺虎。可怜扬州闭门戳十日,嘉定屠城留惨史!胡族待吾乃如此。幸而宫廷自相乱,枢臣自为计,无能庸才光疆吏。一旦民军举事战鼓鸣,天下汉民皆响应。只苦兵丁不效力,又虑到处无金城。烽火连天迫京师,四地喊杀难入蜀。满人惊走相告语,干戈无灵徒恸哭。两雄拼力几时休,逊位之诏颁九州。嗟夫!得来天下何其易,送却江山一刹那。

留此历史在脑海,后人秉笔堪书写。嗟,嗟!

清代自吴三桂迎兵入关,多尔衮定都燕京,到现在计算下来,共是二百六十八年。当清兵所向之地,李闯的军马,一见红缨马褂的清兵军官,疑是神怪,回身便走,连仗也不打一下。所以,多尔衮的兵马,一点也不费气力,安然地坐了天下。当他在满洲称帝,时在明朝万历的四十四年,清太祖称帝,建元天命,国号大清。到了明代的天启七年,满人强大起来,伐朝鲜,降了他的国王,在这当儿,也是风月史的开端了。满清的立国,本来是明朝建州卫长李满住,从朝鲜移居到兴京;满住死后清太祖绝了他的部,由是便一天天的强盛起来。但他们的宗族,原属北外胡人,于礼教两字,是完全不懂得的;故此乱伦荒淫的事,也常常发生,留传到如今,供给后人多少谈话的资料。不见满人的文字吗,显见得他们,别有一种体例;和我们汉人,是绝对不相同的。可是,似这般无识少学的种族,怎么也能立国呢?那是怎样的吏治怎样的民,自然是相安无事了。至于到我们中国来呢?第一桩是吴三桂卖国,为了轻轻一点爱姬的小事,弄得大动干戈。不胜,去借外兵来援助,抛国家大事于度外,一心只在陈圆圆一人身上,到了清兵进京坐定天下。吴氏还不曾自悟咧。比及清室大事底定了,这呆獃的吴三桂,勉强博得一个王位。不过满人对我们汉民,是没有酬与王爵的,三桂算是破天荒哩。但是,防范他的心却始终不懈;其时三桂左右的侦探,差不多不离半步。等得三桂兵权削尽,醒了过来,已是来不及哩。总而言之,满人的有天下,完全算是天助。以化外之民,居然入帝中国二百六十多年。这二百几十年中,顺治初定国基,一切制度,未曾齐备。康熙一朝,要算为最盛的时代。雍正只好列入乱世,乾隆间又复大兴了。到了嘉庆手里,外面似很强盛,内中实已空虚的了。道光继立,那时衰象已见;咸丰十一年中,直乱了十一年。既遭洪、杨的大乱,又被英、法联军入京之祸;清代到了这时,已算一半亡国的了。同治年间,曾、左剿平发军,大局暂时支持住了,所以曾、左诸人,算为清室中兴的功臣。光绪入继大统,政权操在西太后手里,有威也发不出来。因此,一败于法兵的战台湾,再败于日本。义和拳的失计,更是清室的致命伤。连年之中,终是割地求和,满清的国运,到此已在尽头了。宣统的兼祧入继,恰来做亡国的末代皇帝。清代以摄政王兴,也是摄政王终;其间的成败,好像是一定不易的规范啊。后人有新乐府道:

摄政王始,二百余年创天子;摄政王终,白旗举义,革命成功。多尔衮,何英雄?长驱入关势如风。

一十八省辟疆土,天下男儿血犹红。遗传子孙偏不肯,峨冠博带太轻佻;醉生梦死无醒时,今日亡国已嫌迟?呜呼满清!还我大好江山,赶尔胡奴出关去。

清亡久矣。吾民国成立十稔,而彼之尊号未废,犹不自敛;且赐爵赠典,俨然一小国之制度也。吾堂堂民国之下,岂能容此小丑,盘踞而妄为哉?冯氏斯举,确非他人所及,其有大功于民国,将来秉笔书春秋者,应采而入之,不能因其他故,遂至没而不彰之也。

溥仪得有今日,要皆吾人民能容,在彼直可谓之幸而漏网,则其居处也,宜乎若何安分。受德知感,乃人之恒情也,讵知祸去而故态萌,忘却危巢无完卵之时,肆意以行其不轨。诏书一至,犹有垂涕跪诵者,洵民国之怪现象,而其咎亦有应得焉。

禁封宫室,非今日之事,乃当年逊位时已应行者也。特一般执政权者,佥目为微细之事,无有计及之者,而复辟之见,亦由是故也。比国民军进京,下令闭封清室,理之所当然也。维不行之昔日,今反有视为不应为者,则清室是也。乃知得间毋纵,此之谓欤?

忆谁生曰:清代之有国也,要皆吾汉族助以成之也。观夫满族之中,直可谓之无人。当多尔衮领兵入关,定都燕京,其功固不在小,然酬以重禄,赐以王爵,君报臣也,于此亦已足矣。而吾汉人臣工,稔知多尔衮有盗嫂之隐,共相提议谓摄政王功高望重,爵禄不足酬其勋,则当别谋所以偿其功者。或曰:"今摄政王鳏居,而皇太后守寡,不如以太后下嫁摄政王，一举两美也。”斯议之兴，有疑满族之中，必有出而阻止者，孰知乃默了不闻，而太后下嫁之说，竟以实行。使满清开国史上，留一极大之污点，为千古之笑柄。如此之失礼贬节之事，而堂堂大邦，竟至演此笑史，足证满人之无人。不然，何不作一词以阻之也。则其成天下也，非天数使之然乎？

满人之无识，素为吾汉所轻视。当拳乱之前，李鸿章于甲午之海军，大败于日本，举国慌骇，朝野俱惴惴不安，朝廷对于人臣，时作感叹之语。于是，满人御史，相顾为谋，欲献一策，而苦不可得。闻人谈檀道济者，言其量沙代粮，敌为却走，大将材也。满御史闻之，求人书檀道济之名，上疏于朝，请起用檀道济以御外侮，盖不知其为南朝宋时人也。复有一人，则请任命黄天霸，上读奏章，几不知黄天霸为何如人！乃召满御史而问曰：“黄为何处人？”御史顿首奏曰：“黄天霸者，神镖黄三太之子也。”上复不解。后一汉臣在例，代为释之，方知所谓黄天霸者，殆《施公案》上之健者也。一时在旁大臣，均为失笑！上遂咄之使退。传其事者，第引为笑谈。则满人之无识也，于此已可证其一斑焉。昔人有糊涂虫之诮，若该满人御史者，真糊涂中之又糊涂者矣。欲国之不亡，其可得乎？虽然，亦可哂已！

清之垂末，内外臣工，固无论其为汉为满，凡秉大政而南面者，多半为无识之徒，除阿谈而外，不知有他，则大事安得不败哉？总观诸亲王中，恭王奕䜣，正直无所私，虽西太后之残酷淫奢，亦甚畏之。惜满族如恭王者之不多也！余如端王载漪，尤寡谋而无知，且溺于迷信，无异佞佛之老妪。义和拳之养成，毓贤纵之于山东，裕禄收之于天津，而载漪则直接抚养之，于是而祸矣。既有端王之谜，复有刚毅之怂恿，与夫载澜之附和，使清室受斯巨创，非皆彼无识满人为之耶？至吾汉族，明知义和拳之不可恃，说为左道旁门，信必贻误国家，当时交章谏阻，而被诬为私通洋人之汉奸。因是而死者，颇不乏其人，亦云冤矣。比两宫返銮，乃悟满人之无识，坐误大事，遗汉族之讥笑，则复被冤之伍将，生者加级，死者入祠，以为足以补其过已，而端王则遣戍，刚毅恚死途中，如此无用之人，嫌其死之不早也。但当祸发之言，西太后能用汉臣之谏，斥端王载澜、刚毅辈为妄言，决然下令止之，则大局之糜烂，或不至于斯也。统而论之：西太后亦迷信之一人也。故庚子之祸，不得辞其咎矣。顾西后一妇人耳，以贵人蒙宠，单骑入宫。其时之内监老刘，且目之为侏儒，而不知即生穆宗之西太后也。曾几何时，而兰陵贵人，而懿妃，而懿德皇后，而孝钦后，而孝钦皇太后；盖自文宗临幸后，未几而诞穆宗，其宠遂益坚焉。

文宗之朝，天下大乱，且酿英、法联军入京之祸，御驾西狩热河。当斯时也，外有洪、杨之乱，内被外夷之侵凌，文宗之忧虑悲懑，自不待言。于是，借杯酒以浇块垒，日维以阿芙蓉为消遣品，于政事漠然置之。西太后适已册立为妃，恃皇上之专宠，代为批答奏牍，虽有不当之处，文宗既爱之深，又以其为女子，而能握管临政，已非易易矣。久之，朝廷大政，西太后居然亦能独断，文宗只过目而已，且喜其能代朝政也，益宠爱之，孝贞皇后，转不得置喙焉。孰知此举，养成西太后秉政之能事，遂萌以后垂帘之野心，清室亡国之祸，既隐伏危机于斯，而大好山河，亦为此一妇人断送矣。吾人苟前后揣度而读之，乃国家兴亡，皆有天数在乎其间，人力虽大，不能挽也。

当孝贞后之死，清已亡其半矣。孝贞而在，西太后不敢肆意妄为，奢靡性成，因碍于孝贞之严，不能公然为之也。人谓西后优于才，而孝贞优于德；西后之临朝决政，于微细之事，则信手批答，虽能臣不过如是也。孝贞则逢事，若不能发言者，然对大政，则一语可以立判，西太后万不及也。曩朝鲜之战，巡抚桂棠，失机论斩，桂棠夤缘其党羽，朝士交章保奏，西太后已为所蒙，将赦之矣，孝贞立阻曰：“彼临阵失机，致令全军覆没，犹敢只身窜归，冀侥幸获免，设不正法，不足以儆将来而服臣士也。”即命斩之。其毅然果断，有非大臣所能及者。

一国之政治，其在兴旺时，必有一二耿直之臣，力持大政，临时决策，自有令人敬慕之处。至其国之将亡也，人臣皆阿谀之辈，除谄笑献媚而外，不能筹一策，此国政所以日窳也。大凡臣工，奉命维谨者，其人必庸碌之懦夫，盖不知其命之善否？与有益于国否？咸弗之问也，则此种人若多，其国必不能久，清之末叶，皆此辈也。至权奸播弄，颠倒皂白，虽弄至国势岌岌可危，尚有中兴之一日，不足患也。以既有权奸，则终有忠直之臣，起而揭破其奸；于是，人佥知其奸，而忠臣用命，国势日盛矣。其最可恶者，为非忠非奸，有事若非关己怀，必得奉命而行，胸乏一谋之施，此殆所谓尸位素餐者也。清之亡也，正因此辈盘踞要津；一旦遇事，遂不可收拾矣。

总评 外史氏曰：吾读《清宫十三朝演义》既竟，乃有不能已于言者，一若骨鲠之在喉，不得不倾吐以为快也。夫满人者，本关外胡虏，初不受王化，更不知圣哲礼教为何物。其处关外，浑浑如昆虫之伏蛰，亦不审关中尚有文化之大邦也。无何而文风所播，士夫渐有至关外者，传圣人之道，并执礼而教之，彼乃稍稍知有礼义，然与汉族较，则相去犹不可以道里计焉。但彼既得汉之余唾，亦进而治其国；一国之民，因亦治焉。迨明万历间，结异邦之好，满洲汗亦得列使入贡，仰窥上国之威仪，汗颜骇惧而去。其使者回去，力道大邦之可尊，益令彼化外夷民，兢兢自厉，不敢稍冀异念矣。厥后知识渐开，慕中国之尊，而政之窳也；于是，亦闭门而自帝焉。当斯时也，明代内乱方殷，奚有余力以外侵，遂使胡奴堂皇高坐，而临政于关外矣。顾其自视之心，固犹纤小，以中国之大，安敢妄思非分；以故相守不犯者，垂数十年焉。李闯兵犯京师，崇祯帝自戕，大小臣工之眷属，靡不为贼所掠，而吴三桂之姬陈圆圆者，亦列其中焉。比吴氏闻而往争，兵出不利，转败于贼。然苟在斯时，吴氏不为一女子计，率兵收拾残局，事正大有可为也。则其时之天下，非吴氏而何哉？奈其谋不及是，急于创贼迫姬，力之不敌，乃易服出关，假兵于胡虏，而大好时机，于是乎失诸一旦矣。不过，满清之率兵入关，初非存有野心，要亦冀事定，分得尺疆寸土之酬而已。当闯贼败窜，吴氏急转直下，专注于大局，则势虽不逮满清，尚不失为守土之主，惜其志在美女，江山非贵也。彼多尔衮者，亦关外之枭雄也。睹中国无主，内乱未靖，正己争雄之时，矧大兵内入，驱跳梁指顾间事耳。幸而成功，此大好山河，已属于我，不幸而败，则仍以归之吴氏，已当不失裂土分茅之酬也。后觑吴氏西去，寇皆远窜，国内空虚，此千载之机也，遂星夜往迎清帝，匆促定都焉。盖吴氏至斯，终欲反戈，已鞭长莫及矣。万一得卷土重来，则大势已入清廷掌握，虽有强卒雄兵，亦莫可如何已。统观清室入帝中国之始，无一非天助者，不然，其机遇亦巧矣。历代群雄争逐，或篡位，或苦战，其得天下也，未有不血心谋划，备尝辛艰，流若干之血，方得安享太平；然亦有坐不温席，而江山又属异姓者，历史上所载，正不知多少也。东汉之末，刘先主起身草野，修文事有诸葛诸人，武有关、张之勇，人才济济，而至鬓斑须花，尚不遇进位一汉中王耳。今满人不折一卒，不费一谋，唾手而获天下，宁非天意乎？其得也易，其失也亦速。宣统入继，不到三年，而民军武昌起义，仅一夜之鏖战，而天下皆响应，使清廷不及措手，计维有逊位之一策。易得易失，何其不爽也欤？昔宋太祖赵匡胤，兵变于陈桥，黄袍加身，人谓其夺天下于孤儿寡妇之手；迨末宋失江山，亦正孤儿寡妇时也。吾人观夫此义，则冥冥之中，似有为之核算也者。呜呼！苍苍者，固未尝盲也。悖而入者，必悖而出，天理昭然也。今之争攘攫夺者，以得地盘入囊橐为趋旨，不识亦尝计及将来否？苟睹历代兴亡，知报应不爽者，当亦憬然知惧矣。彼野心勃勃，不可一世者，倘能一念及斯，则亦可以安然不复争已。

清之入帝中国，其一切制度，既未完备，而于文化尤见阙如，礼义则更无从知之矣。盖其国基如奠，尚不脱关外夷人之风习；致以堂堂太后，而下嫁人臣，令清代开国历史，辄留一污点，则彼之不知礼教，由斯可以知焉。福临成人，颇丑其事，欲掩而不可，下又感于爱好之殇；一腔隐痛，无处发泄，则迫而至于身入空门，此为清室入帝中国后之重创也。当时宫闱之事，已有如是者，于是，康熙之立也，彼以乃父青年出家，遂使孤子演出乱伦之事。然此其时也，国事方在兴盛之际，犹树木正放青，虽虫蚀其一二叶，固未见其若何损失也。尤可怪者，汉族命妇，入宫朝后，迨其出也，衣冠依然如旧，而其面目已非；汉族大臣，知而不敢言。而所易之命妇，必貌有殊色者，至若涂脂敷粉，则未必有是事也。康熙之朝，内外称治，且开科取士，优容文人，歌功颂德者，每以之为词祝之资，安知宫闱间之黑暗，乃有如斯者乎？平心而论：清代之有二百余年天下，其巩固基础，则确为康熙。彼能信用汉臣之议，竭力收拾士子之心，文字为立国之根本，士能倾向之，则舆论亦多嘉颂之辞，由是而民心安，而天下定；立数百年不败之业，厥功实在康熙一人为之也。

世宗身为太子，辄以排除异己为旨，弟兄暗争立储，尤为剧烈！初时不过互抑而已，终乃以白刃相仇；骨肉之间，动相残杀，而此大位，卒为胤禛所获者，其间阴谋诡计，已不知施去几何矣。故其登极之后，性多猜忌，盖以谋夺而得者，往往惧人进而谋己；则疑虑之心，自此而生，彼为人臣者，于是乎难已。即就忠心耿耿，屡谋大事之年羹尧而言，论其护主篡位之劳绩，功当不在进关定都之多尔衮下，此故何也？要知康熙多子，以太子资格，而谋大位者有之；结合党羽，冀立为储君者有之；其他日伺帝侧，乘间思逞者，又不乏其人。苟无雄谋智略，与彼辈相抗衡者，此一块禁脔，人欲得而尝之，胤禛奚能及乎？然得奏凯旋者，非尽心代主设谋之年羹尧之功而何？但年亦因为谋之善，而见疑于世宗，且以此而丧生，为年计之，不亦大可哀哉！顾以残忍施人者，必亦不获善终，吾于世宗，盖亦云然。不观夫其谋储之际，一志孤行，觊觎帝位之切，虽虎狠扑人，当未有若是之狠而且急者也。故其末年登朝方已，诸臣亲睹其健无疾病，而翌日忽以驾崩闻，深宫之中，犹有人敢入刺天子，其人之艺，已足惊人。矧世宗为人，亦孔武多力者，彼刺客于尘瓦不移中，能砍帝王之头颅，宫中无一觉察者，此则非剑侠莫办已。世宗之不得令终，乃知非虚构词也。

当高宗之继统也，其临政之文才，似非满人所应具，时人颇有疑之者，后乃知有移花接木之事。然则高宗之大巡江南，非无因也。且南游之时，以帝王而效文人风雅，走马看花，征歌选色，及所作之文章诗词，确有文士之风。何物胡奴，乃生此佳儿乎？迨疑团既破，众始释然。但高宗己身，亦略其梗概，以是假南巡之名，获访亲之实，一时士林，歌功者大加谈词。实则御驾之南下也，其他不论，只就州县之供张言，已疲于奔命。彼为吏者，岂身负万贯者，亦不过剥之于人民耳。一次南巡，人民已不堪其苦，孰知再而三，三而四，四而五六，江南人民之精华，为之剥削殆尽矣。讵知高宗之一再南巡，其胸臆中，固别有怀抱乎？

嘉庆之朝，为盛世之后，斯时之为帝王者，正享太平乐者也。计其在位二十五年，可谓无大乱之发生，仅在十八年时，天理教匪犯宫时，略受惊恐。清自入帝中国，十主之中，当以嘉庆为最快乐之君主，然清室衰象，实于此时已隐伏之矣。比宣宗立，未几即有回匪张格尔之乱，林则徐因禁鸦片，遂与英人开衅，卒议和以香港属英，而清代之懦弱气象，至是已完全实现矣。诸如开海禁之例，亦自道光始，末年而洪、杨之变起，清廷几乎颠覆，终中途挽危而转安，然元气斫丧，则此其远因焉。

文宗继位，即遘大乱，洪秀全破金陵，各省望风而降，势若摧枯拉朽，清政治之窳败，此时已酿成不可救药之症矣。惜当时洪氏，一达金陵，辄无大志，逗留不进，致令诸王互相残杀，坐待左、曾诸人，练兵来克，而成其大功。曾、左固传矣。而太平军之败，洪氏不能卸其咎也。清廷于洪祸未已，复有英、法联军入京之举，御驾仓皇出走热河，文宗之国运，亦可谓否之极已。总而言之：登位十一年，而乱事无一日无之，且国势岌岌，有不可终夕之概。故文宗以忧愤之身，复溺于西太后之色，日沉湎于鸦片烟中，无异自戕其身也。厥后，乱事未平，不及返銮，而疾已入膏肓，论者早度其不起，不出旬日间事，果卒于热河行宫中矣。

穆宗为西后所育，文宗疾革，草遗诏禅位，时穆宗尚在抱也。既长，因立后之故，东西两宫，同时争执不决，遂召穆宗以自定焉。讵其不遵生母之命，而顺慈安之旨，西太后乃渐恶穆宗，母子之间，终至于隔膜。穆宗幼即颖悟，天姿极高，洵一英明之主也。奈西太后无故加以斥责，其督促之严，有不能笔墨述之者。穆宗因是，常郁不乐，久之，乃与内监，私出后宫，往游妓院，至五更临朝始返。妓院之中，未知其为当今皇上也，只觉其举止阔绰，疑为王公贝子而已。后于院中，忽遇廷臣，即密白之西太后，遂令严扃后苑，不准出入，而穆宗以嫖妓身染隐疾，惧西太后之责而不敢言，比及觉察，已无可救。可惜哉！盖穆宗之夭殇也，纯为西太后所压迫而致之。故载湉入继，醇亲王之福晋痛哭不许；以鉴于西后之待穆宗，亲子犹复如是，他可知矣。然清室之继统者，多以幼年临政。顺治为始，康熙次之，而乾隆又次之；以下即穆宗、德宗、宣统是也。此数人中，以穆宗最为敏慧，十余龄时，大廷奏对政事，诘询悉皆关紧要之语；即偶批奏牍，亦甚中肯。如斯英才，而致不寿，非其不寿也，西后迫之至死也。穆宗而不夭殇，能令其秉政，如圣祖之高年者，安知其不做中兴之英主，而清室之天下，或不至于二百六十八年也。然则西后之杀穆宗，何异间接促清之亡乎？清之亡也，固亡于西后之荒淫奢靡，而其种根，则在穆宗时也。西后之于清室，殆所谓孽欤？

残酷淫乱之西太后，既杀一英明之穆宗，再进而至于德宗，如此淫妪，其死亦有余辜矣。观德宗之所为，似亦非庸庸碌碌者，实则上有西太后之压制，欲伸而不获，遂至抑郁以终；为帝王者，生于此种家庭间，不若一平民之为愈也。故德宗西狩回来，常有艳羡村野农人之意，则知其受西后之抑也深矣。因郁愤过甚，其困苦之情，不觉于言辞中流露也。为德宗思之，不禁慨叹者再！迨德宗病剧，大臣多主立长，即德宗遗言，亦莫不如是也。然而西后，尚以立幼主为词，昏瞀之中，犹未能忘其专政之心，此妪之淫恶，碎尸亦不足以谢清代之祖宗焉。或曰：西后者，清代亡国之妖孽也！彼身将死，而犹恐死后清之不速亡也，必为立一宣统，而后乃瞑目。盖已知国之必亡，而彼之大事毕矣！今安得起彼而问之乎？呜呼！甚矣哉！